鲁迅作品精选

华盖集

鲁迅 著

民主与建设出版社
·北京·

图书在版编目（CIP）数据

鲁迅作品精选 . 华盖集 / 鲁迅著 . — 北京 : 民主与建设出版社 , 2023.4（2023.10 重印）
ISBN 978-7-5139-4169-3

Ⅰ . ①鲁… Ⅱ . ①鲁… Ⅲ . ①鲁迅著作—选集②鲁迅杂文—杂文集 Ⅳ . ① I210.2

中国国家版本馆 CIP 数据核字（2023）第 067907 号

鲁迅作品精选 . 华盖集
LUXUN ZUOPIN JINGXUAN . HUAGAIJI

著　　者　鲁　迅
主　　编　王茹茹
责任编辑　韩增标
封面设计　玥婷设计
出版发行　民主与建设出版社有限责任公司
电　　话　（010）59417747　59419778
社　　址　北京市海淀区西三环中路 10 号望海楼 E 座 7 层
邮　　编　100142
印　　刷　三河市天润建兴印务有限公司
版　　次　2023 年 4 月第 1 版
印　　次　2023 年 10 月第 2 次印刷
开　　本　880 毫米 ×1230 毫米　1 / 32
印　　张　6.5
字　　数　130 千字
书　　号　ISBN 978-7-5139-4169-3
定　　价　298.00 元（全 10 册）

目　录

华盖集

华盖集续编(节选)

一九二六年

华盖集

题　记

在一年的尽头的深夜中，整理了这一年所写的杂感，竟比收在《热风》里的整四年中所写的还要多。意见大部分还是那样，而态度却没有那么质直了，措辞也时常弯弯曲曲，议论又往往执滞在几件小事情上，很足以贻笑于大方之家①。然而那又有什么法子呢。我今年偏遇到这些小事情，而偏有执滞于小事情的脾气。

我知道伟大的人物能洞见三世，观照一切，历大苦恼，尝大欢喜，发大慈悲。但我又知道这必须深入山林，坐古树下，静观默想，得天眼通，离人间愈远遥，而知人间也愈深，愈广；于是凡有言说，也愈高，愈大；于是而为天人师。我幼时虽曾梦想飞空，但至今还在地上，救小创伤尚且来不及，那有余暇使心开意豁。立论都公允妥洽，平正通达，像"正人君子"一般；正如沾水小蜂，只在泥土上爬来爬去，万不敢比附洋楼中的通人，但也自有悲苦愤激，决非洋楼中的通人所能领会。

这病痛的根柢就在我活在人间，又是一个常人，能够交着"华盖运"。

我平生没有学过算命，不过听老年人说，人是有时要交"华盖运"的。这"华盖"在他们口头上大概已经讹作"镬盖"

---

① 见识非常广博的人。

了，现在加以订正。所以，这运，在和尚是好运：顶有华盖，自然是成佛作祖之兆。但俗人可不行，华盖在上，就要给罩住了，只好碰钉子。我今年开手作杂感时，就碰了两个大钉子：一是为了《咬文嚼字》，一是为了《青年必读书》。署名和匿名的豪杰之士的骂信，收了一大捆，至今还塞在书架下。此后又突然遇见了一些所谓学者，文士，正人，君子等等，据说都是讲公话，谈公理，而且深不以“党同伐异”为然的。可惜我和他们太不同了，所以也就被他们伐了几下，——但这自然是为“公理”之故，和我的“党同伐异”不同。这样，一直到现下还没有完结，只好“以待来年”。

也有人劝我不要做这样的短评。那好意，我是很感激的，而且也并非不知道创作之可贵。然而要做这样的东西的时候，恐怕也还要做这样的东西，我以为如果艺术之宫里有这么麻烦的禁令，倒不如不进去；还是站在沙漠上，看看飞沙走石，乐则大笑，悲则大叫，愤则大骂，即使被沙砾打得遍身粗糙，头破血流，而时时抚摩自己的凝血，觉得若有花纹，也未必不及跟着中国的文士们去陪莎士比亚吃黄油面包之有趣。

然而只恨我的眼界小，单是中国，这一年的大事件也可以算是很多的了。我竟往往没有论及，似乎无所感触。我早就很希望中国的青年站出来，对于中国的社会，文明，都毫无忌惮地加以批评，因此曾编印《莽原周刊》，作为发言之地，可惜来说话的竟很少。在别的刊物上，倒大抵是对于反抗者的打击，这实在是使我怕敢想下去的。

现在是一年的尽头的深夜，深得这夜将尽了，我的生命，至少是一部分的生命，已经耗费在写这些无聊的东西中，而我所获得的，乃是我自己的灵魂的荒凉和粗糙。但是我并不惧惮这些，也不想遮盖这些，而且实在有些爱他们了，因为这是我转辗而生活于风沙中的瘢痕[①]。凡有自己也觉得在风沙中转辗而生活着的，会知道这意思。

我编《热风》时，除遗漏的之外，又删去了好几篇。这一回却小有不同了，一时的杂感一类的东西，几乎都在这里面。

一九二五年十二月三十一日之夜，记于绿林书屋东壁下。

---

① 伤口愈合后留下了疤痕。

一九二五年

咬文嚼字（一至二）

一

以摆脱传统思想的束缚而来主张男女平等的男人，却偏喜欢用轻靓艳丽字样来译外国女人的姓氏：加些草头，女旁，丝旁。不是“思黛儿”，就是“雪琳娜”。西洋和我们虽然远哉遥遥，但姓氏并无男女之别，却和中国一样的，——除掉斯拉夫民族在语尾上略有区别之外。所以如果我们周家的姑娘不另姓绸，陈府上的太太也不另姓蔯，则欧文的小姐正无须改作妪纹，对于托尔斯泰夫人也不必格外费心，特别写成妥孄丝苔也。

以摆脱传统思想的束缚而来介绍世界文学的文人，却偏喜欢使外国人姓中国姓：Gogol 姓郭；Wilde 姓王；D' Annunzio 姓段，一姓唐；Holz 姓何；Gorky 姓高；Galsworthy 也姓高，假使他谈到 Gorky，大概是称他“吾家 rky”的了。我真万料不到一本《百家姓》，到现在还有这般伟力。

一月八日。

二

古时候，咱们学化学，在书上很看见许多“金”旁和非“金”旁的古怪字，据说是原质[①]名目，偏旁是表明“金属”或“非金属”的，那一边大概是译音。但是，锶，锪，锡，错，矽，连化学先生也讲得很费力，总须附加道：“这回是熟悉的悉。这回是休息的息了。这回是常见的锡。”而学生们为要记得符号，仍须另外记住腊丁字。现在渐渐译起有机化学来，因此这类怪字就更多了，也更难了，几个字拼合起来，像贴在商人帐桌面前的将“黄金万两”拼成一个的怪字一样。中国的化学家多能兼做新仓颉[②]。我想，倘若就用原文，省下造字的功夫来，一定于本职的化学上更其大有成绩，因为中国人的聪明是决不在白种人之下的。

在北京常看见各样好地名：辟才胡同，乃兹府，丞相胡同，协资庙，高义伯胡同，贵人关，但探起底细来，据说原是劈柴胡同，奶子府，绳匠胡同，蝎子庙，狗尾巴胡同，鬼门关，字面虽然改了，涵义还依旧。这很使我失望；否则，我将鼓吹改奴隶二字为“弩理”，或是“努礼”，使大家可以永远放心打盹儿，不必再愁什么了。但好在似乎也并没有什么人愁着，爆竹毕毕剥剥地都祀过财神了。

二月十日。

① 元素的旧称。

② 原始象形文字的创造者。

青年必读书

——应《京报副刊》的征求

青年必读书	从来没有留心过， 所以现在说不出。
附注	但我要趁这机会，略说自己的经验，以供若干读者的参考—— 我看中国书时，总觉得就沉静下去，与实人生离开；读外国书——但除了印度——时，往往就与人生接触，想做点事。 中国书虽有劝人入世的话，也多是僵尸的乐观；外国书即使是颓唐和厌世的，但却是活人的颓唐和厌世。 我以为要少——或者竟不——看中国书，多看外国书。 少看中国书，其结果不过不能作文而已。但现在的青年最要紧的是“行”，不是“言”。只要是活人，不能作文算什么大不了的事。 （二月十日。）

忽然想到（一至四）

一

做《内经》[1] 的不知道究竟是谁。对于人的肌肉，他确是看过，但似乎单是剥了皮略略一观，没有细考校，所以乱成一片，说是凡有肌肉都发源于手指和足趾。宋的《洗冤录》说人骨，竟至于谓男女骨数不同；老仵作之谈，也有不少胡说。然而直到现在，前者还是医家的宝典，后者还是检验的南针：这可以算得天下奇事之一。

牙痛在中国不知发端于何人？相传古人壮健，尧舜时代盖未必有；现在假定为起于二千年前罢。我幼时曾经牙痛，历试诸方，只有用细辛者稍有效，但也不过麻痹片刻，不是对症药。至于拔牙的所谓"离骨散"，乃是理想之谈，实际上并没有。西法的牙医一到，这才根本解决了；但在中国人手里一再传，又每每只学得镶补而忘了去腐杀菌，仍复渐渐地靠不住起来。牙痛了二千年，敷敷衍衍的不想一个好方法，别人想出来了，却又不肯好好地学：这大约也可以算得天下奇事之二罢。

① 即《黄帝内经》，是我国现存最早的一部医学典籍。

康圣人[①]主张跪拜，以为“否则要此膝何用”。走时的腿的动作，固然不易于看得分明，但忘记了坐在椅上时候的膝的曲直，则不可谓非圣人之疏于格物也。身中间脖颈最细，古人则于此斫之，臀肉最肥，古人则于此打之，其格物都比康圣人精到，后人之爱不忍释，实非无因。所以僻县尚打小板子，去年北京戒严时亦尝恢复杀头，虽延国粹于一脉乎，而亦不可谓非天下奇事之三也！

一月十五日。

二

校着《苦闷的象征》的排印样本时，想到一些琐事——

我于书的形式上有一种偏见，就是在书的开头和每个题目前后，总喜欢留些空白，所以付印的时候，一定明白地注明。但待排出寄来，却大抵一篇一篇挤得很紧，并不依所注的办。查看别的书，也一样，多是行行挤得极紧的。

较好的中国书和西洋书，每本前后总有一两张空白的副页，上下的天地头也很宽。而近来中国的排印的新书则大抵没有副页，天地头又都很短，想要写上一点意见或别的什么，也无地可容，翻开书来，满本是密密层层的黑字；加以油臭扑鼻，使人发生一种压迫和窘促之感，不特很少“读书之乐，”且觉得仿佛人生已没有“余裕”，“不留余地”了。

或者也许以这样的为质朴罢。但质朴是开始的“陋”，精

---

① 指康有为。

力弥满，不惜物力的。现在的却是复归于陋，而质朴的精神已失，所以只能算窳败，算堕落，也就是常谈之所谓“因陋就简”。在这样“不留余地”空气的围绕里，人们的精神大抵要被挤小的。

外国的平易地讲述学术文艺的书，往往夹杂些闲话或笑谈，使文章增添活气，读者感到格外的兴趣，不易于疲倦。但中国的有些译本，却将这些删去，单留下艰难的讲学语，使他复近于教科书。这正如折花者，除尽枝叶，单留花朵，折花固然是折花，然而花枝的活气却灭尽了。人们到了失去余裕心，或不自觉地满抱了不留余地心时，这民族的将来恐怕就可虑。上述的那两样，固然是比牛毛还细小的事，但究竟是时代精神表现之一端，所以也可以类推到别样。例如现在器具之轻薄草率（世间误以为灵便），建筑之偷工减料，办事之敷衍一时，不要“好看”，不想“持久”，就都是出于同一病源的。即再用这来类推更大的事，我以为也行。

一月十七日。

三

我想，我的神经也许有些瞀乱了。否则，那就可怕。

我觉得仿佛久没有所谓中华民国。

我觉得革命以前，我是做奴隶；革命以后不多久，就受了奴隶的骗，变成他们的奴隶了。

我觉得有许多民国国民而是民国的敌人。

我觉得有许多民国国民很像住在德法等国里的犹太人，他们的意中别有一个国度。

我觉得许多烈士的血都被人们踏灭了，然而又不是故意的。

我觉得什么都要从新做过。

退一万步说罢，我希望有人好好地做一部民国的建国史给少年看，因为我觉得民国的来源，实在已经失传了，虽然还只有十四年！

二月十二日。

四

先前，听到二十四史不过是“相斫书”，是“独夫的家谱”一类的话，便以为诚然。后来自己看起来，明白了：何尝如此。

历史上都写着中国的灵魂，指示着将来的命运，只因为涂饰太厚，废话太多，所以很不容易察出底细来。正如通过密叶投射在莓苔上面的月光，只看见点点的碎影。但如看野史和杂记，可更容易了然了，因为他们究竟不必太摆史官的架子。

秦汉远了，和现在的情形相差已多，且不道。元人著作寥寥，至于唐宋明的杂史之类，则现在多有。试将记五代，南宋，明末的事情的，和现今的状况一比较，就当惊心动魄于何其相似之甚，仿佛时间的流驶，独与我们中国无关。现在的中华民国也还是五代，是宋末，是明季。

以明末例现在，则中国的情形还可以更腐败，更破烂，更凶酷，更残虐，现在还不算达到极点。但明末的腐败破烂也还未达到极点，因为李自成张献忠闹起来了。而张李的凶酷残虐也还未达到极点，因为满洲兵进来了。

难道所谓国民性者，真是这样地难于改变的么？倘如此，将来的命运便大略可想了，也还是一句烂熟的话：古已有之。

伶俐人实在伶俐，所以，决不攻难古人，摇动古例的。古人做过的事，无论什么，今人也都会做出来。而辩护古人，也就是辩护自己。况且我们是神州华胄[①]，敢不“绳其祖武”[②]么？

幸而谁也不敢十分决定说：国民性是决不会改变的。在这“不可知”中，虽可有破例——即其情形为从来所未有——的灭亡的恐怖，也可以有破例的复生的希望，这或者可作改革者的一点慰藉罢。

但这一点慰藉，也会勾消在许多自诩古文明者流的笔上，淹死在许多诬告新文明者流的嘴上，扑灭在许多假冒新文明者流的言动上，因为相似的老例，也是“古已有之”的。

其实这些人是一类，都是伶俐人，也都明白，中国虽完，自己的精神是不会苦的，——因为都能变出合式的态度来。倘有不信，请看清朝的汉人所做的颂扬武功的文章去，开口“大兵”，闭口“我军”，你能料得到被这“大兵”“我军”所败的就是汉人的么？你将以为汉人带了兵将别的一种什么野蛮腐败民族歼灭了。

然而这一流人是永远胜利的，大约也将永久存在。在中国，

---

① 意思是我国古代华夏族的后裔，统指中国人。

② 出自《诗经·大雅·下武》。踏着祖先的足迹继续前进，比喻继承祖业。

惟他们最适于生存，而他们生存着的时候，中国便永远免不掉反复着先前的运命。

“地大物博，人口众多”，用了这许多好材料，难道竟不过老是演一出轮回把戏而已么？

二月十六日。

通 讯

一

旭生先生：

前天收到《猛进》第一期，我想是先生寄来的，或者是玄伯先生寄来的。无论是谁寄的，总之：我谢谢。

那一期里有论市政的话，使我忽然想起一件不相干的事来。我现在住在一条小胡同里，这里有所谓土车者，每月收几吊钱，将煤灰之类搬出去。搬出去怎么办呢？就堆在街道上，这街就每日增高。有几所老房子，只有一半露出在街上的，就正在豫告着别的房屋的将来。我不知道什么缘故，见了这些人家，就像看见了中国人的历史。

姓名我忘记了，总之是一个明末的遗民，他曾将自己的书斋题作“活埋庵”。谁料现在的北京的人家，都在建造“活埋庵”，还要自己拿出建造费。看看报章上的论坛，“反改革”的空气浓厚透顶了，满车的“祖传”，“老例”，“国粹”等等，都想来堆在道路上，将所有的人家完全活埋下去。“强聒不舍”，也许是一个药方罢，但据我所见，则有些人们——甚至于竟是青年——的论调，简直和“戊戌政变”时候的反对改革者的论调一模一样。你想，二十七年了，还是这样，岂不可怕。大约国民如此，是决不会有好的政府的；好的政府，或者反而容易倒。也不会有好议员的；现在常有人骂议员，说他们收贿，无特操，趋炎附势，自私自利，但大多数的国民，岂非正是如此的么？这类的议员，其实确是国民的代表。

我想，现在的办法，首先还得用那几年以前《新青年》上已经说过的"思想革命"。还是这一句话，虽然未免可悲，但我以为除此没有别的法。而且还是准备"思想革命"的战士，和目下的社会无关。待到战士养成了，于是再决胜负。我这种迂远而且渺茫的意见，自己也觉得是可叹的，但我希望于《猛进》的，也终于还是"思想革命"。

鲁迅。三月十二日。

鲁迅先生：

你所说底"二十七年了，还是这样，"诚哉是一件极"可怕"的事情。人类思想里面，本来有一种惰性的东西，我们中国人的惰性更深。惰性表现的形式不一，而最普通的，第一就是听天任命，第二就是中庸。听天任命和中庸的空气打不破，我国人的思想，永远没有进步的希望。

你所说底"讲话和写文章，似乎都是失败者的征象。正在和运命恶战的人，顾不到这些。"实在是最痛心的话。但是我觉得从另外一方面看，还有许多人讲话和写文章，还可以证明人心的没有全死。可是这里需要有分别，必需要是一种不平的呼声，不管是冷嘲或热骂，才是人心未全死的证验。如果不是这样，换句话说，如果他的文章里面，不用很多的"！"，不管他说的写的怎么样好听，那人心已经全死，亡国不亡国，倒是第二个问题。

“思想革命”，诚哉是现在最重要不过的事情，但是我总觉得《语丝》，《现代评论》和我们的《猛进》，就是合起来，还负不起这样的使命。我有两种希望：第一希望大家集合起来，办一个专讲文学思想的月刊。里面的内容，水平线并无庸过高，破坏者居其六七，介绍新者居其三四。这样一来，大学或中学的学生有一种消闲的良友，与思想的进步上，总有很大的裨益。我今天给适之先生略谈几句，他说现在我们办月刊很难，大约每月出八万字，还属可能，如若想出十一二万字，就几乎不可能。我说你又何必拘定十一二万字才出，有七八万就出七八万，即使再少一点，也未尝不可，要之有它总比没有它好的多。这是我第一个希望。第二我希望有一种通俗的小日报。现在的《第一小报》，似乎就是这一类的。这个报我只看见三两期，当然无从批评起，但是我们的印象：第一，是篇幅太小，至少总要再加一半才敷用；第二，这种小报总要记清是为民众和小学校的学生看的。所以思想虽需要极新，话却要写得极浅显。所有专门术语和新名词，能躲避到什么步田地躲到什么步田地。《第一小报》对于这一点，似还不很注意。这样良好的通俗小日报，是我第二种的希望。拉拉杂杂写来，漫无伦叙。你的意思以为何如？

徐炳昶。三月十六日。

二

旭生先生：

给我的信早看见了，但因为琐琐的事情太多，所以到现在才能作答。

有一个专讲文学思想的月刊，确是极好的事，字数的多少，倒不算什么问题。第一为难的却是撰人，假使还是这几个人，结果即还是一种增大的某周刊或合订的各周刊之类。况且撰人一多，则因为希图保持内容的较为一致起见，即不免有互相牵就之处，很容易变为和平中正，吞吞吐吐的东西，而无聊之状于是乎可掬。现在的各种小周刊，虽然量少力微，却是小集团或单身的短兵战，在黑暗中，时见匕首的闪光，使同类者知道也还有谁还在袭击古老坚固的堡垒，较之看见浩大而灰色的军容，或者反可以会心一笑。在现在，我倒只希望这类的小刊物增加，只要所向的目标小异大同，将来就自然而然的成了联合战线，效力或者也不见得小。但目下倘有我所未知的新的作家起来，那当然又作别论。

通俗的小日报，自然也紧要的；但此事看去似易，做起来却很难。我们只要将《第一小报》与《群强报》之类一比，即知道实与民意相去太远，要收获失败无疑。民众要看皇帝何在，太妃安否，而《第一小报》却向他们去讲"常识"，岂非悖谬。教书一久，即与一般社会睽离，无论怎样热心，做起事来总要失败。假如一定要做，就得存学者的良心，有市侩的手段，但这类人才，怕教员中间是未必会有的。我想，现在没奈何，也只好从智识阶级——其实中国并没有俄国之所谓智识阶级，此事说起来话太长，姑且从众这样说——一面先行设法，民众俟将来再谈。而且他们也不是区区文学所能改革的，历史通知过我们，清兵入关，禁缠足，要垂辫，前一事只用文告，到现在还是放不掉，后一事用了别的法，到现在还在拖下来。

单为在校的青年计，可看的书报实在太缺乏了，我觉得至少还该有一种通俗的科学杂志，要浅显而且有趣的。可惜中国现在的科学家不大做文章，有做的，也过于高深，于是就很枯燥。现在要 Brehm 的讲动物生活，Fabre 的讲昆虫故事似的有趣，并且插许多图画的；但这非有一个大书店担任即不能印。至于作文者，我以为只要科学家肯放低手眼，再看看文艺书，就够了。

前三四年有一派思潮，毁了事情颇不少。学者多劝人踱进研究室，文人说最好是搬入艺术之宫，直到现在都还不大出来，不知道他们在那里面情形怎样。这虽然是自己愿意，但一大半也因新思想而仍中了"老法子"的计。我新近才看出这圈套，就是从"青年必读书"事件以来，很收些赞同和嘲骂的信，凡赞同者，都很坦白，并无什么恭维。如果开首称我为什么"学者""文学家"的，则下面一定是谩骂。我才明白这等称号，乃是他们所公设的巧计，是精神的枷锁，故意将你定为"与众不同"，又借此来束缚你的言动，使你于他们的老生活上失去危险性的。不料有许多人，却自囚在什么室什么宫里，岂不可惜。只要掷去了这种尊号，摇身一变，化为泼皮，相骂相打（舆论是以为学者只应该拱手讲讲义的），则世风就会日上，而月刊也办成了。

先生的信上说：惰性表现的形式不一，而最普通的，第一就是听天任命，第二就是中庸。我以为这两种态度的根柢，怕不可仅以惰性了之，其实乃是卑怯。遇见强者，不敢反抗，便以“中庸”这些话来粉饰，聊以自慰。所以中国人倘有权力，看见别人奈何他不得，或者有“多数”作他护符的时候，多是凶残横恣，宛然一个暴君，做事并不中庸；待到满口“中庸”时，乃是势力已失，早非“中庸”不可的时候了。一到全败，则又有“命运”来做话柄，纵为奴隶，也处之泰然，但又无往而不合于圣道。这些现象，实在可以使中国人败亡，无论有没有外敌。要救正这些，也只好先行发露各样的劣点，撕下那好看的假面具来。

鲁迅。三月二十九日。

鲁迅先生：

你看出什么“踱进研究室”，什么“搬入艺术之宫”，全是“一种圈套”，真是一件重要的发现。我实在告诉你说：我近来看见自命 gentleman 的人就怕极了。看见玄同先生挖苦 gentleman 的话（见《语丝》第二十期），好像大热时候，吃一盘冰激零，不晓得有多么痛快。总之这些字全是一种圈套，大家总要相戒，不要上他们的当才好。

我好像觉得通俗的科学杂志并不是那样容易的，但是我对于这个问题完全没有想，所以对于它觉暂且无论什么全不能说。

我对于通俗的小日报有许多的话要说，但因为限于篇幅，止好暂且不说。等到下一期，我要作一篇小东西，专论这件事，到那时候，还要请你指教才好。

徐炳昶。三月三十一日。

论辩的魂灵

二十年前到黑市，买得一张符，名叫“鬼画符”。虽然不过一团糟，但帖在壁上看起来，却随时显出各样的文字，是处世的宝训，立身的金箴。今年又到黑市去，又买得一张符，也是“鬼画符”。但帖了起来看，也还是那一张，并不见什么增补和修改。今夜看出来的大题目是“论辩的魂灵”；细注道：“祖传老年中年青年‘逻辑’扶乩①灭洋必胜妙法太上老君急急如律令敕”。今谨摘录数条，以公同好——

“洋奴会说洋话。你主张读洋书，就是洋奴，人格破产了！受人格破产的洋奴崇拜的洋书，其价值从可知矣！但我读洋文是学校的课程，是政府的功令，反对者，即反对政府也。无父无君之无政府党，人人得而诛之。”

“你说中国不好。你是外国人么？为什么不到外国去？可惜外国人看你不起……。”

“你说甲生疮。甲是中国人，你就是说中国人生疮了。既然中国人生疮，你是中国人，就是你也生疮了。你既然也生疮，你就和甲一样。而你只说甲生疮，则竟无自知之明，你的话还有什么价值？倘你没有生疮，是说诳也。卖国贼是说诳的，所以你是卖国贼。我骂卖国贼，所以我是爱国者。爱国者的话是最有价值的，所以我的话是不错的，我的话既然不错，你就是

① 是中国民间信仰的一种占卜方法，又称扶箕、抬箕。

卖国贼无疑了！”

“自由结婚未免太过激了。其实，我也并非老顽固，中国提倡女学的还是我第一个。但他们却太趋极端了，太趋极端，即有亡国之祸，所以气得我偏要说‘男女授受不亲’。况且，凡事不可过激；过激派都主张共妻主义的。乙赞成自由结婚，不就是主张共妻主义么？他既然主张共妻主义，就应该先将他的妻拿出来给我们‘共’。”

“丙讲革命是为的要图利：不为图利，为什么要讲革命？我亲眼看见他三千七百九十一箱半的现金抬进门。你说不然，反对我么？那么，你就是他的同党。呜呼，党同伐异之风，于今为烈，提倡欧化者不得辞其咎矣！”

“丁牺牲了性命，乃是闹得一塌糊涂，活不下去了的缘故。现在妄称志士，诸君切勿为其所愚。况且，中国不是更坏了么？”

“戊能算什么英雄呢？听说，一声爆竹，他也会吃惊。还怕爆竹，能听枪炮声么？怕听枪炮声，打起仗来不要逃跑么？打起仗来就逃跑的反称英雄，所以中国糟透了。”

“你自以为是‘人’，我却以为非也。我是畜类，现在我就叫你爹爹。你既然是畜类的爹爹，当然也就是畜类了。”

“勿用惊叹符号，这是足以亡国的。但我所用的几个在例外。

中庸太太提起笔来，取精神文明精髓，作明哲保身大吉大利格言二句云：

中学为体西学用，

不薄今人爱古人。”

牺牲谟

——“鬼画符”失敬失敬章第十三

“阿呀阿呀，失敬失敬！原来我们还是同志。我开初疑心你是一个乞丐，心里想：好好的一个汉子，又不衰老，又非残疾，为什么不去做工，读书的？所以就不免露出‘责备贤者’的神色来，请你不要见气，我们的心实在太坦白了，什么也藏不住，哈哈！可是，同志，你也似乎太……。

“哦哦！你什么都牺牲了？可敬可敬！我最佩服的就是什么都牺牲，为同胞，为国家。我向来一心要做的也就是这件事。你不要看得我外观阔绰，我为的是要到各处去宣传。社会还太势利，如果像你似的只剩一条破裤，谁肯来相信你呢？所以我只得打扮起来，宁可人们说闲话，我自己总是问心无愧。正如‘禹入裸国亦裸而游’一样，要改良社会，不得不然，别人那里会懂得我们的苦心孤诣。但是，朋友，你怎么竟奄奄一息到这地步了？

“哦哦！已经九天没有吃饭?！这真是清高得很哪！我只好五体投地。看你虽然怕要支持不下去，但是——你在历史上一定成名，可贺之至哪！现在什么‘欧化’‘美化’的邪说横行，人们的眼睛只看见物质，所缺的就是你老兄似的模范人物。你瞧，最高学府的教员们，也居然一面教书，一面要起钱来，他们只知道物质，中了物质的毒了。难得你老兄以身作则，给他们一个好榜样看，这于世道人心，一定大有裨益的。你想，现在不是还嚷着什么教育普及么？教育普及起来，要有多少教员；如果都像他们似的定要吃饭，在这四郊多垒时候，那里来这许多饭？像你这样清高，真是浊世中独一无二的中流砥柱：可敬可敬！你读过书没有？如果读过书，我正要创办一个大学，就请你当教务长去。其实你只要读过‘四书’就好，加以这样品格，已经很够做‘莘莘学子’① 的表率了。

“不行？没有力气？可惜可惜！足见一面为社会做牺牲，一面也该自己讲讲卫生。你于卫生可惜太不讲究了。你不要以为我的胖头胖脸是因为享用好，我其实是专靠卫生，尤其得益的是精神修养，‘君子忧道不忧贫’呀！但是，我的同志，你什么都牺牲完了，究竟也大可佩服，可惜你还剩一条裤，将来在历史上也许要留下一点白璧微瑕……。

“哦哦，是的。我知道，你不说也明白：你自然连这裤子也不要，你何至于这样地不彻底；那自然，你不过还没有牺牲的机会罢了。敝人向来最赞成一切牺牲，也最乐于‘成人之美’，况且我们是同志，我当然应该给你想一个完全办法，因为一个人最紧要的是‘晚节’，一不小心，可就前功尽弃了！

“机会凑得真好：舍间一个小鸦头，正缺一条裤……。朋友，你不要这么看我，我是最反对人身买卖的，这是最不人道的事。但是，那女人是在大旱灾时候留下的，那时我不要，她的父母就会把她卖到妓院里去。你想，这何等可怜。我留下她，正为的讲人道。况且那也不算什么人身买卖，不过我给了她父

① 指众多的学生。

母几文，她的父母就把自己的女儿留在我家里就是了。我当初原想将她当作自己的女儿看，不，简直当作姊妹，同胞看；可恨我的贱内是旧式，说不通。你要知道旧式的女人顽固起来，真是无法可想的，我现在正在另外想点法子……。

“但是，那娃儿已经多天没有裤子了，她是灾民的女儿。我料你一定肯帮助的。我们都是‘贫民之友’呵。况且你做完了这一件事情之后，就是全始全终；我保你将来铜像巍巍，高入云表，呵，一切贫民都鞠躬致敬……。

“对了，我知道你一定肯，你不说我也明白。但你此刻且不要脱下来。我不能拿了走，我这副打扮，如果手上拿一条破裤子，别人见了就要诧异，于我们的牺牲主义的宣传会有妨碍的。现在的社会还太胡涂，——你想，教员还要吃饭，——那里能懂得我们这纯洁的精神呢，一定要误解的。一经误解，社会恐怕要更加自私自利起来，你的工作也就‘非徒无益而又害之’了，朋友。

“你还能勉强走几步罢？不能？这可叫人有点为难了，——那么，你该还能爬？好极了！那么，你就爬过去。你趁你还能爬的时候赶紧爬去，万不要‘功亏一篑’①。但你须用趾尖爬，膝髁不要太用力；裤子擦着沙石，就要更破烂，不但可怜的灾民的女儿受不着实惠，并且连你的精神都白扔了。先行脱下了也不妥当，一则太不雅观，二则恐怕巡警要干涉，还是穿着爬的好。我的朋友，我们不是外人，肯给你上当的么？舍间离这里也并不远，你向东，转北，向南，看路北有两株大

① 功败垂成的意思。

槐树的红漆门就是。你一爬到，就脱下来，对号房说：这是老爷叫我送来的，交给太太收下。你一见号房，应该赶快说，否则也许将你当作一个讨饭的，会打你。唉唉，近来讨饭的太多了，他们不去做工，不去读书，单知道要饭。所以我的号房就借痛打这方法，给他们一个教训，使他们知道做乞丐是要给人痛打的，还不如去做工读书好……。

“你就去么？好好！但千万不要忘记：交代清楚了就爬开，不要停在我的屋界内。你已经九天没有吃东西了，万一出了什么事故，免不了要给我许多麻烦，我就要减少许多宝贵的光阴，不能为社会服务。我想，我们不是外人，你也决不愿意给自己的同志许多麻烦的，我这话也不过姑且说说。

“你就去罢！好，就去！本来我也可以叫一辆人力车送你去，但我知道用人代牛马来拉人，你一定不赞成的，这事多么不人道！我去了。你就动身罢。你不要这么萎靡不振，爬呀！朋友！我的同志，你快爬呀，向东呀！……”

战士和苍蝇

Schopenhauer 说过这样的话：要估定人的伟大，则精神上的大和体格上的大，那法则完全相反。后者距离愈远即愈小，前者却见得愈大。

正因为近则愈小，而且愈看见缺点和创伤，所以他就和我们一样，不是神道，不是妖怪，不是异兽。他仍然是人，不过如此。但也惟其如此，所以他是伟大的人。

战士战死了的时候，苍蝇们所首先发见的是他的缺点和伤痕，嘬着，营营地叫着，以为得意，以为比死了的战士更英雄。但是战士已经战死了，不再来挥去他们。于是乎苍蝇们即更其营营地叫，自以为倒是不朽的声音，因为它们的完全，远在战士之上。

的确的，谁也没有发见过苍蝇们的缺点和创伤。

然而，有缺点的战士终竟是战士，完美的苍蝇也终竟不过是苍蝇。

去罢，苍蝇们！虽然生着翅子，还能营营，总不会超过战士的。你们这些虫豸们！

三月二十一日。

夏三虫

夏天近了，将有三虫：蚤，蚊，蝇。

假如有谁提出一个问题，问我三者之中，最爱什么，而且非爱一个不可，又不准像“青年必读书”那样的缴白卷的。我便只得回答道：跳蚤。

跳蚤的来吮血，虽然可恶，而一声不响地就是一口，何等直截爽快。蚊子便不然了，一针叮进皮肤，自然还可以算得有点彻底的，但当未叮之前，要哼哼地发一篇大议论，却使人觉得讨厌。如果所哼的是在说明人血应该给它充饥的理由，那可更其讨厌了，幸而我不懂。

野雀野鹿，一落在人手中，总时时刻刻想要逃走。其实，在山林间，上有鹰鹯，下有虎狼，何尝比在人手里安全。为什么当初不逃到人类中来，现在却要逃到鹰鹯虎狼间去？或者，鹰鹯虎狼之于它们，正如跳蚤之于我们罢。肚子饿了，抓着就是一口，决不谈道理，弄玄虚。被吃者也无须在被吃之前，先承认自己之理应被吃，心悦诚服，誓死不二。人类，可是也颇擅长于哼哼的了，害中取小，它们的避之惟恐不速，正是绝顶聪明。

苍蝇嗡嗡地闹了大半天，停下来也不过舐一点油汗，倘有伤痕或疮疖，自然更占一些便宜；无论怎么好的，美的，干净的东西，又总喜欢一律拉上一点蝇矢。但因为只舐一点油汗，只添一点腌臜，在麻木的人们还没有切肤之痛，所以也就将它放过了。中国人还不很知道它能够传播病菌，捕蝇运动大概不见得兴盛。它们的运命是长久的；还要更繁殖。

但它在好的，美的，干净的东西上拉了蝇矢之后，似乎还不至于欣欣然反过来嘲笑这东西的不洁：总要算还有一点道德的。

古今君子，每以禽兽斥人，殊不知便是昆虫，值得师法的地方也多着哪。

四月四日。

忽然想到（五至六）

五

我生得太早一点，连康有为们“公车上书”的时候，已经颇有些年纪了。政变之后，有族中的所谓长辈也者教诲我，说：康有为是想篡位，所以他的名字叫有为；有者，“富有天下”，为者，“贵为天子”也。非图谋不轨而何？我想：诚然。可恶得很！

长辈的训诲于我是这样的有力，所以我也很遵从读书人家的家教。屏息低头，毫不敢轻举妄动。两眼下视黄泉，看天就是傲慢，满脸装出死相，说笑就是放肆。我自然以为极应该的，但有时心里也发生一点反抗。心的反抗，那时还不算什么犯罪，似乎诛心之律，倒不及现在之严。

但这心的反抗，也还是大人们引坏的，因为他们自己就常常随便大说大笑，而单是禁止孩子。黔首①们看见秦始皇那么阔气，捣乱的项羽道：“彼可取而代也！”没出息的刘邦却说：“大丈夫不当如是耶？”我是没出息的一流，因为羡慕他们的随意说笑，就很希望赶忙变成大人，——虽然此外也还有别种的

① 秦朝时期对人民的称呼。

原因。

大丈夫不当如是耶，在我，无非只想不再装死而已，欲望也并不甚奢。

现在，可喜我已经大了，这大概是谁也不能否认的罢，无论用了怎样古怪的“逻辑”。

我于是就抛了死相，放心说笑起来，而不意立刻又碰了正经人的钉子：说是使他们“失望”了。我自然是知道的，先前是老人们的世界，现在是少年们的世界了；但竟不料治世的人们虽异，而其禁止说笑也则同。那么，我的死相也还得装下去，装下去，“死而后已”，岂不痛哉！

我于是又恨我生得太迟一点。何不早二十年，赶上那大人还准说笑的时候？真是“我生不辰”①，正当可诅咒的时候，活在可诅咒的地方了。

约翰弥耳说：专制使人们变成冷嘲。我们却天下太平，连冷嘲也没有。我想：暴君的专制使人们变成冷嘲，愚民的专制使人们变成死相。大家渐渐死下去，而自己反以为卫道有效，这才渐近于正经的活人。

世上如果还有真要活下去的人们，就先该敢说，敢笑，敢哭，敢怒，敢骂，敢打，在这可诅咒的地方击退了可诅咒的时代！

四月十四日。

---

① 我生的不是时候。

六

外国的考古学者们联翩而至了。

久矣夫，中国的学者们也早已口口声声的叫着“保古！保古！保古！……”

但是不能革新的人种，也不能保古的。

所以，外国的考古学者们便联翩而至了。

长城久成废物，弱水也似乎不过是理想上的东西。老大的国民尽钻在僵硬的传统里，不肯变革，衰朽到毫无精力了，还要自相残杀。于是外面的生力军很容易地进来了，真是“匪今斯今，振古如兹”①。至于他们的历史，那自然都没我们的那么古。

可是我们的古也就难保，因为土地先已危险而不安全。土地给了别人，则“国宝”虽多，我觉得实在也无处陈列。

但保古家还在痛骂革新，力保旧物地干：用玻璃板印些宋版书，每部定价几十几百元；“涅槃！涅槃！涅槃！”佛自汉时已入中国，其古色古香为何如哉！买集些旧书和金石，是劬古②爱国之士，略作考证，赶印目录，就升为学者或高人。而外国人所得的古董，却每从高人的高尚的袖底里共清风一同流出。即不然，归安陆氏的皕宋，潍县陈氏的十钟，其子孙尚能世守否？

---

① 意思是不但现在，从古以来就如此。

② 指勤于研究古代的文化。

现在，外国的考古学者们便联翩而至了。

他们活有余力，则以考古，但考古尚可，帮同保古就更可怕了。有些外人，很希望中国永是一个大古董以供他们的赏鉴，这虽然可恶，却还不奇，因为他们究竟是外人。而中国竟也有自己还不够，并且要率领了少年，赤子，共成一个大古董以供他们的赏鉴者，则真不知是生着怎样的心肝。

中国废止读经了，教会学校不是还请腐儒做先生，教学生读“四书”么？民国废去跪拜了，犹太学校不是偏请遗老做先生，要学生磕头拜寿么？外国人办给中国人看的报纸，不是最反对五四以来的小改革么？而外国总主笔治下的中国小主笔，则倒是崇拜道学，保存国粹的！

但是，无论如何，不革新，是生存也为难的，而况保古。现状就是铁证，比保古家的万言书有力得多。

我们目下的当务之急，是：一要生存，二要温饱，三要发展。苟有阻碍这前途者，无论是古是今，是人是鬼，是《三坟》《五典》，百宋千元，天球河图，金人玉佛，祖传丸散，秘制膏丹，全都踏倒他。

保古家大概总读过古书，“林回弃千金之璧，负赤子而趋”，该不能说是禽兽行为罢。那么，弃赤子而抱千金之璧的是什么？

四月十八日。

杂感

人们有泪，比动物进化，但即此有泪，也就是不进化，正如已经只有盲肠，比鸟类进化，而究竟还有盲肠，终不能很算进化一样。凡这些，不但是无用的赘物，还要使其人达到无谓的灭亡。

现今的人们还以眼泪赠答，并且以这为最上的赠品，因为他此外一无所有。无泪的人则以血赠答，但又各各拒绝别人的血。

人大抵不愿意爱人下泪。但临死之际，可能也不愿意爱人为你下泪么？无泪的人无论何时，都不愿意爱人下泪，并且连血也不要：他拒绝一切为他的哭泣和灭亡。

人被杀于万众聚观之中，比被杀在“人不知鬼不觉”的地方快活，因为他可以妄想，博得观众中的或人的眼泪。但是，无泪的人无论被杀在什么所在，于他并无不同。

杀了无泪的人，一定连血也不见。爱人不觉他被杀之惨，仇人也终于得不到杀他之乐：这是他的报恩和复仇。

死于敌手的锋刃，不足悲苦；死于不知何来的暗器，却是悲苦。但最悲苦的是死于慈母或爱人误进的毒药，战友乱发的流弹，病菌的并无恶意的侵入，不是我自己制定的死刑。

仰慕往古的，回往古去罢！想出世的，快出世罢！想上天的，快上天罢！灵魂要离开肉体的，赶快离开罢！现在的地上，应该是执着现在，执着地上的人们居住的。

但厌恶现世的人们还住着。这都是现世的仇雠，他们一日存在，现世即一日不能得救。

先前，也曾有些愿意活在现世而不得的人们，沉默过了，呻吟过了，叹息过了，哭泣过了，哀求过了，但仍然愿意活在现世而不得，因为他们忘却了愤怒。

勇者愤怒，抽刃向更强者；怯者愤怒，却抽刃向更弱者。不可救药的民族中，一定有许多英雄，专向孩子们瞪眼。这些孱头们！

孩子们在瞪眼中长大了，又向别的孩子们瞪眼，并且想：他们一生都过在愤怒中。因为愤怒只是如此，所以他们要愤怒一生，——而且还要愤怒二世，三世，四世，以至末世。

无论爱什么，——饭，异性，国，民族，人类等等，——只有纠缠如毒蛇，执着如怨鬼，二六时中，没有已时者有望。但太觉疲劳时，也无妨休息一会罢；但休息之后，就再来一回罢，而且两回，三回……。血书，章程，请愿，讲学，哭，电报，开会，挽联，演说，神经衰弱，则一切无用。

血书所能挣来的是什么？不过就是你的一张血书，况且并不好看。至于神经衰弱，其实倒是自己生了病，你不要再当作宝贝了，我的可敬爱而讨厌的朋友呀！

我们听到呻吟，叹息，哭泣，哀求，无须吃惊。见了酷烈的沉默，就应该留心了；见有什么像毒蛇似的在尸林中蜿蜒，怨鬼似的在黑暗中奔驰，就更应该留心了：这在豫告“真的愤怒”将要到来。那时候，仰慕往古的就要回往古去了，想出世的要出世去了，想上天的要上天了，灵魂要离开肉体的就要离开了！……

五月五日。

北京通信

蕴儒，培良两兄：

昨天收到两份《豫报》，使我非常快活，尤其是见了那《副刊》。因为它那蓬勃的朝气，实在是在我先前的豫想以上。你想：从有着很古的历史的中州，传来了青年的声音，仿佛在豫告这古国将要复活，这是一件如何可喜的事呢？

倘使我有这力量，我自然极愿意有所贡献于河南的青年。但不幸我竟力不从心，因为我自己也正站在歧路上，——或者，说得较有希望些：站在十字路口。站在歧路上是几乎难于举足，站在十字路口，是可走的道路很多。我自己，是什么也不怕的，生命是我自己的东西，所以我不妨大步走去，向着我自以为可以走去的路；即使前面是深渊，荆棘，狭谷，火坑，都由我自己负责。然而向青年说话可就难了，如果盲人瞎马，引入危途，我就该得谋杀许多人命的罪孽。

所以，我终于还不想劝青年一同走我所走的路；我们的年龄，境遇，都不相同，思想的归宿大概总不能一致的罢。但倘若一定要问我青年应当向怎样的目标，那么，我只可以说出我为别人设计的话，就是：一要生存，二要温饱，三要发展。有敢来阻碍这三事者，无论是谁，我们都反抗他，扑灭他！

可是还得附加几句话以免误解，就是：我之所谓生存，并不是苟活；所谓温饱，并不是奢侈；所谓发展，也不是放纵。

中国古来，一向是最注重于生存的，什么“知命者不立于岩墙之下”咧，什么“千金之子坐不垂堂”咧，什么“身体发肤受之父母不敢毁伤”咧，竟有父母愿意儿子吸鸦片的，一吸，他就不至于到外面去，有倾家荡产之虞了。可是这一流人家，家业也决不能长保，因为这是苟活。苟活就是活不下去的初步，所以到后来，他就活不下去了。意图生存，而太卑怯，结果就得死亡。以中国古训中教人苟活的格言如此之多，而中国人偏多死亡，外族偏多侵入，结果适得其反，可见我们蔑弃古训，是刻不容缓的了。这实在是无可奈何，因为我们要生活，而且不是苟活的缘故。

中国人虽然想了各种苟活的理想乡，可惜终于没有实现。但我却替他们发见了；你们大概知道的罢，就是北京的第一监狱。这监狱在宣武门外的空地里，不怕邻家的火灾；每日两餐，不虑冻馁；起居有定，不会伤生；构造坚固，不会倒塌；禁卒管着，不会再犯罪；强盗是决不会来抢的。住在里面，何等安全，真真是“千金之子坐不垂堂”了。但阙少的就有一件事：自由。

古训所教的就是这样的生活法，教人不要动。不动，失错当然就较少了，但不活的岩石泥沙，失错不是更少么？我以为人类为向上，即发展起见，应该活动，活动而有若干失错，也不要紧。惟独半死半生的苟活，是全盘失错的。因为他挂了生活的招牌，其实却引入到死路上去！

我想，我们总得将青年从牢狱里引出来，路上的危险，当然是有的，但这是求生的偶然的危险，无从逃避。想逃避，就须度那古人所希求的第一监狱式生活了，可是真在第一监狱里的犯人，都想早些释放，虽然外面并不比狱里安全。

北京暖和起来了；我的院子里种了几株丁香，活了；还有两株榆叶梅，至今还未发芽，不知道他是否活着。

昨天闹了一个小乱子，许多学生被打伤了；听说还有死的，我不知道确否。其实，只要听他们开会，结果不过是开会而已，因为加了强力的迫压，遂闹出开会以上的事来。俄国的革命，不就是从这样的路径出发的么？

夜深了，就此搁笔，后来再谈罢。

鲁迅。五月八日夜。

导 师

近来很通行说青年；开口青年，闭口也是青年。但青年又何能一概而论？有醒着的，有睡着的，有昏着的，有躺着的，有玩着的，此外还多。但是，自然也有要前进的。

要前进的青年们大抵想寻求一个导师。然而我敢说：他们将永远寻不到。寻不到倒是运气；自知的谢不敏，自许的果真识路么？凡自以为识路者，总过了“而立”之年，灰色可掬了，老态可掬了，圆稳而已，自己却误以为识路。假如真识路，自己就早进向他的目标，何至于还在做导师。说佛法的和尚，卖仙药的道士，将来都与白骨是“一丘之貉”[①]，人们现在却向他听生西的大法，求上升的真传，岂不可笑！

但是我并非敢将这些人一切抹杀：和他们随便谈谈，是可以的。说话的也不过能说话，弄笔的也不过能弄笔；别人如果希望他打拳，则是自己错。他如果能打拳，早已打拳了，但那时，别人大概又要希望他翻筋斗。

有些青年似乎也觉悟了，我记得《京报副刊》征求青年必读书时，曾有一位发过牢骚，终于说：只有自己可靠！我现在还想斗胆转一句，虽然有些杀风景，就是：自己也未必可靠的。

---

① 出自《汉书·杨恽传》。意思是同一山丘上的貉。比喻彼此同样低劣，并无差异。

我们都不大有记性。这也无怪，人生苦痛的事太多了，尤其是在中国。记性好的，大概都被厚重的苦痛压死了；只有记性坏的，适者生存，还能欣然活着。但我们究竟还有一点记忆，回想起来，怎样的“今是昨非”呵，怎样的“口是心非”呵，怎样的“今日之我与昨日之我战”呵。我们还没有正在饿得要死时于无人处见别人的饭，正在穷得要死时于无人处见别人的钱，正在性欲旺盛时遇见异性，而且很美的。我想，大话不宜讲得太早，否则，倘有记性，将来想到时会脸红。

或者还是知道自己之不甚可靠者，倒较为可靠罢。

青年又何须寻那挂着金字招牌的导师呢？不如寻朋友，联合起来，同向着似乎可以生存的方向走。你们所多的是生力，遇见深林，可以辟成平地的，遇见旷野，可以栽种树木的，遇见沙漠，可以开掘井泉的。问什么荆棘塞途的老路，寻什么乌烟瘴气的鸟导师！

五月十一日。

长 城

伟大的长城！

这工程，虽在地图上也还有它的小像，凡是世界上稍有知识的人们，大概都知道的罢。

其实，从来不过徒然役死许多工人而已，胡人何尝挡得住。现在不过一种古迹了，但一时也不会灭尽，或者还要保存它。

我总觉得周围有长城围绕。这长城的构成材料，是旧有的古砖和补添的新砖。两种东西联为一气造成了城壁，将人们包围。

何时才不给长城添新砖呢？

这伟大而可诅咒的长城！

五月十一日。

忽然想到（七至九）

七

大约是送报人忙不过来了，昨天不见报，今天才给补到，但是奇怪，正张上已经剪去了两小块；幸而副刊是完全的。那上面有一篇武者君的《温良》，又使我记起往事，我记得确曾用了这样一个糖衣的毒刺赠送过我的同学们。现在武者君也在大道上发见了两样东西了：凶兽和羊。但我以为这不过发见了一部分，因为大道上的东西还没有这样简单，还得附加一句，是：凶兽样的羊，羊样的凶兽。

他们是羊，同时也是凶兽；但遇见比他更凶的凶兽时便现羊样，遇见比他更弱的羊时便现凶兽样，因此，武者君误认为两样东西了。

我还记得第一次五四以后，军警们很客气地只用枪托，乱打那手无寸铁的教员和学生，威武到很像一队铁骑在苗田上驰骋；学生们则惊叫奔避，正如遇见虎狼的羊群。但是，当学生们成了大群，袭击他们的敌人时，不是遇见孩子也要推他摔几个觔斗么？在学校里，不是还唾骂敌人的儿子，使他非逃回家去不可么？这和古代暴君的灭族的意见，有什么区分！

我还记得中国的女人是怎样被压制，有时简直并羊而不如。现在托了洋鬼子学说的福，似乎有些解放了。但她一得到可以逞威的地位如校长之类，不就雇用了“掠袖擦掌”的打手似的男人，来威吓毫无武力的同性的学生们么？不是利用了外面正有别的学潮的时候，和一些狐群狗党趁势来开除她私意所不喜的学生们么？而几个在“男尊女卑”的社会生长的男人们，此时却在异性的饭碗化身的面前摇尾，简直并羊而不如。羊，诚然是弱的，但还不至于如此，我敢给我所敬爱的羊们保证！

但是，在黄金世界还未到来之前，人们恐怕总不免同时含有这两种性质，只看发现时候的情形怎样，就显出勇敢和卑怯的大区别来。可惜中国人但对于羊显凶兽相，而对于凶兽则显羊相，所以即使显着凶兽相，也还是卑怯的国民。这样下去，一定要完结的。

我想，要中国得救，也不必添什么东西进去，只要青年们将这两种性质的古传用法，反过来一用就够了，对手如凶兽时就如凶兽，对手如羊时就如羊！

那么，无论什么魔鬼，就都只能回到他自己的地狱里去。

五月十日。

八

五月十二日《京报》的“显微镜”下有这样的一条——

“某学究见某报上载教育总长‘章士钉’五七呈文，愀然曰：‘名字怪僻如此，非圣人之徒也，岂能为吾侪卫古文之道者乎！’”

因此想起中国有几个字，不但在白话文中，就是在文言文中也几乎不用。其一是这误印为“钉”的“钊”字，还有一个是“淦”字，大概只在人名里还有留遗。我手头没有《说文解字》，钊字的解释完全不记得了，淦则仿佛是船底漏水的意思。我们现在要叙述船漏水，无论用怎样古奥的文章，大概总不至于说“淦矣”了罢，所以除了印张国淦，孙嘉淦或新淦县的新闻之外，这一粒铅字简直是废物。

至于“钊”则化而为“钉”还不过一个小笑话；听说竟有人因此受害。曹锟做总统的时代（那时这样写法就要犯罪），要办李大钊先生，国务会议席上一个阁员说：“只要看他的名字，就知道不是一个安分的人。什么名字不好取，他偏要叫李大剑?!”于是乎办定了，因为这位“大剑”先生已经用名字自己证实，是“大刀王五”一流人。

我在N的学堂做学生的时候，也曾经因这“钊”字碰过几个小钉子，但自然因为我自己不“安分”。一个新的职员到校了，势派非常之大，学者似的，很傲然。可惜他不幸遇见了一个同学叫“沈钊”的，就倒了楣，因为他叫他“沈钓”，以表白自己的不识字。于是我们一见面就讥笑他，就叫他为“沈钓”，并且由讥笑而至于相骂。两天之内，我和十多个同学就迭连记了两小过两大过，再记一小过，就要开除了。但开除在我们那个学校里并不算什么大事件，大堂上还有军令，可以将学生杀头的。做那里的校长这才威风呢，——但那时的名目却叫作“总办”的，资格又须是候补道。

假使那时也像现在似的专用高压手段，我们大概是早经“正法”，我也不会还有什么“忽然想到”的了。我不知怎的近来很有“怀古”的倾向，例如这回因为一个字，就会露出遗老似的“缅怀古昔”的口吻来。

五月十三日。

九

记得有人说过，回忆多的人们是没出息的了，因为他眷念从前，难望再有勇猛的进取；但也有说回忆是最为可喜的。前一说忘却了谁的话，后一说大概是 A. Francè 罢，——都由他。可是他们的话也都有些道理，整理起来，研究起来，一定可以消费许多功夫；但这都听凭学者们去干去，我不想来加入这一类高尚事业了，怕的是毫无结果之前，已经“寿终正寝”。（是否真是寿终，真在正寝，自然是没有把握的，但此刻不妨写得好看一点。）我能谢绝研究文艺的酒筵，能远避开除学生的饭局，然而阎罗大王的请帖，大概是终于没法“谨谢”的，无论你怎样摆架子。好，现在是并非眷念过去，而是遥想将来了，可是一样的没出息。管他娘的，写下去——

不动笔是为要保持自己的身分，我近来才知道；可是动笔的九成九是为自己来辩护，则早就知道的了，至少，我自己就这样。所以，现在要写出来的，也不过是为自己的一封信——

FD 君：

记得一年或两年之前，蒙你赐书，指摘我在《阿 Q 正传》中写捉拿一个无聊的阿 Q 而用机关枪，是太远于事理。我当时没有答复你，一则你信上不写住址，二则阿 Q 已经捉过，我不能再邀你去看热闹，共同证实了。

但我前几天看报章，便又记起了你。报上有一则新闻，大意是学生要到执政府去请愿，而执政府已于事前得知，东门上添了军队，西门上还摆起两架机关枪，学生不得入，终于无结果而散云。你如果还在北京，何妨远远地——愈远愈好——去望一望呢，倘使真有两架，那么，我就"振振有辞"了。

夫学生的游行和请愿，由来久矣。他们都是"郁郁乎文哉"，不但绝无炸弹和手枪，并且连九节钢鞭，三尖两刃刀也没有，更何况丈八蛇矛和青龙掩月刀乎？至多，"怀中一纸书"而已，所以向来就没有闹过乱子的历史。现在可是已经架起机关枪来了，而且有两架！

但阿 Q 的事件却大得多了，他确曾上城偷过东西，未庄也确已出了抢案。那时又还是民国元年，那些官吏，办事自然比现在更离奇。先生！你想：这是十三年前的事呵。那时的事，我以为即使在《阿 Q 正传》中再给添上一混成旅和八尊过山炮，也不至于"言过其实"的罢。

请先生不要用普通的眼光看中国，我的一个朋友从印度回来，说，那地方真古怪，每当自己走过恒河边，就觉得还要防被捉去杀掉而祭天。我在中国也时时起这一类的恐惧。普通认为 romantic 的，在中国是平常事；机关枪不装在土谷祠①外，还装到那里去呢？

一九二五年五月十四日，鲁迅上。

① 土地庙。

“碰壁”之后

我平日常常对我的年青的同学们说：古人所谓“穷愁著书”的话，是不大可靠的。穷到透顶，愁得要死的人，那里还有这许多闲情逸致来著书？我们从来没有见过候补的饿殍在沟壑边吟哦；鞭扑底下的囚徒所发出来的不过是直声的叫喊，决不会用一篇妃红俪白的骈体文来诉痛苦的。所以待到磨墨吮笔，说什么“履穿踵决”① 时，脚上也许早经是丝袜；高吟“饥来驱我去……”的陶征士，其时或者偏已很有些酒意了。正当苦痛，即说不出苦痛来，佛说极苦地狱中的鬼魂，也反而并无叫唤！

华夏大概并非地狱，然而“境由心造”，我眼前总充塞着重迭的黑云，其中有故鬼，新鬼，游魂，牛首阿旁，畜生，化生，大叫唤，无叫唤，使我不堪闻见。我装作无所闻见模样，以图欺骗自己，总算已从地狱中出离。

打门声一响，我又回到现实世界了。又是学校的事。我为什么要做教员？！想着走着，出去开门，果然，信封上首先就看见通红的一行字：国立北京女子师范大学。

我本就怕这学校，因为一进门就觉得阴惨惨，不知其所以然，但也常常疑心是自己的错觉。后来看到杨荫榆校长《致全

① 意思是鞋子破了，露出脚后跟。形容很贫苦。

体学生公启》里的“须知学校犹家庭，为尊长者断无不爱家属之理，为幼稚者亦当体贴尊长之心”的话，就恍然了，原来我虽然在学校教书，也等于在杨家坐馆[1]，而这阴惨惨的气味，便是从“冷板凳”里出来的。可是我有一种毛病，自己也疑心是自讨苦吃的根苗，就是偶尔要想想。所以恍然之后，即又有疑问发生：这家族人员——校长和学生——的关系是怎样的，母女，还是婆媳呢？

想而又想，结果毫无。幸而这位校长宣言多，竟在她《对于暴烈学生之感言》里获得正确的解答了。曰，“与此曹子勃谿相向，”则其为婆婆无疑也。

现在我可以大胆地用“妇姑勃谿”[2] 这句古典了。但婆媳吵架，与西宾又何干呢？因为究竟是学校，所以总还是时常有信来，或是婆婆的，或是媳妇的。我的神经又不强，一闻打门而悔做教员者以此，而且也确有可悔的理由。

这一年她们的家务简直没有完，媳妇儿们不佩服婆婆做校长了，婆婆可是不歇手。这是她的家庭，怎么肯放手呢？无足怪的。而且不但不放，还趁“五七”之际，在什么饭店请人吃饭之后，开除了六个学生自治会的职员，并且发表了那“须知学校犹家庭”的名论。

这回抽出信纸来一看，是媳妇儿们的自治会所发的，略谓：

“旬余以来，校务停顿，百费待兴，若长此迁延，不特虚

---

① 古时候当家庭教师称为“坐馆”。

② 出自《庄子·外物》。指婆媳吵架的意思。

掷数百青年光阴，校务前途，亦岌岌不可终日。……”

底下是请教员开一个会，出来维持的意思的话，订定的时间是当日下午四点钟。

“去看一看罢。”我想。

这也是我的一种毛病，自己也疑心是自讨苦吃的根苗；明知道无论什么事，在中国是万不可轻易去“看一看”的，然而终于改不掉，所以谓之“病”。但是，究竟也颇熟于世故了，我想后，又立刻决定，四点太早，到了一定没有人，四点半去罢。

四点半进了阴惨惨的校门，又走进教员休息室。出乎意料之外！除一个打盹似的校役以外，已有两位教员坐着了。一位是见过几面的；一位不认识，似乎说是姓汪，或姓王，我不大听明白，——其实也无须。

我也和他们在一处坐下了。

“先生的意思以为这事情怎样呢？”这不识教员在招呼之后，看住了我的眼睛问。

“这可以由各方面说……。你问的是我个人的意见么？我个人的意见，是反对杨先生的办法的……。”

糟了！我的话没有说完，他便将他那灵便小巧的头向旁边一摇，表示不屑听完的态度。但这自然是我的主观；在他，或者也许本有将头摇来摇去的毛病的。

“就是开除学生的罚太严了。否则，就很容易解决。……”我还要继续说下去。

“嗡嗡。”他不耐烦似的点头。

我就默然，点起火来吸烟卷。

“最好是给这事情冷一冷……。”不知怎的他又开始发表他的“冷一冷”学说了。

“嗡嗡。瞧着看罢。”这回是我不耐烦似的点头，但终于多说了一句话。

我点头讫，瞥见坐前有一张印刷品，一看之后，毛骨便悚然起来。文略谓：

“……第用学生自治会名义，指挥讲师职员，召集校务维持讨论会，……本校素遵部章，无此学制，亦无此办法，根本上不能成立。……而且闹潮以来……不能不筹正当方法，又有其他校务进行，亦待大会议决，兹定于（月之二十一日）下午七时，由校特请全体主任专任教员评议会会员在太平湖饭店开校务紧急会议，解决种种重要问题。务恳大驾莅临，无任盼祷！”

署名就是我所视为畏途的“国立北京女子师范大学”，但下面还有一个“启”字。我这时才知道我不该来，也无须“莅临”太平湖饭店，因为我不过是一个“兼任教员”。然而校长为什么不制止学生开会，又不预先否认，却要叫我到了学校来看这“启”的呢？我愤然地要质问了，举目四顾，两个教员，一个校役，四面砖墙带着门和窗门，而并没有半个负有答复的责任的生物。“国立北京女子师范学校”虽然能“启，”然而是不能答的。只有默默地阴森地四周的墙壁将人包围，现出险恶的颜色。

我感到苦痛了，但没有悟出它的原因。

可是两个学生来请开会了；婆婆终于没有露面。我们就走进会场去，这时连我已经有五个人；后来陆续又到了七八人。于是乎开会。

“为幼稚者”仿佛不大能够“体贴尊长之心”似的，很诉了许多苦。然而我们有什么权利来干预“家庭”里的事呢？而况太平湖饭店里又要“解决种种重要问题”了！但是我也说明了几句我所以来校的理由，并要求学校当局今天缩头缩脑办法的解答。然而，举目四顾，只有媳妇儿们和西宾，砖墙带着门和窗门，而并没有半个负有答复的责任的生物！

我感到苦痛了，但没有悟出它的原因。

这时我所不识的教员和学生在谈话了；我也不很细听。但在他的话里听到一句“你们做事不要碰壁”，在学生的话里听到一句“杨先生就是壁”，于我就仿佛见了一道光，立刻知道我的痛苦的原因了。

碰壁，碰壁！我碰了杨家的壁了！

其时看看学生们，就像一群童养媳……。

这一种会议是照例没有结果的，几个自以为大胆的人物对于婆婆稍加微辞之后，即大家走散。我回家坐在自己的窗下的时候，天色已近黄昏，而阴惨惨的颜色却渐渐地退去，回忆到碰壁的学说，居然微笑起来了。

中国各处是壁，然而无形，像“鬼打墙”一般，使你随时能“碰”。能打这墙的，能碰而不感到痛苦的，是胜利者。——但是，此刻太平湖饭店之宴已近阑珊，大家都已经吃到冰其淋，在那里“冷一冷”了罢……。

我于是仿佛看见雪白的桌布已经沾了许多酱油渍，男男女女围着桌子都吃冰其淋，而许多媳妇儿，就如中国历来的大多数媳妇儿在苦节的婆婆脚下似的，都决定了暗淡的运命。

我吸了两支烟，眼前也光明起来，幻出饭店里电灯的光彩，看见教育家在杯酒间谋害学生，看见杀人者于微笑后屠戮百姓，看见死尸在粪土中舞蹈，看见污秽洒满了风籁琴，我想取作画图，竟不能画成一线。我为什么要做教员，连自己也侮蔑自己起来。但是织芳来访我了。

我们闲谈之间，他也忽而发感慨——

“中国什么都黑暗，谁也不行，但没有事的时候是看不出来的。教员咧，学生咧，烘烘烘，烘烘烘，真像一个学校，一有事故，教员也不见了，学生也慢慢躲开了；结局只剩下几个傻子给大家做牺牲，算是收束。多少天之后，又是这样的学校，躲开的也出来了，不见的也露脸了，‘地球是圆的’咧，‘苍蝇是传染病的媒介’咧。又是学生咧，教员咧，烘烘烘……。”

从不像我似的常常“碰壁”的青年学生的眼睛看来，中国也就如此之黑暗么？然而他们仅有微弱的呻吟，然而一呻吟就被杀戮了！

五月二十一日夜。

并非闲话

凡事无论大小，只要和自己有些相干，便不免格外警觉。即如这一回女子师范大学的风潮，我因为在那里担任一点钟功课，也就感到震动，而且就发了几句感慨，登在五月十二的《京报副刊》上。自然，自己也明知道违了“和光同尘”的古训了，但我就是这样，并不想以骑墙或阴柔来买人尊敬。三四天之后，忽然接到一本《现代评论》十五期，很觉得有些稀奇。这一期是新印的，第一页上目录已经整齐（初版字有参差处），就证明着至少是再版。我想：为什么这一期特别卖的多，送的多呢，莫非内容改变了么？翻开初版来，校勘下去，都一样；不过末叶的金城银行的广告已经杳然，所以一篇《女师大的学潮》就赤条条地露出。我不是也发过议论的么？自然要看一看，原来是赞成杨荫榆校长的，和我的论调正相反。做的人是“一个女读者”。

中国原是玩意儿最多的地方，近来又刚闹过什么“琴心是否女士”问题，我于是心血来潮，忽而想：又捣什么鬼，装什么佯了？但我即刻不再想下去，因为接着就起了别一个念头，想到近来有些人，凡是自己善于在暗中播弄鼓动的，一看见别人明白质直的言动，便往往反噬他是播弄和鼓动，是某党，是某系；正如偷汉的女人的丈夫，总愿意说世人全是忘八，和他相同，他心里才觉舒畅。这种思想是卑劣的；我太多心了，人们也何至于一定用裙子来做军旗。我就将我的念头打断了。

此后，风潮还是拖延着，而且展开来，于是有七个教员的宣言发表，也登在五月二十七日的《京报》上，其中的一个是我。

这回的反响快透了，三十日发行（其实是二十九日已经发卖）的《现代评论》上，西滢先生就在《闲话》的第一段中特地评论。但是，据说宣言是“《闲话》正要付印的时候”才在报上见到的，所以前半只论学潮，和宣言无涉。后来又做了三大段，大约是见了宣言之后，这才文思泉涌的罢，可是《闲话》付印的时间，大概总该颇有些耽误了。但后做而移在前面，也未可知。那么，足见这是一段要紧的“闲话”。

《闲话》中说，“以前我们常常听说女师大的风潮，有在北京教育界占最大势力的某籍某系的人在暗中鼓动，可是我们总不敢相信。”所以他只在宣言中摘出“最精彩的几句”，加上圈子，评为“未免偏袒一方”；而且因为“流言更加传布得厉害”，遂觉“可惜”，但他说“还是不信我们平素所很尊敬的人会暗中挑剔风潮”。这些话我觉得确有些超妙的识见。例如“流言”本是畜类的武器，鬼蜮的手段，实在应该不信它。又如一查籍贯，则即使装作公平，也容易启人疑窦，总不如“不敢相信”的好，否则同籍的人固然惮于在一张纸上宣言，而别一某籍的人也不便在暗中给同籍的人帮忙了。这些“流言”和“听说”，当然都只配当作狗屁！

但是，西滢先生因为“未免偏袒一方”而遂叹为“可惜”，仍是引用“流言”，我却以为是“可惜”的事。清朝的县官坐堂，往往两造各责小板五百完案，“偏袒”之嫌是没有了，可是终于不免为胡涂虫。假使一个人还有是非之心，倒不如直说的好；否则，虽然吞吞吐吐，明眼人也会看出他暗中“偏袒”那一方，所表白的不过是自己的阴险和卑劣。宣言中所谓“若离若合，殊有混淆黑白之嫌”者，似乎也就是为此辈的手段写照。而且所谓“挑剔风潮”的“流言”，说不定就是这些伏在暗中，轻易不大露面的东西所制造的，但我自然也“没有调查详细的事实，不大知道”。可惜的是西滢先生虽说“还是不信”，却已为我辈“可惜”，足见流言之易于惑人，无怪常有人用作武器。但在我，却直到看见这《闲话》之后，才知道西滢先生们原来“常常”听到这样的流言，并且和我偶尔听到的都不对。可见流言也有种种，某种流言，大抵是奔凑到某种耳朵，写出在某种笔下的。

但在《闲话》的前半，即西滢先生还未在报上看见七个教员的宣言之前，已经比学校为“臭毛厕”，主张“人人都有扫除的义务”了。为什么呢？一者报上两个相反的启事已经发现；二者学生把守校门；三者有“校长不能在学校开会，不得不借邻近的饭店招集教员开会的奇闻”。但这所述的“臭毛厕”的情形还得修改些，因为层次有点颠倒。据宣言说，则“饭店开会”，乃在“把守校门”之前，大约西滢先生觉得不“最精彩”，所以没有摘录或者已经写好，所以不及摘录的罢。现在我来补摘几句，并且也加些圈子，聊以效颦——

“……迨五月七日校内讲演时，学生劝校长杨荫榆先生退席后，杨先生乃于饭馆召集校员若干燕饮，继即以评议会名义，将学生自治会职员六人揭示开除，由是全校哗然，有坚拒杨先生长校之事变。……”

《闲话》里的和这事实的颠倒，从神经过敏的看起来，或者也可以认为“偏袒”的表现；但我在这里并非举证，不过聊作插话而已。其实，“偏袒”两字，因我适值选得不大堂皇，所以使人厌观，倘用别的字，便会大大的两样。况且，即使是自以为公平的批评家，“偏袒”也在所不免的，譬如和校长同籍贯，或是好朋友，或是换帖兄弟，或是叨过酒饭，每不免于不知不觉间有所“偏袒”。这也算人情之常，不足深怪；但当侃侃而谈之际，那自然也许流露出来。然而也没有什么要紧，局外人那里会知道这许多底细呢，无伤大体的。

但是学校的变成“臭毛厕”，却究竟在“饭店招集教员”之后，酒醉饭饱，毛厕当然合用了。西滢先生希望“教育当局”打扫，我以为在打扫之前，还须先封饭店，否则醉饱之后，总要拉矢，毛厕即永远需用，怎么打扫得干净？而且，还未打扫之前，不是已经有了“流言”了么？流言之力，是能使粪便增光，蛆虫成圣的，打扫夫又怎么动手？姑无论现在有无打扫夫。

至于“万不可再敷衍下去”，那可实在是斩钉截铁的办法。正应该这样办。但是，世上虽然有斩钉截铁的办法，却很少见有敢负责任的宣言。所多的是自在黑幕中，偏说不知道；替暴君奔走，却以局外人自居；满肚子怀着鬼胎，而装出公允的笑脸；有谁明说出自己所观察的是非来的，他便用了“流言”来作不负责任的武器：这种蛆虫充满的“臭毛厕”，是难于打扫干净的。丢尽“教育界的面目”的丑态，现在和将来还多着哩！

五月三十日。

我的“籍”和“系”

虽然因为我劝过人少——或者竟不——读中国书，曾蒙一位不相识的青年先生赐信要我搬出中国去，但是我终于没有走。而且我究竟是中国人，读过中国书的，因此也颇知道些处世的妙法。譬如，假使要掉文袋，可以说说“桃红柳绿”，这些事是大家早已公认的，谁也不会说你错。如果论史，就赞几句孔明，骂一通秦桧，这些是非也早经论定，学述一回决没有什么差池；况且秦太师的党羽现已半个无存，也可保毫无危险。至于近事呢，勿谈为佳，否则连你的籍贯也许会使你由可“尊敬”而变为“可惜”的。

我记得宋朝是不许南人做宰相的，那是他们的“祖制”，只可惜终于不能坚持。至于“某籍”人说不得话，却是我近来的新发见。也还是女师大的风潮，我说了几句话。但我先要声明，我既然说过，颇知道些处世的妙法，为什么又去说话呢？那是，因为，我是见过清末捣乱的人，没有生长在太平盛世，所以纵使颇有些涵养工夫，有时也不免要开口，客气地说，就是大不“安分”的。于是乎我说话了，不料陈西滢先生早已常常听到一种“流言”，那大致是“女师大的风潮，有北京教育界占最大势力的某籍某系的人在暗中鼓动”。现在我一说话，恰巧化“暗”为“明”，就使这常常听到流言的西滢先生代为“可惜”，虽然他存心忠厚，“自然还是不信平素所很尊敬的人会暗中挑剔风潮”；无奈“流言”却“更加传布得厉害了”，这怎不使人“怀疑”呢？自然是难怪的。

我确有一个“籍”，也是各人各有一个的籍，不足为奇。但我是什么“系”呢？自己想想，既非“研究系”，也非“交通系”，真不知怎么一回事。只好再精查，细想；终于也明白了，现在写它出来，庶几乎免得又有“流言”，以为我是黑籍的政客。

因为应付某国某君的嘱托，我正写了一点自己的履历，第一句是“我于一八八一年生在浙江省绍兴府城里一家姓周的家里”，这里就说明了我的“籍”。但自从到了“可惜”的地位之后，我便又在末尾添上一句道，“近几年我又兼做北京大学，师范大学，女子师范大学的国文系讲师”，这大概就是我的“系”了。我真不料我竟成了这样的一个“系”。

我常常要“挑剔”文字是确的，至于“挑剔风潮”这一种连字面都不通的阴谋，我至今还不知道是怎样的做法。何以一有流言，我就得沉默，否则立刻犯了嫌疑，至于使和我毫不相干的人如西滢先生者也来代为“可惜”呢？那么，如果流言说我正是钻营，我就得自己锁在房里了；如果流言说我想做皇帝，我就得连忙自称奴才了。然而古人却确是这样做过了，还留下些什么“空穴来风，桐乳来巢”的鬼格言。可惜我总不耐烦敬步后尘；不得已，我只好对于无论是谁，先奉还他无端送给我的“尊敬”。

其实，现今的将“尊敬”来布施和拜领的人们，也就都是上了古人的当。我们的乏的古人想了几千年，得到一个制驭别人的巧法：可压服的将他压服，否则将他抬高。而抬高也就是一种压服的手段，常常微微示意说，你应该这样，倘不，我要将你摔下来了。求人尊敬的可怜虫于是默默地坐着；但偶然也放开喉咙道“有利必有弊呀！”“彼亦一是非，此亦一是非呀！”

“猗欤休哉呀！”听众遂亦同声赞叹道，“对呀对呀，可敬极了呀！”这样的互相敷衍下去，自己以为有趣。

从此这一个办法便成为八面锋，杀掉了许多乏人和白痴，但是穿了圣贤的衣冠入殓。可怜他们竟不知道自己将褒贬他的人们的身价估得太大了，反至于连自己的原价也一同失掉。

人类是进化的，现在的人心，当然比古人的高洁；但是“尊敬”的流毒，却还不下于流言，尤其是有谁装腔作势，要来将这撒去时，更足使乏人和白痴惶恐。我本来也无可尊敬；也不愿受人尊敬，免得不如人意的时候，又被人摔下来。更明白地说罢：我所憎恶的太多了，应该自己也得到憎恶，这才还有点像活在人间；如果收得的乃是相反的布施，于我倒是一个冷嘲，使我对于自己也要大加侮蔑，如果收得的是吞吞吐吐的不知道算什么，则使我感到将要呕哕似的恶心。然而无论如何，“流言”总不能吓哑我的嘴……。

六月二日晨。

咬文嚼字（三）

三

自从世界上产生了“须知学校犹家庭”的名论之后，颇使我觉得惊奇，想考查这家庭的组织。后来，幸而在《国立北京女子师范大学校长杨荫榆对于暴烈学生之感言》中，发见了“与此曹子勃谿相向”这一句话，才算得到一点头绪：校长和学生的关系是“犹”之“妇姑”。于是据此推断，以为教员都是杂凑在杨府上的西宾，将这结论在《语丝》上发表。“可惜”！昨天偶然在《晨报》上拜读“该校哲教系教员兼代主任汪懋祖以彼之意见书投寄本报”的话，这才知道我又错了，原来都是弟兄，而且现正“相煎益急”，像曹操的儿子阿丕和阿植似的。

但是，尚希原谅，我于引用的原文上都不加圈了。只因为我不想圈，并非文章坏。

据考据家说，这曹子建的《七步诗》是假的。但也没有什么大相干，姑且利用它来活剥一首，替豆萁伸冤：

煮豆燃豆萁，萁在釜下泣——
我烬你熟了，正好办教席！

六月五日。

忽然想到（十至十一）

十

无论是谁，只要站在“辩诬”的地位的，无论辩白与否，都已经是屈辱。更何况受了实际的大损害之后，还得来辩诬。

我们的市民被上海租界的英国巡捕击杀了，我们并不还击，却先来赶紧洗刷牺牲者的罪名。说道我们并非“赤化”，因为没有受别国的煽动；说道我们并非“暴徒”，因为都是空手，没有兵器的。我不解为什么中国人如果真使中国赤化，真在中国暴动，就得听英捕来处死刑？记得新希腊人也曾用兵器对付过国内的土耳其人，却并不被称为暴徒；俄国确已赤化多年了，也没有得到别国开枪的惩罚。而独有中国人，则市民被杀之后，还要皇皇然辩诬，张着含冤的眼睛，向世界搜求公道。

其实，这原由是很容易了然的，就因为我们并非暴徒，并未赤化的缘故。

因此我们就觉得含冤，大叫着伪文明的破产。可是文明是向来如此的，并非到现在才将假面具揭下来。只因为这样的损害，以前是别民族所受，我们不知道，或者是我们原已屡次受过，现在都已忘却罢了。公道和武力合为一体的文明，世界上本未出现，那萌芽或者只在几个先驱者和几群被迫压民族的脑中。但是，当自己有了力量的时候，却往往离而为二了。

但英国究竟有真的文明人存在。今天，我们已经看见各国无党派智识阶级劳动者所组织的国际工人后援会，大表同情于中国的《致中国国民宣言》了。列名的人，英国就有培那特萧（Bernard Shaw），中国的留心世界文学的人大抵知道他的名字；法国则巴尔布斯（Henri Barbusse），中国也曾译过他的作品。他的母亲却是英国人；或者说，因此他也富有实行的质素，法国作家所常有的享乐的气息，在他的作品中是丝毫也没有的。现在都出而为中国鸣不平了，所以我觉得英国人的品性，我们可学的地方还多着，——但自然除了捕头，商人，和看见学生的游行而在屋顶拍手嘲笑的娘儿们。

我并非说我们应该做“爱敌若友”的人，不过说我们目下委实并没有认谁作敌。近来的文字中，虽然偶有“认清敌人”这些话，那是行文过火的毛病。倘有敌人，我们就早该抽刃而起，要求“以血偿血”了。而现在我们所要求的是什么呢？辩诬之后，不过想得点轻微的补偿；那办法虽说有十几条，总而言之，单是“不相往来”，成为“路人”而已。虽是对于本来极密的友人，怕也不过如此罢。

然而将实话说出来，就是：因为公道和实力还没有合为一体，而我们只抓得了公道，所以满眼是友人，即使他加了任意的杀戮。

如果我们永远只有公道，就得永远着力于辩诬，终身空忙碌。这几天有些纸贴在墙上，仿佛叫人勿看《顺天时报》似的。我从来就不大看这报，但也并非“排外”，实在因为它的好恶，每每和我的很不同。然而也间有很确，为中国人自己不肯说的话。大概两三年前，正值一种爱国运动的时候罢，偶见一篇它的社论，大意说，一国当衰弊之际，总有两种意见不同的人。一是民气论者，侧重国民的气概，一是民力论者，专重国民的实力。前者多则国家终亦渐弱，后者多则将强。我想，这是很不错的；而且我们应该时时记得的。

可惜中国历来就独多民气论者，到现在还如此。如果长此不改，“再而衰，三而竭”，将来会连辩诬的精力也没有了。所以在不得已而空手鼓舞民气时，尤必须同时设法增长国民的实力，还要永远这样的干下去。

因此，中国青年负担的烦重，就数倍于别国的青年了。因为我们的古人将心力大抵用到玄虚漂渺平稳圆滑上去了，便将艰难切实的事情留下，都待后人来补做，要一人兼做两三人，四五人，十百人的工作，现在可正到了试练的时候了。对手又是坚强的英人，正是他山的好石，大可以借此来磨练。假定现今觉悟的青年的平均年龄为二十，又假定照中国人易于衰老的计算，至少也还可以共同抗拒，改革，奋斗三十年。不够，就再一代，二代……这样的数目，从个体看来，仿佛是可怕的，但倘若这一点就怕，便无药可救，只好甘心灭亡。因为在民族的历史上，这不过是一个极短时期，此外实没有更快的捷径。我们更无须迟疑，只是试练自己，自求生存，对谁也不怀恶意的干下去。

但足以破灭这运动的持续的危机，在目下就有三样：一是日夜偏注于表面的宣传，鄙弃他事；二是对同类太操切，稍有不合，便呼之为国贼，为洋奴；三是有许多巧人，反利用机会，来猎取自己目前的利益。

六月十一日。

十一

1. 急不择言

“急不择言”的病源，并不在没有想的工夫，而在有工夫的时候没有想。

上海的英国捕头残杀市民之后，我们就大惊愤，大嚷道：伪文明人的真面目显露了！那么，足见以前还以为他们有些真文明。然而中国有枪阶级的焚掠平民，屠杀平民，却向来不很有人抗议。莫非因为动手的是“国货”，所以连残杀也得欢迎；还是我们原是真野蛮，所以自己杀几个自家人就不足为奇呢？

自家相杀和为异族所杀当然有些不同。譬如一个人，自己打自己的嘴巴，心平气和，被别人打了，就非常气忿。但一个人而至于乏到自己打嘴巴，也就很难免为别人所打，如果世界上“打”的事实还没有消除。

我们确有点慌乱了，反基督教的叫喊的尾声还在，而许多人已颇佩服那教士的对于上海事件的公证；并且还有去向罗马教皇诉苦的。一流血，风气就会这样的转变。

2. 一致对外

甲："喂，乙先生！你怎么趁我忙乱的时候，又将我的东西拿走了？现在拿出来，还我罢！"

乙："我们要一致对外！这样危急时候，你还只记得自己的东西么？亡国奴！"

3. "同胞同胞！"

我愿意自首我的罪名：这回除硬派的不算外，我也另捐了极少的几个钱，可是本意并不在以此救国，倒是为了看见那些老实的学生们热心奔走得可感，不好意思给他们碰钉子。

学生们在演讲的时候常常说，"同胞，同胞！……"但你们可知道你们所有的是怎样的"同胞"，这些"同胞"是怎样的心么？

不知道的。即如我的心，在自己说出之前，募捐的人们大概就不知道。

我的近邻有几个小学生，常常用几张小纸片，写些幼稚的宣传文，用他们弱小的腕，来贴在电杆或墙壁上，待到第二天，我每见多被撕掉了。虽然不知道撕的是谁，但未必是英国人或日本人罢。

"同胞，同胞！……"学生们说。

我敢于说，中国人中，仇视那真诚的青年的眼光，有的比英国或日本人还凶险。为“排货”[①] 复仇的，倒不一定是外国人！

要中国好起来，还得做别样的工作。

这回在北京的演讲和募捐之后，学生们和社会上各色人物接触的机会已经很不少了，我希望有若干留心各方面的人，将所见，所受，所感的都写出来，无论是好的，坏的，像样的，丢脸的，可耻的，可悲的，全给它发表，给大家看看我们究竟有着怎样的“同胞”。

明白以后，这才可以计画别样的工作。

而且也无须掩饰。即使所发见的并无所谓同胞，也可以从头创造的，即使所发见的不过完全黑暗，也可以和黑暗战斗的。

而且也无须掩饰了，外国人的知道我们，常比我们自己知道得更清楚。试举一个极近便的例，则中国人自编的《北京指南》，还是日本人做的《北京》精确！

4. 断指和晕倒

又是砍下指头，又是当场晕倒。

断指是极小部分的自杀，晕倒是极暂时中的死亡。我希望这样的教育不普及；从此以后，不再有这样的现象。

① 指当时的抵制外国货。

5. 文学家有什么用？

因为沪案发生以后，没有一个文学家出来“狂喊”，就有人发了疑问了，曰：“文学家究竟有什么用处？”

今敢敬谨答曰：文学家除了诌几句所谓诗文之外，实在毫无用处。

中国现下的所谓文学家又作别论；即使是真的文学大家，然而却不是“诗文大全”，每一个题目一定有一篇文章，每一回案件一定有一通狂喊。他会在万籁无声时大呼，也会在金鼓喧阗中沉默。Leonardo da Vinci 非常敏感，但为要研究人的临死时的恐怖苦闷的表情，却去看杀头。中国的文学家固然并未狂喊，却还不至于如此冷静。况且有一首《血花缤纷》，不是早经发表了么？虽然还没有得到是否“狂喊”的定评。

文学家也许应该狂喊了。查老例，做事的总不如做文的有名。所以，即使上海和汉口的牺牲者的姓名早已忘得干干净净，诗文却往往更久地存在，或者还要感动别人，启发后人。

这倒是文学家的用处。血的牺牲者倘要讲用处，或者还不如做文学家。

6. “到民间去”

但是，好许多青年要回去了。

从近时的言论上看来，旧家庭仿佛是一个可怕的吞噬青年的新生命的妖怪，不过在事实上，却似乎还不失为到底可爱的东西，比无论什么都富于摄引力。儿时的钓游之地，当然很使人怀念的，何况在和大都会隔绝的城乡中，更可以暂息大半年来努力向上的疲劳呢。

更何况这也可以算是“到民间去”。

但从此也可以知道：我们的“民间”怎样；青年单独到民间时，自己的力量和心情，较之在北京一同大叫这一个标语时又怎样？

将这经历牢牢记住，倘将来从民间来，在北京再遇到一同大叫这一个标语的时候，回忆起来，就知道自己是在说真还是撒诳。

那么，就许有若干人要沉默，沉默而苦痛，然而新的生命就会在这苦痛的沉默里萌芽。

7. 魂灵的断头台

近年以来，每个夏季，大抵是有枪阶级的打架季节，也是青年们的魂灵的断头台。

到暑假，毕业的都走散了，升学的还未进来，其余的也大半回到家乡去。各样同盟于是暂别，喊声于是低微，运动于是销沉，刊物于是中辍。好像炎热的巨刃从天而降，将神经中枢突然斩断，使这首都忽而成为尸骸。但独有狐鬼却仍在死尸上往来，从从容容地竖起它占领一切的大纛。

待到秋高气爽时节，青年们又聚集了，但不少是已经新陈代谢。他们在未曾领略过的首善之区①的使人健忘的空气中，又开始了新的生活，正如毕业的人们在去年秋天曾经开始过的新的生活一般。

于是一切古董和废物，就都使人觉得永远新鲜；自然也就觉不出周围是进步还是退步，自然也就分不出遇见的是鬼还是人。不幸而又有事变起来，也只得还在这样的世上，这样的人间，仍旧“同胞同胞”的叫喊。

8. 还是一无所有

中国的精神文明，早被枪炮打败了，经过了许多经验，已经要证明所有的还是一无所有。讳言这“一无所有”，自然可以聊以自慰；倘更铺排得好听一点，还可以寒天烘火炉一样，使人舒服得要打盹儿。但那报应是永远无药可医，一切牺牲全都白费，因为在大家打着盹儿的时候，狐鬼反将牺牲吃尽，更加肥胖了。

大概，人必须从此有记性，观四向而听八方，将先前一切自欺欺人的希望之谈全都扫除，将无论是谁的自欺欺人的假面全都撕掉，将无论是谁的自欺欺人的手段全都排斥，总而言之，就是将华夏传统的所有小巧的玩艺儿全都放掉，倒去屈尊学学枪击我们的洋鬼子，这才可望有新的希望的萌芽。

六月十八日。

① 指首都。

补白

一

“公理战胜”的牌坊，立在法国巴黎的公园里不知怎样，立在中国北京的中央公园里可实在有些希奇，——但这是现在的话。当时，市民和学生也曾游行欢呼过。

我们那时的所以入战胜之林者，因为曾经送去过很多的工人；大家也常常自夸工人在欧战的劳绩。现在不大有人提起了，战胜也忘却了，而且实际上是战败了。

现在的强弱之分固然在有无枪炮，但尤其是在拿枪炮的人。假使这国民是卑怯的，即纵有枪炮，也只能杀戮无枪炮者，倘敌手也有，胜败便在不可知之数了。这时候才见真强弱。

我们弓箭是能自己制造的，然而败于金，败于元，败于清。记得宋人的一部杂记里记有市井间的谐谑，将金人和宋人的事物来比较。譬如问金人有箭，宋有什么？则答道，“有锁子甲”。又问金有四太子，宋有何人？则答道，“有岳少保”。临末问，金人有狼牙棒（打人脑袋的武器），宋有什么？却答道，“有天灵盖”！

自宋以来，我们终于只有天灵盖而已，现在又发现了一种“民气”，更加玄虚飘渺了。

但不以实力为根本的民气，结果也只能以固有而不假外求的天灵盖自豪，也就是以自暴自弃当作得胜。我近来也颇觉

“心上有杞天之虑”，怕中国更要复古了。瓜皮帽，长衫，双梁鞋，打拱作揖，大红名片，水烟筒，或者都要成为爱国的标征，因为这些都可以不费力气而拿出来，和天灵盖不相上下的。(但大红名片也许不用，以避“赤化”之嫌。)

然而我并不说中国人顽固，因为我相信，鸦片和扑克是不会在排斥之列的。况且爱国之士不是已经说过，马将牌已在西洋盛行，给我们复了仇么？

爱国之士又说，中国人是爱和平的。但我殊不解既爱和平，何以国内连年打仗？或者这话应该修正：中国人对外国人是爱和平的。

我们仔细查察自己，不再说诳的时候应该到来了，一到不再自欺欺人的时候，也就是到了看见希望的萌芽的时候。

我不以为自承无力，是比自夸爱和平更其耻辱。

六月二十三日。

二

先前以“士人”“上等人”自居的，现在大可以改称“平民”了罢；在实际上，也确有许多人已经如此。彼一时，此一时，清朝该去考秀才，捐监生，现在就只得进学校。“平民”这一个徽号现已日见其时式，地位也高起来了，以此自居，大概总可以从别人得到和先前对于“上等人”一样的尊敬，时势虽然变迁，老地位是不会失掉的。倘遇见这样的平民，必须恭维他，至少也得点头拱手陪笑唯诺，像先前下等人的对于贵人一般。否则，你就会得到罪名，曰："骄傲"，或"贵族的"。因为他已经是平民了。见平民而不格外趋奉，非骄傲而何？

清的末年，社会上大抵恶革命党如蛇蝎，南京政府一成立，漂亮的士绅和商人看见似乎革命党的人，便亲密的说道："我们本来都是'草字头'，一路的呵。"

徐锡麟刺杀恩铭之后，大捕党人，陶成章君是其中之一，罪状曰："著《中国权力史》，学日本催眠术。"（何以学催眠术就有罪，殊觉费解。）于是连他在家的父亲也大受痛苦；待到革命兴旺，这才被尊称为"老太爷"；有人给"孙少爷"去说媒。可惜陶君不久就遭人暗杀了，神主入祠的时候，捧香恭送的士绅和商人尚有五六百。直到袁世凯打倒二次革命之后，这才冷落起来。

谁说中国人不善于改变呢？每一新的事物进来，起初虽然排斥，但看到有些可靠，就自然会改变。不过并非将自己变得合于新事物，乃是将新事物变得合于自己而已。

佛教初来时便大被排斥，一到理学先生谈禅，和尚做诗的时候，"三教同源"的机运就成熟了。听说现在悟善社①里的神主已经有了五块：孔子，老子，释迦牟尼，耶稣基督，谟哈默德。

中国老例，凡要排斥异己的时候，常给对手起一个诨名，——或谓之"绰号"。这也是明清以来讼师的老手段；假如要控告张三李四，倘只说姓名，本很平常，现在却道"六臂

① 一种封建迷信的道门组织。

太岁张三”，“白额虎李四”，则先不问事迹，县官只见绰号，就觉得他们是恶棍了。

月球只一面对着太阳，那一面我们永远不得见。歌颂中国文明的也惟以光明的示人，隐匿了黑的一面。譬如说到家族亲旧，书上就有许多好看的形容词：慈呀，爱呀，悌呀，……又有许多好看的古典：五世同堂呀，礼门呀，义宗呀，……至于诨名，却藏在活人的心中，隐僻的书上，最简单的打官司教科书《萧曹遗笔》里就有着不少惯用的恶谥，现在钞一点在这里，省得自己做文章——

亲戚类

孽亲　枭亲　兽亲　鳄亲　虎亲　歪亲

尊长类

鳄伯　虎伯（叔同）　孽兄　毒兄　虎兄

卑幼类

悖男　恶侄　孽侄　悖孙　虎孙　枭甥

孽甥　悖妾　泼媳　枭弟　恶婿　凶奴

其中没有父母，那是例不能控告的，因为历朝大抵“以孝治天下”。

这一种手段也不独讼师有。民国元年章太炎先生在北京，好发议论，而且毫无顾忌地褒贬。常常被贬的一群人于是给他起了一个绰号，曰“章疯子”。其人既是疯子，议论当然是疯话，没有价值的了，但每有言论，也仍在他们的报章上登出来，不过题目特别，道《章疯子大发其疯》。有一回，他可是骂到他们的反对党头上去了。那怎么办呢？第二天报上登出来的时候，那题目是：《章疯子居然不疯。》

往日看《鬼谷子》，觉得其中的谋略也没有什么出奇，独有《飞箝》中的“可箝而从，可箝而横，……可引而反，可引而覆。虽覆能复，不失其度”这一段里的一句“虽覆能复”很有些可怕。但这一种手段，我们在社会上是时常遇见的。

《鬼谷子》自然是伪书，决非苏秦张仪的老师所作；但作者也决不是“小人”，倒是一个老实人。宋的来鹄已经说“捭阖飞箝，今之常态，不读鬼谷子书者，皆得自然符契也。”人们常用，不以为奇，作者知道了一点，便笔之于书，当作秘诀，可见禀性纯厚，不但手段，便是心里的机诈也并不多。如果是大富翁，他肯将十元钞票嵌在镜屏里当宝贝么？

鬼谷子所以究竟不是阴谋家，否则，他还该说得吞吞吐吐些；或者自己不说，而钩出别人来说；或者并不必钩出别人来说，而自己永远阔不可言。这末后的妙法，知者不言，书上也未见，所以我不知道，倘若知道，就不至于老在灯下编《莽原》，做《补白》了。

但各种小纵横，我们总常要身受，或者目睹。夏天的忽而甲乙相打；忽而甲乙相亲，同去打丙；忽而甲丙相合，又同去打乙，忽而甲丙又互打起来，就都是这“覆”“复”作用；化数百元钱，请一回酒，许多人立刻变了色彩，也还是这顽意儿。然而真如来鹄所说，现在的人们是已经“是乃天授，非人力也”的；倘使要看了《鬼谷子》才能，就如拿着文法书去和外国人谈天一样，一定要碰壁。

七月一日。

三

离五卅事件①的发生已有四十天，北京的情形就像五月二十九日一样。聪明的批评家大概快要提出照例的“五分钟热度”说来了罢，虽然也有过例外：曾将汤尔和先生的大门“打得擂鼓一般，足有十五分钟之久”。（见六月二十三日《晨报》）有些学生们也常常引这“五分热”说自诫，仿佛早经觉到了似的。

但是，中国的老先生们——连二十岁上下的老先生们都算在内——不知怎的总有一种矛盾的意见，就是将女人孩子看得太低，同时又看得太高。妇孺是上不了场面的；然而一面又拜才女，捧神童，甚至于还想借此结识一个阔亲家，使自己也连类飞黄腾达。什么木兰从军，缇萦救父，更其津津乐道，以显示自己倒是一个死不挣气的瘟虫。对于学生也是一样，既要他们“莫谈国事”，又要他们独退番兵，退不了，就冷笑他们无用。

倘在教育普及的国度里，国民十之九是学生，但在中国，自然还是一个特别种类。虽是特别种类，却究竟是“束发小生”，所以当然不会有三头六臂的大神力。他们所能做的，也无非是演讲，游行，宣传之类，正如火花一样，在民众的心头点火，引起他们的光焰来，使国势有一点转机。倘若民众并没有可燃性，则火花只能将自身烧完，正如在马路上焚纸人轿马，

① 五卅事件就是五卅运动，是反对帝国主义的革命运动。

暂时引得几个人闲看，而终于毫不相干，那热闹至多也不过如“打门”之久。谁也不动，难道“小生”们真能自己来打枪铸炮，造兵舰，糊飞机，活擒番将，平定番邦么？所以这“五分热”是地方病，不是学生病。这已不是学生的耻辱，而是全国民的耻辱了；倘在别的有活力，有生气的国度里，现象该不至于如此的。外人不足责，而本国的别的灰冷的民众，有权者，袖手旁观者，也都于事后来嘲笑，实在是无耻而且昏庸！

但是，别有所图的聪明人又作别论，便是真诚的学生们，我以为自身却有一个颇大的错误，就是正如旁观者所希望或冷笑的一样：开首太自以为有非常的神力，有如意的成功。幻想飞得太高，堕在现实上的时候，伤就格外沉重了；力气用得太骤，歇下来的时候，身体就难于动弹了。为一般计，或者不如知道自己所有的不过是“人力”，倒较为切实可靠罢。

现在，从读者以至“寻异性朋友讲情话”，似乎都为有些有志者所诟病了。但我想，责人太严，也正是“五分热”的一个病源。譬如自己要择定一种口号——例如不买英日货——来履行，与其不饮不食的履行七日或痛哭流涕的履行一月，倒不如也看书也履行至五年，或者也看戏也履行至十年，或者也寻异性朋友也履行至五十年，或者也讲情话也履行至一百年。记得韩非子曾经教人以竞马的要妙，其一是“不耻最后”。即使慢，驰而不息，纵令落后，纵令失败，但一定可以达到他所向的目标。

七月八日。

答KS君

KS兄：

我很感谢你的殷勤的慰问，但对于你所愤慨的两点和几句结论，我却并不谓然，现在略说我的意见——

第一，章士钊将我免职，我倒并没有你似的觉得诧异，他那对于学校的手段，我也并没有你似的觉得诧异，因为我本就没有预期章士钊能做出比现在更好的事情来。我们看历史，能够据过去以推知未来，看一个人的已往的经历，也有一样的效用。你先有了一种无端的迷信，将章士钊当作学者或智识阶级的领袖看，于是从他的行为上感到失望，发生不平，其实是作茧自缚；他这人本来就只能这样，有着更好的期望，倒是你自己的误谬。使我较为感到有趣的倒是几个向来称为学者或教授的人们，居然也渐次吞吞吐吐地来说微温话了，什么"政潮"咧，"党"咧，仿佛他们都是上帝一样，超然象外，十分公平似的。谁知道人世上并没有这样一道矮墙，骑着而又两脚踏地，左右稳妥，所以即使吞吞吐吐，也还是将自己的魂灵枭首通衢，挂出了原想竭力隐瞒的丑态。丑态，我说，倒还没有什么丢人，丑态而蒙着公正的皮，这才催人呕吐。但终于使我觉得有趣的是蒙着公正的皮的丑态，又自己开出帐来发表了。仿佛世界上还有光明，所以即便费尽心机，结果仍然是一个瞒不住。

第二，你这样注意于《甲寅周刊》，也使我莫明其妙。《甲寅》第一次出版时，我想，大约章士钊还不过熟读了几十篇唐宋八大家文，所以模仿吞剥，看去还近于清通。至于这一回，却大大地退步了，关于内容的事且不说，即以文章论，就比先前不通得多，连成语也用不清楚，如“每下愈况”之类。尤其害事的是他似乎后来又念了几篇骈文，没有融化，而急于挦扯①，所以弄得文字庞杂，有如泥浆混着沙砾一样。即如他那《停办北京女子师范大学呈文》中有云，“钊念儿女乃家家所有良用痛心为政而人人悦之亦无是理”，旁加密圈，想是得意之笔了。但比起何栻《齐姜醉遣晋公子赋》的“公子固翩翩绝世未免有情少年而碌碌因人安能成事”来，就显得字句和声调都怎样陋弱可哂②。何栻比他高明得多，尚且不能入作者之林，章士钊的文章更于何处讨生活呢？况且，前载公文，接着就是通信，精神虽然是自己广告性的半官报，形式却成了公报尺牍合璧了，我中国自有文字以来，实在没有过这样滑稽体式的著作。这种东西，用处只有一种，就是可以借此看看社会的暗角落里，有着怎样灰色的人们，以为现在是攀附显现的时候了，也都吞吞吐吐的来开口。至于别的用处，我委实至今还想不出来。倘说这是复古运动的代表，那可是只见得复古派的可怜，不过以此当作讣闻，公布文言文的气绝罢了。

所以，即使真如你所说，将有文言白话之争，我以为也该是争的终结，而非争的开头，因为《甲寅》不足称为敌手，也

---

① 特指在写作中对他人的著作率意割裂，取用。

② 说的是不好看，不强大，让人嘲笑。

无所谓战斗。倘要开头，他们还得有一个更通古学，更长古文的人，才能胜对垒之任，单是现在似的每周印一回公牍和游谈的堆积，纸张虽白，圈点虽多，是毫无用处的。

鲁迅。八月二十日。

“碰壁”之余

女师大事件在北京似乎竟颇算一个问题，号称“大报”如所谓《现代评论》者，居然也“评论”了好几次。据我所记得的，是先有“一个女读者”的一封信，无名小卒，不在话下。此后是两个作者的“评论”了：陈西滢先生在《闲话》之间评为“臭毛厕”，李仲揆先生的《在女师大观剧的经验》里则比作戏场。我很吃惊于同是人，而眼光竟有这么不同；但究竟同是人，所以意见也不无符合之点：都不将学校看作学校。这一点，也可以包括杨荫榆女士的“学校犹家庭”和段祺瑞执政的“先父兄之教”。

陈西滢先生是“久已夫非一日矣”的《闲话》作家，那大名我在报纸的广告上早经看熟了，然而大概还是一位高人，所以遇有不合自意的，便一气呵成屎橛，而世界上蛆虫也委实太多。至于李仲揆先生其人也者，我在《女师风潮纪事》上才识大名，是八月一日拥杨荫榆女士攻入学校的三勇士之一；到现在，却又知道他还是一位达人了，庸人以为学潮的，到他眼睛里就等于“观剧”：这是何等逍遥自在。

据文章上说，这位李仲揆先生是和杨女士“不过见面两次”，但却被用电话邀去看“名振一时的文明新戏”去了，幸而李先生自有脚踏车，否则，还要用汽车来迎接哩。我真自恨福薄，一直活到现在，寿命已不可谓不长，而从没有遇见过一个不大认识的女士来邀“观剧”；对于女师大的事说了几句话，尚且因为不过是教一两点功课的讲师，“碰壁之后”，还很恭听了些高仁山先生在《晨报》上所发表的伟论。真的，世界上实在又有各式各样的运气，各式各样的嘴，各式各样的眼睛。

接着又是西滢先生的《闲话》：“现在一部分报纸的篇幅，几乎全让女师风潮占去了。现在大部分爱国运动的青年的时间，也几乎全让女师风潮占去了。……女师风潮实在是了不得的大事情，实在有了不得的大意义。”临末还有颇为俏皮的结论道：“外国人说，中国人是重男轻女的。我看不见得吧。”

我看也未必一定“见得”。正如人们有各式各样的眼睛一样，也有各式各样的心思，手段。便是外国人的尊重一切女性的事，倘使好讲冷话的人说起来，也许以为意在于一个女性。然而侮蔑若干女性的事，有时也就可以说意在于一个女性。偏执的弗罗特先生宣传了“精神分析”之后，许多正人君子的外套都被撕碎了。但撕下了正人君子的外套的也不一定就是“小人，”只要并非自以为还钻在外套里的不显本相的脚色。

我看也未必一定“见得”。中国人是“圣之时者也”教徒，况且活在二十世纪了，有华道理，有洋道理，轻重当然是都随意而无不合于道的：重男轻女也行，重女轻男也行，为了一个女性而重一切女性或轻若干女性也行，为了一个男人而轻若干女性或男性也行……。所可惜的是自从西滢先生看出底细之后；除了哑吧或半阴阳，就都坠入弗罗特先生所掘的陷坑里去了。

自己坠下去的是自作自受，可恨者乃是还要带累超然似的局外人。例如女师大——对不起，又是女师大——风潮，从有些眼睛看来，原是不值得提起的，但因为竟占去了许多可贵的东西，如“报纸的篇幅”“青年的时间”之类，所以，连《现代评论》的“篇幅”和西滢先生的时间也被拖累着占去一点了，而尤其罪大恶极的是触犯了什么“重男轻女”重女轻男这些大秘密。倘不是西滢先生首先想到，提出，大概是要被含胡过去了的。

我看，奥国[1]的学者实在有些偏激，弗罗特[2]就是其一，他的分析精神，竟一律看待，不让谁站在超人间的上帝的地位上。还有那短命的 Otto Weininger，他的痛骂女人，不但不管她是校长，学生，同乡，亲戚，爱人，自己的太太，太太的同乡，简直连自己的妈都骂在内。这实在和弗罗特说一样，都使人难于利用。不知道咱们的教授或学者们，可有方法补救没有？但是，我要先报告一个好消息：Weininger 早用手枪自杀了。这已经有刘百昭率领打手痛打女师大——对不起，又是女师大——的“毛丫头”一般“痛快”，他的话也就大可置之不理了罢。

还有一个好消息。“毛丫头”打出之后，张崧年先生引“罗素之所信”道，“因世人之愚，许多问题或终于不免只有武力可以解决也！”（《京副》二五〇号）又据杨荫榆女士章士钊总长者流之所说，则捣乱的“毛丫头”是极少数，可见中国的聪明人还多着哩，这是大可以乐观的。

忽而想谈谈我自己的事了。

我今年已经有两次被封为“学者”，而发表之后，也就即刻取消。第一次是我主张中国的青年应当多看外国书，少看，

① 指奥地利。
② 通译弗洛伊德，奥地利精神病学家，精神分析学说的创立者。

或者竟不看中国书的时候，便有论客以为素称学者的鲁迅不该如此，而现在竟至如此，则不但决非学者，而且还有洋奴的嫌疑。第二次就是这回佥事免职之后，我在《莽原》上发表了答KS君信，论及章士钊的脚色和文章的时候，又有论客以为因失了“区区佥事”而反对章士钊，确是气量狭小，没有“学者的态度”；而且，岂但没有“学者的态度”而已哉，还有“人格卑污”的嫌疑云。

其实，没有“学者的态度”，那就不是学者喽，而有些人偏要硬派我做学者。至于何时封赠，何时考定，却连我自己也一点不知道。待到他们在报上说出我是学者，我自己也借此知道了原来我是学者的时候，则已经同时发表了我的罪状，接着就将这体面名称革掉了，虽然总该还要恢复，以便第三次的借口。

据我想来，佥事——文士诗人往往误作签事，今据官书正定——这一个官儿倒也并不算怎样“区区”，只要看我免职之后，就颇有些人在那里钻谋补缺，便是一个老大的证据。至于又有些人以为无足重轻者，大约自己现在还不过做几句“说不出”的诗文，所以不知不觉地就来“慷他人之慨”了罢，因为人的将来是想不到的。然而，惭愧我还不是“臣罪当诛兮天王圣明”式的理想奴才，所以竟不能“尽如人意”，已经在平政院对章士钊提起诉讼了。

提起诉讼之后，我只在答KS君信里论及一回章士钊，但听说已经要“人格卑污”了。然而别一论客却道是并不大骂，所以鲁迅究竟不足取。我所经验的事委实有点希奇，每有“碰壁”一类的事故，平时回护我的大抵愿我设法应付，甚至于暂图苟全。平时憎恶我的却总希望我做一个完人，即使敌手用了卑劣的流言和阴谋，也应该正襟危坐，毫无愤怨，默默地吃苦；或则戟指嚼舌，喷血而亡。为什么呢？自然是专为顾全我的人格起见喽。

够了，我其实又何尝“碰壁”，至多也不过遇见了“鬼打墙”罢了。

九月十五日。

并非闲话（二）

向来听说中国人具有大国民的大度，现在看看，也未必然。但是我们要说得好，那么，就说好清净，有志气罢。所以总愿意自己是第一，是唯一，不爱见别的东西共存。行了几年白话，弄古文的人们讨厌了；做了一点新诗，吟古诗的人们憎恶了；做了几首小诗，做长诗的人们生气了；出了几种定期刊物，连别的出定期刊物的人们也来诅咒了：太多，太坏，只好做将来被淘汰的资料。

中国有些地方还在"溺女"，就因为豫料她们将来总是没出息的。可惜下手的人们总没有好眼力，否则并以施之男孩，可以减少许多单会消耗食粮的废料。

但是，歌颂"淘汰"别人的人也应该先行自省，看可有怎样不灭的东西在里面，否则，即使不肯自杀，似乎至少也得自己打几个嘴巴。然而人是总是自以为是的，这也许正是逃避被淘汰的一条路。相传曾经有一个人，一向就以"万物不得其所"为宗旨的，平生只有一个大愿，就是愿中国人都死完，但要留下他自己，还有一个女人和一个卖食物的。现在不知道他怎样，久没有听到消息了，那默默无闻的原因，或者就因为中国人还没有死完的缘故罢。

据说，张歆海先生看见两个美国兵打了中国的车夫和巡警，于是三四十个人，后来就有百余人，都跟在他们后面喊"打！

打!”，美国兵却终于安然的走到东交民巷口了，还回头“笑着嚷道：‘来呀！来呀!’说也奇怪，这喊打的百余人不到两分钟便居然没有影踪了!”

西滢先生于是在《闲话》中斥之曰：“打！打！宣战！宣战！这样的中国人，呸!”

这样的中国人真应该受“呸!”他们为什么不打的呢，虽然打了也许又有人来说是“拳匪”。但人们那里顾忌得许多，终于不打，“怯”是无疑的。他们所有的不是拳头么？

但不知道他们可曾等候美国兵走进了东交民巷之后，远远地吐了唾沫？《现代评论》上没有记载，或者虽然“怯”，还不至于“卑劣”到那样罢。

然而美国兵终于走进东交民巷口了，毫无损伤，还笑嚷着“来呀来呀”哩！你们还不怕么？你们还敢说“打！打！宣战！宣战!”么？这百余人，就证明着中国人该被打而不作声！

“这样的中国人，呸！呸!!!”

更可悲观的是现在“造谣者的卑鄙龌龊更远过于章炳麟”，真如《闲话》所说，而且只能“匿名的在报上放一两枝冷箭”。而且如果“你代被群众专制所压迫者说了几句公平话，那么你不是与那人有‘密切的关系’，便是吃了他或她的酒饭。在这样的社会里，一个报不顾利害的专论是非，自然免不了诽谤丛生，谣诼蜂起。”这确是近来的实情。即如女师大风潮，西滢先生就听到关于我们的“流言”，而我竟不知道是怎样的“流言”，是那几个“卑鄙龌龊更远过于章炳麟”者所造。还有女生的罪状，已见于章士钊的呈文，而那些作为根据的“流言”，也不知道是那几个“卑鄙龌龊”且至于远不如畜类者所造。但是学生却都被打出了，其时还有人在酒席上得意。——但这自然也是“谣诼”。

可是我倒也并不很以“流言”为奇，如果要造，就听凭他们去造去。好在中国现在还不到“群众专制”的时候，即使有几十个人，只要“无权势”者叫一大群警察，雇些女流氓，一打，就打散了，正无须乎我来为“被压迫者”说什么“公平话”。即使说，人们也未必尽相信，因为“在这样的社会里”，有些“公平话”总还不免是“他或她的酒饭”填出来的。不过事过境迁，“酒饭”已经消化，吸收，只剩下似乎毫无缘故的“公平话”罢了。倘使连酒饭也失了效力，我想，中国也还要光明些。

但是，这也不足为奇的。不是上帝，那里能够超然世外，真下公平的批评。人自以为“公平”的时候，就已经有些醉意了。世间都以“党同伐异”为非，可是谁也不做“党异伐同”的事。现在，除了疯子，倘使有谁要来接吻，人大约总不至于倒给她一个嘴巴的罢。

九月十九日。

十四年的“读经”

自从章士钊主张读经以来，论坛上又很出现了一些论议，如谓经不必尊，读经乃是开倒车之类。我以为这都是多事的，因为民国十四年的“读经”，也如民国前四年，四年，或将来的二十四年一样，主张者的意思，大抵并不如反对者所想象的那么一回事。

尊孔，崇儒，专经，复古，由来已经很久了。皇帝和大臣们，向来总要取其一端，或者“以孝治天下”，或者“以忠诏天下”，而且又“以贞节励天下”。但是，二十四史不现在么？其中有多少孝子，忠臣，节妇和烈女？自然，或者是多到历史上装不下去了；那么，去翻专夸本地人物的府县志书去。我可以说，可惜男的孝子和忠臣也不多的，只有节烈的妇女的名册却大抵有一大卷以至几卷。孔子之徒的经，真不知读到那里去了；倒是不识字的妇女们能实践。还有，欧战时候的参战，我们不是常常自负的么？但可曾用《论语》感化过德国兵，用《易经》咒翻了潜水艇呢？儒者们引为劳绩的，倒是那大抵目不识丁的华工[①]！

所以要中国好，或者倒不如不识字罢，一识字，就有近乎读经的病根了。“瞰亡往拜”“出疆载质”的最巧玩艺儿，经上都

---

① 指于晚清时，前赴海外工作的华人劳工。

有，我读熟过的。只有几个胡涂透顶的笨牛，真会诚心诚意地来主张读经。而且这样的脚色，也不消和他们讨论。他们虽说什么经，什么古，实在不过是空嚷嚷。问他们经可是要读到像颜回，子思，孟轲，朱熹，秦桧（他是状元），王守仁，徐世昌，曹锟；古可是要复到像清，（即所谓“本朝”）元，金，唐，汉，禹，汤，文，武，周公，无怀氏，葛天氏？他们其实都没有定见。他们也知不清颜回以至曹锟为人怎样，“本朝”以至葛天氏情形如何；不过像苍蝇们失掉了垃圾堆，自不免嗡嗡地叫。况且既然是诚心诚意主张读经的笨牛，则决无钻营，取巧，献媚的手段可知，一定不会阔气；他的主张，自然也决不会发生什么效力的。

至于现在的能以他的主张，引起若干议论的，则大概是阔人。阔人决不是笨牛，否则，他早已伏处牖下，老死田间了，现在岂不是正值“人心不古”的时候么？则其所以得阔之道，居然可知。他们的主张，其实并非那些笨牛一般的真主张，是所谓别有用意；反对者们以为他真相信读经可以救国，真是“谬以千里”了！

我总相信现在的阔人都是聪明人；反过来说，就是倘使老实，必不能阔是也。至于所挂的招牌是佛学，是孔道，那倒没有什么关系。总而言之，是读经已经读过了，很悟到一点玩意儿，这种玩意儿，是孔二先生的先生老聃的大著作里就有的，此后的书本子里还随时可得。所以他们都比不识字的节妇，烈女，华工聪明；甚而至于比真要读经的笨牛还聪明。何也？曰：“学而优则仕”故也。倘若“学”而不“优”，则以笨牛没世，其读经的主张，也不为世间所知。

孔子岂不是“圣之时者也”么，而况“之徒”呢？现在是主张“读经”的时候了。武则天做皇帝，谁敢说“男尊女卑”？多数主义虽然现称过激派，如果在列宁治下，则共产之合于葛天氏，一定可以考据出来的。但幸而现在英国和日本的力量还不弱，所以，主张亲俄者，是被卢布换去了良心。

我看不见读经之徒的良心怎样，但我觉得他们大抵是聪明人，而这聪明，就是从读经和古文得来的。我们这曾经文明过而后来奉迎过蒙古人满洲人大驾了的国度里，古书实在太多，倘不是笨牛，读一点就可以知道，怎样敷衍，偷生，献媚，弄权，自私，然而能够假借大义，窃取美名。再进一步，并可以悟出中国人是健忘的，无论怎样言行不符，名实不副，前后矛盾，撒诳造谣，蝇营狗苟，都不要紧，经过若干时候，自然被忘得干干净净；只要留下一点卫道模样的文字，将来仍不失为“正人君子”。况且即使将来没有“正人君子”之称，于目下的实利又何损哉？

这一类的主张读经者，是明知道读经不足以救国的，也不希望人们都读成他自己那样的；但是，要些把戏，将人们作笨牛看则有之，“读经”不过是这一回要把戏偶尔用到的工具。抗议的诸公倘若不明乎此，还要正经老实地来评道理，谈利害，那我可不再客气，也要将你们归入诚心诚意主张读经的笨牛类里去了。

以这样文不对题的话来解释“俨乎其然”的主张，我自己也知道有不恭之嫌，然而我又自信我的话，因为我也是从“读经”得来的。我几乎读过十三经。

衰老的国度大概就免不了这类现象。这正如人体一样，年事老了，废料愈积愈多，组织间又沉积下矿质，使组织变硬，易就于灭亡。一面，则原是养卫人体的游走细胞（Wanderzelle）渐次变性，只顾自己，只要组织间有小洞，它便钻，蚕食各组织，使组织耗损，易就于灭亡。俄国有名的医学者梅契尼珂夫（Elias Metschnikov）特地给他别立了一个名目：大嚼细胞（Fresserzelle）。据说，必须扑灭了这些，人体才免于老衰；要扑灭这些，则须每日服用一种酸性剂。他自己就实行着。

古国的灭亡，就因为大部分的组织被太多的古习惯教养得硬化了，不再能够转移，来适应新环境。若干分子又被太多的坏经验教养得聪明了，于是变性，知道在硬化的社会里，不妨妄行。单是妄行的是可与论议的，故意妄行的却无须再与谈理。唯一的疗救，是在另开药方：酸性剂，或者简直是强酸剂。

不提防临末又提到了一个俄国人，怕又有人要疑心我收到卢布了罢。我现在郑重声明：我没有收过一张纸卢布。因为俄国还未赤化之前，他已经死掉了，是生了别的急病，和他那正在实验的药的有效与否这问题无干。

十一月十八日。

评心雕龙

甲　A—a—a—ch[①]!

乙　你搬到外国去！并且带了你的家眷！你可是黄帝子孙？中国话里叹声尽多，你为什么要说洋话？敝人是不怕的，敢说：要你搬到外国去！

丙　他是在骂中国，奚落中国人，替某国间接宣传咱们中国的坏处。他的表兄的侄子的太太就是某国人。

丁　中国话里这样的叹声倒也有的，他不过是自然地喊。但这就证明了他是一个死尸！现在应该用表现法；除了表现地喊，一切声音都不算声音。这“A—a—a”倒也有一点成功了，但那“ch”就没有味。——自然，我的话也许是错的；但至少我今天相信我的话并不错。

戊　那么，就须说“嗟”，用这样“引车卖浆者流”的话，是要使自己的身分成为下等的。况且现在正要读经了……。

己　胡说！说“唉”也行。但可恨他竟说过好几回，将“唉”都“垄断”了去，使我们没有来说的余地了。

庚　曰“唉”乎？予蔑闻之。何也？嘻嘻吗呢为之障也。

辛　然哉！故予素主张而文言者也。

壬　嗟夫！余曩者之曾为白话，盖痰迷心窍者也，而

---

① 即 Ach，德语的感叹词

今悔之矣。

癸　他说“呸”么？这是人格已经破产了！我本就看不起他，正如他的看不起我。现在因为受了庚先生几句抢白，便“呸”起来；非人格破产是甚么？我并非赞成庚先生，我也批评过他的。可是他不配“呸”庚先生。我就是爱说公道话。

子　但他是说“嗳”。

丑　你是他一党！否则，何以替他来辩？我们是青年，我们就有这个脾气，心爱吹毛求疵。他说“呸”或说“嗳”，我固然没有听到；但即使他说的真是“嗳”，又何损于癸君的批评的价值呢。可是你既然是他的一党，那么，你就也人格破产了！

寅　不要破口就骂。满口谩骂，不成其为批评，Centleman决不如此。至于说批评全不能骂，那也不然。应该估定他的错处，给以相当的骂，像塾师打学生的手心一样，要公平。骂人，自然也许要得到回报的，可是我们也须有这一点不怕事的胆量：批评本来是“精神的冒险”呀！

卯　这确是一条熹微翠朴的硬汉！王九妈妈的崚嶒小提囊，杜鹃叫道“行不得也哥哥”儿。滃然“哀哈”之蓝缕的蒺藜，劣马样儿。这口风一滑溜，凡有绯刚的评论都要逼得翘辫儿了。

辰　并不是这么一回事。他是窃取着外国人的声音，翻译着。喂！你为什么不去创作？

巳　那么，他就犯了罪了！研究起来，字典上只有“Ach”，没有什么“A—a—a—ch”。我实在料不到他竟这样杜撰。所以我说：你们都得买一本字典，坐在书房里看看，这才免得为这类脚色所欺。

午　他不再往下说，他的话流产了。

未　夫今之青年何其多流产也，岂非因为急于出风头之故么？所以我奉劝今之青年，安分守己，切莫动弹，庶几可以免于流产，……

申　夫今之青年何其多误译也，还不是因为不买字典之故么？且夫……

酉　这实在“唉”得不行！中国之所以这样“世风日下”，就是他说了“唉”的缘故。但是诸位在这里，我不妨明说，三十年前，我也曾经“唉”过的，我何尝是木石，我实在是开风气之先。后来我觉得流弊太多了，便绝口不谈此事，并且深恶而痛绝之。并且到了今年，深悟读经之可以救国，并且深信白话文之应该废除。但是我并不说中国应该守旧……。

戌　我也并且到了今年，深信读经之可以救国……。

亥　并且深信白话文之应当废除……。

十一月十八日。

这个与那个

一 读经与读史

一个阔人说要读经，嗡的一阵一群狭人也说要读经。岂但“读”而已矣哉，据说还可以“救国”哩。“学而时习之，不亦说乎？”那也许是确凿的罢，然而甲午战败了，——为什么独独要说“甲午”呢，是因为其时还在开学校，废读经以前。

我以为伏案还未功深的朋友，现在正不必埋头来哼线装书。倘其咿唔日久，对于旧书有些上瘾了，那么，倒不如去读史，尤其是宋朝明朝史，而且尤须是野史；或者看杂说。

现在中西的学者们，几乎一听到“钦定四库全书”这名目就魂不附体，膝弯总要软下来似的。其实呢，书的原式是改变了，错字是加添了，甚至于连文章都删改了，最便当的是《琳琅秘室丛书》中的两种《茅亭客话》，一是宋本，一是四库本，一比较就知道。“官修”而加以“钦定”的正史也一样，不但本纪咧，列传咧，要摆“史架子”；里面也不敢说什么。据说，字里行间是也含着什么褒贬的，但谁有这么多的心眼儿来猜闷壶卢。至今还道“将平生事迹宣付国史馆立传”，还是算了罢。

野史和杂说自然也免不了有讹传，挟恩怨，但看往事却可以较分明，因为它究竟不像正史那样地装腔作势。看宋事，

《三朝北盟汇编》已经变成古董，太贵了，新排印的《宋人说部丛书》却还便宜。明事呢，《野获编》原也好，但也化为古董了，每部数十元；易于入手的是《明季南北略》，《明季稗史汇编》，以及新近集印的《痛史》。

史书本来是过去的陈账簿，和急进的猛士不相干。但先前说过，倘若还不能忘情于咿唔，倒也可以翻翻，知道我们现在的情形，和那时的何其神似，而现在的昏妄举动，胡涂思想，那时也早已有过，并且都闹糟了。

试到中央公园去，大概总可以遇见祖母带着她孙女儿在玩的。这位祖母的模样，就预示着那娃儿的将来。所以倘有谁要预知令夫人后日的丰姿，也只要看丈母。不同是当然要有些不同的，但总归相去不远。我们查账的用处就在此。

但我并不说古来如此，现在遂无可为，劝人们对于“过去”生敬畏心，以为它已经铸定了我们的运命。Le Bon 先生说，死人之力比生人大，诚然也有一理的，然而人类究竟进化着。又据章士钊总长说，则美国的什么地方已在禁讲进化论了，这实在是吓死我也，然而禁只管禁，进却总要进的。

总之：读史，就愈可以觉悟中国改革之不可缓了。虽是国民性，要改革也得改革，否则，杂史杂说上所写的就是前车。一改革，就无须怕孙女儿总要像点祖母那些事，譬如祖母的脚是三角形，步履维艰的，小姑娘的却是天足，能飞跑；丈母老太太出过天花，脸上有些缺点的，令夫人却种的是牛痘，所以细皮白肉：这也就大差其远了。

十二月八日。

二 捧与挖

中国的人们，遇见带有会使自己不安的朕兆的人物，向来就用两样法：将他压下去，或者将他捧起来。

压下去就用旧习惯和旧道德，或者凭官力，所以孤独的精神的战士，虽然为民众战斗，却往往反为这“所为”而灭亡。到这样，他们这才安心了。压不下时，则于是乎捧，以为抬之使高，餍之使足，便可以于己稍稍无害，得以安心。

伶俐的人们，自然也有谋利而捧的，如捧阔老，捧戏子，捧总长之类；但在一般粗人，——就是未尝“读经”的，则凡有捧的行为的“动机”，大概是不过想免害。即以所奉祀的神道而论，也大抵是凶恶的，火神瘟神不待言，连财神也是蛇呀刺猬呀似的骇人的畜类；观音菩萨倒还可爱，然而那是从印度输入的，并非我们的“国粹”。要而言之：凡有被捧者，十之九不是好东西。

既然十之九不是好东西，则被捧而后，那结果便自然和捧者的希望适得其反了。不但能使不安，还能使他们很不安，因为人心本来不易餍足。然而，人们终于至今没有悟，还以捧为苟安之一道。

记得有一部讲笑话的书，名目忘记了，也许是《笑林广记》罢，说，当一个知县的寿辰，因为他是子年生，属鼠的，属员们便集资铸了一个金老鼠去作贺礼。知县收受之后，另寻了机会对大众说道：明年又恰巧是贱内的整寿；她比我小一岁，是属牛的。其实，如果大家先不送金老鼠，他决不敢想金牛。

一送开手，可就难于收拾了，无论金牛无力致送，即使送了，怕他的姨太太也会属象。象不在十二生肖之内，似乎不近情理罢，但这是我替他设想的法子罢了，知县当然别有我们所莫测高深的妙法在。

民元革命[①]时候，我在S城，来了一个都督。他虽然也出身绿林大学，未尝“读经”（？），但倒是还算顾大局，听舆论的，可是自绅士以至于庶民，又用了祖传的捧法群起而捧之了。这个拜会，那个恭维，今天送衣料，明天送翅席，捧得他连自己也忘其所以，结果是渐渐变成老官僚一样，动手刮地皮。

最奇怪的是北几省的河道，竟捧得河身比屋顶高得多了。当初自然是防其溃决，所以壅上一点土；殊不料愈壅愈高，一旦溃决，那祸害就更大。于是就“抢堤”咧，“护堤”咧“严防决堤”咧，花色繁多，大家吃苦。如果当初见河水泛滥，不去增堤，却去挖底，我以为决不至于这样。

有贪图金牛者，不但金老鼠，便是死老鼠也不给。那么，此辈也就连生日都未必做了。单是省却拜寿，已经是一件大快事。

中国人的自讨苦吃的根苗在于捧，“自求多福”之道却在于挖。其实，劳力之量是差不多的，但从惰性太多的人们看来，却以为还是捧省力。

十二月十日。

① 即辛亥革命。

三　最先与最后

《韩非子》说赛马的妙法，在于“不为最先，不耻最后”。这虽是从我们这样外行的人看起来，也觉得很有理。因为假若一开首便拚命奔驰，则马力易竭。但那第一句是只适用于赛马的，不幸中国人却奉为人的处世金鍼了。

中国人不但“不为戎首”，“不为祸始”，甚至于“不为福先”。所以凡事都不容易有改革；前驱和闯将，大抵是谁也怕得做。然而人性岂真能如道家所说的那样恬淡；欲得的却多。既然不敢径取，就只好用阴谋和手段。从此，人们也就日见其卑怯了，既是“不为最先”，自然也不敢“不耻最后”，所以虽是一大堆群众，略见危机，便“纷纷作鸟兽散”了。如果偶有几个不肯退转，因而受害的，公论家便异口同声，称之曰傻子。对于“锲而不舍”的人们也一样。

我有时也偶尔去看看学校的运动会。这种竞争，本来不像两敌国的开战，挟有仇隙的，然而也会因了竞争而骂，或者竟打起来。但这些事又作别论。竞走的时候，大抵是最快的三四个人一到决胜点，其余的便松懈了，有几个还至于失了跑完豫定的圈数的勇气，中途挤入看客的群集中；或者佯为跌倒，使红十字队用担架将他抬走。假若偶有虽然落后，却尽跑，尽跑的人，大家就嗤笑他。大概是因为他太不聪明，“不耻最后”的缘故罢。

所以中国一向就少有失败的英雄，少有韧性的反抗，少有敢单身鏖战的武人，少有敢抚哭叛徒的吊客；见胜兆则纷纷聚集，见败兆则纷纷逃亡。战具比我们精利的欧美人，战具未必比我们精利的匈奴蒙古满洲人，都如入无人之境。“土崩瓦解”这四个字，真是形容得有自知之明。

多有“不耻最后”的人的民族，无论什么事，怕总不会一下子就“土崩瓦解”的，我每看运动会时，常常这样想：优胜者固然可敬，但那虽然落后而仍非跑至终点不止的竞技者，和见了这样竞技者而肃然不笑的看客，乃正是中国将来的脊梁。

四　流产与断种

近来对于青年的创作，忽然降下一个“流产”的恶谥，哄然应和的就有一大群。我现在相信，发明这话的是没有什么恶意的，不过偶尔说一说；应和的也是情有可原的，因为世事本来大概就这样。

我独不解中国人何以于旧状况那么心平气和，于较新的机运就这么疾首蹙额；于已成之局那么委曲求全，于初兴之事就这么求全责备？

智识高超而眼光远大的先生们开导我们：生下来的倘不是圣贤，豪杰，天才，就不要生；写出来的倘不是不朽之作，就不要写；改革的事倘不是一下子就变成极乐世界，或者，至少能给我（！）有更多的好处，就万万不要动！……

那么，他是保守派么？据说：并不然的。他正是革命家。惟独他有公平，正当，稳健，圆满，平和，毫无流弊的改革法；现下正在研究室里研究着哩，——只是还没有研究好。

什么时候研究好呢？答曰：没有准儿。

孩子初学步的第一步，在成人看来，的确是幼稚，危险，不成样子，或者简直是可笑的。但无论怎样的愚妇人，却总以恳切的希望的心，看他跨出这第一步去，决不会因为他的走法幼稚，怕要阻碍阔人的路线而“逼死”他；也决不至于将他禁在床上，使他躺着研究到能够飞跑时再下地。因为她知道：假如这么办，即使长到一百岁也还是不会走路的。

古来就这样，所谓读书人，对于后起者却反而专用彰明较著的或改头换面的禁锢。近来自然客气些，有谁出来，大抵会遇见学士文人们挡驾：且住，请坐。接着是谈道理了：调查，研究，推敲，修养，……结果是老死在原地方。否则，便得到“捣乱”的称号。我也曾有如现在的青年一样，向已死和未死的导师们问过应走的路。他们都说：不可向东，或西，或南，或北。但不说应该向东，或西，或南，或北。我终于发见他们心底里的蕴蓄了：不过是一个“不走”而已。

坐着而等待平安，等待前进，倘能，那自然是很好的，但可虑的是老死而所等待的却终于不至；不生育，不流产而等待一个英伟的宁馨儿①，那自然也很可喜的，但可虑的是终于什么也没有。

倘以为与其所得的不是出类拔萃的婴儿，不如断种，那就无话可说。但如果我们永远要听见人类的足音，则我以为流产究竟比不生产还有望，因为这已经明明白白地证明着能够生产的了。

十二月二十日。

---

① 晋宋时代的俗语。“这样的孩子”的意思。

并非闲话（三）

西滢先生这回是义形于色，在《现代评论》四十八期的《闲话》里很为被书贾擅自选印作品，因而受了物质上损害的作者抱不平。而且贱名也忝列于作者之列：惶恐透了。吃饭之后，写一点自己的所感罢。至于捏笔的“动机”，那可大概是“不纯洁”的。记得幼小时候住在故乡，每看见绅士将一点骗人的自以为所谓恩惠，颁给下等人，而下等人不大感谢时，则斥之曰“不识抬举!”我的父祖是读书的，总该可以算得士流了，但不幸从我起，不知怎的就有了下等脾气，不但恩惠，连吊慰都不很愿意受，老实说罢：我总疑心是假的。这种疑心，大约就是“不识抬举”的根苗，或者还要使写出来的东西“不纯洁”。

我何尝有什么白刃在前，烈火在后，还是钉住书桌，非写不可的“创作冲动”；虽然明知道这种冲动是纯洁，高尚，可贵的，然而其如没有何。前几天早晨，被一个朋友怒视了两眼，倒觉得脸有点热，心有点酸，颇近乎有什么冲动了，但后来被深秋的寒风一吹拂，脸上的温度便复原，——没有创作。至于已经印过的那些，那是被挤出来的。这“挤”字是挤牛乳之“挤”；这“挤牛乳”是专来说明“挤”字的，并非故意将我的作品比作牛乳，希冀装在玻璃瓶里，送进什么“艺术之宫”。倘用现在突然流行起来了的论调，将青年的急于发表未熟的作品称为“流产”，则我的便是“打胎”；或者简直不是胎，是狸猫充太子。所以一写完，便完事，管他妈的，书贾怎么偷，文士怎么说，都不再来提心吊胆。但是，如果有我所相信的人愿意看，称赞好，我终于是欢喜的。后来也集印了，为的是还想卖几文钱，老实说。

那么，我在写的时候没有虔敬的心么？答曰：有罢。即使没有这种冠冕堂皇的心，也决不故意要些油腔滑调。被挤着，还能嬉皮笑脸，游戏三昧[①]么？倘能，那简直是神仙了。我并没有在吕纯阳祖师门下投诚过。

但写出以后，却也不很爱惜羽毛，有所谓“敝帚自珍”的意思，因为，已经说过，其时已经是“便完事，管他妈的”了。谁有心肠来管这些无聊的后事呢？所以虽然有什么选家在那里放出他那伟大的眼光，选印我的作品，我也照例给他一个不管。其实，要管也无从管起的。我曾经替人代理过一回收版税的译本，打听得卖完之后，向书店去要钱，回信却道，旧经理人已经辞职回家了，你向他要去罢；我们可是不知道。这书店在上海，我怎能趁了火车去向他坐索，或者打官司？但我对于这等选本，私心却也有“窃以为不然”的几点，一是原本上的错字，虽然一见就明知道是错的，他也照样错下去；二是他们每要发几句伟论，例如什么主义咧，什么意思咧之类，大抵是我自己倒觉得并不这样的事。自然，批评是“精神底冒险”，批评家的精神总比作者会先一步的，但在他们的所谓死尸上，我却分明听到心搏，这真是到死也说不到一块儿。此外，倒也

① 佛教用语。这里是无挂无碍的意思。

没有什么大怨气了。

这虽然似乎是东方文明式的大度，但其实倒怕是因为我不靠卖文营生。在中国，骈文寿序的定价往往还是每篇一百两，然而白话不值钱；翻译呢，听说是自己不能创作而嫉妒别人去创作的坏心肠人所提倡的，将来文坛一进步，当然更要一文不值。我所写出来的东西，当初虽然很碰过许多大钉子，现在的时价是每千字一至二三元，但是不很有这样好主顾，常常只好尽些不知何自而来的义务。有些人以为我不但用了这些稿费或版税造屋，买米，而且还靠它吸烟卷，吃果糖。殊不知那些款子是另外骗来的；我实在不很擅长于先装鬼脸去吓书坊老板，然后和他接洽。我想，中国最不值钱的是工人的体力了，其次是咱们的所谓文章，只有伶俐最值钱。倘真要直直落落，借文字谋生，则据我的经验，卖来卖去，来回至少一个月，多则一年余，待款子寄到时，作者不但已经饿死，倘在夏天，连筋肉也都烂尽了，那里还有吃饭的肚子。

所以我总用别的道儿谋生；至于所谓文章也者，不挤，便不做。挤了才有，则和什么高超的“烟士披离纯”① 呀，“创作感兴”呀之类不大有关系，也就可想而知。倘说我假如不必用别的道儿谋生，则心志一专，就会有“烟士披离纯”等类，而产生较伟大的作品，至少，也可以免于献出剥皮的狸猫罢，那可是也未必。三家村的冬烘先生，一年到头，一早到夜教村童，不但毫不“时时想政治活动”，简直并不很“干着种种无聊的事”，但是他们似乎并没有《教育学概论》或“高头讲章”的

① 英语：Inspiration 的音译，是“灵感”的意思。

待定稿，藏之名山。而马克思的《资本论》，陀思妥夫斯奇的《罪与罚》等，都不是啜末加①加啡，吸埃及烟卷之后所写的。除非章士钊总长治下的"有些天才"的编译馆人员，以及讨得官僚津贴或银行广告费的"大报"作者，于谋成事遂，睡足饭饱之余，三月炼字，半年锻句，将来会做出超伦轶群的古奥漂亮作品。总之，在我，是肚子一饱，应酬一少，便要心平气和，关起门来，什么也不写了；即使还写，也许不过是温暾之谈，两可之论，也即所谓执中之说，公允之言，其实等于不写而已。

所以上海的小书贾化作蚊子，吸我的一点血，自然是给我物质上的损害无疑，而我却还没有什么大怨气，因为我知道他们是蚊子，大家也都知道他们是蚊子。我一生中，给我大的损害的并非书贾，并非兵匪，更不是旗帜鲜明的小人：乃是所谓"流言"。即如今年，就有什么"鼓动学潮"呀，"谋做校长"呀，"打落门牙"呀这些话。有一回，竟连现在为我的著作权受损失抱不平的西滢先生也要相信了，也就在《现代评论》（第二十五期）的照例的《闲话》上发表出来；它的效力就可想。譬如一个女学生，与其被若干卑劣阴险的文人学士们暗地里散布些关于品行的谣言，倒不如被土匪抢去一条红围巾——物质。但这种"流言"，造的是一个人还是多数人？姓甚，名谁？我总是查不出；后来，因为没有多工夫，也就不再去查考了，仅为便于述说起见，就总称之曰畜生。

虽然分了类，但不幸这些畜生就杂在人们里，而一样是人头，实际上仍然无从辨别。所以我就多疑，不大要听人们的说

① 通译穆哈，著名的咖啡产地。

话；又因为无话可说，自己也就不大愿意做文章。有时候，甚至于连真的义形于色的公话也会觉得古怪，珍奇，于是乎而下等脾气的“不识抬举”遂告成功，或者会终于不可救药。

平心想起来，所谓“选家”这一流人物，虽然因为容易联想到明季的制艺的选家的缘故，似乎使人厌闻，但现在倒是应该有几个。这两三年来，无名作家何尝没有胜于较有名的作者的作品，只是谁也不去理会他，一任他自生自灭。去年，我曾向 DF 先生提议过，以为该有人搜罗了各处的各种定期刊行物，仔细评量，选印几本小说集，来绍介于世间；至于已有专集者，则一概不收，“再拜而送之大门之外”。但这话也不过终于是空话，当时既无定局，后来也大家走散了。我又不能做这事业，因为我是偏心的。评是非时我总觉得我的熟人对，读作品是异己者的手腕大概不高明。在我的心里似乎是没有所谓“公平”，在别人里我也没有看见过，然而还疑心什么地方也许有，因此就不敢做那两样东西了：法官，批评家。

现在还没有专门的选家时，这事批评家也做得，因为批评家的职务不但是剪除恶草，还得灌溉佳花，——佳花的苗。譬如菊花如果是佳花，则他的原种不过是黄色的细碎的野菊，俗名“满天星”的就是。但是，或者是文坛上真没有较好的作品之故罢，也许是一做批评家，眼界便极高卓，所以我只见到对于青年作家的迎头痛击，冷笑，抹杀，却很少见诱掖奖劝的意思的批评。有一种所谓“文士”而又似批评家的，则专是一个人的御前侍卫，托尔斯泰呀，托她斯泰呀，指东画西的，就只为一人做屏风。其甚者竟至于一面暗护此人，一面又中伤他人，却又不明明白白地举出姓名和实证来，但用了含沙射影的口气，使那人不知道说着自己，却又另用口头宣传以补笔墨所不及，使别人可以疑心到那人身上去。这不但对于文字，就是女人们的名誉，我今年也看见有用了这畜生道的方法来毁坏的。古人常说“鬼蜮技俩”，其实世间何尝真有鬼蜮，那所指点的，不过是这类东西罢了。这类东西当然不在话下，就是只做侍卫的，也不配评选一言半语，因为这种工作，做的人自以为不偏而其实是偏的也可以，自以为公平而其实不公平也可以，但总不可“别有用心”于其间的。

书贾也像别的商人一样，惟利是图；他的出版或发议论的“动机”，谁也知道他“不纯洁”，决不至于和大学教授的来等量齐观的。但他们除惟利是图之外，别的倒未必有什么用意，这就是使我反而放心的地方。自然，倘是向来没有受过更奇特而阴毒的暗箭的福人，那当然即此一点也要感到痛苦。

这也算一篇作品罢，但还是挤出来的，并非围炉煮茗时中的闲话，临了，便回上去填作题目，纪实也。

十一月二十二日。

我观北大

因为北大学生会的紧急征发，我于是总得对于本校的二十七周年纪念来说几句话。

据一位教授的名论，则“教一两点钟的讲师”是不配与闻校事的，而我正是教一点钟的讲师。但这些名论，只好请恕我置之不理；——如其不恕，那么，也就算了，人那里顾得这些事。

我向来也不专以北大教员自居，因为另外还与几个学校有关系。然而不知怎的，——也许是含有神妙的用意的罢，今年忽而颇有些人指我为北大派。我虽然不知道北大可真有特别的派，但也就以此自居了。北大派么？就是北大派！怎么样呢？

但是，有些流言家幸勿误会我的意思，以为谣我怎样，我便怎样的。我的办法也并不一律。譬如前次的游行，报上谣我被打落了两个门牙，我可决不肯具呈警厅，吁请补派军警，来将我的门牙从新打落。我之照着谣言做去，是以专检自己所愿意者为限的。

我觉得北大也并不坏。如果真有所谓派，那么，被派进这派里去，也还是也就算了。理由在下面：

既然是二十七周年，则本校的萌芽，自然是发于前清的，但我并民国初年的情形也不知道。惟据近七八年的事实看来，第一，北大是常为新的，改进的运动的先锋，要使中国向着好的，往上的道路走。虽然很中了许多暗箭，背了许多谣言；教授和学生也都逐年地有些改换了，而那向上的精神还是始终一贯，不见得弛懈。自然，偶尔也免不了有些很想勒转马头的，可是这也无伤大体，“万众一心”，原不过是书本子上的冠冕话。

第二，北大是常与黑暗势力抗战的，即使只有自己。自从章士钊提了“整顿学风”的招牌来“作之师”，并且分送金款以来，北大却还是给他一个依照彭允彝的待遇。现在章士钊虽然还伏在暗地里做总长，本相却已显露了；而北大的校格也就愈明白。那时固然也曾显出一角灰色，但其无伤大体，也和第一条所说相同。

我不是公论家，有上帝一般决算功过的能力，仅据我所感得的说，则北大究竟还是活的，而且还在生长的。凡活的而且在生长者，总有着希望的前途。

今天所想到的就是这一点。但如果北大到二十八周年而仍不为章士钊者流所谋害，又要出纪念刊，我却要预先声明：不来多话了。一则，命题作文，实在苦不过；二则，说起来大约还是这些话。

十二月十三日。

碎　话

如果只有自己，那是都可以的：今日之我与昨日之我战也好，今日这么说明日那么说也好。但最好是在自己的脑里想，在自己的宅子里说；或者和情人谈谈也不妨，横竖她总能以“阿呀”表示其佩服，而没有第三者与闻其事。只是，假使不自珍惜，陆续发表出来，以“领袖”“正人君子”自居，而称这些为“思想”或“公论”之类，却难免有多少老实人遭殃。自然，凡有神妙的变迁，原是反足以见学者文人们进步之神速的；况且文坛上本来就“只许州官放火不准百姓点灯”，即不幸而为庸人，则给天才做一点牺牲，也正是应尽的义务。谁叫你不能研究或创作的呢？亦惟有活该吃苦而已矣！

然而，这是天才，或者是天才的奴才的崇论宏议。从庸人一方面看起来，却不免觉得此说虽合乎理而反乎情；因为“蝼蚁尚且贪生”，也还是古之明训。所以虽然是庸人，总还想活几天，乐一点。无奈爱管闲事是他们吃苦的根苗，坐在家里好好的，却偏要出来寻导师，听公论了。学者文人们正在一日千变地进步，大家跟在他后面；他走的是小弯，你走的是大弯，他在圆心里转，你却必得在圆周上转，汗流浃背而终于不知所以，那自然是不待数计龟卜而后知的。

什么事情都要干，干，干！那当然是名言，但是倘有傻子真去买了手枪，就必要深悔前非，更进而悟到救国必先求学。

这当然也是名言，何用多说呢，就遵谕钻进研究室去。待到有一天，你发见了一颗新彗星，或者知道了刘歆并非刘向的儿子之后，跳出来救国时，先觉者可是“杳如黄鹤”了，寻来寻去，也许会在戏园子里发见。你不要再非薄那“小东人嗯嗯！哪，唉唉唉！”罢：这是艺术。听说“人类不仅是理智的动物”，必须“种种方面有充分发达的人，才可以算完人”呀，学者之在戏园，乃是“在感情方面求种种的美”。“束发小生”变成先生，从研究室里钻出，救国的资格也许有一点了，却不料还是一个精神上种种方面没有充分发达的畸形物，真是可怜可怜。

那么，立刻看夜戏，去求种种的美去，怎么样？谁知道呢。也许学者已经出戏园，学说也跟着长进（俗称改变，非也）了。

叔本华先生以厌世名一时，近来中国的绅士们却独独赏识了他的《妇人论》。的确，他的骂女人虽然还合绅士们的脾胃，但别的话却实在很有些和我们不相宜的。即如《读书和书籍》那一篇里，就说，“我们读着的时候，别人却替我们想。我们不过反复了这人的心的过程。……然而本来底地说起来，则读书时，我们的脑已非自己的活动地。这是别人的思想的战场了。”但是我们的学者文人们却正需要这样的战场——未经老练的青年的脑髓。但也并非在这上面和别的强敌战斗，乃是今日之我打昨日之我，“道义”之手批“公理”之颊——说得俗一点：自己打嘴巴。作了这样的战场者，怎么还能明白是怎么一回事。

这一月来，不知怎的又有几个学者文人或批评家亡魂失魄了，仿佛他们在上月底才从娘胎钻出，毫不知道民国十四年十二月以前的事似的。女师大学生一归她们被占的本校，就有人引以为例，说张胡子或李胡子可以“派兵送一二百学生占据了二三千学生的北大”。如果这样，北大学生确应该群起而将女师大扑灭，以免张胡或李胡援例，确保母校的安全。但我记得北大刚举行过二十七周年纪念，那建立的历史，是并非由章士钊将张胡或李胡将要率领的二百学生拖出，然后改立北大，招生三千，以掩人耳目的。这样的比附，简直是在青年的脑上打滚。夏间，则也可以称为“挑剔风潮”。但也许批评界有时也是“只许州官放火不准百姓点灯”，正如天才之在文坛一样的。

学者文人们最好是有这样的一个特权，月月，时时，自己和自己战，——即自己打嘴巴，免得庸人不知，以常人为例，误以为连一点“闲话”也讲不清楚。

十二月二十二日。

“公理”的把戏

自从去年春间，北京女子师范大学有了反对校长杨荫榆事件以来，于是而有该校长在太平湖饭店请客之后，任意将学生自治会员六人除名的事；有引警察及打手蜂拥入校的事；迨教育总长章士钊复出，遂有非法解散学校的事；有司长刘百昭雇用流氓女丐殴曳学生出校，禁之补习所空屋中的事；有手忙脚乱，急挂女子大学招牌以掩天下耳目的事；有胡敦复之趁火打劫，攫取女大校长饭碗，助章士钊欺罔世人的事。女师大的许多教职员，——我敢特地声明：并不是全体！——本极以章杨的措置为非，复痛学生之无辜受戮，无端失学，而校务维持会之组织，遂愈加严固。我先是该校的一个讲师，于黑暗残虐情形，多曾目睹；后是该会的一个委员，待到女师大在宗帽胡同自赁校舍，而章士钊尚且百端迫压的苦痛，也大抵亲历的。当章氏势焰熏天时，我也曾环顾这首善之区，寻求所谓“公理”“道义”之类而不得；而现在突起之所谓“教育界名流”者，那时则鸦雀无声；甚至捧献肉麻透顶的呈文，以歌颂功德。但这一点，我自然也判不定是因为畏章氏有嗾使兵警痛打之威呢，还是贪图分润金款之利，抑或真以他为“公理”或“道义”等类的具象的化身？但是，从章氏逃走，女师大复校以后，所谓“公理”等件，我却忽而间接地从女子大学在撷英馆宴请“北京教育界名流及女大学生家长”的席上找到了。

据十二月十六日的《北京晚报》说，则有些“名流”即于十四日晚六时在那个撷英番菜馆开会。请吃饭的，去吃饭的，在中国一天不知道有多多少少，本不与我相干，虽然也令我记起杨荫榆也爱在太平湖饭店请人吃饭的旧事。但使我留心的是，从这饭局里产生了“教育界公理维持会”，从这会又变出“国立女子大学后援会”，从这会又发出“致国立各校教职员联席会议函”，声势浩大，据说是“而于该校附和暴徒，自堕人格之教职员，即不能投畀豺虎，亦宜屏诸席外，勿与为伍”云。他们之所谓“暴徒”，盖即刘百昭之所谓“土匪”，官僚名流，口吻如一，从局外人看来，不过煞是可笑而已。而我是女师大维持会员之一，又是女师大教员，人格所关，当然有抗议的权利。岂但抗议？“投虎”“割席”，“名流”的熏灼之状，竟至于斯，则虽报以恶声，亦不为过。但也无须如此，只要看一看这些“名流”究竟是什么东西，就尽够了。报上和函上有名单：

除了万里鸣是太平湖饭店掌柜，以及董子鹤辈为我所不知道的不计外，陶昌善是农大教务长，教长兼农大校长章士钊的替身；石志泉是法大教务长；查良钊是师大教务长；李顺卿，王桐龄是师大教授；萧友梅是前女师大而今女大教员；蹇华芬是前女师大而今女大学生；马寅初是北大讲师，又是中国银行的什么，也许是“总司库”，这些名目我记不清楚了；燕树棠，白鹏飞，陈源即做《闲话》的西滢，丁燮林即做过《一只马蜂》的西林，周鲠生即周览，皮宗石，高一涵，李仲揆即李四光曾有一篇杨荫榆要用汽车迎他“观剧”的作品登在《现代评论》上的，都是北大教授，又大抵原住在东吉祥胡同，又大抵是先前反对北大对章士钊独立的人物，所以当章士钊炙手可热之际，《大同晚报》曾称他们为“东吉祥派的正人君子”，虽然他们那时并没有开什么“公理”会。但他们的住址，今年新印的《北大职员录》上可很有些函胡了，我所依据的是民国十一年的本子。

日本人学了中国人口气的《顺天时报》，即大表同情于女子大学，据说多人的意见，以为女师大教员多系北大兼任，有附属于北大之嫌。亏它征得这么多人的意见。然而从上列的名单看来，那观察是错的。女师大向来少有专任教员，正是杨荫榆的狡计，这样，则校长即可以独揽大权；当我们说话时，高仁山即以讲师不宜与闻校事来钳制我辈之口。况且女师大也决不因为中有北大教员，即精神上附属于北大，便是北大教授，正不乏有当学生反对杨荫榆的时候，即协力来歼灭她们的人。即如八月七日的《大同晚报》，就有“某当局……谓北大教授中，如东吉祥派之正人君子，亦主张解散”等语。《顺天时报》的记者倘竟不知，可谓昏瞀，倘使知道而故意淆乱黑白，那就是挑拨对于北大怀着恶感的人物，将那恶感蔓延于女师大之嫌，居心可谓卑劣。但我们国内战争，尚且常有日本浪人从中作祟，使良民愈陷于水深火热之中，更何况一校女生和几个教员之被诬蔑。我们也只得自责国人之不争气，竟任这样的报纸跳梁！

北大教授王世杰在撷英馆席上演说，即云“本人决不主张北大少数人与女师大合作”，就可以证明我前言的不诬。至又谓“照北大校章教职员不得兼他机关主要任务然而现今北大教授在女师大兼充主任者已有五人实属违法应加以否认云云”，则颇有语病。北大教授兼国立京师图书馆副馆长月薪至少五六百元的李四光，不也是正在坐中“维持公理”，而且演说的么？

使之何以为情？李教授兼副馆长的演说辞，报上却不载；但我想，大概是不赞成这个办法的。

北大教授燕树棠谓女大学生极可佩服，而对于“形同土匪破坏女大的人应以道德上之否认加之”，则竟连所谓女大教务长萧纯锦的自辩女人当日所埋伏者是听差而非流氓的启事也没有见，却已一口咬定，嘴上忽然跑出一个“道德”来了。那么，对于形同鬼蜮破坏女师大的人，应以什么上之否认加之呢？

“公理”实在是不容易谈，不但在一个维持会上，就要自相矛盾，有时竟至于会用了“道义”上之手，自批“公理”上之脸的嘴巴。西滢是曾在《现代评论》（三十八）的《闲话》里冷嘲过援助女师大的人们的：“外国人说，中国人是重男轻女的。我看不见得吧。”现在却签名于什么公理会上了，似乎性情或体质有点改变。而且曾经感慨过：“你代被群众专制所压迫者说了几句公平话，那么你不是与那人有‘密切的关系’便是吃了他或她的酒饭。”（《现代》四十）然而现在的公理什么会上的言论和发表的文章上，却口口声声，侧重多数了；似乎主张又颇有些参差，只有“吃饭”的一件事还始终如一。在《现代评论》（五十三）上，自诩是“所有的批评都本于学理和事实，绝不肆口嫚骂，”而忘却了自己曾称女师大为“臭毛厕”，并且署名于要将人“投畀豺虎”的信尾曰：陈源。陈源不就是西滢么？半年的事，几个的人，就这么矛盾支离，实在可以使人悯笑。但他们究竟是聪明的，大约不独觉得“公理”歪邪，而且连自己们的“公理维持会”也很有些歪邪了罢，所以突然一变而为“女子大学后援会”了，这是的确的，后援，就是站在背后的援助。

但是十八日《晨报》上所载该后援会开会的记事，却连发言的人的名姓也没有了，一律叫作“某君”。莫非后来连对于自己的姓名也觉得可羞，真是“内愧于心”了？还是将人“投畀豺虎”之后，预备归过于“某君”，免得自己负责任，受报复呢？虽然报复的事，并为“正人君子”们所反对，但究竟还不如先使人不知道“后援”者为谁的稳当，所以即使为着“道义”，而坦白的态度，也仍为他们所不取罢。因为明白地站出来，就有些“形同土匪”或“暴徒”，怕要失了专在背后，用暗箭的聪明人的人格。

其实，撷英馆里和后援会中所啸聚的一彪人马，也不过是各处流来的杂人，正如我一样，到北京来骗一口饭，岂但“投畀豺虎”，简直是已经“投畀有北”的了。这算得什么呢？以人论，我与王桐龄，李顺卿虽曾在西安点首谈话，却并不当作朋侪；与陈源虽尝在给泰戈尔祝寿的戏台前一握手，而早已视为异类，又何至于会有和他们连席之意？而况于不知什么东西的杂人等辈也哉！以事论，则现在的教育界中实无豺虎，但有些城狐社鼠之流，那是当然不能免的。不幸十余年来，早见得不少了；我之所以对于有些人的口头的鸟“公理”而不敬者，即大抵由于此。

十二月十八日。

这回是“多数”的把戏

《现代评论》五五期《闲话》的末一段是根据了女大学生的宣言，说女师大学生只有二十个，别的都已进了女大，就深悔从前受了“某种报纸的催眠”。幸而见了宣言，这才省悟过来了，于是发问道：“要是二百人（按据云这是未解散前的数目）中有一百九十九人入了女大便怎样？要是二百人都入了女大便怎样？难道女师大校务维持会招了几个新生也去恢复么？我们不免要奇怪那维持会维持的究竟是谁呢？他们的目的究竟是什么呢？”

这当然要为夏间并不维持女师大而现在则出而维持“公理”的陈源教授所不解的。我虽然是女师大维持会的一个委员，但也知道别一种可解的办法——

二十人都往多的一边跑，维持会早该趋奉章士钊！

我也是“四五十岁的人爱说四五岁的孩子话”，而且爱学奴才话的，所以所说的也许是笑话。但是既经说开，索性再说几句罢：要是二百人中有二百另一人入了女大便怎样？要是维持会员也都入了女大便怎样？要是一百九十九人入了女大，而剩下的一个人偏不要维持便怎样？……

我想这些妙问，大概是无人能答的。这实在问得太离奇，虽是四五岁的孩子也不至于此，——我们不要小觑了孩子。人也许能受“某种报纸的催眠”，但也因人而异，“某君”只限于

"某种"；即如我，就决不受《现代评论》或"女大学生某次宣言"的催眠。假如，倘使我看了《闲话》之后，便抚心自问："要是二百人中有一百九十九人入了女大便怎样？……维持会维持的究竟是谁呢？……"那可真要连自己也奇怪起来，立刻对章士钊的木主[①]肃然起敬了。但幸而连陈源教授所据为典要的《女大学生二次宣言》也还说有二十人，所以我也正不必有什么"杞天之虑"。

记得"公理"时代（可惜这黄金时代竟消失得那么快），不是有人说解散女师大的是章士钊，女大乃另外设立，所以石驸马大街的校址是不该归还的么？自然，或者也可以这样说。但我却没有被其催眠，反觉得这道理比满洲人所说的"亡明者闯贼也，我大清天下，乃得之于闯贼，非取之于明"的话还可笑。从表面上看起来，满人的话，倒还算顺理成章，不过也只能骗顺民，不能骗遗民和逆民，因为他们知道此中的底细。我不聪明，本也很可以相信的，然而竟不被骗者，因为幸而目睹了十四年前的革命，自己又是中国人。

然而"要是"女师大学生竟一百九十九人都入了女大，又怎样呢？其实，"要是"章士钊再做半年总长，或者他的走狗们作起祟来，宗帽胡同的学生纵不至于"都入了女大"，但可以被迫胁到只剩一个或不剩一个，也正是意中事。陈源教授毕竟是"通品"，虽是理想也未始没有实现的可能。那么，怎么办呢？我想，维持。那么，"目的究竟是什么呢？"我想，就用一句《闲话》来答复："代被群众专制所压迫者说几句公平

---

① 木制的神位。上书死者姓名以供祭祀。又称神主。

话”。

可惜正如“公理”的忽隐忽现一样，“少数”的时价也四季不同的。杨荫榆时候多数不该“压迫”少数，现在是少数应该服从多数了。你说多数是不错的么，可是俄国的多数主义现在也还叫作过激党，为大英大日本和咱们中华民国的绅士们所“深恶而痛绝之”。这真要令我莫名其妙。或者“暴民”是虽然多数，也得算作例外的罢。

“要是”帝国主义者抢去了中国的大部分，只剩了一二省，我们便怎样？别的都归了强国了，少数的土地，还要维持么?!明亡以后，一点土地也没有了，却还有窜身海外，志在恢复的人。凡这些，从现在的“通品”看来，大约都是谬种，应该派“在德国手格盗匪数人”，立功海外的英雄刘百昭去剿灭他们的罢。

“要是”真如陈源教授所言，女师大学生只有二十了呢？但是究竟还有二十人。这足可使在章士钊门下暗作走狗而脸皮还不十分厚的教授文人学者们愧死！

十二月二十八日。

后记

本书中至少有两处，还得稍加说明——

一，徐旭生先生第一次回信中所引的话，是出于ZM君登在《京报副刊》（十四年三月八日）上的一篇文章的。其时我正因为回答“青年必读书”，说“不能作文算什么大不了的事”，很受着几位青年的攻击。ZM君便发表了我在讲堂上口说的话，大约意在申明我的意思，给我解围。现在就钞一点在下面——

“读了许多名人学者给我们开的必读书目，引起不少的感想；但最打动我的是鲁迅先生的两句附注，……因这几句话，又想起他所讲的一段笑话来。他似乎这样说：

“‘讲话和写文章，似乎都是失败者的征象。正在和运命恶战的人，顾不到这些；真有实力的胜利者也多不做声。譬如鹰攫兔子，叫喊的是兔子不是鹰；猫捕老鼠，啼呼的是老鼠不是猫……。又好像楚霸王……追奔逐北的时候，他并不说什么；等到摆出诗人面孔，饮酒唱歌，那已经是兵败势穷，死日临头了。最近像吴佩孚名士的“登彼西山，赋彼其诗”，齐燮元先生的“放下枪枝，拿起笔干”，更是明显的例了。’”

二，近几年来，常听到人们说学生嚣张，不单是老先生，连刚出学校而做了小官或教员的也往往这么说。但我却并不觉得这样。记得革命以前，社会上自然还不如现在似的憎恶学生，学生也没有目下一般驯顺，单是态度，就显得桀傲，在人丛中一望可知。现在却差远了，大抵长袍大袖，温文尔雅，正如一个古之读书人。我也就在一个大学的讲堂上提起过，临末还说：其实，现在的学生是驯良的，或者竟可以说是太驯良了……。武者君登在《京报副刊》（约十四年五月初）上的一篇《温良》中，所引的就是我那时所说的这几句话。我因此又写了《忽然想到》第七篇，其中所举的例，一是前几年被称为“卖国贼”者的子弟曾大受同学唾骂，二是当时女子师范大学的学生正被同性的校长使男职员威胁。我的对于女师大风潮说话，这是第一回，过了十天，就“碰壁”；又过了十天，陈源教授就在《现代评论》上发表“流言”，过了半年，据《晨报副刊》（十五年一月三十日）所发表的陈源教授给徐志摩“诗哲”的信，则“捏造事实传布流言”的倒是我了。真是世事白云苍狗，不禁感慨系之矣！

又，我在《“公理”的把戏》中说杨荫榆女士“在太平湖饭店请客之后，任意将学生自治会员六人除名”，那地点是错误的，后来知道那时的请客是西长安街的西安饭店。等到五月二十一日即我们“碰壁”的那天，这才换了地方，“由校特请全体主任专任教员评议会会员在太平湖饭店开校务紧急会议，解决种种重要问题。”请客的饭馆是那一个，和紧要关键原没有什么大相干，但从“所有的批评都本于学理和事实”的所谓“文士”学者之流看来，也许又是“捏造事实”，而且因此就证明了凡我所说，无一句真话，甚或至于连杨荫榆女士也本无其人，都是我凭空结撰的了。这于我是很不好的，所以赶紧订正于此，庶几“收之桑榆”[1] 云。

一九二六年二月十五日校毕记。仍在绿林书屋之东壁下。

① 意思是指虽然开始有错误，最后还可以补救。

华盖集续编（节选）

小 引

还不满一整年，所写的杂感的分量，已有去年一年的那么多了。秋来住在海边，目前只见云水，听到的多是风涛声，几乎和社会隔绝。如果环境没有改变，大概今年不见得再有什么废话了罢。灯下无事，便将旧稿编集起来；还豫备付印，以供给要看我的杂感的主顾们。

这里面所讲的仍然并没有宇宙的奥义和人生的真谛。不过是，将我所遇到的，所想到的，所要说的，一任它怎样浅薄，怎样偏激，有时便都用笔写了下来。说得自夸一点，就如悲喜时节的歌哭一般，那时无非借此来释愤抒情，现在更不想和谁去抢夺所谓公理或正义。你要那样，我偏要这样是有的；偏不遵命，偏不磕头是有的；偏要在庄严高尚的假面上拨它一拨也是有的，此外却毫无什么大举。名副其实，“杂感”而已。

从一月以来的，大略都在内了；只删去了一篇。那是因为其中开列着许多人，未曾，也不易遍征同意，所以不好擅自发表。

书名呢？年月是改了，情形却依旧，就还叫《华盖集》。然而年月究竟是改了，因此只得添上两个字：“续编”。

一九二六年十月十四日，鲁迅记于厦门。

一九二六年

杂论管闲事·做学问·灰色等

一

听说从今年起，陈源（即西滢）教授要不管闲事了；这豫言就见于《现代评论》五十六期的《闲话》里。惭愧我没有拜读这一期，因此也不知其详。要是确的呢，那么，除了用那照例的客套说声“可惜”之外，真的倒实在很诧异自己之胡涂：年纪这么大了，竟不知道阳历的十二月三十一日和一月一日之交在别人是可以发生这样的大变动。我近来对于年关颇有些神经过钝了，全不觉得怎样。其实，倘要觉得罢，可是也不胜其觉得。大家挂上五色旗，大街上搭起几座彩坊，中间还有四个字道：“普天同庆”，据说这算是过年。大家关了门，贴上门神，爆竹毕剥砰砰的放起来，据说这也是过年。要是言行真跟着过年为转移，怕要转移不迭，势必至于成为转圈子。所以，神经过钝虽然有落伍之虑，但有弊必有利，却也很占一点小小的便宜的。

但是，还有些事我终于想不明白：即如天下有闲事，有人管闲事之类。我现在觉得世上是仿佛没有所谓闲事的，有人来管，便都和自己有点关系；即便是爱人类，也因为自己是人。假使我们知道了火星里张龙和赵虎打架，便即大有作为，请酒开会，维持张龙，或否认赵虎，那自然是颇近于管闲事了。然而火星上事，既然能够“知道”，则至少必须已经可以通信，关系也密切起来，算不得闲事了。因为既能通信，也许将来就能交通，他们终于会在我们的头顶上打架。至于咱们地球之上，即无论那一处，事事都和我们相关，然而竟不管者，或因不知道，或因管不着，非以其“闲”也。譬如英国有刘千昭雇了爱尔兰老妈子在伦敦拉出女生，在我们是闲事似的罢，其实并不，也会影响到我们这里来。留学生不是多多，多多了么？倘有合宜之处，就要引以为例，正如在文学上的引用什么莎士比亚呀，塞文狄斯[①]呀，芮恩施呀一般。

（不对，错了。芮恩施是美国的驻华公使，不是文学家。我大约因为在讲什么文艺学术的一篇论文上见过他的名字，所以一不小心便带出来了。合即订正于此，尚希读者谅之。）

即使是动物，也怎能和我们不相干？青蝇的脚上有一个霍乱菌，蚊子的唾沫里有两个疟疾菌，就说不定会钻进谁的血里去。管到“邻猫生子”，很有人以为笑谈，其实却正与自己大有相关。譬如我的院子里，现在就有四匹邻猫常常吵架了，倘使这些太太们之一又诞育四匹，则三四月后，我就得常听到八

① 通译为塞万提斯，欧洲文艺复兴时期西班牙的有名作家。

匹猫们常常吵闹，比现在加倍地心烦。

所以我就有了一种偏见，以为天下本无所谓闲事，只因为没有这许多遍管的精神和力量，于是便只好抓一点来管。为什么独抓这一点呢？自然是最和自己相关的，大则因为同是人类，或是同类，同志；小则，因为是同学，亲戚，同乡，——至少，也大概叨光过什么，虽然自己的显在意识上并不了然，或者其实了然，而故意装痴作傻。

但陈源教授据说是去年却管了闲事了，要是我上文所说的并不错，那就确是一个超人。今年不问世事，也委实是可惜之至，真是斯人不管，“如苍生何”了。幸而阴历的过年又快到了，除夕的亥时一过，也许又可望心回意转的罢。

二

昨天下午我从沙滩回家的时候，知道大琦君来访过我了。这使我很高兴，因为我是猜想他进了病院的了，现在知道并没有。而尤其使我高兴的是他还留赠我一本《现代评论增刊》，只要一看见封面上画着的一枝细长的蜡烛，便明白这是光明之象，更何况还有许多名人学者的著作，更何况其中还有陈源教授的一篇《做学问的工具》呢？这是正论，至少可以赛过“闲话”的；至少，是我觉得赛过“闲话”，因为它给了我许多东西。

我现在才知道南池子的“政治学会图书馆”去年“因为时局的关系，借书的成绩长进了三至七倍”了，但他“家翰笙”却还“用‘平时不烧香，临时抱佛脚’十个字形容当今文学术界大部分的状况”。这很改正了我许多误解。我先已说过，现在的留学生是多多，多多了，但我总疑心他们大部分是在外国租了房子，关起门来燉牛肉吃的，而且在东京实在也看见过。那时我想：燉牛肉吃，在中国就可以，何必路远迢迢，跑到外国来呢？虽然外国讲究畜牧，或者肉里面的寄生虫可以少些，但燉烂了，即使多也就没有关系。所以，我看见回国的学者，头两年穿洋服，后来穿皮袍，昂头而走的，总疑心他是在外国亲手燉过几年牛肉的人物，而且即使有了什么事，连“佛脚”也未必肯抱的。现在知道并不然，至少是“留学欧美归国的人”并不然。但可惜中国的图书馆里的书太少了，据说北京“三十多个大学，不论国立私立，还不及我们私人的书多”云。这“我们”里面，据说第一要数“溥仪先生的教师庄士敦先生”，第二大概是“孤桐先生”即章士钊，因为在德国柏林时候，陈源教授就亲眼看见他两间屋里“几乎满床满架满桌满地，都是关于社会主义的德文书”。现在呢，想来一定是更多的了。这真教我欣羡佩服。记得自己留学时候，官费每月三十六元，支付衣食学费之外，简直没有赢余，混了几年，所有的书连一壁也遮不满，而且还是杂书，并非专而又专，如“都是关于社会主义的德文书”之类。

但是很可惜，据说当民众“再毁”这位“孤桐先生”的“寒家”时，“好像他们夫妇两位的藏书都散失了”。想那时一定是拉了几十车，向各处走散，可惜我没有去看，否则倒也是一个壮观。

所以“暴民”之为“正人君子”所深恶痛绝，也实在有理由，即如这回之“散失”了“孤桐先生”夫妇的藏书，其加于中国的损失，就在毁坏了三十多个国立及私立大学的图书馆之上。和这一比较，刘百昭司长的失少了家藏的公款八千元，要算小事件了，但我们所引为遗憾的是偏是章士钊、刘百昭有这么多的储藏，而这些储藏偏又全都遭了劫。

在幼小时候曾有一个老于世故的长辈告诫过我：你不要和没出息的担子或摊子为难，他会自己摔了，却诬赖你，说不清，也赔不完。这话于我似乎到现在还有影响，我新年去逛火神庙的庙会时，总不敢挤近玉器摊去，即使它不过摆着寥寥的几件。怕的是一不小心，将它碰倒了，或者摔碎了一两件，就要变成宝贝，一辈子赔不完，那罪孽之重，会在毁坏一坐博物馆之上。而且推而广之，连热闹场中也不大去了，那一回的示威运动时，虽有“打落门牙”的“流言”，其实却躺在家里，托福无恙。但那两屋子“关于社会主义的德文书”以及其他从“孤桐先生”府上陆续散出的壮观，却也因此“交臂失之”了。这实在也就是所谓“有一利必有一弊”，无法两全的。

现在是收藏洋书之富，私人要数庄士敦先生，公团要推“政治学会图书馆”了，只可惜一个是外国人，一个是靠着美国公使芮恩施竭力提倡出来的。“北京国立图书馆”将要扩张，实在是再好没有的事，但听说所依靠的还是美国退还的赔款，常年经费又不过三万元，每月二千余。要用美国的赔款，也是非同小可的事，第一，馆长就必须学贯中西，世界闻名的学者。据说，这自然只有梁启超先生了，但可惜西学不大贯，所以配上一个北大教授李四光先生做副馆长，凑成一个中外兼通的完人。然而两位的薪水每月就要一千多，所以此后也似乎不大能够多买书籍。这也就是所谓“有利必有弊”罢，想到这里，我们就更不能不痛切地感到“孤桐先生”独力购置的几房子好书惨遭散失之可惜了。

总之，在近几年中，是未必能有较好的“做学问的工具”的，学者要用功，只好是自己买书读，但又没有钱。听说“孤桐先生”倒是想到了这一节，曾经发表过文章，然而下台了，很可惜。学者们另外还有什么法子呢，自然“也难怪他们除了说说‘闲话’便没有什么可干”，虽然北京三十多个大学还不及他们“私人的书多。”为什么呢？要知道做学问不是容易事，“也许一个小小的题目得参考百十种书”，连“孤桐先生”的藏书也未必够用。陈源教授就举着一个例：“就以‘四书’来说”罢，“不研究汉、宋、明、清许多儒家的注疏理论，‘四书’的真正意义是不易领会的。短短的一部‘四书’，如果细细的研究起来，就得用得了几百几千种参考书。”

这就足见“学问之道，浩如烟海”了，那“短短的一部‘四书’”，我是读过的，至于汉人的“四书”注疏或理论，却连听也没有听到过。陈源教授所推许为“那样提倡风雅的封藩大臣”之一张之洞先生在做给“束发小生”们看的《书目答问》上曾经说：“‘四书’，南宋以后之名。”我向来就相信他的话，此后翻翻《汉书艺文志》，《隋书经籍志》之类，也只有“五经”，“六经”，“七经”，“六艺”，却没有“四书”，更何况汉人所做的注疏和理论。但我所参考的，自然不过是通常书，北京大学的图书馆里就有，见闻寡陋，也未可知，然而也只得这样就算了，因为即使要“抱”，却连“佛脚”都没有。由此想来，那能“抱佛脚”的，肯“抱佛脚”的，的确还是真正的福人，真正的学者了。他“家翰笙”还慨乎言之，大约是

“《春秋》责备贤者”之意罢。

完

现在不高兴写下去了，只好就此完结。总之：将《现代评论增刊》略翻一遍，就觉得五光十色，正如看见有一回广告上所开列的作者的名单。例如李仲揆教授的《生命的研究》呀，胡适教授的《译诗三首》呀，徐志摩先生的译诗一首呀，西林氏的《压迫》呀，陶孟和教授的要到二〇二五年才发表而必须我们的玄孙才能全部拜读的大著作的一部分呀……。但是，翻下去时，不知怎的我的眼睛却看见灰色了，于是乎抛开。

现在的小学生就能玩七色板，将七种颜色涂在圆板上，停着的时候，是好看的，一转，便变成灰色，——本该是白色的罢，可是涂得不得法，变成灰色了。收罗许多著名学者的大著作的大报，自然是光怪陆离，但也是转不得，转一周，就不免要显出灰色来，虽然也许这倒正是它的特色。

一月三日。

有趣的消息

虽说北京像一片大沙漠，青年们却还向这里跑；老年们也不大走，即或有到别处去走一趟的，不久就转回来了，仿佛倒是北京还很有什么可以留恋。厌世诗人的怨人生，真是“感慨系之矣”，然而他总活着；连祖述释迦牟尼先生的哲人勖本华尔也不免暗地里吃一种医治什么病症的药，不肯轻易“涅槃”。俗话说：“好死不如恶活”，这当然不过是俗人的俗见罢了，可是文人学者之流也何尝不这样。所不同的，只是他总有一面辞严义正的军旗，还有一条尤其义正辞严的逃路。真的，倘不这样，人生可真要无聊透顶，无话可说了。

北京就是一天一天地百物昂贵起来；自己的“区区佥事[①]”，又因为“妄有主张”，被章士钊先生革掉了。向来所遭遇的呢，借了安特来夫的话来说，是“没有花，没有诗”，就只有百物昂贵。然而也还是“妄有主张”，没法回头；倘使有一个妹子，如《晨报副刊》上所艳称的“闲话先生”的家事似的；叫道：“阿哥！”那声音正如“银铃之响于幽谷”，向我求告，“你不要再做文章得罪人家了，好不好？”我也许可以借此拨转马头，躲到别墅里去研究汉朝人所做的《四书》注疏和理论去。然而，惜哉，没有这样的好妹子；“女嬃之婵媛兮，申申其詈予，曰：鲧婞直以之身兮，终然殀乎羽之野。”连有一

① 北洋军阀统治时期中央官署中的中级官员。

个那样凶姊姊的幸福也不及屈灵均。我的终于“妄有主张”，或者也许是无可推托之故罢。然而这关系非同小可，将来怕要遭殃了，因为我知道，得罪人是要得到报应的。

话要回到释迦先生的教训去了，据说：活在人间，还不如下地狱的稳妥。做人有“作”就是动作（=造孽），下地狱却只有“报”（=报应）了；所以生活是下地狱的原因，而下地狱倒是出地狱的起点。这样说来，实在令人有些想做和尚，但这自然也只限于“有根”（据说，这是“一句天津话”）的大人物，我却不大相信这一类鬼画符。活在沙漠似的北京城里，枯燥当然是枯燥的，但偶然看看世态，除了百物昂贵之外，究竟还是五花八门，创造艺术的也有，制造流言的也有，肉麻的也有，有趣的也有……这大概就是北京之所以为北京的缘故，也就是人们总还要奔凑聚集的缘故。可惜的是只有一些小玩意，老实一点的朋友就难于给自己竖起一杆辞严义正的军旗来。

我一向以为下地狱的事，待死后再对付，只有目前的生活的枯燥是最可怕的，于是便不免于有时得罪人，有时则寻些小玩意儿来开开笑口，但这也就是得罪人。得罪人当然要受报，那也只好准备着，因为寻些小玩意儿来开开笑口的是更不能竖起辞严义正的军旗来的。其实，这里也何尝没有国家大事的消息呢，“关外战事不日将发生”呀，“国军一致拥段”哪，有些报纸上都用了头号字煌煌地排印着，可以刺得人们头昏，但于我却都没有什么鸟趣味。人的眼界之狭是不大有药可救的，我近来觉得有趣的倒要算看见那在德国手格盗匪若干人，在北京率领三河县老妈子一大队的武士刘百昭校长居然做骈文，大有偃武修文之意了；而且“百昭海邦求学，教部备员，多艺之誉愧不如人，审美之情差堪自信”，还是一位文武全才，我先前实在没有料想到。第二，就是去年肯管闲事的“学者”，今年不管闲事了，在年底结清账目的办法，原来不止是掌柜之于流水簿，也可以适用于“正人君子”的行为的。或者，“阿哥！”这一声叫，正在中华民国十四年十二月卅一日的夜间十二点钟罢。

但是，这些趣味，刹那间也即消失了，就是我自己的思想的变动，也诚然是可恨。我想，照着境遇，思想言行当然要迁移，一迁移，当然会有所以迁移的道理。况且世界上的国庆很不少，古今中外名流尤其多，他们的军旗，是全都早经竖定了的。前人之勤，后人之乐，要做事的时候可以援引孔丘墨翟，不做事的时候另外有老聃，要被杀的时候我是关龙逄，要杀人的时候他是少正卯，有些力气的时候看看达尔文赫胥黎的书，要人帮忙就有克鲁巴金的《互助论》，勃朗宁夫妇岂不是讲恋爱的模范么，勗本华尔和尼采又是咒诅女人的名人，……归根结蒂，如果杨荫榆或章士钊可以比附到犹太人特莱孚斯去，则他的篾片就可以等于左拉等辈了。这个时候，可怜的左拉要被中国人背出来；幸而杨荫榆或章士钊是否等于特莱孚斯，也还是一个大疑问。

然而事情还没有这么简单，中国的坏人（如水平线下的文人和学棍学匪之类），似乎将来要大吃其苦了，虽然也许要在身后，像下地狱一般。但是，深谋远虑的人，总还以从此小心，不要多说为稳妥。你以为“闲话先生”真是不管闲事了么？并不然的。据说他是要“到那天这班出锋头的人们脱尽了锐气的日子，我们这位闲话先生正在从容的从事他那‘完工的拂拭’（The finishing touch），笑吟吟的擎着他那枝从铁杠磨成的绣针，

讽刺我们情急是多么不经济的一个态度，反面说只有无限的耐心才是天才唯一的凭证”。(《晨报副刊》一四二三)

后出者胜于前者，本是天下的平常事情，但除了堕落的民族。即以衣服而论，也是由裸体而用会阴带或围裙，于是有衣裳，衮冕。我们将来的天才却特异的，别人系了围裙狂跳时，他却躲在绣房里刺绣，——不，磨绣针。待到别人的围裙全数破旧，他却穿了绣花衫子站出来了。大家只好说道“阿!”可怜的性急的野蛮人，竟连围裙也不知道换一条，怪不得锐气终于脱尽；脱尽犹可，还要看那“笑吟吟”的“讽刺”的“天才”脸哩，这实在是对于灵魂的鞭责，虽说还在辽远的将来。

还有更可怕的，是我们风闻二〇二五年一到，陶孟和教授要发表一部著作。内容如何，只有百年后的我们的曾孙或玄孙们知道罢了，但幸而在《现代评论增刊》上提前发表了几节，所以我们竟还能“管中窥豹”① 似的，略见这一部新书的大概。那是讲“现代教育界的特色”的，连教员的“兼课”之多也说在内。他问：“我的议论太悲观，太刻薄，太荒诞吗？我深愿受这个批评，假使事实可以证明。”这些批评我们且俟之百年之后，虽然那时也许无从知道事实；典籍呢，大概也只有“笑吟吟的”佳作留传。要是当真这样，那大半是“英雄所见略同”的，后人总不至于以为刻薄罢。但我们也难于悬揣，不过就今论今，似乎颇有些“孔子作《春秋》，而乱臣贼子惧”之意了。人们不逢如此盛事者，盖已将二千四百年云。

总之：百年以内，将有陈源教授的许多（?）书，百年以

① 比喻只看到事物的一部分，指所见不全面或略有所得。

后，将有陶孟和教授的一部书出现。内容虽然不知道怎样，但据目下所走漏的风声看起来，大概总是讽刺“那班出锋头的人们”，或“驰驱九城”的教授的。

我常常感叹，印度小乘教的方法何等厉害：它立了地狱之说，借着和尚，尼姑，念佛老妪的嘴来宣扬，恐吓异端，使心志不坚定者害怕。那诀窍是在说报应并非眼前，却在将来百年之后，至少也须到锐气脱尽之时。这时候你已经不能动弹了，只好听别人摆布，流下鬼泪，深悔生前之妄出锋头；而且这时候，这才认识阎罗大王的尊严和伟大。

这些信仰，也许是迷信罢，但神道设教，于“挽世道而正人心”的事，或者也还是不无裨益。况且，未能将坏人“投畀豺虎”① 于生前，当然也只好口诛笔伐之于身后，孔子一车两马，倦游各国以还，抽出钢笔来作《春秋》，盖亦此志也。

但是，时代迁流了，到现在，我以为这些老玩意，也只好骗骗极端老实人。连闹这些玩意儿的人们自己尚且未必信，更何况所谓坏人们。得罪人要受报应，平平常常，并不见得怎样奇特，有时说些宛转的话，是姑且客气客气的，何尝想借此免于下地狱。这是无法可想的，在我们不从容的人们的世界中，实在没有那许多工夫来摆臭绅士的臭架子了，要做就做，与其说明年喝酒，不如立刻喝水；待廿一世纪的剖拨戮尸，倒不如马上就给他一个嘴巴。至于将来，自有后起的人们，决不是现在人即将来所谓古人的世界，如果还是现在的世界，中国就会完！

一月十四日。

---

① 出自《诗经·小雅·巷伯》。形容人民群众对坏人的愤恨。

学界的三魂

从《京报副刊》上知道有一种叫《国魂》的期刊，曾有一篇文章说章士钊固然不好，然而反对章士钊的“学匪”们也应该打倒。我不知道大意是否真如我所记得？但这也没有什么关系，因为不过引起我想到一个题目，和那原文是不相干的。意思是，中国旧说，本以为人有三魂六魄，或云七魄；国魂也该这样。而这三魂之中，似乎一是“官魂”，一是“匪魂”，还有一个是什么呢？也许是“民魂”罢，我不很能够决定。又因为我的见闻很偏隘，所以未敢悉指中国全社会，只好缩而小之曰“学界”。

中国人的官瘾实在深，汉重孝廉而有埋儿刻木，宋重理学[①]而有高帽破靴，清重帖括[②]而有“且夫”“然则”。总而言之：那魂灵就在做官，——行官势，摆官腔，打官话。顶着一个皇帝做傀儡，得罪了官就是得罪了皇帝，于是那些人就得了雅号曰“匪徒”。学界的打官话是始于去年，凡反对章士钊的都得了“土匪”、“学匪”、“学棍”的称号，但仍然不知道从谁的口中说出，所以还不外乎一种“流言”。

但这也足见去年学界之糟了，竟破天荒的有了学匪。以大点的国事来比罢，太平盛世，是没有匪的；待到群盗如毛时，

① 也称为道学。

② 泛指科举应试文章。

看旧史，一定是外戚，宦官，奸臣，小人当国，即使大打一通官话，那结果也还是“呜呼哀哉”。当这“呜呼哀哉”之前，小民便大抵相率而为盗，所以我相信源增先生的话：“表面上看只是些土匪与强盗，其实是农民革命军。”（《国民新报副刊》四三）那么，社会不是改进了么？并不，我虽然也是被谥为“土匪”之一，却并不想为老前辈们饰非掩过。农民是不来夺取政权的，源增先生又道：“任三五热心家将皇帝推倒，自己过皇帝瘾去。”但这时候，匪便被称为帝，除遗老外，文人学者却都来恭维，又称反对他的为匪了。

所以中国的国魂里大概总有这两种魂：官魂和匪魂。这也并非硬要将我辈的魂挤进国魂里去，贪图与教授名流的魂为伍，只因为事实仿佛是这样。社会诸色人等，爱看《双官诰》，也爱看《四杰村》，望偏安巴蜀的刘玄德成功，也愿意打家劫舍的宋公明得法；至少，是受了官的恩惠时候则艳羡官僚，受了官的剥削时候便同情匪类。但这也是人情之常；倘使连这一点反抗心都没有，岂不就成为万劫不复的奴才了？

然而国情不同，国魂也就两样。记得在日本留学时候，有些同学问我在中国最有大利的买卖是什么，我答道：“造反。”他们便大骇怪。在万世一系的国度里，那时听到皇帝可以一脚踢落，就如我们听说父母可以一棒打杀一般。为一部分士女所心悦诚服的李景林先生，可就深知此意了，要是报纸上所传非虚。今天的《京报》即载着他对某外交官的谈话道：“予预计于旧历正月间，当能与君在天津晤谈；若天津攻击竟至失败，则拟俟三四月间卷土重来，若再失败，则暂投土匪，徐养兵力，以待时机”云。但他所希望的不是做皇帝，那大概是因为中华民国之故罢。

所谓学界，是一种发生较新的阶级，本该可以有将旧魂灵略加湔洗之望了，但听到“学官”的官话，和“学匪”的新名，则似乎还走着旧道路。那末，当然也得打倒的。这来打倒他的是“民魂”，是国魂的第三种。先前不很发扬，所以一闹之后，终不自取政权，而只“任三五热心家将皇帝推倒，自己过皇帝瘾去”了。

惟有民魂是值得宝贵的，惟有他发扬起来，中国才有真进步。但是，当此连学界也倒走旧路的时候，怎能轻易地发挥得出来呢？在乌烟瘴气之中，有官之所谓“匪”和民之所谓匪；有官之所谓“民”和民之所谓民；有官以为“匪”而其实是真的国民，有官以为“民”而其实是衙役和马弁①。所以貌似“民魂”的，有时仍不免为“官魂”，这是鉴别魂灵者所应该十分注意的。

话又说远了，回到本题去。去年，自从章士钊提了“整顿学风”的招牌，上了教育总长的大任之后，学界里就官气弥漫，顺我者“通”，逆我者“匪”，官腔官话的余气，至今还没有完。但学界却也幸而因此分清了颜色；只是代表官魂的还不是章士钊，因为上头还有“减膳”执政在，他至多不过做了一个官魄；现在是在天津“徐养兵力，以待时机”了。我不看《甲寅》，不知道说些什么话：官话呢，匪话呢，民话呢，衙役马弁话呢？……

一月二十四日。

---

① 古时候称低级武官为马弁．后来一般指当官的身边带的随从。

古书与白话

记得提倡白话那时，受了许多谣诼诬谤，而白话终于没有跌倒的时候，就有些人改口说：然而不读古书，白话是做不好的。我们自然应该曲谅这些保古家的苦心，但也不能不悯笑他们这祖传的成法。凡是读过一点古书的人都有这一种老手段：新起的思想，就是"异端"①，必须歼灭的，待到它奋斗之后，自己站住了，这才寻出它原来与"圣教同源"；外来的事物，都要"用夷变夏"，必须排除的，但待到这"夷"入主中夏，却考订出来了，原来连这"夷"也还是黄帝的子孙。这岂非出人意料之外的事呢？无论什么，在我们的"古"里竟无不包函了！

用老手段的自然不会长进，到现在仍是说非"读破几百卷书者"即做不出好白话文，于是硬拉吴稚晖先生为例。可是竟又会有"肉麻当有趣"，述说得津津有味的，天下事真是千奇百怪。其实吴先生的"用讲话体为文"，即"其貌"也何尝与"黄口小儿所作若同。"不是"纵笔所之，辄万数千言"么？其中自然有古典，为"黄口小儿"所不知，尤有新典，为"束发小生"所不晓。清光绪末，我初到日本东京时，这位吴稚晖先生已在和公使蔡钧大战了，其战史就有这么长，则见闻之多，自然非现在的"黄口小儿"所能企及。所以他的遣辞用典，有许多地方是惟独熟于大小故事的人物才能够了然，从青年看来，

① 指不符合正统思想的主张或教义。

第一是惊异于那文辞的滂沛。这或者就是名流学者们所认为长处的罢，但是，那生命却不在于此。甚至于竟和名流学者们所拉拢恭维的相反，而在自己并不故意显出长处，也无法灭去名流学者们的所谓长处；只将所说所写，作为改革道中的桥梁，或者竟并不想到作为改革道中的桥梁。

愈是无聊赖，没出息的脚色，愈想长寿，想不朽，愈喜欢多照自己的照相，愈要占据别人的心，愈善于摆臭架子。但是，似乎"下意识"里，究竟也觉得自己之无聊的罢，便只好将还未朽尽的"古"一口咬住，希图做着肠子里的寄生虫，一同传世；或者在白话文之类里找出一点古气，反过来替古董增加宠荣。如果"不朽之大业"不过这样，那未免太可怜了罢。而且，到了二九二五年，"黄口小儿"们还要看什么《甲寅》之流，也未免过于可惨罢，即使它"自从孤桐先生下台之后，……也渐渐的有了生气了。"

菲薄古书者，惟读过古书者最有力，这是的确的。因为他洞知弊病，能"以子之矛攻子之盾"，正如要说明吸雅片的弊害，大概惟吸过雅片者最为深知，最为痛切一般。但即使"束发小生"，也何至于说，要做戒绝雅片的文章，也得先吸尽几百两雅片才好呢。

古文已经死掉了；白话文还是改革道上的桥梁，因为人类还在进化。便是文章，也未必独有万古不磨的典则。虽然据说美国的某处已经禁讲进化论了，但在实际上，恐怕也终于没有效的。

一月二十五日。

一点比喻

在我的故乡不大通行吃羊肉，阖城里，每天大约不过杀几匹山羊。北京真是人海，情形可大不相同了，单是羊肉铺就触目皆是。雪白的群羊也常常满街走，但都是胡羊，在我们那里称绵羊的。山羊很少见；听说这在北京却颇名贵了，因为比胡羊聪明，能够率领羊群，悉依它的进止，所以畜牧家虽然偶而养几匹，却只用作胡羊们的领导，并不杀掉它。

这样的山羊我只见过一回，确是走在一群胡羊的前面，脖子上还挂着一个小铃铎，作为智识阶级的徽章。通常，领的赶的却多是牧人，胡羊们便成了一长串，挨挨挤挤，浩浩荡荡，凝着柔顺有余的眼色，跟定他匆匆地竞奔它们的前程。我看见这种认真的忙迫的情形时，心里总想开口向它们发一句愚不可及的疑问——

“往那里去?!”

人群中也很有这样的山羊，能领了群众稳妥平静地走去，直到他们应该走到的所在。袁世凯明白一点这种事，可惜用得不大巧，大概因为他是不很读书的，所以也就难于熟悉运用那些的奥妙。后来的武人可更蠢了，只会自己乱打乱割，乱得哀号之声，洋洋盈耳，结果是除了残虐百姓之外，还加上轻视学问，荒废教育的恶名。然而“经一事，长一智”，二十世纪已过了四分之一，脖子上挂着小铃铎的聪明人是总要交到红运的，虽然现在表面上还不免有些小挫折。

那时候，人们，尤其是青年，就都循规蹈矩，既不嚣张，也不浮动，一心向着“正路”前进了，只要没有人问——

“往那里去?!”

君子若曰：“羊总是羊，不成了一长串顺从地走，还有什么别的法子呢？君不见夫猪乎？拖延着，逃着，喊着，奔突着，终于也还是被捉到非去不可的地方去，那些暴动，不过是空费力气而已矣。”

这是说：虽死也应该如羊，使天下太平，彼此省力。

这计划当然是很妥帖，大可佩服的。然而，君不见夫野猪乎！它以两个牙，使老猎人也不免于退避。这牙，只要猪脱出了牧豕奴所造的猪圈，走入山野，不久就会长出来。

Schopenhauer 先生曾将绅士们比作豪猪，我想，这实在有些失体统。但在他，自然是并没有什么别的恶意的，不过拉扯来作一个比喻。《Parerga und Paralipomena》里有着这样意思的话：有一群豪猪，在冬天想用了大家的体温来御寒冷，紧靠起来了，但它们彼此即刻又觉得刺的疼痛，于是乎又离开。然而温暖的必要，再使它们靠近时，却又吃了照样的苦。但它们在这两种困难中，终于发见了彼此之间的适宜的间隔，以这距离，它们能够过得最平安。人们因为社交的要求，聚在一处，又因为各有可厌的许多性质和难堪的缺陷，再使他们分离。他们最后所发见的距离，——使他们得以聚在一处的中庸的距离，就是“礼让”和“上流的风习”。有不守这距离的，在英国就这样叫，“Keep your distance!”

但即使这样叫，恐怕也只能在豪猪和豪猪之间才有效力罢，因为它们彼此的守着距离，原因是在于痛而不在于叫的。假使豪猪们中夹着一个别的，并没有刺，则无论怎么叫，它们总还是挤过来。孔子说：礼不下庶人。照现在的情形看，该是并非庶人不得接近豪猪，却是豪猪可以任意刺着庶人而取得温暖。受伤是当然要受伤的，但这也只能怪你自己独独没有刺，不足以让他守定适当的距离。孔子又说：刑不上大夫。这就又难怪人们的要做绅士。

这些豪猪们，自然也可以用牙角或棍棒来抵御的，但至少必须拚出背一条豪猪社会所制定的罪名："下流"或"无礼"。

一月二十五日。

不是信

一个朋友忽然寄给我一张《晨报副刊》，我就觉得有些特别，因为他是知道我懒得看这种东西的。但既然特别寄来了，姑且看题目罢：《关于下面一束通信告读者们》。署名是：志摩。哈哈，这是寄来和我开玩笑的，我想；赶紧翻转，便是几封信，这寄那，那寄这，看了几行，才知道似乎还是什么“闲话……闲话”问题。这问题我仅知道一点儿，就是曾在新潮社看见陈源教授即西滢先生的信，说及我“捏造的事实，传布的‘流言，’本来已经说不胜说。”不禁好笑；人就苦于不能将自己的灵魂砍成酱，因此能有记忆，也因此而有感慨或滑稽。记得首先根据了“流言”，来判决杨荫榆事件即女师大风潮的，正是这位西滢先生，那大文便登在去年五月三十日发行的《现代评论》上。我不该生长“某籍”又在“某系”教书，所以也被归入“暗中挑剔风潮”者之列，虽然他说还不相信，不过觉得可惜。在这里声明一句罢，以免读者的误解：“某系”云者，大约是指国文系，不是说研究系。那时我见了“流言”字样，曾经很愤然，立刻加以驳正，虽然也很自愧没有“十年读书十年养气的工夫”。不料过了半年，这些“流言”却变成由我传布的了，自造自己的“流言”，这真是自己掘坑埋自己，不必说聪明人，便是傻子也想不通。倘说这回的所谓“流言”，并非关于“某籍某系”的，乃是关于不信“流言”的陈源教授的了，则我实在不知道陈教授有怎样的被捏造的事实和流言在社会上传布。说起来惭愧煞人，我不赴宴会，很少往来，也不奔走，也不结什么文艺学术的社团，实在最不合式于做捏造事实和传布流言的枢纽。只是弄弄笔墨是在所不免的，但也不肯以流言为根据，故意给它传布开来，虽然偶有些“耳食之言”，又大抵是无关大体的事；要是错了，即使月久年深，也决不惜追加订正，例如对于汪原放先生“已作古人”一案，其间竟隔了几乎有两年。——但这自然是只对于看过《热风》的读者说的。

这几天，我的“捏……言”罪案，仿佛只等于昙花一现了，《一束通信》的主要部分中，似乎也承情没有将我“流”进去，不过在后屁股的《西滢致志摩》是附带的对我的专论，虽然并非一案，却因为亲属关系而灭族，或文字狱的株连一般。灭族呀，株连呀，又有点“刑名师爷”口吻了，其实这是事实，法家不过给他起了一个名，所谓“正人君子”是不肯说的，虽然不妨这样做。此外如甲对乙先用流言，后来却说乙制造流言这一类事，“刑名师爷”的笔下就简括到只有两个字：“反噬。”呜呼，这实在形容得痛快淋漓。然而古语说，“察见渊鱼者不详”，所以“刑名师爷”总没有好结果，这是我早经知道的。

我猜想那位寄给我《晨报副刊》的朋友的意思了：来刺激我，讥讽我，通知我的，还是要我也说几句话呢？终于不得而知。好，好在现在正须还笔债，就用这一点事来搪塞一通罢，说话最方便的题目是《鲁迅致□□》，既非根据学理和事实的论文，也不是“笑吟吟”的天才的讽刺，不过是私人通信而已，自己何尝愿意发表；无论怎么说，粪坑也好，毛厕也好，决定与“人气”无关。即不然，也是因为生气发热，被别人逼成的，正如别的副刊将被《晨报副刊》“逼死”一样。我的镜子真可恨，照出来的总是要使陈源教授呕吐的东西，但若以赵子昂——“是不是他？”——画马为例，自然恐怕正是我自己。自己是没有什么要紧的，不过总得替□□想一想。现在不是要谈到《西滢致志摩》么，那可是极其危险的事，一不小心就要跌人“泥潭中”，遇到“悻悻的狗”，暂时再也看不见“笑吟吟”。至少，一关涉陈源两个字，你总不免要被公理家认为“某籍”，“某系”，“某党”，“喽罗，”“重女轻男”……等；而且还得小心记住，倘有人说过他是文士，是法兰斯，你便万不可再用“文士”或“法兰斯”字样，否则，——自然，当然又有“某籍”……等等的嫌疑了，我何必如此陷害无辜，《鲁迅致□□》决计不用，所以一直写到这里，还没有题目，且待写下去看罢。

我先前不是刚说我没有“捏造事实”么？那封信里举的却有。说是我说他“同杨荫榆女士有亲戚朋友的关系，并且吃了她许多的酒饭”了，其实都不对。杨荫榆女士的善于请酒，我说过的，或者别人也说过，并且偶见于新闻上。现在的有些公论家，自以为中立，其实却偏，或者和事主倒有亲戚，朋友，同学，同乡，……等等关系，甚至于叨光了酒饭，我也说过的。这不是明明白白的么，报社收津贴，连同业中也互讦过，但大家仍都自称为公论。至于陈教授和杨女士是亲戚而且吃了酒饭，那是陈教授自己连结起来的，我没有说曾经吃酒饭，也不能保证未曾吃酒饭，没有说他们是亲戚，也不能保证他们不是亲戚，大概不过是同乡罢，但只要不是“某籍”，同乡有什么要紧呢。绍兴有“刑名师爷”，绍兴人便都是“刑名师爷”的例，是只适用于绍兴的人们的。

我有时泛论一般现状，而无意中触着了别人的伤疤，实在是非常抱歉的事。但这也是没法补救，除非我真去读书养气，一共廿年，被人们骗得老死牖下；或者自己甘心倒掉；或者遭了阴谋。即如上文虽然说明了他们是亲戚并不是我说的话，但因为列举的名词太多了，“同乡”两字，也足以招人“生气”，只要看自己愤然于“流言”中的“某籍”两字，就可想而知。照此看来，这一回的说“叭儿狗”，（《莽原半月刊》第一期）怕又有人猜想我是指着他自己，在那里“悻悻”了。其实我不过是泛论，说社会上有神似这个东西的人，因此多说些它的主人：阔人，太监，太太，小姐。本以为这足见我是泛论了，名人们现在那里还有肯跟太监的呢，但是有些人怕仍要忽略了这一层，各各认定了其中的主人之一，而以“叭儿狗”自命。时势实在艰难，我似乎只有专讲上帝，才可以免于危险；而这事又非我所长。但是，倘使所有的只是暴戾之气，还是让它尽量发出来罢，“一群悻悻的狗”，在后面也好，在对面也好。我也知道将什么之气都放在心里，脸上笔下却全都“笑吟吟”，是极其好看的；可是掘不得，小小的挖一个洞，便什么之气都出来了。但其实这倒是真面目。

第二种罪案是“近一些的一个例”，陈教授曾“泛论图书馆的重要”，“说孤桐先生在他未下台以前发表的两篇文章里，这一层‘他似乎没看到’。”我却轻轻地改为“听说孤桐先生倒是想到了这一节，曾经发表过文章，然而下台了，很可惜”

了。而且还问道："你看见吗，那刀笔吏①的笔尖？""刀笔吏"是不会有漏洞的，我却与陈教授的原文不合，所以成了罪案，或者也就不成其为"刀笔吏"了罢。《现代评论》早已不见，全文无从查考，现在就据这一回的话，敬谨改正，为"据说孤桐先生在未下台以前发表的文章里竟也没想到；现在又下了台，目前无法补救了，很可惜"罢。这里附带地声明，我的文字中，大概是用别人的原文用引号，举大意用"据说"，述听来的类似"流言"的用"听说"，和《晨报》大将文例不相同。

第三种罪案是关于我说"北大教授兼京师图书馆副馆长月薪至少五六百元的李四光"的事，据说已告了一年的假，假期内不支薪；副馆长的月薪又不过二百五十元。别一张《晨副》上又有本人的声明，话也差不多，不过说月薪确有五百元，只是他"只拿二百五十元"，其余的"捐予图书馆购买某种书籍"了。此外还给我许多忠告，这使我非常感谢，但愿意奉还"文士"的称号，我是不属于这一类的。只是我以为告假和辞职不同，无论支薪与否，教授也仍然是教授，这是不待"刀笔吏"才能知道的。至于图书馆的月薪，我确信李教授（或副馆长）现在每月"只拿二百五十元"的现钱，是美国那面的；中国这面的一半，真说不定要拖欠到什么时候才有。但欠账究竟也是钱，别人的兼差，大抵多是欠账，连一半现钱也没有，可是早成了有些论客的口实了，虽然其缺点是在不肯及早捐出去。我想，如果此后每月必发，而以学校欠薪作比例，中国的一半是明年的正月间会有的，倘以教育部欠俸作比例，则须十七年正

① 秦汉时的书吏被称为刀笔吏。

月间才有，那时购买书籍来，我一定就更正，只要我还在做“官僚”，因为这容易得知，我也自信还有这样的记性，不至于今年忘了去年事。但是，倘若又被章士钊们革掉，那就莫明其妙，更正的事也只好作罢了。可是我所说的职衔和钱数，在今日却是事实。

第四种的罪案是……。陈源教授说，“好了，不举例了。”为什么呢？大约是因为“本来已经说不胜说”，或者是在矫正“打笔墨官司的时候，谁写得多，骂得下流，捏造得新奇就是谁的理由大”的恶习之故罢，所以就用三个例来概其全般，正如中国戏上用四个兵卒来象征十万大军一样。此后，就可以结束，漫骂——“正人君子”一定另有名称，但我不知道，只好暂用这加于“下流”人等的行为上的话——了。原文很可以做“正人君子”的真相的标本，删之可惜，扯下来粘在后面罢——

“有人同我说，鲁迅先生缺乏的是一面大镜子，所以永远见不到他的尊容。我说他说错了。鲁迅先生的所以这样，正因为他有了一面大镜子。你听见过赵子昂——是不是他？——画马的故事罢？他要画一个姿势，就对镜伏地做出那个姿势来。鲁迅先生的文章也是对了他的大镜子写的，没有一句骂人的话不能应用在他自己的身上。要是你不信，我可以同你打一个赌。”

这一段意思很了然，犹言我写马则自己就是马，写狗自己就是狗，说别人的缺点就是自己的缺点，写法兰斯自己就是法兰斯，说“臭毛厕”自己就是臭毛厕，说别人和杨荫榆女士同乡，就是自己和她同乡。赵子昂也实在可笑，要画马，看看真马就够了，何必定作畜生的姿势；他终于还是人，并不沦入马类，总算是侥幸的。不过赵子昂也是“某籍”，所以这也许还是一种“流言”，或自造，或那时的“正人君子”所造都说不定。这只能看作一种无稽之谈。倘若陈源教授似的信以为真，自已也照样做，则写法兰斯的时候坐下做一个法姿势，讲“孤桐先生”的时候立起作一个孤姿势，倒还堂哉皇哉；可是讲“粪车”也就得伏地变成粪车，说“毛厕”即须翻身充当便所，未免连臭架子也有些失掉罢，虽然肚子里本来满是这样的货色。

“不是有一次一个报馆访员称我们为‘文士’吗？鲁迅先生为了那名字几乎笑掉了牙。可是后来某报天天鼓吹他是‘思想界的权威者’他倒又不笑了。

“他没有一篇文章里不放几枝冷箭，但是他自己常常的说人‘放冷箭’，并且说‘放冷箭’是卑劣的行为。“他常常‘散布流言’和‘捏造事实，’如上面举出来的几个例，但是他自己又常常的骂人‘散布流言’‘捏造事实’，并且承认那样是‘下流’。

“他常常的无故骂人，要是那人生气，他就说人家没有‘幽默’。可是要是有人侵犯了他一言半语，他就跳到半天空，骂得你体无完肤——还不肯罢休。”

这是根据了三条例和一个赵子昂故事的结论。其实是称别个为“文士”我也笑，称我为“思想界的权威者”我也笑，但牙却并非“笑掉”，据说是“打掉”的，这较可以使他们快意些。至于“思想界的权威者”等等，我连夜梦里也没有想做过，无奈我和“鼓吹”的人不相识，无从劝止他，不像唱双簧的朋友，可以彼此心照；况且自然会有“文士”来骂倒，更无须自己费力。我也不想借这些头衔去发财发福，有了它于实利上是并无什么好处的。我也曾反对过将自己的小说采入教科书，怕的是教错了青年，记得曾在报上发表；不过这本不是对上流人说的，他们当然不知道。冷箭呢，先是不肯的，后来也放过几枝，但总是对于先“放冷箭”用“流言”的如陈源教授之辈，“请君入瓮”，也给他尝尝这滋味。不过虽然对于他们，也还是明说的时候多，例如《语丝》上的《音乐》就说明是指徐志摩先生，《我的籍和系》和《并非闲话》也分明对西滢即陈源教授而发；此后也还要射，并无悔祸之心。至于署名，则去年以来只用一个，就是陈教授之所谓“鲁迅，即教育部佥事周树人”就是。但在下半年，应将“教育部佥事”五字删去，因为被“孤桐先生”所革；今年却又变了“暂署佥事”了，还未去做，然而豫备去做的，目的是在弄几文俸钱，因为我祖宗没有遗产，老婆没有奁田，文章又不值钱，只好以此暂且糊口。还有一个小目的，是在对于以我去年的免官为“痛快”者，给他一个不舒服，使他恨得扒耳搔腮，忍不住露出本相。至于“流言”，则先已说过，正是陈源教授首先发明的专卖品，独有他听到过许多；在我呢，心术是看不见的东西，且勿说，我的躲在家里的生活即不利于作“捏……言”的枢纽。剩下的只有“幽默”问题了，我又没有说过这些话，也没有主张过“幽默”，也许将这两字连写，今天还算第一回。我对人是“骂人”，人对我是“侵犯了一言半语”，这真使我记起我的同乡“刑名师爷”来，而且还是弄着不正经的“出重出轻”的玩意儿的时候。这样看来，一面镜子确是该有的，无论生在那一县。

还有罪状哩——

“他常常挖苦别人家抄袭。有一个学生钞了沫若的几句诗，他老先生骂得刻骨镂心的痛快，可是他自己的《中国小说史略》，却就是根据日本人盐谷温的《支那文学概论讲话》里面的‘小说’一部分。其实拿人家的著述做你自己的蓝本，本可以原谅，只要你在书中有那样的声明，可是鲁迅先生就没有那样的声明。在我们看来，你自己做了不正当的事也就罢了，何苦再去挖苦一个可怜的学生，可是他还尽量的把人家刻薄。‘窃钩者诛，窃国者侯’，本是自古已有的道理。”

这“流言”早听到过了；后来见于《闲话》，说是“整大本的剽窃”，但不直指我，而同时有些人的口头上，却相传是指我的《中国小说史略》。我相信陈源教授是一定会干这样勾当的。但他既不指名，我也就只回敬他一通骂街，这可实在不止“侵犯了他一言半语”。这回说出来了；我的“以小人之心”也没有猜错了“君子之腹”。但那罪名却改为“做你自己的蓝本”了，比先前轻得多，仿佛比自谦为“一言半语”的“冷箭”钝了一点似的。盐谷氏的书，确是我的参考书之一，我的《小说史略》二十八篇的第二篇，是根据它的，还有论《红楼梦》的几点和一张《贾氏系图》，也是根据它的，但不过是大意，次序和意见就很不同。其他二十六篇，我都有我独立的准备，证据是和他的所说还时常相反。例如现有的汉人小说，他以为真，我以为假；唐人小说的分类他据森槐南，我却用我法。六朝小说他据《汉魏丛书》，我据别本及自己的辑本，这工夫曾经费去两年多，稿本有十册在这里；唐人小说他据谬误最多的《唐人说荟》，我是用《太平广记》的，此外还一本一本搜起来……。其余分量，取舍，考证的不同，尤难枚举。自然，大致是不能不同的，例如他说汉后有唐，唐后有宋，我也这样说，因为都以中国史实为“蓝本”。我无法“捏造得新奇”，虽然塞文狄斯的事实和“四书”合成的时代也不妨创造。但我的意见，却以为似乎不可，因为历史和诗歌小说是两样的。诗歌小说虽有人说同是天才即不妨所见略同，所作相像，但我以为究竟也以独创为贵；历史则是纪事，固然不当偷成书，但也不必全两样。说诗歌、小说相类不妨，历史有几点近似便是“剽窃”，那是“正人君子”的特别意见，只在以“一言半语”“侵犯”“鲁迅先生”时才适用的。好在盐谷氏的书听说（！）已有人译成（？）中文，两书的异点如何，怎样“整大本的摽窃”，还是做“蓝本”，不久（？）就可以明白了。在这以前，我以为恐怕连陈源教授自己也不知道这些底细，因为不过是听来的“耳食之言”。不知道对不对？（盐谷教授的《支那文学概论讲话》的译本，今年夏天看见了，将五百余页的原书，译成了薄薄的一本，那小说一部分，和我的也无从对比了。广告上却道“选译”。措辞实在聪明得很。十月十四日补记。）

但我还要对于“一个学生钞了沫若的几句诗”这事说几句话；“骂得刻骨镂心的痛快”的，似乎并不是我。因为我于诗向不留心，所以也没有看过“沫若的诗”，因此即更不知道别人的是否钞袭。陈源教授的那些话，说得坏一点，就是“捏造事实”，故意挑拨别人对我的恶感，真可以说发挥着他的真本领。说得客气一点呢，他自说写这信时是在“发热”，那一定是热度太高，发了昏，忘记装腔了，不幸显出本相；并且因为自己爬着。所以觉得我“跳到半天空”，自己抓破了皮肤或者一向就破着，却以为被我“骂”破了。——但是，我在有意或无意中碰破了一角纸糊绅士服，那也许倒是有的；此后也保不定。彼此迎面而来，总不免要挤擦，碰磕，也并非“还不肯罢休”。

绅士的跳踉五态，实在特别好看，因为历来隐藏蕴蓄着，所以一来就比下等人更浓厚。因这一回的放泄，我才悟到陈源教授大概是以为揭发叔华女士的剽窃小说图画的文章，也是我做的，所以早就将“大盗”两字挂在“冷箭”上，射向“思想界的权威者”。殊不知这也不是我做的，我并不看这些小说。“琵亚词侣”的画，我是爱看的，但是没有书，直到那“剽窃”问题发生后，才刺激我去买了一本 Art of A. Beardsley 来，化钱一元七。可怜教授的心目中所看见的并不是我的影，叫跳竟都白费了。遇见的“粪车”，也是境由心造的，正是自己脑子里的货色，要吐的唾沫，还是静静的咽下去罢。

太费纸张了，虽然我不至于娇贵到会发热，但也得赶紧的收梢，然而还得粘上一段大罪状——

“据他自己的自传，他从民国元年便做了教育部的官，从没脱离过。所以袁世凯称帝，他在教育部，曹锟贿选，他在教育部，‘代表无耻的彭允彝’做总长，他也在教育部，甚而至于

‘代表无耻的章士钊’免了他的职后，他还大嚷‘佥事这一个官儿倒也并不算怎样的“区区”’，怎样有人在那里钻谋补他的缺，怎样以为无足轻重的人是‘慷他人之慨’，如是如是，这样这样……这像‘青年叛徒的领袖’吗？

“其实一个人做官也不大要紧，做了官再装出这样的面孔来可叫人有些恶心吧了。

“现在又有人送他‘土匪’的名号了。好一个‘土匪’。”

苦心孤诣给我加了上去的“土匪”的恶名，这一回忽又否认了，可见唾沫还是静静的咽下去好，免得后来自己舐回去。但是，“文士”别有慧心，那里会给我便宜呢，自然即代以自“袁世凯称帝”以来的罪恶，仿佛“称帝”“贿选”那类事，我既在教育部，即等于全由我一手包办似的。这是真的，从那时以来，我确没有带兵独立过，但我也没有冷笑云南起义，也没有希望国民军失败；对于教育部，其实是脱离过两回，一是张勋复辟时，一就是章士钊长部时，前一回以教授的一点才力自然不知道，后一回却忘却得有些离奇。我向来就“装出这样的面孔”，不但毫不顾忌陈源教授可“有些恶心”，对于“孤桐先生”也一样。要在我的面孔上寻出些有趣来，本来是没头脑的妄想，还是去看别的面孔罢。

这类误解似乎不止陈源教授，有些人也往往如此，以为教员清高，官僚是卑下的。真所谓“得意忘形”，“官僚官僚”的骂着。可悲的就在此，现在的骂官僚的人里面，到外国去炸大过一回而且做教员的就很多：所谓“钻谋补他的缺”的也就是这一流，那时我说“佥事这一个官儿倒也并不算怎样的‘区区’”，就为此人的乘机想做官而发，刺他一针，聊且快意，不提防竟又被陈教授“刻骨镂心”的记住了，也许又疑心我向他在“放冷箭”了罢。

我并非因为自己是官僚，定要上侪于清高的教授之列，官僚的高下也因人而异，如所谓“孤桐先生”，做官时办《甲寅》，佩服的人就很多，下台之后，听说更有生气了。而我“下台”时所做的文章，岂不是不但并不更有生气，还招了陈源教授的一顿“教训”，而且罪孽深重，延祸“面孔”了么？这是以文才和面孔言；至于从别一方面看，则官僚与教授就有“一丘之貉”之叹，这就是说：钱的来源。国家行政机关的事务官所得的所谓俸钱，国立学校的教授所得的所谓薪水，还不是同一来源，出于国库的么？在曹锟政府下做国立学校的教员，和做官的没有大区别。难道教员的是捐给了学校，所以特别清高了？袁世凯称帝时代，陈源教授或者还在外国的研究室里，是到了曹锟贿选前后才做教授的，比我到北京迟得多，福气也比我好得多。曹锟贿选，他做教授，“代表无耻的彭允彝做总长”，他做教授，“甚而至于‘代表无耻的章士钊’做总长”，他自然做教授，我可是被革掉了，甚而至于待到那“甚而至于‘代表无耻的章士钊’”不做总长了，他自然还做教授，归国以来，一帆风顺，一个小钉子也没有碰。这当然是因为有适宜的面孔，不“叫人有些恶心”之故喽。看他脸上既无我一样的可厌的“八字胡子”，也可以说没有“官僚的神情”，所以对于他的面孔，却连我也并没有什么大“恶心”，而且仿佛还觉得有趣。这一类的面孔，只要再白胖一点，也许在中国就不可多得了。

不免招我说几句费话的不过是他对镜装成的姿势和“爆发”出来的蕴蓄，但又即刻掩了起来，关上大门，据说“大约不再打这样的笔墨官司”了。前面的香车既经杳然，我且不做叫门的事，因为这些时候所遇到的大概不过几个家丁；而且已是往“国立北京女子师范大学复校纪念会”的时候了，就这样的算收束。

二月一日。

我还不能“带住”

一月三十日《晨报副刊》上满载着一些东西，现在有人称它为“攻周专号”，真是些有趣的玩意儿，倒可以看见绅士的本色。不知怎的，今天的《晨副》忽然将这事结束，照例用通信，李四光教授开场白，徐志摩“诗哲”接后段，一唱一和，说道“带住！让我们对着混斗的双方猛喝一声，带住！”了。还“声明一句，本刊此后不登载对人攻击的文字”云。

他们的什么“闲话……闲话”问题，本与我没有什么鸟相干，“带住”也好，放开也好，拉拢也好，自然大可以随便玩把戏。但是，前几天不是因为“令兄”关系，连我的“面孔”都攻击过了么？我本没有去“混斗”，倒是株连了我。现在我还没有怎样开口呢，怎么忽然又要“带住”了？从绅士们看来，这自然不过是“侵犯”了我“一言半语”，正无须“跳到半天空”，然而我其实也并没有“跳到半天空”，只是还不能这样地谨听指挥，你要“带住”了，我也就“带住”。

对不起，那些文字我无心细看，“诗哲”所说的要点，似乎 是这样闹下去，要失了大学教授的体统，丢了“负有指导青年重 责的前辈”的丑，使学生不相信，青年不耐烦了。可怜可怜，有 臭赶紧遮起来。“负有指导青年重责的前辈”，有这么多的丑可 丢，有那么多的丑怕丢么？用绅士服将“丑”层层包裹，装着好 面孔，就是教授，就是青年的导师么？中国的青年不要高帽皮袍，装腔作势的导师；要并无伪饰，——倘没有，也得少有伪饰的导师。倘有戴着假面，以导师自居的，就得叫他除下来，否则，便将它撕下来，互相撕下来。撕得鲜血淋漓，臭架子打得粉碎，然后可以谈后话。这时候，即使只值半文钱，却是真价值；即使丑得要使人“恶心”，却是真面目。略一揭开，便又赶忙装进缎子盒里去，虽然可以使人疑是钻石，也可以猜作粪土，纵使外面满贴着好招牌，法兰斯呀，萧伯讷呀，……毫不中用的！

李四光教授先劝我“十年读书十年养气”。还一句绅士话罢：盛意可感。书是读过的，不止十年，气也养过的，不到十年，可是读也读不好，养也养不好。我是李教授所早认为应当“投畀豺虎”者之一，此时本已不必温言劝谕，说什么“弄到人家无故受累”，难道真以为自己是“公理”的化身，判我以这样巨罚之后，还要我叩谢天恩么？还有，李教授以为我“东方文学家的风味，似乎格外的充足，……所以总要写到露骨到底，才尽他的兴会”。我自己的意见却绝不同。我正因为生在东方，而且生在中国，所以“中庸”“稳妥”的余毒，还沦肌浃髓，比起法国的勃罗亚——他简直称大报的记者为“蛆虫”——来，真是“小巫见大巫”，使我自惭究竟不及白人之毒辣勇猛。即以李教授的事为例罢：一，因为我知道李教授是科学家，不很“打笔墨官司”的，所以只要可以不提，便不提；只因为要回敬贵会友一杯酒，这才说出“兼差”的事来。二，关于兼差和薪水一节，已在《语丝》（六五）上答复了，但也还没有“写到露骨到底”。

我自己也知道，在中国，我的笔要算较为尖刻的，说话有时也不留情面。但我又知道人们怎样地用了公理正义的美名，正人君子的徽号，温良敦厚的假脸，流言公论的武器，吞吐曲折的文字，行私利己，使无刀无笔的弱者不得喘息。倘使我没有这笔，也就是被欺侮到赴诉无门的一个；我觉悟了，所以要常用，尤其是用于使麒麟皮下露出马脚。万一那些虚伪者居然觉得一点痛苦，有些省悟，知道技俩也有穷时，少装些假面目，则用了陈源教授的话来说，就是一个“教训”。只要谁露出真价值来，即使只值半文，我决不敢轻薄半句。但是，想用了串戏的方法来哄骗，那是不行的；我知道的，不和你们来敷衍。

“诗哲”为援助陈源教授起见，似乎引过罗曼罗兰的话，大意是各人的身上都有鬼，但人却只知道打别人身上的鬼。没有细看，说不清了，要是差不多，那就是一并承认了陈源教授的身上也有鬼，李四光教授自然也难逃。他们先前是自以为没有鬼的。假使真知道了自己身上也有鬼，“带住”的事可就容易办了。只要不再串戏，不再摆臭架子，忘却了你们的教授的头衔，且不做指导青年的前辈，将你们的“公理”的旗插到“粪车”上去，将你们的绅士衣装抛到“臭毛厕”里去，除下假面具，亦条条地站出来说几句真话就够了！

二月三日。

送灶日漫笔

坐听着远远近近的爆竹声，知道灶君先生们都在陆续上天，向玉皇大帝讲他的东家的坏话去了，但是他大概终于没有讲，否则，中国人一定比现在要更倒楣。

灶君升天的那日，街上还卖着一种糖，有柑子那么大小，在我们那里也有这东西，然而扁的，像一个厚厚的小烙饼。那就是所谓“胶牙饧”了。本意是在请灶君吃了，粘住他的牙，使他不能调嘴学舌，对玉帝说坏话。我们中国人意中的神鬼，似乎比活人要老实些，所以对鬼神要用这样的强硬手段，而于活人却只好请吃饭。

今之君子往往讳言吃饭，尤其是请吃饭。那自然是无足怪的，的确不大好听。只是北京的饭店那么多，饭局那么多，莫非都在食蛤蜊，谈风月，“酒酣耳热而歌呜呜”么？不尽然的，的确也有许多“公论”从这些地方播种，只因为公论和请帖之间看不出蛛丝马迹，所以议论便堂哉皇哉了。但我的意见，却以为还是酒后的公论有情。人非木石，岂能一味谈理，碍于情面而偏过去了，在这里正有着人气息。况且中国是一向重情面的。何谓情面？明朝就有人解释过，曰：“情面者，面情之谓也”。自然不知道他说什么，但也就可以懂得他说什么。在现今的世上，要有不偏不倚的公论，本来是一种梦想；即使是饭后的公评，酒后的宏议，也何尝不可姑妄听之呢。然而，倘以为那是真正老牌的公论，却一定上当，——但这也不能独归罪于公论家，社会上风行请吃饭而讳言请吃饭，使人们不得不虚假，那自然也应该分任其咎的。

记得好几年前，是“兵谏”之后，有枪阶级专喜欢在天津会议的时候，有一个青年愤愤地告诉我道：他们那里是会议呢，在酒席上，在赌桌上，带着说几句就决定了。他就是受了“公论不发源于酒饭说”之骗的一个，所以永远是愤然，殊不知他那理想中的情形，怕要到二九二五年才会出现呢，或者竟许到三九二五年。

然而不以酒饭为重的老实人，却是的确也有的，要不然，中国自然还要坏。有些会议，从午后二时起，讨论问题，研究章程，此问彼难，风起云涌，一直到七八点，大家就无端觉得有些焦躁不安，脾气愈大了，议论愈纠纷了，章程愈渺茫了，虽说我们到讨论完毕后才散罢，但终于一哄而散，无结果。这就是轻视了吃饭的报应，六七点钟时分的焦躁不安，就是肚子对于本身和别人的警告，而大家误信了吃饭与讲公理无关的妖言，毫不瞅睬，所以肚子就使你演说也没精采，宣言也——连草稿都没有。

但我并不说凡有一点事情，总得到什么太平湖饭店、撷英番菜馆之类里去开大宴；我于那些店里都没有股本，犯不上替他们来拉主顾，人们也不见得都有这么多的钱。我不过说，发议论和请吃饭，现在还是有关系的；请吃饭之于发议论，现在也还是有益处的；虽然，这也是人情之常，无足深怪的。

顺便还要给热心而老实的青年们进一个忠告，就是没酒没饭的开会，时候不要开得太长，倘若时候已晚了，那么，买几个烧饼来吃了再说。这么一办，总可以比空着肚子的讨论容易有结果，容易得收场。

胶牙饧的强硬办法，用在灶君身上我不管它怎样，用之于活人是不大好的。倘是活人，莫妙于给他醉饱一次，使他自己不开口，却不是胶住他。中国人对人的手段颇高明，对鬼神却总有些特别，二十三夜的捉弄灶君即其一例，但说起来也奇怪，灶君竟至于到了现在，还仿佛没有省悟似的。

道士们的对付“三尸神”，可是更利害了。我也没有做过道士，详细是不知道的，但据“耳食之言”，则道士们以为人身中有三尸神，到有一日，便乘人熟睡时，偷偷地上天去奏本身的过恶。这实在是人体本身中的奸细，《封神传演义》常说的“三尸神暴躁，七窍生烟”的三尸神，也就是这东西。但据说要抵制他却不难，因为他上天的日子是有一定的，只要这一日不睡觉，他便无隙可乘，只好将过恶都放在肚子里，再看明年的机会了。连胶牙饧都没得吃，他实在比灶君还不幸，值得同情。

三尸神不上天，罪状都放在肚子里；灶君虽上天，满嘴是糖，在玉皇大帝面前含含胡胡地说了一通，又下来了。对于下界的情形，玉皇大帝一点也听不懂，一点也不知道，于是我们今年当然还是一切照旧，天下太平。

我们中国人对于鬼神也有这样的手段。

我们中国人虽然敬信鬼神；却以为鬼神总比人们傻，所以就用了特别的方法来处治他。至于对人，那自然是不同的了，但还是用了特别的方法来处治，只是不肯说；你一说，据说你就是卑视了他了。诚然，自以为看穿了的话，有时也的确反不免于浅薄。

二月五日。

谈皇帝

中国人的对付鬼神，凶恶的是奉承，如瘟神和火神之类，老实一点的就要欺侮，例如对于土地或灶君。待遇皇帝也有类似的意思。君民本是同一民族，乱世时“成则为王败则为贼”，平常是一个照例做皇帝，许多个照例做平民；两者之间，思想本没有什么大差别。所以皇帝和大臣有“愚民政策”，百姓们也自有其“愚君政策”。

往昔的我家，曾有一个老仆妇，告诉过我她所知道，而且相信的对付皇帝的方法。她说——

“皇帝是很可怕的。他坐在龙位上，一不高兴，就要杀人；不容易对付的。所以吃的东西也不能随便给他吃，倘是不容易办到的，他吃了又要，一时办不到；——譬如他冬天想到瓜，秋天要吃桃子，办不到，他就生气，杀人了。现在是一年到头给他吃波菜，一要就有，毫不为难。但是倘说是波菜，他又要生气的，因为这是便宜货，所以大家对他就不称为波菜，另外起一个名字，叫作‘红嘴绿鹦哥’。”在我的故乡，是通年有波菜的，根很红，正如鹦哥的嘴一样。

这样的连愚妇人看来，也是呆不可言的皇帝，似乎大可以不要了。然而并不，她以为要有的，而且应该听凭他作威作福。

至于用处，仿佛在靠他来镇压比自己更强梁的别人，所以随便杀人，正是非备不可的要件。然而倘使自己遇到，且须侍奉呢？可又觉得有些危险了，因此只好又将他练成傻子，终年耐心地专吃着“红嘴绿鹦哥”。

其实利用了他的名位，“挟天子以令诸侯”的，和我那老仆妇的意思和方法都相同，不过一则又要他弱，一则又要他愚。儒家的靠了“圣君”来行道也就是这玩意，因为要“靠”，所以要他威重，位高；因为要便于操纵，所以又要他颇老实，听话。

皇帝一自觉自己的无上威权，这就难办了。既然“普天之下，莫非皇土”，他就胡闹起来，还说是“自我得之，自我失之，我又何恨”哩！于是圣人之徒也只好请他吃“红嘴绿鹦哥”了，这就是所谓“天”。据说天子的行事，是都应该体帖天意，不能胡闹的；而这“天意”也者，又偏只有儒者们知道着。

这样，就决定了：要做皇帝就非请教他们不可。

然而不安分的皇帝又胡闹起来了。你对他说“天”么，他却道，“我生不有命在天?!”岂但不仰体上天之意而已，还逆天，背天，“射天”，简直将国家闹完，使靠天吃饭的圣贤君子们，哭不得，也笑不得。

于是乎他们只好去著书立说，将他骂一通，豫计百年之后，即身殁之后，大行于时，自以为这就了不得。

但那些书上，至多就止记着“愚民政策”和“愚君政策”全都不成功。

二月十七日。

无花的蔷薇

1

又是 Schopenhauer 先生的话——

“无刺的蔷薇是没有的。——然而没有蔷薇的刺却很多”。

题目改变了一点，较为好看了。

“无花的蔷薇”也还是爱好看。

2

去年，不知怎的这位勖本华尔先生忽然合于我们国度里的绅士们的脾胃了，便拉扯了他的一点《女人论》；我也就夹七夹八地来称引了好几回，可惜都是刺，失了蔷薇，实在大煞风景，对不起绅士们。

记得幼小时候看过一出戏，名目忘却了，一家正在结婚，而勾魂的无常鬼已到。夹在婚仪中间，一同拜堂，一同进房，一同坐床……实在大煞风景，我希望我还不至于这样。

3

有人说我是“放冷箭者”。

我对于“放冷箭”的解释，颇有些和他们一流不同，是说有人受伤，而不知这箭从什么地方射出。所谓“流言”者，庶几近之。但是我，却明明站在这里。

但是我，有时虽射而不说明靶子是谁，这是因为初无“与众共弃”之心，只要该靶子独自知道，知道有了洞，再不要面皮鼓得急绷绷，我的事就完了。

4

蔡孑民先生一到上海，《晨报》就据国闻社电报郑重地发表他的谈话，而且加以按语，以为“当为历年潜心研究与冷眼观察之结果，大足诏示国人，且为知识阶级所注意也。”

我很疑心那是胡适之先生的谈话，国闻社的电码有些错误了。

5

豫言者，即先觉，每为故国所不容，也每受同时人的迫害，大人物也时常这样。他要得人们的恭维赞叹时，必须死掉，或者沉默，或者不在面前。

总而言之，第一要难于质证。

如果孔丘，释迦，耶稣基督还活着，那些教徒难免要恐慌。对于他们的行为，真不知道教主先生要怎样慨叹。

所以，如果活着，只得迫害他。

待到伟大的人物成为化石，人们都称他伟人时，他已经变了傀儡了。

有一流人之所谓伟大与渺小，是指他可给自己利用的效果的大小而言。

6

法国罗曼罗兰先生今年满六十岁了。晨报社为此征文，徐志摩先生于介绍之余，发感慨道："……但如其有人拿一些时行的口号，什么打倒帝国主义等等，或是分裂与猜忌的现象，去报告罗兰先生说这是新中国，我再也不能预料他的感想了。"(《晨副》一二九九)

他住得远，我们一时无从质证，莫非从"诗哲"的眼光看来，罗兰先生的意思，是以为新中国应该欢迎帝国主义的么？

"诗哲"又到西湖看梅花去了，一时也无从质证。不知孤山的古梅，著花也未，可也在那里反对中国人"打倒帝国主义"？

7

志摩先生曰："我很少夸奖人的。但西滢就他学法郎士的文章说，我敢说，已经当得起一句天津话：‘有根’了。”而且“像西滢这样，在我看来，才当得起‘学者’的名词。”（《晨副》一四二三）

西滢教授曰：“中国的新文学运动，方在萌芽，可是稍有贡献的人，如胡适之，徐志摩，郭沫若，郁达夫，丁西林，周氏兄弟等等都是曾经研究过他国文学的人。尤其是志摩他非但在思想方面，就是在体制方面，他的诗及散文，都已经有一种中国文学里从来不曾有过的风格。”（《现代》六三）

虽然抄得麻烦，但中国现今“有根”的“学者”和“尤其”的思想家及文人，总算已经互相选出了。

8

志摩先生曰：“鲁迅先生的作品，说来大不敬得很，我拜读过很少，就只《呐喊》集里两三篇小说，以及新近因为有人尊他是中国的尼采他的《热风》集里的几页。他平常零星的东西，我即使看也等于白看，没有看进去或是没有看懂。”（《晨副》一四三三）

西滢教授曰：“鲁迅先生一下笔就构陷人家的罪状。……可是他的文章，我看过了就放进了应该去的地方——说句体己话，我觉得它们就不应该从那里出来——手边却没有。”（同上）

虽然抄得麻烦，但我总算已经被中国现在“有根”的“学者”和“尤其”的思想家及文人协力踏倒了。

9

但我愿奉还"曾经研究过他国文学"的荣名。"周氏兄弟"之一，一定又是我了。我何尝研究过什么呢，做学生时候看几本外国小说和文人传记，就能算"研究过他国文学"么？

该教授——恕我打一句"官话"——说过，我笑别人称他们为"文士"，而不笑"某报天天鼓吹"我是"思想界的权威者"。现在不了，不但笑，简直唾弃它。

10

其实呢，被毁则报，被誉则默，正是人情之常。谁能说人的左颊既受爱人接吻而不作一声，就得援此为例，必须默默地将右颊给仇人咬一口呢？

我这回的竟不要那些西滢教授所颁赏陪衬的荣名，"说句体己话"罢，实在是不得已。我的同乡不是有"刑名师爷"的么？他们都知道，有些东西，为要显示他伤害你的时候的公正，在不相干的地方就称赞你几句，似乎有赏有罚，使别人看去，很像无私……。

"带住！"又要"构陷人家的罪状"了。只是这一点，就已经够使人"即使看也等于白看"，或者"看过了就放进了应该去的地方"了。

二月二十七日。

无花的蔷薇之二

1

英国勃尔根贵族曰："中国学生只知阅英文报纸，而忘却孔子之教。英国之大敌，即此种极力诅咒帝国而幸灾乐祸之学生。……中国为过激党之最好活动场……。"（一九二五年六月三十日伦敦路透电。）

南京通信云："基督教城中会堂聘金大教授某神学博士讲演，中有谓孔子乃耶稣之信徒，因孔子吃睡时皆祷告上帝。当有听众……质问何所据而云然；博士语塞。时乃有教徒数人，突紧闭大门，声言'发问者，乃苏俄卢布买收来者'。当呼警捕之。……"（三月十一日《国民公报》。）

苏俄的神通真是广大，竟能买收叔梁纥，使生孔子于耶稣之前，则"忘却孔子之教"和"质问何所据而云然"者，当然都受着卢布的驱使无疑了。

2

西滢教授曰："听说在'联合战线'中，关于我的流言特别多，并且据说我一个人每月可以领到三千元。‘流言’是在口上流的，在纸上到也不大见。”（《现代》六十五。）

该教授去年是只听到关于别人的流言的，却由他在纸上发表；据说今年却听到关于自己的流言了，也由他在纸上发表。“一个人每月可以领到三千元”，实在特别荒唐，可见关于自己的“流言”都不可信。但我以为关于别人的似乎倒是近理者居多。

3

据说“孤桐先生”下台之后，他的什么《甲寅》居然渐渐的有了活气了。可见官是做不得的。

然而他又做了临时执政府秘书长了，不知《甲寅》可仍然还有活气？如果还有，官也还是做得的……。

4

已不是写什么“无花的蔷薇”的时候了。

虽然写的多是刺，也还要些和平的心。

现在，听说北京城中，已经施行了大杀戮了。当我写出上面这些无聊的文字的时候，正是许多青年受弹饮刃的时候。呜呼，人和人的魂灵，是不相通的。

5

中华民国十五年三月十八日，段祺瑞政府使卫兵用步枪大刀，在国务院门前包围虐杀徒手请愿，意在援助外交之青年男女，至数百人之多。还要下令，诬之曰“暴徒”！

如此残虐险狠的行为，不但在禽兽中所未曾见，便是在人类中也极少有的，除却俄皇尼古拉二世使可萨克兵击杀民众的事，仅有一点相像。

6

中国只任虎狼侵食，谁也不管。管的只有几个年青的学生，他们本应该安心读书的，而时局漂摇得他们安心不下。假如当局者稍有良心，应如何反躬自责，激发一点天良？

然而竟将他们虐杀了！

7

假如这样的青年一杀就完，要知道屠杀者也决不是胜利者。

中国要和爱国者的灭亡一同灭亡。屠杀者虽然因为积有金资，可以比较长久地养育子孙，然而必至的结果是一定要到的。“子孙绳绳”又何足喜呢？灭亡自然较迟，但他们要住最不适于居住的不毛之地，要做最深的矿洞的矿工，要操最下贱的生业……。

8

如果中国还不至于灭亡，则已往的史实示教过我们，将来的事便要大出于屠杀者的意料之外——

这不是一件事的结束，是一件事的开头。

墨写的谎说，决掩不住血写的事实。

血债必须用同物偿还。拖欠得愈久，就要付更大的利息！

9

以上都是空话。笔写的，有什么相干？

实弹打出来的却是青年的血。血不但不掩于墨写的谎语，不醉于墨写的挽歌；威力也压它不住，因为它已经骗不过，打不死了。

三月十八日，民国以来最黑暗的一天，写。

“死　地”

从一般人，尤其是久受异族及其奴仆鹰犬的蹂躏的中国人看来，杀人者常是胜利者，被杀者常是劣败者。而眼前的事实也确是这样。

三月十八日段政府惨杀徒手请愿的市民和学生的事，本已言语道断①，只使我们觉得所住的并非人间。但北京的所谓言论界，总算还有评论，虽然纸笔喉舌，不能使洒满府前的青年的热血逆流入体，仍复苏生转来。无非空口的呼号，和被杀的事实一同逐渐冷落。

但各种评论中，我觉得有一些比刀枪更可以惊心动魄者在。这就是几个论客，以为学生们本不应当自蹈死地，前去送死的。倘以为徒手请愿是送死，本国的政府门前是死地，那就中国人真将死无葬身之所，除非是心悦诚服地充当奴子，“没齿而无怨言”②。不过我还不知道中国人的大多数人的意见究竟如何。假使也这样，则岂但执政府前，便是全中国，也无一处不是死地了。

人们的苦痛是不容易相通的。因为不易相通，杀人者便以杀人为唯一要道，甚至于还当作快乐。然而也因为不容易相通，所以杀人者所显示的“死之恐怖”，仍然不能够儆戒后来，使人民永远变作牛马。历史上所记的关于改革的事，总是先仆后

---

① 这里指已经悲愤到无话可说的地步。

② 意思是比喻永无怨言。

继者，大部分自然是由于公义，但人们的未经“死之恐怖”，即不容易为“死之恐怖”所慑，我以为也是一个很大的原因。

但我却恳切地希望：“请愿”的事，从此可以停止了。倘用了这许多血，竟换得一个这样的觉悟和决心，而且永远纪念着，则似乎还不算是很大的折本。

世界的进步，当然大抵是从流血得来。但这和血的数量，是没有关系的，因为世上也尽有流血很多，而民族反而渐就灭亡的先例。即如这一回，以这许多生命的损失，仅博得“自蹈死地”的批判，便已将一部分人心的机微示给我们，知道在中国的死地是极其广博。

现在恰有一本罗曼罗兰的《Le Jeu de L’Amour et de La Mort》在我面前，其中说：加尔是主张人类为进步计，即不妨有少许污点，万不得已，也不妨有一点罪恶的；但他们却不愿意杀库尔跋齐，因为共和国不喜欢在臂膊上抱着他的死尸，因为这过于沉重。

会觉得死尸的沉重，不愿抱持的民族里，先烈的“死”是后人的“生”的唯一的灵药，但倘在不再觉得沉重的民族里，却不过是压得一同沦灭的东西。

中国的有志于改革的青年，是知道死尸的沉重的，所以总是“请愿”。殊不知别有不觉得死尸的沉重的人们在，而且一并屠杀了“知道死尸的沉重”的心。

死地确乎已在前面。为中国计，觉悟的青年应该不肯轻死了罢。

三月二十五日。

可惨与可笑

三月十八日的惨杀事件，在事后看来，分明是政府布成的罗网，纯洁的青年们竟不幸而陷下去了，死伤至于三百多人。这罗网之所以布成，其关键就全在于"流言"的奏了功效。

这是中国的老例，读书人的心里大抵含着杀机，对于异己者总给他安排下一点可死之道。就我所眼见的而论，凡阴谋家攻击别一派，光绪年间用"康党"，宣统年间用"革党"，民二以后用"乱党"，现在自然要用"共产党"了。其实，去年有些"正人君子"们称别人为"学棍""学匪"的时候，就有杀机存在，因为这类诨号，和"臭绅士""文士"之类不同，在"棍""匪"字里，就藏着可死之道的。但这也许是"刀笔吏"式的深文周纳①。

去年，为"整顿学风"计，大传播学风怎样不良的流言，学匪怎样可恶的流言，居然很奏了效。今年，为"整顿学风"计，又大传播共产党怎样活动，怎样可恶的流言，又居然很奏了效。于是便将请愿者作共产党论，三百多人死伤了，如果有一个所谓共产党的首领死在里面，就更足以证明这请愿就是"暴动"。

可惜竟没有。这该不是共产党了罢。据说也还是的，但他们全都逃跑了，所以更可恶。而这请愿也还是暴动，做证据的

---

① 意思是指苛刻地或歪曲地引用法律条文，把无罪的人定成有罪；也指不根据事实，牵强地给人硬加罪名。

有一根木棍，两支手枪，三瓶煤油。姑勿论这些是否群众所携去的东西；即使真是，而死伤三百多人所携的武器竟不过这一点，这是怎样可怜的暴动呵！

但次日，徐谦，李大钊，李煜瀛，易培基，顾兆熊的通缉令发表了。因为他们"啸聚群众"，像去年女子师范大学生的"啸聚男生"（章士钊解散女子师范大学呈文语）一样，"啸聚"了带着一根本棍，两支手枪，三瓶煤油的群众。以这样的群众来颠覆政府，当然要死伤三百多人；而徐谦们以人命为儿戏到这地步，那当然应该负杀人之罪了；而况自己又不到场，或者全都逃跑了呢？

以上是政治上的事，我其实不很了然。但从别一方面看来，所谓"严拿"者，似乎倒是赶走；所谓"严拿"暴徒者，似乎不过是赶走北京中法大学校长兼清室善后委员会委员长（李），中俄大学校长（徐），北京大学教授（李大钊），北京大学教务长（顾），女子师范大学校长（易）；其中的三个又是俄款委员会委员：一共空出九个"优美的差缺"也。

同日就又有一种谣言，便是说还要通缉五十多人；但那姓名的一部分，却至今日才见于《京报》。这种计划，在目下的段祺瑞政府的秘书长章士钊之流的脑子里，是确实会有的。国事犯多至五十余人，也是中华民国的一个壮观；而且大概多是教员罢，倘使一同放下五十多个"优美的差缺"，逃出北京，在别的地方开起一个学校来，倒也是中华民国的一件趣事。

那学校的名称，就应该叫作"啸聚"学校。

三月二十六日。

记念刘和珍君

一

中华民国十五年三月二十五日，就是国立北京女子师范大学为十八日在段祺瑞执政府前遇害的刘和珍杨德群两君开追悼会的那一天，我独在礼堂外徘徊，遇见程君，前来问我道，“先生可曾为刘和珍写了一点什么没有？”我说“没有”。她就正告我，“先生还是写一点罢；刘和珍生前就很爱看先生的文章。”

这是我知道的，凡我所编辑的期刊，大概是因为往往有始无终之故罢，销行一向就甚为寥落，然而在这样的生活艰难中，毅然预定了《莽原》全年的就有她。我也早觉得有写一点东西的必要了，这虽然于死者毫不相干，但在生者，却大抵只能如此而已。倘使我能够相信真有所谓“在天之灵”，那自然可以得到更大的安慰，——但是，现在，却只能如此而已。

可是我实在无话可说。我只觉得所住的并非人间。四十多个青年的血，洋溢在我的周围，使我艰于呼吸视听，那里还能有什么言语？长歌当哭，是必须在痛定之后的。而此后几个所谓学者文人的阴险的论调，尤使我觉得悲哀。我已经出离愤怒了。我将深味这非人间的浓黑的悲凉；以我的最大哀痛显示于非人间，使它们快意于我的苦痛，就将这作为后死者的菲薄的祭品，奉献于逝者的灵前。

二

真的猛士，敢于直面惨淡的人生，敢于正视淋漓的鲜血。这是怎样的哀痛者和幸福者？然而造化又常常为庸人设计，以时间的流驶，来洗涤旧迹，仅使留下淡红的血色和微漠的悲哀。在这淡红的血色和微漠的悲哀中，又给人暂得偷生，维持着这似人非人的世界。我不知道这样的世界何时是一个尽头！

我们还在这样的世上活着；我也早觉得有写一点东西的必要了。离三月十八日也已有两星期，忘却的救主快要降临了罢，我正有写一点东西的必要了。

三

在四十余被害的青年之中，刘和珍君是我的学生。学生云者，我向来这样想，这样说，现在却觉得有些踌躇了，我应该对她奉献我的悲哀与尊敬。她不是“苟活到现在的我”的学生，是为了中国而死的中国的青年。

她的姓名第一次为我所见，是在去年夏初杨荫榆女士做女子师范大学校长，开除校中六个学生自治会职员的时候。其中的一个就是她；但是我不认识。直到后来，也许已经是刘百昭率领男女武将，强拖出校之后了，才有人指着一个学生告诉我，说：这就是刘和珍。其时我才能将姓名和实体联合起来，心中却暗自诧异。我平素想，能够不为势利所屈，反抗一广有羽翼的校长的学生，无论如何，总该是有些桀骜锋利的，但她却常常微笑着，态度很温和。待到偏安于宗帽胡同，赁屋授课之后，她才始来听我的讲义，于是见面的回数就较多了，也还是始终微笑着，态度很温和。待到学校恢复旧观，往日的教职员以为责任已尽，准备陆续引退的时候，我才见她虑及母校前途，黯然至于泣下。此后似乎就不相见。总之，在我的记忆上，那一次就是永别了。

四

我在十八日早晨，才知道上午有群众向执政府请愿的事；下午便得到噩耗，说卫队居然开枪，死伤至数百人，而刘和珍君即在遇害者之列。但我对于这些传说，竟至于颇为怀疑。我向来是不惮以最坏的恶意，来推测中国人的，然而我还不料，也不信竟会下劣凶残到这地步。况且始终微笑着的和蔼的刘和珍君，更何至于无端在府门前喋血呢？

然而即日证明是事实了，作证的便是她自己的尸骸。还有一具，是杨德群君的。而且又证明着这不但是杀害，简直是虐杀，因为身体上还有棍棒的伤痕。

但段政府就有令，说她们是“暴徒！”

但接着就有流言，说她们是受人利用的。

惨象，已使我目不忍视了；流言，尤使我耳不忍闻。我还有什么话可说呢？我懂得衰亡民族之所以默无声息的缘由了。沉默呵，沉默呵！不在沉默中爆发，就在沉默中灭亡。

五

但是，我还有要说的话。

我没有亲见；听说，她，刘和珍君，那时是欣然前往的。自然，请愿而已，稍有人心者，谁也不会料到有这样的罗网。但竟在执政府前中弹了，从背部入，斜穿心肺，已是致命的创伤，只是没有便死。同去的张静淑君想扶起她，中了四弹，其一是手枪，立仆；同去的杨德群君又想去扶起她，也被击，弹从左肩入，穿胸偏右出，也立仆。但她还能坐起来，一个兵在她头部及胸部猛击两棍，于是死掉了。

始终微笑的和蔼的刘和珍君确是死掉了，这是真的，有她自己的尸骸为证；沉勇而友爱的杨德群君也死掉了，有她自己的尸骸为证；只有一样沉勇而友爱的张静淑君还在医院里呻吟。当三个女子从容地转辗于文明人所发明的枪弹的攒射中的时候，这是怎样的一个惊心动魄的伟大呵！中国军人的屠戮妇婴的伟绩，八国联军的惩创学生的武功，不幸全被这几缕血痕抹杀了。

但是中外的杀人者却居然昂起头来，不知道个个脸上有着血污……。

六

时间永是流驶，街市依旧太平，有限的几个生命，在中国是不算什么的，至多，不过供无恶意的闲人以饭后的谈资，或者给有恶意的闲人作“流言”的种子。至于此外的深的意义，我总觉得很寥寥，因为这实在不过是徒手的请愿。人类的血战前行的历史，正如煤的形成，当时用大量的木材，结果却只是一小块，但请愿是不在其中的，更何况是徒手。

然而既然有了血痕了，当然不觉要扩大。至少，也当浸渍了亲族，师友，爱人的心，纵使时光流驶，洗成绯红，也会在微漠的悲哀中永存微笑的和蔼的旧影。陶潜说过，“亲戚或余悲，他人亦已歌，死去何所道，托体同山阿。”倘能如此，这也就够了。

七

我已经说过：我向来是不惮以最坏的恶意来推测中国人的。但这回却很有几点出于我的意外。一是当局者竟会这样地凶残，一是流言家竟至如此之下劣，一是中国的女性临难竟能如是之从容。

我目睹中国女子的办事，是始于去年的，虽然是少数，但看那干练坚决，百折不回的气概，曾经屡次为之感叹。至于这一回在弹雨中互相救助，虽殒身不恤的事实，则更足为中国女子的勇毅，虽遭阴谋秘计，压抑至数千年，而终于没有消亡的明证了。倘要寻求这一次死伤者对于将来的意义，意义就在此罢。

苟活者在淡红的血色中，会依稀看见微茫的希望；真的猛士，将更奋然而前行。

呜呼，我说不出话，但以此记念刘和珍君！

四月一日。

空　谈

一

请愿的事，我一向就不以为然的，但并非因为怕有三月十八日那样的惨杀。那样的惨杀，我实在没有梦想到，虽然我向来常以“刀笔吏”的意思来窥测我们中国人。我只知道他们麻木，没有良心，不足与言，而况是请愿，而况又是徒手，却没有料到有这么阴毒与凶残。能逆料的，大概只有段祺瑞，贾德耀，章士钊和他们的同类罢。四十七个男女青年的生命，完全是被骗去的，简直是诱杀。

有些东西——我称之为什么呢，我想不出——说：群众领袖应负道义上的责任。这些东西仿佛就承认了对徒手群众应该开枪，执政府前原是“死地”，死者就如自投罗网一般。群众领袖本没有和段祺瑞等辈心心相印，也未曾互相钩通，怎么能够料到这阴险的辣手。这样的辣手，只要略有人气者，是万万豫想不到的。

我以为倘要锻炼群众领袖的错处，只有两点：一是还以请愿为有用；二是将对手看得太好了。

二

但以上也仍然是事后的话。我想，当这事实没有发生以前，恐怕谁也不会料到要演这般的惨剧，至多，也不过获得照例的徒劳罢了。只有有学问的聪明人能够先料到，承认凡请愿就是送死。

陈源教授的《闲话》说："我们要是劝告女志士们，以后少加入群众运动，她们一定要说我们轻视她们，所以我们也不敢来多嘴。可是对于未成年的男女孩童，我们不能不希望他们以后不再参加任何运动。"（《现代评论》六十八）为什么呢？因为参加各种运动，是甚至于像这次一样，要"冒枪林弹雨的险，受践踏死伤之苦"的。

这次用了四十七条性命，只购得一种见识：本国的执政府前是"枪林弹雨"的地方，要去送死，应该待到成年，出于自愿的才是。

我以为"女志士"和"未成年的男女孩童"，参加学校运动会，大概倒还不至于有很大的危险的。至于"枪林弹雨"中的请愿，则虽是成年的男志士们，也应该切切记住，从此罢休！

看现在竟如何。不过多了几篇诗文，多了若干谈助。几个名人和什么当局者在接洽葬地，由大请愿改为小请愿了。埋葬自然是最妥当的收场。然而很奇怪，仿佛这四十七个死者，是因为怕老来死后无处埋葬，特来挣一点官地似的。万生园多么近，而四烈士坟前还有三块墓碑不镌一字，更何况僻远如圆明园。

死者倘不埋在活人的心中，那就真真死掉了。

三

改革自然常不免于流血，但流血非即等于改革。血的应用，正如金钱一般，吝啬固然是不行的，浪费也大大的失算。我对于这回的牺牲者，非常觉得哀伤。

但愿这样的请愿，从此停止就好。

请愿虽然是无论那一国度里常有的事，不至于死的事，但我们已经知道中国是例外，除非你能将“枪林弹雨”消除。正规的战法，也必须对手是英雄才适用。汉末总算还是人心很古的时候罢，恕我引一个小说上的典故：许褚赤体上阵，也就很中了好几箭。而金圣叹还笑他道：“谁叫你赤膊？”

至于现在似的发明了许多火器的时代，交兵就都用壕堑战。这并非吝惜生命，乃是不肯虚掷生命，因为战士的生命是宝贵的。在战士不多的地方，这生命就愈宝贵。所谓宝贵者，并非“珍藏于家”，乃是要以小本钱换得极大的利息，至少，也必须卖买相当。以血的洪流淹死一个敌人，以同胞的尸体填满一个缺陷，已经是陈腐的话了。从最新的战术的眼光看起来，这是多么大的损失。

这回死者的遗给后来的功德，是在撕去了许多东西的人相，露出那出于意料之外的阴毒的心，教给继续战斗者以别种方法的战斗。

四月二日。

如此“讨赤”

京津间许多次大小战争，战死了不知多少人，为“讨赤”也；执政府前开排枪，打死请愿者四十七，伤百余，通缉“率领暴徒”之徐谦等人五，为“讨赤”也；奉天飞机三临北京之空中，掷下炸弹，杀两妇人，伤一小黄狗，为“讨赤”也。

京津间战死之兵士和北京中被炸死之两妇人和被炸伤之一小黄狗，是否即“赤”，尚无“明令”，下民不得而知。至于府前枪杀之四十七人，则第一“明令”已云有“误伤”矣；京师地方检察厅公函又云“此次集会请愿宗旨尚属正当，又无不正之行为”矣；而国务院会议又将“从优拟恤”矣。然则徐谦们所率领的“暴徒”那里去了呢？他们都有符咒，能避枪炮的么？

总而言之：“讨”则“讨”矣了，而“赤”安在呢？

而“赤”安在，姑且勿论。归根结蒂，“烈士”落葬，徐谦们逃亡，两个俄款委员会委员出缺。六日《京报》云：“昨日九校教职员联席会议代表在法政大学开会，查良钊主席，先报告前日因俄款委员会改组事，与教长胡仁源接洽之情形；次某代表发言，略云，政府此次拟以外教财三部事务官接充委员，同人应绝对反对，并非反对该项人员人格，实因俄款数目甚大，中国教育界仰赖甚深……。”

又有一条新闻，题目是：“五私大亦注意俄款委员会”云。

四十七人之死，有功于“中国教育界”良非浅甚少也。“从优拟恤”，谁曰不宜！？

而今而后，庶几“中国教育界”中，不至于再称异已者为“卢布党”欤？

四月六日。

无花的蔷薇之三

1

积在天津的纸张运不到北京，连印书也颇受战争的影响，我的旧杂感的结集《华盖集》付印两月了，排校还不到一半。可惜先登了一个预告，以致引出陈源教授的“反广告”来——

“我不能因为我不尊敬鲁迅先生的人格，就不说他的小说好，我也不能因为佩服他的小说，就称赞他其余的文章。我觉得他的杂感，除了《热风》中二三篇外，实在没有一读之价值。”（《现代评论》七十一，《闲话》。）

这多么公平！原来我也是“今不如古”了；《华盖集》的销路，比起《热风》来，恐怕要较为悲观。而且，我的作小说，竟不料是和“人格”无关的。“非人格”的一种文字，像新闻记事一般的，倒会使教授“佩服”，中国又仿佛日见其光怪陆离了似的，然则“实在没有一读之价值”的杂感，也许还要存在罢。

2

做那有名的小说《Don Quijote》的 M. de Cervantes 先生，

穷则有之，说他像叫化子，可不过是一种特别流行于中国学者间的流言。他说 Don Quijote 看游侠小说看疯了，便自己去做侠客，打不平。他的亲人知道是书籍作的怪，就请了间壁的理发匠来检查；理发匠选出几部好的留下来，其余的便都烧掉了。

大概是烧掉的罢，记不清楚了；也忘了是多少种。想来，那些人选的“好书”的作家们当时看了这小说里的书单，怕总免不了要面红耳赤地苦笑的罢。

中国虽然似乎日见其光怪陆离了。然而，呜乎哀哉！我们连“苦笑”也得不到。

3

有人从外省寄快信来问我平安否。他不熟于北京的情形，上了流言的当了。

北京的流言报，是从袁世凯称帝，张勋复辟，章士钊“整顿学风”以还，一脉相传，历来如此的。现在自然也如此。

第一步曰：某方要封闭某校，捕拿某人某人了。这是造给某校某人看，恐吓恐吓的。

第二步曰：某校已空虚，某人已逃走了。这是造给某方看，煽动煽动的。

又一步曰：某方已搜检甲校，将搜检乙校了。这是恐吓乙校，煽动某方的。

“平生不作亏心事，夜半敲门不吃惊。”乙校不自心虚，怎能给恐吓呢？然而，少安毋躁罢。还有一步曰：乙校昨夜通宵达旦，将赤化书籍完全焚烧矣。

于是甲校更正，说并未搜检；乙校更正，说并无此项书籍云。

4

于是连卫道的新闻记者，圆稳的大学校长也住进六国饭店，讲公理的大报也摘去招牌，学校的号房也不卖《现代评论》：大有“火炎昆冈，玉石俱焚”之概了。

其实是不至于此的，我想。不过，谣言这东西，却确是造谣者本心所希望的事实，我们可以借此看看一部分人的思想和行为。

5

中华民国九年七月直皖战争开手；八月，皖军溃灭，徐树铮等九人避入日本公使馆。这时还点缀着一点小玩意，是有一些正人君子——不是现在的一些正人君子——去游说直派武人，请他杀戮改革论者了。终于没有结果；便是这事也早从人们的记忆上消去。但试去翻那年八月的《北京日报》，还可以看见一个大广告，里面是什么大英雄得胜之后，必须廓清邪说，诛戮异端等类古色古香的名言。

那广告是有署名的，在此也无须提出。但是，较之现在专躲在暗中的流言家，却又不免令人有“今不如古”之感了。我想，百年前比现在好，千年前比百年前好，万年前比千年前好……特别在中国或者是确凿的。

6

在报章的角落里常看见对青年们的谆谆的教诫：敬惜字纸咧；留心国学咧；伊卜生这样，罗曼罗兰那样咧。时候和文字是两样了，但含义却使我觉得很耳熟：正如我年幼时所听过的耆宿的教诫一般。

这可仿佛是“今不如古”的反证了。但是，世事都有例外，对于上一节所说的事，这也算作一个例外罢。

五月六日。

新的蔷薇

——然而还是无花的

因为《语丝》在形式上要改成中本了，我也不想再用老题目，所以破格地奋发，要写出“新的蔷薇”来。

——这回可要开花了？

——嗡嗡，——不见得罢。

我早有点知道：我是大概以自己为主的。所谈的道理是“我以为”的道理，所记的情状是我所见的情状。听说一月以前，杏花和碧桃都开过了。我没有见，我就不以为有杏花和碧桃。

——然而那些东西是存在的。——学者们怕要说。

——好！那么，由它去罢。——这是我敬谨回禀学者们的话。

有些讲“公理”的，说我的杂感没有一看的价值。那是一定的。其实，他来看我的杂感，先就自己失了魂了，——假如也有魂。我的话倘会合于讲“公理”者的胃口，我不也成了“公理维持会”会员了么？我不也成了他，和其余的一切会员了么？我的话不就等于他们的话了么？许多人和许多话不就等于一个人和一番话了么？

公理是只有一个的。然而听说这早被他们拿去了，所以我已经一无所有。

这回"北京城内的外国旗"，大约特别地多罢，竟使学者为之愤慨："……至于东交民巷界线以外，无论中国人外国人，那就不能借插用外国国旗，以为保护生命财产的护符。"

这是的确的。"保护生命财产的护符"，我们自有"法律"在。

如果还不放心呢，那么，就用一种更稳妥的旗子：红卐字旗。介乎中外之间，超于"无耻"和有耻之外，——确是好旗子！

从清末以来，"莫谈国事"的条子帖在酒楼饭馆里，至今还没有跟着辫子取消。所以，有些时候，难煞了执笔的人。

但这时却可以看见一种有趣的东西，是：希望别人以文字得祸的人所做的文字。

聪明人的谈吐也日见其聪明了。说三月十八日被害的学生是值得同情的，因为她本不愿去而受了教职员的怂恿。说"那些直接或间接用苏俄的金钱的人"是情有可原的，因为"他们自己可以挨饿，老婆子女却不能不吃饭呵！"

推开了甲而陷没了乙，原谅了情而坐实了罪；尤其是他们的行动和主张，都见得一钱不值了。

然而听说赵子昂的画马，却又是镜中照出来的自己的形相哩。

因为"老婆子女却不能不吃饭"，于是自然要发生"节育问题"了。但是先前山格夫人来华的时候，"有些志士"却又大发牢骚，说她要使中国人灭种。

独身主义现今尚为许多人所反对，节育也行不通。为赤贫的绅士计，目前最好的方法，我以为莫如弄一个有钱的女人做老婆。

我索性完全传授了这个秘诀罢：口头上，可必须说是为了“爱”。

“苏俄的金钱”十万元，这回竟弄得教育部和教育界发生纠葛了，因为大家都要一点。

这也许还是因为“老婆子女”之故罢。但这批卢布和那批卢布却不一样的。这是归还的庚子赔款；是拳匪“扶清灭洋”，各国联军入京的余泽。

那年代很容易记：十九世纪末，一九〇〇年。二十六年之后，我们却“间接”用了拳匪的金钱来给“老婆子女”吃饭；如果大师兄有灵，必将爽然若失者欤。

还有，各国用到中国来做“文化事业”的，也是这一笔款……。

五月二十三日。

鲁迅作品精选

花边文学

鲁迅 著

民主与建设出版社
·北京·

图书在版编目（CIP）数据

鲁迅作品精选 . 花边文学 / 鲁迅著 . — 北京 : 民主与建设出版社 , 2023.4（2023.10 重印）
ISBN 978-7-5139-4169-3

Ⅰ . ①鲁… Ⅱ . ①鲁… Ⅲ . ①鲁迅著作—选集②鲁迅杂文—杂文集 Ⅳ . ① I210.2

中国国家版本馆 CIP 数据核字（2023）第 067910 号

鲁迅作品精选 . 花边文学
LUXUN ZUOPIN JINGXUAN . HUABIAN WENXUE

著　　者　鲁　迅
主　　编　王茹茹
责任编辑　韩增标
封面设计　玥婷设计
出版发行　民主与建设出版社有限责任公司
电　　话　（010）59417747　59419778
社　　址　北京市海淀区西三环中路 10 号望海楼 E 座 7 层
邮　　编　100142
印　　刷　三河市天润建兴印务有限公司
版　　次　2023 年 4 月第 1 版
印　　次　2023 年 10 月第 2 次印刷
开　　本　880 毫米 ×1230 毫米　1 / 32
印　　张　6.5
字　　数　130 千字
书　　号　ISBN 978-7-5139-4169-3
定　　价　298.00 元（全 10 册）

目　录

花边文学

且介亭杂文二集(节选)

花边文学

序 言

我的常常写些短评，确是从投稿于《申报》的《自由谈》上开头的；集一九三三年之所作，就有了《伪自由书》和《准风月谈》两本。后来编辑者黎烈文先生真被挤轧得苦，到第二年，终于被挤出了，我本也可以就此搁笔，但为了赌气，却还是改些作法，换些笔名，托人抄写了去投稿，新任者不能细辨，依然常常登了出来。一面又扩大了范围，给《中华日报》的副刊《动向》，小品文半月刊《太白》之类，也间或写几篇同样的文字。聚起一九三四年所写的这些东西来，就是这一本《花边文学》。

这一个名称，是和我在同一营垒里的青年战友，换掉姓名挂在暗箭上射给我的。那立意非常巧妙：一，因为这类短评，在报上登出来的时候往往围绕一圈花边以示重要，使我的战友看得头疼；二，因为“花边”也是银元的别名，以见我的这些文章是为了稿费，其实并无足取。至于我们的意见不同之处，是我以为我们无须希望外国人待我们比鸡鸭优，他却以为应该待我们比鸡鸭优，我在替西洋人辩护，所以是“买办”。那文章就附在《倒提》之下，这里不必多说。此外，倒也并无什么可记之事。只为了一篇《玩笑只当它玩笑》，又曾引出过一封文公直先生的来信，笔伐的更严重了，说我是“汉奸”，现在和我的复信都附在本文的下面。其余的一些鬼鬼祟祟，躲躲闪闪的攻击，离上举的两位还差得很远，这里都不转载了。

“花边文学”可也真不行。一九三四年不同一九三五年，今年是为了《闲话皇帝》事件，官家的书报检查处忽然不知所往，还革掉七位检查官，日报上被删之处，也好像可以留着空白（术语谓之“开天窗”）了。但那时可真厉害，这么说不可以，那么说又不成功，而且删掉的地方，还不许留下空隙，要接起来，使作者自己来负吞吞吐吐，不知所云的责任。在这种明诛暗杀之下，能够苟延残喘，和读者相见的，那么，非奴隶文章是什么呢？

我曾经和几个朋友闲谈。一个朋友说：现在的文章，是不会有骨气的了，譬如向一种日报上的副刊去投稿罢，副刊编辑先抽去几根骨头，总编辑又抽去几根骨头，检查官又抽去几根骨头，剩下来还有什么呢？我说：我是自己先抽去了几根骨头的，否则，连“剩下来”的也不剩。所以，那时发表出来的文字，有被抽四次的可能，——现在有些人不在拚命表彰文天祥、方孝孺么，幸而他们是宋明人，如果活在现在，他们的言行是谁也无从知道的。

因此除了官准的有骨气的文章之外，读者也只能看看没有骨气的文章。我生于清朝，原是奴隶出身，不同二十五岁以内的青年，一生下来就是中华民国的主子，然而他们不经世故，偶尔“忘其所以”也就大碰其钉子。我的投稿，目的是在发表的，当然不给它见得有骨气，所以被“花边”所装饰者，大约也确比青年作家的作品多，而且奇怪，被删掉的地方倒很少。一年之中，只有三篇，现在补全，仍用黑点为记。我看《论秦理斋夫人事》的末尾，是申报馆的总编辑删的，别的两篇，却是检查官删的：这里都显着他们不同的心思。

今年一年中，我所投稿的《自由谈》和《动向》，都停刊了；《太白》也不出了。我曾经想过：凡是我寄文稿的，只寄开初的一两期还不妨，假使接连不断，它就总归活不久，于是从今年起，我就不大做这样的短文，因为对于同人，是回避他背后的闷棍，对于自己，是不愿做开路的呆子，对于刊物，是希望它尽可能的长生。所以有人要我投稿，我特别敷延推宕，非“摆架子”也，是带些好意——然而有时也是恶意——的“世故”：这是要请索稿者原谅的。

一直到了今年下半年，这才看见了新闻记者的“保护正当舆论”的请愿和智识阶级的言论自由的要求。要过年了，我不知道结果怎么样。然而，即使从此文章都成了民众的喉舌，那代价也可谓大极了：是北五省的自治。这恰如先前的不敢恳请“保护正当舆论”和要求言论自由的代价之大一样：是东三省的沦亡。不过这一次，换来的东西是光明的。然而，倘使万一不幸，后来又复换回了我做花边文学一样的时代，大家试来猜一猜那代价该是什么罢……

一九三五年十二月二十九之夜，鲁迅记。

未来的光荣

张承禄

现在几乎每年总有外国的文学家到中国来，一到中国，总惹出一点小乱子。前有萧伯纳，后有德哥派拉；只有伐扬古久列，大家不愿提，或者不能提。

德哥派拉不谈政治，本以为可以跳在是非圈外的了，不料因为恭维了食与色，又挣得“外国文氓”的恶谥[①]，让我们的论客，在这里议论纷纷。他大约就要做小说去了。

鼻子生得平而小，没有欧洲人那么高峻，那是没有法子的，然而倘使我们身边有几角钱，却一样的可以看电影。侦探片子演厌了，爱情片子烂熟了，战争片子看腻了，滑稽片子无聊了，于是乎有《人猿泰山》，有《兽林怪人》，有《斐洲探险》等等，要野兽和野蛮登场。然而在蛮地中，也还一定要穿插一点蛮婆子的蛮曲线，如果我们也还爱看，那就可见无论怎样奚落，也还是有些恋恋不舍的了，“性”之于市侩，是很要紧的。

文学在西欧，其碰壁和电影也并不两样；有些所谓文学家也者，也得找寻些奇特的（grotesque），色情的（erotic）东西，去给他们的主顾满足，因此就有探险式的旅行，目的倒并不在

---

① 不好的评价。

地主的打拱或请酒。然而倘遇呆问，则以笑话了之，他其实也知道不了这些，他也不必知道。德哥派拉不过是这些人们中的一人。

但中国人，在这类文学家的作品里，是要和各种所谓“土人”一同登场的，只要看报上所载的德哥派拉先生的路由单就知道——中国，南洋，南美。英，德之类太平常了。我们要觉悟着被描写，还要觉悟着被描写的光荣还要多起来，还要觉悟着将来会有人以有这样的事为有趣。

一月八日。

女人未必多说谎

赵令仪

侍桁先生在《谈说谎》里，以为说谎的原因之一是由于弱，那举证的事实，是："因此为什么女人讲谎话要比男人来得多。"

那并不一定是谎话，可是也不一定是事实。我们确也常常从男人们的嘴里，听说是女人讲谎话要比男人多，不过却也并无实证，也没有统计。叔本华先生痛骂女人，他死后，从他的书籍里发现了医梅毒的药方；还有一位奥国的青年学者，我忘记了他的姓氏，做了一大本书，说女人和谎话是分不开的，然而他后来自杀了。我恐怕他自己正有神经病。

我想，与其说"女人讲谎话要比男人来得多"，不如说"女人被人指为'讲谎话要比男人来得多'的时候来得多"，但是，数目字的统计自然也没有。

譬如罢，关于杨妃①，禄山之乱以后的文人就都撒着大谎，玄宗逍遥事外，倒说是许多坏事情都由她，敢说"不闻夏殷衰，中自诛褒妲"的有几个。就是妲己，褒姒②，也还不是一

① 即唐玄宗的妃子杨玉环。

② 妲己、褒姒分别是商朝和西周两个末代皇帝的宠妃

样的事？女人的替自己和男人伏罪，真是太长远了。

今年是“妇女国货年”，振兴国货，也从妇女始。不久，是就要挨骂的，因为国货也未必因此有起色，然而一提倡，一责骂，男人们的责任也尽了。

记得某男士有为某女士鸣不平的诗道：“君王城上竖降旗，妾在深宫那得知？二十万人齐解甲，更无一个是男儿！”快哉快哉！

一月八日。

批评家的批评家

倪朔尔

情势也转变得真快，去年以前，是批评家和非批评家都批评文学，自然，不满的居多，但说好的也有。去年以来，却变了文学家和非文学家都翻了一个身，转过来来批评批评家了。

这一回可是不大有人说好，最彻底的是不承认近来有真的批评家。即使承认，也大大的笑他们胡涂。为什么呢？因为他们往往用一个一定的圈子向作品上面套，合就好，不合就坏。

但是，我们曾经在文艺批评史上见过没有一定圈子的批评家吗？都有的，或者是美的圈，或者是真实的圈，或者是前进的圈。没有一定的圈子的批评家，那才是怪汉子呢。办杂志可以号称没有一定的圈子，而其实这正是圈子，是便于遮眼的变戏法的手巾。譬如一个编辑者是唯美主义者罢，他尽可以自说并无定见，单在书籍评论上，就足够玩把戏。倘是一种所谓“为艺术的艺术”的作品，合于自己的私意的，他就选登一篇赞成这种主义的批评，或读后感，捧着它上天；要不然，就用一篇假急进的好像非常革命的批评家的文章，捺它到地里去。读者这就被迷了眼。但在个人，如果还有一点记性，却不能这么两端的，他须有一定的圈子。我们不能责备他有圈子，我们只能批评他这圈子对不对。

然而批评家的批评家会引出张献忠考秀才的古典来：先在两柱之间横系一条绳子，叫应考的走过去，太高的杀，太矮的也杀，于是杀光了蜀中的英才。这么一比，有定见的批评家即等于张献忠，真可以使读者发生满心的憎恨。但是，评文的圈，就是量人的绳吗？论文的合不合，就是量人的长短吗？引出这例子来的，是诬陷，更不是什么批评。

一月十七日。

漫 骂

倪朔尔

还有一种不满于批评家的批评，是说所谓批评家好“漫骂”，所以他的文字并不是批评。

这“漫骂”，有人写作“嫚骂”，也有人写作“谩骂”，我不知道是否是一样的函义。但这姑且不管它也好。现在要问的是怎样的是“漫骂”。

假如指着一个人，说道：这是婊子！如果她是良家，那就是漫骂；倘使她实在是做卖笑生涯的，就并不是漫骂，倒是说了真实。诗人没有捐班，富翁只会计较，因为事实是这样的，所以这是真话，即使称之为漫骂，诗人也还是捐不来，这是幻想碰在现实上的小钉子。

有钱不能就有文才，比“儿女成行”并不一定明白儿童的性质更明白。“儿女成行”只能证明他两口子的善于生，还会养，却并无妄谈儿童的权利。要谈，只不过不识羞。这好像是漫骂，然而并不是。倘说是的，就得承认世界上的儿童心理学家，都是最会生孩子的父母。

说儿童为了一点食物就会打起来，是冤枉儿童的，其实是漫骂。儿童的行为，出于天性，也因环境而改变，所以孔融会让梨。打起来的，是家庭的影响，便是成人，不也有争家私，夺遗产的吗？孩子学了样了。

漫骂固然冤屈了许多好人，但含含胡胡的扑灭“漫骂”，却包庇了一切坏种。

一月十七日。

“京派”与“海派”

栾廷石

自从北平某先生在某报上有扬“京派”而抑“海派”之言，颇引起了一番议论。最先是上海某先生在某杂志上的不平，且引别一某先生的陈言，以为作者的籍贯，与作品并无关系，要给北平某先生一个打击。

其实，这是不足以服北平某先生之心的。所谓“京派”与“海派”，本不指作者的本籍而言，所指的乃是一群人所聚的地域，故“京派”非皆北平人，“海派”亦非皆上海人。梅兰芳博士，戏中之真正京派也，而其本贯，则为吴下。但是，籍贯之都鄙，固不能定本人之功罪，居处的文陋，却也影响于作家的神情，孟子曰：“居移气，养移体”，此之谓也。北京是明清的帝都，上海乃各国之租界，帝都多官，租界多商，所以文人之在京者近官，没海者近商，近官者在使官得名，近商者在使商获利，而自己也赖以糊口。要而言之，不过“京派”是官的帮闲，“海派”则是商的帮忙而已。但从官得食者其情状隐，对外尚能傲然，从商得食者其情状显，到处难于掩饰，于是忘其所以者，遂据以有清浊之分。而官之鄙商，固亦中国旧习，就更使“海派”在“京派”的眼中跌落了。

而北京学界，前此固亦有其光荣，这就是五四运动的策动。

现在虽然还有历史上的光辉，但当时的战士，却“功成，名遂，身退”者有之，“身稳”者有之，“身升”者更有之，好好的一场恶斗，几乎令人有“若要官，杀人放火受招安”之感。“昔人已乘黄鹤去，此地空余黄鹤楼”，前年大难临头，北平的学者们所想援以掩护自己的是古文化，而惟一大事，则是古物的南迁，这不是自己彻底的说明了北平所有的是什么了吗？

但北平究竟还有古物，且有古书，且有古都的人民。在北平的学者文人们，又大抵有着讲师或教授的本业，论理，研究或创作的环境，实在是比“海派”来得优越的，我希望着能够看见学术上，或文艺上的大著作。

一月三十日。

北人与南人

栾廷石

这是看了“京派”与“海派”的议论之后，牵连想到的——

北人的卑视南人，已经是一种传统。这也并非因为风俗习惯的不同，我想，那大原因，是在历来的侵入者多从北方来，先征服中国之北部，又携了北人南征，所以南人在北人的眼中，也是被征服者。

二陆入晋，北方人士在欢欣之中，分明带着轻薄，举证太烦，姑且不谈罢。容易看的是，羊衒之的《洛阳伽蓝记》中，就常诋南人，并不视为同类。至于元，则人民截然分为四等，一蒙古人，二色目人，三汉人即北人，第四等才是南人，因为他是最后投降的一伙。最后投降，从这边说，是矢尽援绝，这才罢战的南方之强，从那边说，却是不识顺逆，久梗王师的贼。孑遗自然还是投降的，然而为奴隶的资格因此就最浅，因为浅，所以班次就最下，谁都不妨加以卑视了。到清朝，又重理了这一篇账，至今还流衍着余波；如果此后的历史是不再回旋的，那真不独是南人的如天之福。

当然，南人是有缺点的。权贵南迁，就带了腐败颓废的风气来，北方倒反而干净。性情也不同，有缺点，也有特长，正如北人的兼具二者一样。据我所见，北人的优点是厚重，南人的优点是机灵。但厚重之弊也愚，机灵之弊也狡，所以某先生曾经指出缺点道：北方人是“饱食终日，无所用心”；南方人是“群居终日，言不及义”。就有闲阶级而言，我以为大体是的确的。

缺点可以改正，优点可以相师。相书上有一条说，北人南相，南人北相者贵。我看这并不是妄语。北人南相者，是厚重而又机灵，南人北相者，不消说是机灵而又能厚重。昔人之所谓“贵”，不过是当时的成功，在现在，那就是做成有益的事业了。这是中国人的一种小小的自新之路。

不过做文章的是南人多，北方却受了影响。北京的报纸上，油嘴滑舌，吞吞吐吐，顾影自怜的文字不是比六七年前多了吗？这倘和北方固有的“贫嘴”一结婚，产生出来的一定是一种不祥的新劣种！

一月三十日。

《如此广州》读后感

越　客

前几天，《自由谈》上有一篇《如此广州》，引据那边的报章，记店家做起玄坛[①]和李逵的大像来，眼睛里嵌上电灯，以镇压对面的老虎招牌，真写得有声有色。自然，那目的，是在对于广州人的迷信，加以讥刺的。

广东人的迷信似乎确也很不小，走过上海五方杂处的衖堂，只要看毕毕剥剥在那里放鞭炮的，大门外的地上点着香烛的，十之九总是广东人，这很可以使新党叹气。然而广东人的迷信却迷信得认真，有魄力，即如那玄坛和李逵大像，恐怕就非百来块钱不办。汉求明珠，吴征大象，中原人历来总到广东去刮宝贝，好像到现在也还没有被刮穷，为了对付假老虎，也能出这许多力。要不然，那就是拚命，这却又可见那迷信之认真。

其实，中国人谁没有迷信，只是那迷信迷得没出息了，所以别人倒不注意。譬如罢，对面有了老虎招牌，大抵的店家，是总要不舒服的。不过，倘在江浙，恐怕就不肯这样的出死力来斗争，他们会只化一个铜元买一条红纸，写上“姜太公在此百无禁忌”或“泰山石敢当”，悄悄的贴起来，就如此的安身

① 指道教尊为正一玄坛元帅的财神赵公明。

立命。迷信还是迷信，但迷得多少小家子相，毫无生气，奄奄一息，他连做《自由谈》的材料也不给你。

与其迷信，模胡不如认真。倘若相信鬼还要用钱，我赞成北宋人似的索性将铜钱埋到地里去，现在那么的烧几个纸锭，却已经不但是骗别人，骗自己，而且简直是骗鬼了。中国有许多事情都只剩下一个空名和假样，就为了不认真的缘故。

广州人的迷信，是不足为法的，但那认真，是可以取法，值得佩服的。

二月四日。

过 年

张承禄

今年上海的过旧年，比去年热闹。

文字上和口头上的称呼，往往有些不同：或者谓之“废历”，轻之也；或者谓之“古历”，爱之也。但对于这“历”的待遇是一样的：结账，祀神，祭祖，放鞭炮，打马将，拜年，“恭喜发财”！

虽过年而不停刊的报章上，也已经有了感慨；但是，感慨而已，到底胜不过事实。有些英雄的作家，也曾经叫人终年奋发，悲愤，纪念。但是，叫而已矣，到底也胜不过事实。中国的可哀的纪念太多了，这照例至少应该沉默；可喜的纪念也不算少，然而又怕有“反动分子乘机捣乱”，所以大家的高兴也不能发扬。几经防遏，几经淘汰，什么佳节都被绞死，于是就觉得只有这仅存残喘的“废历”或“古历”还是自家的东西，更加可爱了。那就格外的庆贺——这是不能以“封建的余意”一句话，轻轻了事的。

叫人整年的悲愤，劳作的英雄们，一定是自己毫不知道悲愤，劳作的人物。在实际上，悲愤者和劳作者，是时时需要休息和高兴的。古埃及的奴隶们，有时也会冷然一笑。这是蔑视一切的笑。不懂得这笑的意义者，只有主子和自安于奴才生活，而劳作较少，并且失了悲愤的奴才。

我不过旧历年已经二十三年了，这回却连放了三夜的花爆[①]，使隔壁的外国人也“嘘”了起来：这却和花爆都成了我一年中仅有的高兴。

二月十五日。

① 即花炮、爆竹。

运　命

倪朔尔

电影“《姊妹花》中的穷老太婆对她的穷女儿说：‘穷人终是穷人，你要忍耐些！’”宗汉先生慨然指出，名之曰“穷人哲学”（见《大晚报》）。

自然，这是教人安贫的，那根据是“运命”。古今圣贤的主张此说者已经不在少数了，但是不安贫的穷人也“终是”很不少。“智者千虑，必有一失”，这里的“失”，是在非到盖棺之后，一个人的运命“终是”不可知。

预言运命者也未尝没有人，看相的，排八字的，到处都是。然而他们对于主顾，肯断定他穷到底的是很少的，即使有，大家的学说又不能相一致，甲说当穷，乙却说当富，这就使穷人不能确信他将来的一定的运命。

不信运命，就不能“安分”，穷人买奖券，便是一种“非分之想”。但这于国家，现在是不能说没有益处的。不过“有一利必有一弊”，运命既然不可知，穷人又何妨想做皇帝，这就使中国出现了《推背图》。据宋人说，五代时候，许多人都看了这图给自己的儿子取名字，希望应着将来的吉兆，直到宋太宗（？）抽乱了一百本，与别本一同流通，读者见次序多不相同，莫衷一是，这才不再珍藏了。然而九一八那时，上海却还大卖着《推背图》的新印本。

“安贫”诚然是天下太平的要道，但倘使无法指定究竟的运命，总不能令人死心塌地。现在的优生学，本可以说是科学的了，中国也正有人提倡着，冀以济运命说之穷，而历史又偏偏不挣气，汉高祖的父亲并非皇帝，李白的儿子也不是诗人；还有立志传，絮絮叨叨的在对人讲西洋的谁以冒险成功，谁又以空手致富。

运命说之毫不足以治国平天下，是有明明白白的履历的。倘若还要用它来做工具，那中国的运命可真要“穷”极无聊了。

二月二十三日。

大小骗

邓当世

“文坛”上的丑事，这两年来真也揭发得不少了：剪贴，瞎抄、贩卖，假冒。不过不可究诘的事情还有，只因为我们看惯了，不再留心它。

名人的题签，虽然字不见得一定写的好，但只在表示这书的作者或出版者认识名人，和内容并无关系，是算不得骗人的。可疑的是“校阅”。校阅的脚色，自然是名人，学者，教授。然而这些先生们自己却并无关于这一门学问的著作。所以真的校阅了没有是一个问题；即使真的校阅了，那校阅是否真的可靠又是一个问题。但再加校阅，给以批评的文章，我们却很少见。

还有一种是“编辑”。这编辑者，也大抵是名人，因这名，就使读者觉得那书的可靠。但这是也很可疑的。如果那书上有些序跋，我们还可以由那文章，思想，断定它是否真是这人所编辑，但市上所陈列的书，常有翻开便是目录，叫你一点也摸不着头脑的。这怎么靠得住？至于大部的各门类的刊物的所谓“主编”，那是这位名人竟上至天空，下至地底，无不通晓了，“无为而无不为”，倒使我们无须再加以揣测。

还有一种是“特约撰稿”。刊物初出，广告上往往开列一大批特约撰稿的名人，有时还用凸版印出作者亲笔的签名，以显示其真实。这并不可疑。然而过了一年半载，可就渐有破绽了，许多所谓特约撰稿者的东西一个字也不见。是并没有约，还是约而不来呢，我们无从知道；但可见那些所谓亲笔签名，也许是从别处剪来，或者简直是假造的了。要是从投稿上取下来的，为什么见签名却不见稿呢？

这些名人在卖着他们的“名”，不知道可是领着“干薪”的？倘使领的，自然是同意的自卖，否则，可以说是被“盗卖”。“欺世盗名”者有之，盗卖名以欺世者又有之，世事也真是五花八门。然而受损失的却只有读者。

三月七日。

“小童挡驾”

宓子章

近五六年来的外国电影，是先给我们看了一通洋侠客的勇敢，于是而野蛮人的陋劣，又于是而洋小姐的曲线美。但是，眼界是要大起来的，终于几条腿不够了，于是一大丛；又不够了，于是赤条条。这就是“裸体运动大写真”，虽然是正正堂堂的“人体美与健康美的表现”，然而又是“小童挡驾”的，他们不配看这些“美”。

为什么呢？宣传上有这样的文字——

“一个绝顶聪明的孩子说：她们怎不回过身子儿来呢？”

“一位十足严正的爸爸说：怪不得戏院对孩子们要挡驾了！”

这当然只是文学家虚拟的妙文，因为这影片是一开始就标榜着“小童挡驾”的，他们无从看见。但假使真给他们去看了，他们就会这样的质问吗？我想，也许会的。然而这质问的意思，恐怕和张生唱的“哈，怎不回过脸儿来”完全两样，其实倒在电影中人的态度的不自然，使他觉得奇怪。中国的儿童也许比较的早熟，也许性感比较的敏，但总不至于比成年的他的“爸爸”，心地更不干净的。倘其如此，二十年后的中国社会，那可真真可怕了。但事实上大概决不至于此，所以那答话还不如改一下：

“因为要使我过不了瘾，可恶极了！”

不过肯这样说的“爸爸”恐怕也未必有。他总要“以己之心，度人之心”，度了之后，便将这心硬塞在别人的腔子里，装作不是自己的，而说别人的心没有他的干净。裸体女人的都“不回过身子儿来”，其实是专为对付这一类人物的。她们难道是白痴，连“爸爸”的眼色，比他孩子的更不规矩都不知道吗？

但是，中国社会还是“爸爸”类的社会，所以做起戏来，是“妈妈”类献身，“儿子”类受谤。即使到了紧要关头，也还是什么“木兰从军”，“汪踦卫国”，要推出“女子与小人”去搪塞的。“吾国民其何以善其后欤？”

四月五日。

古人并不纯厚

翁 隼

老辈往往说：古人比今人纯厚，心好，寿长。我先前也有些相信，现在这信仰可是动摇了。达赖啦嘛总该比平常人心好，虽然“不幸短命死矣”，但广州开的耆英会，却明明收集过一大批寿翁寿媪，活了一百零六岁的老太太还能穿针，有照片为证。

古今的心的好坏，较为难以比较，只好求教于诗文。古之诗人，是有名的“温柔敦厚”的，而有的竟说：“时日曷丧，予及汝偕亡！”你看够多么恶毒？更奇怪的是孔子“校阅”之后，竟没有删，还说什么“诗三百，一言以蔽之，曰：思无邪”哩，好像圣人也并不以为可恶。

还有现存的最通行的《文选》，听说如果青年作家要丰富语汇，或描写建筑，是总得看它的，但我们倘一调查里面的作家，却至少有一半不得好死，当然，就因为心不好。经昭明太子一挑选，固然好像变成语汇祖师了，但在那时，恐怕还有个人的主张，偏激的文字。否则，这人是不传的，试翻唐以前的史上的文苑传，大抵是禀承意旨，草檄①作颂的人，然而那些

① 泛指撰写官方文书。

作者的文章，流传至今者偏偏少得很。

由此看来，翻印整部的古书，也就不无危险了。近来偶尔看见一部石印的《平斋文集》，作者，宋人也，不可谓之不古，但其诗就不可为训。如咏《狐鼠》云："狐鼠擅一窟，虎蛇行九逵[1]，不论天有眼，但管地无皮……。"又咏《荆公》云："养就祸胎身始去，依然钟阜向人青。"那指斥当路的口气，就为今人所看不惯。"八大家"中的欧阳修，是不能算作偏激的文学家的罢，然而那《读李翱文》中却有云："呜呼，在位而不肯自忧，又禁它人使皆不得忧，可叹也夫！"也就悻悻得很。

但是，经后人一番选择，却就纯厚起来了。后人能使古人纯厚，则比古人更为纯厚也可见。清朝曾有钦定的《唐宋文醇》和《唐宋诗醇》，便是由皇帝将古人做得纯厚的好标本，不久也许会有人翻印，以"挽狂澜于既倒"的。

四月十五日。

① 指四通八达的大道。

法会和歌剧

孟 弧

《时轮金刚法会募捐缘起》中有这样的句子："古人一遇灾祲，上者罪己，下者修身……今则人心浸以衰矣，非仗佛力之加被，末由消除此浩劫。"恐怕现在也还有人记得的罢。这真说得令人觉得自己和别人都半文不值，治水除蝗，完全无益，倘要"或消自业，或淡他灾"，只好请班禅大师来求佛菩萨保佑了。

坚信的人们一定是有的，要不然，怎么能募集一笔巨款。

然而究竟好像是"人心浸以衰矣"了，中央社十七日杭州电云："时轮金刚法会将于本月二十八日在杭州启建，并决定邀梅兰芳，徐来，蝴蝶，在会期内表演歌剧五天。"梵呗圆音，竟将为轻歌曼舞所"加被"，岂不出于意表也哉！

盖闻昔者我佛说法，曾有天女散花，现在杭州启会，我佛大概未必亲临，则恭请梅郎权扮天女，自然尚无不可。但与摩登女郎们又有什么关系呢？莫非电影明星与标准美人唱起歌来，也可以"消除此浩劫"的么？

大约，人心快要"浸衰"之前，拜佛的人，就已经喜欢兼看玩艺的了，款项有限，法会不大的时候，和尚们便自己来飞钹，唱歌，给善男子，善女人们满足，但也很使道学先生们摇头。班禅大师只“印可”开会而不唱《毛毛雨》，原是很合佛旨的，可不料同时也唱起歌剧来了。

原人和现代人的心，也许很有些不同，倘相去不过几百年，那恐怕即使有些差异，也微乎其微的。赛会做戏文，香市看娇娇，正是“古已有之”的把戏。既积无量之福，又极视听之娱，现在未来，都有好处，这是向来兴行佛事的号召的力量。否则，黄胖和尚念经，参加者就未必踊跃，浩劫一定没有消除的希望了。

但这种安排，虽然出于婆心，却仍是“人心浸以衰矣”的征候。这能够令人怀疑：我们自己是不配“消除此浩劫”的了，但此后该靠班禅大师呢，还是梅兰芳博士，或是密斯[①]徐来，密斯蝴蝶呢？

四月二十日。

---

① 英语 Miss 的音译，即小姐。

洋服的没落

韦士繇

几十年来，我们常常恨着自己没有合意的衣服穿。清朝末年，带些革命色彩的英雄不但恨辫子，也恨马褂和袍子，因为这是满洲服。一位老先生到日本去游历，看见那边的服装，高兴的了不得，做了一篇文章登在杂志上，叫作《不图今日重见汉官仪》。他是赞成恢复古装的。

然而革命之后，采用的却是洋装，这是因为大家要维新，要便捷，要腰骨笔挺。少年英俊之徒，不但自己必洋装，还厌恶别人穿袍子。那时听说竟有人去责问樊山老人，问他为什么要穿满洲的衣裳。樊山回问道："你穿的是那里的服饰呢？"少年答道："我穿的是外国服。"樊山道："我穿的也是外国服。"

这故事颇为传诵一时，给袍褂党扬眉吐气。不过其中是带一点反对革命的意味的，和近日的因为卫生，因为经济的大两样。后来，洋服终于和华人渐渐的反目了，不但袁世凯朝，就定袍子马褂为常礼服，五四运动之后，北京大学要整饬校风，规定制服了，请学生们公议，那议决的也是：袍子和马褂！

这回的不取洋服的原因却正如林语堂先生所说，因其不合于卫生。造化赋给我们的腰和脖子，本是可以弯曲的，弯腰曲背，在中国是一种常态，逆来尚须顺受，顺来自然更当顺受了。

所以我们是最能研究人体，顺其自然而用之的人民。脖子最细，发明了砍头；膝关节能弯，发明了下跪；臀部多肉，又不致命，就发明了打屁股。违反自然的洋服，于是便渐渐的自然的没落了。

这洋服的遗迹，现在已只残留在摩登男女的身上，恰如辫子小脚，不过偶然还见于顽固男女的身上一般。不料竟又来了一道催命符，是镪水①悄悄从背后洒过来了。

这怎么办呢？

恢复古制罢，自黄帝以至宋明的衣裳，一时实难以明白；学戏台上的装束罢，蟒袍玉带，粉底皂靴，坐了摩托车吃番菜②，实在也不免有些滑稽。所以改来改去，大约总还是袍子马褂牢稳。虽然也是外国服，但恐怕是不会脱下的了——这实在有些稀奇。

四月二十一日。

---

① 强酸的俗称。

② 指西餐。

朋友

黄凯音

我在小学的时候，看同学们变小戏法，“耳中听字”呀，“纸人出血”呀，很以为有趣。庙会时就有传授这些戏法的人，几枚铜元一件，学得来时，倒从此索然无味了。进中学是在城里，于是兴致勃勃的看大戏法，但后来有人告诉了我戏法的秘密，我就不再高兴走近圈子的旁边。去年到上海来，才又得到消遣无聊的处所，那便是看电影。

但不久就在书上看到一点电影片子的制造法，知道了看去好像千丈悬崖者，其实离地不过几尺，奇禽怪兽，无非是纸做的。这使我从此不很觉得电影的神奇，倒往往只留心它的破绽，自己也无聊起来，第三回失掉了消遣无聊的处所。有时候，还自悔去看那一本书，甚至于恨到那作者不该写出制造法来了。

暴露者揭发种种隐秘，自以为有益于人们，然而无聊的人，为消遣无聊计，是甘于受欺，并且安于自欺的，否则就更无聊赖。因为这，所以使戏法长存于天地之间，也所以使暴露幽暗不但为欺人者所深恶，亦且为被欺者所深恶。

暴露者只在有为的人们中有益，在无聊的人们中便要灭亡。自救之道，只在虽知一切隐秘，却不动声色，帮同欺人，欺那自甘受欺的无聊的人们，任它无聊的戏法一套一套的，终于反反复复的变下去。周围是总有这些人会看的。

变戏法的时时拱手道："……出家靠朋友！"有几分就是对着明白戏法的底细者而发的，为的是要他不来戳穿西洋镜。

"朋友，以义合者也"，但我们向来常常不作如此解。

四月二十二日。

清明时节

孟　弧

清明时节，是扫墓的时节，有的要进关内来祭祖，有的是到陕西去上坟，或则激论沸天，或则欢声动地，真好像上坟可以亡国，也可以救国似的。

坟有这么大关系，那么，掘坟当然是要不得的了。

元朝的国师八合思巴罢，他就深相信掘坟的利害。他掘开宋陵，要把人骨和猪狗骨同埋在一起，以使宋室倒楣。后来幸而给一位义士盗走了，没有达到目的，然而宋朝还是亡。曹操设了“摸金校尉”之类的职员，专门盗墓，他的儿子却做了皇帝，自己竟被谥为“武帝”，好不威风。这样看来，死人的安危，和生人的祸福，又仿佛没有关系似的。

相传曹操怕死后被人掘坟，造了七十二疑冢，令人无从下手。于是后之诗人曰：“遍掘七十二疑冢，必有一冢葬君尸。”于是后之论者又曰：阿瞒老奸巨猾，安知其尸实不在此七十二冢之内乎。真是没有法子想。

阿瞒虽是老奸巨猾，我想，疑冢之流倒未必安排的，不过古来的冢墓，却大抵被发掘者居多，冢中人的主名，的确者也很少，洛阳邙山，清末掘墓者极多，虽在名公巨卿的墓中，所得也大抵是一块志石和凌乱的陶器，大约并非原没有贵重的殉葬品，乃是早已有人掘过，拿走了，什么时候呢，无从知道。总之是葬后以至清末的偷掘那一天之间罢。

至于墓中人究竟是什么人，非掘后往往不知道。即使有相传的主名的，也大抵靠不住。中国人一向喜欢造些和大人物相关的名胜，石门有“子路止宿处”，泰山上有“孔子小天下处”；一个小山洞，是埋着大禹，几堆大土堆，便葬着文、武和周公。

如果扫墓的确可以救国，那么，扫就要扫得真确，要扫文武周公的陵，不要扫着别人的土包子，还得查考自己是否周朝的子孙。于是乎要有考古的工作，就是掘开坟来，看看有无葬着文王武王周公旦的证据，如果有遗骨，还可照《洗冤录》的方法来滴血。但是，这又和扫墓救国说相反，很伤孝子顺孙的心了。不得已，就只好闭了眼睛，硬着头皮，乱拜一阵。

“非其鬼而祭之，谄也!”单是扫墓救国术没有灵验，还不过是一个小笑话而已。

四月二十六日。

小品文的生机

崇 巽

去年是“幽默”大走鸿运的时候，《论语》以外，也是开口幽默，闭口幽默，这人是幽默家，那人也是幽默家。不料今年就大塌其台，这不对，那又不对，一切罪恶，全归幽默，甚至于比之文场的丑脚。骂幽默竟好像是洗澡，只要来一下，自己就会干净似的了。

倘若真的是“天地大戏场”，那么，文场上当然也一定有丑脚——然而也一定有黑头。丑脚唱着丑脚戏，是很平常的，黑头改唱了丑脚戏，那就怪得很，但大戏场上却有时真会有这等事。这就使直心眼人跟着歪心眼人嘲骂，热情人愤怒，脆情人心酸。为的是唱得不内行，不招人笑吗？并不是的，他比真的丑脚还可笑。

那愤怒和心酸，为的是黑头改唱了丑脚之后，事情还没有完。串戏总得有几个脚色：生，旦，末，丑，净，还有黑头。要不然，这戏也唱不久。为了一种原因，黑头只得改唱丑脚的时候，照成例，是一定丑脚倒来改唱黑头的。不但唱工，单是黑头涎脸扮丑脚，丑脚挺胸学黑头，戏场上只见白鼻子的和黑脸孔的丑脚多起来，也就滑天下之大稽。然而，滑稽而已，并非幽默。或人曰：“中国无幽默。”这正是一个注脚。

更可叹的是被誉为“幽默大师”的林先生，竟也在《自由谈》上引了古人之言，曰：“夫饮酒猖狂，或沉寂无闻，亦不过洁身自好耳。今世癞鳖，欲使洁身自好者负亡国之罪，若然则‘今日乌合，明日鸟散，今日倒戈，明日凭轼①，今日为君子，明日为小人，今日为小人，明日复为君子’之辈可无罪。”虽引据仍不离乎小品，但去“幽默”或“闲适”之道远矣。这又是一个注脚。

但林先生以为新近各报上之攻击《人间世》，是系统的化名的把戏，却是错误的，证据是不同的论旨，不同的作风。其中固然有虽曾附骥②，终未登龙的“名人”，或扮作黑头，而实是真正的丑脚的打诨，但也有热心人的谠论。世态是这么的纠纷，可见虽是小品，也正有待于分析和攻战的了，这或者倒是《人间世》的一线生机罢。

四月二十六日。

① 借指做官。

② 比喻依附名人而出名。

刀“式”辩

黄 棘

本月六日的《动向》上，登有一篇阿芷先生指明杨昌溪先生的大作《鸭绿江畔》，是和法捷耶夫的《毁灭》相像的文章，其中还举着例证。这恐怕不能说是“英雄所见略同”罢。因为生吞活剥的模样，实在太明显了。

但是，生吞活剥也要有本领，杨先生似乎还差一点。例如《毁灭》的译本，开头是——

“在阶石上锵锵地响着有了损伤的日本指挥刀，莱奋生走到后院去了……

而《鸭绿江畔》的开头是——

“当金蕴声走进庭园的时候，他那损伤了的日本式的指挥刀在阶石上噼啪地响着。……”

人名不同了，那是当然的；响声不同了，也没有什么关系，最特别的是他在“日本”之下，加了一个“式”’字。这或者也难怪，不是日本人，怎么会挂“日本指挥刀”呢？一定是照日本式样，自己打造的了。

但是，我们再来想一想：莱奋生所带的是袭击队，自然是袭击敌人，但也夺取武器。自己的军器是不完备的，一有所得，便用起来。所以他所挂的正是“日本的指挥刀”，并不是“日本式”。

文学家看小说，并且预备抄袭的，可谓关系密切的了，而尚且如此粗心，岂不可叹也夫！

五月七日。

化名新法

白 道

杜衡和苏汶先生在今年揭破了文坛上的两种秘密，也是坏风气：一种是批评家的圈子，一种是文人的化名。

但他还保留着没有说出的秘密——

圈子中还有一种书店编辑用的橡皮圈子，能大能小，能方能圆，只要是这一家书店出版的书籍，这边一套，“行”，那边一套，也“行”。

化名则不但可以变成别一个人，还可以化为一个“社”。这个“社”还能够选文，作论，说道只有某人的作品，“行”，某人的创作，也“行”。

例如“中国文艺年鉴社”所编的《中国文艺年鉴》前面的“鸟瞰”。据它的“瞰”法，是：苏汶先生的议论，“行”，杜衡先生的创作，也“行”。

但我们在实际上再也寻不着这一个“社”。

查查这“年鉴”的总发行所：现代书局；看看《现代》杂志末一页上的编辑者：施蛰存，杜衡。

OHo！

孙行者神通广大，不单会变鸟兽虫鱼，也会变庙宇，眼睛变窗户，嘴巴变庙门，只有尾巴没处安放，就变了一枝旗竿，竖在庙后面。但那有只竖一枝旗竿的庙宇的呢？它的被二郎神看出来的破绽就在此。

“除了万不得已之外”，“我希望”一个文人也不要化为“社”，倘使只为了自吹自捧，那真是“就近又有点卑劣了”。

五月十日。

读几本书

邓当世

读死书会变成书呆子，甚至于成为书厨，早有人反对过了，时光不绝的进行，反读书的思潮也愈加彻底，于是有人来反对读任何一种书。他的根据是叔本华的老话，说是倘读别人的著作，不过是在自己的脑里给作者跑马。

这对于读死书的人们，确是一下当头棒，但为了与其探究，不如跳舞，或者空暴躁，瞎牢骚的天才起见，却也是一句值得介绍的金言。不过要明白：死抱住这句金言的天才，他的脑里却正被叔本华跑了一趟马，踏得一塌胡涂了。

现在是批评家在发牢骚，因为没有较好的作品；创作家也在发牢骚，因为没有正确的批评。张三说李四的作品是象征主义，于是李四也自以为是象征主义，读者当然更以为是象征主义。然而怎样是象征主义呢？向来就没有弄分明，只好就用李四的作品为证。所以中国之所谓象征主义，和别国之所谓 Symbolism 是不一样的。虽然前者其实是后者的译语，然而听说梅特林是象征派的作家，于是李四就成为中国的梅特林①了。此外中国的法朗士，中国的白璧德，中国的吉尔波丁，中国的高

---

① 通译为梅特林克，比利时剧作家。

尔基……还多得很。然而真的法朗士他们的作品的译本，在中国却少得很。莫非因为都有了“国货”的缘故吗？

在中国的文坛上，有几个国货文人的寿命也真太长；而洋货文人的可也真太短，姓名刚刚记熟，据说是已经过去了。易卜生大有出全集之意，但至今不见第三本；柴霍甫和莫泊桑的选集，也似乎走了虎头蛇尾运。但在我们所深恶痛疾的日本，《唐吉诃德先生》和《一千零一夜》是有全译的；沙士比亚，歌德，……都有全集；托尔斯泰的有三种，陀思妥也夫斯基的有两种。

读死书是害己，一开口就害人；但不读书也并不见得好。至少，譬如要批评托尔斯泰，则他的作品是必得看几本的。自然，现在是国难时期，那有工夫译这些书，看这些书呢，但我所提议的是向着只在暴躁和牢骚的大人物，并非对于正在赴难或“卧薪尝胆”的英雄。因为有些人物，是即使不读书，也不过玩着，并不去赴难的。

五月十四日。

一思而行

曼 雪

只要并不是靠这来解决国政，布置战争，在朋友之间，说几句幽默，彼此莞尔而笑，我看是无关大体的。就是革命专家，有时也要负手散步；理学先生总不免有儿女，在证明着他并非日日夜夜，道貌永远的俨然。小品文大约在将来也还可以存在于文坛，只是以“闲适”为主，却稍嫌不够。

人间世事，恨和尚往往就恨袈裟。幽默和小品的开初，人们何尝有贰话。然而轰的一声，天下无不幽默和小品，幽默那有这许多，于是幽默就是滑稽，滑稽就是说笑话，说笑话就是讽刺，讽刺就是漫骂。油腔滑调，幽默也；“天朗气清”，小品也；看郑板桥《道情》一遍，谈幽默十天，买袁中郎尺牍半本，作小品一卷。有些人既有以此起家之势，势必有想反此以名世之人，于是轰然一声，天下又无不骂幽默和小品。其实，则趁队起哄之士，今年也和去年一样，数不在少的。

手拿黑漆皮灯笼，彼此都莫名其妙。总之，一个名词归化中国，不久就弄成一团糟。伟人，先前是算好称呼的，现在则受之者已等于被骂；学者和教授，前两三年还是干净的名称；自爱者闻文学家之称而逃，今年已经开始了第一步。但是，世界上真的没有实在的伟人，实在的学者和教授，实在的文学家吗？并不然，只有中国是例外。

假使有一个人，在路旁吐一口唾沫，自己蹲下去，看着，不久准可以围满一堆人；又假使又有一个人，无端大叫一声，拔步便跑，同时准可以大家都逃散。真不知是“何所闻而来，何所见而去”，然而又心怀不满，骂他的莫名其妙的对象曰“妈的”！但是，那吐唾沫和大叫一声的人，归根结蒂还是大人物。当然，沉着切实的人们是有的。不过伟人等等之名之被尊视或鄙弃，大抵总只是做唾沫的替代品而已。

社会仗这添些热闹，是值得感谢的。但在乌合之前想一想，在云散之前也想一想，社会未必就冷静了，可是还要像样一点点。

五月十四日。

推己及人

梦 文

忘了几年以前了，有一位诗人开导我，说是愚众的舆论，能将天才骂死，例如英国的济慈就是。我相信了。去年看见几位名作家的文章，说是批评家的漫骂，能将好作品骂得缩回去，使文坛荒凉冷落。自然，我也相信了。

我也是一个想做作家的人，而且觉得自己也确是一个作家，但还没有获得挨骂的资格，因为我未曾写过创作。并非缩回去，是还没有钻出来。这钻不出来的原因，我想是一定为了我的女人和两个孩子的吵闹，她们也如漫骂批评家一样，职务是在毁灭真天才，吓退好作品的。

幸喜今年正月，我的丈母要见见她的女儿了，她们三个就都回到乡下去。我真是耳目清静，猗欤[①]休哉，到了产生伟大作品的时代。可是不幸得很，现在已是旧历四月初，足足静了三个月了，还是一点也写不出什么来。假使有朋友问起我的成绩，叫我怎么回答呢？还能归罪于她们的吵闹吗？

于是乎我的信心有些动摇。

我疑心我本不会有什么好作品，和她们的吵闹与否无关。

---

① 叹词。表示赞美。

而且我又疑心到所谓名作家也未必会有什么好作品，和批评家的漫骂与否无涉。

不过，如果有人吵闹，有人漫骂，倒可以给作家的没有作品遮羞，说是本来是要有的，现在给他们闹坏了。他于是就像一个落难小生，纵使并无作品，也能从看客赢得一掬一掬的同情之泪。

假使世界上真有天才，那么，漫骂的批评，于他是有损的，能骂退他的作品，使他不成其为作家。然而所谓漫骂的批评，于庸才是有益的，能保持其为作家，不过据说是吓退了他的作品。

在这三足月里，我仅仅有了一点"烟土披离纯"①，是套罗兰夫人的腔调的："批评批评，世间多少作家，借汝之骂以存!"

五月十四日。

① 英文，inspiration 的音译。灵感的意思

偶感

公 汗

还记得东三省沦亡，上海打仗的时候，在只闻炮声，不愁炮弹的马路上，处处卖着《推背图》，这可见人们早想归失败之故于前定了。三年以后，华北，华南，同濒危急，而上海却出现了“碟仙”。前者所关心的还是国运，后者却只在问试题，奖券，亡魂。着眼的大小，固已迥不相同，而名目则更加冠冕，因为这“灵乩”是中国的“留德学生白同君所发明”，合于“科学”的。

“科学救国”已经叫了近十年，谁都知道这是很对的，并非“跳舞救国”“拜佛救国”之比。青年出国去学科学者有之，博士学了科学回国者有之，不料中国究竟自有其文明，与日本是两样的，科学不但并不足以补中国文化之不足，却更加证明了中国文化之高深。风水，是合于地理学的，门阀，是合于优生学的，炼丹，是合于化学的，放风筝，是合于卫生学的。“灵乩”的合于“科学”，亦不过其一而已。

五四时代，陈大齐先生曾作论揭发过扶乩的骗人，隔了十六年，白同先生却用碟子证明了扶乩的合理，这真叫人从那里说起。

而且科学不但更加证明了中国文化的高深，还帮助了中国文化的光大。马将桌边，电灯替代了蜡烛，法会坛上，镁光照出了喇嘛，无线电播音所日日传播的，不往往是《狸猫换太子》，《玉堂春》，《谢谢毛毛雨》吗？

老子曰："为之斗斛以量之，则并与斗斛而窃之。"罗兰夫人曰："自由自由，多少罪恶，假汝之名以行！"每一新制度，新学术，新名词，传入中国，便如落在黑色染缸，立刻乌黑一团，化为济私助焰之具，科学，亦不过其一而已。

此弊不去，中国是无药可救的。

五月二十日。

论秦理斋夫人事

公 汗

这几年来，报章上常见有因经济的压迫，礼教的制裁而自杀的记事，但为了这些，便来开口或动笔的人是很少的。只有新近秦理斋夫人及其子女一家四口的自杀，却起过不少的回声，后来还出了一个怀着这一段新闻记事的自杀者，更可见其影响之大了。我想，这是因为人数多。单独的自杀，盖已不足以招大家的青睐了。

一切回声中，对于这自杀的主谋者——秦夫人，虽然也加以恕辞；但归结却无非是诛伐。因为——评论家说——社会虽然黑暗，但人生的第一责任是生存，倘自杀，便是失职，第二责任是受苦，倘自杀，便是偷安。进步的评论家则说人生是战斗，自杀者就是逃兵，虽死也不足以蔽其罪。这自然也说得下去的，然而未免太笼统。

人间有犯罪学者，一派说，由于环境；一派说，由于个人。现在盛行的是后一说，因为倘信前一派，则消灭罪犯，便得改造环境，事情就麻烦，可怕了。而秦夫人自杀的批判者，则是大抵属于后一派。

诚然，既然自杀了，这就证明了她是一个弱者。但是，怎么会弱的呢？要紧的是我们须看看她的尊翁的信札，为了要她回去，既耸之以两家的名声，又动之以亡人的乱语。我们还得看看她的令弟的挽联："妻殉夫，子殉母……"不是大有视为千古美谈之意吗？以生长及陶冶在这样的家庭中的人，又怎么能不成为弱者？我们固然未始不可责以奋斗，但黑暗的吞噬之力，往往胜于孤军，况且自杀的批判者未必就是战斗的应援者，当他人奋斗时，挣扎时，败绩时，也许倒是鸦雀无声了。穷乡僻壤或都会中，孤儿寡妇，贫女劳人之顺命而死，或虽然抗命，而终于不得不死者何限，但曾经上谁的口，动谁的心呢？真是"自经于沟渎而莫之知也"[①]！

人固然应该生存，但为的是进化；也不妨受苦，但为的是解除将来的一切苦；更应该战斗，但为的是改革。责别人的自杀者，一面责人，一面正也应该向驱人于自杀之途的环境挑战，进攻。倘使对于黑暗的主力，不置一辞，不发一矢，而但向"弱者"唠叨不已，则纵使他如何义形于色，我也不能不说——我真也忍不住了——他其实乃是杀人者的帮凶而已。

五月二十四日。

① 出自《论语》。自经：自缢，上吊自杀。沟渎：这里指小山沟。

“……”“□□□□”论补

曼 雪

徐讦先生在《人间世》上，发表了这样的题目的论。对于此道，我没有那么深造，但“愚者千虑，必有一得”，所以想来补一点，自然，浅薄是浅薄得多了。

“……”是洋货，五四运动之后这才输入的。先前林琴南先生译小说时，夹注着“此语未完”的，便是这东西的翻译。在洋书上，普通用六点，吝啬的却只用三点。然而中国是“地大物博”的，同化之际，就渐渐的长起来，九点，十二点，以至几十点；有一种大作家，则简直至少点上三四行，以见其中的奥义，无穷无尽，实在不可以言语形容。读者也大抵这样想，有敢说觉不出其中的奥义的罢，那便是低能儿。

然而归根结蒂，也好像终于是安徒生童话里的“皇帝的新衣”，其实是一无所有；不过须是孩子，才会照实的大声说出来。孩子不会看文学家的“创作”，于是在中国就没有人来道破。但天气是要冷的，光着身子不能整年在路上走，到底也得躲进宫里去，连点几行的妙文，近来也不大看见了。

“□□”是国货，《穆天子传》上就有这玩意儿，先生教我说：是阙文。这阙文也闹过事，曾有人说“口生垢，口戕口”的三个口字，也是阙文，又给谁大骂了一顿。不过先前是只见于古人的著作里的，无法可补，现在却见于今人的著作上了；欲补不能。到目前，则渐有代以“××”的趋势。这是从日本输入的。这东西多，对于这著作的内容，我们便预觉其激烈。但是，其实有时也并不然。胡乱×它几行，印了出来，固可使读者佩服作家之激烈，恨检查员之峻严，但送检之际，却又可使检查员爱他的顺从，许多话都不敢说，只×得这么起劲。一举两得，比点它几行更加巧妙了。中国正在排日，这一条锦囊妙计，或者不至于模仿的罢。

现在是什么东西都要用钱买，自然也就都可以卖钱。但连“没有东西”也可以卖钱，却未免有些出乎意表。不过，知道了这事以后，便明白造谣为业，在现在也还要算是“货真价实，童叟无欺”的生活了。

五月二十四日。

谁在没落?

常　庚

五月二十八日的《大晚报》告诉了我们一件文艺上的重要的新闻:

“我国美术名家刘海粟、徐悲鸿等,近在苏俄莫斯科举行中国书画展览会,深得彼邦人士极力赞美,揄扬我国之书画名作,切合苏俄正在盛行之象征主义作品。爰苏俄艺术界向分写实与象征两派,现写实主义已渐没落,而象征主义则经朝野一致提倡,引成欣欣向荣之概。自彼邦艺术家见我国之书画作品深合象征派后,即忆及中国戏剧亦必采取象征主义。因拟……邀中国戏曲名家梅兰芳等前往奏艺。此事已由俄方与中国驻俄大使馆接洽,同时苏俄驻华大使鲍格莫洛夫亦奉到训令,与我方商洽此事。……”

这是一个喜讯,值得我们高兴的。但我们当欣喜于“发扬国光”之后,还应该沉静一下,想到以下的事实——

一,倘说:中国画和印象主义有一脉相通,那倒还说得下去的,现在以为“切合苏俄正在盛行之象征主义”,却未免近于梦话。半枝紫藤,一株松树,一个老虎,几匹麻雀,有些确乎是不像真的,但那是因为画不像的缘故,何尝“象征”着别的什么呢?

二，苏俄的象征主义的没落，在十月革命时，以后便崛起了构成主义，而此后又渐为写实主义所排去。所以倘说：构成主义已渐没落，而写实主义“引成欣欣向荣之概”，那是说得下去的。不然，便是梦话。苏俄文艺界上，象征主义的作品有些什么呀？

三，脸谱和手势，是代数，何尝是象征。它除了白鼻梁表丑脚，花脸表强人，执鞭表骑马，推手表开门之外，那里还有什么说不出，做不出的深意义？

欧洲离我们也真远，我们对于那边的文艺情形也真的不大分明，但是，现在二十世纪已经度过了三分之一，粗浅的事是知道一点的了，这样的新闻倒令人觉得是“象征主义作品”，它象征着他们的艺术的消亡。

五月三十日。

倒 提

公 汗

西洋的慈善家是怕看虐待动物的，倒提着鸡鸭走过租界就要办。所谓办，虽然也不过是罚钱，只要舍得出钱，也还可以倒提一下，然而究竟是办了。于是有几位华人便大鸣不平，以为西洋人优待动物，虐待华人，至于比不上鸡鸭。

这其实是误解了西洋人。他们鄙夷我们，是的确的，但并未放在动物之下。自然，鸡鸭这东西，无论如何，总不过送进厨房，做成大菜而已，即顺提也何补于归根结蒂的运命。然而它不能言语，不会抵抗，又何必加以无益的虐待呢？西洋人是什么都讲有益的。我们的古人，人民的“倒悬”① 之苦是想到的了，而且也实在形容得切帖，不过还没有察出鸡鸭的倒提之灾来，然而对于什么“生到驴肉”“活烤鹅掌”这些无聊的残虐，却早经在文章里加以攻击了。这种心思，是东西之所同具的。

但对于人的心思，却似乎有些不同。人能组织，能反抗，能为奴，也能为主，不肯努力，固然可以永沦为舆台②，自由

① 比喻处境非常险难。

② 舆和台是古代奴隶社会中两个低的等级的名称，后来泛指奴仆及地位低下的人。

解放，便能够获得彼此的平等，那运命是并不一定终于送进厨房，做成大菜的。愈下劣者，愈得主人的爱怜，所以西崽①打叭儿，则西崽被斥，平人忤西崽，则平人获咎，租界上并无禁止苛待华人的规律，正因为我们该自有力量，自有本领，和鸡鸭绝不相同的缘故。

然而我们从古典里，听熟了仁人义士，来解倒悬的胡说了，直到现在，还不免总在想从天上或什么高处远处掉下一点恩典来，其甚者竟以为"莫作乱离人，宁为太平犬"，不妨变狗，而合群改革是不肯的。自叹不如租界的鸡鸭者，也正有这气味。

这类的人物一多，倒是大家要被倒悬的，而且虽在送往厨房的时候，也无人暂时解救。这就因为我们究竟是人，然而是没出息的人的缘故。

六月三日。

【附录】：

论"花边文学"

林　默

近来有一种文章，四周围着花边，从一些副刊上出现。这文章，每天一段，雍容闲适，缜密整齐，看外形似乎是"杂感"，但又像"格言"，内容却不痛不痒，毫无着落，似乎是小品或语录一类的东西。今天一则"偶感"，明天一段"据说"，从作者看来，自然是好文章，因为翻来复去，都成了道理，颇尽了八股的能事的。但从读者看，虽然不痛不痒，却往往渗有

① 旧时代对西洋人雇用的中国男仆的蔑称。

毒汁，散布了妖言。譬如甘地被刺，就起来作一篇“偶感”，颂扬一番“摩哈达麻”，咒骂几通暴徒作乱，为圣雄出气禳灾，顺便也向读者宣讲一些“看定一切”，“勇武和平”的不抵抗说教之类。这种文章无以名之，且名之曰“花边体”或“花边文学”罢。

这花边体的来源，大抵是走入鸟道以后的小品文变种。据这种小品文的拥护者说是会要流传下去的（见《人间世》：《关于小品文》）。我们且来看看他们的流传之道罢。六月念八日《申报》《自由谈》载有这样一篇文章，题目叫《倒提》。大意说西洋人禁止倒提鸡鸭，华人颇有鸣不平的，因为西洋人虐待华人，至于比不上鸡鸭。

于是这位花边文学家发议论了，他说：“这其实是误解了西洋人。他们鄙夷我们是的确的，但并未放在动物之下。”

为什么“并未”呢？据说是“人能组织，能反抗，……自有力量，自有本领，和鸡鸭绝不相同的缘故。”所以租界上没有禁止苛待华人的规律。不禁止虐待华人，当然就是把华人看在鸡鸭之上了。

倘要不平么，为什么不反抗呢？

而这些不平之士，据花边文学家从古典里得来的证明，断为“不妨变狗”之辈，没有出息的。

这意思极明白，第一是西洋人并未把华人放在鸡鸭之下，自叹不如鸡鸭的人，是误解了西洋人。第二是受了西洋人这种优待，不应该再鸣不平。第三是他虽也正面的承认人是能反抗的，叫人反抗，但他实在是说明西洋人为尊重华人起见，这虐待倒不可少，而且大可进一步。第四，倘有人要不平，他能从

“古典”来证明这是华人没有出息。

上海的洋行，有一种帮洋人经营生意的华人，通称叫“买办”，他们和同胞做起生意来，除开夸说洋货如何比国货好，外国人如何讲礼节信用，中国人是猪猡，该被淘汰以外，还有一个特点，是口称洋人曰：“我们的东家。”我想这一篇《倒提》的杰作，看他的口气，大抵不出于这般人为他们的东家而作的手笔。因为第一，这般人是常以了解西洋人自夸的，西洋人待他很客气；第二，他们往往赞成西洋人（也就是他们的东家）统治中国，虐待华人，因为中国人是猪猡；第三，他们最反对中国人怀恨西洋人。抱不平，从他们看来，更是危险思想。

从这般人或希望升为这般人的笔下产出来的就成了这篇“花边文学”的杰作。但所可惜是不论这种文人，或这种文字，代西洋人如何辩护说教，中国人的不平，是不可免的。因为西洋人虽然不曾把中国放在鸡鸭之下，但事实上也似乎并未放在鸡鸭之上。香港的差役把中国犯人倒提着从二楼摔下来，已是久远的事；近之如上海，去年的高丫头，今年的蔡洋其辈，他们的遭遇，并不胜过于鸡鸭，而死伤之惨烈有过而无不及。这些事实我辈华人是看得清清楚楚，不会转背就忘却的，花边文学家的嘴和笔怎能朦混过去呢？

抱不平的华人果真如花边文学家的“古典”证明，一律没有出息的么？倒也不的。我们的古典里，不是有九年前的五卅运动，两年前的一二八战争，至今还在艰苦支持的东北义勇军么？谁能说这些不是由于华人的不平之气聚集而成的勇敢的战斗和反抗呢？

“花边体”文章赖以流传的长处都在这里。如今虽然在流传着，为某些人们所拥护。但相去不远，就将有人来唾弃他的。现在是建设“大众语”文学的时候，我想“花边文学”，不论这种形式或内容，在大众的眼中，将有流传不下去的一天罢。

这篇文章投了好几个地方，都被拒绝。莫非这文章又犯了要报私仇的嫌疑么？但这“授意”却没有的。就事论事，我觉得实有一吐的必要。文中过火之处，或者有之，但说我完全错了，却不能承认。倘得罪的是我的先辈或友人，那就请谅解这一点。

笔者附识。

七月三日《大晚报》《火炬》。

玩具

宓子章

今年是儿童年。我记得的，所以时常看看造给儿童的玩具。

马路旁边的洋货店里挂着零星小物件，纸上标明，是从法国运来的，但我在日本的玩具店看见一样的货色，只是价钱更便宜。在担子上，在小摊上，都卖着渐吹渐大的橡皮泡，上面打着一个印子道："完全国货"，可见是中国自己制造的了。然而日本孩子玩着的橡皮泡上，也有同样的印子，那却应该是他们自己制造的。

大公司里则有武器的玩具：指挥刀，机关枪，坦克车……。然而，虽是有钱人家的小孩，拿着玩的也少见。公园里面，外国孩子聚沙成为圆堆，横插上两条短树干，这明明是在创造铁甲炮车了，而中国孩子是青白的，瘦瘦的脸，躲在大人的背后，羞怯的，惊异的看着，身上穿着一件斯文之极的长衫。

我们中国是大人用的玩具多：姨太太，雅片枪，麻雀牌，《毛毛雨》，科学灵乩，金刚法会，还有别的，忙个不了，没有工夫想到孩子身上去了。虽是儿童年，虽是前年身历了战祸，也没有因此给儿童创出一种纪念的小玩意，一切都是照样抄。然而明年不是儿童年了，那情形就可想。

但是，江北人却是制造玩具的天才。他们用两个长短不同的竹筒，染成红绿，连作一排，筒内藏一个弹簧，旁边有一个把手，摇起来就格格的响。这就是机关枪！也是我所见的惟一的创作。我在租界边上买了一个，和孩子摇着在路上走，文明的西洋人和胜利的日本人看见了，大抵投给我们一个鄙夷或悲悯的苦笑。

然而我们摇着在路上走，毫不愧恧[①]，因为这是创作。前年以来，很有些人骂着江北人，好像非此不足以自显其高洁，现在沉默了，那高洁也就渺渺然，茫茫然。而江北人却创造了粗笨的机枪玩具，以坚强的自信和质朴的才能与文明的玩具争。他们，我以为是比从外国买了极新式的武器回来的人物，更其值得赞颂的，虽然也许又有人会因此给我一个鄙夷或悲悯的冷笑。

六月十一日。

① 惭愧的意思。

零 食

莫 朕

出版界的现状，期刊多而专书少，使有心人发愁，小品多而大作少，又使有心人发愁。人而有心，真要“日坐愁城”了。

但是，这情形是由来已久的，现在不过略有变迁，更加显著而已。

上海的居民，原就喜欢吃零食。假使留心一听，则屋外叫卖零食者，总是“实繁有徒”①。桂花白糖伦教糕，猪油白糖莲心粥，虾肉馄饨面，芝麻香蕉，南洋芒果，西路（暹罗）蜜橘，瓜子大王，还有蜜饯，橄榄，等等。只要胃口好，可以从早晨直吃到半夜，但胃口不好也不妨，因为这又不比肥鱼大肉，分量原是很少的。那功效，据说，是在消闲之中，得养生之益，而且味道好。

前几年的出版物，是有“养生之益”的零食，或曰“入门”，或曰“ABC”，或曰“概论”，总之是薄薄的一本，只要化钱数角，费时半点钟，便能明白一种科学，或全盘文学，或一种外国文。意思就是说，只要吃一包五香瓜子，便能使这人

---

① 出自《尚书·仲虺之诰》，意思是这样的人确实不少。

发荣滋长，抵得吃五年饭。试了几年，功效不显，于是很有些灰心了。一试验，如果有名无实，是往往不免灰心的，例如现在已经很少有人修仙或炼金，而代以洗温泉和买奖券，便是试验无效的结果。于是放松了“养生”这一面，偏到“味道好”那一面去了。自然，零食也还是零食。上海的居民，和零食是死也分拆不开的。

于是而出现了小品，但也并不是新花样。当老九章生意兴隆的时候，就有过《笔记小说大观》之流，这是零食一大箱；待到老九章关门之后，自然也跟着成了一小撮。分量少了，为什么倒弄得闹闹嚷嚷，满城风雨的呢？我想，这是因为在担子上装起了篆字的和罗马字母合璧的年红电灯①的招牌。

然而，虽然仍旧是零食，上海居民的感应力却比先前敏捷了，否则又何至于闹嚷嚷。但这也许正因为神经衰弱的缘故。假使如此，那么，零食的前途倒是可虑的。

六月十一日。

① 即霓虹灯。

“此生或彼生”

白　道

“此生或彼生。”

现在写出这样五个字来，问问读者：是什么意思？

倘使在《申报》上，见过汪懋祖先生的文章，“……例如说‘这一个学生或是那一个学生’，文言只须‘此生或彼生’即已明了，其省力为何如？……”的，那就也许能够想到，这就是“这一个学生或是那一个学生”的意思。

否则，那回答恐怕就要迟疑。因为这五个字，至少还可以有两种解释：一，这一个秀才或是那一个秀才（生员）；二，这一世或是未来的别一世。

文言比起白话来，有时的确字数少，然而那意义也比较的含胡。我们看文言文，往往不但不能增益我们的智识，并且须仗我们已有的智识，给它注解，补足。待到翻成精密的白话之后，这才算是懂得了。如果一径就用白话，即使多写了几个字，但对于读者，“其省力为何如？”

我就用主张文言的汪懋祖先生所举的文言的例子，证明了文言的不中用了。

六月二十三日。

正是时候

张承禄

“山梁雌雉，时哉时哉!”东西是自有其时候的。

“圣经”，佛典，受一部分人们的奚落已经十多年了，“觉今是而昨非”，现在就是复兴的时候。关岳①，是清朝屡经封赠的神明，被民元革命所闲却；从新记得，是袁世凯的晚年，但又和袁世凯一同盖了棺；而第二次从新记得，则是在现在。

这时候，当然要重文言，掉文袋②，标雅致，看古书。

如果是小家子弟，则纵使外面怎样大风雨，也还要勇往直前，拚命挣扎的，因为他没有安稳的老巢可归，只得向前干。虽然成家立业之后，他也许修家谱，造祠堂，俨然以旧家子弟自居，但这究竟是后话。倘是旧家子弟呢，为了逞雄、好奇，趋时，吃饭，固然也未必不出门，然而只因为一点小成功，或者一点小挫折，都能够使他立刻退缩。这一缩而且缩得不小，简直退回家，更坏的是他的家乃是一所古老破烂的大宅子。

这大宅子里有仓中的旧货，有壁角的灰尘，一时实在搬不尽。倘有坐食的余闲，还可以东寻西觅，那就修破书，擦古瓶，

① 指关羽和岳飞。

② 同“掉书袋”。

读家谱，怀祖德，来消磨他若干岁月。如果是穷极无聊了，那就更要修破书，擦古瓶，读家谱，怀祖德，甚而至于翻肮脏的墙根，开空虚的抽屉，想发现连他自己也莫名其妙的宝贝，来救这无法可想的贫穷。这两种人，小康和穷乏，是不同的，悠闲和急迫，是不同的，因而收场的缓促，也不同的，但当这时候，却都正在古董中讨生活，所以那主张和行为，便无不同，而声势也好像见得浩大了。

于是就又影响了一部分的青年们，以为在古董中真可以寻出自己的救星。他看看小康者，是这么闲适，看看急迫者，是这么专精，这，就总应该有些道理。会有仿效的人，是当然的。然而，时光也绝不留情，他将终于得到一个空虚，急迫者是妄想，小康者是玩笑。主张者倘无特操，无灼见，则说古董应该供在香案上或掷在茅厕里，其实，都不过在尽一时的自欺欺人的任务，要寻前例，是随处皆是的。

六月二十三日。

论重译

史 贲

穆木天先生在二十一日的《火炬》上，反对作家的写无聊的游记之类，以为不如给中国介绍一点上起希腊、罗马，下至现代的文学名作。我以为这是很切实的忠告。但他在十九日的《自由谈》上，却又反对间接翻译，说"是一种滑头办法"，虽然还附有一些可恕的条件。这是和他后来的所说冲突的，也容易启人误会，所以我想说几句。

重译确是比直接译容易。首先，是原文的能令译者自惭不及，怕敢动笔的好处，先由原译者消去若干部分了。译文是大抵比不上原文的，就是将中国的粤语译为京语，或京语译成沪语，也很难恰如其分。在重译，便减少了对于原文的好处的踌躇。其次，是难解之处，忠实的译者往往会有注解，可以一目了然，原书上倒未必有。但因此，也常有直接译错误，而间接译却不然的时候。

懂某一国文，最好是译某一国文学，这主张是断无错误的，但是，假使如此，中国也就难有上起希、罗，下至现代的文学名作的译本了。中国人所懂的外国文，恐怕是英文最多，日文次之，倘不重译，我们将只能看见许多英美和日本的文学作品，不但没有伊卜生，没有伊本涅支[1]，连极通行的安徒生的童话，西万提司的《吉诃德先生》，也无从看见了。这是何等可怜的眼界。自然，中国未必没有精通丹麦、诺威、西班牙文字的人们，然而他们至今没有译，我们现在的所有，都是从英文重译的。连苏联的作品，也大抵是从英法文重译的。

所以我想，对于翻译，现在似乎暂不必有严峻的堡垒。最要紧的是要看译文的佳良与否，直接译或间接译，是不必置重的；是否投机，也不必推问的。深通原译文的趋时者的重译本，有时会比不甚懂原文的忠实者的直接译本好，日本改造社译的《高尔基全集》，曾被有一些革命者斥责为投机，但革命者的译本出，却反而显出前一本的优良了。不过也还要附一个条件，并不很懂原译文的趋时者的速成译本，可实在是不可恕的。

待到将来各种名作有了直接译本，则重译本便是应该淘汰的时候，然而必须那译本比旧译本好，不能但以“直接翻译”当作护身的挡牌。

六月二十四日。

---

① 通译为勃拉斯可·伊巴涅思，西班牙著名作家。

再论重译

史　贲

看到穆木天先生的《论重译及其他》下篇的末尾，才知道是在释我的误会。我却觉得并无什么误会，不同之点，只在倒过了一个轻重，我主张首先要看成绩的好坏，而不管译文是直接或间接，以及译者是怎样的动机。

木天先生要译者“自知”，用自己的长处，译成“一劳永逸”的书。要不然，还是不动手的好。这就是说，与其来种荆棘，不如留下一片白地，让别的好园丁来种可以永久观赏的佳花。但是，“一劳永逸”的话，有是有的，而“一劳永逸”的事却极少，就文字而论，中国的这方块字便决非“一劳永逸”的符号。况且白地也决不能永久的保留，既有空地，便会生长荆棘或雀麦。最要紧的是有人来处理，或者培植，或者删除，使翻译界略免于芜杂①。这就是批评。

然而我们向来看轻着翻译，尤其是重译。对于创作，批评家是总算时时开口的，一到翻译，则前几年还偶有专指误译的文章，近来就极其少见；对于重译的更其少。但在工作上，批评翻译却比批评创作难，不但看原文须有译者以上的工力，对

① 意思是杂乱；没有条理。

作品也须有译者以上的理解。如木天先生所说，重译有数种译本作参考，这在译者是极为便利的，因为甲译本可疑时，能够参看乙译本。直接译就不然了，一有不懂的地方，便无法可想，因为世界上是没有用了不同的文章，来写两部意义句句相同的作品的作者的。重译的书之多，这也许是一种原因，说偷懒也行，但大约也还是语学的力量不足的缘故。遇到这种参酌各本而成的译本，批评就更为难了，至少也得能看各种原译本。如陈源译的《父与子》，鲁迅译的《毁灭》，就都属于这一类的。

我以为翻译的路要放宽，批评的工作要着重。倘只是立论极严，想使译者自己慎重，倒会得到相反的结果，要好的慎重了，乱译者却还是乱译，这时恶译本就会比稍好的译本多。

临末还有几句不大紧要的话。木天先生因为怀疑重译，见了德译本之后，连他自己所译的《塔什干》，也定为法文原译是删节本了。其实是不然的。德译本虽然厚，但那是两部小说合订在一起的，后面的大半，就是绥拉菲摩维支的《铁流》。所以我们所有的汉译《塔什干》，也并不是节本。

七月三日。

“彻底”的底子

公 汗

现在对于一个人的立论，如果说它是“高超”，恐怕有些要招论者的反感了，但若说它是“彻底”，是“非常前进”，却似乎还没有什么。

现在也正是“彻底”的，“非常前进”的议论，替代了“高超”的时光。

文艺本来都有一个对象的界限。譬如文学，原是以懂得文字的读者为对象的，懂得文字的多少有不同，文章当然要有深浅。而主张用字要平常，作文要明白，自然也还是作者的本分。然而这时“彻底”论者站出来了，他却说中国有许多文盲，问你怎么办？这实在是对于文学家的当头一棍，只好立刻闷死给他看。

不过还可以另外请一枝救兵来，也就是辩解。因为文盲是已经在文学作用的范围之外的了，这时只好请画家、演剧家、电影作家出马，给他看文字以外的形象的东西。然而这还不足以塞“彻底”论者的嘴的，他就说文盲中还有色盲，有瞎子，问你怎么办？于是艺术家们也遭了当头一棍，只好立刻闷死给他看。

那么，作为最后的挣扎，说是对于色盲瞎子之类，须用讲演，唱歌，说书罢。说是也说得过去的。然而他就要问你：莫非你忘记了中国还有聋子吗？

又是当头一棍，闷死，都闷死了。

于是“彻底”论者就得到一个结论：现在的一切文艺，全都无用，非彻底改革不可！

他立定了这个结论之后，不知道到那里去了。谁来“彻底”改革呢？那自然是文艺家。然而文艺家又是不“彻底”的多，于是中国就永远没有对于文盲，色盲，瞎子，聋子，无不有效的——“彻底”的好的文艺。

但“彻底”论者却有时又会伸出头来责备一顿文艺家。

弄文艺的人，如果遇见这样的大人物而不能撕掉他的鬼脸，那么，文艺不但不会前进，并且只会萎缩，终于被他消灭的。切实的文艺家必须认清这一种“彻底”论者的真面目！

七月八日。

知了世界

邓当世

中国的学者们，多以为各种智识，一定出于圣贤，或者至少是学者之口；连火和草药的发明应用，也和民众无缘，全由古圣王一手包办：燧人氏，神农氏[①]。所以，有人以为“一若各种智识，必出诸动物之口，斯亦奇矣”，是毫不足奇的。

况且，“出诸动物之口”的智识，在我们中国，也常常不是真智识。天气热得要命，窗门都打开了，装着无线电播音机的人家，便都把音波放到街头，“与民同乐”。咿咿唉唉，唱呀唱呀。外国我不知道，中国的播音，竟是从早到夜，都有戏唱的，它一会儿尖，一会儿沙，只要你愿意，简直能够使你耳根没有一刻清净。同时开了风扇，吃着冰淇淋，不但和“水位大涨”“旱象已成”之处毫不相干，就是和窗外流着油汗，整天在挣扎过活的人们的地方，也完全是两个世界。

我在咿咿唉唉的曼声高唱中，忽然记得了法国诗人拉芳丁的有名的寓言：《知了和蚂蚁》。也是这样的火一般的太阳的夏天，蚂蚁在地面上辛辛苦苦地作工，知了却在枝头高吟，一面

① 我国传说中的上古帝王。燧人氏发明了钻木取火；神农氏教人耕种，还传说他尝百草，发明医药。

还笑蚂蚁俗。然而秋风来了，凉森森的一天比一天凉，这时知了无衣无食，变了小瘪三，却给早有准备的蚂蚁教训了一顿。这是我在小学校“受教育”的时候，先生讲给我听的。我那时好像很感动，至今有时还记得。

但是，虽然记得，却又因了“毕业即失业”的教训，意见和蚂蚁已经很不同。秋风是不久就来的，也自然一天凉比一天，然而那时无衣无食的，恐怕倒正是现在的流着油汗的人们；洋房的周围固然静寂了，但那是关紧了窗门，连音波一同留住了火炉的暖气，遥想那里面，大约总依旧是咿咿唉唉，《谢谢毛毛雨》。

“出诸动物之口”的智识，在我们中国岂不是往往不适用的么？

中国自有中国的圣贤和学者。“劳心者治人，劳力者治于人；治于人者食（去声）人，治人者食于人”，说得多么简截明白。如果先生早将这教给我，我也不至于有上面的那些感想，多费纸笔了。这也就是中国人非读中国古书不可的一个好证据罢。

七月八日。

算 账

莫 朕

说起清代的学术来，有几位学者总是眉飞色舞，说那发达是为前代所未有的。证据也真够十足：解经的大作，层出不穷，小学[①]也非常的进步；史论家虽然绝迹了，考史家却不少；尤其是考据之学，给我们明白了宋明人决没有看懂的古书……

但说起来可又有些踌躇[②]，怕英雄也许会因此指定我是犹太人，其实，并不是的。我每遇到学者谈起清代的学术时，总不免同时想："扬州十日"，"嘉定三屠"这些小事情，不提也好罢，但失去全国的土地，大家十足做了二百五十年奴隶，却换得这几页光荣的学术史，这买卖，究竟是赚了利，还是折了本呢？

可惜我又不是数学家，到底没有弄清楚。但我直觉的感到，这恐怕是折了本，比用庚子赔款来养成几位有限的学者，亏累得多了。

但恐怕这又不过是俗见。学者的见解，是超然于得失之外的。虽然超然于得失之外，利害大小之辨却又似乎并非全没有。

---

① 指研究文字、训诂、音韵等学问。又称中国传统语文学

② 指犹豫不决，拿不定主意。

大莫大于尊孔，要莫要于崇儒，所以只要尊孔而崇儒，便不妨向任何新朝俯首。对新朝的说法，就叫作“反过来征服中国民族的心”。

而这中国民族的有些心，真也被征服得彻底，到现在，还在用兵燹[①]，疠疫[②]，水旱，风蝗[③]，换取着孔庙重修，雷峰塔再建，男女同行犯忌，四库珍本发行这些大门面。

我也并非不知道灾害不过暂时，如果没有记录，到明年就会大家不提起，然而光荣的事业却是永久的。但是，不知怎地，我虽然并非犹太人，却总有些喜欢讲损益，想大家来算一算向来没有人提起过的这一笔账。——而且，现在也正是这时候了。

七月十七日。

---

① 因为战乱造成的焚毁、破坏。
② 即瘟疫。
③ 即蝗灾。

水 性

公 汗

天气接连的大热了近二十天，看上海报，几乎每天都有下河洗浴，淹死了人的记载。这在水村里，是很少见的。

水村多水，对于水的知识多，能浮水的也多。倘若不会浮水，是轻易不下水去的。这一种能浮水的本领，俗语谓之“识水性”。

这“识水性”，如果用了“买办”的白话文，加以较详的说明，则：一，是知道火能烧死人，水也能淹死人，但水的模样柔和，好像容易亲近，因而也容易上当；二，知道水虽能淹死人，却也能浮起人，现在就设法操纵它，专来利用它浮起人的这一面；三，便是学得操纵法，此法一熟，“识水性”的事就完全了。

但在都会里的人们，却不但不能浮水，而且似乎连水能淹死人的事情也都忘却了。平时毫无准备，临时又不先一测水的深浅，遇到热不可耐时，便脱衣一跳，倘不幸而正值深处，那当然是要死的。而且我觉得，当这时候，肯设法救助的人，好像都会里也比乡下少。

但救都会人恐怕也较难，因为救者固然必须“识水性”，被救者也得相当的“识水性”的。他应该毫不用力，一任救者托着他的下巴，往浅处浮。倘若过于性急，拚命的向救者的身上爬，则救者倘不是好手，便只好连自己也沉下去。

所以我想，要下河，最好是预先学一点浮水工夫，不必到什么公园的游泳场，只要在河滩边就行，但必须有内行人指导。其次，倘因了种种关系，不能学浮水，那就用竹竿先探一下河水的浅深，只在浅处敷衍敷衍；或者最稳当是舀起水来，只在河边冲一冲，而最要紧的是要知道水有能淹死不会游泳的人的性质，并且还要牢牢的记住！

现在还要主张宣传这样的常识，看起来好像发疯，或是志在“花边”罢，但事实却证明着断断不如此。许多事是不能为了讨前进的批评家喜欢，一味闭了眼睛作豪语的。

七月十七日。

玩笑只当它玩笑（上）

康伯度

不料刘半农先生竟忽然病故了，学术界上又短少了一个人。这是应该惋惜的。但我于音韵学一无所知，毁誉两面，都不配说一句话。我因此记起的是别一件事，是在现在的白话将被“扬弃”或“唾弃”之前，他早是一位对于那时的白话，尤其是欧化式的白话的伟大的“迎头痛击”者。

他曾经有过极不费力，但极有力的妙文：

“我现在只举一个简单的例：

子曰：‘学而时习之，不亦悦乎？’

这太老式了，不好！

‘学而时习之，’子曰，‘不亦悦乎？’

这好！

‘学而时习之，不亦悦乎？’子曰。

这更好！为什么好？欧化了。但‘子曰’终没有能欧化到‘曰子’！”

这段话见于《中国文法通论》中，那书是一本正经的书；作者又是《新青年》的同人，五四时代“文学革命”的战士，现在又成了古人了。中国老例，一死是常常能够增价的，所以我想从新提起，并且提出他终于也是论语社的同人，有时不免发些“幽默”；原先也有“幽默”，而这些“幽默”，又不免常常掉到“开玩笑”的阴沟里去的。

实例也就是上面所引的文章，其实是，那论法，和顽固先生，市井无赖，看见青年穿洋服，学外国话了，便冷笑道："可惜鼻子还低，脸孔也不白"的那些话，并没有两样的。

自然，刘先生所反对的是"太欧化"。但"太"的范围是怎样的呢？他举出的前三法，古文上没有，谈话里却能有的，对人口谈，也都可以懂。只有将"子曰"改成"曰子"是决不能懂的了。然而他在他所反对的欧化文中也寻不出实例来，只好说是"'子曰'终没有能欧化到'曰子'！"那么，这不是"无的放矢"吗？

欧化文法的侵入中国白话中的大原因，并非因为好奇，乃是为了必要。国粹学家痛恨鬼子气，但他住在租界里，便会写些"霞飞路"，"麦特赫司脱路"那样的怪地名；评论者何尝要好奇，但他要说得精密，固有的白话不够用，便只得采些外国的句法。比较的难懂，不像茶淘饭似的可以一口吞下去是真的，但补这缺点的是精密。胡适先生登在《新青年》上的《易卜生主义》，比起近时的有些文艺论文来，的确容易懂，但我们不觉得它却又粗浅，笼统吗？

如果嘲笑欧化式白话的人，除嘲笑之外，再去试一试绍介外国的精密的论著，又不随意改变，删削，我想，他一定还能够给我们更好的箴规。

用玩笑来应付敌人，自然也是一种好战法，但触着之处，须是对手的致命伤，否则，玩笑终不过是一种单单的玩笑而已。

七月十八日。

文公直给康伯度的信

伯度先生：今天读到先生在《自由谈》刊布的大作，知道为西人侵略张目的急先锋（汉奸）仍多，先生以为欧式文化的风行，原因是“必要”。这我真不知是从那里说起？中国人虽无用，但是话总是会说的。如果一定要把中国话取消，要乡下人也“密司忒”起来，这不见得是中国文化上的“必要”吧。譬如照华人的言语说：张甲说：“今天下雨了。”李乙说：“是的，天凉了。”若照尊论的主张，就应该改做：“今天下雨了，”张甲说。“天凉了，——是的；”李乙说。这个算得是中华民国全族的“必要”吗？一般翻译大家的欧化文笔，已足阻尽中西文化的通路，使能读原文的人也不懂译文。再加上先生的“必要”，从此使中国更无可读的西书了。陈子展先生提倡的“大众语”，是天经地义的。中国人间应该说中国话，总是绝对的。而先生偏要说欧化文法是必要！毋怪大名是“康伯度”，真十足加二的表现“买办心理”了。刘半农先生说：“翻译是要使不懂外国文的人得读”；这是确切不移的定理。而先生大骂其半农，认为非使全中国人都以欧化文法为“必要”的性命不可！先生，现在暑天，你歇歇吧！帝国主义的灭绝华人的毒气弹，已经制成无数了。先生要做买办尽管做，只求不必将全个民族出卖。我是一个不懂颠倒式的欧化文式的愚人！对于先生的盛意提倡，几乎疑惑先生已不是敝国人了。今特负责请问先生为甚么投这文化的毒瓦斯？是否受了帝国主义者的指使？总之，四万万四千九百万（陈先生以外）以内的中国人对于先生的主张不敢领教的！幸先生注意。

文公直七月二十五日。

八月七日《申报》《自由谈》。

康伯度答文公直

公直先生：中国语法里要加一点欧化，是我的一种主张，并不是“一定要把中国话取消”，也没有“受了帝国主义者的指使”，可是先生立刻加给我“汉奸”之类的重罪名，自己代表了“四万万四千九百万（陈先生以外）以内的中国人”，要杀我的头了。我的主张也许会错的，不过一来就判死罪，方法虽然很时髦，但也似乎过分了一点。况且我看“四万万四千九百万（陈先生以外）以内的中国人”，意见也未必都和先生相同，先生并没有征求过同意，你是冒充代表的。

中国语法的欧化并不就是改学外国话，但这些粗浅的道理不想和先生多谈了。我不怕热，倒是因为无聊。不过还要说一回：我主张中国语法上有加些欧化的必要。这主张，是由事实而来的。中国人“话总是会说的”，一点不错，但要前进，全照老样却不够。眼前的例，就如先生这几百个字的信里面，就用了两回“对于”，这和古文无关，是后来起于直译的欧化语法，而且连“欧化”这两个字也是欧化字；还用着一个“取消”，这是纯粹日本词；一个“瓦斯”，是德国字的原封不动的日本人的音译。都用得很惬当，而且是“必要”的。譬如“毒瓦斯”罢，倘用中国固有的话的“毒气”，就显得含混，未必一定是毒弹里面的东西了。所以写作“毒瓦斯”，的确是出乎“必要”的。

先生自己没有照镜子，无意中也证明了自己也正是用欧化语法，用鬼子名词的人，但我看先生决不是“为西人侵略张目的急先锋（汉奸）”，所以也想由此证明我也并非那一伙。否则，先生含狗血喷人，倒先污了你自己的尊口了。

我想，辩论事情，威吓和诬陷，是没有用处的。用笔的人，一来就发你的脾气，要我的性命，更其可笑得很。先生还是不要暴躁，静静的再看看自己的信，想想自己，何如？

专此布复，并请热安。

弟康伯度脱帽鞠躬。八月五日。

八月七日《申报》《自由谈》。

玩笑只当它玩笑（下）

康伯度

别一枝讨伐白话的生力军，是林语堂先生。他讨伐的不是白话的“反而难懂”，是白话的“鲁里鲁苏”，连刘先生似的想白话“返朴归真”的意思也全没有，要达意，只有“语录式”(白话的文言)。

林先生用白话武装了出现的时候，文言和白话的斗争早已过去了，不像刘先生那样，自己是混战中的过来人，因此也不免有感怀旧日，慨叹末流的情绪。他一闪而将宋明语录，摆在“幽默”的旗子下，原也极其自然的。

这“幽默”便是《论语》四十五期里的《一张字条的写法》，他因为要问木匠讨一点油灰，写好了一张语录体的字条，但怕别人说他“反对白话”，便改写了白话的，选体的，桐城派的三种，然而都很可笑，结果是差“书僮”传话，向木匠讨了油灰来。

《论语》是风行的刊物，这里省烦不抄了。总之，是：不可笑的只有语录式的一张，别的三种，全都要不得。但这四个不同的脚色，其实是都是林先生自己一个人扮出来的，一个是正生，就是“语录式”，别的三个都是小丑，自装鬼脸，自作怪相，将正生衬得一表非凡了。

但这已经并不是“幽默”，乃是“顽笑”，和市井间的在墙上画一乌龟，背上写上他的所讨厌的名字的战法，也并不两样的。不过看见的人，却往往不问是非，就嗤笑被画者。

“幽默”或“顽笑”，也都要生出结果来的，除非你心知其意，只当它“顽笑”看。

因为事实会并不如文章，例如这语录式的条子，在中国其实也并未断绝过种子。假如有工夫，不妨到上海的弄口去看一看，有时就会看见一个摊，坐着一位文人，在替男女工人写信，他所用的文章，决不如林先生所拟的条子的容易懂，然而分明是“语录式”的。这就是现在从新提起的语录派的末流，却并没有谁去涂白过他的鼻子。

这是一个具体的“幽默”。

但是，要赏识“幽默”也真难。我曾经从生理学来证明过中国打屁股之合理：假使屁股是为了排泄或坐坐而生的罢，就不必这么大，脚底要小得远，不是足够支持全身了么？我们现在早不吃人了，肉也用不着这么多。那么，可见是专供打打之用的了。有时告诉人们，大抵以为是“幽默”。但假如有被打了的人，或自己遭了打，我想，恐怕那感应就不能这样了罢。

没有法子，在大家都不适意的时候，恐怕终于是“中国没有幽默”的了。

七月十八日。

做文章

朔　尔

沈括的《梦溪笔谈》里，有云："往岁士人，多尚对偶为文，穆修张景辈始为平文，当时谓之'古文'。穆张尝同造朝，待旦于东华门外，方论文次，适见有奔马，践死一犬，二人各记其事以较工拙。穆修曰：'马逸，有黄犬，遇蹄而毙。'张景曰：'有犬，死奔马之下。'时文体新变，二人之语皆拙涩，当时已谓之工，传之至今。"

骈文后起，唐虞三代是不骈的，称"平文"为"古文"便是这意思。由此推开去，如果古者言文真是不分，则称"白话文"为"古文"，似乎也无所不可，但和林语堂先生的指为"白话的文言"的意思又不同。两人的大作，不但拙涩，主旨先就不一，穆说的是马踏死了犬，张说的是犬给马踏死了，究竟是着重在马，还是在犬呢？较明白稳当的还是沈括的毫不经意的文章："有奔马，践死一犬。"

因为要推倒旧东西，就要着力，太着力，就要"做"，太"做"，便不但"生涩"，有时简直是"格格不吐"了，比早经古人"做"得圆熟了的旧东西还要坏。而字数论旨，都有些限制的"花边文学"之类，尤其容易生这生涩病。

太做不行，但不做，却又不行。用一段大树和四枝小树做一只凳，在现在，未免太毛糙，总得刨光它一下才好。但如全体雕花，中间挖空，却又坐不来，也不成其为凳子了。高尔基说，大众语是毛胚，加了工的是文学。我想，这该是很中肯的指示了。

七月二十日。

看书琐记（一）

焉　于

高尔基很惊服巴尔札克小说里写对话的巧妙，以为并不描写人物的模样，却能使读者看了对话，便好像目睹了说话的那些人。（八月份《文学》内《我的文学修养》）

中国还没有那样好手段的小说家，但《水浒》和《红楼梦》的有些地方，是能使读者由说话看出人来的。其实，这也并非什么奇特的事情，在上海的弄堂里，租一间小房子住着的人，就时时可以体验到。他和周围的住户，是不一定见过面的，但只隔一层薄板壁，所以有些人家的眷属和客人的谈话，尤其是高声的谈话，都大略可以听到，久而久之，就知道那里有那些人，而且仿佛觉得那些人是怎样的人了。

如果删除了不必要之点，只摘出各人的有特色的谈话来，我想，就可以使别人从谈话里推见每个说话的人物。但我并不是说，这就成了中国的巴尔札克。

作者用对话表现人物的时候，恐怕在他自己的心目中，是存在着这人物的模样的，于是传给读者，使读者的心目中也形成了这人物的模样。但读者所推见的人物，却并不一定和作者所设想的相同，巴尔札克的小胡须的清瘦老人，到了高尔基的头里，也许变了粗蛮壮大的络腮胡子。不过那性格、言动，一定有些类似，大致不差，恰如将法文翻成了俄文一样。要不然，文学这东西便没有普遍性了。

文学虽然有普遍性，但因读者的体验的不同而有变化，读者倘没有类似的体验，它也就失去了效力。譬如我们看《红楼梦》，从文字上推见了林黛玉这一个人，但须排除了梅博士的“黛玉葬花”照相的先入之见，另外想一个，那么，恐怕会想到剪头发，穿印度绸衫，清瘦，寂寞的摩登女郎；或者别的什么模样，我不能断定。但试去和三四十年前出版的《红楼梦图咏》之类里面的画像比一比罢，一定是截然两样的，那上面所画的，是那时的读者的心目中的林黛玉。

文学有普遍性，但有界限；也有较为永久的，但因读者的社会体验而生变化。北极的遏斯吉摩人和菲洲腹地的黑人，我以为是不会懂得“林黛玉型”的；健全而合理的好社会中人，也将不能懂得，他们大约要比我们的听讲始皇焚书，黄巢杀人更其隔膜。一有变化，即非永久，说文学独有仙骨，是做梦的人们的梦话。

八月六日。

看书琐记（二）

焉　于

就在同时代，同国度里，说话也会彼此说不通的。

巴比塞有一篇很有意思的短篇小说，叫作《本国话和外国话》，记的是法国的一个阔人家里招待了欧战中出死入生的三个兵，小姐出来招呼了，但无话可说，勉勉强强的说了几句，他们也无话可答，倒只觉坐在阔房间里，小心得骨头疼。直到溜回自己的"猪窠"里，他们这才遍身舒齐，有说有笑，并且在德国俘虏里，由手势发现了说他们的"我们的话"的人。

因了这经验；有一个兵便模模糊糊的想："这世间有两个世界。一个是战争的世界。别一个是有着保险箱门一般的门，礼拜堂一般干净的厨房，漂亮的房子的世界。完全是另外的世界。另外的国度。那里面，住着古怪想头的外国人。"

那小姐后来就对一位绅士说的是："和他们是连话都谈不来的。好像他们和我们之间，是有着跳不过的深渊似的。"

其实，这也无须小姐和兵们是这样。就是我们——算作"封建余孽"或"买办"或别的什么而论都可以——和几乎同类的人，只要什么地方有些不同，又得心口如一，就往往免不了彼此无话可说。不过我们中国人是聪明的，有些人早已发明了一种万应灵药，就是"今天天气……哈哈哈！"倘是宴会，就只猜拳，不发议论。

这样看来，文学要普遍而且永久，恐怕实在有些艰难。“今天天气……哈哈哈！”虽然有些普遍，但能否永久，却很可疑，而且也不大像文学。于是高超的文学家便自己定了一条规则，将不懂他的“文学”的人们，都推出“人类”之外，以保持其普遍性。文学还有别的性，他是不肯说破的，因此也只好用这手段。然而这么一来“文学”存在，“人”却不多了。

于是而据说文学愈高超，懂得的人就愈少，高超之极，那普遍性和永久性便只汇集于作者一个人。然而文学家却又悲哀起来，说是吐血了，这真是没有法子想。

八月六日。

趋时和复古

康伯度

半农先生一去世，也如朱湘、庐隐两位作家一样，很使有些刊物热闹了一番。这情形，会延得多么长久呢，现在也无从推测。但这一死，作用却好像比那两位大得多：他已经快要被封为复古的先贤，可用他的神主来打“趋时”的人们了。

这一打是有力的，因为他既是作古的名人，又是先前的新党，以新打新，就如以毒攻毒，胜于搬出生锈的古董来。然而笑话也就埋伏在这里面。为什么呢？就为了半农先生先就是一位以“趋时”而出名的人。

古之青年，心目中有了刘半农三个字，原因并不在他擅长音韵学，或是常做打油诗，是在他跳出鸳蝴派，骂倒王敬轩，为一个“文学革命”阵中的战斗者。然而那时有一部分人，却毁之为“趋时”。时代到底好像有些前进，光阴流过去，渐渐将这谥号洗掉了，自己爬上了一点，也就随和一些，于是终于成为干干净净的名人。但是“人怕出名猪怕壮”，他这时也要成为包起来作为医治新的“趋时”病的药料了。

这并不是半农先生独个的苦境，旧例着实有。广东举人多得很，为什么康有为独独那么有名呢，因为他是公车上书的头儿，戊戌政变的主角，趋时；留英学生也不希罕，严复的姓名还没有消失，就在他先前认真的译过好几部鬼子书，趋时；清末，治朴学的不止太炎先生一个人，而他的声名，远在孙诒让之上者，其实是为了他提倡种族革命，趋时，而且还“造反”。后来“时”也“趋”了过来，他们就成为活的纯正的先贤。但是，晦气也夹屁股跟到，康有为永定为复辟的祖师，袁皇帝要严复劝进，孙传芳大帅也来请太炎先生投壶了。原是拉车前进的好身手，腿肚大，臂膊也粗，这回还是请他拉，拉还是拉，然而是拉车屁股向后，这里只好用古文，“呜呼哀哉，尚飨[①]”了。

我并不在讥刺半农先生曾经“趋时”，我这里所用的是普通所谓“趋时”中的一部分：“前驱”的意思。他虽然自认“没落”，其实是战斗过来的，只要敬爱他的人，多发挥这一点，不要七手八脚，专门把他拖进自己所喜欢的油或泥里去做金字招牌就好了。

八月十三日。

---

① 祭文专用的结束语。这里表示完结的意思。

安贫乐道法

史 贲

孩子是要别人教的，毛病是要别人医的，即使自己是教员或医生。但做人处世的法子，却恐怕要自己斟酌，许多别人开来的良方，往往不过是废纸。

劝人安贫乐道是古今治国平天下的大经络，开过的方子也很多，但都没有十全大补的功效。因此新方子也开不完，新近就看见了两种，但我想：恐怕都不大妥当。

一种是教人对于职业要发生兴趣，一有兴趣，就无论什么事，都乐此不倦了。当然，言之成理的，但到底须是轻松一点的职业。且不说掘煤，挑粪那些事，就是上海工厂里做工至少每天十点的工人，到晚快边就一定筋疲力倦，受伤的事情是大抵出在那时候的。“健全的精神，宿于健全的身体之中”，连自己的身体也顾不转了，怎么还会有兴趣？——除非他爱兴趣比性命还利害。倘若问他们自己罢，我想，一定说是减少工作的时间，做梦也想不到发生兴趣法的。

还有一种是极其彻底的：说是大热天气，阔人还忙于应酬，汗流浃背，穷人却挟了一条破席，铺在路上，脱衣服，浴凉风，其乐无穷，这叫作“席卷天下”。这也是一张少见的富有诗趣的药方，不过也有煞风景在后面。快要秋凉了，一早到马路上去走走，看见手捧肚子，口吐黄水的就是那些“席卷天下”的前任活神仙。大约眼前有福，偏不去享的大愚人。世上究竟是不多的，如果精穷真是这么有趣，现在的阔人一定首先躺在马路上，而现在的穷人的席子也没有地方铺开来了。

上海中学会考的优良成绩发表了，有《衣取蔽寒食取充腹论》，其中有一段——

“……若德业已立，则虽饔飧不继，捉襟肘见，而其名德足传于后，精神生活，将充分发展，又何患物质生活之不足耶？人生真谛，固在彼而不在此也。……”（由《新语林》第三期转录）

这比题旨更进了一步，说是连不能“充腹”也不要紧的。但中学生所开的良方，对于大学生就不适用，同时还是出现了要求职业的一大群。

事实是毫无情面的东西，它能将空言打得粉碎。有这么的彰明较著，其实，据我的愚见，是大可以不必再玩“之乎者也”了——横竖永远是没有用的。

八月十三日。

奇怪（一）

白　道

世界上有许多事实，不看记载，是天才也想不到的。非洲有一种土人，男女的避忌严得很，连女婿遇见丈母娘，也得伏在地上，而且还不够，必须将脸埋进土里去。这真是虽是我们礼义之邦的“男女七岁不同席”的古人，也万万比不上的。

这样看来，我们的古人对于分隔男女的设计，也还不免是低能儿；现在总跳不出古人的圈子，更是低能之至。不同泳，不同行，不同食，不同做电影，都只是“不同席”的演义。低能透顶的是还没有想到男女同吸着相通的空气，从这个男人的鼻孔里呼出来，又被那个女人从鼻孔里吸进去，淆乱乾坤，实在比海水只触着皮肤更为严重。对于这一个严重问题倘没有办法，男女的界限就永远分不清。

我想，这只好用“西法”了。西法虽非国粹，有时却能够帮助国粹的。例如无线电播音，是摩登的东西，但早晨有和尚念经，却不坏；汽车固然是洋货，坐着去打麻将，却总比坐绿呢大轿，好半天才到的打得多几圈。以此类推，防止男女同吸空气就可以用防毒面具，各背一个箱，将养气由管子通到自己的鼻孔里，既免抛头露面，又兼防空演习，也就是“中学为体，西学为用”。凯末尔将军治国以前的土耳其女人的面幕，这回可也万万比不上了。

假使现在有一个英国的斯惠夫德似的人，做一部《格利佛游记》那样的讽刺的小说，说在二十世纪中，到了一个文明的国度，看见一群人在烧香拜龙，作法求雨，赏鉴“胖女”，禁杀乌龟；又一群人在正正经经的研究古代舞法，主张男女分途，以及女人的腿应该不许其露出。那么，远处，或是将来的人，恐怕大抵要以为这是作者贫嘴薄舌，随意捏造，以挖苦他所不满的人们的罢。

然而这的确是事实。倘没有这样的事实，大约无论怎样刻薄的天才作家也想不到的。幻想总不能怎样的出奇，所以人们看见了有些事，就有叫作“奇怪”这一句话。

八月十四日。

奇怪（二）

白　道

尤墨君先生以教师的资格参加着讨论大众语，那意见是极该看重的。他主张“使中学生练习大众语”，还举出“中学生作文最喜用而又最误用的许多时髦字眼”来，说“最好叫他们不要用”，待他们将来能够辨别时再说，因为是与其“食新不化，何如禁用于先”的。现在摘一点所举的“时髦字眼”在这里——

共鸣　对象　气压　温度　结晶　彻底　趋势　理智　现实　下意识　相对性　绝对性　纵剖面　横剖面　死亡率……

（《新语林》三期）

但是我很奇怪。

那些字眼，几乎算不得“时髦字眼”了。如“对象”“现实”等，只要看看书报的人，就时常遇见，一常见，就会比较而得其意义，恰如孩子懂话，并不依靠文法教科书一样；何况在学校中，还有教员的指点。至于“温度”“结晶”“纵剖面”“横剖面”等，也是科学上的名词，中学的物理学、矿物学、植物学教科书里就有，和用于国文上的意义并无不同。现在竟“最误用”，莫非自己既不思索，教师也未给指点，而且连别的科学也一样的模糊吗？

那么，单是中途学了大众语，也不过是一位中学出身的速成大众，于大众有什么用处呢？大众的需要中学生，是因为他教育程度比较的高，能够给大家开拓知识，增加语汇，能解明的就解明，该新添的就新添；他对于“对象”等等的界说，就先要弄明白，当必要时，有方言可以替代，就译换，倘没有，便教给这新名词，并且说明这意义。如果大众语既是半路出家，新名词也还不很明白，这“落伍”可真是“彻底”了。

我想，为大众而练习大众语，倒是不该禁用那些“时髦字眼”的，最要紧的是教给他定义，教师对于中学生，和将来中学生的对于大众一样。譬如“纵断面”和“横断面”，解作“直切面”和“横切面”，就容易懂；倘说就是“横锯面”和“直锯面”，那么，连木匠学徒也明白了，无须识字。禁，是不好的，他们中有些人将永远模糊，“因为中学生不一定个个能升入大学而实现其做文豪或学者的理想的。”

八月十四日。

迎神和咬人

越　侨

报载余姚的某乡，农民们因为旱荒，迎神求雨，看客有带帽的，使用刀棒乱打他一通。

这是迷信，但是有根据的。汉先儒董仲舒先生就有祈雨法，什么用寡妇，关城门，乌烟瘴气，其古怪与道士无异，而未尝为今儒所订正。虽在通都大邑，现在也还有天师作法，长官禁屠，闹得沸反盈天，何尝惹出一点口舌？至于打帽，那是因为恐怕神看见还很有人悠然自得，不垂哀怜；一面则也憎恶他的不与大家共患难。

迎神，农民们的本意是在救死的——但可惜是迷信，——但除此之外，他们也不知道别一样。

报又载有一个六十多岁的老党员，出而劝阻迎神，被大家一顿打，终于咬断了喉管，死掉了。

这是妄信，但是也有根据的。《精忠说岳全传》说张俊陷害忠良，终被众人咬死，人心为之大快。因此乡间就向来有一个传说，谓咬死了人，皇帝必赦，因为怨恨而至于咬，则被咬者之恶，也就可想而知了。我不知道法律，但大约民国以前的律文中，恐怕也未必有这样的规定罢。

咬人，农民们的本意是在逃死的——但可惜是妄信，——

但除此之外，他们也不知道别一样。

想救死，想逃死，适所以自速其死，哀哉！

自从由帝国成为民国以来，上层的改变是不少了，无教育的农民，却还未得到一点什么新的有益的东西，依然是旧日的迷信，旧日的讹传，在拚命的救死和逃死中自速其死。

这回他们要得到“天讨”。他们要骇怕，但因为不解“天讨”的缘故，他们也要不平。待到这骇怕和不平忘记了，就只有迷信讹传剩着，待到下一次水旱灾荒的时候，依然是迎神，咬人。

这悲剧何时完结呢？

八月十九日。

附记：

旁边加上黑点的三句，是印了出来的时候，全被删去了的。是总编辑，还是检查官的斧削，虽然不得而知，但在自己记得原稿的作者，却觉得非常有趣。他们的意思，大约是以为乡下人的意思——虽然是妄信——还不如不给大家知道，要不然，怕会发生流弊，有许多喉管也要危险的。

八月二十二日。

看书琐记（三）

焉　于

创作家大抵憎恶批评家的七嘴八舌。

记得有一位诗人说过这样的话：诗人要做诗，就如植物要开花，因为他非开不可的缘故。如果你摘去吃了，即使中了毒，也是你自己错。

这比喻很美，也仿佛很有道理的。但再一想，却也有错误。错的是诗人究竟不是一株草，还是社会里的一个人；况且诗集是卖钱的，何尝可以白摘。一卖钱，这就是商品，买主也有了说好说歹的权利了。

即使真是花罢，倘不是开在深山幽谷，人迹不到之处，如果有毒，那是园丁之流就要想法的。花的事实，也并不如诗人的空想。

现在可是换了一个说法了，连并非作者，也憎恶了批评家，他们里有的说道：你这么会说，那么，你倒来做一篇试试看！

这真要使批评家抱头鼠窜。因为批评家兼能创作的人，向来是很少的。

我想，作家和批评家的关系，颇有些像厨司和食客。厨司做出一味食品来，食客就要说话，或是好，或是歹。厨司如果觉得不公平，可以看看他是否神经病，是否厚舌苔，是否挟夙嫌，是否想赖账。或者他是否广东人，想吃蛇肉；是否四川人，还要辣椒。于是提出解说或抗议来——自然，一声不响也可以。但是，倘若他对着客人大叫道："那么，你去做一碗来给我吃吃看！"那却未免有些可笑了。

诚然，四五年前，用笔的人以为一做批评家，便可以高踞文坛，所以速成和乱评的也不少，但要矫正这风气，是须用批评的批评的，只在批评家这名目上，涂上烂泥，并不是好办法。不过我们的读书界，是爱平和的多，一见笔战，便是什么"文坛的悲观"呀，"文人相轻"呀，甚至于不问是非，统谓之"互骂"，指为"漆黑一团糟"。果然，现在是听不见说谁是批评家了。但文坛呢，依然如故，不过它不再露出来。

文艺必须有批评；批评如果不对了，就得用批评来抗争，这才能够使文艺和批评一同前进，如果一律掩住嘴，算是文坛已经干净，那所得的结果倒是要相反的。

八月二十二日。

“大雪纷飞”

张沛

人们遇到要支持自己的主张的时候，有时会用一枝粉笔去搪对手的脸，想把他弄成丑角模样，来衬托自己是正生。但那结果，却常常适得其反。

章士钊先生现在是在保障民权了，段政府时代，他还曾经保障文言。他造过一个实例，说倘将“二桃杀三士”用白话写作“两个桃子杀了三个读书人”，是多么的不行。这回李焰生先生反对大众语文，也赞成“静珍君之所举，‘大雪纷飞’总比那‘大雪一片一片纷纷的下着’来得简要而有神韵，酌量采用，是不能与提倡文言文相提并论”的。

我也赞成必不得已的时候，大众语文可以采用文言，白话，甚至于外国话，而且在事实上，现在也已经在采用。但是，两位先生代译的例子，却是很不对劲的。那时的“士”，并非一定是“读书人”，早经有人指出了；这回的“大雪纷飞”里，也没有“一片一片”的意思，这不过特地弄得累坠，掉着要大众语丢脸的枪花。

白话并非文言的直译，大众语也并非文言或白话的直译。在江浙，倘要说出“大雪纷飞”的意思来，是并不用“大雪一片一片纷纷的下着”的，大抵用“凶”，“猛”或“厉害”，来形容这下雪的样子。倘要“对证古本”，则《水浒传》里的一句“那雪正下得紧”，就是接近现代的大众语的说法，比“大雪纷飞”多两个字，但那“神韵”却好得远了。

一个人从学校跳到社会的上层，思想和言语，都一步一步的和大众离开，那当然是“势所不免”的事。不过他倘不是从小就是公子哥儿，曾经多少和“下等人”有些相关，那么，回心一想，一定可以记得他们有许多赛过文言文或白话文的好话。如果自造一点丑恶，来证明他的敌对的不行，那只是他从隐蔽之处挖出来的自己的丑恶，不能使大众羞，只能使大众笑。大众虽然智识没有读书人的高，但他们对于胡说的人们，却有一个谥法：绣花枕头。这意义，也许只有乡下人能懂的了，因为穷人塞在枕头里面的，不是鸭绒：是稻草。

八月二十二日。

汉字和拉丁化

仲　度

反对大众语文的人，对主张者得意地命令道："拿出货色来看！"一面也真有这样的老实人，毫不问他是诚意，还是寻开心，立刻拚命的来做标本。

由读书人来提倡大众语，当然比提倡白话困难。因为提倡白话时，好好坏坏，用的总算是白话，现在提倡大众语的文章却大抵不是大众语。但是，反对者是没有发命令的权利的。虽是一个残废人，倘在主张健康运动，他绝对没有错；如果提倡缠足，则即使是天足的壮健的女性，她还是在有意的或无意的害人。美国的水果大王，只为改良一种水果，尚且要费十来年的工夫，何况是问题大得多多的大众语。倘若就用他的矛去攻他的盾，那么，反对者该是赞成文言或白话的了，文言有几千年的历史，白话有近二十年的历史，他也拿出他的"货色"来给大家看看罢。

但是，我们也不妨自己来试验，在《动向》上，就已经有过三篇纯用土话的文章，胡绳先生看了之后，却以为还是非土话所写的句子来得清楚。其实，只要下一番工夫，是无论用什么土话写，都可以懂得的。据我个人的经验，我们那里的土话，和苏州很不同，但一部《海上花列传》，却教我"足不出户"

的懂了苏白。先是不懂，硬着头皮看下去，参照记事，比较对话，后来就都懂了。自然，很困难。这困难的根，我以为就在汉字。每一个方块汉字，是都有它的意义的，现在用它来照样的写土话，有些是仍用本义的，有些却不过借音，于是我们看下去的时候，就得分析它那几个是用义，那几个是借音，惯了不打紧，开手却非常吃力了。

例如胡绳先生所举的例子，说“回到窝里向罢”也许会当作回到什么狗“窝”里去，反不如说“回到家里去”的清楚。那一句的病根就在汉字的“窝”字，实际上，恐怕是不该这么写法的。我们那里的乡下人，也叫“家里”作 Uwao-li，读书人去抄，也极容易写成“窝里”的，但我想，这 Uwao 其实是“屋下”两音的拚合，而又讹了一点，决不能用“窝”字随便来替代，如果只记下没有别的意义的音，就什么误解也不会有了。

大众语文的音数比文言和白话繁，如果还是用方块字来写，不但费脑力，也很费工夫，连纸墨都不经济。为了这方块的带病的遗产，我们的最大多数人，已经几千年做了文盲来殉难了，中国也弄到这模样，到别国已在人工造雨的时候，我们却还是拜蛇，迎神。如果大家还要活下去，我想：是只好请汉字来做我们的牺牲了。

现在只还有“书法拉丁化”的一条路。这和大众语文是分不开的。也还是从读书人首先试验起，先绍介过字母、拚法，然后写文章。开手是，像日本文那样，只留一点名词之类的汉字，而助词、感叹词，后来连形容词、动词也都用拉丁拚音写，那么，不但顺眼，对于了解也容易得远了。至于改作横行，那是当然的事。

这就是现在马上来实验，我以为也并不难。

不错，汉字是古代传下来的宝贝，但我们的祖先，比汉字还要古，所以我们更是古代传下来的宝贝。为汉字而牺牲我们，还是为我们而牺牲汉字呢？这是只要还没有丧心病狂的人，都能够马上回答的。

八月二十三日。

“莎士比亚”

苗 挺

严复提起过“狭斯丕尔”①，一提便完；梁启超说过“莎士比亚”，也不见有人注意，田汉译了这人的一点作品，现在似乎不大流行了。到今年，可又有些“莎士比亚”“莎士比亚”起来，不但杜衡先生由他的作品证明了群众的盲目，连拜服约翰生博士的教授也来译马克斯“牛克斯”的断片。为什么呢？将何为呢？

而且听说，连苏俄也要排演原本莎士比亚剧了。

不演还可，一要演，却就给施蛰存先生看出了“丑态”——

“……苏俄最初是‘打倒莎士比亚’，后来是‘改编莎士比亚’，现在呢，不是要在戏剧季中‘排演原本莎士比亚’了吗？（而且还要梅兰芳去演《贵妃醉酒》呢！）这种以政治方策运用之于文学的丑态，岂不令人齿冷！”（《现代》五卷五期，施蛰存《我与文言文》。）

苏俄太远，演剧季的情形我还不了然，齿的冷暖，暂且听便罢。但梅兰芳和一个记者的谈话，登在《大晚报》的《火

---

① 即莎士比亚。

炬》上，却没有说要去演《贵妃醉酒》。

施先生自己说："我自有生以来三十年，除幼稚无知的时代以外，自信思想及言行都是一贯的。……"（同前）这当然非常之好。不过他所"言"的别人的"行"，却未必一致，或者是偶然也会不一致的，如《贵妃醉酒》，便是目前的好例。

其实梅兰芳还没有动身，施蛰存先生却已经指定他要在"无产阶级"面前赤膊洗澡。这么一来，他们岂但"逐渐沾染了资产阶级的'余毒'"而已呢，也要沾染中国的国粹了。他们的文学青年，将来要描写宫殿的时候，会在"《文选》与《庄子》"里寻"词汇"也未可料的。

但是，做《贵妃醉酒》固然使施先生"齿冷"[①]，不做一下来凑趣，也使预言家倒霉。两面都要不舒服，所以施先生又自己说："在文艺上，我一向是个孤独的人，我何敢多撄众怒？"（同前）

末一句是客气话，赞成施先生的其实并不少，要不然，能堂而皇之的在杂志上发表吗？——这"孤独"是很有价值的。

九月二十日。

① 耻笑，讥笑。

商贾的批评

及 锋

中国现今没有好作品，早已使批评家或胡评家不满，前些时还曾经探究过它的所以没有的原因。结果是没有结果。但还有新解释。林希隽先生说是因为“作家毁掉了自已，以投机取巧的手腕”去作“杂文”了，所以也害得做不成莘克莱或托尔斯泰（《现代》九月号）。还有一位希隽先生，却以为“在这资本主义的社会里头，……作家无形中也就成为商贾了。……为了获利较多的报酬起见，便也不得不采用‘粗制滥造’的方法，再没有人殚精竭虑①用苦工夫去认真创作了。”（《社会月报》九月号）

着眼在经济上，当然可以说是进了一步。但这“殚精竭虑用苦工夫去认真创作”出来的学说，和我们只有常识的见解是很不一样的。我们向来只以为用资本来获利的是商人，所以在出版界，商人是用钱开书店来赚钱的老板。到现在才知道用文章去卖有限的稿费的也是商人，不过是一种“无形中”的商人。农民省几斗米去出售，工人用筋力去换钱，教授卖嘴，妓女卖淫，也都是“无形中”的商人。只有买主不是商人了，但

① 形容用尽精力、费尽心思。

他的钱一定是用东西换来的，所以也是商人。于是“在这资本主义社会里头”，个个都是商人，但可分为在“无形中”和有形中的两大类。

用希隽先生自己的定义来断定他自己，自然是一位“无形中”的商人；如果并不以卖文为活，因此也无须“粗制滥造”，那么，怎样过活呢，一定另外在做买卖，也许竟是有形中的商人了，所以他的见识，无论怎么看，总逃不脱一个商人见识。

“杂文”很短，就是写下来的工夫，也决不要写“和平与战争”（这是照林希隽先生的文章抄下来的，原名其实是《战争与和平》）的那么长久，用力极少，是一点也不错的。不过也要有一点常识，用一点苦工，要不然，就是“杂文”，也不免更进一步的“粗制滥造”，只剩下笑柄。作品，总是有些缺点的。亚波理奈尔咏孔雀，说它翘起尾巴，光辉灿烂，但后面的屁股眼也露出来了。所以批评家的指摘是要的，不过批评家这时却也就翘起了尾巴，露出他的屁眼。但为什么还要呢，就因为它正面还有光辉灿烂的羽毛。不过倘使并非孔雀，仅仅是鹅鸭之流，它应该想一想翘起尾巴来，露出的只有些什么！

九月二十五日。

中秋二愿

白 道

前几天真是“悲喜交集”。刚过了国历的九一八，就是“夏历”的“中秋赏月”，还有“海宁观潮”。因为海宁，就又有人来讲“乾隆皇帝是海宁陈阁老的儿子”了。这一个满洲“英明之主”，原来竟是中国人掉的包，好不阔气，而且福气。不折一兵，不费一矢，单靠生殖机关便革了命，真是绝顶便宜。

中国人是尊家族，尚血统的，但一面又喜欢和不相干的人们去攀亲，我真不知道是什么意思。从小以来，什么“乾隆是从我们汉人的陈家悄悄的抱去的”呀，“我们元朝是征服了欧洲的”呀之类，早听的耳朵里起茧了，不料到得现在，纸烟铺子的选举中国政界伟人投票，还是列成吉思汗为其中之一人；开发民智的报章，还在讲满洲的乾隆皇帝是陈阁老的儿子。

古时候，女人的确去和过番；在演剧里，也有男人招为番邦的附马，占了便宜，做得津津有味。就是近事，自然也还有拜侠客做干爷，给富翁当赘婿，陡了起来的，不过这不能算是体面的事情。男子汉，大丈夫，还当别有所能，别有所志，自恃着智力和另外的体力。要不然，我真怕将来大家又大说一通日本人是徐福的子孙。

一愿：从此不再胡乱和别人去攀亲。

但竟有人给文学也攀起亲来了，他说女人的才力，会因与男性的肉体关系而受影响，并举欧洲的几个女作家，都有文人做情人来作证据。于是又有人来驳他，说这是弗洛伊特说，不可靠。其实这并不是弗洛伊特说，他不至于忘记梭格拉第太太全不懂哲学，托尔斯泰太太不会做文章这些反证的。况且世界文学史上，有多少中国所谓“父子作家”“夫妇作家”那些“肉麻当有趣”的人物在里面？因为文学和梅毒不同，并无霉菌，决不会由性交传给对手的。至于有“诗人”在钓一个女人，先捧之为“女诗人”，那是一种讨好的手段，并非他真传染给她了诗才。

二愿：从此眼光离开脐下三寸。

九月二十五日。

考场三丑

黄 棘

古时候，考试八股的时候，有三样卷子，考生是很失面子的，后来改考策论了，恐怕也还是这样子。第一样是“缴白卷”，只写上题目，做不出文章，或者简直连题目也不写。然而这最干净，因为别的再没有什么枝节了。第二样是“钞刊文[①]”，他先已有了侥幸之心，读熟或带进些刊本的八股去，倘或题目相合，便即照钞，想瞒过考官的眼。品行当然比“缴白卷”的差了，但文章大抵是好的，所以也没有什么另外的枝节。第三样，最坏的是瞎写，不及格不必说，还要从瞎写的文章里，给人寻出许多笑话来。人们在茶余酒后作为谈资的，大概是这一种。

“不通”还不在其内，因为即使不通，他究竟是在看题目做文章了；况且做文章做到不通的境地也就不容易，我们对于中国古今文学家，敢保证谁决没有一句不通的文章呢？有些人自以为“通”，那是因为他连“通”“不通”都不了然的缘故。

今年的考官之流，颇在讲些中学生的考卷的笑柄。其实这病源就在于瞎写。那些题目，是只要能够钞刊文，就都及格的。

---

① 科举时代刊印的八股文章。

例如问“十三经”是什么，文天祥是那朝人，全用不着自己来挖空心思做，一做，倒糟糕。于是使文人学士大叹国学之衰落，青年之不行，好像惟有他们是文林中的硕果似的，像煞有介事了。

但是，钞刊文可也不容易。假使将那些考官们锁在考场里，骤然问他几条较为陌生的古典，大约即使不瞎写，也未必不缴白卷的。我说这话，意思并不在轻议已成的文人学士，只以为古典多，记不清不足奇，都记得倒古怪。古书不是很有些曾经后人加过注解的么？那都是坐在自己的书斋里，查群籍，翻类书，穷年累月，这才脱稿的，然而仍然有“未详”，有错误。现在的青年当然是无力指摘它了，但作证的却有别人的什么“补正”在；而且补而又补，正而又正者，也时或有之。

由此看来，如果能钞刊文，而又敷衍得过去，这人便是现在的大人物；青年学生有一些错，不过是常人的本分而已，但竟为世诟病①，我很诧异他们竟没有人呼冤。

九月二十五日。

① 意思为侮辱，后一般是指责或嘲骂的意思。

又是“莎士比亚”

苗 挺

苏俄将排演原本莎士比亚，可见“丑态”；马克斯讲过莎士比亚，当然错误；梁实秋教授将翻译莎士比亚，每本大洋一千元；杜衡先生看了莎士比亚，“还再需要一点做人的经验”了。

我们的文学家杜衡先生，好像先前是因为没有自己觉得缺少“做人的经验”，相信群众的，但自从看了莎氏的《凯撒传》以来，才明白“他们没有理性，他们没有明确的利害观念；他们底感情是完全被几个煽动家所控制着，所操纵着”。（杜衡：《莎剧凯撒传里所表现的群众》，《文艺风景》创刊号所载。）自然，这是根据“莎剧”的，和杜先生无关，他自说现在也还不能判断它对不对，但是，觉得自己“还再需要一点做人的经验”，却已经明白无疑了。

这是莎剧凯撒传里所表现的群众对于杜衡先生的影响。但杜文《莎剧凯撒传里所表现的群众》里所表现的群众，又怎样呢？和《凯撒传》里所表现的也并不两样——

“……这使我们想起在近几年来的各次政变中所时常看到的，‘鸡来迎鸡，狗来迎狗’式……那些可痛心的情形。……人类底进化究竟在那儿呢？抑或我们这个东方古国至今还停滞在二千年前的罗马所曾经过的文明底阶段上呢?”

真的,“发思古之幽情”,往往为了现在。这一比,我就疑心罗马恐怕也曾有过有理性,有明确的利害观念,感情并不被几个煽动家所控制,所操纵的群众,但是被驱散,被压制,被杀戮了。莎士比亚似乎没有调查,或者没有想到,但也许是故意抹杀的,他是古时候的人,有这一手并不算什么玩把戏。

不过经他的贵手一取舍,杜衡先生的名文一发挥,却实在使我们觉得群众永远将是“鸡来迎鸡,狗来迎狗”的材料,倒还是被迎的有出息;“至于我,老实说”,还竟有些以为群众之无能与可鄙,远在“鸡”“狗”之上的“心情”了。自然,这是正因为爱群众,而他们太不争气了的缘故——自己虽然还不能判断,但是,“这位伟大的剧作者是把群众这样看法的”呀,有谁不信,问他去罢!

十月一日。

点句的难

张 沛

看了《袁中郎全集校勘记》，想到了几句不关重要的话，是：断句的难。

前清时代，一个塾师能够不查他的秘本，空手点完了“四书”，在乡下就要算一位大学者，这似乎有些可笑，但是很有道理的。常买旧书的人，有时会遇到一部书，开首加过句读，夹些破句，中途却停了笔：他点不下去了。这样的书，价钱可以比干净的本子便宜，但看起来也真教人不舒服。

标点古书，印了出来，是起于“文学革命”时候的；用标点古文来试验学生，我记得好像是同时开始于北京大学，这真是恶作剧，使“莘莘学子”① 闹出许多笑话来。

这时候，只好一任那些反对白话，或并不反对白话而兼长古文的学者们讲风凉话。然而，学者们也要“技痒”的，有时就自己出手。一出手，可就有些糟了，有几句点不断，还有可原，但竟连极平常的句子也点了破句。

古文本来也常常不容易标点，譬如《孟子》里有一段，我们大概是这样读法的：“有冯妇者，善搏虎，卒为善士。则之

① 意思是指众多的学生。

野，有众逐虎。虎负隅，莫之敢撄。望见冯妇，趋而迎之。冯妇攘臂下车，众皆悦之，其为士者笑之。”但也有人说应该断为“卒为善，士则之，野有众逐虎……”的。这“笑”他的“士”，就是先前“则”他的“士”，要不然，“其为士”就太鹘突了。但也很难决定究竟是那一面对。

不过倘使是调子有定的词曲，句子相对的骈文，或并不艰深的明人小品，标点者又是名人学士，还要闹出一些破句，可未免令人不遭蚊子叮，也要起疙瘩了。嘴里是白话怎么坏，古文怎么好，一动手，对古文就点了破句，而这古文又是他正在竭力表扬的古文。破句，不就是看不懂的分明的标记么？说好说坏，又从那里来的？

标点古文真是一种试金石，只消几点几圈，就把真颜色显出来了。

但这事还是不要多谈好，再谈下去，我怕不久会有更高的议论，说标点是“随波逐流”的玩意，有损“性灵”，应该排斥的。

十月二日。

奇怪（三）

白　道

“中国第一流作家”叶灵凤和穆时英两位先生编辑的《文艺画报》的大广告，在报上早经看见了。半个多月之后，才在店头看见这“画报”。既然是“画报”，看的人就自然也存着看“画报”的心，首先来看“画”。

不看还好，一看，可就奇怪了。

戴平万先生的《沈阳之旅》里，有三幅插图有些像日本人的手笔，记了一记，哦，原来是日本杂志店里，曾经见过的在《战争版画集》里的料治朝鸣的木刻，是为记念他们在奉天的战胜而作的，日本记念他对中国的战胜的作品，却就是被战胜国的作者的作品的插图——奇怪一。

再翻下去是穆时英先生的《墨绿衫的小姐》里，有三幅插画有些像麦绥莱勒的手笔，黑白分明，我曾从良友公司翻印的四本小书里记得了他的作法，而这回的木刻上的署名，也明明是FM两个字。莫非我们“中国第一流作家”的这作品，是豫先翻成法文，托麦绥莱勒刻了插画来的吗？——奇怪二。

这回是文字，《世界文坛瞭望台》了。开头就说，“法国的龚果尔奖金，去年出人意外地（白注：可恨！）颁给了一部以中国作题材的小说《人的命运》，它的作者是安得烈马尔路”

但是，“或者由于立场的关系，这书在文字上总是受着赞美，而在内容上却一致的被一般报纸评论攻击，好像惋惜像马尔路这样才干的作家，何必也将文艺当作了宣传的工具”云。这样一“瞭望”，“好像”法国的为龚果尔奖金审查文学作品的人的“立场”，乃是赞成“将文艺当作了宣传工具”的了——奇怪三。

不过也许这只是我自己的“少见多怪”，别人倒并不如此的。先前的“见怪者”，说是“见怪不怪，其怪自败”，现在的“怪”却早已声明着，叫你“见莫怪”了。开卷就有《编者随笔》在——

“只是每期供给一点并不怎样沉重的文字和图画，使对于文艺有兴趣的读者能醒一醒被其他严重的问题所疲倦了的眼睛，或者破颜一笑，只是如此而已。”

原来“中国第一流作家”的玩着先前活剥“琵亚词侣”[①]，今年生吞麦绥莱勒[②]的小玩艺，是在大才小用，不过要给人“醒一醒被其他严重的问题所疲倦了的眼睛，或者破颜一笑。”如果再从这醒眼的“文艺画”，上又发生了问题，虽然并不“严重”，不是究竟也辜负了两位“中国第一流作家”献技的苦心吗？

那么，我也来“破颜一笑”吧——

哈！

十月二十五日。

① 通译毕亚兹莱，英国著名的画家。

② 20世纪最负盛名的版画家，比利时艺术家。

略论梅兰芳及其他（上）

张　沛

崇拜名伶原是北京的传统。辛亥革命后，伶人的品格提高了，这崇拜也干净起来。先只有谭叫天在剧坛上称雄，都说他技艺好，但恐怕也还夹着一点势利，因为他是“老佛爷”——慈禧太后赏识过的。虽然没有人给他宣传，替他出主意，得不到世界的名声，却也没有人来为他编剧本。我想，这不来，是带着几分“不敢”的。

后来有名的梅兰芳可就和他不同了。梅兰芳不是生，是旦，不是皇家的供奉，是俗人的宠儿，这就使士大夫敢于下手了。士大夫是常要夺取民间的东西的，将竹枝词改成文言，将“小家碧玉”作为姨太太，但一沾着他们的手，这东西也就跟着他们灭亡。他们将他从俗众中提出，罩上玻璃罩，做起紫檀架子来。教他用多数人听不懂的话，缓缓的《天女散花》，扭扭的《黛玉葬花》，先前是他做戏的，这时却成了戏为他而做，凡有新编的剧本，都只为了梅兰芳，而且是士大夫心目中的梅兰芳。雅是雅了，但多数人看不懂，不要看，还觉得自己不配看了。

士大夫们也在日见其消沉，梅兰芳近来颇有些冷落。

因为他是旦角，年纪一大，势必至于冷落的吗？不是的，老十三旦七十岁了，一登台，满座还是喝采。为什么呢？就因为他没有被士大夫据为己有，罩进玻璃罩。

名声的起灭，也如光的起灭一样，起的时候，从近到远，灭的时候，远处倒还留着余光。梅兰芳的游日，游美，其实已不是光的发扬，而是光在中国的收敛。他竟没有想到从玻璃罩里跳出，所以这样的搬出去，还是这样的搬回来。

他未经士大夫帮忙时候所做的戏，自然是俗的，甚至于猥下，肮脏，但是泼刺，有生气。待到化为“天女”，高贵了，然而从此死板板，矜持得可怜。看一位不死不活的天女或林妹妹，我想，大多数人是倒不如看一个漂亮活动的村女的，她和我们相近。

然而梅兰芳对记者说，还要将别的剧本改得雅一些。

十一月一日。

略论梅兰芳及其他（下）

张沛

而且梅兰芳还要到苏联去。

议论纷纷。我们的大画家徐悲鸿教授也曾到莫斯科去画过松树——也许是马，我记不真切了——国内就没有谈得这么起劲。这就可见梅兰芳博士之在艺术界，确是超人一等的了。

而且累得《现代》的编辑室里也紧张起来。首座编辑施蛰存先生曰："而且还要梅兰芳去演《贵妃醉酒》呢！"（《现代》五卷五期。）要这么大叫，可见不平之极了，倘不豫先知道性别，是会令人疑心生了脏躁症的。次座编辑杜衡先生曰："剧本鉴定的工作完毕，则不妨选几个最前进的戏先到莫斯科去宣传为梅兰芳先生'转变'后的个人的创作。……因为照例，到苏联去的艺术家，是无论如何应该事先表示一点'转变'的。"（《文艺画报》创刊号。）这可冷静得多了，一看就知道他手段高妙，足使齐如山先生自愧弗及，赶紧来请帮忙——帮忙的帮忙。

但梅兰芳先生却正在说中国戏是象征主义，剧本的字句要雅一些，他其实倒是为艺术而艺术，他也是一位"第三种人"。

那么，他是不会"表示一点'转变'的"，目前还太早一点。他也许用别一个笔名，做一篇剧本，描写一个知识阶级，总是专为艺术，总是不问俗事，但到末了，他却究竟还在革命这一方面。这就活动得多了，不到末了，花呀光呀，倘到末了，做这篇东西的也就是我呀，那不就在革命这一方面了吗？

但我不知道梅兰芳博士可会自己做了文章，却用别一个笔名，来称赞自己的做戏；或者虚设一社，出些什么“戏剧年鉴”，亲自作序，说自己是剧界的名人？倘使没有，那可是也不会玩这一手的。

倘不会玩，那可真要使杜衡先生失望，要他“再亮些”了。

还是带住罢，倘再“略论”下去，我也要防梅先生会说因为被批评家乱骂，害得他演不出好戏来。

十一月一日。

骂杀与捧杀

阿　法

现在有些不满于文学批评的，总说近几年的所谓批评，不外乎捧与骂。

其实所谓捧与骂者，不过是将称赞与攻击，换了两个不好看的字眼。指英雄为英雄，说娼妇是娼妇，表面上虽像捧与骂，实则说得刚刚合式，不能责备批评家的。批评家的错处，是在乱骂与乱捧，例如说英雄是娼妇，举娼妇为英雄。

批评的失了威力，由于“乱”，甚而至于“乱”到和事实相反，这底细一被大家看出，那效果有时也就相反了。所以现在被骂杀的少，被捧杀的却多。

人古而事近的，就是袁中郎。这一班明末的作家，在文学史上，是自有他们的价值和地位的。而不幸被一群学者们捧了出来，颂扬，标点，印刷，“色借，日月借，烛借，青黄借，眼色无常。声借，钟鼓借，枯竹窍借……”借得他一榻胡涂，正如在中郎脸上，画上花脸，却指给大家看，啧啧赞叹道：“看哪，这多么‘性灵’呀!”对于中郎的本质，自然是并无关系的，但在未经别人将花脸洗清之前，这“中郎”总不免招人好笑，大触其霉头。

人近而事古的，我记起了泰戈尔。他到中国来了，开坛讲演，人给他摆出一张琴，烧上一炉香，左有林长民，右有徐志摩，各各头戴印度帽。徐诗人开始绍介了：“齉！叽哩咕噜，白云清风，银磬……当！”说得他好像活神仙一样，于是我们的地上的青年们失望，离开了。神仙和凡人，怎能不离开呢？但我今年看见他论苏联的文章，自己声明道：“我是一个英国治下的印度人。”他自己知道得明明白白。大约他到中国来的时候，决不至于还胡涂，如果我们的诗人诸公不将他制成一个活神仙，青年们对于他是不至于如此隔膜的。现在可是老大的晦气。

以学者或诗人的招牌，来批评或介绍一个作者，开初是很能够蒙混旁人的，但待到旁人看清了这作者的真相的时候，却只剩了他自己的不诚恳，或学识的不够了。然而如果没有旁人来指明真相呢，这作家就从此被捧杀，不知道要多少年后才翻身。

十一月十九日。

读书忌

焉 于

记得中国的医书中，常常记载着“食忌”，就是说，某两种食物同食，是于人有害，或者足以杀人的，例如葱与蜜，蟹与柿子，落花生与王瓜之类。但是否真实，却无从知道，因为我从未听见有人实验过。

读书也有“忌”，不过与“食忌”稍不同。这就是某一类书决不能和某一类书同看，否则两者中之一必被克杀，或者至少使读者反而发生愤怒。例如现在正在盛行提倡的明人小品，有些篇的确是空灵的。枕边厕上，车里舟中，这真是一种极好的消遣品。然而先要读者的心里空空洞洞，混混茫茫。假如曾经看过《明季稗史》，《痛史》，或者明末遗民的著作，那结果可就不同了，这两者一定要打起仗来，非打杀其一不止。我自以为因此很了解了那些憎恶明人小品的论者的心情。

这几天偶然看见一部屈大均的《翁山文外》，其中有一篇戊申（即清康熙八年）八月做的《自代北入京记》。他的文笔，岂在中郎之下呢？可是很有些地方是极有重量的，抄几句在这里——

“……沿河行，或渡或否。往往见西夷毡帐，高低不一，所谓穹庐连属，如冈如阜者。男妇皆蒙古语；有卖干湿酪者，羊马者，牦皮者，卧两骆驼中者，坐奚车者，不鞍而骑者，三两而行，被戒衣，或红或黄，持小铁轮，念《金刚秽咒》者。其首顶一柳筐，以盛马粪及木炭者，则皆中华女子。皆盘头跣足，垢面，后被毛袄。人与牛羊相枕藉，腥臊之气，百余里不绝。……”

我想，如果看过这样的文章，想象过这样的情景，又没有完全忘记，那么，虽是中郎的《广庄》或《瓶史》，也断不能洗清积愤的，而且还要增加愤怒。因为这实在比中郎时代的他们互相标榜还要坏，他们还没有经历过扬州十日，嘉定三屠！

明人小品，好的；语录体也不坏，但我看《明季稗史》之类和明末遗民的作品却实在还要好，现在也正到了标点，翻印的时候了：给大家来清醒一下。

十一月二十五日。

且介亭杂文二集（节选）

序　言

昨天编完了去年的文字，取发表于日报的短论以外者，谓之《且介亭杂文》；今天再来编今年的，因为除做了几篇《文学论坛》，没有多写短文，便都收录在这里面，算是《二编》。

过年本来没有什么深意义，随便那天都好，明年的元旦，决不会和今年的除夕就不同，不过给人事借此时时算有一个段落，结束一点事情，倒也便利的。倘不是想到了已经年终，我的两年以来的杂文，也许还不会集成这一本。

编完以后，也没有什么大感想。要感的感过了，要写的也写过了，例如“以华制华”之说罢，我在前年的《自由谈》上发表时，曾大受傅公红蓼之流的攻击，今年才又有人提出来，却是风平浪静。一定要到得“不幸而吾言中”，这才大家默默无言，然而为时已晚，是彼此都大可悲哀的。我宁可如邵洵美辈的“人言”之所说：“意气多于议论，捏造多于实证。”

我有时决不想在言论界求得胜利，因为我的言论有时是枭鸣，报告着大不吉利事，我的言中，是大家会有不幸的。在今年，为了内心的冷静和外力的迫压，我几乎不谈国事了，偶尔触着的几篇，如《什么是讽刺》，如《从帮忙到扯淡》，也无一不被禁止。别的作者的遭遇，大约也是如此的罢，而天下太平，直到华北自治，才见有新闻记者恳求保护正当的舆论。我的不正当的舆论，却如国土一样，仍在日即于沦亡，但是我不想求保护，因为这代价，实在是太大了。

单将这些文字，过而存之，聊作今年笔墨的记念罢。

一九三五年十二月三十一日，鲁迅记于上海之且介亭。

一九三五年

叶紫作《丰收》序

作者写出创作来，对于其中的事情，虽然不必亲历过，最好是经历过。诘难者问：那么，写杀人最好是自己杀过人，写妓女还得去卖淫么？答曰：不然。我所谓经历，是所遇，所见，所闻，并不一定是所作，但所作自然也可以包含在里面。天才们无论怎样说大话，归根结蒂，还是不能凭空创造。描神画鬼，毫无对证，本可以专靠了神思，所谓“天马行空”似的挥写了，然而他们写出来的，也不过是三只眼，长颈子，就是在常见的人体上，增加了眼睛一只，增长了颈子二三尺而已。这算什么本领，这算什么创造？

地球上不只一个世界，实际上的不同，比人们空想中的阴阳两界还利害。这一世界中人，会轻蔑，憎恶，压迫，恐怖，杀戮别一世界中人，然而他不知道，因此他也写不出，于是他自称“第三种人”，他“为艺术而艺术”，他即使写了出来，也不过是三只眼，长颈子而已。“再亮些”？不要骗人罢！你们的眼睛在那里呢？

伟大的文学是永久的，许多学者们这么说。对啦，也许是永久的罢。但我自己，却与其看薄凯契阿，雨果的书，宁可看契诃夫，高尔基的书，因为它更新，和我们的世界更接近。中国确也还盛行着《三国演义》和《水浒传》，但这是为了社会还有三国气和水浒气的缘故。《儒林外史》作者的手段何尝在罗贯中下，然而留学生漫天塞地以来，这部书就好像不永久，也不伟大了。伟大也要有人懂。

这里的六个短篇，都是太平世界的奇闻，而现在却是极平常的事情。因为极平常，所以和我们更密切，更有大关系。作者还是一个青年，但他的经历，却抵得太平天下的顺民的一世纪的经历，在转辗的生活中，要他“为艺术而艺术”，是办不到的。但我们有人懂得这样的艺术，一点用不着谁来发愁。

这就是伟大的文学么？不是的，我们自己并没有这么说。“中国为什么没有伟大文学产生？”我们听过许多指导者的教训了，但可惜他们独独忘却了一方面的对于作者和作品的摧残。“第三种人”教训过我们，希腊神话里说什么恶鬼有一张床，捉了人去，给睡在这床上，短了，就拉长他，太长，便把他截短。左翼批评就是这样的床，弄得他们写不出东西来了。现在这张床真的摆出来了，不料却只有“第三种人”睡得不长不短，刚刚合适。仰面唾天，掉在自己的眼睛里，天下真会有这等事。

但我们却有作家写得出东西来，作品在摧残中也更加坚实。不但为一大群中国青年读者所支持，当《电网外》在《文学新地》上以《王伯伯》的题目发表后，就得到世界的读者了。这就是作者已经尽了当前的任务，也是对于压迫者的答复：文学是战斗的！

我希望将来还有看见作者的更多，更好的作品的时候。

一九三五年一月十六日，鲁迅记于上海。

隐　士

隐士，历来算是一个美名，但有时也当作一个笑柄。最显著的，则有刺陈眉公的“翩然一只云中鹤，飞去飞来宰相衙”的诗，至今也还有人提及。我以为这是一种误解。因为一方面，是“自视太高”，于是别方面也就“求之太高”，彼此“忘其所以”，不能“心照”，而又不能“不宣”，从此口舌也多起来了。

非隐士的心目中的隐士，是声闻不彰，息影山林的人物。但这种人物，世间是不会知道的。一到挂上隐士的招牌，则即使他并不“飞去飞来”，也一定难免有些表白，张扬；或是他的帮闲们的开锣喝道——隐士家里也会有帮闲，说起来似乎不近情理，但一到招牌可以换饭的时候，那是立刻就有帮闲的，这叫作“啃招牌边”。这一点，也颇为非隐士的人们所诟病，以为隐士身上而有油可揩，则隐士之阔绰可想了。其实这也是一种“求之太高”的误解，和硬要有名的隐士，老死山林中者相同。凡是有名的隐士，他总是已经有了“悠哉游哉，聊以卒岁”的幸福的。倘不然，朝砍柴，昼耕田，晚浇菜，夜织屦，又那有吸烟品茗，吟诗作文的闲暇？陶渊明先生是我们中国赫赫有名的大隐，一名“田园诗人”，自然，他并不办期刊，也赶不上吃“庚款”①，然而他有奴子。汉晋时候的奴子，是不但侍候主人，并且给主人种地，营商的，正是生财器具。所以虽

---

① 指美英等国退还的庚子赔款。

是渊明先生，也还略略有些生财之道在，要不然，他老人家不但没有酒喝，而且没有饭吃，早已在东篱旁边饿死了。

所以我们倘要看看隐君子①风，实际上也只能看看这样的隐君子，真的“隐君子”是没法看到的。古今著作，足以汗牛而充栋②，但我们可能找出樵夫渔父的著作来？他们的著作是砍柴和打鱼。至于那些文士诗翁，自称什么钓徒樵子的，倒大抵是悠游自得的封翁或公子，何尝捏过钓竿或斧头柄。要在他们身上赏鉴隐逸气，我敢说，这只能怪自己胡涂。

登仕，是啖饭③之道，归隐，也是啖饭之道。假使无法啖饭，那就连“隐”也隐不成了。“飞去飞来”，正是因为要“隐”，也就是因为要啖饭；肩出“隐士”的招牌来，挂在“城市山林”里，这就正是所谓“隐”，也就是啖饭之道。帮闲们或开锣，或喝道，那是因为自己还不配“隐”，所以只好揩一点“隐”油，其实也还不外乎啖饭之道。汉唐以来，实际上是入仕并不算鄙，隐居也不算高，而且也不算穷。必须欲“隐”而不得，这才看作士人的末路。唐末有一位诗人左偃，自述他悲惨的境遇道：“谋隐谋官两无成”，是用七个字道破了所谓“隐”的秘密的。

“谋隐”无成，才是沦落，可见“隐”总和享福有些相关，至少是不必十分挣扎谋生，颇有悠闲的余裕。但赞颂悠闲，鼓吹烟茗，却又是挣扎之一种，不过挣扎得隐藏一些。虽“隐”，也仍然要啖饭，所以招牌还是要油漆，要保护的。泰山崩，黄河溢，隐士们目无见，耳无闻，但苟有议及自己们或他的一伙的，

① 即隐士。

② 形容藏书非常多。

③ 即吃饭。借指生活。

则虽千里之外，半句之微，他便耳聪目明，奋袂而起，好像事件之大，远胜于宇宙之灭亡者，也就为了这缘故。其实连和苍蝇也何尝有什么相关。

明白这一点，对于所谓“隐士”也就毫不诧异了，心照不宣，彼此都省事。

一月二十五日。

“招贴即扯”

工愁的人物，真是层出不穷。开年正月，就有人怕骂倒了一切古今人，只留下自己的没意思。要是古今中外真的有过这等事，这才叫作希奇，但实际上并没有，将来大约也不会有。岂但一切古今人，连一个人也没有骂倒过。凡是倒掉的，决不是因为骂，却只为揭穿了假面。揭穿假面，就是指出了实际来，这不能混谓之骂。

然而世间往往混为一谈。就以现在最流行的袁中郎为例罢，既然肩出来当作招牌，看客就不免议论这招牌，怎样撕破了衣裳，怎样画歪了脸孔。这其实和中郎本身是无关的，所指的是他的自以为徒子徒孙们的手笔。然而徒子徒孙们就以为骂了他的中郎爷，愤慨和狼狈之状可掬，觉得现在的世界是比五四时代更狂妄了。但是，现在的袁中郎脸孔究竟画得怎样呢？时代很近，文证具存，除了变成一个小品文的老师，“方巾气”① 的死敌而外，还有些什么？

和袁中郎同时活在中国的，无锡有一个顾宪成，他的著作，开口“圣人”，闭口“吾儒”，真是满纸“方巾气”。而且疾恶如仇，对小人决不假借。他说：“吾闻之：凡论人，当观其趋向之大体。趋向苟正，即小节出入，不失为君子；趋向苟差，

① 道学气的意思。

即小节可观，终归于小人。又闻：为国家者，莫要于扶阳抑阴，君子即不幸有诖误，当保护爱惜成就之；小人即小过乎，当早排绝，无令为后患。……”（《自反录》）推而广之，也就是倘要论袁中郎，当看他趋向之大体，趋向苟正，不妨恕其偶讲空话，作小品文，因为他还有更重要的一方面在。正如李白会做诗，就可以不责其喝酒，如果只会喝酒，便以半个李白，或李白的徒子徒孙自命，那可是应该赶紧将他“排绝”的。

中郎还有更重要的一方面么？有的。万历三十七年，顾宪成辞官，时中郎“主陕西乡试，发策，有‘过劣巢由’之语。监临者问‘意云何？’袁曰：‘今吴中大贤亦不出，将令世道何所倚赖，故发此感尔。’”（《顾端文公年谱》下）中郎正是一个关心世道，佩服“方巾气”人物的人，赞《金瓶梅》，作小品文，并不是他的全部。

中郎之不能被骂倒，正如他之不能被画歪。但因此也就不能作他的蛀虫们的永久的巢穴了。

一月二十六日。

书的还魂和赶造

把大部的丛书印给读者看，是宋朝就有的，一直到现在。缺点是因为部头大，所以价钱贵。好处是把研究一种学问的书汇集在一处，能比一部一部的自去寻求更省力；或者保存单本小种的著作在里面，使它不易于灭亡。但这第二种好处，是也靠着部头大，价钱贵，人们就因此格外珍重的缺点的。

但丛书也有蠹虫。从明末到清初，就时有欺人的丛书出现。那方法之一，是删削内容，轻减刻费，而目录却有一大串，使购买者只觉其种类之多；之二，是不用原题，别立名目，甚至另题撰人，使购买者只觉其收罗之广。如《格致丛书》，《历代小史》，《五朝小说》，《唐人说荟》等，就都是的。现在是大抵消灭了，只有末一种化名为《唐代丛书》，有时还在流毒。

然而时代改变，新花样也要跟着出来了。

推测起新花样来：其一，是豫先设定一种丛书的大名，罗列目录，大如宇宙，微至苍蝇身上的细菌，无所不包，这才分头觅人，托他译作，限定时日，必须完工.，虽然译作者未必定是专家，但总之有许多手同时在稿纸上写字，于是不必穷年累月，一大部煌煌巨制也就出现了；其二，是原有一批零碎的旧译作，一向不甚流行，或者虽曾流行，而现在却已经过了时候，于是聚在一起，略加类别，开成一串五花八门的目录，而一大部煌煌巨制也就出现了。

出版者是明白读者们的心想的，有些读者们，苦于不知道什么是必要的书，所以往往以为被选进丛书里的，总该是必要的书籍；而且丛书里的一本，价钱也比单行本便宜，所以看起来好像很上算；加以大小一律，也很合人们爱好整齐的心情。本数又多，一下子可以填满几书架，规模不大的图书馆有这几部，馆员就省下时常留心选购新书的精神了。然而出版者是又很明白购买者们的经济状况的，他深知道现在他们手头已没有这许多钱，所以这些书一定是廉价，使他们拚命的办出来，或者是分期预约，使他们逐渐的缴进去。

汇印新作，当然是很好的，但新作必须是精粹的本子，这才可以救读者们的智识的饥荒。就是重印旧作，也并不算坏，不过这旧作必须已是一种带着文献性的本子，这才足供读者们的研究。如果仅仅是克日速成的草稿，或是栈房角落里的存书，改换新装，招摇过市，但以“大”或“多”或“廉”诱人，使读者花去不少的钱，实际上却不过得到一大堆废物，这恶影响之在读书界是很不小的。

凡留心于文化的前进的人，对于这些书应该加以检讨！

二月十五日。

漫谈“漫画”

孩子们吵架，有一个用木炭——上海是大抵用铅笔了——在墙壁上写道：“小三子可乎之及及也，同同三千三百刀！”这和政治之类是毫不相干的，然而不能算小品文。画也一样，住家的恨路人到对门来小解，就在墙上画一个乌龟，题几句话，也不能叫它作“漫画”。为什么呢？就因为这和被画者的形体或精神，是绝无关系的。

漫画的第一件紧要事是诚实，要确切的显示了事件或人物的姿态，也就是精神。

漫画是 Karikatur 的译名，那“漫”，并不是中国旧日的文人学士之所谓“漫题”“漫书”的“漫”。当然也可以不假思索，一挥而就的，但因为发芽于诚实的心，所以那结果也不会仅是嬉皮笑脸。这一种画，在中国的过去的绘画里很少见，《百丑图》或《三十六声粉铎图》庶几近之，可惜的是不过戏文里的丑脚的摹写；罗两峰的《鬼趣图》，当不得已时，或者也就算进去罢，但它又太离开了人间。

漫画要使人一目了然，所以那最普通的方法是“夸张”，但又不是胡闹。无缘无故的将所攻击或暴露的对象画作一头驴，恰如拍马家将所拍的对象做成一个神一样，是毫没有效果的，假如那对象其实并无驴气息或神气息。然而如果真有些驴气息，那就糟了，从此之后，越看越像，比读一本做得很厚的传记还明白。关于事件的漫画，也一样的。所以漫画虽然有夸张，却还是要诚实。“燕山雪花大如席”，是夸张，但燕山究竟有雪花，就含着一点诚实在里面，使我们立刻知道燕山原来有这么冷。如果说“广州雪花大如席”，那可就变成笑话了。

“夸张”这两个字也许有些语病，那么，说是“廓大”也可以的。廓大一个事件或人物的特点固然使漫画容易显出效果来，但廓大了并非特点之处却更容易显出效果。矮而胖的，瘦而长的，他本身就有漫画相了，再给他颓头，近视眼，画得再矮而胖些，瘦而长些，总可以使读者发笑。但一位白净苗条的美人，就很不容易设法，有些漫画家画作一个髑髅或狐狸之类，却不过是在报告自己的低能。有些漫画家却不用这呆法子，他用廓大镜照了她露出的搽粉的臂膊，看出她皮肤的褶皱，看见了这些褶绉中间的粉和泥的黑白画。这么一来，漫画稿子就成功了，然而这是真实，倘不信，大家或自己也用廓大镜去照照去。于是她也只好承认这真实，倘要好，就用肥皂和毛刷去洗一通。

因为真实，所以也有力。但这种漫画，在中国是很难生存的。我记得去年就有一位文学家说过，他最讨厌论人用显微镜。

欧洲先前，也并不两样。漫画虽然是暴露，讥刺，甚而至于是攻击的，但因为读者多是上等的雅人，所以漫画家的笔锋的所向，往往只在那些无拳无勇的无告者，用他们的可笑，衬出雅人们的完全和高尚来，以分得一枝雪茄的生意。像西班牙的戈雅（Fran - cisco de Goya）和法国的陀密埃（Honoré Daumier）那样的漫画家，到底还是不可多得的。

二月二十八日。

漫画而又漫画

德国现代的画家格罗斯（George Grosz），中国已经绍介过好几回，总可以不算陌生人了。从有一方说，他也可以算是漫画家；那些作品，大抵是白地黑线的。

他在中国的遭遇，还算好，翻印的画虽然制版术太坏了，或者被缩小，黑线白地却究竟还是黑线白地。不料中国“文艺”家的脑子今年反常了，在挂着“文艺”招牌的杂志上绍介格罗斯的黑白画，线条都变了雪白；地子呢，有蓝有红，真是五颜六色，好看得很。

自然，我们看石刻的拓本，大抵是黑地白字的。但翻印的绘画，却还没有见过将青绿山水变作红黄山水，水墨龙化为水粉龙的大改造。有之，是始于二十世纪过了三十五年的上海的“文艺”家。我才知道画家作画时候的调色，配色之类，都是多事。一经中国“文艺”家的手，全无问题，——嗡，嗡，随随便便。

这些翻印的格罗斯的画是有价值的，是漫画而又漫画。

二月二十八日。

《中国新文学大系》小说二集序

一

凡是关心现代中国文学的人，谁都知道《新青年》是提倡“文学改良”，后来更进一步而号召“文学革命”的发难者。但当一九一五年九月中在上海开始出版的时候，却全部是文言的。苏曼殊的创作小说，陈嘏和刘半农的翻译小说，都是文言。到第二年，胡适的《文学改良刍议》发表了，作品也只有胡适的诗文和小说是白话。后来白话作者逐渐多了起来，但又因为《新青年》其实是一个论议的刊物，所以创作并不怎样著重，比较旺盛的只有白话诗；至于戏曲和小说，也依然大抵是翻译。

在这里发表了创作的短篇小说的，是鲁迅。从一九一八年五月起，《狂人日记》，《孔乙己》，《药》等，陆续的出现了，算是显示了“文学革命”的实绩，又因那时的认为“表现的深切和格式的特别”，颇激动了一部分青年读者的心。然而这激动，却是向来怠慢了绍介欧洲大陆文学的缘故。一八三四年顷，俄国的果戈里（N. Gogol）就已经写了《狂人日记》；一八八三年顷，尼采（Fr. Nietzsche）也早借了苏鲁支（Zarathustra）的嘴，说过“你们已经走了从虫豸到人的路，在你们里面还有许多份是虫豸。你们做过猴子，到了现在，人还尤其猴子，无论比那一个猴子”的。而且《药》的收束，也分明的留着安特莱夫（L. Andreev）式的阴冷。但后起的《狂人日记》意在暴露家族制度和礼教的弊害，却比果戈理的忧愤深广，也不如尼采的超人的渺茫。此后虽然脱离了外国作家的影响，技巧稍为圆熟，刻划也稍加深切，如《肥皂》、《离婚》等，但一面也减少了热情，不为读者们所注意了。

从《新青年》上，此外也没有养成什么小说的作家。

较多的倒是在《新潮》上。从一九一九年一月创刊，到次年主干者们出洋留学而消灭的两个年中，小说作者就有汪敬熙、罗家伦、杨振声、俞平伯、欧阳予倩和叶绍钧。自然，技术是幼稚的，往往留存着旧小说上的写法和语调；而且平铺直叙，一泻无余；或者过于巧合，在一刹时中，在一个人上，会聚集了一切难堪的不幸。然而又有一种共同前进的趋向，是这时的作者们，没有一个以为小说是脱俗的文学，除了为艺术之外，一无所为的。他们每作一篇，都是“有所为”而发，是在用改革社会的器械，——虽然也没有设定终极的目标。

俞平伯的《花匠》以为人们应该屏绝矫揉造作，任其自然，罗家伦之作则在诉说婚姻不自由的苦痛，虽然稍嫌浅露，但正是当时许多智识青年们的公意；输入易卜生（H. Ibsen）的《娜拉》和《群鬼》的机运，这时候也恰恰成熟了，不过还没有想到《人民之敌》和《社会柱石》。杨振声是极要描写民间疾苦的；汪敬熙并且装着笑容，揭露了好学生的秘密和苦人的灾难。但究竟因为是上层的智识者，所以笔墨总不免伸缩于描写身边琐事和小民生活之间。后来，欧阳予倩致力于剧本去了；

叶绍钧却有更远大的发展。汪敬熙又在《现代评论》上发表创作，至一九二五年，自选了一本《雪夜》，但他好像终于没有自觉，或者忘却了先前的奋斗，以为他自己的作品，是并无“什么批评人生的意义的”了。序中有云——

“我写这些篇小说的时候，是力求着去忠实的描写我所见的几种人生经验。我只求描写的忠实，不搀入丝毫批评的态度。虽然一个人叙述一件事实之时，他的描写是免不了受他的人生观之影响，但我总是在可能的范围之内，竭力保持一种客观的态度。

“因为持了这种客观态度的缘故，我这些短篇小说是不会有什么批评人生的意义。我只写出我所见的几种经验给读者看罢了。读者看了这些小说，心中对于这些种经验有什么评论，是我所不问的。”

杨振声的文笔，却比《渔家》更加生发起来，但恰与先前的战友汪敬熙站成对郷：他“要忠实于主观”，要用人工来制造理想的人物。而且凭自己的理想还怕不够，又请教过几个朋友，删改了几回，这才完成一本中篇小说《玉君》，那自序道——

“若有人问玉君是真的，我的回答是没有一个小说家说实话的。说实话的是历史家，说假话的才是小说家。历史家用的是记忆力，小说家用的是想象力。历史家取的是科学态度，要忠实于客观；小说家取的是艺术态度，要忠实于主观。一言以蔽之，小说家也如艺术家，想把天然艺术化，就是要以他的理想与意志去补天然之缺陷。”

他先决定了“想把天然艺术化”，惟一的方法是“说假话"，"说假话的才是小说家"。于是依照了这定律，并且博采众议，将《玉君》创造出来了，然而这是一定的：不过一个傀儡，她的降生也就是死亡。我们此后也不再见这位作家的创作。

二

"五四"事件一起，这运动的大营的北京大学负了盛名，但同时也遭了艰险。终于，《新青年》的编辑中枢不得不复归上海，《新潮》群中的健将，则大抵远远的到欧美留学去了，《新潮》这杂志，也以虽有大吹大擂的豫告，却至今还未出版的"名著绍介"收场；留给国内的社员的，是一万部《孑民先生言行录》和七千部《点滴》。创作衰歇了，为人生的文学自然也衰歇了。

但上海却还有着为人生的文学的一群，不过也崛起了为文学的文学的一群。这里应该提起的，是弥洒社。它在一九二三年三月出版的《弥洒》（Musai）上，由胡山源作的《宣言》（《弥洒临凡曲》）告诉我们说——

"我们乃是艺文之神；

我们不知自己何自而生，

也不知何为而生：

………………

我们一切作为只知顺着我们的 Insplration!"

到四月出版的第二期，第一页上便分明的标出了这是"无目的无艺术观不讨论不批评而只发表顺灵感所创造的文艺作品的月刊"，即是一个脱俗的文艺团体的刊物。但其实，是无意中有着假想敌的。陈德征的《编辑余谈》说："近来文学作品，也有商品化的，所谓文学研究者，所谓文人，都不免带有几分贩卖者底色彩！这是我们所深恶而且深以为痛心疾首的一件事。……"就正是和讨伐"垄断文坛"者的大军一鼻孔出气的檄文。这时候，凡是要独树一帜的，总打着憎恶"庸俗"的幌子。

一切作品，诚然大抵很致力于优美，要舞得"翩跹回翔"，唱得"宛转抑扬"，然而所感觉的范围却颇为狭窄，不免咀嚼着身边的小小的悲欢，而且就看这小悲欢为全世界。在这刊物上，作为小说作者而出现的，是胡山源、唐鸣时、赵景坛、方企留、曹贵新、钱江春和方时旭，却只能数作速写的作者。从中最特出的是胡山源，他的一篇《睡》，是实践宣言，笼罩全群的佳作，但在《樱桃花下》(第一期)，却正如这面的过度的睡觉一样，显出那面的病的神经过敏来了。"灵感"也究竟要露出目的的。赵景沄的《阿美》，虽然简单，虽然好像不能"无所为"，却强有力的写出了连敏感的作者们也忘却了的"丫头"的悲惨短促的一世。

一九二四年中发祥于上海的浅草社，其实也是"为艺术而艺术"的作家团体，但他们的季刊，每一期都显示着努力：向外，在摄取异域的营养，向内，在挖掘自己的魂灵，要发现心里的眼睛和喉舌，来凝视这世界，将真和美歌唱给寂寞的人们。韩君格、孔襄我、胡絮若、高世华、林如稷、徐丹歌、顾瓇、莎子、亚士、陈翔鹤、陈炜谟、竹影女士，都是小说方面的工作者；连后来是中国最为杰出的抒情诗人冯至，也曾发表他幽婉的名篇。次年，中枢移入北京，社员好像走散了一些，《浅草》季刊改为篇叶较少的《沉钟》周刊了，但锐气并不稍衰，第一期的眉端就引着吉辛（G. Gissing）的坚决的句子——

“而且我要你们一齐都证实……

我要工作啊，一直到我死之一日。”

但那时觉醒起来的智识青年的心情，是大抵热烈，然而悲凉的。即使寻到一点光明，“径一周三”，却更分明的看见了周围的无涯际的黑暗。摄取来的异域的营养又是“世纪末”的果汁：王尔德（Oscar Wilde），尼采（Fr. Nietzsche），波特莱尔（Ch. Baudelaire），安特莱夫（L. Andreev）们所安排的。“沉自己的船”还要在绝处求生，此外的许多作品，就往往“春非我春，秋非我秋”，玄发朱颜，却唱着饱经忧患的不欲明言的断肠之曲。虽是冯至的饰以诗情，莎子的托辞小草，还是不能掩饰的。凡这些，似乎多出于蜀中的作者，蜀中的受难之早，也即此可以想见了。

不过这群中的作者们也未尝自馁。陈炜谟在他的小说集《炉边》的“Proem”里说：——

“但我不要这样；生活在我还在刚开头，有许多命运的猛兽正在那边张牙舞爪等着我在，可是这也不用怕。人虽不必去崇拜太阳，但何至于懦怯得连暗夜也要躲避呢？怎的，秃笔不会写在破纸上么？若干年之后，回想此时的我，即不管别人，在自己或也可值眷念罢，如果值得忆念的地方便应该忆念。……”

自然，这仍是无可奈何的自慰的伤心之言，但在事实上，沉钟社却确是中国的最坚韧，最诚实，挣扎得最久的团体。它好像真要如吉辛的话，工作到死掉之一日；如“沉钟”的铸造者，死也得在水底里用自己的脚敲出洪大的钟声。然而他们并不能做到，他们是活着的，时移世易，百事俱非，他们是要歌唱的，而听者却有的睡眠，有的槁死，有的流散，眼前只剩下一片茫茫白地，于是也只好在风尘𫘤洞中，悲哀孤寂地放下了他们的箜篌了。

后来以“废名”出名的冯文炳，也是在《浅草》中略见一斑的作者，但并未显出他的特长来。在一九二五年出版的《竹林的故事》里，才见以冲淡为衣，而如著者所说，仍能“从他们当中理出我的哀愁”的作品。可惜的是大约作者过于珍惜他有限的“哀愁”，不久就更加不欲像先前一般的闪露，于是从率直的读者看来，就只见其有意低徊，顾影自怜之态了。

冯沅君有一本短篇小说集《卷葹》——是“拔心不死”的草名，也是一九二三年起，身在北京，而以“淦女士”的笔名，发表于上海创造社的刊物上的作品。其中的《旅行》是提炼了《隔绝》和《隔绝之后》（并在《卷葹》内）的精粹的名文，虽嫌过于说理，却还未伤其自然；那“我很想拉他的手，但是我不敢，我只敢在间或车上的电灯被震动而失去它的光的时候，因为我害怕那些搭客们的注意。可是我们又自己觉得很骄傲的，我们不客气的以全车中最尊贵的人自命。”这一段，实在是五四运动直后，将毅然和传统战斗，而又怕敢毅然和传统战斗，遂不得不复活其“缠绵悱恻之情”的青年们的真实的写照。和“为艺术而艺术”的作品中的主角，或夸耀其颓唐，或炫鬻其才绪，是截然两样的。然而也可以复归于平安。陆侃如在《卷葹》再版后记里说：“‘淦’训‘沈’取《庄子》‘陆沈’之义。现在作者思想变迁，故再版时改署沅君。……只因作者秉性疏懒，故托我代说。”诚然，三年后的《春痕》，就只剩了散文的断片了，更后便是关于文学史的研究。这使我又记起匈牙利的诗人彼兑菲（Petöfi Sándor）题 B. Sz. 夫人照像的诗来——

“听说你使你的男人很幸福，我希望不至于此，因为他是苦恼的夜莺，而今沉默在幸福里了。苛待他罢，使他因此常常唱出甜美的歌来。”

我并不是说：苦恼是艺术的渊源，为了艺术，应该使作家们永久陷在苦恼里。不过在彼兑菲的时候，这话是有些真实的；在十年前的中国，这话也有些真实的。

三

在北京这地方，——北京虽然是“五四运动”的策源地，但自从支持着《新青年》和《新潮》的人们，风流云散以来，一九二〇至二二年这三年间，倒显着寂寞荒凉的古战场的情景。《晨报副刊》，后来是《京报副刊》露出头角来了，然而都不是怎么注重文艺创作的刊物，它们在小说一方面，只绍介了有限的作家：蹇先艾、许钦文、王鲁彦、黎锦明、黄鹏基、尚钺、向培良。

蹇先艾的作品是简朴的，如他在小说集《朝雾》里说——

“……我已经是满过二十岁的人了，从老远的贵州跑到北京来，灰沙之中彷徨了也快七年，时间不能说不长，怎样混过的，并自身都茫然不知。是这样匆匆地一天一天的去了，童年的影子越发模糊消淡起来，像朝雾似的，袅袅的飘失，我所感到的只有空虚与寂寞。这几个岁月，除近两年信笔涂鸦的几篇新诗和似是而非的小说之外，还做了什么呢？每一回忆，终不免有点凄寥撞击心头。所以现在决然把这个小说集付印了，……借以纪念从此阔别的可爱的童年。……若果不失赤子之心的人们肯毅然光顾，或者从中间也寻得出一点幼稚的风味来罢？……”

诚然，虽然简朴，或者如作者所自谦的“幼稚”，但很少文饰，也足够写出他心曲的哀愁。他所描写的范围是狭小的，几个平常人，一些琐屑事，但如《水葬》，却对我们展示了“老远的贵州”的乡间习俗的冷酷，和出于这冷酷中的母性之爱的伟大，——贵州很远，但大家的情境是一样的。

这时——一九二四年——偶然发表作品的还有斐文中和李健吾。前者大约并不是向来留心创作的人，那《戎马声中》，却拉杂的记下了游学的青年，为了炮火下的故乡和父母而惊魂不定的实感。后者的《终条山的传说》是绚烂了，虽在十年以后的今日，还可以看见那藏在用口碑织就的华服里面的身体和灵魂。

蹇先艾叙述过贵州，斐文中关心着榆关，凡在北京用笔写出他的胸臆来的人们，无论他自称为用主观或客观，其实往往是乡土文学，从北京这方面说，则是侨寓文学的作者。但这又非如勃兰兑斯（C. Brandes）所说的“侨民文学”，侨寓的只是作者自己，却不是这作者所写的文章，因此也只见隐现着乡愁，很难有异域情调来开拓读者的心胸，或者眩耀他的眼界。许钦文自名他的第一本短篇小说集为《故乡》，也就是在不知不觉中，自招为乡土文学的作者，不过在还未开手来写乡土文学之前，他却已被故乡所放逐，生活驱逐他到异地去了，他只好回忆《父亲的花园》，而且是已不存在的花园，因为回忆故乡的已不存在的事物，是比明明存在，而只有自己不能接近的事物较为舒适，也更能自慰的——

“父亲的花园最盛的几年距今已有几时，已难确切的计算。当时的盛况虽曾照下一像，如今挂在父亲的房里，无奈为时已久，那时乡间的摄影又很幼稚，现已模糊莫辨了。挂在它旁边的芳姊的遗像也已不大清楚，惟有父亲题在像上的字句却很明白：‘性既执拗，遇复可怜，一朝痛割，我独何堪！’

“……………………”

“我想父亲的花园就是能够重行种起种种的花来，那时的盛况总是不能恢复的了，因为已经没有了芳姊。”

无可奈何的悲愤，是令人不得不舍弃的，然而作者仍不能舍弃，没有法，就再寻得冷静和诙谐来做悲愤的衣裳；裹起来了聊且当作“看破”。并且将这手段用到描写种种人物，尤其是青年人物去。因为故意的冷静，所以也刻深，而终不免带着令人疑虑的嬉笑。“虽有忮心，不怨飘瓦”，冷静要死静；包着愤激的冷静和诙谐，是被观察和被描写者所不乐受的。他们不承认他是一面无生命，无意见的镜子。于是他也往往被排进讽刺文学作家里面去，尤其是使女士们皱起了眉头。

这一种冷静和诙谐，如果滋长起来，对于作者本身其实倒是危险的。他也能活泼的写出民间生活来，如《石宕》，但可惜不多见。

看王鲁彦的一部分的作品的题材和笔致，似乎也是乡土文学的作家，但那心情，和许钦文是极其两样的。许钦文所苦恼的是失去了地上的“父亲的花园”，他所烦冤的却是离开了天上的自由的乐土。他听得“秋雨的诉苦”说——

“地太小了，地太脏了，到处都是黑暗，到处都讨厌。人人只知道爱金钱，不知道爱自由，也不知道爱美。你们人类的中间没有一点亲爱，只有仇恨。你们人类，夜间像猪一般的甜甜蜜蜜的睡着，白天像狗一般的争斗着，撕打着……

“这样的世界，我看得惯吗？我为什么不应该哭呢？在野蛮的世界上。让野兽们去生活着罢，但是我不，我们不……唔，我现在要离开这世界，到地底去了……”

这和爱罗先珂（V. Eroshenko）的悲哀又仿佛相像的，然而又极其两样。那是地下的土拔鼠，欲爱人类而不得，这是太空的秋雨，要逃避人间而不能。他只好将心还给母亲，才来做“人”，骗得母亲的微笑。秋天的雨，无心的“人”，和人间社会是不会有情愫的。要说冷静，这才真是冷静；这才能够和“托尔斯小”的无抵抗主义一同抹杀“牛克斯”的斗争说；和“达我文”的进化说一并嘲弄“克鲁屁特金”的互助论；对专制不平，但又向自由冷笑。作者是往往想以诙谐之笔出之的，但也因为太冷静了，就又往往化为冷话，失掉了人间的诙谐。

然而“人”的心是究竟还不尽的，《柚子》一篇，虽然为湘中的作者所不满，但在玩世的衣裳下，还闪露着地上的愤懑，在王鲁彦的作品里，我以为倒是最为热烈的的了。

我所说的这湘中的作家是黎锦明，他大约是自小就离开了故乡的。在作品里，很少乡土气息，但蓬勃着楚人的敏感和热情。他一早就在《社交问题》里，对易卜生一流的解放论者掷了斯忒林培黎（A. Strindberg）式的投枪；但也能精致而明丽的说述儿时的“轻微的印象”。待到一九二六年，他布告不满于自己了，他在《烈火》再版的自序上说——

“在北京生活的人们，如其有灵魂，他们的灵魂恐怕未有不染遍了灰色罢，自然，《烈火》即在这情形中写成，当我去年春时来到上海，我的心境完全变了，对于它，只有遗弃的一念。……”

他判过去的生活为灰色，以早期的作品为童騃了。果然，在此后的《破垒集》中，的确很换了些披挂，有含讥的轻妙的小品，但尤其显出好的故事作者的特色来：有时如中国的“磊砢山房”主人的瑰奇；有时如波兰的显克微支（H. Sienkiewicz）的警拔，却又不以失望收场，有声有色，总能使读者欣然终卷。但其失，则又即在立旨居陆离光怪的装饰之中，时或永被沉埋，倘一显现，便又见得鹘突了。

《现代评论》比起日报的副刊来，比较的着重于文艺，但那些作者，也还是新潮社和创造社的老手居多。凌叔华的小说，却发祥于这一种期刊的，她恰和冯沅君的大胆，敢言不同，大抵很谨慎的，适可而止的描写了旧家庭中的婉顺的女性。即使间有出轨之作，那是为了偶受着文酒之风的吹拂，终于也回复了她的故道了。这是好的，——使我们看见和冯沅君、黎锦明、川岛、汪静之所描写的绝不相同的人物，也就是世态的一角，高门巨族的精魂。

四

一九二五年十月间，北京突然有莽原社出现，这其实不过是不满于《京报副刊》编辑者的一群，另设《莽原》周刊，却仍附《京报》发行，聊以快意的团体。奔走最力者为高长虹，中坚的小说作者也还是黄鹏基、尚钺、向培良三个；而鲁迅是被推为编辑的。但声援的很不少，在小说方面，有文炳、沅君、霁野、静农、小酩、青雨等。到十一月，《京报》要停止副刊以外的小幅了，便改为半月刊，由未名社出版，其时所绍介的新作品，是描写着乡下的沉滞的氛围气的魏金枝之作：《留下镇上的黄昏》。

但不久这莽原社内部冲突了，长虹一流，便在上海设立了狂飙社。所谓"狂飙运动"，那草案其实是早藏在长虹的衣袋里面的，常要乘机而出，先就印过几期周刊；那《宣言》，又曾在一九二五年三月间的《京报副刊》上发表，但尚未以"超人"自命，还带着并不自满的声音——

"黑沉沉的暗夜，一切都熟睡了，死一般的，没有一点声音，一件动作，阒寂无聊的长夜呵！

这样的，几百年几百年的时期过去了，而晨光没有来，黑夜没有止息。

死一般的，一切的人们，都沉沉的睡着了。

于是有几个人，从黑暗中醒来，便互相呼唤着：

"——时候到了，期待已经够了。

"——是呵，我们要起来了。我们呼唤着，使一切不安于期待的人们也起来罢。

"——若是晨光终于不来，那么，也起来罢。我们将点起灯来，照耀我们幽暗的前途。

"——软弱是不行的，睡着希望是不行的。我们要作强者，打倒障碍或者被障碍压倒。我们并不惧怯，也不躲避。

这样呼唤着，虽然是微弱的罢，听呵，从东方，从西方，从南方，从北方，隐隐的来了强大的应声，比我们更要强大的应声。

“一滴水泉可以作江河之始流，一片树叶之飘动可以兆暴风之将来，微小的起源可以生出伟大的结果。因为这个缘故，我们的周刊便叫作《狂飙》。”

不过后来却日见其自以为“超越”了。然而拟尼采样的彼此都不能解的格言式的文章，终于使周刊难以存在，可记的也仍然只是小说方面的黄鹏基，尚钺——其实是向培良一个作者而已。

黄鹏基将他的短篇小说印成一本，称为《荆棘》，而第二次和读者相见的时候，已经改名“朋其”了。他是首先明白晓畅的主张文学不必如奶油，应该如刺，文学家不得颓丧，应该刚建的人；他在《刺的文学》（《莽原》周刊二十八期）里，说明了“文学绝不是无聊的东西”，“文学家并不一定就是得天独厚的特等民族”，“也不是成天哭泣的鲛人”。他说——

“我以为中国现代的作品，应该是像一丛荆棘。因为在一片沙漠里，憧憬的花都会慢慢地消灭的，社会生出荆棘来，他的叶是有刺的，他的茎是有刺的，以至于他的根也是有刺的。——请不要拿植物生理来反驳我——一篇作品的思想，的结构，的练句，的用字，都应该把我们常感觉到的刺的意味儿表现出来。真的文学家……应该先站起来，使我们不得不站起来。他应该充实自己的力，让人们怎样充实他自己的力，知道他自己的力，表现他自己的力。一篇作品的成功至少要使读者一直读下去，无暇辨文字的美恶，——恶劣的感觉，固然不好，就是美妙的感觉，也算失败。——而要想因循，苟且而不得。怎样抓着他的病的深处，就很利害地刺他一下。一般整饬的结构，平凡的字句，会使他跑到旁处去的，我们应该反对。

“‘沙漠里遍生了荆棘，中国人就会过人的生活了！’这是我相信的。”

朋其的作品的确和他的主张并不怎么背驰，他用流利而诙谐的言语，暴露，描画，讽刺着各式人物，尤其是智识者层。他或者装着傻子，说出青年的思想来，或者化为渝腿，跑进阔佬们的家里去。但也许因为力求生动，流利的缘故罢，抉剔就不能深，而且结末的特地装置的滑稽，也往往毁损掉全篇的力量。讽刺文学是能死于自身的故意的戏笑的。不久他又“自招”（《荆棘》卷首）道：“写出‘刺的文学’四字，也不过因了每天对于霸王鞭的欣赏，和自己的‘生也不辰’，未能十分领略花的意味儿，”那可大有徘徊之状了。此后也没有再看见他“刺的文学”。

尚钺的创作，也是意在讥刺，而且暴露，搏击的，小说集《斧背》之名，便是自提的纲要。他创作的态度，比朋其严肃，取材也较为广泛，时时描写着风气未开之外——河南信阳——的人民。可惜的是为才能所限，那斧背就太轻小了，使他为公和为私的打击的效力，大抵失在由于器械不良，手段生涩的不中里。

向培良当发表他第一本小说集《飘渺的梦》时，一开首就说——

“时间走过去的时候，我的心灵听见轻微的足音，我把这个很拙笨地移到纸上去了，这就是我这本小册子的来源罢！”

的确，作者向我们叙述着他的心灵所听到的时间的足音，有些是借了儿童时代的天真的爱和憎，有些是借着羁旅时候的寂寞的闻和见，然而他并不“拙笨”，却也不矫揉造作，只如熟人相对，娓娓而谈，使我们在不甚操心的倾听中，感到一种生活的色相。但是，作者的内心是热烈的，倘不热烈，也就不能这么平静的娓娓而谈了，所以他虽然间或休息于过去的“已经失去的童心”中，却终于爱了现在的“在强有力的憎恶后面，发现更强有力的爱”的《虚无的反抗者》，向我们绍介了强有力的《我离开十字街头》。下面这一段就是那不知名的反抗者所自述的憎恶——

“为什么我要跑出北京？这个我也说不出很多的道理。总而言之：我已经讨厌了这古老的虚伪的大城。在这里面游离了四年之后，我已经刻骨地讨厌了这古老的虚伪的大城。在这里面，我只看见请安，打拱，要皇帝，恭维执政——卑怯的奴才！卑劣，怯懦，狡猾，以及敏捷的逃躲，这都是奴才们的绝技！厌恶的深感在我口中，好似生的腥鱼在我口中一般；我需要呕吐，于是提着我的棍走了。”

在这里听到了尼采声，正是狂飙社的进军的鼓角。尼采教人们准备着“超人”的出现，倘不出现，那准备便是空虚。但尼采却自有其下场之法的：发狂和死。否则，就不免安于空虚，或者反抗这空虚，即使在孤独中毫无“末人”的希求温暖之心，也不过蔑视一切权威，收缩而为虚无主义者（Nihilist）。巴札罗夫（Bazarov）是相信科学的，他为医术而死，一到所蔑视的并非科学的权威而是科学本身，那就成为沙宁（Sanin）之徒，只好以一无所信为名，无所不为为实了。但狂飙社却似乎仅止于“虚无的反抗”，不久就散了队，现在所遗留的，就只有向培良的这响亮的战叫，说明着半绥惠略夫（Sheveriov）式的“憎恶”的前途。

未名社却相反，主持者韦素园，是宁愿作为无名的泥土，来栽植奇花和乔木的人，事业的中心，也多在外国文学的译述。待到接办《莽原》后，在小说方面，魏金枝之外，又有李霁野，以锐敏的感觉创作，有时深而细，真如数着每一片叶的叶脉，但因此就往往不能广，这也是孤寂的发掘者所难以两全的。台静农是先不想到写小说，后不愿意写小说的人，但为了韦素园的奖劝，为了《莽原》的索稿，他挨到一九二六年，也只得动手了。《地之子》的后记里自己说——

“那时我开始写了两三篇，预备第二年用。素园看了，他很满意我从民间取材；他遂劝我专在这一方面努力，并且举了许多作家的例子。其实在我倒不大乐于走这一条路。人间的酸辛和凄楚，我耳边所听到的，目中所看见的，已经是不堪了；现在又将它用我的心血细细地写出，能说这不是不幸的事么？同时我又没有生花的笔，能够献给我同时代的少男少女以伟大的欢欣。”

此后还有《建塔者》。要在他的作品里吸取“伟大的欢欣”，诚然是不容易的，但他却贡献了文艺；而且在争写着恋爱的悲欢，都会的明暗的那时候，能将乡间的死生，泥土的气息，移在纸上的，也没有更多，更勤于这作者的了。

五

临末，是关于选辑的几句话——

一，文学团体不是豆荚，包含在里面的，始终都是豆。大约集成时本已各个不同，后来更各有种种的变化。在这里，一九二六年后之作即不录，此后的作者的作风和思想等，也不论。

二，有些作者，是有自编的集子的，曾在期刊上发表过的初期的文章，集子里有时却不见，恐怕是自已不满，删去了。但我间或仍收在这里面，因为我以为就是圣贤豪杰，也不必自惭他的童年；自惭，倒是一个错误。

三，自编的集子里的有些文章，和先前在期刊上发表的，字句往往有些不同，这当然是作者自己添削的。但这里却有时采了初稿，因为我觉得加了修饰之后，也未必一定比质朴的初稿好。

以上两点，是要请作者原谅的。

四，十年中所出的各种期刊，真不知有多少，小说集当然也不少，但见闻有限，自不免有遗珠之憾。至于明明见了集子，却取舍失当，那就即使并非偏心，也一定是缺少眼力，不想来勉强辩解了。

一九三五年三月二日写讫。

内山完造作《活中国的姿态》序

这也并非自己的发现，是在内山书店里听着漫谈的时候拾来的，据说：像日本人那样的喜欢“结论”的民族，就是无论是听议论，是读书，如果得不到结论，心里总不舒服的民族，在现在的世上，好像是颇为少有的，云。

接收了这一个结论之后，就时时令人觉得很不错。例如关于中国人，也就是这样的。明治时代的支那研究的结论，似乎大抵受着英国的什么人做的《支那人气质》的影响，但到近来，却也有了面目一新的结论了。一个旅行者走进了下野的有钱的大官的书斋，看见有许多很贵的砚石，便说中国是“文雅的国度”；一个观察者到上海来一下，买几种猥亵的书和图画，再去寻寻奇怪的观览物事，便说中国是“色情的国度”。连江苏和浙江方面，大吃竹笋的事，也算作色情心理的表现的一个证据。然而广东和北京等处，因为竹少，所以并不怎么吃竹笋。倘到穷文人的家里或者寓里去，不但无所谓书斋，连砚石也不过用着两角钱一块的家伙。一看见这样的事，先前的结论就通不过去了，所以观察者也就有些窘，不得不另外摘出什么适当的结论来。于是这一回，是说支那很难懂得，支那是“谜的国度”了。

据我自己想：只要是地位，尤其是利害一不相同，则两国之间不消说，就是同国的人们之间，也不容易互相了解的。

例如罢，中国向西洋派遣过许多留学生，其中有一位先生，好像也并不怎么喜欢研究西洋，于是提出了关于中国文学的什么论文，使那边的学者大吃一惊，得了博士的学位，回来了。然而因为在国外研究得太长久，忘记了中国的事情，回国之后，就只好来教授西洋文学。他一看见本国里乞丐之多，非常诧异，慨叹道：他们为什么不去研究学问，却自甘堕落的呢？所以下等人实在是无可救药的。

不过这是极端的例子。倘使长久的生活于一地方，接触着这地方的人民，尤其是接触，感得了那精神，认真的想一想，那么，对于那国度，恐怕也未必不能了解罢。

著者是二十年以上，生活于中国，到各处去旅行，接触了各阶级的人们的，所以来写这样的漫文，我以为实在是适当的人物。事实胜于雄辩，这些漫文，不是的确放着一种异彩吗？自己也常常去听漫谈，其实负有捧场的权利和义务的，但因为已是很久的“老朋友”了，所以也想添几句坏话在这里。其一，是有多说中国的优点的倾向，这是和我的意见相反的，不过著者那一面，也自有他的意见，所以没有法子想。还有一点，是并非坏话也说不定的，就是读起那漫文来，往往颇有令人觉得“原来如此”的处所，而这令人觉得“原来如此”的处所，归根结蒂，也还是结论。幸而卷末没有明记着“第几章：结论”，所以仍不失为漫谈，总算还好的。

然而即使力说是漫谈，著者的用心，还是在将中国的一部分的真相，绍介给日本的读者的。但是，在现在，总依然是因了各种的读者，那结果也不一样罢。这是没有法子的事。据我看来，日本和中国的人们之间，是一定会有互相了解的时候的。新近的报章上，虽然又在竭力的说着“亲善”呀，“提携”呀，到得明年，也不知道又将说些什么话。但总而言之，现在却不是这时候。

倒不如看看漫文，还要有意思一点罢。

一九三五年三月五日鲁迅记于上海。

“寻开心”

我有时候想到，忠厚老实的读者或研究者，遇见有两种人的文章，他是会吃冤枉苦头的。一种，是古里古怪的诗和尼采式的短句，以及几年前的所谓未来派的作品。这些大概是用怪字面，生句子，没意思的硬连起来的，还加上好几行很长的点线。作者本来就是乱写，自己也不知道什么意思。但认真的读者却以为里面有着深意，用心的来研究它，结果是到底莫名其妙，只好怪自己浅薄。假如你去请教作者本人罢，他一定不加解释，只是鄙夷的对你笑一笑。这笑，也就愈见其深。

还有一种，是作者原不过“寻开心”，说的时候本来不当真，说过也就忘记了。当然和先前的主张会冲突，当然在同一篇文章里自己也会冲突。但是你应该知道作者原以为作文和吃饭不同，不必认真的。你若认真的看，只能怪自己傻。最近的例子就是悍膂先生的研究语堂先生为什么会称赞《野叟曝言》。不错，这一部书是道学先生的悖慢淫毒心理的结晶，和“性灵”缘分浅得很，引了例子比较起来，当然会显出这称赞的出人意外。但其实，恐怕语堂先生之憎“方巾气”，谈“性灵”，讲“潇洒”，也不过对老实人“寻开心”而已，何尝真知道“方巾气”之类是怎么一回事；也许简直连他所称赞的《野叟曝言》也并没有怎么看。所以用本书和他那别的主张来比较研究，是永久不会懂的。自然，两面非常不同，这很清楚，但怎么竟至于称赞起来了呢，也还是一个“不可解”。我的意思是以为有些事情万不要想得太深，想得太忠厚，太老实，我们只要知道语堂先生那时正在崇拜袁中郎，而袁中郎也曾有过称赞《金瓶梅》的事实，就什么骇异之意也没有了。

还有一个例子。如读经，在广东，听说是从燕塘军官学校提倡起来的；去年，就有官定的小学校用的《经训读本》出版，给五年级用的第一课，却就是“孔子谓曾子曰：身体发肤，受之父母，不敢毁伤，孝之始也。……”那么，“为国捐躯”是“孝子终”么？并不然，第三课还有“模范”，是乐正子春述曾子闻诸夫子之说云：“天之所生，地之所养，无人为大。父母全而生之，子全而归之，可谓孝矣。不亏其体，不辱其身，可谓全矣。故君子顷步而弗敢忘孝也。……”

还有一个最近的例子，就在三月七日的《中华日报》上。那地方记的有“北平大学教授兼女子文理学院文史系主任李季谷氏”赞成《一十宣言》原则的谈话，末尾道：“为复兴民族之立场言，教育部应统令设法标榜岳武穆，文天祥，方孝孺等有气节之名臣勇将，俾一般高官戎将有所法式云”。

凡这些，都是以不大十分研究为是的。如果想到“全而归之”和将来的临阵冲突，或者查查岳武穆们的事实，看究竟是怎样的结果，“复兴民族”了没有，那你一定会被捉弄得发昏，其实也就是自寻烦恼。语堂先生在暨南大学讲演道：“……做人要正正经经，不好走入邪道，……一走入邪道，……一定失业，……然而，作文，要幽默，和做人不同，要玩玩笑笑，寻开心，……”（据《芒种》本）这虽然听去似乎有些奇特，但其实是很可以启发人的神智的：这“玩玩笑笑，寻开心”，就是开开中国许多古怪现象的锁的钥匙。

三月七日。

非有复译不可

好像有人说过，去年是“翻译年”；其实何尝有什么了不起的翻译，不过又给翻译暂时洗去了恶名却是真的。

可怜得很，还只译了几个短篇小说到中国来，创作家就出现了，说它是媒婆，而创作是处女。在男女交际自由的时候，谁还喜欢和媒婆周旋呢？当然没落。后来是译了一点文学理论到中国来，但“批评家”幽默家之流又出现了，说是“硬译”，“死译”，“好像看地图”，幽默家还从他自己的脑子里，造出可笑的例子来，使读者们“开心”，学者和大师们的话是不会错的，“开心”也总比正经省力，于是乎翻译的脸上就被他们画上了一条粉。

但怎么又来了“翻译年”呢，在并无什么了不起的翻译的时候？不是夸大和开心，它本身就太轻飘飘，禁不起风吹雨打的缘故么？

于是有些人又记起了翻译，试来译几篇。但这就又是“批评家”的材料了，其实，正名定分，他是应该叫作“唠叨家”的，是创作家和批评家以外的一种，要说得好听，也可以谓之“第三种”。他像后街的老虔婆一样，并不大声，却在那里唠叨，说是莫非世界上的名著都译完了吗，你们只在译别人已经译过的，有的还译过七八次。

记得中国先前，有过一种风气，遇见外国——大抵是日本——有一部书出版，想来当为中国人所要看的，便往往有人在报上登出广告来，说“已在开译，请万勿重译为幸”。他看得译书好像订婚，自己首先套上约婚戒指了，别人便莫作非分之想。自然，译本是未必一定出版的，倒是暗中解约的居多；不过别人却也因此不敢译，新妇就在闺中老掉。这种广告，现在是久不看见了，但我们今年的唠叨家，却正继承着这一派的正统。他看得翻译好像结婚，有人译过了，第二个便不该再来碰一下，否则，就仿佛引诱了有夫之妇似的，他要来唠叨，当然罗，是维持风化。但在这唠叨里，他不也活活的画出了自己的猥琐的嘴脸了么？

前几年，翻译的失了一般读者的信用，学者和大师们的曲说固然是原因之一，但在翻译本身也有一个原因，就是常有胡乱动笔的译本。不过要击退这些乱译，诬赖，开心，唠叨，都没有用处，惟一的好方法是又来一回复译，还不行，就再来一回。譬如赛跑，至少总得有两个人，如果不许有第二人入场，则先在的一个永远是第一名，无论他怎样蹩脚。所以讥笑复译的，虽然表面上好象关心翻译界，其实是在毒害翻译界，比诬赖，开心的更有害，因为他更阴柔。

而且复译还不止是击退乱译而已，即使已有好译本，复译也还是必要的。曾有文言译本的，现在当改译白话，不必说了。即使先出的白话译本已很可观，但倘使后来的译者自己觉得可以译得更好，就不妨再来译一遍，无须客气，更不必管那些无聊的唠叨。取旧译的长处，再加上自己的新心得，这才会成功一种近于完全的定本。但因言语跟着时代的变化，将来还可以有新的复译本的，七八次何足为奇，何况中国其实也并没有译过七八次的作品。如果已经有，中国的新文艺倒也许不至于现在似的沉滞了。

三月十六日。

论讽刺

我们常不免有一种先入之见，看见讽刺作品，就觉得这不是文学上的正路，因为我们先就以为讽刺并不是美德。但我们走到交际场中去，就往往可以看见这样的事实，是两位胖胖的先生，彼此弯腰拱手，满面油晃晃的正在开始他们的扳谈——

“贵姓？……”

“敝姓钱。”

“哦，久仰久仰！还没有请教台甫……”

“草字阔亭。”

“高雅高雅。贵处是……？”

“就是上海……”

“哦哦，那好极了，这真是……”

谁觉得奇怪呢？但若写在小说里，人们可就会另眼相看了，恐怕大概要被算作讽刺。有好些直写事实的作者，就这样的被蒙上了“讽刺家”——很难说是好是坏——的头衔。例如在中国，则《金瓶梅》写蔡御史的自谦和恭维西门庆道：“恐我不如安石之才，而君有王右军之高致矣！”还有《儒林外史》写范举人因为守孝，连象牙筷子也不肯用，但吃饭时，他却“在燕窝碗里拣了一个大虾圆子送在嘴里”，和这相似的情形是现在还可以遇见的；在外国，则如近来已被中国读者所注意了的果戈理的作品，他那《外套》（韦素园译，在《未名丛刊》中）里的大小官吏，《鼻子》（许遐译，在《译文》中）里的绅士，医生，闲人们之类的典型，是虽在中国的现在，也还可以遇见的。这分明是事实，而且是很广泛的事实，但我们皆谓之讽刺。

人大抵愿意有名，活的时候做自传，死了想有人分讣文，做行实，甚而至于还“宣付国史馆立传”。人也并不全不自知其丑，然而他不愿意改正，只希望随时消掉，不留痕迹，剩下的单是美点，如曾经施粥赈饥之类，却不是全般。“高雅高雅”，他其实何尝不知道有些肉麻，不过他又知道说过就完，“本传”里决不会有，于是也就放心的“高雅”下去。如果有人记了下来，不给它消灭，他可要不高兴了。于是乎挖空心思的来一个反攻，说这些乃是“讽刺”，向作者抹一脸泥，来掩藏自己的真相。但我们也每不免来不及思索，跟着说，“这些乃是讽刺呀！”上当真可是不浅得很。

同一例子的还有所谓“骂人”。假如你到四马路去，看见雉妓在拖住人，倘大声说：“野鸡在拉客”，那就会被她骂你是“骂人”。骂人是恶德，于是你先就被判定在坏的一方面了；你坏，对方可就好。但事实呢，却的确是“野鸡在拉客”，不过只可心里知道，说不得，在万不得已时，也只能说“姑娘勒浪做生意”，恰如对于那些弯腰拱手之辈，做起文章来，是要改作“谦以待人，虚以接物”的。——这才不是骂人，这才不是讽刺。

其实，现在的所谓讽刺作品，大抵倒是写实。非写实决不能成为所谓“讽刺”；非写实的讽刺，即使能有这样的东西，也不过是造谣和诬蔑而已。

三月十六日。

从“别字”说开去

自从议论写别字以至现在的提倡手头字，其间的经过，恐怕也有一年多了，我记得自己并没有说什么话。这些事情，我是不反对的，但也不热心，因为我以为方块字本身就是一个死症，吃点人参，或者想一点什么方法，固然也许可以拖延一下，然而到底是无可挽救的，所以一向就不大注意这回事。

前几天在《自由谈》上看见陈友琴先生的《活字与死字》，才又记起了旧事来，他在那里提到北大招考，投考生写了误字，“刘半农教授作打油诗去嘲弄他，固然不应该”，但我“曲为之辩，亦大可不必”。那投考生的误字，是以“倡明”为“昌明”，刘教授的打油诗，是解“倡”为“娼妓”，我的杂感，是说“倡”不必一定作“娼妓”解，自信还未必是“曲”说；至于“大可不必”之评，那是极有意思的，一个人的言行，从别人看来，“大可不必”之点多得很，要不然，全国的人们就好像是一个了。

我还没有明目张胆的提倡过写别字，假如我在做国文教员，学生写了错字，我是要给他改正的，但一面也知道这不过是治标之法。至于去年的指摘刘教授，却和保护别字微有不同。（一）我以为即是学者或教授，年龄至少和学生差十年，不但饭菜多吃了万来碗了，就是每天认一个字，也就要比学生多识三千六百个，比较的高明，是应该的，在考卷里发现几个错字，“大可不必”飘飘然生优越之感，好像得了什么宝贝一样。况且（二）现在的学校，科目繁多，和先前专攻八股的私塾，大不相同了，纵使文字不及从前，正也毫不足怪。先前的不写错字的书生，他知道五洲的所在，原质的名目吗？自然，如果精通科学，又擅文章，那也很不坏，但这不能含含糊糊，责之一般的学生，假使他要学的是工程，那么，他只要能筑堤造路，治河导淮就尽够了，写“昌明”为“倡明”，误“留学”为“流学”，堤防决不会因此就倒塌的。如果说，别国的学生对于本国的文字，决不致闹出这样的大笑话，那自然可以归罪于中国学生的偏偏不肯学，但也可以归咎于先生的不善教，要不然，那就只能如我所说：方块字本身就是一个死症。

改白话以至提倡手头字，其实也不过一点樟脑针，不能起死回生的，但这就又受着缠不清的障害，至今没有完。还记得提倡白话的时候，保守者对改革者的第一弹，是说改革者不识字，不通文，所以主张用白话。对于这些打着古文旗子的敌军，是就用古书作“法宝”，这才打退的，以毒攻毒，反而证明了反对白话者自己的不识字，不通文。要不然，这古文旗子恐怕至今还不倒下。去年曹聚仁先生为别字辩护，战法也是搬古书，弄得文人学士之自以为识得“正字”者，哭笑不得，因为那所谓的“正字”就有许多是别字。这确是轰毁旧营垒的利器。现在已经不大有人辩文的白不白——但“寻开心”者除外——字的别不别了，因为这会引到今文《尚书》，骨甲文字去，麻烦得很。这就是改革者的胜利——至于这改革的损益，自然又作别论。

陈友琴先生的《死字和活字》，便是在这决战之后，重整阵容的最稳的方法，他已经不想从根本上斤斤计较字的错不错，即别不别了。他只问字的活不知；不活，就算错。他引了一段何仲英先生的《中国文学学大纲》来做自己的代表——

“……古人用通借，也是写别字，也是不该。不过积古相沿，一向通行，到如今没有法子强人改正。假使个个字都能够改正，是《易经》里所说的‘爸父之蛊’。纵使不能，岂可在古人写的别字以外再加许多别字呢？古人写的别字，通行到如今，全国相同，所以还可以解得。今人若添写许多别字，各处用各处的方音去写，别省别县的人，就不能懂得了。后来全国的文字，必定彼此不同，这不是一种大障碍吗？……”

这头几句，恕我老实的说罢，是有些可笑的。假如我们先不问有没有法子强人改正，自己先来改正一部古书试试罢，第一个问题是拿什么做“正字”，《说文》，金文，骨甲文，还是简直用陈先生的所谓“活字”呢？纵使大家愿意依，主张者自己先就没法改，不能“斡父之蛊”①。所以陈先生的代表的接着的主张是已经错定了的，就一任他错下去，但是错不得添，以免将来破坏文字的统一。是非不谈，专论利害，也并不算坏，但直白的说起来，却只是维持现状说而已。

维持现状说是任何时候都有的，赞成者也不会少，然而在任何时候都没有效，因为在实际上决定做不到。假使古时候用此法，就没有今之现状，今用此法，也就没有将来的现状，直至辽远的将来，一切都和太古无异。以文字论，则未有文字之

① 指儿子能继承父志，完成父亲未完成的事业。

时，就不会象形以造“文”，更不会孳乳而成“字”，篆决不解散而为隶，隶更不简单化为现在之所谓“真书”。文化的改革如长江大河的流行，无法遏止，假使能够遏止，那就成为死水，纵不干涸，也必腐败的。当然，在流行时，倘无弊害，岂不更是非常之好？然而在实际上，却断没有这样的事。回复故道的事是没有的，一定有迁移；维持现状的事也是没有的，一定有改变。有百利而无一弊的事也是没有的，只可权大小。况且我们的方块字，古人写了别字，今人也写别字，可见要写别字的病根，是在方块字本身的，别字病将与方块字本身并存，除了改革这方块字之外，实在并没有救济的十全好方法。

复古是难了，何先生也承认。不过现状却也维持不下去，因为我们现在一般读书人之所谓。“正字”，其实不过是前清取士的规定，一切指示，都在薄薄的三本所谓“翰苑分书”的《字学举隅》中，但二十年来，在不声不响中又有了一点改变。从古讫今，什么都在改变，但必须在不声不响中，倘一道破，就一定有窒碍，维持现状说来了，复古说也来了。这些说头自然也无效。但一时不失其为一种窒碍[①]却也是真的，它能够使一部分的有志于改革者迟疑一下子，从招潮者变为乘潮者。

我在这里，要说的只是维持现状说听去好像很稳健，但实际上却是行不通的，史实在不断的证明着它只是一种“并无其事”：仅在这一些。

三月二十一日。

---

① 意思是障碍；阻碍。

田军作《八月的乡村》序

爱伦堡（Ilia Ehrenburg）论法国的上流社会文学家之后，他说，此外也还有一些不同的人们："教授们无声无息地在他们的书房里工作着，实验X光线疗法的医生死在他们的职务上，奋身去救自己的伙伴的渔夫悄然沉没在大洋里面。……一方面是庄严的工作，另一方面却是荒淫与无耻。"

这末两句，真也好像说着现在的中国。然而中国是还有更其甚的呢。手头没有书，说不清见于那里的了，也许是已经汉译了的日本箭内亘氏的著作罢，他曾经一一记述了宋代的人民怎样为蒙古人所淫杀，俘获，践踏和奴使。然而南宋的小朝廷却仍旧向残山剩水间的黎民施威，在残山剩水间行乐；逃到那里，气焰和奢华就跟到那里，颓靡和贪婪也跟到那里。"若要官，杀人放火受招安；若要富，跟着行在卖酒醋。"这是当时的百姓提取了朝政的精华的结语。

人民在欺骗和压制之下，失了力量，哑了声音，至多也不过有几句民谣。"天下有道，则庶人不议。"就是秦始皇、隋炀帝，他会自承无道么？百姓就只好永远钳口结舌，相率被杀，被奴。这情形一直继续下来，谁也忘记了开口，但也许不能开口。即以前清末年而论，大事件不可谓不多了：鸦片战争，中法战争，中日战争，戊戌政变，义和拳变，八国联军，以至民元革命。然而我们没有一部像样的历史的著作，更不必说文学作品了。“莫谈国事”，是我们做小民的本分。

我们的学者也曾说过：要征服中国，必须征服中国民族的心。其实，中国民族的心，有些是早给我们的圣君贤相武将帮闲之辈征服了的。近如东三省被占之后，听说北平富户，就不愿意关外的难民来租房子，因为怕他们付不出房租。在南方呢，恐怕义军的消息，未必能及鞭毙土匪，蒸骨验尸，阮玲玉自杀，姚锦屏化男的能够耸动大家的耳目罢？“一方面是庄严的工作，另一方面却是荒淫与无耻”。

但是，不知道是人民进步了，还是时代太近，还未湮没的缘故，我却见过几种说述关于东三省被占的事情的小说。这《八月的乡村》，即是很好的一部，虽然有些近乎短篇的连续，结构和描写人物的手段，也不能比法捷耶夫的《毁灭》，然而严肃，紧张，作者的心血和失去的天空，土地，受难的人民，以至失去的茂草，高粱，蝈蝈，蚊子，搅成一团，鲜红的在读者眼前展开，显示着中国的一份和全部，现在和未来，死路与活路。凡有人心的读者，是看得完的，而且有所得的。

“要征服中国民族，必须征服中国民族的心！”但这书却于“心的征服”有碍。心的征服，先要中国人自己代办。宋曾以道学替金元治心，明曾以党狱替满清钳口。这书当然不容于满洲帝国，但我看也因此当然不容于中华民国。这事情很快的就会得到实证。如果事实证明了我的推测并没有错，那也就证明了这是一部很好的书。

好书为什么倒会不容于中华民国呢？那当然，上面已经说过几回了——

“一方面是庄严的工作，另一方面却是荒淫与无耻！”

这不像序。但我知道，作者和读者是决不和我计较这些的。

一九三五年三月二十八日之夜，鲁迅读毕记。

徐懋庸作《打杂集》序

我觉得中国有时是极爱平等的国度。有什么稍稍显得特出，就有人拿了长刀来削平它。以人而论，孙桂云是赛跑的好手，一过上海，不知怎的就萎靡不振，待到到得日本，不能跑了；阮玲玉算是比较的有成绩的明星，但"人言可畏"，到底非一口气吃下三瓶安眠药片不可。自然，也有例外，是捧了起来。但这捧了起来，却不过为了接着摔得粉碎。大约还有人记得"美人鱼"罢，简直捧得令观者发生肉麻之感，连看见姓名也会觉得有些滑稽。契诃夫说过："被昏蛋所称赞，不如战死在他手里。"真是伤心而且悟道之言。但中国又是极爱中庸的国度，所以极端的昏蛋是没有的，他不和你来战，所以决不会爽爽快快的战死，如果受不住，只好自己吃安眠药片。

在所谓文坛上当然也不会有什么两样：翻译较多的时候，就有人来削翻译，说它害了创作；近一两年，作短文的较多了，就又有人来削"杂文"，说这是作者的堕落的表现，因为既非诗歌小说，又非戏剧，所以不入文艺之林，他还一片婆心，劝人学学托尔斯泰，做《战争与和平》似的伟大的创作去。这一流论客，在礼仪上，别人当然不该说他是，"昏蛋"的。批评家吗？他谦虚得很，自己不承认。攻击杂文的文字虽然也只能说是杂文，但他又决不是杂文作家，因为他不相信自己也相率而堕落。如果恭维他为诗歌小说戏剧之类的伟大的创作者，那么，恭维者之为“昏蛋”也无疑了。归根结底，不是东西而已。不是东西之谈也要算是“人言”，这就使弱者觉得倒是安眠药片较为可爱的缘故。不过这并非战死。问是有人要问的：给谁害死的呢？种种议论的结果，凶手有三位：曰，万恶的社会；曰，本人自己；曰，安眠药片。完了。

我们试去查一通美国的“文学概论”或中国什么大学的讲义，的确，总不能发现一种叫作 Tsa-wen 的东西。这真要使有志于成为伟大的文学家的青年，见杂文而心灰意懒：原来这并不是爬进高尚的文学楼台去的梯子。托尔斯泰将要动笔时，是否查了美国的“文学概论”或中国什么大学的讲义之后，明白了小说是文学的正宗，这才决心来做《战争与和平》似的伟大的创作的呢？我不知道。但我知道中国的这几年的杂文作者，他的作文，却没有一个想到“文学概论”的规定，或者希图文学史上的位置的，他以为非这样写不可，他就这样写，因为他只知道这样的写起来，于大家有益。农夫耕田，泥匠打墙，他只为了米麦可吃，房屋可住，自己也因此有益之事，得一点不亏心的糊口之资，历史上有没有“乡下人列传”或“泥水匠列传”，他向来就并没有想到。如果他只想着成什么所谓气候，他就先进大学，再出外洋，三做教授或大官，四变居士或隐逸去了。历史上很尊隐逸，《居士传》不是还有专书吗，多少上算呀，噫！

但是，杂文这东西，我却恐怕要侵入高尚的文学楼台去的。小说和戏曲，中国向来是看作邪宗的，但一经西洋的“文学概论”引为正宗，我们也就奉之为宝贝，《红楼梦》《西厢记》之类，在文学史上竟和《诗经》《离骚》并列了。杂文中之一体的随笔，因为有人说它近于英国的Essay，有些人也就顿首再拜，不敢轻薄。寓言和演说，好像是卑微的东西，但伊索和契开罗，不是坐在希腊罗马文学史上吗？杂文发展起来，倘不赶紧削，大约也未必没有扰乱文苑的危险。以古例今，很可能的，真不是一个好消息。但这一段话，我是和不是东西之流开开玩笑的，要使他爬耳搔腮，热剌剌的觉得他的世界有些灰色。前进的杂文作者，倒决不计算着这些。

其实，近一两年来，杂文集的出版，数量并不及诗歌，更其赶不上小说，慨叹于杂文的泛滥，还是一种胡说八道。只是作杂文的人比先前多几个，却是真的，虽然多几个，在四万万人口里面，算得什么，却就要谁来疾首蹙额？中国也真有一班人在恐怕中国有一点生气；用比喻说，此之谓"虎伥"。

这本集子的作者先前有一本《不惊人集》，我只见过一篇自序；书呢，不知道那里去了。这一回我希望一定能够出版，也给中国的著作界丰富一点。我不管这本书能否入于文艺之林，但我要背出一首诗来比一比："夫子何为者？栖栖一代中。地犹鄹氏邑，宅接鲁王宫。叹凤嗟身否，伤麟怨道穷。今看两楹奠，犹与梦时同。"这是《唐诗三百首》里的第一首，是"文学概论"诗歌门里的所谓"诗"。但和我们不相干，那里能够及得这些杂文的和现在切帖，而且生动，泼辣，有益，而且也能移人情。能移人情，对不起得很，就不免要搅乱你们的文苑，至少，是将不是东西之流的唾向杂文的许多唾沫，一脚就踏得无踪无影了，只剩下一张满是油汗兼雪花膏的嘴脸。

这嘴脸当然还可以唠叨，说那一首"夫子何为者"并非好诗，并且时代也过去了。但是，文学正宗的招牌呢？"文艺的永久性”呢？

我是爱读杂文的一个人，而且知道爱读杂文还不只我一个，因为它“言之有物”。我还更乐观于杂文的开展，日见其斑斓。第一是使中国的著作界热闹，活泼；第二是使不是东西之流缩头；第三是使所谓“为艺术而艺术”的作品，在相形之下，立刻显出不死不活相。我所以极高兴为这本集子作序，并且借此发表意见，愿我们的杂文作家，勿为虎伥所迷，以为“人言可畏”，用最末的稿费买安眠药片去。

一九三五年三月三十一日，鲁迅记于上海之卓面书斋。

人生识字糊涂始

中国的成语只有“人生识字忧患始”，这一句是我翻造的。

孩子们常常给我好教训，其一是学话。他们学话的时候，没有教师，没有语法教科书，没有字典，只是不断的听取，记住，分析，比较，终于懂得每个词的意义，到得两三岁，普通的简单的话就大概能够懂，而且能够说了，也不大有错误。小孩子往往喜欢听人谈天，更喜欢陪客，那大目的，固然在于一同吃点心，但也为了爱热闹，尤其是在研究别人的言语，看有什么对于自己有关系——能懂，该问，或可取的。

我们先前的学古文也用同样的方法，教师并不讲解，只要你死读，自己去记住，分析，比较去。弄得好，是终于能够有些懂，并且竟也可以写出几句来的，然而到底弄不通的也多得很。自以为通，别人也以为通了，但一看底细，还是并不怎么通，连明人小品都点不断的，又何尝少有？人们学话，从高等华人以至下等华人，只要不是聋子或哑子，学不会的是几乎没有的，一到学文，就不同了，学会的恐怕不过极少数，就是所谓学会了的人们之中，请恕我坦白的再来重复的说一句罢，大约仍然糊糊涂涂的还是很不少。这自然是古文作怪。因为我们虽然拚命的读古文，但时间究竟是有限的，不像说话，整天的可以听见；而且所读的书，也许是《庄子》和《文选》呀，

《东莱博议》呀，《古文观止》呀，从周朝人的文章，一直读到明朝人的文章，非常驳杂，脑子给古今各种马队践踏了一通之后，弄得乱七八糟，但蹄迹当然是有些存留的，这就是所谓“有所得”。这一种“有所得”当然不会清清楚楚，大概是似懂非懂的居多，所以自以为通文了，其实却没有通，自以为识字了，其实也没有识。自己本是糊涂的，写起文章来自然也糊涂，读者看起文章来，自然也不会倒明白。然而无论怎样的糊涂文作者，听他讲话，却大抵清楚，不至于令人听不懂的——除了故意大显本领的讲演之外。因此我想，这“糊涂”的来源，是在识字和读书。

例如我自己，是常常会用些书本子上的词汇的。虽然并非什么冷僻字，或者连读者也并不觉得是冷僻字。然而假如有一位精细的读者，请了我去，交给我一枝铅笔和一张纸，说道，“您老的文章里，说过这山是‘峻嶒’① 的，那山是‘巉岩’② 的，那究竟是怎么一副样子呀？您不会画画儿也不要紧，就钩出一点轮廓来给我看看罢，请，请，请……”这时我就会腋下出汗，恨无地洞可钻。因为我实在连自己也不知道“峻嶒”和“巉岩”究竟是什么样子，这形容词，是从旧书上抄来的，向来就并没有弄明白，一经切实的考查，就糟了。此外如“幽婉”，“玲珑”，“蹒跚”，“嗫嚅”……之类，还多得很。

说是白话文应该“明白如话”，已经要算唱厌了的老调了，但其实，现在的许多白话文却连“明白如话”也没有做到。倘

① 同峻嶒，意思是陡峭不平貌。

② 高而险的山岩。

要明白，我以为第一是在作者先把似识非识的字放弃，从活人的嘴上，采取有生命的词汇，搬到纸上来；也就是学学孩子，只说些自己的确能懂的话。至于旧语的复活，文言的普遍化，那自然也是必要的，但一须选择，二须有字典以确定所含的意义，这是另一问题，在这里不说它了。

四月二日。

文人相轻

老是说着同样的一句话是要厌的。在所谓文坛上，前年嚷过一回“文人无行”，去年是闹了一通“京派和海派”，今年又出了新口号，叫作“文人相轻”。

对于这风气，口号家很愤恨，他的“真理哭了”，于是大声疾呼，投一切“文人”以轻蔑。“轻蔑”，他是最憎恶的，但因为他们“相轻”，损伤了他理想中的一道同风的天下，害得他自己也只好施行轻蔑术了。自然，这是“即以其人之道，还治其人之身”，是古圣人的良法，但“相轻”恶弊，可真也不容易除根。

我们如果到《文选》里去找词汇的时候，大概是可以遇着“文人相轻”这四个字的，拾来用用，似乎也还有些漂亮。然而，曹聚仁先生已经在《自由谈》（四月九日至十一日）上指明，曹丕之所谓“文人相轻”者，是“文非一体，鲜能备善，是以各以所长，相轻所短”，凡所指摘，仅限于制作的范围。一切别的攻击形体，籍贯，诬赖，造谣，以至施蛰存先生式的“他自己也是这样的呀”，或魏金枝先生式的“他的亲戚也和我一样了呀”之类，都不在内。倘把这些都作为曹丕所说的“文人相轻”，是混淆黑白，真理虽然大哭，倒增加了文坛的黑暗的。

我们如果到《庄子》里去找词汇，大概又可以遇着两句宝贝的教训："彼亦一是非，此亦一是非"，记住了来作危急之际的护身符，似乎也不失为漂亮。然而这是只可暂时口说，难以永远实行的。喜欢引用这种格言的人，那精神的相距之远，更甚于叭儿之与老聃，这里不必说它了。就是庄生自己，不也在《天下篇》里，历举了别人的缺失，以他的"无是非"轻了一切"有所是非"的言行吗？要不然，一部《庄子》，只要"今天天气哈哈哈……"七个字就写完了。

但我们现在所处的并非汉魏之际，也不少恰如那时的文人，一定要"各以所长，相轻所短"。凡批评家的对于文人，或文人们的互相评论，各各"指其所短，扬其所长"固可，即"掩其所短，称其所长"亦无不可。然而那一面一定得有"所长"，这一面一定得有明确的是非，有热烈的好恶。假使被今年新出的"文人相轻"这一个模模糊糊的恶名所吓昏，对于充风流的富儿，装古雅的恶少，销淫书的瘪三，无不"彼亦一是非，此亦一是非"，一律拱手低眉，不敢说或不屑说，那么，这是怎样的批评家或文人呢？——他先就非被"轻"不可的！

四月十四日。

“京派”和“海派”

去年春天，京派大师曾经大大的奚落了一顿海派小丑，海派小丑也曾经小小的回敬了几手，但不多久，就完了。文滩上的风波，总是容易起，容易完，倘使不容易完，也真的不便当。我也曾经略略的赶了一下热闹，在许多唇枪舌剑中，以为那时我发表的所说，倒也不算怎么分析错了的。其中有这样的一段——

“……北京是明清的帝都，上海乃各国之租界，帝都多官，租界多商，所以文人之在京者近官，没海者近商，近官者在使官得名，近商者在使商获利，而自己亦赖以糊口，要而言之：不过‘京派’是官的帮闲，‘海派’则是商的帮忙而已。……而官之鄙商，固亦中国旧习，就更使‘海派’在‘京派’眼中跌落了。”

但到得今年春末，不过一整年带点零，就使我省悟了先前所说的并不圆满。目前的事实，是证明着京派已经自己贬损，或是把海派在自己眼睛里抬高，不但现身说法，演述了派别并不专与地域相关，而且实践了“因为爱他，所以恨他”的妙语。当初的京海之争，看作“龙虎斗”固然是错误，就是认为有一条官商之界也不免欠明白。因为现在已经清清楚楚，到底搬出一碗不过黄鳝田鸡，炒在一起的苏式菜——“京海杂烩”

来了。

实例，自然是琐屑的，而且自然也不会有重大的例子。举一点罢。一，是选印明人小品的大权，分给海派来了；以前上海固然也有选印明人小品的人，但也可以说是冒牌的，这回却有了真正老京派的题签，所以的确是正统的衣钵。二，是有些新出的刊物，真正老京派打头，真正小海派煞尾了；以前固然也有京派开路的期刊，但那是半京半海派所主持的东西，和纯粹海派自说是自掏腰包来办的出产品颇有区别的。要而言之：今儿和前儿已不一样，京海两派中的一路，做成一碗了。

到这里要附带一点声明：我是故意不举出那新出刊物的名目来的。先前，曾经有人用过“某”字，什么缘故我不知道。但后来该刊的一个作者在该刊上说，他有一位“熟悉商情”的朋友，以为这是因为不替它来作广告。这真是聪明的好朋友，不愧为“熟悉商情”。由此启发，仔细一想，他的话实在千真万确：被称赞固然可以代广告，被骂也可以代广告，张扬了荣是广告，张扬了辱又何尝非广告。例如罢，甲乙决斗，甲赢，乙死了，人们固然要看杀人的凶手，但也一样的要看那不中用的死尸，如果用芦席围起来，两个铜板看一下，准可以发一点小财的。我这回的不说出这刊物的名目来，主意却正在不替它作广告，我有时很不讲阴德，简直要妨碍别人的借死尸敛钱。然而，请老实的看官不要立刻责备我刻薄。他们那里肯放过这机会，他们自己会敲了锣来承认的。

声明太长了一点了。言归正传。我要说的是直到现在，由事实证明，我才明白了去年京派的奚落海派，原来根柢上并不是奚落，倒是路远迢迢的送来的秋波。

文豪，究竟是有真实本领的，法郎士做过一本《泰绮思》，中国已有两种译本了，其中就透露着这样的消息。他说有一个高僧在沙漠中修行，忽然想到亚历山大府的名妓泰绮思，是一个贻害世道人心的人物，他要感化她出家，救她本身，救被惑的青年们，也给自己积无量的功德。事情还算顺手，泰绮思竟出家了，他恨恨的毁坏了她在俗时候的衣饰。但是，奇怪得很，这位高僧回到自己的独房里继续修行时，却再也静不下来了，见妖怪，见裸体的女人。他急遁，远行，然而仍然没有效。他自己是知道因为其实爱上了泰绮思，所以神魂颠倒了的，但一群愚民，却还是硬要当他圣僧，到处跟着他祈求；礼拜，拜得他"哑子吃黄莲"——有苦说不出。他终于决计自白，跑回泰绮思那里去，叫道"我爱你!"然而泰绮思这时已经离死期不远，自说看见了天国，不久就断气了。

不过京海之争的目前的结局，却和这一本书的不同，上海的泰绮思并没有死，她也张开两条臂膊，叫道"来嘻!"于是——团圆了。

《泰绮思》的构想，很多是应用弗洛伊特的精神分析学说的，倘有严正的批评家，以为算不得"究竟是有真实本领"，我也不想来争辩。但我觉得自己却真如那本书里所写的愚民一样，在没有听到"我爱你"和"来嘻"之前，总以为奚落单是奚落，鄙薄单是鄙薄，连现在已经出了气的弗洛伊特学说也想不到。

到这里又要附带一点声明：我举出《泰绮思》来，不过取其事迹，并非处心积虑，要用妓女来比海派的文人。这种小说中的人物，是不妨随意改换的，即改作隐士，侠客，高人，公主，大少，小老板之类，都无不可。况且泰绮思其实也何可厚非。她在俗时是泼刺的活，出家后就刻苦的修，比起我们的有些所谓“文人”，刚到中年，就自叹道“我是心灰意懒了”的死样活气来，实在更其像人样。我也可以自白一句：我宁可向泼辣的妓女立正，却不愿意和死样活气的文人打棚。

至于为什么去年北京送秋波，今年上海叫“来嘘”了呢？说起来，可又是事前的推测，对不对很难定了。我想：也许是因为帮闲帮忙，近来都有些“不景气”，所以只好两界合办，把断砖，旧袜，皮袍，洋服，巧克力，梅什儿……之类，凑在一处，重行开张，算是新公司，想借此来新一下主顾们的耳目罢。

四月十四日。

鲁迅作品精选

坟

鲁迅 著

民主与建设出版社
·北京·

图书在版编目（CIP）数据

鲁迅作品精选．坟 / 鲁迅著．— 北京：民主与建设出版社，2023.4（2023.10 重印）
ISBN 978-7-5139-4169-3

Ⅰ．①鲁… Ⅱ．①鲁… Ⅲ．①鲁迅著作—选集②鲁迅杂文—杂文集 Ⅳ．① I210.2

中国国家版本馆 CIP 数据核字（2023）第 067906 号

鲁迅作品精选．坟
LUXUN ZUOPIN JINGXUAN . FEN

著　　者　鲁　迅
主　　编　王茹茹
责任编辑　韩增标
封面设计　玥婷设计
出版发行　民主与建设出版社有限责任公司
电　　话　（010）59417747　59419778
社　　址　北京市海淀区西三环中路 10 号望海楼 E 座 7 层
邮　　编　100142
印　　刷　三河市天润建兴印务有限公司
版　　次　2023 年 4 月第 1 版
印　　次　2023 年 10 月第 2 次印刷
开　　本　880 毫米 ×1230 毫米　1 / 32
印　　张　6.5
字　　数　130 千字
书　　号　ISBN 978-7-5139-4169-3
定　　价　298.00 元（全 10 册）

目　录

题 记

将这些体式上截然不同的东西，集合了做成一本书样子的缘由，说起来是很没有什么冠冕堂皇的。首先就因为偶尔看见了几篇将近二十年前所做的所谓文章。这是我做的么？我想。看下去，似乎也确是我做的。那是寄给《河南》的稿子；因为那编辑先生有一种怪脾气，文章要长，愈长，稿费便愈多。所以如《摩罗诗力说》那样，简直是生凑。倘在这几年，大概不至于那么做了。又喜欢做怪句子和写古字，这是受了当时的《民报》的影响；现在为排印的方便起见，改了一点，其余的便都由他。这样生涩的东西，倘是别人的，我恐怕不免要劝他“割爱”，但自己却总还想将这存留下来，而且也并不“行年五十而知四十九年非”①，愈老就愈进步。其中所说的几个诗人，至今没有人再提起，也是使我不忍抛弃旧稿的一个小原因。他们的名，先前是怎样地使我激昂呵，民国告成以后，我便将他们忘却了，而不料现在他们竟又时时在我的眼前出现。

其次，自然因为还有人要看，但尤其是因为又有人憎恶着我的文章。说话说到有人厌恶，比起毫无动静来，还是一种幸福。天下不舒服的人们多着，而有些人们却一心一意在造专给

---

① 出自西汉刘安《淮南子·原道训》。意思是活到五十岁的时候，就觉得前面四十九年都过错了。说明时刻自省自己的所作所为。

自己舒服的世界。这是不能如此便宜的，也给他们放一点可恶的东西在眼前，使他有时小不舒服，知道原来自己的世界也不容易十分美满。苍蝇的飞鸣，是不知道人们在憎恶他的；我却明知道，然而只要能飞鸣就偏要飞鸣。我的可恶有时自己也觉得，即如我的戒酒，吃鱼肝油，以望延长我的生命，倒不尽是为了我的爱人，大大半乃是为了我的敌人，——给他们说得体面一点，就是敌人罢——要在他的好世界上多留一些缺陷。君子之徒曰：你何以不骂杀人不眨眼的军阀呢？斯亦卑怯也已！但我是不想上这些诱杀手段的当的。木皮道人[①]说得好，“几年家软刀子割头不觉死”，我就要专指斥那些自称“无枪阶级”而其实是拿着软刀子的妖魔。即如上面所引的君子之徒的话，也就是一把软刀子。假如遭了笔祸了，你以为他就尊你为烈士了么？不，那时另有一番风凉话。倘不信，可看他们怎样评论那死于三一八惨杀的青年。

此外，在我自己，还有一点小意义，就是这总算是生活的一部分的痕迹。所以虽然明知道过去已经过去，神魂是无法追蹑的，但总不能那么决绝，还想将糟粕收敛起来，造成一座小小的新坟，一面是埋藏，一面也是留恋。至于不远的踏成平地，那是不想管，也无从管了。

我十分感谢我的几个朋友，替我搜集，抄写，校印，各费去许多追不回来的光阴。我的报答，却只能希望当这书印钉成工时，或者可以博得各人的真心愉快的一笑。别的奢望，并没

---

① 应为木皮散人，明遗民作家贾应的别号。应宠字思退、晋蕃、又号凫西、淡圃山东曲阜人。晚年移居济宁。在明末曾任刑部郎中。告归不久明亡。

有什么；至多，但愿这本书能够暂时躺在书摊上的书堆里，正如博厚的大地，不至于容不下一点小土块。再进一步，可就有些不安分了，那就是中国人的思想，趣味，目下幸而还未被所谓正人君子所统一，譬如有的专爱瞻仰皇陵，有的却喜欢凭吊荒冢，无论怎样，一时大概总还有不惜一顾的人罢。只要这样，我就非常满足了；那满足，盖不下于取得富家的千金云。

一九二六年十月三十大风之夜，鲁迅记于厦门。

人之历史

——德国黑格尔氏种族发生学之一元研究诠解

进化之说，黺灼[①]于希腊智者德黎（Thales），至达尔文（Ch. Darwin）而大定。德之黑格尔（E. Haeckel）者，犹赫胥黎（T. H. Huxley）然，亦近世达尔文说之讴歌者也，顾亦不笃于旧，多所更张，作生物进化系图，远追动植之绳迹，明其曼衍之由，间有不足，则补以化石，区分记述，蔚为鸿裁，上自单幺[②]，近迄人类，会成一统，征信历然。虽后世学人，或更上征而无底极，然十九世纪末之言进化者，固已大就于斯人矣。中国迩日，进化之语，几成常言，喜新者凭以丽其辞，而笃故者则病侪人类于猕猴，辄沮遏以全力。德哲学家保罗生（Fr. Paulsen）亦曰，读黑格尔书者多，吾德之羞也。夫德意志为学术渊丛，保罗生亦爱智之士，而犹有斯言，则中国抱残守阙之辈，耳新声而疾走，固无足异矣。虽然，人类进化之说，实未尝渎灵长也，自卑而高，日进无既，斯益见人类之能，超乎群动，系统何昉，宁足耻乎？黑氏著书至多，辄明斯旨，且立种族发生学（Phylogenie），使与个体发生学（Ontogenie）并，远稽人类由来，及其曼衍之迹，群疑冰泮，大闳犁然[③]，

---

① 闪烁，这里指初放光芒。

② 单细胞微生物。

③ 大閟，指自然的秘密。犁然，清楚明白的。

为近日生物学之峰极。今乃敷张其义，先述此论造端，止于近世，而以黑氏所张皇者终。

人类种族发生学者，乃言人类发生及其系统之学，职所治理，在动物种族，何所由昉，事始近四十年来，生物学分支之最新者也。盖古之哲士宗徒，无不目人为灵长，超迈群生，故纵疑官品起原，亦彷徨于神话之歧途，诠释率神閟而不可思议。如中国古说，谓盘古辟地，女娲死而遗骸为天地，则上下未形，人类已现，冥昭瞢暗，安所措足乎？屈灵均谓鳌载山抃，何以安之，衷怀疑而词见也。西国创造之谭，摩西最古，其《创世记》开篇，即云帝以七日作天地万有，抟埴[①]成男，析其肋为女。当十三世纪时，力大伟于欧土，科学隐耀，妄信横行，罗马法王，又竭全力以塞学者之口，天下为之智昏，黑格尔谥之曰世界史之大欺罔者（Die grossten Gaukler Weltgeschichte），非虚言也。已而宗教改萌，景教[②]之迷信亦渐破，歌白尼（Copernicus）首出，知地实绕日而运，恒动不居，于此地球中心之说隳，而考核人类之士，亦稍稍现，如韦赛黎（A. Vesalius）欧斯泰几（Eustachi）等，无不以铏验[③]之术，进智识于光明。至动物系统论，则以林那出而一振。

林那（K. von Linné）者，瑞典耆宿也，病其时诸国之治天物者，率以方言命名，繁杂而不可理，则著《天物系统论》，悉名动植以腊丁，立二名法，与以属名与种名二。如猫虎狮三物大同，则谓之猫属（Felis）；而三物又各异，则猫曰 Felis do-

---

① 以黏土捏制陶器的坯。出自《周礼·考工记序》。

② 基督教的一支，又称聂斯托利派，唐太宗时期我国，称为景教。作者在这里是泛指整个基督教。

③ 解剖的意思。

mestica，虎曰 Felis tigris，狮曰 Felis leo。又集与此相似者，谓之猫科；科进为目，为纲，为门，为界。界者，动植之判也。且所著书中，复各各记其特点，使一披而了然。惟天物繁多，不可猝尽，故每见新种，必与新名，于是世之欲以得新种博令誉者，皆相竞搜采，所得至多，林那之名大显，而物种（Arten）者何，与其内容界域之疑问，亦同为学者所注目矣。虽然，林那于此，固仍袭摩西创造之说也，《创世记》谓今之生物，皆造自世界开辟之初，故《天物系统论》亦云免诺亚时洪水之难，而留遗于今者，是为物种，凡动植种类，绝无增损变化，以殊异于神所手创云。盖林那仅知现在之生物，而往古无量数年前，尝有生物栖息地球之上，为今日所无有者，则未之觉，故起原之研究，遂不可几。并世博物家，亦笃守旧说，无所发挥，即偶有觉者，谓生物种类，经久久年月间，不无微变，而世人闻之皆峻拒，不能昌也。递十九世纪初，乃始诚有知生物进化之事实，立理论以诠释之者，其人曰兰麻克，而寇伟实先之。

寇伟（G. Cuvier）法国人，勤学博识，于学术有伟绩，尤所致力者，为动物比较解剖及化石之研究，著《化石骨胳论》，为今日古生物学所由昉。盖化石者，太古生物之遗体，留迹石中，历无数劫以至今，其形了然可识，于以知前世界动植之状态，于以知古今生物之不同，实造化之历史，自泐其业于人间者也。揣古希腊哲人，似不无微知此意者，而厥后则牵强附会之说大行，或谓化石之成，不过造化之游戏，或谓两间精气，中人为胎，迷入石中，则为石蛤石螺之属。逮兰麻克查贝类之化石，寇伟查鱼兽之化石，始知化石诚古生物之留蜕，其物已不存于今，而林那创造以来无增减变迁之说遂失当。然寇伟为人，固仍袭生物种类永住不变之观念者也，前说垂破，则别建“变动说”以解之。其言曰，今日生存动物之种属，皆开辟之时，造自天帝之手者尔。特动植之遭开辟，非止一回，每开辟前，必有大变，水转成陆，海坟为山，于是旧种死而新种生，故今兹化石，悉由神造，惟造之之时不同，则为状自异，其间无系属也。高山之颠，实见鱼贝，足为故海之征，而化石为形，大率撑拒惨苦，人可知其变之剧矣。自开辟以至今，地球表面之大故，至少亦十五六度，每一变动起，旧种悉亡，爰成化石，留后世也。其说違肊，无实可征，而当时力乃至伟，崇信者满学界，惟圣契黎（E. Geoffroy St. Hilaire）与抗于巴黎学士会院，而寇伟博识，据垒极坚，圣契黎动物进化之说，复不具足。于是千八百三十年七月三十日之讨论，圣契黎遂败。寇伟变动之说，盛行于时。

虽然，不变之说，遂不足久餍学者之心也，十八世纪后叶，已多欲以自然释其疑问，于是有瞿提（W. von Goethe）起，建“形蜕论”。瞿提者，德之大诗人也，又邃于哲理，故其论虽凭理想以立言，不尽根于事实，而识见既博，思力复丰，则犁然知生物有相互之关系，其由来本于一原。千七百九十年，著《植物形态论》，谓诸种植物，出皆原型，即其机关，亦悉从原官而出；原官者，叶也。次复比较骨胳，造诣至深，知动物之骨，亦当归一，即在人类，更无别于他种动物之型，而外状之异，特缘形变而已。形变之因，有大力之构成作用二：在内谓之求心力，在外谓之离心力，求心力所以归同，离心力所以趋异。归同犹今之遗传，趋异犹今之适应。盖瞿提所研究，为从自然哲学深入官品构造及变成之因，虽谓为兰麻克达尔文之先驱，蔑不可也。所憾者则其进化之观念，与康德（I. Kant）倭堪（L. Oken）诸哲学家立意略同，不能奋其伟力，以撼种族不变说之基础耳。有之，自兰麻克始。

兰麻克（Jean de Lamarck）者，法之大科学家也，千八百二年所著《生体论》，已言及种族之不恒，与形态之转变；而精力所注，尤在《动物哲学》一书，中所张皇，先在生物种别，由于人为之立异。其言曰，凡在地球之上，无间有生无生，决无差别，空间凡有，悉归于一，故支配非官品之原因，亦即支配有官品之原因，而吾党所执以治非官品者，亦即治有官品之途术。盖世所谓生，仅力学的现象而已。动植诸物，与人类同，无不能诠解以自然之律；惟种亦然，决非如《圣书》所言，出天帝之创造。况寇伟之说，谓经十余回改作者乎？凡此有生，皆自古代联绵继续而来，起于无官，结构至简，继随地球之转变，以渐即于高等，如今日也。至最下等生物，渐趋高等之因，则氏有二律，一曰假有动物，雏而未壮，用一官独多，则其官必日强，作用亦日盛。至新能力之大小强弱，则视使用之久暂有差。浅譬之，如锻人之腕，荷夫之胫，初固弗殊于常人，逮就职之日多，则力亦加进，使反是，废而不用，则官渐小弱，能力亦亡，如盲肠者，鸟以转化食品，而无用于人，则日萎，耳筋者，兽以动耳者也，至人而失其用，则留微迹而已：是为适应。二曰凡动物一生中，由外缘所得或失之性质，必依生殖作用，而授诸子孙。官之大小强弱亦然，惟在此时，必其父母之性质相等：是为遗传。适应之说，迄今日学人犹奉为圭臬，遗传之说，则论诤方烈，未有折衷，惟其所言，固进化之大法，即谓以机械作用，进动物于高等是已。试翻《动物哲学》一书，殆纯以一元论眼光，烛天物之系统，而所凭借，则进化论也。故进化论之成，自破神造说始。兰麻克亦如圣契黎然，力驳寇伟，而不为世所知。盖当是时，生物学之研究方殷，比较解剖及生理之学亦盛，且细胞说初成，更近于个体发生学者一步，于是萃人心于一隅，遂蔑有致意于物种由来之故者。而一般人士，又笃守旧说，得新见无所动其心，故兰麻克之论既出，应者寂然，即寇伟之《动物学年报》中，亦不为一记，则说之孤立无和，可以知矣。迨千八百五十八年而达尔文暨华累斯（A. R. Wallace）之"天择论"现，越一年而达尔文《物种由来》成，举世震动，盖生物学界之光明，扫群疑于一说之下者也。

达尔文治生学[①]之术，不同兰麻克，主用内籀[②]，集知识之大成，年二十二，即乘汽舰壁克耳，环世界一周，历审生物，因悟物种所由始，渐而搜集事实，融会贯通，立生物进化之大原，且晓形变之因，本于淘汰，而淘汰原理，乃在争存，建"淘汰论"，亦曰"达尔文说"（Selektionstheorie od. Darwinismus），空前古者也。举其要旨，首为人择，设有人立一定之仪的[③]，择动物之与相近者育之，既得苗裔，则又育其子之近似，历年既永，宜者遂传。古之牧者园丁，已知此术，赫胥黎谓亚美利加有彀[④]羊者，惧羊跳踉，超圈而去，则留短足者而渐汰其他，递生子孙，亦复如是，久之短足者独传，修胫遂绝，此以人力传宜种者也。然此特人择动植而已，天然之力，亦择生物，与人择动植无大殊，所异者人择出人意，而天择则以生物争存之故，行于不知不觉间耳。盖生物增加，皆遵几何级数，设有动物一偶于此，毕

① 即生的学。

② 即归纳法。

③ 目的的意思。

④ 同系，饲养的意思。

生能产四子，四子又育，当得八孙，五传六十四，十传而千二十八，如是递增，繁殖至迅。然时有强物，灭其耎弱，沮其长成，故强之种日昌，而弱之种日耗；时代既久，宜者遂留，而天择即行其中，使生物臻于极适。达尔文言此，所征引信据，盖至繁博而坚实也。故究进化论历史，当首德黎，继乃局脊于神造之论；比至兰麻克而一进；得达尔文而大成；迨黑格尔出，复总会前此之结果，建官品之种族发生学，于是人类演进之事，昭然无疑影矣。

黑格尔以前，凡云发生，皆指个体，至氏而建此学，使与个体发生学对立，著《生物发生学上之根本律》一卷，言二学有至密之关系，种族进化，亦缘遗传及适应二律而来，而尤所置重者，为形蜕论。其律曰，凡个体发生，实为种族发生之反复，特期短而事迅者耳，至所以决定之者，遗传及适应之生理作用也。黑氏以此法治个体发生，知禽兽鱼虫，虽繁不可计，而遂推本原，咸归于一；又以治种族发生，知一切生物，实肇自至简之原官，由进化而繁变，以至于人。盖人类女性之胚卵，亦与他种脊椎动物之胚卵，同为极简之细胞；男性精丝，亦复无异。二性既会，是成根干细胞，此细胞成，而个人之存在遂始。若求诸动物界，为阿弥巴属，构造至简，仅有自动及求食之力而已，继乃分裂，依几何级数成细胞群，如班陀黎那（Pandorina），作桑葚状，葚空其中，渐而内陷，是成原肠，今日淡水沟渠中动物希特拉（Hydra），亦如是也。更进，则由心房生血管四偶，曲向左右，状如鱼鳃，胎儿届此时，适合动物界之鱼类；复次之发达，皆与人类以外之高等动物无微殊，即已有脑髓耳目及足，而以较他种脊椎动物之胎儿，仍无辨也。凡此研究，皆能目击，日审胚胎之发育而得其变化。惟种族发生学独不然，所追迹者，事距今数千万载，其为演进，目不可窥，即直接观察，亦局于至隘之分域，可据者仅间接推理与批判反省二术，及取诸科学所经验荟萃之材，较量翚究之而已。故黑格尔曰，此其为学，肄治滋难，决非个体发生学所能较也。

往之言此事者，有达尔文《原人论》，赫胥黎《化中人位论》。黑格尔著《人类发生学》，则以古生物学个体发生学及形态学证人类之系统，知动物进化，与人类胎儿之发达同，凡脊椎动物之始为鱼类，见地质学上太古代之僦罗纪，继为迭逢纪之蛙鱼，为石墨纪之两栖，为二叠纪之爬虫，及中古代之哺乳动物，递近古代第三纪，乃见半猿，次生真猿，猿有狭鼻族，由其族生犬猿，次生人猿，人猿生猿人，不能言语，降而能语，是谓之人，此皆比较解剖个体发生及脊椎动物所明证者也。惟个体发达之序亦然，故曰种族发生，为个体发生之反复。然此仅有脊椎动物而已，若更上溯无脊椎动物而探其统系，为业尤艰巨于前。盖此种动物，无骨骼之存，故不见于化石，特据生物学原则，知人类所始为原生动物，与胎孕时之根干细胞相当，下此亦各有相当之动物。于是黑格尔乃追进化之迹而识别之，间有不足，则补以化石与悬拟之生物，而自单幺以至人类之系图遂成，图中所载，即自穆那罗（Monera）[①] 渐进以至人类之历史，生物学上所谓种族的发生者是也。其系图如别幅。

近三十年来，古生物学之发见，亦多有力之证，最著者为爪哇之猿人化石，是石现，而人类系统遂大成。盖往者狭鼻猿类与人之系属，缺不可见，逮得化石，征信弥真，力不逊比较

① 原生动物的一种。

解剖及个体发生学[①]也。故论人类从出，为物至卑，曰原生动物。原生动物出自穆那罗，穆那罗出自泼罗比翁（Probion）；泼罗比翁，原生物也。若更究原生物由来，则以那格黎（Naegeli）氏说为近理，其说曰，有生始于无生，盖质力不灭律[②]所生之成果尔；若物质全界，无不由因果而成，宇宙间现象，亦遵此律，则成于非官品之质，且终转化而为非官品之官品，究其本始，亦为非官品必矣。近者法有学人，能以质力之变，转非官品为植物，又有以毒鸩金属杀之，易其导电传热之性者。故有生无生二界，且日益近接，终不能分，无生物之转有生，是成不易之真理，十九世纪末学术之足惊怖，有如是也。至无生物所始，则当俟宇宙发生学（Kosmogenie）言之。

一九〇七年作。

① 或称做形态发生学，是描述一个生命体从受精卵到成体的起源和发育。

② 即物质不灭、能量不灭定律。

科学史教篇

观于今之世，不瞿然者几何人哉？自然之力，既听命于人间，发纵指挥，如使其马，束以器械而用之；交通贸迁，利于前时，虽高山大川，无足沮核①；饥疠之害减；教育之功全；较以百祀②前之社会，改革盖无烈于是也。孰先驱是，孰偕行是？察其外状，虽不易于犁然，而实则多缘科学之进步。盖科学者，以其知识，历探自然见象之深微，久而得效，改革遂及于社会，继复流衍，来溅远东，浸及震旦③，而洪流所向，则尚浩荡而未有止也。观其所发之强，斯足测所蕴之厚，知科学盛大，决不缘于一朝。索其真源，盖远在夫希腊，既而中止，几一千年，递十七世纪中叶，乃复决为大川，状益汪洋，流益曼衍，无有断绝，以至今兹。实益骈生，人间生活之幸福，悉以增进。第相科学历来发达之绳迹，则勤劬艰苦之影在焉，谓之教训。

希腊罗马科学之盛，殊不逊于艺文。尔时巨制，有毕撒哥拉（Pythagoras）之生理音阶，亚里士多德（Aristoteles）之解剖气象二学，柏拉图（Platon）之《谛妙斯篇》（Timaeus）暨

---

① 即阻隔的意思。

② 这里指百年的意思。

③ 古时候印度对中国的称呼。

《邦国篇》，迪穆克黎多（Demokritos）之“质点论”，至流质力学则昉于亚勒密提士（Archimedes），几何则建于宥克立（Eukleides），械具学则成于希伦（Heron），此他学者，犹难列举。其亚利山德大学，特称学者渊薮，藏书至十万余卷，较以近时，盖无愧色。而思想之伟妙，亦至足以铄今。盖尔时智者，实不仅启上举诸学之端而已，且运其思理，至于精微，冀直解宇宙之元质，德黎（Thales）谓水，亚那克希美纳（Anaximenes）谓气，希拉克黎多（Herakleitos）谓火。其说无当，固不俟言。华惠尔尝言其故曰，探自然必赖夫玄念①，而希腊学者无有是，即有亦极微，盖缘定此念之意义，非名学②之助不为功也。（中略）而尔时诸士，直欲以今日吾曹滥用之文字，解宇宙之玄纽而去之。然其精神，则毅然起叩古人所未知，研索天然，不肯止于肤廓，方诸近世，直无优劣之可言。盖世之评一时代历史者，褒贬所加，辄不一致，以当时人文所现，合之近今，得其差池，因生不满。若自设为古之一人，返其旧心，不思近世，平意求索，与之批评，则所论始云不妄，略有思理之士，无不然矣。若据此立言，则希腊学术之隆，为至可褒而不可黜；其他亦然。世有哂神话为迷信，斥古教为谫陋者，胥自迷之徒耳，足悯谏也。盖凡论往古人文，加之轩轾，必取他种人与是相当之时劫，相度其所能至而较量之，决论之出，斯近正耳。惟张皇近世学说，无不本之古人，一切新声，胥为绍述，则意之所执，与蔑古亦相同。盖神思一端，虽古之胜今，非无前例，而

---

① 即抽象的概念。

② 即逻辑学。

学则构思验实，必与时代之进而俱升，古所未知，后无可愧，且亦无庸讳也。昔英人设水道于天竺，其国人恶而拒之，有谓水道本创自天竺古贤，久而术失，白人不过窃取而更新之者，水道[①]始大行。旧国笃古之余，每至不惜于自欺如是。震旦死抱国粹之士，作此说者最多，一若今之学术艺文，皆我数千载前所已具。不知意之所在，将如天竺[②]造说之人，聊弄术以入新学，抑诚尸祝往时，视为全能而不可越也？虽然，非是不协不听之社会，亦有罪焉已。

希腊既苓落，罗马亦衰，而亚剌伯人继起，受学于那思得理亚与僦思人，翻译诠释之业大盛；眩其新异，妄信以生，于是科学之观念漠然，而进步亦遂止。盖希腊罗马之科学，在探未知，而亚剌伯之科学，在模前有，故以注疏易征验，以评骘代会通，博览之风兴，而发见之事少，宇宙见象，在当时乃又神秘而不可测矣。怀念既尔，所学遂妄，科学隐，幻术兴，天学[③]不昌，占星代起，所谓点金通幽之术，皆以昉也。顾亦有不可贬者，为尔时学士，实非懒散而无为，精神之弛，因入退守；徒以方术之误，结果乃止于无功，至所致力，固有足以惊叹。如当时回教新立，政事学术，相辅而蒸，可尔特跋暨巴格达德之二帝，对峙东西，竞导希腊罗马之学，传之其国，又好读亚里士多德与柏拉图书。而学校亦林立，以治文理数理爱智质学及医药之事；质学有醇酒[④]硝硫酸之发明，数学有代数三

① 这里指自来水。

② 我国古时候对印度的称呼。

③ 指天文学。

④ 通称酒精。

角之进步；又复设度测地，以摆计时，星表之作，亦始此顷，其学术之盛，盖几世界之中枢矣。而景教子弟，复多出入于日斯巴尼亚之学校，取亚剌伯科学而传诸宗邦，景教国之学术，为之一振；递十一世纪，始衰微也。赫胥黎作《十九世纪后叶科学进步志》，论之曰，中世学校，咸以天文几何算术音乐为高等教育之四分科，学者非知其一，不足称有适当之教育；今不遇此，吾徒耻之。此其言表，与震旦谋新之士，大号兴学者若同，特中之所指，乃理论科学居其三，非此之重有形应用科学而又其方术者，所可取以自涂泽其说者也。

时亚剌伯虽如是，而景教诸国，则于科学无发扬。且不独不发扬而已，又进而摈斥夭阏[①]之，谓人之最可贵者，无逾于道德上之义务与宗教上之希望，苟致力于科学，斯谬用其所能。有拉克坦谛（Lactantius）者，彼教之能才也，尝曰，探万汇之原因，问大地之动定，谈月表之隆陷，究星辰之悬属，考成天之质分，而焦心苦思于此诸问端者，犹絮陈未见之国都，其愚为不可几及。贤者如是，庸俗可知，科学之光，遂以黯淡。顾大势如是，究亦不起于无因。准丁达尔（J. Tyndall）言，则以其时罗马及他国之都，道德无不颓废，景教适以时起，宣福音于平人，制非极严，不足以矫俗，故宗徒之遭害虽多，而终得以制胜。惟心意之受婴久，斯痕迹之漫漶也难，于是虽奉为灵粮[②]之圣文，亦以供科学之判决。见象如是，夫何进步之可期乎？至厥后教会与列国政府间之冲突，亦于掔究之受妨，与有

① 意思是夭亡；夭折。
② 精神的食粮。

力也。由是观之，可知人间教育诸科，每不即于中道，甲张则乙弛，乙盛则甲衰，迭代往来，无有纪极。如希腊罗马之科学，以极盛称，迨亚剌伯学者兴，则一归于学古；景教诸国，则建至严之教，为德育本根，知识之不绝者如线。特以世事反复，时势迁流，终乃屹然更兴，蒸蒸以至今日。所谓世界不直进，常曲折如螺旋，大波小波，起伏万状，进退久之而达水裔，盖诚言哉。且此又不独知识与道德为然也，即科学与美艺之关系亦然。欧洲中世，画事各有原则，迨科学进，又益以他因，而美术为之中落，迨复遵守，则锐近事耳。惟此消长，论者亦无利害之可言，盖中世宗教暴起，压抑科学，事或足以震惊，而社会精神，乃于此不无洗涤，熏染陶冶，亦胎嘉葩。二千年来，其色益显，或为路德，或为克灵威尔，为弥耳敦，为华盛顿，为嘉来勒，后世瞻思其业，将孰谓之不伟欤？此其成果，以偿沮遏科学之失，绰然有余裕也。盖无间教宗学术美艺文章，均人间曼衍之要旨，定其孰要，今兹未能。惟若眩至显之实利，摹至肤之方术，则准史实所垂，当反本心而获恶果，可决论而已。此何以故？则以如是种人之得久，盖于文明政事二史皆未之见也。

迄今所述，止于昏黄，若去而求明星于尔时，则亦有可言者一二，如十二世纪有摩格那思（A. Magnus），十三世纪有洛及培庚（Roger Bacon 生一二一四年，中国所习闻者生十六世纪与此异），尝作书论失学之故，画恢复之策，中多名言，至足称述；然其见知于世，去今才百余年耳。书首举失学元因凡四：曰摹古，曰伪智，曰泥于习，曰惑于常。近世华惠尔亦论之，籍当时见象，统归四因，与培庚言殊异，因一曰思不坚，二曰卑琐，三曰不假之性，四曰热中之性，且多援例以实之。丁达尔后出，于第四因有违言，谓热中妨学，盖指脑之弱者耳，若其诚强，乃反足以助学。科学者耄，所发见必不多，此非智力衰也，正坐热中之性渐微故。故人有谓知识的事业，当与道德力分者，此其说为不真，使诚脱是力之鞭策而惟知识之依，则所营为，特可悯者耳。发见之故，此其一也。今更进究发见之深因，则尤有大于此者。盖科学发见，常受超科学之力，易语以释之，亦可曰非科学的理想之感动，古今知名之士，概如是矣。阑喀曰，孰辅相人，而使得至真之知识乎？不为真者，不为可知者，盖理想耳。此足据为铁证者也。英之赫胥黎，则谓发见本于圣觉[①]，不与人之能力相关；如是圣觉，即名曰真理发见者。有此觉而中才亦成宏功，如无此觉，则虽天纵之才，事亦终于不集。说亦至深切而可听也。弗勒那尔以力数学之研究有名，尝柬其友曰，名誉之心，去已久矣。吾今所为，不以令誉，特以吾意之嘉受耳。其恬淡如是。且发见之誉大矣，而威累司逊其成就于达尔文，本生付其勤劬于吉息霍甫，其谦逊又如是。故科学者，必常恬淡，常逊让，有理想，有圣觉，一切无有，而能贻业绩于后世者，未之有闻。即其他事业，亦胥如此矣。若曰，此累叶之言，皆空虚而无当于实欤？则曰然亦近世实益增进之母耳。此述其母，为厥子故，即以慰之。

前此黑暗期中，虽有图复古之一二伟人出，而终亦不能如

① 即所谓的灵感。

其所期，东方之光，盖实作于十五六两世纪顷。惟苓落既久，思想大荒，虽冀履前人之旧迹，亦不可以猝得，故直近十七世纪中叶，人始诚闻夫晓声，回顾其前，则歌白尼（N. Copernicus）首出，说太阳系，开布勒（J. Kepler）行星运动之法继之，此他有格里累阿（Galileo Galilei），于星力二学，多所发明，又善导人，使事斯学；后复有思迭文（S. Stevin）之机械学，吉勒袌德（W. Gilbert）之磁学，哈维（W. Harvey）之生理学。法朗西意大利诸国学校，则解剖之学大盛；科学协会亦始立，意之林舍亚克特美（Accademia dei Lincei）即科学研究之渊薮也。事业之盛，足惊叹矣。夫气运所趣既如此，则桀士自以笃生，故英则有法朗希思培庚，法则有特嘉尔。

培庚（F. Bacon 1561—1626）著书，序古来科学之进步，与何以达其主的之法曰《格致新机》。虽后之结果，不如著者所希，而平议其业，决不可云不伟。惟中所张主，为循序内籀之术，而不更云征验：后以是多讶之。顾培庚之时，学风至异，得一二琐末之事实，辄视为大法之前因，培庚思矫其俗，势自不得不斥前古悬拟夸大之风，而一偏于内籀，则其不崇外籀[①]之事，固非得已矣。况此又特未之语耳，察其思惟，亦非偏废；氏所述理董自然见象者凡二法：初由经验而入公论，次更由公论[②]而入新经验。故其言曰，事物之成，以手乎，抑以心乎？此不完于一。必有机械而辅以其他，乃以具足焉。盖事业者，成以手，亦赖乎心者也。观于此言，则《新机论》第二分中，

① 逻辑学术语“演绎”的旧译名。

② 即定理。

当必有言外籀者，然其第二分未行世也。顾由是而培庚之术为不完，凡所张皇，仅至具足内籀而止。内籀之具足者，不为人所能，其所成就，亦无逾于实历；就实历而探新理，且更进而窥宇宙之大法，学者难之。况悬拟虽培庚所不喜，而今日之有大功于科学，致诸盛大之域者，实多悬拟为之乎？然其说之偏于一方，视为匡世之术可耳，无足深难也。

后斯人几三十年，有特嘉尔（R. Descartes 1596—1650）生于法，以数学名，近世哲学之基，亦赖以立。尝屹然扇尊疑之大潮，信真理之有在，于是专心一志，求基础于意识，觅方术于数理。其言有曰，治几何者，能以至简之名理，会解定理之繁多。吾因悟凡人智以内事，亦咸得以如是法解。若不以不真者为真，而履当履之道，则事之不成物之不解者，将无有矣。故其哲理，盖全本外籀而成，扩而用之，即以驭科学，所谓由因入果，非自果导因，为其著《哲学要义》中所自述，亦特嘉尔方术之本根，思理之枢机也。至其方术，则论者亦谓之不完，奉而不贰，弊亦弗异于偏倚培庚之内籀，惟于过重经验者，可为救正之用而已。若其执中，则偏于培庚之内籀者固非，而笃于特嘉尔之外籀者，亦不云是。二术俱用，真理始昭，而科学之有今日，亦实以有会二术而为之者故。如格里累阿，如哈维，如波尔（R. Boyle），如奈端（I. Newton），皆偏内籀不如培庚，守外籀不如特嘉尔，卓然独立，居中道而经营者也。培庚生时，于国民之富有，与实践之结果，企望极坚，越百年，科学益进而事乃不如其意。奈端发见至卓，特嘉尔数理亦至精，而世人所得，仅脑海之富而止；国之安舒，生之乐易，未能获也。他若波尔立质力二学征实之法，巴斯加耳（B. Pascal）暨多烈舍黎（E. Torricelli）测大气之量，摩勒毕奇（M. Malpighi）等精掔官品之理，而工业如故，交通未良，矿业亦无所进益，惟以机械学之结果，始见极粗之时辰表而已。至十八世纪中叶，英法德意诸国科学之士辈出，质学生学地学之进步，灿然可观，惟所以福社会者若何，则论者尚难于置对。迨酝酿既久，实益乃昭，当同世纪末叶，其效忽大著，举工业之械具资材，植物之滋殖繁养，动物之畜牧改良，无不蒙科学之泽，所谓十九世纪之物质文明，亦即胚胎于是时矣。洪波浩然，精神亦以振，国民风气，因而一新。顾治科学之桀士，则不以是婴心也，如前所言，盖仅以知真理为惟一之仪的，扩脑海之波澜，扫学区之荒秽，因举其身心时力，日探自然之大法而已。尔时之科学名家，无不如是，如侯失勒（J. Herschel）暨拉布拉（S. de Laplace）之于星学，扬俱（Th. Young）暨弗勒那尔（A. Fresnel）之于光学，欧思第德（H. C. Oersted）之于力学，兰麻克（J. de Lamarck）之于生学，迭亢陀耳（A. de Candolle）之于植物学，威那（A. C. Werner）之于矿物学，哈敦（J. Hutton）之于地学，瓦特（J. Watt）之于机械学，其尤著者也。试察所仪，岂在实利哉？然防火灯作矣，汽机出矣，矿术兴矣。而社会之耳目，乃独震惊有此点，日颂当前之结果，于学者独恝然而置之。倒果为因，莫甚于此。欲以求进，殆无异鼓鞭于马勒欤，夫安得如所期？第谓惟科学足以生实业，而实业更无利于科学，人皆慕科学之荣，则又不如是也。社会之事繁，分业之要起，人自不得不有所专，相互为援，于以两进。故实业之蒙益于科学者固多，而科学得实业之助者亦非鲜。今试置身于野人之中，显镜衡机①不俟言，即醇酒玻璃，亦不可致，则科学者将何如，仅得运其思理而已。思理孤运，此雅典暨亚历山德府科学之所以中衰也。事多共其悲喜，盖亦诚言也夫。

故震他国之强大，栗然自危，兴业振兵之说，日腾于口者，外状固若成然觉矣，按其实则仅眩于当前之物，而未得其真谛。夫欧人之来，最眩人者，固莫前举二事若，然此亦非本柢而特葩叶耳。寻其根源，深无底极，一隅之学，夫何力焉。顾著者于此，亦非谓人必以科学为先务，待其结果之成，始以振兵兴业也，特信进步有序，曼衍有源，虑举国惟枝叶之求，而无一二士寻其本，则有源者日长，逐末者仍立拨耳。居今之世，不与古同，尊实利可，摹方术亦可，而有不为大潮所漂泛，屹然当横流，如古贤人，能播将来之佳果于今兹，移有根之福祉于宗国者，亦不能不要求于社会，且亦当为社会要求者矣。丁达尔不云乎：止属目于外物，或但以政事之感，而误凡事之真者，每谓邦国安危，一系于政治之思想，顾至公之历史，则立证其不然。夫法之有今日也，宁有他因耶？特以科学之长，胜他国耳。千七百九十二年之变，全欧嚣然，争执干戈以攻法国，联军伺其外，内讧兴于中，武库空虚，战士多死，既不能以疲卒当锐兵，而又无粮以济守者，武人抚剑而视太空，政家饮泪而悲来日，束手衔恨，俟天运矣。而时之振作其国人者何人？震怖其外敌者又何人？曰，科学也。其时学者，无不尽其心力，

① 即现代的显微镜和天平。

竭其智能，见兵士不足，则补以发明，武具不足，则补以发明，当防守之际，即知有科学者在，而后之战胜必矣。然此犹可曰丁达尔自治科学，因阿所好而立言耳，然证以阿罗戈之所载书，乃益明其不妄，书所记曰，时公会征九十万人，盖御外敌之四集，实非此不胜用尔。而人不如数；众乃大惧。加以武库久空，战备不足，故目前之急，有非人力所能救者。盖时所必要，首为弹药，而原料硝石，曩悉来自印度，至此时遂穷。次为枪炮，而法地产铜不多，必仰俄英印度之给，至今亦绝。三为钢铁，然平日亦取诸外国，制造之术，无知之者。于是行最后之策，集通国学者，开会议之，其最要而最难得者为火药。政府使者皆知不能成，叹曰，硝石安在？声未绝，学者孟耆即起曰，有之。至适当之地，如马厩土仓中，有硝石无量，为汝所梦想不到者。氏禀天才，加以知识，爱国出于至诚，乃睥睨阖室曰，吾能集其土为之！不越三日，火药就矣，于是以至简之法，晓谕国中，老弱妇稚，悉能制造，俄顷间全法国如大工厂也。此外有质学家，以法化分钟铜，用作武器，而炼铁新法亦昉于是时，凡铸刀剑枪械，无不可用国产。柔皮术亦不日竟成，制履之韦，因以不匮。尔时所称异之气球暨空气中之电报，亦均改良扩张，用之争战，前者即摩洛将军乘之探敌阵，得其情实，因制殊胜者也。丁达尔乃论曰，法国尔时，实生二物，曰：科学与爱国。其至有力者，为孟耆（Monge）与加尔诺（Carnot），与有力者，为孚勒克洛，穆勒惠，暨巴列克黎之徒。大业之成，此其枢纽。故科学者，神圣之光，照世界者也，可以遏末流而生感动。时泰，则为人性之光；时危，则由其灵感，生整理者如加尔诺，生强者强于拿破仑之战将云。今试总观前例，本根之要，洞然可知。盖末虽亦能灿烂于一时，而所宅不坚，顷刻可以蕉萃，储能于初，始长久耳。顾犹有不可忽者，为当防社会入于偏，日趋而之一极，精神渐失，则破灭亦随之。盖使举世惟知识之崇，人生必大归于枯寂，如是既久，则美上之感情漓，明敏之思想失，所谓科学，亦同趣于无有矣。故人群所当希冀要求者，不惟奈端已也，亦希诗人如狭斯丕尔（Shakespeare）；不惟波尔，亦希画师如洛菲罗（Raphaelo）；既有康德，亦必有乐人如培得诃芬（Beethoven）；既有达尔文，亦必有文人如嘉来勒（Garlyle）。凡此者，皆所以致人性于全，不使之偏倚，因以见今日之文明者也。嗟夫，彼人文史实之所垂示，固如是已！

一九〇七年作。

文化偏至论

中国既以自尊大昭闻天下，善诋諆者，或谓之顽固；且将抱守残阙，以底于灭亡。近世人士，稍稍耳新学之语，则亦引以为愧，翻然思变，言非同西方之理弗道，事非合西方之术弗行，掊击旧物，惟恐不力，曰将以革前缪而图富强也。间尝论之：昔者帝轩辕氏之戡蚩尤而定居于华土也，典章文物，于以权舆，有苗裔之繁衍于兹，则更改张皇，益臻美大。其蠢蠢于四方者，胥蕞尔小蛮夷耳，厥种之所创成，无一足为中国法，是故化成发达，咸出于己而无取乎人。降及周秦，西方有希腊罗马起，艺文思理，灿然可观，顾以道路之艰，波涛之恶，交通梗塞，未能择其善者以为师资。洎元明时，虽有一二景教父师，以教理暨历算质学干中国，而其道非盛。故迨于海禁既开，晳人踵至之顷，中国之在天下，见夫四夷之则效上国，革面来宾者有之；或野心怒发，狡焉思逞者有之；若其文化昭明，诚足以相上下者，盖未之有也。屹然出中央而无校雠①，则其益自尊大，宝自有而傲睨万物，固人情所宜然，亦非甚背于理极者矣。虽然，惟无校雠故，则宴安日久，苓落以胎，迫拶不来，上征亦辍，使人荼，使人屯，其极为见善而不思式。有新国林起于西，以其殊异之方术来向，一施吹拂，块然踣傹，人心始

① 即指校勘或校订，这里是比较的意思。

自危，而轻才小慧之徒，于是竞言武事。后有学于殊域者，近不知中国之情，远复不察欧美之实，以所拾尘芥，罗列人前，谓钩爪锯牙，为国家首事，又引文明之语，用以自文，征印度波兰，作之前鉴。夫以力角盈绌者，于文野亦何关？远之则罗马之于东西戈尔①，迩之则中国之于蒙古女真，此程度之离距为何如，决之不待智者。然其胜负之数，果奈何矣？苟曰是惟往古为然，今则机械其先，非以力取，故胜负所判，即文野之由分也。则曷弗启人智而开发其性灵，使知罟获戈矛，不过以御豺虎，而喋喋誉白人肉攫之心，以为极世界之文明者又何耶？且使如其言矣，而举国犹孱，授之巨兵，奚能胜任，仍有僵死而已矣。嗟夫，夫子盖以习兵事为生，故不根本之图，而仅提所学以干天下；虽兜牟②深隐其面，威武若不可陵，而干禄之色，固灼然现于外矣！计其次者，乃复有制造商估立宪国会之说。前二者素见重于中国青年间，纵不主张，治之者亦将不可缕数。盖国若一日存，固足以假力图富强之名，博志士之誉；即有不幸，宗社为墟，而广有金资，大能温饱，即使怙恃既失，或被虐杀如犹太遗黎，然善自退藏，或不至于身受；纵大祸垂及矣，而幸免者非无人，其人又适为己，则能得温饱又如故也。若夫后二，可无论已。中较善者，或诚痛乎外侮迭来，不可终日，自既荒陋，则不得已，姑拾他人之绪余，思鸠大群以抗御，而又飞扬其性，善能攘扰，见异己者兴，必借众以陵寡，托言众治，压制乃尤烈于暴君。此非独于理至悖也，即缘救国是图，

① 通译高卢。古代西欧地区名，现在法国、比利时等地

② 古代战士戴的头盔。

不惜以个人为供献，而考索未用，思虑粗疏，茫未识其所以然，辄皈依于众志，盖无殊痼疾之人，去药石摄卫之道弗讲，而乞灵于不知之力，拜祷稽首于祝由之门者哉。至尤下而居多数者，乃无过假是空名，遂其私欲，不顾见诸实事，将事权言议，悉归奔走干进之徒，或至愚屯之富人，否亦善垄断之市侩，特以自长营搰[①]，当列其班，况复掩自利之恶名，以福群之令誉，捷径在目，斯不惮竭蹶以求之耳。呜呼，古之临民者，一独夫也；由今之道，且顿变而为千万无赖之尤，民不堪命矣，于兴国究何与焉。顾若而人者，当其号召张皇，盖蔑弗托近世文明为后盾，有佛戾其说者起，辄谥之曰野人，谓为辱国害群，罪当甚于流放。第不知彼所谓文明者，将已立准则，慎施去取，指善美而可行诸中国之文明乎，抑成事旧章，咸弃捐不顾，独指西方文化而为言乎？物质也，众数也，十九世纪末叶文明之一面或在兹，而论者不以为有当。盖今所成就，无一不绳前时之遗迹，则文明必日有其迁流，又或抗往代之大潮，则文明亦不能无偏至。诚若为今立计，所当稽求既往，相度方来，掊物质而张灵明，任个人而排众数。人既发扬踔厉矣，则邦国亦以兴起。奚事抱枝拾叶，徒金铁国会立宪之云乎？夫势利之念昌狂于中，则是非之辨为之昧，措置张主，辄失其宜，况乎志行污下，将借新文明之名，以大遂其私欲者乎？是故今所谓识时之彦，为按其实，则多数常为盲子，宝赤菽以为玄珠，少数乃为巨奸，垂微饵以冀鲸鲵。即不若是，中心皆中正无瑕玷矣，于是拮据辛苦，展其雄才，渐乃志遂事成，终致彼所谓新文明

① 意思是指钻营掠夺。

者，举而纳之中国，而此迁流偏至之物，已陈旧于殊方者，馨香顶礼，吾又何为若是其芒芒哉！是何也？曰物质也，众数也，其道偏至。根史实而见于西方者不得已，横取而施之中国则非也。借曰非乎？请循其本——

夫世纪之元，肇于耶稣出世，历年既百，是为一期，大故若兴，斯即此世纪所有事，盖从历来之旧贯，而假是为区分，无奥义也。诚以人事连绵，深有本柢，如流水之必自原泉，卉木之茁于根茇[①]，倏忽隐见，理之必无。故苟为寻绎其条贯本末，大都蝉联而不可离，若所谓某世纪文明之特色何在者，特举荦荦大者而为言耳。按之史实，乃如罗马统一欧洲以来，始生大洲通有之历史；已而教皇以其权力，制御全欧，使列国靡然受圈，如同社会，疆域之判，等于一区；益以梏亡人心，思想之自由几绝，聪明英特之士，虽摘发新理，怀抱新见，而束于教令，胥缄口结舌而不敢言。虽然，民如大波，受沮益浩，则于是始思脱宗教之系缚，英德二国，不平者多，法皇宫庭，实为怨府，又以居于意也，乃并意大利人而疾之。林林之民，咸致同情于不平者，凡有能阻泥教旨，抗拒法皇，无间是非，辄与赞和。时则有路德（M. Luther）者起于德，谓宗教根元，在乎信仰，制度戒法，悉其荣华，力击旧教而仆之。自所创建，在废弃阶级，黜法皇僧正诸号，而代以牧师，职宣神命，置身社会，弗殊常人；仪式祷祈，亦简其法。至精神所注，则在牧师地位，无所胜于平人也。转轮[②]既始，烈栗遍于欧洲，受其

① 即草根。

② 变革的意思。

改革者，盖非独宗教而已，且波及于其他人事，如邦国离合，争战原因，后兹大变，多基于是。加以束缚弛落，思索自由，社会蔑不有新色，则有尔后超形气学上之发见，与形气学上之发明。以是胚胎，又作新事：发隐地也，善机械也，展学艺而拓贸迁也，非去羁勒而纵人心，不有此也。顾世事之常，有动无定，宗教之改革已，自必益进而求政治之更张。溯厥由来，则以往者颠覆法皇，一假君主之权力，变革既毕，其力乃张，以一意孤临万民，在下者不能加之抑制，日夕孳孳，惟开拓封域是务，驱民纳诸水火，绝无所动于心：生计绌，人力耗矣。而物反于穷，民意遂动，革命于是见于英，继起于美，复次则大起于法朗西，扫荡门第，平一尊卑，政治之权，主以百姓，平等自由之念，社会民主之思，弥漫于人心。流风至今，则凡社会政治经济上一切权利，义必悉公诸众人，而风俗习惯道德宗教趣味好尚言语暨其他为作，俱欲去上下贤不肖之闲，以大归乎无差别。同是者是，独是者非，以多数临天下而暴独特者，实十九世纪大潮之一派，且曼衍入今而未有既者也。更举其他，则物质文明之进步是已。当旧教盛时，威力绝世，学者有见，大率默然，其有毅然表白于众者，每每获囚戮之祸。递教力堕地，思想自由，凡百学术之事，勃焉兴起，学理为用，实益遂生，故至十九世纪，而物质文明之盛，直傲睨前此二千余年之业绩。数其著者，乃有棉铁石炭之属，产生倍旧，应用多方，施之战斗制造交通，无不功越于往日；为汽为电，咸听指挥，世界之情状顿更，人民之事业益利。久食其赐，信乃弥坚，渐而奉为圭臬，视若一切存在之本根，且将以之范围精神界所有事，现实生活，胶不可移，惟此是尊，惟此是尚，此又十九世纪大潮之一派，且曼衍入今而未有既者也。虽然，教权庞大，则覆之假手于帝王，比大权尽集一人，则又颠之以众庶。理若极于众庶矣，而众庶果足以极是非之端也耶？宴安逾法，则矫之以教宗，递教宗淫用其权威，则又掊之以质力。事若尽于物质矣，而物质果足尽人生之本也耶？平意思之，必不然矣。然而大势如是者，盖如前言，文明无不根旧迹而演来，亦以矫往事而生偏至，缘督校量，其颇灼然，犹孑与躄焉耳。特其见于欧洲也，为不得已，且亦不可去，去孑与躄，斯失孑与躄之德，而留者为空无。不安受宝重之者奈何？顾横被之不相系之中国而膜拜之，又宁见其有当也？明者微睇，察逾众凡，大士哲人，乃蚤识其弊而生愤叹，此十九世纪末叶思潮之所以变矣。德人尼佉（Fr. Nietzsche）氏，则假察罗图斯德罗（Zarathustra）之言曰，吾行太远，孑然失其侣，返而观夫今之世，文明之邦国矣，斑斓之社会矣。特其为社会也，无确固之崇信；众庶之于知识也，无作始之性质。邦国如是，奚能淹留？吾见放于父母之邦矣！聊可望者，独苗裔耳。此其深思遐瞩，见近世文明之伪与偏，又无望于今之人，不得已而念来叶者也。

然则十九世纪末思想之为变也，其原安在，其实若何，其力之及于将来也又奚若？曰言其本质，即以矫十九世纪文明而起者耳。盖五十年来，人智弥进，渐乃返观前此，得其通弊，察其黮暗，于是浡焉兴作，会为大潮，以反动破坏充其精神，以获新生为其希望，专向旧有之文明，而加之掊击扫荡焉。全欧人士，为之栗然震惊者有之，芒然自失者有之，其力之烈，盖深入于人之灵府矣。然其根柢，乃远在十九世纪初叶神思一派；递夫后叶，受感化于其时现实之精神，已而更立新形，起以抗前时之现实，即所谓神思宗之至新者也。若夫影响，则眇眇来世，肊测殊难，特知此派之兴，决非突见而靡人心，亦不至突灭而归乌有，据地极固，函义甚深。以是为二十世纪文化始基，虽云早计，然其为将来新思想之朕兆，亦新生活之先驱，则按诸史实所昭垂，可不俟繁言而解者已。顾新者虽作，旧亦未僵，方遍满欧洲，冥通其地人民之呼吸，余力流衍，乃扰远东，使中国之人，由旧梦而入于新梦，冲决嚣叫，状犹狂酲。夫方贱古尊新，而所得既非新，又至偏而至伪，且复横决，浩乎难收，则一国之悲哀亦大矣。今为此篇，非云已尽西方最近思想之全，亦不为中国将来立则，惟疾其已甚，施之抨弹，犹神思新宗之意焉耳。故所述止于二事：曰非物质，曰重个人。

个人一语，入中国未三四年，号称识时之士，多引以为大诟，苟被其谥，与民贼同。意者未遑深知明察，而迷误为害人利己之义也欤？夷考其实，至不然矣。而十九世纪末之重个人，则吊诡殊恒，尤不能与往者比论。试案尔时人性，莫不绝异其前，入于自识，趣于我执，刚愎主己，于庸俗无所顾忌。如诗歌说部之所记述，每以骄蹇不逊者为全局之主人。此非操觚之士，独凭神思构架而然也，社会思潮，先发其朕，则逡之载籍而已矣。盖自法朗西大革命以来，平等自由，为凡事首，继而普通教育及国民教育，无不基是以遍施。久浴文化，则渐悟人类之尊严；既知自我，则顿识个性之价值；加以往之习惯坠地，崇信荡摇，则其自觉之精神，自一转而之极端之主我。且社会民主之倾向，势亦大张，凡个人者，即社会之一分子，夷隆实陷，是为指归，使天下人人归于一致，社会之内，荡无高卑。此其为理想诚美矣，顾于个人殊特之性，视之蔑如，既不加之别分，且欲致之灭绝。更举黮暗，则流弊所至，将使文化之纯粹者，精神益趋于固陋，颓波日逝，纤屑靡存焉。盖所谓平社会者，大都夷峻而不湮卑，若信至程度大同，必在前此进步水平以下。况人群之内，明哲非多，伧俗横行，浩不可御，风潮剥蚀，全体以沦于凡庸。非超越尘埃，解脱人事，或愚屯罔识，惟众是从者，其能缄口而无言乎？物反于极，则先觉善斗之士出矣：德人斯契纳尔（M. Stirner）乃先以极端之个人主义现于世。谓真之进步，在于己之足下。人必发挥自性，而脱观念世界之执持。惟此自性，即造物主。惟有此我，本属自由；既本有矣，而更外求也，是曰矛盾。自由之得以力，而力即在乎个人，亦即资财，亦即权利。故苟有外力来被，则无间出于寡人，或出于众庶，皆专制也。国家谓吾当与国民合其意志，亦一专制也。众意表现为法律，吾即受其束缚，虽曰为我之舆台，顾同是舆台耳。去之奈何？曰：在绝义务。义务废绝，而法律与偕亡矣。意盖谓凡一个人，其思想行为，必以己为中枢，亦以己为终极：即立我性为绝对之自由者也。至勖宾霍尔（A. Schopenhauer），则自既以兀傲刚愎有名，言行奇觚，为世希有；又见夫盲瞽鄙倍之众，充塞两间，乃视之与至劣之动物并等，愈益主我扬己而尊天才也。至丹麦哲人契开迦尔（S. Kierkegaard）则愤发疾呼，谓惟发挥个性，为至高之道德，而顾瞻他事，胥无益焉。其后有显理伊勃生（Henrik lbsen）见于文界，瑰才卓识，以契开迦尔之诠释者称。其所著书，往往反社会民主之倾向，精力旁注，则无间习惯信仰道德，苟有拘于虚而偏至者，无不加之抵排。更睹近世人生，每托平等之名，实乃愈趋于恶浊，庸凡凉薄，日益以深，顽愚之道行，伪诈之势逞，而气宇品性，卓尔不群之士，乃反穷于草莽，辱于泥涂，个性之尊严，人类之价值，将咸归于无有，则常为慷慨激昂而不能自已也。如其《民敌》一书，谓有人宝守真理，不阿世媚俗，而不见容于人群，狡狯之徒，乃巍然独为众愚领袖，借多陵寡，植党自私，于是战斗以兴，而其书亦止：社会之象，宛然具于是焉。若夫尼佉，斯个人主义之至雄桀者矣，希望所寄，惟在大士天才；而以愚民为本位，则恶之不殊蛇蝎。意盖谓治任多数，则社会元气，一旦可隳，不若用庸众为牺牲，以冀一二天才之出世，递天才出而社会之活动亦以萌，即所谓超人之说，尝震惊欧洲之思想界者也。由是观之，彼之讴歌众数，奉若神明者，盖仅见光明一端，他未遍知，因加赞颂，使反而观诸黑暗，当立悟其不然矣。一梭格拉第也，而众希腊人鸩之，一耶稣基督也，而众犹太人磔之，后世论者，孰不云缪，顾其时则从众志耳。设留今之众志，迻诸载籍，以俟评骘于来哲，则其是非倒置，或正如今人之视往古，未可知也。故多数相朋，而仁义之途，是非之端，樊然淆乱；惟常言是解，于奥义也漠然。常言奥义，孰近正矣？是故布鲁多既杀该撒，昭告市人，其词秩然有条，名分大义，炳如观火；而众之受感，乃不如安多尼指血衣之数言。于是方群推为爱国之伟人，忽见逐于域外。夫誉之者众数也，逐之者又众数也，一瞬息中，变易反复，其无特操不俟言；即观现象，已足知不祥之消息矣。故是非不可公于众，公之则果不诚；政事不可公于众，公之则治不郅。惟超人出，世乃太平。苟不能然，则在英哲。嗟夫，彼持无政府主义者，其颠覆满盈，铲除阶级，亦已至矣，而建说创业诸雄，大都以导师自命。夫一导众从，智愚之别即在斯。与其抑英哲以就凡庸，曷若置众人而希英哲？则多数之说，缪不中经，个性之尊，所当张大，盖揆之是非利害，已不待繁言深虑而可知矣。虽然，此亦赖夫勇猛无畏之人，独立自强，去离尘垢，排舆言而弗沦于俗囿者也。

若夫非物质主义者，犹个人主义然，亦兴起于抗俗。盖唯物之倾向，固以现实为权舆，浸润人心，久而不止。故在十九世纪，爰为大潮，据地极坚，且被来叶，一若生活本根，舍此将莫有在者。不知纵令物质文明，即现实生活之大本，而崇奉逾度，倾向偏趋，外此诸端，悉弃置而不顾，则按其究竟，必将缘偏颇之恶因，失文明之神旨，先以消耗，终以灭亡，历世精神，不百年而具尽矣。递夫十九世纪后叶，而其弊果益昭，诸凡事物，无不质化，灵明日以亏蚀，旨趣流于平庸，人惟客观之物质世界是趋，而主观之内面精神，乃舍置不之一省。重其外，放其内，取其质，遗其神，林林众生，物欲来蔽，社会憔悴，进步以停，于是一切诈伪罪恶，蔑弗乘之而萌，使性灵之光，愈益就于黯淡：十九世纪文明一面之通弊，盖如此矣。时乃有新神思宗徒出，或崇奉主观，或张皇意力，匡纠流俗，厉如电霆，使天下群伦，为闻声而摇荡。即其他评骘之士，以至学者文家，虽意主和平，不与世迕，而见此唯物极端，且杀精神生活，则亦悲观愤叹，知主观与意力主义之兴，功有伟于洪水之有方舟者焉。主观主义者，其趣凡二：一谓惟以主观为准则，用律诸物；一谓视主观之心灵界，当较客观之物质界为尤尊。前者为主观倾向之极端，力特著于十九世纪末叶，然其趋势，颇与主我及我执殊途，仅于客观之习惯，无所盲从，或不置重，而以自有之主观世界为至高标准而已。以是之故，则思虑动作，咸离外物，独往来于自心之天地，确信在是，满足亦在是，谓之渐自省其内曜之成果可也。若夫兴起之由，则原于外者，为大势所向，胥在平庸之客观习惯，动不由己，发如机缄[1]，识者不能堪，斯生反动；其原于内者，乃实以近世人心，日进于自觉，知物质万能之说，且逸个人之情意，使独创之力，归于槁枯，故不得不以自悟者悟人，冀挽狂澜于方倒耳。如尼佉伊勃生诸人，皆据其所信，力抗时俗，示主观倾向之极致；而契开迦尔则谓真理准则，独在主观，惟主观性，即为真理，至凡有道德行为，亦可弗问客观之结果若何，而一任主观之善恶为判断焉。其说出世，和者日多，于是思潮为之更张，骛外者渐转而趣内，渊思冥想之风作，自省抒情之意苏，去现实物质与自然之樊，以就其本有心灵之域；知精神现象实人类生活之极颠，非发挥其辉光，于人生为无当；而张大个人之人格，又人生之第一义也。然尔时所要求之人格，有甚异于前者。往所理想，在知见情操，两皆调整，若主智一派，则在聪明睿智，能移客观之大世界于主观之中者。如是思惟，迨黑该尔（F. Hegel）出而达其极。若罗曼暨尚古一派，则息孚支培黎（Shaftesbury）承卢骚（J. Rousseau）之后，尚容情感之要求，特必与情操相统一调和，始合其理想之人格。而希籁（Fr. Schiller）氏者，乃谓必知感两性，圆满无间，然后谓之全人。顾至十九世纪垂终，则理想为之一变。明哲之士，反省于内面者深，因以知古人所设具足调协之人，决不能得之今世；惟有意力轶众，所当希求，能于情意一端，处现实之世，而有

---

① 即机缄。

勇猛奋斗之才，虽屡踣屡僵，终得现其理想：其为人格，如是焉耳。故如勖宾霍尔所张主，则以内省诸己，豁然贯通，因曰意力为世界之本体也；尼佉之所希冀，则意力绝世，几近神明之超人也；伊勃生之所描写，则以更革为生命，多力善斗，即迕万众不慑之强者也。夫诸凡理想，大致如斯者，诚以人丁转轮之时，处现实之世，使不若是，每至舍己从人，沉溺逝波，莫知所届，文明真髓，顷刻荡然；惟有刚毅不挠，虽遇外物而弗为移，始足作社会桢干。排斥万难，黾勉上征，人类尊严，于此攸赖，则具有绝大意力之士贵耳。虽然，此又特其一端而已。试察其他，乃亦以见末叶人民之弱点，盖往之文明流弊，浸灌性灵，众庶率纤弱颓靡，日益以甚，渐乃反观诸己，为之欿然[①]，于是刻意求意力之人，冀倚为将来之柱石。此正犹洪水横流，自将灭顶，乃神驰彼岸，出全力以呼善没者尔，悲夫！

由是观之，欧洲十九世纪之文明，其度越前古，凌驾亚东，诚不俟明察而见矣。然既以改革而胎，反抗为本，则偏于一极，固理势所必然。洎夫末流，弊乃自显。于是新宗蹶起，特反其初，复以热烈之情，勇猛之行，起大波而加之涤荡。直至今日，益复浩然。其将来之结果若何，盖未可以率测。然作旧弊之药石，造新生之津梁，流衍方长，曼不遽已，则相其本质，察其精神，有可得而征信者。意者文化常进于幽深，人心不安于固定，二十世纪之文明，当必沉邃庄严，至与十九世纪之文明异趣。新生一作，虚伪道消，内部之生活，其将愈深且强欤？精神生活之光耀，将愈兴起而发扬欤？成然以觉，出客观梦幻之

① 忧虑、不满足。

世界，而主观与自觉之生活，将由是而益张欤？内部之生活强，则人生之意义亦愈邃，个人尊严之旨趣亦愈明，二十世纪之新精神，殆将立狂风怒浪之间，恃意力以辟生路者也。中国在今，内密既发，四邻竞集而迫拶，情状自不能无所变迁。夫安弱守雌，笃于旧习，固无以争存于天下。第所以匡救之者，缪而失正，则虽日易故常，哭泣叫号之不已，于忧患又何补矣？此所为明哲之士，必洞达世界之大势，权衡校量，去其偏颇，得其神明，施之国中，翕合无间。外之既不后于世界之思潮，内之仍弗失固有之血脉，取今复古，别立新宗，人生意义，致之深邃，则国人之自觉至，个性张，沙聚之邦，由是转为人国。人国既建，乃始雄厉无前，屹然独见于天下，更何有于肤浅凡庸之事物哉？顾今者翻然思变，历岁已多，青年之所思惟，大都归罪恶于古之文物，甚或斥言文为蛮野，鄙思想为简陋，风发浡起，皇皇焉欲进欧西之物而代之，而于适所言十九世纪末之思潮，乃漠然不一措意。凡所张主，惟质为多，取其质犹可也，更按其实，则又质之至伪而偏，无所可用。虽不为将来立计，仅图救今日之阽危，而其术其心，违戾亦已甚矣。况乎凡造言任事者，又复有假改革公名，而阴以遂其私欲者哉？今敢问号称志士者曰，将以富有为文明欤，则犹太遗黎，性长居积，欧人之善贾者，莫与比伦，然其民之遭遇何如矣？将以路矿为文明欤，则五十年来非澳二洲，莫不兴铁路矿事，顾此二洲土著之文化何如矣？将以众治为文明欤，则西班牙波陀牙二国，立宪且久，顾其国之情状又何如矣？若曰惟物质为文化之基也，则列机括[1]，陈粮食，遂足以雄长天下欤？曰惟多数得是非之正也，则以一人与众禺处，其亦将木居而芧食欤？此虽妇竖，必否之矣。然欧美之强，莫不以是炫天下者，则根柢在人，而此特现象之末，本原深而难见，荣华昭而易识也。是故将生存两间，角逐列国是务，其首在立人，人立而后凡事举；若其道术，乃必尊个性而张精神。假不如是，槁丧且不俟夫一世。夫中国在昔，本尚物质而疾天才矣，先王之泽，日以殄绝，逮蒙外力，乃退然不可自存。而辁才小慧之徒，则又号召张皇，重杀之以物质而囿之以多数，个人之性，剥夺无余。往者为本体自发之偏枯，今则获以交通传来之新疫，二患交伐，而中国之沉沦遂以益速矣。呜呼，眷念方来，亦已焉哉！

一九〇七年作。

[1] 指武器。

摩罗诗力说

求古源尽者将求方来之泉，将求新源。嗟我昆弟，新生之作，新泉之涌于渊深，其非远矣。

——尼佉

一

人有读古国文化史者，循代而下，至于卷末，必凄以有所觉，如脱春温而入于秋肃，勾萌绝朕[①]，枯槁在前，吾无以名，姑谓之萧条而止。盖人文之留遗后世者，最有力莫如心声。古民神思，接天然之閟宫，冥契万有，与之灵会，道其能道，爰为诗歌。其声度时劫而入人心，不与缄口同绝；且益曼衍，视其种人[②]。递文事式微，则种人之运命亦尽，群生辍响，荣华收光；读史者萧条之感，即以怒起，而此文明史记，亦渐临末页矣。凡负令誉于史初，开文化之曙色，而今日转为影国[③]者，

① 毫无生机的意思。

② 指种族。

③ 已经消失了的文明古国。

无不如斯。使举国人所习闻，最适莫如天竺。天竺古有《韦陀》四种，瑰丽幽夐，称世界大文；其《摩诃波罗多》暨《罗摩衍那》二赋，亦至美妙。厥后有诗人加黎陀萨（Kalidasa）者出，以传奇鸣世，间染抒情之篇；日耳曼诗宗瞿提（W. von Goethe），至崇为两间之绝唱。降及种人失力，而文事亦共零夷，至大之声，渐不生于彼国民之灵府，流转异域，如亡人也。次为希伯来，虽多涉信仰教诫，而文章以幽邃庄严胜，教宗文术，此其源泉，灌溉人心，迄今兹未艾。特在以色列族，则止耶利米（Jeremiah）之声；列王荒矣，帝怒以赫，耶路撒冷遂隳，而种人之舌亦默。当彼流离异地，虽不遽忘其宗邦，方言正信，拳拳未释，然《哀歌》而下，无赓响矣。复次为伊兰埃及，皆中道废弛，有如断绠，灿烂于古，萧瑟于今。若震旦而逸斯列，则人生大戬，无逾于此。何以故？英人加勒尔（Th. Carlyle）曰，得昭明之声，洋洋乎歌心意而生者，为国民之首义。意大利分崩矣，然实一统也，彼生但丁（Dante Alighieri），彼有意语。大俄罗斯之札尔[①]，有兵刃炮火，政治之上，能辖大区，行大业。然奈何无声？中或有大物，而其为大也喑。（中略）迨兵刃炮火，无不腐蚀，而但丁之声依然。有但丁者统一，而无声兆之俄人，终支离而已。

尼佉（Fr. Nietzsche）不恶野人，谓中有新力，言亦确凿不可移。盖文明之朕，固孕于蛮荒，野人狉獉其形，而隐曜即伏于内。文明如华，蛮野如蕾，文明如实，蛮野如华，上征在是，

① 通译为沙皇。

希望亦在是。惟文化已止之古民不然：发展既央，隳败随起，况久席古宗祖之光荣，尝首出周围之下国，暮气之作，每不自知，自用而愚，污如死海。其煌煌居历史之首，而终匿形于卷末者，殆以此欤？俄之无声，激响在焉。俄如孺子，而非喑人；俄如伏流，而非古井。十九世纪前叶，果有鄂戈理（N. Gogol）者起，以不可见之泪痕悲色，振其邦人，或以拟英之狭斯丕尔（W. Shakespeare），即加勒尔所赞扬崇拜者也。顾瞻人间，新声争起，无不以殊特雄丽之言，自振其精神而绍介其伟美于世界；若渊默而无动者，独前举天竺以下数古国而已。嗟夫，古民之心声手泽，非不庄严，非不崇大，然呼吸不通于今，则取以供览古之人，使摩挲咏叹而外，更何物及其子孙？否亦仅自语其前此光荣，即以形迩来之寂寞，反不如新起之邦，纵文化未昌，而大有望于方来之足致敬也。故所谓古文明国者，悲凉之语耳，嘲讽之辞耳！中落之胄，故家荒矣，则喋喋语人，谓厥祖在时，其为智慧武怒者何似，尝有闳宇崇楼，珠玉犬马，尊显胜于凡人。有闻其言，孰不腾笑？夫国民发展，功虽有在于怀古，然其怀也，思理朗然，如鉴明镜，时时上征，时时反顾，时时进光明之长途，时时念辉煌之旧有，故其新者日新，而其古亦不死。若不知所以然，漫夸耀以自悦，则长夜之始，即在斯时。今试履中国之大衢，当有见军人蹀躞而过市者，张口作军歌，痛斥印度波阑之奴性；有漫为国歌者亦然。盖中国今日，亦颇思历举前有之耿光，特未能言，则姑曰左邻已奴，右邻且死，择亡国而较量之，冀自显其佳胜。夫二国与震旦究孰劣，今姑弗言；若云颂美之什，国民之声，则天下之咏者虽多，固未见有此作法矣。诗人绝迹，事若甚微，而萧条之感，辄以来袭。意者欲扬宗邦之真大，首在审己，亦必知人，比较既周，爰生自觉。自觉之声发，每响必中于人心，清晰昭明，不同凡响。非然者，口舌一结，众语俱沦，沉默之来，倍于前此。盖魂意方梦，何能有言？即震于外缘，强自扬厉，不惟不大，徒增欷耳。故曰国民精神之发扬，与世界识见之广博有所属。

今且置古事不道，别求新声于异邦，而其因即动于怀古。新声之别，不可究详；至力足以振人，且语之较有深趣者，实莫如摩罗诗派。摩罗之言，假自天竺，此云天魔，欧人谓之撒但，人本以目裴伦（G. Byron）。今则举一切诗人中，凡立意在反抗，指归在动作，而为世所不甚愉悦者悉入之，为传其言行思惟，流别影响，始宗主裴伦，终以摩迦（匈加利）文士。凡是群人，外状至异，各禀自国之特色，发为光华；而要其大归，则趣于一：大都不为顺世和乐之音，动吭一呼，闻者兴起，争天拒俗，而精神复深感后世人心，绵延至于无已。虽未生以前，解脱而后，或以其声为不足听；若其生活两间，居天然之掌握，辗转而未得脱者，则使之闻之，固声之最雄桀伟美者矣。然以语平和之民，则言者滋惧。

二

平和为物，不见于人间。其强谓之平和者，不过战事方已或未始之时，外状若宁，暗流仍伏，时劫一会，动作始矣。故观之天然，则和风拂林，甘雨润物，似无不以降福祉于人世，然烈火在下，出为地囱①，一旦偾兴，万有同坏。其风雨时作，特暂伏之见象，非能永劫安易，如亚当之故家也。人事亦然，衣食家室邦国之争，形现既昭，已不可以讳掩；而二士室处，亦有吸呼，于是生颢气之争，强肺者致胜。故杀机之昉，与有生偕；平和之名，等于无有。特生民之始，既以武健勇烈；抗拒战斗，渐进于文明矣，化定俗移，转为新懦，知前征之至险，则爽然思归其雌，而战场在前，复自知不可避，于是运其神思，创为理想之邦，或托之人所莫至之区，或迟之不可计年以后。自柏拉图（Platon）《邦国论》始，西方哲士，作此念者不知几何人。虽自古迄今，绝无此平和之朕，而延颈方来，神驰所慕之仪的，日逐而不舍，要亦人间进化之一因子欤？吾中国爱智之士②，独不与西方同，心神所注，辽远在于唐虞，或迳入古初，游于人兽杂居之世；谓其时万祸不作，人安其天，不如斯世之恶浊阽危，无以生活。其说照之人类进化史实，事正背驰。盖古民曼衍播迁，其为争抗劬劳，纵不厉于今，而视今必无所减；特历时既永，史乘无存，汗迹血腥，泯灭都尽，则追而思之，似其时为至足乐耳。傥使置身当时，与古民同其忧患，则颓唐侘傺，复远念盘古未生，斧凿未经之世，又事之所必有者已。故作此念者，为无希望，为无上征，为无努力，较以西方思理，犹水火然；非自杀以从古人，将终其身更无可希冀经营，致人我于所仪之主的，束手浩叹，神质同隳焉而已。且更为忖度其言，又将见古之思士，决不以华土为可乐，如今人所张皇；

① 指火山。

② 即哲学家。

惟自知良懦无可为，乃独图脱屣尘埃，惝恍古国，任人群堕于虫兽，而已身以隐逸终。思士如是，社会善之，咸谓之高蹈之人，而自云我虫兽我虫兽也。其不然者，乃立言辞，欲致人同归于朴古，老子之辈，盖其枭雄。老子书五千语，要在不撄人心；以不撄人心故，则必先自致槁木之心，立无为之治；以无为之为化社会，而世即于太平。其术善也。然奈何星气既凝，人类既出而后，无时无物，不禀杀机，进化或可停，而生物不能返本。使拂逆其前征，势即入于苓落，世界之内，实例至多，一览古国，悉其信证。若诚能渐致人间，使归于禽虫卉木原生物，复由渐即于无情，则宇宙自大，有情已去，一切虚无，宁非至净。而不幸进化如飞矢，非堕落不止，非著物不止，祈逆飞而归弦，为理势所无有。此人世所以可悲，而摩罗宗之为至伟也。人得是力，乃以发生，乃以曼衍，乃以上征，乃至于人所能至之极点。

中国之治，理想在不撄，而意异于前说。有人撄人，或有人得撄者，为帝大禁，其意在保位，使子孙王千万世，无有底止，故性解（Cenius）之出，必竭全力死之；有人撄我，或有能撄人者，为民大禁，其意在安生，宁蜷伏堕落而恶进取，故性解之出，亦必竭全力死之。柏拉图建神思之邦，谓诗人乱治，当放域外；虽国之美污，意之高下有不同，而术实出于一。盖诗人者，撄人心者也。凡人之心，无不有诗，如诗人作诗，诗不为诗人独有，凡一读其诗，心即会解者，即无不自有诗人之诗。无之何以能解？惟有而未能言，诗人为之语，则握拨一弹，心弦立应，其声澈于灵府，令有情皆举其首，如睹晓日，益为之美伟强力高尚发扬，而污浊之平和，以之将破。平和之破，人道蒸也。虽然，上极天帝，下至舆台，则不能不因此变其前时之生活；协力而夭阏之，思永保其故态，殆亦人情已。故态永存，是曰古国。惟诗究不可灭尽，则又设范以囚之。如中国之诗，舜云言志；而后贤立说，乃云持人性情，三百之旨，无邪所蔽。夫既言志矣，何持之云？强以无邪，即非人志。许自繇于鞭策羁縻之下，殆此事乎？然厥后文章，乃果辗转不逾此界。其颂祝主人，悦媚豪右之作，可无俟言。即或心应虫鸟，情感林泉，发为韵语，亦多拘于无形之囹圄，不能舒两间之真美；否则悲慨世事，感怀前贤，可有可无之作，聊行于世。倘其嗫嚅之中，偶涉眷爱，而儒服之士，即交口非之。况言之至反常俗者乎？惟灵均将逝，脑海波起，通于汨罗，返顾高丘，哀其无女，则抽写哀怨，郁为奇文。茫洋在前，顾忌皆去，怼世俗之浑浊，颂己身之修能，怀疑自遂古之初，直至百物之琐末，放言无惮，为前人所不敢言。然中亦多芳菲凄恻之音，而反抗挑战，则终其篇未能见，感动后世，为力非强。刘彦和所谓才高者菀其鸿裁，中巧者猎其艳辞，吟讽者衔其山川，童蒙者拾其香草。皆著意外形，不涉内质，孤伟自死，社会依然，四语之中，函深哀焉。故伟美之声，不震吾人之耳鼓者，亦不始于今日。大都诗人自倡，生民不耽。试稽自有文字以至今日，凡诗宗词客，能宣彼妙音，传其灵觉，以美善吾人之性情，崇大吾人之思理者，果几何人？上下求索，几无有矣。第此亦不能为彼徒罪也，人人之心，无不泐二大字曰实利，不获则劳，既获便睡。纵有激响，何能撄之？夫心不受撄，非槁死则缩朒耳，而况实利之念，复煔煔热于中，且其为利，又至陋劣不足道，则驯至卑懦俭啬，退让畏葸，无古民之朴野，有末世之浇漓，又必然之势矣，此亦古哲人所不及料也。夫云将以诗移人性情，使即于诚善美伟强力敢为之域，闻者或哂其迂远乎；而事复无形，效不显于顷刻。使举一密栗[1]之反证，殆莫如古国之见灭于外仇矣。凡如是者，盖不止笞击縻系，易于毛角[2]而已，且无有为沉痛著大之声，撄其后人，使之兴起；即间有之，受者亦不为之动，创痛少去，即复营营于治生，活身是图，不恤污下，外仇又至，摧败继之。故不争之民，其遭遇战事，常较好争之民多，而畏死之民，其苓落殇亡，亦视强项敢死之民众。

千八百有六年八月，拿破仑大挫普鲁士军，翌年七月，普鲁士乞和，为从属之国。然其时德之民族，虽遭败亡窘辱，而古之精神光耀，固尚保有而未隳。于是有爱伦德（E. M. Arndt）者出，著《时代精神篇》（Geist der Zeit），以伟大壮丽之笔，宣独立自繇之音，国人得之，敌忾之心大炽；已而为敌觉察，探索极严，乃走瑞士。递千八百十二年，拿破仑挫于墨斯科之酷寒大火，逃归巴黎，欧土遂为云扰，竞举其反抗之兵。翌年，普鲁士帝威廉三世乃下令召国民成军，宣言为三事战，曰自由正义祖国；英年之学生诗人美术家争赴之。爱伦德亦归，著《国民军者何》暨《莱因为德国大川特非其界》二篇，以鼓青年之意气。而义勇军中，时亦有人曰台陀开纳（Theoder

---

① 确凿的意思。
② 禽兽的意思。

Körner)，慨然投笔，辞维也纳国立剧场诗人之职，别其父母爱者，遂执兵行；作书贻父母曰，普鲁士之鹫，已以鸷击诚心，觉德意志民族之大望矣。吾之吟咏，无不为宗邦神往。吾将舍所有福祉欢欣，为宗国战死。嗟夫，吾以明神之力，已得大悟。为邦人之自由与人道之善故，牺牲孰大于是？热力无量，涌吾灵台，吾起矣！后此之《竖琴长剑》（Leier und Schwert）一集，亦无不以是精神，凝为高响，展卷方诵，血脉已张。然时之怀热诚灵悟如斯状者，盖非止开纳一人也，举德国青年，无不如是。开纳之声，即全德人之声，开纳之血，亦即全德人之血耳。故推而论之，败拿破仑者，不为国家，不为皇帝，不为兵刃，国民而已。国民皆诗，亦皆诗人之具，而德卒以不亡。此岂笃守功利，摈斥诗歌，或抱异域之朽兵败甲，冀自卫其衣食室家者，意料之所能至哉？然此亦仅譬诗力于米盐，聊以震崇实之士，使知黄金黑铁，断不足以兴国家，德法二国之外形，亦非吾邦所可活剥；示其内质，冀略有所悟解而已。此篇本意，固不在是也。

三

由纯文学上言之，则以一切美术之本质，皆在使观听之人，为之兴感怡悦。文章为美术之一，质当亦然，与个人暨邦国之存，无所系属，实利离尽，究理弗存。故其为效，益智不如史乘，诫人不如格言，致富不如工商，弋功名不如卒业之券[①]。

---

① 指毕业的文凭。

特世有文章，而人乃以几于具足。英人道覃（E. Dowden）有言曰，美术文章之桀出于世者，观诵而后，似无裨于人间者，往往有之。然吾人乐于观诵，如游巨浸，前临渺茫，浮游波际，游泳既已，神质悉移。而彼之大海，实仅波起涛飞，绝无情愫，未始以一教训一格言相授。顾游者之元气体力，则为之陡增也。故文章之于人生，其为用决不次于衣食，宫室，宗教，道德。盖缘人在两间，必有时自觉以勤劬，有时丧我而惝恍，时必致力于善生，时必并忘其善生之事而入于醇乐，时或活动于现实之区，时或神驰于理想之域；苟致力于其偏，是谓之不具足。严冬永留，春气不至，生其躯壳，死其精魂，其人虽生，而人生之道失。文章不用之用，其在斯乎？约翰穆黎曰，近世文明，无不以科学为术，合理为神，功利为鹄。大势如是，而文章之用益神。所以者何？以能涵养吾人之神思耳。涵养人之神思，即文章之职与用也。

此他丽于文章能事者，犹有特殊之用一。盖世界大文，无不能启人生之閟机，而直语其事实法则，为科学所不能言者。所谓閟机，即人生之诚理是已。此为诚理，微妙幽玄，不能假口于学子。如热带人未见冰前，为之语冰，虽喻以物理生理二学，而不知水之能凝，冰之为冷如故；惟直示以冰，使之触之，则虽不言质力二性，而冰之为物，昭然在前，将直解无所疑沮。惟文章亦然，虽缕判条分，理密不如学术，而人生诚理，直笼其辞句中，使闻其声者，灵府朗然，与人生即会。如热带人既见冰后，曩之竭研究思索而弗能喻者，今宛在矣。昔爱诺尔特（M. Arnold）氏以诗为人生评骘，亦正此意。故人若读鄂谟

(Homeros)以降大文，则不徒近诗，且自与人生会，历历见其优胜缺陷之所存，更力自就于圆满。此其效力，有教示意；既为教示，斯益人生；而其教复非常教，自觉勇猛发扬精进，彼实示之。凡苓落颓唐之邦，无不以不耳此教示始。

顾有据群学[①]见地以观诗者，其为说复异：要在文章与道德之相关。谓诗有主分，曰观念之诚。其诚奈何？则曰为诗人之思想感情，与人类普遍观念之一致。得诚奈何？则曰在据极溥博之经验。故所据之人群经验愈溥博，则诗之溥博视之。所谓道德，不外人类普遍观念所形成。故诗与道德之相关，缘盖出于造化。诗与道德合，即为观念之诚，生命在是，不朽在是。非如是者，必与群法僢驰。以背群法故，必反人类之普遍观念；以反普遍观念故，必不得观念之诚。观念之诚失，其诗宜亡。故诗之亡也，恒以反道德故。然诗有反道德而竟存者奈何？则曰，暂耳。无邪之说，实与此契。苟中国文事复兴之有日，虑操此说以力削其萌孽者，当有徒也。而欧洲评骘之士，亦多抱是说以律文章。十九世纪初，世界动于法国革命之风潮，德意志西班牙意大利希腊皆兴起，往之梦意，一晓而苏；惟英国较无动。顾上下相迕，时有不平，而诗人裴伦，实生此际。其前有司各德（W. Scott）辈，为文率平妥翔实，与旧之宗教道德极相容。迨有裴伦，乃超脱古范，直抒所信，其文章无不函刚健抗拒破坏挑战之声。平和之人，能无惧乎？于是谓之撒但。此言始于苏惹（R. Southey），而众和之；后或扩以称修黎

① 即社会学。

（P. B. Shelley）以下数人，至今不废。苏惹亦诗人，以其言能得当时人群普遍之诚故，获月桂冠，攻裴伦甚力。裴伦亦以恶声报之，谓之诗商。所著有《纳尔逊传》（The Life of Lord Nelson）今最行于世。

《旧约》记神既以七日造天地，终乃抟埴为男子，名曰亚当，已而病其寂也，复抽其肋为女子，是名夏娃，皆居伊甸。更益以鸟兽卉木；四水出焉。伊甸有树，一曰生命，一曰知识。神禁人勿食其实；魔乃侂蛇以诱夏娃，使食之，爰得生命知识。神怒，立逐人而诅蛇，蛇腹行而土食；人则既劳其生，又得其死，罚且及于子孙，无不如是。英诗人弥耳敦（J. Milton），尝取其事作《失乐园》（The Paradise Lost），有天神与撒但战事，以喻光明与黑暗之争。撒但为状，复至狞厉。是诗而后，人之恶撒但遂益深。然使震旦人士异其信仰者观之，则亚当之居伊甸，盖不殊于笼禽，不识不知，惟帝是悦，使无天魔之诱，人类将无由生。故世间人，当蔑弗秉有魔血，惠之及人世者，撒但其首矣。然为基督宗徒，则身被此名，正如中国所谓叛道，人群共弃，艰于置身，非强怒善战豁达能思之士，不任受也。亚当夏娃既去乐园，乃举二子，长曰亚伯，次曰凯因。亚伯牧羊，凯因耕植是事，尝出所有以献神。神喜脂膏而恶果实，斥凯因献不视；以是，凯因渐与亚伯争，终杀之。神则诅凯因，使不获地力，流于殊方。裴伦取其事作传奇，于神多所诘难。教徒皆怒，谓为渎圣害俗，张皇灵魂有尽之诗，攻之至力。迄今日评骘之士，亦尚有以是难裴伦者。尔时独穆亚（Th. Moore）及修黎二人，深称其诗之雄美伟大。德诗宗瞿提，亦谓为绝世之文，在英国文章中，此为至上之作；后之劝遏克曼（J. P. Eckermann）治英国语言，盖即冀其直读斯篇云。《约》又记凯因既流，亚当更得一子，历岁永永，人类益繁，于是心所思惟，多涉恶事。主神乃悔，将殄之。有挪亚独善事神，神令致亚斐木为方舟，将眷属动植，各从其类居之。遂作大雨四十昼夜，洪水泛滥，生物灭尽，而挪亚之族独完，水退居地，复生子孙，至今日不绝。吾人记事涉此，当觉神之能悔，为事至奇；而人之恶撒但，其理乃无足诧。盖既为挪亚子孙，自必力斥抗者，敬事主神，战战兢兢，绳其祖武，冀洪水再作之日，更得密诏而自保于方舟耳。抑吾闻生学家言，有云反种一事，为生物中每现异品，肖其远先，如人所牧马，往往出野物，类之不拉（Zebra）[1]，盖未驯以前状，复现于今日者。撒但诗人之出，殆亦如是，非异事也。独众马怒其不伏箱，群起而交踶之，斯足悯叹焉耳。

四

裴伦名乔治戈登（George Gordon），系出司堪第那比亚海贼蒲隆（Burun）族。其族后居诺曼，从威廉入英，递显理二世时，始用今字。裴伦以千七百八十八年一月二十二日生于伦敦，十二岁即为诗；长游堪勃力俱大学[2]不成，渐决去英国，作汗漫游，始于波陀牙，东至希腊突厥及小亚细亚，历审其天物之美，民俗之异，成《哈洛尔特游草》（Childe Harold's

① 英语斑马的音译。

② 通译为剑桥大学。

Pilgrimage）二卷，波谲云诡，世为之惊绝。次作《不信者》（The Giaour）暨《阿毕陀斯新妇行》（The Bride of Abydos）二篇，皆取材于突厥。前者记不信者（对回教而言）通哈山之妻，哈山投其妻于水，不信者逸去，后终归而杀哈山，诣庙自忏；绝望之悲，溢于毫素，读者哀之。次为女子苏黎加爱舍林，而其父将以婚他人，女偕舍林出奔，已而被获，舍林斗死，女亦终尽；其言有反抗之音。迨千八百十四年一月，赋《海贼》（The Corsair）之诗。篇中英雄曰康拉德，于世已无一切眷爱，遗一切道德，惟以强大之意志，为贼渠魁，领其从者，建大邦于海上。孤舟利剑，所向悉如其意。独家有爱妻，他更无有；往虽有神，而康拉德早弃之，神亦已弃康拉德矣。故一剑之力，即其权利，国家之法度，社会之道德，视之蔑如。权力若具，即用行其意志，他人奈何，天帝何命，非所问也。若问定命之何如？则曰，在鞘中，一旦外辉，彗且失色而已。然康拉德为人，初非元恶，内秉高尚纯洁之想，尝欲尽其心力，以致益于人间；比见细人蔽明，谗谄害聪，凡人营营，多猜忌中伤之性，则渐冷淡，则渐坚凝，则渐嫌厌；终乃以受自或人之怨毒，举而报之全群，利剑轻舟，无间人神，所向无不抗战。盖复仇一事，独贯注其全精神矣。一日攻塞特，败而见囚，塞特有妃爱其勇，助之脱狱，泛舟同奔，遇从者于波上，乃大呼曰，此吾舟，此吾血色之旗也，吾运未尽于海上！然归故家，则银釭暗而爱妻逝矣。既而康拉德亦失去，其徒求之波间海角，踪迹杳然，独有以无量罪恶，系一德义之名，永存于世界而已。裴伦之祖约翰，尝念先人为海王，因投海军为之帅；裴伦赋此，缘起似同；有即以海贼字裴伦者，裴伦闻之窃喜，则篇中康拉德为人，实即此诗人变相，殆无可疑已。越三月，又作赋曰《罗罗》（Lara），记其人尝杀人不异海贼，后图起事，败而伤，飞矢来贯其胸，遂死。所叙自尊之夫，力抗不可避之定命，为状惨烈，莫可比方。此他犹有所制，特非雄篇。其诗格多师司各德，而司各德由是锐意于小说，不复为诗，避裴伦也。已而裴伦去其妇，世虽不知去之之故，然争难之，每临会议，嘲骂即四起，且禁其赴剧场。其友穆亚为之传，评是事曰，世于裴伦，不异其母，忽爱忽恶，无判决也。顾窘戮天才，殆人群恒状，滔滔皆是，宁止英伦。中国汉晋以来，凡负文名者，多受谤毁，刘彦和为之辩曰，人禀五才，修短殊用，自非上哲，难以求备，然将相以位隆特达，文士以职卑多诮，此江河所以腾涌，涓流所以寸析者。东方恶习，尽此数言。然裴伦之祸，则缘起非如前陈，实反由于名盛，社会顽愚，仇敌窥覗，乘隙立起，众则不察而妄和之；若颂高官而厄寒士者，其污且甚于此矣。顾裴伦由是遂不能居英，自曰，使世之评骘诚，吾在英为无值，若评骘谬，则英于我为无值矣。吾其行乎？然未已也，虽赴异邦，彼且蹑我。已而终去英伦，千八百十六年十月，抵意大利。自此，裴伦之作乃益雄。

裴伦在异域所为文，有《哈洛尔特游草》之续，《堂祥》（Don Juan）之诗，及三传奇称最伟，无不张撒但而抗天帝，言人所不能言。一曰《曼弗列特》（Manfred），记曼以失爱绝欢，陷于巨苦，欲忘弗能，鬼神见形问所欲，曼云欲忘，鬼神告以忘在死，则对曰，死果能令人忘耶？复衷疑而弗信也。后有魅来降曼弗列特，而曼忽以意志制苦，毅然斥之曰，汝曹决不能诱惑灭亡我。（中略）我，自坏者也。行矣，魅众！死之手诚加我矣，然非汝手也。意盖谓己有善恶，则褒贬赏罚，亦悉在己，神天魔龙，无以相凌，况其他乎？曼弗列特意志之强如是，裴伦亦如是。论者或以拟瞿提之传奇《法斯忒》（Faust）云。二曰《凯因》（Cain），典据已见于前分，中有魔曰卢希飞勒，导凯因登太空，为论善恶生死之故，凯因悟，遂师摩罗。比行世，大遭教徒攻击，则作《天地》（Heaven and Earth）以报之，英雄为耶彼第，博爱而厌世，亦以诘难教宗，鸣其非理者。夫撒但何由昉乎？以彼教言，则亦天使之大者，徒以陡起大望，生背神心，败而堕狱，是云魔鬼。由是言之，则魔亦神所手创者矣。已而潜入乐园，至善美安乐之伊甸，以一言而立毁，非具大能力，曷克至是？伊甸，神所保也，而魔毁之，神安得云全能？况自创恶物，又从而惩之，且更瓜蔓以惩人，其慈又安在？故凯因曰，神为不幸之因。神亦自不幸，手造破灭之不幸者，何幸福之可言？而吾父曰，神全能也。问之曰，神善，何复恶邪？则曰，恶者，就善之道尔。神之为善，诚如其言：先以冻馁，乃与之衣食；先以疠疫，乃施之救援；手造罪人，而曰吾赦汝矣。人则曰，神可颂哉，神可颂哉！营营而建伽兰焉。卢希飞勒不然，曰吾誓之两间，吾实有胜我之强者，而无有加于我之上位。彼胜我故，名我曰恶，若我致胜，恶且在神，善恶易位耳。此其论善恶，正异尼佉。尼佉意谓强胜弱故，弱者乃字其所为曰恶，故恶实强之代名；此则以恶为弱之冤谥。故尼佉欲自强，而并颂强者；此则亦欲自强，而力抗强者，好恶至不同，特图强则一而已。人谓神强，因亦至善。顾善者乃不喜华果，特嗜腥膻，凯因之献，纯洁无似，则以旋风振而落之。人类之始，实由主神，一拂其心，即发洪水，并无罪之禽虫卉木而殄之。人则曰，爰灭罪恶，神可颂哉！耶彼第乃曰，汝得救孺子众！汝以为脱身狂涛，获天幸欤？汝曹偷生，逞其食色，目击世界之亡，而不生其悯叹；复无勇力，敢当大波，与同胞之人，共其运命；偕厥考逃于方舟，而建都邑于世界之墓上，竟无惭耶？然人竟无惭也，方伏地赞颂，无有休止，以是之故，主神遂强。使众生去而不之理，更何威力之能有？人既授神以力，复假之以厄撒但；而此种人，又即主神往所殄灭之同类。以撒但之意观之，其为顽愚陋劣，如何可言？将晓之欤，则音声未宣，众已疾走，内容何若，不省察也。将任之欤，则非撒但之心矣，故复以权力现于世。神，一权力也；撒但，亦一权力也。惟撒但之力，即生于神，神力若亡，不为之代；上则以力抗天帝，下则以力制众生，行之背驰，莫甚于此。顾其制众生也，即以抗故。倘其众生同抗，更何制之云？裴伦亦然，自必居人前，而怒人之后于众。盖非自居人前，不能使人勿后于众故；任人居后而自为之前，又为撒但大耻故。故既揄扬威力，颂美强者矣，复曰，吾爱亚美利加，此自由之区，神之绿野，不被压制之地也。由是观之，裴伦既喜拿破仑之毁世界，亦爱华盛顿之争自由，既心仪海贼之横行，亦孤援希腊之独立，压制反抗，兼以一人矣。虽然，自由在是，人道亦在是。

五

自尊至者，不平恒继之，忿世嫉俗，发为巨震，与对跖之徒争衡。盖人既独尊，自无退让，自无调和，意力所如，非达不已，乃以是渐与社会生冲突，乃以是渐有所厌倦于人间。若裴伦者，即其一矣。其言曰，硗确之区，吾侪奚获耶？（中略）凡有事物，无不定以习俗至谬之衡，所谓舆论，实具大力，而舆论则以昏黑蔽全球也。此其所言，与近世诺威文人伊孛生（H. Ibsen）所见合，伊氏生于近世，愤世俗之昏迷，悲真理之匿耀，假《社会之敌》以立言，使医士斯托克曼为全书主者，死守真理，以拒庸愚，终获群敌之谥。自既见放于地主，其子复受斥于学校，而终奋斗，不为之摇。末乃曰，吾又见真理矣。地球上至强之人，至独立者也！其处世之道如是。顾裴伦不尽然，凡所描绘，皆禀种种思，具种种行，或以不平而厌世，远离人群，宁与天地为侪偶，如哈洛尔特；或厌世至极，乃希灭亡，如曼弗列特；或被人天之楚毒，至于刻骨，乃咸希破坏，以复仇雠，如康拉德与卢希飞勒；或弃斥德义，蹇视淫游，以嘲弄社会，聊快其意，如堂祥。其非然者，则尊侠尚义，扶弱者而平不平，颠仆有力之蠢愚，虽获罪于全群无惧，即裴伦最后之时是已。彼当前时，经历一如上述书中众士，特未欷歔断望，愿自逖于人间，如曼弗列特之所为而已。故怀抱不平，突突上发，则倨傲纵逸，不恤人言，破坏复仇，无所顾忌，而义侠之性，亦即伏此烈火之中，重独立而爱自繇，苟奴隶立其前，必衷悲而疾视，衷悲所以哀其不幸，疾视所以怒其不争，此诗人所为援希腊之独立，而终死于其军中者也。盖裴伦者，自繇主义之人耳，尝有言曰，若为自由故，不必战于宗邦，则当为战于他国。是时意大利适制于墺，失其自由，有秘密政党起，谋独立，乃密与其事，以扩张自由之元气者自任，虽狙击密侦之徒，环绕其侧，终不为废游步驰马之事。后秘密政党破于墺人，企望悉已，而精神终不消。裴伦之所督励，力直及于后日，起马志尼，起加富尔，于是意之独立成。故马志尼曰，意大利实大有赖于裴伦。彼，起吾国者也！盖诚言已。裴伦平时，又至有情愫于希腊，思想所趣，如磁指南。特希腊时自由悉丧，入突厥版图，受其羁縻，不敢抗拒。诗人惋惜悲愤，往往见于篇章，怀前古之光荣，哀后人之零落，或与斥责，或加激励，思使之攘突厥而复兴，更睹往日耀灿庄严之希腊，如所作《不信者》暨《堂祥》二诗中，其怨愤谯责之切，与希冀之诚，无不历然可征信也。比千八百二十三年，伦敦之希腊协会驰书托裴伦，请援希腊之独立。裴伦平日，至不满于希腊今人，尝称之曰世袭之奴，曰自由苗裔之奴，因不即应；顾以义愤故，则终诺之，遂行。而希腊人民之堕落，乃诚如其说，励之再振，为业至难，因羁滞于克弗洛尼亚岛者五月，始向密淑伦其。其时海陆军方奇困，闻裴伦至，狂喜，群集迓之，如得天使也。次年一月，独立政府任以总督，并授军事及民事之全权，而希腊是时，财政大匮，兵无宿粮，大势几去。加以式列阿忒佣兵见裴伦宽大，复多所要索，稍不满，辄欲背去；希腊堕落之民，又诱之使窘裴伦。裴伦大愤，极诋彼国民性之陋劣；前所谓世袭之奴，乃果不可猝救如是也。而裴伦志尚不灰，自立革命之中枢，当四围之艰险，将士内讧，则为之调和，以己为楷模，教之人道，更设法举债，以振其穷，又定印刷之制，且坚堡垒以备战。内争方烈，而突厥果攻密淑伦其，式列阿忒佣兵三百人，复乘乱占要害地。裴伦方病，闻之泰然，力平党派之争，使一心以面敌。特内外迫拶，神质剧劳，久之，疾乃渐革。将死，其从者持楮墨，将录其遗言。裴伦曰否，时已过矣。不之语，已而微呼人名，终乃曰，吾言已毕。从者曰，吾不解公言。裴伦曰，吁，不解乎？呜呼晚矣！状若甚苦。有间，复曰，吾既以吾物暨吾康健，悉付希腊矣。今更付之吾生。他更何有？遂死，时千八百二十四年四月十八日夕六时也。今为反念前时，则裴伦抱大望而来，将以天纵之才，致希腊复归于往时之荣誉，自意振臂一呼，人必将靡然向之。盖以异域之人，犹凭义愤为希腊致力，而彼邦人，纵堕落腐败者日久，然旧泽尚存，人心未死，岂意遂无情愫于故国乎？特至今兹，则前此所图，悉如梦迹，知自由苗裔之奴，乃果不可猝救有如此也。次日，希腊独立政府为举国民丧，市肆悉罢，炮台鸣炮三十七，如裴伦寿也。

吾今为案其为作思惟，索诗人一生之内閟，则所遇常抗，所向必动，贵力而尚强，尊己而好战，其战复不如野兽，为独立自由人道也，此已略言之前分矣。故其平生，如狂涛如厉风，举一切伪饰陋习，悉与荡涤，瞻顾前后，素所不知；精神郁勃，莫可制抑，力战而毙，亦必自救其精神；不克厥敌，战则不止。而复率真行诚，无所讳掩，谓世之毁誉褒贬是非善恶，皆缘习俗而非诚，因悉措而不理也。盖英伦尔时，虚伪满于社会，以虚文缛礼为真道德，有秉自由思想而探究者，世辄谓之恶人。裴伦善抗，性又率真，夫自不可以默矣，故托凯因而言曰，恶魔者，说真理者也。遂不恤与人群敌。世之贵道德者，又即以此交非之。遏克曼亦尝问瞿提以裴伦之文，有无教训。瞿提对曰，裴伦之刚毅雄大，教训即函其中；苟能知之，斯获教训。若夫纯洁之云，道德之云，吾人何问焉。盖知伟人者，亦惟伟人焉而已。裴伦亦尝评朋思（R. Burns）曰，斯人也，心情反张[①]，柔而刚，疏而密，精神而质，高尚而卑，有神圣者焉，有不净者焉，互和合也。裴伦亦然，自尊而怜人之为奴，制人而援人之独立，无惧于狂涛而大儆于乘马，好战崇力，遇敌无所宽假，而于累囚之苦，有同情焉。意者摩罗为性，有如此乎？且此亦不独摩罗为然，凡为伟人，大率如是。即一切人，若去其面具，诚心以思，有纯禀世所谓善性而无恶分者，果几何人？遍观众生，必几无有，则裴伦虽负摩罗之号，亦人而已，夫何诧焉。顾其不容于英伦，终放浪颠沛而死异域者，特面具为之害耳。此即裴伦所反抗破坏，而迄今犹杀真人而未有止者也。嗟夫，虚伪之毒，有如是哉！裴伦平时，其制诗极诚，尝曰，英人评骘，不介我心。若以我诗为愉快，任之而已。吾何能阿其所好为？吾之握管，不为妇孺庸俗，乃以吾全心全情感全意志，与多量之精神而成诗，非欲聆彼辈柔声而作者也。夫如是，故凡一字一辞，无不即其人呼吸精神之形现，中于人心，神弦立应，其力之曼衍于欧土，例不能别求之英诗人中；仅司各德

---

① 矛盾的意思。

所为说部，差足与相伦比而已。若问其力奈何？则意大利希腊二国，已如上述，可毋赘言。此他西班牙德意志诸邦，亦悉蒙其影响。次复入斯拉夫族而新其精神，流泽之长，莫可阐述。至其本国，则犹有修黎（Percy Bysshe Shelle）一人。契支（John Keats）虽亦蒙摩罗诗人之名，而与裴伦别派，故不述于此。

六

修黎生三十年而死，其三十年悉奇迹也，而亦即无韵之诗。时既艰危，性复狷介，世不彼爱，而彼亦不爱世，人不容彼，而彼亦不容人，客意大利之南方，终以壮龄而夭死，谓一生即悲剧之实现，盖非夸也。修黎者，以千七百九十二年生于英之名门，姿状端丽，夙好静思；比入中学，大为学友暨校师所不喜，虐遇不可堪。诗人之心，乃早萌反抗之朕兆；后作说部，以所得值飨其友八人，负狂人之名而去。次入恶斯佛大学，修爱智之学，屡驰书乞教于名人。而尔时宗教，权悉归于冥顽之牧师，因以妨自由之崇信。修黎蹶起，著《无神论之要》一篇，略谓惟慈爱平等三，乃使世界为乐园之要素，若夫宗教，于此无功，无有可也。书成行世，校长见之大震，终逐之；其父亦惊绝，使谢罪返校，而修黎不从，因不能归。天地虽大，故乡已失，于是至伦敦，时年十八，顾已孤立两间，欢爱悉绝，不得不与社会战矣。已而知戈德文（W. Godwin），读其著述，博爱之精神益张。次年入爱尔兰，檄其人士，于政治宗教，皆欲有所更革，顾终不成。逮千八百十五年，其诗《阿剌斯多》

（Alastor）始出世，记怀抱神思之人，索求美者，遍历不见，终死旷原，如自叙也。次年乃识裴伦于瑞士；裴伦深称其人，谓奋迅如狮子，又善其诗，而世犹无顾之者。又次年成《伊式阑转轮篇》（The Revolt of Islam）。凡修黎怀抱，多抒于此。篇中英雄曰罗昂，以热诚雄辩，警其国民，鼓吹自由，掊击压制，顾正义终败，而压制于以凯还，罗昂遂为正义死。是诗所函，有无量希望信仰，暨无穷之爱，穷追不舍，终以殒亡。盖罗昂者，实诗人之先觉，亦即修黎之化身也。

至其杰作，尤在剧诗；尤伟者二，一曰《解放之普洛美迢斯》（Prometheus Unbound），一曰《煔希》（The Cenci）。前者事本希腊神话，意近裴伦之《凯因》。假普洛美迢为人类之精神，以爱与正义自由故，不恤艰苦，力抗压制主者僦毕多，窃火贻人，受絷于山顶，猛鹫日啄其肉，而终不降。僦毕多为之辟易；普洛美迢乃眷女子珂希亚，获其爱而毕。珂希亚者，理想也。《煔希》之篇，事出意大利，记女子煔希之父，酷虐无道，毒虐无所弗至，煔希终杀之，与其后母兄弟，同戮于市。论者或谓之不伦。顾失常之事，不能绝于人间，即中国《春秋》，修自圣人之手者，类此之事，且数数见，又多直书无所讳，吾人独于修黎所作，乃和众口而难之耶？上述二篇，诗人悉出以全力，尝自言曰，吾诗为众而作，读者将多。又曰，此可登诸剧场者。顾诗成而后，实乃反是，社会以谓不足读，伶人以谓不可为；修黎抗伪俗弊习以成诗，而诗亦即受伪俗弊习之夭阏，此十九稘上叶精神界之战士，所为多抱正义而骈殒者也。虽然，往时去矣，任其自去，若夫修黎之真值，则至今日而大昭。革新之潮，此其巨派，戈德文书出，初启其端，得诗人之声，乃益深入世人之灵府。凡正义自由真理以至博爱希望诸说，无不化而成醇，或为罗昂，或为普洛美迢，或为伊式阑之壮士，现于人前，与旧习对立，更张破坏，无稍假借也。旧习既破，何物斯存，则惟改革之新精神而已。十九世纪机运之新，实赖有此。朋思唱于前，裴伦修黎起其后，掊击排斥，人渐为之仓皇；而仓皇之中，即亟人生之改进。故世之嫉视破坏，加之恶名者，特见一偏而未得其全体者尔。若为案其真状，则光明希望，实伏于中。恶物悉颠，于群何毒？破坏之云，特可发自冥顽牧师之口，而不可出诸全群者也。若其闻之，则破坏为业，斯愈益贵矣！况修黎者，神思之人，求索而无止期，猛进而不退转，浅人之所观察，殊莫可得其渊深。若能真识其人，将见品性之卓，出于云间，热诚勃然，无可沮遏，自趁其神思而奔神思之乡；此其为乡，则爱有美之本体。奥古斯丁曰，吾未有爱而吾欲爱，因抱希冀以求足爱者也。惟修黎亦然，故终出人间而神行，冀自达其所崇信之境；复以妙音，喻一切未觉，使知人类曼衍之大故，暨人生价值之所存，扬同情之精神，而张其上征渴仰之思想，使怀大希以奋进，与时劫同其无穷。世则谓之恶魔，而修黎遂以孤立；群复加以排挤，使不可久留于人间，于是压制凯还，修黎以死，盖宛然阿剌斯多之殒于大漠也。

虽然，其独慰诗人之心者，则尚有天然在焉。人生不可知，社会不可恃，则对天物之不伪，遂寄之无限之温情。一切人心，孰不如是。特缘受染有异，所感斯殊，故目睛夺于实利，则欲驱天然为之得金资；智力集于科学，则思制天然而见其法则；若至下者，乃自春徂冬，于两间崇高伟大美妙之见象，绝无所感应于心，自堕神智于深渊，寿虽百年，而迄不知光明为何物，又奚解所谓卧天然之怀，作婴儿之笑矣。修黎幼时，素亲天物，尝曰，吾幼即爱山河林壑之幽寂，游戏于断厓绝壁之为危险，吾伴侣也。考其生平，诚如自述。方在稚齿，已盘桓于密林幽谷之中，晨瞻晓日，夕观繁星，俯则瞰大都中人事之盛衰，或思前此压制抗拒之陈迹；而芜城古邑，或破屋中贫人啼饥号寒之状，亦时复历历入其目中。其神思之澡雪，既至异于常人，则旷观天然，自感神閟，凡万汇之当其前，皆若有情而至可念也。故心弦之动，自与天籁合调，发为抒情之什，品悉至神，莫可方物，非狭斯丕尔暨斯宾塞所作，不有足与相伦比者。比千八百十九年春，修黎定居罗马，次年迁毕撒；裴伦亦至，此他之友多集，为其一生中至乐之时。迨二十二年七月八日，偕其友乘舟泛海，而暴风猝起，益以奔电疾雷，少顷波平，孤舟遂杳。裴伦闻信大震，遣使四出侦之，终得诗人之骸于水裔，乃葬罗马焉。修黎生时，久欲与生死问题以诠解，自曰，未来之事，吾意已满于柏拉图暨培庚之所言，吾心至定，无畏而多望，人居今日之躯壳，能力悉蔽于阴云，惟死亡来解脱其身，则秘密始能阐发。又曰，吾无所知，亦不能证，灵府至奥之思想，不能出以言辞，而此种事，纵吾身亦莫能解尔。嗟乎，死生之事大矣，而理至閟，置而不解，诗人未能，而解之之术，又独有死而已。故修黎曾泛舟坠海，乃大悦呼曰，今使吾释其秘密矣！然不死。一日浴于海，则伏而不起，友引之出，施救始苏，曰，吾恒欲探井中，人谓诚理伏焉，当我见诚，而君见我死也。然及今日，则修黎真死矣，而人生之閟，亦以真释，特知之者，亦独修黎已耳。

七

若夫斯拉夫民族，思想殊异于西欧，而裴伦之诗，亦疾进无所沮核。俄罗斯当十九世纪初叶，文事始新，渐乃独立，日益昭明，今则已有齐驱先觉诸邦之概，令西欧人士，无不惊其美伟矣。顾夷考权舆，实本三士：曰普式庚，曰来尔孟多夫，曰鄂戈理。前二者以诗名世，均受影响于裴伦；惟鄂戈理以描绘社会人生之黑暗著名，与二人异趣，不属于此焉。

普式庚（A. Pushkin）以千七百九十九年生于墨斯科，幼即为诗，初建罗曼宗于其文界，名以大扬。顾其时俄多内讧，时势方亟，而普式庚诗多讽喻，人即借而挤之，将流鲜卑，有数耆宿力为之辩，始获免，谪居南方。其时始读裴伦诗，深感其大，思理文形，悉受转化，小诗亦尝摹裴伦；尤著者有《高加索累囚行》，至与《哈洛尔特游草》相类。中记俄之绝望青年，囚于异域，有少女为释缚纵之行，青年之情意复苏，而厥后终于孤去。其《及泼希》（Gypsy）一诗亦然，及泼希者，流浪欧洲之民，以游牧为生者也。有失望于世之人曰阿勒戈，慕是中绝色，因入其族，与为婚因，顾多嫉，渐察女有他爱，终杀之。女之父不施报，特令去不与居焉。二者为诗，虽有裴伦之色，然又至殊，凡厥中勇士，等是见放于人群，顾复不离亚历山大时俄国社会之一质分，易于失望，速于奋兴，有厌世之风，而其志至不固。普式庚于此，已不与以同情，诸凡切于报复而观念无所胜人之失，悉指摘不为讳饰。故社会之伪善，既灼然现于人前，而及泼希之朴野纯全，亦相形为之益显。论者谓普式庚所爱，渐去裴伦式勇士而向祖国纯朴之民，盖实自斯时始也。尔后巨制，曰《阿内庚》（Eugiene Onieguine），诗材至简，而文特富丽，尔时俄之社会，情状略具于斯。惟以推敲八年，所蒙之影响至不一，故性格迁流，首尾多异。厥初二章，尚受裴伦之感化，则其英雄阿内庚为性，力抗社会，断望人间，有裴伦式英雄之概，特已不凭神思，渐近真然，与尔时其国青年之性质肖矣。厥后外缘转变，诗人之性格亦移，于是渐离裴伦，所作日趣于独立；而文章益妙，著述亦多。至与裴伦分道之因，则为说亦不一：或谓裴伦绝望奋战，意向峻绝，实与普式庚性格不相容，曩之信崇，盖出一时之激越，迨风涛大定，自即弃置而返其初；或谓国民性之不同，当为是事之枢纽，西欧思想，绝异于俄，其去裴伦，实由天性，天性不合，则裴伦之长存自难矣。凡此二说，无不近理；特就普式庚个人论之，则其对于裴伦，仅摹外状，迨放浪之生涯毕，乃骤返其本然，不能如来尔孟多夫，终执消极观念而不舍也。故旋墨斯科后，立言益务平和，凡足与社会生冲突者，咸力避而不道，且多赞诵，美其国之武功。千八百三十一年波阑抗俄，西欧诸国右波阑，于俄多所憎恶。普式庚乃作《俄国之谗谤者》暨《波罗及诺之一周年》二篇，以自明爱国。丹麦评骘家勃阑兑思（G. Brandes）于是有微辞，谓惟武力之恃而狼藉人之自由，虽云爱国，顾为兽爱。特此亦不仅普式庚为然，即今之君子，日日言爱国者，于国有诚为人爱而不坠于兽爱者，亦仅见也。及晚年，与和阑[①]公使子覃提斯迕，终于决斗被击中腹，越二日而逝，时为千八百三十七年。俄自有普式庚，文界始独立，故文史家芘宾谓真之俄国文章，实与斯人偕起也。而裴伦之摩罗思想，则又经普式庚而传来尔孟多夫。

来尔孟多夫（M. Lermontov）生于千八百十四年，与普式庚略并世。其先来尔孟斯（T. Learmont）氏，英之苏格兰人；故每有不平，辄云将去此冰雪警吏之地，归其故乡。顾性格全如俄人，妙思善感，惆怅无间，少即能缀德语成诗；后入大学被黜，乃居陆军学校二年，出为士官，如常武士，惟自谓仅于香宾酒中，加少许诗趣而已。及为禁军骑兵小校，始仿裴伦诗纪东方事，且至慕裴伦为人。其自记有曰，今吾读《世胄裴伦传》，知其生涯有同我者；而此偶然之同，乃大惊我。又曰，裴伦更有同我者一事，即尝在苏格兰，有媪谓裴伦母曰，此儿必成伟人，且当再娶。而在高加索，亦有媪告吾大母，言与此同。纵不幸如裴伦，吾亦愿如其说。顾来尔孟多夫为人，又近修黎。修黎所作《解放之普洛美迢》，感之甚力，于人生善恶竞争诸问，至为不宁，而诗则不之仿。初虽摹裴伦及普式庚，后亦自立。且思想复类德之哲人勖宾赫尔，知习俗之道德大原，悉当改革，因寄其意于二诗，一曰《神摩》（Demon），一曰《谟哜黎》（Mtsyri）。前者托旨于巨灵，以天堂之逐客，又为人间道德之憎者，超越凡情，因生疾恶，与天地斗争，苟见众生

① 即荷兰。

动于凡情，则辄施以贱视。后者一少年求自由之呼号也。有孺子焉，生长山寺，长老意已断其情感希望，而孺子魂梦，不离故园，一夜暴风雨，乃乘长老方祷，潜遁出寺，彷徨林中者三日，自由无限，毕生莫伦。后言曰，尔时吾自觉如野兽，力与风雨电光猛虎战也。顾少年迷林中不能返，数日始得之，惟已以斗豹得伤，竟以是殒。尝语侍疾老僧曰，丘墓吾所弗惧，人言毕生忧患，将入睡眠，与之永寂，第忧与吾生别耳。……吾犹少年。……宁汝尚忆少年之梦，抑已忘前此世间憎爱耶？倘然，则此世于汝，失其美矣。汝弱且老，灭诸希望矣。少年又为述林中所见，与所觉自由之感，并及斗豺之事曰，汝欲知吾获自由时，何所为乎？吾生矣。老人，吾生矣。使尽吾生无此三日者，且将惨淡冥暗，逾汝暮年耳。及普式庚斗死，来尔孟多夫又赋诗以寄其悲，末解有曰，汝侪朝人，天才自由之屠伯，今有法律以自庇；士师盖无如汝何，第犹有尊严之帝在天，汝不能以金资为赂。……以汝黑血，不能涤吾诗人之血痕也。诗出，举国传诵，而来尔孟多夫亦由是得罪，定流鲜卑；后遇援，乃戍高加索，见其地之物色，诗益雄美。惟当少时，不满于世者义至博大，故作《神摩》，其物犹撒但，恶人生诸凡陋劣之行，力与之敌。如勇猛者，所遇无不庸懦，则生激怒；以天生崇美之感，而众生扰扰，不能相知，爰起厌倦，憎恨人世也。顾后乃渐即于实，凡所不满，已不在天地人间，退而止于一代；后且更变，而猝死于决斗。决斗之因，即肇于来尔孟多夫所为书曰《并世英雄记》。人初疑书中主人，即著者自序，迨再印，乃辨言曰，英雄不为一人，实吾曹并时众恶之象。盖其书所述，实即当时人士之状尔。于是有友摩尔迭诺夫者，谓来尔孟多夫取其状以入书，因与索斗。来尔孟多夫不欲杀其友，仅举枪射空中；顾摩尔迭诺夫则拟而射之，遂死，年止二十七。

前此二人之于裴伦，同汲其流，而复殊别。普式庚在厌世主义之外形，来尔孟多夫则直在消极之观念。故普式庚终服帝力，入于平和，而来尔孟多夫则奋战力拒，不稍退转。波覃勖迭氏评之曰，来尔孟多夫不能胜来追之运命，而当降伏之际，亦至猛而骄。凡所为诗，无不有强烈弗和与踔厉不平之响者，良以是耳。来尔孟多夫亦甚爱国，顾绝异普式庚，不以武力若何，形其伟大。凡所眷爱，乃在乡村大野，及村人之生活；且推其爱而及高加索土人。此土人者，以自由故，力敌俄国者也；来尔孟多夫虽自从军，两与其役，然终爱之，所作《伊思迈尔培》（Ismail-Bey）一篇，即纪其事。来尔孟多夫之于拿破仑，亦稍与裴伦异趣。裴伦初尝责拿破仑对于革命思想之谬，及既败，乃有愤于野犬之食死狮而崇之。来尔孟多夫则专责法人，谓自陷其雄士。至其自信，亦如裴伦，谓吾之良友，仅有一人，即是自己。又负雄心，期所过必留影迹。然裴伦所谓非憎人间，特去之而已，或云吾非爱人少，惟爱自然多耳等意，则不能闻之来尔孟多夫。彼之平生，常以憎人者自命，凡天物之美，足以乐英诗人者，在俄国英雄之目，则长此黯淡，浓云疾雷而不见霁日也。盖二国人之异，亦差可于是见之矣。

八

丹麦人勃阑兑思，于波阑之罗曼派，举密克威支

（A. Mickiewicz）斯洛伐支奇（J. Slowacki）克拉旬斯奇（S. Krasinski）三诗人。密克威支者，俄文家普式庚同时人，以千七百九十八年生于札希亚小村之故家。村在列图尼亚，与波阑邻比。十八岁出就维尔那大学，治言语之学，初尝爱邻女马理维来苏萨加，而马理他去，密克威支为之不欢。后渐读裴伦诗，又作诗曰《死人之祭》（Dziady）。中数份叙列图尼亚旧俗，每十一月二日，必置酒果于垅上，用享死者，聚村人牧者术士一人，暨众冥鬼，中有失爱自杀之人，已经冥判，每届是日，必更历苦如前此；而诗止断片未成。尔后居加夫诺（Kowno）为教师；二三年返维尔那。递千八百二十二年，捕于俄吏，居囚室十阅月，窗牖皆木制，莫辨昼夜；乃送圣彼得堡，又徙阿兑塞，而其地无需教师，遂之克利米亚，揽其地风物以助咏吟，后成《克利米亚诗集》一卷。已而返墨斯科，从事总督府中，著诗二种，一曰《格罗苏那》（Grazyna），记有王子烈泰威尔，与其外父域多勒特迕，将乞外兵为援，其妇格罗苏那知之，不能令勿叛，惟命守者，勿容日耳曼使人入诺华格罗迭克。援军遂怒，不攻域多勒特而引军薄烈泰威尔，格罗苏那自擐甲，伪为王子与战，已而王子归，虽幸胜，而格罗苏那中流丸，旋死。及葬，縶发炮者同置之火，烈泰威尔亦殉焉。此篇之意，盖在假有妇人，第以祖国之故，则虽背夫子之命，斥去援兵，欺其军士，濒国于险，且召战争，皆不为过，苟以是至高之目的，则一切事，无不可为者也。一曰《华连洛德》（Wallenrod），其诗取材古代，有英雄以败亡之余，谋复国仇，因伪降敌陈，渐为其长，得一举而复之。此盖以意大利文人摩契阿威黎

（Machiavelli）之意，附诸裴伦之英雄，故初视之亦第罗曼派言情之作。检文者不喻其意，听其付梓，密克威支名遂大起。未几得间，因至德国，见其文人瞿提。此他犹有《佗兑支氏》（Pan Tadeusz）一诗，写苏孛烈加暨诃什支珂二族之事，描绘物色，为世所称。其中虽以佗兑支为主人，而其父约舍克易名出家，实其主的。初记二人熊猎，有名华伊斯奇者吹角，起自微声，以至洪响，自榆度榆，自檞至槲，渐乃如千万角声，合于一角；正如密克威支所为诗，有今昔国人之声，寄于是焉。诸凡诗中之声，清澈弘厉，万感悉至，直至波阑一角之天，悉满歌声，虽至今日，而影响于波阑人之心者，力犹无限。令人忆诗中所云，听者当华伊斯奇吹角久已，而尚疑其方吹未已也。密克威支者，盖即生于彼歌声反响之中，至于无尽者夫。

密克威支至崇拿破仑，谓其实造裴伦，而裴伦之生活暨其光耀，则觉普式庚于俄国，故拿破仑亦间接起普式庚。拿破仑使命，盖在解放国民，因及世界，而其一生，则为最高之诗。至于裴伦，亦极崇仰，谓裴伦所作，实出于拿破仑，英国同代之人，虽被其天才影响，而卒莫能并大。盖自诗人死后，而英国文章，状态又归前纪矣。若在俄国，则善普式庚，二人同为斯拉夫文章首领，亦裴伦分支，逮年渐进，亦均渐趣于国粹；所异者，普式庚少时欲畔帝力，一举不成，遂以铩羽，且感帝意，愿为之臣，失其英年时之主义，而密克威支则长此保持，洎死始已也。当二人相见时，普式庚有《铜马》一诗，密克威支则有《大彼得像》一诗为其纪念。盖千八百二十九年顷，二人尝避雨像次，密克威支因赋诗纪所语，假普式庚为言，末解曰，马足已虚，而帝不勒之返。彼曳其枚，行且坠碎。历时百年，今犹未堕，是犹山泉喷水，著寒而冰，临悬崖之侧耳。愿自由日出，薰风西集，寒沍之地，因以昭苏，则喷泉将何如，暴政将何如也？虽然，此实密克威支之言，特托之普式庚者耳。波阑破后，二人遂不相见，普式庚有诗怀之；普式庚伤死，密克威支亦念之至切。顾二人虽甚稔，又同本裴伦，而亦有特异者，如普式庚于晚出诸作，恒自谓少年眷爱自繇之梦，已背之而去，又谓前路已不见仪的之存，而密克威支则仪的如是，决无疑贰也。

斯洛伐支奇以千八百九年生克尔舍密涅克（Krzemieniec），少孤，育于后父；尝入维尔那大学，性情思想如裴伦。二十一岁入华骚户部为书记；越二年，忽以事去国，不能复返。初至伦敦；已而至巴黎，成诗一卷，仿裴伦诗体。时密克威支亦来相见，未几而迕。所作诗歌，多惨苦之音。千八百三十五年去巴黎，作东方之游，经希腊埃及叙利亚；三十七年返意大利，道出曷尔爱列须阻疫，滞留久之，作《大漠中之疫》一诗。记有亚剌伯人，为言目击四子三女，洎其妇相继死于疫，哀情涌于毫素，读之令人忆希腊尼阿孛（Niobe）事，亡国之痛，隐然在焉。且又不止此苦难之诗而已，凶惨之作，恒与俱起，而斯洛伐支奇为尤。凡诗词中，靡不可见身受楚毒之印象或其见闻，最著者或根史实，如《克垒勒度克》（Król Duch）中所述俄帝伊凡四世，以剑钉使者之足于地一节，盖本诸古典者也。

波阑诗人多写狱中戍中刑罚之事，如密克威支作《死人之祭》第三卷中，几尽绘己身所历，倘读其《契珂夫斯奇》（Cichowski）一章，或《娑波卢夫斯奇》（Sobolewski）之什，记见少年二十橇，送赴鲜卑事，不为之生愤激者盖鲜也。而读上述二人吟咏，又往往闻报复之声。如《死人祭》第三篇，有囚人所歌者：其一央珂夫斯奇曰，欲我为信徒，必见耶稣马理，先惩污吾国土之俄帝而后可。俄帝若在，无能令我呼耶稣之名。其二加罗珂夫斯奇曰，设吾当受谪放，劳役缧绁，得为俄帝作工，夫何靳耶？吾在刑中，所当力作，自语曰，愿此苍铁，有日为帝成一斧也。吾若出狱，当迎鞑靼女子，语之曰，为帝生一巴棱（杀保罗一世者）。吾若迁居植民地，当为其长，尽吾陇亩，为帝植麻，以之成一苍色巨索，织以银丝，俾阿尔洛夫（杀彼得三世者）得之，可缳俄帝颈也。末为康拉德歌曰，吾神已寂，歌在坟墓中矣。惟吾灵神，已嗅血腥，一嗷而起，有如血蝠（Vampire），欲人血也。渴血渴血，复仇复仇！仇吾屠伯！天意如是，固报矣；即不如是，亦报尔！报复诗华，盖萃于是，使神不之直，则彼且自报之耳。

如上所言报复之事，盖皆隐藏，出于不意，其旨在凡窘于天人之民，得用诸术，拯其父国，为圣法也。故格罗苏那虽背其夫而拒敌，义为非谬；华连洛德亦然。苟拒异族之军，虽用诈伪，不云非法，华连洛德伪附于敌，乃歼日耳曼军，故土自由，而自亦忏悔而死。其意盖以为一人苟有所图，得当以报，则虽降敌，不为罪愆。如《阿勒普耶罗斯》（Alpujarras）一诗，益可以见其意。中叙摩亚之王阿勒曼若，以城方大疫，且不得不以格拉那陀地降西班牙，因夜出。西班牙人方聚饮，忽白有人乞见，来者一阿剌伯人，进而呼曰，西班牙人，吾愿奉汝明神，信汝先哲，为汝奴仆！众识之，盖阿勒曼若也。西人长者抱之为吻礼，诸首领皆礼之。而阿勒曼若忽仆地，攫其巾大悦呼曰，吾中疫矣！盖以彼忍辱一行，而疫亦入西班牙之军矣。斯洛伐支奇为诗，亦时责奸人自行诈于国，而以诈术陷敌，则甚美之，如《阑勃罗》（Lambro）《珂尔强》（Kordjan）皆是。《阑勃罗》为希腊人事，其人背教为盗，俾得自由以仇突厥，性至凶酷，为世所无，惟裴伦东方诗中能见之耳。珂尔强者，波阑人谋刺俄帝尼可拉一世者也。凡是二诗，其主旨所在，皆特报复而已矣。

上二士者，以绝望故，遂于凡可祸敌，靡不许可，如格罗苏那之行诈，如华连洛德之伪降，如阿勒曼若之种疫，如珂尔强之谋刺，皆是也。而克拉旬斯奇之见，则与此反。此主力报，彼主爱化。顾其为诗，莫不追怀绝泽，念祖国之忧患。波阑人动于其诗，因有千八百三十年之举；馀忆所及，而六十三年大变，亦因之起矣。即在今兹，精神未忘，难亦未已也。

九

若匈加利当沉默蜷伏之顷，则兴者有裴彖飞（A. Petöfi），沽肉者子也，以千八百二十三年生于吉思珂罗（Kis körös）。其区为匈之低地，有广漠之普斯多（Puszta 此翻平原），道周之小旅以及村舍，种种物色，感之至深。盖普斯多之在匈，犹俄之有斯第孛（Steppe 此亦翻平原），善能起诗人焉。父虽贾人，而殊有学，能解腊丁文。裴彖飞十岁出学于科勒多，既而至阿琐特，治文法三年。然生有殊禀，挚爱自繇，愿为俳优；天性又长于吟咏。比至舍勒美支，入高等学校三月，其父闻裴彖飞与优人伍，令止读，遂徒步至菩特沛思德，入国民剧场为杂役。后为亲故所得，留养之，乃始为诗咏邻女，时方十六龄。顾亲属谓其无成，仅能为剧，遂任之去。裴彖飞忽投军为兵，虽性恶压制而爱自由，顾亦居军中者十八月，以病虐罢。又入巴波大学，时亦为优，生计极艰，译英法小说自度。千八百四十四年访伟罗思摩谛（M. Vörösmarty），伟为梓其诗，自是遂专力于文，不复为优。此其半生之转点，名亦陡起，众目为匈加利之大诗人矣，次年春，其所爱之女死，因旅行北方自遣，及秋始归。洎四十七年，乃访诗人阿阑尼（J. Arany）于萨伦多，而阿阑尼杰作《约尔提》（Joldi）适竣，读之叹赏，订交焉。四十八年以始，裴彖飞诗渐倾于政事，盖知革命将兴，不期而感，犹野禽之识地震也。是年三月，墺大利人革命报至沛恩德，裴彖飞感之，作《兴矣摩迦人》（Tolpra Magyar）一诗，次日诵以徇众，至解末迭句云，誓将不复为奴！则众皆和，持至检文之局，逐其吏而自印之，立俟其毕，各持之行。文之脱检，实自此始。裴彖飞亦尝自言曰，吾琴一音，吾笔一下，不为利役也。居吾心者，爰有天神，使吾歌且吟。天神非他，即自由耳。顾所为文章，时多过情，或与众忤；尝作《致诸帝》一诗，人多责之。裴彖飞自记曰，去三月十五数日而后，吾忽为众恶之人矣，褫夺花冠，独研深谷之中，顾吾终幸不屈也。比国事渐急，诗人知战争死亡且近，极思赴之。自曰，天不生我于孤寂，将召赴战场矣。吾今得闻角声召战，吾魂几欲骤前，不及待令矣。遂投国民军（Honvéd）中，四十九年转隶贝谟将军麾下。贝谟者，波阑武人，千八百三十年之役，力战俄人者也。时轲苏士招之来，使当脱阑希勒伐尼亚一面，甚爱裴彖飞，如家人父子然。裴彖飞三去其地，而不久即返，似或引之。是年七月三十一日舍俱思跋之战，遂殁于军。平日所谓为爱而歌，为国而死者，盖至今日而践矣。裴彖飞幼时，尝治裴伦暨修黎之诗，所作率纵言自由，诞放激烈，性情亦仿佛如二人。曾自言曰，吾心如反响之森林，受一呼声，应以百响者也。又善体物色，著之诗歌，妙绝人世，自称为无边自然之野花。所著长诗，有《英雄约诺斯》（János Vitéz）一篇，取材于古传，述其人悲欢畸迹。又小说一卷曰《缢吏之缳》（A Hóhér Kötele），记以眷爱起争，肇生孽障，提尔尼阿遂终陷安陀罗奇之子于法。安陀罗奇失爱绝欢，庐其子垅上，一日得提尔尼阿，将杀之。而从者止之曰，敢问死与生之忧患孰大？曰，生哉！乃纵之使去；终诱其孙令自经，而其为绳，即昔日缳安陀罗奇子之颈者也。观其首引耶和华言，意盖云厥祖罪愆，亦可报诸其苗裔，受施必复，且不嫌加甚焉。至于诗人一生，亦至殊异，浪游变易，殆无宁时。虽少逸豫者一时，而其静亦非真静，殆犹大海漩洑中心之静点而已。设有孤舟，卷于旋风，当有一瞬间忽尔都寂，如风云已息，水波不兴，水色青如微笑，顾漩洑偏急，舟复入卷，乃至破没矣。彼诗人之暂静，盖亦犹是焉耳。

上述诸人，其为品性言行思惟，虽以种族有殊，外缘多别，因现种种状，而实统于一宗：无不刚健不挠，抱诚守真；不取媚于群，以随顺旧俗；发为雄声，以起其国人之新生，而大其国于天下。求之华土，孰比之哉？夫中国之立于亚洲也，文明先进，四邻莫之与伦，蹇视高步，因益为特别之发达；及今日虽彫苓，而犹与西欧对立，此其幸也。顾使往昔以来，不事闭关，能与世界大势相接，思想为作，日趣于新，则今日方卓立宇内，无所愧逊于他邦，荣光俨然，可无苍黄变革之事，又从可知尔。故一为相度其位置，稽考其邂逅，则震旦为国，得失滋不云微。得者以文化不受影响于异邦，自具特异之光采，近虽中衰，亦世希有。失者则以孤立自是，不遇校雠，终至堕落而之实利；为时既久，精神沦亡，逮蒙新力一击，即砉然冰泮，莫有起而与之抗。加以旧染既深，辄以习惯之目光，观察一切，凡所然否，谬解为多，此所为呼维新既二十年，而新声迄不起于中国也。夫如是，则精神界之战士贵矣。英当十八世纪时，社会习于伪，宗教安于陋，其为文章，亦摹故旧而事涂饰，不能闻真之心声。于是哲人洛克首出，力排政治宗教之积弊，唱思想言议之自由，转轮之兴，此其播种。而在文界，则有农人朋思生苏格阑，举全力以抗社会，宣众生平等之音，不惧权威，不跽金帛，洒其热血，注诸韵言；然精神界之伟人，非遂即人群之骄子，轗轲流落，终以夭亡。而裴伦修黎继起，转战反抗，具如前陈。其力如巨涛，直薄旧社会之柱石。余波流衍，入俄则起国民诗人普式庚，至波阑则作报复诗人密克威支，入匈加利则觉爱国诗人裴彖飞；其他宗徒，不胜具道。顾裴伦修黎，虽蒙摩罗之谥，亦第人焉而已。凡其同人，实亦不必曰摩罗宗，苟在人间，必有如是。此盖聆热诚之声而顿觉者也，此盖同怀热诚而互契者也。故其平生，亦甚神肖，大都执兵流血，如角剑之士，转辗于众之目前，使抱战栗与愉快而观其鏖扑。故无流血于众之目前者，其群祸矣；虽有而众不之视，或且进而杀之，斯其为群，乃愈益祸而不可救也！

今索诸中国，为精神界之战士者安在？有作至诚之声，致吾人于善美刚健者乎？有作温煦之声，援吾人出于荒寒者乎？家国荒矣，而赋最末哀歌，以诉天下贻后人之耶利米，且未之有也。非彼不生，即生而贼于众，居其一或兼其二，则中国遂以萧条。劳劳独躯壳之事是图，而精神日就于荒落；新潮来袭，遂以不支。众皆曰维新，此即自白其历来罪恶之声也，犹云改悔焉尔。顾既维新矣，而希望亦与偕始，吾人所待，则有介绍新文化之士人。特十余年来，介绍无已，而究其所携将以来归者；乃又舍治饼饵守囹圄之术而外，无他有也。则中国尔后，且永续其萧条，而第二维新之声，亦将再举，盖可准前事而无疑者矣。俄文人凯罗连珂（V. Korolenko）作《末光》一书，有记老人教童子读书于鲜卑者，曰，书中述樱花黄鸟，而鲜卑冱寒，不有此也。翁则解之曰，此鸟即止于樱木，引吭为好音者耳。少年乃沉思。然夫，少年处萧条之中，即不诚闻其好音，亦当得先觉之诠解；而先觉之声，乃又不来破中国之萧条也。然则吾人，其亦沉思而已夫，其亦惟沉思而已夫！

一九〇七年作。

我之节烈观

“世道浇漓，人心日下，国将不国”这一类话，本是中国历来的叹声。不过时代不同，则所谓“日下”的事情，也有迁变：从前指的是甲事，现在叹的或是乙事。除了“进呈御览”的东西不敢妄说外，其余的文章议论里，一向就带这口吻。因为如此叹息，不但针砭世人，还可以从“日下”之中，除去自己。所以君子固然相对慨叹，连杀人放火嫖妓骗钱以及一切鬼混的人，也都乘作恶余暇，摇着头说道，“他们人心日下了。”

世风人心这件事，不但鼓吹坏事，可以“日下”；即使未曾鼓吹，只是旁观，只是赏玩，只是叹息，也可以叫他“日下”。所以近一年来，居然也有几个不肯徒托空言的人，叹息一番之后，还要想法子来挽救。第一个是康有为，指手画脚的说“虚君共和”才好，陈独秀便斥他不兴；其次是一班灵学派的人，不知何以起了极古奥的思想，要请“孟圣矣乎”的鬼来画策；陈百年钱玄同刘半农又道他胡说。

这几篇驳论，都是《新青年》里最可寒心的文章。时候已是二十世纪了；人类眼前，早已闪出曙光。假如《新青年》里，有一篇和别人辩地球方圆的文字，读者见了，怕一定要发怔。然而现今所辩，正和说地体不方相差无几。将时代和事实，对照起来，怎能不教人寒心而且害怕？

近来虚君共和是不提了，灵学似乎还在那里捣鬼，此时却又有一群人，不能满足；仍然摇头说道，“人心日下”了。于是又想出一种挽救的方法；他们叫作“表彰节烈”！

这类妙法，自从君政复古时代以来，上上下下，已经提倡多年；此刻不过是竖起旗帜的时候。文章议论里，也照例时常出现，都嚷道“表彰节烈”！要不说这件事，也不能将自己提拔，出于“人心日下”之中。

节烈这两个字，从前也算是男子的美德，所以有过“节士”，“烈士”的名称。然而现在的“表彰节烈”，却是专指女子，并无男子在内。据时下道德家的意见，来定界说，大约节是丈夫死了，决不再嫁，也不私奔，丈夫死得愈早，家里愈穷，他便节得愈好。烈可是有两种：一种是无论已嫁未嫁，只要丈夫死了，他也跟着自尽；一种是有强暴来污辱他的时候，设法自戕，或者抗拒被杀，都无不可。这也是死得愈惨愈苦，他便烈得愈好，倘若不及抵御，竟受了污辱，然后自戕，便免不了议论。万一幸而遇着宽厚的道德家，有时也可以略迹原情，许他一个烈字。可是文人学士，已经不甚愿意替他作传；就令勉强动笔，临了也不免加上几个“惜夫惜夫”了。

总而言之：女子死了丈夫，便守着，或者死掉；遇了强暴，便死掉；将这类人物，称赞一通，世道人心便好，中国便得救了。大意只是如此。

康有为借重皇帝的虚名，灵学家全靠着鬼话。这表彰节烈，却是全权都在人民，大有渐进自力之意了。然而我仍有几个疑问，须得提出。还要据我的意见，给他解答。我又认定这节烈救世说，是多数国民的意思；主张的人，只是喉舌。虽然是他发声，却和四支五官神经内脏，都有关系。所以我这疑问和解答，便是提出于这群多数国民之前。

首先的疑问是：不节烈（中国称不守节作“失节”，不烈却并无成语，所以只能合称他“不节烈”）的女子如何害了国家？照现在的情形，“国将不国”，自不消说：丧尽良心的事故，层出不穷；刀兵盗贼水旱饥荒，又接连而起。但此等现象，只是不讲新道德新学问的缘故，行为思想，全钞旧帐；所以种种黑暗，竟和古代的乱世仿佛，况且政界军界学界商界等等里面，全是男人，并无不节烈的女子夹杂在内。也未必是有权力的男子，因为受了他们蛊惑，这才丧了良心，放手作恶。至于水旱饥荒，便是专拜龙神，迎大王，滥伐森林，不修水利的祸祟，没有新知识的结果；更与女子无关。只有刀兵盗贼，往往造出许多不节烈的妇女。但也是兵盗在先，不节烈在后，并非因为他们不节烈了，才将刀兵盗贼招来。

其次的疑问是：何以救世的责任，全在女子？照着旧派说起来，女子是“阴类”，是主内的，是男子的附属品。然则治世救国，正须责成阳类，全仗外子，偏劳主体。决不能将一个绝大题目，都阁在阴类肩上。倘依新说，则男女平等，义务略同。纵令该担责任，也只得分担。其余的一半男子，都该各尽义务。不特须除去强暴，还应发挥他自己的美德。不能专靠惩劝女子，便算尽了天职。

其次的疑问是：表彰之后，有何效果？据节烈为本，将所有活着的女子，分类起来，大约不外三种：一种是已经守节，应该表彰的人（烈者非死不可，所以除出）；一种是不节烈的人；一种是尚未出嫁，或丈夫还在，又未遇见强暴，节烈与否未可知的人。第一种已经很好，正蒙表彰，不必说了。第二种已经不好，中国从来不许忏悔，女子做事一错，补过无及，只好任其羞杀，也不值得说了。最要紧的，只在第三种，现在一经感化，他们便都打定主意道："倘若将来丈夫死了，决不再嫁；遇着强暴，赶紧自裁！"试问如此立意，与中国男子做主的世道人心，有何关系？这个缘故，已在上文说明。更有附带的疑问是：节烈的人，既经表彰，自是品格最高。但圣贤虽人人可学，此事却有所不能。假如第三种的人，虽然立志极高；万一丈夫长寿，天下太平，他便只好饮恨吞声，做一世次等的人物。

以上是单依旧日的常识，略加研究，便已发见了许多矛盾。若略带二十世纪气息，便又有两层：

一问节烈是否道德？道德这事，必须普遍，人人应做，人人能行，又于自他两利，才有存在的价值。现在所谓节烈，不特除开男子，绝不相干；就是女子，也不能全体都遇着这名誉的机会。所以决不能认为道德，当作法式。上回《新青年》登出的《贞操论》里，已经说过理由。不过贞是丈夫还在，节是男子已死的区别，道理却可类推。只有烈的一件事，尤为奇怪，还须略加研究。

照上文的节烈分类法看来，烈的第一种，其实也只是守节，不过生死不同。因为道德家分类，根据全在死活，所以归入烈类。性质全异的，便是第二种。这类人不过一个弱者（现在的情形，女子还是弱者），突然遇着男性的暴徒，父兄丈夫力不能救，左邻右舍也不帮忙，于是他就死了；或者竟受了辱，仍然死了；或者终于没有死。久而久之，父兄丈夫邻舍，夹着文人学士以及道德家，便渐渐聚集，既不羞自己怯弱无能，也不提暴徒如何惩办，只是七口八嘴，议论他死了没有？受污没有？死了如何好，活着如何不好。于是造出了许多光荣的烈女，和许多被人口诛笔伐的不烈女。只要平心一想，便觉不像人间应有的事情，何况说是道德。

二问多妻主义的男子，有无表彰节烈的资格？替以前的道德家说话，一定是理应表彰。因为凡是男子，便有点与众不同，社会上只配有他的意思。一面又靠着阴阳内外的古典，在女子面前逞能。然而一到现在，人类的眼里，不免见到光明，晓得阴阳内外之说，荒谬绝伦；就令如此，也证不出阳比阴尊贵，外比内崇高的道理。况且社会国家，又非单是男子造成。所以只好相信真理，说是一律平等。既然平等，男女便都有一律应守的契约。男子决不能将自己不守的事，向女子特别要求。若是买卖欺骗贡献的婚姻，则要求生时的贞操，尚且毫无理由。何况多妻主义的男子，来表彰女子的节烈。

以上，疑问和解答都完了。理由如此支离，何以直到现今，居然还能存在？要对付这问题，须先看节烈这事，何以发生，何以通行，何以不生改革的缘故。

古代的社会，女子多当作男人的物品。或杀或吃，都无不可；男人死后，和他喜欢的宝贝，日用的兵器，一同殉葬，更无不可。后来殉葬的风气，渐渐改了，守节便也渐渐发生。但大抵因为寡妇是鬼妻，亡魂跟着，所以无人敢娶，并非要他不事二夫。这样风俗，现在的蛮人社会里还有。中国太古的情形，现在已无从详考。但看周末虽有殉葬，并非专用女人，嫁否也任便，并无什么裁制，便可知道脱离了这宗习俗，为日已久。由汉至唐也并没有鼓吹节烈。直到宋朝，那一班“业儒”的才说出“饿死事小失节事大”的话，看见历史上“重适”① 两个字，便大惊小怪起来。出于真心，还是故意，现在却无从推测。其时也正是“人心日下，国将不国”的时候，全国士民，多不像样。或者“业儒”的人。想借女人守节的话，来鞭策男子，也不一定。但旁敲侧击，方法本嫌鬼祟，其意也太难分明，后来因此多了几个节妇，虽未可知，然而吏民将卒，却仍然无所感动。于是“开化最早，道德第一”的中国终于归了“长生天气力里大福荫护助里”的什么“薛禅皇帝，完泽笃皇帝，曲律皇帝”了。此后皇帝换过了几家，守节思想倒反发达。皇帝要臣子尽忠，男人便愈要女人守节。到了清朝，儒者真是愈加利害。看见唐人文章里有公主改嫁的话，也不免勃然大怒道，“这是什么事！你竟不为尊者讳，这还了得！”假使这唐人还活着，一定要斥革功名，“以正人心而端风俗”了。

国民将到被征服的地位，守节盛了；烈女也从此着重。因为女子既是男子所有，自己死了，不该嫁人，自己活着，自然更不许被夺。然而自己是被征服的国民，没有力量保护，没有勇气反抗了，只好别出心裁，鼓吹女人自杀。或者妻女极多的阔人，婢

① 再嫁的意思。

妾成行的富翁，乱离时候，照顾不到，一遇“逆兵”（或是“天兵”），就无法可想。只得救了自己，请别人都做烈女；变成烈女，“逆兵”便不要了。他便待事定以后，慢慢回来，称赞几句。好在男子再娶，又是天经地义，别讨女人，便都完事。因此世上遂有了“双烈合传”，“七姬墓志”，甚而至于钱谦益的集中，也布满了“赵节妇”“钱烈女”的传记和歌颂。

只有自己不顾别人的民情，又是女应守节男子却可多妻的社会，造出如此畸形道德，而且日见精密苛酷，本也毫不足怪。但主张的是男子，上当的是女子。女子本身，何以毫无异言呢？原来“妇者服也”，理应服事于人。教育固可不必，连开口也都犯法。他的精神，也同他体质一样，成了畸形。所以对于这畸形道德，实在无甚意见。就令有了异议，也没有发表的机会。做几首“闺中望月”“园里看花”的诗，尚且怕男子骂他怀春，何况竟敢破坏这“天地间的正气”？只有说部书上，记载过几个女人，因为境遇上不愿守节，据做书的人说：可是他再嫁以后，便被前夫的鬼捉去，落了地狱；或者世人个个唾骂，做了乞丐，也竟求乞无门，终于惨苦不堪而死了！

如此情形，女子便非“服也”不可。然而男子一面，何以也不主张真理，只是一味敷衍呢？汉朝以后，言论的机关，都被“业儒”的垄断了。宋元以来，尤其利害。我们几乎看不见一部非业儒的书，听不到一句非士人的话。除了和尚道士，奉旨可以说话的以外，其余“异端”的声音，决不能出他卧房一步。况且世人大抵受了“儒者柔也”的影响；不述而作，最为犯忌。即使有人见到，也不肯用性命来换真理。即如失节一事，岂不知道必须男女两性，才能实现。他却专责女性；至于破人节操的男子，以及造成不烈的暴徒，便都含糊过去。男子究竟较女性难惹，惩罚也比表彰为难。其间虽有过几个男人，实觉于心不安，说些室女不应守志殉死的平和话，可是社会不听；再说下去，便要不容，与失节的女人一样看待。他便也只好变了“柔也”，不再开口了。所以节烈这事，到现在不生变革。

（此时，我应声明：现在鼓吹节烈派的里面，我颇有知道的人。敢说确有好人在内，居心也好。可是救世的方法是不对，要向西走了北了。但也不能因为他是好人，便竟能从正西直走到北。所以我又愿他回转身来。）

其次还有疑问：

节烈难么？答道，很难。男子都知道极难，所以要表彰他。社会的公意，向来以为贞淫与否，全在女性。男子虽然诱惑了女人，却不负责任。譬如甲男引诱乙女，乙女不允，便是贞节，死了，便是烈；甲男并无恶名，社会可算淳古。倘若乙女允了，便是失节；甲男也无恶名，可是世风被乙女败坏了！别的事情，也是如此。所以历史上亡国败家的原因，每每归咎女子。糊糊涂涂的代担全体的罪恶，已经三千多年了。男子既然不负责任，又不能自己反省，自然放心诱惑；文人著作，反将他传为美谈。所以女子身旁，几乎布满了危险。除却他自己的父兄丈夫以外，便都带点诱惑的鬼气。所以我说很难。

节烈苦么？答道，很苦。男子都知道很苦，所以要表彰他。凡人都想活；烈是必死，不必说了。节妇还要活着。精神上的惨苦，也姑且弗论。单是生活一层，已是大宗的痛楚。假使女子生计已能独立，社会也知道互助，一人还可勉强生存。不幸中国情形，却正相反。所以有钱尚可，贫人便只能饿死。直到饿死以后，间或得了旌表，还要写入志书。所以各府各县志书传记类的末尾，也总有几卷“烈女”。一行一人，或是一行两人，赵钱孙李，可是从来无人翻读。就是一生崇拜节烈的道德大家，若问他贵县志书里烈女门的前十名是谁？也怕不能说出。其实他是生前死后，竟与社会漠不相关的。所以我说很苦。

照这样说，不节烈便不苦么？答道，也很苦。社会公意，不节烈的女人，既然是下品；他在这社会里，是容不住的。社会上多数古人模模糊糊传下来的道理，实在无理可讲；能用历史和数目的力量，挤死不合意的人。这一类无主名无意识的杀人团里，古来不晓得死了多少人物；节烈的女子，也就死在这里。不过他死后间有一回表彰，写入志书。不节烈的人，便生前也要受随便什么人的唾骂，无主名的虐待。所以我说也很苦。

女子自己愿意节烈么？答道，不愿。人类总有一种理想，一种希望。虽然高下不同，必须有个意义。自他两利固好，至少也得有益本身。节烈很难很苦，既不利人，又不利己。说是本人愿意，实在不合人情。所以假如遇着少年女人，诚心祝赞他将来节烈，一定发怒；或者还要受他父兄丈夫的尊拳。然而仍旧牢不可破，便是被这历史和数目的力量挤着。可是无论何人，都怕这节烈。怕他竟钉到自己和亲骨肉的身上。所以我说不愿。

我依据以上的事实和理由，要断定节烈这事是：极难，极苦，不愿身受，然而不利自他，无益社会国家，于人生将来又毫无意义的行为，现在已经失了存在的生命和价值。

临了还有一层疑问：

节烈这事，现代既然失了存在的生命和价值；节烈的女人，岂非白苦一番么？可以答他说：还有哀悼的价值。他们是可怜人；不幸上了历史和数目的无意识的圈套，做了无主名的牺牲。可以开一个追悼大会。

我们追悼了过去的人，还要发愿：要自己和别人，都纯洁聪明勇猛向上。要除去虚伪的脸谱。要除去世上害己害人的昏迷和强暴。

我们追悼了过去的人，还要发愿：要除去于人生毫无意义的苦痛。要除去制造并赏玩别人苦痛的昏迷和强暴。

我们还要发愿：要人类都受正当的幸福。

一九一八年七月。

我们现在怎样做父亲

我作这一篇文的本意，其实是想研究怎样改革家庭；又因为中国亲权重，父权更重，所以尤想对于从来认为神圣不可侵犯的父子问题，发表一点意见。总而言之：只是革命要革到老子身上罢了。但何以大模大样，用了这九个字的题目呢？这有两个理由：

第一，中国的“圣人之徒”，最恨人动摇他的两样东西。一样不必说，也与我辈绝不相干；一样便是他的伦常，我辈却不免偶然发几句议论，所以株连牵扯，很得了许多“铲伦常”“禽兽行”之类的恶名。他们以为父对于子，有绝对的权力和威严；若是老子说话，当然无所不可，儿子有话，却在未说之前早已错了。但祖父子孙，本来各各都只是生命的桥梁的一级，决不是固定不易的。现在的子，便是将来的父，也便是将来的祖。我知道我辈和读者，若不是现任之父，也一定是候补之父，而且也都有做祖宗的希望，所差只在一个时间。为想省却许多麻烦起见，我们便该无须客气，尽可先行占住了上风，摆出父亲的尊严，谈谈我们和我们子女的事；不但将来着手实行，可以减少困难，在中国也顺理成章，免得“圣人之徒”听了害怕，总算是一举两得之至的事了。所以说，“我们怎样做父亲。”

第二，对于家庭问题，我在《新青年》的《随感录》（二五，四十，四九）中，曾经略略说及，总括大意，便只是从我们起，解放了后来的人。论到解放子女，本是极平常的事，当然不必有什么讨论。但中国的老年，中了旧习惯旧思想的毒太深了，决定悟不过来。譬如早晨听到乌鸦叫，少年毫不介意，迷信的老人，却总须颓唐半天。虽然很可怜，然而也无法可救。没有法，便只能先从觉醒的人开手，各自解放了自己的孩子。自己背着因袭的重担，肩住了黑暗的闸门，放他们到宽阔光明的地方去；此后幸福的度日，合理的做人。

还有，我曾经说，自己并非创作者，便在上海报纸的《新教训》里，挨了一顿骂。但我辈评论事情，总须先评论了自己，不要冒充，才能像一篇说话，对得起自己和别人。我自己知道，不特并非创作者，并且也不是真理的发见者。凡有所说所写，只是就平日见闻的事理里面，取了一点心以为然的道理；至于终极究竟的事，却不能知。便是对于数年以后的学说的进步和变迁，也说不出会到如何地步，单相信比现在总该还有进步还有变迁罢了。所以说，“我们现在怎样做父亲。”

我现在心以为然的道理，极其简单。便是依据生物界的现象，一，要保存生命；二，要延续这生命；三，要发展这生命（就是进化）。生物都这样做，父亲也就是这样做。

生命的价值和生命价值的高下，现在可以不论。单照常识判断，便知道既是生物，第一要紧的自然是生命。因为生物之所以为生物，全在有这生命，否则失了生物的意义。生物为保存生命起见，具有种种本能，最显著的是食欲。因有食欲才摄取食品，因有食品才发生温热，保存了生命。但生物的个体，总免不了老衰和死亡，为继续生命起见，又有一种本能，便是性欲。因性欲才有性交，因有性交才发生苗裔，继续了生命。所以食欲是保存自己，保存现在生命的事；性欲是保存后裔，保存永久生命的事。饮食并非罪恶，并非不净；性交也就并非罪恶，并非不净。饮食的结果，养活了自己，对于自己没有恩；性交的结果，生出子女，对于子女当然也算不了恩。——前前后后，都向生命的长途走去，仅有先后的不同，分不出谁受谁的恩典。

可惜的是中国的旧见解，竟与这道理完全相反。夫妇是"人伦之中"，却说是"人伦之始"；性交是常事，却以为不净；生育也是常事，却以为天大的大功。人人对于婚姻，大抵先夹带着不净的思想。亲戚朋友有许多戏谑，自己也有许多羞涩，直到生了孩子，还是躲躲闪闪，怕敢声明；独有对于孩子，却威严十足。这种行径，简直可以说是和偷了钱发迹的财主，不相上下了。我并不是说，——如他们攻击者所意想的，——人类的性交也应如别种动物，随便举行；或如无耻流氓，专做些下流举动，自鸣得意。是说，此后觉醒的人，应该先洗净了东方固有的不净思想，再纯洁明白一些，了解夫妇是伴侣，是共同劳动者，又是新生命创造者的意义。所生的子女，固然是受领新生命的人，但他也不永久占领，将来还要交付子女，像他们的父母一般。只是前前后后，都做一个过付的经手人罢了。

生命何以必需继续呢？就是因为要发展，要进化。个体既然免不了死亡，进化又毫无止境，所以只能延续着，在这进化的路上走。走这路须有一种内的努力，有如单细胞动物有内的努力，积久才会繁复，无脊椎动物有内的努力，积久才会发生脊椎。所以后起的生命，总比以前的更有意义，更近完全，因此也更有价值，更可宝贵；前者的生命，应该牺牲于他。

但可惜的是中国的旧见解，又恰恰与这道理完全相反。本位应在幼者，却反在长者；置重应在将来，却反在过去。前者做了更前者的牺牲，自己无力生存，却苛责后者又来专做他的牺牲，毁灭了一切发展本身的能力。我也不是说，——如他们攻击者所意想的，——孙子理应终日痛打他的祖父，女儿必须时时咒骂他的亲娘。是说，此后觉醒的人，应该先洗净了东方古传的谬误思想，对于子女，义务思想须加多，而权利思想却大可切实核减，以准备改作幼者本位的道德。况且幼者受了权利，也并非永久占有，将来还要对于他们的幼者，仍尽义务。只是前前后后，都做一切过付的经手人罢了。

“父子间没有什么恩”这一个断语，实是招致“圣人之徒”面红耳赤的一大原因。他们的误点，便在长者本位与利己思想，权利思想很重，义务思想和责任心却很轻，以为父子关系，只须“父兮生我”一件事，幼者的全部，便应为长者所有。尤其堕落的，是因此责望报偿，以为幼者的全部，理该做长者的牺牲。殊不知自然界的安排，却件件与这要求反对，我们从古以来，逆天行事，于是人的能力，十分萎缩，社会的进步，也就跟着停顿。我们虽不能说停顿便要灭亡，但较之进步，总是停顿与灭亡的路相近。

自然界的安排，虽不免也有缺点，但结合长幼的方法，却并无错误。他并不用“恩”，却给与生物以一种天性，我们称他为“爱”。动物界中除了生子数目太多——爱不周到的如鱼类之外，总是挚爱他的幼子，不但绝无利益心情，甚或至于牺牲了自己，让他的将来的生命，去上那发展的长途。

人类也不外此，欧美家庭，大抵以幼者弱者为本位，便是最合于这生物学的真理的办法。便在中国，只要心思纯白，未曾经过“圣人之徒”作践的人，也都自然而然的能发现这一种天性。例如一个村妇哺乳婴儿的时候，决不想到自己正在施恩；一个农夫娶妻的时候，也决不以为将要放债。只是有了子女，即天然相爱，愿他生存；更进一步的，便还要愿他比自己更好，就是进化。这离绝了交换关系利害关系的爱，便是人伦的索子，便是所谓“纲”。倘如旧说，抹煞了“爱”，一味说“恩”，又因此责望报偿，那便不但败坏了父子间的道德，而且也大反于做父母的实际的真情，播下乖剌的种子。有人做了乐府，说是“劝孝”，大意是什么“儿子上学堂，母亲在家磨杏仁，预备回来给他喝，你还不孝么”之类，自以为“拼命卫道”。殊不知富翁的杏酪和穷人的豆浆，在爱情上价值同等，而其价值却正在父母当时并无求报的心思；否则变成买卖行为，虽然喝了杏酪，也不异“人乳喂猪”，无非要猪肉肥美，在人伦道德上，丝毫没有价值了。

所以我现在心以为然的，便只是“爱”。

无论何国何人，大都承认“爱己”是一件应当的事。这便是保存生命的要义，也就是继续生命的根基。因为将来的运命，早在现在决定，故父母的缺点，便是子孙灭亡的伏线，生命的危机。易卜生做的《群鬼》（有潘家洵君译本，载在《新潮》一卷五号）虽然重在男女问题，但我们也可以看出遗传的可怕。欧士华本是要生活，能创作的人，因为父亲的不检，先天得了病毒，中途不能做人了。他又很爱母亲，不忍劳他服侍，便藏着吗啡，想待发作时候，由使女瑞琴帮他吃下，毒杀了自己；可是瑞琴走了。他于是只好托他母亲了。

欧“母亲，现在应该你帮我的忙了。”

阿夫人“我吗？”

欧“谁能及得上你。”

阿夫人“我！你的母亲！”

欧“正为那个。”

阿夫人“我，生你的人！”

欧“我不曾教你生我。并且给我的是一种什么日子？我不要他！你拿回去罢！”

这一段描写，实在是我们做父亲的人应该震惊戒惧佩服的；决不能昧了良心，说儿子理应受罪。这种事情，中国也很多，只要在医院做事，便能时时看见先天梅毒性病儿的惨状；而且傲然的送来的，又大抵是他的父母。但可怕的遗传，并不只是梅毒；另外许多精神上体质上的缺点，也可以传之子孙，而且久而久之，连社会都蒙着影响。我们且不高谈人群，单为子女说，便可以说凡是不爱己的人，实在欠缺做父亲的资格。就令硬做了父亲，也不过如古代的草寇称王一般，万万算不了正统。将来学问发达，社会改造时，他们侥幸留下的苗裔，恐怕总不免要受善种学（Eugenics）者的处置。

倘若现在父母并没有将什么精神上体质上的缺点交给子女，又不遇意外的事，子女便当然健康，总算已经达到了继续生命的目的。但父母的责任还没有完，因为生命虽然继续了，却是停顿不得，所以还须教这新生命去发展。凡动物较高等的，对于幼雏，除了养育保护以外，往往还教他们生存上必需的本领。例如飞禽便教飞翔，鸷兽便教搏击。人类更高几等，便也有愿意子孙更进一层的天性。这也是爱，上文所说的是对于现在，这是对于将来。只要思想未遭锢蔽的人，谁也喜欢子女比自己更强，更健康，更聪明高尚，——更幸福；就是超越了自己，超越了过去。超越便须改变，所以子孙对于祖先的事，应该改变，“三年无改于父之道可谓孝矣”，当然是曲说，是退婴的病根。假使古代的单细胞动物，也遵着这教训，那便永远不敢分裂繁复，世界上再也不会有人类了。

幸而这一类教训，虽然害过许多人，却还未能完全扫尽了一切人的天性。没有读过“圣贤书”的人，还能将这天性在名教的斧钺底下，时时流露，时时萌蘖；这便是中国人虽然凋落萎缩，却未灭绝的原因。

所以觉醒的人，此后应将这天性的爱，更加扩张，更加醇化；用无我的爱，自己牺牲于后起新人。开宗第一，便是理解。往昔的欧人对于孩子的误解，是以为成人的预备；中国人的误解，是以为缩小的成人。直到近来，经过许多学者的研究，才知道孩子的世界，与成人截然不同；倘不先行理解，一味蛮做，便大碍于孩子的发达。所以一切设施，都应该以孩子为本位，日本近来，觉悟的也很不少；对于儿童的设施，研究儿童的事业，都非常兴盛了。第二，便是指导。时势既有改变，生活也必须进化；所以后起的人物，一定尤异于前，决不能用同一模型，无理嵌定。长者须是指导者协商者，却不该是命令者。不但不该责幼者供奉自己；而且还须用全副精神，专为他们自己，养成他们有耐劳作的体力，纯洁高尚的道德，广博自由能容纳新潮流的精神，也就是能在世界新潮流中游泳，不被淹没的力量。第三，便是解放。子女是即我非我的人，但既已分立，也便是人类中的人。因为即我，所以更应该尽教育的义务，交给他们自立的能力；因为非我，所以也应同时解放，全部为他们自己所有，成一个独立的人。

这样，便是父母对于子女，应该健全的产生，尽力的教育，完全的解放。

但有人会怕，仿佛父母从此以后，一无所有，无聊之极了。这种空虚的恐怖和无聊的感想，也即从谬误的旧思想发生；倘明白了生物学的真理，自然便会消灭。但要做解放子女的父母，也应预备一种能力。便是自己虽然已经带着过去的色采，却不失独立的本领和精神，有广博的趣味，高尚的娱乐。要幸福么？连你的将来的生命都幸福了。要“返老还童”，要“老复丁”么？子女便是“复丁”，都已独立而且更好了。这才是完了长者的任务，得了人生的慰安。倘若思想本领，样样照旧，专以“勃谿”为业，行辈自豪，那便自然免不了空虚无聊的苦痛。

或者又怕，解放之后，父子间要疏隔了。欧美的家庭，专制不及中国，早已大家知道；往者虽有人比之禽兽，现在却连“卫道”的圣徒，也曾替他们辩护，说并无“逆子叛弟”了。

因此可知：惟其解放，所以相亲；惟其没有“拘挛”子弟的父兄，所以也没有反抗“拘挛”的“逆子叛弟”。若威逼利诱，便无论如何，决不能有“万年有道之长”①。例如我中国，汉有举孝，唐有孝悌力田科，清末也还有孝廉方正，都能换到官做。父恩谕之于先，皇恩施之于后，然而割股的人物，究属寥寥。足可证明中国的旧学说旧手段，实在从古以来，并无良效，无非使坏人增长些虚伪，好人无端的多受些人我都无利益的苦痛罢了。

独有“爱”是真的。路粹引孔融说，“父之于子，当有何亲？论其本意，实为情欲发耳。子之于母，亦复奚为，譬如寄物瓶中，出则离矣。”（汉末的孔府上，很出过几个有特色的奇人，不像现在这般冷落，这话也许确是北海先生所说；只是攻击他的偏是路粹和曹操，教人发笑罢了。）虽然也是一种对于旧说的打击，但实于事理不合。因为父母生了子女，同时又有天性的爱，这爱又很深广很长久，不会即离。现在世界没有大同，相爱还有差等，子女对于父母，也便最爱，最关切，不会即离。所以疏隔一层，不劳多虑。至于一种例外的人，或者非爱所能钩连。但若爱力尚且不能钩连，那便任凭什么“恩威，名分，天经，地义”之类，更是钩连不住。

或者又怕，解放之后，长者要吃苦了。这事可分两层：第一，中国的社会，虽说“道德好”，实际却太缺乏相爱相助的心思。便是“孝”“烈”这类道德，也都是旁人毫不负责，一

① 久远的意思。

味收拾幼者弱者的方法。在这样社会中，不独老者难于生活，即解放的幼者，也难于生活。第二，中国的男女，大抵未老先衰，甚至不到二十岁，早已老态可掬，待到真实衰老，便更须别人扶持。所以我说，解放子女的父母，应该先有一番预备；而对于如此社会，尤应该改造，使他能适于合理的生活。许多人预备着，改造着，久而久之，自然可望实现了。单就别国的往时而言，斯宾塞未曾结婚，不闻他侘傺无聊；瓦特早没有了子女，也居然“寿终正寝”，何况在将来，更何况有儿女的人呢？

或者又怕，解放之后，子女要吃苦了。这事也有两层，全如上文所说，不过一是因为老而无能，一是因为少不更事罢了。因此觉醒的人，愈觉有改造社会的任务。中国相传的成法，谬误很多：一种是锢闭，以为可以与社会隔离，不受影响。一种是教给他恶本领，以为如此才能在社会中生活。用这类方法的长者，虽然也含有继续生命的好意，但比照事理，却决定谬误。此外还有一种，是传授些周旋方法，教他们顺应社会。这与数年前讲“实用主义”的人，因为市上有假洋钱，便要在学校里遍教学生看洋钱的法子之类，同一错误。社会虽然不能不偶然顺应，但决不是正当办法。因为社会不良，恶现象便很多，势不能一一顺应；倘都顺应了，又违反了合理的生活，倒走了进化的路。所以根本方法，只有改良社会。

就实际上说，中国旧理想的家族关系父子关系之类，其实早已崩溃。这也非“于今为烈”，正是“在昔已然”。历来都竭力表彰“五世同堂”，便足见实际上同居的为难；拼命的劝孝，也足见事实上孝子的缺少。而其原因，便全在一意提倡虚伪道德，蔑视了真的人情。我们试一翻大族的家谱，便知道始迁祖宗，大抵是单身迁居，成家立业；一到聚族而居，家谱出版，却已在零落的中途了。况在将来，迷信破了，便没有哭竹，卧冰；医学发达了，也不必尝秽，割股。又因为经济关系，结婚不得不迟，生育因此也迟，或者子女才能自存，父母已经衰老，不及依赖他们供养，事实上也就是父母反尽了义务。世界潮流逼拶着，这样做的可以生存，不然的便都衰落；无非觉醒者多，加些人力，便危机可望较少就是了。

但既如上言，中国家庭，实际久已崩溃，并不如“圣人之徒”纸上的空谈，则何以至今依然如故，一无进步呢？这事很容易解答。第一，崩溃者自崩溃，纠缠者自纠缠，设立者又自设立；毫无戒心，也不想到改革，所以如故。第二，以前的家庭中间，本来常有勃谿，到了新名词流行之后，便都改称“革命”，然而其实也仍是讨嫖钱至于相骂，要赌本至于相打之类，与觉醒者的改革，截然两途。这一类自称“革命”的勃谿子弟，纯属旧式，待到自己有了子女，也决不解放；或者毫不管理，或者反要寻出《孝经》，勒令诵读，想他们“学于古训”，都做牺牲。这只能全归旧道德旧习惯旧方法负责，生物学的真理决不能妄任其咎。

既如上言，生物为要进化，应该继续生命，那便“不孝有三无后为大”，三妻四妾，也极合理了。这事也很容易解答。人类因为无后，绝了将来的生命，虽然不幸，但若用不正当的方法手段，苟延生命而害及人群，便该比一人无后，尤其“不孝”。因为现在的社会，一夫一妻制最为合理，而多妻主义，实能使人群堕落。堕落近于退化，与继续生命的目的，恰恰完全相反。无后只是灭绝了自己，退化状态的有后，便会毁到他人。人类总有些为他人牺牲自己的精神；而况生物自发生以来，交互关联，一人的血统，大抵总与他人有多少关系，不会完全灭绝。所以生物学的真理，决非多妻主义的护符。

总而言之，觉醒的父母，完全应该是义务的，利他的，牺牲的，很不易做；而在中国尤不易做。中国觉醒的人，为想随顺长者解放幼者，便须一面清结旧账，一面开辟新路。就是开首所说的“自己背着因袭的重担，肩住了黑暗的闸门，放他们到宽阔光明的地方去；此后幸福的度日，合理的做人。”这是一件极伟大的要紧的事，也是一件极困苦艰难的事。

但世间又有一类长者，不但不肯解放子女，并且不准子女解放他们自己的子女；就是并要孙子曾孙都做无谓的牺牲。这也是一个问题；而我是愿意平和的人，所以对于这问题，现在不能解答。

一九一九年十月。

宋民间之所谓小说及其后来

宋代行于民间的小说，与历来史家所著录者很不同，当时并非文辞，而为属于技艺的“说话”之一种。

说话者，未详始于何时，但据故书，可以知道唐时则已有。段成式（《酉阳杂俎续集》四《贬误》）云：

“予太和末因弟生日观杂戏，有市人小说，呼扁鹊作褊鹊字，上声。予令任道昇字正之。市人言‘二十年前尝于上都斋会设此，有一秀才甚赏某呼扁字与褊同声，云世人皆误。’”

其详细虽难晓，但因此已足以推见数端：一小说为杂戏中之一种，二由于市人之口述，三在庆祝及斋会时用之。而郎瑛（《七修类藁》二十二）所谓“小说起宋仁宗，盖时太平盛久，国家闲暇，日欲进一奇怪之事以娱之，故小说‘得胜头回’之后，即云话说赵宋某年”者，亦即由此分明证实，不过一种无稽之谈罢了。

到宋朝，小说的情形乃始比较的可以知道详细。孟元老在南渡之后，追怀汴梁盛况，作《东京梦华录》，于“京瓦技艺”条下有当时说话的分目，为小说，合生，说诨话，说三分，说《五代史》等。而操此等职业者则称为“说话人”。

高宗既定都临安，更历孝光两朝，汴梁式的文物渐已遍满都下，伎艺人也一律完备了。关于说话的记载，在故书中也更详尽，端平年间的著作有灌园耐得翁《都城纪胜》，元初的著作有吴自牧《梦粱录》及周密《武林旧事》，都更详细的有说话的分科：

《都城纪胜》	《梦粱录》（二十）
说话有四家：	说话者，谓之舌辩，虽有四家数，各有门庭：
一者小说，谓之银字儿，如烟粉灵怪传奇；说公案，皆是搏刀赶棒及发迹变态之事；说铁骑儿，谓士马金鼓之事。	且小说，名银字儿，如烟粉灵怪传奇；公案，朴刀杆棒发发踪参（案此四字当有误）之事。……谈论古今，如水之流。
说经，谓演说佛书；说参请，谓宾主参禅悟道等事。	谈经者，谓演说佛书；说参请者，谓宾主参禅悟道等事。……又有说诨经者。
讲史书，讲说前代书史文传兴废争战之事。……	讲史书者，谓讲说《通鉴》汉唐历代书史文传兴废争战之事。
合生，与起令随令相似，各占一事。	合生，与起今随令相似，各占一事也。

但周密所记者又小异，为演史，说经诨经，小说，说诨话；而无合生。唐中宗时，武平一上书言“比来妖伎胡人，街童市子，或言妃主情貌，或列王公名质，咏歌蹈舞，号曰合生。”

（《新唐书》一百十九）则合生实始于唐，且用诨词戏谑，或者也就是说诨话；惟至宋当又稍有迁变，今未详。起令随令之“令”，《都城纪胜》作“令”，明抄本《说郛》中之《古杭梦游录》又作起令随合，何者为是，亦未详。

据耐得翁及吴自牧说，是说话之一科的小说，又因内容之不同而分为三子目：

1. 银字儿　所说者为烟粉（烟花粉黛），灵怪（神仙鬼怪），传奇（离合悲欢）等。

2. 说公案　所说者为搏刀赶棒（拳勇），发迹变态（遇合）之事。

3. 说铁骑儿　所说者为士马金鼓（战争）之事。

惟有小说，是说话中最难的一科，所以说话人“最畏小说，盖小说者，能讲一朝一代故事，顷刻间提破”（《都城纪胜》云；《梦粱录》同，惟“提破”作“捏合”），非同讲史，易于铺张；而且又须有“谈论古今，如水之流”的口辩。然而在临安也不乏讲小说的高手，吴自牧所记有谭淡子等六人，周密所记有蔡和等五十二人，其中也有女流，如陈郎娘枣儿，史蕙英。

临安的文士佛徒多有集会；瓦舍的技艺人也多有，其主意大约是在于磨炼技术的。小说专家所立的社会，名曰雄辩社。（《武林旧事》三）

元人杂剧虽然早经销歇，但尚有流传的曲本，来示人以大概的情形。宋人的小说也一样，也幸而借了“话本”偶有留遗，使现在还可以约略想见当时瓦舍中说话的模样。

其话本曰《京本通俗小说》，全书不知凡几卷，现在所见的只有残本，经江阴缪氏影刻，是卷十至十六的七卷，先曾单行，后来就收在《烟画东堂小品》之内了。还有一卷是叙金海陵王的秽行的，或者因为文笔过于碍眼了罢，缪氏没有刻，然而仍有郎园的改换名目的排印本；郎园是长沙叶德辉的园名。

刻本七卷中所收小说的篇目以及故事发生的年代如下列：

卷十	碾玉观音	“绍兴年间。”
十一	菩萨蛮	“大宋高宗绍兴年间。”
十二	西山一窟鬼	“绍兴十年间。”
十三	志诚张主管	无年代，但云东京汴州开封事。
十四	拗相公	“先朝。”
十五	错斩崔宁	“高宗时。”
十六	冯玉梅团圆	“建炎四年。”

每题俱是一全篇，自为起讫，并不相联贯。钱曾《也是园书目》（十）著录的“宋人词话”十六种中，有《错斩崔宁》与《冯玉梅团圆》两种，可知旧刻又有单篇本，而《通俗小说》即是若干单篇本的结集，并非一手所成。至于所说故事发生的时代，则多在南宋之初；北宋已少，何况汉唐。又可知小说取材，须在近时；因为演说古事，范围即属讲史，虽说小说家亦复“谈论古今，如水之流”，但其谈古当是引证及装点，而非小说的本文。如《拗相公》开首虽说王莽，但主意却只在引出王安石，即其例。

七篇中开首即入正文者只有《菩萨蛮》；其余六篇则当讲

说之前，俱先引诗词或别的事实，就是“先引下一个故事来，权做个‘得胜头回’。”（本书十五）“头回”当即冒头的一回之意，“得胜”是吉语，瓦舍为军民所聚，自然也不免以利市语说之，未必因为进御才如此。

“得胜头回”略有定法，可说者凡四：

1. 以略相关涉的诗词引起本文。如卷十用《春词》十一首引起延安郡王游春；卷十二用士人沈文述的词逐句解释，引起遇鬼的士人皆是。

2. 以相类之事引起本文。如卷十四以王莽引起王安石是。

3. 以较逊之事引起本文。如卷十五以魏生因戏言落职，引起刘贵因戏言遇大祸；卷十六以“交互姻缘”转入“双镜重圆”而“有关风化，到还胜似几倍”皆是。

4. 以相反之事引起本文。如卷十三以王处厚照镜见白发的词有知足之意，引起不伏老的张士廉以晚年娶妻破家是。

而这四种定法，也就牢笼了后来的许多拟作了。

在日本还传有中国旧刻的《大唐三藏取经记》三卷，共十七章，章必有诗；别一小本则题曰《大唐三藏取经诗话》。《也是园书目》将《错斩崔宁》及《冯玉梅团圆》归入“宋人词话”门，或者此类话本，有时亦称词话；就是小说的别名。《通俗小说》每篇引用诗词之多，实远过于讲史（《五代史平话》，《三国志传》，《水浒传》等），开篇引首，中间铺叙与证明，临末断结咏叹，无不征引诗词，似乎此举也就是小说的一样必要条件。引诗为证，在中国本是起源很古的，汉韩婴的《诗外传》，刘向的《列女传》，皆早经引《诗》以证杂说及故事，但未必与宋小说直接相关；只是“借古语以为重”的精神，则虽说汉之与宋，学士之与市人，时候学问，皆极相违，而实有一致的处所。唐人小说中也多半有诗，即使妖魔鬼怪，也每能互相酬和，或者做几句即兴诗，此等风雅举动，则与宋市人小说不无关涉，但因为宋小说多是市井间事，人物少有物魅及诗人，于是自不得不由吟咏而变为引证，使事状虽殊，而诗气不脱；吴自牧记讲史高手，为“讲得字真不俗，记问渊源甚广”（《梦粱录》二十），即可移来解释小说之所以多用诗词的缘故的。

由上文推断，则宋市人小说的必要条件大约有三：

1. 须讲近世事；

2. 什九须有“得胜头回”；

3. 须引证诗词。

宋民间之所谓小说的话本，除《京本通俗小说》之外，今尚未见有第二种。《大唐三藏取经诗话》是极拙的拟话本，并且应属于讲史。《大宋宣和遗事》钱曾虽列入“宋人词话”中，而其实也是拟作的讲史，惟因其系钞撮十种书籍而成，所以也许含有小说分子在内。

然而在《通俗小说》未经翻刻以前，宋代的市人小说也未尝断绝；他间或改了名目，夹杂着后人拟作而流传。那些拟作，则大抵出于明朝人，似宋人话本当时留存尚多，所以拟作的精神形式虽然也有变更，而大体仍然无异。

以下是所知道的几部书：

1. 《喻世明言》。未见。

2.《警世通言》。未见。王士禛云，“《警世通言》有《拗相公》一篇，述王安石罢相归金陵事，极快人意，乃因卢多逊谪岭南事而稍附益之。”（《香祖笔记》十）《拗相公》见《通俗小说》卷十四，是《通言》必含有宋市人小说。

3.《醒世恒言》。四十卷，共三十九事；不题作者姓名。前有天启丁卯（1627 年）陇西可一居士序云，“六经国史而外，凡著述皆小说也，而尚理或病于艰深，修词或伤于藻绘，则不足以触里耳而振恒心，此《醒世恒言》所以继《明言》《通言》而作也。……”因知三言之内，最后出的是《恒言》。所说者汉二事，隋三事，唐八事，宋十一事，明十五事。其中隋唐故事，多采自唐人小说，故唐人小说在元既已侵入杂剧及传奇，至明又侵入了话本；然而悬想古事，不易了然，所以逊于叙述明朝故事的十余篇远甚了。宋事有三篇像拟作，七篇（《卖油郎独占花魁》，《灌园叟晚逢仙女》，《乔太守乱点鸳鸯谱》，《勘皮靴单证二郎神》，《闹樊楼多情周胜仙》，《吴衙内邻舟赴约》，《郑节使立功神臂弓》）疑出自宋人话本，而一篇（《十五贯戏言成巧祸》）则即是《通俗小说》卷十五的《错斩崔宁》。

松禅老人序《今古奇观》云，“墨憨斋增补《平妖》，穷工极变，不失本来。……至所纂《喻世》《醒世》《警世》三言，极摹人情世态之岐，备写悲欢离合之致。……”是纂三言与补《平妖》者为一人。明本《三遂平妖传》有张无咎序，云“兹刻回数倍前，盖吾友龙子犹所补也”。而首叶则题“冯犹龙先生增定”。可知三言亦冯犹龙作，而龙子犹乃其游戏笔墨时的隐名。

冯犹龙名梦龙，长洲人（《曲品》作吴县人），由贡生拔授寿宁知县，有《七乐斋稿》；然而朱彝尊以为“善为启颜之辞，时入打油之调，不得为诗家。”（《明诗综》七十一）盖冯犹龙所擅长的是词曲，既作《双雄记传奇》，又刻《墨憨斋传奇定本十种》，多取时人名曲，再加删订，颇为当时所称；而其中的《万事足》，《风流梦》，《新灌园》是自作。他又极有意于稗说，所以在小说则纂《喻世》《警世》《醒世》三言，在讲史则增补《三遂平妖传》。

4.《拍案惊奇》。三十六卷；每卷一事，唐六，宋六，元四，明二十。前有即空观主人序云，“龙子犹氏所辑《喻世》等书，颇存雅道，时著良规，复取古今来杂碎事，可新听睹，佐谈谐者，演而畅之，得若干卷。……”则仿佛此书也是冯犹龙作。然而叙述平板，引证贫辛，“头回”与正文“捏合”不灵，有时如两大段；冯犹龙是“文苑之滑稽”，似乎不至于此。同时的松禅老人也不信，故其序《今古奇观》，于叙墨憨斋编纂三言之下，则云“即空观主人壶矢代兴，爰有《拍案惊奇》之刻，颇费搜获，足供谈麈”了。

5.《今古奇观》。四十卷；每卷一事。这是一部选本，有姑苏松禅老人序，云是抱瓮老人由《喻世》《醒世》《警世》三言及《拍案惊奇》中选刻而成。所选的出于《醒世恒言》者十一篇（第一，二，七，八，十五，十六，十七，二十五，二十六，二十七，二十八回），疑为宋人旧话本之《卖油郎》，《灌园叟》，《乔太守》在内；而《十五贯》落了选。出于《拍案惊奇》者七篇（第九，十，十八，二十九，三十七，三十九，四十回）。其余二十二篇，当然是出于《喻世明言》及《警世通言》的了，所以现在借了易得的《今古奇观》，还可以推见那希觏的《明言》《通言》的大概。其中还有比汉更古的故事，如俞伯牙，庄子休及羊角哀皆是。但所选并不定佳，大约因为两篇的题目须字字相对，所以去取之间，也就很受了束缚了。

6.《今古奇闻》。二十二卷；每卷一事。前署东壁山房主人编次，也不知是何人。书中提及“发逆”，则当是清咸丰或同治初年的著作。日本有翻刻，王寅（字冶梅）到日本去卖画，又翻回中国来，有光绪十七年序，现在印行的都出于此本。这也是一部选集，其中取《醒世恒言》者四篇（卷一，二，六，十八），《十五贯》也在内，可惜删落了“得胜头回”；取《西湖佳话》者一篇（卷十）；余未详，篇末多有自怡轩主人评语，大约是别一种小说的话本，然而笔墨拙涩，尚且及不到《拍案惊奇》。

7.《续今古奇观》。三十卷；每卷一回。无编者名，亦无印行年月，然大约当在同治末或光绪初。同治七年，江苏巡抚丁日昌严禁淫词小说，《拍案惊奇》也在内，想来其时市上遂难得，于是《拍案惊奇》即小加删改，化为《续今古奇观》而出，依然流行世间。但除去了《今古奇观》所已采的七篇，而加上《今古奇闻》中的一篇（《康友仁轻财重义得科名》），改立题目，以足三十卷的整数。

此外，明人拟作的小说也还有，如杭人周楫的《西湖二集》三十四卷，东鲁古狂生的《醉醒石》十五卷皆是。但都与几经选刻，辗转流传的本子无关，故不复论。

一九二三年十一月。

娜拉走后怎样

——一九二三年十二月二十六日
在北京女子高等师范学校文艺会讲

我今天要讲的是“娜拉走后怎样？”

伊孛生是十九世纪后半的瑙威的一个文人。他的著作，除了几十首诗之外，其余都是剧本。这些剧本里面，有一时期是大抵含有社会问题的，世间也称作“社会剧”，其中有一篇就是《娜拉》。

《娜拉》一名 Ein Puppenheim，中国译作《傀儡家庭》。但 Puppe 不单是牵线的傀儡，孩子抱着玩的人形①也是；引申开去，别人怎么指挥，他便怎么做的人也是。娜拉当初是满足地生活在所谓幸福的家庭里的，但是她竟觉悟了：自己是丈夫的傀儡，孩子们又是她的傀儡。她于是走了，只听得关门声，接着就是闭幕。这想来大家都知道，不必细说了。

娜拉要怎样才不走呢？或者说伊孛生自己有解答，就是（Die Frau vom Meer），《海的女人》，中国有人译作《海上夫人》的。这女人是已经结婚的了，然而先前有一个爱人在海的彼岸，一日突然寻来，叫她一同去。她便告知她的丈夫，要和那外来人会面。临末，她的丈夫说，“现在放你完全自由。（走

① 即人形的玩具。

与不走）你能够自己选择，并且还要自己负责任。”于是什么事全都改变，她就不走了。这样看来，娜拉倘也得到这样的自由，或者也便可以安住。

但娜拉毕竟是走了的。走了以后怎样？伊孛生并无解答；而且他已经死了。即使不死，他也不负解答的责任。因为伊孛生是在做诗，不是为社会提出问题来而且代为解答。就如黄莺一样，因为他自己要歌唱，所以他歌唱，不是要唱给人们听得有趣，有益。伊孛生是很不通世故的，相传在许多妇女们一同招待他的筵宴上，代表者起来致谢他作了《傀儡家庭》，将女性的自觉，解放这些事，给人心以新的启示的时候，他却答道，“我写那篇却并不是这意思，我不过是做诗。”

娜拉走后怎样？——别人可是也发表过意见的。一个英国人曾作一篇戏剧，说一个新式的女子走出家庭，再也没有路走，终于堕落，进了妓院了。还有一个中国人，——我称他什么呢？上海的文学家罢，——说他所见的《娜拉》是和现译本不同，娜拉终于回来了。这样的本子可惜没有第二人看见，除非是伊孛生自己寄给他的。但从事理上推想起来，娜拉或者也实在只有两条路：不是堕落，就是回来。因为如果是一匹小鸟，则笼子里固然不自由，而一出笼门，外面便又有鹰，有猫，以及别的什么东西之类；倘使已经关得麻痹了翅子，忘却了飞翔，也诚然是无路可以走。还有一条，就是饿死了，但饿死已经离开了生活，更无所谓问题，所以也不是什么路。

人生最苦痛的是梦醒了无路可以走。做梦的人是幸福的；倘没有看出可走的路，最要紧的是不要去惊醒他。你看，唐朝的诗人李贺，不是困顿了一世的么？而他临死的时候，却对他的母亲说，“阿妈，上帝造成了白玉楼，叫我做文章落成去了。”这岂非明明是一个诳，一个梦？然而一个小的和一个老的，一个死的和一个活的，死的高兴地死去，活的放心地活着。说诳和做梦，在这些时候便见得伟大。所以我想，假使寻不出路，我们所要的倒是梦。

但是，万不可做将来的梦。阿尔志跋绥夫曾经借了他所做的小说，质问过梦想将来的黄金世界的理想家，因为要造那世界，先唤起许多人们来受苦。他说，“你们将黄金世界预约给他们的子孙了，可是有什么给他们自己呢？”有是有的，就是将来的希望。但代价也太大了，为了这希望，要使人练敏了感觉来更深切地感到自己的苦痛，叫起灵魂来目睹他自己的腐烂的尸骸。惟有说诳和做梦，这些时候便见得伟大。所以我想，假使寻不出路，我们所要的就是梦；但不要将来的梦，只要目前的梦。

然而娜拉既然醒了，是很不容易回到梦境的，因此只得走；可是走了以后，有时却也免不掉堕落或回来。否则，就得问：她除了觉醒的心以外，还带了什么去？倘只有一条像诸君一样的紫红的绒绳的围巾，那可是无论宽到二尺或三尺，也完全是不中用。她还须更富有，提包里有准备，直白地说，就是要有钱。

梦是好的；否则，钱是要紧的。

钱这个字很难听，或者要被高尚的君子们所非笑，但我总觉得人们的议论是不但昨天和今天，即使饭前和饭后，也往往有些差别。凡承认饭需钱买，而以说钱为卑鄙者，倘能按一按他的胃，那里面怕总还有鱼肉没有消化完，须得饿他一天之后，再来听他发议论。

所以为娜拉计，钱，——高雅的说罢，就是经济，是最要紧的了。自由固不是钱所能买到的，但能够为钱而卖掉。人类有一个大缺点，就是常常要饥饿。为补救这缺点起见，为准备不做傀儡起见，在目下的社会里，经济权就见得最要紧了。第一，在家应该先获得男女平均的分配；第二，在社会应该获得男女相等的势力。可惜我不知道这权柄如何取得，单知道仍然要战斗；或者也许比要求参政权更要用剧烈的战斗。

要求经济权固然是很平凡的事，然而也许比要求高尚的参政权以及博大的女子解放之类更烦难。天下事尽有小作为比大作为更烦难的。譬如现在似的冬天，我们只有这一件棉袄，然而必须救助一个将要冻死的苦人，否则便须坐在菩提树下冥想普度一切人类的方法去。普度一切人类和救活一人，大小实在相去太远了，然而倘叫我挑选，我就立刻到菩提树下去坐着，因为免得脱下唯一的棉袄来冻杀自己。所以在家里说要参政权，是不至于大遭反对的，一说到经济的平匀分配，或不免面前就遇见敌人，这就当然要有剧烈的战斗。

战斗不算好事情，我们也不能责成人人都是战士，那么，平和的方法也就可贵了，这就是将来利用了亲权来解放自己的子女。中国的亲权是无上的，那时候，就可以将财产平匀地分配子女们，使他们平和而没有冲突地都得到相等的经济权，此后或者去读书，或者去生发，或者为自己去享用，或者为社会去做事，或者去花完，都请便，自己负责任。这虽然也是颇远的梦，可是比黄金世界的梦近得不少了。但第一需要记性。记性不佳，是有益于己而有害于子孙的。人们因为能忘却，所以自己能渐渐地脱离了受过的苦痛，也因为能忘却，所以往往照样地再犯前人的错误。被虐待的儿媳做了婆婆，仍然虐待儿媳；嫌恶学生的官吏，每是先前痛骂官吏的学生；现在压迫子女的，有时也就是十年前的家庭革命者。这也许与年龄和地位都有关系罢，但记性不佳也是一个很大的原因。经济法就是各人去买一本 note-book 来，将自己现在的思想举动都记上，作为将来年龄和地位都改变了之后的参考。假如憎恶孩子要到公园去的时候，取来一翻，看见上面有一条道，“我想到中央公园去”，那就即刻心平气和了。别的事也一样。

世间有一种无赖精神，那要义就是韧性。听说拳匪乱后，天津的青皮，就是所谓无赖者很跋扈，譬如给人搬一件行李，他就要两元，对他说这行李小，他说要两元，对他说道路近，他说要两元，对他说不要搬了，他说也仍然要两元。青皮固然是不足为法的，而那韧性却大可以佩服。要求经济权也一样，有人说这事情太陈腐了，就答道要经济权；说是太卑鄙了，就答道要经济权；说是经济制度就要改变了，用不着再操心，也仍然答道要经济权。

其实，在现在，一个娜拉的出走，或者也许不至于感到困难的，因为这人物很特别，举动也新鲜，能得到若干人们的同情，帮助着生活。生活在人们的同情之下，已经是不自由了，然而倘有一百个娜拉出走，便连同情也减少，有一千一万个出走，就得到厌恶了，断不如自己握着经济权之为可靠。

在经济方面得到自由，就不是傀儡了么？也还是傀儡。无非被人所牵的事可以减少，而自己能牵的傀儡可以增多罢了。因为在现在的社会里，不但女人常作男人的傀儡，就是男人和男人，女人和女人，也相互地作傀儡，男人也常作女人的傀儡，这决不是几个女人取得经济权所能救的。但人不能饿着静候理想世界的到来，至少也得留一点残喘，正如涸辙之鲋，急谋升斗之水一样，就要这较为切近的经济权，一面再想别的法。

如果经济制度竟改革了，那上文当然完全是废话。

然而上文，是又将娜拉当作一个普通的人物而说的，假使她很特别，自己情愿闯出去做牺牲，那就又另是一回事。我们无权去劝诱人做牺牲，也无权去阻止人做牺牲。况且世上也尽有乐于牺牲，乐于受苦的人物。欧洲有一个传说，耶稣去钉十字架时，休息在 Ahasvar 的檐下，Ahasvar 不准他，于是被了咒诅，使他永世不得休息，直到末日裁判的时候。Ahasvar 从此就歇不下，只是走，现在还在走。走是苦的，安息是乐的，他何以不安息呢？虽说背着咒诅，可是大约总该是觉得走比安息还适意，所以始终狂走的罢。

只是这牺牲的适意是属于自己的，与志士们之所谓为社会者无涉。群众，——尤其是中国的，——永远是戏剧的看客。牺牲上场，如果显得慷慨，他们就看了悲壮剧；如果显得觳觫[①]，他们就看了滑稽剧。北京的羊肉铺前常有几个人张着嘴

① 出自《孟子·梁惠王上》。意思是指恐惧得发抖，恐惧颤抖的样子。

看剥羊，仿佛颇愉快，人的牺牲能给与他们的益处，也不过如此。而况事后走不几步，他们并这一点愉快也就忘却了。

对于这样的群众没有法，只好使他们无戏可看倒是疗救，正无需乎震骇一时的牺牲，不如深沉的韧性的战斗。

可惜中国太难改变了，即使搬动一张桌子，改装一个火炉，几乎也要血；而且即使有了血，也未必一定能搬动，能改装。不是很大的鞭子打在背上，中国自己是不肯动弹的。我想这鞭子总要来，好坏是别一问题，然而总要打到的。但是从那里来，怎么地来，我也是不能确切地知道。

我这讲演也就此完结了。

未有天才之前

——一九二四年一月十七日
在北京师范大学附属中学校友会讲

我自己觉得我的讲话不能使诸君有益或者有趣，因为我实在不知道什么事，但推托拖延得太长久了，所以终于不能不到这里来说几句。

我看现在许多人对于文艺界的要求的呼声之中，要求天才的产生也可以算是很盛大的了，这显然可以反证两件事：一是中国现在没有一个天才，二是大家对于现在的艺术的厌薄。天才究竟有没有？也许有着罢，然而我们和别人都没有见。倘使据了见闻，就可以说没有；不但天才，还有使天才得以生长的民众。

天才并不是自生自长在深林荒野里的怪物，是由可以使天才生长的民众产生，长育出来的，所以没有这种民众，就没有天才。有一回拿破仑过 Alps 山，说，“我比 A1ps 山还要高！”这何等英伟，然而不要忘记他后面跟着许多兵；倘没有兵，那只有被山那面的敌人捉住或者赶回，他的举动，言语，都离了英雄的界线，要归入疯子一类了。所以我想，在要求天才的产生之前，应该先要求可以使天才生长的民众。——譬如想有乔木，想看好花，一定要有好土；没有土，便没有花木了；所以土实在较花木还重要。花木非有土不可，正同拿破仑非有好兵不可一样。

然而现在社会上的论调和趋势，一面固然要求天才，一面却要他灭亡，连预备的土也想扫尽。举出几样来说：

其一就是“整理国故”。自从新思潮来到中国以后，其实何尝有力，而一群老头子，还有少年，却已丧魂失魄的来讲国故了，他们说，“中国自有许多好东西，都不整理保存，倒去求新，正如放弃祖宗遗产一样不肖。”抬出祖宗来说法，那自然是极威严的，然而我总不信在旧马褂未曾洗净叠好之前，便不能做一件新马褂。就现状而言，做事本来还随各人的自便，老先生要整理国故，当然不妨去埋在南窗下读死书，至于青年，却自有他们的活学问和新艺术，各干各事，也还没有大妨害的，但若拿了这面旗子来号召，那就是要中国永远与世界隔绝了。倘以为大家非此不可，那更是荒谬绝伦！我们和古董商人谈天，他自然总称赞他的古董如何好，然而他决不痛骂画家，农夫，工匠等类，说是忘记了祖宗：他实在比许多国学家聪明得远。

其一是“崇拜创作”。从表面上看来，似乎这和要求天才的步调很相合，其实不然。那精神中，很含有排斥外来思想，异域情调的分子，所以也就是可以使中国和世界潮流隔绝的。许多人对于托尔斯泰，都介涅夫，陀思妥夫斯奇的名字，已经厌听了，然而他们的著作，有什么译到中国来？眼光囚在一国里，听谈彼得和约翰就生厌，定须张三李四才行，于是创作家出来了，从实说，好的也离不了刺取点外国作品的技术和神情，文笔或者漂亮，思想往往赶不上翻译品，甚者还要加上些传统思想，使他适合于中国人的老脾气，而读者却已为他所牢笼了，于是眼界便渐渐的狭小，几乎要缩进旧圈套里去。作者和读者互相为因果，排斥异流，抬上国粹，那里会有天才产生？即使产生了，也是活不下去的。

这样的风气的民众是灰尘，不是泥土，在他这里长不出好花和乔木来！

还有一样是恶意的批评。大家的要求批评家的出现，也由来已久了，到目下就出了许多批评家。可惜他们之中很有不少是不平家，不像批评家，作品才到面前，便恨恨地磨墨，立刻写出很高明的结论道，"唉，幼稚得很。中国要天才！"到后来，连并非批评家也这样叫喊了，他是听来的。其实即使天才，在生下来的时候的第一声啼哭，也和平常的儿童的一样，决不会就是一首好诗。因为幼稚，当头加以戕贼，也可以萎死的。我亲见几个作者，都被他们骂得寒噤了。那些作者大约自然不是天才，然而我的希望是便是常人也留着。

恶意的批评家在嫩苗的地上驰马，那当然是十分快意的事；然而遭殃的是嫩苗——平常的苗和天才的苗。幼稚对于老成，有如孩子对于老人，决没有什么耻辱；作品也一样，起初幼稚，不算耻辱的。因为倘不遭了戕贼，他就会生长，成熟，老成；独有老衰和腐败，倒是无药可救的事！我以为幼稚的人，或是老大的人，如有幼稚的心，就说幼稚的话，只为自己要说而说，说出之后，至多到印出之后，自己的事就完了，对于无论打着什么旗子的批评，都可以置之不理的！

就是在座的诸君，料来也十之九愿有天才的产生罢，然而情形是这样，不但产生天才难，单是有培养天才的泥土也难。

我想，天才大半是天赋的；独有这培养天才的泥土，似乎大家都可以做。做土的功效，比要求天才还切近；否则，纵有成千成百的天才，也因为没有泥土，不能发达，要像一碟子绿豆芽。

做土要扩大了精神，就是收纳新潮，脱离旧套，能够容纳，了解那将来产生的天才；又要不怕做小事业，就是能创作的自然是创作，否则翻译，介绍，欣赏，读，看，消闲都可以。以文艺来消闲，说来似乎有些可笑，但究竟较胜于戕贼他。

泥土和天才比，当然是不足齿数的，然而不是坚苦卓绝者，也怕不容易做；不过事在人为，比空等天赋的天才有把握。这一点，是泥土的伟大的地方，也是反有大希望的地方。而且也有报酬，譬如好花从泥土里出来，看的人固然欣然的赏鉴，泥土也可以欣然的赏鉴，正不必花卉自身，这才心旷神怡的——假如当作泥土也有灵魂的说。

论雷峰塔的倒掉

听说，杭州西湖上的雷峰塔倒掉了，听说而已，我没有亲见。但我却见过未倒的雷峰塔，破破烂烂的映掩于湖光山色之间，落山的太阳照着这些四近的地方，就是“雷峰夕照”，西湖十景之一。“雷峰夕照”的真景我也见过，并不见佳，我以为。

然而一切西湖胜迹的名目之中，我知道得最早的却是这雷峰塔。我的祖母曾经常常对我说，白蛇娘娘就被压在这塔底下。有个叫作许仙的人救了两条蛇，一青一白，后来白蛇便化作女人来报恩，嫁给许仙了；青蛇化作丫鬟，也跟着。一个和尚，法海禅师，得道的禅师，看见许仙脸上有妖气，——凡讨妖怪做老婆的人，脸上就有妖气的，但只有非凡的人才看得出，——便将他藏在金山寺的法座后，白蛇娘娘来寻夫，于是就“水满金山”。我的祖母讲起来还要有趣得多，大约是出于一部弹词叫作《义妖传》里的，但我没有看过这部书，所以也不知道“许仙”“法海”究竟是否这样写。总而言之，白蛇娘娘终于中了法海的计策，被装在一个小小的钵盂里了。钵盂埋在地里，上面还造起一座镇压的塔来，这就是雷峰塔。此后似乎事情还很多，如“白状元祭塔”之类，但我现在都忘记了。

那时我唯一的希望，就在这雷峰塔的倒掉。后来我长大了，到杭州，看见这破破烂烂的塔，心里就不舒服。后来我看看书，说杭州人又叫这塔作保俶塔，其实应该写作“保叔塔”，是钱王的儿子造的。那么，里面当然没有白蛇娘娘了，然而我心里仍然不舒服，仍然希望他倒掉。

现在，他居然倒掉了，则普天之下的人民，其欣喜为何如？这是有事实可证的。试到吴越的山间海滨，探听民意去。凡有田夫野老，蚕妇村氓，除了几个脑髓里有点贵恙的之外，可有谁不为白娘娘抱不平，不怪法海太多事的？

和尚本应该只管自己念经。白蛇自迷许仙，许仙自娶妖怪，和别人有什么相干呢？他偏要放下经卷，横来招是搬非，大约是怀着嫉妒罢，——那简直是一定的。

听说，后来玉皇大帝也就怪法海多事，以至荼毒生灵，想要拿办他了。他逃来逃去，终于逃在蟹壳里避祸，不敢再出来，到现在还如此。我对于玉皇大帝所做的事，腹诽的非常多，独于这一件却很满意，因为“水满金山”一案，的确应该由法海负责；他实在办得很不错的。只可惜我那时没有打听这话的出处，或者不在《义妖传》中，却是民间的传说罢。

秋高稻熟时节，吴越间所多的是螃蟹，煮到通红之后，无论取那一只，揭开背壳来，里面就有黄，有膏；倘是雌的，就有石榴子一般鲜红的子。先将这些吃完，即一定露出一个圆锥形的薄膜，再用小刀小心地沿着锥底切下，取出，翻转，使里面向外，只要不破，便变成一个罗汉模样的东西，有头脸，身子，是坐着的，我们那里的小孩子都称他“蟹和尚”，就是躲在里面避难的法海。

当初，白蛇娘娘压在塔底下，法海禅师躲在蟹壳里。现在却只有这位老禅师独自静坐了，非到螃蟹断种的那一天为止出不来。莫非他造塔的时候，竟没有想到塔是终究要倒的么？

活该。

一九二四年十月二十八日。

说胡须

今年夏天游了一回长安，一个多月之后，胡里胡涂的回来了。知道的朋友便问我："你以为那边怎样？"我这才栗然地回想长安，记得看见很多的白杨，很大的石榴树，道中喝了不少的黄河水。然而这些又有什么可谈呢？我于是说："没有什么怎样。"他于是废然而去了，我仍旧废然而住，自愧无以对"不耻下问"的朋友们。

今天喝茶之后，便看书，书上沾了一点水，我知道上唇的胡须又长起来了。假如翻一翻《康熙字典》，上唇的，下唇的，颊旁的，下巴上的各种胡须，大约都有特别的名号谥法的罢，然而我没有这样闲情别致。总之是这胡子又长起来了，我又要照例的剪短他，先免得沾汤带水。于是寻出镜子，剪刀，动手就剪，其目的是在使他和上唇的上缘平齐，成一个隶书的一字。

我一面剪，一面却忽而记起长安，记起我的青年时代，发出连绵不断的感慨来。长安的事，已经不很记得清楚了，大约确乎是游历孔庙的时候，其中有一间房子，挂着许多印画，有李二曲像，有历代帝王像，其中有一张是宋太祖或是什么宗，我也记不清楚了，总之是穿一件长袍，而胡子向上翘起的。于是一位名士就毅然决然地说："这都是日本人假造的，你看这胡子就是日本式的胡子。"

诚然，他们的胡子确乎如此翘上，他们也未必不假造宋太祖或什么宗的画像，但假造中国皇帝的肖像而必须对了镜子，以自己的胡子为法式，则其手段和思想之离奇，真可谓“出乎意表之外”了。清乾隆中，黄易掘出汉武梁祠石刻画像来，男子的胡须多翘上；我们现在所见北魏至唐的佛教造像中的信士像，凡有胡子的也多翘上，直到元明的画像，则胡子大抵受了地心的吸力作用，向下面拖下去了。日本人何其不惮烦，孳孳汲汲地造了这许多从汉到唐的假古董，来埋在中国的齐鲁燕晋秦陇巴蜀的深山邃谷废墟荒地里？

我以为拖下的胡子倒是蒙古式，是蒙古人带来的，然而我们的聪明的名士却当作国粹了。留学日本的学生因为恨日本，便神往于大元，说道“那时倘非天幸，这岛国早被我们灭掉了！”则认拖下的胡子为国粹亦无不可。然而又何以是黄帝的子孙？又何以说台湾人在福建打中国人是奴隶根性？

我当时就想争辩，但我即刻又不想争辩了。留学德国的爱国者X君，——因为我忘记了他的名字，姑且以X代之，——不是说我的毁谤中国，是因为娶了日本女人，所以替他们宣传本国的坏处么？我先前不过单举几样中国的缺点，尚且要带累“贱内”改了国籍，何况现在是有关日本的问题？好在即使宋太祖或什么宗的胡子蒙些不白之冤，也不至于就有洪水，就有地震，有什么大相干。我于是连连点头，说道：“嗡，嗡，对啦。”因为我实在比先前似乎油滑得多了，——好了。

我剪下自己的胡子的左尖端毕，想，陕西人费心劳力，备饭化钱，用汽车载，用船装，用骡车拉，用自动车装，请到长安去讲演，大约万料不到我是一个虽对于决无杀身之祸的小事情，也不肯直抒自己的意见，只会“嗡，嗡，对啦”的罢。他们简直是受了骗了。

我再向着镜子的自己的脸，看定右嘴角，剪下胡子的右尖端，撒在地上，想起我的青年时代来——

那已经是老话，约有十六七年了罢。

我就从日本回到故乡来，嘴上就留着宋太祖或什么宗似的向上翘起的胡子，坐在小船里，和船夫谈天。

“先生，你的中国话说得真好。”后来，他说。

“我是中国人，而且和你是同乡，怎么会……”

“哈哈哈，你这位先生还会说笑话。”

记得我那时的没奈何，确乎比看见X君的通信要超过十倍。我那时随身并没有带着家谱，确乎不能证明我是中国人。即使带着家谱，而上面只有一个名字，并无画像，也不能证明这名字就是我。即使有画像，日本人会假造从汉到唐的石刻，宋太祖或什么宗的画像，难道偏不会假造一部木版的家谱么？

凡对于以真话为笑话的，以笑话为真话的，以笑话为笑话的，只有一个方法：就是不说话。

于是我从此不说话。

然而，倘使在现在，我大约还要说：“嗡，嗡……今天天气多么好呀？……那边的村子叫什么名字？……”因为我实在比先前似乎油滑得多了，——好了。

现在我想，船夫的改变我的国籍，大概和X君的高见不同。其原因只在于胡子罢，因为我从此常常为胡子受苦。

国度会亡，国粹家是不会少的，而只要国粹家不少，这国度就不算亡。国粹家者，保存国粹者也；而国粹者，我的胡子是也。这虽然不知道是什么“逻辑”法，但当时的实情确是如此的。

“你怎么学日本人的样子，身体既矮小，胡子又这样，……”一位国粹家兼爱国者发过一篇崇论宏议之后，就达到这一个结论。

可惜我那时还是一个不识世故的少年，所以就愤愤地争辩。第一，我的身体是本来只有这样高，并非故意设法用什么洋鬼子的机器压缩，使他变成矮小，希图冒充。第二，我的胡子，诚然和许多日本人的相同，然而我虽然没有研究过他们的胡须样式变迁史，但曾经见过几幅古人的画像，都不向上，只是向外，向下，和我们的国粹差不多。维新以后，可是翘起来了，那大约是学了德国式。你看威廉皇帝的胡须，不是上指眼梢，和鼻梁正作平行么？虽然他后来因为吸烟烧了一边，只好将两边都剪平了。但在日本明治维新的时候，他这一边还没有失火……。

这一场辩解大约要两分钟，可是总不能解国粹家之怒，因为德国也是洋鬼子，而况我的身体又矮小乎。而况国粹家很不少，意见又很统一，因此我的辩解也就很频繁，然而总无效，一回，两回，以至十回，十几回，连我自己也觉得无聊而且麻烦起来了。罢了，况且修饰胡须用的胶油在中国也难得，我便从此听其自然了。

听其自然之后，胡子的两端就显出毗心现象来，于是也就和地面成为九十度的直角。国粹家果然也不再说话，或者中国已经得救了罢。

然而接着就招了改革家的反感，这也是应该的。我于是又分疏，一回，两回，以至许多回，连我自己也觉得无聊而且麻烦起来了。

大约在四五年或七八年前罢，我独坐在会馆里，窃悲我的胡须的不幸的境遇，研究他所以得谤的原因，忽而恍然大悟，知道那祸根全在两边的尖端上。于是取出镜子，剪刀，即刻剪成一平，使他既不上翘，也难拖下，如一个隶书的一字。

“阿，你的胡子这样了？”当初也曾有人这样问。

“唔唔，我的胡子这样了，”

他可是没有话。我不知道是否因为寻不着两个尖端，所以失了立论的根据，还是我的胡子“这样”之后，就不负中国存亡的责任了。总之我从此太平无事的一直到现在，所麻烦者，必须时常剪剪而已。

一九二四年十月三十日。

论照相之类

一 材料之类

我幼小时候，在S城，——所谓幼小时候者，是三十年前，但从进步神速的英才看来，就是一世纪；所谓S城者，我不说他的真名字，何以不说之故，也不说。总之，是在S城，常常旁听大大小小男男女女谈论洋鬼子挖眼睛。曾有一个女人，原在洋鬼子家里佣工，后来出来了，据说她所以出来的原因，就因为亲见一坛盐渍的眼睛，小鲫鱼似的一层一层积叠着，快要和坛沿齐平了。她为远避危险起见，所以赶紧走。

S城有一种习惯，就是凡是小康之家，到冬天一定用盐来腌一缸白菜，以供一年之需，其用意是否和四川的榨菜相同，我不知道。但洋鬼子之腌眼睛，则用意当然别有所在，惟独方法却大受了S城腌白菜法的影响，相传中国对外富于同化力，这也就是一个证据罢。然而状如小鲫鱼者何？答曰：此确为S城人之眼睛也。S城庙宇中常有一种菩萨，号曰眼光娘娘。有眼病的，可以去求祷；愈，则用布或绸做眼睛一对，挂神龛上或左右，以答神庥。所以只要看所挂眼睛的多少，就知道这菩萨的灵不灵。而所挂的眼睛，则正是两头尖尖，如小鲫鱼，要寻一对和洋鬼子生理图上所画似的圆球形者，决不可得。黄帝岐伯尚矣；王莽诛翟义党，分解肢体，令医生们察看，曾否绘图不可知，纵使绘过，现在已佚，徒令“古已有之”而已。宋的《析骨分经》，相传也据目验，《说郛》中有之，我曾看过它，多是胡说，大约是假的。否则，目验尚且如此胡涂，则S城人之将眼睛理想化为小鲫鱼，实也无足深怪了。

然而洋鬼子是吃腌眼睛来代腌菜的么？是不然，据说是应用的。一，用于电线，这是根据别一个乡下人的话，如何用法，他没有谈，但云用于电线罢了；至于电线的用意，他却说过，就是每年加添铁丝，将来鬼兵到时，使中国人无处逃走。二，用于照相，则道理分明，不必多赘，因为我们只要和别人对立，他的瞳子里一定有我的一个小照相的。

而且洋鬼子又挖心肝，那用意，也是应用。我曾旁听过一位念佛的老太太说明理由：他们挖了去，熬成油，点了灯，向地下各处去照去。人心总是贪财的，所以照到埋着宝贝的地方，火头便弯下去了。他们当即掘开来，取了宝贝去，所以洋鬼子都这样的有钱。

道学先生之所谓“万物皆备于我”的事，其实是全国，至少是S城的“目不识丁”的人们都知道，所以人为“万物之灵”。所以月经精液可以延年，毛发爪甲可以补血，大小便可以医许多病，臂膊上的肉可以养亲。然而这并非本论的范围，现在姑且不说。况且S城人极重体面，有许多事不许说；否则，就要用阴谋来惩治的。

二　形式之类

要之，照相似乎是妖术。咸丰年间，或一省里，还有因为能照相而家产被乡下人捣毁的事情。但当我幼小的时候，——即三十年前，S城却已有照相馆了，大家也不甚疑惧。虽然当闹“义和拳民”时，——即二十五年前，或一省里，还以罐头牛肉当作洋鬼子所杀的中国孩子的肉看。然而这是例外，万事万物，总不免有例外的。

要之，S城早有照相馆了，这是我每一经过，总须流连赏玩的地方，但一年中也不过经过四五回。大小长短不同颜色不同的玻璃瓶，又光滑又有刺的仙人掌，在我都是珍奇的物事；还有挂在壁上的框子里的照片：曾大人，李大人，左中堂，鲍军门。一个族中的好心的长辈，曾经借此来教育我，说这许多都是当今的大官，平“长毛”的功臣，你应该学学他们。我那时也很愿意学，然而想，也须赶快仍复有“长毛”。

但是，S城人却似乎不甚爱照相，因为精神要被照去的，所以运气正好的时候，尤不宜照，而精神则一名“威光”：我当时所知道的只有这一点。直到近年来，才又听到世上有因为怕失了元气而永不洗澡的名士，元气大约就是威光罢，那么，我所知道的就更多了：中国人的精神一名威光即元气，是照得去，洗得下的。

然而虽然不多，那时却又确有光顾照相的人们，我也不明白是什么人物，或者运气不好之徒，或者是新党罢。只是半身像是大抵避忌的，因为像腰斩。自然，清朝是已经废去腰斩的了，但我们还能在戏文上看见包爷爷的铡包勉，一刀两段，何等可怕，则即使是国粹乎，而亦不欲人之加诸我也，诚然也以不照为宜。所以他们所照的多是全身，旁边一张大茶几，上有帽架，茶碗，水烟袋，花盆，几下一个痰盂，以表明这人的气管枝中有许多痰，总须陆续吐出。人呢，或立或坐，或者手执书卷，或者大襟上挂一个很大的时表，我们倘用放大镜一照，至今还可以知道他当时拍照的时辰，而且那时还不会用镁光，所以不必疑心是夜里。

然而名士风流，又何代蔑有呢？雅人早不满于这样千篇一律的呆鸟了，于是也有赤身露体装作晋人的，也有斜领丝绦装作X人的，但不多。较为通行的是先将自己照下两张，服饰态度各不同，然后合照为一张，两个自己即或如宾主，或如主仆，名曰“二我图”。但设若一个自己傲然地坐着，一个自己卑劣可怜地，向了坐着的那一个自己跪着的时候，名色便又两样了：“求己图”。这类“图”晒出之后，总须题些诗，或者词如“调寄满庭芳”“摸鱼儿”之类，然后在书房里挂起。至于贵人富户，则因为属于呆鸟一类，所以决计想不出如此雅致的花样来，即有特别举动，至多也不过自己坐在中间，膝下排列着他的一百个儿子，一千个孙子和一万个曾孙（下略）照一张“全家福”。

Th. Lipps在他那《伦理学的根本问题》中，说过这样意思的话。就是凡是人主，也容易变成奴隶，因为他一面既承认可做主人，一面就当然承认可做奴隶，所以威力一坠，就死心塌地，俯首帖耳于新主人之前了。那书可惜我不在手头，只记得一个大意，好在中国已经有了译本，虽然是节译，这些话应该存在的罢。用事实来证明这理论的最显著的例是孙皓，治吴时候，如此骄纵酷虐的暴主，一降晋，却是如此卑劣无耻的奴才。中国常语说，临下骄者事上必谄，也就是看穿了这把戏的话。但表现得最透彻的却莫如“求己图”，将来中国如要印《绘图伦理学的根本问题》，这实在是一张极好的插画，就是世界上最伟大的讽刺画家也万万想不到，画不出的。

但现在我们所看见的，已没有卑劣可怜地跪着的照相了，不是什么会纪念的一群，即是什么人放大的半个，都很凛凛地。

我愿意我之常常将这些当作半张“求己图”看，乃是我的杞忧。

三 无题之类

照相馆选定一个或数个阔人的照相，放大了挂在门口，似乎是北京特有，或近来流行的。我在S城所见的曾大人之流，都不过六寸或八寸，而且挂着的永远是曾大人之流，也不像北京的时时掉换，年年不同。但革命以后，也许撤去了罢，我知道得不真确。

至于近十年北京的事，可是略有所知了，无非其人阔，则其像放大，其人“下野”，则其像不见，比电光自然永久得多。倘若白昼明烛，要在北京城内寻求一张不像那些阔人似的缩小放大挂起挂倒的照相，则据鄙陋所知，实在只有一位梅兰芳君。而该君的麻姑一般的“天女散花”“黛玉葬花”像，也确乎比那些缩小放大挂起挂倒的东西标致，即此就足以证明中国人实有审美的眼睛，其一面又放大挺胸凸肚的照相者，盖出于不得已。

我在先只读过《红楼梦》，没有看见“黛玉葬花”的照片的时候，是万料不到黛玉的眼睛如此之凸，嘴唇如此之厚的。我以为她该是一副瘦削的痨病脸，现在才知道她有些福相，也像一个麻姑。然而只要一看那些继起的模仿者们的拟天女照相，都像小孩子穿了新衣服，拘束得怪可怜的苦相，也就会立刻悟出梅兰芳君之所以永久之故了，其眼睛和嘴唇，盖出于不得已，即此也就足以证明中国人实有审美的眼睛。

印度的诗圣泰戈尔先生光临中国之际，像一大瓶好香水似地很薰上了几位先生们以文气和玄气，然而够到陪坐祝寿的程度的却只有一位梅兰芳君：两国的艺术家的握手。待到这位老诗人改姓换名，化为“竺震旦”，离开了近于他的理想境的这震旦之后，震旦诗贤头上的印度帽也不大看见了，报章上也很少记他的消息，而装饰这近于理想境的震旦者，也仍旧只有那巍然地挂在照相馆玻璃窗里的一张“天女散花图”或“黛玉葬花图”。

惟有这一位“艺术家”的艺术，在中国是永久的。

我所见的外国名伶美人的照相并不多，男扮女的照相没有见过，别的名人的照相见过几十张。托尔斯泰，伊孛生，罗丹都老了，尼采一脸凶相，勖本华尔一脸苦相，淮尔特穿上他那审美的衣装的时候，已经有点呆相了，而罗曼罗兰似乎带点怪气，戈尔基又简直像一个流氓。虽说都可以看出悲哀和苦斗的痕迹来罢，但总不如天女的“好”得明明白白。假使吴昌硕翁的刻印章也算雕刻家，加以作画的润格如是之贵，则在中国确是一位艺术家了，但他的照相我们看不见。林琴南翁负了那么大的文名，而天下也似乎不甚有热心于“识荆”的人，我虽然曾在一个药房的仿单上见过他的玉照，但那是代表了他的“如夫人”函谢丸药的功效，所以印上的，并不因为他的文章。更就用了“引车卖浆者流”的文字来做文章的诸君而言，南亭亭长我佛山人往矣，且从略；近来则虽是奋战忿斗，做了这许多作品的如创造社诸君子，也不过印过很小的一张三人的合照，而且是铜板而已。

我们中国的最伟大最永久的艺术是男人扮女人。

异性大抵相爱。太监只能使别人放心，决没有人爱他，因为他是无性了，——假使我用了这“无”字还不算什么语病。然而也就可见虽然最难放心，但是最可贵的是男人扮女人了，因为从两性看来，都近于异性，男人看见“扮女人”，女人看见“男人扮”，所以这就永远挂在照相馆的玻璃窗里，挂在国民的心中。外国没有这样的完全的艺术家，所以只好任凭那些捏锤凿，调采色，弄墨水的人们跋扈。

我们中国的最伟大最永久，而且最普遍的艺术也就是男人扮女人。

一九二四年十一月十一日。

再论雷峰塔的倒掉

从崇轩先生的通信（二月份《京报副刊》）里，知道他在轮船上听到两个旅客谈话，说是杭州雷峰塔之所以倒掉，是因为乡下人迷信那塔砖放在自己的家中，凡事都必平安，如意，逢凶化吉，于是这个也挖，那个也挖，挖之久久，便倒了。一个旅客并且再三叹息道：西湖十景这可缺了呵！

这消息，可又使我有点畅快了，虽然明知道幸灾乐祸，不像一个绅士，但本来不是绅士的，也没有法子来装潢。

我们中国的许多人，——我在此特别郑重声明：并不包括四万万同胞全部！——大抵患有一种“十景病”，至少是“八景病”，沉重起来的时候大概在清朝。凡看一部县志，这一县往往有十景或八景，如“远村明月”“萧寺清钟”“古池好水”之类。而且，“十”字形的病菌，似乎已经侵入血管，流布全身，其势力早不在“！”形惊叹亡国病菌之下了。点心有十样锦，菜有十碗，音乐有十番，阎罗有十殿，药有十全大补，猜拳有全福手福手全，连人的劣迹或罪状，宣布起来也大抵是十条，仿佛犯了九条的时候总不肯歇手。现在西湖十景可缺了呵！“凡为天下国家有九经”，九经固古已有之，而九景却颇不习见，所以正是对于十景病的一个针砭，至少也可以使患者感到一种不平常，知道自己的可爱的老病，忽而跑掉了十分之一了。

但仍有悲哀在里面。

其实，这一种势所必至的破坏，也还是徒然的。畅快不过是无聊的自欺。雅人和信士和传统大家，定要苦心孤诣巧语花言地再来补足了十景而后已。

无破坏即无新建设，大致是的；但有破坏却未必即有新建设。卢梭，斯谛纳尔，尼采，托尔斯泰，伊孛生等辈，若用勃兰兑斯的话来说，乃是“轨道破坏者”。其实他们不单是破坏，而且是扫除，是大呼猛进，将碍脚的旧轨道不论整条或碎片，一扫而空，并非想挖一块废铁古砖挟回家去，预备卖给旧货店。中国很少这一类人，即使有之，也会被大众的唾沫淹死。孔丘先生确是伟大，生在巫鬼势力如此旺盛的时代，偏不肯随俗谈鬼神；但可惜太聪明了，“祭如在祭神如神在”，只用他修《春秋》的照例手段以两个“如”字略寓“俏皮刻薄”之意，使人一时莫明其妙，看不出他肚皮里的反对来。他肯对子路赌咒，却不肯对鬼神宣战，因为一宣战就不和平，易犯骂人——虽然不过骂鬼——之罪，即不免有《衡论》（见一月份《晨报副镌》）作家 TY 先生似的好人，会替鬼神来奚落他道：为名乎？骂人不能得名。为利乎？骂人不能得利。想引诱女人乎？又不能将蚩尤的脸子印在文章上。何乐而为之也欤？

孔丘先生是深通世故的老先生，大约除脸子付印问题以外，还有深心，犯不上来做明目张胆的破坏者，所以只是不谈，而决不骂，于是乎俨然成为中国的圣人，道大，无所不包故也。否则，现在供在圣庙里的，也许不姓孔。

不过在戏台上罢了，悲剧将人生的有价值的东西毁灭给人看，喜剧将那无价值的撕破给人看。讥讽又不过是喜剧的变简的一支流。但悲壮滑稽，却都是十景病的仇敌，因为都有破坏性，虽然所破坏的方面各不同。中国如十景病尚存，则不但卢梭他们似的疯子决不产生，并且也决不产生一个悲剧作家或喜剧作家或讽刺诗人。所有的，只是喜剧底人物或非喜剧非悲剧底人物，在互相模造的十景中生存，一面各各带了十景病。

然而十全停滞的生活，世界上是很不多见的事，于是破坏者到了，但并非自己的先觉的破坏者，却是狂暴的强盗，或外来的蛮夷。猃狁[①]早到过中原，五胡来过了，蒙古也来过了；同胞张献忠杀人如草，而满洲兵的一箭，就钻进树丛中死掉了。有人论中国说，倘使没有带着新鲜的血液的野蛮的侵入，真不知自身会腐败到如何！这当然是极刻毒的恶谑，但我们一翻历史，怕不免要有汗流浃背的时候罢。外寇来了，暂一震动，终于请他作主子，在他的刀斧下修补老例；内寇来了，也暂一震动，终于请他做主子，或者别拜一个主子，在自己的瓦砾中修补老例。再来翻县志，就看见每一次兵燹之后，所添上的是许多烈妇烈女的氏名。看近来的兵祸，怕又要大举表扬节烈了罢。许多男人们都那里去了？

凡这一种寇盗式的破坏，结果只能留下一片瓦砾，与建设无关。

但当太平时候，就是正在修补老例，并无寇盗时候，即国中暂时没有破坏么？也不然的，其时有奴才式的破坏作用常川活动着。

雷峰塔砖的挖去，不过是极近的一条小小的例。龙门的石

---

① 古代族名，是匈奴族的旧称。又叫犬戎。

佛，大半肢体不全，图书馆中的书籍，插图须谨防撕去，凡公物或无主的东西，倘难于移动，能够完全的即很不多。但其毁坏的原因，则非如革除者的志在扫除，也非如寇盗的志在掠夺或单是破坏，仅因目前极小的自利，也肯对于完整的大物暗暗的加一个创伤。人数既多，创伤自然极大，而倒败之后，却难于知道加害的究竟是谁。正如雷峰塔倒掉以后，我们单知道由于乡下人的迷信。共有的塔失去了，乡下人的所得，却不过一块砖，这砖，将来又将为别一自利者所藏，终究至于灭尽。尚在民康物阜时候，因为十景病的发作，新的雷峰塔也会再造的罢。但将来的运命，不也就可以推想而知么？如果乡下人还是这样的乡下人，老例还是这样的老例。

这一种奴才式的破坏，结果也只能留下一片瓦砾，与建设无关。

岂但乡下人之于雷峰塔，日日偷挖中华民国的柱石的奴才们，现在正不知有多少！

瓦砾场上还不足悲，在瓦砾场上修补老例是可悲的。我们要革新的破坏者，因为他内心有理想的光。我们应该知道他和寇盗奴才的分别；应该留心自己堕入后两种。这区别并不烦难，只要观人，省己，凡言动中，思想中，含有借此据为己有的朕兆者是寇盗，含有借此占些目前的小便宜的朕兆者是奴才，无论在前面打着的是怎样鲜明好看的旗子。

一九二五年二月六日。

看镜有感

因为翻衣箱，翻出几面古铜镜子来，大概是民国初年初到北京时候买在那里的，“情随事迁”，全然忘却，宛如见了隔世的东西了。

一面圆径不过二寸，很厚重，背面满刻蒲陶①，还有跳跃的鼯鼠，沿边是一圈小飞禽。古董店家都称为“海马葡萄镜”。但我的一面并无海马，其实和名称不相当。记得曾见过别一面，是有海马的，但贵极，没有买。这些都是汉代的镜子；后来也有模造或翻沙者，花纹可造粗拙得多了。汉武通大宛安息，以致天马蒲萄，大概当时是视为盛事的，所以便取作什器的装饰。古时，于外来物品，每加海字，如海榴，海红花，海棠之类。海即现在之所谓洋，海马译成今文，当然就是洋马。镜鼻是一个虾蟆，则因为镜如满月，月中有蟾蜍之故，和汉事不相干了。

遥想汉人多少闳放，新来的动植物，即毫不拘忌，来充装饰的花纹。唐人也还不算弱，例如汉人的墓前石兽，多是羊，虎，天禄，辟邪，而长安的昭陵上，却刻着带箭的骏马，还有一匹驼鸟，则办法简直前无古人。现今在坟墓上不待言，即平常的绘画，可有人敢用一朵洋花一只洋鸟，即私人的印章，可

---

① 即葡萄。

有人肯用一个草书一个俗字么？许多雅人，连记年月也必是甲子，怕用民国纪元。不知道是没有如此大胆的艺术家；还是虽有而民众都加迫害，他于是乎只得萎缩，死掉了？

宋的文艺，现在似的国粹气味就熏人。然而辽金元陆续进来了，这消息很耐寻味。汉唐虽然也有边患，但魄力究竟雄大，人民具有不至于为异族奴隶的自信心，或者竟毫未想到，凡取用外来事物的时候，就如将彼俘来一样，自由驱使，绝不介怀。一到衰弊陵夷之际，神经可就衰弱过敏了，每遇外国东西，便觉得仿佛彼来俘我一样，推拒，惶恐，退缩，逃避，抖成一团，又必想一篇道理来掩饰，而国粹遂成为孱王和孱奴的宝贝。

无论从那里来的，只要是食物，壮健者大抵就无需思索，承认是吃的东西。惟有衰病的，却总常想到害胃，伤身，特有许多禁条，许多避忌；还有一大套比较利害而终于不得要领的理由，例如吃固无妨，而不吃尤稳，食之或当有益，然究以不吃为宜云云之类。但这一类人物总要日见其衰弱的，因为他终日战战兢兢，自己先已失了活气了。

不知道南宋比现今如何，但对外敌，却明明已经称臣，惟独在国内特多繁文缛节以及唠叨的碎话。正如倒霉人物，偏多忌讳一般，豁达闳大之风消歇净尽了。直到后来，都没有什么大变化。我曾在古物陈列所所陈列的古画上看见一颗印文，是几个罗马字母。但那是所谓“我圣祖仁皇帝”的印，是征服了汉族的主人，所以他敢；汉族的奴才是不敢的。便是现在，便是艺术家，可有敢用洋文的印的么？

清顺治中，时宪书上印有“依西洋新法”五个字，痛哭流涕来劾洋人汤若望的偏是汉人杨光先。直到康熙初，争胜了，就教他做钦天监正去，则又叩阍以“但知推步之理不知推步之数”辞。不准辞，则又痛哭流涕地来做《不得已》，说道“宁可使中夏无好历法，不可使中夏有西洋人。”然而终于连闰月都算错了，他大约以为好历法专属于西洋人，中夏人自己是学不得，也学不好的。但他竟论了大辟，可是没有杀，放归，死于途中了。汤若望入中国还在明崇祯初，其法终未见用；后来阮元论之曰：“明季君臣以大统寖疏，开局修正，既知新法之密，而讫未施行。圣朝定鼎，以其法造时宪书，颁行天下。彼十余年辩论翻译之劳，若以备我朝之采用者，斯亦奇矣！……我国家圣圣相传，用人行政，惟求其是，而不先设成心。即是一端，可以仰见如天之度量矣！”（《畴人传》四十五）

现在流传的古镜们，出自冢中者居多，原是殉葬品。但我也有一面日用镜，薄而且大，规抚汉制，也许是唐代的东西。那证据是：一，镜鼻已多磨损；二，镜面的沙眼都用别的铜来补好了。当时在妆阁中，曾照唐人的额黄和眉绿，现在却监禁在我的衣箱里，它或者大有今昔之感罢。

但铜镜的供用，大约道光咸丰时候还与玻璃镜并行；至于穷乡僻壤，也许至今还用着。我们那里，则除了婚丧仪式之外，全被玻璃镜驱逐了。然而也还有余烈可寻，倘街头遇见一位老翁，肩了长凳似的东西，上面缚着一块猪肝色石和一块青色石，试伫听他的叫喊，就是“磨镜，磨剪刀！”

宋镜我没有见过好的，什九并无藻饰，只有店号或“正其衣冠”等类的迂铭词，真是“世风日下”。但是要进步或不退步，总须时时自出新裁，至少也必取材异域，倘若各种顾忌，各种小心，各种唠叨，这么做即违了祖宗，那么做又像了夷狄，终生惴惴如在薄冰上，发抖尚且来不及，怎么会做出好东西来。所以事实上“今不如古”者，正因为有许多唠叨着“今不如古”的诸位先生们之故。现在情形还如此。倘再不放开度量，大胆地，无畏地，将新文化尽量地吸收，则杨光先似的向西洋主人沥陈中夏的精神文明的时候，大概是不劳久待的罢。

但我向来没有遇见过一个排斥玻璃镜子的人。单知道咸丰年间，汪曰桢先生却在他的大著《湖雅》里攻击过的。他加以比较研究之后，终于决定还是铜镜好。最不可解的是：他说，照起面貌来，玻璃镜不如铜镜之准确。莫非那时的玻璃镜当真坏到如此，还是因为他老先生又带上了国粹眼镜之故呢？我没有见过古玻璃镜。这一点终于猜不透。

一九二五年二月九日。

春末闲谈

北京正是春末，也许我过于性急之故罢，觉着夏意了，于是突然记起故乡的细腰蜂。那时候大约是盛夏，青蝇密集在凉棚索子上，铁黑色的细腰蜂就在桑树间或墙角的蛛网左近往来飞行，有时衔一支小青虫去了，有时拉一个蜘蛛。青虫或蜘蛛先是抵抗着不肯去，但终于乏力，被衔着腾空而去了，坐了飞机似的。

老前辈们开导我，那细腰蜂就是书上所说的果蠃，纯雌无雄，必须捉螟蛉去做继子的。她将小青虫封在窠里，自己在外面日日夜夜敲打着，祝道"像我像我"，经过若干日，我记不清了，大约七七四十九日罢，——那青虫也就成了细腰蜂了，所以《诗经》里说："螟蛉有子，果蠃负之。"螟蛉就是桑上小青虫。蜘蛛呢？他们没有提。——我记得有几个考据家曾经立过异说，以为她其实自能生卵；其捉青虫，乃是填在窠里，给孵化出来的幼蜂做食料的。但我所遇见的前辈们都不采用此说，还道是拉去做女儿。我们为存留天地间的美谈起见，倒不如这样好。当长夏无事，遣暑林阴，瞥见二虫一拉一拒的时候，便如睹慈母教女，满怀好意，而青虫的宛转抗拒，则活像一个不识好歹的毛鸦头。

但究竟是夷人可恶，偏要讲什么科学。科学虽然给我们许多惊奇，但也搅坏了我们许多好梦。自从法国的昆虫学大家发勃耳（Fabre）仔细观察之后，给幼蜂做食料的事可就证实了。而且，这细腰蜂不但是普通的凶手，还是一种很残忍的凶手，又是一个学识技术都极高明的解剖学家。她知道青虫的神经构造和作用，用了神奇的毒针，向那运动神经球上只一螫，它便麻痹为不死不活状态，这才在它身上生下蜂卵，封入窠中。青虫因为不死不活，所以不动，但也因为不活不死，所以不烂，直到她的子女孵化出来的时候，这食料还和被捕当日一样的新鲜。

三年前，我遇见神经过敏的俄国的E君，有一天他忽然发愁道，不知道将来的科学家，是否不至于发明一种奇妙的药品，将这注射在谁的身上，则这人即甘心永远去做服役和战争的机器了？那时我也就皱眉叹息，装作一齐发愁的模样，以示“所见略同”之至意，殊不知我国的圣君，贤臣，圣贤，圣贤之徒，却早已有过这一种黄金世界的理想了。不是“唯辟作福，唯辟作威，唯辟玉食”么？不是“君子劳心，小人劳力”么？不是“治于人者食（去声）人，治人者食于人”么？可惜理论虽已卓然，而终于没有发明十全的好方法。要服从作威就须不活，要贡献玉食就须不死；要被治就须不活，要供养治人者又须不死。人类升为万物之灵，自然是可贺的，但没有了细腰蜂的毒针，却很使圣君，贤臣，圣贤，圣贤之徒，以至现在的阔人，学者，教育家觉得棘手。将来未可知，若已往，则治人者虽然尽力施行过各种麻痺术，也还不能十分奏效，与果赢并驱争先。即以皇帝一伦而言，便难免时常改姓易代，终没有“万年有道之长”；“二十四史”而多至二十四，就是可悲的铁证。现在又似乎有些别开生面了，世上挺生了一种所谓“特殊智识阶级”的留学生，在研究室中研究之结果，说医学不发达是有益于人种改良的，中国妇女的境遇是极其平等的，一切道理都已不错，一切状态都已够好。E 君的发愁，或者也不为无因罢，然而俄国是不要紧的，因为他们不像我们中国，有所谓“特别国情”，还有所谓“特殊智识阶级”。

但这种工作，也怕终于像古人那样，不能十分奏效的罢，因为这实在比细腰蜂所做的要难得多。她于青虫，只须不动，所以仅在运动神经球上一螫，即告成功。而我们的工作，却求其能运动，无知觉，该在知觉神经中枢，加以完全的麻醉的。但智觉一失，运动也就随之失却主宰，不能贡献玉食，恭请上自“极峰”[①]下至“特殊智识阶级”的赏收享用了。就现在而言，窃以为除了遗老的圣经贤传法，学者的进研究室主义，文学家和茶摊老板的莫谈国事律，教育家的勿视勿听勿言勿动论之外，委实还没有更好，更完全，更无流弊的方法。便是留学生的特别发见，其实也并未轶出了前贤的范围。

那么，又要“礼失而求诸野”了。夷人，现在因为想去取法，姑且称之为外国，他那里，可有较好的法子么？可惜，也没有。所有者，仍不外乎不准集会，不许开口之类，和我们中华并没有什么很不同。然亦可见至道嘉猷，人同此心，心同此理，固无华夷之限也。猛兽是单独的，牛羊则结队；野牛的大

① 古时候官僚政客对最高统治者的媚称。

队，就会排角成城以御强敌了，但拉开一匹，定只能牟牟地叫。人民与牛马同流，——此就中国而言，夷人别有分类法云，——治之之道，自然应该禁止集合：这方法是对的。其次要防说话。人能说话，已经是祸胎了，而况有时还要做文章。所以苍颉造字，夜有鬼哭。鬼且反对，而况于官？猴子不会说话，猴界即向无风潮，——可是猴界中也没有官，但这又作别论，——确应该虚心取法，反朴归真，则口且不开，文章自灭：这方法也是对的。然而上文也不过就理论而言，至于实效，却依然是难说。最显著的例，是连那么专制的俄国，而尼古拉二世"龙御上宾"之后，罗马诺夫氏竟已"覆宗绝祀"了。要而言之，那大缺点就在虽有二大良法，而还缺其一，便是：无法禁止人们的思想。

于是我们的造物主——假如天空真有这样的一位"主子"——就可恨了：一恨其没有永远分清"治者"与"被治者"；二恨其不给治者生一枝细腰蜂那样的毒针；三恨其不将被治者造得即使砍去了藏着的思想中枢的脑袋而还能动作——服役。三者得一，阔人的地位即永久稳固，统御也永久省了气力，而天下于是乎太平。今也不然，所以即使单想高高在上，暂时维持阔气，也还得日施手段，夜费心机，实在不胜其委屈劳神之至……。

假使没有了头颅，却还能做服役和战争的机械，世上的情形就何等地醒目呵！这时再不必用什么制帽勋章来表明阔人和窄人了，只要一看头之有无，便知道主奴，官民，上下，贵贱的区别。并且也不至于再闹什么革命，共和，会议等等的乱子了，单是电报，就要省下许多许多来。古人毕竟聪明，仿佛早想到过这样的东西，《山海经》上就记载着一种名叫“刑天”的怪物。他没有了能想的头，却还活着，“以乳为目，以脐为口”，——这一点想得很周到，否则他怎么看，怎么吃呢，——实在是很值得奉为师法的。假使我们的国民都能这样，阔人又何等安全快乐？但他又“执干戚而舞”，则似乎还是死也不肯安分，和我那专为阔人图便利而设的理想底好国民又不同。陶潜先生又有诗道：“刑天舞干戚，猛志固常在。”连这位貌似旷达的老隐士也这么说，可见无头也会仍有猛志，阔人的天下一时总怕难得太平的了。但有了太多的“特殊知识阶级”的国民，也许有特在例外的希望；况且精神文明太高了之后，精神的头就会提前飞去，区区物质的头的有无也算不得什么难问题。

一九二五年四月二十二日。

灯下漫笔一

有一时，就是民国二三年时候，北京的几个国家银行的钞票，信用日见其好了，真所谓蒸蒸日上。听说连一向执迷于现银的乡下人，也知道这既便当，又可靠，很乐意收受，行使了。至于稍明事理的人，则不必是“特殊知识阶级”，也早不将沉重累坠的银元装在怀中，来自讨无谓的苦吃。想来，除了多少对于银子有特别嗜好和爱情的人物之外，所有的怕大都是钞票了罢，而且多是本国的。但可惜后来忽然受了一个不小的打击。

就是袁世凯想做皇帝的那一年，蔡松坡先生溜出北京，到云南去起义。这边所受的影响之一，是中国和交通银行的停止兑现。虽然停止兑现，政府勒令商民照旧行用的威力却还有的；商民也自有商民的老本领，不说不要，却道找不出零钱。假如拿几十几百的钞票去买东西，我不知道怎样，但倘使只要买一枝笔，一盒烟卷呢，难道就付给一元钞票么？不但不甘心，也没有这许多票。那么，换铜元，少换几个罢，又都说没有铜元。那么，到亲戚朋友那里借现钱去罢，怎么会有？于是降格以求，不讲爱国了，要外国银行的钞票。但外国银行的钞票这时就等于现银，他如果借给你这钞票，也就借给你真的银元了。

我还记得那时我怀中还有三四十元的中交票，可是忽而变了一个穷人，几乎要绝食，很有些恐慌。俄国革命以后的藏着纸卢布的富翁的心情，恐怕也就这样的罢；至多，不过更深更大罢了。我只得探听，钞票可能折价换到现银呢？说是没有行市。幸而终于，暗暗地有了行市了：六折几。我非常高兴，赶紧去卖了一半。后来又涨到七折了，我更非常高兴，全去换了现银，沉垫垫地坠在怀中，似乎这就是我的性命的斤两。倘在平时，钱铺子如果少给我一个铜元，我是决不答应的。

但我当一包现银塞在怀中，沉垫垫地觉得安心，喜欢的时候，却突然起了另一思想，就是：我们极容易变成奴隶，而且变了之后，还万分喜欢。

假如有一种暴力，“将人不当人”，不但不当人，还不及牛马，不算什么东西；待到人们羡慕牛马，发生“乱离人，不及太平犬”的叹息的时候，然后给与他略等于牛马的价格，有如元朝定律，打死别人的奴隶，赔一头牛，则人们便要心悦诚服，恭颂太平的盛世。为什么呢？因为他虽不算人，究竟已等于牛马了。

我们不必恭读《钦定二十四史》，或者入研究室，审察精神文明的高超。只要一翻孩子所读的《鉴略》，——还嫌烦重，则看《历代纪元编》，就知道“三千余年古国古”的中华，历来所闹的就不过是这一个小玩艺。但在新近编纂的所谓“历史教科书”一流东西里，却不大看得明白了，只仿佛说：咱们向来就很好的。

但实际上，中国人向来就没有争到过“人”的价格，至多不过是奴隶，到现在还如此，然而下于奴隶的时候，却是数见不鲜的。中国的百姓是中立的，战时连自己也不知道属于那一面，但又属于无论那一面。强盗来了，就属于官，当然该被杀掠；官兵既到，该是自家人了罢，但仍然要被杀掠，仿佛又属于强盗似的。这时候，百姓就希望有一个一定的主子，拿他们去做百姓，——不敢，是拿他们去做牛马，情愿自己寻草吃，只求他决定他们怎样跑。

假使真有谁能够替他们决定，定下什么奴隶规则来，自然就“皇恩浩荡”了。可惜的是往往暂时没有谁能定。举其大者，则如五胡十六国的时候，黄巢的时候，五代时候，宋末元末时候，除了老例的服役纳粮以外，都还要受意外的灾殃。张献忠的脾气更古怪了，不服役纳粮的要杀，服役纳粮的也要杀，敌他的要杀，降他的也要杀：将奴隶规则毁得粉碎。这时候，百姓就希望来一个另外的主子，较为顾及他们的奴隶规则的，无论仍旧，或者新颁，总之是有一种规则，使他们可上奴隶的轨道。

“时日曷丧，予及汝偕亡！”愤言而已，决心实行的不多见。实际上大概是群盗如麻，纷乱至极之后，就有一个较强，或较聪明，或较狡滑，或是外族的人物出来，较有秩序地收拾了天下。厘定规则：怎样服役，怎样纳粮，怎样磕头，怎样颂圣。而且这规则是不像现在那样朝三暮四的。于是便“万姓胪欢”了；用成语来说，就叫作“天下太平”。

任凭你爱排场的学者们怎样铺张，修史时候设些什么“汉族发祥时代”“汉族发达时代”“汉族中兴时代”的好题目，好意诚然是可感的，但措辞太绕湾子了。有更其直捷了当的说法在这里——

一，想做奴隶而不得的时代；

二，暂时做稳了奴隶的时代。

这一种循环，也就是“先儒”之所谓“一治一乱”；那些作乱人物，从后日的“臣民”看来，是给“主子”清道辟路的，所以说：“为圣天子驱除云尔。”

现在入了那一时代，我也不了然。但看国学家的崇奉国粹，文学家的赞示叹固有文明，道学家的热心复古，可见于现状都已不满了。然而我们究竟正向着那一条路走呢？百姓是一遇到莫名其妙的战争，稍富的迁进租界，妇孺则避入教堂里去了，因为那些地方都比较的“稳”，暂不至于想做奴隶而不得。总而言之，复古的，避难的，无智愚贤不肖，似乎都已神往于三百年前的太平盛世，就是“暂时做稳了奴隶的时代”了。

但我们也就都像古人一样，永久满足于“古已有之”的时代么？都像复古家一样，不满于现在，就神往于三百年前的太平盛世么？

自然，也不满于现在的，但是，无须反顾，因为前面还有道路在。而创造这中国历史上未曾有过的第三样时代，则是现在的青年的使命！

二

但是赞颂中国固有文明的人们多起来了，加之以外国人。我常常想，凡有来到中国的，倘能疾首蹙额而憎恶中国，我敢诚意地捧献我的感谢，因为他一定是不愿意吃中国人的肉的！

鹤见祐辅氏在《北京的魅力》中，记一个白人将到中国，预定的暂住时候是一年，但五年之后，还在北京，而且不想回去了。有一天，他们两人一同吃晚饭——

“在圆的桃花心木的食桌前坐定，川流不息地献着山海的珍味，谈话就从古董，画，政治这些开头。电灯上罩着支那式的灯罩，淡淡的光洋溢于古物罗列的屋子中。什么无产阶级呀，Proletariat 呀那些事，就像不过在什么地方刮风。

“我一面陶醉在支那生活的空气中，一面深思着对于外人有着‘魅力’的这东西。元人也曾征服支那，而被征服于汉人种的生活美了；满人也征伐支那，而被征服于汉人种的生活美了。现在西洋人也一样，嘴里虽然说着 Democracy 呀，什么什么呀，而却被魅于支那人费六千年而建筑起来的生活的美。一经住过北京，就忘不掉那生活的味道。大风时候的万丈的沙尘，每三月一回的督军们的开战游戏，都不能抹去这支那生活的魅力。”

这些话我现在还无力否认他。我们的古圣先贤既给与我们保古守旧的格言，但同时也排好了用子女玉帛所做的奉献于征服者的大宴。中国人的耐劳，中国人的多子，都就是办酒的材料，到现在还为我们的爱国者所自诩的。西洋人初入中国时，被称为蛮夷，自不免个个蹙额，但是，现在则时机已至，到了我们将曾经献于北魏，献于金，献于元，献于清的盛宴，来献给他们的时候了。出则汽车，行则保护：虽遇清道，然而通行自由的；虽或被劫，然而必得赔偿的；孙美瑶掳去他们站在军前，还使官兵不敢开火。何况在华屋中享用盛宴呢？待到享受盛宴的时候，自然也就是赞颂中国固有文明的时候；但是我们的有些乐观的爱国者，也许反而欣然色喜，以为他们将要开始被中国同化了罢。古人曾以女人作苟安的城堡，美其名以自欺曰“和亲”，今人还用子女玉帛为作奴的贽敬，又美其名曰“同化”。所以倘有外国的谁，到了已有赴宴的资格的现在，而还替我们诅咒中国的现状者，这才是真有良心的真可佩服的人！

但我们自己是早已布置妥帖了，有贵贱，有大小，有上下。自己被人凌虐，但也可以凌虐别人；自己被人吃，但也可以吃别人。一级一级的制驭着，不能动弹，也不想动弹了。因为倘一动弹，虽或有利，然而也有弊。我们且看古人的良法美意罢——

> “天有十日，人有十等。下所以事上，上所以共神也。故王臣公，公臣大夫，大夫臣士，士臣皂，皂臣舆，舆臣隶，隶臣僚，僚臣仆，仆臣台。”（《左传》昭公七年）

但是“台”没有臣，不是太苦了么？无须担心的，有比他更卑的妻，更弱的子在。而且其子也很有希望，他日长大，升而为“台”，便又有更卑更弱的妻子，供他驱使了。如此连环，各得其所，有敢非议者，其罪名曰不安分！

虽然那是古事，昭公七年离现在也太辽远了，但“复古家”尽可不必悲观的。太平的景象还在：常有兵燹，常有水旱，可有谁听到大叫唤么？打的打，革的革，可有处士来横议么？对国民如何专横，向外人如何柔媚，不犹是差等的遗风么？中国固有的精神文明，其实并未为共和二字所埋没，只有满人已经退席，和先前稍不同。

因此我们在目前，还可以亲见各式各样的筵宴，有烧烤，有翅席，有便饭，有西餐。但茅檐下也有淡饭，路旁也有残羹，野上也有饿莩；有吃烧烤的身价不资的阔人，也有饿得垂死的每斤八文的孩子（见《现代评论》二十一期）。所谓中国的文明者，其实不过是安排给阔人享用的人肉的筵宴。所谓中国者，其实不过是安排这人肉的筵宴的厨房。不知道而赞颂者是可恕的，否则，此辈当得永远的诅咒！

外国人中，不知道而赞颂者，是可恕的；占了高位，养尊处优，因此受了蛊惑，昧却灵性而赞叹者，也还可恕的。可是还有两种，其一是以中国人为劣种，只配悉照原来模样，因而故意称赞中国的旧物。其一是愿世间人各不相同以增自己旅行的兴趣，到中国看辫子，到日本看木屐，到高丽看笠子，倘若服饰一样，便索然无味了，因而来反对亚洲的欧化。这些都可憎恶。至于罗素在西湖见轿夫含笑，便赞美中国人，则也许别有意思罢。但是，轿夫如果能对坐轿的人不含笑，中国也早不是现在似的中国了。

这文明，不但使外国人陶醉，也早使中国一切人们无不陶醉而且至于含笑。因为古代传来而至今还在的许多差别，使人们各各分离，遂不能再感到别人的痛苦；并且因为自己各有奴使别人，吃掉别人的希望，便也就忘却自己同有被奴使被吃掉的将来。于是大小无数的人肉的筵宴，即从有文明以来一直排到现在，人们就在这会场中吃人，被吃，以凶人的愚妄的欢呼，将悲惨的弱者的呼号遮掩，更不消说女人和小儿。

这人肉的筵宴现在还排着，有许多人还想一直排下去。扫荡这些食人者，掀掉这筵席，毁坏这厨房，则是现在的青年的使命！

一九二五年四月二十九日。

杂忆

一

有人说 G. Byron 的诗多为青年所爱读，我觉得这话很有几分真。就自己而论，也还记得怎样读了他的诗而心神俱旺；尤其是看见他那花布裹头，去助希腊独立时候的肖像。这像，去年才从《小说月报》传入中国了。可惜我不懂英文，所看的都是译本。听近今的议论，译诗是已经不值一文钱，即使译得并不错。但那时大家的眼界还没有这样高，所以我看了译本，倒也觉得好，或者就因为不懂原文之故，于是便将臭草当作芳兰。《新罗马传奇》中的译文也曾传诵一时，虽然用的是词调，又译 Sappho 为"萨芷波"，证明着是根据日文译本的重译。

苏曼殊先生也译过几首，那时他还没有做诗"寄弹筝人"，因此与 Byron 也还有缘。但译文古奥得很，也许曾经章太炎先生的润色的罢，所以真像古诗，可是流传倒并不广。后来收入他自印的绿面金签的《文学因缘》中，现在连这《文学因缘》也少见了。

其实，那时 Byron 之所以比较的为中国人所知，还有别一原因，就是他的助希腊独立。时当清的末年，在一部分中国青年的心中，革命思潮正盛，凡有叫喊复仇和反抗的，便容易惹起感应。那时我所记得的人，还有波兰的复仇诗人 Adam Mickiewicz；匈牙利的爱国诗人 Petöfi Sándor；飞猎滨的文人而为西班牙政府所杀的厘沙路，——他的祖父还是中国人，中国也曾译过他的绝命诗。Hauptmann，Sudermann，Ibsen 这些人虽然正负盛名，我们却不大注意。别有一部分人，则专意搜集明末遗民的著作，满人残暴的记录，钻在东京或其他的图书馆里，抄写出来，印了，输入中国，希望使忘却的旧恨复活，助革命成功。于是《扬州十日记》，《嘉定屠城记略》，《朱舜水集》，《张苍水集》都翻印了，还有《黄萧养回头》及其他单篇的汇集，我现在已经举不出那些名目来。别有一部分人，则改名"扑满""打清"之类，算是英雄。这些大号，自然和实际的革命不甚相关，但也可见那时对于光复的渴望之心，是怎样的旺盛。

不独英雄式的名号而已，便是悲壮淋漓的诗文，也不过是纸片上的东西，于后来的武昌起义怕没有什么大关系。倘说影响，则别的千言万语，大概都抵不过浅近直截的"革命军马前卒邹容"所做的《革命军》。

二

待到革命起来，就大体而言，复仇思想可是减退了。我想，这大半是因为大家已经抱着成功的希望，又服了"文明"的药，想给汉人挣一点面子，所以不再有残酷的报复。但那时的所谓文明，却确是洋文明，并不是国粹；所谓共和，也是美国法国式的共和，不是周召共和的共和。革命党人也大概竭力想给本族增光，所以兵队倒不大抢掠。南京的土匪兵小有劫掠，黄兴先生便勃然大怒，枪毙了许多，后来因为知道土匪是不怕枪毙而怕枭首的，就从死尸上割下头来，草绳络住了挂在树上。从此也不再有什么变故了，虽然我所住的一个机关的卫兵，当我外出时举枪立正之后，就从窗门洞爬进去取了我的衣服，但究竟手段已经平和得多，也客气得多了。

南京是革命政府所在地，当然格外文明。但我去一看先前的满人的驻在处，却是一片瓦砾；只有方孝孺血迹石的亭子总算还在。这里本是明的故宫，我做学生时骑马经过，曾很被顽童骂詈和投石，——犹言你们不配这样，听说向来是如此的。现在却面目全非了，居民寥寥；即使偶有几间破屋，也无门窗；若有门，则是烂洋铁做的。总之，是毫无一点木料。

那么，城破之时，汉人大大的发挥了复仇手段了么？并不然。知道情形的人告诉我：战争时候自然有些损坏；革命军一进城，旗人中间便有些人定要按古法殉难，在明的冷宫的遗址的屋子里使火药炸裂，以炸杀自己，恰巧一同炸死了几个适从近旁经过的骑兵。革命军以为埋藏地雷反抗了，便烧了一回，可是燹余的房子还不少。此后是他们自己动手，拆屋材出卖，先拆自己的，次拆较多的别人的，待到屋无尺材寸椽，这才大家流散，还给我们一片瓦砾场。——但这是我耳闻的，保不定可是真话。

看到这样的情形，即使你将《扬州十日记》挂在眼前，也不至于怎样愤怒了罢。据我感得，民国成立以后，汉满的恶感仿佛很是消除了，各省的界限也比先前更其轻淡了。然而“罪孽深重不自殒灭”的中国人，不到一年，情形便又逆转：有宗社党的活动和遗老的谬举而两族的旧史又令人忆起，有袁世凯的手段而南北的交恶加甚，有阴谋家的狡计而省界又被利用，并且此后还要增长起来！

三

不知道我的性质特别坏，还是脱不出往昔的环境的影响之故，我总觉得复仇是不足为奇的，虽然也并不想诬无抵抗主义者为无人格。但有时也想：报复，谁来裁判，怎能公平呢？便又立刻自答：自己裁判，自己执行；既没有上帝来主持，人便不妨以目偿头，也不妨以头偿目。有时也觉得宽恕是美德，但立刻也疑心这话是怯汉所发明，因为他没有报复的勇气；或者倒是卑怯的坏人所创造，因为他贻害于人而怕人来报复，便骗以宽恕的美名。

因此我常常欣慕现在的青年，虽然生于清末，而大抵长于民国，吐纳共和的空气，该不至于再有什么异族轭下的不平之气，和被压迫民族的合辙之悲罢。果然，连大学教授，也已经不解何以小说要描写下等社会的缘故了，我和现代人要相距一世纪的话，似乎有些确凿。但我也不想湔洗，——虽然很觉得惭惶。

当爱罗先珂君在日本未被驱逐之前，我并不知道他的姓名。

直到已被放逐，这才看起他的作品来；所以知道那迫辱放逐的情形的，是由于登在《读卖新闻》上的一篇江口涣氏的文字。于是将这译出，还译他的童话，还译他的剧本《桃色的云》。其实，我当时的意思，不过要传播被虐待者的苦痛的呼声和激发国人对于强权者的憎恶和愤怒而已，并不是从什么“艺术之宫”里伸出手来，拔了海外的奇花瑶草，来移植在华国的艺苑。

日文的《桃色的云》出版时，江口氏的文章也在，可是已被检查机关（警察厅?）删节得很多。我的译文是完全的，但当这剧本印成本子时，却没有印上去。因为其时我又见了别一种情形，起了别一种意见，不想在中国人的愤火上，再添薪炭了。

四

孔老先生说过：“毋友不如己者。”其实这样的势利眼睛，现在的世界上还多得很。我们自己看看本国的模样，就可知道不会有什么友人的了，岂但没有友人，简直大半都曾经做过仇敌。不过仇甲的时候，向乙等候公论，后来仇乙的时候，又向甲期待同情，所以片段的看起来，倒也似乎并不是全世界都是怨敌。但怨敌总常有一个，因此每一两年，爱国者总要鼓舞一番对于敌人的怨恨与愤怒。

这也是现在极普通的事情，此国将与彼国为敌的时候，总得先用了手段，煽起国民的敌忾心来，使他们一同去扞御或攻击。但有一个必要的条件，就是：国民是勇敢的。因为勇敢，这才能勇往直前，肉搏强敌，以报仇雪恨。假使是怯弱的人民，则即使如何鼓舞，也不会有面临强敌的决心；然而引起的愤火却在，仍不能不寻一个发泄的地方，这地方，就是眼见得比他们更弱的人民，无论是同胞或是异族。

我觉得中国人所蕴蓄的怨愤已经够多了，自然是受强者的蹂躏所致的。但他们却不很向强者反抗，而反在弱者身上发泄，兵和匪不相争，无枪的百姓却并受兵匪之苦，就是最近便的证据。再露骨地说，怕还可以证明这些人的卑怯。卑怯的人，即使有万丈的愤火，除弱草以外，又能烧掉甚么呢？

或者要说，我们现在所要使人愤恨的是外敌，和国人不相干，无从受害。可是这转移是极容易的，虽曰国人，要借以泄愤的时候，只要给与一种特异的名称，即可放心剚刃。先前则有异端，妖人，奸党，逆徒等类名目，现在就可用国贼，汉奸，二毛子，洋狗或洋奴。庚子年的义和团捉住路人，可以任意指为教徒，据云这铁证是他的神通眼已在那人的额上看出一个“十”字？

然而我们在“毋友不如己者”的世上，除了激发自己的国民，使他们发些火花，聊以应景之外，又有什么良法呢。可是我根据上述的理由，更进一步而希望于点火的青年的，是对于群众，在引起他们的公愤之余，还须设法注入深沉的勇气，当鼓舞他们的感情的时候，还须竭力启发明白的理性；而且还得偏重于勇气和理性，从此继续地训练许多年。这声音，自然断乎不及大叫宣战杀贼的大而闳，但我以为却是更紧要而更艰难伟大的工作。

否则，历史指示过我们，遭殃的不是什么敌手而是自己的同胞和子孙。那结果，是反为敌人先驱，而敌人就做了这一国的所谓强者的胜利者，同时也就做了弱者的恩人。因为自己先已互相残杀过了，所蕴蓄的怨愤都已消除，天下也就成为太平的盛世。

总之，我以为国民倘没有智，没有勇，而单靠一种所谓“气”，实在是非常危险的。现在，应该更进而着手于较为坚实的工作了。

一九二五年六月十六日。

论“他妈的!”

无论是谁，只要在中国过活，便总得常听到“他妈的”或其相类的口头禅。我想：这话的分布，大概就跟着中国人足迹之所至罢；使用的遍数，怕也未必比客气的“您好呀”会更少。假使依或人所说，牡丹是中国的“国花”，那么，这就可以算是中国的“国骂”了。

我生长于浙江之东，就是西滢先生之所谓“某籍”。那地方通行的“国骂”却颇简单：专一以“妈”为限，决不牵涉余人。后来稍游各地，才始惊异于国骂之博大而精微：上溯祖宗，旁连姊妹，下递子孙，普及同性，真是“犹河汉而无极也”。而且，不特用于人，也以施之兽。前年，曾见一辆煤车的双轮陷入很深的辙迹里，车夫便愤然跳下，出死力打那拉车的骡子道：“你姊姊的！你姊姊的！”

别的国度里怎样，我不知道。单知道诺威人 Hamsun 有一本小说叫《饥饿》，粗野的口吻是很多的，但我并不见这一类话。Gorky 所写的小说中多无赖汉，就我所看过的而言，也没有这骂法。惟独 Artzybashev 在《工人绥惠略夫》里，却使无抵抗主义者亚拉借夫骂了一句“他妈的”。但其时他已经决计为爱而牺牲了，使我们也失却笑他自相矛盾的勇气。这骂的翻译，在中国原极容易的，别国却似乎为难，德文译本作“我使用过你的妈”，日本译本作“你的妈是我的母狗”。这实在太费解，——由我的眼光看起来。

那么，俄国也有这类骂法的，但因为究竟没有中国似的精博，所以光荣还得归到这边来。好在这究竟又并非什么大光荣，所以他们大约未必抗议；也不如“赤化”之可怕，中国的阔人，名人，高人，也不至于骇死的。但是，虽在中国，说的也独有所谓“下等人”，例如“车夫”之类，至于有身份的上等人，例如“士大夫”之类，则决不出之于口，更何况笔之于书。“予生也晚”，赶不上周朝，未为大夫，也没有做士，本可以放笔直干的，然而终于改头换面，从“国骂”上削去一个动词和一个名词，又改对称为第三人称者，恐怕还因为到底未曾拉车，因而也就不免“有点贵族气味”之故。那用途，既然只限于一部分，似乎又有些不能算作“国骂”了；但也不然，阔人所赏识的牡丹，下等人又何尝以为“花之富贵者也”？

这“他妈的”的由来以及始于何代，我也不明白。经史上所见骂人的话，无非是“役夫”，“奴”，“死公”；较厉害的，有“老狗”，“貉子”；更厉害，涉及先代的，也不外乎“而母婢也”，“赘阉遗丑”罢了！还没见过什么“妈的”怎样，虽然也许是士大夫讳而不录。但《广弘明集》（七）记北魏邢子才“以为妇人不可保。谓元景曰，‘卿何必姓王？’元景变色。子才曰，‘我亦何必姓邢；能保五世耶？’”则颇有可以推见消息的地方。

晋朝已经是大重门第，重到过度了；华胄世业，子弟便易于得官；即使是一个酒囊饭袋，也还是不失为清品。北方疆土虽失于拓跋氏，士人却更其发狂似的讲究阀阅，区别等第，守护极严。庶民中纵有俊才，也不能和大姓比并。至于大姓，实不过承祖宗余荫，以旧业骄人，空腹高心，当然使人不耐。但士流既然用祖宗做护符，被压迫的庶民自然也就将他们的祖宗当作仇敌。邢子才的话虽然说不定是否出于愤激，但对于躲在门第下的男女，却确是一个致命的重伤。势位声气，本来仅靠了“祖宗”这唯一的护符而存，“祖宗”倘一被毁，便什么都倒败了。这是倚赖“余荫”的必得的果报。

同一的意思，但没有邢子才的文才，而直出于“下等人”之口的，就是：“他妈的！”

要攻击高门大族的坚固的旧堡垒，却去瞄准他的血统，在战略上，真可谓奇谲的了。最先发明这一句“他妈的”的人物，确要算一个天才，——然而是一个卑劣的天才。

唐以后，自夸族望的风气渐渐消除；到了金元，已奉夷狄为帝王，自不妨拜屠沽作卿士，“等”的上下本该从此有些难定了，但偏还有人想辛辛苦苦地爬进“上等”去。刘时中的曲子里说：“堪笑这没见识街市匹夫，好打那好顽劣。江湖伴侣，旋将表德官名相体呼，声音多厮称，字样不寻俗。听我一个个细数：粜米的唤子良；卖肉的呼仲甫……开张卖饭的呼君宝；磨麦登罗底叫德夫：何足云乎?!”（《乐府新编阳春白雪》三）这就是那时的暴发户的丑态。

“下等人”还未暴发之先，自然大抵有许多“他妈的”在嘴上，但一遇机会，偶窃一位，略识几字，便即文雅起来：雅号也有了；身分也高了；家谱也修了，还要寻一个始祖，不是名儒便是名臣。从此化为“上等人”，也如上等前辈一样，言行都很温文尔雅。然而愚民究竟也有聪明的，早已看穿了这鬼把戏，所以又有俗谚，说：“口上仁义礼智，心里男盗女娼!”他们是很明白的。

于是他们反抗了，曰：“他妈的!”

但人们不能蔑弃扫荡人我的余泽和旧荫，而硬要去做别人的祖宗，无论如何，总是卑劣的事。有时，也或加暴力于所谓“他妈的”的生命上，但大概是乘机，而不是造运会，所以无论如何，也还是卑劣的事。

中国人至今还有无数“等”，还是依赖门第，还是倚仗祖宗。倘不改造，即永远有无声的或有声的“国骂”。就是“他妈的”，围绕在上下和四旁，而且这还须在太平的时候。

但偶尔也有例外的用法：或表惊异，或表感服。我曾在家乡看见乡农父子一同午饭，儿子指一碗菜向他父亲说：“这不坏，妈的你尝尝看!”那父亲回答道：“我不要吃。妈的你吃去罢!”则简直已经醇化为现在时行的“我的亲爱的”的意思了。

一九二五年七月十九日。

论睁了眼看

虚生先生所做的时事短评中，曾有一个这样的题目：《我们应该有正眼看各方面的勇气》（《猛进》十九期）。诚然，必须敢于正视，这才可望敢想，敢说，敢作，敢当。倘使并正视而不敢，此外还能成什么气候。然而，不幸这一种勇气，是我们中国人最所缺乏的。

但现在我所想到的是别一方面——

中国的文人，对于人生，——至少是对于社会现象，向来就多没有正视的勇气。我们的圣贤，本来早已教人“非礼勿视”的了；而这“礼”又非常之严，不但“正视”，连“平视”“斜视”也不许。现在青年的精神未可知，在体质，却大半还是弯腰曲背，低眉顺眼，表示着老牌的老成的子弟，驯良的百姓，——至于说对外却有大力量，乃是近一月来的新说，还不知道究竟是如何。

再回到“正视”问题去：先既不敢，后便不能，再后，就自然不视，不见了。一辆汽车坏了，停在马路上，一群人围着呆看，所得的结果是一团乌油油的东西。然而由本身的矛盾或社会的缺陷所生的苦痛，虽不正视，却要身受的。文人究竟是敏感人物，从他们的作品上看来，有些人确也早已感到不满，可是一到快要显露缺陷的危机一髪之际，他们总即刻连说“并无其事”，同时便闭上了眼睛。这闭着的眼睛便看见一切圆满，当前的苦痛不过是“天之将降大任于斯人也，必先苦其心志，劳其筋骨，饿其体肤，空乏其身，行拂乱其所为”。于是无问题，无缺陷，无不平，也就无解决，无改革，无反抗。因为凡事总要“团圆”，正无须我们焦躁；放心喝茶，睡觉大吉。再说费话，就有“不合时宜”之咎，免不了要受大学教授的纠正了。呸！

我并未实验过，但有时候想：倘将一位久蛰洞房的老太爷抛在夏天正午的烈日底下，或将不出闺门的千金小姐拖到旷野的黑夜里，大概只好闭了眼睛，暂续他们残存的旧梦，总算并没有遇到暗或光，虽然已经是绝不相同的现实。中国的文人也一样，万事闭眼睛，聊以自欺，而且欺人，那方法是：瞒和骗。

中国婚姻方法的缺陷，才子佳人小说作家早就感到了，他于是使一个才子在壁上题诗，一个佳人便来和，由倾慕——现在就得称恋爱——而至于有“终身之约”。但约定之后，也就有了难关。我们都知道，“私订终身”在诗和戏曲或小说上尚不失为美谈（自然只以与终于中状元的男人私订为限），实际却不容于天下的，仍然免不了要离异。明末的作家便闭上眼睛，并这一层也加以补救了，说是：才子及第，奉旨成婚。“父母之命媒妁之言”经这大帽子来一压，便成了半个铅钱也不值，问题也一点没有了。假使有之，也只在才子的能否中状元，而决不在婚姻制度的良否。

（近来有人以为新诗人的做诗发表，是在出风头，引异性；且迁怒于报章杂志之滥登。殊不知即使无报，墙壁实“古已有之”，早做过发表机关了；据《封神演义》，纣王已曾在女娲庙壁上题诗，那起源实在非常之早。报章可以不取白话，或排斥小诗，墙壁却拆不完，管不及的；倘一律刷成黑色，也还有破磁可划，粉笔可书，真是穷于应付。做诗不刻木板，去藏之名山，却要随时发表，虽然很有流弊，但大概是难以杜绝的罢。）

《红楼梦》中的小悲剧，是社会上常有的事，作者又是比较的敢于实写的，而那结果也并不坏。无论贾氏家业再振，兰桂齐芳，即宝玉自己，也成了个披大红猩猩毡斗篷的和尚。和尚多矣，但披这样阔斗篷的能有几个，已经是“入圣超凡”无疑了。至于别的人们，则早在册子里一一注定，末路不过是一个归结：是问题的结束，不是问题的开头。读者即小有不安，也终于奈何不得。然而后来或续或改，非借尸还魂，即冥中另配，必令“生旦当场团圆”，才肯放手者，乃是自欺欺人的瘾太大，所以看了小小骗局，还不甘心，定须闭眼胡说一通而后快。赫克尔（E. Haeckel）说过：人和人之差，有时比类人猿和原人之差还远。我们将《红楼梦》的续作者和原作者一比较，就会承认这话大概是确实的。

“作善降祥”的古训，六朝人本已有些怀疑了，他们作墓志，竟会说“积善不报，终自欺人”的话。但后来的昏人，却又瞒起来。元刘信将三岁痴儿抛入蘸纸火盆，妄希福祐，是见于《元典章》的；剧本《小张屠焚儿救母》却道是为母延命，命得延，儿亦不死了。一女愿侍痼疾之夫，《醒世恒言》中还说终于一同自杀的；后来改作的却道是有蛇坠入药罐里，丈夫服后便全愈了。凡有缺陷，一经作者粉饰，后半便大抵改观，使读者落诬妄中，以为世间委实尽够光明，谁有不幸，便是自作，自受。

有时遇到彰明的史实，瞒不下，如关羽岳飞的被杀，便只好别设骗局了。一是前世已造夙因，如岳飞；一是死后使他成神，如关羽。定命不可逃，成神的善报更满人意，所以杀人者不足责，被杀者也不足悲。冥冥中自有安排，使他们各得其所，正不必别人来费力了。

中国人的不敢正视各方面，用瞒和骗，造出奇妙的逃路来，而自以为正路。在这路上，就证明着国民性的怯弱，懒惰，而又巧滑。一天一天的满足着，即一天一天的堕落着，但却又觉得日见其光荣。在事实上，亡国一次，即添加几个殉难的忠臣，后来每不想光复旧物，而只去赞美那几个忠臣；遭劫一次，即造成一群不辱的烈女，事过之后，也每每不思惩凶，自卫，却只顾歌咏那一群烈女。仿佛亡国遭劫的事，反而给中国人发挥“两间正气”的机会，增高价值，即在此一举，应该一任其至，不足忧悲似的。自然，此上也无可为，因为我们已经借死人获得最上的光荣了。沪汉烈士的追悼会中，活的人们在一块很可景仰的高大的木主下互相打骂，也就是和我们的先辈走着同一的路。

文艺是国民精神所发的火光，同时也是引导国民精神的前途的灯火。这是互为因果的，正如麻油从芝麻榨出，但以浸芝麻，就使它更油。倘以油为上，就不必说；否则，当参入别的东西，或水或硷去。中国人向来因为不敢正视人生，只好瞒和骗，由此也生出瞒和骗的文艺来，由这文艺，更令中国人更深地隐入瞒和骗的大泽中，甚而至于已经自己不觉得。世界日日改变，我们的作家取下假面，真诚地，深入地，大胆地看取人生并且写出他的血和肉来的时候早到了；早就应该有一片崭新的文场，早就应该有几个凶猛的闯将！

现在，气象似乎一变，到处听不见歌吟花月的声音了，代之而起的是铁和血的赞颂。然而倘以欺瞒的心，用欺瞒的嘴，则无论说 A 和 O，或 Y 和 Z，一样是虚假的；只可以吓哑了先前鄙薄花月的所谓批评家的嘴，满足地以为中国就要中兴。可怜他在“爱国”的大帽子底下又闭上了眼睛了——或者本来就闭着。

没有冲破一切传统思想和手法的闯将，中国是不会有真的新文艺的。

一九二五年七月二十二日。

从胡须说到牙齿

一

一翻《呐喊》，才又记得我曾在中华民国九年双十节的前几天做过一篇《头发的故事》；去年，距今快要一整年了罢，那时是《语丝》出世未久，我又曾为它写了一篇《说胡须》。实在似乎很有些章士钊之所谓“每况愈下”了，——自然，这一句成语，也并不是章士钊首先用错的，但因为他既以擅长旧学自居，我又正在给他打官司，所以就栽在他身上。当时就听说，——或者也是时行的“流言”，——一位北京大学的名教授就愤慨过，以为从胡须说起，一直说下去，将来就要说到屁股，则于是乎便和上海的《晶报》一样了。为什么呢？这须是熟精今典的人们才知道，后进的“束发小生”是不容易了然的。因为《晶报》上曾经登过一篇《太阳晒屁股赋》，屁股和胡须又都是人身的一部分，既说此部，即难免不说彼部，正如看见洗脸的人，敏捷而聪明的学者即能推见他一直洗下去，将来一定要洗到屁股。所以有志于做 gentleman 者，为防微杜渐起见，应该在背后给一顿奚落的。——如果说此外还有深意，那我可不得而知了。

昔者窃闻之：欧美的文明人讳言下体以及和下体略有渊源

的事物。假如以生殖器为中心而画一正圆形，则凡在圆周以内者均在讳言之列；而圆之半径，则美国者大于英。中国的下等人，是不讳言的；古之上等人似乎也不讳，所以虽是公子而可以名为黑臀。讳之始，不知在什么时候；而将英美的半径放大，直至于口鼻之间或更在其上，则昉于一千九百二十四年秋。

文人墨客大概是感性太锐敏了之故罢，向来就很娇气，什么也给他说不得，见不得，听不得，想不得。道学先生于是乎从而禁之，虽然很像背道而驰，其实倒是心心相印。然而他们还是一看见堂客的手帕或者姨太太的荒冢就要做诗。我现在虽然也弄弄笔墨做做白话文，但才气却仿佛早经注定是该在“水平线”之下似的，所以看见手帕或荒冢之类，倒无动于中；只记得在解剖室里第一次要在女性的尸体上动刀的时候，可似乎略有做诗之意，——但是，不过“之意”而已，并没有诗，读者幸勿误会，以为我有诗集将要精装行世，传之其人，先在此预告。后来，也就连“之意”都没有了，大约是因为见惯了的缘故罢，正如下等人的说惯一样。否则，也许现在不但不敢说胡须，而且简直非“人之初性本善论”或“天地玄黄赋”便不屑做。遥想土耳其革命后，撕去女人的面幕，是多么下等的事？呜呼，她们已将嘴巴露出，将来一定要光着屁股走路了！

二

虽然有人数我为“无病呻吟”党之一，但我以为自家有病自家知，旁人大概是不很能够明白底细的。倘没有病，谁来呻吟？如果竟要呻吟，那就已经有了呻吟病了，无法可医。——

但模仿自然又是例外。即如自胡须直至屁股等辈，倘使相安无事，谁爱去纪念它们；我们平居无事时，从不想到自己的头、手、脚以至脚底心。待到慨然于“头颅谁斫”，“髀肉（又说下去了，尚希绅士淑女恕之）复生”的时候，是早已别有缘故的了，所以，“呻吟”。而批评家们曰：“无病”。我实在艳羡他们的健康。

譬如腋下和胯间的毫毛，向来不很肇祸，所以也没有人引为题目，来呻吟一通。头发便不然了，不但白发数茎，能使老先生揽镜慨然，赶紧拔去；清初还因此杀了许多人。民国既经成立，辫子总算剪定了，即使保不定将来要翻出怎样的花样来，但目下总不妨说是已经告一段落。于是我对于自己的头发，也就淡然若忘，而况女子应否剪发的问题呢，因为我并不预备制造桂花油或贩卖烫剪：事不干己，是无所容心于其间的。但到民国九年，寄住在我的寓里的一位小姐考进高等女子师范学校去了，而她是剪了头发的，再没有法可梳盘龙髻或S髻。到这时，我才知道虽然已是民国九年，而有些人之嫉视剪发的女子，竟和清朝末年之嫉视剪发的男子相同；校长M先生虽被天夺其魄，自己的头顶秃到近乎精光了，却偏以为女子的头发可系千钧，示意要她留起。设法去疏通了几回，没有效，连我也听得麻烦起来，于是乎“感慨系之矣”了，随口呻吟了一篇《头发的故事》。但是，不知怎的，她后来竟居然并不留长，现在还是蓬蓬松松的在北京道上走。

本来，也可以无须说下去了，然而连胡须样式都不自由，也是我平生的一件感愤，要时时想到的。胡须的有无，式样，长短，我以为除了直接受着影响的人以外，是毫无容喙的权利和义务的，而有些人们偏要越俎代谋，说些无聊的废话，这真和女子非梳头不可的教育，“奇装异服”者要抓进警厅去办罪的政治一样离奇。要人没有反拨，总须不加刺激；乡下人捉进知县衙门去，打完屁股之后，叩一个头道：“谢大老爷！”这情形是特异的中国民族所特有的。

不料恰恰一周年，我的牙齿又发生问题了，那当然就要说牙齿。这回虽然并非说下去，而是说进去，但牙齿之后是咽喉，下面是食道，胃，大小肠，直肠，和吃饭很有相关，仍将为大雅所不齿；更何况直肠的邻近还有膀胱呢，呜呼！

三

中华民国十四年十月二十七日，即夏历之重九，国民因为主张关税自主，游行示威了。但巡警却断绝交通，至于发生冲突，据说两面“互有死伤”。次日，几种报章（《社会日报》，《世界日报》，《舆论报》，《益世报》，《顺天时报》等）的新闻中就有这样的话：

> “学生被打伤者，有吴兴身（第一英文学校），头部刀伤甚重……周树人（北大教员）齿受伤，脱门牙二。其他尚未接有报告。……”

这样还不够，第二天，《社会日报》，《舆论报》，《黄报》，《顺天时报》又道：——

“……游行群众方面，北大教授周树人（即鲁迅）门牙确落二个。……”

舆论也好，指导社会机关也好，“确”也好，不确也好，我是没有修书更正的闲情别致的。但被害苦的是先有许多学生们，次日我到L学校去上课，缺席的学生就有二十余，他们想不至于因为我被打落门牙，即以为讲义也跌了价的，大概是预料我一定请病假。还有几个尝见和未见的朋友，或则面问，或则函问；尤其是朋其君，先行肉薄中央医院，不得，又到我的家里，目睹门牙无恙，这才重回东城，而“昊天不吊”，竟刮起大风来了。

假使我真被打落两个门牙，倒也大可以略平“整顿学风”者和其党徒之气罢；或者算是说了胡须的报应，——因为有说下去之嫌，所以该得报应，——依博爱家言，本来也未始不是一举两得的事。但可惜那一天我竟不在场。我之所以不到场者，并非遵了胡适教授的指示在研究室里用功，也不是从了江绍原教授的忠告在推敲作品，更不是依着易卜生博士的遗训正在“救出自己”；惭愧我全没有做那些大工作，从实招供起来，不过是整天躺在窗下的床上而已。为什么呢？曰：生些小病，非有他也。

然而我的门牙，却是“确落二个”的。

四

这也是自家有病自家知的一例，如果牙齿健全的，决不会知道牙痛的人的苦楚，只见他歪着嘴角吸风，模样着实可笑。自从盘古开辟天地以来，中国就未曾发明过一种止牙痛的好方法，现在虽然很有些什么“西法镶牙补眼”的了，但大概不过学了一点皮毛，连消毒去腐的粗浅道理也不明白。以北京而论，以中国自家的牙医而论，只有几个留美出身的博士是好的，但是，yes，贵不可言。至于穷乡僻壤，却连皮毛家也没有，倘使不幸而牙痛，又不安本分而想医好，怕只好去叩求城隍土地爷爷罢。

我从小就是牙痛党之一，并非故意和牙齿不痛的正人君子们立异，实在是“欲罢不能”。听说牙齿的性质的好坏，也有遗传的，那么，这就是我的父亲赏给我的一份遗产，因为他牙齿也很坏。于是或蛀，或破，……终于牙龈上出血了，无法收拾；住的又是小城，并无牙医。那时也想不到天下有所谓“西法……”也者，惟有《验方新编》是唯一的救星；然而试尽“验方”都不验。后来，一个善士传给我一个秘方：择日将栗子风干，日日食之，神效。应择那一日，现在已经忘却了，好在这秘方的结果不过是吃栗子，随时可以风干的，我们也无须再费神去查考。自此之后，我才正式看中医，服汤药，可惜中医仿佛也束手了，据说这是叫“牙损”，难治得很呢。还记得有一天一个长辈斥责我，说，因为不自爱，所以会生这病的；

医生能有什么法？我不解，但从此不再向人提起牙齿的事了，似乎这病是我的一件耻辱。如此者久而久之，直至我到日本的长崎，再去寻牙医，他给我刮去了牙后面的所谓“齿垩”，这才不再出血了，化去的医费是两元，时间是约一小时以内。

我后来也看看中国的医药书，忽而发见触目惊心的学说了。它说，齿是属于肾的，“牙损”的原因是“阴亏”。我这才顿然悟出先前的所以得到申斥的原因来，原来是它们在这里这样诬陷我。到现在，即使有人说中医怎样可靠，单方怎样灵，我还都不信。自然，其中大半是因为他们耽误了我的父亲的病的缘故罢，但怕也很挟带些切肤之痛的自己的私怨。

事情还很多哩，假使我有 Victor Hugo 先生的文才，也许因此可以写出一部《Les Misérables》的续集。然而岂但没有而已么，遭难的又是自家的牙齿，向人分送自己的冤单，是不大合式的，虽然所有文章，几乎十之九是自身的暗中的辩护。现在还不如迈开大步一跳，一径来说“门牙确落二个”的事罢：

袁世凯也如一切儒者一样，最主张尊孔。做了离奇的古衣冠，盛行祭孔的时候，大概是要做皇帝以前的一两年。自此以来，相承不废，但也因秉政者的变换，仪式上，尤其是行礼之状有些不同：大概自以为维新者出则西装而鞠躬，尊古者兴则古装而顿首。我曾经是教育部的佥事，因为“区区”，所以还不入鞠躬或顿首之列的；但届春秋二祭，仍不免要被派去做执事。执事者，将所谓“帛”或“爵”递给鞠躬或顿首之诸公的听差之谓也。民国十一年秋，我“执事”后坐车回寓去，既是北京，又是秋，又是清早，天气很冷，所以我穿着厚外套，带了手套的手是插在衣袋里的。那车夫，我相信他是因为磕睡，胡涂，决非章士钊党；但他却在中途用了所谓“非常处分”，以“迅雷不及掩耳之手段”，自己跌倒了，并将我从车上摔出。我手在袋里，来不及抵按，结果便自然只好和地母接吻，以门牙为牺牲了。于是无门牙而讲书者半年，补好于十二年之夏，所以现在使朋其君一见放心，释然回去的两个，其实却是假的。

五

孔二先生说，“虽有周公之才之美，使骄且吝，其余，不足观也矣。”这话，我确是曾经读过的，也十分佩服。所以如果打落了两个门牙，借此能给若干人们从旁快意，“痛快”倒也毫无吝惜之心。而无如门牙，只有这几个，而且早经脱落何？但是将前事拉成今事，却也是不甚愿意的事，因为有些事情，我还要说真实，便只好将别人的“流言”抹杀了，虽然这大抵也以有利于己，至少是无损于己者为限。准此，我便顺手又要将章士钊的将后事拉成前事的胡涂账揭出来。

又是章士钊。我之遇到这个姓名而摇头，实在由来已久；但是，先前总算是为“公”，现在却像憎恶中医一样，仿佛也挟带一点私怨了，因为他“无故”将我免了官，所以，在先已经说过：我正在给他打官司。近来看见他的古文的答辩书了，很斤斤于“无故”之辩，其中有一段：

“……又该伪校务维持会擅举该员为委员，该员又不声明否认，显系有意抗阻本部行政，既情理之所难容，亦法律之所不许。……不得已于八月十二日，呈请执政将周树人免职，十三日由执政明令照准……”

于是乎我也“之乎者也”地驳掉他：

“查校务维持会公举树人为委员，系在八月十三日，而该总长呈请免职，据称在十二日。岂先预知将举树人为委员而先为免职之罪名耶？”

其实，那些什么“答辩书”也不过是中国的胡牵乱扯的照例的成法，章士钊未必一定如此糊涂；假使真只糊涂，倒还不失为胡涂人，但他是知道舞文玩法的。他自己说过：“挽近政治。内包甚复。一端之起。其真意往往难于迹象求之。执法抗争。不过迹象间事。……”所以倘若事不干己，则与其听他说政法，谈逻辑，实在远不如看《太阳晒屁股赋》，因为欺人之意，这些赋里倒没有的。

离题愈说愈远了：这并不是我的身体的一部分。现在即此收住，将来说到那里，且看民国十五年秋罢。

一九二五年十月三十日。

坚壁清野主义

新近，我在中国社会上发现了几样主义。其一，是坚壁清野主义。

“坚壁清野”是兵家言，兵家非我的素业，所以这话不是从兵家得来，乃是从别的书上看来，或社会上听来的。听说这回的欧洲战争时最要紧的是壕堑战，那么，虽现在也还使用着这战法——坚壁。至于清野，世界史上就有着有趣的事例：相传十九世纪初拿破仑进攻俄国，到了墨斯科时，俄人便大发挥其清野手段，同时在这地方纵火，将生活所需的东西烧个干净，请拿破仑和他的雄兵猛将在空城里吸西北风。吸不到一个月，他们便退走了。

中国虽说是儒教国，年年祭孔；“俎豆之事，则尝闻之矣，军旅之事，丘未之学也。”但上上下下却都使用着这兵法；引导我看出来的是本月的报纸上的一条新闻。据说，教育当局因为公共娱乐场中常常发生有伤风化情事，所以令行各校，禁止女学生往游艺场和公园；并通知女生家属，协同禁止。自然，我并不深知这事是否确实；更未见明令的原文；也不明白教育当局之意，是因为娱乐场中的“有伤风化”情事，即从女生发生，所以不许其去，还是只要女生不去，别人也不发生，抑或即使发生，也就管他妈的了。

或者后一种的推测庶几近之。我们的古哲和今贤，虽然满口“正本清源”，“澄清天下”，但大概是有口无心的，“未有己不正，而能正人者”，所以结果是：收起来。第一，是“以己之心，度人之心”，想专以“不见可欲，使民心不乱”。第二，是器宇只有这么大，实在并没有“澄清天下”之才，正如富翁唯一的经济法，只有将钱埋在自己的地下一样。古圣人所教的“慢藏诲盗，冶容诲淫”，就是说子女玉帛的处理方法，是应该坚壁清野的。

其实这种方法，中国早就奉行的了，我所到过的地方，除北京外，一路大抵只看见男人和卖力气的女人，很少见所谓上流妇女。但我先在此声明，我之不满于这种现象者，并非因为预备遍历中国，去窃窥一切太太小姐们；我并没有积下一文川资，就是最确的证据。今年是“流言”鼎盛时代，稍一不慎，《现代评论》上就会弯弯曲曲地登出来的，所以特地先行预告。至于一到名儒，则家里的男女也不给容易见面，霍渭厓的《家训》里，就有那非常麻烦的分隔男女的房子构造图。似乎有志于圣贤者，便是自己的家里也应该看作游艺场和公园；现在究竟是二十世纪，而且有“少负不羁之名，长习自由之说”的教育总长，实在宽大得远了。

北京倒是不大禁锢妇女，走在外面，也不很加侮蔑的地方，但这和我们的古哲和今贤之意相左，或者这种风气，倒是满洲人输入的罢。满洲人曾经做过我们的“圣上”，那习俗也应该遵从的。然而我想，现在却也并非排满，如民元之剪辫子，乃是老脾气复发了，只要看旧历过年的放鞭爆，就日见其多。可惜不再出一个魏忠贤来试验试验我们，看可有人去作干儿，并将他配享孔庙。

要风化好，是在解放人性，普及教育，尤其是性教育，这正是教育者所当为之事，“收起来”却是管牢监的禁卒哥哥的专门。况且社会上的事不比牢监那样简单，修了长城，胡人仍然源源而至，深沟高垒，都没有用处的。未有游艺场和公园以前，闺秀不出门，小家女也逛庙会，看祭赛，谁能说“有伤风化”情事，比高门大族为多呢？

总之，社会不改良，“收起来”便无用，以“收起来”为改良社会的手段，是坐了津浦车往奉天。这道理很浅显：壁虽坚固，也会冲倒的。兵匪的“绑急票”，抢妇女，于风化何如？没有知道呢，还是知而不能言，不敢言呢？倒是歌功颂德的！

其实，“坚壁清野”虽然是兵家的一法，但这究竟是退守，不是进攻。或者就因为这一点，适与一般人的退婴主义相称，于是见得志同道合的罢。但在兵事上，是别有所待的待援军的到来，或敌军的引退；倘单是困守孤城，那结果就只有灭亡，教育上的“坚壁清野”法，所待的是什么呢？照历来的女教来推测，所待的只有一件事：死。

天下太平或还能苟安时候，所谓男子者俨然地教贞顺，说幽娴，“内言不出于阃”，“男女授受不亲”。好！都听你，外事就拜托足下罢。但是天下弄得鼎沸，暴力袭来了，足下将何以见教呢？曰：做烈妇呀！

宋以来，对付妇女的方法，只有这一个，直到现在，还是这一个。

如果这女教当真大行，则我们中国历来多少内乱，多少外患，兵燹频仍，妇女不是死尽了么？不，也有幸免的，也有不死的，易代之际，就和男人一同降伏，做奴才。于是生育子孙，祖宗的香火幸而不断，但到现在还很有带着奴气的人物，大概也就是这个流弊罢。“有利必有弊”，是十口相传，大家都知道的。

但似乎除此之外，儒者，名臣，富翁，武人，阔人以至小百姓，都想不出什么善法来，因此还只得奉这为至宝。更昏庸的，便以为只要意见和这些歧异者，就是土匪了。和官相反的是匪，也正是当然的事。但最近，孙美瑶据守抱犊崮，其实倒是“坚壁”，至于“清野”的通品，则我要推举张献忠。

张献忠在明末的屠戮百姓，是谁也知道，谁也觉得可骇的，譬如他使ABC三支兵杀完百姓之后，便令AB杀C，又令A杀B，又令A自相杀。为什么呢？是李自成已经入北京，做皇帝了。做皇帝是要百姓的，他就要杀完他的百姓，使他无皇帝可做。正如伤风化是要女生的，现在关起一切女生，也就无风化可伤一般。

连土匪也有坚壁清野主义，中国的妇女实在已没有解放的路；听说现在的乡民，于兵匪也已经辨别不清了。

一九二五年十一月二十二日。

寡妇主义

范源廉先生是现在许多青年所钦仰的；各人有各人的意思，我当然无从推度那些缘由。但我个人所叹服的，是在他当前清光绪末年，首先发明了“速成师范”。一门学术而可以速成，迂执的先生们也许要觉得离奇罢；殊不知那时中国正闹着“教育荒”，所以这正是一宗急赈的款子。半年以后，从日本留学回来的师资就不在少数了，还带着教育上的各种主义，如军国民主义，尊王攘夷主义之类。在女子教育，则那时候最时行，常常听到嚷着的，是贤母良妻主义。

我倒并不一定以为这主义错，愚母恶妻是谁也不希望的。然而现在有几个急进的人们，却以为女子也不专是家庭中物，因而很攻击中国至今还钞了日本旧刊文来教育自己的女子的谬误。人们真容易被听惯的讹传所迷，例如近来有人说：谁是卖国的，谁是只为子孙计的。于是许多人也都这样说。其实如果真能卖国，还该得点更大的利，如果真为子孙计，也还算较有良心；现在的所谓谁者，大抵不过是送国，也何尝想到子孙。这贤母良妻主义也不在例外，急进者虽然引以为病，而事实上又何尝有这么一回事；所有的，不过是“寡妇主义”罢了。

这“寡妇”二字，应该用纯粹的中国思想来解释，不能比附欧就，美，印度或亚剌伯的；倘要翻成洋文，也决不宜意译或神译，只能音译：Kuofuism。

我生以前不知道怎样，我生以后，儒教却已经颇“杂”了：“奉母命权作道场”者有之，“神道设教”者有之，佩服《文昌帝君功过格》者又有之，我还记得那《功过格》，是给“谈人闺阃”者以很大的罚。我未出户庭，中国也未有女学校以前不知道怎样，自从我涉足社会，中国也有了女校，却常听到读书人谈论女学生的事，并且照例是坏事。有时实在太谬妄了，但倘若指出它的矛盾，则说的听的都大不悦，仇恨简直是“若杀其父兄”。这种言动，自然也许是合于“儒行”的罢，因为圣道广博，无所不包；或者不过是小节，不要紧的。

我曾经也略略猜想过这些谣诼的由来：反改革的老先生，色情狂气味的幻想家，制造流言的名人，连常识也没有或别有作用的新闻访事和记者，被学生赶走的校长和教员，谋做校长的教育家，跟着一犬而群吠的邑犬……。但近来却又发见了一种另外的，是：“寡妇”或“拟寡妇”的校长及舍监。

这里所谓“寡妇”，是指和丈夫死别的；所谓“拟寡妇”，是指和丈夫生离以及不得已而抱独身主义的。

中国的女性出而在社会上服务，是最近才有的，但家族制度未曾改革，家务依然纷繁，一经结婚，即难于兼做别的事。于是社会上的事业，在中国，则大抵还只有教育，尤其是女子教育，便多半落在上文所说似的独身者的掌中。这在先前，是道学先生所占据的，继而以顽固无识等恶名失败，她们即以曾受新教育，曾往国外留学，同是女性等好招牌，起而代之。社会上也因为她们并不与任何男性相关，又无儿女系累，可以专心于神圣的事业，便漫然加以信托。但从此而青年女子之遭灾，就远在于往日在道学先生治下之上了。

即使是贤母良妻，即使是东方式，对于夫和子女，也不能说可以没有爱情。爱情虽说是天赋的东西，但倘没有相当的刺戟和运用，就不发达。譬如同是手脚，坐着不动的人将自己的和铁匠挑夫的一比较，就非常明白。在女子，是从有了丈夫，有了情人，有了儿女，而后真的爱情才觉醒的；否则，便潜藏着，或者竟会萎落，甚且至于变态。所以托独身者来造贤母良妻，简直是请盲人骑瞎马上道，更何论于能否适合现代的新潮流。自然，特殊的独身的女性，世上也并非没有，如那过去的有名的数学家 Sophie Kowalewsky，现在的思想家 Ellen Key 等；但那是一则欲望转了向，一则思想已经透澈的。然而当学士会院以奖金表彰 Kowalewsky 的学术上的名誉时，她给朋友的信里却有这样的话："我收到各方面的贺信。运命的奇异的讽刺呀，我从来没有感到过这样的不幸。"

至于因为不得已而过着独身生活者，则无论男女，精神上常不免发生变化，有着执拗猜疑阴险的性质者居多。欧洲中世的教士，日本维新前的御殿女中（女内侍），中国历代的宦官，那冷酷险狠，都超出常人许多倍。别的独身者也一样，生活既不合自然，心状也就大变，觉得世事都无味，人物都可憎，看见有些天真欢乐的人，便生恨恶。尤其是因为压抑性欲之故，所以于别人的性底事件就敏感，多疑；欣羡，因而妒嫉。其实这也是势所必至的事：为社会所逼迫，表面上固不能不装作纯洁，但内心却终于逃不掉本能之力的牵掣，不自主地蠢动着缺憾之感的。

然而学生是青年，只要不是童养媳或继母治下出身，大抵涉世不深，觉得万事都有光明，思想言行，即与此辈正相反。此辈倘能回忆自己的青年时代，本来就可以了解的。然而天下所多的是愚妇人，那里能想到这些事；始终用了她多年炼就的眼光，观察一切：见一封信，疑心是情书了；闻一声笑，以为是怀春了；只要男人来访，就是情夫；为什么上公园呢，总该是赴密约。被学生反对，专一运用这种策略的时候不待言，虽在平时，也不免如此。加以中国本是流言的出产地方，“正人君子”也常以这些流言作谈资，扩势力，自造的流言尚且奉为至宝，何况是真出于学校当局者之口的呢，自然就更有价值地传布来了。

我以为在古老的国度里，老于世故者和许多青年，在思想言行上，似乎有很远的距离，倘观以一律的眼光，结果即往往谬误。譬如中国有许多坏事，各有专名，在书籍上又偏多关于它的别名和隐语。当我编辑周刊时，所收的文稿中每有直犯这些别名和隐语的；在我，是向来避而不用。但细一查考，作者实茫无所知，因此也坦然写出；其咎却在中国的坏事的别名隐语太多，而我亦太有所知道，疑虑及避忌。看这些青年，仿佛中国的将来还有光明；但再看所谓学士大夫，却又不免令人气塞。他们的文章或者古雅，但内心真是干净者有多少。即以今年的士大夫的文言而论，章士钊呈文中的“荒学逾闲恣为无忌”，“两性衔接之机缄缔构”，“不受检制竟体忘形”，“谨愿者尽丧所守”等……可谓臻媟黩之极致了。但其实，被侮辱的青年学生们是不懂的；即使仿佛懂得，也大概不及我读过一些古文者的深切地看透作者的居心。

言归正传罢。因为人们因境遇而思想性格能有这样不同，所以在寡妇或拟寡妇所办的学校里，正当的青年是不能生活的。青年应当天真烂漫，非如她们的阴沉，她们却以为中邪了；青年应当有朝气，敢作为，非如她们的萎缩，她们却以为不安本分了：都有罪。只有极和她们相宜，——说得冠冕一点罢，就是极其“婉顺”的，以她们为师法，使眼光呆滞，面肌固定，在学校所化成的阴森的家庭里屏息而行，这才能敷衍到毕业；拜领一张纸，以证明自己在这里被多年陶冶之余，已经失了青春的本来面目，成为精神上的“未字先寡”的人物，自此又要到社会上传布此道去了。

虽然是中国，自然也有一些解放之机，虽然是中国妇女，自然也有一些自立的倾向；所可怕的是幸而自立之后，又转而凌虐还未自立的人，正如童养媳一做婆婆，也就像她的恶姑一样毒辣。我并非说凡在教育界的独身女子，一定都得去配一个男人，无非愿意她们能放开思路，再去较为远大地加以思索；一面，则希望留心教育者，想到这事乃是一个女子教育上的大问题，而有所挽救，因为我知道凡有教育学家，是决不肯说教育是没有效验的。大约中国此后这种独身者还要逐渐增加，倘使没有善法补救，则寡妇主义教育的声势，也就要逐渐浩大，许多女子，都要在那冷酷险狠的陶冶之下，失其活泼的青春，无法复活了。全国受过教育的女子，无论已嫁未嫁，有夫无夫，个个心如古井，脸若严霜，自然倒也怪好看的罢，但究竟也太不像真要人模样地生活下去了；为他帖身的使女，亲生的女儿着想，倒是还在其次的事。

我是不研究教育的，但这种危害，今年却因为或一机会，深切地感到了，所以就趁《妇女周刊》征文的机会，将我的所感说出。

一九二五年十一月二十三日。

论“费厄泼赖”应该缓行

一　解题

《语丝》五七期上语堂先生曾经讲起“费厄泼赖”（Fair-play），以为此种精神在中国最不易得，我们只好努力鼓励；又谓不“打落水狗”，即足以补充“费厄泼赖”的意义。我不懂英文，因此也不明这字的函义究竟怎样，如果不“打落水狗”也即这种精神之一体，则我却很想有所议论。但题目上不直书“打落水狗”者，乃为回避触目起见，即并不一定要在头上强装“义角”之意。总而言之，不过说是“落水狗”未始不可打，或者简直应该打而已。

二　论“落水狗”有三种，大都在可打之列

今之论者，常将“打死老虎”与“打落水狗”相提并论，以为都近于卑怯。我以为“打死老虎”者，装怯作勇，颇含滑稽，虽然不免有卑怯之嫌，却怯得令人可爱。至于“打落水狗”，则并不如此简单，当看狗之怎样，以及如何落水而定。考落水原因，大概可有三种：（1）狗自己失足落水者，（2）别人打落者，（3）亲自打落者。倘遇前二种，便即附和去打，自

然过于无聊，或者竟近于卑怯；但若与狗奋战，亲手打其落水，则虽用竹竿又在水中从而痛打之，似乎也非已甚，不得与前二者同论。

听说刚勇的拳师，决不再打那已经倒地的敌手，这实足使我们奉为楷模。但我以为尚须附加一事，即敌手也须是刚勇的斗士，一败之后，或自愧自悔而不再来，或尚须堂皇地来相报复，那当然都无不可。而于狗，却不能引此为例，与对等的敌手齐观，因为无论他怎样狂嗥，其实并不解什么“道义”；况且狗是能浮水的，一定仍要爬到岸上，倘不注意，他先就耸身一摇，将水点洒得人们一身一脸，于是夹着尾巴逃走了。但后来性情还是如此。老实人将他的落水认作受洗，以为必已忏悔，不再出而咬人，实在是大错而特错的事。

总之，倘是咬人之狗，我觉得都在可打之列，无论它在岸上或在水中。

三　论叭儿狗尤非打落水里，又从而打之不可

叭儿狗一名哈吧狗，南方却称为西洋狗了，但是，听说倒是中国的特产，在万国赛狗会里常常得到金奖牌，《大不列颠百科全书》的狗照相上，就很有几匹是咱们中国的叭儿狗。这也是一种国光。但是，狗和猫不是仇敌么？他却虽然是狗，又很像猫，折中，公允，调和，平正之状可掬，悠悠然摆出别个无不偏激，惟独自己得了“中庸之道”似的脸来。因此也就为阔人，太监，太太，小姐们所钟爱，种子绵绵不绝。它的事业，

只是以伶俐的皮毛获得贵人豢养，或者中外的娘儿们上街的时候，脖子上拴了细链子跟在脚后跟。

这些就应该先行打它落水，又从而打之；如果它自坠入水，其实也不妨又从而打之，但若是自己过于要好，自然不打亦可，然而也不必为之叹息。叭儿狗如可宽容，别的狗也大可不必打了，因为它们虽然非常势利，但究竟还有些像狼，带着野性，不至于如此骑墙。

以上是顺便说及的话，似乎和本题没有大关系。

四 论不“打落水狗”是误人子弟的

总之，落水狗的是否该打，第一是在看它爬上岸了之后的态度。

狗性总不大会改变的，假使一万年之后，或者也许要和现在不同，但我现在要说的是现在。如果以为落水之后，十分可怜，则害人的动物，可怜者正多，便是霍乱病菌，虽然生殖得快，那性格却何等地老实。然而医生是决不肯放过它的。

现在的官僚和土绅士或洋绅士，只要不合自意的，便说是赤化，是共产；民国元年以前稍不同，先是说康党，后来说革党，甚至于到官里去告密，一面固然在保全自己的尊荣，但也未始没有那时所谓“以人血染红顶子”之意。可是革命终于起来了，一群臭架子的绅士们，便立刻皇皇然若丧家之狗，将小辫子盘在头顶上。革命党也一派新气，——绅士们先前所深恶痛绝的新气，“文明”得可以；说是“咸与维新”了，我们是不打落水狗的，听凭它们爬上来罢。于是它们爬上来了，伏到民国二年下半年，二次革命的时候，就突出来帮着袁世凯咬死了许多革命人，中国又一天一天沉入黑暗里，一直到现在，遗老不必说，连遗少也还是那么多。这就因为先烈的好心，对于鬼蜮的慈悲，使他们繁殖起来，而此后的明白青年，为反抗黑暗计，也就要花费更多更多的气力和生命。

秋瑾女士，就是死于告密的，革命后暂时称为"女侠"，现在是不大听见有人提起了。革命一起，她的故乡就到了一个都督，——等于现在之所谓督军，——也是她的同志：王金发。他捉住了杀害她的谋主，调集了告密的案卷，要为她报仇。然而终于将那谋主释放了，据说是因为已经成了民国，大家不应该再修旧怨罢。但等到二次革命失败后，王金发却被袁世凯的走狗枪决了，与有力的是他所释放的杀过秋瑾的谋主。

这人现在也已"寿终正寝"了，但在那里继续跋扈出没着的也还是这一流人，所以秋瑾的故乡也还是那样的故乡，年复一年，丝毫没有长进。从这一点看起来，生长在可为中国模范的名城里的杨荫榆女士和陈西滢先生，真是洪福齐天。

五　论塌台人物不当与"落水狗"相提并论

"犯而不校"是恕道，"以眼还眼以牙还牙"是直道。中国最多的却是枉道：不打落水狗，反被狗咬了。但是，这其实是老实人自己讨苦吃。

俗语说："忠厚是无用的别名"，也许太刻薄一点罢，但仔细想来，却也觉得并非唆人作恶之谈，乃是归纳了许多苦楚的经历之后的警句。譬如不打落水狗说，其成因大概有二：一是无力打；二是比例错。前者且勿论；后者的大错就又有二：一是误将塌台人物和落水狗齐观，二是不辨塌台人物又有好有坏，于是视同一律，结果反成为纵恶。即以现在而论，因为政局的不安定，真是此起彼伏如转轮，坏人靠着冰山，恣行无忌，一旦失足，忽而乞怜，而曾经亲见，或亲受其噬啮的老实人，乃忽以“落水狗”视之，不但不打，甚至于还有哀矜之意。自以为公理已伸，侠义这时正在我这里。殊不知它何尝真是落水，巢窟是早已造好的了，食料是早经储足的了，并且都在租界里。虽然有时似乎受伤，其实并不，至多不过是假装跛脚，聊以引起人们的恻隐之心，可以从容避匿罢了。他日复来，仍旧先咬老实人开手，“投石下井”，无所不为，寻起原因来，一部分就正因为老实人不“打落水狗”之故。所以，要是说得苛刻一点，也就是自家掘坑自家埋，怨天尤人，全是错误的。

六　论现在还不能一味“费厄”

仁人们或者要问：那么，我们竟不要“费厄泼赖”么？我可以立刻回答：当然是要的，然而尚早。这就是“请君入瓮”法。虽然仁人们未必肯用，但我还可以言之成理。土绅士或洋绅士们不是常常说，中国自有特别国情，外国的平等自由等等，不能适用么？我以为这“费厄泼赖”也是其一。否则，他对你不“费厄”，你却对他去“费厄”，结果总是自己吃亏，不但要

“费厄”而不可得，并且连要不“费厄”而亦不可得。所以要“费厄”，最好是首先看清对手，倘是些不配承受“费厄”的，大可以老实不客气；待到它也“费厄”了，然后再与它讲“费厄”不迟。

这似乎很有主张二重道德之嫌，但是也出于不得已，因为倘不如此，中国将不能有较好的路。中国现在有许多二重道德，主与奴，男与女，都有不同的道德，还没有划一。要是对“落水狗”和“落水人”独独一视同仁，实在未免太偏，太早，正如绅士们之所谓自由平等并非不好，在中国却微嫌太早一样。所以倘有人要普遍施行“费厄泼赖”精神，我以为至少须俟所谓“落水狗”者带有人气之后。但现在自然也非绝不可行，就是，有如上文所说：要看清对手。而且还要有等差，即“费厄”必视对手之如何而施，无论其怎样落水，为人也则帮之，为狗也则不管之，为坏狗也则打之。一言以蔽之：“党同伐异”而已矣。

满心“婆理”而满口“公理”的绅士们的名言暂且置之不论不议之列，即使真心人所大叫的公理，在现今的中国，也还不能救助好人，甚至于反而保护坏人。因为当坏人得志，虐待好人的时候，即使有人大叫公理，他决不听从，叫喊仅止于叫喊，好人仍然受苦。然而偶有一时，好人或稍稍蹶起，则坏人本该落水了，可是，真心的公理论者又“勿报复”呀，“仁恕”呀，“勿以恶抗恶”呀……的大嚷起来。这一次却发生实效，并非空嚷了：好人正以为然，而坏人于是得救。但他得救之后，无非以为占了便宜，何尝改悔；并且因为是早已营就三窟，又善于钻谋的，所以不多时，也就依然声势赫奕，作恶又如先前一样。这时候，公理论者自然又要大叫，但这回他却不听你了。

但是，“疾恶太严”，“操之过急”，汉的清流和明的东林，却正以这一点倾败，论者也常常这样责备他们。殊不知那一面，何尝不“疾善如仇”呢？人们却不说一句话。假使此后光明和黑暗还不能作彻底的战斗，老实人误将纵恶当作宽容，一味姑息下去，则现在似的混沌状态，是可以无穷无尽的。

七 论“即以其人之道还治其人之身”

中国人或信中医或信西医，现在较大的城市中往往并有两种医，使他们各得其所。我以为这确是极好的事。倘能推而广之，怨声一定还要少得多，或者天下竟可以臻于郅治。例如民国的通礼是鞠躬，但若有人以为不对的，就独使他磕头。民国的法律是没有笞刑的，倘有人以为肉刑好，则这人犯罪时就特别打屁股。碗筷饭菜，是为今人而设的，有愿为燧人氏以前之民者，就请他吃生肉；再造几千间茅屋，将在大宅子里仰慕尧舜的高士都拉出来，给住在那里面；反对物质文明的，自然更应该不使他衔冤坐汽车。这样一办，真所谓“求仁得仁又何怨”，我们的耳根也就可以清净许多罢。

但可惜大家总不肯这样办，偏要以己律人，所以天下就多事。“费厄泼赖”尤其有流弊，甚至于可以变成弱点，反给恶势力占便宜。例如刘百昭殴曳女师大学生，《现代评论》上连屁也不放，一到女师大恢复，陈西滢鼓动女大学生占据校舍时，却道“要是她们不肯走便怎样呢？你们总不好意思用强力把她们的东西搬走了罢？”殴而且拉，而且搬，是有刘百昭的先例的，何以这一回独独“不好意思”？这就因为给他嗅到了女师大这一面有些“费厄”气味之故。但这“费厄”却又变成弱点，反而给人利用了来替章士钊的“遗泽”保镳。

八　结末

或者要疑我上文所言，会激起新旧，或什么两派之争，使恶感更深，或相持更烈罢。但我敢断言，反改革者对于改革者的毒害，向来就并未放松过，手段的厉害也已经无以复加了。只有改革者却还在睡梦里，总是吃亏。因而中国也总是没有改革，自此以后，是应该改换些态度和方法的。

一九二五年十二月二十九日。

写在《坟》后面

在听到我的杂文已经印成一半的消息的时候，我曾经写了几行题记，寄往北京去。当时想到便写，写完便寄，到现在还不满二十天，早已记不清说了些甚么了。今夜周围是这么寂静，屋后面的山脚下腾起野烧的微光；南普陀寺还在做牵丝傀儡戏，时时传来锣鼓声，每一间隔中，就更加显得寂静。电灯自然是辉煌着，但不知怎地忽有淡淡的哀愁来袭击我的心，我似乎有些后悔印行我的杂文了。我很奇怪我的后悔；这在我是不大遇到的，到如今，我还没有深知道所谓悔者究竟是怎么一回事。但这心情也随即逝去，杂文当然仍在印行，只为想驱逐自己目下的哀愁，我还要说几句话。

记得先已说过：这不过是我的生活中的一点陈迹。如果我的过往，也可以算作生活，那么，也就可以说，我也曾工作过了。但我并无喷泉一般的思想，伟大华美的文章，既没有主义要宣传，也不想发起一种什么运动。不过我曾经尝得，失望无论大小，是一种苦味，所以几年以来，有人希望我动动笔的，只要意见不很相反，我的力量能够支撑，就总要勉力写几句东西，给来者一些极微末的欢喜。人生多苦辛，而人们有时却极容易得到安慰，又何必惜一点笔墨，给多尝些孤独的悲哀呢？于是除小说杂感之外，逐渐又有了长长短短的杂文十多篇。其间自然也有为卖钱而作的，这回就都混在一处。我的生命的一部分，就这样地用去了，也就是做了这样的工作。然而我至今终于不明白我一向是在做什么。比方做土工的罢，做着做着，而不明白是在筑台呢还在掘坑。所知道的是即使是筑台，也无非要将自己从那上面跌下来或者显示老死；倘是掘坑，那就当然不过是埋掉自己。总之：逝去，逝去，一切一切，和光阴一同早逝去，在逝去，要逝去了。——不过如此，但也为我所十分甘愿的。

然而这大约也不过是一句话。当呼吸还在时，只要是自己的，我有时却也喜欢将陈迹收存起来，明知不值一文，总不能绝无眷恋，集杂文而名之曰《坟》，究竟还是一种取巧的掩饰。刘伶喝得酒气熏天，使人荷锸跟在后面，道：死便埋我。虽然自以为放达，其实是只能骗骗极端老实人的。

所以这书的印行，在自己就是这么一回事。至于对别人，记得在先也已说过，还有愿使偏爱我的文字的主顾得到一点喜欢；憎恶我的文字的东西得到一点呕吐，——我自己知道，我并不大度，那些东西因我的文字而呕吐，我也很高兴的。别的就什么意思也没有了。倘若硬要说出好处来，那么，其中所介绍的几个诗人的事，或者还不妨一看；最末的论“费厄泼赖”这一篇，也许可供参考罢，因为这虽然不是我的血所写，却是见了我的同辈和比我年幼的青年们的血而写的。

偏爱我的作品的读者，有的批评说，我的文字是说真话的。这其实是过誉，那原因就因为他偏爱。我自然不想太欺骗人，但也未尝将心里的话照样说尽，大约只要看得可以交卷就算完。

我的确时时解剖别人，然而更多的是更无情面地解剖我自己，发表一点，酷爱温暖的人物已经觉得冷酷了，如果全露出我的血肉来，末路正不知要到怎样。我有时也想就此驱除旁人，到那时还不唾弃我的，即使是枭蛇鬼怪，也是我的朋友，这才真是我的朋友。倘使并这个也没有，则就是我一个人也行。但现在我并不。因为，我还没有这样勇敢，那原因就是我还想生活，在这社会里。还有一种小缘故，先前也曾屡次声明，就是偏要使所谓正人君子也者之流多不舒服几天，所以自己便特地留几片铁甲在身上，站着，给他们的世界上多有一点缺陷，到我自己厌倦了，要脱掉了的时候为止。

倘说为别人引路，那就更不容易了，因为连我自己还不明白应当怎么走。中国大概很有些青年的"前辈"和"导师"罢，但那不是我，我也不相信他们。我只很确切地知道一个终点，就是：坟。然而这是大家都知道的，无须谁指引。问题是在从此到那的道路。那当然不只一条，我可正不知那一条好，虽然至今有时也还在寻求。在寻求中，我就怕我未熟的果实偏偏毒死了偏爱我的果实的人，而憎恨我的东西如所谓正人君子也者偏偏都矍铄，所以我说话常不免含胡，中止，心里想：对于偏爱我的读者的赠献，或者最好倒不如是一个"无所有"。我的译著的印本，最初，印一次是一千，后来加五百，近时是二千至四千，每一增加，我自然是愿意的，因为能赚钱，但也伴着哀愁，怕于读者有害，因此作文就时常更谨慎，更踌躇。有人以为我信笔写来，直抒胸臆，其实是不尽然的，我的顾忌并不少。我自己早知道毕竟不是什么战士了，而且也不能算前驱，就有这么多的顾忌和回忆。还记得三四年前，有一个学生来买我的书，从衣袋里掏出钱来放在我手里，那钱上还带着体温。这体温便烙印了我的心，至今要写文字时，还常使我怕毒害了这类的青年，迟疑不敢下笔。我毫无顾忌地说话的日子，恐怕要未必有了罢。但也偶尔想，其实倒还是毫无顾忌地说话，对得起这样的青年。但至今也还没有决心这样做。

今天所要说的话也不过是这些，然而比较的却可以算得真实。此外，还有一点余文。

记得初提倡白话的时候，是得到各方面剧烈的攻击的。后来白话渐渐通行了，势不可遏，有些人便一转而引为自己之功，美其名曰“新文化运动”。又有些人便主张白话不妨作通俗之用；又有些人却道白话要做得好，仍须看古书。前一类早已二次转舵，又反过来嘲骂“新文化”了；后二类是不得已的调和派，只希图多留几天僵尸，到现在还不少。我曾在杂感上掊击过的。

新近看见一种上海出版的期刊，也说起要做好白话须读好古文，而举例为证的人名中，其一却是我。这实在使我打了一个寒噤。别人我不论，若是自己，则曾经看过许多旧书，是的确的，为了教书，至今也还在看。因此耳濡目染，影响到所做的白话上，常不免流露出它的字句，体格来。但自己却正苦于背了这些古老的鬼魂，摆脱不开，时常感到一种使人气闷的沉重。就是思想上，也何尝不中些庄周，韩非的毒，时而很随便，时而很峻急。孔孟的书我读得最早，最熟，然而倒似乎和我不相干。大半也因为懒惰罢，往往自己宽解，以为一切事物，在转变中，是总有多少中间物的。动植之间，无脊椎和脊椎动物之间，都有中间物；或者简直可以说，在进化的链子上，一切都是中间物。当开首改革文章的时候，有几个不三不四的作者，是当然的，只能这样，也需要这样。他的任务，是在有些警觉之后，喊出一种新声；又因为从旧垒中来，情形看得较为分明，反戈一击，易制强敌的死命。但仍应该和光阴偕逝，逐渐消亡，至多不过是桥梁中的一木一石，并非什么前途的目标，范本。跟着起来便该不同了，倘非天纵之圣，积习当然也不能顿然荡除，但总得更有新气象。以文字论，就不必更在旧书里讨生活，却将活人的唇舌作为源泉，使文章更加接近语言，更加有生气。至于对于现在人民的语言的穷乏欠缺，如何救济，使他丰富起来，那也是一个很大的问题，或者也须在旧文中取得若干资料，以供使役，但这并不在我现在所要说的范围以内，姑且不论。

我以为我倘十分努力，大概也还能够博采口语，来改革我的文章。但因为懒而且忙，至今没有做。我常疑心这和读了古书很有些关系，因为我觉得古人写在书上的可恶思想，我的心里也常有，能否忽而奋勉，是毫无把握的。我常常诅咒我的这思想，也希望不再见于后来的青年。去年我主张青年少读，或者简直不读中国书，乃是用许多苦痛换来的真话，决不是聊且快意，或什么玩笑，愤激之辞。古人说，不读书便成愚人，那自然也不错的。然而世界却正由愚人造成，聪明人决不能支持世界，尤其是中国的聪明人。现在呢，思想上且不说，便是文辞，许多青年作者又在古文，诗词中摘些好看而难懂的字面，作为变戏法的手巾，来装潢自己的作品了。我不知这和劝读古文说可有相关，但正在复古，也就是新文艺的试行自杀，是显而易见的。

不幸我的古文和白话合成的杂集，又恰在此时出版了，也许又要给读者若干毒害。只是在自己，却还不能毅然决然将他毁灭，还想借此暂时看看逝去的生活的余痕。惟愿偏爱我的作品的读者也不过将这当作一种纪念，知道这小小的丘陇中，无非埋着曾经活过的躯壳。待再经若干岁月，又当化为烟埃，并纪念也从人间消去，而我的事也就完毕了。上午也正在看古文，记起了几句陆士衡的吊曹孟德文，便拉来给我的这一篇作结——

> 既睎古以遗累，信简礼而薄葬。
> 彼裘绂于何有，贻尘谤于后王。
> 嗟大恋之所存，故虽哲而不忘。
> 览遗籍以慷慨，献兹文而凄伤！

一九二六，一一，一一，夜。鲁迅

鲁迅作品精选

而已集

鲁迅 著

民主与建设出版社
·北京·

图书在版编目（CIP）数据

鲁迅作品精选．而已集 / 鲁迅著．— 北京：民主与建设出版社，2023.4（2023.10 重印）
ISBN 978-7-5139-4169-3

Ⅰ．①鲁… Ⅱ．①鲁… Ⅲ．①鲁迅著作—选集②鲁迅杂文—杂文集 Ⅳ．① I210.2

中国国家版本馆 CIP 数据核字（2023）第 067905 号

鲁迅作品精选．而已集
LUXUN ZUOPIN JINGXUAN . ERYIJI

著　　者	鲁　迅
主　　编	王茹茹
责任编辑	韩增标
封面设计	玥婷设计
出版发行	民主与建设出版社有限责任公司
电　　话	（010）59417747　59419778
社　　址	北京市海淀区西三环中路 10 号望海楼 E 座 7 层
邮　　编	100142
印　　刷	三河市天润建兴印务有限公司
版　　次	2023 年 4 月第 1 版
印　　次	2023 年 10 月第 2 次印刷
开　　本	880 毫米 ×1230 毫米　1 / 32
印　　张	7
字　　数	135 千字
书　　号	ISBN 978-7-5139-4169-3
定　　价	298.00 元（全 10 册）

注：如有印、装质量问题，请与出版社联系。

目　录

准风月谈(节选)

而已集

题 辞

这半年我又看见了许多血和许多泪，
然而我只有杂感而已。

泪揩了，血消了；
屠伯们逍遥复逍遥，
用钢刀的，用软刀的。
然而我只有“杂感”而已。

连“杂感”也被“放进了应该去的地方”时，
我于是只有“而已”而已！

以上的八句话，是在一九二六年十月十四夜里，编完那年那时为止的杂感集后，写在末尾的，现在便取来作为一九二七年的杂感集的题辞。

一九二八年十月三十日，鲁迅校讫记。

一九二七年

黄花节的杂感

黄花节将近了，必须做一点所谓文章。但对于这一个题目的文章，教我做起来，实在近于先前的在考场里“对空策”①。因为，——说出来自己也惭愧，——黄花节这三个字，我自然明白它是什么意思的；然而战死在黄花冈头的战士们呢，不但姓名，连人数也不知道。

为寻些材料，好发议论起见，只得查《辞源》。书里面有是有的，可不过是：

“黄花冈。地名，在广东省城北门外白云山之麓。清宣统三年三月二十九日，革命党数十人，攻袭督署，不成而死，丛葬于此。”

轻描淡写，和我所知道的差不多，于我并不能有所裨益。

我又愿意知道一点十七年前的三月二十九日的情形，但一时也找不到目击耳闻的耆老。从别的地方——如北京，南京，我的故乡——的例子推想起来，当时大概有若干人痛惜，若干人快意，若干人没有什么意见，若干人当作酒后茶余的谈助的罢。接着便将被人们忘却。久受压制的人们，被压制时只能忍

① 用空泛的议论回答问题。

苦，幸而解放了便只知道作乐，悲壮剧是不能久留在记忆里的。

但是三月二十九日的事却特别，当时虽然失败，十月就是武昌起义，第二年，中华民国便出现了。于是这些失败的战士，当时也就成为革命成功的先驱，悲壮剧刚要收场，又添上一个团圆剧的结束。这于我们是很可庆幸的，我想，在纪念黄花节的时候便可以看出。

我还没有亲自遇见过黄花节的纪念，因为久在北方。不过，中山先生的纪念日却遇见过了：在学校里，晚上来看演剧的特别多，连凳子也踏破了几条，非常热闹。用这例子来推断，那么，黄花节也一定该是极其热闹的罢。

当三月十二日那天的晚上，我在热闹场中，便深深地更感得革命家的伟大。我想，恋爱成功的时候，一个爱人死掉了，只能给生存的那一个以悲哀。然而革命成功的时候，革命家死掉了，却能每年给生存的大家以热闹，甚而至于欢欣鼓舞。惟独革命家，无论他生或死，都能给大家以幸福。同是爱，结果却有这样地不同，正无怪现在的青年，很有许多感到恋爱和革命的冲突的苦闷。

以上的所谓“革命成功”，是指暂时的事而言；其实是“革命尚未成功”的。革命无止境，倘使世上真有什么“止于至善”，这人间世便同时变了凝固的东西了。不过，中国经了许多战士的精神和血肉的培养，却的确长出了一点先前所没有的幸福的花果来，也还有逐渐生长的希望。倘若不像有，那是因为继续培养的人们少，而赏玩，攀折这花，摘食这果实的人们倒是太多的缘故。

我并非说，大家都须天天去痛哭流涕，以凭吊先烈的“在天之灵”，一年中有一天记起他们也就可以了。但就广东的现在而论，我却觉得大家对于节日的办法，还须改良一点。黄花节很热闹，热闹一天自然也好；热闹得疲劳了，回去就好好地睡一觉。然而第二天，元气恢复了，就该加工做一天自己该做的工作。这当然是劳苦的，但总比枪弹从致命的地方穿过去要好得远；何况这也算是在培养幸福的花果，为着后来的人们呢。

三月二十四日夜。

略论中国人的脸

大约人们一遇到不大看惯的东西，总不免以为他古怪。我还记得初看见西洋人的时候，就觉得他脸太白，头发太黄，眼珠太淡，鼻梁太高。虽然不能明明白白地说出理由来，但总而言之：相貌不应该如此。至于对于中国人的脸，是毫无异议；即使有好丑之别，然而都不错的。

我们的古人，倒似乎并不放松自己中国人的相貌。周的孟轲就用眸子来判胸中的正不正，汉朝还有《相人》二十四卷。后来闹这玩艺儿的尤其多；分起来，可以说有两派罢：一是从脸上看出他的智愚贤不肖；一是从脸上看出他过去，现在和将来的荣枯。于是天下纷纷，从此多事，许多人就都战战兢兢地研究自己的脸。我想，镜子的发明，恐怕这些人和小姐们是大有功劳的。不过近来前一派已经不大有人讲究，在北京，上海这些地方捣鬼的都只是后一派了。

我一向只留心西洋人。留心的结果，又觉得他们的皮肤未免太粗；毫毛有白色的，也不好。皮上常有红点，即因为颜色太白之故，倒不如我们之黄。尤其不好的是红鼻子，有时简直像是将要熔化的蜡烛油，仿佛就要滴下来，使人看得栗栗危惧，也不及黄色人种的较为隐晦，也见得较为安全。总而言之：相貌还是不应该如此的。

后来，我看见西洋人所画的中国人，才知道他们对于我们的相貌也很不敬。那似乎是《天方夜谈》或者《安兑生童话》

中的插画，现在不很记得清楚了。头上戴着拖花翎的红缨帽，一条辫子在空中飞扬，朝靴的粉底非常之厚。但这些都是满洲人连累我们的。独有两眼歪斜，张嘴露齿，却是我们自己本来的相貌。不过我那时想，其实并不尽然，外国人特地要奚落我们，所以格外形容得过度了。

但此后对于中国一部分人们的相貌，我也逐渐感到一种不满，就是他们每看见不常见的事件或华丽的女人，听到有些醉心的说话的时候，下巴总要慢慢挂下，将嘴张了开来。这实在不大雅观；仿佛精神上缺少着一样什么机件。据研究人体的学者们说，一头附着在上颚骨上，那一头附着在下颚骨上的“咬筋”，力量是非常之大的。我们幼小时候想吃核桃，必须放在门缝里将它的壳夹碎。但在成人，只要牙齿好，那咬筋一收缩，便能咬碎一个核桃。有着这么大的力量的筋，有时竟不能收住一个并不沉重的自己的下巴，虽然正在看得出神的时候，倒也情有可原，但我总以为究竟不是十分体面的事。

日本的长谷川如是闲是善于做讽刺文字的。去年我见过他的一本随笔集，叫作《猫·狗·人》；其中有一篇就说到中国人的脸。大意是初见中国人，即令人感到较之日本人或西洋人，脸上总欠缺着一点什么。久而久之，看惯了，便觉得这样已经尽够，并不缺少东西；倒是看得西洋人之流的脸上，多余着一点什么。这多余着的东西，他就给它一个不大高妙的名目：兽性。中国人的脸上没有这个，是人，则加上多余的东西，即成了下列的算式：

人+兽性=西洋人

他借了称赞中国人，贬斥西洋人，来讥刺日本人的目的，这样就达到了，自然不必再说这兽性的不见于中国人的脸上，是本来没有的呢，还是现在已经消除。如果是后来消除的，那么，是渐渐净尽而只剩了人性的呢，还是不过渐渐成了驯顺。野牛成为家牛，野猪成为猪，狼成为狗，野性是消失了，但只足使牧人喜欢，于本身并无好处。人不过是人，不再夹杂着别的东西，当然再好没有了。倘不得已，我以为还不如带些兽性，如果合于下列的算式倒是不很有趣的：

人+家畜性=某一种人

中国人的脸上真可有兽性的记号的疑案，暂且中止讨论罢。我只要说近来却在中国人所理想的古今人的脸上，看见了两种多余。一到广州，我觉得比我所从来的厦门丰富得多的，是电影，而且大半是“国片”，有古装的，有时装的。因为电影是“艺术”，所以电影艺术家便将这两种多余加上去了。

古装的电影也可以说是好看，那好看不下于看戏；至少，决不至于有大锣大鼓将人的耳朵震聋。在“银幕”上，则有身穿不知何时何代的衣服的人物，缓慢地动作；脸正如古人一般死，因为要显得活，便只好加上些旧式戏子的昏庸。

时装人物的脸，只要见过清朝光绪年间上海的吴友如的《画报》的，便会觉得神态非常相像。《画报》所画的大抵不是流氓拆梢①，便是妓女吃醋，所以脸相都狡猾。这精神似乎至今不变，国产影片中的人物，虽是作者以为善人杰士者，眉宇间也总带些上海洋场式的狡猾。可见不如此，是连善人杰士也做不成的。

听说，国产影片之所以多，是因为华侨欢迎，能够获利，每一新片到，老的便带了孩子去指点给他们看道：“看哪，我

① 上海方言。指流氓借端诈取财物

们的祖国的人们是这样的。”在广州似乎也受欢迎，日夜四场，我常见看客坐得满满。

广州现在也如上海一样，正在这样地修养他们的趣味。可惜电影一开演，电灯一定熄灭，我不能看见人们的下巴。

四月六日。

革命时代的文学

——四月八日在黄埔军官学校讲

今天要讲几句的话是就将这“革命时代的文学”算作题目。这学校是邀过我好几次了，我总是推宕着没有来。为什么呢？因为我想，诸君的所以来邀我，大约是因为我曾经做过几篇小说，是文学家，要从我这里听文学。其实我并不是的，并不懂什么。我首先正经学习的是开矿，叫我讲掘煤，也许比讲文学要好一些。自然，因为自己的嗜好，文学书是也时常看看的，不过并无心得，能说出于诸君有用的东西来。加以这几年，自己在北京所得的经验，对于一向所知道的前人所讲的文学的议论，都渐渐的怀疑起来。那是开枪打杀学生的时候罢，文禁也严厉了，我想：文学文学，是最不中用的，没有力量的人讲的；有实力的人并不开口，就杀人，被压迫的人讲几句话，写几个字，就要被杀；即使幸而不被杀，但天天呐喊，叫苦，鸣不平，而有实力的人仍然压迫，虐待，杀戮，没有方法对付他们，这文学于人们又有什么益处呢？

在自然界里也这样，鹰的捕雀，不声不响的是鹰，吱吱叫喊的是雀；猫的捕鼠，不声不响的是猫，吱吱叫喊的是老鼠；结果，还是只会开口的被不开口的吃掉。文学家弄得好，做几篇文章，也许能够称誉于当时，或者得到多少年的虚名罢，——譬如一个烈士的追悼会开过之后，烈士的事情早已不提了，大家倒传诵着谁的挽联做得好：这实在是一件很稳当的买卖。

但在这革命地方的文学家，恐怕总喜欢说文学和革命是大有关系的，例如可以用这来宣传，鼓吹，煽动，促进革命和完成革命。不过我想，这样的文章是无力的，因为好的文艺作品，向来多是不受别人命令，不顾利害，自然而然地从心中流露的东西；如果先挂起一个题目，做起文章来，那又何异于八股①，在文学中并无价值，更说不到能否感动人了。为革命起见，要有“革命人”，“革命文学”倒无须急急，革命人做出东西来，才是革命文学。所以，我想：革命，倒是与文章有关系的。革命时代的文学和平时的文学不同，革命来了，文学就变换色彩。但大革命可以变换文学的色彩，小革命却不，因为不算什么革命，所以不能变换文字的色彩。在此地是听惯了“革命”了，江苏浙江谈到革命二字，听的人都很害怕，讲的人也很危险。其实“革命”是并不稀奇的，惟其有了它，社会才会改革，人类才会进步，能从原虫到人类，从野蛮到文明，就因为没有一刻不在革命。生物学家告诉我们：“人类和猴子是没有大两样的，人类和猴子是表兄弟。”但为什么人类成了人，猴子终于是猴子呢？这就因为猴子不肯变化——它爱用四只脚走路。也许曾有一个猴子站起来，试用两脚走路的罢，但许多猴子就说：“我们底祖先一向是爬的，不许你站！”咬死了。它们不但不肯站起来，并且不肯讲话，因为它守旧。人类就不然，他终于站起，讲话，结果是他胜利了。现在也还没有完。所以革命是并不稀奇的，凡是至今还未灭亡的民族，还都天天在努力革命，

① 是明清科举考试的一种文体。八股文章就“四书五经”取题，内容必须用古人的语气，绝对不允许自由发挥，而句子的长短、字的繁简、声调高低等也都要相对成文，字数也有限制。

虽然往往不过是小革命。

大革命与文学有什么影响呢？大约可以分开三个时候来说：

（一）大革命之前，所有的文学，大抵是对于种种社会状态，觉得不平，觉得痛苦，就叫苦，鸣不平，在世界文学中关于这类的文学颇不少。但这些叫苦鸣不平的文学对于革命没有什么影响，因为叫苦鸣不平，并无力量，压迫你们的人仍然不理，老鼠虽然吱吱地叫，尽管叫出很好的文学，而猫儿吃起它来，还是不客气。所以仅仅有叫苦鸣不平的文学时，这个民族还没有希望，因为止于叫苦和鸣不平。例如人们打官司，失败的方面到了分发冤单的时候，对手就知道他没有力量再打官司，事情已经了结了；所以叫苦鸣不平的文学等于喊冤，压迫者对此倒觉得放心。有些民族因为叫苦无用，连苦也不叫了，他们便成为沉默的民族，渐渐更加衰颓下去，埃及，阿拉伯，波斯，印度就都没有什么声音了！至于富有反抗性，蕴有力量的民族，因为叫苦没用，他便觉悟起来，由哀音而变为怒吼。怒吼的文学一出现，反抗就快到了；他们已经很愤怒，所以与革命爆发时代接近的文学每每带有愤怒之音；他要反抗，他要复仇。苏俄革命将起时，即有些这类的文学。但也有例外，如波兰，虽然早有复仇的文学，然而他的恢复，是靠着欧洲大战的。

（二）到了大革命的时代，文学没有了，没有声音了，因为大家受革命潮流的鼓荡，大家由呼喊而转入行动，大家忙着革命，没有闲空谈文学了。还有一层，是那时民生凋敝①，一心寻面包吃尚且来不及，那里有心思谈文学呢？守旧的人因为受革命潮流的打击，气得发昏，也不能再唱所谓他们底文学了。

① 指衰败，残缺破烂，破败。

有人说："文学是穷苦的时候做的"，其实未必，穷苦的时候必定没有文学作品的；我在北京时，一穷，就到处借钱，不写一个字，到薪俸发放时，才坐下来做文章。忙的时候也必定没有文学作品，挑担的人必要把担子放下，才能做文章；拉车的人也必要把车子放下，才能做文章。大革命时代忙得很，同时又穷得很，这一部分人和那一部分人斗争，非先行变换现代社会底状态不可，没有时间也没有心思做文章；所以大革命时代的文学便只好暂归沉寂了。

（三）等到大革命成功后，社会底状态缓和了，大家底生活有余裕了，这时候就又产生文学。这时候底文学有二：一种文学是赞扬革命，称颂革命，——讴歌革命，因为进步的文学家想到社会改变，社会向前走，对于旧社会的破坏和新社会的建设，都觉得有意义，一方面对于旧制度的崩坏很高兴，一方面对于新的建设来讴歌。另有一种文学是吊旧社会的灭亡——挽歌——也是革命后会有的文学。有些的人以为这是"反革命的文学"，我想，倒也无须加以这么大的罪名。革命虽然进行，但社会上旧人物还很多，决不能一时变成新人物，他们的脑中满藏着旧思想旧东西；环境渐变，影响到他们自身的一切，于是回想旧时的舒服，便对于旧社会眷念不已，恋恋不舍，因而讲出很古的话，陈旧的话，形成这样的文学。这种文学都是悲哀的调子，表示他心里不舒服，一方面看见新的建设胜利了，一方面看见旧的制度灭亡了，所以唱起挽歌来。但是怀旧，唱挽歌，就表示已经革命了，如果没有革命，旧人物正得势，是不会唱挽歌的。

不过中国没有这两种文学——对旧制度挽歌，对新制度讴歌；因为中国革命还没有成功，正是青黄不接，忙于革命的时候。不过旧文学仍然很多，报纸上的文章，几乎全是旧式。我想，这足见中国革命对于社会没有多大的改变，对于守旧的人没有多大的影响，所以旧人仍能超然物外。广东报纸所讲的文学，都是旧的，新的很少，也可以证明广东社会没有受革命影响；没有对新的讴歌，也没有对旧的挽歌，广东仍然是十年前底广东。不但如此，并且也没有叫苦，没有鸣不平；止看见工会参加游行，但这是政府允许的，不是因压迫而反抗的，也不过是奉旨革命。中国社会没有改变，所以没有怀旧的哀词；也没有崭新的进行曲，只在苏俄却已产生了这两种文学。他们的旧文学家逃亡外国，所作的文学，多是吊亡挽旧的哀词，新文学则正在努力向前走，伟大的作品虽然还没有，但是新作品已不少，他们已经离开怒吼时期而过渡到讴歌的时期了。赞美建设是革命进行以后的影响，再往后去的情形怎样，现在不得而知，但推想起来，大约是平民文学罢，因为平民的世界，是革命的结果。

现在中国自然没有平民文学，世界上也还没有平民文学，所有的文学，歌呀，诗呀，大抵是给上等人看的；他们吃饱了，睡在躺椅上，捧着看。一个才子出门遇见一个佳人，两个人很要好，有一个不才子从中捣乱，生出差迟来，但终于团圆了。这样地看看，多么舒服。或者讲上等人怎样有趣和快乐，下等人怎样可笑。前几年《新青年》载过几篇小说，描写罪人在寒地里的生活，大学教授看了就不高兴，因为他们不喜欢看这样的下流人。如果诗歌描写车夫，就是下流诗歌；一出戏里，有犯罪的事情，就是下流戏。他们的戏里的脚色，止有才子佳人，才子中状元，佳人封一品夫人，在才子佳人本身很欢喜，他们看了也很欢喜，下等人没奈何，也只好替他们一同欢喜欢喜。

在现在，有人以平民——工人农民——为材料，做小说做诗，我们也称之为平民文学，其实这不是平民文学，因为平民还没有开口。这是另外的人从旁看见平民的生活，假托平民底口吻而说的。眼前的文人有些虽然穷，但总比工人农民富足些，这才能有钱去读书，才能有文章；一看好像是平民所说的，其实不是；这不是真的平民小说。平民所唱的山歌野曲，现在也有人写下来，以为是平民之音了，因为是老百姓所唱。但他们间接受古书的影响很大，他们对于乡下的绅士有田三千亩，佩服得不了，每每拿绅士的思想，做自已的思想，绅士们惯吟五言诗，七言诗；因此他们所唱的山歌野曲，大半也是五言或七言。这是就格律而言，还有构思取意，也是很陈腐的，不能称是真正的平民文学。现在中国底小说和诗实在比不上别国，无可奈何，只好称之曰文学；谈不到革命时代的文学，更谈不到平民文学。现在的文学家都是读书人，如果工人农民不解放，工人农民的思想，仍然是读书人的思想，必待工人农民得到真正的解放，然后才有真正的平民文学。有些人说："中国已有平民文学"，其实这是不对的。

诸君是实际的战争者，是革命的战士，我以为现在还是不要佩服文学的好。学文学对于战争，没有益处，最好不过作一篇战歌，或者写得美的，便可于战余休憩时看看，倒也有趣。要讲得堂皇点，则譬如种柳树，待到柳树长大，浓阴蔽日，农夫耕作到正午，或者可以坐在柳树底下吃饭，休息休息。中国现在的社会情状，止有实地的革命战争，一首诗吓不走孙传芳，一炮就把孙传芳轰走了。自然也有人以为文学于革命是有伟力的，但我个人总觉得怀疑，文学总是一种余裕的产物，可以表示一民族的文化，倒是真的。

人大概是不满于自己目前所做的事的，我一向只会做几篇文章，自己也做得厌了，而捏枪的诸君，却又要听讲文学。我呢，自然倒愿意听听大炮的声音，仿佛觉得大炮的声音或者比文学的声音要好听得多似的。我的演说只有这样多，感谢诸君听完的厚意！

写在《劳动问题》之前

还记得去年夏天住在北京的时候，遇见张我权君，听到他说过这样意思的话：“中国人似乎都忘记了台湾了，谁也不大提起。”他是一个台湾的青年。

我当时就像受了创痛似的，有点苦楚；但口上却道：“不。那倒不至于的。只因为本国太破烂，内忧外患，非常之多，自顾不暇了，所以只能将台湾这些事情暂且放下。……”

但正在困苦中的台湾的青年，却并不将中国的事情暂且放下。他们常希望中国革命的成功，赞助中国的改革，总想尽些力，于中国的现在和将来有所裨益，即使是自己还在做学生。

张秀哲君是我在广州才遇见的。我们谈了几回，知道他已经译成一部《劳动问题》给中国，还希望我做一点简短的序文。我是不善于作序，也不赞成作序的；况且对于劳动问题，一无所知，尤其没有开口的资格。我所能负责说出来的，不过是张君于中日两国的文字，俱极精通，译文定必十分可靠这一点罢了。

但我这回却很愿意写几句话在这一部译本之前，只要我能够。我虽然不知道劳动问题，但译者在游学中尚且为民众尽力的努力与诚意，我是觉得的。

我只能以这几句话表出我个人的感激。但我相信，这努力与诚意，读者也一定都会觉得的。这实在比无论什么序文都有力。

一九二七年四月十一日，鲁迅识于广州中山大学。

略谈香港

本年一月间我曾去过一回香港，因为跌伤的脚还未全好，不能到街上去闲走，演说一了，匆匆便归，印象淡薄得很，也早已忘却了香港了。今天看见《语丝》一三七期上辰江先生的通信，忽又记得起来，想说几句话来凑热闹。

我去讲演的时候，主持其事的人大约很受了许多困难，但我都不大清楚。单知道先是颇遭干涉，中途又有反对者派人索取入场券，收藏起来，使别人不能去听；后来又不许将讲稿登报，经交涉的结果，是削去和改窜了许多。

然而我的讲演，真是“老生常谈”，而且还是七八年前的“常谈”。

从广州往香港时，在船上还亲自遇见一桩笑话。有一个船员，不知怎地，是知道我的名字的，他给我十分担心。他以为我的赴港，说不定会遭谋害；我遥遥地跑到广东来教书，而无端横死，他——广东人之一——也觉得抱歉。于是他忙了一路，替我计画，禁止上陆时如何脱身，到埠捕拿时如何避免。到埠后，既不禁止，也不捕拿，而他还不放心，临别时再三叮嘱，说倘有危险，可以避到什么地方去。

我虽然觉得可笑，但我从真心里十分感谢他的好心，记得他的认真的脸相。

三天之后，平安地出了香港了，不过因为攻击国粹，得罪了若干人。现在回想起来，像我们似的人，大危险是大概没有的。不过香港总是一个畏途。这用小事情便可以证明。即如今天的香港《循环日报》上，有这样两条琐事：

▲陈国被控窃去芜湖街一百五十七号地下布裤一条，昨由史司判笞十二藤云。

▲昨晚夜深，石塘嘴有两西装男子，……遇一英警上前执行搜身。该西装男子用英语对之。该英警不理会，且警以□□□。于是双方缠上警署。……

第一条我们一目了然，知道中国人还在那里被抽藤条。“司”当是“藩司”“臬司”之“司”，是官名；史者，姓也，英国人的。港报上所谓“政府”，“警司”之类，往往是指英国的而言，不看惯的很容易误解，不如上海称为“捕房”之分明。

第二条是“搜身”的纠葛，在香港屡见不鲜。但三个方围不知道是甚么。何以要避忌？恐怕不是好的事情。这□□□似乎是因为西装和英语而得的；英警嫌恶这两件：这是主人的言语和服装。颜之推以为学鲜卑语，弹琵琶便可以生存的时代，早已过去了。

在香港时遇见一位某君，是受了高等教育的人。他自述曾因受屈，向英官申辩，英官无话可说了，但他还是输。那最末是得到严厉的训斥，道：“总之是你错的：因为我说你错！”

带着书籍的人也困难，因为一不小心，会被指为“危险文件”的。这“危险”的界说，我不知其详。总之一有嫌疑，便麻烦了。人先关起来，书去译成英文，译好之后，这才审判。而这“译成英文”的事先就可怕。我记得蒙古人“入主中夏”时，裁判就用翻译。一个和尚去告状追债，而债户商同通事，将他的状子改成自愿焚身了。官说道好；于是这和尚便被推入烈火中。我去讲演的时候也偶然提起元朝，听说颇为“X司”所不悦，他们是的确在研究中国的经史的。

但讲讲元朝，不但为“政府”的“X司”所不悦，且亦为有些“同胞”所不欢。我早知道不稳当，总要受些报应的。果然，我因为谨避“学者”，搬出中山大学之后，那边的《工商报》上登出来了，说是因为“清党”，已经逃走。后来，则在《循环日报》上，以讲文学为名，提起我的事，说我原是“《晨报副刊》特约撰述员”，现在则“到了汉口”。我知道这种宣传有点危险，意在说我先是研究系的好友，现是共产党的同道，虽不至于“枪终路寝”，益处大概总不会有的，晦气点还可以因此被关起来。便写了一封信去更正：

“在六月十日十一日两天的《循环世界》里，看见徐丹甫先生的一篇《北京文艺界之分门别户》。各人各有他的眼光，心思，手段。他要他的，我不想来多嘴。但其中有关于我的三点，我自己比较的清楚些，可以请为更正，即：

“一，我从来没有做过《晨报副刊》的‘特约撰述员’。

“二，陈大悲被攻击后，我并未停止投稿。

“三，我现仍在广州，并没有‘到了汉口’。”

从发信之日到今天，算来恰恰一个月，不见登出来。“总之你是这样的：因为我说你是这样”罢。幸而还有内地的《语丝》；否则，“十二藤”，“□□□”，那里去诉苦！

我现在还有时记起那一位船上的广东朋友，虽然神经过敏，但怕未必是无病呻吟。他经验多。

若夫“香江”（案：盖香港之雅称）之于国粹，则确是正在大振兴而特振兴。如六月二十五日《循环日报》“昨日下午督宪府茶会”条下，就说：

“（上略）赖济熙太史即席演说，略谓大学堂汉文专科异常重要，中国旧道德与乎国粹所关，皆不容缓视，若不贯彻进行，深为可惜，（中略）周寿臣爵士亦演说汉文之宜见重于当世，及汉文科学之重要，关系国家与个人之荣辱等语，后督宪以华语演说，略谓华人若不通汉文为第一可惜，若以华人而中英文皆通达，此后中英感情必更融洽，故大学汉文一科，非常重要，未可以等闲视之云云。（下略）”

我又记得还在报上见过一篇“金制军”[①] 的关于国粹的演说，用的是广东话，看起来颇费力；又以为这“金制军”是前清遗老，遗老的议论是千篇一律的，便不去理会它了。现在看了辰江先生的通信，才知道这“金制军”原来就是“港督”金文泰，大英国人也。大惊失色，赶紧跳起来去翻旧报。运气，

① 清代对地方最高长官总督的尊称。

在六月二十八日这张《循环日报》上寻到了。因为这是中国国粹不可不振兴的铁证，也是将来“中国国学振兴史”的贵重史料，所以毫不删节，并请广东朋友校正误字（但末尾的四句集《文选》句，因为不能悬揣“金制军”究竟如何说法，所以不敢妄改）剪贴于下，加以略注，希《语丝》记者以国学前途为重，予以排印。至纫公谊[1]：

▲六月二十四号督辕茶会金制军演说词

列位先生，提高中文学业，周爵绅，赖太史，今日已经发挥尽致，毋庸我详细再讲咯，我对于呢件事，觉得有三种不能不办嘅原因，而家想同列位谈谈，（第一）系中国人要顾全自己祖国学问呀，香港地方，华人居民，最占多数，香港大学学生，华人子弟，亦系至多，如果在呢间大学，徒然侧重外国科学文字，对于中国历代相传嘅大道宏经，反转当作等闲，视为无足轻重嘅学业，岂唔系一件大憾事吗，所以为香港中国居民打算，为大学中国学生打算，呢一科实在不能不办，（第二）系中国人应该整理国故呀，中国事物文章，原本有极可宝贵嘅价值，不过因为文字过于艰深，所以除晓书香家子弟，同埋天分极高嘅人以外，能够领略其中奥义嘅，实在很少，为呢个原故，近年中国学者，对于（整理国故）嘅声调已经越唱越高，香港地方，同中国大陆相离，仅仅隔一衣带水，如果今日所提

① 书信中的套语，表示深感对方。

倡嘅中国学科，能够设立完全，将来集合一班大学问嘅人，将向来所有困难，一一加以整理，为后生学者，开条轻便嘅路途，岂唔系极安慰嘅事咩，所以为中国发扬国光计，呢一科更不能不办，（第三）就系令中国道德学问，普及世界呀，中国通商以来，华人学习语言文学，成通材嘅，虽然项背相望，但系外国人精通汉学，同埋中国人精通外国科学，能够用中国言语文字翻译介绍各国高深学术嘅，仍然系好少，呢的岂系因外国人，同中国外洋留学生，唔愿学华国文章，不过因中国文字语言，未曾用科学方法整理完备，令到呢两班人，抱一类（可望而不可即）之叹啫，如果港大（华文学系）得到成立健全，就从前所有困难，都可以由呢处逐渐解免，个时中外求学之士，一定多列门墙，争自濯磨，中外感情，自然更加浓浃，唔哙有乜野隔膜咯，所以为中国学问及世界打算，呢一科亦不能不办，列位先生，我记得十几年前有一班中国外洋留学生，因为想研精中国学问，也曾出过一份（汉风杂志），个份杂志，书面题辞，有四句集文选句，十分动人嘅，我愿借嚟贡献过列位，而且望列位实行个四句题辞嘅意思，对于（香港大学文科，华文系）赞襄尽力，务底于成，个四句题辞话，（怀旧之蓄念，发思古之幽情，光祖宗之玄灵，大汉之发天声，）

略注：

这里的括弧，间亦以代曲钩之用。爵绅盖有爵的绅士，不知其详。呢＝这。而家＝而今。嘅＝的。系＝是。唔＝无，不。咗＝了。同埋＝和。咩＝呢。啫＝呵。唔哙有乜野＝不会有什么。

嚟=来。过=给。话=说。

注毕不免又要发感慨了。《汉风杂志》我没有拜读过；但我记得一点旧事。前清光绪末年，我在日本东京留学，亲自看见的。那时的留学生中，很有一部分抱着革命的思想，而所谓革命者，其实是种族革命，要将土地从异族的手里取得，归还旧主人。除实行的之外，有些人是办报，有些人是钞旧书。所钞的大抵是中国所没有的禁书，所讲的大概是明末清初的情形，可以使青年猛省的。久之印成了一本书，因为是《湖北学生界》的特刊，所以名曰《汉声》，那封面上就题着四句古语：摅怀旧之蓄念，发思古之幽情，光祖宗之玄灵，振大汉之天声！

这是明明白白，叫我们想想汉族繁荣时代，和现状比较一下，看是如何，——必须"光复旧物"。说得露骨些，就是"排满"；推而广之，就是"排外"。不料二十年后，竟变成在香港大学保存国粹，而使"中外感情，自然更加浓浃"的标语了。我实在想不到这四句"集《文选》句"，竟也会被外国人所引用。

这样的感慨，在现今的中国，发起来是可以发不完的。还不如讲点有趣的事做收梢，算是"余兴"。从予先生在《一般》杂志（目录上说是独逸）上批评我的小说道："作者的笔锋……并且颇多诙谐的意味，所以有许多小说，人家看了，只觉得发松可笑。换言之，即因为此故，至少是使读者减却了不少对人生的认识。"悲夫，这"只觉得"也！但我也确有这种的毛病，什么事都不能正正经经。便是感慨，也不肯一直发到底。只是我也自有我的苦衷。因为整年的发感慨，倘是假的，岂非无聊？倘真，则我早已感愤而死了，那里还有议论。我想，活着而想称“烈士”，究竟是不容易的。

我以为有趣，想要介绍的也不过是一个广告。港报上颇多特别的广告，而这一个最奇。我第一天看《循环日报》，便在第一版上看见的了，此后每天必见，我每见必要想一想，而直到今天终于想不通是怎么一回事：

> 香港城余蕙卖文
> 人和旅店余蕙屏联榜幅发售
> 香港对联　　香港七律
> 香港七绝　　青山七律
> 荻海对联　　荻海七绝
> 花地七绝　　花地七律
> 日本七绝　　圣经五绝
> 英皇七绝　　英太子诗
> 戏子七绝　　广昌对联
> 三金六十员
> 五金五十员
> 七金四十员
> 屏条加倍
> 人和旅店主人谨启
> 小店在香港上环海傍门牌一百一十八号

七月十一日，于广州东堤。

读书杂谈

——七月十六日在广州知用中学讲

因为知用中学的先生们希望我来演讲一回，所以今天到这里和诸君相见。不过我也没有什么东西可讲。忽而想到学校是读书的所在，就随便谈谈读书。是我个人的意见，姑且供诸君的参考，其实也算不得什么演讲。

说到读书，似乎是很明白的事，只要拿书来读就是了，但是并不这样简单。至少，就有两种：一是职业的读书，一是嗜好的读书。所谓职业的读书者，譬如学生因为升学，教员因为要讲功课，不翻翻书，就有些危险的就是。我想在坐的诸君之中一定有些这样的经验，有的不喜欢算学，有的不喜欢博物[①]，然而不得不学，否则，不能毕业，不能升学，和将来的生计便有妨碍了。我自己也这样，因为做教员，有时即非看不喜欢看的书不可，要不这样，怕不久便会于饭碗有妨。我们习惯了，一说起读书，就觉得是高尚的事情，其实这样的读书，和木匠的磨斧头，裁缝的理针线并没有什么分别，并不见得高尚，有时还很苦痛，很可怜。你爱做的事，偏不给你做，你不爱做的，倒非做不可。这是由于职业和嗜好不能合一而来的。倘能够大家去做爱做的事，而仍然各有饭吃，那是多么幸福。但现在的社会上还做不到，所以读书的人们的最大部分，大概是勉勉强

① 旧时代中学里要学的一门课程，包括动物、植物、矿物等学科的内容。

强的，带着苦痛的为职业的读书。

现在再讲嗜好的读书罢。那是出于自愿，全不勉强，离开了利害关系的。——-我想，嗜好的读书，该如爱打牌的一样，天天打，夜夜打，连续的去打，有时被公安局捉去了，放出来之后还是打。诸君要知道真打牌的人的目的并不在赢钱，而在有趣。牌有怎样的有趣呢，我是外行，不大明白。但听得爱赌的人说，它妙在一张一张的摸起来，永远变化无穷，我想，凡嗜好的读书，能够手不释卷的原因也就是这样，他在每一叶每一叶里，都得着深厚的趣味。自然，也可以扩大精神，增加智识的，但这些倒都不计及，一计及，便等于意在赢钱的博徒了，这在博徒之中，也算是下品。

不过我的意思，并非说诸君应该都退了学，去看自己喜欢看的书去，这样的时候还没有到来；也许终于不会到，至多，将来可以设法使人们对于非做不可的事发生较多的兴味罢了。我现在是说，爱看书的青年，大可以看看本分以外的书，即课外的书，不要只将课内的书抱住。但请不要误解，我并非说，譬如在国文讲堂上，应该在抽屉里暗看《红楼梦》之类；乃是说，应做的功课已完而有余暇，大可以看看各样的书，即使和本业毫不相干的，也要泛览，譬如学理科的，偏看看文学书，学文学的，偏看看科学书，看看别个在那里研究的，究竟是怎么一回事，这样子，对于别人，别事，可以有更深的了解。现在中国有一个大毛病，就是人们大概以为自己所学的一门是最好，最妙，最要紧的学问，而别的都无用，都不足道的，弄这些不足道的东西的人，将来该当饿死。其实是，世界还没有如此简单，学问都各有用处，要定什么是头等还很难。也幸而有各式各样的人，假如世界上全是文学家，到处所讲的不是“文学的分类”便是“诗之构造”，那倒反而无聊得很了。

不过以上所说的，是附带而得的效果，嗜好的读书，本人自然并不计及那些，就如游公园似的，随随便便去，因为随随便便，所以不吃力，因为不吃力，所以会觉得有趣。如果一本书拿到手，就满心想道，“我在读书了！”“我在用功了！”那就容易疲劳，因而减掉兴味，或者变成苦事了。

我看现在的青年，为兴味的读书的是有的，我也常常遇到各样的询问。此刻就将我所想到的说一点，但是只限于文学方面，因为我不明白其他的。

第一，是往往分不清文学和文章。甚至于已经来动手做批评文章的，也免不了这毛病。其实粗粗的说，这是容易分别的。研究文章的历史或理论的，是文学家，是学者；做做诗，或戏曲小说的，是做文章的人，就是古时候所谓文人，此刻所谓创作家。创作家不妨毫不理会文学史或理论，文学家也不妨做不出一句诗。然而中国社会上还很误解，你做几篇小说，便以为你一定懂得小说概论，做几句新诗，就要你讲诗之原理。我也尝见想做小说的青年，先买小说法程和文学史来看。据我看来，是即使将这些书看烂了，和创作也没有什么关系的。

事实上，现在有几个做文章的人，有时也确去做教授。但这是因为中国创作不值钱，养不活自己的缘故。听说美国小名家的一篇中篇小说，时价是二千美金；中国呢，别人我不知道，我自己的短篇寄给大书铺，每篇卖过二十元。当然要寻别的事，例如教书，讲文学。研究是要用理智，要冷静的，而创作须情感，至少总得发点热，于是忽冷忽热，弄得头昏，——这也是职业和嗜好不能合一的苦处。苦倒也罢了，结果还是什么都弄不好。那证据，是试翻世界文学史，那里面的人，几乎没有兼做教授的。

还有一种坏处，是一做教员，未免有顾忌；教授有教授的架子，不能畅所欲言。这或者有人要反驳：那么，你畅所欲言就是了，何必如此小心。然而这是事前的风凉话，一到有事，不知不觉地他也要从众来攻击的。而教授自身，纵使自以为怎样放达，下意识里总不免有架子在。所以在外国，称为"教授小说"的东西倒并不少，但是不大有人说好，至少，是总难免有令人发烦的炫学的地方。

所以我想，研究文学是一件事，做文章又是一件事。

第二，我常被询问：要弄文学，应该看什么书？这实在是一个极难回答的问题。先前也曾有几位先生给青年开过一大篇书目。但从我看来，这是没有什么用处的，因为我觉得那都是开书目的先生自己想要看或者未必想要看的书目。我以为倘要弄旧的呢，倒不如姑且靠着张之洞的《书目答问》去摸门径去。倘是新的，研究文学，则自己先看看各种的小本子，如本间久雄的《新文学概论》，厨川白村的《苦闷的象征》，瓦浪斯基们的《苏俄的文艺论战》之类，然后自己再想想，再博览下去。因为文学的理论不像算学，二二一定得四，所以议论很纷歧。如第三种，便是俄国的两派的争论，——我附带说一句，近来听说连俄国的小说也不大有人看了，似乎一看见"俄"字就吃惊，其实苏俄的新创作何尝有人绍介，此刻译出的几本，都是革命前的作品，作者在那边都已经被看作反革命的了。倘要看看文艺作品呢，则先看几种名家的选本，从中觉得谁的作品自己最爱看，然后再看这一个作者的专集，然后再从文学史上看看他在史上的位置；倘要知道得更详细，就看一两本这人的传记，那便可以大略了解了。如果专是请教别人，则各人的嗜好不同，总是格不相入的。

第三，说几句关于批评的事，现在因为出版物太多了，——其实有什么呢，而读者因为不胜其纷纭，便渴望批评，于是批评家也便应运而起。批评这东西，对于读者，至少对于和这批评家趣旨相近的读者，是有用的。但中国现在，似乎应该暂作别论。往往有人误以为批评家对于创作是操生杀之权，占文坛的最高位的，就忽而变成批评家；他的灵魂上挂了刀。但是怕自己的立论不周密，便主张主观，有时怕自己的观察别人不看重，又主张客观；有时说自己的作文的根柢全是同情，有时将校对者骂得一文不值。凡中国的批评文字，我总是越看越胡涂，如果当真，就要无路可走。印度人是早知道的，有一个很普通的比喻。他们说：一个老翁和一个孩子用一匹驴子驮着货物去出卖，货卖去了，孩子骑驴回来，老翁跟着走。但路人责备他了，说是不晓事，叫老年人徒步。他们便换了一个地位，而旁人又说老人忍心；老人忙将孩子抱到鞍鞒上，后来看见的人却说他们残酷；于是都下来，走了不久，可又有人笑他们了，说他们是呆子，空着现成的驴子却不骑。于是老人对孩子叹息道，我们只剩了一个办法了，是我们两人抬着驴子走。无论读，无论做，倘若旁征博访，结果是往往会弄到抬驴子走的。

不过我并非要大家不看批评，不过说看了之后，仍要看看本书，自己思索，自己做主。看别的书也一样，仍要自己思索，自己观察。倘只看书，便变成书厨，即使自己觉得有趣，而那趣味其实是已在逐渐硬化，逐渐死去了。我先前反对青年躲进研究室，也就是这意思，至今有些学者，还将这话算作我的一条罪状哩。

听说英国的培那特萧（Bernard Shaw）[①]，有过这样意思的话：世间最不行的是读书者。因为他只能看别人的思想艺术，不用自己。这也就是勖本华尔（Schopenhauer）[②] 之所谓脑子里给别人跑马。较好的是思索者。因为能用自己的生活力了，但还不免是空想，所以更好的是观察者，他用自己的眼睛去读世间这一部活书。

这是的确的，实地经验总比看、听，空想确凿。我先前吃过干荔支，罐头荔支，陈年荔支，并且由这些推想过新鲜的好荔支。这回吃过了，和我所猜想的不同，非到广东来吃就永不会知道。但我对于萧的所说，还要加一点骑墙的议论。萧是爱尔兰人，立论也不免有些偏激的。我以为假如从广东乡下找一个没有历练的人，叫他从上海到北京或者什么地方，然后问他观察所得，我恐怕是很有限的，因为他没有练习过观察力，所以要观察，还是先要经过思索和读书。

总之，我的意思是很简单的：我们自动的读书，即嗜好的读书，请教别人是大抵无用，只好先行泛览，然后决择而入于自己所爱的较专的一门或几门；但专读书也有弊病，所以必须和实社会接触，使所读的书活起来。

① 即萧伯纳。
② 即叔本华。

通 信

小峰兄：

收到了几期《语丝》，看见有《鲁迅在广东》的一个广告，说是我的言论之类，都收集在内，后来的另一广告上，却变成“鲁迅著”了。我以为这不大好。

我到中山大学的本意，原不过是教书。然而有些青年大开其欢迎会，我知道不妙，所以首先第一回演说，就声明我不是什么“战士”，“革命家”。倘若是的，就应该在北京，厦门奋斗；但我躲到“革命后方”的广州来了，这就是并非“战士”的证据。

不料主席的某先生——他那时是委员——接着演说，说这是我太谦虚，就我过去的事实看来，确是一个战斗者，革命者。于是礼堂上劈劈拍拍一阵拍手，我的“战士”便做定了。拍手之后，大家都已走散，再向谁去推辞？我只好咬着牙关，背了“战士”的招牌走进房里去，想到敝同乡秋瑾姑娘，就是被这种劈劈拍拍的拍手拍死的。我莫非也非“阵亡”不可么？

没有法子，姑且由它去罢。然而苦矣！访问的，研究的，谈文学的，侦探思想的，要做序，题签的，请演说的，闹得个不亦乐乎。我尤其怕的是演说，因为它有指定的时候，不听拖延。临时到来一班青年，连劝带逼，将你绑了出去。而所说的话是大概有一定的题目的。命题作文，我最不擅长。否则，我在清朝不早进了秀才了么？然而不得已，也只好起承转合，上台去说几句。但我自有定例：至多以十分钟为限。可是心里还是不舒服，事前事后，我常常对熟人叹息说：不料我竟到“革命的策源地”来做洋八股了。

还有一层，我凡有东西发表，无论讲义，演说，是必须自己看过的。但那时太忙，有时不但稿子没有看，连印出了之后也没有看。这回变成书了，我也今天才知道，而终于不明白究竟是怎么一回事，里面是怎样的东西。现在我也不想拿什么费话来捣乱，但以我们多年的交情，希望你最好允许我实行下列三样——

一，将书中的我的演说，文章等都删去。

二，将广告上的著者的署名改正。

三，将这信在《语丝》上发表。

这样一来，就只剩了别人所编的别人的文章，我当然心安理得，无话可说了。但是，还有一层，看了《鲁迅在广东》，是不足以很知道鲁迅之在广东的。我想，要后面再加上几十页白纸，才可以称为“鲁迅在广东”。

回想起我这一年的境遇来，有时实在觉得有味。在厦门，是到时静悄悄，后来大热闹；在广东，是到时大热闹，后来静悄悄。肚大两头尖，像一个橄榄。我如有作品，题这名目是最好的，可惜被郭沫若先生占先用去了。但好在我也没有作品。

至于那时关于我的文字，大概是多的罢。我还记得每有一篇登出，某教授便魂不附体似的对我说道：“又在恭维你了！看见了么？”我总点点头，说，“看见了”。谈下去，他照例说，“在西洋，文学是只有女人看的。”我也点点头，说，“大概是的罢。”心里却想：战士和革命者的虚衔，大约不久就要革掉了罢。

照那时的形势看来，实在也足令认明了我的“纸糊的假冠”的才子们生气。但那形势是另有缘故的，以非急切，姑且不谈。现在所要说的，只是报上所表见的，乃是一时的情形；此刻早没有假冠了，可惜报上并不记载。但我在广东的鲁迅自己，是知道的，所以写一点出来，给憎恶我的先生们平平心——

一，“战斗”和“革命”，先前几乎有修改为“捣乱”的趋势，现在大约可以免了。但旧衔似乎已经革去。

二，要我做序的书，已经托故取回。期刊上的我的题签，已经撤换。

三，报上说我已经逃走；或者说我到汉口来了。写信去更正，就没收。

四，有一种报上，竭力不使它有“鲁迅”两字出现，这是由比较两种报上的同一记事而知道的。

五，一种报上，已给我另定了一种头衔，曰，杂感家。评论是“特长即在他的尖锐的笔调。此外别无可称。”然而他希望我们和《现代评论》合作。为什么呢？他说：“因为我们细考两派文章思想。初无什么大别。”（此刻我才知道，这篇文章是转录上海的《学灯》的。原来如此，无怪其然。写完之后，追注。）

六，一个学者，已经说是我的文字损害了他，要将我送官了，先给我一个命令道：“暂勿离粤，以俟开审！”

阿呀，仁兄，你看这怎么得了呀！逃掉了五色旗下的“铁窗斧钺风味”，而在青天白日之下又有“缧绁之忧”了。“孔子曰：‘非其罪也。’以其子妻之。”怕未必有这样侥幸的事罢，唉唉，呜呼！

但那是其实没有什么的，以上云云，真是“小病呻吟”。我之所以要声明，不过希望大家不要误解，以为我是坐在高台上指挥“思想革命”而已。尤其是有几位青年，纳罕我为什么近来不开口。你看，再开口，岂不要永“勿离粤，以俟开审”了么？语有之曰：是非只为多开口，烦恼皆因强出头。此之谓也。

我所遇见的那些事，全是社会上的常情，我倒并不感得怎样。我所感到悲哀的，是有几个同我来的学生，至今还找不到学校进，还在颠沛流离。我还要补足一句，是：他们都不是共产党，也不是亲共派。其吃苦的原因，就在和我认得。所以有一个，曾得到他的同乡的忠告道：“你以后不要再说你是鲁迅的学生了罢。”在某大学里，听说尤其严厉，看看《语丝》，就要被称为“语丝派”；和我认识，就要被叫为“鲁迅派”的。

这样子，我想，已经够了，大足以平平正人君子之流的心了。但还要声明一句，这是一部分的人们对我的情形。此外，肯忘掉我，或者至今还和我来往，或要我写字或讲演的人，偶然也仍旧有的。

《语丝》我仍旧爱看，还是他能够破破我的岑寂。但据我看来，其中有些关于南边的议论，未免有一点隔膜。譬如，有一回，似乎颇以“正人君子”之南下为奇，殊不知《现代》在这里，一向是销行很广的。相距太远，也难怪。我在厦门，还只知道一个共产党的总名，到此以后，才知道其中有 CP 和 CY 之分。一直到近来，才知道非共产党而称为什么 Y 什么 Y 的，还不止一种。我又仿佛感到有一个团体，是自以为正统，而喜欢监督思想的。我似乎也就在被监督之列，有时遇见盘问式的访问者，我往往疑心就是他们。但是否的确如此，也到底摸不清，即使真的，我也说不出名目，因为那些名目，多是我所没有听到过的。

以上算是牢骚。但我觉得正人君子这回是可以审问我了："你知道苦了罢？你改悔不改悔？"大约也不但正人君子，凡对我有些好意的人，也要问的。我的仁兄，你也许即是其一。我可以即刻答复："一点不苦，一点不悔。而且倒很有趣的。"

土耳其鸡[①]的鸡冠似的彩色的变换，在"以俟开审"之暇，随便看看，实在是有趣的。你知道没有？一群正人君子，连拜服"孤桐先生"的陈源教授即西滢，都舍弃了公理正义的栈房的东吉祥胡同，到青天白日旗下来"服务"了。《民报》的广告在我的名字上用了"权威"两个字，当时陈源教授多么挖苦呀。这回我看见《闲话》出版的广告，道："想认识这位文艺批评界的权威的，——尤其不可不读《闲话》！"这真做我觉得飘飘然，原来你不必"请君入瓮"，自已也会爬进来！

但那广告上又举出一个曾经被称为"学棍"的鲁迅来，而这回偏尊之曰"先生"，居然和这"文艺批评界的权威"并列，却确乎给了我一个不小的打击。我立刻自觉：阿呀，痛哉，又被钉在木板上替"文艺批评界的权威"做广告了。两个"权威"，一个假的和一个真的，一个被"权威"挖苦的"权威"和一个挖苦"权威"的"权威"。呵呵！

祝你安好。我是好的。

鲁迅。九，三。

---

① 俗称火鸡。

答有恒先生

有恒先生：

你的许多话，今天在《北新》上看见了。我感谢你对于我的希望和好意，这是我看得出来的。现在我想简略地奉答几句，并以寄和你意见相仿的诸位。

我很闲，决不至于连写字工夫都没有。但我的不发议论，是很久了，还是去年夏天决定的，我预定的沉默期间是两年。我看得时光不大重要，有时往往将它当作儿戏。

但现在沉默的原因，却不是先前决定的原因，因为我离开厦门的时候，思想已经有些改变。这种变迁的径路，说起来太烦，姑且略掉罢，我希望自己将来或者会发表。单就近时而言，则大原因之一，是：我恐怖了。而且这种恐怖，我觉得从来没有经验过。

我至今还没有将这“恐怖”仔细分析。姑且说一两种我自己已经诊察明白的，则：

一，我的一种妄想破灭了。我至今为止，时时有一种乐观，以为压迫，杀戮青年的，大概是老人。这种老人渐渐死去，中国总可比较地有生气。现在我知道不然了，杀戮青年的，似乎倒大概是青年，而且对于别个的不能再造的生命和青春，更无顾惜。如果对于动物，也要算“暴殄天物”①。我尤其怕看的是胜利者的得意之笔：“用斧劈死”呀，……“乱枪刺死”呀，……。我其实并不是急进的改革论者，我没有反对过死刑。但对于凌迟和灭族，我曾表示过十分的憎恶和悲痛，我以为二十世纪的人群中是不应该有的。斧劈枪刺，自然不说是凌迟，但我们不能用一粒子弹打在他后脑上么？结果是一样的，对方的死亡。但事实是事实，血的游戏已经开头，而角色又是青年，并且有得意之色。我现在已经看不见这出戏的收场。

二，我发见了自己是一个……。是什么呢？我一时定不出名目来。我曾经说过：中国历来是排着吃人的筵宴，有吃的，有被吃的。被吃的也曾吃人，正吃的也会被吃。但我现在发见了，我自己也帮助着排筵宴。先生，你是看我的作品的，我现在发一个问题：看了之后，使你麻木，还是使你清楚；使你昏沉，还是使你活泼？倘所觉的是后者，那我的自己裁判，便证实大半了。中国的筵席上有一种“醉虾”，虾越鲜活，吃的人便越高兴，越畅快。我就是做这醉虾的帮手，弄清了老实而不幸的青年的脑子和弄敏了他的感觉，使他万一遭灾时来尝加倍的苦痛，同时给憎恶他的人们赏玩这较灵的苦痛，得到格外的享乐。我有一种设想，以为无论讨赤军，讨革军，倘捕到敌党的有智识的如学生之类，一定特别加刑，甚于对工人或其他无智识者。为什么呢，因为他可以看见更锐敏微细的痛苦的表情，得到特别的愉快。倘我的假设是不错的，那么，我的自己裁判，便完全证实了。

---

① 出自《尚书·武成》商王。原指残害灭绝天生万物。后指任意糟蹋东西，不知爱惜。

所以，我终于觉得无话可说。

倘若再和陈源教授之流开玩笑罢，那是容易的，我昨天就写了一点。然而无聊，我觉得他们不成什么问题。他们其实至多也不过吃半只虾或呷几口醉虾的醋。况且听说他们已经别离了最佩服的“孤桐先生”，而到青天白日旗下来革命了。我想，只要青天白日旗插远去，恐怕“孤桐先生”也会来革命的。不成问题了，都革命了，浩浩荡荡。

问题倒在我自己的落伍。还有一点小事情。就是，我先前的弄“刀笔”的罚，现在似乎降下来了。种牡丹者得花，种蒺藜者得刺，这是应该的，我毫无怨恨。但不平的是这罚仿佛太重一点，还有悲哀的是带累了几个同事和学生。

他们什么罪孽呢，就因为常常和我往来，并不说我坏。凡如此的，现在就要被称为“鲁迅党”或“语丝派”，这是“研究系”和“现代派”宣传的一个大成功。所以近一年来，鲁迅已以被“投诸四裔”[①] 为原则了。不说不知道，我在厦门的时候，后来是被搬在一所四无邻居的大洋楼上了，陪我的都是书，深夜还听到楼下野兽“唔唔”地叫。但我是不怕冷静的，况且还有学生来谈谈。然而来了第二下的打击：三个椅子要搬去两个，说是什么先生的少爷已到，要去用了。这时我实在很气愤，便问他：倘若他的孙少爷也到，我就得坐在楼板上么？不行！没有搬去，然而来了第三下的打击，一个教授微笑道：又发名士脾气了。厦门的天条，似乎是名士才能有多于一个的椅子的。“又”者，所以形容我常发名士脾气也，《春秋》笔法，先生，你大概明白的罢。还有第四下的打击，那是我临走的时候了，

① 出自《左传》。指流放到四方边远的地方去。

有人说我之所以走，一因为没有酒喝，二因为看见别人的家眷来了，心里不舒服。这还是根据那一次的“名士脾气”的。

这不过随便想到一件小事。但，即此一端，你也就可以原谅我吓得不敢开口之情有可原了罢。我知道你是不希望我做醉虾的。我再斗下去，也许会“身心交病”。然而“身心交病”，又会被人嘲笑的。自然，这些都不要紧。但我何苦呢，做醉虾？

不过我这回最侥幸的是终于没有被做成为共产党。曾经有一位青年，想以独秀办《新青年》，而我在那里做过文章这一件事，来证成我是共产党。但即被别一位青年推翻了，他知道那时连独秀也还未讲共产。退一步，“亲共派”罢，终于也没有弄成功。倘我一出中山大学即离广州，我想，是要被排进去的；但我不走，所以报上“逃走了”“到汉口去了”的闹了一通之后，倒也没有事了。天下究竟还有光明，没有人说我有“分身法”。现在是，似乎没有什么头衔了，但据“现代派”说，我是“语丝派的首领”。这和生命大约并无什么直接关系，或者倒不大要紧的，只要他们没有第二下。倘如“主角”唐有壬似的又说什么“莫斯科的命令”，那可就又有些不妙了。

笔一滑，话说远了，赶紧回到“落伍”问题去。我想，先生，你大约看见的，我曾经叹息中国没有敢“抚哭叛徒的吊客”。而今何如？你也看见，在这半年中，我何尝说过一句话？虽然我曾在讲堂上公表过我的意思，虽然我的文章那时也无处发表，虽然我是早已不说话，但这都不足以作我的辩解。总而言之，现在倘再发那些四平八稳的“救救孩子”似的议论，连我自己听去，也觉得空空洞洞了。

还有，我先前的攻击社会，其实也是无聊的。社会没有知道我在攻击，倘一知道，我早已死无葬身之所了。试一攻击社会的一分子的陈源之类，看如何？而况四万万也哉？我之得以偷生者，因为他们大多数不识字，不知道，并且我的话也无效力，如一箭之入大海。否则，几条杂感，就可以送命的。民众的罚恶之心，并不下于学者和军阀。近来我悟到凡带一点改革性的主张，倘于社会无涉，才可以作为“废话”而存留，万一见效，提倡者即大概不免吃苦或杀身之祸。古今中外，其揆一也。即如目前的事，吴稚晖先生不也有一种主义的么？而他不但不被普天同愤，且可以大呼“打倒……严办”者，即因为赤党要实行共产主义于二十年之后，而他的主义却须数百年之后或者才行，由此观之，近于废话故也。人那有遥管十余代以后的灰孙子时代的世界的闲情别致也哉？

话已经说得不少，我想收梢了。我感于先生的毫无冷笑和恶意的态度，所以也诚实的奉答，自然，一半也借此发些牢骚。但我要声明，上面的说话中，我并不含有谦虚，我知道我自己，我解剖自己并不比解剖别人留情面。好几个满肚子恶意的所谓批评家，竭力搜索，都寻不出我的真症候。所以我这回自己说一点，当然不过一部分，有许多还是隐藏着的。

我觉得我也许从此不再有什么话要说，恐怖一去，来的是什么呢，我还不得而知，恐怕不见得是好东西罢。但我也在救助我自己，还是老法子：一是麻痹，二是忘却。一面挣扎着，还想从以后淡下去的“淡淡的血痕中”看见一点东西，誊在纸片上。

鲁迅。九，四。

辞“大义”

我自从去年得罪了正人君子们的“孤桐先生”，弄得六面碰壁，只好逃出北京以后，默默无语，一年有零。以为正人君子们忘记了这个“学棍”了罢，——哈哈，并没有。

印度有一个泰戈尔。这泰戈尔到过震旦来，改名竺震旦。因为这竺震旦做过一本《新月集》，所以这震旦就有了一个新月社，——中间我不太明白了——现在又有一个叫作新月书店的。这新月书店要出版的有一本《闲话》，这本《闲话》的广告里有下面这几句话：

“……鲁迅先生（语丝派首领）所仗的大义，他的战略，读过《华盖集》的人，想必已经认识了。但是现代派的义旗，和它的主将——西滢先生的战略，：我们还没有明了。……”

“派”呀，“首领”呀，这种谥法实在有些可怕。不远就又会有人来诮骂。甲道：看哪！鲁迅居然称为首领了。天下有这种首领的么？乙道：他就专爱虚荣。人家称他首领，他就满脸高兴。我亲眼看见的。

但这是我领教惯的教训了，并不为奇。这回所觉得新鲜而惶恐的，是忽而将宝贵的“大义”硬塞在我手里，给我竖起大旗来，叫我和“现代派”的“主将”去对垒。我早已说过：公理和正义，都被正人君子夺去了，所以我已经一无所有。大义么，我连它是圆柱形的呢还是椭圆形的都不知道，叫我怎么“仗”？

“主将”呢，自然以有“义旗”为体面罢。不过我没有这么冠冕。既不成“派”，也没有做“首领”，更没有“仗”过“大义”。更没有用什么“战略”，因为我未见广告以前，竟没有知道西滢先生是“现代派”的“主将”，——我总当他是一个喽罗儿。

我对于我自己，所知道的是这样的。我想，“孤桐先生”尚在，“现代派”该也未必忘了曾有人称我为“学匪”，“学棍”，“刀笔吏”的，而今忽假“鲁迅先生”以“大义”者，但为广告起见而已。

呜呼，鲁迅鲁迅，多少广告，假汝之名以行！

九月三日。

反“漫谈”

我一向对于《语丝》没有恭维过，今天熬不住要说几句了：的确可爱。真是《语丝》之所以为《语丝》。

像我似的“世故的老人”是已经不行，有时不敢说，有时不愿说，有时不肯说，有时以为无须说。有此工夫，不如吃点心。但《语丝》上却总有人出来发迂论，如《教育漫谈》，对教育当局去谈教育，即其一也。

“不可与言而与之言”，即是“知其不可为而为之”，一定要有这种人，世界才不寂寞。这一点，我是佩服的。但也许因为“世故”作怪罢，不知怎地佩服中总带一些腹诽，还夹几分伤惨。徐先生是我的熟人，所以再三思维，终于决定贡献一点意见。这一种学识，乃是我身做十多年官僚，目睹一打以上总长，这才陆续地获得，轻易是不肯说的。

对“教育当局”谈教育的根本误点，是在将这四个字的力点看错了：以为他要来办“教育”。其实不然，大抵是来做“当局”的。

这可以用过去的事实证明。因为重在“当局”，所以——

一　学校的会计员，可以做教育总长。

二　教育总长，可以忽而化为内务总长。

三　司法，海军总长，可以兼任教育总长。

曾经有一位总长，听说，他的出来就职，是因为某公司要来立案，表决时可以多一个赞成者，所以再作冯妇的。但也有人来和他谈教育。我有时真想将这老实人一把抓出来，即刻勒令他回家陪太太喝茶去。

所以：教育当局，十之九是意在“当局”，但有些是意并不在“当局”。

这时候，也许有人要问：那么，他为什么有举动呢？

我于是勃然大怒道：这就是他在“当局”呀！说得露骨一点，就是“做官”！不然，为什么叫“做”？

我得到这一种彻底的学识，也不是容易事，所以难免有一点学者的高傲态度，请徐先生恕之。以下是略述我所以得到这学识的历史——

我所目睹的一打以上的总长之中，有两位是喜欢属员上条陈的。于是听话的属员，便纷纷大上其条陈。久而久之，全如石沉大海。我那时还没有现在这么聪明，心里疑惑：莫非这许多条陈一无可取，还是他没有工夫看呢？但回想起来，我“上去”（这是专门术语，小官进去见大官也）的时候，确是常见他正在危坐看条陈①；谈话之间，也常听到“我还要看条陈去”，“我昨天晚上看条陈”等类的话。那究竟是怎么一回事呢？

有一天，我正从他的条陈桌旁走开，跨出门槛，不知怎的忽蒙圣灵启示，恍然大悟了——

哦！原来他的“做官课程表”上，有一项是“看条陈”的。因为要“看”，所以要“条陈”。为什么要“看条陈”？就是“做官”之一部分。如此而已。还有另外的奢望，是我自己的胡涂！

---

① 意思是分开条目来述说。

“于我来了一道光”，从此以后，我自己觉得颇聪明，近于老官僚了。后来终于被“孤桐先生”革掉，那是另外一回事。

“看条陈”和“办教育”，事同一例，都应该只照字面解，倘再有以上或更深的希望或要求，不是书呆子，就是不安分。

我还要附加一句警告：倘遇漂亮点的当局，恐怕连“看漫谈”也可以算作他的一种“做”——其名曰“留心教育”——但和“教育”还是没有关系的。

九月四日。

忧“天乳”

《顺天时报》载北京辟才胡同女附中主任欧阳晓澜女士不许剪发之女生报考，致此等人多有望洋兴叹之概云云。是的，情形总要到如此，她不能别的了。但天足的女生尚可投考，我以为还有光明。不过也太嫌“新”一点。

男男女女，要吃这前世冤家的头发的苦，是只要看明末以来的陈迹便知道的。我在清末因为没有辫子，曾吃了许多苦，所以我不赞成女子剪发。北京的辫子，是奉了袁世凯的命令而剪的，但并非单纯的命令，后面大约还有刀。否则，恐怕现在满城还拖着。女子剪发也一样，总得有一个皇帝（或者别的名称也可以），下令大家都剪才行。自然，虽然如此，有许多还是不高兴的，但不敢不剪。一年半载，也就忘其所以了；两年以后，便可以到大家以为女人不该有长头发的世界。这时长发女生，即有“望洋兴叹”之忧。倘只一部分人说些理由，想改变一点，那是历来没有成功过。

但现在的有力者，也有主张女子剪发的，可惜据地不坚。同是一处地方，甲来乙走，丙来甲走，甲要短，丙要长，长者剪，短了杀。这几年似乎是青年遭劫时期，尤其是女性。报载有一处是鼓吹剪发的，后来别一军攻入了，遇到剪发女子，即慢慢拔去头发，还割去两乳……。这一种刑罚，可以证明男子短发，已为全国所公认。只是女人不准学。去其两乳，即所以使其更像男子而警其妄学男子也。以此例之，欧阳晓澜女士盖尚非甚严欤？

今年广州在禁女学生束胸，违者罚洋五十元。报章称之曰“天乳运动”。有人以不得樊增祥作命令为憾。公文上不见“鸡头肉”等字样，盖殊不足以餍文人学士之心。此外是报上的俏皮文章，滑稽议论。我想，如此而已，而已终古。

我曾经也有过“杞天之虑”，以为将来中国的学生出身的女性，恐怕要失去哺乳的能力，家家须雇乳娘。但仅只攻击束胸是无效的。第一，要改良社会思想，对于乳房较为大方；第二，要改良衣装，将上衣系进裙里去。旗袍和中国的短衣，都不适于乳的解放，因为其时即胸部以下掀起，不便，也不好看的。

还有一个大问题，是会不会乳大忽而算作犯罪，无处投考？我们中国在中华民国未成立以前，是只有“不齿于四民之列”者，才不准考试的。据理而言，女子断发既以失男女之别，有罪，则天乳更以加男女之别，当有功。但天下有许多事情，是全不能以口舌争的，总要上谕，或者指挥刀。

否则，已经有了“短发犯”了，此外还要增加“天乳犯”，或者也许还有“天足犯”。呜呼，女性身上的花样也特别多，而人生亦从此多苦矣。

我们如果不谈什么革新、进化之类，而专为安全着想，我以为女学生的身体最好是长发，束胸，半放脚（缠过而又放之，一名文明脚）。因为我从北而南，所经过的地方，招牌旗帜，尽管不同，而对于这样的女人，却从不闻有一处仇视她的。

九月四日。

革“首领”

这两年来，我在北京被“正人君子”杀退，逃到海边；之后，又被“学者”之流杀退，逃到另外一个海边；之后，又被“学者”之流杀退，逃到一间西晒的楼上，满身痱子，有如荔支，兢兢业业，一声不响，以为可以免于罪戾了罢。阿呀，还是不行。一个学者要九月间到广州来，一面做教授，一面和我打官司，还预先叫我不要走，在这里“以俟开审”哩。

以为在五色旗下，在青天白日旗下，一样是华盖罩命，晦气临头罢，却又不尽然。不知怎地，于不知不觉之中，竟在“文艺界”里高升了。谓予不信，有陈源教授即西滢的《闲话》广告为证，节抄无趣，剪而贴之——

“徐丹甫先生在《学灯》里说：‘北京究是新文学的策源地，根深蒂固，隐隐然执全国文艺界的牛耳。’究竟什么是北京文艺界？质言之，前一两年的北京文艺界，便是现代派和语丝派交战的场所。鲁迅先生（语丝派首领）所仗的大义，他的战略，读过《华盖集》的人，想必已经认识了。但是现代派的义旗，和它的主将——西滢先生的战略，我们还没有明了。现在我们特地和西滢先生商量，把《闲话》选集起来，印成专书，留心文艺界掌故的人，想必都以先睹为快。

“可是单把《闲话》当作掌故又错了。想——

欣赏西滢先生的文笔的，

研究西滢先生的思想的，
想认识这位文艺批评界的权威的——
尤其不可不读《闲话》！”

这很像“诗哲”徐志摩先生的，至少，是“诗哲”之流的“文笔”，所以如此飘飘然，连我看了也几乎想要去买一本。但，只是想到自己，却又迟疑了。两三个年头，不算太长久。被“正人君子”指为“学匪”，还要“投畀豺虎”，我是记得的。做了一点杂感，有时涉及这位西滢先生，我也记得的。这些东西，“诗哲”是看也不看，西滢先生是即刻叫它“到应该去的地方去”，我也记得的。后来终于出了一本《华盖集》，也是实情。然而我竟不知道有一个“北京文艺界”，并且我还做了“语丝派首领”，仗着“大义”在这“文艺界”上和“现代派主将”交战。虽然这“北京文艺界”已被徐丹甫先生在《学灯》上指定，隐隐然不可动摇了，而我对于自己的被说得有声有色的战绩，却还是莫名其妙，像着了狐狸精的迷似的。

现代派的文艺，我一向没有留心，《华盖集》里从何提起。只有某女士窃取“琵亚词侣”的画的时候，《语丝》上（也许是《京报副刊》上）有人说过几句话，后来看“现代派”的口风，仿佛以为这话是我写的。我现在郑重声明：那不是我。我自从被杨荫榆女士杀败之后，即对于一切女士都不敢开罪，因为我已经知道得罪女士，很容易引起“男士”的义侠之心，弄得要被“通缉”都说不定的，便不再开口。所以我和现代派的文艺，丝毫无关。

但终于交了好运了，升为“首领”，而且据说是曾和现代派的“主将”在“北京文艺界”上交过战了。好不堂哉皇哉。

本来在房里面有喜色，默认不辞，倒也有些阔气的。但因为我近来被人随手抑扬，忽而“权威”，忽而不准做“权威”，只准做“前驱”，忽而又改为“青年指导者”，甲说是“青年叛徒的领袖”罢，乙又来冷笑道：“哼哼哼”。自己一动不动，故我依然，姓名却已经经历了几回升沉冷暖。人们随意说说，将我当作一种材料，倒也罢了，最可怕的是广告底恭维和广告底嘲骂。简直是膏药摊上挂着的死蛇皮一般。所以这回虽然蒙现代派追封，但对于这“首领”的荣名，还只得再来公开辞退。不过也不见得回回如此，因为我没有这许多闲工夫。

背后插着“义旗”的“主将”出马，对手当然以阔一点的为是。我们在什么演义上时常看见：“来将通名！我的宝刀不斩无名之将！”主将要来“交战”而将我升为“首领”，大概也是“不得已也”的。但我并不然，没有这些大架子，无论吧儿狗，无论臭茅厕，都会唾过几口吐沫去，不必定要脊梁上插着五张尖角旗（义旗?）的“主将”出台，才动我的“刀笔”。假如有谁看见我攻击茅厕的文字，便以为也是我的劲敌，自恨于它的气味还未明了，再要去嗅一嗅，那是我不负责任的。恐怕有人以这广告为例，所以附带声明，以免拖累。

至于西滢先生的“文笔”，“思想”，“文艺批评界的权威”，那当然必须“欣赏”，“研究”而且“认识”的。只可惜要“欣赏”……这些，现在还只有一本《闲话》，但我以为咱们的“主将”的一切“文艺”中，最好的倒是登在《晨报副刊》上的，给志摩先生的大半痛骂鲁迅的那一封信。那是发热的时候所写，所以已经脱掉了绅士的黑洋服，真相跃如了。而且和《闲话》比较起来，简直是两样态度，证明着两者之中，有一种是虚伪。这也是要“研究”……西滢先生的“文笔”等等的好东西。

然而虽然是这一封信之中，也还须分别观之。例如："志摩，……面前是遥遥茫茫荫在薄雾的里面的目的地"之类。据我看来，其实并无这样的"目的地"，倘有，却不怎么"遥遥茫茫"。这是因为热度还不很高的缘故，倘使发到九十度左右，我想，那便可望连这些"遥遥茫茫"都一扫而光，近于纯粹了。

九月九日，广州。

谈“激烈”

带了书籍杂志过“香江”，有被视为“危险文字”而尝“铁窗斧钺风味”之险，我在《略谈香港》里已经说过了。但因为不知道怎样的是“危险文字”，所以时常耿耿于心。为什么呢？倒也并非如上海保安会所言，怕“中国元气太损”，乃是自私自利，怕自己也许要经过香港，须得留神些。

今年似乎是青年特别容易死掉的年头。“千里不同风，百里不同俗。”这里以为平常的，那边就算过激，滚油煎指头。今天正是正当的，明天就变犯罪，藤条打屁股。倘是年青人，初从乡间来，一定要被煎得莫明其妙，以为现在是时行这样的制度了罢。至于我呢，前年已经四十五岁了，而且早已“身心交病”，似乎无须这么宝贵生命，思患预防。但这是别人的意见，若夫我自己，还是不愿意吃苦的。敢乞“新时代的青年”们鉴原为幸。

所以，留神而又留神。果然，“天助自助者”，今天竟在《循环日报》上遇到一点参考资料了。事情是一个广州执信学校的学生，路过（！）香港，“在尖沙咀码头，被一五七号华差截搜行李，在其木杠（谨案：箱也）之内，搜获激烈文字书籍七本。计开：执信学校印行之《宣传大纲》六本，又《侵夺中国史》一本。此种激烈文字，业经华民署翻译员择译完竣，昨日午乃解由连司提讯，控以怀有激烈文字书籍之罪。……”抄报太麻烦，说个大略罢，是：“择译”时期，押银五百元出外；

后来因为被告供称书系朋友托带，所以“姑判从轻罚银二十五元，书籍没收焚毁”云。

执信学校是广州的平正的学校，既是“清党”之后，则《宣传大纲》不外三民主义可知，但一到“尖沙咀”，可就“激烈”了；可怕。惟独对于友邦，竟敢用“侵夺”字样，则确也未免“激烈”一点，因为忘了他们正在替我们“保存国粹”之恩故也。但“侵夺”上也许还有字，记者不敢写出来。

我曾经提起过几回元朝，今夜思之，还不很确。元朝之于中文书籍，未尝如此留心。这一著倒要推清朝做模范。他不但兴过几回“文字狱”，大杀叛徒，且于宋朝人所做的“激烈文字”，也曾细心加以删改。同胞之热心“复古”及友邦之赞助“复古”者，似当奉为师法者也。

清朝人改宋人书，我曾经举出过《茅亭客话》。但这书在《琳琅秘室丛书》里，现在时价每部要四十元，倘非小阔人，那能得之哉？近来却另有一部了，是商务印书馆印的《鸡肋编》，宋庄季裕著，每本只要五角，我们可以看见清朝的文澜阁本和元钞本有如何不同。今摘数条如下：

燕地……女子……冬月以枯蒌涂面，……至春暖方涤去，久不为风日所侵，故洁白如玉也。今使中国妇女，尽污于殊俗，汉唐和亲之计，盖未为屈也。（清人将“今使中国”以下二十二字，改作“其异于南方如此”七字。）

自古兵乱，郡邑被焚毁者有之，虽盗贼残暴，必赖室庐以处，故须有存者。靖康之后，金虏侵凌中国，露居异俗，凡所经过，尽皆焚爇。如曲阜先圣旧宅，自鲁共王之后，但有增葺。莽、卓、巢、温之徒，犹假崇儒，未尝敢犯。至金寇，遂为烟尘，指其像而诟曰“尔是言夷狄之有君者!”中原之祸，自书契以来，未之有也。(清朝的改本，可大不同了，是“孔子宅在今偃源故鲁城中归德门内阙里之中。……遭汉中微，盗贼奔突，自西京未央建章之殿，皆见隳坏，而灵光岿然独存。今其遗址，不复可见。而先圣旧宅，近日亦遭兵燹之厄，可叹也夫。)

抄书也太麻烦，还是不抄下去了。但我们看第二条，就很可以悟出上海保安会所切望的“循规蹈矩”之道。即：原文带些愤激，是“激烈”，改本不过“可叹也夫”，是“循规蹈矩”的。何以故呢?愤激便有揭竿而起的可能，而“可叹也夫”则瘟头瘟脑，即使全国一同叹气，其结果也不过是叹气，于“治安”毫无妨碍的。

但我还要给青年们一个警告：勿以为我们以后只做“可叹也夫”的文章，便可以安全了。新例我还未研究好，单看清朝的老例，则准其叹气，乃是对于古人的优待，不适用于今人的。因为奴才都叹气，虽无大害，主人看了究竟不舒服。必须要如罗素所称赞的杭州的轿夫一样，常是笑嘻嘻。

但我还要给自己解释几句：我虽然对于“笑嘻嘻”仿佛有点微词，但我并非意在鼓吹“阶级斗争”，因为我知道我的这一篇，杭州轿夫是不会看见的，况且，“讨赤”诸君子，都不肯笑嘻嘻的去抬轿，足见以抬轿为苦境，也不独“乱党”为然。而况我的议论，其实也不过“可叹也夫”乎哉!

现在的书籍往往“激烈”，古人的书籍也不免有违碍之处。那么，为中国“保存国粹”者，怎么办呢?我还不大明白。仅知道澳门是正在“征诗”，共收卷七千八百五十六本，经“江霞公太史（孔殷）评阅”，取录二百名，第一名的诗是：——

南中多乐日高会◦◦◦　　良时厚意愿得常◦◦◦

陵松万章发文彩◦◦◦　　百年贵寿齐辉光◦◦◦

这是从香港报上照抄下来的，一连三圈，也原本如此，我想大概是密圈之意。这诗大约还有一种“格”，如“嵌字格”①之类，但我是外行，只好不谈。所给我益处的，是我居然从此悟出了将来的“国粹”，当以诗词骈文为正宗。史学等等，恐怕未必发达。即要研究，也必先由老师宿儒，先加一番改定工夫。惟独诗词骈文，可以少有流弊。故骈文入神的饶汉祥一死，日本人也不禁为之慨叹，而“狂徒”又须挨骂了。

日本人拜服骈文于北京，“金制军”“整理国故”于香港，其爱护中国，恐其沦亡，可谓至矣。然而裁厘加税，大家都不赞成者何哉？盖厘金乃国粹，而关税非国粹也。“可叹也夫！”

今是中秋，璧月澄澈，叹气既完，还不想睡。重吟“征诗”，莫名其妙，稿有余纸，因录“江霞公太史”评语，俾读者咸知好处，但圈点是我僭加的——

“以谢启为题，寥寥二十八字。既用古诗十九首中字，复嵌全限内字。首二句是赋，三句是兴，末句是兴而比。步骤井然，举重若轻，绝不吃力。虚室生白，吉祥止止。洵属巧中生巧，难上加难。至其胎息之高古，意义之纯粹，格调之老苍，非寝馈汉魏古诗有年，未易臻斯境界。”

九月十一日，广州。

---

① 旧时作诗或对联时，将几个特定的字（如人名、地名或其他成语）依次嵌在各句相同的位置上。

扣丝杂感

以下这些话，是因为见了《语丝》（一四七期）的《随感录》（二八）而写的。

这半年来，凡我所看的期刊，除《北新》外，没有一种完全的：《莽原》，《新生》，《沉钟》。甚至于日本文的《斯文》，里面所讲的都是汉学，末尾附有《西游记传奇》，我想和演义来比较一下，所以很切用，但第二本即缺少，第四本起便杳然了。至于《语丝》，我所没有收到的统共有六期，后来多从市上的书铺里补得，惟有一二六和一四三终于买不到，至今还不知道内容究竟是怎样。

这些收不到的期刊，是遗失，还是没收的呢？我以为两者都有。没收的地方，是北京，天津，还是上海，广州呢？我以为大约也各处都有。至于没收的缘故，那可是不得而知了。

我所确切知道的，有这样几件事。是《莽原》也被扣留过一期，不过这还可以说，因为里面有俄国作品的翻译。那时只要一个“俄”字，已够惊心动魄，自然无暇顾及时代和内容。但韦丛芜的《君山》，也被扣留。这一本诗，不但说不到“赤”，并且也说不到“白”，正和作者的年纪一样，是“青”的，而竟被禁锢在邮局里。黎锦明先生早有来信，说送我《烈火集》，一本是托书局寄的，怕他们忘记，自己又寄了一本。但至今已将半年，一本也没有到。我想，十之九都被没收了，因为火色既“赤”，而况又“烈”乎，当然通不过的。

《语丝》一三二期寄到我这里的时候是出版后约六星期，封皮上写着两个绿色大字道："扣留"，另外还有检查机关的印记和封条。打开看时，里面是《猓猓人的创世纪》，《无题》，《寂寞札记》，《撒园荽》，《苏曼殊及其友人》，都不像会犯禁。我便看《来函照登》，是讲"情死""情杀"的，不要紧，目下还不管这些事。只有《闲话拾遗》了。这一期特别少，共只两条。一是讲日本的，大约也还不至于犯禁。一是说来信告诉"清党"的残暴手段的，《语丝》此刻不想登。莫非因为这一条么？但不登何以又不行呢？莫明其妙。然而可以"扣留"而又放行了呢？也莫明其妙。

这莫明其妙的根源，我以为在于检查的人员。

中国近来一有事，首先就检查邮电。这检查的人员，有的是团长或区长，关于论文诗歌之类，我觉得我们不必和他多谈。但即使是读书人，其实还是一样的说不明白，尤其是在所谓革命的地方。直截痛快的革命训练弄惯了，将所有革命精神提起，如油的浮在水面一般，然而顾不及增加营养。所以，先前是刊物的封面上画一个工人，手捏铁铲或鹤嘴锹，文中有"革命！革命！""打倒！打倒！"者，一帆风顺，算是好的。现在是要画一个少年军人拿旗骑在马上，里面"严办！严办！"这才庶几免于罪戾。至于什么"讽刺"，"幽默"，"反语"，"闲谈"等类，实在还是格不相入。从格不相入，而成为视之懵然，结果即不免有些弄得乱七八糟，谁也莫明其妙。

还有一层，是终日检查刊物，不久就会头昏眼花，于是讨厌，于是生气，于是觉得刊物大抵可恶——尤其是不容易了然的——而非严办不可。我记得书籍不切边，我也是作俑者之一，当时实在是没有什么恶意的。后来看见方传宗先生的通信

（见本《语丝》一二九）竟说得要毛边装订的人有如此可恶，不觉满肚子冤屈。但仔细一想，方先生似乎是图书馆员，那么，要他老是裁那并不感到兴趣的毛边书，终于不免生气而大骂毛边党，正是毫不足怪的事。检查员也同此例，久而久之，就要发火，开初或者看得详细点，但后来总不免《烈火集》也可怕，《君山》也可疑，——只剩了一条最稳当的路：扣留。

两个月前罢，看见报上记着某邮局因为扣下的刊物太多，无处存放了，一律焚毁。我那时实在感到心痛，仿佛内中很有几本是我的东西似的。呜呼哀哉！我的《烈火集》呵。我的《西游记传奇》呵。我的……。

附带还要说几句关于毛边的牢骚。我先前在北京参与印书的时候，自己暗暗地定下了三样无关紧要的小改革，来试一试。一，是首页的书名和著者的题字，打破对称式；二，是每篇的第一行之前，留下几行空白；三，就是毛边。现在的结果，第一件已经有恢复香炉烛台式的了；第二件有时无论怎样叮嘱，而临印的时候，工人终于将第一行的字移到纸边，用“迅雷不及掩耳的手段”，使你无可挽救；第三件被攻击最早，不久我便有条件的降伏了。与李老板约：别的不管，只是我的译著，必须坚持毛边到底！但是，今竟如何？老板送给我的五部或十部，至今还确是毛边。不过在书铺里，我却发见了毫无“毛”气，四面光滑的《彷徨》之类。归根结蒂，他们都将彻底的胜利。所以说我想改革社会，或者和改革社会有关，那是完全冤枉的，我早已瘟头瘟脑，躺在板床上吸烟卷——彩凤牌——了。

言归正传。刊物的暂时要碰钉子，也不但遇到检查员，我恐怕便是读书的青年，也还是一样。先已说过，革命地方的文字，是要直截痛快，“革命！革命！”的，这才是“革命文学”，我曾经看见一种期刊上登载一篇文章，后有作者的附白，说这一篇没有谈及革命，对不起读者，对不起对不起。但自从“清党”以后，这“直截痛快”以外，却又增添了一种神经过敏。“命”自然还是要革的，然而又不宜太革，太革便近于过激，过激便近于共产党，变了“反革命”了。所以现在的“革命文学”，是在顽固这一种反革命和共产党这一种反革命之间。

于是又发生了问题，便是“革命文学”站在这两种危险物之间，如何保持她的纯正——正宗。这势必至于必须防止近于赤化的思想和文字，以及将来有趋于赤化之虑的思想和文字。例如，攻击礼教和白话，即有趋于赤化之忧。因为共产派无视一切旧物，而白话则始于《新青年》，而《新青年》乃独秀所办。今天看见北京教育部禁止白话的消息，我逆料《语丝》必将有几句感慨，但我实在是无动于中。我觉得连思想文字，也到处都将窒息，几句白话黑话，已经没有什么大关系了。

那么，谈谈风月，讲讲女人，怎样呢？也不行。这是“不革命”。“不革命”虽然无罪，然而是不对的！

现在在南边，只剩了一条“革命文学”的独木小桥，所以外来的许多刊物，便通不过，扑通！扑通！都掉下去了。

但这直捷痛快和神经过敏的状态，其实大半也还是视指挥刀的指挥而转移的，而此时刀尖的挥动，还是横七竖八，方向有个一定之后，或者可以好些罢。然而也不过是“好些”，内中的骨子，恐怕还不外乎窒息，因为这是先天性的遗传。

先前偶然看见一种报上骂郁达夫先生，说他《洪水》上的一篇文章，是不怀好意，恭维汉口。我就去买《洪水》来看，则无非说旧式的崇拜一个英雄，已和现代潮流不合，倒也看不出什么恶意来。这就证明着眼光的钝锐，我和现在的青年文学家已很不同了。所以《语丝》的莫明其妙的失踪，大约也许只是我们自己莫明其妙，而上面的检查员云云，倒是假设的恕词。

至于一四五期以后，这里是全都收到的，大约惟在上海者被押。假如真的被押，我却以为大约也与吴老先生无关。“打倒……打倒……严办……严办……”，固然是他老先生亲笔的话，未免有些责任，但有许多动作却并非他的手脚了。在中国，凡是猛人（这是广州常用的话，其中可以包括名人，能人，阔人三种），都有这种的运命。

无论是何等样人，一成为猛人，则不问其“猛”之大小，我觉得他的身边便总有几个包围的人们，围得水泄不透。那结果，在内，是使该猛人逐渐变成昏庸，有近乎傀儡的趋势。在外，是使别人所看见的并非该猛人的本相，而是经过了包围者的曲折而显现的幻形。至于幻得怎样，则当视包围者是三棱镜呢，还是凸面或凹面而异。假如我们能有一种机会，偶然走到一个猛人的近旁，便可以看见这时包围者的脸面和言动，和对付别的人们的时候有怎样地不同。我们在外面看见一个猛人的亲信，谬妄骄姿，很容易以为该猛人所爱的是这样的人物。殊不知其实是大谬不然的。猛人所看见的他是娇嫩老实，非常可爱，简直说话会口吃，谈天要脸红。老实说一句罢，虽是“世故的老人”如不佞者，有时从旁看来也觉得倒也并不坏。

但同时也就发生了胡乱的矫诏和过度的巴结，而晦气的人物呀，刊物呀，植物呀，矿物呀，则于是乎遭灾。但猛人大抵是不知道的。凡知道一点北京掌故的，该还记得袁世凯做皇帝时候的事罢。要看日报，包围者连报纸都会特印了给他看，民意全部拥戴，舆论一致赞成。直要待到蔡松坡云南起义，这才阿呀一声，连一连吃了二十多个馒头都自己不知道。但这一出戏也就闭幕，袁公的龙驭上宾于天了。

包围者便离开了这一株已倒的大树，去寻求别一个新猛人。

我曾经想做过一篇《包围新论》，先述包围之方法，次论中国之所以永是走老路，原因即在包围，因为猛人虽有起仆兴亡，而包围者永是这一伙。次更论猛人倘能脱离包围，中国就有五成得救。结末是包围脱离法。——然而终于想不出好的方法来，所以这新论也还没有敢动笔。

爱国志士和革命青年幸勿以我为懒于筹画，只开目录而没有文章。我思索是也在思索的，曾经想到了两样法子，但反复一想，都无用。一，是猛人自己出去看看外面的情形，不要先“清道”①。然而虽不“清道”，大家一遇猛人，大抵也会先就改变了本然的情形，再也看不出真模样。二，是广接各样的人物，不为一定的若干人所包围。然而久而久之，也终于有一群制胜，而这最后胜利者的包围力则最强大，归根结蒂，也还是古已有之的运命：龙驭上宾于天。

世事也还是像螺旋。但《语丝》今年特别碰钉子于南方，仿佛得了新境遇，这又是什么缘故呢？这一点，我自以为是容易解答的。

“革命尚未成功，”是这里常见的标语。但由我看来，这仿佛已经成了一句谦虚话，在后方的一大部分的人们的心里，是“革命已经成功”或“将近成功”了。既然已经成功或将近成功，自己又是革命家，也就是中国的主人翁，则对于一切，当然有管理的权利和义务。刊物虽小事，自然也在看管之列。有

---

① 封建时期，帝王或有地位的官员出入，先命清扫道路和禁止行人，叫作“清道”。

近于赤化之虑者无论矣，而要说不吉利语，即可以说是颇有近于“反革命”的气息了，至少，也很令人不欢。而《语丝》，是每有不肯凑趣的坏脾气的，则其不免于有时失踪也，盖犹其小焉者耳。

九月十五日。

“公理”之所在

在广州的一个“学者”说，“鲁迅的话已经说完，《语丝》不必看了。”这是真的，我的话已经说完，去年说的，今年还适用，恐怕明年也还适用。但我诚恳地希望他不至于适用到十年二十年之后。倘这样，中国可就要完了，虽然我倒可以自慢。

公理和正义都被“正人君子”拿去了，所以我已经一无所有。这是我去年说过的话，而今年确也还是如此。然而我虽然一无所有，寻求是还在寻求的，正如每个穷光棍，大抵不会忘记银钱一样。

话也还没有说完。今年，我竟发见了公理之所在了。或者不能说发见，只可以说证实。北京中央公园里不是有一座白石牌坊，上面刻着四个大字道，“公理战胜”么？——Yes，就是这个。

这四个字的意思是“有公理者战胜”，也就是“战胜者有公理”。

段执政有卫兵，“孤桐先生”秉政，开枪打败了请愿的学生，胜矣。于是东吉祥胡同的“正人君子”们的“公理”也蓬蓬勃勃。慨自执政退隐，“孤桐先生”“下野”之后，——呜呼，公理亦从而零落矣。那里去了呢？枪炮战胜了投壶，阿！有了，在南边了。于是乎南下，南下，南下……

于是乎“正人君子”们又和久违的“公理”相见了。

《现代评论》的一千元津贴事件，我一向没有插过嘴，而

“主将”也将我拉在里面，乱骂一通，——大约以为我是“首领”之故罢。横竖说也被骂，不说也被骂，我就回敬一杯，问问你们所自称为“现代派”者，今年可曾幡然变计，另外运动，收受了新的战胜者的津贴没有？

还有一问，是：“公理”几块钱一斤？

可恶罪

这是一种新的“世故”。

我以为法律上的许多罪名，都是花言巧语，只消以一语包括之，曰：可恶罪。

譬如，有人觉得一个人可恶，要给他吃点苦罢，就有这样的法子。倘在广州而又是“清党”之前，则可以暗暗地宣传他是无政府主义者。那么，共产青年自然会说他“反革命”，有罪。若在“清党”之后呢，要说他是CP或CY，没有证据，则可以指为“亲共派”。那么，清党委员会自然会说他“反革命”，有罪。再不得已，则只好寻些别的事由，诉诸法律了。但这比较地麻烦。

我先前总以为人是有罪，所以枪毙或坐监的。现在才知道其中的许多，是先因为被人认为“可恶”，这才终于犯了罪。

许多罪人，应该称为“可恶的人”。

九，十四。

“意表之外”

有恒先生在《北新周刊》上诧异我为什么不说话，我已经去信公开答复了。还有一层没有说。这也是一种新的“世故”。

我的杂感常不免于骂。但今年发见了，我的骂对于被骂者是大抵有利的。

拿来做广告，显而易见，不消说了。还有：

1. 天下以我为可恶者多，所以有一个被我所骂的人要去运动一个以我为可恶的人，只要摊出我的杂感来，便可以做他们的“兰谱”①，“相视而笑，莫逆于心”了。“咱们一伙儿。”

2. 假如有一个人在办一件事，自然是不会好的。但我一开口，他却可以归罪于我了。譬如办学校罢，教员请不到，便说：这是鲁迅说了坏话的缘故；学生闹一点小乱子罢，又是鲁迅说了坏话的缘故。他倒干干净净。

我又不学耶稣，何苦替别人来背十字架呢？

但“江山好改，本性难移”，也许后来还要开开口。可是定了“新法”了，除原先说过的“主将”之类以外，新的都不再说出他的真姓名，只叫“一个人”，“某学者”，“某教授”，“某君”。这么一来，他利用的时候便至少总得费点力，先须加说明。

你以为“骂”决非好东西罢，于有些人还是有利的。人类

---

① 旧时期结拜盟兄弟时互换的谱帖称为“金兰谱”，简称“兰谱”。

究竟是可怕的东西。就是能够咬死人的毒蛇，商人们也会将它浸在酒里，什么“三蛇酒”，“五蛇酒”，去卖钱。

这种办法实在比“交战”厉害得多，能使我不敢写杂感。但再来一回罢，写“不敢写杂感”的杂感。

新时代的放债法

还有一种新的“世故”。

先前，我总以为做债主的人是一定要有钱的，近来才知道无须。在“新时代”里，有一种精神的资本家。

你倘说中国像沙漠罢，这资本家便乘机而至了，自称是喷泉。你说社会冷酷罢，他便自说是热；你说周围黑暗罢，他便自说是太阳。

阿！世界上冠冕堂皇的招牌，都被拿去了。岂但拿去而已哉。他还润泽，温暖，照临了你。因为他是喷泉，热，太阳呵！

这是一宗恩典。

不但此也哩。你如有一点产业，那是他赏赐你的。为什么呢？因为倘若他一提倡共产，你的产业便要充公了，但他没有提倡，所以你能有现在的产业。那自然是他赏赐你的。

你如有一个爱人，也是他赏赐你的。为什么呢？因为他是天才而且革命家，许多女性都渴仰到五体投地。他只要说一声“来！”便都飞奔过去了，你的当然也在内。但他不说“来！”所以你得有现在的爱人。那自然也是他赏赐你的。

这又是一宗恩典。

还不但此也哩！他到你那里来的时候，还每回带来一担同情！一百回就是一百担——你如果不知道，那就因为你没有精神的眼睛——经过一年，利上加利，就是二三百担……

阿阿！这又是一宗大恩典。

于是乎是算账了。不得了，这么雄厚的资本，还不够买一个灵魂么？但革命家是客气的，无非要你报答一点，供其使用——其实也不算使用，不过是“帮忙”而已。

倘不如命地“帮忙”，当然，罪大恶极了。先将忘恩负义之罪，布告于天下。而且不但此也，还有许多罪恶，写在账簿上哩，一旦发布，你便要“身败名裂”了。想不“身败名裂”么，只有一条路，就是赶快来“帮忙”以赎罪。

然而我不幸竟看见了“新时代的新青年”的身边藏着这许多账簿，而他们自己对于“身败名裂”又怀着这样天大的恐慌。

于是乎又得新“世故”：关上门，塞好酒瓶，捏紧皮夹。这倒于我很保存了一些润泽，光和热——我是只看见物质的。

九，十四。

魏晋风度及文章与药及酒之关系

——九月间在广州夏期学术演讲会讲

我今天所讲的，就是黑板上写着的这样一个题目。

中国文学史，研究起来，可真不容易，研究古的，恨材料太少，研究今的，材料又太多，所以到现在，中国较完全的文学史尚未出现。今天讲的题目是文学史上的一部分，也是材料太少，研究起来很有困难的地方。因为我们想研究某一时代的文学，至少要知道作者的环境，经历和著作。

汉末魏初这个时代是很重要的时代，在文学方面起一个重大的变化，因当时正在黄巾①和董卓大乱之后，而且又是党锢的纠纷之后，这时曹操出来了。——不过我们讲到曹操，很容易就联想起《三国志演义》，更而想起戏台上那一位花面的奸臣，但这不是观察曹操的真正方法。现在我们再看历史，在历史上的记载和论断有时也是极靠不住的，不能相信的地方很多，因为通常我们晓得，某朝的年代长一点，其中必定好人多；某朝的年代短一点，其中差不多没有好人。为什么呢？因为年代长了，做史的是本朝人，当然恭维本朝的人物，年代短了，做史的是别朝人，便很自由地贬斥其异朝的人物，所以在秦朝，差不多在史的记载上半个好人也没有。曹操在史上年代也是颇短的，自然也逃不了被后一朝人说坏话的公例。其实，曹操是

① 指东汉末年巨鹿人张角领导的农民起义军。

一个很有本事的人，至少是一个英雄，我虽不是曹操一党，但无论如何，总是非常佩服他。

研究那时的文学，现在较为容易了，因为已经有人做过工作：在文集一方面有清严可均辑的《全上古三代秦汉三国晋南北朝文》。其中于此有用的，是《全汉文》，《全三国文》，《全晋文》。

在诗一方面有丁福保辑的《全汉三国晋南北朝诗》。——丁福保是做医生的，现在还在。

辑录关于这时代的文学评论有刘师培编的《中国中古文学史》。这本书是北大的讲义，刘先生已死，此书由北大出版。

上面三种书对于我们的研究有很大的帮助。能使我们看出这时代的文学的确有点异彩。

我今天所讲，倘若刘先生的书里已详的，我就略一点；反之，刘先生所略的，我就较详一点。

董卓之后，曹操专权。在他的统治之下，第一个特色便是尚刑名。他的立法是很严的，因为当大乱之后，大家都想做皇帝，大家都想叛乱，故曹操不能不如此。曹操曾自己说过："倘无我，不知有多少人称王称帝！"这句话他倒并没有说谎。因此之故，影响到文章方面，成了清峻的风格。——就是文章要简约严明的意思。

此外还有一个特点，就是尚通脱。他为什么要尚通脱呢？自然也与当时的风气有莫大的关系。因为在党锢之祸[①]以前，凡党中人都自命清流，不过讲"清"讲得太过，便成固执，所

① 指中国古代东汉桓帝、灵帝时，士大夫、贵族等对宦官乱政的现象不满，与宦官发生党争的事件。

以在汉末，清流的举动有时便非常可笑了。

比方有一个有名的人，普通的人去拜访他，先要说几句话，倘这几句话说得不对，往往会遭倨傲的待遇，叫他坐到屋外去，甚而至于拒绝不见。

又如有一个人，他和他的姊夫是不对的，有一回他到姊姊那里去吃饭之后，便要将饭钱算回给姊姊。她不肯要，他就于出门之后，把那些钱扔在街上，算是付过了。

个人这样闹闹脾气还不要紧，若治国平天下也这样闹起执拗的脾气来，那还成甚么话？所以深知此弊的曹操要起来反对这种习气，力倡通脱。通脱即随便之意。此种提倡影响到文坛，便产生多量想说甚么便说甚么的文章。

更因思想通脱之后，废除固执，遂能充分容纳异端和外来的思想，故孔教以外的思想源源引入。

总括起来，我们可以说汉末魏初的文章是清峻，通脱。在曹操本身，也是一个改造文章的祖师，可惜他的文章传的很少。他胆子很大，文章从通脱得力不少，做文章时又没有顾忌，想写的便写出来。

所以曹操征求人才时也是这样说，不忠不孝不要紧，只要有才便可以。这又是别人所不敢说的。曹操做诗，竟说是“郑康成行酒伏地气绝”，他引出离当时不久的事实，这也是别人所不敢用的。还有一样，比方人死时，常常写点遗令，这是名人的一件极时髦的事。当时的遗令本有一定的格式，且多言身后当葬于何处何处，或葬于某某名人的墓旁；操独不然，他的遗令不但没有依着格式，内容竟讲到遗下的衣服和伎女怎样处置等问题。

陆机虽然评曰“贻尘谤于后王”，然而我想他无论如何是一个精明人，他自己能做文章，又有手段，把天下的方士文士统统搜罗起来，省得他们跑在外面给他捣乱。所以他帷幄里面，方士文士就特别地多。

孝文帝曹丕，以长子而承父业，篡汉而即帝位。他也是喜欢文章的。其弟曹植，还有明帝曹睿，都是喜欢文章的。不过到那个时候，于通脱之外，更加上华丽。丕著有《典论》，现已失散无全本，那里面说："诗赋欲丽"，"文以气为主"。《典论》的零零碎碎，在唐宋类书中；一篇整的《论文》，在《文选》中可以看见。

后来有一般人很不以他的见解为然。他说诗赋不必寓教训，反对当时那些寓训勉于诗赋的见解，用近代的文学眼光看来，曹丕的一个时代可说是"文学的自觉时代"，或如近代所说是为艺术而艺术（Art for Art's Sake）的一派。所以曹丕做的诗赋很好，更因他以"气"为主，故于华丽以外，加上壮大。归纳起来，汉末，魏初的文章，可说是："清峻，通脱，华丽，壮大。"在文学的意见上，曹丕和曹植表面上似乎是不同的。曹丕说文章事可以留名声于千载；但子建却说文章小道，不足论的。据我的意见，子建大概是违心之论。这里有两个原因，第一，子建的文章做得好，一个人大概总是不满意自己所做而羡慕他人所为的，他的文章已经做得好，于是他便敢说文章是小道；第二，子建活动的目标在于政治方面，政治方面不甚得志，遂说文章是无用了。

曹操、曹丕以外，还有下面的七个人：孔融，陈琳，王粲，徐幹，阮瑀，应玚，刘桢，都很能做文章，后来称为"建安七子"。七人的文章很少流传，现在我们很难判断；但，大概都不外是"慷慨"，"华丽"罢。华丽即曹丕所主张，慷慨就因当天下大乱之际，亲戚朋友死于乱者特多，于是为文就不免带着悲凉，激昂和“慷慨”了。

七子之中，特别的是孔融，他专喜和曹操捣乱。曹丕《典论》里有论孔融的，因此他也被拉进“建安七子”一块儿去。其实不对，很两样的。不过在当时，他的名声可非常之大。孔融作文，喜用讥嘲的笔调，曹丕很不满意他。孔融的文章现在传的也很少，就他所有的看起来，我们可以瞧出他并不大对别人讥讽，只对曹操。比方操破袁氏兄弟，曹丕把袁熙的妻甄氏拿来，归了自己，孔融就写信给曹操，说当初武王伐纣，将妲己给了周公了。操问他的出典，他说，以今例古，大概那时也是这样的。又比方曹操要禁酒，说酒可以亡国，非禁不可，孔融又反对他，说也有以女人亡国的，何以不禁婚姻？

其实曹操也是喝酒的。我们看他的“何以解忧？惟有杜康”的诗句，就可以知道。为什么他的行为会和议论矛盾呢？此无他，因曹操是个办事人，所以不得不这样做；孔融是旁观的人，所以容易说些自由话。曹操见他屡屡反对自己，后来借故把他杀了。他杀孔融的罪状大概是不孝。因为孔融有下列的两个主张：

第一，孔融主张母亲和儿子的关系是如瓶之盛物一样，只要在瓶内把东西倒了出来，母亲和儿子的关系便算完了。第二，假使有天下饥荒的一个时候，有点食物，给父亲不给呢？孔融的答案是：倘若父亲是不好的，宁可给别人。——曹操想杀他，便不惜以这种主张为他不忠不孝的根据，他把杀了。倘若曹操在世，我们可以问他，当初求才时就说不忠不孝也不要紧，为何又以不孝之名杀人呢？然而事实上纵使曹操再生，也没人敢问他，我们倘若去问他，恐怕他把我们也杀了！

与孔融一同反对曹操的尚有一个祢衡，后来给黄祖杀掉的。祢衡的文章也不错，而且他和孔融早是“以气为主”来写文章的了。故在此我们又可知道，汉文慢慢壮大起来，是时代使然，非专靠曹操父子之功的。但华丽好看，却是曹丕提倡的功劳。

这样下去一直到明帝的时候，文章上起了个重大的变化，因为出了一个何晏。

何晏的名声很大，位置也很高，他喜欢研究《老子》和《易经》。至于他是怎样的一个人呢？那真相现在可很难知道，很难调查。因为他是曹氏一派的人，司马氏很讨厌他，所以他们的记载对何晏大不满。因此产生许多传说，有人说何晏的脸上是搽粉的，又有人说他本来生得白，不是搽粉的。但究竟何晏搽粉不搽粉呢？我也不知道。

但何晏有两件事我们是知道的。第一，他喜欢空谈，是空谈的祖师；第二，他喜欢吃药，是吃药的祖师。

此外，他也喜欢谈名理。他身子不好，因此不能不服药。他吃的不是寻常的药，是一种名叫“五石散”的药。

“五石散”是一种毒药，是何晏吃开头的。汉时，大家还不敢吃，何晏或者将药方略加改变，便吃开头了。五石散的基本，大概是五样药：石钟乳，石硫黄，白石英，紫石英，赤石脂；另外怕还配点别样的药。但现在也不必细细研究它，我想各位都是不想吃它的。

从书上看起来，这种药是很好的，人吃了能转弱为强。因此之故，何晏有钱，他吃起来了；大家也跟着吃。那时五石散的流毒就同清末的鸦片的流毒差不多，看吃药与否以分阔气与否的。现在由隋巢元方做的《诸病源候论》的里面可以看到一些。据此书，可知吃这药是非常麻烦的，穷人不能吃，假使吃了之后，一不小心，就会毒死。先吃下去的时候，倒不怎样的，后来药的效验既显，名曰“散发”。倘若没有“散发”，就有弊而无利。因此吃了之后不能休息，非走路不可，因走路才能“散发”，所以走路名曰“行散”。比方我们看六朝人的诗，有云：“至城东行散”，就是此意。后来做诗的人不知其故，以为“行散”即步行之意，所以不服药也以“行散”二字入诗，这是很笑话的。

走了之后，全身发烧，发烧之后又发冷。普通发冷宜多穿衣，吃热的东西。但吃药后的发冷刚刚要相反：衣少，冷食，以冷水浇身。倘穿衣多而食热物，那就非死不可。因此五石散一名寒食散。只有一样不必冷吃的，就是酒。

吃了散之后，衣服要脱掉，用冷水浇身；吃冷东西；饮热酒。这样看起来，五石散吃的人多，穿厚衣的人就少；比方在广东提倡，一年以后，穿西装的人就没有人。因为皮肉发烧之故，不能穿窄衣。为豫防皮肤被衣服擦伤，就非穿宽大的衣服不可。现在有许多人以为晋人轻裘缓带，宽衣，在当时是人们高逸的表现，其实不知他们是吃药的缘故。一班名人都吃药，穿的衣都宽大，于是不吃药的也跟着名人，把衣服宽大起来了！

还有，吃药之后，因皮肤易于磨破，穿鞋也不方便，故不穿鞋袜而穿屐。所以我们看晋人的画像或那时的文章，见他衣服宽大，不鞋而屐，以为他一定是很舒服，很飘逸的了，其实他心里都是很苦的。

更因皮肤易破，不能穿新的而宜于穿旧的，衣服便不能常洗。因不洗，便多虱。所以在文章上，虱子的地位很高，“扪虱而谈”，当时竟传为美事。比方我今天在这里演讲的时候，扪起虱来，那是不大好的。但在那时不要紧，因为习惯不同之故。这正如清朝是提倡抽大烟的，我们看见两肩高耸的人，不觉得奇怪。现在就不行了，倘若多数学生，他的肩成为一字样，我们就觉得很奇怪了。

此外可见服散的情形及其他种种的书，还有葛洪的《抱朴子》。

到东晋以后，作假的人就很多，在街旁睡倒，说是“散发”以示阔气。就像清时尊读书，就有人以墨涂唇，表示他是刚才写了许多字的样子。故我想，衣大，穿屐，散鬓等等，后来效之，不吃也学起来，与理论的提倡实在是无关的。

又因散发之时，不能肚饿，所以吃冷物，而且要赶快吃，不论时候，一日数次也不可定。因此影响到晋时“居丧无礼”。——本来魏晋时，对于父母之礼是很繁多的。比方想去访一个人，那么，在未访之前，必先打听他父母及其祖父母的名字，以便避讳。否则，嘴上一说出这个字音，假如他的父母是死了的，主人便会大哭起来——他记得父母了——给你一个大大的没趣。晋礼居丧之时，也要瘦，不多吃饭，不准喝酒。但在吃药之后，为生命计，不能管得许多，只好大嚼，所以就变成“居丧无礼”了。

居丧之际，饮酒食肉，由阔人名流倡之，万民皆从之，因为这个缘故，社会上遂尊称这样的人叫作名士派。

吃散发源于何晏，和他同志的，有王弼和夏侯玄两个人，与晏同为服药的祖师。有他三人提倡，有多人跟着走。他们三人多是会做文章，除了夏侯玄的作品流传不多外，王、何二人现在我们尚能看到他们的文章。他们都是生于正始的，所以又名曰“正始名士”。但这种习惯的末流，是只会吃药，或竟假装吃药，而不会做文章。

东晋以后，不做文章而流为清谈，由《世说新语》一书里可以看到。此中空论多而文章少，比较他们三个差得远了。三人中王弼二十余岁便死了，夏侯、何二人皆为司马懿所杀。因为他二人同曹操有关系，非死不可，犹曹操之杀孔融，也是借不孝做罪名的。

二人死后，论者多因其与魏有关而骂他，其实何晏值得骂的就是因为他是吃药的发起人。这种服散的风气，魏、晋，直到隋、唐还存在着，因为唐时还有“解散方”，即解五石散的药方，可以证明还有人吃，不过少点罢了。唐以后就没有人吃，其原因尚未详，大概因其弊多利少，和鸦片一样罢？

晋名人皇甫谧作一书曰《高士传》，我们以为他很高超。但他是服散的，曾有一篇文章，自说吃散之苦。因为药性一发，稍不留心，即会丧命，至少也会受非常的苦痛，或要发狂；本来聪明的人，因此也会变成痴呆。所以非深知药性，会解救，而且家里的人多深知药性不可。晋朝人多是脾气很坏，高傲，发狂，性暴如火的，大约便是服药的缘故。比方有苍蝇扰他，竟至拔剑追赶；就是说话，也要胡胡涂涂地才好，有时简直是近于发疯。但在晋朝更有以痴为好的，这大概也是服药的缘故。

魏末，何晏他们以外，又有一个团体新起，叫做“竹林名士，”也是七个，所以又称“竹林七贤。”正始名士服药，竹林名士饮酒。竹林的代表是嵇康和阮籍。但究竟竹林名士不纯粹是喝酒的，嵇康也兼服药，而阮籍则是专喝酒的代表。但嵇康也饮酒，刘伶也是这里面的一个。他们七人中差不多都是反抗旧礼教的。

这七人中，脾气各有不同。嵇、阮二人的脾气都很大；阮籍老年时改得很好，嵇康就始终都是极坏的。

阮年青时，对于访他的人有加以青眼和白眼的分别。白眼大概是全然看不见眸子的，恐怕要练习很久才能够。青眼我会装，白眼我却装不好。

后来阮籍竟做到“口不臧否人物”的地步，嵇康却全不改变。结果阮得终其天年，而嵇竟丧于司马氏之手，与孔融、何晏等一样，遭了不幸的杀害。这大概是因为吃药和吃酒之分的缘故：吃药可以成仙，仙是可以骄视俗人的；饮酒不会成仙，所以敷衍了事。

他们的态度，大抵是饮酒时衣服不穿，帽也不带。若在平时，有这种状态，我们就说无礼，但他们就不同。居丧时不一定按例哭泣；子之于父，是不能提父的名，但在竹林名士一流人中，子都会叫父的名号。旧传下来的礼教，竹林名士是不承认的。即如刘伶——他曾做过一篇《酒德颂》，谁都知道——他是不承认世界上从前规定的道理的，曾经有这样的事，有一次有客见他，他不穿衣服。人责问他；他答人说，天地是我的房屋，房屋就是我的衣服，你们为什么进我的裤子中来？至于阮籍，就更甚了，他连上下古今也不承认，在《大人先生传》里有说：“天地解兮六合开，星辰陨兮日月颓，我腾而上将何怀？”他的意思是天地神仙，都是无意义，一切都不要，所以他觉得世上的道理不必争，神仙也不足信，既然一切都是虚无，所以他便沉湎于酒了。然而他还有一个原因，就是他的饮酒不独由于他的思想，大半倒在环境。其时司马氏已想篡位，而阮籍名声很大，所以他讲话就极难，只好多饮酒，少讲话，而且即使讲话讲错了，也可以借醉得到人的原谅。只要看有一次司马懿求和阮籍结亲，而阮籍一醉就是两个月，没有提出的机会，就可以知道了。

阮籍作文章和诗都很好，他的诗文虽然也慷慨激昂，但许多意思都是隐而不显的。宋的颜延之已经说不大能懂，我们现在自然更很难看得懂他的诗了。他诗里也说神仙，但他其实是不相信的。嵇康的论文，比阮籍更好，思想新颖，往往与古时旧说反对。孔子说："学而时习之，不亦说乎？"嵇康做的《难自然好学论》，却道，人是并不好学的，假如一个人可以不做事而又有饭吃，就随便闲游不喜欢读书了，所以现在人之好学，是由于习惯和不得已。还有管叔蔡叔，是疑心周公，率殷民叛，因而被诛，一向公认为坏人的。而嵇康做的《管蔡论》，就也反对历代传下来的意思，说这两个人是忠臣，他们的怀疑周公，是因为地方相距太远，消息不灵通。

但最引起许多人的注意，而且于生命有危险的，是《与山巨源绝交书》中的"非汤、武而薄周、孔。"司马懿因这篇文章，就将嵇康杀了。非薄了汤、武、周、孔，在现时代是不要紧的，但在当时却关系非小。汤、武是以武定天下的；周公是辅成王的；孔子是祖述尧、舜，而尧、舜是禅让天下的。嵇康都说不好，那么，教司马懿篡位的时候，怎么办才是好呢？没有办法。在这一点上，嵇康于司马氏的办事上有了直接的影响，因此就非死不可了。嵇康的见杀，是因为他的朋友吕安不孝，连及嵇康，罪案和曹操的杀孔融差不多。魏、晋，是以孝治天下的，不孝，故不能不杀。为什么要以孝治天下呢？因为天位从禅让，即巧取豪夺而来，若主张以忠治天下，他们的立脚点便不稳，办事便棘手，立论也难了，所以一定要以孝治天下。但倘只是实行不孝，其实那时倒不很要紧的，嵇康的害处是在发议论；阮籍不同，不大说关于伦理上的话，所以结局也不同。

但魏、晋也不全是这样的情形，宽袍大袖，大家饮酒。反对的也很多。在文章上我们还可以看见裴頠的《崇有论》，孙盛的《老子非大贤论》，这些都是反对王、何们的。在史实上，则何曾劝司马懿杀阮籍有好几回，司马懿不听他的话，这是因为阮籍的饮酒，与时局的关系少些的缘故。

然而后人就将嵇康、阮籍骂起来，人云亦云，一直到现在，一千六百多年。季札说："中国之君子，明于礼义而陋于知人心。"这是确的，大凡明于礼义，就一定要陋于知人心的，所以古代有许多人受了很大的冤枉。例如嵇、阮的罪名，一向说他们毁坏礼教。但据我个人的意见，这判断是错的。魏、晋时代，崇奉礼教的看来似乎很不错，而实在是毁坏礼教，不信礼教的。表面上毁坏礼教者，实则倒是承认礼教，太相信礼教。因为魏、晋时所谓崇奉礼教，是用以自利，那崇奉也不过偶然崇奉，如曹操杀孔融，司马懿杀嵇康，都是因为他们和不孝有关，但实在曹操、司马懿何尝是著名的孝子，不过将这个名义，加罪于反对自己的人罢了。于是老实人以为如此利用，亵黩了礼教，不平之极，无计可施，激而变成不谈礼教，不信礼教，甚至于反对礼教。——但其实不过是态度，至于他们的本心，恐怕倒是相信礼教，当作宝贝，比曹操、司马懿们要迂执得多。现在说一个容易明白的比喻罢，譬如有一个军阀，在北方——在广东的人所谓北方和我常说的北方的界限有些不同，我常称山东、山西、直隶、河南之类为北方——那军阀从前是压迫民党的，后来北伐军势力一大，他便挂起了青天白日旗，说自己已经信仰三民主义了，是总理的信徒。这样还不够，他还要做总理的纪念周。这时候，真的三民主义的信徒，去呢，不去呢？不去，他那里就可以说你反对三民主义，定罪，杀人。但既然在他的势力之下，没有别法，真的总理的信徒，倒会不谈三民主义，或者听人假惺惺的谈起来就皱眉，好像反对三民主义模样。所以我想，魏、晋时所谓反对礼教的人，有许多大约也如此。他们倒是迂夫子，将礼教当作宝贝看待的。

还有一个实证，凡人们的言论、思想、行为，倘若自己以为不错的，就愿意天下的别人，自己的朋友都这样做。但嵇康、阮籍不这样，不愿意别人来模仿他。竹林七贤中有阮咸，是阮籍的侄子，一样的饮酒。阮籍的儿子阮浑也愿加入时，阮籍却道不必加入，吾家已有阿咸在，够了。假若阮籍自以为行为是对的，就不当拒绝他的儿子，而阮籍却拒绝自己的儿子，可知阮籍并不以他自己的办法为然。至于嵇康，一看他的《绝交书》，就知道他的态度很骄傲的；有一次，他在家打铁，——他的性情是很喜欢打铁的，——钟会来看他了，他只打铁，不理钟会。钟会没有意味，只得走了。其时嵇康就问他："何所闻而来，何所见而去？"钟会答道："闻所闻而来；见所见而去。"这也是嵇康杀身的一条祸根。但我看他做给他的儿子看的《家诫》，——当嵇康被杀时，其子方十岁，算来当他做这篇文章的时候，他的儿子是未满十岁的，——就觉得宛然是两个人。他在《家诫》中教他的儿子做人要小心，还有一条一条的教训。有一条是说长官处不可常去，亦不可住宿；官长送人们出来时，你不要在后面，因为恐怕将来官长惩办坏人时，你有暗中密告的嫌疑。又有一条是说宴饮时候有人争论，你可立刻走开，免得在旁批评，因为两者之间必有对与不对，不批评则不像样，一批评就总要是甲非乙，不免受一方见怪。还有人要你饮酒，即使不愿饮也不要坚决地推辞，必须和和气气的拿着杯子。我们就此看来，实在觉得很希奇：嵇康是那样高傲的人，而他教子就要他这样庸碌。因此我们知道，嵇康自己对于他自己的举动也是不满足的。所以批评一个人的言行实在难，社会上对于儿子不像父亲，称为“不肖”，以为是坏事，殊不知世上正有不愿意他的儿子像自己的父亲哩。试看阮籍、嵇康，就是如此。这是，因为他们生于乱世，不得已，才有这样的行为，并非他们的本态。但又于此可见魏、晋的破坏礼教者，实在是相信礼教到固执之极的。

不过何晏、王弼、阮籍、嵇康之流，因为他们的名位大，一般的人们就学起来，而所学的无非是表面，他们实在的内心，却不知道。因为只学他们的皮毛，于是社会上便很多了没意思的空谈和饮酒。许多人只会无端的空谈和饮酒，无力办事，也就影响到政治上，弄得玩“空城计”，毫无实际了。在文学上也这样，嵇康、阮籍的纵酒，是也能做文章的，后来到东晋，空谈和饮酒的遗风还在，而万言的大文如嵇、阮之作，却没有了。刘勰说：“嵇康师心以遣论，阮籍使气以命诗。”这“师心”和“使气”，便是魏末晋初的文章的特色。正始名士和竹林名士的精神灭后，敢于师心使气的作家也没有了。

到东晋，风气变了。社会思想平静得多，各处都夹入了佛教的思想。再至晋末，乱也看惯了，篡也看惯了，文章便更和平。代表平和的文章的人有陶潜。他的态度是随便饮酒，乞食，高兴的时候就谈论和作文章，无尤无怨。所以现在有人称他为“田园诗人”，是个非常和平的田园诗人。他的态度是不容易学的，他非常之穷，而心里很平静。家常无米，就去向人家门口求乞。他穷到有客来见，连鞋也没有，那客人给他从家丁取鞋给他，他便伸了足穿上了。虽然如此，他却毫不为意，还是“采菊东篱下，悠然见南山。”这样的自然状态，实在不易模仿。他穷到衣服也破烂不堪，而还在东篱下采菊，偶然抬起头来，悠然的见了南山，这是何等自然。现在有钱的人住在租界里，雇花匠种数十盆菊花，便做诗，叫作“秋日赏菊效陶彭泽体”，自以为合于渊明的高致，我觉得不大像。

陶潜之在晋末，是和孔融于汉末与嵇康于魏末略同，又是将近易代的时候。但他没有什么慷慨激昂的表示，于是便博得“田园诗人”的名称。但《陶集》里有《述酒》一篇，是说当时政治的。这样看来，可见他于世事也并没有遗忘和冷淡，不过他的态度比嵇康、阮籍自然得多，不至于招人注意罢了。还有一个原因，先已说过，是习惯。因为当时饮酒的风气相沿下来，人见了也不觉得奇怪，而且汉、魏、晋相沿，时代不远，变迁极多，既经见惯，就没有大感触，陶潜之比孔融、嵇康和平，是当然的。例如看北朝的墓志，官位升进，往往详细写着，再仔细一看，他是已经经历过两三个朝代了，但当时似乎并不为奇。

据我的意思，即使是从前的人，那诗文完全超于政治的所谓“田园诗人”，“山林诗人”，是没有的。完全超出于人间世的，也是没有的。既然是超出于世，则当然连诗文也没有。诗文也是人事，既有诗，就可以知道于世事未能忘情。譬如墨子兼爱，杨子为我。墨子当然要著书；杨子就一定不著，这才是“为我”。因为若做出书来给别人看，便变成“为人”了。

由此可知陶潜总不能超于尘世，而且，于朝政还是留心，也不能忘掉“死”，这是他诗文中时时提起的。用别一种看法研究起来，恐怕也会成一个和旧说不同的人物罢。

自汉末至晋末文章的一部分的变化与药及酒之关系，据我所知的大概是这样。但我学识太少，没有详细的研究，在这样的热天和雨天费去了诸位这许多时光，是很抱歉的。现在这个题目总算是讲完了。

小杂感

蜜蜂的刺，一用即丧失了它自己的生命；犬儒[①]的刺，一用则苟延了他自己的生命。

他们就是如此不同。

约翰穆勒说：专制使人们变成冷嘲。

而他竟不知道共和使人们变成沉默。

要上战场，莫如做军医；要革命，莫如走后方；要杀人，莫如做刽子手。既英雄，又稳当。

与名流学者谈，对于他之所讲，当装作偶有不懂之处。太不懂被看轻，太懂了被厌恶。偶有不懂之处，彼此最为合宜。

世间大抵只知道指挥刀所以指挥武士，而不想到也可以指挥文人。

又是演讲录，又是演讲录。

但可惜都没有讲明他何以和先前大两样了；也没有讲明他演讲时，自己是否真相信自己的话。

① 原指古希腊犬儒学派的哲学家。

阔的聪明人种种譬如昨日死。

不阔的傻子种种实在昨日死。

曾经阔气的要复古，正在阔气的要保持现状，未曾阔气的要革新。

大抵如是。大抵！

他们之所谓复古，是回到他们所记得的若干年前，并非虞、夏、商、周。

女人的天性中有母性，有女儿性；无妻性。

妻性是逼成的，只是母性和女儿性的混合。

防被欺。

自称盗贼的无须防，得其反倒是好人；自称正人君子的必须防，得其反则是盗贼。

楼下一个男人病得要死，那间壁的一家唱着留声机；对面是弄孩子。楼上有两人狂笑；还有打牌声。河中的船上有女人哭着她死去的母亲。

人类的悲欢并不相通，我只觉得他们吵闹。

每一个破衣服人走过，叭儿狗就叫起来，其实并非都是狗主人的意旨或使嗾。

叭儿狗往往比它的主人更严厉。

恐怕有一天总要不准穿破布衫，否则便是共产党。

革命，反革命，不革命。

革命的被杀于反革命的。反革命的被杀于革命的。不革命的或当作革命的而被杀于反革命的，或当作反革命的而被杀于革命的，或并不当作什么而被杀于革命的或反革命的。

革命，革革命，革革革命，革革……。

人感到寂寞时，会创作；一感到干净时，即无创作，他已经一无所爱。

创作总根于爱。

杨朱无书。

创作虽说抒写自己的心，但总愿意有人看。

创作是有社会性的。

但有时只要有一个人看便满足：好友，爱人。

人往往憎和尚，憎尼姑，憎回教徒，憎耶教徒，而不憎道士。

懂得此理者，懂得中国大半。

要自杀的人，也会怕大海的汪洋，怕夏天死尸的易烂。

但遇到澄静的清池，凉爽的秋夜，他往往也自杀了。

凡为当局所“诛”者皆有“罪”。

刘邦除秦苛暴，“与父老约，法三章耳。”

而后来仍有族诛，仍禁挟书，还是秦法。

法三章者，话一句耳。

一见短袖子，立刻想到白臂膊，立刻想到全裸体，立刻想到生殖器，立刻想到性交，立刻想到杂交，立刻想到私生子。

中国人的想象惟在这一层能够如此跃进。

九月二十四日。

再谈香港

我经过我所视为“畏途”的香港，算起来九月二十八日是第三回。

第一回带着一点行李，但并没有遇见什么事。第二回是单身往来，那情状，已经写过一点了。这回却比前两次仿佛先就感到不安，因为曾在《创造月刊》上王独清先生的通信中，见过英国雇用的中国同胞上船“查关”的威武：非骂则打，或者要几块钱。而我是有十只书箱在统舱里，六只书箱和衣箱在房舱里的。

看看挂英旗的同胞的手腕，自然也可说是一种经历，但我又想，这代价未免太大了，这些行李翻动之后，单是重行整理捆扎，就须大半天；要实验，最好只有一两件。然而已经如此，也就随他如此罢。只是给钱呢，还是听他逐件查验呢？倘查验，我一个人一时怎么收拾呢？

船是二十八日到香港的，当日无事。第二天午后，茶房匆匆跑来了，在房外用手招我道：

“查关！开箱子去！”

我拿了钥匙，走进统舱，果然看见两位穿深绿色制服的英属同胞，手执铁签，在箱堆旁站着。我告诉他这里面是旧书，他似乎不懂，嘴里只有三个字：

“打开来！”

“这是对的，”我想，“他怎能相信漠不相识的我的话呢。”自然打开来，于是靠了两个茶房的帮助，打开来了。

他一动手，我立刻觉得香港和广州的查关的不同。我出广州，也曾受过检查。但那边的检查员，脸上是有血色的，也懂得我的话。每一包纸或一部书，抽出来看后，便放在原地方，所以毫不凌乱。的确是检查。而在这“英人的乐园”的香港可大两样了。检查员的脸是青色的，也似乎不懂我的话。他只将箱子的内容倒出，翻搅一通，倘是一个纸包，便将包纸撕破，于是一箱书籍，经他搅松之后，便高出箱面有六七寸了。

“打开来！”

其次是第二箱。我想，试一试罢。

“可以不看么？”我低声说。

“给我十块钱。”他也低声说。他懂得我的话的。

“两块。”我原也肯多给几块的，因为这检查法委实可怕，十箱书收拾妥帖，至少要五点钟。可惜我一元的钞票只有两张了，此外是十元的整票，我一时还不肯献出去。

“打开来！”

两个茶房将第二箱抬到舱面上，他如法泡制，一箱书又变了一箱半，还撕碎了几个厚纸包。一面“查关”，一面磋商，我添到五元，他减到七元，即不肯再减。其时已经开到第五箱，四面围满了一群看热闹的旁观者。

箱子已经开了一半了，索性由他看去罢，我想着，便停止了商议，只是“打开来”。但我的两位同胞也仿佛有些厌倦了似的，渐渐不像先前一般翻箱倒箧，每箱只抽二三十本书，抛在箱面上，便画了查讫的记号了。其中有一束旧信札，似乎颇惹起他们的兴味，振了一振精神，但看过四五封之后，也就放下了。此后大抵又开了一箱罢，他们便离开了乱书堆：这就是终结。

我仔细一看，已经打开的是八箱，两箱丝毫未动。而这两个硕果，却全是伏园的书箱，由我替他带回上海来的。至于我自己的东西，是全部乱七八糟。

“吉人自有天相，伏园真福将也！而我的华盖运却还没有走完，噫吁唏……”我想着，蹲下去随手去拾乱书。拾不几本，茶房又在舱口大声叫我了：

“你的房里查关，开箱子去！”

我将收拾书箱的事托了统舱的茶房，跑回房舱去。果然，两位英属同胞早在那里等我了。床上的铺盖已经掀得稀乱，一个凳子躺在被铺上。我一进门，他们便搜我身上的皮夹。我以为意在看看名刺，可以知道姓名。然而并不看名刺，只将里面的两张十元钞票一看，便交还我了。还嘱咐我好好拿着，仿佛很怕我遗失似的。

其次是开提包，里面都是衣服，只抖开了十来件，乱堆在床铺上。其次是看提篮，有一个包着七元大洋的纸包，打开来数了一回，默然无话。还有一包十元的在底里，却不被发见，漏网了。其次是看长椅子上的手巾包，内有角子一包十元，散的四五元，铜子数十枚，看完之后，也默然无话。其次是开衣箱。这回可有些可怕了。我取锁匙略迟，同胞已经捏着铁签作将要毁坏铰链之势，幸而钥匙已到，始庆安全。里面也是衣服，自然还是照例的抖乱，不在话下。

“你给我们十块钱，我们不搜查你了。”一个同胞一面搜衣箱，一面说。

我就抓起手巾包里的散角子来，要交给他。但他不接受，回过头去再“查关”。

话分两头。当这一位同胞在查提包和衣箱时，那一位同胞是在查网篮。但那检查法，和在统舱里查书箱的时候又两样了。那时还不过捣乱，这回却变了毁坏。他先将鱼肝油的纸匣撕碎，掷在地板上，还用铁签在蒋径三君送我的装着含有荔枝香味的茶叶的瓶上钻了一个洞。一面钻，一面四顾，在桌上见了一把小刀。这是在北京时用十几个铜子从白塔寺买来，带到广州，这回削过杨桃的。事后一量，连柄长华尺五寸三分。然而据说是犯了罪了。

“这是凶器，你犯罪的。”他拿起小刀来，指着向我说。

我不答话，他便放下小刀，将盐煮花生的纸包用指头挖了一个洞。接着又拿起一盒蚊烟香。

“这是什么?”

“蚊烟香。盒子上不写着么?”我说。

“不是。这有些古怪。”

他于是抽出一枝来,嗅着。后来不知如何,因为这一位同胞已经搜完衣箱,我须去开第二只了。这时却使我非常为难,那第二只里并不是衣服或书籍,是极其零碎的东西:照片,钞本,自己的译稿,别人的文稿,剪存的报章,研究的资料……。我想,倘一毁坏或搅乱,那损失可太大了。而同胞这时忽又去看了一回手巾包。我于是大悟,决心拿起手巾包里十元整封的角子,给他看了一看。他回头向门外一望,然后伸手接过去,在第二只箱上画了一个查讫的记号,走向那一位同胞去。大约打了一个暗号罢,——然而奇怪,他并不将钱带走,却塞在我的枕头下,自己出去了。

这时那一位同胞正在用他的铁签,恶狠狠地刺入一个装着饼类的坛子的封口去。我以为他一听到暗号,就要中止了。而孰知不然。他仍然继续工作,挖开封口,将盖着的一片木板摔在地板上,碎为两片,然后取出一个饼,捏了一捏,掷入坛中,这才也扬长而去了。

天下太平。我坐在烟尘陡乱,乱七八糟的小房里,悟出我的两位同胞开手的捣乱,倒并不是恶意。即使议价,也须在小小乱七八糟之后,这是所以“掩人耳目”的,犹言如此凌乱,可见已经检查过。王独清先生不云乎?同胞之外,是还有一位高鼻子，白皮肤的主人翁的。当收款之际，先看门外者大约就为此。但我一直没有看见这一位主人翁。

后来的毁坏，却很有一点恶意了。然而也许倒要怪我自己不肯拿出钞票去，只给银角子。银角子放在制服的口袋里，沉垫垫地，确是易为主人翁所发见的，所以只得暂且放在枕头下。我想，他大概须待公事办毕，这才再来收账罢。

皮鞋声橐橐地自远而近，停在我的房外了，我看时，是一个白人，颇胖，大概便是两位同胞的主人翁了。

“查过了？”他笑嘻嘻地问我。

的确是的，主人翁的口吻。但是，一目了然，何必问呢？或者因为看见我的行李特别乱七八糟，在慰安我，或在嘲弄我罢。

他从房外拾起一张《大陆报》附送的图画，本来包着什物，由同胞撕下来抛出去的，倚在壁上看了一回，就又慢慢地走过去了。

我想，主人翁已经走过，“查关”该已收场了，于是先将第一只衣箱整理，捆好。

不料还是不行。一个同胞又来了，叫我“打开来，”他要查。接着是这样的问答——

“他已经看过了。”我说。

“没有看过。没有打开过。打开来！”

“我刚刚捆好的。”

“我不信。打开来!”

“这里不画着查过的符号么?”

“那么，你给了钱了罢?你用贿赂……”

“……”

“你给了多少钱?”

“你去问你的一伙去。”

他去了。不久，那一个又忙忙走来，从枕头下取了钱，此后便不再看见，——真正天下太平。

我才又慢慢地收拾那行李。只见桌子上聚集着几件东西，是我的一把剪刀，一个开罐头的家伙，还有一把木柄的小刀。大约倘没有那十元小洋，便还要指这为“凶器”，加上“古怪”的香，来恐吓我的罢。但那一枝香却不在桌子上。

船一走动，全船反显得更闲静了，茶房和我闲谈，却将这翻箱倒箧的事，归咎于我自己。

“你生得太瘦了，他疑心你是贩鸦片的。”他说。

我实在有些愕然。真是人寿有限，“世故”无穷。我一向以为和人们抢饭碗要碰钉子，不要饭碗是无妨的。去年在厦门，才知道吃饭固难，不吃亦殊为“学者”所不悦，得了不守本分的批评。胡须的形状，有国粹和欧式之别，不易处置，我是早经明白的。今年到广州，才又知道虽颜色也难以自由，有人在日报上警告我，叫我的胡子不要变灰色，又不要变红色。至于为人不可太瘦，则到香港才省悟，先前是梦里也未曾想到的。

的确，监督着同胞“查关”的一个西洋人，实在吃得很肥胖。

香港虽只一岛，却活画着中国许多地方现在和将来的小照：中央几位洋主子，手下是若干颂德的“高等华人”和一伙作伥的奴气同胞。此外即全是默默吃苦的“土人”，能耐的死在洋场上，耐不住的逃入深山中，苗瑶①是我们的前辈。

九月二十九之夜。海上。

① 指我国的两个少数民族。

革命文学

今年在南方，听得大家叫“革命”，正如去年在北方，听得大家叫“讨赤”的一样盛大。

而这“革命”，还侵入文艺界里了。

最近，广州的日报上还有一篇文章指示我们，叫我们应该以四位革命文学家为师法：意大利的唐南遮，德国的霍普德曼，西班牙的伊本纳兹①，中国的吴稚晖。

两位帝国主义者，一位本国政府的叛徒，一位国民党救护的发起者，都应该作为革命文学的师法，于是革命文学便莫名其妙了，因为这实在是至难之业。

于是不得已，世间往往误以两种文学为革命文学：一是在一方的指挥刀的掩护之下，斥骂他的敌手的；一是纸面上写着许多“打，打”，“杀，杀”，或“血，血”的。

如果这是“革命文学”，则做“革命文学家”，实在是最痛快而安全的事。

从指挥刀下骂出去，从裁判席上骂下去，从官营的报上骂开去，真是伟哉一世之雄，妙在被骂者不敢开口。而又有人说，这不敢开口，又何其怯也？对手无“杀身成仁”之勇，是第二条罪状，斯愈足以显革命文学家之英雄。所可惜者只在这文学并非对于强暴者的革命，而是对于失败者的革命。

唐朝人早就知道，穷措大想做富贵诗，多用些“金”“玉”

① 通译伊巴涅兹，西班牙作家、西班牙共和党的领导人。

“锦”“绮”字面，自以为豪华，而不知适见其寒蠢。真会写富贵景象的，有道：“笙歌归院落，灯火下楼台，”全不用那些字。“打，打”，“杀，杀”，听去诚然是英勇的，但不过是一面鼓。即使是鼙鼓，倘若前面无敌军，后面无我军，终于不过是一面鼓而已。

我以为根本问题是在作者可是一个“革命人”，倘是的，则无论写的是什么事件，用的是什么材料，即都是“革命文学”。从喷泉里出来的都是水，从血管里出来的都是血。“赋得革命，五言八韵”，是只能骗骗盲试官的。

但“革命人”就希有。俄国十月革命时，确曾有许多文人愿为革命尽力。但事实的狂风，终于转得他们手足无措。显明的例是诗人叶遂宁①的自杀，还有小说家梭波里，他最后的话是：“活不下去了！”

在革命时代有大叫“活不下去了”的勇气，才可以做革命文学。

叶遂宁和梭波里终于不是革命文学家。为什么呢，因为俄国是实在在革命。革命文学家风起云涌的所在，其实是并没有革命的。

① 通译叶赛宁，苏联诗人。

“尘影”题辞

在我自己，觉得中国现在是一个进向大时代的时代。但这所谓大，并不一定指可以由此得生，而也可以由此得死。

许多为爱的献身者，已经由此得死。在其先，玩着意中而且意外的血的游戏，以愉快和满意，以及单是好看和热闹，赠给身在局内而旁观的人们；但同时也给若干人以重压。

这重压除去的时候，不是死，就是生。这才是大时代。

在异性中看见爱，在百合花中看见天堂，在拾煤渣的老妇人的魂灵中看见拜金主义，世界现在常为受机关枪拥护的仁义所治理，在此时此地听到这样的消息，我委实身心舒服，如喝好酒。然而《尘影》所赍来的，却是重压。

现在的文艺，是往往给人不舒服的，没有法子。要不然，只好使自己逃出文艺，或者从文艺推出人生。

谁更为仁义和钞票写照，为三道血的“难看”传神呢？我看见一篇《尘影》，它的愉快和重压留与各色的人们。

然而在结末的“尘影”中却又给我喝了一口好酒。

他将小宝留下，不告诉我们后来是得死，还是得生。作者不愿意使我们太受重压罢。但这是好的，因为我觉得中国现在是进向大时代的时代。

一九二七年十二月七日，鲁迅记于上海。

当陶元庆君的绘画展览时

我所要说的几句话

陶元庆君绘画的展览，我在北京所见的是第一回。记得那时曾经说过这样意思的话：他以新的形，尤其是新的色来写出他自己的世界，而其中仍有中国向来的魂灵——要字面免得流于玄虚，则就是：民族性。

我觉得我的话在上海也没有改正的必要。

中国现今的一部分人，确是很有些苦闷。我想，这是古国的青年的迟暮之感。世界的时代思潮早已六面袭来，而自己还拘禁在三千年陈的桎梏里。于是觉醒，挣扎，反叛，要出而参与世界的事业——我要范围说得小一点：文艺之业。倘使中国之在世界上不算在错，则这样的情形我以为也是对的。

然而现在外面的许多艺术界中人，已经对于自然反叛，将自然割裂，改造了。而文艺史界中人，则舍了用惯的向来以为是“永久”的旧尺，另以各时代各民族的固有的尺，来量各时代各民族的艺术，于是向埃及坟中的绘画赞叹，对黑人刀柄上的雕刻点头，这往往使我们误解，以为要再回到旧日的桎梏里。而新艺术家们勇猛的反叛，则震惊我们的耳目，又往往不能不感服。但是，我们是迟暮了，并未参与过先前的事业，于是有时就不过敬谨接收，又成了一种可敬的身外的新桎梏。

陶元庆君的绘画，是没有这两重桎梏的。就因为内外两面，都和世界的时代思潮合流，而又并未梏亡中国的民族性。

我于艺术界的事知道得极少，关于文字的事较为留心些。就如白话，从中，更就世所谓“欧化语体”来说罢。有人斥道：你用这样的语体，可惜皮肤不白，鼻梁不高呀！诚然，这教训是严厉的。但是，皮肤一白，鼻梁一高，他用的大概是欧文，不是欧化语体了。正唯其皮不白，鼻不高而偏要“的呵吗呢”，并且一句里用许多的“的”字，这才是为世诟病的今日的中国的我辈。

但我并非将欧化文来比拟陶元庆君的绘画。意思只在说：他并非“之乎者也”，因为用的是新的形和新的色；而又不是“Yes”“No”，因为他究竟是中国人。所以，用密达尺来量，是不’对的，但也不能用什么汉朝的虑傂尺或清朝的营造尺，因为他又已经是现今的人。我想，必须用存在于现今想要参与世界上的事业的中国人的心里的尺来量，这才懂得他的艺术。

一九二七年十二月十三日，鲁迅于上海记。

卢梭和胃口

做过《民约论》的卢梭，自从他还未死掉的时候起，便受人们的责备和迫害，直到现在，责备终于没有完。连在和“民约”没有什么关系的中华民国，也难免这一幕了。

例如商务印书馆出版的《爱弥尔》① 中文译本的序文上，就说：

“……本书的第五编即女子教育，他的主张非但不彻底，而且不承认女子的人格，与前四编的尊重人类相矛盾。……所以在今日看来，他对于人类正当的主张，可说只树得一半……。”

然而复旦大学出版的《复旦旬刊》创刊号上梁实秋教授的意思，却“稍微有点不同”了。其实岂但“稍微”而已耶，乃是“卢梭论教育，无一是处，惟其论女子教育，的确精当。”因为那是“根据于男女的性质与体格的差别而来”的。而近代生物学和心理学研究的结果，又证明着天下没有两个人是无差别。怎样的人就该施以怎样的教育。所以，梁先生说——

“我觉得‘人’字根本的该从字典里永远注销，或由政府

① 通译《爱弥儿》，卢梭所著的教育小说。

下令永禁行使。因为‘人’字的意义太糊涂了。聪明绝顶的人，我们叫他做人，蠢笨如牛的人，也一样的叫做人，弱不禁风的女子，叫做人，粗横强大的男人，也叫做人，人里面的三流九等，无一非人。近代的德谟克拉西的思想，平等的观念，其起源即由于不承认人类的差别。近代所谓的男女平等运动，其起源即由于不承认男女的差别。人格是一个抽象名词，是一个人的身心各方面的特点的总和。人的身心各方面的特点既有差别，实即人格上亦有差别。所谓侮辱人格的，即是不承认一个人特有的人格，卢梭承认女子有女子的人格，所以卢梭正是尊重女子的人格。抹杀女子所特有之特性者，才是侮辱女子人格。”于是势必至于得到这样的结论，——“……正当的女子教育应该是使女子成为完全的女子。”

那么，所谓正当的教育者，也应该是使“弱不禁风”者，成为完全的“弱不禁风”，“蠢笨如牛”者，成为完全的“蠢笨如牛”，这才免于侮辱各人——此字在未经从字典里永远注销，政府下令永禁行使之前，暂且使用——的人格了。卢梭《爱弥尔》前四编的主张不这样，其“无一是处”，于是可以算无疑。

但这所谓“无一是处”者，也只是对于“聪明绝顶的人”而言，在“蠢笨如牛的人”，却是“正当”的教育。因为看了这样的议论，可以使他更渐近于完全“蠢笨如牛”。这也就是尊重他的人格。

然而这种议论还是不会完结的。为什么呢？一者，因为即使知道说“自然的不平等”，而不容易明白真“自然”和“因积渐的人为而似自然”之分。二者，因为凡有学说，往往“合吾人之胃口者则容纳之，且从而宣扬之”也。

上海一隅，前二年大谈亚诺德，今年大谈白璧德，恐怕也就是胃口之故罢。

许多问题大抵发生于“胃口”，胃口的差别，也正如“人”字一样的——其实这两字也应该呈请政府“下令永禁行使”。我且抄一段同是美国的 Upton Sinclair 的，以尊重另一种人格罢——

“无论在那一个卢梭的批评家，都有首先应该解决的唯一的问题。为什么你和他吵闹的？要为他的到达点的那自由、平等、调协开路么？还是因为畏惧卢梭所发向世界上的新思想和新感情的激流呢？使对于他取了为父之劳的个人主义运动的全体怀疑，将我们带到子女服从父母，奴隶服从主人，妻子服从丈夫，臣民服从教皇和皇帝，大学生毫不发生疑问，而佩服教授的讲义的善良的古代去，乃是你的目的么？

“阿巉夫人曰：‘最后的一句，好像是对于白璧德教授的一箭似的。’

“‘奇怪呀，’她的丈夫说。‘斯人也而有斯姓也……那一定是上帝的审判了。’”

不知道和原意可有错误，因为我是从日本文重译的。书的原名是《Mammonart》，在 California 的 Pasadena 作者自己出版，胃口相近的人们自己弄来看去罢。Mammon 是希腊神话里的财神，art 谁都知道是艺术。可以译作“财神艺术”罢。日本的译名是“拜金艺术”，也行。因为这一个字是作者生造的，政府既没有下令颁行，字典里也大概未曾注入，所以姑且在这里加一点解释。

十二，二一。

文学和出汗

上海的教授对人讲文学，以为文学当描写永远不变的人性，否则便不久长。例如英国，莎士比亚和别的一两个人所写的是永久不变的人性，所以至今流传，其余的不这样，就都消灭了云。

这真是所谓“你不说我倒还明白，你越说我越胡涂”了。英国有许多先前的文章不流传，我想，这是总会有的，但竟没有想到它们的消灭，乃因为不写永久不变的人性。现在既然知道了这一层，却更不解它们既已消灭，现在的教授何从看见，却居然断定它们所写的都不是永久不变的人性了。

只要流传的便是好文学，只要消灭的便是坏文学；抢得天下的便是王，抢不到天下的便是贼。莫非中国式的历史论，也将沟通了中国人的文学论欤？

而且，人性是永久不变的么？

类人猿，类猿人，原人，古人，今人，未来的人，……如果生物真会进化，人性就不能永久不变。不说类猿人，就是原人的脾气，我们大约就很难猜得着的，则我们的脾气，恐怕未来的人也未必会明白。要写永久不变的人性，实在难哪。

譬如出汗罢，我想，似乎于古有之，于今也有，将来二定暂时也还有，该可以算得较为“永久不变的人性”了。然而“弱不禁风”的小姐出的是香汗，“蠢笨如牛”的工人出的是臭汗。不知道倘要做长留世上的文字，要充长留世上的文学家，是描写香汗好呢，还是描写臭汗好？这问题倘不先行解决，则在将来文学史上的位置，委实是“岌岌乎殆哉”[①]。

听说，例如英国，那小说，先前是大抵写给太太小姐们看的，其中自然是香汗多；到十九世纪后半，受了俄国文学的影响，就很有些臭汗气了。那一种的命长，现在似乎还在不可知之数。

在中国，从道士听论道，从批评家听谈文，都令人毛孔痉挛，汗不敢出。然而这也许倒是中国的“永久不变的人性”罢。

二七，一二，二三。

① 即危险不安的意思。

文艺和革命

欢喜维持文艺的人们，每在革命地方，便爱说“文艺是革命的先驱”。

我觉得这很可疑。或者外国是如此的罢；中国自有其特别国情，应该在例外。现在妄加编排，以质同志——

1. 革命军。先要有军，才能革命，凡已经革命的地方，都是军队先到的：这是先驱。大军官们也许到得迟一点，但自然也是先驱，无须多说。

（这之前，有时恐怕也有青年潜入宣传，工人起来暗助，但这些人们大抵已经死掉，或则无从查考了，置之不论。）

2. 人民代表。军官们一到，便有人民代表群集车站欢迎，手执国旗，嘴喊口号，“革命空气，非常浓厚”：这是第二先驱。

3. 文学家。于是什么革命文学，民众文学，同情文学，飞腾文学都出来了，伟大光明的名称的期刊也出来了，来指导青年的：这是——可惜得很，但也不要紧——第三先驱。

外国是革命军兴以前，就有被迫出国的卢梭，流放极边的珂罗连珂……。

好了。倘若硬要乐观，也可以了。因为我们常听到所谓文学家将要出国的消息，看见新闻上的记载，广告；看见诗；看见文。虽然尚未动身，却也给我们一种“将来学成归国，了不得呀！”的豫感，——希望是谁都愿意有的。

十二月二十四夜零点一分五秒。

谈所谓“大内档案”

所谓“大内档案”这东西，在清朝的内阁里积存了三百多年，在孔庙里塞了十多年，谁也一声不响。自从历史博物馆将这残余卖给纸铺子，纸铺子转卖给罗振玉，罗振玉转卖给日本人，于是乎大有号啕之声，仿佛国宝已失，国脉随之似的。前几年，我也曾见过几个人的议论，所记得的一个是金梁，登在《东方杂志》上；还有罗振玉和王国维，随时发感慨。最近的是《北新半月刊》上的《论档案的售出》，蒋彝潜先生做的。

我觉得他们的议论都不大确。金梁，本是杭州的驻防旗人，早先主张排汉的，民国以来，便算是遗老了，凡有民国所做的事，他自然都以为很可恶。罗振玉呢，也算是遗老，曾经立誓不见国门，而后来仆仆京津间，痛责后生不好古，而偏将古董卖给外国人的，只要看他的题跋，大抵有“广告”气扑鼻，便知道“于意云何”了。独有王国维已经在水里将遗老生活结束，是老实人；但他的感喟，却往往和罗振玉一鼻孔出气，虽然所出的气，有真假之分。所以他被弄成夹广告的 Sandwich，是常有的事，因为他老实到像火腿一般。蒋先生是例外，我看并非遗老，只因为 sentimental 一点，所以受了罗振玉辈的骗了。你想，他要将这卖给日本人，肯说这不是宝贝的么？

那么，这不是好东西么？不好，怎么你也要买，我也要买呢？我想，这是谁也要发的质问。

答曰：唯唯，否否。这正如败落大户家里的一堆废纸，说好也行，说无用也行的。因为是废纸，所以无用；因为是败落大户家里的，所以也许夹些好东西。况且这所谓好与不好，是因人的看法而不同，我的寓所近旁的一个垃圾箱，里面都是住户所弃的无用的东西，但我看见早上总有几个背着竹篮的人，从那里面一片一片，一块一块，检了什么东西去了，还有用。更何况现在的时候，皇帝也还尊贵，只要在“大内”里放几天，或者带一个“宫”字，就容易使人另眼相看的，这真是说也不信，虽然在民国。

“大内档案”也者，据深通“国朝”[①] 掌故的罗遗老说，是他的“国朝”时堆在内阁里的乱纸，大家主张焚弃，经他力争，这才保留下来的。但到他的“国朝”退位，民国元年我到北京的时候，它们已经被装为八千（?）麻袋，塞在孔庙之中的敬一亭里了，的确满满地埋满了大半亭子。其时孔庙里设了一个历史博物馆筹备处，处长是胡玉缙先生。“筹备处”云者，即里面并无“历史博物”的意思。

我却在教育部，因此也就和麻袋们发生了一点关系，眼见它们的升沉隐显。可气可笑的事是有的，但多是小玩意；后来看见外面的议论说得天花乱坠起来，也颇想做几句记事，叙出我所目睹的情节。可是胆子小，因为牵涉着的阔人很有几个，没有敢动笔。这是我的“世故”，在中国做人，骂民族，骂国家，骂社会，骂团体，……都可以的，但不可涉及个人，有名有姓。广州的一种期刊上说我只打叭儿狗，不骂军阀。殊不知我正因为骂了叭儿狗，这才有逃出北京的运命。泛骂军阀，谁来管呢？军阀是不看杂志的，就靠叭儿狗嗅，候补叭儿狗吠。

① 这里是指清朝。

阿，说下去又不好了，赶快带住。

现在是寓在南方，大约不妨说几句了，这些事情，将来恐怕也未必另外有人说。但我对于有关面子的人物，仍然都不用真姓名，将罗马字来替代。既非欧化，也不是“隐恶扬善”，只不过“远害全身”。这也是我的“世故”，不要以为自己在南方，他们在北方，或者不知所在，就小觑他们。他们是突然会在你眼前阔起来的，真是神奇得很。这时候，恐怕就会死得连自己也莫明其妙了。所以要稳当，最好是不说。但我现在来“折衷”，既非不说，而不尽说，而代以罗马字，——如果这样还不妥，那么，也只好听天由命了。上帝安我魂灵！

却说这些麻袋们躺在敬一亭里，就很令历史博物馆筹备处长胡玉缙先生担忧，日夜提防工役们放火。为什么呢？这事谈起来可有些繁复了。弄些所谓“国学”的人大概都知道，胡先生原是南菁书院的高材生，不但深研旧学，并且博识前朝掌故的。他知道清朝武英殿里藏过一副铜活字，后来太监们你也偷，我也偷，偷得“不亦乐乎”，待到王爷们似乎要来查考的时候，就放了一把火。自然，连武英殿也没有了，更何况铜活字的多少。而不幸敬一亭中的麻袋，也仿佛常常减少，工役们不是国学家，所以他将内容的宝贝倒在地上，单拿麻袋去卖钱。胡先生因此想到武英殿失火的故事，深怕麻袋缺得多了之后，敬一亭也照例烧起来；就到教育部去商议一个迁移，或整理，或销毁的办法。

专管这一类事情的是社会教育司，然而司长是夏曾佑先生。弄些什么“国学”的人大概也都知道的，我们不必看他另外的论文，只要看他所编的两本《中国历史教科书》，就知道他看中国人有怎地清楚。他是知道中国的一切事万不可“办”的；

即如档案罢，任其自然，烂掉，霉掉，蛀掉，偷掉，甚而至于烧掉，倒是天下太平；倘一加人为，一“办”，那就舆论沸腾，不可开交了。结果是办事的人成为众矢之的，谣言和谗谤，百口也分不清。所以他的主张是“这个东西万万动不得”。

这两位熟于掌故的“要办”和“不办”的老先生，从此都知道各人的意思，说说笑笑，……但竟拖延下去了。于是麻袋们又安稳地躺了十来年。

这回是F先生来做教育总长了，他是藏书和“考古”的名人。我想，他一定听到了什么谣言，以为麻袋里定有好的宋版书——“海内孤本”。这一类谣言是常有的，我早先还听得人说，其中且有什么妃的绣鞋和什么王的头骨哩。有一天，他就发一个命令，教我和G主事试看麻袋。即日搬了二十个到西花厅，我们俩在尘埃中看宝贝，大抵是贺表，黄绫封，要说好是也可以说好的，但太多了，倒觉得不希奇。还有奏章，小刑名案子居多，文字是半满半汉，只有几个是也特别的，但满眼都是了，也觉得讨厌。殿试①卷是一本也没有；另有几箱，原在教育部，不过都是二三甲的卷子，听说名次高一点的在清朝便已被人偷去了，何况乎状元。至于宋版书呢，有是有的，或则破烂的半本，或是撕破的几张。也有清初的黄榜，也有实录的稿本。朝鲜的贺正表，我记得也发见过一张。

我们后来又看了两天，麻袋的数目，记不清楚了，但奇怪，这时以考察欧美教育驰誉的Y次长，以讲大话出名的C参事，忽然都变为考古家了。他们和F总长，都“念兹在兹”②，在尘

① 封建社会时期由皇帝主持的考试。殿试分三甲录取，第一甲赐进士及第，录取三名（状元、榜眼、探花），第二甲赐进士出身，第三甲赐同进士出身。

② 出自《尚书·大禹谟》。念念不忘的意思。

埃中间和破纸旁边离不开。凡有我们检起在桌上的，他们总要拿进去，说是去看看。等到送还的时候，往往比原先要少一点，上帝在上，那倒是真的。

大约是几叶宋版书作怪罢，F总长要大举整理了，另派了部员几十人，我倒幸而不在内，其时历史博物馆筹备处已经迁在午门，处长早换了YT；麻袋们便在午门上被整理，YT是一个旗人，京腔说得极漂亮，文字从来不谈的，但是，奇怪之至，他竟也忽然变成考古家了，对于此道津津有味。后来还珍藏着一本宋版的什么《司马法》，可惜缺了角，但已经都用古色纸补了起来。

那时的整理法我不大记得了，要之，是分为“保存”和“放弃”，即“有用”和“无用”的两部分。从此几十个部员，即天天在尘埃和破纸中出没，渐渐完工，——出没了多少天，我也记不清楚了。“保存”的一部分，后来给北京大学又分了一大部分去。其余的仍藏博物馆。不要的呢？当时是散放在午门的门楼上。

那么，这些不要的东西，应该可以销毁了罢，免得失火，不，据“高等做官教科书”所指示，不能如此草草的。派部员几十人办理，虽说倘有后患，即应由他们负责，和总长无干。但究竟还只一部，外面说起话来，指摘的还是某部，而非某部的某某人。既然只是“部”，就又不能和总长无干了。

于是办公事，请各部都派员会同再行检查。这宗公事是灵的，不到两星期，各部都派来了，从两个至四个，其中很多的是新从外洋回来的留学生，还穿着崭新的洋服。于是济济跄跄，又在灰土和废纸之间钻来钻去。但是，说也奇怪，好几个崭新的留学生又都忽然变了考古家了，将破烂的纸张，绢片，塞到洋裤袋里——但这是传闻之词，我没有目睹。

这一种仪式既经举行，即倘有后患，各部都该负责，不能超然物外，说风凉话了。从此午门楼上的空气，便再没有先前一般紧张，只见一大群破纸寂寞地铺在地面上，时有一二工役，手执长木棍，搅着，拾取些黄绫表签和别的他们所要的东西。

那么，这些不要的东西，应该可以销毁了罢，免得失火。不。F 总长是深通“高等做官学”的，他知道万不可烧，一烧必至于变成宝贝，正如人们一死，讣文上即都是第一等好人一般，况且他的主义本来并不在避火，所以他便不管了，接着，他也就“下野”了。

这些废纸从此便又没有人再提起，直到历史博物馆自行卖掉之后，才又掀起了一阵神秘的风波。

我的话实在也未免有些煞风景，近乎说，这残余的废纸里，已没有什么宝贝似的。那么，外面惊心动魄的什么唐画呀，蜀石经呀，宋版书呀，何从而来的呢？我想，这也是别人必发的质问。

我想，那是这样的。残余的破纸里，大约总不免有所谓东西留遗，但未必会有蜀刻和宋版，因为这正是大家所注意搜索的。现在好东西的层出不穷者，一，是因为阔人先前陆续偷去的东西，本不敢示人，现在却得了可以发表的机会；二，是许多假造的古董，都挂了出于八千麻袋中的招牌而上市了。

还有，蒋先生以为国立图书馆“五六年来一直到此刻，每次战争的胜来败去总得糟蹋得很多。”那可也不然的。从元年到十五年，每次战争，图书馆从未遭过损失。只当袁世凯称帝时，曾经几乎遭一个皇室中人攘夺，然而幸免了。它的厄运，是在好书被有权者用相似的本子来掉换，年深月久，弄得面目全非，但我不想在这里多说了。

中国公共的东西，实在不容易保存。如果当局者是外行，他便将东西糟完，倘是内行，他便将东西偷完。而其实也并不单是对于书籍或古董。

一九二七，一二，二四。

拟预言

——一九二九年出现的琐事

有公民某甲上书，请每县各设大学一所，添设监狱两所。被斥。

有公民某乙上书，请将共产主义者之产业作为公产，女眷作为公妻，以惩一儆百。半年不批。某乙忿而反革命，被好友告发，逃入租界。

有大批名人学者及文艺家，从外洋回国，于外洋一切政俗学术文艺，皆已比本国者更为深通，受有学位。但其尤为高超者未入学校。

科学，文艺，军事，经济的连合战线告成。

正月初一，上海有许多新的期刊出版，本子最长大者，为——文艺又复兴。文艺真正老复兴。宇宙。其大无外。至高无上。太太阳。光明之极。白热以上。新新生命。新新新生命。同情。正义。义旗。刹那。飞狮。地震。阿呀。真真美善。……等等。

同日，美国富豪们联名电贺北京检煤渣老婆子等，称为“同志”，无从投递，次日退回。

正月初三，哲学与小说同时灭亡。

有提倡“一我主义”者，几被查禁。后来查得议论并不新异，着无庸议，听其自然。

有公民某丙著论，谓当“以党治国”，即被批评家们痛驳，谓“久已如此，而还要多说，实属不明大势，昏愦胡涂。”

谣传有男女青年四万一千九百二十六人失踪。

蒙古亲近赤俄，公决革出五族，以侨华白俄补缺，仍为“五族共和”，各界提灯庆祝。

《小说月报》出“列入世界文学两周年纪念”号，定购全年者，各送优待券一张，购书照定价八五折。

《古今史疑大全》出版，有名人学者往来信札函件批语颂辞共二千五百余封，编者自传二百五十余叶，广告登在《艺术界》，谓所费邮票，即已不赀，其价值可想。

美国开演《玉堂春》影片，白璧德教授评为决非卢梭所及。

有中国的法斯德挑同情一担，访郭沫若，见郭穷极，失望而去。

有在朝者数人下野；有在野者多人下坑。

绑票公司股票涨至三倍半。

女界恐乳大或有被割之险，仍旧束胸，家长多被罚洋五十元，国帑更裕。

有博士讲“经济学精义”，只用两句，云：“铜板换角子，角子换大洋。”全世界敬服。

有革命文学家将马克斯学说推翻，这只用一句，云：“什么马克斯牛克斯。”全世界敬服，犹太人大惭。

新诗“雇人哭丧假哼哼体”流行。

茶店，浴堂，麻花摊，皆寄售《现代评论》。

赤贼完全消灭，安那其主义将于四百九十八年后实行。

附　录

大衍发微

三月十八日段祺瑞、贾德耀、章士钊们使卫兵枪杀民众，通缉五个所谓“暴徒首领”之后，报上还流传着一张他们想要第二批通缉的名单。对于这名单的编纂者，我现在并不想研究。但将这一批人的籍贯、职务调查开列起来，却觉得取舍是颇为巧妙的。先开前六名，但所任的职务，因为我见闻有限，所以也许有遗漏：

一　徐谦（安徽）俄国退还庚子赔款委员会委员，中俄大学校长，广东外交团代表主席。

二　李大钊（直隶）国立北京大学教授、校长室秘书。

三　吴敬恒（江苏）清室善后委员会监理。

四　李煜瀛（直隶）俄款委员会委员长，清室善后委员会委员长，中法大学代理校长，北大教授。

五　易培基（湖南）前教育总长，现国立北京女子师范大学校长。

六　顾兆熊（直隶）俄款委员会委员，北大教务长，北京教育会会长。

四月九日《京报》云："姓名上尚有圈点等符号，其意不明。……徐、李等五人名上各有三圈，吴稚晖虽列名第三，而仅一点。余或两圈一圈或一点，不记其详。"于是就有人推测，以为吴老先生之所以仅有一点者，因章士钊还想引以为重，以及别的原因云云。案此皆未经开列职务，以及未见陈源《闲话》之故也。只要一看上文，便知道圈点之别，不过表明"差缺"之是否"优美"。监理是点查物件的监督者，又没有什么薪水，所以只配一点；而别人之"差缺"则大矣，自然值得三圈。"不记其详"的余人，依此类推，大约即不至于有大错。将冠冕堂皇的"整顿学风"的盛举，只作如是观，虽然太煞风景，对不住"正人君子"们，然而我的眼光这样，也就无法可想。再写下去罢，计开：

七　陈友仁（广东）前《民报》英文记者，现《国民新报》英文记者。

八　陈启修（四川）中俄大学教务长，北大教授，女师大教授，《国民新报副刊》编辑。

九　朱家骅（浙江）北大教授。

十　蒋梦麟（浙江）北大教授，代理校长。

十一　马裕藻（浙江）北大国文系主任，师大教授，前女师大总务长现教授。

十二　许寿裳（浙江）教育部编审员，前女师大教务长现教授。

十三　沈兼士（浙江）北大国文系教授，清室善后委员会委员，女师大教授。

十四　陈垣（广东）前教育次长，现清室善后委员会委员，北大导师。

十五　马叙伦（浙江）前教育次长，教育特税督办，现国立师范大学教授，北大讲师。

十六　邵振青（浙江）《京报》总编辑。

十七　林玉堂（福建）北大英文系教授，女师大教务长，《国民新报》英文部编辑，《语丝》撰稿者。

十八　萧子升（湖南）前《民报》编辑，教育部秘书，《猛进》撰稿者。

十九　李玄伯（直隶）北大法文系教授，《猛进》撰稿者。

二十　徐炳昶（河南）北大哲学系教授，女师大教授，《猛进》撰稿者。

二十一　周树人（浙江）教育部佥事，女师大教授，北大国文系讲师，中国大学讲师，《国副》编辑，《莽原》编辑，《语丝》撰稿者。

二十二　周作人（浙江）北大国文系教授，女师大教授，燕京大学副教授，《语丝》撰稿者。

二十三　张凤举（江西）北大国文系教授，女师大讲师，《国副》编辑，《猛进》及《语丝》撰稿者。

二十四　陈大齐（浙江）北大哲学系教授，女师大教授。

二十五　丁维汾（山东）国民党。

二十六　王法勤（直隶）国民党，议员。

二十七　刘清扬（直隶）国民党妇女部长。

二十八　潘廷干

二十九　高鲁（福建）中央观象台长，北大讲师。

三　十　谭熙鸿（江苏）北大教授，《猛进》撰稿者。

三十一　陈彬和（江苏）前平民中学教务长，前天津南开学校总务长，现中俄大学总务长。

三十二　孙伏园（浙江）北大讲师，《京报副刊》编辑。

三十三　高一涵（安徽）北大教授，中大教授，《现代评论》撰稿者。

三十四　李书华（直隶）北大教授，《猛进》撰稿者。

三十五　徐宝璜（江西）北大教授，《猛进》撰稿者。

三十六　李麟玉（直隶）北大教授，《猛进》撰稿者。

三十七　成平（湖南）《世界日报》及《晚报》总编辑，女师大讲师。

三十八　潘蕴巢（江苏）《益世报》记者。

三十九　罗敦伟（湖南）《国民晚报》记者。

四　十　邓飞黄（湖南）《国民新报》总编辑。

四十一　彭齐群（吉林）中央观象台科长，《猛进》撰稿者。

四十二　徐巽（安徽）中俄大学校务委员会委员长。

四十三　高穰（福建）律师，曾担任女师大学生控告章士钊、刘百昭事。

四十四　梁鼎

四十五　张平江（四川）女师大学生。

四十六　姜绍谟（浙江）前教育部秘书。

四十七　郭春涛（河南）北大学生。

四十八　纪人庆（云南）大中公学教员。

以上只有四十八人，五十缺二，不知是失抄，还是像九六的制钱似的，这就算是足串了。至于职务，除遗漏外，怕又有错误，并且有几位是为我所一时无从查考的。但即此已经足够了，早可以看出许多秘密来——

甲，改组两个机关。

1. 俄国退还庚子赔款委员会。

2. 清室善后委员会。

乙，“扫除”三个半学校：

1. 中俄大学；

2. 中法大学；

3. 女子师范大学；

4. 北京大学之一部分。

丙，扑灭四种报章：

1. 《京报》；

2.《世界日报》及《晚报》；

3.《国民新报》；

4.《国民晚报》。

丁，“逼死”两种副刊：

1.《京报副刊》，

2.《国民新报副刊》。

戊，妨害三种期刊：

1.《猛进》；

2.《语丝》；

3.《莽原》。

“孤桐先生”是“正人君子”一流人，“党同伐异”怕是不至于的，“睚眦之怨”[①] 或者也未必报。但是赵子昂的画马，岂不是据说先对着镜子，摹仿形态的么？据上面的镜子，从我的眼睛，还可以看见一些额外的形态——

1. 连替女师大学生控告章士钊的律师都要获罪，上面已经说过了。

2. 陈源“流言”中的所谓“某籍”，有十二人，占全数四分之一。

3. 陈源“流言”中的所谓“某系”（案盖指北大国文系也），计有五人。

① 出自《史记·范雎蔡泽列传》。指极小的怨恨。

4. 曾经发表反章士钊宣言的北大评议员十七人，有十四人在内。

5. 曾经发表反杨荫榆宣言的女师大教员七人，有三人在内，皆“某籍”。

这通缉如果实行，我是想要逃到东交民巷或天津去的；能不能自然是别一问题。这种举动虽将为“正人君子”所冷笑，但我却不愿意为要博得这些东西的夸奖，便到“孤桐先生”的麾下去投案。但这且待后来再说，因为近几天是“孤桐先生”也如“政客，富人，和革命猛进者及民众的首领”一般，“安居在东交民巷里”了。

这一篇是一九二六年四月十三日作的，就登在那年四月的《京报副刊》上，名单即见于《京报》。用“惟饭史观”的眼光，来探究所以要捉这凑成“大衍之数”的人们的原因，虽然并不出奇，但由今观之，还觉得“不为无见”。本来是要编入《华盖集续编》中的，继而一想，自己虽然走出北京了，但其中的许多人，却还在军阀势力之下，何必重印旧账，使叭儿狗们记得起来呢。于是就抽掉了。但现在情势，却已不同，虽然其中已有两人被杀，数人失踪，而下通缉令之权，则已非段章诸公所有，他们万一不慎，倒可以为先前的被缉者所缉了。先前的有几个被缉者的座前，现在也许倒要有人开单来献，请缉别人了。《现代评论》也不但不再豫料革命之不成功，且登广告云：“现在国民政府收复北平，本周刊又有销行的机会（谨案：妙极）了”了。而浙江省党务指导委员会宣字一二六号令，则将《语丝》“严行禁止”了。此之所以为革命欤。因见语堂的《翦拂集》内，提及此文，便从小箱子里寻出，附存于末，以为纪念。

一九二八年十月二十日，鲁迅记。

准风月谈（节选）

打听印象

桃　椎

五四运动以后，好像中国人就发生了一种新脾气，是：倘有外国的名人或阔人新到，就喜欢打听他对于中国的印象。

罗素到中国讲学，急进的青年们开会欢宴，打听印象。罗素道："你们待我这么好，就是要说坏话，也不好说了。"急进的青年愤愤然，以为他滑头。

萧伯纳周游过中国，上海的记者群集访问，又打听印象，萧道："我有什么意见，与你们都不相干。假如我是个武人，杀死个十万条人命，你们才会尊重我的意见。"革命家和非革命家都愤愤然，以为他刻薄。

这回是瑞典的卡尔亲王到上海了，记者先生也发表了他的印象："……足迹所经，均蒙当地官民殷勤招待，感激之余，异常愉快，今次游览观感所得，对于贵国政府及国民，有极度良好之印象，而永远不能磨灭者也。"这最稳妥，我想，是不至于招出什么是非来的。

其实是，罗萧两位，也还不算滑头和刻薄的，假如有这么一个外国人，遇见有人问他印象时，他先反问道："你先生对于自己中国的印象怎么样？"那可真是一篇难以下笔的文章。

我们是生长在中国的，倘有所感，自然不能算"印象"；但意见也好；而意见又怎么说呢？说我们像浑水里的鱼，活得糊里糊涂，莫名其妙罢，不像意见。说中国好得很罢，恐怕也难。这就是爱国者所悲痛的所谓“失掉了国民的自信”，然而实在也好像失掉了，向各人打听印象，就恰如求签问卜，自己心里先自狐疑着了的缘故。

我们里面，发表意见的固然也有的，但常见的是无拳无勇，未曾“杀死十万条人命”，倒是自称“小百姓”的人，所以那意见也无人“尊重”，也就是和大家“不相干”。至于有位有势的大人物，则在野时候，也许是很急进的罢，但现在呢，一声不响，中国“待我这么好，就是要说坏话，也不好说了”。看当时欢宴罗素，而愤愤于他那答话的由新潮社而发迹的诸公的现在，实在令人觉得罗素并非滑头，倒是一个先知的讽刺家，将十年后的心思豫先说去了。

这是我的印象，也算一篇拟答案，是从外国人的嘴上抄来的。

（九月二十日。）

吃 教

丰之余

达一先生在《文统之梦》里，因刘勰自谓梦随孔子，乃始论文，而后来做了和尚，遂讥其“贻羞往圣”。其实是中国自南北朝以来，凡有文人学士，道士和尚，大抵以“无特操”为特色的。晋以来的名流，每一个人总有三种小玩意，一是《论语》和《孝经》，二是《老子》，三是《维摩诘经》，不但采作谈资，并且常常做一点注解。唐有三教辩论，后来变成大家打诨；所谓名儒，做几篇伽蓝碑文也不算什么大事。宋儒道貌岸然，而窃取禅师的语录。清呢，去今不远，我们还可以知道儒者的相信《太上感应篇》和《文昌帝君阴骘文》，并且会请和尚到家里来拜忏。

耶稣教传入中国，教徒自以为信教，而教外的小百姓却都叫他们是“吃教”的。这两个字，真是提出了教徒的“精神”，也可以包括大多数的儒释道教之流的信者，也可以移用于许多“吃革命饭”的老英雄。

清朝人称八股文为“敲门砖”，因为得到功名，就如打开了门，砖即无用。近年则有杂志上的所谓“主张”。《现代评论》之出盘，不是为了迫压，倒因为这派作者的飞腾；《新月》的冷落，是老社员者“爬”了上去，和月亮距离远起来了。这种东西，我们为要和“敲门砖”区别，称之为“上天梯”罢。

“教”之在中国，何尝不如此。讲革命，彼一时也；讲忠孝，又一时也；跟大拉嘛打圈子，又一时也；造塔藏主义，又一时也。有宜于专吃的时代，则指归应定于一尊，有宜合吃的时代，则诸教亦本非异致，不过一碟是全鸭，一碟是杂拌儿而已。刘勰亦然，盖仅由“不撤姜食”一变而为吃斋，于胃脏里的分量原无差别，何况以和尚而注《论语》《孝经》或《老子》，也还是不失为一种“天经地义”呢？

（九月二十七日。）

喝茶

丰之余

某公司又在廉价了，去买了二两好茶叶，每两洋二角。开首泡了一壶，怕它冷得快，用棉袄包起来，却不料郑重其事的来喝的时候，味道竟和我一向喝着的粗茶差不多，颜色也很重浊。

我知道这是自己错误了，喝好茶，是要用盖碗的，于是用盖碗。果然，泡了之后，色清而味甘，微香而小苦，确是好茶叶。但这是须在静坐无为的时候的，当我正写着《吃教》的中途，拉来一喝，那好味道竟又不知不觉的滑过去，像喝着粗茶一样了。

有好茶喝，会喝好茶，是一种“清福”。不过要享这“清福”，首先就须有工夫，其次是练习出来的特别的感觉。由这一极琐屑的经验，我想，假使是一个使用筋力的工人，在喉干欲裂的时候，那么，即使给他龙井芽茶，珠兰窨片，恐怕他喝起来也未必觉得和热水有什么大区别罢。所谓“秋思”，其实也是这样的，骚人墨客，会觉得什么“悲哉秋之为气也”，风雨阴晴，都给他一种刺戟，一方面也就是一种“清福”，但在老农，却只知道每年的此际，就要割稻而已。

于是有人以为这种细腻锐敏的感觉，当然不属于粗人，这是上等人的牌号。然而我恐怕也正是这牌号就要倒闭的先声。我们有痛觉，一方面是使我们受苦的，而一方面也使我们能够自卫。假如没有，则即使背上被人刺了一尖刀，也将茫无知觉，直到血尽倒地，自己还不明白为什么倒地。但这痛觉如果细腻锐敏起来呢，则不但衣服上有一根小刺就觉得，连衣服上的接缝，线结，布毛都要觉得，倘不穿“无缝天衣”，他便要终日如芒刺在身，活不下去了。但假装锐敏的，自然不在此例。

感觉的细腻和锐敏，较之麻木，那当然算是进步的，然而以有助于生命的进化为限。如果不相干，甚而至于有碍，那就是进化中的病态，不久就要收梢。我们试将享清福，抱秋心的雅人，和破衣粗食的粗人一比较，就明白究竟是谁活得下去。喝过茶，望着秋天，我于是想：不识好茶，没有秋思，倒也罢了。

（九月三十日。）

禁用和自造

孺 牛

据报上说，因为铅笔和墨水笔进口之多，有些地方已在禁用，改用毛笔了。

我们且不说飞机大炮，美棉美麦，都非国货之类的迂谈，单来说纸笔。

我们也不说写大字，画国画的名人，单来说真实的办事者。在这类人，毛笔却是很不便当的。砚和墨可以不带，改用墨汁罢，墨汁也何尝有国货。而且据我的经验，墨汁也并非可以常用的东西，写过几千字，毛笔便被胶得不能施展。倘若安砚磨墨，展纸舔笔，则即以学生的抄讲义而论，速度恐怕总要比用墨水笔减少三分之一，他只好不抄，或者要教员讲得慢，也就是大家的时间，被白费了三分之一了。

所谓“便当”，并不是偷懒，是说在同一时间内，可以由此做成较多的事情。这就是节省时间，也就是使一个人的有限的生命，更加有效，而也即等于延长了人的生命。古人说，“非人磨墨墨磨人”，就在悲愤人生之消磨于纸墨中，而墨水笔之制成，是正可以弥这缺憾的。

但它的存在，却必须在宝贵时间，宝贵生命的地方。中国不然，这当然不会是国货。进出口货，中国是有了账簿的了，人民的数目却还没有一本账簿。一个人的生养教育，父母化去的是多少物力和气力呢，而青年男女，每每不知所终，谁也不加注意。区区时间，当然更不成什么问题了，能活着弄弄毛笔的，或者倒是幸福也难说。

和我们中国一样，一向用毛笔的，还有一个日本。然而在日本，毛笔几乎绝迹了，代用的是铅笔和墨水笔，连用这些笔的习字帖也很多，为什么呢？就因为这便当，省时间。然而他们不怕“漏卮”[①] 么？不，他们自己来制造，而且还要运到中国来。

优良而非国货的时候，中国禁用，日本仿造，这是两国截然不同的地方。

（九月三十日。）

---

① 后人常用“漏卮”来比喻利权外溢。

看变戏法

游 光

我爱看“变戏法”。

他们是走江湖的，所以各处的戏法都一样。为了敛钱，一定有两种必要的东西：一只黑熊，一个小孩子。

黑熊饿得真瘦，几乎连动弹的力气也快没有了。自然，这是不能使它强壮的，因为一强壮，就不能驾驭。现在是半死不活，却还要用铁圈穿了鼻子，再用索子牵着做戏。有时给吃一点东西，是一小块水泡的馒头皮，但还将勺子擎得高高的，要它站起来，伸头张嘴，许多工夫才得落肚，而变戏法的则因此集了一些钱。

这熊的来源，中国没有人提到过。据西洋人的调查，说是从小时候，由山里捉来的；大的不能用，因为一大，就总改不了野性。但虽是小的，也还须“训练”，这“训练”的方法，是“打”和“饿”；而后来，则是因虐待而死亡。我以为这话是的确的，我们看它还在活着做戏的时候，就瘪得连熊气息也没有了，有些地方，竟称之为“狗熊”，其被蔑视至于如此。

孩子在场面上也要吃苦，或者大人踏在他肚子上，或者将他的两手扭过来，他就显出很苦楚，很为难，很吃重的相貌，要看客解救。六个，五个，再四个，三个……而变戏法的就又集了一些钱。

他自然也曾经训练过，这苦痛是装出来的，和大人串通的勾当，不过也无碍于赚钱。

下午敲锣开场，这样的做到夜，收场，看客走散，有花了钱的，有终于不花钱的。

每当收场，我一面走，一面想：两种生财家伙，一种是要被虐待至死的，再寻幼小的来；一种是大了之后，另寻一个小孩子和一只小熊，仍旧来变照样的戏法。

事情真是简单得很，想一下，就好像令人索然无味。然而我还是常常看。此外叫我看什么呢，诸君？

（十月一日。）

双十怀古

——民国二二年看十九年秋

史 癖

小 引

要做“双十”的循例的文章，首先必须找材料。找法有二，或从脑子里，或从书本中。我用的是后一法。但是，翻完“描写字典”，里面无之；觅遍“文章作法”，其中也没有。幸而“吉人自有天相”，竟在破纸堆里寻出一卷东西来，是中华民国十九年十月三日到十日的上海各种大报小报的拔萃。去今已经整整的三个年头了，剪贴着做什么用的呢，自己已经记不清；莫非就给我今天做材料的么，一定未必是。但是，“废物利用”——既经检出，就抄些目录在这里罢。不过为节省篇幅计，不再注明广告、记事、电报之分，也略去了报纸的名目，因为那些文字，大抵是各报都有的。

看了什么用呢？倒也说不出。倘若一定要我说，那就说是譬如看自己三年前的照相罢。

十月三日

江湾赛马。

中国红十字会筹募湖南辽西各省急振。

中央军克陈留。

辽宁方面筹组副司令部。

礼县土匪屠城。

六岁女孩受孕。

辛博森伤势沉重。

汪精卫到太原。

卢兴邦接洽投诚。

加派师旅入赣剿共。

裁厘展至明年一月。

墨西哥拒侨胞，五十六名返国。

墨索里尼提倡艺术。

谭延闿轶事。

战士社代社员征婚。

十月四日

齐天大舞台始创杰构积极改进《西游记》，准中秋节开幕。

前进的，民族主义的，惟一的，文艺刊物《前锋月刊》创刊号准双十节出版。

空军将再炸邕。

剿匪声中一趣史。

十月五日

蒋主席电国府请大赦政治犯。

程艳秋登台盛况。

卫乐园之保证金。

十月六日

樊迪文讲演小记。

诸君阅至此，请虔颂南无阿弥陀佛……

大家错了，中秋是本月六日。

查封赵戴文财产问题。

鄂省党部祝贺克复许汴。

取缔民间妄用党国旗。

十月七日

响应政府之廉洁运动。

津浦全线将通车。

平津党部行将恢复。

法轮殴毙栈伙交涉。

王士珍举殡记。

冯阎部下全解体。

湖北来凤苗放双穗。

冤魂为厉，未婚夫索命。

鬼击人背。

十月八日

闽省战事仍烈。

八路军封锁柳州交通。

安德思考古队自蒙古返北平。

国货时装展览。

哄动南洋之萧信庵案。

学校当注重国文论。

追记郑州飞机劫。

谭宅挽联择尤录。

汪精卫突然失踪。

十月九日

西北军已解体。

外部发表英退庚款换文。

京卫戍部枪决人犯。

辛博森渐有起色。

国货时装展览。

上海空前未有之跳舞游艺大会。

十月十日

举国欢腾庆祝双十。

叛逆削平，全国欢祝国庆，蒋主席昨凯旋参与盛典。

津浦路暂仍分段通车。

首都枪决共犯九名。

林埭被匪洗劫。

老陈圩匪祸惨酷。

海盗骚扰丰利。

程艳秋庆祝国庆。

蒋丽霞不忘双十。

南昌市取缔赤足。

伤兵怒斥孙祖基。

今年之双十节，可欣可贺，尤甚从前。

结　语

我也说“今年之双十节，可欣可贺，尤甚从前”罢。

（十月一日。）

附记：这一篇没有能够刊出，大约是被谁抽去了的，盖双十盛典，“伤今”固难，“怀古”也不易了。

（十月十三日。）

重三感旧

——一九三三年忆光绪朝末

丰之余

我想赞美几句一些过去的人，这恐怕并不是“骸骨的迷恋”。

所谓过去的人，是指光绪末年的所谓“新党”，民国初年，就叫他们“老新党”。甲午战败，他们自以为觉悟了，于是要“维新”，便是三四十岁的中年人，也看《学算笔谈》，看《化学鉴原》；还要学英文，学日文，硬着舌头，怪声怪气的朗诵着，对人毫无愧色，那目的是要看“洋书”，看洋书的缘故是要给中国图“富强”，现在的旧书摊上，还偶有“富强丛书”出现，就如目下的“描写字典”“基本英语”一样，正是那时应运而生的东西。连八股出身的张之洞，他托缪荃孙代做的《书目答问》也竭力添进各种译本去，可见这“维新”风潮之烈了。

然而现在是别一种现象了。有些新青年，境遇正和“老新党”相反，八股毒是丝毫没有染过的，出身又是学校，也并非国学的专家，但是，学起篆字来了，填起词来了，劝人看《庄子》《文选》了，信封也有自刻的印板了，新诗也写成方块了，除掉做新诗的嗜好之外，简直就如光绪初年的雅人一样，所不同者，缺少辫子和有时穿穿洋服而已。

近来有一句常谈，是“旧瓶不能装新酒”。这其实是不确的，旧瓶可以装新酒，新瓶也可以装旧酒，倘若不信，将一瓶五加皮和一瓶白兰地互换起来试试看，五加皮装在白兰地瓶子里，也还是五加皮。这一种简单的试验，不但明示着“五更调”①“攒十字”的格调，也可以放进新的内容去，且又证实了新式青年的躯壳里，大可以埋伏下“桐城谬种”或“选学妖孽”的喽啰。

“老新党”们的见识虽然浅陋，但是有一个目的：图富强。所以他们坚决，切实；学洋话虽然怪声怪气，但是有一个目的：求富强之术。所以他们认真，热心。待到排满学说播布开来，许多人就成为革命党了，还是因为要给中国图富强，而以为此事必自排满始。

排满久已成功，五四早经过去，于是篆字，词，《庄子》，《文选》，古式信封，方块新诗，现在是我们又有了新的企图，要以“古雅”立足于天地之间了。假使真能立足，那倒是给“生存竞争”添一条新例的。

（十月一日。）

---

① 也称为“叹五更”，民间曲的调名。

“感旧”以后（上）

丰之余

又不小心，感了一下子旧，就引出了一篇施蛰存先生的《〈庄子〉与〈文选〉》来，以为我那些话，是为他而发的，但又希望并不是为他而发的。

我愿意有几句声明：那篇《感旧》，是并非为施先生而作的，然而可以有施先生在里面。

倘使专对个人而发的话，照现在的摩登文例，应该调查了对手的籍贯，出身，相貌，甚而至于他家乡有什么出产，他老子开过什么铺子，影射他几句才算合式。我的那一篇里可是毫没有这些的。内中所指，是一大队遗少群的风气，并不指定着谁和谁；但也因为所指的是一群，所以被触着的当然也不会少，即使不是整个，也是那里的一肢一节，即使并不永远属于那一队，但有时是属于那一队的。现在施先生自说了劝过青年去读《庄子》与《文选》，“为文学修养之助”，就自然和我所指摘的有点相关，但以为这文为他而作，却诚然是“神经过敏”，我实在并没有这意思。

不过这是在施先生没有说明他的意见之前的话，现在却连这“相关”也有些疏远了，因为我所指摘的，倒是比较顽固的遗少群，标准还要高一点。

现在看了施先生自己的解释，（一）才知道他当时的情形，是因为稿纸太小了，“倘再宽阔一点的话”，他“是想多写几部书进去的”；（二）才知道他先前的履历，是“从国文教员转到编杂志”，觉得“青年人的文章太拙直，字汇太少”了，所以推举了这两部古书，使他们去学文法，寻字汇，“虽然其中有许多字是已死了的”，然而也只好去寻觅。我想，假如庄子生在今日，则被劈棺之后，恐怕要劝一切有志于结婚的女子，都去看《烈女传》的罢。

还有一点另外的话——

（一）施先生说我用瓶和酒来比“文学修养”是不对的，但我并未这么比方过，我是说有些新青年可以有旧思想，有些旧形式也可以藏新内容。我也以为“新文学”和“旧文学”这中间不能有截然的分界，然而有蜕变，有比较的偏向，而且正因为不能以“何者为分界”，所以也没有了“第三种人”的立场。

（二）施先生说写篆字等类，都是个人的事情，只要不去勉强别人也做一样的事情就好，这似乎是很对的。然而中学生和投稿者，是他们自己个人的文章太拙直，字汇太少，却并没有勉强别人都去做字汇少而文法拙直的文章，施先生为什么竟大有所感，因此来劝“有志于文学的青年”该看《庄子》与《文选》了呢？做了考官，以词取士，施先生是不以为然的，但一做教员和编辑，却以《庄子》与《文选》劝青年，我真不懂这中间有怎样的分界。

（三）施先生还举出一个“鲁迅先生”来，好像他承接了庄子的新道统，一切文章，都是读《庄子》与《文选》读出来的一般。“我以为这也有点武断”的。他的文章中，诚然有许多字为《庄子》与《文选》中所有，例如“之乎者也”之类，但这些字眼，想来别的书上也不见得没有罢。再说得露骨一点，则从这样的书里去找活字汇，简直是胡涂虫，恐怕施先生自己也未必。

（十月十二日。）

【备考】：

《庄子》与《文选》

施蛰存

上个月《大晚报》的编辑寄了一张印着表格的邮片来，要我填注两项：（一）目下在读什么书，（二）要介绍给青年的书。

在第二项中，我写着：《庄子》，《文选》，并且附加了一句注脚："为青年文学修养之助。"

今天看见《自由谈》上丰之余先生的《感旧》一文，不觉有点神经过敏起来，以为丰先生这篇文章是为我而作的了。

但是现在我并不想对于丰先生有什么辩难，我只想趁此机会替自己作一个解释。

第一，我应当说明我为什么希望青年人读《庄子》和《文选》。近数年来，我的生活，从国文教师转到编杂志，与青年人的文章接触的机会实在太多了。我总感觉到这些青年人的文章太拙直，字汇太少，所以在《大晚报》编辑寄来的狭狭的行格里推荐了这两部书。我以为从这两部书中可以参悟一点做文章的方法，同时也可以扩大一点字汇（虽然其中有许多字是已死了的）。但是我当然并不希望青年人都去做《庄子》，《文选》一类的"古文"。

第二，我应当说明我只是希望有志于文学的青年能够读一读这两部书。我以为每一个文学者必须要有所借助于他上代的文学，我不懂得“新文学”和“旧文学”这中间究竟是以何者为分界的。在文学上，我以为“旧瓶装新酒”与“新瓶装旧酒”这譬喻是不对的。倘若我们把一个人的文学修养比之为酒，那么我们可以这样说：酒瓶的新旧没有关系，但这酒必须是酿造出来的。

我劝文学青年读《庄子》与《文选》，目的在要他们“酿造”，倘若《大晚报》编辑寄来的表格再宽阔一点的话，我是想再多写几部书进去的。

这里，我们不妨举鲁迅先生来说，像鲁迅先生那样的新文学家，似乎可以算是十足的新瓶了。但是他的酒呢？纯粹的白兰地吗？我就不能相信。没有经过古文学的修养，鲁迅先生的新文章决不会写到现在那样好。所以，我敢说：在鲁迅先生那样的瓶子里，也免不了有许多五加皮或绍兴老酒的成分。

至于丰之余先生以为写篆字，填词，用自刻印板的信封，都是不出身于学校，或国学专家们的事情，我以为这也有点武断。这些其实只是个人的事情，如果写篆字的人，不以篆字写信，如果填词的人做了官不以词取士，如果用自刻印板信封的人不勉强别人也去刻一个专用信封，那也无须丰先生口诛笔伐地去认为“谬种”和“妖孽”了。

新文学家中，也有玩木刻，考究版本，收罗藏书票，以骈体文为白话书信作序，甚至写字台上陈列了小摆设的，照丰先生的意见说来，难道他们是“要以‘今雅’立足于天地之间”吗？我想他们也未必有此企图。

临了，我希望丰先生那篇文章并不是为我而作的。

（十月八日，《自由谈》。）

“感旧”以后（下）

丰之余

还要写一点。但得声明在先，这是由施蛰存先生的话所引起，却并非为他而作的。对于个人，我原稿上常是举出名字来，然而一到印出，却往往化为“某”字，或是一切阔人姓名，危险字样，生殖机关的俗语的共同符号“××”了。我希望这一篇中的有几个字，没有这样变化，以免误解。

我现在要说的是：说话难，不说亦不易。弄笔的人们，总要写文章，一写文章，就难免惹灾祸，黄河的水向薄弱的堤上攻，于是露臂膊的女人和写错字的青年，就成了嘲笑的对象了，他们也真是无拳无勇，只好忍受，恰如乡下人到上海租界，除了拼出被称为“阿木林”之外，没有办法一样。

然而有些是冤枉的，随手举一个例，就是登在《论语》二十六期上的刘半农先生“自注自批”的《桐花芝豆堂诗集》这打油诗。北京大学招考，他是阅卷官，从国文卷子上发现一个可笑的错字，就来做诗，那些人被挖苦得真是要钻地洞，那些刚毕业的中学生。自然，他是教授，凡所指摘，都不至于不对的，不过我以为有些却还可有磋商的余地。集中有一个“自注”道——

“有写‘倡明文化’者，余曰：倡即‘娼’字，凡文化发达之处，娼妓必多，谓文化由娼妓而明，亦言之成理也。”

娼妓的娼，我们现在是不写作“倡”的，但先前两字通用，大约刘先生引据的是古书。不过要引古书，我记得《诗经》里有一句“倡予和女”，好像至今还没有人解作“自己也做了婊子来应和别人”的意思。所以那一个错字，错而已矣，可笑可鄙却不属于它的。还有一句是——

“幸‘萌科学思想之芽’。”

“萌”字和“芽”字旁边都加着一个夹圈，大约是指明着可笑之处在这里的罢，但我以为“萌芽”，“萌蘖”，固然是一个名词，而“萌动”，“萌发”，就成了动词，将“萌”字作动词用，似乎也并无错误。

五四运动时候，提倡（刘先生或者会解作“提起婊子”来的罢）白话的人们，写错几个字，用错几个古典，是不以为奇的，但因为有些反对者说提倡白话者都是不知古书，信口胡说的人，所以往往也做几句古文，以塞他们的嘴。但自然，因为从旧垒中来，积习太深，一时不能摆脱，因此带着古文气息的作者，也不能说是没有的。

当时的白话运动是胜利了，有些战士，还因此爬了上去，但也因为爬了上去，就不但不再为白话战斗，并且将它踏在脚下，拿出古字来嘲笑后进的青年了。因为还正在用古书古字来笑人，有些青年便又以看古书为必不可省的工夫，以常用文言的作者为应该模仿的格式，不再从新的道路上去企图发展，打出新的局面来了。

现在有两个人在这里：一个是中学生，文中写“留学生”为“流学生”，错了一个字；一个是大学教授，就得意洋洋的做了一首诗，曰：“先生犯了弥天罪，罚往西洋把学流，应是九流加一等，面筋熬尽一锅油。”我们看罢，可笑是在那一面呢？

（十月十二日。）

黄 祸

尤 刚

现在的所谓“黄祸”，我们自己是在指黄河决口了，但三十年之前，并不如此。

那时是解作黄色人种将要席卷欧洲的意思的，有些英雄听到了这句话，恰如听得被白人恭维为“睡狮”一样，得意了好几年，准备着去做欧洲的主子。

不过“黄祸”这故事的来源，却又和我们所幻想的不同，是出于德皇威廉的。他还画了一幅图，是一个罗马装束的武士，在抵御着由东方西来的一个人，但那人并不是孔子，倒是佛陀，中国人实在是空欢喜。所以我们一面在做“黄祸”的梦，而有一个人在德国治下的青岛所见的现实，却是一个苦孩子弄脏了电柱，就被白色巡捕提着脚，像中国人的对付鸭子一样，倒提而去了。

现在希特拉的排斥非日耳曼民族思想，方法是和德皇一样的。

德皇的所谓“黄祸”，我们现在是不再梦想了，连“睡狮”也不再提起，“地大物博，人口众多”，文章上也不很看见。倘是狮子，自夸怎样肥大是不妨事的，但如果是一口猪或一匹羊，肥大倒不是好兆头。我不知道我们自己觉得现在好像是什么了？

我们似乎不再想，也寻不出什么“象征”来，我们正在看海京伯的猛兽戏，赏鉴狮虎吃牛肉，听说每天要吃一只牛。我们佩服国联的制裁日本，我们也看不起国联的不能制裁日本；我们赞成军缩的“保护和平”，我们也佩服希特拉的退出军缩；我们怕别国要以中国作战场，我们也憎恶非战大会。我们似乎依然是“睡狮”。

“黄祸”可以一转而为“福”，醒了的狮子也会做戏的。当欧洲大战时，我们有替人拼命的工人，青岛被占了，我们有可以倒提的孩子。

但倘说，二十世纪的舞台上没有我们的份，是不合理的。

（十月十七日。）

冲

旅 隼

“推”和“踢”只能死伤一两个，倘要多，就非“冲”不可。

十三日的《新声》上载着贵阳通信说，九一八纪念，各校学生集合游行，教育厅长谭星阁临事张皇，乃派兵分据街口，另以汽车多辆，向行列冲去，于是发生惨剧，死学生二人，伤四十余，其中以正谊小学学生为最多，年仅十龄上下耳。……

我先前只知道武将大抵通文，当“枕戈待旦”的时候，就会做骈体电报，这回才明白虽是文官，也有深谙韬略的了。田单曾经用过火牛，现在代以汽车，也确是二十世纪。

“冲”是最爽利的战法，一队汽车，横冲直撞，使敌人死伤在车轮下，多么简截；“冲”也是最威武的行为，机关一扳，风驰电掣，使对手想回避也来不及，多么英雄。各国的兵警，喜欢用水龙冲，俄皇曾用哥萨克马队冲，都是快举。各地租界上我们有时会看见外国兵的坦克车在出巡，这就是倘不恭顺，便要来冲的家伙。

汽车虽然并非冲锋的利器，但幸而敌人却是小学生，一匹疲驴，真上战场是万万不行的，不过在嫩草地上飞跑，骑士坐在上面暗呜叱咤，却还很能胜任愉快，虽然有些人见了，难免觉得滑稽。

十龄上下的孩子会造反，本来也难免觉得滑稽的。但我们中国是常出神童的地方，一岁能画，两岁能诗，七龄童做戏，十龄童从军，十几龄童做委员，原是常有的事实；连七八岁的女孩也会被凌辱，从别人看来，是等于“年方花信”① 的了。

况且“冲”的时候，倘使对面是能够有些抵抗的人，那就汽车会弄得不爽利，冲者也就不英雄，所以敌人总须选得嫩弱。流氓欺乡下老，洋人打中国人，教育厅长冲小学生，都是善于克敌的豪杰。

“身当其冲”，先前好像不过一句空话，现在却应验了，这应验不但在成人，而且到了小孩子。“婴儿杀戮”算是一种罪恶，已经是过去的事，将乳儿抛上空中去，接以枪尖，不过看作一种玩把戏的日子，恐怕也就不远了罢。

（十月十七日。）

① 指女子正当成熟时期。

“滑稽”例解

苇　索

研究世界文学的人告诉我们：法人善于机锋，俄人善于讽刺，英美人善于幽默。这大概是真确的，就都为社会状态所制限。慨自语堂大师振兴“幽默”以来，这名词是很通行了，但一普遍，也就伏着危机，正如军人自称佛子，高官忽挂念珠，而佛法就要涅槃一样。倘若油滑，轻薄，猥亵，都蒙“幽默”之号，则恰如“新戏”之人“×世界”，必已成为“文明戏”也无疑。

这危险，就因为中国向来不大有幽默。只是滑稽是有的，但这和幽默还隔着一大段，日本人曾译“幽默”为“有情滑稽”，所以别于单单的“滑稽”，即为此。那么，在中国，只能寻得滑稽文章了？却又不。中国之自以为滑稽文章者，也还是油滑，轻薄，猥亵之谈，和真的滑稽有别。这“狸猫换太子”的关键，是在历来的自以为正经的言论和事实，大抵滑稽者多，人们看惯，渐渐以为平常，便将油滑之类，误认为滑稽了。

在中国要寻求滑稽，不可看所谓滑稽文，倒要看所谓正经事，但必须想一想。

这些名文是俯拾即是的，譬如报章上正正经经的题目，什么“中日交涉渐入佳境”呀，“中国到那里去”呀，就都是的，咀嚼起来，真如橄榄一样，很有些回味。

见于报章上的广告的，也有的是。我们知道有一种刊物，自说是“舆论界的新权威”，“说出一般人所想说而没有说的话”，而一面又在向别一种刊物“声明误会，表示歉意”，但又说是“按双方均为社会有声誉之刊物，自无互相攻讦之理”。“新权威”而善于“误会”，“误会”了而偏“有声誉”，“一般人所想说而没有说的话”却是误会和道歉：这要不笑，是必须不会思索的。

见于报章的短评上的，也有的是。例如九月间《自由谈》所载的《登龙术拾遗》上，以做富家女婿为“登龙”之一术，不久就招来了一篇反攻，那开首道：“狐狸吃不到葡萄，说葡萄是酸的，自己娶不到富妻子，于是对于一切有富岳家的人发生了妒嫉，妒嫉的结果是攻击。”这也不能想一下。一想“的结果”，便分明是这位作者在表明他知道“富妻子”的味道是甜的了。

诸如此类的妙文，我们也尝见于冠冕堂皇的公文上：而且并非将它漫画化了的，却是它本身原来是漫画。《论语》一年中，我最爱看“古香斋”这一栏，如四川营山县长禁穿长衫令云：“须知衣服蔽体已足，何必前拖后曳，消耗布匹？且国势衰弱，……顾念时艰，后患何堪设想？”又如北平社会局禁女人养雄犬文云：“查雌女雄犬相处，非仅有碍健康，更易发生无耻秽闻，揆之我国礼义之邦，亦为习俗所不许。谨特通令严禁……凡妇女带养之雄犬，斩之无赦，以为取缔！”这那里是滑稽作家所能凭空写得出来的？

不过“古香斋”里所收的妙文，往往还倾于奇诡，滑稽却不如平淡，惟其平淡，也就更加滑稽，在这一标准上，我推选“甜葡萄”说。

（十月十九日。）

外国也有

符 灵

凡中国所有的，外国也都有。

外国人说中国多臭虫，但西洋也有臭虫；日本人笑中国人好弄文字，但日本人也一样的弄文字。不抵抗的有甘地；禁打外人的有希特拉；狄昆希吸鸦片；陀思妥夫斯基赌得发昏。斯惠夫德带枷，马克斯反动。林白大佐的儿子，就给绑匪绑去了。而裹脚和高跟鞋，相差也不见得有多么远。

只有外国人说我们不问公益，只知自利，爱金钱，却还是没法辩解。民国以来，有过许多总统和阔官了，下野之后，都是面团团的，或赋诗，或看戏，或念佛，吃着不尽，真也好像给批评者以证据。不料今天却被我发现了：外国也有的！

> “十七日哈伐那电——避居加拿大之古巴前总统麦查度……在古巴之产业，计值八百万美元，凡能对渠担保收回此项财产者，无论何人，渠愿与以援助。又一消息，谓古巴政府已对麦及其旧僚属三十八人下逮捕令，并扣押渠等之财产，其数达二千五百万美元。……”

以三十八人之多，而财产一共只有这区区二千五百万美元，手段虽不能谓之高，但有些近乎发财却总是确凿的，这已足为我们的“上峰”雪耻。不过我还希望他们在外国买有地皮，在外国银行里另有存款，那么，我们和外人折冲樽俎的时候，就更加振振有辞了。

假使世界上只有一家有臭虫，而遭别人指摘的时候，实在也不大舒服的，但捉起来却也真费事。况且北京有一种学说，说臭虫是捉不得的，越捉越多。即使捉尽了，又有什么价值呢。不过是一种消极的办法。最好还是希望别家也有臭虫，而竟发现了就更好。发现，这是积极的事业。哥仑布与爱迪生，也不过有了发现或发明而已。

与其劳心劳力，不如玩跳舞，喝咖啡，外国也有的，巴黎就有许多跳舞场和咖啡店。

即使连中国都不见了，也何必大惊小怪呢，君不闻迦勒底与马基顿乎？——外国也有的！

（十月十九日。）

扑 空

丰之余

自从《自由谈》上发表了我的《感旧》和施蛰存先生的《〈庄子〉与〈文选〉》以后，《大晚报》的《火炬》便在征求展开的讨论。首先征到的是施先生的一封信，题目曰《推荐者的立场》。注云“《庄子》与《文选》的论争”。

但施先生又并不愿意“论争”，他以为两个人作战，正如弧光灯下的拳击手，无非给看客好玩。这是很聪明的见解，我赞成这一肢一节。不过更聪明的是施先生其实并非真没有动手，他在未说退场白之前，早已挥了几拳了。挥了之后，飘然远引，倒是最超脱的拳法。现在只剩下一个我了，却还得回一手，但对面没人也不要紧，我算是在打“逍遥游”。

施先生一开首就说我加以“训诲”，而且派他为“遗少的一肢一节”。上一句是诬赖的，我的文章中，并未对于他个人有所劝告。至于指为“遗少的一肢一节”，却诚然有这意思，不过我的意思，是以为“遗少”也并非怎么很坏的人物。新文学和旧文学中间难有截然的分界，施先生是承认的，辛亥革命去今不过二十二年，则民国人中带些遗少气，遗老气，甚而至于封建气，也还不算甚么大怪事，更何况如施先生自己所说，“虽然不敢自认为遗少，但的确已消失了少年的活力”的呢，过去的余气当然要有的。但是，只要自己知道，别人也知道，能少传授一点，那就好了。

我早经声明，先前的文字是并非专为他个人而作的，而且自看了《〈庄子〉与〈文选〉》之后，则连这“一肢一节”也已经疏远。为什么呢，因为在推荐给青年的几部书目上，还题出着别一个极有意味的问题：其中有一种是《颜氏家训》。这《家训》的作者，生当乱世，由齐入隋，一直是胡势大张的时候，他在那书里，也谈古典，论文章，儒士似的，却又归心于佛，而对于子弟，则愿意他们学鲜卑语，弹琵琶，以服事贵人——胡人。这也是庚子义和拳①败后的达官，富翁，巨商，士人的思想，自己念佛，子弟却学些“洋务”，使将来可以事人：便是现在，抱这样思想的人恐怕还不少。而这颜氏的渡世法，竟打动了施先生的心了，还推荐于青年，算是“道德修养”。他又举出自己在读的书籍，是一部英文书和一部佛经，正为“鲜卑语”和《归心篇》写照。只是现代变化急速，没有前人的悠闲，新旧之争，又正剧烈，一下子看不出什么头绪，他就也只好将先前两代的“道德”，并萃于一身了。假使青年，中年，老年，有着这颜氏式道德者多，则在中国社会上，实是一个严重的问题，有荡涤的必要。自然，这虽为书目所引起，问题是不专在个人的，这是时代思潮的一部。但因为连带提出，表面上似有太关涉了某一个人之观，我便不敢论及了，可以和他相关的只有“劝人看《庄子》《文选》了”八个字，对于个人，恐怕还不能算是不敬的，但待到看了《〈庄子〉与〈文选〉》，却实在生了一点不敬之心，因为他辩驳的话比我所豫料的还空虚，但仍给以正经的答复，那便是《感旧以后》（上）。

① 即义和团。

然而施先生的写在看了《感旧以后》（上）之后的那封信，却更加证明了他和我所谓“遗少”的疏远。他虽然口说不来拳击，那第一段却全是对我个人而发的。现在介绍一点在这里，并且加以注解。

施先生说：“据我想起来，劝青年看新书自然比劝他们看旧书能够多获得一些群众。”这是说，劝青年看新书的，并非为了青年，倒是为自己要多获些群众。

施先生说：“我想借贵报的一角篇幅，将……书目改一下：我想把《庄子》与《文选》改为鲁迅先生的《华盖集》正续编及《伪自由书》。我想，鲁迅先生为当代‘文坛老将’，他的著作里是有着很广大的活字汇的，而且据丰之余先生告诉我，鲁迅先生文章里的确也有一些从《庄子》与《文选》里出来的字眼，譬如‘之乎者也’之类。这样，我想对于青年人的效果也是一样的。”这一大堆的话，是说，我之反对推荐《庄子》与《文选》，是因为恨他没有推荐《华盖集》正续编与《伪自由书》的缘故。

施先生说：“本来我还想推荐一二部丰之余先生的著作，可惜坊间只有丰子恺先生的书，而没有丰之余先生的书，说不定他是像鲁迅先生印珂罗板木刻图一样的是私人精印本，属于罕见书之列，我很惭愧我的孤陋寡闻，未能推荐矣。”这一段话，有些语无伦次了，好像是说：我之反对推荐《庄子》与《文选》，是因为恨他没有推荐我的书，然而我又并无书，然而恨他不推荐，可笑之至矣。

这是“从国文教师转到编杂志”，劝青年去看《庄子》与《文选》，《论语》《孟子》，《颜氏家训》的施蛰存先生，看了我的《感旧以后》（上）一文后，“不想再写什么”，而终于写出来了的文章，辞退做“拳击手”，而先行拳击别人的拳法。但他竟毫不提主张看《庄子》与《文选》的较坚实的理由，毫不指出我那《感旧》与《感旧以后》（上）两篇中间的错误，他只有无端的诬赖，自己的猜测，撒娇，装傻。几部古书的名目一撕下，“遗少”的肢节也就跟着渺渺茫茫，到底是现出本相：明明白白的变了“洋场恶少”了。

（十月二十日。）

【备考】：

推荐者的立场

——《庄子》与《文选》之论争

施蛰存

万秋先生：

我在贵报向青年推荐了两部旧书，不幸引起了丰之余先生的训诲，把我派做“遗少中的一肢一节”。自从读了他老人家的《感旧以后》（上）一文后，我就不想再写什么，因为据我想起来，劝新青年看新书自然比劝他们看旧书能够多获得一些群众。丰之余先生毕竟是老当益壮，足为青年人的领导者。至于我呢，虽然不敢自认为遗少，但的确已消失了少年的活力，在这万象皆秋的环境中，即使丰之余先生那样的新精神，亦已不够振拔我的中年之感了。所以，我想借贵报一角篇幅，将我在九月二十九日贵报上发表的推荐给青年的书目改一下：我想把《庄子》与《文选》改为鲁迅先生的《华盖集》正续编及《伪自由书》。我想，鲁迅先生为当代“文坛老将”，他的著作里是有着很广大的活字汇的，而且据丰之余先生告诉我，鲁迅先生文章里的确也有一些从《庄子》与《文选》里出来的字眼，譬如“之乎者也”之类。这样，我想对于青年人的效果也是一样的。本来我还想推荐一二部丰之余先生的著作，可惜坊间只有丰子恺先生的书，而没有丰之余先生的书，说不定他是像鲁迅先生印珂罗版木刻图一样的是私人精印本，属于罕见书之列，我很惭愧我的孤陋寡闻，未能推荐矣。

此外，我还想将丰之余先生介绍给贵报，以后贵报倘若有关于征求意见之类的计划，大可设法寄一份表格给丰之余先生，我想一定能够供给一点有价值的意见的。不过，如果那征求是与“遗少的一肢一节”有关系的话，那倒不妨寄给我。

看见昨天的贵报，知道你预备将这桩公案请贵报的读者来参加讨论。我不知能不能请求你取销这个计划。我常常想，两个人在报纸上作文字战，其情形正如弧光灯下的拳击手，而报纸编辑正如那赶来赶去的瘦裁判，读者呢，就是那些在黑暗里的无理智的看客。瘦裁判总希望拳击手一回合又一回合地打下去，直到其中的一个倒了下来，One，Two，Three……站不起来，于是跑到那喘着气的胜者身旁去，举起他的套大皮手套的膀子，高喊着“Mr. X Win the Champion.”你试想想看，这岂不是太滑稽吗？现在呢，我不幸而自己做了这两个拳击手中间的一个，但是我不想为了瘦裁判和看客而继续扮演这滑稽戏了，并且也希望你不要做那瘦裁判。你不看见今天《自由谈》上止水先生的文章中引着那几句俗语吗？“舌头是扁的，说话是圆的”，难道你以为从读者的讨论中会得有真是非产生出来呢？

施蛰存。十月十八日。

（十月十九日，《大晚报》《火炬》。）

《扑空》正误

丰之余

前几天写《扑空》的时候，手头没有书，涉及《颜氏家训》之外，仅凭记忆，后来怕有错误，设法觅得原书来查了一查，发见对于颜之推的记述，是我弄错了。其《教子篇》云：“齐朝有一士大夫，尝谓吾曰：我有一儿，年已十七，颇晓书疏，教其鲜卑语，及弹琵琶，稍欲通解，以此伏事公卿，无不宠爱，亦要事也。吾时俛而不答。异哉此人之教子也。若由此业，自致卿相，亦不愿汝曹为之。”

然则齐士的办法，是庚子以后官商士绅的办法，施蛰存先生却是合齐士与颜氏的两种典型为一体的，也是现在一部分的人们的办法，可改称为“北朝式道德”，也还是社会上的严重的问题。

对于颜氏，本应该十分抱歉的，但他早经死去了，谢罪与否都不相干，现在只在这里对于施先生和读者订正我的错误。

（十月二十五日。）

突围

施蛰存

（八）对于丰之余先生，我的确曾经“打了几拳”，这也许会成为我毕生的遗憾。但是丰先生作《扑空》，其实并未“空”，还是扑的我，站在丰先生那一方面（或者说站在正邪说那方面）的文章却每天都在“剿”我，而我却真有“一个人的受难”之感了。

但是，从《扑空》一文中我发现了丰先生作文的逻辑，他说“我早经声明，先前的文字并非专为他个人而发的”。但下文却有“因为他辩驳的话比我所预料的还空虚”。不专为我而发，但已经预料我会辩驳，这又该作何解？

因为被人“指摘”了，我也觉得《庄子》与《文选》这两本书诚有不妥处，于是在给《大晚报》编辑的信里，要求他许我改两部新文学书，事实确是如此的。我并不说丰先生是恨我没有推荐这两部新文学书而“反对《庄子》与《文选》”的，而丰先生却说我存着这样的心思，这又岂是“有伦次”的话呢？

丰先生又把话题搭到《颜氏家训》，又搭到我自己正在读的两本书，并为一谈，说推荐《颜氏家训》是在教青年学鲜卑语，弹琵琶，以服事贵人，而且我还以身作则，在读一本洋书；说颜之推是“儒士似的，却又归心于佛”，因而我也看一本佛书；从丰先生的解释看起来，竟连我自己也失笑了，天下事真会这样巧！

我明明记得，《颜氏家训》中的确有一个故事，说有人教子弟学鲜卑语，学琵琶，但我还记得底下有一句：“亦不愿汝曹为之”，可见颜之推并不劝子弟读外国书。今天丰先生有“正误”了，他把这故事更正了之后，却说：“施蛰存先生却是合齐士与颜氏的两种典型为一体的。”这个，我倒不懂了，难道我另外还介绍过一本该“齐士”的著作给青年人吗？如果丰先生这逻辑是根据于“自己读外国书即劝人学鲜卑语”，那我也没话可说了。

丰先生似乎是个想为儒家争正统的人物，不然何以对于颜之推受佛教影响如此之鄙薄呢？何以对于我自己看一本《释迦传》如此之不满呢？这里，有两点可以题出来：（一）《颜氏家训》一书之价值是否因《归心篇》而完全可以抹杀？况且颜氏虽然为佛教张目，但他倒并不鼓吹出世，逃避现实，他也不过列举佛家与儒家有可以并行不悖之点，而采佛家报应之说，以补儒家道德教训之不足，这也可以说等于现在人引《圣经》或《可兰经》中的话一样。（二）我看一本《佛本行经》，其意义也等于看一本《谟罕默德传》或《基督传》，既无皈佛之心，更无劝人学佛之行，而丰先生的文章却说是我的“渡世法”，妙哉言乎，我不免取案头的一本某先生舍金上梓的《百喻经》而引为同志矣。

我以前对于丰先生，虽然文字上有点太闹意气，但的确还是表示尊敬的，但看到《扑空》这一篇，他竟骂我为“洋场恶少”了，切齿之声俨若可闻，我虽“恶”，却也不敢再恶到以相当的恶声相报了。我呢，套一句现成诗：“十年一觉文坛梦，赢得洋场恶少名”，原是无足重轻，但对于丰先生，我想该是会得后悔的。今天读到《〈扑空〉正误》，则又觉得丰先生所谓“无端的诬赖，自己的猜测，撒娇，装傻”，又正好留着给自己“写照”了。

（附注）《大晚报》上那两个标题并不是我自己加的，我并无“立场”，也并不愿意因我之故而使《庄子》与《文选》这两部书争吵起来。

右答丰之余先生。（二十七日。）

（十月三十一日，十一月一日，《自由谈》。）

答“兼示”

丰之余

前几天写了一篇《扑空》之后，对于什么“《庄子》与《文选》”之类，本也不想再说了。第二天看见了《自由谈》上的施蛰存先生《致黎烈文先生书》，也是“兼示”我的，就再来说几句。因为施先生驳复我的三项，我觉得都不中肯——

（一）施先生说，既然“有些新青年可以有旧思想，有些旧形式也可以藏新内容”，则像他似的“遗少之群中的一肢一节”的旧思想也可以存而不论，而且写《庄子》那样的古文也不妨了。自然，倘要这样写，也可以说“不妨”的，宇宙决不会因此破灭。但我总以为现在的青年，大可以不必舍白话不写，却另去熟读了《庄子》，学了它那样的文法来写文章。至于存而不论，那固然也可以，然而论及又有何妨呢？施先生对于青年之文法拙直，字汇少，和我的《感旧》，不是就不肯“存而不论”么？

（二）施先生以为“以词取士”，和劝青年看《庄子》与《文选》有“强迫”与“贡献”之分，我的比例并不对。但我不知道施先生做国文教员的时候，对于学生的作文，是否以富有《庄子》文法与《文选》字汇者为佳文，转为编辑之后，也以这样的作品为上选？假使如此，则倘作“考官”，我看是要以《庄子》与《文选》取士的。

（三）施先生又举鲁迅的话，说他曾经说过：一，“少看中国书，其结果不过不能作文而已。”可见是承认了要能作文，该多看中国书；二，“……我以为倘要弄旧的呢，倒不如姑且靠着张之洞的《书目答问》去摸门径去。”就知道没有反对青年读古书过。这是施先生忽略了时候和环境。他说一条的那几句的时候，正是许多人大叫要作白话文，也非读古书不可之际，所以那几句是针对他们而发的，犹言即使恰如他们所说，也不过不能作文，而去读古书，却比不能作文之害还大。至于二，则明明指定着研究旧文学的青年，和施先生的主张，涉及一般的大异。倘要弄中国上古文学史，我们不是还得看《易经》与《书经》么？

其实，施先生说当他填写那书目的时候，并不如我所推测那样的严肃，我看这话倒是真实的。我们试想一想，假如真有这样的一个青年后学，奉命惟谨，下过一番苦功之后，用了《庄子》的文法，《文选》的语汇，来写发挥《论语》、《孟子》和《颜氏家训》的道德的文章，“这岂不是太滑稽吗”？

然而我的那篇《怀旧》是严肃的。我并非为要“多获群众”，也不是因为恨施先生没有推荐《华盖集》正续编及《伪自由书》；更不是别有“动机”，例如因为做学生时少得了分数，或投稿时被没收了稿子，现在就借此来报私怨。

（十月二十一日。）

【备考】：

致黎烈文先生书

——兼示丰之余先生

施蛰存

烈文兄：

那天电车上匆匆一晤，我因为要到民九社书铺去买一本看中意了的书，所以在王家沙下车了。但那本书终于因价钱不合，没有买到，徒然失去了一个与你多谈一刻的机会，甚怅怅。

关于“《庄子》与《文选》”问题，我决不再想说什么话。本来我当时填写《大晚报》编辑部寄来的那张表格的时候，并不含有如丰先生的意见所看出来的那样严肃。我并不说每一个青年必须看这两部书，也不是说每一个青年只要看这两部书，也并不是说我只有这两部书想推荐。大概报纸副刊的编辑，想借此添一点新花样，而填写者也大都是偶然觉得有什么书不妨看看，就随手写下了。早知这一写竟会闯出这样大的文字纠纷来，即使《大晚报》副刊编者崔万秋先生给我磕头我也不肯写的。今天看见《涛声》第四十期上有一封曹聚仁先生给我的信，最后一句是：“没有比这两部书更有利于青年了吗？敢问。”这一问真问得我啼笑皆非了。（曹聚仁先生的信态度很真挚，我将有一封复信给他，也许他会得刊在《涛声》上，我希望你看一看。）

对于丰之余先生我也不愿再冒犯他，不过对于他在《感旧》（上）那一篇文章里三点另外的话觉得还有一点意见——

（一）丰先生说：“有些新青年可以有旧思想，有些旧形式也可以藏新内容。”是的，新青年尚且可以有旧思想，那么像我这种“遗少之群中的一肢一节”之有旧思想似乎也可以存而不论的了。至于旧形式也可以藏新内容，则似乎写《庄子》那样的古文也不妨，只要看它的内容如何罢了。

（二）丰先生说不懂我劝青年看《庄子》与《文选》与做了考官以词取士有何分界，这其实是明明有着分界的。前者是以一己的意见供献给青年，接受不接受原在青年的自由；后者却是代表了整个阶级（注：做官的阶级也），几乎是强迫青年全体去填词了。（除非这青年不想做官。）

（三）说鲁迅先生的文章是从《庄子》与《文选》中来的，这确然是滑稽的，我记得我没有说过那样的话。我的文章里举出鲁迅先生来作例，其意只想请不反对青年从古书求得一点文学修养的鲁迅先生来帮帮忙。鲁迅先生虽然一向是劝青年多读外国书的，但这是他以为从外国书中可以训练出思想新锐的青年来，至于像我那样给青年从做文章（或说文学修养）上着想，则鲁迅先生就没有反对青年读古书过。举两个证据来罢：一，“少看中国书，其结果不过不能作文而已。”（见北新版《华盖集》第四页。）这可见鲁迅先生也承认要能作文，该多看中国书了。而这所谓中国书，从上文看来，似乎并不是指的白话文书。二，“我常被询问，要弄文学，应该看什么书？……我以为倘要弄旧的呢，倒不如姑且靠着张之洞的《书目答问》去摸门径去。”（见北新版《而已集》第四十五页。）

现在，我想我应该在这里“带住”了，我曾有一封信给《大晚报》副刊的编者，为了尊重丰之余先生的好意，我曾请求允许我换两部书介绍给青年。除了我还写一封信给曹聚仁先生之外，对于这“《庄子》与《文选》”的问题我没有要说的话了。我曾经在《自由谈》的壁上，看过几次的文字争，觉得每次总是愈争愈闹意气，而离本题愈远，甚至到后来有些参加者的动机都是可以怀疑的，我不想使自己不由自主地被卷入漩涡，所以我不再说什么话了。昨晚套了一个现成偈语：

此亦一是非彼亦一是非

惟无是非观庶几免是非

倘有人能写篆字者乎？颇想一求法挥，张之素壁。

施蛰存上（十九日）。

（十月二十日，《申报》，《自由谈》。）

中国文与中国人

余　铭

最近出版了一本很好的翻译：高本汉著的《中国语和中国文》。高本汉先生是个瑞典人，他的真姓是珂罗倔伦（karlgren）。他为什么“贵姓”高呢？那无疑的是因为中国化了。他的确对于中国语文学有很大的贡献。

但是，他对于中国人似乎更有研究，因此，他很崇拜文言，崇拜中国字，以为对中国人是不可少的。

他说：“近来——按高氏这书是一九二三年在伦敦出版的——某几种报纸，曾经试用白话，可是并没有多大的成功；因此也许还要触怒多数定报人，以为这样，就是讽示著他们不能看懂文言报呢！”

“西洋各国里有许多伶人，在他们表演中，他们几乎随时可以插入许多‘打诨’，也有许多作者，滥引文书；但是大家都认这种是劣等的风味。这在中国恰好相反，正认为高妙的文雅而表示绝艺的地方。”

中国文的“含混的地方，中国人不但不因之感受了困难，反而愿意养成它。”

但高先生自己却因此受够了侮辱：“本书的著者和亲爱的中国人谈话，所说给他的，很能完全了解；但是，他们彼此谈话的时候，他几乎一句也不懂。”这自然是那些“亲爱的中国人”在“讽示”他不懂上流社会的话，因为“外国人到了中国来，只要注意一点，他就可以觉得：他自己虽然熟悉了普通人的语言，而对于上流社会的谈话，还是莫名其妙的。”

于是他就说：“中国文字好像一个美丽可爱的贵妇，西洋文字好像一个有用而不美的贱婢。”

美丽可爱而无用的贵妇的“绝艺”，就在于“插诨”的含混。这使得西洋第一等的学者，至多也不过抵得上中国的普通人，休想爬进上流社会里来。这样，我们“精神上胜利了”。为要保持这种胜利，必须有高妙文雅的字汇，而且要丰富！五四白话运动的“没有多大成功”，原因大抵就在上流社会怕人讽示他们不懂文言。

虽然，“此亦一是非，彼亦一是非”——我们还是含混些好了。否则，反而要感受困难的。

（十月二十五日。）

野兽训练法

余 铭

最近还有极有益的讲演，是海京伯马戏团的经理施威德在中华学艺社的三楼上给我们讲“如何训练动物?”可惜我没福参加旁听，只在报上看见一点笔记。但在那里面，就已经够多着警辟的话了——

“有人以为野兽可以用武力拳头去对付它，压迫它，那便错了，因为这是从前野蛮人对付野兽的办法，现在训练的方法，便不是这样。”

“现在我们所用的方法，是用爱的力量，获取它们对于人的信任，用爱的力量，温和的心情去感动它们。……”

这一些话，虽然出自日耳曼人之口，但和我们圣贤的古训，也是十分相合的。用武力拳头去对付，就是所谓“霸道”。然而“以力服人者，非心服也”，所以文明人就得用“王道”，以取得“信任”：“民无信不立”。

但是，有了“信任”以后，野兽可要变把戏了——

“教练者在取得它们的信任以后，然后可以从事教练它们了：第一步，可以使它们认清坐的，站的位置；再可以使它们跳浜，站起来……”

训兽之法，通于牧民，所以我们的古之人，也称治民的大人物曰“牧”。然而所“牧”者，牛羊也，比野兽怯弱，因此也就无须乎专靠“信任”，不妨兼用着拳头，这就是冠冕堂皇的“威信”。

由“威信”治成的动物，“跳浜，站起来”是不够的，结果非贡献毛角血肉不可，至少是天天挤出奶汁来，——如牛奶，羊奶之流。

然而这是古法，我不觉得也可以包括现代。

施威德讲演之后，听说还有余兴，如“东方大乐”及“踢毽子”等，报上语焉不详，无从知道底细了，否则，我想，恐怕也很有意义。

（十月二十七日。）

反刍

元　良

关于“《庄子》与《文选》”的议论，有些刊物上早不直接提起应否大家研究这问题，却拉到别的事情上去了。他们是在嘲笑那些反对《文选》的人们自己却曾做古文，看古书。

这真利害。大约就是所谓“以子之矛，攻子之盾”罢——对不起，“古书”又来了！

不进过牢狱的那里知道牢狱的真相。跟着阔人，或者自己原是阔人，先打电话，然后再去参观的，他只看见狱卒非常和气，犯人还可以用英语自由的谈话。倘要知道得详细，那他一定是先前的狱卒，或者是释放的犯人。自然，他还有恶习，但他教人不要钻进牢狱去的忠告，却比什么名人说模范监狱的教育卫生，如何完备，比穷人的家里好得多等类的话，更其可信的。

然而自己沾了牢狱气，据说就不能说牢狱坏，狱卒或囚犯，都是坏人，坏人就不能有好话。只有好人说牢狱好，这才是好话。读过《文选》而说它无用，不如不读《文选》而说它有用的可听。反“反《文选》”的诸君子，自然多是读过的了，但未读的也有，举一个例在这里罢——“《庄子》我四年前虽曾读过，但那时还不能完全读懂……《文选》则我完全没有见过。”然而他结末说，“为了浴盘的水糟了，就连小宝宝也要倒掉，这意思是我们不敢赞同的。”（见《火炬》）他要保护水中的“小宝宝”，可是没有见过“浴盘的水”。

五四运动的时候，保护文言者是说凡做白话文的都会做文言文，所以古文也得读。现在保护古书者是说反对古书的也在看古书，做文言，——可见主张的可笑。永远反刍，自己却不会呕吐，大约真是读透了《庄子》了。

（十一月四日。）

归 厚

罗 怃

在洋场上，用一瓶强水去洒他所恨的女人，这事早经绝迹了。用些秽物去洒他所恨的律师，这风气只继续了两个月。最长久的是造了谣言去中伤他们所恨的文人，说这事已有了好几年，我想，是只会少不会多的。

洋场上原不少闲人，“吃白相饭”尚且可以过活，更何况有时打几圈马将。小妇人的嘁嘁喳喳，又何尝不可以消闲。我就是常看造谣专门杂志之一人，但看的并不是谣言，而是谣言作家的手段，看他有怎样出奇的幻想，怎样别致的描写，怎样险恶的构陷，怎样躲闪的原形。造谣，也要才能的，如果他造得妙，即使造的是我自己的谣言，恐怕我也会爱他的本领。

但可惜大抵没有这样的才能，作者在谣言文学上，也还是“滥竽充数”。这并非我个人的私见。讲什么文坛故事的小说不流行，什么外史也不再做下去，可见是人们多已摇头了。讲来讲去总是这几套，纵使记性坏，多听了也会烦厌的。想继续，这时就得要才能；否则，台下走散，应该换一出戏来叫座。

譬如罢，先前演的是《杀子报》罢，这回就须是《三娘教子》，“老东人呀，唉，唉，唉！”

而文场实在也如戏场，果然已经渐渐的“民德归厚”了，有的还至于自行声明，更换办事人，说是先前“揭载作家秘史，虽为文坛佳话，然亦有伤忠厚。以后本刊停登此项稿件。

……以前言责，……概不负责。”（见《微言》）为了“忠厚”而牺牲“佳话”，虽可惜，却也可敬的。

尤其可敬的是更换办事人。这并非敬他的“概不负责”，而是敬他的彻底。古时候虽有“放下屠刀，立地成佛”的人，但因为也有“放下官印，立地念佛”而终于又“放下念珠，立地做官”的人，这一种玩意儿，实在已不足以昭大信于天下：令人办事有点为难了。

不过，尤其为难的是忠厚文学远不如谣言文学之易于号召读者，所以须有才能更大的作家，如果一时不易搜求，那刊物就要减色。我想，还不如就用先前打诨的二丑挂了长须来唱老生戏，那么，暂时之间倒也特别而有趣的。

（十一月四日。）

附记：这一篇没有能够发表。次年六月十九日记。

难得糊涂

子 明

因为有人谈起写篆字，我倒记起郑板桥有一块图章，刻着“难得糊涂”。那四个篆字刻得叉手叉脚的，颇能表现一点名士的牢骚气。足见刻图章写篆字也还反映着一定的风格，正像“玩”木刻之类，未必“只是个人的事情”：“谬种”和“妖孽”就是写起篆字来，也带着些“妖谬”的。

然而风格和情绪，倾向之类，不但因人而异，而且因事而异，因时而异。郑板桥说“难得糊涂”，其实他还能够糊涂的。现在，到了“求仕不获无足悲，求隐而不得其地以窜者，毋亦天下之至哀欤”的时代，却实在求糊涂而不可得了。

糊涂主义，惟无是非观等等——本来是中国的高尚道德。你说他是解脱，达观罢；也未必。他其实在固执着，坚持着什么，例如道德上的正统，文学上的正宗之类。这终于说出来了：——道德要孔孟加上“佛家报应之说”（老庄另账登记），而说别人“鄙薄”佛教影响就是“想为儒家争正统”，原来同善社的三教同源论早已是正统了。文学呢？要用生涩字，用词藻，秾纤的作品，而且是新文学的作品，虽则他“否认新文学和旧文学的分界”；而大众文学“固然赞成”，“但那是文学中的一个旁支”。正统和正宗，是明显的。

对于人生的倦怠并不糊涂！活的生活已经那么“穷乏”，要请青年在“佛家报应之说”，在“《文选》、《庄子》、《论语》、《孟子》”里去求得修养。后来，修养又不见了，只剩得字汇。“自然景物，个人情感，宫室建筑，……之类，还不妨从《文选》之类的书中去找来用。”从前严几道从甚么古书里——大概也是《庄子》罢——找着了“幺匿”两个字来译Unit，又古雅，又音义双关的。但是后来通行的却是“单位”。严老先生的这类“字汇”很多，大抵无法复活转来。现在却有人以为“汉以后的词，秦以前的字，西方文化所带来的字和词，可以拼成功我们的光芒的新文学”。这光芒要是只在字和词，那大概像古墓里的贵妇人似的，满身都是珠光宝气了。人生却不在拼凑，而在创造，几千百万的活人在创造。可恨的是人生那么骚扰忙乱，使一些人“不得其地以窜”，想要逃进字和词里去，以求“庶免是非”，然而又不可得。真要写篆字刻图章了！

（十一月六日。）

古书中寻活字汇

罗 怃

古书中寻活字汇，是说得出，做不到的，他在那古书中，寻不出一个活字汇。

假如有“可看《文选》的青年”在这里，就是高中学生中的几个罢，他翻开《文选》来，一心要寻活字汇，当然明知道那里面有些字是已经死了的。然而他怎样分别那些字的死活呢？大概只能以自己的懂不懂为标准。但是，看了六臣注之后才懂的字不能算，因为这原是死尸，由六臣背进他脑里，这才算是活人的，在他脑里即使复活了，在未“可看《文选》的青年”的眼前却还是死家伙。所以他必须看白文。

诚然，不看注，也有懂得的，这就是活字汇。然而他怎会先就懂得的呢？这一定是曾经在别的书上看见过，或是到现在还在应用的字汇，所以他懂得。那么，从一部《文选》里，又寻到了什么？

然而施先生说，要描写宫殿之类的时候有用处。这很不错，《文选》里有许多赋是讲到宫殿的，并且有什么殿的专赋。倘有青年要做汉晋的历史小说，描写那时的宫殿，找《文选》是极应该的，还非看“四史”《晋书》之类不可。然而所取的僻字也不过将死尸抬出来，说得神秘点便名之曰“复活”。如果要描写的是清故宫，那可和《文选》的瓜葛就极少了。

倘使连清故宫也不想描写，而豫备工夫却用得这么广泛，那实在是徒劳而仍不足。因为还有《易经》和《仪礼》，里面的字汇，在描写周朝的卜课和婚丧大事时候是有用处的，也得作为“文学修养之根基”，这才更像“文学青年”的样子。

（十一月六日。）

“商定”文豪

白在宣

笔头也是尖的，也要钻。言路的窄，现在也正如活路一样，所以（以上十五字，刊出时作“别的地方钻不进”），只好对于文艺杂志广告的夸大，前去刺一下。

一看杂志的广告，作者就个个是文豪，中国文坛也真好像光焰万丈，但一面也招来了鼻孔里的哼哼声。然而，著作一世，藏之名山，以待考古团的掘出的作家，此刻早已没有了，连自作自刻，订成薄薄的一本，分送朋友的诗人，也已经不大遇得到。现在是前周作稿，次周登报，上月剪贴，下月出书，大抵仅仅为稿费。倘说，作者是饿着肚子，专心在为社会服务，恐怕说出来有点要脸红罢。就是笑人需要稿费的高士，他那一篇嘲笑的文章也还是不免要稿费。但自然，另有薪水，或者能靠女人奁资养活的文豪，都不属于这一类。

就大体而言，根子是在卖钱，所以上海的各式各样的文豪，由于“商定”，是“久已夫，已非一日矣”的了。

商家印好一种稿子后，倘那时封建得势，广告上就说作者是封建文豪，革命行时，便是革命文豪，于是封定了一批文豪们。别家的书也印出来了，另一种广告说那些作者并非真封建或真革命文豪，这边的才是真货色，于是又封定了一批文豪们。别一家又集印了各种广告的论战，一位作者加上些批评，另出了一位新文豪。

还有一法是结合一套脚色，要几个诗人，几个小说家，一个批评家，商量一下，立一个什么社，登起广告来，打倒彼文豪，抬出此文豪，结果也总可以封定一批文豪们，也是一种的“商定”。

就大体而言，根子是在卖钱，所以后来的书价，就不免指出文豪们的真价值，照价二折，五角一堆，也说不定的。不过有一种例外：虽然铺子出盘，作品贱卖，却并不是文豪们走了末路，那是他们已经“爬了上去”，进大学，进衙门，不要这踏脚凳了。

（十一月七日。）

青年与老子

敬一尊

听说，“慨自欧风东渐以来”，中国的道德就变坏了，尤其是近时的青年，往往看不起老子。这恐怕真是一个大错误，因为我看了几个例子，觉得老子的对于青年，有时确也很有用处，很有益处，不仅足为“文学修养”之助的。

有一篇旧文章——我忘记了出于什么书里的了——告诉我们，曾有一个道士，有长生不老之术，自说已经百余岁了，看去却“美如冠玉”，像二十左右一样。有一天，这位活神仙正在大宴阔客，突然来了一个须发都白的老头子，向他要钱用，他把他骂出去了。大家正惊疑间，那活神仙慨然的说道，“那是我的小儿，他不听我的话，不肯修道，现在你们看，不到六十，就老得那么不成样子了。”大家自然是很感动的，但到后来，终于知道了那人其实倒是道士的老子。

还有一篇新文章——杨某的自白——却告诉我们，他是一个有志之士，学说是很正确的，不但讲空话，而且去实行，但待到看见有些地方的老头儿苦得不像样，就想起自己的老子来，即使他的理想实现了，也不能使他的父亲做老太爷，仍旧要吃苦。于是得到了更正确的学说，抛去原有的理想，改做孝子了。假使父母早死，学说那有这么圆满而堂皇呢？这不也就是老子对于青年的益处么？

那么，早已死了老子的青年不是就没有法子么？我以为不然，也有法子想。这还是要查旧书。另有一篇文章——我也忘了出在什么书里的了——告诉我们，一个老女人在讨饭，忽然来了一位大阔人，说她是自己的久经失散了的母亲，她也将错就错，做了老太太。后来她的儿子要嫁女儿，和老太太同到首饰店去买金器，将老太太已经看中意的东西自己带去给太太看一看，一面请老太太还在拣，——可是，他从此就不见了。

不过，这还是学那道士似的，必须实物时候的办法，如果单是做做自白之类，那是实在有无老子，倒并没有什么大关系的。先前有人提倡过"虚君共和"，现在又何妨有"没亲孝子"？张宗昌很尊孔，恐怕他府上也未必有"四书"、"五经"罢。

（十一月七日。）

后 记

这六十多篇杂文，是受了压迫之后，从去年六月起，另用各种的笔名，障住了编辑先生和检查老爷的眼睛，陆续在《自由谈》上发表的。不久就又蒙一些很有“灵感”的“文学家”吹嘘，有无法隐瞒之势，虽然他们的根据嗅觉的判断，有时也并不和事实相符。但不善于改悔的人，究竟也躲闪不到那里去，于是不及半年，就得着更厉害的压迫了，敷衍到十一月初，只好停笔，证明了我的笔墨，实在敌不过那些带着假面，从指挥刀下挺身而出的英雄。

不做文章，就整理旧稿，在年底里，粘成了一本书，将那时被人删削或不能发表的，也都添进去了，看起分量来，倒比这以前的《伪自由书》要多一点。今年三月间，才想付印，做了一篇序，慢慢的排，校，不觉又过了半年，回想离停笔的时候，已是一年有余了，时光真是飞快，但我所怕的，倒是我的杂文还好像说着现在或甚而至于明年。

记得《伪自由书》出版的时候，《社会新闻》曾经有过一篇批评，说我的所以印行那一本书的本意，完全是为了一条尾巴——《后记》。这其实是误解的，我的杂文，所写的常是一鼻，一嘴，一毛，但合起来，已几乎是或一形象的全体，不加什么原也过得去的了。但画上一条尾巴，却见得更加完全。所以我的要写后记，除了我是弄笔的人，总要动笔之外，只在要这一本书里所画的形象，更成为完全的一个具象，却不是“完全为了一条尾巴”。

内容也还和先前一样，批评些社会的现象，尤其是文坛的情形。因为笔名改得勤，开初倒还平安无事。然而“江山好改，秉性难移”，我知道自己终于不能安分守己。《序的解放》碰着了曾今可，《豪语的折扣》又触犯了张资平，此外在不知不觉之中得罪了一些别的什么伟人，我还自己不知道。但是，待到做了《各种捐班》和《登龙术拾遗》以后，这案件可就闹大了。

去年八月间，诗人邵洵美先生所经营的书店里，出了一种《十日谈》，这位诗人在第二期（二十日出）上，飘飘然的论起“文人无行”来了，先分文人为五类，然后作结道——

> 除了上述五类外，当然还有许多其他的典型；但其所以为文人之故，总是因为没有饭吃，或是有了饭吃不饱。因为做文人不比做官或是做生意，究竟用不到多少本钱。一枝笔，一些墨，几张稿纸，便是你所要预备的一切。呒本钱生意，人人想做，所以文人便多了。此乃是没有职业才做文人的事实。
>
> 我们的文坛便是由这种文人组织成的。
>
> 因为他们是没有职业才做文人，因此他们的目的仍在职业而不在文人。他们借着文艺宴会的名义极力地拉拢大人物；借文艺杂志或是副刊的地盘，极力地为自己做广告：但求闻达，不顾羞耻。
>
> 谁知既为文人矣，便将被目为文人；既被目为文人矣，便再没有职业可得，这般东西便永远在文坛里胡闹。

文人的确穷的多，自从迫压言论和创作以来，有些作者也的确更没有饭吃了。而邵洵美先生是所谓“诗人”，又是有名的巨富“盛宫保”的孙婿，将污秽泼在“这般东西”的头上，原也十分平常的。但我以为作文人究竟和“大出丧”有些不同，即使雇得一大群帮闲，开锣喝道，过后仍是一条空街，还不及“大出丧”的虽在数十年后，有时还有几个市侩传颂。穷极，文是不能工的，可是金银又并非文章的根苗，它最好还是买长江沿岸的田地。然而富家儿总不免常常误解，以为钱可使鬼，就也可以通文。使鬼，大概是确的，也许还可以通神，但通文却不成，诗人邵洵美先生本身的诗便是证据。我那两篇中的有一段，便是说明官可捐，文人不可捐，有裙带官儿，却没有裙带文人的。

然而，帮手立刻出现了，还出在堂堂的《中央日报》（九月四日及六日）上——

女婿问题

如　是

最近的《自由谈》上，有两篇文章都是谈到女婿的，一篇是孙用的《满意和写不出》，一篇是苇索的《登龙术拾遗》。后一篇九月一日刊出，前一篇则不在手头，刊出日期大约在八月下旬。

苇索先生说：“文坛虽然不致于要招女婿，但女婿却是会要上文坛的。”后一句“女婿却是会要上文坛的”，立论十分牢靠，无瑕可击。我们的祖父是人家的女婿，我们的父亲也是人家的女婿，我们自己，也仍然不免是人家的女婿，比如今日在文坛上“北面”而坐的鲁迅茅盾之流，都是人家的女婿，所以“女婿会要上文坛的”是不成问题的，至于前一句“文坛虽然不致于要招女婿”，这句话就简直站不住了。我觉得文坛无时无刻不在招女婿，许多中国作家现在都变成了俄国的女婿了。

又说：“有富岳家，有阔太太，用赔嫁钱，作文学资本，……”能用妻子的赔嫁钱来作文学资本，我觉得这种人应该佩服，因为用妻子的钱来作文学资本，总比用妻子的钱来作其他一切不正当的事情好一些。况且凡事必须有资本，文学也不能例外，如没有钱，便无从付印刷费，则杂志及集子都出不成，所以要办书店，出杂志，都得是大家拿一些私蓄出来，妻子的钱自然也是私蓄之一。况且做一个富家的女婿并非罪恶，正如做一个报馆老板的亲戚之并非罪恶为一样，如其一个报馆老板的亲戚，回国后游荡无事，可以依靠亲戚的牌头，夺一个副刊来编编，则一个富家的女婿，因为兴趣所近，用些妻子的赔嫁钱来作文学资本，当然也无不可。

“女婿”的蔓延

圣　闲

狐狸吃不到葡萄，说葡萄是酸的，自己娶不到富妻子，于是对一切有富岳家的人发生了妒忌，妒忌的结果是攻击。

假如做了人家的女婿，是不是还可以做文人的呢？答案自然是属于正面的，正如前天如是先生在本园上他的一篇《女婿问题》里说过，今日在文坛上最有声色的鲁迅、茅盾之流，一方面身为文人，一方面仍然不免是人家的女婿，不过既然做文人同时也可以做人家的女婿，则此女婿是应该属于穷岳家的呢，还是属于富岳家的呢？关于此层，似乎那些老牌作家，尚未出而主张，不知究竟应该“富倾”还是“穷倾”才对，可是《自由谈》之流的撰稿人，既经对于富岳家的女婿取攻击态度，则我们感到，好像至少做富岳家的女婿的似乎不该再跨上这个文坛了，“富岳家的女婿”和“文人”仿佛是冲突的，二者只可任择其一。

目下中国文坛似乎有这样一个现象，不必检查一个文人他本身在文坛上的努力的成绩，而惟斤斤于追究那个文人的家庭琐事，如是否有富妻子或穷妻子之类。要是你今天开了一家书店，则这家书店的本钱，是否出乎你妻子的赔嫁钱，也颇劳一些尖眼文人，来调查打听，以此或作攻击讥讽。

我想将来中国的文坛，一定还会进步到有下种情形：穿陈嘉庚橡皮鞋者，方得上文坛，如穿皮鞋，便属贵族阶级，而入于被攻击之列了。

现在外国回来的留学生失业的多得很。回国以后编一个副刊也并非一件羞耻事情，编那个副刊，是否因亲戚关系，更不成问题，亲戚的作用，本来就在这种地方。自命以扫除文坛为己任的人，如其人家偶而提到一两句自己的不愿意听的话，便要成群结队的来反攻，大可不必，如其常常骂人家为狂吠的，则自己切不可也落入于狂吠之列。

这两位作者都是富家女婿崇拜家，但如是先生是凡庸的，背出了他的祖父，父亲，鲁迅，茅盾之后，结果不过说着“鲁迅拿卢布”那样的滥调；打诨的高手要推圣闲先生，他竟拉到我万想不到的诗人太太的味道上去了。戏剧上的二丑帮忙，倒使花花公子格外出丑，用的便是这样的说法，我后来也引在《“滑稽”例解》中。

但邵府上也有恶辣的谋士的。今年二月，我给日本的《改造》杂志做了三篇短论，是讥评中国，日本，满洲的。邵家将却以为“这回是得之矣”了。就在也是这甜葡萄棚里产生出来的《人言》（三月三日出）上，扮出一个译者和编者来，译者算是只译了其中的一篇《谈监狱》，投给了《人言》，并且前有“附白”，后有“识”——

谈监狱

鲁 迅

（顷阅日文杂志《改造》三月号，见载有我们文坛老将鲁迅翁之杂文三篇，比较翁以中国文发表之短文，更见精彩，因耑译之，以寄《人言》。惜译者未知迅翁寓所，问内山书店主人丸造氏，亦言未详，不能先将译稿就正于氏为憾。但请仍用翁的署名发表，以示尊重原作之意。——译者井上附白。）

人的确是由事实的启发而获得新的觉醒，并且事情也是因此而变革的。从宋代到清朝末年，很久长的时间中，专以代圣贤立言的“制艺”文章，选拔及登用人才。到同法国打了败仗，才知这方法的错误，于是派遣留学生到西洋，设立武器制造局，作为改正的手段。同日本又打了败仗之后，知道这还不彀，这一回是大大地设立新式的学校。于是学生们每年大闹风潮。清朝覆亡，国民党把握了政权之后，又明白了错误，而作为改正手段，是大造监狱。

国粹式的监狱，我们从古以来，各处早就有的，清朝末年也稍造了些西洋式的，就是所谓文明监狱。那是特地造来给旅行到中国来的外人看的，该与为同外人讲交际而派出去学习文明人的礼节的留学生属于同一种类。囚人却托庇了得着较好的待遇，也得洗澡，有得一定分量的食品吃，所以是很幸福的地方。而且在二三星期之前，政府因为要行仁政，便发布了囚人口粮不得克扣的命令。此后当是益加幸福了。

至于旧式的监狱，像是取法于佛教的地狱，所以不但禁锢人犯，而且有要给他吃苦的责任。有时还有榨取人犯亲属的金钱使他们成为赤贫的职责。而且谁都以为这是当然的。倘使有不以为然的人，那即是帮助人犯，非受犯罪的嫌疑不可。但是文明程度很进步了，去年有官吏提倡，说人犯每年放归家中一次，给予解决性欲的机会，是很人道主义的说法。老实说：他不是他对于人犯的性欲特别同情，因为决不会实行的望头，所以特别高声说话，以见自己的是官吏。但舆论甚为沸腾起来。某批评家说，这样之后，大家见监狱将无畏惧，乐而赴之，大为为世道人心愤慨。受了圣贤之教，如此悠久，尚不像那个官吏那么狡猾，是很使人心安，但对于人犯不可不虐待的信念，却由此可见。

从另一方面想来，监狱也确有些像以安全第一为标语的人的理想乡。火灾少，盗贼不进来，土匪也决不来掠夺。即使有了战事，也没有以监狱为目标而来爆击的傻瓜，起了革命，只有释放人犯的例，没有屠杀的事。这回福建独立的时候，说释人犯出外之后，那些意见不同的却有了行踪不明的谣传，但这种例子是前所未见的。总之，不像是很坏的地方。只要能容许带家眷，那么即使现在不是水灾，饥荒，战争，恐怖的时代，请求去转居的人，也决不会没有。所以虐待是必要了吧。

牛兰夫妻以宣传赤化之故，收容于南京的监狱，行了三四次的绝食，什么效力也没有。这是因为他不了解中国的监狱精神之故。某官吏说他自己不要吃，同别人有什么关系，很讶奇这事。不但不关系于仁政，且节省伙食，反是监狱方面有利。甘地的把戏，倘使不选择地方，就归于失败。

但是，这样近于完美的监狱，还留着一个缺点，以前对于思想上的事情，太不留意了。为补这个缺点，近来新发明有一种“反省院”的特种监狱，而施行教育。我不曾到其中去反省过，所以不详细其中的事情，总之对于人犯时时讲授三民主义，使反省他们自己的错误。而且还要做出排击共产主义的论文。倘使不愿写或写不出则当然非终生反省下去不行，但做得不好，也得反省到死。在目下，进去的有，出来的也有，反省院还有新造的，总是进去的人多些。试验完毕而出来的良民也偶有会到的，可是大抵总是萎缩枯槁的样子，恐怕是在反省和毕业论文上面把心力用尽了。那是属于前途无望的。

（此外尚有《王道》及《火》二篇，如编者先生认为可用，当再译寄。——译者识。）

姓虽然冒充了日本人，译文却实在不高明，学力不过如邵家帮闲专家章克标先生的程度，但文字也原是无须译得认真的，因为要紧的是后面的算是编者的回答——

编者注：鲁迅先生的文章，最近是在查禁之列。此文译自日文，当可逃避军事裁判。但我们刊登此稿目的，与其说为了文章本身精美或其议论透彻；不如说举一个被本国迫逐而托庇于外人威权之下的论调的例子。鲁迅先生本来文章极好，强词夺理亦能说得头头是道，但统观此文，则意气多于议论，捏造多于实证，若非译笔错误，则此种态度实为我所不取也。登此一篇，以见文化统制治下之呼声一般。《王道》与《火》两篇，不拟再登，转言译者，可勿寄来。

这编者的“托庇于外人威权之下”的话，是和译者的“问内山书店主人丸造氏”相应的；而且提出“军事裁判”来，也是作者极高的手笔，其中含着甚深的杀机。我见这富家儿的鹰犬，更深知明季的向权门卖身投靠之辈是怎样的阴险了。他们的主公邵诗人，在赞扬美国白诗人的文章中，贬落了黑诗人，“相信这种诗是走不出美国的，至少走不出英国语的圈子。”(《现代》五卷六期）我在中国的富贵人及其鹰犬的眼中，虽然也不下于黑奴，但我的声音却走出去了。这是最可痛恨的。但其实，黑人的诗也走出“英国语的圈子”去了。美国富翁和他的女婿及其鹰犬也是奈何它不得的。

但这种鹰犬的这面目，也不过以向“鲁迅先生的文章，最近是在查禁之列”的我而已，只要立刻能给一个嘴巴，他们就比吧儿狗还驯服。现在就引一个也曾在《“滑稽”例解》中提过，登在去年九月二十一日《申报》上的广告在这里罢——

十日谈向晶报声明误会表示歉意

敬启者十日谈第二期短评有朱霁青亦将公布捐款一文后段提及晶报系属误会本刊措词不善致使晶报对邵洵美君提起刑事自诉按双方均为社会有声誉之刊物自无互相攻讦之理兹经章士钊江容平衡诸君诠释已得晶报完全谅解除由晶报自行撤回诉讼外特此登报声明表示歉意

“双方均为社会有声誉之刊物，自无互相攻讦之理”，此

“理”极奇，大约是应该攻讦“最近是在查禁之列”的刊物的罢。金子做了骨髓，也还是站不直，在这里看见铁证了。

给“女婿问题”纸张费得太多了，跳到别一件，这就是“《庄子》和《文选》”。

这案件的往复的文字，已经收在本文里，不再多谈；别人的议论，也为了节省纸张，都不剪帖了。其时《十日谈》也大显手段，连漫画家都出了马，为了一幅陈静生先生的《鲁迅翁之笛》，还在《涛声》上和曹聚仁先生惹起过一点辩论的小风波。但是辩论还没有完，《涛声》已被禁止了，福人总永远有福星照命……

然而时光是不留情面的，所谓“第三种人”，尤其是施蛰存和杜衡即苏汶，到今年就各自露出他本来的嘴脸来了。

这回要提到末一篇，流弊是出在用新典。

听说，现在是连用古典有时也要被检查官禁止了，例如提起秦始皇，但去年还不妨，不过用新典总要闹些小乱子。我那最末的《青年与老子》，就因为碰着了杨邨人先生（虽然刊出的时候，那名字已给编辑先生删掉了），后来在《申报》本埠增刊的《谈言》（十一月二十四日）上引得一篇妙文的。不过颇难解，好像是在说我以孝子自居，却攻击他做孝子，既“投井”，又“下石”了。因为这是一篇我们的“改悔的革命家”的标本作品，弃之可惜，谨录全文，一面以见杨先生倒是现代“语录体”作家的先驱，也算是我的《后记》里的一点余兴罢——

聪明之道

邨　人

畴昔之夜，拜访世故老人于其庐：庐为三层之楼，面街而立，虽电车玲玲轧轧，汽车呜呜哑哑，市嚣扰人而不觉，俨然有如隐士，居处晏如，悟道深也。老人曰，“汝来何事？”对曰，“敢问聪明之道”。谈话有主题，遂成问答。

“难矣哉，聪明之道也！孔门贤人如颜回，举一隅以三隅反，孔子称其聪明过人，于今之世能举一隅以三隅反者尚非聪明之人，汝问聪明之道，其有意难余老塭者耶？”

“不是不是，你老人家误会了我的问意了！我并非要请教关于思辨之术。我是生性拙直愚笨，处世无方，常常碰壁，敢问关于处世的聪明之道。”

“噫嘻，汝诚拙直愚笨也，又问处世之道！夫今之世，智者见智，仁者见仁，阶级不同，思想各异，父子兄弟夫妇姊妹因思想之各异，一家之内各有主张各有成见，虽属骨肉至亲，乖离冲突，背道而驰；古之所谓英雄豪杰，各事其君而为仇敌，今之所谓志士革命家，各为阶级反目无情，甚至只因立场之不同，骨肉至亲格杀无赦，投机取巧或能胜利于一时，终难立足于世界，聪明之道实则已穷，且惟既愚且鲁之徒方能享福无边也矣。……”

“老先生虽然说的头头是道，理由充足，可是，真的聪明之道就没有了吗？”

“然则仅有投机取巧之道也矣。试为汝言之：夫投机取巧之道要在乎滑头，而滑头已成为专门之学问，西欧学理分门别类有所谓科学哲学者，滑头之学问实可称为滑头学。滑头学如依大学教授之编讲义，大可分成若干章，每章分成若干节，每节分成若干项，引古据今，中西合璧，其理论之深奥有甚于哲学，其引证之广大举凡中外历史，物理化学，艺术文学，经商贸易之直，诱惑欺骗之术，概属必列，包罗万象，自大学预科以至大学四年级此一讲义仅能讲其千分之一，大学毕业各科及格，此滑头学则无论何种聪明绝顶之学生皆不能及格，且大学教授本人恐亦知其然不知其所以然，其难学也可想而知之矣。余处世数十年，头顶已秃，须发已白，阅历不为不广，教训不为不多，然而余着手编辑滑头学讲义，仅能编其第一章之第一节，第一节之第一项也。此第一章之第一节，第一节之第一项其纲目为“顺水行舟”，即人云亦云，亦即人之喜者喜之，人之恶者恶之是也，举一例言之，如人之恶者为孝子，所谓封建宗法社会之礼教遗孽之一，则汝虽曾经为父侍汤服药问医求卜出诸天性以事亲人，然论世之出诸天性以事亲人者则引‘孝子’之名以责难之，惟求青年之鼓掌称快，勿管本心见解及自己行动之如何也。被责难者处于时势潮流之下，百辞莫辩，辩则反动更为证实，从此青年鸣鼓而攻，体无完肤，汝之胜利不但已操左券，且为青年奉为至圣大贤，小品之集有此一篇，风行海内洛阳纸贵，于是名利双收，富贵无边矣。其第一章之第一节，第一节之第二项为“投井下石”，余本亦知一二，然偶一忆及投井下石之人，殊觉头痛，实无心编之也。然而滑头学虽属聪明之道，实乃左道旁门，汝实不足学也。”

“老先生所言想亦很有道理，现在社会上将这种学问作敲门砖混饭吃的人实在不少，他们也实在到处逢源，名利双收，可是我是一个拙直愚笨的人，恐怕就要学也学不了吧？”

“呜呼汝求聪明之道，而不学之，虽属可取，然碰壁也宜矣！”

是夕问道于世故老人，归来依然故我，呜呼噫嘻！

但我们也不要一味赏鉴“呜呼噫嘻”，因为这之前，有些地方演了“全武行”。

也还是剪报好，我在这里剪一点记的最为简单的——

艺华影片公司被“影界铲共同志会”捣毁

昨晨九时许，艺华公司在沪西康脑脱路金司徒庙附近新建之摄影场内，忽来行动突兀之青年三人，向该公司门房伪称访客，一人正在持笔签名之际，另一人遂大呼一声，则预伏于外之暴徒七八人，一律身穿蓝布短衫裤，蜂拥夺门冲入，分投各办事室，肆行捣毁写字台玻璃窗以及椅凳各器具，然后又至室外，打毁自备汽车两辆，晒片机一具，摄影机一具，并散发白纸印刷之小传单，上书“民众起来一致剿灭共产党”，“打倒出卖民众的共产党”，“扑灭杀人放火的共产党”等等字样，同时又散发一种油印宣言，最后署名为“中国电影界铲共同志会”。约逾七分钟时，由一人狂吹警笛一声，众暴徒即集合列队而去，迨该管六区闻警派警士侦缉员等赶至，均已远扬无踪。该会且宣称昨晨之行动，目的仅在予该公司一警告，如该公司及其他公司不改变方针，今后当准备更激烈手段应付，联华，明星，天一等公司，本会亦已有严密之调查矣云云。

据各报所载该宣言之内容称，艺华公司系共党宣传机关，普罗文化同盟为造成电影界之赤化，以该公司为大本营，如出品《民族生存》等片，其内容为描写阶级斗争者，但以向南京检委会行贿，故得通过发行。又称该会现向教育部，内政部，中央党部及本市政府发出呈文，要求当局命令该公司，立即销毁业已摄成各片，自行改组公司，清除所有赤色份子，并对受贿之电影检委会之责任人员，予以惩处等语。

事后，公司坚称，实系被劫，并称已向曹家渡六区公安局报告。记者得讯，前往调查时，亦仅见该公司内部布置被毁无余，桌椅东倒西歪，零乱不堪，内幕究竟如何，想不日定能水落石出也。

十一月十三日，《大美晚报》。

影界铲共会

警戒电影院

拒演田汉等之影片

自从艺华公司被击以后，上海电影界突然有了一番新的波动，从制片商已经牵涉到电影院，昨日本埠大小电影院同时接到署名上海影界铲共同志会之警告函件，请各院拒映田汉等编制导演主演之剧本，其原文云：

敝会激于爱护民族国家心切，并不忍电影界为共产党所利用，因有警告赤色电影大本营——艺华影片公司之行动，查贵院平日对于电影业，素所热心，为特严重警告，祈对于田汉（陈瑜），沈端先（即蔡叔声，丁谦之），卜万苍，胡萍，金焰等所导演，所编制，所主演之各项鼓吹阶级斗争贫富对立的反动电影，一律不予放映，否则必以暴力手段对付，如艺华公司一样，决不宽假，此告。上海影界铲共同志会。十一，十三。

十一月十六日，《大美晚报》。

但“铲共”又并不限于“影界”，出版界也同时遭到覆面英雄们的袭击了。又剪报——

今晨良友图书公司

突来一怪客

手持铁锤击碎玻璃窗

扬长而去捕房侦查中

……光华书局请求保护

沪西康脑脱路艺华影片公司，昨晨九时许，忽被状似工人等数十名，闯入摄影场中，并大发各种传单，署名“中国电影界铲共同志会”等字样，事后扬长而去。不料一波未平，一波又起，今日上午十一时许，北四川路八百五十一号良友图书印刷公司，忽有一男子手持铁锤，至该公司门口，将铁锤击入该店门市大玻璃窗内，击成一洞。该男子见目的已达，立即逃避。该管虹口捕房据报后，立即派员前往调查一过，查得良友公司经售各种思想“左倾”之书籍，与捣毁艺华公司一案，不无关联。今日上午四马路光华书局据报后，惊骇异常，即自投该管中央捕房，请求设法保护，而免意外，惟至记者截稿时尚未闻发生意外之事云。

十一月十三日，《大晚报》。

捣毁中国论坛

印刷所已被捣毁

编辑间未受损失

承印美人伊罗生编辑之《中国论坛报》勒佛尔印刷所，在虹口天潼路，昨晚有暴徒潜入，将印刷间捣毁，其编辑间则未受损失。

十一月十五日，《大美晚报》。

袭击神州国光社

昨夕七时四人冲入总发行所

铁锤挥击打碎橱窗损失不大

河南路五马路口神州国光社总发行所，于昨晚七时，正欲打烊时，突有一身衣长袍之顾客入内，状欲购买书籍。不料在该客甫入门后，背后即有三人尾随而进。该长袍客回头见三人进来，遂即上前将该书局之左面走廊旁墙壁上所挂之电话机摘断。而同时三短衣者即实行捣毁，用铁锤乱挥，而长衣者亦加入动手，致将该店之左橱窗打碎，四人即扬长而逸。而该店时有三四伙友及学徒，亦惊不能作声。然长衣者方出门至相距不数十步之泗泾路口，为站岗巡捕所拘，盖此长衣客因打橱窗时玻璃倒下，伤及自己面部，流血不止，渠因痛而不能快行也。

该长衣者当即被拘入四马路中央巡捕房后，竭力否认参加捣毁，故巡捕已将此人释放矣。

十二月一日，《大美晚报》。

美国人办的报馆捣毁得最客气，武官们开的书店捣毁得最迟。“扬长而逸”写得最有趣。

捣毁电影公司，是一面撒些宣言的，有几种报上登过全文；对于书店和报馆却好像并无议论，因为不见有什么记载。然而也有，是一种钢笔版蓝色印的警告，店名或馆名空着，各各填以墨笔，笔迹并不像读书人，下面是一长条紫色的木印。我幸而藏着原本，现在订定标点，照样的抄录在这里——

敝会激于爱护民族国家心切，并不忍文化界与思想界为共党所利用，因有警告赤色电影大本营——艺华公司之行动。现为贯彻此项任务计，拟对于文化界来一清算，除对于良友图书公司给予一初步的警告外，于所有各书局各刊物均已有精密之调查。素知
贵……对于文化事业，热心异人，为特严重警告，对于赤色作家所作文字，如鲁迅，茅盾，蓬子，沈端先、钱杏邨及其他赤色作家之作品，反动文字，以及反动剧评，苏联情况之介绍等，一律不得刊行，登载，发行。如有不遵，我们必以较对付艺华及良友公司更激烈更彻底的手段对付你们，决不宽假！此告——

………………

上海影界铲共同志会（十一，十三。）

一个“志士”，纵使“对于文化事业，热心异人”，但若会在不知何时，飞来一个锤子，打破值银数百两的大玻璃；“如有不遵”，更会在不知何时，飞来一顶红帽子，送掉他比大玻璃更值钱的脑袋，那他当然是也许要灰心的。然则书店和报馆之有些为难，也就可想而知了。我既是被“扬长而去”的英雄们指定为“赤色作家”，还是莫害他人，放下笔，静静的看一会把戏罢，所以这一本里面的杂文，以十一月七日止，因为从七日到恭逢警告的那时候——十一月十三日，我也并没有写些什么的。

但是，经验使我知道，我在受着武力征伐的时候，是同时一定要得到文力征伐的。文人原多“烟士披离纯”，何况现在

嗅觉又特别发达了，他们深知道要怎样“创作”才合适。这就到了我不批评社会，也不论人，而人论我的时期了，而我的工作是收材料。材料尽有，妙的却不多。纸墨更该爱惜，这里仅选了六篇。官办的《中央日报》讨伐得最早，真是得风气之先，不愧为“中央”；《时事新报》正当“全武行”全盛之际，最合时宜，却不免非常昏愦；《大晚报》和《大美晚报》起来得最晚，这是因为“商办”的缘故，聪明，所以小心，小心就不免迟钝，他刚才决计合伙来讨伐，却不料几天之后就要过年，明年是先行检查书报，以惠商民，另结新样的网，又是一个局面了。

现在算是还没有过年，先来《中央日报》的两篇罢——

杂感

洲

近来有许多杂志上都在提倡小文章。《申报月刊》、《东方杂志》以及《现代》上，都有杂感随笔这一栏。好像一九三三真要变成一个小文章年头了。目下中国杂感家之多，远胜于昔，大概此亦鲁迅先生一人之功也。中国杂感家老牌，自然要推鲁迅。他的师爷笔法，冷辣辣的，有他人所不及的地方。《热风》、《华盖集》、《华盖续集》，去年则还出了什么三心《二心》之类。照他最近一年来“干”的成绩而言大概五心六心也是不免的。鲁迅先生久无创作出版了，除了译一些俄国黑面包之外，其余便是写杂感文章了。杂感文章，短短千言，自然可以一挥而就。则于抽卷烟之际，略转脑子，结果就是十元千字。

大概写杂感文章，有一个不二法门。不是热骂，便是冷嘲。如能热骂后再带一句冷嘲或冷嘲里夹两句热骂，则更佳矣。

不过普通一些杂感，自然是冷嘲的多。如对于某事物有所不满，自然就不满（迅案：此字似有误）有冷嘲的文章出来。鲁迅先生对于这样也看不上眼，对于那样也看不上眼，所以对于这样又有感想，对于那样又有感想了。

我们村上有个老女人，丑而多怪。一天到晚专门爱说人家的短处，到了东村头摇了一下头，跑到了西村头叹了一口气。好像一切总不合她的胃。但是，你真的问她倒底要怎样呢。她又说不出。我觉得她倒有些像鲁迅先生，一天到晚只是讽刺，只是冷嘲，只是不负责任的发一点杂感。当真你要问他究竟的主张，他又从来不给我们一个鲜明的回答。

十月三十一日，《中央日报》的《中央公园》。

文坛与擂台

鸣　春

上海的文坛变成了擂台。鲁迅先生是这擂台上的霸王。鲁迅先生好像在自己的房间里带了一付透视一切的望远镜，如果发现文坛上那一个的言论与行为有些瑕疵，他马上横枪跃马，打得人家落花流水。因此，鲁迅先生就不得不花去可贵的时间，而去想如何锋利他的笔端，如何达到挖苦人的顶点，如何要打得人家永不得翻身。

关于这，我替鲁迅先生想想有些不大合算。鲁迅先生你先要认清了自己的地位，就是反对你的人，暗里总不敢否认你是中国顶出色的作家；既然你的言论，可以影响青年，那么你的言论就应该慎重。请你自己想想，在写《阿Q传》之后，有多少时间浪费在笔战上？而这种笔战，对一般青年发生了何种影响？

第一流的作家们既然常时混战，则一般文艺青年少不得在这战术上学许多乖，流弊所及，往往越淮北而变枳，批评人的人常离开被批评者的言论与思想，笔头一转而去骂人家的私事，说人家眼镜带得很难看，甚至说人家皮鞋前面破了个小洞；甚至血偾脉张要辱及人家的父母，甚至要丢下笔杆动拳头。我说，养成现在文坛上这种浮嚣，下流，粗暴等等的坏习气，像鲁迅先生这一般人多少总要负一点儿责任的。

其实，有许多笔战，是不需要的，譬如有人提倡词的解放，你就是不骂，不见得有人去跟他也填一首“管他娘”的词；有人提倡读《庄子》与《文选》，也不见得就是教青年去吃鸦片烟，你又何必咬紧牙根，横睁两眼，给人以难堪呢？

我记得一个精通中文的俄国文人 B. A. Vassiliev 对鲁迅先生的《阿Q传》曾经下过这样的批评：“鲁迅是反映中国大众的灵魂的作家，其幽默的风格，是使人流泪，故鲁迅不独为中国的作家，同时亦为世界的一员。”鲁迅先生，你现在亦垂垂老矣，你念起往日的光荣，当你现在阅历最多，观察最深，生活经验最丰富的时候，更应当如何去发奋多写几部比《阿Q传》更伟大的著作？伟大的著作，虽不能传之千年不朽。但是笔战的文章，一星期后也许人就要遗忘。青年人佩服一个伟大的文学家，实在更胜于佩服一个擂台上的霸主。我们读的是莎士比亚，托尔斯泰，哥德，这般人的文章，而并没有看到他们的“骂人文选”。

十一月十六日，《中央日报》的《中央公园》。

这两位，一位比我为老丑的女人，一位愿我有“伟大的著作”，说法不同，目的却一致的，就是讨厌我“对于这样又有感想，对于那样又有感想”，于是而时时有“杂文”。这的确令人讨厌的，但因此也更见其要紧，因为“中国的大众的灵魂”，现在是反映在我的杂文里了。

洲先生刺我不给他们一个鲜明的主张，这用意，我是懂得的；但颇诧异鸣春先生的引了莎士比亚之流一大串。不知道为什么，近一年来，竟常常有人诱我去学托尔斯泰了，也许就因为“并没有看到他们的‘骂人文选’”，给我一个好榜样。可是我看见过欧战时候他骂皇帝的信，在中国，也要得到“养成现在文坛上这种浮嚣，下流，粗暴等等的坏习气”的罪名的。托尔斯泰学不到，学到了也难做人，他生存时，希腊教徒就年年诅咒他落地狱。

中间就夹两篇《时事新报》上的文章——

略论告密

陈　代

最怕而且最恨被告密的可说是鲁迅先生，就在《伪自由书》，“一名：《不三不四集》”的《前记》与《后记》里也常可看到他在注意到这一点。可是鲁迅先生所说的告密，并不是有人把他的住处，或者什么时候，他在什么地方，去密告巡捕房（或者什么要他的“密”的别的机关?），以致使他被捕的意思。他的意思，是有人把“因为”他“旧日的笔名有时不能通用，便改题了”的什么宣说出来，而使人知道“什么就是鲁迅”。

“这回，”鲁迅先生说，“是王平陵先生告发于前，周木斋先生揭露于后”；他却忘了说编者暗示于鲁迅先生尚未上场之先。因为在何家干先生和其他一位先生将上台的时候，编者先介绍说，这将上场的两位是文坛老将。于是人家便提起精神来等那两位文坛老将的上场。要是在异地，或者说换过一个局面，鲁迅先生是也许会说编者是在放冷箭的。

看到一个生疏的名字在什么附刊上出现，就想知道那个名字是真名呢，还是别的熟名字的又一笔名，想也是人情之常。即就鲁迅先生说，他看完了王平陵先生的《‘最通的’文艺》，便禁不住问：“这位王平陵先生我不知道是真名还是笔名?”要是他知道了那是谁的笔名的话，他也许会说出那就是谁来的。这不会是怎样的诬蔑，我相信，因为于他所知道的他不是在实说“柳丝是杨邨人先生……的笔名”，而表示着欺不了他?

还有，要是要告密，为什么一定要出之“公开的”形式?秘密的不是于告密者更为安全?我有些怀疑告密者的聪敏，要是真有这样的告密者的话。

而在那些用这个那个笔名零星发表的文章，剪贴成集子的时候，作者便把这许多名字紧缩成一个，看来好像作者自己是他的最后的告密者。

十一月二十一日，《时事新报》的《青光》。

略论放暗箭

陈 代

前日读了鲁迅先生的《伪自由书》的《前记》与《后记》，略论了告密的，现在读了唐弢先生的《新脸谱》，止不住又要来略论放暗箭。

在《新脸谱》中，唐先生攻击的方面是很广的，而其一方是“放暗箭”。可是唐先生的文章又几乎全为“暗箭”所织成，虽然有许多箭标是看不大清楚的。

“说是受着潮流的影响，文舞台的戏儿一出出换了。角色虽然依旧，而脸谱却是簇新的。”——是暗箭的第一条。虽说是暗箭，射倒射中了的。因为现在的确有许多文角色，为要博看客的喝采起见，放着演惯的旧戏不演演新戏，嘴上还“说是受着潮流的影响”，以表示他的不落后。还有些甚至不要说脚色依旧，就是脸谱也并不簇新，只是换了一个新的题目，演的还是那旧的一套：如把《薛平贵西凉招亲》改题着《穆薛姻缘》之类，内容都一切依旧。

第二箭是——不，不能这样写下去，要这样写下去，是要有很广博的识见的，因为那文章一句一箭，或者甚至一句数箭，看得人眼花头眩，竟无从把它把捉住，比读硬性的翻译还难懂得多。

可是唐先生自己似乎又并不满意这样的态度，不然为什么要骂人家“怪声怪气地吆喝，妞妞妮妮的挑战”？然而，在事实上，他是在“怪声怪气地吆喝，妞妞妮妮的挑战”。

或者说，他并不是在挑战，只是放放暗箭，因为“鏖战”，即使是“拉拉扯扯的”，究竟吃力，而且“败了”“再来”的时候还得去“重画”脸谱。放暗箭多省事，躲在隐暗处，看到了什么可射的，便轻展弓弦，而箭就向前舒散地直飞。可是他又在骂放暗箭。

要自己先能放暗箭，然后才能骂人放。

十一月二十二日，《时事新报》的《青光》。

这位陈先生是讨伐军中的最低能的一位，他连自己后来说明和别人豫先的揭发的区别都不知道。倘使我被谋害而终于不死，后来的竟得“寿终×寝”，他是会说我自己乃是“最后的凶手”的。

他还问：要是要告密，为什么一定要出之“公开的”形式？答曰：这确是比较的难懂一点，但也就是因为要告得像个“文学家”的缘故呀，要不然，他就得下野，分明的排进探坛里去了。有意的和无意的的区别，我是知道的。我所谓告密，是指着叭儿们，我看这“陈代”先生就正是其中的一匹。你想，消息不灵，不是反而不便当么？

第二篇恐怕只有他自己懂。我只懂得一点：他这回嗅得不对，误以唐劙先生为就是我了。采在这里，只不过充充自以为我的论敌的标本的一种而已。

其次是要剪一篇《大晚报》上的东西——

钱基博之鲁迅论

戚 施

近人有裒集关于批评鲁迅之文字而为《鲁迅论》一书者，其中所收，类皆称颂鲁迅之辞，其实论鲁迅之文者，有毁有誉，毁誉互见，乃得其真。顷见钱基博氏所著《现代中国文学史》，长至三十万言，其论白话文学，不过一万余字，仅以胡适入选，而以鲁迅徐志摩附焉。于此诸人，大肆訾警。迩来旧作文家，品藻文字，裁量人物，未有若钱氏之大胆者，而新人未尝注意及之。兹特介绍其“鲁迅论”于此，是亦文坛上之趣闻也。

钱氏之言曰，有摹仿欧文而谥之曰欧化的国语文学者，始倡于浙江周树人之译西洋小说，以顺文直译之为尚，斥意译之不忠实，而摹欧文以国语，比鹦鹉之学舌，托于象胥，斯为作俑。效颦者乃至造述抒志，亦竞欧化，《小说月报》，盛扬其焰。然而诘屈聱牙，过于周诰，学士费解，何论民众？上海曹慕管笑之曰，吾侪生愿读欧文，不愿见此妙文也！比于时装妇人着高底西女式鞋，而跬步倾跌，益增丑态矣！崇效古人，斥曰奴性，摹仿外国，独非奴性耶。反唇之讥，或谑近虐！然始之创白话文以期言文一致，家喻户晓者，不以欧化的国语文学之兴而荒其志耶？斯则矛盾之说，无以自圆者矣，此于鲁迅之直译外国文学，及其文坛之影响，而加以訾警者也。平心论之，鲁迅之译品，诚有难读之处，直译当否是一问题，欧化的国语文学又是一问题，借曰二者胥有未当，谁尸其咎，亦难言之也。钱先生而谓，鄙言为不然耶？

钱先生又曰，自胡适之创白话文学也，所持以号于天下者，曰平民文学也！非贵族文学也。一时景附以有大名者，周树人以小说著。树人颓废，不适于奋斗。树人所著，只有过去回忆，而不知建设将来，只见小己愤慨，而不图福利民众，若而人者，彼其心目，何尝有民众耶！钱先生因此而断之曰，周树人徐志摩为新文艺之右倾者。是则于鲁迅之创作亦加以訾訾，兼及其思想矣。至目鲁迅为右倾，亦可谓独具只眼，别有鉴裁者也！既不满意于郭沫若蒋光赤之左倾，又不满意于鲁迅徐志摩之右倾，而惟倾慕于所谓“让清”遗老之流风余韵，低徊感喟而不能自已，钱先生之志，皎然可睹矣。当今之世，左右做人难，是非无定质，亦于钱先生之论鲁迅见之也！

钱氏此书出版于本年九月，尚有上年十二月之跋记云。

十二月二十九日，《大晚报》的《火炬》。

这篇大文，除用戚施先生的话，赞为“独具只眼”之外，是不能有第二句的。真“评”得连我自己也不想再说什么话，“颓废”了。然而我觉得它很有趣，所以特别的保存起来，也是以备“鲁迅论”之一格。

最后是《大美晚报》，出台的又是曾经有过文字上的交涉的王平陵先生——

骂人与自供

王平陵

学问之事，很不容易说，一般通材硕儒每不屑与后生小子道长论短，有所述作，无不讥为“浅薄无聊”；同样，较有修养的年轻人，看着那般通材硕儒们言必称苏俄，文必宗普鲁，亦颇觉得如嚼青梅，齿颊间酸不可耐。

世界上无论什么纷争，都有停止的可能，惟有人类思想的冲突，因为多半是近于意气，断没有终止的时候的。有些人好像把毁谤人家故意找寻人家的错误当作是一种职业；而以直接否认一切就算是间接抬高自己的妙策了。至于自己究竟是什么东西，那只许他们自己知道，别人是不准过问的。其实，有时候这些人意在对人而发的阴险的暗示，倒并不适切；而正是他们自己的一篇不自觉的供状。

圣经里好像有这样一段传说：一群街头人捉着一个偷汉的淫妇，大家要把石块打死她。耶稣说："你们反省着！只有没有犯过罪的人，才配打死这个淫妇。"群众都羞愧地走开了。今之文坛，可不是这样？自己偷了汉，偏要指说人家是淫妇。如同鲁迅先生惯用的一句刻毒的评语，就就骂人是代表官方说话；我不知道他老先生是代表什么"方"说话！

本来，不想说话的人，是无话可说；有话要说；有话要说的人谁也不会想到是代表那一方。鲁迅先生常常"以己之心，度人之心"，未免"躬自薄而厚责于人"了。

像这样的情形，文坛有的是，何止是鲁迅先生。

十二月三十日，《大美晚报》的《火树》。

记得在《伪自由书》里，我曾指王先生的高论为属于"官方"，这回就是对此而发的，但意义却不大明白。由"自己偷了汉，偏要指说人家是淫妇"的话看起来，好像是说我倒是

“官方”，而不知“有话要说的人谁也不会想到是代表那一方”的。所以如果想到了，那么，说人反动的。他自己正是反动，说人匪徒的，他自己正是匪徒……且住，又是“刻毒的评语”了，耶稣不说过“你们反省着”吗？——为消灾计，再添一条小尾：这坏习气只以文坛为限，与官方无干。

王平陵先生是电影检查会的委员，我应该谨守小民的规矩。真的且住。写的和剪贴的，也就是自己的和别人的，化了大半夜工夫，恐怕又有八九千字了。这一条尾巴又并不小。时光，是一天天的过去了，大大小小的事情，也跟着过去，不久就在我们的记忆上消亡；而且都是分散的，就我自己而论，没有感到和没有知道的事情真不知有多少。但即此写了下来的几十篇，加以排比，又用《后记》来补叙些因此而生的纠纷，同时也照见了时事，格局虽小，不也描出了或一形象了么？——而现在又很少有肯低下他仰视莎士比亚，托尔斯泰的尊脸来，看看暗中，写它几句的作者。因此更使我要保存我的杂感，而且它也因此更能够生存，虽然又因此更招人憎恶，但又在围剿中更加生长起来了。呜呼，“世无英雄，遂使竖子成名”，这是为我自己和中国的文坛，都应该悲愤的。

文坛上的事件还多得很：献检查之秘计，施离析之奇策，起谣诼兮中权，藏真实兮心曲，立降幡于往年，温故交于今日……然而都不是做这《准风月谈》时期以内的事，在这里也且不提及，或永不提及了。还是真的带住罢，写到我的背脊已经觉得有些痛楚的时候了！

一九三四年十月十六夜，鲁迅记于上海。

鲁迅作品精选

野草

鲁迅 著

民主与建设出版社
·北京·

图书在版编目（CIP）数据

鲁迅作品精选．野草 / 鲁迅著．— 北京：民主与建设出版社，2023.4（2023.10 重印）
ISBN 978-7-5139-4169-3

Ⅰ．①鲁… Ⅱ．①鲁… Ⅲ．①鲁迅著作—选集②鲁迅诗歌—诗集 Ⅳ．① I210.2

中国国家版本馆 CIP 数据核字（2023）第 067938 号

鲁迅作品精选．野草
LUXUN ZUOPIN JINGXUAN . YECAO

著　者	鲁　迅
主　编	王茹茹
责任编辑	韩增标
封面设计	玥婷设计
出版发行	民主与建设出版社有限责任公司
电　话	（010）59417747　59419778
社　址	北京市海淀区西三环中路 10 号望海楼 E 座 7 层
邮　编	100142
印　刷	三河市天润建兴印务有限公司
版　次	2023 年 4 月第 1 版
印　次	2023 年 10 月第 2 次印刷
开　本	880 毫米 ×1230 毫米　1 / 32
印　张	6.5
字　数	130 千字
书　号	ISBN 978-7-5139-4169-3
定　价	298.00 元（全 10 册）

目录

野草

二 心 集

一九三一年

野　草

秋　夜

在我的后园，可以看见墙外有两株树，一株是枣树，还有一株也是枣树。

这上面的夜的天空，奇怪而高，我生平没有见过这样的奇怪而高的天空。他仿佛要离开人间而去，使人们仰面不再看见。然而现在却非常之蓝，闪闪地睒着几十个星星的眼，冷眼。他的口角上现出微笑，似乎自以为大有深意，而将繁霜洒在我的园里的野花草上。

我不知道那些花草真叫什么名字，人们叫他们什么名字。我记得有一种开过极细小的粉红花，现在还开着，但是更极细小了，她在冷的夜气中，瑟缩地做梦，梦见春的到来，梦见秋的到来，梦见瘦的诗人将眼泪擦在她最末的花瓣上，告诉她秋虽然来，冬虽然来，而此后接着还是春，胡蝶乱飞，蜜蜂都唱起春词来了。她于是一笑，虽然颜色冻得红惨惨地，仍然瑟缩着。

枣树，他们简直落尽了叶子。先前，还有一两个孩子来打他们别人打剩的枣子，现在是一个也不剩了，连叶子也落尽了。他知道小粉红花的梦，秋后要有春；他也知道落叶的梦，春后还是秋。他简直落尽叶子，单剩干子，然而脱了当初满树是果实和叶子时候的弧形，欠伸得很舒服。但是，有几枝还低亚着，护定他从打枣的竿梢所得的皮伤，而最直最长的几枝，却已默默地铁似的直刺着奇怪而高的天空，使天空闪闪地鬼睒眼；直刺着天空中圆满的月亮，使月亮窘得发白。

鬼䀹眼的天空越加非常之蓝，不安了，仿佛想离去人间，避开枣树，只将月亮剩下。然而月亮也暗暗地躲到东边去了。而一无所有的干子，却仍然默默地铁似的直刺着奇怪而高的天空，一意要制他的死命，不管他各式各样䀹着许多蛊惑的眼睛。

哇的一声，夜游的恶鸟飞过了。

我忽而听到夜半的笑声，吃吃地，似乎不愿意惊动睡着的人，然而四围的空气都应和着笑。夜半，没有别的人，我即刻听出这声音就在我嘴里，我也即刻被这笑声所驱逐，回进自己的房。灯火的带子也即刻被我旋高了。

后窗的玻璃上丁丁地响，还有许多小飞虫乱撞。不多久，几个进来了，许是从窗纸的破孔进来的。他们一进来，又在玻璃的灯罩上撞得丁丁地响。一个从上面撞进去了，他于是遇到火，而且我以为这火是真的。两三个却休息在灯的纸罩上喘气。那罩是昨晚新换的罩，雪白的纸，折出波浪纹的叠痕，一角还画出一枝猩红色的栀子。

猩红的栀子开花时，枣树又要做小粉红花的梦，青葱地弯成弧形了……。我又听到夜半的笑声；我赶紧砍断我的心绪，看那老在白纸罩上的小青虫，头大尾小，向日葵子似的，只有半粒小麦那么大，遍身的颜色苍翠得可爱，可怜。

我打一个呵欠，点起一支纸烟，喷出烟来，对着灯默默地敬奠这些苍翠精致的英雄们。

一九二四年九月十五日。

影的告别

人睡到不知道时候的时候，就会有影来告别，说出那些话——

有我所不乐意的在天堂里，我不愿去；有我所不乐意的在地狱里，我不愿去；有我所不乐意的在你们将来的黄金世界里，我不愿去。

然而你就是我所不乐意的。

朋友，我不想跟随你了，我不愿住。

我不愿意！

呜乎呜乎，我不愿意，我不如彷徨于无地。

我不过一个影，要别你而沉没在黑暗里了。然而黑暗又会吞并我，然而光明又会使我消失。

然而我不愿彷徨于明暗之间，我不如在黑暗里沉没。

然而我终于彷徨于明暗之间，我不知道是黄昏还是黎明。我姑且举灰黑的手装作喝干一杯酒，我将在不知道时候的时候独自远行。

呜乎呜乎，倘若黄昏，黑夜自然会来沉没我，否则我要被白天消失，如果现是黎明。

朋友，时候近了。

我将向黑暗里彷徨于无地。

你还想我的赠品。我能献你甚么呢？无已，则仍是黑暗和虚空而已。但是，我愿意只是黑暗，或者会消失于你的白天；

我愿意只是虚空，决不占你的心地。

我愿意这样，朋友——

我独自远行，不但没有你，并且再没有别的影在黑暗里。只有我被黑暗沉没，那世界全属于我自己。

一九二四年九月二十四日。

求乞者

我顺着剥落的高墙走路，踏着松的灰土。另外有几个人，各自走路。微风起来，露在墙头的高树的枝条带着还未干枯的叶子在我头上摇动。

微风起来，四面都是灰土。

一个孩子向我求乞，也穿着夹衣，也不见得悲戚，而拦着磕头，追着哀呼。

我厌恶他的声调，态度。我憎恶他并不悲哀，近于儿戏；我烦厌他这追着哀呼。

我走路。另外有几个人各自走路。微风起来，四面都是灰土。

一个孩子向我求乞，也穿着夹衣，也不见得悲戚，但是哑的，摊开手，装着手势。

我就憎恶他这手势。而且，他或者并不哑，这不过是一种求乞的法子。

我不布施，我无布施心，我但居布施者之上，给与烦腻，疑心，憎恶。

我顺着倒败的泥墙走路，断砖叠在墙缺口，墙里面没有什么。微风起来，送秋寒穿透我的夹衣；四面都是灰土。

我想着我将用什么方法求乞：发声，用怎样声调？装哑，用怎样手势？……

另外有几个人各自走路。

我将得不到布施，得不到布施心；我将得到自居于布施之上者的烦腻，疑心，憎恶。

我将用无所为和沉默求乞……

我至少将得到虚无。

微风起来，四面都是灰土。另外有几个人各自走路。

灰土，灰土，……

………………

灰土……

一九二四年九月二十四日。

我的失恋

——拟古的新打油诗

　　我的所爱在山腰；
想去寻她山太高，
低头无法泪沾袍。
爱人赠我百蝶巾；
回她什么：猫头鹰。
从此翻脸不理我，
不知何故兮使我心惊。

　　我的所爱在闹市；
想去寻她人拥挤，
仰头无法泪沾耳。
爱人赠我双燕图；
回她什么：冰糖壶卢。
从此翻脸不理我，
不知何故兮使我胡涂。

　　我的所爱在河滨；
想去寻她河水深，
歪头无法泪沾襟。
爱人赠我金表索，

回她什么：发汗药。
从此翻脸不理我，
不知何故兮使我神经衰弱。

　　我的所爱在豪家；
想去寻她兮没有汽车，
摇头无法泪如麻。
爱人赠我玫瑰花；
回她什么：赤练蛇。
从此翻脸不理我，
不知何故兮——由她去罢。

一九二四年十月三日。

复仇

人的皮肤之厚，大概不到半分，鲜红的热血，就循着那后面，在比密密层层地爬在墙壁上的槐蚕更其密的血管里奔流，散出温热。于是各以这温热互相蛊惑，煽动，牵引，拚命地希求偎倚，接吻，拥抱，以得生命的沉酣的大欢喜。

但倘若用一柄尖锐的利刃，只一击，穿透这桃红色的，菲薄的皮肤，将见那鲜红的热血激箭似的以所有温热直接灌溉杀戮者；其次，则给以冰冷的呼吸，示以淡白的嘴唇，使之人性茫然，得到生命的飞扬的极致的大欢喜；而其自身，则永远沉浸于生命的飞扬的极致的大欢喜中。

这样，所以，有他们俩裸着全身，捏着利刃，对立于广漠的旷野之上。

他们俩将要拥抱，将要杀戮……

路人们从四面奔来，密密层层地，如槐蚕爬上墙壁，如马蚁要扛鲞头[1]。衣服都漂亮，手倒空的。然而从四面奔来，而且拚命地伸长颈子，要赏鉴这拥抱或杀戮。他们已经豫觉着事后的自己的舌上的汗或血的鲜味。

然而他们俩对立着，在广漠的旷野之上，裸着全身，捏着利刃，然而也不拥抱，也不杀戮，而且也不见有拥抱或杀戮之意。

---

① 即鱼头。

他们俩这样地至于永久，圆活的身体，已将干枯，然而毫不见有拥抱或杀戮之意。

路人们于是乎无聊；觉得有无聊钻进他们的毛孔，觉得有无聊从他们自己的心中由毛孔钻出，爬满旷野，又钻进别人的毛孔中。他们于是觉得喉舌干燥，脖子也乏了；终至于面面相觑，慢慢走散；甚而至于居然觉得干枯到失了生趣。

于是只剩下广漠的旷野，而他们俩在其间裸着全身，捏着利刃，干枯地立着；以死人似的眼光，赏鉴这路人们的干枯，无血的大戮，而永远沉浸于生命的飞扬的极致的大欢喜中。

一九二四年十二月二十日。

复仇（其二）

因为他自以为神之子，以色列的王，所以去钉十字架。

兵丁们给他穿上紫袍，戴上荆冠，庆贺他；又拿一根苇子打他的头，吐他，屈膝拜他；戏弄完了，就给他脱了紫袍，仍穿他自己的衣服。

看哪，他们打他的头，吐他，拜他……

他不肯喝那用没药调和的酒，要分明地玩味以色列人怎样对付他们的神之子，而且较永久地悲悯他们的前途，然而仇恨他们的现在。

四面都是敌意，可悲悯的，可咒诅的。

丁丁地响，钉尖从掌心穿透，他们要钉杀他们的神之子了，可悯的人们呵，使他痛得柔和。丁丁地响，钉尖从脚背穿透，钉碎了一块骨，痛楚也透到心髓中，然而他们自己钉杀着他们的神之子了，可咒诅的人们呵，这使他痛得舒服。

十字架竖起来了；他悬在虚空中。

他没有喝那用没药调和的酒，要分明地玩味以色列人怎样对付他们的神之子，而且较永久地悲悯他们的前途，然而仇恨他们的现在。

路人都辱骂他，祭司长和文士也戏弄他，和他同钉的两个强盗也讥诮他。

看哪，和他同钉的……

四面都是敌意，可悲悯的，可咒诅的。

他在手足的痛楚中，玩味着可悯的人们的钉杀神之子的悲哀和可咒诅的人们要钉杀神之子，而神之子就要被钉杀了的欢喜。突然间，碎骨的大痛楚透到心髓了，他即沉酣于大欢喜和大悲悯中。

他腹部波动了，悲悯和咒诅的痛楚的波。

遍地都黑暗了。

“以罗伊，以罗伊，拉马撒巴各大尼？！”（翻出来，就是：我的上帝，你为甚么离弃我？！）

上帝离弃了他，他终于还是一个“人之子”；然而以色列人连“人之子”都钉杀了。

钉杀了“人之子”的人们的身上，比钉杀了“神之子”的尤其血污，血腥。

一九二四年十二月二十日。

希　望

我的心分外地寂寞。

然而我的心很平安：没有爱憎，没有哀乐，也没有颜色和声音。

我大概老了。我的头发已经苍白，不是很明白的事么？我的手颤抖着，不是很明白的事么？那么，我的魂灵的手一定也颤抖着，头发也一定苍白了。

然而这是许多年前的事了。

这以前，我的心也曾充满过血腥的歌声：血和铁，火焰和毒，恢复和报仇。而忽而这些都空虚了，但有时故意地填以没奈何的自欺的希望。希望，希望，用这希望的盾，抗拒那空虚中的暗夜的袭来，虽然盾后面也依然是空虚中的暗夜。然而就是如此，陆续地耗尽了我的青春。

我早先岂不知我的青春已经逝去了？但以为身外的青春固在：星，月光，僵坠的胡蝶，暗中的花，猫头鹰的不祥之言，杜鹃的啼血，笑的渺茫，爱的翔舞……。虽然是悲凉漂渺的青春罢，然而究竟是青春。

然而现在何以如此寂寞？难道连身外的青春也都逝去，世上的青年也多衰老了么？

我只得由我来肉薄这空虚中的暗夜了。我放下了希望之盾，我听到 Pet ö fi Sándor（1823—49）的“希望”之歌：

希望是甚么？是娼妓：

她对谁都蛊惑，将一切都献给；
待你牺牲了极多的宝贝——
你的青春——她就弃掉你。

这伟大的抒情诗人，匈牙利的爱国者，为了祖国而死在可萨克[①]兵的矛尖上，已经七十五年了。悲哉死也，然而更可悲的是他的诗至今没有死。

但是，可惨的人生！桀骜英勇如Pet ö fi，也终于对了暗夜止步，回顾着茫茫的东方了。他说：

绝望之为虚妄，正与希望相同。

倘使我还得偷生在不明不暗的这“虚妄”中，我就还要寻求那逝去的悲凉漂渺的青春，但不妨在我的身外。因为身外的青春倘一消灭，我身中的迟暮也即凋零了。

然而现在没有星和月光，没有僵坠的胡蝶以至笑的渺茫，爱的翔舞。然而青年们很平安。

我只得由我来肉薄这空虚中的暗夜了，纵使寻不到身外的青春，也总得自己来一掷我身中的迟暮。但暗夜又在那里呢？现在没有星，没有月光以至笑的渺茫和爱的翔舞；青年们很平安，而我的面前又竟至于并且没有真的暗夜。

绝望之为虚妄，正与希望相同！

一九二五年一月一日。

---

① 哥萨克一词源于突厥语，意思是“自由自在的人”或“勇敢的人”。

雪

暖国[1]的雨，向来没有变过冰冷的坚硬的灿烂的雪花。博识的人们觉得他单调，他自己也以为不幸否耶？江南的雪，可是滋润美艳之至了；那是还在隐约着的青春的消息，是极壮健的处子的皮肤。雪野中有血红的宝珠山茶，白中隐青的单瓣梅花，深黄的磬口的蜡梅花；雪下面还有冷绿的杂草。胡蝶确乎没有；蜜蜂是否来采山茶花和梅花的蜜，我可记不真切了。但我的眼前仿佛看见冬花开在雪野中，有许多蜜蜂们忙碌地飞着，也听得他们嗡嗡地闹着。

孩子们呵着冻得通红，像紫芽姜一般的小手，七八个一齐来塑雪罗汉；因为不成功，谁的父亲也来帮忙了。罗汉就塑得比孩子们高得多，虽然不过是上小下大的一堆，终于分不清是壶卢还是罗汉，然而很洁白，很明艳，以自身的滋润相粘结，整个地闪闪地生光。孩子们用龙眼核给他做眼珠，又从谁的母亲的脂粉奁[2]中偷得胭脂来涂在嘴唇上。这回确是一个大阿罗汉了。他也就目光灼灼地嘴唇通红地坐在雪地里。

第二天还有几个孩子来访问他；对了他拍手，点头，嘻笑。但他终于独自坐着了。晴天又来消释他的皮肤，寒夜又使他结一层冰，化作不透明的水晶模样；连续的晴天又使他成为不知

---

① 指我国南方气候温暖的地区。

② 即脂粉盒。

道算什么，而嘴上的胭脂也褪尽了。

但是，朔方的雪花在纷飞之后，却永远如粉，如沙，他们决不粘连，撒在屋上，地上，枯草上，就是这样。屋上的雪是早已就有消化了的，因为屋里居人的火的温热。别的，在晴天之下，旋风忽来，便蓬勃地奋飞，在日光中灿烂地生光，如包藏火焰的大雾，旋转而且升腾，弥漫太空，使太空旋转而且升腾地闪烁。

在无边的旷野上，在凛冽的天宇下，闪闪地旋转升腾着的是雨的精魂……

是的，那是孤独的雪，是死掉的雨，是雨的精魂。

一九二五年一月十八日。

风　筝

北京的冬季，地上还有积雪，灰黑色的秃树枝丫叉于晴朗的天空中，而远处有一二风筝浮动，在我是一种惊异和悲哀。

故乡的风筝时节，是春二月，倘听到沙沙的风轮[①]声，仰头便能看见一个淡墨色的蟹风筝或嫩蓝色的蜈蚣风筝。还有寂寞的瓦片风筝，没有风轮，又放得很低，伶仃地显出憔悴可怜模样。但此时地上的杨柳已经发芽，早的山桃也多吐蕾，和孩子们的天上的点缀相照应，打成一片春日的温和。我现在在那里呢？四面都还是严冬的肃杀，而久经诀别的故乡的久经逝去的春天，却就在这天空中荡漾了。

但我是向来不爱放风筝的，不但不爱，并且嫌恶他，因为我以为这是没出息孩子所做的玩艺。和我相反的是我的小兄弟，他那时大概十岁内外罢，多病，瘦得不堪，然而最喜欢风筝，自己买不起，我又不许放，他只得张着小嘴，呆看着空中出神，有时至于小半日。远处的蟹风筝突然落下来了，他惊呼；两个瓦片风筝的缠绕解开了，他高兴得跳跃。他的这些，在我看来都是笑柄，可鄙的。

有一天，我忽然想起，似乎多日不很看见他了，但记得曾见他在后园拾枯竹。我恍然大悟似的，便跑向少有人去的一间堆积杂物的小屋去，推开门，果然就在尘封的什物堆中发见了

---

① 风筝上能迎风转动发声的小轮。

他。他向着大方凳，坐在小凳上；便很惊惶地站了起来，失了色瑟缩着。大方凳旁靠着一个胡蝶风筝的竹骨，还没有糊上纸，凳上是一对做眼睛用的小风轮，正用红纸条装饰着，将要完工了。我在破获秘密的满足中，又很愤怒他的瞒了我的眼睛，这样苦心孤诣地来偷做没出息孩子的玩艺。我即刻伸手折断了胡蝶的一支翅骨，又将风轮掷在地下，踏扁了。论长幼，论力气，他是都敌不过我的，我当然得到完全的胜利，于是傲然走出，留他绝望地站在小屋里。后来他怎样，我不知道，也没有留心。

然而我的惩罚终于轮到了，在我们离别得很久之后，我已经是中年。我不幸偶而看了一本外国的讲论儿童的书，才知道游戏是儿童最正当的行为，玩具是儿童的天使。于是二十年来毫不忆及的幼小时候对于精神的虐杀的这一幕，忽地在眼前展开，而我的心也仿佛同时变了铅块，很重很重的堕下去了。

但心又不竟堕下去而至于断绝，他只是很重很重地堕着，堕着。

我也知道补过的方法的：送他风筝，赞成他放，劝他放，我和他一同放。我们嚷着，跑着，笑着。——然而他其时已经和我一样，早已有了胡子了。

我也知道还有一个补过的方法的：去讨他的宽恕，等他说，“我可是毫不怪你呵。”那么，我的心一定就轻松了，这确是一个可行的方法。有一回，我们会面的时候，是脸上都已添刻了许多“生”的辛苦的条纹，而我的心很沉重，我们渐渐谈起儿时的旧事来，我便叙述到这一节，自说少年时代的胡涂。“我可是毫不怪你呵。”我想，他要说了，我即刻便受了宽恕，我的心从此也宽松了罢。

“有过这样的事么？”他惊异地笑着说，就像旁听着别人的故事一样。他什么也不记得了。

全然忘却，毫无怨恨，又有什么宽恕之可言呢？无怨的恕，说谎罢了。

我还能希求什么呢？我的心只得沉重着。

现在，故乡的春天又在这异地的空中了，既给我久经逝去的儿时的回忆，而一并也带着无可把握的悲哀。我倒不如躲到肃杀的严冬中去罢，——但是，四面又明明是严冬，正给我非常的寒威和冷气。

一九二五年一月二十四日。

好的故事

灯火渐渐地缩小了，在预告石油的已经不多；石油又不是老牌，早熏得灯罩很昏暗。鞭爆的繁响在四近，烟草的烟雾在身边：是昏沉的夜。

我闭了眼睛，向后一仰，靠在椅背上；捏着《初学记》的手搁在膝髁上。

我在蒙胧中，看见一个好的故事。

这故事很美丽，幽雅，有趣。许多美的人和美的事，错综起来像一天云锦，而且万颗奔星似的飞动着，同时又展开去，以至于无穷。

我仿佛记得曾坐小船经过山阴道①，两岸边的乌桕，新禾，野花，鸡，狗，丛树和枯树，茅屋，塔，伽蓝②，农夫和村妇，村女，晒着的衣裳，和尚，蓑笠，天，云，竹，……都倒影在澄碧的小河中，随着每一打桨，各各夹带了闪烁的日光，并水里的萍藻游鱼，一同荡漾。诸影诸物，无不解散，而且摇动，扩大，互相融和；刚一融和，却又退缩，复近于原形。边缘都参差如夏云头，镶着日光，发出水银色焰。凡是我所经过的河，都是如此。

现在我所见的故事也如此。水中的青天的底子，一切事物统在上面交错，织成一篇，永是生动，永是展开，我看不见这

---

① 在会稽城（今绍兴）山阴县郊外一带风景优美的地方。

② 梵语，也音译作“僧伽蓝摩”。原指僧众共住的园林，后泛指寺院。

一篇的结束。

河边枯柳树下的几株瘦削的一丈红，该是村女种的罢。大红花和斑红花，都在水里面浮动，忽而碎散，拉长了，如缕缕的胭脂水，然而没有晕。茅屋，狗，塔，村女，云，……也都浮动着。大红花一朵朵全被拉长了，这时是泼剌奔迸的红锦带。带织入狗中，狗织入白云中，白云织入村女中……。在一瞬间，他们又将退缩了。但斑红花影也已碎散，伸长，就要织进塔，村女，狗，茅屋，云里去。

现在我所见的故事清楚起来了，美丽，幽雅，有趣，而且分明。青天上面，有无数美的人和美的事，我一一看见，一一知道。

我就要凝视他们……。

我正要凝视他们时，骤然一惊，睁开眼，云锦也已皱蹙，凌乱，仿佛有谁掷一块大石下河水中，水波陡然起立，将整篇的影子撕成片片了。我无意识地赶忙捏住几乎坠地的《初学记》，眼前还剩着几点虹霓色的碎影。

我真爱这一篇好的故事，趁碎影还在，我要追回他，完成他，留下他。我抛了书，欠身伸手去取笔，——何尝有一丝碎影，只见昏暗的灯光，我不在小船里了。

但我总记得见过这一篇好的故事，在昏沉的夜……。

一九二五年二月二十四日。

过 客

时： 或一日的黄昏。

地： 或一处。

人： 老翁 约七十岁，白须发，黑长袍。

女孩 约十岁，紫发，乌眼珠，白地黑方格长衫。

过客 约三四十岁，状态困顿倔强，眼光阴沉，黑须，乱发，黑色短衣裤皆破碎，赤足著破鞋，胁下挂一个口袋，支着等身的竹杖。

东，是几株杂树和瓦砾；西，是荒凉破败的丛葬；其间有一条似路非路的痕迹。一间小土屋向这痕迹开着一扇门；门侧有一段枯树根。

（女孩正要将坐在树根上的老翁搀起。）

翁 孩子。喂，孩子！怎么不动了呢？

孩 （向东望着，）有谁走来了，看一看罢。

翁 不用看他。扶我进去罢。太阳要下去了。

孩 我，——看一看。

翁 唉，你这孩子！天天看见天，看见土，看见风，还不够好看么？什么也不比这些好看。你偏是要看谁。太阳下去时候出现的东西，不会给你什么好处的。……还是进去罢。

孩 可是，已经近来了。阿阿，是一个乞丐。

翁　乞丐？不见得罢。

（过客从东面的杂树间跄踉走出，暂时踌躇之后，慢慢地走近老翁去。）

客　老丈，你晚上好？

翁　阿，好！托福。你好？

客　老丈，我实在冒昧，我想在你那里讨一杯水喝。我走得渴极了。这地方又没有一个池塘，一个水洼。

翁　唔，可以可以。你请坐罢。（向女孩）孩子，你拿水来，杯子要洗干净。

（女孩默默地走进土屋去。）

翁　客官，你请坐。你是怎么称呼的。

客　称呼？——我不知道。从我还能记得的时候起，我就只一个人，我不知道我本来叫什么。我一路走，有时人们也随便称呼我，各式各样地，我也记不清楚了，况且相同的称呼也没有听到过第二回。

翁　阿阿。那么，你是从那里来的呢？

客　（略略迟疑，）我不知道。从我还能记得的时候起，我就在这么走。

翁　对了。那么，我可以问你到那里去么？

客　自然可以。——但是，我不知道。从我还能记得的时候起，我就在这么走，要走到一个地方去，这地方就在前面。我单记得走了许多路，现在来到这里了。我接着就要走向那边去，（西指）前面！

（女孩小心地捧出一个木杯来，递去。）

客　（接杯，）多谢。姑娘。（将水两口喝尽，还杯，）多谢，姑娘。这真是少有的好意。我真不知道应该怎样感激！

翁 不要这么感激。这于你是没有好处的。

客 是的，这于我没有好处。可是我现在很恢复了些力气了。我就要前去。老丈，你大约是久住在这里的，你可知道前面是怎么一个所在么？

翁 前面？前面，是坟。

客 （诧异地，）坟？

孩 不，不，不的。那里有许多许多野百合，野蔷薇，我常常去玩，去看他们的。

客 （西顾，仿佛微笑，）不错。那些地方有许多许多野百合，野蔷薇，我也常常去玩过，去看过的。但是，那是坟。（向老翁，）老丈，走完了那坟地之后呢？

翁 走完之后？那我可不知道。我没有走过。

客 不知道？！

孩 我也不知道。

翁 我单知道南边；北边；东边，你的来路。那是我最熟悉的地方，也许倒是于你们最好的地方。你莫怪我多嘴，据我看来，你已经这么劳顿了，还不如回转去，因为你前去也料不定可能走完。

客 料不定可能走完？……（沉思，忽然惊起，）那不行！我只得走。回到那里去，就没一处没有名目，没一处没有地主，没一处没有驱逐和牢笼，没一处没有皮面的笑容，没一处没有眶外的眼泪。我憎恶他们，我不回转去！

翁 那也不然。你也会遇见心底的眼泪，为你的悲哀。

客 不。我不愿看见他们心底的眼泪，不要他们为我的悲哀！

翁 那么，你，（摇头，）你只得走了。

客 是的，我只得走了。况且还有声音常在前面催促我，叫唤我，使我息不下。可恨的是我的脚早经走破了，有许多伤，流了许多血。（举起一足给老人看，）因此，我的血不够了；我要喝些血。但血在那里呢？可是我也不愿意喝无论谁的血。我只得喝些水，来补充我的血。一路上总有水，我倒也并不感到什么不足。只是我的力气太稀薄了，血里面太多了水的缘故罢。今天连一个小水洼也遇不到，也就是少走了路的缘故罢。

翁 那也未必。太阳下去了，我想，还不如休息一会的好罢，像我似的。

客 但是，那前面的声音叫我走。

翁 我知道。

客 你知道？你知道那声音么？

翁 是的。他似乎曾经也叫过我。

客 那也就是现在叫我的声音么？

翁 那我可不知道。他也就是叫过几声，我不理他，他也就不叫了，我也就记不清楚了。

客 唉唉，不理他……。（沉思，忽然吃惊，倾听着，）不行！我还是走的好。我息不下。可恨我的脚早经走破了。（准备走路。）

孩 给你！（递给一片布，）裹上你的伤去。

客 多谢，（接取，）姑娘。这真是……。这真是极少有的好意。这能使我可以走更多的路。（就断砖坐下，要将布缠在踝上，）但是，不行！（竭力站起，）姑娘，还了你罢，还是裹不下。况且这太多的好意，我没法感激。

翁 你不要这么感激，这于你没有好处。

客 是的，这于我没有什么好处。但在我，这布施是最上的东西了。你看，我全身上可有这样的。

翁 你不要当真就是。

客 是的。但是我不能。我怕我会这样：倘使我得到了谁的布施，我就要像兀鹰看见死尸一样，在四近徘徊，祝愿她的灭亡，给我亲自看见；或者咒诅她以外的一切全都灭亡，连我自己，因为我就应该得到咒诅。但是我还没有这样的力量；即使有这力量，我也不愿意她有这样的境遇，因为她们大概总不愿意有这样的境遇。我想，这最稳当。（向女孩，）姑娘，你这布片太好，可是太小一点了，还了你罢。

孩 （惊惧，退后，）我不要了！你带走！

客 （似笑，）哦哦，……因为我拿过了？

孩 （点头，指口袋，）你装在那里，去玩玩。

客 （颓唐地退后，）但这背在身上，怎么走呢？……

翁 你息不下，也就背不动。——休息一会，就没有什么了。

客 对咧，休息……。（默想，但忽然惊醒，倾听。）不，我不能！我还是走好。

翁 你总不愿意休息么？

客 我愿意休息。

翁 那么，你就休息一会罢。

客 但是，我不能……。

翁 你总还是觉得走好么？

客 是的。还是走好。

翁 那么，你也还是走好罢。

客 （将腰一伸，）好，我告别了。我很感谢你们。（向着女孩，）姑娘，这还你，请你收回去。

（女孩惊惧，敛手，要躲进土屋里去。）

翁　你带去罢。要是太重了，可以随时抛在坟地里面的。

孩　（走向前，）阿阿，那不行！

客　阿阿，那不行的。

翁　那么，你挂在野百合野蔷薇上就是了。

孩　（拍手，）哈哈！好！

客　哦哦……。

（极暂时中，沉默。）

翁　那么，再见了。祝你平安。（站起，向女孩，）孩子，扶我进去罢。你看，太阳早已下去了。（转身向门。）

客　多谢你们。祝你们平安。（徘徊，沉思，忽然吃惊，）然而我不能！我只得走。我还是走好罢……。（即刻昂了头，奋然向西走去。）

（女孩扶老人走进土屋，随即阖了门。过客向野地里跄踉地闯进去，夜色跟在他后面。）

一九二五年三月二日。

死 火

我梦见自己在冰山间奔驰。

这是高大的冰山，上接冰天，天上冻云弥漫，片片如鱼鳞模样。山麓有冰树林，枝叶都如松杉。一切冰冷，一切青白。

但我忽然坠在冰谷中。

上下四旁无不冰冷，青白。而一切青白冰上，却有红影无数，纠结如珊瑚网。我俯看脚下，有火焰在。

这是死火。有炎炎的形，但毫不摇动，全体冰结，像珊瑚枝；尖端还有凝固的黑烟，疑这才从火宅中出，所以枯焦。这样，映在冰的四壁，而且互相反映，化为无量数影，使这冰谷，成红珊瑚色。

哈哈！

当我幼小的时候，本就爱看快舰激起的浪花，洪炉喷出的烈焰。不但爱看，还想看清。可惜他们都息息变幻，永无定形。虽然凝视又凝视，总不留下怎样一定的迹象。

死的火焰，现在先得到了你了！

我拾起死火，正要细看，那冷气已使我的指头焦灼；但是，我还熬着，将他塞入衣袋中间。冰谷四面，登时完全青白。我一面思索着走出冰谷的法子。

我的身上喷出一缕黑烟，上升如铁线蛇。冰谷四面，又登时满有红焰流动，如大火聚，将我包围。我低头一看，死火已经燃烧，烧穿了我的衣裳，流在冰地上了。

“唉，朋友！你用了你的温热，将我惊醒了。”他说。

我连忙和他招呼，问他名姓。

“我原先被人遗弃在冰谷中，”他答非所问地说，“遗弃我的早已灭亡，消尽了。我也被冰冻冻得要死。倘使你不给我温热，使我重行烧起，我不久就须灭亡。”

“你的醒来，使我欢喜。我正在想着走出冰谷的方法；我愿意携带你去，使你永不冰结，永得燃烧。”

“唉唉！那么，我将烧完！”

“你的烧完，使我惋惜。我便将你留下，仍在这里罢。”

“唉唉！那么，我将冻灭了！”

“那么，怎么办呢？”

“但你自己，又怎么办呢？”他反而问。

“我说过了：我要出这冰谷……。”

“那我就不如烧完！”

他忽而跃起，如红彗星，并我都出冰谷口外。有大石车突然驰来，我终于碾死在车轮底下，但我还来得及看见那车就坠入冰谷中。

“哈哈！你们是再也遇不着死火了！”我得意地笑着说，仿佛就愿意这样似的。

一九二五年四月二十三日。

狗的驳诘

我梦见自己在隘巷中行走，衣履破碎，像乞食者。

一条狗在背后叫起来了。

我傲慢地回顾，叱咤说：

“呔！住口！你这势利的狗！”

“嘻嘻！”他笑了，还接着说，“不敢，愧不如人呢。”

“什么!?”我气愤了，觉得这是一个极端的侮辱。

“我惭愧：我终于还不知道分别铜和银；还不知道分别布和绸；还不知道分别官和民；还不知道分别主和奴；还不知道……”

我逃走了。

“且慢！我们再谈谈……”他在后面大声挽留。

我一径逃走，尽力地走，直到逃出梦境，躺在自己的床上。

一九二五年四月二十三日。

失掉的好地狱

我梦见自己躺在床上，在荒寒的野外，地狱的旁边。一切鬼魂们的叫唤无不低微，然有秩序，与火焰的怒吼，油的沸腾，钢叉的震颤相和鸣，造成醉心的大乐[1]，布告三界：地下太平。

有一伟大的男子站在我面前，美丽，慈悲，遍身有大光辉，然而我知道他是魔鬼。

“一切都已完结，一切都已完结！可怜的鬼魂们将那好的地狱失掉了！”他悲愤地说，于是坐下，讲给我一个他所知道的故事——

“天地作蜂蜜色的时候，就是魔鬼战胜天神，掌握了主宰一切的大威权的时候。他收得天国，收得人间，也收得地狱。他于是亲临地狱，坐在中央，遍身发大光辉，照见一切鬼众。

“地狱原已废弛得很久了：剑树消却光芒；沸油的边际早不腾涌；大火聚有时不过冒些青烟，远处还萌生曼陀罗花，花极细小，惨白可怜。那是不足为奇的，因为地上曾经大被焚烧，自然失了他的肥沃。

“鬼魂们在冷油温火里醒来，从魔鬼的光辉中看见地狱小花，惨白可怜，被大蛊惑，倏忽间记起人世，默想至不知几多年，遂同时向着人间，发一声反狱的绝叫。

“人类便应声而起，仗义执言，与魔鬼战斗。战声遍满三

---

① 让人沉醉的音乐。

界，远过雷霆。终于运大谋略，布大网罗，使魔鬼并且不得不从地狱出走。最后的胜利，是地狱门上也竖了人类的旌旗！

“当鬼魂们一齐欢呼时，人类的整饬地狱使者已临地狱，坐在中央，用了人类的威严，叱咤一切鬼众。

“当鬼魂们又发一声反狱的绝叫时，即已成为人类的叛徒，得到永劫沉沦的罚，迁入剑树林的中央。

“人类于是完全掌握了主宰地狱的大威权，那威棱[①]且在魔鬼以上。人类于是整顿废弛，先给牛首阿旁以最高的俸草；而且，添薪加火，磨砺刀山，使地狱全体改观，一洗先前颓废的气象。

“曼陀罗花立即焦枯了。油一样沸；刀一样铦；火一样热；鬼众一样呻吟，一样宛转，至于都不暇记起失掉的好地狱。

“这是人类的成功，是鬼魂的不幸……。

“朋友，你在猜疑我了。是的，你是人！我且去寻野兽和恶鬼……。”

一九二五年六月十六日。

---

① 威力；威势。

墓碣文

我梦见自己正和墓碣对立，读着上面的刻辞。那墓碣似是沙石所制，剥落很多，又有苔藓丛生，仅存有限的文句——

……于浩歌狂热之际中寒；于天上看见深渊。于一切眼中看见无所有；于无所希望中得救。……

……有一游魂，化为长蛇，口有毒牙。不以啮人，自啮其身，终以殒颠。……

……离开！……

我绕到碣后，才见孤坟，上无草木，且已颓坏。即从大阙口中，窥见死尸，胸腹俱破，中无心肝。而脸上却绝不显哀乐之状，但蒙蒙如烟然。

我在疑惧中不及回身，然而已看见墓碣阴面的残存的文句——

……抉心自食，欲知本味。创痛酷烈，本味何能知？

……痛定之后，徐徐食之。然其心已陈旧，本味又何由知？……

……答我。否则，离开！……

我就要离开。而死尸已在坟中坐起，口唇不动，然而说——

“待我成尘时，你将见我的微笑！”

我疾走，不敢反顾，生怕看见他的追随。

一九二五年六月十七日。

颓败线的颤动

我梦见自己在做梦。自身不知所在，眼前却有一间在深夜中紧闭的小屋的内部，但也看见屋上瓦松的茂密的森林。

板桌上的灯罩是新拭的，照得屋子里分外明亮。在光明中，在破榻上，在初不相识的披毛的强悍的肉块底下，有瘦弱渺小的身躯，为饥饿，苦痛，惊异，羞辱，欢欣而颤动。弛缓，然而尚且丰腴的皮肤光润了；青白的两颊泛出轻红，如铅上涂了胭脂水。

灯火也因惊惧而缩小了，东方已经发白。

然而空中还弥漫地摇动着饥饿，苦痛，惊异，羞辱，欢欣的波涛……。

“妈！”约略两岁的女孩被门的开阖声惊醒，在草席围着的屋角的地上叫起来了。

“还早哩，再睡一会罢！”她惊惶地说。

“妈！我饿，肚子痛。我们今天能有什么吃的？”

“我们今天有吃的了。等一会有卖烧饼的来，妈就买给你。”她欣慰地更加紧捏着掌中的小银片，低微的声音悲凉地发抖，走近屋角去一看她的女儿，移开草席，抱起来放在破榻上。

“还早哩，再睡一会罢。”她说着，同时抬起眼睛，无可告诉地一看破旧的屋顶以上的天空。

空中突然另起了一个很大的波涛，和先前的相撞击，回旋而成旋涡，将一切并我尽行淹没，口鼻都不能呼吸。

我呻吟着醒来，窗外满是如银的月色，离天明还很辽远似的。

我自身不知所在，眼前却有一间在深夜中紧闭的小屋的内部，我自己知道是在续着残梦。可是梦的年代隔了许多年了。屋的内外已经这样整齐；里面是青年的夫妻，一群小孩子，都怨恨鄙夷地对着一个垂老的女人。

“我们没有脸见人，就只因为你，”男人气忿地说。“你还以为养大了她，其实正是害苦了她，倒不如小时候饿死的好！”

“使我委屈一世的就是你！”女的说。

“还要带累了我！”男的说。

“还要带累他们哩！”女的说，指着孩子们。

最小的一个正玩着一片干芦叶，这时便向空中一挥，仿佛一柄钢刀，大声说道：

“杀！”

那垂老的女人口角正在痉挛，登时一怔，接着便都平静，不多时候，她冷静地，骨立的石像似的站起来了。她开开板门，迈步在深夜中走出，遗弃了背后一切的冷骂和毒笑。

她在深夜中尽走，一直走到无边的荒野；四面都是荒野，头上只有高天，并无一个虫鸟飞过。她赤身露体地，石像似的站在荒野的中央，于一刹那间照见过往的一切：饥饿，苦痛，惊异，羞辱，欢欣，于是发抖；害苦，委屈，带累，于是痉挛；杀，于是平静。……又于一刹那间将一切并合：眷念与决绝，爱抚与复仇，养育与歼除，祝福与咒诅……。她于是举两手尽量向天，口唇间漏出人与兽的，非人间所有，所以无词的言语。

当她说出无词的言语时，她那伟大如石像，然而已经荒废的，颓败的身躯的全面都颤动了。这颤动点点如鱼鳞，每一鳞都起伏如沸水在烈火上；空中也即刻一同振颤，仿佛暴风雨中的荒海的波涛。

她于是抬起眼睛向着天空，并无词的言语也沉默尽绝，惟有颤动，辐射若太阳光，使空中的波涛立刻回旋，如遭飓风，汹涌奔腾于无边的荒野。

我梦魇了，自己却知道是因为将手搁在胸脯上了的缘故；我梦中还用尽平生之力，要将这十分沉重的手移开。

一九二五年六月二十九日。

立 论

我梦见自己正在小学校的讲堂上预备作文，向老师请教立论的方法。

“难!”老师从眼镜圈外斜射出眼光来，看着我，说，“我告诉你一件事——

“一家人家生了一个男孩，合家高兴透顶了。满月的时候，抱出来给客人看，——大概自然是想得一点好兆头。

“一个说：‘这孩子将来要发财的。’他于是得到一番感谢。

“一个说：‘这孩子将来要做官的。’他于是收回几句恭维。

“一个说：‘这孩子将来是要死的。’他于是得到一顿大家合力的痛打。

“说要死的必然，说富贵的许谎。但说谎的得好报，说必然的遭打。你……”

“我愿意既不谎人，也不遭打。那么，老师，我得怎么说呢?”

“那么，你得说：‘啊呀！这孩子呵！您瞧！多么……。阿唷！哈哈！Hehe！he，hehehehe！’”

一九二五年七月八日。

死 后

我梦见自己死在道路上。

这是那里，我怎么到这里来，怎么死的，这些事我全不明白。总之，待到我自己知道已经死掉的时候，就已经死在那里了。

听到几声喜鹊叫，接着是一阵乌老鸦。空气很清爽，——虽然也带些土气息，——大约正当黎明时候罢。我想睁开眼睛来，他却丝毫也不动，简直不像是我的眼睛；于是想抬手，也一样。

恐怖的利镞①忽然穿透我的心了。在我生存时，曾经玩笑地设想：假使一个人的死亡，只是运动神经的废灭，而知觉还在，那就比全死了更可怕。谁知道我的预想竟的中了，我自己就在证实这预想。

听到脚步声，走路的罢。一辆独轮车从我的头边推过，大约是重载的，轧轧地叫得人心烦，还有些牙齿齿楚。很觉得满眼绯红，一定是太阳上来了。那么，我的脸是朝东的。但那都没有什么关系。切切察察的人声，看热闹的。他们踹起黄土来，飞进我的鼻孔，使我想打喷嚏了，但终于没有打，仅有想打的心。

陆陆续续地又是脚步声，都到近旁就停下，还有更多的低

① 锐利的箭头。

语声：看的人多起来了。我忽然很想听听他们的议论。但同时想，我生存时说的什么批评不值一笑的话，大概是违心之论罢：才死，就露了破绽了。然而还是听；然而毕竟得不到结论，归纳起来不过是这样——

"死了？……"

"嗡。——这……"

"哼！……"

"啧。……唉！……"

我十分高兴，因为始终没有听到一个熟识的声音。否则，或者害得他们伤心；或则要使他们快意，或则要使他们加添些饭后闲谈的材料，多破费宝贵的工夫：这都会使我很抱歉。现在谁也看不见，就是谁也不受影响。好了，总算对得起人了！

但是，大约是一个蚂蚁，在我的脊梁上爬着，痒痒的。我一点也不能动，已经没有除去他的能力了；倘在平时，只将身子一扭，就能使他退避。而且，大腿上又爬着一个哩！你们是做什么的？虫豸！？

事情可更坏了：嗡的一声，就有一个青蝇停在我的颧骨上，走了几步，又一飞，开口便舐我的鼻尖。我懊恼地想：足下，我不是什么伟人，你无须到我身上来寻做论的材料……。但是不能说出来。他却从鼻尖跑下，又用冷舌头来舐我的嘴唇了，不知道可是表示亲爱。还有几个则聚在眉毛上，跨一步，我的毛根就一摇。实在使我烦厌得不堪，——不堪之至。

忽然，一阵风，一片东西从上面盖下来，他们就一同飞开了，临走时还说——

"惜哉！……"

我愤怒得几乎昏厥过去。

木材摔在地上的钝重的声音同着地面的震动，使我忽然清醒，前额上感着芦席的条纹。但那芦席就被掀去了，又立刻感到了日光的灼热。还听得有人说——

“怎么要死在这里？……”

这声音离我很近，他正弯着腰罢。但人应该死在那里呢？我先前以为人在地上虽没有任意生存的权利，却总有任意死掉的权利的。现在才知道并不然，也很难适合人们的公意。可惜我久没了纸笔；即有也不能写，而且即使写了也没有地方发表了。只好就这样地抛开。

有人来抬我，也不知道是谁。听到刀鞘声，还有巡警在这里罢，在我所不应该“死在这里”的这里。我被翻了几个转身，便觉得向上一举，又往下一沉；又听得盖了盖，钉着钉。但是，奇怪，只钉了两个。难道这里的棺材钉，是只钉两个的么？

我想：这回是六面碰壁，外加钉子。真是完全失败，呜呼哀哉了！……

“气闷！……”我又想。

然而我其实却比先前已经宁静得多，虽然知不清埋了没有。在手背上触到草席的条纹，觉得这尸衾倒也不恶。只不知道是谁给我化钱的，可惜！但是，可恶，收敛的小子们！我背后的小衫的一角皱起来了，他们并不给我拉平，现在抵得我很难受。你们以为死人无知，做事就这样地草率么？哈哈！

我的身体似乎比活的时候要重得多，所以压着衣皱便格外的不舒服。但我想，不久就可以习惯的；或者就要腐烂，不至于再有什么大麻烦。此刻还不如静静地静着想。

“您好？您死了么？”

是一个颇为耳熟的声音。睁眼看时，却是博古斋旧书铺的跑外的小伙计。不见约有二十多年了，倒还是那一副老样子。我又看看六面的壁，委实太毛糙，简直毫没有加过一点修刮，锯绒还是毛毵毵的。

“那不碍事，那不要紧。”他说，一面打开暗蓝色布的包裹来。“这是明板《公羊传》，嘉靖黑口本，给您送来了。您留下他罢。这是……。”

“你！”我诧异地看定他的眼睛，说，“你莫非真正胡涂了？你看我这模样，还要看什么明板？……”

“那可以看，那不碍事。”

我即刻闭上眼睛，因为对他很烦厌。停了一会，没有声息，他大约走了。但是似乎一个蚂蚁又在脖子上爬起来，终于爬到脸上，只绕着眼眶转圈子。

万不料人的思想，是死掉之后也还会变化的。忽而，有一种力将我的心的平安冲破；同时，许多梦也都做在眼前了。几个朋友祝我安乐，几个仇敌祝我灭亡。我却总是既不安乐，也不灭亡地不上不下地生活下来，都不能副任何一面的期望。现在又影一般死掉了，连仇敌也不使知道，不肯赠给他们一点惠而不费的欢欣。……

我觉得在快意中要哭出来。这大概是我死后第一次的哭。

然而终于也没有眼泪流下；只看见眼前仿佛有火花一闪，我于是坐了起来。

一九二五年七月十二日。

这样的战士

要有这样的一种战士——

已不是蒙昧如非洲土人而背着雪亮的毛瑟枪的；也并不疲惫如中国绿营兵而却佩着盒子炮。他毫无乞灵于牛皮和废铁的甲胄；他只有自己，但拿着蛮人所用的，脱手一掷的投枪。

他走进无物之阵，所遇见的都对他一式点头。他知道这点头就是敌人的武器，是杀人不见血的武器，许多战士都在此灭亡，正如炮弹一般，使猛士无所用其力。

那些头上有各种旗帜，绣出各样好名称：慈善家，学者，文士，长者，青年，雅人，君子……。头下有各样外套，绣出各式好花样：学问，道德，国粹，民意，逻辑，公义，东方文明……。

但他举起了投枪。

他们都同声立了誓来讲说，他们的心都在胸膛的中央，和别的偏心的人类两样。他们都在胸前放着护心镜，就为自己也深信心在胸膛中央的事作证。

但他举起了投枪。

他微笑，偏侧一掷，却正中了他们的心窝。

一切都颓然倒地；——然而只有一件外套，其中无物。无物之物已经脱走，得了胜利，因为他这时成了戕害慈善家等类的罪人。

但他举起了投枪。

他在无物之阵中大踏步走，再见一式的点头，各种的旗帜，各样的外套……。

但他举起了投枪。

他终于在无物之阵中老衰，寿终。他终于不是战士，但无物之物则是胜者。

在这样的境地里，谁也不闻战叫：太平。

太平……。

但他举起了投枪！

一九二五年十二月十四日。

聪明人和傻子和奴才

奴才总不过是寻人诉苦。只要这样，也只能这样。有一日，他遇到一个聪明人。

“先生！”他悲哀地说，眼泪联成一线，就从眼角上直流下来。“你知道的。我所过的简直不是人的生活。吃的是一天未必有一餐，这一餐又不过是高粱皮，连猪狗都不要吃的，尚且只有一小碗……。”

“这实在令人同情。”聪明人也惨然说。

“可不是么！”他高兴了，“可是做工是昼夜无休息的：清早担水晚烧饭，上午跑街夜磨面，晴洗衣裳雨张伞，冬烧汽炉夏打扇。半夜要煨银耳，侍候主人耍钱；头钱从来没分，有时还挨皮鞭……。”

“唉唉……。”聪明人叹息着，眼圈有些发红，似乎要下泪。

“先生！我这样是敷衍不下去的。我总得另外想法子。可是什么法子呢？……”

“我想，你，总会好起来……。”

“是么？但愿如此。可是我对先生诉了冤苦，又得你的同情和慰安，已经舒坦得不少了。可见天理没有灭绝……。”

但是，不几日，他又不平起来了，仍然寻人去诉苦。

“先生！”他流着眼泪说，“你知道的。我住的简直比猪窠还不如。主人并不将我当人；他对他的叭儿狗还要好到几万倍……。”

“混帐!”那人大叫起来，使他吃惊了。那人是一个傻子。

“先生，我住的只是一间破小屋，又湿，又阴，满是臭虫，睡下去就咬得真可以。秽气冲着鼻子，四面又没有一个窗……。”

“你不会要你的主人开一个窗的么?”

“这怎么行?……”

“那么，你带我去看去!”

傻子跟奴才到他屋外，动手就砸那泥墙。

“先生!你干什么?”他大惊地说。

“我给你打开一个窗洞来。”

“这不行!主人要骂的!”

“管他呢!”他仍然砸。

“人来呀!强盗在毁咱们的屋子了!快来呀!迟一点可要打出窟窿来了!……”他哭嚷着，在地上团团地打滚。

一群奴才都出来了，将傻子赶走。

听到了喊声，慢慢地最后出来的是主人。

“有强盗要来毁咱们的屋子，我首先叫喊起来，大家一同把他赶走了。”他恭敬而得胜地说。

“你不错。”主人这样夸奖他。

这一天就来了许多慰问的人，聪明人也在内。

“先生。这回因为我有功，主人夸奖了我了。你先前说我总会好起来，实在是有先见之明……。”他大有希望似的高兴地说。

“可不是么……。”聪明人也代为高兴似的回答他。

一九二五年十二月二十六日。

腊　叶

灯下看《雁门集》，忽然翻出一片压干的枫叶来。

这使我记起去年的深秋。繁霜夜降，木叶多半凋零，庭前的一株小小的枫树也变成红色了。我曾绕树徘徊，细看叶片的颜色，当他青葱的时候是从没有这么注意的。他也并非全树通红，最多的是浅绛，有几片则在绯红地上，还带着几团浓绿。一片独有一点蛀孔，镶着乌黑的花边，在红，黄和绿的斑驳中，明眸似的向人凝视。我自念：这是病叶呵！便将他摘了下来，夹在刚才买到的《雁门集》里。大概是愿使这将坠的被蚀而斑斓的颜色，暂得保存，不即与群叶一同飘散罢。

但今夜他却黄蜡似的躺在我的眼前，那眸子也不复似去年一般灼灼。假使再过几年，旧时的颜色在我记忆中消去，怕连我也不知道他何以夹在书里面的原因了，将坠的病叶的斑斓，似乎也只能在极短时中相对，更何况是葱郁的呢。看看窗外，很能耐寒的树木也早经秃尽了；枫树更何消说得。当深秋时，想来也许有和这去年的模样相似的病叶的罢，但可惜我今年竟没有赏玩秋树的余闲。

一九二五年十二月二十六日。

淡淡的血痕中

——记念几个死者和生者和未生者

目前的造物主，还是一个怯弱者。

他暗暗地使天变地异，却不敢毁灭一个这地球；暗暗地使生物衰亡，却不敢长存一切尸体；暗暗地使人类流血，却不敢使血色永远鲜秾；暗暗地使人类受苦，却不敢使人类永远记得。

他专为他的同类——人类中的怯弱者——设想，用废墟荒坟来衬托华屋，用时光来冲淡苦痛和血痕；日日斟出一杯微甘的苦酒，不太少，不太多，以能微醉为度，递给人间，使饮者可以哭，可以歌，也如醒，也如醉，若有知，若无知，也欲死，也欲生。他必须使一切也欲生；他还没有灭尽人类的勇气。

几片废墟和几个荒坟散在地上，映以淡淡的血痕，人们都在其间咀嚼着人我的渺茫的悲苦。但是不肯吐弃，以为究竟胜于空虚，各各自称为“天之僇民”①，以作咀嚼着人我的渺茫的悲苦的辩解，而且悚息着静待新的悲苦的到来。新的，这就使他们恐惧，而又渴欲相遇。

这都是造物主的良民。他就需要这样。

叛逆的猛士出于人间；他屹立着，洞见一切已改和现有的废墟和荒坟，记得一切深广和久远的苦痛，正视一切重叠淤积的凝血，深知一切已死，方生，将生和未生。他看透了造化的

---

① 受到上天惩罚的人。

把戏；他将要起来使人类苏生，或者使人类灭尽，这些造物主的良民们。

造物主，怯弱者，羞惭了，于是伏藏。天地在猛士的眼中于是变色。

一九二六年四月八日。

一 觉

飞机负了掷下炸弹的使命，像学校的上课似的，每日上午在北京城上飞行。每听得机件搏击空气的声音，我常觉到一种轻微的紧张，宛然目睹了“死”的袭来，但同时也深切地感着“生”的存在。

隐约听到一二爆发声以后，飞机嗡嗡地叫着，冉冉地飞去了。也许有人死伤了罢，然而天下却似乎更显得太平。窗外的白杨的嫩叶，在日光下发乌金光，榆叶梅也比昨日开得更烂漫。收拾了散乱满床的日报，拂去昨夜聚在书桌上的苍白的微尘，我的四方的小书斋，今日也依然是所谓“窗明几净”。

因为或一种原因，我开手编校那历来积压在我这里的青年作者的文稿了；我要全都给一个清理。我照作品的年月看下去，这些不肯涂脂抹粉的青年们的魂灵便依次屹立在我眼前。他们是绰约的，是纯真的，——阿，然而他们苦恼了，呻吟了，愤怒，而且终于粗暴了，我的可爱的青年们。

魂灵被风沙打击得粗暴，因为这是人的魂灵，我爱这样的魂灵；我愿意在无形无色的鲜血淋漓的粗暴上接吻。漂渺的名园中，奇花盛开着，红颜的静女正在超然无事地逍遥，鹤唳一声，白云郁然而起……。这自然使人神往的罢，然而我总记得我活在人间。

我忽然记起一件事：两三年前，我在北京大学的教员预备室里，看见进来了一个并不熟识的青年，默默地给我一包书，便出去了，打开看时，是一本《浅草》。就在这默默中，使我懂得了许多话，阿，这赠品是多么丰饶呵！可惜那《浅草》不再出版了，似乎只成了《沉钟》的前身。那《沉钟》就在这风沙肮洞中，深深地在人海的底里寂寞地鸣动。

野蓟经了几乎致命的摧折，还要开一朵小花，我记得托尔斯泰曾受了很大的感动，因此写出一篇小说来。但是，草木在旱干的沙漠中间，拚命伸长他的根，吸取深地中的水泉，来造成碧绿的林莽，自然是为了自己的“生”的，然而使疲劳枯渴的旅人，一见就怡然觉得遇到了暂时息肩之所，这是如何的可以感激，而且可以悲哀的事!?

《沉钟》的《无题》——代启事——说：“有人说，我们的社会是一片沙漠。——如果当真是一片沙漠，这虽然荒漠一点也还静肃，虽然寂寞一点也还会使你感觉苍茫。何至于像这样的混沌，这样的阴沉，而且这样的离奇变幻！”

是的，青年的魂灵屹立在我眼前，他们已经粗暴了，或者将要粗暴了，然而我爱这些流血和隐痛的魂灵，因为他使我觉得是在人间，是在人间活着。

在编校中夕阳居然西下，灯火给我接续的光。各样的青春在眼前一一驰去了，身外但有昏黄环绕。我疲劳着，捏着纸烟，在无名的思想中静静地合了眼睛，看见很长的梦。忽而惊觉，身外也还是环绕着昏黄；烟篆[1]在不动的空气中上升，如几片小小夏云，徐徐幻出难以指名的形象。

一九二六年四月十日。

---

① 指香、香烟等的烟缕，形好像是圆曲的篆字。

二心集

序言

这里是一九三〇年与三一年两年间的杂文的结集。

当三〇年的时候，期刊已渐渐的少见，有些是不能按期出版了，大约是受了逐日加紧的压迫。《语丝》和《奔流》，则常遭邮局的扣留，地方的禁止，到底也还是敷延不下去。那时我能投稿的，就只剩了一个《萌芽》，而出到五期，也被禁止了，接着是出了一本《新地》。所以在这一年内，我只做了收在集内的不到十篇的短评。

此外还曾经在学校里演讲过两三回，那时无人记录，讲了些什么，此刻连自己也记不清楚了。只记得在有一个大学里演讲的题目，是《象牙塔①和蜗牛庐②》。大意是说，象牙塔里的文艺，将来决不会出现于中国，因为环境并不相同，这里是连摆这“象牙之塔”的处所也已经没有了；不久可以出现的，恐怕至多只有几个“蜗牛庐”。蜗牛庐者，是三国时所谓“隐逸”的焦先曾经居住的那样的草窠，大约和现在江北穷人手搭的草棚相仿，不过还要小，光光的伏在那里面，少出、少动、无衣、无食、无言。因为那时是军阀混战，任意杀掠的时候，心里不以为然的人，只有这样才可以苟延他的残喘。但蜗牛界里那里会有文艺呢，所以这样下去，中国的没有文艺，是一定的。这样的话，真可谓已经大有蜗牛气味的了，不料不久就有一位勇

---

① 比喻脱离现实生活的文艺家的小天地。

② 指简陋的房屋。

敢的青年在政府机关的上海《民国日报》上给我批评，说我的那些话使他非常看不起，因为我没有敢讲共产党的话的勇气。谨案在“清党”以后的党国里，讲共产主义是算犯大罪的，捕杀的网罗，张遍了全中国，而不讲，却又为党国的忠勇青年所鄙视。这实在只好变了真的蜗牛，才有“庶几得免于罪戾”的幸福了。

而这时左翼作家拿着苏联的卢布之说，在所谓“大报”和小报上，一面又纷纷的宣传起来，新月社的批评家也从旁很卖了些力气。有些报纸，还拾了先前的创造社派的几个人的投稿于小报上的话，讥笑我为“投降”，有一种报则载起《文坛贰臣传》来，第一个就是我，——但后来好像并不再做下去了。

卢布之谣，我是听惯了的。大约六七年前《语丝》在北京说了几句涉及陈源教授和别的“正人君子”们的话的时候，上海的《晶报》上就发表过“现代评论社主角”唐有壬先生的信札，说是我们的言动，都由于墨斯科的命令，这又正是祖传的老谱，宁末有所谓“通虏”，清初又有所谓“通海”，向来就用了这类的口实，害过许多人们的。所以含血喷人，已成了中国士君子的常经，实在不单是他们的识见，只能够见到世上一切都靠金钱的势力。至于“贰臣”之说，却是很有些意思的，我试一反省，觉得对于时事，即使未尝动笔，有时也不免于腹诽，“臣罪当诛兮天皇圣明”，腹诽就决不是忠臣的行径。但御用文学家的给了我这个徽号，也可见他们的“文坛”上是有皇帝的了。

去年偶然看见了几篇梅林格（Franz Mehring）的论文，大意说，在坏了下去的旧社会里，倘有人怀一点不同的意见，有一点携贰的心思，是一定要大吃其苦的。而攻击陷害得最凶的，则是这人的同阶级的人物。他们以为这是最可恶的叛逆，比异阶级的奴隶造反还可恶，所以一定要除掉他。我才知道中外古今，无不如此，真是读书可以养气，竟没有先前那样“不满于现状”了，并且仿《三闲集》之例而变其意，拾来做了这一本书的名目。然而这并非在证明我是无产者。一阶级里，临末也常常会自已互相闹起来的，就是《诗经》里说过的那“兄弟阋于墙”，——但后来却未必“外御其侮”。倒如同是军阀，就总在整年的大家相打，难道有一面是无产阶级么？而且我时时说些自已的事情，怎样地在“碰壁”，怎样地在做蜗牛，好像全世界的苦恼，萃于一身，在替大众受罪似的：也正是中产的智识阶级分子的坏脾气。只是原先是憎恶这熟识的本阶级，毫不可惜它的溃灭，后来又由于事实的教训，以为惟新兴的无产者才有将来，却是的确的。

自从一九三一年二月起，我写了较上年更多的文章，但因为揭载的刊物有些不同，文字必得和它们相称，就很少做《热风》那样简短的东西了；而且看看对于我的批评文字，得了一种经验，好像评论做得太简括，是极容易招得无意的误解，或有意的曲解似的。又，此后也不想再编《坟》那样的论文集，和《壁下译丛》那样的译文集，这回就连较长的东西也收在这里面，译文则选了一篇《现代电影与有产阶级》附在末尾，因为电影之在中国，虽然早已风行，但这样扼要的论文却还少见，留心世事的人们，实在很有一读的必要的。还有通信，如果只有一面，读者也往往很不容易了然，所以将紧要一点的几封来信，也擅自一并编进去了。

一九三二年四月三十日之夜，编讫并记。

一九三〇年

“硬译”与“文学的阶级性”

一

听说《新月》月刊团体里的人们在说，现在销路好起来了。这大概是真的，以我似的交际极少的人，也在两个年青朋友的手里见过第二卷第六七号的合本。顺便一翻，是争“言论自由”的文字和小说居多。近尾巴处，则有梁实秋先生的一篇《论鲁迅先生的“硬译”》以为“近于死译”。而“死译之风也断不可长”，就引了我的三段译文，以及在《文艺与批评》的后记里所说：“但因为译者的能力不够，和中国文本来的缺点，译完一看，晦涩，甚而至于难解之处也真多；倘将仿句拆下来呢，又失了原来的语气，在我，是除了还是这样的硬译之外，只有束手这一条路了，所余的惟一的希望，只在读者还肯硬着头皮看下去而已”这些话，细心地在字旁加上圆圈，还在“硬译”两字旁边加上套圈，于是“严正”地下了“批评”道：“我们‘硬着头皮看下去’了，但是无所得。‘硬译’和‘死译’有什么分别呢？”

新月社的声明中，虽说并无什么组织，在论文里，也似乎痛恶无产阶级式的“组织”、“集团”这些话，但其实是有组织的，至少，关于政治的论文，这一本里都互相“照应”；关于文艺，则这一篇是登在上面的同一批评家所作的《文学是有阶级性的吗?》的余波。在那一篇里有一段说“……但是不幸得很，没有一本这类的书能被我看懂。……最使我感得困难的是文字，……简直读起来比天书还难。……现在还没有一个中国人，用中国人所能看得懂的文字，写一篇文章告诉我们无产文学的理论究竟是怎么一回事。”字旁也有圈圈，怕排印麻烦，恕不照画了。总之，梁先生自认是一切中国人的代表，这些书既为自己所不懂，也就是为一切中国人所不懂，应该在中国断绝其生命，于是出示曰：“此风断不可长”云。

别的“天书”译著者的意见我不能代表，从我个人来看，则事情是不会这样简单的。第一、梁先生自以为“硬着头皮看下去”了，但究竟硬了没有，是否能够，还是一个问题。以硬自居了，而实则其软如棉，正是新月社的一种特色。第二、梁先生虽自来代表一切中国人了，但究竟是否全国中的最优秀者，也是一个问题。这问题从《文学是有阶级性的吗?》这篇文章里，便可以解释。Proletary 这字不必译音，大可译义，是有理可说的。但这位批评家却道：“其实翻翻字典，这个字的涵义并不见得体面，据《韦白斯特大字典》，Proletary 的意思就是：A citizen of the lowest class who served the state not with property, but only by having children。……普罗列塔利亚是国家里只会生孩子的阶级！（至少在罗马时代是如此）”其实正无须来争这“体面”，大约略有常识者，总不至于以现在为罗马时代，将现在的无产者都看作罗马人的。这正如将 Chemie 译作“舍密学”①，读者必不和埃及的“炼金术”混同，对于“梁”先生所作的文章，也决不会去考查语源，误解为“独木小桥”竟会动笔一样。连“翻翻字典”（《韦白斯特大字典》!）也还是“无所得”，一切中国人未必全是如此的罢。

二

但于我最觉得有兴味的，是上节所引的梁先生的文字里，有两处都用着一个“我们”，颇有些“多数”和“集团”气味了。自然，作者虽然单独执笔，气类则决不只一人，用“我们”来说话，是不错的，也令人看起来较有力量，又不至于一人双肩负责。然而，当“思想不能统一”时，“言论应该自由”时，正如梁先生的批评资本制度一般，也有一种“弊病”。就是，既有“我们”便有我们以外的“他们”，于是新月社的“我们”虽以为我的“死译之风断不可长”了，却另有读了并不“无所得”的读者存在，而我的“硬译”，就还在“他们”之间生存，和“死译”还有一些区别。

我也就是新月社的“他们”之一，因为我的译作和梁先生所需的条件，是全都不一样的。

那一篇《论硬译》的开头论误译胜于死译说：“一部书断断不会完全曲译……部分的曲译即使是错误，究竟也还给你一个错误，这个错误也许真是害人无穷的，而你读的时候究竟还

① “舍密学”即化学。舍密是德语 Chemie 的音译。

落个爽快。”末两句大可以加上夹圈，但我却从来不干这样的勾当。我的译作，本不在博读者的“爽快”，却往往给以不舒服，甚而至于使人气闷，憎恶，愤恨。读了会“落个爽快”的东西，自有新月社的人们的译著在：徐志摩先生的诗，沈从文、凌叔华先生的小说，陈西滢（即陈源）先生的闲话，梁实秋先生的批评，潘光旦先生的优生学，还有白璧德先生的人文主义。

所以，梁先生后文说：“这样的书，就如同看地图一般，要伸着手指来寻找句法的线索位置”这些话，在我也就觉得是废话，虽说犹如不说了。是的，由我说来，要看“这样的书”就如同看地图一样，要伸着手指来找寻“句法的线索位置”的。看地图虽然没有看《杨妃出浴图》或《岁寒三友图》那么“爽快”，甚而至于还须伸着手指（其实这恐怕梁先生自己如此罢了，看惯地图的人，是只用眼睛就可以的），但地图并不是死图；所以“硬译”即使有同一之劳，照例子也就和“死译”有了些“什么区别”。识得 ABCD 者自以为新学家，仍旧和化学方程式无关，会打算盘的自以为数学家，看起笔算的演草来还是无所得。现在的世间，原不是一为学者，便与一切事都会有缘的。

然而梁先生有实例在，举了我三段的译文，虽然明知道“也许因为没有上下文的缘故，意思不能十分明了”。在《文学是有阶级性的吗？》这篇文章中，也用了类似手段，举出两首译诗来，总评道：“也许伟大的无产文学还没有出现，那么我愿意等着，等着，等着。”这些方法，诚然是很“爽快”的，但我可以就在这一本《新月》月刊里的创作——是创作呀！——《搬家》第八页上，举出一段文字来——

“小鸡有耳朵没有？”

“我没看见过小鸡长耳朵的。”

“它怎样听见我叫它呢?”她想到前天四婆告诉她的耳朵是管听东西，眼是管看东西的。

“这个蛋是白鸡黑鸡?”枝儿见四婆没答她，站起来摸着蛋子又问。

“现在看不出来，等孵出小鸡才知道。”

“婉儿姊说小鸡会变大鸡，这些小鸡也会变大鸡么?”

“好好的喂它就会长大了，像这个鸡买来时还没有这样大吧?”也够了，“文字”是懂得的，也无须伸出手指来寻线索，但我不“等着”了，以为就这一段看，是既不“爽快”，而且和不创作是很少区别的。

临末，梁先生还有一个诘问：“中国文和外国文是不同的，……翻译之难即在这个地方。假如两种文中的文法句法词法完全一样，那么翻译还成为一件工作吗?……我们不妨把句法变换一下，以使读者能懂为第一要义，因为‘硬着头皮’不是一件愉快的事，并且‘硬译’也不见得能保存，‘原来的精悍的语气’。假如‘硬译’而还能保存‘原来的精悍的语气’，那真是一件奇迹，还能说中国文是有‘缺点’吗?”我倒不见得如此之愚，要寻求和中国文相同的外国文，或者希望“两种文中的文法句法词法完全一样。”我但以为文法繁复的国语，较易于翻译外国文，语系相近的，也较易于翻译，而且也是一种工作。荷兰翻德国，俄国翻波兰，能说这和并不工作没有什么区别么?日本语和欧美很“不同”，但他们逐渐添加了新句法，比起古文来，更宜于翻译而不失原来的精悍的语气，开初自然是须“找寻句法的线索位置”，很给了一些人不“愉快”的，但经找寻和习惯，现在已经同化，成为己有了。中国的文法，比日本的古文还要不完备，然而也曾有些变迁，例如《史》、《汉》不同于《书经》，现在的白话文又不同于《史》、《汉》；有添造，例如唐译佛经，元译上谕，当时很有些“文法句法词法”是生造的，一经习用，便不必伸出手指，就懂得了。现在又来了“外国文”，许多句子，即也须新造，——说得坏点，就是硬造。据我的经验，这样译来，较之化为几句，更能保存原来的精悍的语气，但因为有待于新造，所以原先的中国文是有缺点的。有什么“奇迹”，干什么“吗”呢？但有待于“伸出手指”，“硬着头皮”，于有些人自然“不是一件愉快的事”。不过我是本不想将“爽快”或“愉快”来献给那些诸公的，只要还有若干的读者能够有所得，梁实秋先生“们”的苦乐以及无所得，实在“于我如浮云”。

但梁先生又有本不必求助于无产文学理论，而仍然很不了了的地方，例如他说：“鲁迅先生前些年翻译的文学，例如厨川白村的《苦闷的象征》，还不是令人看不懂的东西，但是最近翻译的书似乎改变风格了。”只要有些常识的人就知道：“中国文和外国文是不同的”，但同是一种外国文，因为作者各人的做法，而“风格”和“句法的线索位置”也可以很不同。句子可繁可简，名词可常可专，决不会一种外国文，易解的程度就都一式。我的译《苦闷的象征》，也和现在一样，是按板规逐句，甚而至于逐字译的，然而梁实秋先生居然以为还能看懂者，乃是原文原是易解的缘故，也因为梁实秋先生是中国新的批评家了的缘故，也因为其中硬造的句法，是比较地看惯了的缘故。若在三家村里，专读《古文观止》的学者们，看起来又何尝不比“天书”还难呢？

三

但是，这回的“比天书还难”的无产文学理论的译本们，却给了梁先生不小的影响。看不懂了，会有影响，虽然好像滑稽，然而是真的，这位批评家在《文学是有阶级性的吗?》里说：“我现在批评所谓无产文学理论，也只能根据我所能了解的一点材料而已。”这就是说：因此而对于这理论的知识，极不完全了。

但对于这罪过，我们（包含一切“天书”译者在内，故曰“们”也只能负一部分的责任，一部分是要作者自己的胡涂或懒惰来负的。“什么卢那卡尔斯基、蒲力汗诺夫”的书我不知道，若夫“婆格达诺夫之类”的三篇论文和托罗兹基的半部《文学与革命》，则确有英文译本的了。英国没有“鲁迅先生”，译文定该非常易解。梁先生对于伟大的无产文学的产生，曾经显示其“等着，等着，等着”的耐心和勇气，这回对于理论，何不也等一下子，寻来看了再说呢。不知其有而不求曰胡涂，知其有而不求曰懒惰，如果单是默坐，这样也许是“爽快”的。然而开起口来，却很容易咽进冷气去了。

例如就是那篇《文学是有阶级性的吗?》的高文，结论是并无阶级性。要抹杀阶级性，我以为最干净的是吴稚晖先生的“什么马克斯牛克斯”以及什么先生的“世界上并没有阶级这东西”的学说。那么，就万喙息响，天下太平。但梁先生却中了一些“什么马克斯”毒了，先承认了现在许多地方是资产制度，在这制度之下则有无产者。不过这“无产者本来并没有阶级的自觉。是几个过于富同情心而又态度偏激的领袖把这个阶级观念传授了给他们"，要促起他们的联合，激发他们争斗的欲念。不错，但我以为传授者应该并非由于同情，却因了改造世界的思想。况且"本无其物"的东西，是无从自觉，无从激发的，会自觉，能激发，足见那是原有的东西。原有的东西，就遮掩不久，即如格里莱阿说地体运动，达尔文说生物进化，当初何尝不或者几被宗教家烧死，或者大受保守者攻击呢，然而现在人们对于两说，并不为奇者，就因为地体终于在运动，生物确也在进化的缘故。承认其有而要掩饰为无，非有绝技是不行的。

但梁先生自有消除斗争的办法，以为如卢梭所说："资产是文明的基础"，"所以攻击资产制度，即是反抗文明"，"一个无产者假如他是有出息的，只消辛辛苦苦诚诚实实的工作一生，多少必定可以得到相当的资产。这才是正当的生活斗争的手段。"我想，卢梭去今虽已百五十年，但当不至于以为过去未来的文明，都以资产为基础。（但倘说以经济关系为基础，那自然是对的。）希腊、印度，都有文明，而繁盛时俱非在资产社会，他大概是知道的；倘不知道，那也是他的错误。至于无产者应该"辛辛苦苦"爬上有产阶级去的"正当"的方法，则是中国有钱的老太爷高兴时候，教导穷工人的古训，在实际上，现今正在"辛辛苦苦诚诚实实"想爬上一级去的"无产者"也还多。然而这是还没有人"把这个阶级观念传授了给他们"的时候。一经传授，他们可就不肯一个一个的来爬了，诚如梁先生所说，"他们是一个阶级了，他们要有组织了，他们是一个集团了，于是他们便不循常轨的一跃而夺取政权财权，一跃而为统治阶级。"但可还有想"辛辛苦苦诚诚实实工作一生，多少必定可以得到相当的资产"的"无产者"呢？自然还有的。

然而他要算是“尚未发财的有产者”了。梁先生的忠告。将为无产者所呕吐了，将只好和老太爷去互相赞赏而已了。

那么，此后如何呢？梁先生以为是不足虑的。因为“这种革命的现象不能是永久的，经过自然进化之后，优胜劣败的定律又要证明了，还是聪明才力过人的人占优越的地位，无产者仍是无产者。”但无产阶级大概也知道“反文明的势力早晚要被文明的势力所征服，”所以“要建立所谓‘无产阶级文化’，……这里面包括文艺学术。”

自此以后，这才入了文艺批评的本题。

四

梁先生首先以为无产者文学理论的错误，是“在把阶级的束缚加在文学上面”，因为一个资本家和一个劳动者，有不同的地方，但还有相同的地方，“他们的人性（这两字原本有套圈）并没有两样”，例如都有喜怒哀乐，都有恋爱（但所“说的是恋爱的本身，不是恋爱的方式”），“文学就是表现这最基本的人性的艺术”。这些话是矛盾而空虚的。既然文明以资产为基础，穷人以竭力爬上去为“有出息”，那么，爬上是人生的要谛，富翁乃人类的至尊，文学也只要表现资产阶级就够了，又何必如此“过于富同情心”。一并包括“劣败”的无产者？况且“人性”的“本身”，又怎样表现的呢？譬如原质或杂质的化学底性质，有化合力，物理学底性质有硬度，要显示这力和度数，是须用两种物质来表现的，倘说要不用物质而显示化合力和硬度的单单“本身”，无此妙法；但一用物质，这现象即又因物质而不同。文学不藉人，也无以表示“性”，一用人，而且还在阶级社会里，即断不能免掉所属的阶级性，无需加以“束缚”，实乃出于必然。自然，“喜怒哀乐，人之情也”，然而穷人决无开交易所折本的懊恼，煤油大王那会知道北京检煤渣老婆子身受的酸辛，饥区的灾民，大约总不去种兰花，像阔人的老太爷一样，贾府上的焦大，也不爱林妹妹的。“汽笛呀！列宁呀！”固然并不就是无产文学，然而“一切东西呀！”“一切人呀！”“可喜的事来了，人喜了呀！”也不是表现“人性”的“本身”的文学。倘以表现最普通的人性的文学为至高，则表现最普遍的动物性——营养，呼吸，运动，生殖——的文学，或者除去“运动”，表现生物性的文学，必当更在其上。倘说，因为我们是人，所以以表现人性为限，那么，无产者就因为是无产阶级，所以要做无产文学。

其次，梁先生说作者的阶级，和作品无关。托尔斯泰出身贵族，而同情于贫民，然而并不主张阶级斗争；马克斯并非无产阶级中的人物；终身穷苦的约翰孙博士，志行吐属，过于贵族。所以估量文学，当看作品本身，不能连累到作者的阶级和身分。这些例子，也全不足以证明文学的无阶级性的。托尔斯泰正因为出身贵族，旧性荡涤不尽，所以只同情于贫民而不主张阶级斗争。马克斯原先诚非无产阶级中的人物，但也并无文学作品。我们不能悬拟他如果动笔，所表现的一定是不用方式的恋爱本身。至于约翰孙博士终身穷苦，而志行吐属，过于王侯者，我却实在不明白那缘故。因为我不知道英国文学和他的传记。也许，他原想“辛辛苦苦诚诚实实的工作一生，多少必定可以得到相当的资产”，然后再爬上贵族阶级去，不料终于“劣败”，连相当的资产也积不起来，所以只落得摆空架子，“爽快”了罢。

其次，梁先生说，“好的作品永远是少数人的专利品，大多数永远是蠢的，永远是和文学无缘”，但鉴赏力之有无却和阶级无干，因为“鉴赏文学也是天生的一种福气”，就是，虽在无产阶级里，也会有这“天生的一种福气”的人。由我推论起来，则只要有这一种“福气”的人，虽穷得不能受教育，至于一字不识，也可以赏鉴《新月》月刊，来作“人性”和文艺“本身”，原无阶级性的证据。但梁先生也知道天生这一种福气的无产者一定不多，所以另定一种东西（文艺?）来给他们看，“例如什么通俗的戏剧、电影、侦探小说之类”，因为“一般劳工劳农需要娱乐，也许需要少量的艺术的娱乐”的缘故。这样看来，好像文学确因阶级而不同了，但这是因鉴赏力之高低而定的，这种力量的修养和经济无关，乃是上帝之所赐——“福气”。所以文学家要自由创造，既不该为皇室贵族所雇用，也不该受无产阶级所威胁，去做讴功颂德的文章。这是不错的，但在我们所见的无产文学理论中，也并未见过有谁说或一阶级的文学家，不该受皇室贵族的雇用，却该受无产阶级的威胁，去做讴功颂德的文章，不过说，文学有阶级性，在阶级社会中，文学家虽自以为“自由”，自以为超了阶级，而无意识底地，也终受本阶级的阶级意识所支配，那些创作，并非别阶级的文化罢了。例如梁先生的这篇文章，原意是在取消文学上的阶级性，张扬真理的。但以资产为文明的祖宗，指穷人为劣败的渣滓，只要一瞥，就知道是资产家的斗争的“武器”，——不，“文章”了。无产文学理论家以主张“全人类”“超阶级”的文学理论为帮助有产阶级的东西，这里就给了一个极分明的例证。至于成仿吾先生似的“他们一定胜利的，所以我们去指导安慰他们去”，说出“去了”之后，便来“打发”自己们以外的

“他们”那样的无产文学家，那不消说，是也和梁先生一样地对于无产文学的理论，未免有“以意为之”的错误的。

又其次，梁先生最痛恨的是无产文学理论家以文艺为斗争的武器，就是当作宣传品。他“不反对任何人利用文学来达到另外的目的”，但“不能承认宣传式的文字便是文学”。我以为这是自扰之谈。据我所看过的那些理论，都不过说凡文艺必有所宣传，并没有谁主张只要宣传式的文字便是文学。诚然，前年以来，中国确曾有许多诗歌小说，填进口号和标语去，自以为就是无产文学。但那是因为内容和形式，都没有无产气，不用口号和标语，便无从表示其“新兴”的缘故，实际上也并非无产文学。今年，有名的“无产文学底批评家”钱杏邨先生在《拓荒者》上还在引卢那卡尔斯基的话，以为他推重大众能解的文学，足见用口号标语之未可厚非，来给那些“革命文学”辩护。但我觉得那也和梁实秋先生一样，是有意的或无意的曲解。卢那卡尔斯基所谓大众能解的东西，当是指托尔斯泰做了分给农民的小本子那样的文体，工农一看便会了然的语法，歌调，诙谐，只要看台明·培特尼（Demian Bedni）曾因诗歌得到赤旗章，而他的诗中并不用标语和口号，便可明白了。

最后梁先生要看货色。这不错的，是最切实的办法；但抄两首译诗算是在示众，是不对的。《新月》上就曾有《论翻译之难》，何况所译的文是诗。就我所见的而论，卢那卡尔斯基的《被解放的堂·吉诃德》，法兑耶夫的《溃灭》，格拉特珂夫的《水门汀》，在中国这十一年中，就并无可以和这些相比的作品。这是指“新月社”一流的蒙资产文明的余荫，而且衷心在拥护它的作家而言。于号称无产作家的作品中，我也举不出相当的成绩。但钱杏邨先生也曾辩护，说新兴阶级，于文学的本领当然幼稚而单纯，向他们立刻要求好作品，是“布尔乔亚”的恶意。这话为农工而说，是极不错的。这样的无理要求，恰如使他们冻饿了好久，倒怪他们为什么没有富翁那么肥胖一样。但中国的作者，现在却实在并无刚刚放下锄斧柄子的人，大多数都是进过学校的智识者，有些还是早已有名的文人，莫非克服了自己的小资产阶级意识之后，就连先前的文学本领也随着消失了么？不会的。俄国的老作家亚历舍·托尔斯泰和威垒赛耶夫、普理希文，至今都还有好作品。中国的有口号而无随同的实证者，我想，那病根并不在“以文艺为阶级斗争的武器”，而在“借阶级斗争为文艺的武器”，在“无产者文学”这旗帜之下，聚集了不少的忽翻筋斗的人，试看去年的新书广告，几乎没有一本不是革命文学，批评家又但将辩护当作“清算”，就是，请文学坐在“阶级斗争”的掩护之下，于是文学自己倒不必着力，因而于文学和斗争两方面都少关系了。

但中国目前的一时现象，当然毫不足作无产文学之新兴的反证的。梁先生也知道，所以他临末让步说，“假如无产阶级革命家一定要把他的宣传文学唤做无产文学，那总算是一种新兴文学，总算是文学国土里的新收获，用不着高呼打倒资产的文学来争夺文学的领域，因为文学的领域太大了，新的东西总有它的位置的。”但这好像“中日亲善，同存共荣”之说，从羽毛未丰的无产者看来，是一种欺骗。愿意这样的“无产文学者”，现在恐怕实在也有的罢，不过这是梁先生所谓“有出息”的要爬上资产阶级去的“无产者”一流，他的作品是穷秀才未中状元时候的牢骚，从开手到爬上以及以后，都决不是无产文学。无产者文学是为了以自己们之力，来解放本阶级并及一切阶级而斗争的一翼，所要的是全般，不是一角的地位。就拿文艺批评界来比方罢，假如在“人性”的“艺术之宫”（这须从成仿吾先生处租来暂用）里，向南面摆两把虎皮交椅，请梁实秋、钱杏邨两位先生并排坐下，一个右执“新月”，一个左执“太阳”，那情形可真是“劳资”媲美了。

五

到这里，又可以谈到我的“硬译”去了。

推想起来，这是很应该跟着发生的问题：无产文学既然重在宣传，宣传必须多数能懂，那么，你这些“硬译”而难懂的理论“天书”，究竟为什么而译的呢？不是等于不译么？

我的回答，是：为了我自己，和几个以无产文学批评家自居的人，和一部分不图“爽快”，不怕艰难，多少要明白一些这理论的读者。

从前年以来，对于我个人的攻击是多极了，每一种刊物上，大抵总要看见“鲁迅”的名字，而作者的口吻，则粗粗一看，大抵好像革命文学家。但我看了几篇，竟逐渐觉得废话太多了。解剖刀既不中腠理，子弹所击之处，也不是致命伤。例如我所属的阶级罢，就至今还未判定，忽说小资产阶级，忽说“布尔乔亚”，有时还升为“封建余孽”，而且又等于猩猩；（见《创造月刊》上的《东京通信》；）有一回则骂到牙齿的颜色。在这样的社会里，有封建余孽出风头，是十分可能的，但封建余孽就是猩猩，却在任何“唯物史观”上都没有说明，也找不出牙齿色黄，即有害于无产阶级革命的论据。我于是想，可供参考的这样的理论，是太少了，所以大家有些胡涂。对于敌人，解剖，咬嚼，现在是在所不免的，不过有一本解剖学，有一本烹饪法，依法办理，则构造味道，总还可以较为清楚，有味。人往往以神话中的 Prometheus① 比革命者，以为窃火给人，虽遭天帝之虐待不悔，其博大坚忍正相同。但我从别国里窃得火来，本意却在煮自己的肉的，以为倘能味道较好，庶几在咬嚼者那一面也得到较多的好处，我也不枉费了身躯：出发点全是个人主义，并且还夹杂着小市民性的奢华，以及慢慢地摸出解剖刀来，反而刺进解剖者的心脏里去的“报复”。梁先生说“他们要报复！”其实岂只“他们”，这样的人在“封建余孽”中也很有的。然而，我也愿意于社会上有些用处，看客所见的结果仍是火和光。这样，首先开手的就是《文艺政策》，因为其中含有各派的议论。

郑伯奇先生现在是开书铺，印 Hauptmann 和 Gregory 夫人的剧本了，那时他还是革命文学家，便在所编的《文艺生活》上，笑我的翻译这书，是不甘没落，而可惜被别人着了先鞭。翻一本书便会浮起，做革命文学家真太容易了，我并不这样想。有一种小报，则说我的译《艺术论》是“投降”。是的，投降的事，为世上所常有。但其时成仿吾元帅早已爬出日本的温泉，住进巴黎的旅馆了，在这里又向谁去输诚呢。今年，说法又两样了，在《拓荒者》和《现代小说》上，都说是“方向转换”。我看见日本的有些杂志中，曾将这四字加在先前的新感觉派片冈铁兵上，算是一个好名词。其实，这些纷纭之谈，也还是只看名目，连想也不肯想的老病。译一本关于无产文学的书，是不足以证明方向的，倘有曲译，倒反足以为害。我的译书，就也要献给这些速断的无产文学批评家，因为他们是有不贪“爽

① 普罗米修斯，希腊神话中造福人类的神。

快”，耐苦来研究这些理论的义务的。

但我自信并无故意的曲译，打着我所不佩服的批评家的伤处了的时候我就一笑，打着我的伤处了的时候我就忍疼，却决不肯有所增减，这也是始终“硬译”的一个原因。自然，世间总会有较好的翻译者，能够译成既不曲，也不“硬”或“死”的文章的，那时我的译本当然就被淘汰，我就只要来填这从“无有”到“较好”的空间罢了。

然而世间纸张还多，每一文社的人数却少，志大力薄，写不完所有的纸张，于是一社中的职司克敌助友，扫荡异类的批评家，看见别人来涂写纸张了，便喟然兴叹，不胜其摇头顿足之苦。上海的《申报》上，至于称社会科学的翻译者为“阿狗阿猫”，其愤愤有如此。在“中国新兴文学的地位，早为读者所共知”的蒋光Z先生，曾往日本东京养病，看见藏原惟人。谈到日本有许多翻译太坏，简直比原文还难读……他就笑了起来，说：“……那中国的翻译界更要莫名其妙了，近来中国有许多书籍都是译自日文的，如果日本人将欧洲人那一国的作品带点错误和删改，从日文译到中国去，试问这作品岂不是要变了一半相貌么？……”（见《拓荒者》）也就是深不满于翻译，尤其是重译的表示。不过梁先生还举出书名和坏处，蒋先生却只嫣然一笑，扫荡无余，真是普遍得远了。藏原惟人是从俄文直接译过许多文艺理论和小说的，于我个人就极有裨益。我希望中国也有一两个这样的诚实的俄文翻译者，陆续译出好书来，不仅自骂一声“混蛋”就算尽了革命文学家的责任。

然而现在呢，这些东西，梁实秋先生是不译的，称人为“阿狗阿猫”的伟人也不译，学过俄文的蒋先生原是最为适宜的了，可惜养病之后，只出了一本《一周间》，而日本则早已有了两种的译本。中国曾经大谈达尔文，大谈尼采，到欧战时候，则大骂了他们一通，但达尔文的著作的译本，至今只有一种，尼采的则只有半部，学英、德文的学者及文豪都不暇顾及，或不屑顾及，拉倒了。所以暂时之间，恐怕还只好任人笑骂，仍从日文来重译，或者取一本原文，比照了日译本来直译罢。我还想这样做，并且希望更多有这样做的人，来填一填彻底的高谈中的空虚，因为我们不能像蒋先生那样的“好笑起来”，也不该如梁先生的“等着，等着，等着”了。

六

我在开头曾有“以硬自居了，而实则其软如棉，正是新月社的一种特色”这些话，到这里还应该简短地补充几句，就作为本篇的收场。

《新月》一出世，就主张“严正态度”，但于骂人者则骂之，讥人者则讥之。这并不错，正是“即以其人之道，还治其人之身”，虽然也是一种“报复”，而非为了自己。到二卷六、七号合本的广告上，还说“我们都保持‘容忍’的态度（除了‘不容忍’的态度是我们所不能容忍以外），我们都喜欢稳健的合乎理性的学说”。上两句也不错，“以眼还眼，以牙还牙”，和开初仍然一贯。然而从这条大路走下去，一定是遇到“以暴力抗暴力”，这和新月社诸君所喜欢的“稳健”也不能相容了。

这一回，新月社的“自由言论”遭了压迫，照老办法，是必须对于压迫者，也加以压迫的，但《新月》上所显现的反应，却是一篇《告压迫言论自由者》，先引对方的党义，次引外国的法律，终引东西史例，以见凡压迫自由者，往往臻于灭亡：是一番替对方设想的警告。

所以，新月社的“严正态度”，“以眼还眼”法，归根结蒂，是专施之力量相类，或力量较小的人的，倘给有力者打肿了眼，就要破例，只举手掩住自己的脸，叫一声“小心你自己的眼睛！”

习惯与改革

体质和精神都已硬化了的人民，对于极小的一点改革，也无不加以阻挠，表面上好像恐怕于自己不便，其实是恐怕于自己不利，但所设的口实，却往往见得极其公正而且堂皇。

今年的禁用阴历，原也是琐碎的，无关大体的事，但商家当然叫苦连天了。不特此也，连上海的无业游民，公司雇员，竟也常常慨然长叹，或者说这很不便于农家的耕种，或者说这很不便于海船的候潮。他们居然因此念起久不相干的乡下的农夫，海上的舟子来。这真像煞有些博爱。

一到阴历的十二月二十三，爆竹就到处毕毕剥剥。我问一家的店伙："今年仍可以过旧历年，明年一准过新历年么？"那回答是："明年又是明年，要明年再看了。"他并不信明年非过阳历年不可。但日历上，却诚然删掉了阴历，只存节气。然而一面在报章上，则出现了《一百二十年阴阳合历》的广告。好，他们连曾孙玄孙时代的阴历，也已经给准备妥当了，一百二十年！

梁实秋先生们虽然很讨厌多数，但多数的力量是伟大，要紧的，有志于改革者倘不深知民众的心，设法利导，改进，则无论怎样的高文宏议，浪漫古典，都和他们无干，仅止于几个人在书房中互相叹赏，得些自己满足。假如竟有"好人政府"，出令改革乎，不多久，就早被他们拉回旧道上去了。

真实的革命者，自有独到的见解，例如乌略诺夫先生，他是将“风俗”和“习惯”，都包括在“文化”之内的，并且以为改革这些，很为困难。我想，但倘不将这些改革，则这革命即等于无成，如沙上建塔，顷刻倒坏。中国最初的排满革命，所以易得响应者，因为口号是“光复旧物”，就是“复古”，易于取得保守的人民同意的缘故。但到后来，竟没有历史上定例的开国之初的盛世，只枉然失了一条辫子，就很为大家所不满了。

以后较新的改革，就著著失败，改革一两，反动十斤，例如上述的一年日历上不准注阴历，却来了阴阳合历一百二十年。

这种合历，欢迎的人们一定是很多的，因为这是风俗和习惯所拥护，所以也有风俗和习惯的后援。别的事也如此，倘不深入民众的大层中，于他们的风俗习惯，加以研究，解剖，分别好坏，立存废的标准，而于存于废，都慎选施行的方法，则无论怎样的改革，都将为习惯的岩石所压碎，或者只在表面上浮游一些时。

现在已不是在书斋中，捧书本高谈宗教、法律、文艺、美术……等等的时候了，即使要谈论这些，也必须先知道习惯和风俗，而且有正视这些的黑暗面的勇猛和毅力。因为倘不看清，就无从改革。仅大叫未来的光明，其实是欺骗怠慢的自己和怠慢的听众的。

非革命的急进革命论者

倘说，凡大队的革命军，必须一切战士的意识，都十分正确，分明，这才是真的革命军，否则不值一哂。这言论，初看固然是很正当，彻底似的，然而这是不可能的难题，是空洞的高谈，是毒害革命的甜药。

譬如在帝国主义的主宰之下，必不容训练大众个个有了“人类之爱”，然后笑嘻嘻地拱手变为“大同世界”一样，在革命者们所反抗的势力之下，也决不容用言论或行动，使大多数人统得到正确的意识。所以每一革命部队的突起，战士大抵不过是反抗现状这一种意思，大略相同，终极目的是极为歧异的。或者为社会，或者为小集团，或者为一个爱人，或者为自己，或者简直为了自杀。然而革命军仍然能够前行。因为在进军的途中，对于敌人，个人主义者所发的子弹，和集团主义者所发的子弹是一样地能够制其死命；任何战士死伤之际，便要减少些军中的战斗力，也两者相等的。但自然，因为终极目的的不同，在行进时，也时时有人退伍，有人落荒，有人颓唐，有人叛变，然而只要无碍于进行，则愈到后来，这队伍也就愈成为纯粹，精锐的队伍了。

我先前为叶永蓁君的《小小十年》作序，以为已经为社会尽了些力量，便是这意思。书中的主角，究竟上过前线，当过哨兵，（虽然连放枪的方法也未曾被教，）比起单是抱膝哀歌，握笔愤叹的文豪们来，实在也切实得远了。倘若要现在的战士都是意识正确，而且坚于钢铁之战士，不但是乌托邦的空想，也是出于情理之外的苛求。

但后来在《申报》上，却看见了更严厉，更彻底的批评，因为书中的主角的从军，动机是为了自己，所以深加不满。《申报》是最求和平，最不鼓动革命的报纸，初看仿佛是很不相称似的，我在这里要指出貌似彻底的革命者，而其实是极不革命或有害革命的个人主义的论客来，使那批评的灵魂和报纸的躯壳正相适合。

其一是颓废者，因为自己没有一定的理想和无力，便流落而求刹那的享乐；一定的享乐，又使他发生厌倦，则时时寻求新刺戟，而这刺戟又须利害，这才感到畅快。革命便也是那颓废者的新刺戟之一，正如饕餮者餍足了肥甘，味厌了，胃弱了，便要吃胡椒和辣椒之类，使额上出一点小汗，才能送下半碗饭去一般。他于革命文艺，就要彻底的，完全的革命文艺，一有时代的缺陷的反映，就使他皱眉，以为不值一哂。和事实离开是不妨的，只要一个爽快。法国的波特莱尔，谁都知道是颓废的诗人，然而他欢迎革命，待到革命要妨害他的颓废生活的时候，他才憎恶革命了。所以革命前夜的纸张上的革命家，而且是极彻底，极激烈的革命家，临革命时，便能够撕掉他先前的假面，——不自觉的假面。这种史例，是也应该献给一碰小钉子，一有小地位（或小款子），便东窜东京，西走巴黎的成仿吾那样“革命文学家”的。

其一，我还定不出他的名目。要之，是毫无定见，因而觉得世上没有一件对，自己没有一件不对，归根结蒂，还是现状最好的人们。他现为批评家而说话的时候，就随便捞到一种东西以驳诘相反的东西。要驳互助说时用争存说，驳争存说时用互助说；反对和平论时用阶级争斗说，反对斗争时就主张人类之爱。论敌是唯心论者呢，他的立场是唯物论，待到和唯物论者相辩难，他却又化为唯心论者了。要之，是用英尺来量俄里，又用法尺来量密达，而发见无一相合的人。因为别的一切，无一相合，于是永远觉得自己是“允执厥中”，永远得到自己满足。从这些人们的批评的指示，则只要不完全，有缺陷，就不行。但现在的人，的事，那里会有十分完全，并无缺陷的呢，为万全计，就只好毫不动弹。然而这毫不动弹，却也就是一个大错。总之，做人之道，是非常之烦难了，至于做革命家，那当然更不必说。

《申报》的批评家对于《小小十年》虽然要求彻底的革命的主角，但于社会科学的翻译，是加以刻毒的冷嘲的，所以那灵魂是后一流，而略带一些颓废者的对于人生的无聊，想吃些辣椒来开开胃的气味。

张资平氏的“小说学”

张资平氏据说是“最进步”的“无产阶级作家”，你们还在“萌芽”，还在“拓荒”，他却已在收获了。这就是进步，拔步飞跑，望尘莫及。然而你如果追踪而往呢，就看见他跑进“乐群书店”中。

张资平氏先前是三角恋爱小说作家，并且看见女的性欲，比男人还要熬不住，她来找男人，贱人呀贱人，该吃苦。这自然不是无产阶级小说。但作者一转方向，则一人得道，鸡犬飞升，何况神仙的遗蜕呢，《张资平全集》还应该看的。这是收获呀，你明白了没有？

还有收获哩。《申报》报告，今年的大夏学生，敬请“为青年所崇拜的张资平先生”去教“小说学”了。中国老例，英文先生是一定会教外国史的，国文先生是一定会教伦理学的，何况小说先生，当然满肚子小说学。要不然，他做得出来吗？我们能保得定荷马没有“史诗作法”，沙士比亚没有“戏剧学概论”吗？

呜呼，听讲的门徒是有福了，从此会知道如何三角，如何恋爱，你想女人吗，不料女人的性欲冲动比你还要强，自己跑来了。朋友，等着罢。但最可怜的是不在上海，只好遥遥“崇拜”，难以身列门墙的青年，竟不能恭听这伟大的“小说学”。现在我将《张资平全集》和“小说学”的精华，提炼在下面，遥献这些崇拜家，算是“望梅止渴”云。

那就是——△

二月二十二日。

对于左翼作家联盟的意见

——三月二日在左翼作家联盟成立大会讲

有许多事情，有人在先已经讲得很详细了，我不必再说。我以为在现在，“左翼”作家是很容易成为“右翼”作家的。为什么呢？第一，倘若不和实际的社会斗争接触，单关在玻璃窗内做文章，研究问题，那是无论怎样的激烈，“左”，都是容易办到的；然而一碰到实际，便即刻要撞碎了。关在房子里，最容易高谈彻底的主义，然而也最容易“右倾”。西洋的叫做“Salon 的社会主义者”，便是指这而言。“Salon”是客厅的意思，坐在客厅里谈谈社会主义，高雅得很，漂亮得很，然而并不想到实行的。这种社会主义者，毫不足靠。并且在现在，不带点广义的社会主义的思想的作家或艺术家，就是说工农大众应该做奴隶，应该被虐杀，被剥削的这样的作家或艺术家，是差不多没有了，除非墨索里尼，但墨索里尼并没有写过文艺作品。（当然，这样的作家，也还不能说完全没有，例如中国的新月派诸文学家，以及所说的墨索里尼所宠爱的邓南遮便是。）

第二，倘不明白革命的实际情形，也容易变成“右翼”。革命是痛苦，其中也必然混有污秽和血，决不是如诗人所想像的那般有趣，那般完美；革命尤其是现实的事，需要各种卑贱的，麻烦的工作，决不如诗人所想像的那般浪漫；革命当然有破坏，然而更需要建设，破坏是痛快的，但建设却是麻烦的事。所以对于革命抱着浪漫谛克的幻想的人，一和革命接近，一到革命进行，便容易失望。听说俄国的诗人叶遂宁，当初也非常欢迎十月革命，当时他叫道：“万岁，天上和地上的革命!”又说“我是一个布尔塞维克了!”然而一到革命后，实际上的情形，完全不是他所想像的那么一回事，终于失望，颓废。叶遂宁后来是自杀了的，听说这失望是他的自杀的原因之一。又如毕力涅克和爱伦堡，也都是例子。在我们辛亥革命时也有同样的例，那时有许多文人，例如属于“南社”的人们，开初大抵是很革命的，但他们抱着一种幻想，以为只要将满洲人赶出去，便一切都恢复了“汉官威仪”，人们都穿大袖的衣服，峨冠博带，大步地在街上走。谁知赶走满清皇帝以后，民国成立，情形却全不同，所以他们便失望，以后有些人甚至成为新的运动的反动者。但是我们如果不明白革命的实际情形，也容易和他们一样的。

还有，以为诗人或文学家高于一切人，他底工作比一切工作都高贵，也是不正确的观念。举例说，从前海涅以为诗人最高贵，而上帝最公平，诗人在死后，便到上帝那里去，围着上帝坐着，上帝请他吃糖果。在现在，上帝请吃糖果的事，是当然无人相信的了，但以为诗人或文学家，现在为劳动大众革命，将来革命成功，劳动阶级一定从丰报酬，特别优待，请他坐特等车，吃特等饭，或者劳动者捧着牛油面包来献他，说：“我们的诗人，请用吧!”这也是不正确的；因为实际上决不会有这种事，恐怕那时比现在还要苦，不但没有牛油面包，连黑面包都没有也说不定，俄国革命后一二年的情形便是例子。如果不明白这情形，也容易变成“右翼”。事实上，劳动者大众，只要不是梁实秋所说“有出息”者，也决不会特别看重知识阶级者的，如我所译的《溃灭》中的美谛克（知识阶级出身），反而常被矿工等所嘲笑。不待说，知识阶级有知识阶级的事要做，不应特别看轻，然而劳动阶级决无特别例外地优待诗人或文学家的义务。

现在，我说一说我们今后应注意的几点。

第一，对于旧社会和旧势力的斗争，必须坚决，持久不断，而且注重实力。旧社会的根底原是非常坚固的，新运动非有更大的力不能动摇它什么。并且旧社会还有它使新势力妥协的好办法，但它自己是决不妥协的。在中国也有过许多新的运动了，却每次都是新的敌不过旧的，那原因大抵是在新的一面没有坚决的广大的目的，要求很小，容易满足。譬如白话文运动，当初旧社会是死力抵抗的，但不久便容许白话文底存在，给它一点可怜地位，在报纸的角头等地方可以看见用白话写的文章了，这是因为在旧社会看来，新的东西并没有什么，并不可怕，所以就让它存在，而新的一面也就满足，以为白话文已得到存在权了。又如一二年来的无产文学运动，也差不多一样，旧社会也容许无产文学，因为无产文学并不厉害，反而他们也来弄无产文学，拿去做装饰，仿佛在客厅里放着许多古董磁器以外，放一个工人用的粗碗，也很别致；而无产文学者呢，他已经在文坛上有个小地位，稿子已经卖得出去了，不必再斗争，批评家也唱着凯旋歌："无产文学胜利！"但除了个人的胜利，即以无产文学而论，究竟胜利了多少？况且无产文学，是无产阶级解放斗争底一翼，它跟着无产阶级的社会的势力的成长而成长，在无产阶级的社会地位很低的时候，无产文学的文坛地位反而很高，这只是证明无产文学者离开了无产阶级，回到旧社会去罢了。

第二，我以为战线应该扩大。在前年和去年，文学上的战争是有的，但那范围实在太小，一切旧文学旧思想都不为新派的人所注意，反而弄成了在一角里新文学者和新文学者的斗争，旧派的人倒能够闲舒地在旁边观战。

第三，我们应当造出大群的新的战士。因为现在人手实在太少了，譬如我们有好几种杂志，单行本的书也出版得不少，但做文章的总同是这几个人，所以内容就不能不单薄。一个人做事不专，这样弄一点，那样弄一点，既要翻译，又要做小说，还要做批评，并且也要做诗，这怎么弄得好呢？这都因为人太少的缘故，如果人多了，则翻译的可以专翻译，创作的可以专创作，批评的专批评；对敌人应战，也军势雄厚，容易克服。关于这点，我可带便地说一件事。前年创造社和太阳社向我进攻的时候，那力量实在单薄，到后来连我都觉得有点无聊，没有意思反攻了，因为我后来看出了敌军在演“空城计”。那时候我的敌军是专事于吹擂，不务于招兵练将的；攻击我的文章当然很多，然而一看就知道都是化名，骂来骂去都是同样的几句话，我那时就等待有一个能操马克斯主义批评的枪法的人来狙击我的，然而他终于没有出现。在我倒是一向就注意新的青年战士底养成的，曾经弄过好几个文学团体，不过效果也很小。但我们今后却必须注意这点。

我们急于要造出大群的新的战士，但同时，在文学战线上的人还要“韧”。所谓韧，就是不要像前清做八股文的“敲门砖”似的办法。前清的八股文，原是“进学”做官的工具，只要能做“起承转合”，藉以进了“秀才举人”，便可丢掉八股文，一生中再也用不到它了，所以叫做“敲门砖”，犹之用一块砖敲门，门一敲进，砖就可抛弃了，不必再将它带在身边。这种办法，直到现在，也还有许多人在使用，我们常常看见有些人出了一二本诗集或小说集以后，他们便永远不见了，到那里去了呢？是因为出了一本或二本书，有了一点小名或大名，得到了教授或别的什么位置，功成名遂，不必再写诗写小说了，所以永远不见了。这样，所以在中国无论文学或科学都没有东西，然而在我们是要有东西的，因为这于我们有用。（卢那卡尔斯基是甚至主张保存俄国的农民美术，因为可以造出来卖给外国人，在经济上有帮助。我以为如果我们文学或科学上有东西拿得出去给别人，则甚至于脱离帝国主义的压迫的政治运动上也有帮助。）但要在文化上有成绩，则非韧不可。

最后，我以为联合战线是以有共同目的为必要条件的。我记得好像曾听到过这样一句话："反动派且已经有联合战线了，而我们还没有团结起来！"其实他们也并未有有意的联合战线，只因为他们的目的相同，所以行动就一致，在我们看来就好像联合战线。而我们战线不能统一，就证明我们的目的不能一致，或者只为了小团体，或者还其实只为了个人，如果目的都在工农大众，那当然战线也就统一了。

我们要批评家

看大概的情形（我们这里得不到确凿的统计），从去年以来，挂着“革命的”的招牌的创作小说的读者已经减少，出版界的趋势，已在转向社会科学了。这不能不说是好现象。最初，青年的读者迷于广告式批评的符咒，以为读了“革命的”创作，便有出路，自己和社会，都可以得救，于是随手拈来，大口吞下，不料许多许多是并不是滋养品，是新袋子里的酸酒，红纸包里的烂肉，那结果，是吃得胸口痒痒的，好像要呕吐。

得了这一种苦楚的教训之后，转而去求医于根本的，切实的社会科学，自然，是一个正当的前进。

然而，大部分是因为市场的需要，社会科学的译著又蜂起云涌了，较为可看的和很要不得的都杂陈在书摊上，开始寻求正确的知识的读者们已经在惶惑。然而新的批评家不开口，类似批评家之流便趁势一笔抹杀：“阿狗阿猫”。

到这里，我们所需要的，就只得还是几个坚实的，明白的，真懂得社会科学及其文艺理论的批评家。

批评家的发生，在中国已经好久了，每一个文学团体中，大抵总有一套文学的人物。至少，是一个诗人，一个小说家，还有一个尽职于宣传本团体的光荣和功绩的批评家。这些团体，都说是志在改革，向旧的堡垒取攻势的，然而还在中途，就在旧的堡垒之下纷纷自己扭打起来，扭得大家乏力了，这才放开了手，因为不过是“扭”而已矣，所以大创是没有的，仅仅喘着气。一面喘着气，一面各自以为胜利，唱着凯歌。旧堡垒上简直无须守兵，只要袖手俯首，看这些新的敌人自己所唱的喜剧就够。他无声，但他胜利了。

这两年中，虽然没有极出色的创作，然而据我所见，印成本子的，如李守章的《跋涉的人们》，台静农的《地之子》，叶永蓁的《小小十年》前半部，柔石的《二月》及《旧时代之死》，魏金枝的《七封信的自传》，刘一梦的《失业以后》，总还是优秀之作。可惜我们的有名的批评家，梁实秋先生还在和陈西滢相呼应，这里可以不提；成仿吾先生是怀念了创造社过去的光荣之后，摇身一变而成为"石厚生"，接着又流星似的消失了；钱杏邨先生近来又只在《拓荒者》上，搀着藏原惟人，一段又一段的，在和茅盾扭结。每一个文学团体以外的作品，在这样忙碌或萧闲的战场，便都被"打发"或默杀了。

这回的读书界的趋向社会科学，是一个好的，正当的转机，不惟有益于别方面，即对于文艺，也可催促它向正确，前进的路。但在出品的杂乱和旁观者的冷笑中，是极容易凋谢的，所以现在所首先需要的，也还是——

几个坚实的、明白的、真懂得社会科学及其文艺理论的批评家。

“好政府主义”

梁实秋先生这回在《新月》的《零星》上，也赞成“不满于现状”了，但他以为“现在有智识的人（尤其是夙来有‘前驱者’、‘权威’、‘先进’的徽号的人)，他们的责任不仅仅是冷讥热嘲地发表一点‘不满于现状’的杂感而已，他们应该更进一步的诚诚恳恳地去求一个积极医治‘现状’的药方。”

为什么呢？因为有病就须下药，“三民主义是一副药，——梁先生说，——共产主义也是一副药，国家主义也是一副药，无政府主义也是一副药，好政府主义也是一副药”，现在你“把所有的药方都褒贬得一文不值，都挖苦得不留余地，……这可是什么心理呢？”

这种心理，实在是应该责难的。但在实际上，我却还未曾见过这样的杂感，譬如说，同一作者，而以为三民主义者是违背了英美的自由，共产主义者又收受了俄国的卢布，国家主义太狭，无政府主义又太空……。所以梁先生的《零星》，是将他所见的杂感的罪状夸大了。

其实是，指摘一种主义的理由的缺点，或因此而生的弊病，虽是并非某一主义者，原也无所不可的。有如被压榨得痛了，就要叫喊，原不必在想出更好的主义之前，就定要咬住牙关。但自然，能有更好的主张，便更成一个样子。

不过我以为梁先生所谦逊地放在末尾的“好政府主义”，却还得更谦逊地放在例外的，因为自三民主义以至无政府主义，无论它性质的寒温如何，所开的究竟还是药名，如石膏、肉桂之类，——至于服后的利弊，那是另一个问题。独有“好政府主义”这“一副药”，他在药方上所开的却不是药名，而是“好药料”三个大字，以及一些唠唠叨叨的名医架子的“主张”。不错，谁也不能说医病应该用坏药料，但这张药方，是不必医生才配摇头，谁也会将他“褒贬得一文不值”（“褒”是“称赞”之意，用在这里，不但“不通”，也证明了不识“褒”字，但这是梁先生的原文，所以姑仍其旧）的。

倘这医生羞恼成怒，喝道：“你嘲笑我的好药料主义，就开出你的药方来！”那就更是大可笑的“现状”之一，即使并不根据什么主义，也会生出杂感来的。杂感之无穷无尽，正因为这样的“现状”太多的缘故。

一九三〇年四月十七日。

“丧家的”“资本家的乏走狗”

梁实秋先生为了《拓荒者》上称他为“资本家的走狗”，就做了一篇自云《我不生气》的文章。先据《拓荒者》第二期第六七二页上的定义，“觉得我自己便有点像是无产阶级里的一个”之后，再下“走狗”的定义，为“大凡做走狗的都是想讨主子的欢心因而得到一点恩惠”，于是又因而发生疑问道——“《拓荒者》说我是资本家的走狗，是那一个资本家，还是所有的资本家？我还不知道我的主子是谁，我若知道，我一定要带着几分杂志去到主子面前表功，或者还许得到几个金镑或卢布的赏赉呢。……我只知道不断的劳动下去，便可以赚到钱来维持生计，至于如何可以做走狗，如何可以到资本家的账房去领金镑，如何可以到××党去领卢布，这一套本领，我可怎么能知道呢？……”

这正是“资本家的走狗”的活写真。凡走狗，虽或为一个资本家所豢养，其实是属于所有的资本家的，所以它遇见所有的阔人都驯良，遇见所有的穷人都狂吠。不知道谁是它的主子，正是它遇见所有阔人都驯良的原因，也就是属于所有的资本家的证据。即使无人豢养，饿的精瘦，变成野狗了，但还是遇见所有的阔人都驯良，遇见所有的穷人都狂吠的，不过这时它就愈不明白谁是主子了。

梁先生既然自叙他怎样辛苦，好像“无产阶级”（即梁先生先前之所谓“劣败者”），又不知道“主子是谁”，那是属于后一类的了，为确当计，还得添几个字，称为“丧家的”“资本家的走狗”。

然而这名目还有些缺点。梁先生究竟是有智识的教授，所以和平常的不同。他终于不讲“文学是有阶级性的吗？”了，在《答鲁迅先生》那一篇里，很巧妙地插进电杆上写“武装保护苏联”，敲碎报馆玻璃那些句子去，在上文所引的一段里又写出“到××党去领卢布”字样来，那故意暗藏的两个×，是令人立刻可以悟出的“共产”这两字，指示着凡主张“文学有阶级性”，得罪了梁先生的人，都是在做“拥护苏联”，或“去领卢布”的勾当，和段祺瑞的卫兵枪杀学生，《晨报》却道学生为了几个卢布送命，自由大同盟[①]上有我的名字，《革命日报》的通信上便说为“金光灿烂的卢布所买收”，都是同一手段。在梁先生，也许以为给主子嗅出匪类（“学匪”），也就是一种“批评”，然而这职业，比起“刽子手”来，也就更加下贱了。

我还记得，“国共合作”时代，通信和演说，称赞苏联，是极时髦的，现在可不同了，报章所载，则电杆上写字和“××党”，捕房正在捉得非常起劲，那么，为将自己的论敌指为“拥护苏联”或“××党”，自然也就髦得合时，或者还许会得到主子的“一点恩惠”了。但倘说梁先生意在要得“恩惠”或“金镑”，是冤枉的，决没有这回事，不过想借此助一臂之力，以济其“文艺批评”之穷罢了。所以从“文艺批评”方面看来，就还得在“走狗”之上，加上一个形容字：“乏”。

一九三〇，四，十九。

① 即中国自由运动大同盟的简称。是中共领导的外围革命群众团体，自成立之日起即遭到国民政府压制。1931 年 2 月，自由大同盟主席龙大道在上海牺牲，遂自行解散。

《进化和退化》小引

这是译者从十年来所译的将近百篇的文字中，选出不很专门，大家可看之作，集在一处，希望流传较广的本子。一以见最近的进化学说的情形，二以见中国人将来的运命。

进化学说之于中国，输入是颇早的，远在严复的译述赫胥黎《天演论》。但终于也不过留下一个空泛的名词，欧洲大战时代，又大为论客所误解，到了现在，连名目也奄奄一息了。其间学说几经迁流，兑佛黎斯的突变说兴而又衰，兰麻克[1]的环境说废而复振，我们生息于自然中，而于此等自然大法的研究，大抵未尝加意。此书首尾的各两篇，即由新兰麻克主义立论，可以窥见大概，略弥缺憾的。

但最要紧的是末两篇。沙漠之逐渐南徙，营养之已难支持，都是中国人极重要，极切身的问题，倘不解决，所得的将是一个灭亡的结局。可以解中国古史难以探索的原因，可以破中国人最能耐苦的谬说，还不过是副次的收获罢了。林木伐尽，水泽湮枯，将来的一滴水，将和血液等价，倘这事能为现在和将来的青年所记忆，那么，这书所得的酬报，也就非常之大了。

然而自然科学的范围，所说就到这里为止，那给与的解答，也只是治水和造林。这是一看好像极简单、容易的事，其实却并不如此的。我可以引史沫得列女士在《中国乡村生活断片》

① 通译为拉马克，法国的生物学家，生物进化论的先驱者。

中的两段话做证——

“她（使女）说，明天她要到南苑去运动狱吏释放她的亲属。这人，同六十个别的乡人，男女都有，在三月以前被捕和收监，因为当别的生活资料都没有了以后，他们曾经砍过树枝或剥过树皮。他们这样做，并非出于捣乱，只因为他们可以卖掉木头来买粮食。

“……南苑的人民，没有收成，没有粮食，没有工做，就让有这两亩田又有什么用处？……一遇到些少的扰乱，就把整千的人投到灾民的队伍里去。……南苑在那时（军阀混战时）除了树木之外什么都没有了，当乡民一对着树木动手的时候，警察就把他们捉住并且监禁起来。”（《萌芽月刊》五期一七七页。）

所以这样的树木保护法，结果是增加剥树皮，掘草根的人民，反而促进沙漠的出现。但这书以自然科学为范围，所以没有顾及了。接着这自然科学所论的事实之后，更进一步地来加以解决的，则有社会科学在。

一九三〇年五月五日

做古文和做好人的秘诀

——夜记之五

从去年以来一年半之间，凡有对于我们的所谓批评文字中，最使我觉得气闷的滑稽的，是常燕生先生在一种月刊叫作《长夜》的上面，摆出公正脸孔，说我的作品至少还有十年生命的话。记得前几年，《狂飚》停刊时，同时这位常燕生先生也曾有文章发表，大意说《狂飚》攻击鲁迅，现在书店不愿出版了，安知（!）不是鲁迅运动了书店老板，加以迫害？于是接着大大地颂扬北洋军阀度量之宽宏。我还有些记性，所以在这回的公正脸孔上，仍然隐隐看见刺着那一篇锻炼文字；一面又想起陈源教授的批评法：先举一些美点，以显示其公平，然而接着是许多大罪状——由公平的衡量而得的大罪状。将功折罪，归根结蒂，终于是“学匪”，理应枭首挂在“正人君子”的旗下示众。所以我的经验是：毁或无妨，誉倒可怕，有时候是极其“汲汲乎殆哉”的。更何况这位常燕生先生满身五色旗气味，即令真心许我以作品的不灭，在我也好像宣统皇帝忽然龙心大悦，钦许我死后谥为“文忠”一般。于满肚气闷中的滑稽之余，仍只好诚惶诚恐，特别脱帽鞠躬，敬谢不敏之至了。

但在同是《长夜》的另一本上，有一篇刘大杰先生的文章——这些文章。似乎《中国的文艺论战》上都未收载——我却很感激的读毕了，这或者就因为正如作者所说，和我素不相知，并无私人恩怨，夹杂其间的缘故。然而尤使我觉得有益的，是作者替我设法，以为在这样四面围剿之中，不如放下刀笔，暂且出洋；并且给我忠告，说是在一个人的生活史上留下几张白纸，也并无什么紧要。在仅仅一个人的生活史上，有了几张白纸，或者全本都是白纸，或者竟全本涂成黑纸，地球也决不会因此炸裂，我是早知道的。这回意外地所得的益处，是三十年来，若有所悟，而还是说不出简明扼要的纲领的做古文和做好人的方法，因此恍然抓住了辔头了。

其口诀曰：要做古文，做好人，必须做了一通仍旧等于一张的白纸。

从前教我们作文的先生，并不传授什么《马氏文通》、《文章作法》之流，一天到晚，只是读、做，读、做；做得不好，又读，又做。他却决不说坏处在那里，作文要怎样。一条暗胡同，一任你自己去摸索，走得通与否，大家听天由命。但偶然之间，也会不知怎么一来——真是"偶然之间"而且"不知怎么一来"，——卷子上的文章，居然被涂改的少下去，留下的，而且有密圈的处所多起来了。于是学生满心欢喜，就照这样——真是自己也莫名其妙，不过是"照这样"——做下去，年深月久之后，先生就不再删改你的文章了，只在篇末批些"有书有笔，不蔓不枝"之类，到这时候，即可以算作"通"。——自然，请高等批评家梁实秋先生来说，恐怕是不通的，但我是就世俗一般而言，所以也姑且从俗。

这一类文章，立意当然要清楚的，什么意见，倒在其次。譬如说，做《工欲善其事，必先利其器论》罢，从正面说，发挥"其器不利，则工事不善"固可，即从反面说，偏以为"工以技为先，技不纯，则器虽利，而事亦不善"也无不可。就是关于皇帝的事，说"天皇圣明，臣罪当诛"固可，即说皇帝不好，一刀杀掉也无不可的，因为我们的孟夫子有言在先"闻诛独夫纣矣，未闻弑君也”，现在我们圣人之徒，也正是这一个意思儿。但总之，要从头到底，一层一层说下去。弄得明明白白，还是天皇圣明呢，还是一刀杀掉，或者如果都不赞成，那也可以临末声明：“虽穷淫虐之威，而究有君臣之分，君子不为已甚，窃以为放诸四裔可矣”的，这样的做法，大概先生也未必不以为然，因为“中庸”也是我们古圣贤的教训。

然而，以上是清朝末年的话，如果在清朝初年，倘有什么人去一告密，那可会“灭族”也说不定的，连主张“放诸四裔”也不行，这时他不和你来谈什么孟子孔子了。现在革命方才成功，情形大概也和清朝开国之初相仿。(不完)

这是《夜记》之五的小半篇。《夜记》这东西，是我于一九二七年起。想将偶然的感想，在灯下记出，留为一集的，那年就发表了两篇。到得上海，有感于屠戮之凶，又做了一篇半，题为《虐杀》，先讲些日本幕府的磔杀耶教徒，俄国皇帝的酷待革命党之类的事。但不久就遇到了大骂人道主义的风潮，我也就借此偷懒。不再写下去，现在连稿子也不见了。

到得前年，柔石要到一个书店去做杂志的编辑，来托我做点随随便便，看起来不大头痛的文章。这一夜我就又想到做《夜记》，立了这样的题目。大意是想说，中国的作文和做人，都要古已有之，但不可直钞整篇，而须东拉西扯，补缀得看不出缝，这才算是上上大吉。所以做了一大通，还是等于没有做。而批评者则谓之好文章或好人。社会上的一切，什么也没有进步的病根就在此。当夜没有做完，睡觉去了。第二天柔石来访，将写下来的给他看，他皱皱眉头，以为说得太噜苏一点，且怕过占了篇幅。于是我就约他另译一篇短文，将这放下了。

现在去柔石的遇害，已经一年有余了，偶然从乱纸里检出这稿子来，真不胜其悲痛。我想将全文补完，而终于做不到，刚要下笔，又立刻想到别的事情上去了。所谓“人琴俱亡”者，大约也就是这模样的罢。现在只将这半篇附录在这里，以作柔石的记念。

一九三二年四月二十六日之夜，记。

一九三一年

关于《唐三藏取经诗话》的版本

——寄开明书店中学生杂志社

编辑先生：

这一封信，不知道能否给附载在《中学生》上？

事情是这样的——《中学生》新年号内，郑振铎先生的大作《宋人话本》中关于《唐三藏取经诗话》，有如下的一段话：

“此话本的时代不可知，但王国维氏据书末：‘中瓦子张家印’数字，而断定其为宋椠，语颇可信。故此话本，当然亦必为宋代的产物。但也有人加以怀疑的。不过我们如果一读元代吴昌龄的《西游记》杂剧，便知这部原始的取经故事其产生必定是远在于吴氏《西游记》杂剧之前的。换一句话说，必定是在元代之前的宋代的。而‘中瓦子’的数字恰好证实其为南宋临安城中所出产的东西，而没有什么疑义。”

我先前作《中国小说史略》时，曾疑此书为元椠，甚招收藏者德富苏峰先生的不满，著论辟谬，我也略加答辨，后来收在杂感集中。所以郑振铎先生大作中之所谓“人”，其实就是“鲁迅”，于唾弃之中，仍寓代为遮羞的美意，这是我万分惭而且感的。但我以为考证固不可荒唐，而亦不宜墨守，世间许多事，只消常识，便得了然。藏书家欲其所藏版本之古，史家则不然。故于旧书，不以缺笔定时代，如遗老现在还有将仪字缺末笔者，但现在确是中华民国；也不专以地名定时代，如我生于绍兴，然而并非南宋人，因为许多地名，是不随朝代而改的；也不仅据文意的华朴巧拙定时代，因为作者是文人还是市人，于作品是大有分别的。

所以倘无积极的确证，《唐三藏取经诗话》似乎还可怀疑为元椠。即如郑振铎先生所引据的同一位“王国维氏”，他别有《两浙古刊本考》两卷，民国十一年序，收在遗书第二集中。其卷上“杭州府刊版”的《辛、元杂本》项下，有这样的两种在内——

《京本通俗小说》

《大唐三藏取经诗话》三卷

是不但定《取经诗话》为元椠，且并以《通俗小说》为元本了。《两浙古本考》虽然并非僻书，但中学生诸君也并非专治文学史者，恐怕未必有暇涉猎。所以录寄贵刊，希为刊载，一以略助多闻，二以见单文孤证，是难以“必定”一种史实而常有“什么疑义”的。

专此布达，并请

撰安。

鲁迅启上。一月十九夜。

柔石小传

柔石，原名平复，姓赵，以一九〇一年生于浙江省台州宁海县的市门头。前几代都是读书的，到他的父亲，家景已不能支，只好去营小小的商业，所以他直到十岁，这才能入小学。一九一七年赴杭州，入第一师范学校；一面为杭州晨光社之一员，从事新文学运动。毕业后，在慈溪等处为小学教师，且从事创作，有短篇小说集《疯人》一本，即在宁波出版，是为柔石作品印行之始。一九二三年赴北京，为北京大学旁听生。

回乡后，于一九二五年春，为镇海中学校务主任，抵抗北洋军阀的压迫甚力。秋，咯血，但仍力助宁海青年，创办宁海中学，至次年，竟得募集款项造成校舍；一面又任教育局局长，改革全县的教育。

一九二八年四月，乡村发生暴动。失败后，到处反动，较新的全被摧毁，宁海中学既遭解散，柔石也单身出走，寓居上海，研究文艺。十二月为《语丝》编辑，又与友人设立朝华社，于创作之外，并致力于绍介外国文艺，尤其是北欧、东欧的文学与版画，出版的有《朝华》周刊二十期。旬刊十二期，及《艺苑朝华》五本。后因代售者不付书价，力不能支，遂中止。

一九三〇年春，自由运动大同盟发动，柔石为发起人之一；不久，左翼作家联盟成立，他也为基本构成员之一，尽力于普罗文学运动。先被选为执行委员，次任常务委员编辑部主任；

五月间，以左联代表的资格，参加全国苏维埃区域代表大会，毕后，作《一个伟大的印象》一篇。

一九三一年一月十七日被捕，由巡捕房经特别法庭移交龙华警备司令部，二月七日晚，被秘密枪决，身中十弹。

柔石有子二人，女一人，皆幼。文学上的成绩，创作有诗剧《人间的喜剧》，未印，小说《旧时代之死》《三姊妹》《二月》《希望》，翻译有卢那卡尔斯基的《浮士德与城》，戈理基[①]的《阿尔泰莫诺夫氏之事业》及《丹麦短篇小说集》等。

---

① 通译哦高尔基，苏联资产阶级作家，著有长篇小说《母亲》和自传体三部曲《童年》、《在人间》、《我的大学》等。

中国无产阶级革命文学和前驱的血

中国的无产阶级革命文学在今天和明天之交发生，在诬蔑和压迫之中滋长，终于在最黑暗里，用我们的同志的鲜血写了第一篇文章。

我们的劳苦大众历来只被最剧烈的压迫和榨取，连识字教育的布施也得不到，惟有默默地身受着宰割和灭亡。繁难的象形字，又使他们不能有自修的机会。智识的青年们意识到自己的前驱的使命，便首先发出战叫。这战叫和劳苦大众自己的反叛的叫声一样地使统治者恐怖，走狗的文人即群起进攻，或者制造谣言，或者亲作侦探，然而都是暗做，都是匿名，不过证明了他们自己是黑暗的动物。

统治者也知道走狗的文人不能抵挡无产阶级革命文学，于是一面禁止书报，封闭书店，颁布恶出版法，通缉著作家，一面用最末的手段，将左翼作家逮捕，拘禁，秘密处以死刑，至今并未宣布。这一面固然在证明他们是在灭亡中的黑暗的动物，一面也在证实中国无产阶级革命文学阵营的力量，因为如传略所罗列，我们的几个遇害的同志的年龄、勇气，尤其是平日的作品的成绩，已足使全队走狗不敢狂吠。

然而我们的这几个同志已被暗杀了，这自然是无产阶级革命文学的若干的损失，我们的很大的悲痛。但无产阶级革命文学却仍然滋长，因为这是属于革命的广大劳苦群众的，大众存在一日，壮大一日，无产阶级革命文学也就滋长一日。我们的同志的血，已经证明了无产阶级革命文学和革命的劳苦大众是在受一样的压迫，一样的残杀，作一样的战斗，有一样的命运，是革命的劳苦大众的文学。

现在，军阀的报告，已说虽是六十岁老妇，也为“邪说”所中，租界的巡捕，虽对于小学儿童，也时时加以检查；他们除从帝国主义得来的枪炮和几条走狗之外，已将一无所有了，所有的只是老老小小——青年不必说——的敌人。而他们的这些敌人，便都在我们的这一面。

我们现在以十分的哀悼和铭记，纪念我们的战死者，也就是要牢记中国无产阶级革命文学的历史的第一页，是同志的鲜血所记录，永远在显示敌人的卑劣的凶暴和启示我们的不断的斗争。

黑暗中国的文艺界的现状

——为美国《新群众》作

现在，在中国，无产阶级的革命的文艺运动，其实就是惟一的文艺运动。因为这乃是荒野中的萌芽，除此以外，中国已经毫无其他文艺。属于统治阶级的所谓“文艺家”，早已腐烂到连所谓“为艺术的艺术”以至“颓废”的作品也不能生产，现在来抵制左翼文艺的，只有诬蔑、压迫、囚禁和杀戮；来和左翼作家对立的，也只有流氓、侦探、走狗、刽子手了。

这一点，已经由两年以来的事实，证明得十分明白。

前年，最初绍介蒲力汗诺夫（Plekhanov）和卢那卡尔斯基（Lunacharsky）的文艺理论进到中国的时候，先使一位白璧德先生（Mr. Prof. Irving Babbitt）的门徒，感觉锐敏的“学者”愤慨，他以为文艺原不是无产阶级的东西，无产者倘要创作或鉴赏文艺，先应该辛苦地积钱，爬上资产阶级去，而不应该大家浑身褴褛，到这花园中来吵嚷。并且造出谣言，说在中国主张无产阶级文学的人，是得了苏俄的卢布。这方法也并非毫无效力，许多上海的新闻记者就时时捏造新闻，有时还登出卢布的数目。但明白的读者们并不相信它，因为比起这种纸上的新闻来，他们却更切实地在事实上看见只有从帝国主义国家运到杀戮无产者的枪炮。

统治阶级的官僚，感觉比学者慢一点儿，但去年也就日加迫压了。禁期刊，禁书籍，不但内容略有革命性的，而且连书面用红字的，作者是俄国的，绥拉菲摩维支（A. Serafimovitch）①，伊凡诺夫（V. Ivanov）和奥格涅夫（N. Ognev）不必说了，连契诃夫（A. Chekhov）和安特来夫（L. Andreev）的有些小说，也都在禁止之列。于是使书店只好出算学教科书和童话，如 Mr. Cat 和 Miss Rose 谈天，称赞春天如何可爱之类——因为至尔妙伦（H. Zur Mühlen）所作的童话的译本也已被禁止，所以只好竭力称赞春天。但现在又有一位将军发怒，说动物居然也能说话而且称为 Mr.，有失人类的尊严了。

单是禁止，还不是根本的办法，于是今年有五个左翼作家失了踪，经家族去探听，知道是在警备司令部，然而不能相见，半月以后，再去问时，却道已经“解放”——这是“死刑”的嘲弄的名称——了，而上海的一切中文和西文的报章上，绝无记载。接着是封闭曾出新书或代售新书的书店，多的时候，一天五家，——但现在又陆续开张了，我们不知道是怎么一回事，惟看书店的广告，知道是在竭力印些英汉对照，如斯蒂文生（Robert Stevenson），槐尔特（Oscar Wilde）等人的文章。

然而统治阶级对于文艺，也并非没有积极的建设。一方面，他们将几个书店的原先的老板和店员赶开，暗暗换上肯听嗾使的自己的一伙。但这立刻失败了。因为里面满是走狗，这书店便像一座威严的衙门，而中国的衙门，是人民所最害怕最讨厌的东西，自然就没有人去。喜欢去跑跑的还是几只闲逛的走狗。这样子，又怎能使门市热闹呢？但是，还有一方面，是做些文章，印行杂志，以代被禁止的左翼的刊物，至今为止，已将十种。然而这也失败了。最有妨碍的是这些“文艺”的主持者，

① 通译绥拉菲摩维奇，著有长篇小说《铁流》等。

乃是一位上海市的政府委员和一位警备司令部的侦缉队长，他们的善于“解放”的名誉，都比“创作”要大得多。他们倘做一部“杀戮法”或“侦探术”，大约倒还有人要看的，但不幸竟在想画画，吟诗。这实在譬如美国的亨利·福特（Henry Ford）先生不谈汽车，却来对大家唱歌一样，只令人觉得非常诧异。

官僚的书店没有人来，刊物没有人看，救济的方法，是去强迫早经有名，而并不分明左倾的作者来做文章，帮助他们的刊物的流布。那结果，是只有一两个胡涂的中计，多数却至今未曾动笔，有一个竟吓得躲到不知道什么地方去了。

现在他们里面的最宝贵的文艺家，是当左翼文艺运动开始，未受迫害，为革命的青年所拥护的时候，自称左翼，而现在爬到他们的刀下，转头来害左翼作家的几个人，为什么被他们所宝贵的呢？因为他曾经是左翼，所以他们的有几种刊物，那面子还有一部分是通红的，但将其中的农工的图，换上了毕亚兹莱（Aubrey Beardsley）的个个好像病人的图画了。

在这样的情形之下，那些读者们，凡是一向爱读旧式的强盗小说的和新式的肉欲小说的，倒并不觉得不便。然而较进步的青年，就觉得无书可读，他们不得已，只得看看空话很多，内容极少——这样的才不至于被禁止——的书，姑且安慰饥渴，因为他们知道，与其去买官办的催吐的毒剂，还不如喝喝空杯，至少，是不至于受害。但一大部分革命的青年，却无论如何，仍在非常热烈地要求、拥护、发展左翼文艺。

所以，除官办及其走狗办的刊物之外，别的书店的期刊，还是不能不设种种方法，加入几篇比较的急进的作品去，他们也知道专卖空杯，这生意决难久长。左翼文艺有革命的读者大众支持，“将来”正属于这一面。

这样子，左翼文艺仍在滋长。但自然是好像压于大石之下的萌芽一样，在曲折地滋长。

所可惜的，是左翼作家之中，还没有农工出身的作家。一者，因为农工历来只被迫压，榨取，没有略受教育的机会；二者，因为中国的象形——现在是早已变得连形也不像了——的方块字，使农工虽是读书十年，也还不能任意写出自己的意见。这事情很使拿刀的“文艺家”喜欢。他们以为受教育能到会写文章，至少一定是小资产阶级，小资产者应该抱住自己的小资产，现在却反而倾向无产者，那一定是“虚伪”。惟有反对无产阶级文艺的小资产阶级的作家倒是出于“真”心的。“真”比“伪”好，所以他们的对于左翼作家的诬蔑，压迫，囚禁和杀戮，便是更好的文艺。

但是，这用刀的“更好的文艺”，却在事实上，证明了左翼作家们正和一样在被压迫被杀戮的无产者负着同一的运命，唯有左翼文艺现在在和无产者一同受难（Passion），将来当然也将和无产者一同起来。单单的杀人究竟不是文艺，他们也因此自己宣告了一无所有了。

上海文艺之一瞥

——八月十二日在社会科学研究会讲

上海过去的文艺，开始的是《申报》。要讲《申报》，是必须追溯到六十年以前的，但这些事我不知道。我所能记得的，是三十年以前，那时的《申报》，还是用中国竹纸的单面印，而在那里做文章的，则多是从别处跑来的“才子”。

那时的读书人，大概可以分他为两种，就是君子和才子。君子是只读四书五经，做八股，非常规矩的。而才子却此外还要看小说，例如《红楼梦》，还要做考试上用不着的古今体诗之类。这是说，才子是公开的看《红楼梦》的，但君子是否在背地里也看《红楼梦》，则我无从知道。有了上海的租界，——那时叫作“洋场”，也叫“夷场”，后来有怕犯讳的，便往往写作“彝场”——有些才子们便跑到上海来，因为才子是旷达的，那里都去；君子则对于外国人的东西总有点厌恶，而且正在想求正路的功名，所以决不轻易的乱跑。孔子曰，“道不行，乘桴浮于海”，从才子们看来，就是有点才子气的，所以君子们的行径，在才子就谓之“迂”。

才子原是多愁多病，要闻鸡生气，见月伤心的。一到上海，又遇见了婊子。去嫖的时候，可以叫十个二十个的年青姑娘聚集在一处，样子很有些像《红楼梦》，于是他就觉得自己好像贾宝玉；自己是才子，那么婊子当然是佳人，于是才子佳人的书就产生了。内容多半是，惟才子能怜这些风尘沦落的佳人，惟佳人能识坎轲不遇的才子，受尽千辛万苦之后，终于成了佳偶，或者是都成了神仙。

他们又帮申报馆印行些明清的小品书出售，自己也立文社，出灯谜，有入选的，就用这些书做赠品，所以那流通很广远。也有大部书，如《儒林外史》《三宝太监西洋记》《快心编》等。现在我们在旧书摊上，有时还看见第一页印有“上海申报馆仿聚珍板印”字样的小本子，那就都是的。

佳人才子的书盛行的好几年，后一辈的才子的心思就渐渐改变了。他们发见了佳人并非因为“爱才若渴”而做婊子的，佳人只为的是钱。然而佳人要才子的钱，是不应该的，才子于是想了种种制伏婊子的妙法，不但不上当，还占了她们的便宜，叙述这各种手段的小说就出现了，社会上也很风行，因为可以做嫖学教科书去读。这些书里面的主人公，不再是才子+（加）呆子，而是在婊子那里得了胜利的英雄豪杰，是才子+流氓。

在这之前，早已出现了一种画报，名目就叫《点石斋画报》，是吴友如主笔的，神仙人物，内外新闻，无所不画，但对于外国事情，他很不明白，例如画战舰罢，是一只商船，而舱面上摆着野战炮；画决斗则两个穿礼服的军人在客厅里拔长刀相击，至于将花瓶也打落跌碎。然而他画“老鸨虐妓”，“流氓拆梢”之类，却实在画得很好的，我想，这是因为他看得太多了的缘故；就是在现在，我们在上海也常常看到和他所画一般的脸孔。这画报的势力，当时是很大的，流行各省，算是要知道“时务”——这名称在那时就如现在之所谓“新学”——的人们的耳目。前几年又翻印了，叫作《吴友如墨宝》，而影响到后来也实在利害，小说上的绣像不必说了，就是在教科书的插画上，也常常看见所画的孩子大抵是歪戴帽，斜视眼，满脸横肉，一副流氓气。在现在，新的流氓画家又出了叶灵凤先生，叶先生的画是从英国的毕亚兹莱（Aubrey Beardsley）剥来的，毕亚兹莱是“为艺术的艺术”派，他的画极受日本的“浮世绘”（Ukiyoe）的影响。浮世绘虽是民间艺术，但所画的多是妓女和戏子，胖胖的身体，斜视的眼睛——Erotic（色情的）眼睛。不过毕亚兹莱画的人物却瘦瘦的，那是因为他是颓废派（Decadence）的缘故。颓废派的人们多是瘦削的，颓丧的，对于壮健的女人他有点惭愧，所以不喜欢。我们的叶先生的新斜眼画，正和吴友如的老斜眼画合流，那自然应该流行好几年。但他也并不只画流氓的，有一个时期也画过普罗列塔利亚，不过所画的工人也还是斜视眼，伸着特别大的拳头。但我以为画普罗列塔利亚应该是写实的，照工人原来的面貌，并不须画得拳头比脑袋还要大。

现在的中国电影，还在很受着这“才子+流氓”式的影响，里面的英雄，作为“好人”的英雄，也都是油头滑脑的，和一些住惯了上海，晓得怎样“拆梢”、“揩油”、“吊膀子”① 的滑头少年一样。看了之后，令人觉得现在倘要做英雄，做好人，也必须是流氓。

才子+流氓的小说，但也渐渐的衰退了。那原因，我想，一则因为总是这一套老调子——妓女要钱，嫖客用手段，原不会写不完的，二则因为所用的是苏白，如什么倪=我，耐=你，阿是=是否之类，除了老上海和江浙的人们之外，谁也看不懂。

然而才子+佳人的书，却又出了一本当时震动一时的小说，

① 这些都词都是上海的方言。“拆梢”即敲诈；“揩油”指对妇女的猥亵行为；“吊膀子”即勾引妇女的意思。

那就是从英文翻译过来的《迦茵小传》（H. R. Haggard：Joan Haste）。但只有上半本，据译者说，原本从旧书摊上得来，非常之好，可惜觅不到下册，无可奈何了。果然，这很打动了才子佳人们的芳心，流行得很广很广。后来还至于打动了林琴南先生，将全部译出。仍旧名为《迦茵小传》。而同时受了先译者的大骂，说他不该全译，使迦茵的价值降低，给读者以不快的。于是才知道先前之所以只有半部，实非原本残缺，乃是因为记着迦茵生了一个私生子，译者故意不译的。其实这样的一部并不很长的书，外国也不至于分印成两本。但是，即此一端，也很可以看出当时中国对于婚姻的见解了。

这时新的才子+佳人小说便又流行起来，但佳人已是良家女子了，和才子相悦相恋，分拆不开，柳阴花下，像一对胡蝶，一双鸳鸯一样，但有时因为严亲，或者因为薄命，也竟至于偶见悲剧的结局，不再都成神仙了，——这实在不能不说是一个大进步。到了近来是在制造兼可擦脸的牙粉了的天虚我生先生所编的月刊杂志《眉语》出现的时候，是这鸳鸯胡蝶式文学的极盛时期。后来《眉语》虽遭禁止，势力却并不消退，直待《新青年》盛行起来，这才受了打击。这时有伊孛生[①]的剧本的绍介和胡适之先生的《终身大事》的别一形式的出现，虽然并不是故意的，然而鸳鸯胡蝶派作为命根的那婚姻问题，却也因此而诺拉（Nora）似的跑掉了。

这后来，就有新才子派的创造社的出现。创造社是尊贵天才的，为艺术而艺术的，专重自我的，崇创作，恶翻译，尤其憎恶重译的，与同时上海的文学研究会相对立。那出马的第一

---

① 即易卜生。

个广告上，说有人“垄断”着文坛，就是指着文学研究会。文学研究会却也正相反，是主张为人生的艺术的，是一面创作，一面也看重翻译的，是注意于绍介被压迫民族文学的，这些都是小国度，没有人懂得他们的文字，因此也几乎全都是重译的。并且因为曾经声援过《新青年》，新仇夹旧仇，所以文学研究会这时就受了三方面的攻击。一方面就是创造社，既然是天才的艺术，那么看那为人生的艺术的文学研究会自然就是多管闲事，不免有些“俗”气，而且还以为无能，所以倘被发见一处误译，有时竟至于特做一篇长长的专论。一方面是留学过美国的绅士派，他们以为文艺是专给老爷太太们看的，所以主角除老爷太太之外，只配有文人、学士、艺术家、教授、小姐等等，要会说 Yes，No，这才是绅士的庄严，那时吴宓先生就曾经发表过文章，说是真不懂为什么有些人竟喜欢描写下流社会。第三方面，则就是以前说过的鸳鸯胡蝶派，我不知道他们用的是什么方法，到底使书店老板将编辑《小说月报》的一个文学研究会会员撤换，还出了《小说世界》，来流布他们的文章。这一种刊物，是到了去年才停刊的。

创造社的这一战，从表面看来，是胜利的。许多作品，既和当时的自命才子们的心情相合，加以出版者的帮助，势力雄厚起来了。势力一雄厚，就看见大商店如商务印书馆，也有创造社员的译著的出版，——这是说，郭沫若和张资平两位先生的稿件。这以来，据我所记得，是创造社也不再审查商务印书馆出版物的误译之处，来作专论了。这些地方，我想，是也有些才子+流氓式的。然而，“新上海”是究竟敌不过“老上海”的，创造社员在凯歌声中，终于觉到了自己就在做自己们的出版者的商品，种种努力，在老板看来，就等于眼镜铺大玻璃窗里纸人的目夹眼，不过是“以广招徕”。待到希图独立出版的时候，老板就给吃了一场官司，虽然也终于独立，说是一切书籍，大加改订，另行印刷，从新开张了，然而旧老板却还是永远用了旧版子，只是印、卖，而且年年是什么纪念的大廉价。

商品固然是做不下去的，独立也活不下去。创造社的人们的去路，自然是在较有希望的“革命策源地”的广东。在广东，于是也有“革命文学”这名词的出现，然而并无什么作品，在上海，则并且还没有这名词。

到了前年，“革命文学”这名目这才旺盛起来了，主张的是从“革命策源地”回来的几个创造社元老和若干新份子。革命文学之所以旺盛起来，自然是因为由于社会的背景，一般群众、青年有了这样的要求。当从广东开始北伐的时候，一般积极的青年都跑到实际工作去了，那时还没有什么显著的革命文学运动，到了政治环境突然改变，革命遭了挫折，阶级的分化非常显明，国民党以“清党”之名，大戮共产党及革命群众，而死剩的青年们再入于被迫压的境遇，于是革命文学在上海这才有了强烈的活动。所以这革命文学的旺盛起来，在表面上和别国不同，并非由于革命的高扬，而是因为革命的挫折；虽然其中也有些是旧文人解下指挥刀来重理笔墨的旧业，有些是几个青年被从实际工作排出，只好借此谋生，但因为实在具有社会的基础，所以在新份子里，是很有极坚实正确的人存在的。但那时的革命文学运动，据我的意见，是未经好好的计划，很有些错误之处的。例如，第一，他们对于中国社会，未曾加以细密的分析，便将在苏维埃政权之下才能运用的方法，来机械的地运用了。再则他们，尤其是成仿吾先生，将革命使一般人理解为非常可怕的事，摆着一种极左倾的凶恶的面貌，好似革命一到，一切非革命者就都得死，令人对革命只抱着恐怖。其实革命是并非教人死而是教人活的。这种令人“知道点革命的厉害”，只图自己说得畅快的态度，也还是中了才子+流氓的毒。

激烈得快的，也平和得快，甚至于也颓废得快。倘在文人，他总有一番辩护自己的变化的理由，引经据典。譬如说，要人帮忙时候用克鲁巴金的互助论，要和人争闹的时候就用达尔文的生存竞争说。无论古今，凡是没有一定的理论，或主张的变化并无线索可寻，而随时拿了各种各派的理论来作武器的人，都可以称之为流氓。例如上海的流氓，看见一男一女的乡下人在走路，他就说“喂，你们这样子，有伤风化，你们犯了法了!”他用的是中国法。倘看见一个乡下人在路旁小便呢，他就说，“喂，这是不准的，你犯了法，该捉到捕房去!”这时所用的又是外国法。但结果是无所谓法不法，只要被他敲去了几个钱就都完事。

在中国，去年的革命文学者和前年很有点不同了。这固然由于境遇的改变，但有些“革命文学者”的本身里，还藏着容易犯到的病根。“革命”和“文学”，若断若续，好像两只靠近的船，一只是“革命”，一只是“文学”，而作者的每一只脚就站在每一只船上面。当环境较好的时候，作者就在革命这一只船上踏得重一点，分明是革命者，待到革命一被压迫，则在文学的船上踏得重一点，他变了不过是文学家了。所以前年的主张十分激烈，以为凡非革命文学，统得扫荡的人，去年却记得了列宁爱看冈却罗夫（I. A. Goncharov）的作品的故事，觉得非革命文学，意义倒也十分深长；还有最彻底的革命文学家叶灵凤先生，他描写革命家，彻底到每次上茅厕时候都用我的《呐喊》去揩屁股，现在却竟会莫名其妙的跟在所谓民族主义文学家屁股后面了。

类似的例，还可以举出向培良先生来，在革命渐渐高扬的时候，他是很革命的；他在先前，还曾经说，青年人不但嗥叫，还要露出狼牙来。这自然也不坏，但也应该小心，因为狼是狗的祖宗，一到被人驯服的时候，是就要变而为狗的，向培良先生现在在提倡人类的艺术了，他反对有阶级的艺术的存在，而在人类中分出好人和坏人来，这艺术是“好坏斗争”的武器。狗也是将人分为两种的，豢养它的主人之类是好人，别的穷人和乞丐在它的眼里就是坏人，不是叫，便是咬。然而这也还不算坏，因为究竟还有一点野性，如果再一变而为吧儿狗，好像不管闲事，而其实在给主子尽职，那就正如现在的自称不问俗事的为艺术而艺术的名人们一样，只好去点缀大学教室了。

这样的翻着筋斗的小资产阶级，即使是在做革命文学家，写着革命文学的时候，也最容易将革命写歪；写歪了，反于革命有害，所以他们的转变，是毫不足惜的。当革命文学的运动勃兴时，许多小资产阶级的文学家忽然变过来了，那时用来解释这现象的，是突变之说。但我们知道，所谓突变者，是说 A 要变 B，几个条件已经完备，而独缺其一的时候，这一个条件一出现，于是就变成了 B。譬如水的结冰，温度须到零点，同时又须有空气的振动，倘没有这，则即便到了零点，也还是不结冰，这时空气一振动，这才突变而为冰了。所以外面虽然好像突变，其实是并非突然的事。倘没有应具的条件的，那就是即使自说已变，实际上却并没有变，所以有些忽然一天晚上自称突变过来的小资产阶级革命文学家，不久就又突变回去了。

去年左翼作家联盟在上海的成立，是一件重要的事实。因为这时已经输入了蒲力汗诺夫，卢那卡尔斯基等的理论，给大家能够互相切磋，更加坚实而有力，但也正因为更加坚实而有力了，就受到世界上古今所少有的压迫和摧残，因为有了这样的压迫和摧残，就使那时以为左翼文学将大出风头，作家就要吃劳动者供献上来的黄油面包了的所谓革命文学家立刻现出原形，有的写悔过书，有的是反转来攻击左联，以显出他今年的见识又进了一步。这虽然并非左联直接的自动，然而也是一种扫荡，这些作者，是无论变与不变，总写不出好的作品来的。

但现存的左翼作家，能写出好的无产阶级文学来么？我想，也很难。这是因为现在的左翼作家还都是读书人——智识阶级，他们要写出革命的实际来，是很不容易的缘故。日本的厨川白村（H. Kuriyagawa）曾经提出过一个问题，说：作家之所描写，必得是自己经验过的么？他自答道，不必，因为他能够体察。所以要写偷，他不必亲自去做贼，要写通奸，他不必亲自去私通。但我以为这是因为作家生长在旧社会里，熟悉了旧社会的情形，看惯了旧社会的人物的缘故，所以他能够体察；对于和他向来没有关系的无产阶级的情形和人物，他就会无能，或者弄成错误的描写了。所以革命文学家，至少是必须和革命共同着生命，或深切地感受着革命的脉搏的。（最近左联的提出了“作家的无产阶级化”的口号，就是对于这一点的很正确的理解。）

在现在中国这样的社会中，最容易希望出现的，是反叛的小资产阶级的反抗的，或暴露的作品。因为他生长在这正在灭亡着的阶级中，所以他有甚深的了解，甚大的憎恶，而向这刺下去的刀也最为致命与有力。固然，有些貌似革命的作品，也并非要将本阶级或资产阶级推翻，倒在憎恨或失望于他们的不能改良，不能较长久的保持地位，所以从无产阶级的见地看来，不过是“兄弟阋于墙”，两方一样是敌对。但是，那结果，却也能在革命的潮流中，成为一粒泡沫的。对于这些的作品，我以为实在无须称之为无产阶级文学，作者也无须为了将来的名誉起见，自称为无产阶级的作家的。

但是，虽是仅仅攻击旧社会的作品，倘若知不清缺点，看不透病根，也就于革命有害，但可惜的是现在的作家，连革命的作家和批评家，也往往不能，或不敢正视现社会，知道它的底细，尤其是认为敌人的底细。随手举一个例罢，先前的《列宁青年》上，有一篇评论中国文学界的文章，将这分为三派，首先是创造社，作为无产阶级文学派，讲得很长，其次是语丝社，作为小资产阶级文学派，可就说得短了，第三是新月社，作为资产阶级文学派，却说得更短，到不了一页。这就在表明：这位青年批评家对于愈认为敌人的，就愈是无话可说，也就是愈没有细看。自然，我们看书，倘看反对的东西，总不如看同派的东西的舒服，爽快，有益；但倘是一个战斗者，我以为，在了解革命和敌人上，倒是必须更多的去解剖当面的敌人的。要写文学作品也一样，不但应该知道革命的实际，也必须深知敌人的情形，现在的各方面的状况，再去断定革命的前途。惟有明白旧的，看到新的，了解过去，推断将来，我们的文学的发展才有希望。我想，这是在现在环境下的作家，只要努力，还可以做得到的。

在现在，如先前所说，文艺是在受着少有的压迫与摧残，广泛地现出了饥馑状态。文艺不但是革命的，连那略带些不平色彩的，不但是指摘现状的，连那些攻击旧来积弊的，也往往就受迫害。这情形，即在说明至今为止的统治阶级的革命，不过是争夺一把旧椅子。去推的时候，好像这椅子很可恨，一夺到手，就又觉得是宝贝了，而同时也自觉了自己正和这“旧的”一气。二十多年前，都说朱元璋（明太祖）是民族的革命者，其实是并不然的，他做了皇帝以后，称蒙古朝为“大元”，杀汉人比蒙古人还利害。奴才做了主人，是决不肯废去“老爷”的称呼的，他的摆架子，恐怕比他的主人还十足，还可笑。这正如上海的工人赚了几文钱，开起小小的工厂来，对付工人反而凶到绝顶一样。

在一部旧的笔记小说——我忘了它的书名了——上，曾经载有一个故事，说明朝有一个武官叫说书人讲故事，他便对他讲檀道济——晋朝的一个将军，讲完之后，那武官就吩咐打说书人一顿，人问他什么缘故，他说道：“他既然对我讲檀道济，那么，对檀道济是一定去讲我的了。”现在的统治者也神经衰弱到像这武官一样，什么他都怕，因而在出版界上也布置了比先前更进步的流氓，令人看不出流氓的形式而却用着更厉害的流氓手段：用广告，用诬陷，用恐吓；甚至于有几个文学者还拜了流氓做老子，以图得到安稳和利益。因此革命的文学者，就不但应该留心迎面的敌人，还必须防备自己一面的三翻四复的暗探了，较之简单地用着文艺的斗争，就非常费力，而因此也就影响到文艺上面来。

现在上海虽然还出版着一大堆的所谓文艺杂志，其实却等于空虚。以营业为目的的书店所出的东西，因为怕遭殃，就竭力选些不关痛痒的文章，如说“命固不可以不革，而亦不可以太革”之类，那特色是在令人从头看到末尾，终于等于不看。至于官办的，或对官场去凑趣的杂志呢，作者又都是乌合之众，共同的目的只在捞几文稿费，什么“英国维多利亚朝的文学”

呀，“论刘易士得到诺贝尔奖金”呀，连自己也并不相信所发的议论，连自己也并不看重所做的文章。所以，我说，现在上海所出的文艺杂志都等于空虚，革命者的文艺固然被压迫了，而压迫者所办的文艺杂志上也没有什么文艺可见。然而，压迫者当真没有文艺么？有是有的，不过并非这些，而是通电、告示、新闻、民族主义的“文学”、法官的判词等。例如前几天，《申报》上就记着一个女人控诉她的丈夫强迫鸡奸并殴打得皮肤上成了青伤的事，而法官的判词却道，法律上并无禁止丈夫鸡奸妻子的明文，而皮肤打得发青，也并不算毁损了生理的机能，所以那控诉就不能成立。现在是那男人反在控诉他的女人的“诬告”了。法律我不知道，至于生理学，却学过一点，皮肤被打得发青，肺、肝、或肠胃的生理的机能固然不至于毁损，然而发青之处的皮肤的生理的机能却是毁损了的。这在中国的现在，虽然常常遇见，不算什么稀奇事，但我以为这就已经能够很明白的知道社会上的一部分现象，胜于一篇平凡的小说或长诗了。

除以上所说之外，那所谓民族主义文学，和闹得已经很久了的武侠小说之类，是也还应该详细解剖的。但现在时间已经不够，只得待将来有机会再讲了。今天就这样为止罢。

一八艺社习作展览会小引

现在有自以为大有见识的人，在说“为人类的艺术”。然而这样的艺术，在现在的社会里，是断断没有的。看罢，这便是在说“为人类的艺术”的人，也已将人类分为对的和错的，或好的和坏的，而将所谓错的或坏的加以叫咬了。

所以，现在的艺术，总要一面得到蔑视、冷遇、迫害，而一面得到同情、拥护、支持。

一八艺社也将逃不出这例子。因为它在这旧社会里，是新的，年青的，前进的。

中国近来其实也没有什么艺术家。号称“艺术家”者，他们的得名，与其说在艺术，倒是在他们的履历和作品的题目——故意题得香艳、漂渺、古怪、雄深。连骗带吓，令人觉得似乎了不得。然而时代是在不息地进行，现在新的，年青的，没有名的作家的作品站在这里了，以清醒的意识和坚强的努力，在榛莽中露出了日见生长的健壮的新芽。

自然，这，是很幼小的。但是，惟其幼小，所以希望就正在这一面。

我的话，也就是只对这一面说的，如上。

一九三一年五月二十二日。

答文艺新闻社问

——日本占领东三省的意义

这在一面，是日本帝国主义在“膺惩”[1] 他的仆役——中国军阀，也就是“膺惩”中国民众，因为中国民众又是军阀的奴隶；在另一面，是进攻苏联的开头，是要使世界的劳苦群众，永受奴隶的苦楚的方针的第一步。

九月二十一日。

① 是指打击和惩治。日本军阀发动“九·一八”事变后，把他们对中国的侵略行径说成是“膺惩”。

“民族主义文学”的任务和运命

一

殖民政策是一定保护，养育流氓的。从帝国主义的眼睛看来，惟有他们是最要紧的奴才，有用的鹰犬，能尽殖民地人民非尽不可的任务：一面靠着帝国主义的暴力，一面利用本国的传统之力，以除去“害群之马”，不安本分的“莠民”。所以，这流氓，是殖民地上的洋大人的宠儿，——不，宠犬，其地位虽在主人之下，但总在别的被统治者之上的。

上海当然也不会不在这例子里。巡警不进帮，小贩虽自有小资本，但倘不另寻一个流氓来做债主，付以重利，就很难立足。到去年，在文艺界上，竟也出现了“拜老头”的“文学家”。

但这不过是一个最露骨的事实。其实是，即使并非帮友，他们所谓“文艺家”的许多人，是一向在尽“宠犬”的职分的，虽然所标的口号，种种不同，艺术至上主义呀，国粹主义呀，民族主义呀，为人类的艺术呀，但这仅如巡警手里拿着前膛枪或后膛枪，来福枪，毛瑟枪的不同，那终极的目的却只一个：就是打死反帝国主义即反政府，亦即“反革命”，或仅有些不平的人民。

那些宠犬派文学之中，锣鼓敲得最起劲的，是所谓“民族主义文学”。但比起侦探，巡捕，刽子手们的显著的勋劳来，却还有很多的逊色。这缘故，就因为他们还只在叫，未行直接的咬，而且大抵没有流氓的剽悍，不过是飘飘荡荡的流尸。然而这又正是“民族主义文学”的特色，所以保持其“宠”的。

翻一本他们的刊物来看罢，先前标榜过各种主义的各种人，居然凑合在一起了。这是“民族主义”的巨人的手，将他们抓过来的么？并不，这些原是上海滩上久已沉沉浮浮的流尸，本来散见于各处的，但经风浪一吹，就漂集一处，形成一个堆积，又因为各个本身的腐烂，就发出较浓厚的恶臭来了。

这“叫”和“恶臭”有能够较为远闻的特色，于帝国主义是有益的，这叫做“为王前驱”，所以流尸文学仍将与流氓政治同在。

二

但上文所说的风浪是什么呢？这是因无产阶级的勃兴而卷起的小风浪。先前的有些所谓文艺家，本未尝没有半意识的或无意识的觉得自身的溃败，于是就自欺欺人的用种种美名来掩饰，曰高逸，曰放达（用新式话来说就是“颓废”，）画的是裸女，静物，死，写的是花月，圣地，失眠，酒，女人。一到旧社会的崩溃愈加分明，阶级的斗争愈加锋利的时候，他们也就看见了自己的死敌，将创造新的文化，一扫旧来的污秽的无产阶级，并且觉到了自己就是这污秽，将与在上的统治者同其运命，于是就必然漂集于为帝国主义所宰制的民族中的顺民所竖起的“民族主义文学”的旗帜之下，来和主人一同做一回最后的挣扎了。

所以，虽然是杂碎的流尸，那目标却是同一的：和主人一样，用一切手段，来压迫无产阶级。以苟延残喘。不过究竟是杂碎，而且多带着先前剩下的皮毛，所以自从发出宣言以来，看不见一点鲜明的作品，宣言是一小群杂碎胡乱凑成的杂碎，不足为据的。

但在《前锋月刊》第五号上，却给了我们一篇明白的作品，据编辑者说，这是“参加讨伐阎冯军事的实际描写”。描写军事的小说并不足奇，奇特的是这位“青年军人”的作者所自述的在战场上的心绪，这是“民族主义文学家”的自画像，极有郑重引用的价值的——

“每天晚上站在那闪烁的群星之下，手里执着马枪，耳中听着虫鸣。四周飞动着无数的蚊子，那样都使人想到法国‘客军’在菲洲沙漠里与阿刺伯人争斗流血的生活。”（黄震遐：《陇海线上》）

原来中国军阀的混战，从“青年军人”，从“民族主义文学者”看来，是并非驱同国人民互相残杀，却是外国人在打别一外国人，两个国度，两个民族，在战地上一到夜里，自己就飘飘然觉得皮色变白，鼻梁加高，成为腊丁民族的战士，站在野蛮的菲洲了。那就无怪乎看得周围的老百姓都是敌人，要一个一个的打死。法国人对于菲洲的阿刺伯人，就民族主义而论，原是不必爱惜的。仅仅这一节，大一点，则说明了中国军阀为什么做了帝国主义的爪牙，来毒害屠杀中国的人民，那是因为他们自己以为是“法国的客军”的缘故；小一点，就说明中国的“民族主义文学家”根本上只同外国主子休戚相关，为什么倒称“民族主义”，来朦混读者，那是因为他们自己觉得有时好像腊丁民族[1]，条顿民族[2]了的缘故。

三

黄震遐先生写得如此坦白，所说的心境当然是真实的，不过据他小说中所显示的智识推测起来，却还有并非不知而故意不说的一点讳饰。这，是他将“法国的安南兵”含糊的改作“法国的客军”了，因此就较远于“实际描写”，而且也招来了上节所说的是非。

但作者是聪明的，他听过“友人傅彦长君平时许多谈论……许多地方不可讳地是受了他的熏陶”，并且考据中外史传之后，接着又写了一篇较切“民族主义”这个题目的剧诗，这回不用法兰西人了，是《黄人之血》（《前锋月刊》七号）。

这剧诗的事迹，是黄色人种的西征，主将是成吉思汗的孙子拔都元帅，真正的黄色种。所征的是欧洲，其实专在斡罗斯（俄罗斯）——这是作者的目标；联军的构成是汉、鞑靼、女真、契丹人——这是作者的计划；一路胜下去，可惜后来四种人不知“友谊”的要紧和“团结的力量”，自相残杀，竟为白种武士所乘了——这是作者的讽喻，也是作者的悲哀。

但我们且看这黄色军的威猛和恶辣罢——

……………

① “腊丁”通译为“拉丁”。泛指拉丁语系的意大利、法兰西、西班牙、葡萄牙等国人。

② 泛指日耳曼语系的德国、英国、瑞士、荷兰、丹麦、挪威等国人。

恐怖呀，煎着尸体的沸油；
可怕呀，遍地的腐骸如何凶丑；
死神捉着白姑娘拚命地搂；
美人螓首变成狞猛的髑髅；
野兽般的生番在故宫里蛮争恶斗。
十字军战士的脸上充满了哀愁；
千年的棺材泄出它凶秽的恶臭；
铁蹄践着断骨，骆驼的鸣声变成怪吼；
上帝已逃，魔鬼扬起了火鞭复仇；
黄祸来了！黄祸来了！
亚细亚勇士们张大吃人的血口。

这德皇威廉因为要鼓吹“德国德国，高于一切”而大叫的“黄祸”，这一张“亚细亚勇士们张大”的“吃人的血口”，我们的诗人却是对着“斡罗斯”，就是现在无产者专政的第一个国度，以消灭无产阶级的模范——这是“民族主义文学”的目标；但究竟因为是殖民地顺民的“民族主义文学”，所以我们的诗人所奉为首领的，是蒙古人拔都，不是中华人赵构，张开“吃人的血口”的是“亚细亚勇士们”，不是中国勇士们，所希望的是拔都的统驭之下的“友谊”，不是各民族间的平等的友爱——这就是露骨的所谓“民族主义文学”的特色，但也是青年军人的作者的悲哀。

四

拔都死了；在亚细亚的黄人中，现在可以拟为那时的蒙古的只有一个日本。日本的勇士们虽然也痛恨苏俄，但也不爱抚中华的勇士，大唱“日支亲善”虽然也和主张“友谊”一致，但事实又和口头不符，从中国“民族主义文学者”的立场上，在已觉得悲哀，对他加以讽喻，原是势所必至，不足诧异的。

果然，诗人的悲哀的豫感好像证实了，而且还坏得远。当“扬起火鞭”焚烧“斡罗斯”将要开头的时候，就像拔都那时的结局一样，朝鲜人乱杀中国人，日本人“张大吃人的血口”，吞了东三省了。莫非他们因为未受傅彦长先生的熏陶，不知“团结的力量之重要”，竟将中国的“勇士们”也看成菲洲的阿刺伯人了吗?!

五

这实在是一个大打击。军人的作者还未喊出他勇壮的声音，我们现在所看见的是“民族主义”旗下的报章上所载的小勇士们的愤激和绝望。这也是势所必至，无足诧异的。理想和现实本来易于冲突，理想时已经含了悲哀，现实起来当然就会绝望。于是小勇士们要打仗了——

“战啊，下个最后的决心，
杀尽我们的敌人，
你看敌人的枪炮都响了，
快上前，把我们的肉体筑一座长城。
雷电在头上咆哮，
浪涛在脚下吼叫，
热血在心头燃烧，
我们向前线奔跑。”

（苏凤：《战歌》。《民国日报》载）

“去，战场上去，
我们的热血在沸腾，
我们的肉身好像疯人，
我们去把热血锈住贼子的枪头。
我们去把肉身塞住仇人的炮口。
去，战场上去。
凭着我们一股勇气，
凭着我们一点纯爱的精灵，
去把仇人驱逐，
不，去把仇人杀尽。”

（甘豫庆：《去上战场去》。《申报》载。）

“同胞，醒起来罢，
踢开了弱者的心，
踢开了弱者的脑。
看，看，看，
看同胞们的血喷出来了，
看同胞们的肉割开来了，
看同胞们的尸体挂起来了。”

（邵冠华：《醒起来罢同胞》。同上。）

这些诗里很明显的是作者都知道没有武器，所以只好用“肉体”，用“纯爱的精灵”，用“尸体”。这正是《黄人之血》的作者的先前的悲哀，而所以要追随拔都元帅之后，主张“友谊”的缘故。武器是主子那里买来的，无产者已都是自己的敌人，倘主子又不谅其衷，要加以“惩膺”，那么，惟一的路也实在只有一个死了——

“我们是初训练的一队，
有坚卓的志愿，
有沸腾的热血，
来扫除强暴的歹类。
同胞们，亲爱的同胞们，
快起来准备去战，
快起来奋斗，
战死是我们生路。”

（沙珊：《学生军》。同上。）

“天在啸，
地在震，
人在冲，兽在吼，
宇宙间的一切在咆哮，
朋友哟，
准备着我们的头颅去给敌人砍掉。”

（徐之津：《伟大的死》。同上。）

一群是发扬踔厉，一群是慷慨悲歌，写写固然无妨，但倘若真要这样，却未免太不懂得“民族主义文学”的精义了，然而，却也尽了“民族主义文学”的任务。

六

《前锋月刊》上用大号字题目的《黄人之血》的作者黄震遐诗人，不是早已告诉我们过理想的元帅拔都了吗？这诗人受过傅彦长先生的熏陶，查过中外的史传，还知道“中世纪的东欧是三种思想的冲突点”，岂就会偏不知道赵家末叶的中国，是蒙古人的淫掠场？拔都元帅的祖父成吉思皇帝侵入中国时，所至淫掠妇女，焚烧庐舍，到山东曲阜看见孔老二先生像，元兵也要指着骂道："说'夷狄之有君，不如诸夏之无也'的，不就是你吗？"夹脸就给他一箭。这是宋人的笔记里垂涕而道的，正如现在常见于报章上的流泪文章一样。黄诗人所描写的"斡罗斯"那"死神捉着白姑娘拚命地搂……"那些妙文，其实就是那时出现于中国的情形。但一到他的孙子，他们不就携手"西征"了吗？现在日本兵"东征"了东三省，正是"民族主义文学家"理想中的"西征"的第一步，"亚细亚勇士们张大吃人的血口"的开场。不过先得在中国咬一口。因为那时成吉思皇帝也像对于"斡罗斯"一样。先使中国人变成奴才，然后赶他打仗，并非用了"友谊"，送柬帖来敦请的。所以，这沈阳事件，不但和"民族主义文学"毫无冲突，而且还实现了他们的理想境，倘若不明这精义，要去硬送头颅，使"亚细亚勇士"减少，那实在是很可惜的。

那么，"民族主义文学"无须有那些呜呼阿呀死死活活的调子吗？谨对曰：要有的，他们也一定有的。否则不抵抗主义，城下之盟，断送土地这些勾当，在沉静中就显得更加露骨。必须痛哭怒号，摩拳擦掌，令人被这扰攘嘈杂所惑乱，闻悲歌而泪垂，听壮歌而愤泄，于是那"东征"即"西征"的第一步，也就悄悄的隐隐的跨过去了。落葬的行列里有悲哀的哭声，有壮大的军乐，那任务是在送死人埋入土中，用热闹来掩过了这"死"，给大家接着就得到"忘却"。现在"民族主义文学"的发扬踔厉，或慷慨悲歌的文章，便是正在尽着同一的任务的。

但这之后，"民族主义文学者"也就更加接近了他的哀愁。因为有一个问题，更加临近，就是将来主子是否不至于再蹈拔都元帅的覆辙，背信用而且优待忠勇的奴才，不，勇士们呢？这实在是一个很要紧，很可怕的问题，是主子和奴才能否“同存共荣”的大关键。

历史告诉我们：不能的。这，正如连“民族主义文学者”也已经知道一样，不会有这一回事。他们将只尽些送丧的任务，永含着恋主的哀愁，须到无产阶级革命的风涛怒吼起来，刷洗山河的时候，这才能脱出这沉滞猥劣和腐烂的运命。

沉滓的泛起

日本占据了东三省以后的在上海一带的表示，报章上叫作“国难声中”。在这“国难声中”，恰如用棍子搅了一下停滞多年的池塘，各种古的沉滓，新的沉滓，就都翻着筋斗漂上来，在水面上转一个身，来趁势显示自己的存在了。

自信现在可以说能打仗的，是要操练久不想起的洋枪了，但也有现在也不想说去打仗的，那就照欧洲大战时候的德意志帝国的例，来“头脑动员”，以尽“国民一份子”的义务。有的去查《唐书》，说日本古名“倭奴”；有的去翻字典，说倭是矮小之意，有的记得了文天祥、岳飞、林则徐，——但自然，更积极的是新的文艺界。

先说一点另外的事罢，这叫作“和平声中”。在这样的声中，是“胡展堂先生”到了上海，据说还告诫青年。教他们要养“力”勿使“气”。灵药就有了。第二天在报上便见广告道：“胡汉民先生说，对日外交，应确定一坚强之原则，并劝勉青年须养力，毋泄气，养力就是强身，泄气就是悲观，要强身祛悲观，须先心花怒放，大笑一次。”但这样的宝贝是什么呢？是美国的一张旧影片，将探险滑稽化以博小市民一笑的《两亲家游非洲》。

至于真的“国难声中的兴奋剂”呢，那是“爱国歌舞表演”，自己说，“是民族性的活跃，是歌舞界的精髓，促进同胞的努力，达到最后的胜利”的。倘有知道这立奏奇功的大明星是谁么？曰：王人美、薛玲仙、黎莉莉。

然而终于“上海文艺界大团结”了。《草野》（六卷七号）上记着盛况道：“上海文艺界同人，平时很少联络，在严重时期，除各个参加其他团体的工作外，复由谢六逸、朱应鹏、徐蔚南三人发起，……集会讨论。在十月六日下午三点钟，已陆续到了东亚食堂，……略进茶点，即开始讨论，颇多发挥，……最后定名为上海文艺界救国会”云。

“发挥”我们还无从知道，仅据眼前的方法看起来，是先看《两亲家游非洲》以养力，又看“爱国的歌舞表演”以兴奋，更看《日本小品文选》和《艺术三家言》并且略进茶点而发挥。那么，中国就得救了。

不成。这恐怕不必文学青年，就是文学小囡囡，也未必会相信。没有法子，只得再加上两个另外的好消息，就是目前的爱国文艺家所主宰的《申报》所发表出来的——

十月五日的《自由谈》里叶华女士云：

“无办法之国民，如何有有办法之政府。国联绝望矣。……际兹一发千钧，全国国民宜各立所志，各尽所能，各抒所见，余也不才，谨以战犬问题商诸国人。……各犬中，要以德国警犬最称职，余极主张吾国可选择是犬作战……”同月二十五日也是《自由谈》里“苏民自汉口寄”云：

“日者寓书沪友王子仲良，间及余之病状，而以不能投身义勇军为憾。王子……竟以灵药一裹见寄，云为培生制药公司所出益金草，功能治肺痨咳血，可一试之。……余立行试服，则咳果止，兼旬而后，体气渐复，因念……一旦国家有事，吾必身列戎行，一层平生之壮志，灭此朝食，行有日矣。……”

那是连病夫也立刻可以当兵，警犬也将帮同爱国，在爱国文艺家的指导之下，真是大可乐观，要“灭此朝食”了。只可惜不必是文学青年，就是文学小囡囡，也会觉得逐段看去，即使不称为“广告”的，也都不过是出卖旧货的新广告，要趁“国难声中”或“和平声中”将利益更多的榨到自己的手里的。

因为要这样，所以都得在这个时候，趁势在表面来泛一下，明星也有，文艺家也有，警犬也有，药也有……也因为趁势，泛起来就格外省力。但因为泛起来的是沉滓，沉滓又究竟不过是沉滓，所以因此一泛，他们的本相倒越加分明，而最后的运命，也还是仍旧沉下去。

十月二十九日。

以脚报国

今年八月三十一日《申报》的《自由谈》里，又看见了署名寄萍的《杨缦华女士游欧杂感》，其中的一段，我觉得很有趣，就照抄在下面：

"……有一天我们到比利时一个乡村里去。许多女人争着来看我的脚。我伸起脚来给伊们看。才平服伊们好奇的疑窦。一位女人说。'我们也向来不曾见过中国人。但从小就听说中国人是有尾巴的（即辫发）。都要讨姨太太的。女人都是小脚。跑起路来一摇一摆的。如今才明白这话不确实。请原谅我们的错念。'还有一人自以为熟悉东亚情形的，带着讥笑的态度说。'中国的军阀如何专横。到处闹的是兵匪。人民过着地狱的生活。'这种似是而非的话。说了一大堆。我说'此种传说。全无根据。'同行的某君，也报以很滑稽的话。'我看你们那里会知道立国数千年的大中华民国。等我们革命成功之后，简直要把显微镜来照你们比利时呢。'就此一笑而散。"

我们的杨女士虽然用她的尊脚征服了比利时女人，为国增光，但也有两点"错念"。其一、是我们中国人的确有过尾巴（即辫发）的，缠过小脚的，讨过姨太太的，虽现在也在讨。其二、是杨女士的脚不能代表一切中国女人的脚，正如留学的女生不能代表一切中国的女性一般。留学生大多数是家里有钱，或由政府派遣，为的是将来给家族或国家增光，贫穷和受不到教育的女人怎么能同日而语。所以，虽在现在，其实是缠着小脚，“跑起路来一摇一摆的”女人还不少。

至于困苦，那是用不着多谈，只要看同一的《申报》上，记载着多少“呼吁和平”的文电，多少募集急赈的广告，多少兵变和绑票的记事，留学外国的少爷小姐们虽然相隔太远，可以说不知道，但既然能想到用显微镜，难道就不能想到用望远镜吗？况且又何必用望远镜呢，同一的《杨缦华女士游欧杂感》里就又说：

“……据说使领馆的穷困。不自今日始。不过近几年来。有每况愈下之势。譬如逢到我国国庆或是重大纪念日。照例须招待外宾。举行盛典。意思是庆祝国运方兴。兼之联络各友邦的感情。以前使领馆必备盛宴。款待上宾。到了去年。为馆费支绌①。改行茶会。以目前的形势推测。将后恐怕连茶会都开不成呢。在国际上最讲究体面的。要算日本国。他们政府行政费的豫算。宁可特别节省。惟独于驻外使领馆的经费。十分充足。单就这一点来比较。我们已相形见拙了。”

使馆和领事馆是代表本国，如杨女士所说，要“庆祝国运方兴”的，而竟有“每况愈下之势”，孟子曰，“百姓不足，君孰与足？”则人民的过着什么生活，也就可想而知了。然而小国比利时的女人们究竟是单纯的，终于请求了原谅，假使她们真“知道立国数千年的大中华民国”的国民，往往有自欺欺人的不治之症，那可真是没有面子了。

假如这样，又怎么办呢？我想，也还是“就此一笑而散”罢。

① 不够支配

唐朝的钉梢

上海的摩登少爷要勾搭摩登小姐，首先第一步，是追随不舍，术语谓之“钉梢”。“钉”者，坚附而不可拔也，“梢”者，末也，后也，译成文言，大约可以说是“追蹑”。据钉梢专家说，那第二步便是“扳谈”；即使骂，也就大有希望，因为一骂便可有言语来往，所以也就是“扳谈”的开头。我一向以为这是现在的洋场上才有的，今看《花间集》，乃知道唐朝就已经有了这样的事，那里面有张泌的《浣溪纱》调十首，其九云：

晚逐香车入凤城，东风斜揭绣帘轻，慢回娇眼笑盈盈。消息未通何计是，便须佯醉且随行，依稀闻道太狂生①。

这分明和现代的钉梢法是一致的。倘要译成白话诗，大概可以是这样：

夜赶洋车路上飞，
东风吹起印度绸衫子，显出腿儿肥，
乱丢俏眼笑迷迷。
难以扳谈有什么法子呢？

---

① 太轻狂的意思。

只能带着油腔滑调且钉梢，
好像听得骂道“杀千刀!”

但恐怕在古书上，更早的也还能够发见，我极希望博学者见教，因为这是对于研究“钉梢史”的人，极有用处的。

“夏娃日记”小引

玛克·土温（Mark Twain）[1] 无须多说，只要一翻美国文学史，便知道他是前世纪末至现世纪初有名的幽默家（Humorist）。不但一看他的作品，要令人眉开眼笑，就是他那笔名，也含有一些滑稽之感的。

他本姓克莱门斯（Samuel Langhorne Clemens，1835—1910），原是一个领港，在发表作品的时候，便取量水时所喊的讹音，用作了笔名。作品很为当时所欢迎，他即被看作讲笑话的好手；但到一九一六年他的遗著《The Mysterious Strange》一出版，却分明证实了他是很深的厌世思想的怀抱者了。

含着哀怨而在嘻笑，为什么会这样的？

我们知道，美国出过亚伦·坡（Edgar Allan Poe），出过霍桑（N. Hawthorne），出过惠德曼（W. Whitman），都不是这么表里两样的。然而这是南北战争以前的事。这之后，惠德曼先就唱不出歌来，因为这之后，美国已成了产业主义的社会，个性都得铸在一个模子里，不再能主张自我了。如果主张，就要受迫害。这时的作家之所注意，已非应该怎样发挥自己的个性，而是怎样写去，才能有人爱读，卖掉原稿，得到声名。连有名如荷惠勒（W. D. Howells）的，也以为文学者的能为世间所容，是在他给人以娱乐。于是有些野性未驯的，便站不住了，有的跑到外国，如

① 通译马克·吐温，美国小说家。

詹谟士（Henry James）[1]，有的讲讲笑话，就是玛克·土温。

那么，他的成了幽默家，是为了生活，而在幽默中又含着哀怨，含着讽刺，则是不甘于这样的生活的缘故了。因为这一点点的反抗，就使现在新土地[2]里的儿童，还笑道：玛克·土温是我们的。

这《夏娃日记》（Eve's Diary）出版于一九〇六年，是他的晚年之作，虽然不过一种小品，但仍是在天真中露出弱点，叙述里夹着讥评，形成那时的美国姑娘，而作者以为是一切女性的肖像，但脸上的笑影，却分明是有了年纪的了。幸而靠了作者的纯熟的手腕，令人一时难以看出，仍不失为活泼泼地的作品；又得译者将丰神传达，而且朴素无华，几乎要令人觉得倘使夏娃用中文来做日记，恐怕也就如此一样：更加值得一看了。

莱勒孚（Lester Ralph）的五十余幅白描的插图，虽然柔软，却很清新，一看布局，也许很容易使人记起中国清季的任渭长的作品，但他所画的是仙侠高士，瘦削怪诞，远不如这些的健康；而且对于中国现在看惯了斜眼削肩的美女图的眼睛，也是很有澄清的益处的。

一九三一年九月二十七日夜，记。

---

① 通译詹姆斯，美国小说家。

② 指当时的苏联。

新的“女将”

在上海制图版，比别处便当，也似乎好些，所以日报的星期附录画报呀，书店的什么什么月刊画报呀，也出得比别处起劲。这些画报上，除了一排一排的坐着大人先生们的什么什么会开会或闭会的纪念照片而外，还一定要有“女士”。

“女士”的尊容，为什么要绍介于社会的呢？我们只要看那说明，就可以明白了。例如：

“A 女士，B 女校皇后，性喜音乐。”

“C 女士，D 女校高材生，爱养叭儿狗。”

“E 女士，F 大学肄业，为 G 先生之第五女公子。”

再看装束：春天都是时装，紧身窄袖；到夏天，将裤脚和袖子都撤掉了，坐在海边，叫作“海水浴”，天气正热，那原是应该的；入秋，天气凉了，不料日本兵恰恰侵入了东三省，于是画报上就出现了白长衫的看护服，或托枪的戎装的女士们。

这是可以使读者喜欢的，因为富于戏剧性。中国本来喜欢玩把戏，乡下的戏台上，往往挂着一副对子，一面是“戏场小天地”，一面是“天地大戏场”。做起戏来，因为是乡下，还没有《乾隆帝下江南》之类，所以往往是《双阳公主追狄》，《薛仁贵招亲》，其中的女战士，看客称之为“女将”。她头插雉尾，手执双刀（或两端都有枪尖的长枪），一出台，看客就看得更起劲。明知不过是做做戏的，然而看得更起劲了。

练了多年的军人，一声鼓响，突然都变了无抵抗主义者。

于是远路的文人学士，便大谈什么“乞丐杀敌”，“屠夫成仁”，“奇女子救国”一流的传奇式古典，想一声锣响，出于意料之外的人物来“为国增光”。而同时，画报上也就出现了这些传奇的插画。但还没有提起剑仙的一道白光，总算还是切实的。

但愿不要误解。我并不是说，“女士”们都得在绣房里关起来；我不过说，雄兵解甲而密斯①托枪，是富于戏剧性的而已。

还有事实可以证明。一、谁也没有看见过日本的“惩膺中国军”的看护队的照片；二、日本军里是没有女将的。然而确已动手了。这是因为日本人是做事是做事，做戏是做戏，决不混合起来的缘故。

---

① 英语 Miss 的音译，小姐的意思。

宣传与做戏

就是那刚刚说过的日本人，他们做文章论及中国的国民性的时候，内中往往有一条叫作“善于宣传”。看他的说明，这“宣传”两字却又不像是平常的“Rropaganda”，而是“对外说谎”的意思。

这宗话，影子是有一点的。譬如罢，教育经费用光了，却还要开几个学堂，装装门面；全国的人们十之九不识字，然而总得请几位博士，使他对西洋人去讲中国的精神文明；至今还是随便拷问，随便杀头，一面却总支撑维持着几个洋式的“模范监狱”，给外国人看看。还有，离前敌很远的将军，他偏要大打电报，说要“为国前驱”。连体操班也不愿意上的学生少爷，他偏要穿上军装，说是“灭此朝食”。

不过，这些究竟还有一点影子；究竟还有几个学堂，几个博士，几个模范监狱，几个通电，几套军装。所以说是“说谎”，是不对的。这就是我之所谓“做戏”。

但这普遍的做戏，却比真的做戏还要坏。真的做戏，是只有一时；戏子做完戏，也就恢复为平常状态的。杨小楼做《单刀赴会》，梅兰芳做《黛玉葬花》，只有在戏台上的时候是关云长，是林黛玉，下台就成了普通人，所以并没有大弊。倘使他们扮演一回之后，就永远提着青龙偃月刀或锄头，以关老爷、林妹妹自命，怪声怪气，唱来唱去，那就实在只好算是发热昏了。

不幸因为是“天地大戏场”，可以普遍的做戏者，就很难有下台的时候，例如杨缦华女土用自己的天足，踢破小国比利时女人的“中国女人缠足说”，为面子起见，用权术来解围，这还可以说是很该原谅的。但我以为应该这样就拉倒。现在回到寓里，做成文章，这就是进了后台还不肯放下青龙偃月刀；而且又将那文章送到中国的《申报》上来发表，则简直是提着青龙偃月刀一路唱回自己的家里来了。难道作者真已忘记了中国女人曾经缠脚，至今也还有正在缠脚的么？还是以为中国人都已经自己催眠，觉得全国女人都已穿了高跟皮鞋了呢？

这不过是一个例子罢了，相像的还多得很，但恐怕不久天也就要亮了。

知难行难

中国向来的老例，做皇帝做牢靠和做倒霉的时候，总要和文人学士扳一下子相好。做牢靠的时候是“偃武修文”，粉饰粉饰；做倒霉的时候是又以为他们真有“治国平天下”的大道，再问问看，要说得直白一点，就是见于《红楼梦》上的所谓“病笃乱投医”了。

当“宣统皇帝”逊位逊到坐得无聊的时候，我们的胡适之博士曾经尽过这样的任务。

见过以后，也奇怪，人们不知怎的先问他们怎样的称呼，博士曰：

“他叫我先生，我叫他皇上。”

那时似乎并不谈什么国家大计，因为这“皇上”后来不过做了几首打油白话诗，终于无聊，而且还落得一个赶出金銮殿。现在可要阔了，听说想到东三省再去做皇帝呢。而在上海，又以“蒋召见胡适之、丁文江”闻：

“南京专电：丁文江、胡适，来京谒蒋，此来系奉蒋召，对大局有所垂询。……”

（十月十四日《申报》。）

现在没有人问他怎样的称呼。

为什么呢？因为是知道的，这回是“我称他主席……”！

安徽大学校长刘文典教授，因为不称“主席”而关了好多天，好容易才交保出外，老同乡，旧同事，博士当然是知道的，所以，“我称他主席”！

也没有人问他“垂询”些什么。

为什么呢？因为这也是知道的，是“大局”。而且这“大局”也并无“国民党专政”和“英国式自由”的争论的麻烦，也没有“知难行易”和“知易行难”的争论的麻烦，所以，博士就出来了。

“新月派”的罗隆基博士曰：“根本改组政府，……容纳全国各项人才代表各种政见的政府，……政治的意见，是可以牺牲的，是应该牺牲的。”（《沈阳事件》。）

代表各种政见的人才，组成政府，又牺牲掉政治的意见，这种“政府”实在是神妙极了。但“知难行易”竟“垂询”于“知难，行亦不易”，倒也是一个先兆。

几条“顺”的翻译

在这一个多年之中，拚死命攻击“硬译”的名人，已经有了三代：首先是祖师梁实秋教授，其次是徒弟赵景深教授，最近就来了徒孙杨晋豪大学生。但这三代之中，却要算赵教授的主张最为明白而且彻底了，那精义是——

“与其信而不顺，不如顺而不信。”

这一条格言虽然有些希奇古怪，但对于读者是有效力的。因为“信而不顺”的译文，一看便觉得费力，要借书来休养精神的读者，自然就会佩服赵景深教授的格言。至于“顺而不信”的译文，却是倘不对照原文，就连那“不信”在什么地方都不知道。然而用原文来对照的读者，中国有几个呢。这时候，必须读者比译者知道得更多一点，才可以看出其中的错误，明白那“不信”的所在。否则，就只好胡里胡涂的装进脑子里去了。

我对于科学是知道得很少的，也没有什么外国书，只好看看译本，但近来往往遇见疑难的地方。随便举几个例子罢。《万有文库》里的周太玄先生的《生物学浅说》里，有这样的一句——

“最近如尼尔及厄尔两氏之对于麦……”

据我所知道，在瑞典有一个生物学名家 Nilsson-Ehle 是考验小麦的遗传的，但他是一个人而兼两姓，应该译作“尼尔生厄尔”才对。现在称为“两氏”，又加了“及”，顺是顺的，却很使我疑心是别的两位了。不过这是小问题，虽然，要讲生物学，连这些小节也不应该忽略，但我们姑且模模胡胡罢。

今年的三月号《小说月报》上冯厚生先生译的《老人》里，又有这样的一句——

“他由伤寒病变为流行性的感冒（Influenza）的重病……”

这也是很“顺”的，但据我所知道，流行性感冒并不比伤寒重，而且一个是呼吸系病，一个是消化系病，无论你怎样“变”，也“变”不过去的。须是“伤风”或“中寒”，这才变得过去。但小说不比《生物学浅说》，我们也姑且模模胡胡罢。这回另外来看一个奇特的实验。

这一种实验，是出在何定杰及张志耀两位合译的美国Conklin所作的《遗传与环境》里面的。那译文是——

“……他们先取出兔眼睛内髓质之晶体，注射于家禽，等到家禽眼中生成一种‘代晶质’，足以透视这种外来的蛋白质精以后，再取出家禽之血清，而注射于受孕之雌兔。雌兔经此番注射，每不能堪，多遭死亡，但是他们的眼睛或晶体并不见有若何之伤害，并且他们卵巢内所蓄之卵，亦不见有什么特别之伤害，因为，就他们以后所生的小兔看来，并没有生而具残缺不全之眼者。”

这一段文章，也好像是颇“顺”，可以懂得的。但仔细一想，却不免不懂起来了。一、“髓质之晶体”是什么？因为水晶体是没有髓质皮质之分的。二、“代晶质”又是什么？三、“透视外来的蛋白质”又是怎么一回事？我没有原文能对，实在苦恼得很，想来想去，才以为恐怕是应该改译为这样的——

“他们先取兔眼内的制成浆状（以便注射）的水晶体，注射于家禽，等到家禽感应了这外来的蛋白质（即浆状的水晶体）而生‘抗晶质’（即抵抗这浆状水晶体的物质）。然后再取其血清，而注射于怀孕之雌兔。……”

以上不过随手引来的几个例，此外情随事迁，忘却了的还不少，有许多为我所不知道的，那自然就都溜过去，或者照样错误地装在我的脑里了。但即此几个例子，我们就已经可以决定，译得“信而不顺”的至多不过看不懂，想一想也许能懂，译得“顺而不信”的却令人迷误，怎样想也不会懂，如果好像已经懂得，那么你正是入了迷途了。

风马牛

主张“顺而不信”译法的大将赵景深先生，近来却并没有译什么大作，他大抵只在《小说月报》上，将“国外文坛消息”，来介绍给我们。这自然是很可感谢的。那些消息，是译来的呢，还是介绍者自去打听来，研究来的？我们无从捉摸。即使是译来的罢，但大抵没有说明出处，我们也无从考查。自然，在主张“顺而不信”译法的赵先生，这是都不必注意的，如果有些“不信”，倒正是贯彻了宗旨。

然而，疑难之处，我却还是遇到的。

在二月号的《小说月报》里，赵先生将“新群众作家近讯”告诉我们，其一道：“格罗泼已将马戏的图画故事《May Cop》脱稿。”这是极“顺”的，但待到看见了这本图画，却不尽是马戏。借得英文字典来，将书名下面注着的两行英文“Life and love Among the Acrobats Told Entirely in Pictures”查了一通，才知道原来并不是“马戏”的故事，而是“做马戏的戏子们”的故事。这么一说，自然，有些“不顺”了。但内容既然是这样的，另外也没有法子想。必须是“马戏子”，这才会有“Love”。

《小说月报》到了十一月号，赵先生又告诉了我们“塞意斯完成四部曲”，而且“连最后的一册《半人半牛怪》（Der Zentaur）也已于今年出版”了。这一下“Der”，就令人眼睛发白，因为这是茄门话[1]，就是想查字典，除了同济学校也几乎无处可借，那里还敢发生什么贰心。然而那下面的一个名词，却不写尚可，一写倒成了疑难杂症。这字大约是源于希腊的，英文字典上也就有，我们还常常看见用它做画材的图画，上半身是人，下半身却是马，不是牛。牛马同是哺乳动物，为了要“顺”，固然混用一回也不关紧要，但究竟马是奇蹄类，牛是偶蹄类，有些不同，还是分别了好，不必“出到最后的一册”的时候，偏来“牛”一下子的。

“牛”了一下之后，使我联想起赵先生的有名的“牛奶路”来了。这很像是直译或“硬译”，其实却不然，也是无缘无故的“牛”了进去的。这故事无须查字典，在图画上也能看见。却说希腊神话里的大神宙斯是一位很有些喜欢女人的神，他有一回到人间去，和某女士生了一个男孩子。物必有偶，宙斯太太却偏又是一个很有些嫉妒心的女神。她一知道，拍桌打凳的（?）大怒了一通之后，便将那孩子取到天上，要看机会将他害死。然而孩子是天真的，他满不知道，有一回，碰着了宙太太的乳头，便一吸，太太大吃一惊，将他一推，跌落到人间，不但没有被害，后来还成了英雄。但宙太太的乳汁，却因此一吸，喷了出来，飞散天空，成为银河，也就是“牛奶路”，——不，其实是“神奶路”。但白种人是一切“奶”都叫“Milk”的，我们看惯了罐头牛奶上的文字，有时就不免于误译，是的，这也是无足怪的事。

但以对于翻译大有主张的名人，而遇马发昏，爱牛成性，有些“牛头不对马嘴”的翻译，却也可当作一点谈助。——不

---

① 即德语。茄门，German 的音译。

过当作别人的一点谈助，并且借此知道一点希腊神话而已，于赵先生的“与其信而不顺，不如顺而不信”的格言，却还是毫无损害的。这叫作“乱译万岁！”

再来一条"顺"的翻译

这"顺"的翻译出现的时候，是很久远了；而且是大文学家和大翻译理论家，谁都不屑注意的。但因为偶然在我所搜集的"顺译模范文大成"稿本里，翻到了这一条，所以就再来一下子。

却说这一条，是出在中华民国十九年八月三日的《时报》里的，在头号字的《针穿两手……》这一个题目之下，做着这样的文章：

"被共党捉去以钱赎出由长沙逃出之中国商人，与从者二名，于昨日避难到汉，彼等主仆，均鲜血淋漓，语其友人曰，长沙有为共党作侦探者，故多数之资产阶级，于廿九日晨被捕，予等系于廿八夜捕去者，即以针穿手，以秤秤之，言时出其两手，解布以示其所穿之穴，尚鲜血淋漓。……（汉口二日电通电）"

这自然是"顺"的，虽然略一留心，即容或会有多少可疑之点。譬如罢，其一，主人是资产阶级，当然要"鲜血淋漓"的了，二仆大概总是穷人，为什么也要一同"鲜血淋漓"的呢？其二，"以针穿手，以秤秤之"干什么，莫非要照斤两来定罪名么？但是，虽然如此，文章也还是"顺"的，因为在社会上，本来说得共党的行为是古里古怪；况且只要看过《玉历钞传》，就都知道十殿阎王的某一殿里，有用天秤来秤犯人的办法，所以"以秤秤之"，也还是毫不足奇。只有秤的时候，不用称钩而用“针”，却似乎有些特别罢了。

幸而，我在同日的一种日本文报纸《上海日报》上，也偶然见到了电通社的同一的电报，这才明白《时报》是因为译者不拘拘于“硬译”，而又要“顺”，所以有些不“信”了。倘若译得“信而不顺”一点，大略是应该这样的：

“……彼等主仆，将为恐怖和鲜血所渲染之经验谈，语该地之中国人曰，共产军中，有熟悉长沙之情形者，……予等系于廿八日之半夜被捕，拉去之时，则在腕上刺孔，穿以铁丝，数人或数十人为一串。言时即以包着沁血之布片之手示之……”

这才分明知道，“鲜血淋漓”的并非“彼等主仆”，乃是他们的“经验谈”，两位仆人，手上实在并没有一个洞。穿手的东西，日本文虽然写作“针金”，但译起来须是“铁丝”，不是“针”，针是做衣服的。至于“以秤秤之”，却连影子也没有。

我们的“友邦”好友，顶喜欢宣传中国的古怪事情，尤其是“共党”的；四年以前，将“裸体游行”说得像煞有介事，于是中国人也跟着叫了好几个月。其实是，警察用铁丝穿了殖民地的革命党的手，一串一串的牵去，是所谓“文明”国民的行为，中国人还没有知道这方法，铁丝也不是农业社会的产品。从唐到宋，因为迷信，对于“妖人”虽然曾有用铁索穿了锁骨，以防变化的法子，但久已不用，知道的人也几乎没有了。文明国人将自己们所用的文明方法，硬栽到中国来，不料中国人却还没有这样文明，连上海的翻译家也不懂，偏不用铁丝来穿，就只照阎罗殿上的办法，“秤”了一下完事。

造谣的和帮助造谣的，一下子都显出本相来了。

中华民国的新“堂·吉诃德”们

十六世纪末尾的时候，西班牙的文人西万提斯[①]做了一大部小说叫作《堂·吉诃德》，说这位吉先生，看武侠小说看呆了，硬要去学古代的游侠，穿一身破甲，骑一匹瘦马，带一个跟丁，游来游去，想斩妖服怪，除暴安良。谁知当时已不是那么古气盎然的时候了，因此只落得闹了许多笑话，吃了许多苦头，终于上个大当，受了重伤，狼狈回来，死在家里，临死才知道自己不过一个平常人，并不是什么大侠客。

这一个古典，去年在中国曾经很被引用了一回，受到这个谥法的名人，似乎还有点很不高兴的样子。其实是，这种书呆子，乃是西班牙书呆子，向来爱讲“中庸”的中国，是不会有的。西班牙人讲恋爱，就天天到女人窗下去唱歌，信旧教，就烧杀异端，一革命，就捣烂教堂，踢出皇帝。然而我们中国的文人学子，不是总说女人先来引诱他，诸教同源，保存庙产，宣统在革命之后，还许他许多年在宫里做皇帝吗？

记得先前的报章上，发表过几个店家的小伙计，看剑侠小说入了迷，忽然要到武当山去学道的事，这倒很和“堂·吉诃德”相像的。但此后便看不见一点后文，不知道是也做出了许多奇迹，还是不久就又回到家里去了？以“中庸”的老例推测起来，大约以回了家为合式。

---

① 即“塞万提斯”，欧洲文艺复兴时期的西班牙作家。

这以后的中国式的“堂·吉诃德”的出现，是“青年援马团”。不是兵，他们偏要上战场；政府要诉诸国联，他们偏要自己动手；政府不准去，他们偏要去；中国现在总算有一点铁路了，他们偏要一步一步的走过去；北方是冷的，他们偏只穿件夹袄；打仗的时候，兵器是顶要紧的，他们偏只着重精神。这一切等等，确是十分“堂·吉诃德”的了。然而究竟是中国的“堂·吉诃德”，所以他只一个，他们是一团；送他的是嘲笑，送他们的是欢呼；迎他的是诧异，而迎他们的也是欢呼；他驻扎在深山中，他们驻扎在真茹镇；他在磨坊里打风磨，他们在常州玩梳篦，又见美女，何幸如之（见十二月《申报自由谈》）。其苦乐之不同，有如此者，呜呼！

不错，中外古今的小说太多了，里面有“舆榇”①，有“截指”，有“哭秦庭”，有“对天立誓”。耳濡目染，诚然也不免来抬棺材，砍指头，哭孙陵，宣誓出发的。然而五四运动时胡适之博士讲文学革命的时候，就已经要“不用古典”，现在在行为上，似乎更可以不用了。

讲二十世纪战事的小说，旧一点的有雷马克的《西线无战事》，棱的《战争》，新一点的有绥拉菲摩维支的《铁流》，法捷耶夫的《毁灭》，里面都没有这样的“青年团”，所以他们都实在打了仗。

① 意思是载棺以随，表示决死或有罪当死。

"野草"英文译本序

冯 Y. S. 先生由他的友人给我看《野草》的英文译本，并且要我说几句话。可惜我不懂英文，只能自己说几句。但我希望，译者将不嫌我只做了他所希望的一半的。

这二十多篇小品，如每篇末尾所注，是一九二四至二六年在北京所作，陆续发表于期刊《语丝》上的。大抵仅仅是随时的小感想。因为那时难于直说，所以有时措辞就很含糊了。

现在举几个例罢。因为讽刺当时盛行的失恋诗，作《我的失恋》，因为憎恶社会上旁观者之多，作《复仇》第一篇，又因为惊异于青年之消沉，作《希望》。《这样的战士》，是有感于文人学士们帮助军阀而作。《腊叶》，是为爱我者的想要保存我而作的。段祺瑞政府枪击徒手民众后，作《淡淡的血痕中》，其时我已避居别处；奉天派和直隶派军阀战争的时候，作《一觉》，此后我就不能住在北京了。

所以，这也可以说，大半是废弛的地狱边沿的惨白色小花，当然不会美丽。但这地狱也必须失掉。这是由几个有雄辩和辣手，而那时还未得志的英雄们的脸色和语气所告诉我的。我于是作《失掉的好地狱》。

后来，我不再作这样的东西了。日在变化的时代，已不许这样的文章，甚而至于这样的感想存在。我想，这也许倒是好的罢。为译本而作的序言，也应该在这里结束了。

十一月五日。

“智识劳动者”万岁

“劳动者”这句话成了“罪人”的代名词，已经足足四年了。压迫罢，谁也不响；杀戮罢，谁也不响；文学上一提起这句话，就有许多“文人学士”和“正人君子”来笑骂，接着又有许多他们的徒子徒孙来笑骂。劳动者呀劳动者，真要永世不得翻身了。

不料竟又有人记得你起来。

不料帝国主义老爷们还嫌党国屠杀得不赶快，竟来亲自动手了，炸的炸，轰的轰。称“人民”为“反动分子”，是党国的拿手戏，而不料帝国主义老爷也有这妙法，竟称不抵抗的顺从的党国官军为“贼匪”，大加以“膺惩”！冤乎枉哉，这真有些“顺”“逆”不分，玉石俱焚之慨了！

于是又记得了劳动者。

于是久不听到了的“亲爱的劳动者呀！”的亲热喊声，也在文章上看见了；久不看见了的“智识劳动者”的奇妙官衔，也在报章上发见了，还因为“感于有联络的必要”，组织了“协会”，举了干事樊仲云，汪馥泉呀这许多新任“智识劳动者”先生们。

有什么“智识”？有什么“劳动”？“联络”了干什么？“必要”在那里？这些这些，暂且不谈罢，没有“智识”的体力劳动者，也管不着的。

“亲爱的劳动者”呀！你们再替这些高贵的“智识劳动者”

起来干一回罢！给他们仍旧可以坐在房里“劳动”他们那高贵的“智识”。即使失败，失败的也不过是“体力”，“智识”还在着的！

“智识”劳动者万岁！

“友邦惊诧”论

只要略有知觉的人就都知道：这回学生的请愿，是因为日本占据了辽吉，南京政府束手无策，单会去哀求国联，而国联却正和日本是一伙。读书呀，读书呀，不错，学生是应该读书的，但一面也要大人老爷们不至于葬送土地，这才能够安心读书。报上不是说过，东北大学逃散，冯庸大学逃散，日本兵看见学生模样的就枪毙吗？放下书包来请愿，真是已经可怜之至。不道国民党政府却在十二月十八日通电各地军政当局文里，又加上他们“捣毁机关，阻断交通，殴伤中委，拦劫汽车，攒击路人及公务人员，私逮刑讯，社会秩序，悉被破坏”的罪名，而且指出结果，说是“友邦人士，莫名惊诧，长此以往，国将不国”了！

好个“友邦人士”！日本帝国主义的兵队强占了辽吉，炮轰机关，他们不惊诧；阻断铁路，追炸客车，捕禁官吏，枪毙人民，他们不惊诧。中国国民党治下的连年内战，空前水灾，卖儿救穷，砍头示众，秘密杀戮，电刑逼供，他们也不惊诧。在学生的请愿中有一点纷扰，他们就惊诧了！

好个国民党政府的“友邦人士”！是些什么东西！

即使所举的罪状是真的罢，但这些事情，是无论那一个“友邦”也都有的，他们的维持他们的“秩序”的监狱，就撕掉了他们的“文明”的面具。摆什么“惊诧”的臭脸孔呢？

可是“友邦人士”一惊诧，我们的国府就怕了，“长此以往，国将不国”了，好像失了东三省，党国倒愈像一个国，失了东三省谁也不响，党国倒愈像一个国，失了东三省只有几个学生上几篇“呈文”，党国倒愈像一个国，可以博得“友邦人士”的夸奖，永远“国”下去一样。

几句电文，说得明白极了：怎样的党国，怎样的“友邦”。“友邦”要我们人民身受宰割，寂然无声，略有“越轨”，便加屠戮；党国是要我们遵从这“友邦人士”的希望，否则，他就要“通电各地军政当局”，“即予紧急处置，不得于事后借口无法劝阻，敷衍塞责”了！

因为“友邦人士”是知道的：日兵“无法劝阻”，学生们怎会“无法劝阻”？每月一千八百万的军费，四百万的政费，作什么用的呀，“军政当局”呀？

写此文后刚一天，就见二十一日《申报》登载南京专电云：

“考试院部员张以宽，盛传前日为学生架去重伤。兹据张自述，当时因车夫误会，为群众引至中大[①]，旋出校回寓，并无受伤之事。至行政院某秘书被拉到中大，亦当时出来，更无失踪之事。”而“教育消息”栏内，又记本埠一小部分学校赴京请愿学生死伤的确数，则云：“中公死二人，伤三十人，复旦伤二人，复旦附中伤十人，东亚失踪一人（系女性），上中失踪一人，伤三人，文生氏死一人，伤五人……”可见学生并未如国府通电所说，将“社会秩序，破坏无余，”而国府则不但依然能够镇压，而且依然能够诬陷，杀戮。“友邦人士，”从此可以不必“惊诧莫名，”只请放心来瓜分就是了。

---

① 即南京中央大学。

关于翻译的通信

（并J. K来信）

来 信

敬爱的同志：

你译的《毁灭》出版，当然是中国文艺生活里面的极可纪念的事迹。翻译世界无产阶级革命文学的名著，并且有系统的介绍给中国读者，（尤其是苏联的名著，因为它们能够把伟大的十月，国内战争，五年计画的“英雄，”经过具体的形象，经过艺术的照耀，而供献给读者。）——这是中国普罗文学者的重要任务之一。虽然，现在做这件事的，差不多完全只是你个人和Z同志的努力；可是，谁能够说：这是私人的事情?!谁?!《毁灭》，《铁流》等等的出版，应当认为一切中国革命文学家的责任。每一个革命的文学战线上的战士，每一个革命的读者，应当庆祝这一个胜利；虽然这还只是小小的胜利。

你的译文，的确是非常忠实的，“决不欺骗读者”这一句话，决不是广告！这也可见得一个诚挚，热心，为着光明而斗争的人，不能够不是刻苦而负责的。二十世纪的才子和欧化名士可以用“最少的劳力求得最大的”声望，但是，这种人物如果不彻底的脱胎换骨，始终只是“纱笼”（Salon）里的哈叭狗，现在粗制滥造的翻译，不是这班人干的，就是一些书贾的投机。

你的努力——我以及大家都希望这种努力变成团体的，——应当继续，应当扩大，应当加深。所以我也许和你自己一样，看着这本《毁灭》，简直非常的激动：我爱它，像爱自己的儿女一样。咱们的这种爱，一定能够帮助我们，使我们的精力增加起来，使我们的小小的事业扩大起来。

翻译——除出能够介绍原本的内容给中国读者之外——还有一个很重要的作用：就是帮助我们创造出新的中国的现代言语。中国的言语（文字）是那么穷乏，甚至于日常用品都是无名氏的。中国的言语简直没有完全脱离所谓“姿势语”的程度——普通的日常谈话几乎还离不开“手势戏”。自然，一切表现细腻的分别和复杂的关系的形容词、动词、前置词，几乎没有。宗法封建的中世纪的余孽，还紧紧的束缚着中国人的活的言语，（不但是工农群众！）这种情形之下，创造新的言语是非常重大的任务。欧洲先进的国家，在二三百年四五百年以前已经一般的完成了这个任务。就是历史上比较落后的俄国，也在一百五六十年以前就相当的结束了“教堂斯拉夫文”。他们那里，是资产阶级的文艺复兴运动和启蒙运动做了这件事。例如俄国的洛莫洛莎夫……①普希金。中国的资产阶级可没有这个能力。固然，中国的欧化的绅商，例如胡适之之流，开始了这个运动。但是，这个运动的结果等于它的政治上的主人。因此，无产阶级必须继续去彻底完成这个任务，领导这个运动。翻译，的确可以帮助我们造出许多新的字眼，新的句法，丰富的字汇和细腻的精密的正确的表现。因此，我们既然进行着创造中国现代的新的言语的斗争，我们对于翻译，就不能够不要求：绝

① 通译罗蒙诺索夫，俄国学者。

对的正确和绝对的中国白话文。这是要把新的文化的言语介绍给大众。

严几道的翻译，不用说了。他是：

译须信雅达，

文必夏殷周。

其实，他是用一个“雅”字打消了“信”和“达”。最近商务还翻印“严译名著”，我不知道这是“是何居心”！这简直是拿中国的民众和青年来开玩笑。古文的文言怎么能够译得“信”，对于现在的将来的大众读者，怎么能够“达”！

现在赵景深之流，又来要求：

宁错而务顺，

毋拗而仅信！

赵老爷的主张，其实是和城隍庙里演说西洋故事的，一鼻孔出气。这是自己懂得了（?）外国文，看了些书报，就随便拿起笔来乱写几句所谓通顺的中国文。这明明白白的欺侮中国读者，信口开河的来乱讲海外奇谈。第一，他的所谓“顺”，既然是宁可“错”一点儿的“顺”，那么，这当然是迁就中国的低级言语而抹杀原意的办法。这不是创造新的言语，而是努力保存中国的野蛮人的言语程度，努力阻挡它的发展。第二，既然要宁可“错”一点儿，那就是要朦蔽读者，使读者不能够知道作者的原意。所以我说：赵景深的主张是愚民政策，是垄断智识的学阀主义，——一点儿也没有过分的。还有，第三，他显然是暗示的反对普罗文学（好个可怜的“特殊走狗”）！他这是反对普罗文学，暗指着普罗文学的一些理论著作的翻译和创作的翻译。这是普罗文学敌人的话。

但是，普罗文学的中文书籍之中，的确有许多翻译是不

“顺”的。这是我们自己的弱点，敌人乘这个弱点来进攻。我们的胜利的道路当然不仅要迎头痛打，打击敌人的军队，而且要更加整顿自己的队伍。我们的自己批评的勇敢，常常可以解除敌人的武装。现在，所谓翻译论战的结论，我们的同志却提出了这样的结语：

“翻译绝对不容许错误。可是，有时候，依照译品内容的性质，为着保存原作精神，多少的不顺，倒可以容忍。”

这是只是个“防御的战术”。而蒲力汗诺夫说：辩证法的唯物论者应当要会“反守为攻”。第一、当然我们首先要说明：我们所认识的所谓“顺”，和赵景深等所说的不同。第二、我们所要求的是：绝对的正确和绝对的白话。所谓绝对的白话，就是朗诵起来可以懂得的。第三、我们承认：一直到现在，普罗文学的翻译还没有做到这个程度，我们要继续努力。第四、我们揭穿赵景深等自己的翻译，指出他们认为是“顺”的翻译，其实只是梁启超和胡适之交媾出来的杂种——半文不白，半死不活的言语，对于大众仍旧是不“顺”的。

这里，讲到你最近出版的《毁灭》，可以说：这是做到了“正确，”还没有做到“绝对的白话”。

翻译要用绝对的白话，并不就不能够“保存原作的精神”。固然，这是很困难，很费功夫的。但是，我们是要绝对不怕困难，努力去克服一切的困难。

一般的说起来，不但翻译，就是自己的作品也是一样，现在的文学家、哲学家、政论家，以及一切普通人，要想表现现在中国社会已经有的新的关系、新的现象、新的事物、新的观念，就差不多人人都要做“仓颉”。这就是说，要天天创造新的字眼，新的句法。实际生活的要求是这样。难道一九二五年初我们没有在上海小沙渡替群众造出“罢工”这一个字眼吗？还有“游击队”，“游击战争”，“右倾”，“左倾”，“尾巴主义”，甚至于普通的“团结”，“坚决”，“动摇”等等等类……这些说不尽的新的字眼，渐渐的容纳到群众的口头上的言语里去了，即使还没有完全容纳，那也已经有了可以容纳的可能了。讲到新的句法，比较起来要困难一些，但是，口头上的言语里面，句法也已经有了很大的改变，很大的进步。只要拿我们自己演讲的言语和旧小说里的对白比较一下，就可以看得出来。可是，这些新的字眼和句法的创造，无意之中自然而然的要遵照着中国白话的文法公律。凡是“白话文”里面，违反这些公律的新字眼、新句法，——就是说不上口的——自然淘汰出去，不能够存在。

所以说到什么是“顺”的问题，应当说：真正的白话就是真正通顺的现代中国文，这里所说的白话，当然不限于“家务琐事”的白话，这是说：从一般人的普通谈话，直到大学教授的演讲的口头上的白话。中国人现在讲哲学、讲科学、讲艺术……显然已经有了一个口头上的白话。难道不是如此？如果这样，那么，写在纸上的说话（文字），就应当是这一种白话，不过组织得比较紧凑，比较整齐罢了。这种文字，虽然现在还有许多对于一般识字很少的群众，仍旧是看不懂的，因为这种言语，对于一般不识字的群众，也还是听不懂的。——可是，第一、这种情形只限于文章的内容，而不在文字的本身，所以，第二、这种文字已经有了生命，它已经有了可以被群众容纳的可能性。它是活的言语。

所以，书面上的白话文，如果不注意中国白话的文法公律，如果不就着中国白话原来有的公律去创造新的，那就很容易走到所谓“不顺”的方面去。这是在创造新的字眼新的句法的时候，完全不顾普通群众口头上说话的习惯，而用文言做本位的结果。这样写出来的文字，本身就是死的言语。

因此，我觉得对于这个问题，我们要有勇敢的自己批评的精神，我们应当开始一个新的斗争。你以为怎么样？

我的意见是：翻译应当把原文的本意，完全正确的介绍给中国读者，使中国读者所得到的概念等于英、俄、日、德、法……读者从原文得来的概念，这样的直译，应当用中国人口头上可以讲得出来的白话来写。为着保存原作的精神，并用不着容忍“多少的不顺”。相反的，容忍着“多少的不顺”（就是不用口头上的白话），反而要多少的丧失原作的精神。

当然，在艺术的作品里，言语上的要求是更加苛刻，比普通的论文要更加来得精细。这里有各种人不同的口气，不同的字眼，不同的声调，不同的情绪，……并且这并不限于对白。这里，要用穷乏的中国口头上的白话来应付，比翻译哲学、科学……的理论著作，还要来得困难。但是，这些困难只不过愈加加重我们的任务，可并不会取消我们的这个任务的。

现在，请你允许我提出《毁灭》的译文之中的几个问题。我还没有能够读完，对着原文读的只有很少几段。这里，我只把弗理契序文里引的原文来校对一下。（我顺着序文里的次序，编着号码写下去，不再引你的译文，请你自己照着号码到书上去找罢。序文的翻译有些错误，这里不谈了。）

（一）结算起来，还是因为他心上有一种——

“对于新的极好的有力量的慈善的人的渴望，这种渴望是极大的，无论什么别的愿望都比不上的。”

更正确些：

结算起来，还是因为他心上——

“渴望着一种新的极好的有力量的慈善的人，这个渴望是极大的，无论什么别的愿望都比不上的。”

（二）“在这种时候，极大多数的几万万人，还不得不过着这种原始的可怜的生活，过着这种无聊得一点儿意思都没有的生活，——怎么能够谈得上什么新的极好的人呢。”

（三）“他在世界上，最爱的始终还是他自己，——他爱他自己的雪白的肮脏的没有力量的手，他爱他自己的唉声叹气的声音，他爱他自己的痛苦，自己的行为——甚至于那些最可厌恶的行为。”

（四）“这算收场了，一切都回到老样子，仿佛什么也不曾有过，——华理亚想着，——又是旧的道路，仍旧是那一些纠葛——一切都要到那一个地方……可是，我的上帝，这是多么没有快乐呵！”

（五）“他自己都从没有知道过这种苦恼，这是忧愁的疲倦的，老年人似的苦恼，——他这样苦恼着的想：他已经二十七岁了，过去的每一分钟，都不能够再回过来，重新换个样子再过它一过，而以后，看来也没有什么好的……（这一段，你的译文有错误，也就特别来得‘不顺’。）现在木罗式加觉得，他一生一世，用了一切力量，都只是竭力要走上那样的一条道路，他看起来是一直的明白的正当的道路，像莱奋生、巴克拉诺夫、图皤夫那样的人，他们所走的正是这样的道路；然而似乎有一个什么人在妨碍他走上这样的道路呢。而因为他无论什么时候也想不到这个仇敌就在他自己的心里面，所以，他想着他的痛苦是因为一般人的卑鄙，他就觉得特别的痛快和伤心。”

（六）“他只知道一件事——工作。所以，这样正当的人，是不能够不信任他，不能够不服从他的。”

（七）“开始的时候，他对于他生活的这方面的一些思想，很不愿意去思索，然而，渐渐的他起劲起来了，他竟写了两张纸……在这两张纸上，居然有许多这样的字眼——谁也想不到莱奋生会知道这些字眼的。”（这一段，你的译文里比俄文原文多了几句副句，也许是你引了相近的另外一句了罢？或者是你把茀理契空出的虚点填满了？）

（八）“这些受尽磨难的忠实的人，对于他是亲近的，比一切其他的东西都更加亲近，甚至于比他自己还要亲近。”

（九）“……沉默的，还是潮湿的眼睛，看了一看那些打麦场上的疏远的人，——这些人，他应当很快就把他们变成功自己的亲近的人，像那十八个人一样，像那不做声的，在他后面走着的人一样。”（这里，最后一句，你的译文有错误）。

这些译文请你用日本文和德文校对一下，是否是正确的直译，可以比较得出来的。我的译文，除出按照中国白话的句法和修辞法，有些比起原文来是倒装的，或者主词，动词，宾词是重复的，此外，完完全全是直译的。

这里，举一个例：第（八）条“……甚至于比他自己还要亲近。”这句话的每一个字母都和俄文相同的。同时，这在口头上说起来的时候，原文的口气和精神完全传达得出。而你的译文：“较之自己较之别人，还要亲近的人们”，是有错误的（也许是日德文的错误。）错误是在于：（一）丢掉了“甚至于”这一个字眼；（二）用了中国文言的文法，就不能够表现那句话的神气。

所有这些话，我都这样不客气的说着，仿佛自称自赞的。对于一班庸俗的人，这自然是“没有礼貌”。但是，我们是这样亲密的人，没有见面的时候就这样亲密的人。这种感觉，使我对于你说话的时候，和对自己说话一样，和自己商量一样。

再则，还有一个例子，比较重要的，不仅仅关于翻译方法的。这就是第（一）条的“新的……人。”的问题。

《毁灭》的主题是新的人的产生。这里，弗理契以及法捷耶夫自己用的俄文字眼，是一个普通的“人”字的单数。不但不是人类，而且不是“人”字的复数。这意思是指着革命，国内战争……的过程之中产生着一种新式的人，一种新的“路数”（Type）——文雅的译法叫做典型，这是在全部《毁灭》里面看得出来的。现在，你的译文，写着“人类”。莱奋生渴望着一种新的……人类。这可以误会到另外一个主题。仿佛是一般的渴望着整个的社会主义的社会。而事实上，《毁灭》的“新人”，是当前的战斗的迫切的任务：在斗争过程之中去创造，去锻炼，去改造成一种新式的人物，和木罗式加、美谛克……等等不同的人物。这可是现在的人，是一些人，是做群众之中的骨干的人，而不是一般的人类，不是笼统的人类，正是群众之中的一些人，领导的人，新的整个人类的先辈。

这一点是值得特别提出来说的。当然，译文的错误，仅仅是一个字眼上的错误：“人”是一个字眼，“人类”是另外一个字眼。整本的书仍旧在我们面前，你的后记也很正确的了解到《毁灭》的主题。可是翻译要精确，就应当估量每一个字眼。

《毁灭》的出版，始终是值得纪念的。我庆祝你。希望你考虑我的意见，而对于翻译问题，对于一般的言语革命问题，开始一个新的斗争。

J. K. 一九三一，十二，五。

回 信

敬爱的 J. K. 同志：

看见你那关于翻译的信以后，使我非常高兴。从去年的翻译洪水泛滥以来，使许多人攒眉叹气，甚而至于讲冷话。我也是一个偶而译书的人，本来应该说几句话的，然而至今没有开过口。"强聒不舍"① 虽然是勇壮的行为，但我所奉行的，却是"不可与言而与之言，失言"这一句古老话。况且前来的大抵是纸人纸马，说得耳熟一点，那便是"阴兵"，实在是也无从迎头痛击。就拿赵景深教授老爷来做例子罢，他一面专门攻击科学的文艺论译本之不通，指明被压迫的作家匿名之可笑，一面却又大发慈悲，说是这样的译本，恐怕大众不懂得。好像他倒天天在替大众计划方法，别的译者来搅乱了他的阵势似的。这正如俄国革命以后，欧美的富家奴去看了一看，回来就摇头皱脸，做出文章，慨叹着工农还在怎样吃苦，怎样忍饥，说得满纸凄凄惨惨。仿佛惟有他却是极希望一个筋斗，工农就都住王宫，吃大菜，躺安乐椅子享福的人。谁料还是苦，所以俄国不行了，革命不好了，阿呀阿呀了，可恶之极了。对着这样的哭丧脸，你同他说什么呢？假如觉得讨厌，我想，只要拿指头轻轻的在那纸糊架子上挖一个窟窿就可以了。

赵老爷评论翻译，拉了严又陵，并且替他叫屈，于是累得他在你的信里也挨了一顿骂。但由我看来，这是冤枉的，严老

① 出自《庄子·天下》。形容别人不爱听，还叨叨说个没完。

爷和赵老爷，在实际上，有虎狗之差。极明显的例子，是严又陵为要译书，曾经查过汉晋六朝翻译佛经的方法，赵老爷引严又陵为地下知己，却没有看这严又陵所译的书。现在严译的书都出版了，虽然没有什么意义，但他所用的工夫，却从中可以查考。据我所记得，译得最费力，也令人看起来最吃力的，是《穆勒名学》和《群己权界论》的一篇作者自序，其次就是这论，后来不知怎地又改称为《权界》，连书名也很费解了。最好懂的自然是《天演论》，桐城气息十足，连字的平仄也都留心。摇头晃脑的读起来，真是音调铿锵，使人不自觉其头晕。这一点竟感动了桐城派老头子吴汝纶，不禁说是"足与周秦诸子相上下"了。然而严又陵自己却知道这太"达"的译法是不对的，所以他不称为"翻译"，而写作"侯官严复达惜"；序例上发了一通"信达雅"之类的议论之后，结末却声明道："什法师云，'学我者病'。来者方多，慎勿以是书为口实也！"好像他在四十年前，便料到会有赵老爷来谬托知己，早已毛骨悚然一样。仅仅这一点，我就要说，严赵两大师，实有虎狗之差，不能相提并论的。

那么，他为什么要干这一手把戏呢？答案是：那时的留学生没有现在这么阔气，社会上大抵以为西洋人只会做机器——尤其是自鸣钟——留学生只会讲鬼子话，所以算不了"士"人的。因此他便来铿锵一下子，铿锵得吴汝纶也肯给他作序，这一序，别的生意也就源源而来了，于是有《名学》，有《法意》，有《原富》等等。但他后来的译本，看得"信"比"达雅"都重一些。

他的翻译，实在是汉唐译经历史的缩图。中国之译佛经，汉末质直，他没有取法。六朝真是"达"而"雅"了，他的

《天演论》的模范就在此。唐则以“信”为主，粗粗一看，简直是不能懂的，这就仿佛他后来的译书。译经的简单的标本，有金陵刻经处汇印的三种译本《大乘起信论》，也是赵老爷的一个死对头。

但我想，我们的译书，还不能这样简单，首先要决定译给大众中的怎样的读者。将这些大众，粗粗的分起来：甲、有很受了教育的；乙、有略能识字的；丙、有识字无几的。而其中的丙，则在“读者”的范围之外，启发他们是图画、演讲、戏剧、电影的任务，在这里可以不论。但就是甲乙两种，也不能用同样的书籍，应该各有供给阅读的相当的书。供给乙的，还不能用翻译，至少是改作，最好还是创作，而这创作又必须并不只在配合读者的胃口，讨好了，读的多就够。至于供给甲类的读者的译本，无论什么，我是至今主张“宁信而不顺”的。自然，这所谓“不顺”，决不是说“跪下”要译作“跪在膝之上”，“天河”要译作“牛奶路”的意思，乃是说，不妨不像吃茶淘饭一样几口可以咽完，却必须费牙来嚼一嚼。这里就来了一个问题：为什么不完全中国化，给读者省些力气呢？这样费解，怎样还可以称为翻译呢？我的答案是：这也是译本。这样的译本，不但在输入新的内容，也在输入新的表现法。中国的文或话，法子实在太不精密了，作文的秘诀，是在避去熟字，删掉虚字，就是好文章，讲话的时候，也时时要辞不达意，这就是话不够用，所以教员讲书，也必须借助于粉笔。这语法的不精密，就在证明思路的不精密，换一句话，就是脑筋有些胡涂。倘若永远用着胡涂话，即使读的时候，滔滔而下，但归根结蒂，所得的还是一个胡涂的影子。要医这病，我以为只好陆续吃一点苦，装进异样的句法去，古的，外省外府的，外国的，后来便可以据为己有。这并不是空想的事情。远的例子，如日本，他们的文章里，欧化的语法是极平常的了，和梁启超做《和文汉读法》时代，大不相同；近的例子，就如来信所说，一九二五年曾给群众造出过“罢工”这一个字眼，这字眼虽然未曾有过，然而大众已都懂得了。

我还以为即便为乙类读者而译的书，也应该时常加些新的字眼，新的语法在里面，但自然不宜太多，以偶尔遇见，而想一想，或问一问就能懂得为度。必须这样，群众的言语才能够丰富起来。

什么人全都懂得的书，现在是不会有的，只有佛教徒的“唵”字，据说是“人人能解”，但可惜又是“解各不同”。就是数学或化学书，里面何尝没有许多“术语”之类，为赵老爷所不懂，然而赵老爷并不提及者，太记得了严又陵之故也。

说到翻译文艺，倘以甲类读者为对象，我是也主张直译的。我自己的译法，是譬如“山背后太阳落下去了”，虽然不顺，也决不改作“日落山阴”，因为原意以山为主，改了就变成太阳为主了。虽然创作，我以为作者也得加以这样的区别。一面尽量的输入，一面尽量的消化，吸收，可用的传下去了，渣滓就听他剩落在过去里。所以在现在容忍“多少的不顺”，倒并不能算“防守”，其实也还是一种的“进攻”。在现在民众口头上的话，那不错，都是“顺”的，但为民众口头上的话搜集来的话胚，其实也还是要顺的，因此我也是主张容忍“不顺”的一个。

但这情形也当然不是永远的，其中的一部分，将从“不顺”而成为“顺”，有一部分，则因为到底“不顺”而被淘汰，被踢开。这最要紧的是我们自己的批判。如来信所举的译例，我都可以承认比我译得更“达”，也可推定并且更“信”，对于译者和读者，都有很大的益处。不过这些只能使甲类的读者懂得，于乙类的读者是太艰深的。由此也可见现在必须区别了种种的读者层，有种种的译作。

为乙类读者译作的方法，我没有细想过，此刻说不出什么来。但就大体看来，现在也还不能和口语——各处各种的土话——合一，只能成为一种特别的白话，或限于某一地方的白话。后一种，某一地方以外的读者就看不懂了，要它分布较广，势必至于要用前一种，但因此也就仍然成为特别的白话，文言的分子也多起来。我是反对用太限于一处的方言的，例如小说中常见的“别闹”“别说”等类罢，假使我没有到过北京，我一定解作“另外捣乱”“另外去说”的意思，实在远不如较近文言的“不要”来得容易了然，这样的只在一处活着的口语，倘不是万不得已，也应该回避的。还有章回体小说中的笔法，即使眼熟，也不必尽是采用，例如“林冲笑道：原来，你认得。”和“原来，你认得。——林冲笑着说。”这两条，后一例虽然看去有些洋气，其实我们讲话的时候倒常用，听得“耳熟”的。但中国人对于小说是看的，所以还是前一例觉得“眼熟”，在书上遇见后一例的笔法，反而好像生疏了。没有法子，现在只好采说书而去其油滑，听闲谈而去其散漫，博取民众的口语而存其比较的大家能懂的字句，成为四不像的白话。这白话得是活的，活的缘故，就因为有些是从活的民众的口头取来，有些是要从此注入活的民众里面去。

临末，我很感谢你信末所举的两个例子。一，我将“……甚至于比自己还要亲近”译成“较之自己较之别人，还要亲近的人们”。是直译德日两种译本的说法的。这恐怕因为他们的语法中，没有像“甚至于”这样能够简单而确切地表现这口气的字眼的缘故，转几个弯，就成为这么拙笨了。二，将“新的……人”的“人”字译成“人类”，那是我的错误，是太穿凿了之后的错误。莱奋生望见的打麦场上的人，他要造他们成为目前的战斗的人物，我是看得很清楚的，但当他默想“新的……人”的时候，却也很使我默想了好久：（一）“人”的原文，日译本是“人间”，德译本是“Mensch”，都是单数，但有时也可作“人们”解；（二）他在目前就想有“新的极好的有力量的慈善的人”，希望似乎太奢，太空了。我于是想到他的出身，是商人的孩子，是智识分子，由此猜测他的战斗，是为了经过阶级斗争之后的无阶级社会，于是就将他所设想的目前的人，跟着我的主观的错误，搬往将来，并且成为“人们”——人类了。在你未曾指出之前，我还自以为这见解是很高明的哩，这是必须对于读者，赶紧声明改正的。

总之，今年总算将这一部纪念碑的小说，送在这里的读者们的面前了。译的时候和印的时候，颇经过了不少艰难，现在倒也退出了记忆的圈外去，但我真如你来信所说那样，就像亲生的儿子一般爱他，并且由他想到儿子的儿子。还有《铁流》，我也很喜欢。这两部小说，虽然粗制，却并非滥造，铁的人物和血的战斗，实在够使描写多愁善病的才子和千娇百媚的佳人的所谓“美文”，在这面前淡到毫无踪影。不过我也和你的意思一样，以为这只是一点小小的胜利，所以也很希望多人合力的更来绍介，至少在后三年内，有关于内战时代和建设时代的纪念碑的的文学书八种至十种，此外更译几种虽然往往被称为无产者文学，然而还不免含有小资产阶级的偏见（如巴比塞）

和基督教社会主义的偏见（如辛克莱）的代表作，加上了分析和严正的批评，好在那里，坏在那里，以备对比参考之用，那么，不但读者的见解，可以一天一天的分明起来，就是新的创作家，也得了正确的师范了。

鲁迅　一九三一，十二，十八。

现代电影与有产阶级

（译文，并附记）

〔日〕岩崎·昶作

一 电影与观众

电影的发明，是新的印刷术的起源。曾经借着活字和纸张，而输运开去，复制出来的思想，是有着使中世的封建底、旧教底社会意识，归于坏灭的力量的。

有产者底社会的勃兴，宗教改革，那些重大的历史底契机，由此得了结果了。现在，在思想的输运上，在观念形态的决定上，电影所负的任务，就更加积极底，更加意识底了。它是阶级社会的拥护，也是新的“宗教改革”。

这新的印刷术，是由于将运动的照相的一系列，印在Zelluloid的薄膜上而成立的。那活字，并非将概念传给读者，却给以动作和具象。这在直接地是视觉底的这一种意义上，是无上的通俗底的而同时也是感铭底的活字，在原则底地没有言语这一种意义上，则是国际底活字。作为宣传，煽动手段的电影的效用，就在这一点。

当考察作为宣传、煽动手段的电影之际，比什么都重大的，是电影和在那影响之下的大众的关联。

我想用了具体底的数目字来描写它。

据英国的电影杂志 The Cinema 所发表的统计，则一星期中的电影看客之数，其非常之多如下。

亚美利加

常设馆数	一五，〇〇〇
人口	一〇六，〇〇〇，〇〇〇
每星期的看客数	四七，〇〇〇，〇〇〇
对于人口的比率	四五%

英吉利

常设馆数	三，八〇〇
人口	四四，〇〇〇，〇〇〇
每星期的看客数	一四，〇〇〇，〇〇〇
对于人口的比率	三三·三%

德意志

常设馆数	三，六〇〇
人口	六三，〇〇〇，〇〇〇
每星期的看客数	六，〇〇〇，〇〇〇
对于人口的比率	一〇·五%

(Hans Buchner-Im Banne des Films S. 21.)

又，这些常设馆的收容力的总计，是可以看作每日看客数目的平均底数字的，如下表所示——

常设馆与收容力

	常设馆数	收容人员
亚美利加	一五，〇〇〇	八，〇〇〇，〇〇〇
德意志	三，六〇〇	一，五〇〇，〇〇〇
英吉利	三，八〇〇	一，二五〇，〇〇〇

于这些数字，乘以三六五则得.

八，〇〇〇，〇〇〇×三六五=二二，九二〇，〇〇〇（亚美利加）

一，五〇〇，〇〇〇×三六五=五四七，五〇〇，〇〇〇（德意志）

一，二五〇，〇〇〇×三六五=四五六，二五〇，〇〇〇（英吉利）

就可以算作一年间的看客总额的大概。

但这些数字，还是一九二五年度的调查，若据较新的统计，则世界各国的常设馆数，总计约在六万五千以上。

内计——

亚美利加	二〇，〇〇〇
德意志	四，〇〇〇
法兰西	三，〇〇〇
俄罗斯	一〇，〇〇〇
意大利	二，〇〇〇
西班牙	二，〇〇〇
英吉利	四，〇〇〇
日本	一，一〇〇

（Léon Moussinac-Panoramique du Cinéma，p. 17）

由此看来，则美、德、英三国，在常设馆数上，显示着约三成至一成的增加。于看客数，也可以想定为大约同率的增加；于这三国以外的诸国，也可以推为同样的增加率。

就是，虽在一九二五年度的统计，一年间的电影看客的总额，就已经到了在亚美利加是约二十九亿，在欧罗巴是二十亿，在亚细亚，腊丁·亚美利加，加拿大，亚非利加等是十亿，总计五十九亿那样的好像传奇的空想底数字了。

电影所支配的这庞大的观众，以及电影形式的直接性，国际性，——就证明着电影在分量上，在实质上，都是用于大众底宣传，煽动的绝好的容器。

二　电影与宣传

要正当地认识那作为宣传，煽动手段的电影的价值，必须知道所谓“宣传电影”这一句熟语，以及那概念之无意义。

为了介绍日本的好风景于外国，以招致游客而作的电影富士山、艺妓、日光、温泉等等，我们常常称之为宣传电影，凡这些，有时是因了教导疾病的预防法，奖励邮政储金，劝诱保险之类的目的而照的。那时候，我们便立刻感到装在那些软片之中的目的，领会了肺结核之可怕，开始贮金，加入生命保险去。然而利用了公会堂，小学校讲堂之类来开演的宣传电影，往往是不收费用的，既然白给人看，便会立刻发生疑惑，以为来演的那一面，一定有着白给人看的根由。这种宣传电影，目的意识就马上被看透。

有着衰老而盲目的母亲的独养子一太郎君，得了召集令，将母亲放在她的一切衰老和盲目之中，“为了君国”，出征去“膺惩可恶的仇敌”了。勇壮的日章旗，万岁，一太郎呀！我们往往被给看这种军国美谈的东西。而这些东西，乃是×××电影公司所制的商业电影，当开演时，也并不叨公会堂和小学校讲堂的光，收取着有名誉的观览费，在普通的常设馆里堂皇地开映。一到这样，善良而无疑的看客，便不觉得这是宣传电影了。他们就将自己的付过正当的观览费这一个事实，做了那影片并非宣传电影的证明。其实，单纯的看客，是没有觉到陷于被那巧妙地布置了的宣传所煽动，所欺骗，然而对于那欺骗，还要付钱的二重欺骗的。

在市民底的用语惯例上的“宣传电影”的无意义，大略就如此。为什么呢，因为没有目的的电影，因而就不是宣传电影的电影之类的东西，不过是幻想的缘故。

我们能够就现在所制成的一切影片，将那隐微的目的——有时这还未意识底地到了目的地步，止是倾向以至趣味的程度罢了，但那倾向以至趣味，结果也是一个重要的宣传价值——摘发出来。那或是向帝国主义战争的进军喇叭，或是爱国主义，君权主义的鼓吹，或是利用了宗教的反动宣传，或是资产者社会的拥护，是对于革命的压抑，是劳资调和的提倡，是向小市民底社会底无关心的催眠药，——要之，是只为了资本主义底秩序的利益，专心安排了的思想底布置。

在一九二八年，开在墨斯科的中央委员会的席上，关于电影，有了“将电影放在劳动者阶级的手中，关于苏维埃教化和文化的进步的任务，作为指导，教育，组织大众的手段。”的决议了。苏维埃电影的任务，即在在世界的电影市场上，抗拒着资本主义底宣传的澎湃的波浪，而作××××××宣传。世界现今是正在作为第二次大战的准备的，观念形态斗争的涡中。而电影，是和那五十九亿的看客一同，可以在这斗争的秤盘上，加上决定底的重量去的。

三 电影和战争

资本主义底宣传电影之中，占着最重要的部门的，是战争影片。

将战争收入电影里去，已经颇早了。当电影刚要脱离襁褓的时候，我们就看见了罗马、巴比伦、埃及之类的兵卒的打仗。这是那时的电影对于舞台的惟一的长处，为了要使利用了自由的 Location（就地摄影）和巨大的 Set（场内陈设）和大众摄影的光景的魅力，发现到最大限度，所以设法出来的。辉煌的古代的铠甲、环以城垣的都市、神祠、奇怪的偶像、枪、盾、矛、火箭、石弩，这样异域情调的，而在当时，又是壮丽的布置，便忽然眩惑了对于电影还很幼稚的大众的眼，正合了时尚了。

但在初期的这类的战争，归根结蒂，和大排场的马戏，比武之类的把戏，也并无区别。古代罗马和凯尔达戈，都不是现代电影看客的祖国。战争也不过仗了那动底的煽情底的视觉，使他们兴奋，有趣罢了。

引进近代的战争去，而在那里面分明地装入有意识的宣传底要素的最初的电影制作者，我以为恐怕是葛蕾菲士（D. W. Griffith）罢。他在取材于南北战争的《一民族之诞生》（Birth of ANation），《亚美利加》（America）这些影片上，赞美北军的英雄主义，将所谓合众国建国的精神，化为正当，化为美丽了。凡这些，虽不如后出的许多好战底影片那样，积极底地鼓吹了对外战争，但那目的，则仍在对于国民中有着驳杂分子的人种博物馆一般的合众国和其居民，涵养其确固的国家底概念，爱国心。“十足的亚美利加人”这一句口号，流行起来，成为“亚美利加化”运动的有力的武器，对于从爱尔兰来的巡警，从昔昔利来的菜商，于黑人，于美洲印第安，也都想印上这脸谱去了。

“亚美利加化”的历程，以欧洲大战的勃发，亚美利加的参战，以及和这相伴的急速的帝国主义化为契机，而告了完成。

亚美利加和对德宣战同时，还必须送一百万军队到法兰西去，于是开始了速成的募兵，施行了速成的海军扩张。奏着煽动底的进行曲的军乐队，在各处都市的大街上往来，各十字路口帖着传单，报纸独于此时候说些“亚美利加市民”的义务。易受煽动的青年们，或者为着不去应募，将被恋人所鄙弃，或者为着对于生活，觉得厌倦，或者又为着“进了海军去看看世界”，就来当募兵了。当此之际，亚美利加政府之宣传，也是有史以来的最大规模，而且最见效果的了。

在这宣传之战，充了最主要的脚色的，是新闻和电影。当这时期，在本来的意义上的战争电影，这才制作出来了。

在以根据西班牙的发狂底反对德国者伊本纳支（Blasco Ibáñez）的原作《默示录的四骑士》（Four Horsemen of the Apocalypse），《我们的海》（Mare Nostrum）为代表作品的战争影片上，亚美利加的支配阶级便描写出德国军队的如何凶残，德国潜艇的如何非人道，巧妙地煽动了单纯的花旗①人。

然而花旗帝国主义开始呈露它本来的锐锋，却在欧战收场之后，懂得了大众的军国化，是应该在平时不断地安排的时候。

在一九二〇年代的前半，切实地支配了全世界人类的脑子的，首先是活泼泼的战争的记忆。于是发生一种欲望，要符世界大战这一个重大的历史底事件，在国民底叙事诗的形态上，艺术底地再现出来，正是自然的事。而所作的电影，就切实地倾向大众的兴味和感情上去，也正是自然的事。将这有利的情势，忽然利用了的，是花旗帝国主义。战争的叙事法，便以最为好战底的煽动企图，创作出来了。

---

① 即美国。

战争影片的不绝的系列，产生了。《战地之花》（Big Parade），《飞机大战》（Wings）以下，许多反动底宣传影片，列举名目就不胜其烦。不消说，那些电影是没有战时的纯粹的煽动影片一般地露骨的，制作之法，是添些乐剧式恋爱的适当的甘甜，以及掩饰些人道主义底的战争批评的药料。弄得易于下咽，使能在较自然，较暗默之中，达到宣传的目的。但虽然是十分小心的假面，而其究竟目的之所在，则同是将遮眼的东西给与大众，使不明帝国主义底战争的本质，以及赞美亚美利加军队的英雄主义，有时还宣传军队生活的放恣和有趣罢了。（我深惜在这里没有揭出这种战争影片的完全的目录，以那代表底的几个例子，来使我的叙述更加具体起来的纸面和时间了。但我相信将来会有补正的机会的。）

就战争和电影所历叙的这些事实，那自然，也决不是惟亚美利加所独有的特别现象。倒是在别的一切帝国主义强国里，都在争先兴办的。德国将《大战巡洋舰》（Emden）《世界大战》（Weltkrieg）等呈在我们的眼前，法国是制作了《凡尔登——历史的幻想》（Verdun Vision d'histoire）《蔼克巴什》（L'E-quipage）等，英国则以《黎明》（Dawn），日本则以《炮烟弹雨》，《地球在回旋》和《蔚山洋西的海战》等，竭力用心于“军事思想”的普及。

当叙述完战争电影之际，而没有提及作为几个例外底现象的反对战争的倾向，怕是不妥当的罢。

我们在《战地之花》里，在几个段落里，虽然是太感伤底的，然而总算也看见了描写着诅咒战争的心情。那心理，在《战地鹃声》（What Price Glory）中，就更为积极底地表白着。但在这些影片上，对于战争的确然的批评和态度，并无一定。

只有着和卓别林（Charlie Chaplin）曾在《从军梦》（Shoulder Arms）里，将战争化为谑画了那样的同一程度的认识。

和这比较起来，技术上非常卓拔的战争影片《帝国旅馆》（Hotel Imperial）的导演者 Erich Pommer 所作的《铁条网》（Barbed Wire），倘临末没有那高唱人类爱的可笑的夸张，则和猛烈地讽刺了帝国主义战争的名喜剧《阵后谐兵》（Behind the Front）一同，大概是可以属于反战争电影的范畴的了。

四 电影与爱国主义

爱国底宣传电影，也是世界大战后的显著的现象。为什么呢？因为这种电影，虽有外形上的差违，但终极之点，是在向帝国主义战争的意识的准备，鼓舞，在那君权主义上，在那好战性上，和战争影片是本质底地相关联的。

那么，那目的是在那里呢？

直接地，是宣传团体观念，国旗之尊严，间接地，是奖励暴力，使民心倾向右翼政党，当和外国争夺资本市场之际，即刻有军事行动的事，成为妥当化。

这种影片的最活泼的影响，大抵见于选举国会议员，选举大总统的时期，如德国的国权党，尤其是能够仗了爱国主义的电影，博得许多的投票。

例如叫作《腓立大王》（Frideficus Rex，这在日本，是大加短缩，改题为《莱因悲怆曲》了）的普鲁士勃兴的历史影片，是其中的最获成功的。那正是大战后的张皇的时代，且正值跟着德国革命的失败而来的反动的火头上，这是有产阶级的巧妙的宣传。穷极，饿透了的小市民们，在这影片中，看见精锐的腓立大王的禁军的行进，看见七年战争的冠冕堂皇的胜利，于是想起了往日的皇帝的治世，便在无智的廉价的感激中，鼓掌蹈足，吹起口笛来了。

接着这个，而国民底英雄俾士麦的传记，化成电影了，兴登堡的传记，化成电影了。

《俾士麦》（Bismarck）者，单为了那制作，就设起俾士麦电影公司来，照成了两部二十余卷的巨制，凡在这帝国主义底政治家一生中的一切爱国底、煽情底的要素，都一无遗漏地填进在那里面。

《兴登堡》（Hindenburg）者，是乘这老将军当选为大统领——这叨光于影片《腓立大王》和《俾士麦》之处是多么的大呵。——之机，为了他的收罗人心而作的。

一九二七年春，德意志国权党领袖之一，奥古斯德·霞尔书店的事实上的所有者福干培克，乘德国大公司之一乌发公司的财政危机，买进了那股票的过半，坐了乌发公司总经理的交椅了。于是德国的电影事业和那影响力，便全捏在国权党的手里。福干培克立刻在乌发公司的出品计划上，露骨地显示了他的政治底主张。那最是世界底的例子，是《世界大战》（Weltkrieg）的二部作。

对于这，社会民主党的内阁便即刻取了牵制底手段。就是，使德意志银行来对抗福干培克，投资于乌发公司。为了使德国的独占底大电影公司不成为国权党宣传机关，这是不得已的方法。

《世界大战》已有删节的片子，绍介于日本（译者按：在上海，去年也大演了一通），那是有着怎样的倾向和主张的事，大约现在早可以无须详说了罢。

在表面上所标榜的，《世界大战》是将一九一四年至一九一七年的战争中所摄的各国（大抵是德法）的照片，凭了纯粹的历史底客观而编辑的留在软片上的记录。

而且这比起专一描写本国军队的胜利，的勇敢，的爱国的亚美利加式电影来，也真好像近于写实。然而注意较深的观察者，却即刻可以看见。从丹南培克之战起，常只将兴登堡将军的胜利，重复地映出了好几回。而且和写着“在战时屡救祖国的将军，当平和时，也作为大统领而尽力于祖国”等语的字幕一同，这电影也就完结了。

五　电影和宗教

通一切时代，宗教一向在供支配阶级的御用，是已经证明了许多次数的。

这在东洋，则教人以佛教底的忍从和蔑视现世，在西方，则成为基督教底平和主义，想阻止现存的阶级社会的积极底改革。

到二十世纪，宗教虽然已经失却了昔日的权威和信仰，但倒是因为失却，所以对于那支配阶级的奴仆状态，也就愈加露骨、故意起来了。

在物质文明发达较迟的国度中，宗教还有着大大的宣传煽动力。资本主义于是将宗教和电影相结合，能够同时利用了。

例如《十诫》（The Ten Commandments），《基督教徒》（Christian），《宾汉》（Ben Hur），《万王之王》（King of Kings），《犹太之王，拿撒勒的耶稣》（I. N. R. I.）之类的基督教宣传电影，《亚细亚之光》（Die Leuchte Asiens），《大圣日

莲》之类的佛教电影，是和感激之泪一同，从全世界的愚夫愚妇，善男信女的衣袋里，赚得确实的布施，从商业底方面看起来，也是利益最多的影片。一切宗派中，罗马加特力教会是最留意于电影的利用的，每年开一回电影会议，议定着那一年中全世界底宣传的计划。

在我们的周围，宗教之力早已几乎视若无物了。至多，也不过本愿寺，日莲宗之流，组织了巡行电影团，竭力想维系些乡下农民的信仰。然而因此便推定宗教的世界底无力，是不可以的。只要看在苏维埃的文化革命的历程中，还不能放掉对于宗教的斗争，而在实行的事实，大概就可以明白其间情势了。

六　电影和有产阶级

为资本主义底生产方法和有产者政府的监视所拘束的现今电影的一切，几乎都被用于拥护有产阶级的事，我相信是已经很明显了的。

但在这里，却将电影和有产阶级的关系，限于较狭的意义，只来论及直接服役于市民有产阶级的光荣和支配的电影这一种。

这种电影，可以分成三样概括底区别。

那第一种，是和封建底，乃至贵族底社会相对抗，而尽讴歌有产阶级之胜利的任务的。因此那全部，几乎都是取材于市民底社会的勃兴的历史影片。××，或者××的野兽底横暴，在其下尝着涂炭之苦的农民，工商阶级。到影片的第七卷，而有产阶级终于蜂起，将电影底的极顶（Climax）和壮大的群集（Mob scene），在这里大行展开，这是那典型底的结构。但在大多数的影片上，有产阶级是决不作为一个阶级底总体而蹶起的，大抵由一个（往往是贵族出身，年青，而又眉目秀丽的！）英雄所指导，力点就放在那个人底的英雄主义上。作为那最是性格底的作品，读者只要记起《罗宾汉》（RobinHood），《斯凯拉谟修》（Scaramouche），《定情之夕》（A Night of Love）来，大约就足够了。在日本的时代剧，尤其是剑剧影片之中，我们也有那不少的例子。

但是，我们又能够在那历史底时代，发见新兴有产阶级所演的革命的脚色，和现在的无产阶级的斗争，其间有很大的类似（Analogie）。倘作者将意识底的强音（Akzent）集中于此的时候，是可以产生优秀的作品的。如《熊的结婚》，《农奴之翼》，《斯各丁城》。《忠次旅行日记》等，便是那仅少的代表。

第二种，是反对无产阶级革命的电影。

《党人魂》（Volga Boatman）是当内务省检阅之际，惹起了大问题，终于遭了警视厅来制限其开映的优患的影片，但那内容是什么呢？

《大暴动》（Tempest；译者按：在上海映演时，名《狂风暴雨》）也靠了长有数卷的小插画，这才好容易得以许可开演的影片，然而那所选的是怎样的主题呢？

这些影片，是只在用俄国的无产阶级革命为背景这一点上，因而遭了禁止，或重大的删剪的。但要之，那所描写，是将无产阶级革命当作了无统制的暴民的一揆。无教育而不道德的农民和劳动者，倚恃着多数，攻入贵族的城堡去，破坏家具，××美丽的少女，酗酒，单喜欢流血。那是在无产阶级的胜利上，特地蒙上暴虐的假面，涂些污泥，使小市民变成反革命起见而作的有产阶级的××。我们于此，看见了如拥护有产者社会而设的宣传电影，却被××××××的××所禁止的那种奇怪而且愉快的现象了。

固然，在《约翰南伊之爱》（Liebe der Jeanne Ney）和《最后的命令》（The Last Command）上，剪去了十月革命，那却是检阅者十分做了他所该做的事的。

最后，就来了以《大都会》（Metropolis；译者按：在上海映演时，名《科学世界》）为典型的劳资调和电影的一连串。

关于《大都会》，现在已经无须在这里缕述了。那是揭着“头和手之间，非有心脏不可”这标语的社会民主主义者，宣讲着资本家和劳动者可以不由战争，但靠相互底的协力与爱，即能建设新社会云云的巴培尔塔以前的童话。

七 电影与小市民

有产阶级的电影底宣传，一到阶级间的对立逐渐鲜明地，决定底地尖锐起来，也就陷在无可避免的绝地里了。

在实际上，电影是以大多数的小市民和无产阶级为看客的。而他们，小市民和无产阶级，早已渐渐地觉察出有产阶级的诡计来了。就是，已经注意于“支配阶级制作了宣布那服从于己的观念形态的影片，而以此来做掠取无产者的衣袋的手段”这事实的真相了。

卢那卡尔斯基关于苏维埃电影，曾经说明过“拙劣的煽动，却招致反对的结果”这原则，在这里，却被有产者底地应用了。

露骨的宣传是停止了。最所希望的，是使电影的看客看不见“阶级”这观念。至少，是坐在银幕之前的数小时中，使他们忘却了一切社会底对立。

这样子，就产生了小市民的影片。

在小市民家庭剧中，有两种特征底的倾向——

一、是那罗曼主义。

二、是那弄玄妙（Sophistication）。

粗粗一看，则现在的电影，尤其是电影剧，乃是写实主义底的。而且许多人们，都抱着这样的幻想。但其实，除了极少数的第一流作品以外，一切全没有什么现实底的申诉的。

自然，虽说是罗曼主义，但和给十九世纪时有产阶级革命的艺术以特征的那生着火焰之翼的罗曼主义，是不一样的。这是为了平庸、近视、乐天底的小市民们而设的，也是平庸、近视、乐天底的罗曼主义。这于迭克萨的农民，芝加各的公司人员，亚理梭那的牧童，纽借那的送牛奶人，纽约的速记生，毕兹巴格的野球选手，东京的中学生，横滨的水手，无不相宜。说起来，就是Readny-made（现成）的罗曼主义。作为那象征底的形相，则有珂林·谟亚（Collin Moore），瑙玛·希拉（Norma Shearer），克莱拉·宝（Clara Bow），从一九二六年起，顺次登场来了。就是那样程度的罗曼主义。

每星期薪水（美金）二十五元的大学生出身的公司职员和美尔顿百货公司的娇娃的恋爱故事。珂尼·爱兰特。新福特式的跑车。爵兹乐舞。打猎。

至于这花旗罗曼主义上所必要的此外的布置和氛围气，则读者倘一看《Vanity Fair》的广告栏，更所希望的，是往就近的电影馆，一赏鉴任何的亚美利加影片，大约便能自己领悟的罢。

读者必须明白，这小市民底的罗曼主义，是和亚美利加资本主义还在走着上行线的这一个公式底认识，有不可分的关联的。这事实，在一方面，是每年将九十亿元的国帑，撒在有产阶级的怀中，而使发生了叫作所谓“Four Hundreds”的有闲阶级，利子生活者的大群。

而且有闲阶级，利子生活者的大群，则使他本身的消费底文化，娱乐机关，极端地发达起来了。而从那消费底文化的母胎中，就酸酵了为一切文化烂熟期之特色的一种像煞有介事，通人趣味，低徊趣味，讽刺，冷嘲等。这过度地洗炼了的生活感情，他们称之为Sophistication。卖弄巴黎式的Chic，以及花旗式地解释了的hard-boiled之类的话，都和这相关联，而为人们所欢喜。

卓别林在《巴黎一妇人》（A Woman of Paris）里，居然表现了那Sophistication的模范（Prototype）。刘别谦（Ernst Lubitsch）在《婚姻范围》（Marriage Circle）里，表现于一套片子上面了。蒙太·培尔，玛尔·辛克莱儿，泰巴第·达赖尔等许多后继者们，都发挥了电影界的玄妙家腔调。

但是，亚美利加虽在那一切的资本主义底兴隆，但本身之中，却已经包藏着到底消除不尽的内底矛盾，而在苦闷。消费不能相副的一面底生产，失了投资市场的大金融资本，荷佛政府的积极底外交，拥抱着五百万失业者的天国亚美利加，现在是正踏在不可掩饰的阶级底对立的顶上了。

这社会情势，将怎样地反映在亚美利加影片之中呢！那是很有兴味的将来的问题。

译者附记

这一篇文章的题目，原是《作为宣传、煽动手段的电影》。

所谓“宣传、煽动”者，本是指支配阶级那一面而言，和“造反”并无关系。但这些字面，现在有许多人都不大喜欢，尤其是在支配阶级那方面。那原因，只要看本文第七章《电影与小市民》的前几段，就明白了。

本文又原是《电影和资本主义》中的一部分，但全书尚未完成，这是据发表在《新兴艺术》第一、第二号上的初稿译出来的。作者在篇末有几句声明，现在也译在下面：

“我的，《电影和资本主义》，原要接着本稿，更以社会底逃避的电影，无产阶级方面所作的宣传电影等，作为顺次的问题，臻于完成的。但现在，则仅以对于有产阶级电影的如上的研究，暂且搁笔。

“又，本稿不过是对于每一项目，各能写出独立的研究那样的浩瀚的材料，给了极概括底的一瞥，在这一端，是全篇过于常识底了。请许我声明我自己颇以为憾的事。”

但我偶然读到了这一篇，却觉得于自己很有裨益。上海的日报上，电影的广告每天大概总有两大张，纷纷然竞夸其演员几万人，费用几百万，“非常的风情，浪漫，香艳（或哀艳），肉感，滑稽，恋爱，热情，冒险，勇壮，武侠，神怪……空前巨片”，真令人觉得倘不前去一看，怕要死不瞑目似的。现在用这小镜子一照，就知道这些宝贝，十之九都可以归纳在文中所举的某一类，用意如何，目的何在，都明明白白了。但那些影片，本非以中国人为对象而作，所以运入中国的目的，也就和制作时候的用意不同，只如将陈旧枪炮，卖给武人一样，多吸收一些金钱而已。而中国人对于这些的见解，当然也和他们的本国人两样，只看广告中借以吸引看客的句子，便分明可知，于各类影片，大抵都只见其“非常风情，浪漫，香艳（或哀艳)，肉感……”了。然而，冥冥中也还有功效在，看见他们“勇壮武侠”的战事巨片，不意中也会觉得主人如此英武，自己只好做奴才；看见他们“非常风情浪漫”的爱情巨片，便觉得太太如此“肉感”，真没有法子办——自惭形秽，虽然嫖白俄妓女以自慰，现在是还可以做到的。非洲土人顶喜欢白人的洋枪，美洲黑人常要强奸白人的妇女，虽遭火刑，也不能吓绝，就因看了他们的实际上的“巨片”的缘故。然而文野不同，中国人是古文明国人，大约只是心折而不至于实做的了。

因为自己看过之后，大略发生了如上的感想，因此也想介绍给一部分的读者，费去许多工夫，译出来了。原文本是很简短的，只因为我于电影一道是门外汉，虽是平常的术语，也须查考，这就比别人烦难得多，即如有几个题目，便是从去年的旧报上翻出来的，查不到的，则只好“硬译”，而且误译之处，也恐怕决不能免。但就大体而言，我相信于读者总可以有一些贡献。

去年，美国的“武侠明星”范朋克（Douglas Fairbanks）因为美金积得太多，到东洋来游历了。上海有几个团体便豫备欢迎。中国本来有“捧戏子”的脾气，加以唐宋以来，偷生的小市民就已崇拜替自己打不平的“剑侠”，于是《七侠五义》，《七剑十八侠》，《荒山怪侠》，《荒林女侠》，……层出不穷；看了电影，就佩服洋《七侠五义》即《三剑客》之类。古洋侠客往矣，只好佩服扮洋侠客的洋戏子，算是“过屠门而大嚼，虽不得肉，亦且快意”，正如捧梅兰芳者，和他所扮的天女，黛玉等辈，决不能说无关一样，原是不足怪的。但有些人们反对了，说他在演《月宫宝盒》（The Thief of Bagdad）时摔死蒙古太子，辱没了中国。其实呢，《月宫宝盒》中的英雄，以一偷儿连爬了两段阶级的梯子，终于做了驸马，正是译文第七章细注里所说，要使小市民或无产者“为这飞腾故事所激励，觉得要誓必尽忠于有产阶级”的玩艺，决不是意在辱没中国的东西。况且故事出于《一千一夜》①，范朋克并非作家，也不是导演，我们又不是蒙古太子的子孙或奴才。正不必对于他，为美金而演剧的个人，如此之忿忿。但既然无端忿忿了，这也是中国常有的惯例，不足怪的，——在见惯者。后来范朋克到了，终于有团体要欢迎，然而大碰钉子，“范氏代表谓范氏绝对不允赴公共宴会”，竟不能得到瞻仰洋侠客的光荣。待到范朋克“到日本后，一切游程，均由日人代为规定，且到东京后，将赴影戏院，与日本民众相见”（见十八年十二月十九日《申报》），我们这里的蒙古王孙乃更不胜其没落之感，上海电影公会有一封宛转抑扬的信，寄给这“大艺术家”。全文是极有可供研究的处所的，但这里限于纸面，只好摘录了一点——

“曾忆《月宫宝盒》剧中，有一蒙古太子，其表演状态，至为恶劣，足使观者之未知东方历史，未悉东方民族性质者，发生不良之印象，而能成为人类相爱进程上绝大之阻碍。因东方中华民国人民之状态，并不如其所表演之恶劣也。敝会同人。深知电影艺术之能力，转辗为全世界一切民情风俗智识学问之介绍，换言之，亦能引导全世界人彼此之相爱，及世界人类彼此之相憎。敝会同人以爱先生故，以先生为大艺术家故，愿先生为向善之努力，不愿先生如他人之对世界为不真实之介绍，而为盛誉之累也。”

文中说电影对于看客的力量的伟大，是很不错的，但以为

---

① 即《一千零一夜》。

蒙古太子就是“中华民国人民”，却与反对欢迎者流，同一错误。尤其错误的是要劝范朋克去引“全世界人彼此之相爱”，忘却了他是花旗国里发了财的电影员。因此一念之差，所以竟弄到低声下气，托他去绍介真实的“四千余年历史文化所训练的精神”于世界了——

“敝会同人更敢以经过四千余年历史文化训练之精神，大声以告先生。我中华人民之尊重美德，深用礼仪，初不异于贵国之人民。更以贵国政府常能于世界国际间主持公道，故为我中华人民所敬爱。先生于此次东游小住中，想已见到真实之证据。今日我中华政治之状态，方在革命完成应经历之过程中，有国内之战争，有不安静之纷扰，然中华人民对于外来宾客如先生者，仍能不忘应有之礼节，表示爱人之风度。此种情形，先生当能于耳目交接之间，为真实之明了。虽间有表示不同之言论者，然此种言论，皆为先生代表以及代表引为己助参加发言者不合礼节隔离人情之宣言及表示所造成。……

“希望先生于东游之后，以所得真实之情状，介绍于贵国之同业，进而介绍于世界，使世界之人类与中华所有四万万余之人民为相爱之亲近，勿为相憎之背驰，以形成世界不良之情状。使我中华人民之敬爱先生，一如敬爱美国之政府。”

但所说明的精神，一言以蔽之，是咱们蒙古王孙即使国内如何战争，纷扰，而对于洋大人是极其有礼的。就是这一点。

这正是被压服的古国人民的精神，尤其是在租界上。因为被压服了，所以自视无力，只好托人向世界去宣传，而不免有些谄；但又因为自以为是“经过四千余年历史文化训练”的，还可以托人向世界去宣传，所以仍然有些骄。骄和谄相纠结的，是没落的古国人民的精神的特色。

欧美帝国主义者既然用了废枪，使中国战争，纷扰，又用了旧影片使中国人惊异，胡涂。更旧之后，便又运入内地，以扩大其令人胡涂的教化。我想，如《电影和资本主义》那样的书，现在是万不可少了！

一九三〇．一．十六 L。

鲁迅作品精选

热风

鲁迅 著

民主与建设出版社
·北京·

图书在版编目（CIP）数据

鲁迅作品精选．热风 / 鲁迅著．— 北京：民主与建设出版社，2023.4（2023.10 重印）
ISBN 978-7-5139-4169-3

Ⅰ．①鲁… Ⅱ．①鲁… Ⅲ．①鲁迅著作—选集②鲁迅杂文—杂文集 Ⅳ．① I210.2

中国国家版本馆 CIP 数据核字（2023）第 067911 号

鲁迅作品精选．热风
LUXUN ZUOPIN JINGXUAN . REFENG

著　　者　鲁　迅
主　　编　王茹茹
责任编辑　韩增标
封面设计　玥婷设计
出版发行　民主与建设出版社有限责任公司
电　　话　（010）59417747　59419778
社　　址　北京市海淀区西三环中路 10 号望海楼 E 座 7 层
邮　　编　100142
印　　刷　三河市天润建兴印务有限公司
版　　次　2023 年 4 月第 1 版
印　　次　2023 年 10 月第 2 次印刷
开　　本　880 毫米 ×1230 毫米　1 / 32
印　　张　6.5
字　　数　130 千字
书　　号　ISBN 978-7-5139-4169-3
定　　价　298.00 元（全 10 册）

目　录

热　风

一九二一年

一九二二年

一九二四年

南腔北调集(节选)

一九三二年

一九三三年

热　风

题　记

现在有谁经过西长安街一带的，总可以看见几个衣履破碎的穷苦孩子叫卖报纸。记得三四年前，在他们身上偶而还剩有制服模样的残余；再早，就更体面，简直是童子军的拟态。

那是中华民国八年，即西历一九一九年，五月四日北京学生对于山东问题的示威运动以后，因为当时散传单的是童子军，不知怎的竟惹了投机家的注意，童子军式的卖报孩子就出现了。其年十二月，日本公使小幡酉吉抗议排日运动，情形和今年大致相同；只是我们的卖报孩子却穿破了第一身新衣以后，便不再做，只见得年不如年地显出穷苦。

我在《新青年》的《随感录》中做些短评，还在这前一年，因为所评论的多是小问题，所以无可道，原因也大都忘却了。但就现在的文字看起来，除几条泛论之外，有的是对于扶乩①，静坐，打拳而发的；有的是对于所谓“保存国粹”而发的；有的是对于那时旧官僚的以经验自豪而发的；有的是对于上海《时报》的讽刺画而发的。记得当时的《新青年》是正在四面受敌之中，我所对付的不过一小部分；其他大事，则本志具在，无须我多言。

五四运动之后，我没有写什么文字，现在已经说不清是不

① 一种迷信活动。亦称“扶箕”。

做，还是散失消灭的了。但那时革新运动，表面上却颇有些成功，于是主张革新的也就蓬蓬勃勃，而且有许多还就是在先讥笑，嘲骂《新青年》的人们，但他们却是另起了一个冠冕堂皇的名目：新文化运动。这也就是后来又将这名目反套在《新青年》身上，而又加以嘲骂讥笑的，正如笑骂白话文的人，往往自称最得风气之先，早经主张过白话文一样。

再后，更无可道了。只记得一九二一年中的一篇是对于所谓“虚无哲学”而发的；更后一年则大抵对于上海之所谓“国学家”而发，不知怎的那时忽而有许多人都自命为国学家了。

自《新青年》出版以来，一切应之而嘲骂改革，后来又赞成改革，后来又嘲骂改革者，现在拟态的制服早已破碎，显出自身的本相来了，真所谓“事实胜于雄辩”，又何待于纸笔喉舌的批评。所以我的应时的浅薄的文字，也应该置之不顾，一任其消灭的；但几个朋友却以为现状和那时并没有大两样，也还可以存留，给我编辑起来了。这正是我所悲哀的。我以为凡对于时弊的攻击，文字须与时弊同时灭亡，因为这正如白血轮之酿成疮疖一般，倘非自身也被排除，则当它的生命的存留中，也即证明着病菌尚在。

但如果凡我所写，的确都是冷的呢？则它的生命原来就没有，更谈不到中国的病证究竟如何。然而，无情的冷嘲和有情的讽刺相去本不及一张纸，对于周围的感受和反应，又大概是所谓“如鱼饮水冷暖自知”的；我却觉得周围的空气太寒冽了，我自说我的话，所以反而称之曰《热风》。

一九二五年十一月三日之夜，鲁迅。

一九一八年

随感录二十五

我一直从前曾见严又陵[①]在一本什么书上发过议论，书名和原文都忘记了。大意是："在北京道上，看见许多孩子，辗转于车轮，马足之间，很怕把他们碰死了，又想起他们将来怎样得了，很是害怕。"其实别的地方，也都如此，不过车马多少不同罢了。现在到了北京，这情形还未改变，我也时时发起这样的忧虑；一面又佩服严又陵究竟是"做"过赫胥黎《天演论》[②]的，的确与众不同：是一个十九世纪末年中国感觉锐敏的人。

穷人的孩子蓬头垢面的在街上转，阔人的孩子妖形妖势娇声娇气的在家里转。转得大了，都昏天黑地的在社会上转，同他们的父亲一样，或者还不如。

所以看十来岁的孩子，便可以逆料二十年后中国的情形；看二十多岁的青年，——他们大抵有了孩子，尊为爹爹了，——便可以推测他儿子孙子，晓得五十年后七十年后中国的情形。

中国的孩子，只要生，不管他好不好，只要多，不管他才

---

① 原名宗光，字又陵，后改名复，字几道，汉族，福建侯官县人，近代极具影响力的资产阶级启蒙思想家，著名的翻译家、教育家，新法家代表人物。

② 这里所说"做"《天演论》，是说严复翻译《天演论》，不是完全依照原文的意思。

不才。生他的人，不负教他的责任。虽然“人口众多”这一句话，很可以闭了眼睛自负，然而这许多人口，便只在尘土中辗转，小的时候，不把他当人，大了以后，也做不了人。

中国娶妻早是福气，儿子多也是福气。所有小孩，只是他父母福气的材料，并非将来的“人”的萌芽，所以随便辗转，没人管他，因为无论如何，数目和材料的资格，总还存在。即使偶尔送进学堂，然而社会和家庭的习惯，尊长和伴侣的脾气，却多与教育反背，仍然使他与新时代不合。大了以后，幸而生存，也不过“仍旧贯如之何”，照例是制造孩子的家伙，不是“人”的父亲，他生了孩子，便仍然不是“人”的萌芽。

最看不起女人的奥国人华宁该尔（Otto Weininger）[①] 曾把女人分成两大类：一是“母妇”，一是“娼妇”。照这分法，男人便也可以分作“父男”和“嫖男”两类了。但这父男一类，却又可以分成两种：其一是孩子之父，其一是“人”之父。第一种只会生，不会教，还带点嫖男的气息。第二种是生了孩子，还要想怎样教育，才能使这生下来的孩子，将来成一个完全的人。

前清末年，某省初开师范学堂的时候，有一位老先生听了，很为诧异，便发愤说：“师何以还须受教，如此看来，还该有父范学堂了!”这位老先生，便以为父的资格，只要能生。能生这件事，自然便会，何须受教呢。却不知中国现在，正须父范学堂；这位先生便须编入初等第一年级。

因为我们中国所多的是孩子之父；所以以后是只要“人”之父！

---

① （1880—1903）奥地利人，仇视女性主义者。他在一九〇三年出版的《性与性格》一书中，力图证明妇女的地位应低于男人。

随感录三十三

现在有一班好讲鬼话的人，最恨科学，因为科学能教道理明白，能教人思路清楚，不许鬼混，所以自然而然的成了讲鬼话的人的对头。于是讲鬼话的人，便须想一个方法排除他。

其中最巧妙的是捣乱。先把科学东扯西拉，羼进鬼话，弄得是非不明，连科学也带了妖气：例如一位大官做的卫生哲学，里面说——

“吾人初生之一点，实自脐始，故人之根本在脐。……故脐下腹部最为重要，道书所以称之曰丹田。”

用植物来比人，根须是胃，脐却只是一个蒂，离了便罢，有什么重要。但这还不过比喻奇怪罢了，尤其可怕的是——

“精神能影响于血液，昔日德国科布博士发明霍乱（虎列拉）病菌，有某某二博士反对之，取其所培养之病菌，一口吞入，而竟不病。”

据我所晓得的，是 Koch 博士①发见②（查出了前人未知的事物叫发见，创出了前人未知的器具和方法才叫发明）了真虎列拉菌；别人也发见了一种，Koch 说他不是，把他的菌吞了，后来没有病，便证明了那人所发见的，的确不是病菌。如今颠倒转来，当作“精神能改造肉体”的例证，岂不危险已极么？

捣乱得更凶的，是一位神童做的《三千大千世界图说》。他拿了儒，道士，和尚，耶教的糟粕，乱作一团，又密密的插入鬼话。他说能看见天上地下的情形，他看见的“地球星”，虽与我们所晓得的无甚出入，一到别的星系，可是五花八门了。因为他有天眼通，所以本领在科学家之上。他先说道——

“今科学家之发明，欲观天文则用天文镜……然犹不能持此以观天堂地狱也。究之学问之道如大海然，万不可入海饮一滴水，即自足也。”

他虽然也分不出发见和发明的不同，论学问却颇有理。但学问的大海，究竟怎样情形呢？他说——

“赤精天……有毒火坑，以水晶盖压之。若遇某星球将坏之时，即去某星球之水晶盖，则毒火大发，焚毁民物。”

“众星……大约分为三种，曰恒星，行星，流星。……据西学家言，恒星有三十五千万，以小子视之，不下七千万

① 德国医生和细菌学家，世界病原细菌学的奠基人和开拓者。科赫对医学事业所作出开拓性贡献，使他成为在世界医学领域中令德国人骄傲无比的泰斗巨匠。

② 同“现”。

万也。……行星共计一百千万大系。……流星之多，倍于行星。……其绕日者，约三十三年一周，每秒能行六十五里。”

“日面纯为大火。……因其热力极大，人不能生，故太阳星君居焉。”

其余怪话还多；但讲天堂的远不及六朝方士的《十洲记》，讲地狱的也不过钞袭[1]《玉历钞传》。这神童算是糟了！另外还有感慨的话，说科学害了人。上面一篇“嗣汉六十二代天师正一真人张元旭”的序文，尤为单刀直入，明明白白道出——

“自拳匪假托鬼神，致招联军之祸，几至国亡种灭，识者痛心疾首，固已极矣。又适值欧化东渐，专讲物质文明之秋，遂本科学家世界无帝神管辖，人身无魂魄轮回之说，奉为国是，俾播印于人人脑髓中，自是而人心之敬畏绝矣。敬畏绝，而道德无根柢以发生矣！放僻邪侈，肆无忌惮，争权夺利，日相战杀，其祸将有甚于拳匪者！……”

这简直说是万恶都由科学，道德全靠鬼话；而且与其科学，不如拳匪了。从前的排斥外来学术和思想，大抵专靠皇帝；自六朝至唐宋，凡攻击佛教的人，往往说他不拜君父，近乎造反。现在没有皇帝了，却寻出一个“道德”的大帽子，看他何等利害。不提防想不到的一本绍兴《教育杂志》里面，也有一篇仿古先生的《教育偏重科学无甯偏重道德》（甯字原文如此，疑

① 钞袭。剽窃他人作品作为自己的作品。

是避讳）的论文，他说——

“西人以数百年科学之心力，仅酿成此次之大战争。……科学云乎哉？多见其为残贼人道矣！”

“偏重于科学，则相尚于知能；偏重于道德，则相尚于欺伪。相尚于欺伪，则祸止于欺伪，相尚于知能，则欺伪莫由得而明矣！”

虽然不说鬼神为道德根本，至于向科学宣告死刑，却居然两教同心了。所以拳匪的传单上，明白写着——

“孔圣人 张天师傳言由山东来，赶紧急傳，并无虚言！”（傳字原文如此，疑傳字之误。）

照他们看来，这般可恨可恶的科学世界，怎样挽救呢？《灵学杂志》内俞复先生答吴稚晖先生书里说过：“鬼神之说不张，国家之命遂促！”可知最好是张鬼神之说了。鬼神为道德根本，也与张天师和仿古先生的意见毫不冲突。可惜近来北京乩坛，又印出一本《感显利冥录》，内有前任北京城隍白知和谛闲法师的问答——

“师云：发愿一事，的确要紧。……此次由南方来，闻某处有济公临坛，所说之话，殊难相信。济祖是阿罗汉，见思惑已尽，断不为此。……不知某会临坛者，是济祖否？请示。

“乩云：承谕发愿，……谨记斯言。某处坛，灵鬼附之耳。须知灵鬼，即魔道也。知此后当发愿驱除此等之鬼。”

“师云”的发愿，城隍竟不能懂；却先与某会力争正统。照此看来，国家之命未延，鬼兵先要打仗；道德仍无根柢，科学也还该活命了。

其实中国自所谓维新以来，何尝真有科学。现在儒道诸公，却径把历史上一味捣鬼不治人事的恶果，都移到科学身上，也不问什么叫道德，怎样是科学，只是信口开河，造谣生事；使国人格外惑乱，社会上罩满了妖气。以上所引的话，不过随手拈出的几点黑影；此外自大埠以至僻地，还不知有多少奇谈。但即此几条，已足可推测我们周围的空气，以及将来的情形，如何黑暗可怕了。

据我看来，要救治这“几至国亡种灭”的中国，那种“孔圣人
张天师传言由山东来”的方法，是全不对症的，只有这鬼话的对头的科学！——不是皮毛的真正科学！——这是什么缘故呢？陈正敏《遯斋闲览》有一段故事（未见原书，据《本草纲目》所引写出，但这也全是道士所编造的谣言，并非事实，现在只当他比喻用）说得好——

“杨勔中年得异疾；每发语，腹中有小声应之，久渐声大。有道士见之，曰：此应声虫也！但读《本草》取不应者治之。读至雷丸，不应，遂顿服数粒而愈。”

关于吞食病菌的事，我上文所说的大概也是错的，但现在手头无书可查。也许是 Koch 博士发见了虎列拉菌时，Pfeffer 博士以为不是真病菌，当面吞下去了，后来病得几乎要死。总之，无论如何，这一案决不能作“精神能改造肉体”的例证。一九二五年九月二十四日补记。

随感录三十五

从清朝末年，直到现在，常常听人说“保存国粹”这一句话。

前清末年说这话的人，大约有两种：一是爱国志士，一是出洋游历的大官。他们在这题目的背后，各各藏着别的意思。志士说保存国粹，是光复旧物的意思；大官说保存国粹，是教留学生不要去剪辫子的意思。

现在成了民国了。以上所说的两个问题，已经完全消灭。所以我不能知道现在说这话的是那一流人，这话的背后藏着什么意思了。

可是保存国粹的正面意思，我也不懂。

什么叫“国粹”？照字面看来，必是一国独有，他国所无的事物了。换一句话，便是特别的东西。但特别未必定是好，何以应该保存？

譬如一个人，脸上长了一个瘤，额上肿出一颗疮，的确是与众不同，显出他特别的样子，可以算他的“粹”。然而据我看来，还不如将这“粹”割去了，同别人一样的好。

倘说：中国的国粹，特别而且好；又何以现在糟到如此情形，新派摇头，旧派也叹气。

倘说：这便是不能保存国粹的缘故，开了海禁的缘故，所以必须保存。但海禁未开以前，全国都是“国粹”，理应好了；

何以春秋战国五胡十六国闹个不休，古人也都叹气。

倘说：这是不学成汤文武周公的缘故；何以真正成汤文武周公时代，也先有桀纣暴虐，后有殷顽作乱；后来仍旧弄出春秋战国五胡十六国闹个不休，古人也都叹气。

我有一位朋友说得好："要我们保存国粹，也须国粹能保存我们。"

保存我们，的确是第一义。只要问他有无保存我们的力量，不管他是否国粹。

随感录三十六

现在许多人有大恐惧；我也有大恐惧。

许多人所怕的，是“中国人”这名目要消灭；我所怕的，是中国人要从“世界人”中挤出。

我以为“中国人”这名目，决不会消灭；只要人种还在，总是中国人。譬如埃及犹太人[①]，无论他们还有“国粹”没有，现在总叫他埃及犹太人，未尝改了称呼。可见保存名目，全不必劳力费心。

但是想在现今的世界上，协同生长，挣一地位，即须有相当的进步的智识，道德，品格，思想，才能够站得住脚：这事极须劳力费心。而“国粹”多的国民，尤为劳力费心，因为他的“粹”太多。粹太多，便太特别。太特别，便难与种种人协同生长，挣得地位。

有人说：“我们要特别生长；不然，何以为中国人！”

于是乎要从“世界人”中挤出。

于是乎中国人失了世界，却暂时仍要在这世界上住！——这便是我的大恐惧。

---

① 即犹太人。

随感录三十七

近来很有许多人，在那里竭力提倡打拳。记得先前也曾有过一回，但那时提倡的，是满清王公大臣，现在却是民国的教育家，位分略有不同。至于他们的宗旨，是一是二，局外人便不得而知。

现在那班教育家，把“九天玄女传与轩辕黄帝，轩辕黄帝传与尼姑”的老方法，改称“新武术”，又是“中国式体操”，叫青年去练习。听说其中好处甚多，重要的举出两种来，是：

一，用在体育上。据说中国人学了外国体操，不见效验；所以须改习本国式体操（即打拳）才行。依我想来：两手拿着外国铜锤或木棍，把手脚左伸右伸的，大约于筋肉发达上，也该有点“效验”。无如竟不见效验！那自然只好改途去练“武松脱铐”那些把戏了。这或者因为中国人生理上与外国人不同的缘故。

二，用在军事上。中国人会打拳，外国人不会打拳：有一天见面对打，中国人得胜，是不消说的了。即使不把外国人“板油扯下”，只消一阵“乌龙扫地”，也便一齐扫倒，从此不能爬起。无如现在打仗，总用枪炮。枪炮这件东西，中国虽然“古时也已有过”，可是此刻没有了。籐牌操法，又不练习，怎能御得枪炮？我想（他们不曾说明，这是我的“管窥蠡测”）：打拳打下去，总可达到“枪炮打不进”的程度（即内功?）。这件事从前已经试过一次，在一千九百年。可惜那一回真是名誉的完全失败了。且看这一回如何。

随感录三十八

中国人向来有点自大。——只可惜没有“个人的自大”，都是“合群的爱国的自大”。这便是文化竞争失败之后，不能再见振拔改进的原因。

“个人的自大”，就是独异，是对庸众宣战。除精神病学上的夸大狂外，这种自大的人，大抵有几分天才，——照 Nordau 等说，也可说就是几分狂气。他们必定自己觉得思想见识高出庸众之上，又为庸众所不懂，所以愤世疾俗，渐渐变成厌世家，或“国民之敌”。但一切新思想，多从他们出来，政治上宗教上道德上的改革，也从他们发端。所以多有这“个人的自大”的国民，真是多福气！多幸运！

“合群的自大”，“爱国的自大”，是党同伐异，是对少数的天才宣战；——至于对别国文明宣战，却尚在其次。他们自己毫无特别才能，可以夸示于人，所以把这国拿来做个影子；他们把国里的习惯制度抬得很高，赞美的了不得；他们的国粹，既然这样有荣光，他们自然也有荣光了！倘若遇见攻击，他们也不必自去应战，因为这种蹲在影子里张目摇舌的人，数目极多，只须用 mob 的长技，一阵乱嚷，便可制胜。胜了，我是一群中的人，自然也胜了；若败了时，一群中有许多人，未必是我受亏：大凡聚众滋事时，多具这种心理，也就是他们的心理。他们举动，看似猛烈，其实却很卑怯。至于所生结果，则复古，尊王，扶清灭洋等等，已领教得多了。所以多有这“合群的爱国的自大”的国民，真是可哀，真是不幸！

不幸中国偏只多这一种自大：古人所作所说的事，没一件不好，遵行还怕不及，怎敢说到改革？这种爱国的自大家的意见，虽各派略有不同，根柢总是一致，计算起来，可分作下列五种：

甲云：“中国地大物博，开化最早；道德天下第一。”这是完全自负。

乙云：“外国物质文明虽高，中国精神文明更好。”

丙云：“外国的东西，中国都已有过；某种科学，即某子所说的云云”，这两种都是“古今中外派”的支流；依据张之洞的格言，以“中学为体西学为用”的人物。

丁云：“外国也有叫化子，——（或云）也有草舍，——娼妓，——臭虫。”这是消极的反抗。

戊云：“中国便是野蛮的好。”又云：“你说中国思想昏乱，那正是我民族所造成的事业的结晶。从祖先昏乱起，直要昏乱到子孙；从过去昏乱起，直要昏乱到未来。……（我们是四万万人，）你能把我们灭绝么？”这比“丁”更进一层，不去拖人下水，反以自己的丑恶骄人；至于口气的强硬，却很有《水浒传》中牛二的态度。

五种之中，甲乙丙丁的话，虽然已很荒谬，但同戊比较，尚觉情有可原，因为他们还有一点好胜心存在。譬如衰败人家的子弟，看见别家兴旺，多说大话，摆出大家架子；或寻求人家一点破绽，聊给自己解嘲。这虽然极是可笑，但比那一种掉了鼻子，还说是祖传老病，夸示于众的人，总要算略高一步了。

戊派的爱国论最晚出，我听了也最寒心；这不但因其居心可怕，实因他所说的更为实在的缘故。昏乱的祖先，养出昏乱的子孙，正是遗传的定理。民族根性造成之后，无论好坏，改变都不容易的。法国 G. Le Bon 著《民族进化的心理》中，说及此事道，(原文已忘，今但举其大意) ——“我们一举一动，虽似自主，其实多受死鬼的牵制。将我们一代的人，和先前几百代的鬼比较起来，数目上就万不能敌了。”我们几百代的祖先里面，昏乱的人，定然不少：有讲道学的儒生，也有讲阴阳五行的道士，有静坐炼丹的仙人，也有打脸打把子的戏子。所以我们现在虽想好好做“人”，难保血管里的昏乱分子不来作怪，我们也不由自主，一变而为研究丹田脸谱的人物：这真是大可寒心的事。但我总希望这昏乱思想遗传的祸害，不至于有梅毒那样猛烈，竟至百无一免。即使同梅毒一样，现在发明了六百零六，肉体上的病，既可医治；我希望也有一种七百零七的药，可以医治思想上的病。这药原来也已发明，就是“科学”一味。只希望那班精神上掉了鼻子的朋友，不要又打着“祖传老病”的旗号来反对吃药，中国的昏乱病，便也总有全愈的一天。祖先的势力虽大，但如从现代起，立意改变：扫除了昏乱的心思，和助成昏乱的物事（儒道两派的文书），再用了对症的药，即使不能立刻奏效，也可把那病毒略略羼淡。如此几代之后待我们成了祖先的时候，就可以分得昏乱祖先的若干势力，那时便有转机，Le Bon 所说的事，也不足怕了。

以上是我对于“不长进的民族”的疗救方法；至于“灭绝”一条，那是全不成话，可不必说。“灭绝”这两个可怕的字，岂是我们人类应说的？只有张献忠这等人曾有如此主张，至今为人类唾骂；而且于实际上发生出什么效验呢？但我有一句话，要劝戊派诸公。“灭绝”这句话，只能吓人，却不能吓倒自然。他是毫无情面：他看见有自向灭绝这条路走的民族，便请他们灭绝，毫不客气。我们自己想活，也希望别人都活；不忍说他人的灭绝，又怕他们自己走到灭绝的路上，把我们带累了也灭绝，所以在此着急。倘使不改现状，反能兴旺，能得真实自由的幸福生活，那就是做野蛮也很好。——但可有人敢答应说“是”么？

一九一九年

随感录三十九

《新青年》的五卷四号，隐然是一本戏剧改良号，我是门外汉，开口不得；但见《再论戏剧改良》这一篇中，有“中国人说到理想，便含着轻薄的意味，觉得理想即是妄想，理想家即是妄人”一段话，却令我发生了追忆，不免又要说几句空谈。

据我的经验，这理想价值的跌落，只是近五年以来的事。民国以前，还未如此，许多国民，也肯认理想家是引路的人。到了民国元年前后，理论上的事情，著著实现，于是理想派——深浅真伪现在姑且弗论——也格外举起头来。一方面却有旧官僚的攘夺政权，以及遗老受冷不过，豫备下山，都痛恨这一类理想派，说什么闻所未闻的学理法理，横亘在前，不能大踏步摇摆。于是沉思三日三夜，竟想出了一种兵器，有了这利器，才将“理”字排行的元恶大憝，一律肃清。这利器的大名，便叫“经验”。现在又添上一个雅号，便是高雅之至的“事实”。

经验从那里得来，便是从清朝得来的。经验提高了他的喉咙含含糊糊说，“狗有狗道理，鬼有鬼道理，中国与众不同，也自有中国道理。道理各各不同，一味理想，殊堪痛恨。”这时候，正是上下一心理财强种的时候，而且带着理字的，又大半是洋货，爱国之士，义当排斥。所以一转眼便跌了价值；一转眼便遭了嘲骂；又一转眼，便连他的影子，也同拳民时代的教民一般，竟犯了与众共弃的大罪了。

但我们应该明白，人格的平等，也是一种外来的旧理想；现在“经验”既已登坛，自然株连着化为妄想，理合不分首从，全踏在朝靴底下，以符列祖列宗的成规。这一踏不觉过了四五年，经验家虽然也增加了四五岁，与素未经验的生物学学理——死——渐渐接近，但这与众不同的中国，却依然不是理想的住家。一大批踏在朝靴底下的学习诸公，早经竭力大叫，说他也得了经验了。

但我们应该明白，从前的经验，是从皇帝脚底下学得；现在与将来的经验，是从皇帝的奴才的脚底下学得。奴才的数目多，心传的经验家也愈多。待到经验家二世的全盛时代，那便是理想单被轻薄，理想家单当妄人，还要算是幸福侥幸了。

现在的社会，分不清理想与妄想的区别。再过几时，还要分不清“做不到”与“不肯做到”的区别，要将扫除庭园与劈开地球混作一谈。理想家说，这花园有秽气，须得扫除，——到那时候，说这宗话的人，也要算在理想党里，——他却说道，他们从来在此小便，如何扫除？万万不能，也断乎不可！

那时候，只要从来如此，便是宝贝。即使无名肿毒，倘若生在中国人身上，也便“红肿之处，艳若桃花；溃烂之时，美如乳酪。”国粹所在，妙不可言。那些理想学理法理，既是洋货，自然完全不在话下了。

但最奇怪的，是七年十月下半，忽有许多经验家，理想经验双全家，经验理想未定家，都说公理战胜了强权；还向公理颂扬了一番，客气了一顿。这事不但溢出了经验的范围，而且又添上一个理字排行的厌物。将来如何收场，我是毫无经验，不敢妄谈。经验诸公，想也未曾经验，开口不得。

没有法，只好在此提出，请教受人轻薄的理想家了。

随感录四十

终日在家里坐，至多也不过看见窗外四角形惨黄色的天，还有什么感?只有几封信，说道，“久违芝宇，时切葭思”①；有几个客，说道，“今天天气很好”：都是祖传老店的文字语言。写的说的，既然有口无心，看的听的，也便毫无所感了。

有一首诗，从一位不相识的少年寄来，却对于我有意义。——

爱 情

我是一个可怜的中国人。爱情！我不知道你是什么。

我有父母，教我育我，待我很好；我待他们，也还不差。我有兄弟姊妹，幼时共我玩耍，长来同我切磋，待我很好；我待他们，也还不差。但是没有人曾经“爱”过我，我也不曾“爱”过他。

我年十九，父母给我讨老婆。于今数年，我们两个，也还和睦。可是这婚姻，是全凭别人主张，别人撮合：把他们一日戏言，当我们百年的盟约。仿佛两个牲口听着主人的命令：

① 这是古代书信中经常用的客套语，意思是好久不见面，时刻想念。芝宇，即眉宇。

“咄，你们好好的住在一块儿罢!”

爱情，可怜我不知道你是什么!

诗的好歹，意思的深浅，姑且勿论；但我说，这是血的蒸气，醒过来的人的真声音。

爱情是什么东西？我也不知道。中国的男女大抵一对或一群——一男多女——的住着，不知道有谁知道。

但从前没有听到苦闷的叫声。即使苦闷，一叫便错；少的老的，一齐摇头，一齐痛骂。

然而无爱情结婚的恶结果，却连续不断的进行。形式上的夫妇，既然都全不相关，少的另去姘人宿娼，老的再来买妾：麻痹了良心，各有妙法。所以直到现在，不成问题。但也曾造出一个“妒”字，略表他们曾经苦心经营的痕迹。

可是东方发白。人类向各民族所要的是“人”，——自然也是“人之子”——我们所有的是单是人之子，是儿媳妇与儿媳之夫，不能献出于人类之前。

可是魔鬼手上，终有漏光的处所，掩不住光明：人之子醒了；他知道了人类间应有爱情；知道了从前一班少的老的所犯的罪恶；于是起了苦闷，张口发出这叫声。

但在女性一方面，本来也没有罪，现在是做了旧习惯的牺牲。我们既然自觉着人类的道德，良心上不肯犯他们少的老的的罪，又不能责备异性，也只好陪着做一世牺牲，完结了四千年的旧账。

做一世牺牲，是万分可怕的事；但血液究竟干净，声音究竟醒而且真。

我们能够大叫，是黄莺便黄莺般叫；是鸱鸮便鸱鸮般叫。

我们不必学那才从私窝子[1]里跨出脚，便说“中国道德第一”的人的声音。

我们还要叫出没有爱的悲哀，叫出无所可爱的悲哀。……我们要叫到旧账勾消的时候。

旧账如何勾消？我说，“完全解放了我们的孩子！”

① 旧指暗娼。也叫私窠子。

随感录四十一

从一封匿名信里看见一句话，是“数麻石片”（原注江苏方言），大约是没有本领便不必提倡改革，不如去数石片的好的意思。因此又记起了本志通信栏内所载四川方言的“洗煤炭”。想来别省方言中，相类的话还多；守着这专劝人自暴自弃的格言的人，也怕并不少。

凡中国人说一句话，做一件事，倘与传来的积习有若干抵触，须一个斤斗便告成功，才有立足的处所；而且被恭维得烙铁一般热。否则免不了标新立异的罪名，不许说话；或者竟成了大逆不道，为天地所不容。这一种人，从前本可以夷到九族[①]，连累邻居；现在却不过是几封匿名信罢了。但意志略略薄弱的人便不免因此萎缩，不知不觉的也入了“数麻石片”党。

所以现在的中国，社会上毫无改革，学术上没有发明，美术上也没有创作；至于多人继续的研究，前仆后继的探险，那更不必提了。国人的事业，大抵是专谋时式的成功的经营，以及对于一切的冷笑。

但冷笑的人，虽然反对改革，却又未必有保守的能力：即

---

① 九族：指自身及自身以上的父、祖、曾祖、高祖和以下的子、孙、曾孙、玄孙。

如文字一面，白话固然看不上眼，古文也不甚提得起笔。照他的学说，本该去“数麻石片”了；他却又不然，只是莫名其妙的冷笑。

中国的人，大抵在如此空气里成功，在如此空气里萎缩腐败，以至老死。

我想，人猿同源的学说，大约可以毫无疑义了。但我不懂，何以从前的古猴子，不都努力变人，却到现在还留着子孙，变把戏给人看。还是那时竟没有一匹想站起来学说人话呢？还是虽然有了几匹，却终被猴子社会攻击他标新立异，都咬死了；所以终于不能进化呢？

尼采[①]式的超人，虽然太觉渺茫，但就世界现有人种的事实看来，却可以确信将来总有尤为高尚尤近圆满的人类出现。到那时候，类人猿上面，怕要添出“类猿人”这一个名词。

所以我时常害怕，愿中国青年都摆脱冷气，只是向上走，不必听自暴自弃者流的话。能做事的做事，能发声的发声。有一分热，发一分光，就令萤火一般，也可以在黑暗里发一点光，不必等候炬火。

此后如竟没有炬火：我便是唯一的光。倘若有了炬火，出了太阳，我们自然心悦诚服的消失，不但毫无不平，而且还要随喜[②]赞美这炬火或太阳；因为他照了人类，连我都在内。

我又愿中国青年都只是向上走，不必理会这冷笑和暗箭。

---

① 弗里德里希·威廉·尼采（Friedrich Wilhelm Nietzsche，1844 年 10 月 15 日—1900 年 8 月 25 日），哲学家、语言学家、文化评论家、诗人、作曲家、思想家。

② 随喜是一个佛教语，出处《忏悔文》。佛教指见人做善事而乐意参加，泛指随着众人参加集体送礼等。旧指游览寺院；随人游玩等。

尼采说：

“真的，人是一个浊流。应该是海了，能容这浊流使他干净。

“咄，我教你们超人：这便是海，在他这里，能容下你们的大侮蔑。”(《札拉图如是说》的《序言》第三节)

纵令不过一洼浅水，也可以学学大海；横竖都是水，可以相通。几粒石子，任他们暗地里掷来；几滴秽水，任他们从背后泼来就是了。

这还算不到“大侮蔑”——因为大侮蔑也须有胆力。

随感录四十二

听得朋友说，杭州英国教会里的一个医生，在一本医书上做一篇序，称中国人为土人；我当初颇不舒服，子细再想，现在也只好忍受了。土人一字，本来只说生在本地的人，没有什么恶意。后来因其所指，多系野蛮民族，所以加添了一种新意义，仿佛成了野蛮人的代名词。他们以此称中国人，原不免有侮辱的意思；但我们现在，却除承受这个名号以外，实是别无方法。因为这类是非，都凭事实，并非单用口舌可以争得的。试看中国的社会里，吃人，劫掠，残杀，人身卖买，生殖器崇拜，灵学，一夫多妻，凡有所谓国粹，没一件不与蛮人的文化（?）恰合。拖大辫，吸鸦片，也正与土人的奇形怪状的编发及吃印度麻[①]一样。至于缠足，更要算在土人的装饰法中，第一等的新发明了。他们也喜欢在肉体上做出种种装饰：剜空了耳朵嵌上木塞；下唇剜开一个大孔，插上一支兽骨，像鸟嘴一般；面上雕出兰花；背上刺出燕子；女人胸前做成许多圆的长的疙瘩。可是他们还能走路，还能做事；他们终是未达一间[②]，想不到缠足这好法子。……世上有如此不知肉体上的苦痛的女人，

---

① 又名印度草，大麻的一种，属一年生草本植物，可作催眠、止痛、镇静剂。通常所说的可制造为毒品的大麻并非指所有的大麻，而是专指印度大麻中的较矮小，多分枝的变种。

② 还有一点差距的意思。

以及如此以残酷为乐，丑恶为美的男子，真是奇事怪事。

自大与好古，也是土人的一个特性。英国人乔治葛来任纽西兰总督的时候，做了一部《多岛海神话》，序里说他著书的目的，并非全为学术，大半是政治上的手段。他说，纽西兰土人是不能同他说理的。只要从他们的神话的历史里，抽出一条相类的事来做一个例，讲给酋长祭师们听，一说便成了。譬如要造一条铁路，倘若对他们说这事如何有益，他们决不肯听；我们如果根据神话，说从前某某大仙，曾推着独轮车在虹霓上走，现在要仿他造一条路，那便无所不可了（原文已经忘却，以上所说只是大意）。中国十三经，二十五史正是酋长，祭师们一心崇奉的治国平天下的谱，此后凡与土人有交涉的“西哲”，倘能人手一编，便助成了我们的“东学西渐”①，很使土人高兴；但不知那译本的序上写些什么呢？

---

① 日本汉学家槐南陈人著《东学西渐》篇，在日本东京《日日新闻》上发表，当时上海《神州日报》曾译载过这篇文章。

随感录四十三

进步的美术家，——这是我对于中国美术界的要求。

美术家固然须有精熟的技工，但尤须有进步的思想与高尚的人格。他的制作，表面上是一张画或一个雕像，其实是他的思想与人格的表现。令我们看了，不但欢喜赏玩，尤能发生感动，造成精神上的影响。

我们所要求的美术家，是能引路的先觉，不是“公民团”的首领。我们所要求的美术品，是表记中国民族知能最高点的标本，不是水平线以下的思想的平均分数。

近来看见上海什么报的增刊《泼克》上，有几张讽刺画。他的画法，倒也模仿西洋；可是我很疑惑，何以思想如此顽固，人格如此卑劣，竟同没有教育的孩子只会在好好的白粉墙上写几个“某某是我而子”一样。可怜外国事物，一到中国，便如落在黑色染缸里似的，无不失了颜色。美术也是其一：学了体格还未匀称的裸体画，便画猥亵画；学了明暗还未分明的静物画，只能画招牌。皮毛改新，心思仍旧，结果便是如此。至于讽刺画之变为人身攻击的器具，更是无足深怪了。

说起讽刺画，不禁想到美国画家勃拉特来（L. D. Bradley1853—1917）了。他专画讽刺画，关于欧战的画，尤为有名；只可惜前年死掉了。我见过他一张《秋收时之月》（The Harvest Moon）的画。上面是一个形如骷髅的月亮，照着荒田；田里一排一排的都是兵的死尸。唉唉，这才算得真的进步的美术家的讽刺画。我希望将来中国也能有一日，出这样一个进步的讽刺画家。

随感录四十六

民国八年正月间，我在朋友家里见到上海一种什么报的星期增刊讽刺画，正是开宗明义第一回；画着几方小图，大意是骂主张废汉文的人的；说是给外国医生换上外国狗的心了，所以读罗马字时，全是外国狗叫。但在小图的上面，又有两个双钩大字“泼克”，似乎便是这增刊的名目；可是全不像中国话。我因此很觉这美术家可怜：他——对于个人的人身攻击姑且不论——学了外国画，来骂外国话，然而所用的名目又仍然是外国话。讽刺画本可以针砭社会的锢疾；现在施针砭的人的眼光，在一方尺大的纸片上，尚且看不分明，怎能指出确当的方向，引导社会呢？

这几天又见到一张所谓“泼克”，是骂提倡新文艺的人了。大旨是说凡所崇拜的，都是外国的偶像。我因此愈觉这美术家可怜：他学了画，而且画了“泼克”，竟还未知道外国画也是文艺之一。他对于自己的本业，尚且罩在黑坛子里，摸不清楚，怎能有优美的创作，贡献于社会呢？

但“外国偶像”四个字，却亏他想了出来。

不论中外，诚然都有偶像。但外国是破坏偶像的人多；那影响所及，便成功了宗教改革，法国革命。旧像愈摧破，人类便愈进步；所以现在才有比利时的义战，与人道的光明。那达尔文，易卜生，托尔斯泰，尼采诸人，便都是近来偶像破坏的大人物。

在这一流偶像破坏者，“泼克”却完全无用；因为他们都有确固不拔的自信，所以决不理会偶像保护者的嘲骂。易卜生说：

“我告诉你们，是这个——世界上最强壮有力的人，就是那孤立的人。”（见《国民之敌》）

但也不理会偶像保护者的恭维。尼采说：

“他们又拿着称赞，围住你嗡嗡的叫：他们的称赞是厚脸皮。他们要接近你的皮肤和你的血。”（《札拉图如是说》第二卷《市场之蝇》）

这样，才是创作者。我辈即使才力不及，不能创作，也该当学习；即使所崇拜的仍然是新偶像，也总比中国陈旧的好。与其崇拜孔丘，关羽，还不如崇拜达尔文，易卜生；与其牺牲于瘟将军，五道神[①]，还不如牺牲于 Apollo[②]。

---

① 古时候民间所供奉的神祇，相传他们掌管瘟疫和灾害。

② 阿波罗，古希腊神话中的光明、预言、音乐和医药之神，消灾解难之神。

随感录四十七

有人做了一块象牙片，半寸方，看去也没有什么；用显微镜一照，却看见刻着一篇行书的《兰亭序》[1]。我想：显微镜的所以制造，本为看那些极细微的自然物的；现在既用人工，何妨便刻在一块半尺方的象牙板上，一目了然，省却用显微镜的工夫呢？

张三、李四是同时人。张三记了古典来做古文；李四又记了古典，去读张三做的古文。我想：古典是古人的时事，要晓得那时的事，所以免不了翻着古典；现在两位既然同时，何妨老实说出，一目了然，省却你也记古典，我也记古典的工夫呢？

内行的人说：什么话！这是本领，是学问！

我想，幸而中国人中，有这一类本领学问的人还不多。倘若谁也弄这玄虚：农夫送来了一粒粉，用显微镜照了，却是一碗饭；水夫挑来用水湿过的土，想喝茶的又须挤出湿土里的水：那可真要支撑不住了。

---

① 兰亭集序是中国晋代（公元353年），书圣王羲之在浙江绍兴兰渚山下以文会友，写出“天下第一行书”，也称《兰亭序》。

随感录四十八

中国人对于异族，历来只有两样称呼：一样是禽兽，一样是圣上，从没有称他朋友，说他也同我们一样的。

古书里的弱水，竟是骗了我们：闻所未闻的外国人到了；交手几回，渐知道“子曰诗云”似乎无用，于是乎要维新。

维新以后，中国富强了，用这学来的新，打出外来的新，关上大门，再来守旧。

可惜维新单是皮毛，关门也不过一梦。外国的新事理，却愈来愈多，愈优胜，“子曰诗云”也愈挤愈苦，愈看愈无用。于是从那两样旧称呼以外，别想了一样新号：“西哲”，或曰“西儒”。

他们的称号虽然新了，我们的意见却照旧。因为“西哲”的本领虽然要学，“子曰诗云”也更要昌明。换几句话，便是学了外国本领，保存中国旧习。本领要新，思想要旧。要新本领旧思想的新人物，驼了旧本领旧思想的旧人物，请他发挥多年经验的老本领。一言以蔽之：前几年谓之“中学为体，西学为用”，这几年谓之“因时制宜，折衷至当”。

其实世界上决没有这样如意的事。即使一头牛，连生命都牺牲了，尚且祀了孔便不能耕田，吃了肉便不能榨乳。何况一个人先须自己活着，又要驼了前辈先生活着；活着的时候，又须恭听前辈先生的折衷：早上打拱，晚上握手；上午“声光化电”，下午“子曰诗云”呢？

社会上最迷信鬼神的人，尚且只能在赛会这一日抬一回神舆。不知那些学“声光化电”的“新进英贤”，能否驼着山野隐逸，海滨遗老，折衷一世？

“西哲”易卜生盖以为不能，以为不可。所以借了 Brand 的嘴说：“All or nothing！”

随感录四十九

凡有高等动物，倘没有遇着意外的变故，总是从幼到壮，从壮到老，从老到死。

我们从幼到壮，既然毫不为奇的过去了；自此以后，自然也该毫不为奇的过去。

可惜有一种人，从幼到壮，居然也毫不为奇的过去了；从壮到老，便有点古怪；从老到死，却更奇想天开，要占尽了少年的道路，吸尽了少年的空气。

少年在这时候，只能先行萎黄，且待将来老了，神经血管一切变质以后，再来活动。所以社会上的状态，先是“少年老成”；直待弯腰曲背时期，才更加“逸兴遄飞”①，似乎从此以后，才上了做人的路。

可是究竟也不能自忘其老；所以想求神仙。大约别的都可以老，只有自己不肯老的人物，总该推中国老先生算一甲一名。

万一当真成了神仙，那便永远请他主持，不必再有后进，原也是极好的事。可惜他又究竟不成，终于个个死去，只留下造成的老天地，教少年驼着吃苦。

这真是生物界的怪现象！

我想种族的延长，——便是生命的连续，——的确是生物

① 意思指超逸豪放的意兴勃发飞扬。出自《滕王阁序》。

界事业里的一大部分。何以要延长呢？不消说是想进化了。但进化的途中总须新陈代谢。所以新的应该欢天喜地的向前走去，这便是壮，旧的也应该欢天喜地的向前走去，这便是死；各各如此走去，便是进化的路。

老的让开道，催促着，奖励着，让他们走去。路上有深渊，便用那个死填平了，让他们走去。

少的感谢他们填了深渊，给自己走去；老的也感谢他们从我填平的深渊上走去。——远了远了。

明白这事，便从幼到壮到老到死，都欢欢喜喜的过去；而且一步一步；多是超过祖先的新人。

这是生物界正当开阔的路！人类的祖先，都已这样做了。

随感录五十三

上海盛德坛扶乩，由“孟圣”主坛；在北京便有城隍白知降坛，说他是“邪鬼”。盛德坛后来却又有什么真人下降，谕别人不得擅自扶乩。

北京议员王讷提议推行新武术，以“强国强种”；中华武士会便率领了一班天罡拳，阴截腿之流，大分冤单，说他“抑制暴弃祖性相传之国粹”。

绿帜社提倡“爱世语”，专门崇拜“柴圣”，说别种国际语（如 Ido 等）是冒牌的。

上海有一种单行的《泼克》，又有一种报上增刊的《泼克》；后来增刊《泼克》登广告声明要将送错的单行《泼克》的信件撕破。

上海有许多“美术家”；其中的一个美术家，不知如何散了伙，便在《泼克》上大骂别的美术家“盲目盲心”，不知道新艺术真艺术。

以上五种同业的内讧，究竟是什么原因，局外人本来不得而知。但总觉现在时势不很太平，无论新的旧的，都各各起哄：扶乩，打拳那些鬼画符的东西，倒也罢了；学几句世界语，画几笔花，也是高雅的事，难道也要同行嫉妒，必须声明鱼目混珠，雷击火焚么？

我对于那“美术家”的内讧又格外失望。我于美术虽然全是门外汉，但很望中国有新兴美术出现。现在上海那班美术家所做的，是否算得美术，原是难说；但他们既然自称美术家，即使幼稚，也可以希望长成：所以我期望有个美术家的幼虫，不要是似是而非的木叶蝶①。如今见了他们两方面的成绩，不免令我对于中国美术前途发生一种怀疑。

画《泼克》的美术家说他们盲目盲心，所研究的只是十九世纪的美术，不晓得有新艺术真艺术。我看这些美术家的作品，不是剥制的鹿，便是畸形的美人，的确不甚高明，恐怕连十“八”世纪，也未必有这类绘画：说到底，只好算是中国的所谓美术罢了。但那一位画《泼克》的美术家的批评，却又不甚可解：研究十九世纪的美术。何以便是盲目盲心？十九世纪以后的新艺术真艺术，又是怎样？我听人说：后期印象派（Postimpressionism）的绘画，在今日总还不算十分陈旧；其中的大人物如 Céznne 与 Van Cogh 等，也是十九世纪后半的人，最迟的到一九〇六年也故去了。二十世纪才是十九年初头，好像还没有新派兴起。立方派（Cubism）未来派（Futurism）的主张，虽然新奇，却尚未能确立基础；而且在中国，又怕未必能够理解。在那《泼克》上面，也未见有这一派的绘画；不知那《泼克》美术家的所谓新艺术真艺术，究竟是指着什么？现在的中国美术家诚然心盲目盲，但其弊却不在单研究十九世纪的美术，——因为据我看来，他们并不研究什么世纪的美术，——所以那《泼克》美术家的话，实在令人难解。

---

① 蝶的一种，颜色与枯叶相似，休息时两翅合拢，看去就像一片枯叶。

《泼克》美术家满口说新艺术真艺术，想必自己懂得这新艺术真艺术的了。但我看他所画的讽刺画，多是攻击新文艺，新思想的。——这是二十世纪的美术么？这是新艺术真艺术么？

随感录五十四

中国社会上的状态，简直是将几十世纪缩在一时：自油松片以至电灯，自独轮车以至飞机，自镖枪以至机关炮，自不许“妄谈法理”以至护法，自“食肉寝皮”的吃人思想以至人道主义，自迎尸拜蛇以至美育代宗教，都摩肩挨背的存在。

这许多事物挤在一处，正如我辈约了燧人氏以前的古人，拼开饭店一般，即使竭力调和，也只能煮个半熟；伙计们既不会同心，生意也自然不能兴旺，——店铺总要倒闭。

黄郛氏做的《欧战之教训与中国之将来》中，有一段话，说得很透澈：

“七年以来，朝野有识之士，每腐心于政教之改良，不注意于习俗之转移；庸讵知旧染不去，新运不生：事理如此，无可勉强者也。外人之评我者，谓中国人有一种先天的保守性，即或迫于时势，各种制度有改革之必要时，而彼之所谓改革者，决不将旧日制度完全废止，乃在旧制度之上，更添加一层新制度。试览前清之兵制变迁史，可以知吾言之不谬焉。最初命八旗兵驻防各地，以充守备之任；及年月既久，旗兵已腐败不堪用，洪秀全起，不得已，征募湘淮两军以应急：从此旗兵绿营，并肩存在，遂变成二重兵制。甲午战后，知绿营兵力又不可恃，乃复编练新式军队：于是并前二者而变成三重兵制矣。今旗兵虽已消灭，而变面换形之绿营，依然存在，总是二重兵制也。从可知吾国人之无澈底改革能力，实属不可掩之事实。他若贺阳历新年者，复贺阴历新年；奉民国正朔者，仍存宣统年号。一察社会各方面，盖无往而非二重制。即今日政局之所以不宁，是非之所以无定者，简括言之，实亦不过一种‘二重思想’在其间作祟而已。”

此外如既许信仰自由，却又特别尊孔；既自命“胜朝遗老”，却又在民国拿钱；既说是应该革新，却又主张复古：四面八方几乎都是二三重以至多重的事物，每重又各各自相矛盾。一切人便都在这矛盾中间，互相抱怨着过活，谁也没有好处。

要想进步，要想太平，总得连根的拔去了“二重思想”。因为世界虽然不小，但彷徨的人种，是终竟寻不出位置的。

随感录五十六 “来了”

近来时常听得人说，“过激主义来了”；报纸上也时常写着，“过激主义来了”。

于是有几文钱的人，很不高兴。官员也着忙，要防华工，要留心俄国人；连警察厅也向所属发出了严查“有无过激党设立机关”的公事。

着忙是无怪的，严查也无怪的；但先要问：什么是过激主义呢？

这是他们没有说明，我也无从知道，我虽然不知道，却敢说一句话：“过激主义”不会来，不必怕他；只有“来了”是要来的，应该怕的。

我们中国人，决不能被洋货的什么主义引动，有抹杀他扑灭他的力量。军国民主义么，我们何尝会同别人打仗；无抵抗主义么，我们却是主战参战的；自由主义么，我们连发表思想都要犯罪，讲几句话也为难；人道主义么，我们人身还可以买卖呢。

所以无论什么主义，全扰乱不了中国；从古到今的扰乱，也不听说因为什么主义。试举目前的例，便如陕西学界的布告，湖南灾民的布告，何等可怕，与比利时公布的德兵苛酷情形，俄国别党宣布的列宁政府残暴情形，比较起来，他们简直是太平天下了。德国还说是军国主义，列宁不消说还是过激主义哩！

这便是“来了”来了。来的如果是主义，主义达了还会罢；倘若单是“来了”，他便来不完，来不尽，来的怎样也不可知。

民国成立的时候，我住在一个小县城里，早已挂过白旗。有一日，忽然见许多男女，纷纷乱逃：城里的逃到乡下，乡下的逃进城里。问他们什么事，他们答道，“他们说要来了。”

可见大家都单怕“来了”，同我一样。那时还只有“多数主义”，没有“过激主义”哩。

随感录五十七　现在的屠杀者

高雅的人说，“白话鄙俚浅陋，不值识者一哂之者也。”

中国不识字的人，单会讲话，“鄙俚浅陋”不必说了。“因为自己不通，所以提倡白话，以自文其陋”如我辈的人，正是“鄙俚浅陋”，也不在话下了。最可叹的是几位雅人，也还不能如《镜花缘》里说的君子国的酒保一般，满口“酒要一壶乎，两壶乎，菜要一碟乎，两碟乎”的终日高雅，却只能在呻吟古文时，显出高古品格；一到讲话，便依然是“鄙俚浅陋”的白话了。四万万中国人嘴里发出来的声音，竟至总共“不值一哂”，真是可怜煞人。

做了人类想成仙；生在地上要上天；明明是现代人，吸着现在的空气，却偏要勒派朽腐的名教，僵死的语言，侮蔑尽现在，这都是“现在的屠杀者”，杀了“现在”，也便杀了“将来”。——将来是子孙的时代。

随感录五十八　人心很古

慷慨激昂的人说，“世道浇漓，人心不古，国粹将亡，此吾所为仰天扼腕切齿三叹息者也！”

我初听这话，也曾大吃一惊；后来翻翻旧书，偶然看见《史记》《赵世家》里面记着公子成反对主父改胡服的一段话：

“臣闻中国者，盖聪明徇智之所居也，万物财用之所聚也，贤圣之所教也，仁义之所施也，《诗》《书》礼乐之所用也，异敏技能之所试也，远方之所观赴也，蛮夷之所义行也；今王舍此而袭远方之服，变古之数，易古之道，逆人之心，而怫学者，离中国，故臣愿王图之也。”

这不是与现在阻抑革新的人的话，丝毫无异么？后来又在《北史》里看见记周静帝的司马后的话：

“后性尤妒忌，后宫莫敢进御。尉迟迥女孙有美色，先在宫中，帝于仁寿宫见而悦之，因得幸。后伺帝听朝，阴杀之。上大怒，单骑从苑中出，不由径路，入山谷间三十余里；高颎、杨素等追及，扣马谏，帝太息曰：‘吾贵为天子，不得自由。’”

这又不是与现在信口主张自由和反对自由的人，对于自由所下的解释，丝毫无异么？别的例证，想必还多，我见闻狭隘，不能多举了。但即此看来，已可见虽然经过了这许多年，意见还是一样。现在的人心，实在古得很呢。

中国人倘能努力再古一点，也未必不能有古到三皇五帝以前的希望，可惜时时遇着新潮流新空气激荡着，没有工夫了。

在现存的旧民族中，最合中国式理想的，总要推锡兰岛的 Vedda 族。他们和外界毫无交涉，也不受别民族的影响，还是原始的状态，真不愧所谓“羲皇上人”。

但听说他们人口年年减少，现在快要没有了：这实在是一件万分可惜的事。

随感录五十九 “圣武”

我前回已经说过“什么主义都与中国无干”的话了；今天忽然又有些意见，便再写在下面：

我想，我们中国本不是发生新主义的地方，也没有容纳新主义的处所，即使偶然有些外来思想，也立刻变了颜色，而且许多论者反要以此自豪。我们只要留心译本上的序跋，以及各样对于外国事情的批评议论，便能发见我们和别人的思想中间，的确还隔着几重铁壁。他们是说家庭问题的，我们却以为他鼓吹打仗；他们是写社会缺点的，我们却说他讲笑话；他们以为好的，我们说来却是坏的。若再留心看看别国的国民性格，国民文学，再翻一本文人的评传，便更能明白别国著作里写出的性情，作者的思想，几乎全不是中国所有。所以不会了解，不会同情，不会感应；甚至彼我间的是非爱憎，也免不了得到一个相反的结果。

新主义宣传者是放火人么，也须别人有精神的燃料，才会着火；是弹琴人么，别人的心上也须有弦索，才会出声；是发声器么，别人也必须是发声器，才会共鸣。中国人都有些不很像，所以不会相干。

几位读者怕要生气，说，“中国时常有将性命去殉他主义的人，中华民国以来，也因为主义上死了多少烈士，你何以一笔抹杀？吓！”这话也是真的。我们从旧的外来思想说罢，六朝的确有许多焚身的和尚，唐朝也有过砍下臂膊布施无赖的和尚；从新的说罢，自然也有过几个人的。然而与中国历史，仍不相干。因为历史结账，不能像数学一般精密，写下许多小数，却只能学粗人算账的四舍五入法门，记一笔整数。

中国历史的整数里面，实在没有什么思想主义在内。这整数只是两种物质，——是刀与火，“来了”便是他的总名。

火从北来便逃向南，刀从前来便退向后，一大堆流水账簿，只有这一个模型。倘嫌“来了”的名称不很庄严，“刀与火”也触目，我们也可以别想花样，奉献一个谥法，称作“圣武”①，便好看了。

古时候，秦始皇帝②很阔气，刘邦和项羽都看见了；邦说，“嗟乎！大丈夫当如此也！”羽说，“彼可取而代也！”羽要“取”什么呢？便是取邦所说的“如此”。“如此”的程度，虽有不同，可是谁也想取；被取的是“彼”，取的是“丈夫”。所有“彼”与“丈夫”的心中，便都是这“圣武”的产生所，受纳所。

何谓“如此”？说起来话长；简单地说，便只是纯粹兽性方面的欲望的满足——威福，子女，玉帛，——罢了。然而在一切大小丈夫，却要算最高理想（？）了。我怕现在的人，还被这理想支配着。

大丈夫“如此”之后，欲望没有衰，身体却疲敝了；而且觉得暗中有一个黑影——死——到了身边了。于是无法，只好

---

① 这里含讽刺意味。原意为对皇朝武功的颂词。

② 秦王嬴政，战国时秦国的国君，统一六国。于公元前221年建立了我国第一个中央集权的封建王朝。

求神仙。这在中国，也要算最高理想了。我怕现在的人，也还被这理想支配着。

求了一通神仙，终于没有见，忽然有些疑惑了。于是要造坟，来保存死尸，想用自己的尸体，永远占据着一块地面。这在中国，也要算一种没奈何的最高理想了。我怕现在的人，也还被这理想支配着。

现在的外来思想，无论如何，总不免有些自由平等的气息，互助共存的气息，在我们这单有“我”，单想“取彼”，单要由我喝尽了一切空间时间的酒的思想界上，实没有插足的余地。

因此，只须防那“来了”便够了。看看别国，抗拒这“来了”的便是有主义的人民。他们因为所信的主义，牺牲了别的一切，用骨肉碰钝了锋刃，血液浇灭了烟焰。在力光火色衰微中，看出一种薄明的天色，便是新世纪的曙光。

曙光在头上，不抬起头，便永远只能看见物质的闪光。

随感录六十一 不满

欧战才了的时候，中国很抱着许多希望，因此现在也发出许多悲观绝望的声音，说“世界上没有人道”，“人道这句话是骗人的”。有几位评论家，还引用了他们外国论者自己责备自己的文字，来证明所谓文明人者，比野蛮尤其野蛮。

这诚然是痛快淋漓的话，但要问：照我们的意见，怎样才算有人道呢？那答话，想来大约是“收回治外法权，收回租界，退还庚子赔款……”现在都很渺茫，实在不合人道。

但又要问：我们中国的人道怎么样？那答话，想来只能“……”。对于人道只能“……”的人的头上，决不会掉下人道来。因为人道是要各人竭力挣来，培植，保养的，不是别人布施，捐助的。

其实近于真正的人道，说的人还不很多，并且说了还要犯罪。若论皮毛，却总算略有进步了。这回虽然是一场恶战，也居然没有“食肉寝皮”，没有“夷其社稷”，而且新兴了十八个小国。就是德国对待比国，都说残暴绝伦，但看比国的公布，也只是囚徒不给饮食，村长挨了打骂，平民送上战线之类。这些事情，在我们中国自己对自己也常有，算得什么希奇？

人类尚未长成，人道自然也尚未长成，但总在那里发荣滋长。我们如果问问良心，觉得一样滋长，便什么都不必忧愁；将来总要走同一的路。看罢，他们是战胜军国主义的，他们的评论家还是自己责备自己，有许多不满。不满是向上的车轮，能够载着不自满的人类，向人道前进。

多有不自满的人的种族，永远前进，永远有希望。

多有只知责人不知反省的人的种族，祸哉祸哉！

随感录六十二 恨恨而死

古来很有几位恨恨而死的人物。他们一面说些“怀才不遇”“天道宁论”[①] 的话，一面有钱的便狂嫖滥赌，没钱的便喝几十碗酒，——因为不平的缘故，于是后来就恨恨而死了。

我们应该趁他们活着的时候问他：诸公！您知道北京离昆仑山几里，弱水[②]去黄河几丈么？火药除了做鞭爆，罗盘除了看风水，还有什么用处么？棉花是红的还是白的？谷子是长在树上，还是长在草上？桑间濮上[③]如何情形，自由恋爱怎样态度？您在半夜里可忽然觉得有些羞，清早上可居然有点悔么？四斤的担，您能挑么？三里的道，您能跑么？

他们如果细细的想，慢慢的悔了，这便很有些希望。万一越发不平，越发愤怒，那便“爱莫能助”。——于是他们终于恨恨而死了。

中国现在的人心中，不平和愤恨的分子太多了。不平还是改造的引线，但必须先改造了自己，再改造社会，改造世界；万不可单是不平。至于愤恨，却几乎全无用处。

愤恨只是恨恨而死的根苗，古人有过许多，我们不要蹈他

---

① 语自《恨赋》。意思是指天道福善惩恶之说难以凭信。

② 又称额济纳河。位于甘肃省西北部和内蒙古自治区西部。

③ 出自语出《礼记. 乐记》。意思是为当时青年男女幽会、唱情歌的地方。

们的覆辙。

我们更不要借了“天下无公理，无人道”这些话，遮盖自暴自弃的行为，自称“恨人”，一副恨恨而死的脸孔，其实并不恨恨而死。

随感录六十三 “与幼者”

做了《我们现在怎样做父亲》的后两日，在有岛武郎《著作集》里看到《与幼者》这一篇小说，觉得很有许多好的话。

“时间不住的移过去。你们的父亲的我，到那时候，怎样映在你们（眼）里，那是不能想像的了。大约像我在现在，嗤笑可怜那过去的时代一般，你们也要嗤笑可怜我的古老的心思，也未可知的。我为你们计，但愿这样子。你们若不是毫不客气的拿我做一个踏脚，超越了我，向着高的远的地方进去，那便是错的。

“人间很寂寞。我单能这样说了就算么？你们和我，像尝过血的兽一样，尝过爱了。去罢，为要将我的周围从寂寞中救出，竭力做事罢。我爱过你们，而且永远爱着。这并不是说，要从你们受父亲的报酬，我对于‘教我学会了爱你们的你们’的要求，只是受取我的感谢罢了……像吃尽了亲的死尸，贮着力量的小狮子一样，刚强勇猛，舍了我，踏到人生上去就是了。

“我的一生就令怎样失败，怎样胜不了诱惑；但无论如何，使你们从我的足迹上寻不出不纯的东西的事，是要做的，是一定做的。你们该从我的倒毙的所在，跨出新的脚步去。但那里走，怎么走的事，你们也可以从我的足迹上探索出来。

“幼者呵！将又不幸又幸福的你们的父母的祝福，浸在胸中，上人生的旅路罢。前途很远，也很暗。然而不要怕。不怕的人的面前才有路。

“走罢！勇猛着！幼者呵！”

有岛氏是白桦派，是一个觉醒的，所以有这等话；但里面也免不了带些眷恋凄怆的气息。

这也是时代的关系。将来便不特没有解放的话，并且不起解放的心，更没有什么眷恋和凄怆，只有爱依然存在。——但是对于一切幼者的爱。

随感录六十四　有无相通

南北的官僚虽然打仗，南北的人民却很要好，一心一意的在那里“有无相通”。

北方人可怜南方人太文弱，便教给他们许多拳脚：什么“八卦拳”“太极拳”，什么“洪家”“侠家”，什么“阴截腿”“抱桩腿”“谭腿”“戳脚”，什么“新武术”“旧武术”，什么“实为尽美尽善之体育”“强国保种尽在于斯”。

南方人也可怜北方人太简单了，便送上许多文章：什么“……梦”“……魂”“……痕”“……影”“……泪”，什么“外史”“趣史”“秽史”“秘史”，什么“黑幕”“现形”，什么“淌牌”“吊膀”“拆白”①，什么“噫嘻卿卿我我”“呜呼燕燕莺莺”“吁嗟风风雨雨”，“耐阿是勒浪要勿面孔哉！”②

直隶，山东的侠客们，勇士们呵！诸公有这许多筋力，大可以做一点神圣的劳作；江苏，浙江，湖南的才子们，名士们呵！诸公有这许多文才，大可以译几叶有用的新书。我们改良点自己，保全些别人；想些互助的方法，收了互害的局面罢！

---

① 淌牌又作淌白，指女流氓或私娼。吊膀，意为调情。拆白，用异性引诱等手段诈骗财物的流氓行为。这些都是旧时上海一带的俗语。

② 苏州方言，意思是：“你是不是不要脸呢！”

随感录六十五　暴君的臣民

从前看见清朝几件重案的记载，“臣工”① 拟罪很严重，“圣上”常常减轻，便心里想：大约因为要博仁厚的美名，所以玩这些花样罢了。后来细想，殊不尽然。

暴君治下的臣民，大抵比暴君更暴；暴君的暴政，时常还不能餍足暴君治下的臣民的欲望。

中国不要提了罢。在外国举一个例：小事件则如 Gogol 的剧本《按察使》，众人都禁止他，俄皇却准开演；大事件则如巡抚想放耶稣，众人却要求将他钉上十字架。

暴君的臣民，只愿暴政暴在他人的头上，他却看着高兴，拿“残酷”做娱乐，拿“他人的苦”做赏玩，做慰安。

自己的本领只是“幸免”。

从“幸免”里又选出牺牲，供给暴君治下的臣民的渴血的欲望，但谁也不明白。死的说“阿呀”，活的高兴着。

---

① 群臣百官。

随感录六十六 生命的路

想到人类的灭亡是一件大寂寞大悲哀的事；然而若干人们的灭亡，却并非寂寞悲哀的事。

生命的路是进步的，总是沿着无限的精神三角形的斜面向上走，什么都阻止他不得。

自然赋与人们的不调和还很多，人们自己萎缩堕落退步的也还很多，然而生命决不因此回头。无论什么黑暗来防范思潮，什么悲惨来袭击社会，什么罪恶来亵渎人道，人类的渴仰完全的潜力，总是踏了这些铁蒺藜向前进。

生命不怕死，在死的面前笑着跳着，跨过了灭亡的人们向前进。

什么是路？就是从没路的地方践踏出来的，从只有荆棘的地方开辟出来的。以前早有路了，以后也该永远有路。

人类总不会寂寞，因为生命是进步的，是乐天的。

昨天，我对我的朋友 L 说："一个人死了，在死者自身和他的眷属是悲惨的事，但在一村一镇的人看起来不算什么；就是一省一国一种……"

L 很不高兴，说："这是 Natur（自然）的话，不是人们的话。你应该小心些。"

我想，他的话也不错。

一九二一年

智识即罪恶

我本来是一个四平八稳，给小酒馆打杂，混一口安稳饭吃的人，不幸认得几个字，受了新文化运动的影响，想求起智识来了。

那时我在乡下，很为猪羊不平；心里想，虽然苦，倘也如牛马一样，可以有一件别的用，那就免得专以卖肉见长了。然而猪羊满脸呆气，终生胡涂，实在除了保持现状之外，没有别的法。所以，诚然，智识是要紧的！

于是我跑到北京，拜老师，求智识。地球是圆的。元质①有七十多种。$x+y=z$。闻所未闻，虽然难，却也以为是人所应该知道的事。

有一天，看见一种日报，却又将我的确信打破了。报上有一位虚无哲学家说：智识是罪恶，赃物……。虚无哲学，多大的权威呵，而说道智识是罪恶。我的智识虽然少，而确实是智识，这倒反而坑了我了。我于是请教老师去。

老师道："呸，你懒得用功，便胡说，走！"

我想："老师贪图束脩罢。智识倒也还不如没有的稳当，

① 即元素。

可惜粘在我脑里，立刻抛不去，我赶快忘了他罢。”

然而迟了。因为这一夜里，我已经死了。

半夜，我躺在公寓的床上，忽而走进两个东西来，一个“活无常”，一个“死有分”①。但我却并不诧异，因为他们正如城隍庙里塑着的一般。然而跟在后面的两个怪物，却使我吓得失声，因为并非牛头马面②，而却是羊面猪头！我便悟到，牛马还太聪明，犯了罪，换上这诸公了，这可见智识是罪恶……。我没有想完，猪头便用嘴将我一拱，我于是立刻跌入阴府里，用不着久等烧车马。

到过阴间的前辈先生多说，阴府的大门是有匾额和对联的，我留心看时，却没有，只见大堂上坐着一位阎罗王。希奇，他便是我的隔壁的大富豪朱朗翁。大约钱是身外之物，带不到阴间的，所以一死便成为清白鬼了，只是不知道怎么又做了大官。他只穿一件极俭仆的爱国布的龙袍，但那龙颜却比活的时候胖得多了。

“你有智识么？”朗翁脸上毫无表情的问。

“没……”我是记得虚无哲学家的话的，所以这样答。

“说没有便是有——带去！”

我刚想：阴府里的道理真奇怪……却又被羊角一叉，跌出阎罗殿去了。

其时跌在一座城池里，其中都是青砖绿门的房屋，门顶上大抵是洋灰做的两个所谓狮子，门外面都挂一块招牌。倘在阳

---

① 活无常、死有分都是迷信传说中地狱的勾魂使者。

② 迷信中阴曹地府的鬼卒。

间，每一所机关外总挂五六块牌，这里却只一块，足见地皮的宽裕了。这瞬息间，我又被一位手执钢叉的猪头夜叉用鼻子拱进一间屋子里去，外面有牌额是：

“油豆滑跌小地狱”

进得里面，却是一望无边的平地，满铺了白豆拌着桐油。只见无数的人在这上面跌倒又起来，起来又跌倒。我也接连的摔了十二交，头上长出许多疙瘩来。但也有竟在门口坐着躺着，不想爬起，虽然浸得油汪汪的，却毫无一个疙瘩的人，可惜我去问他，他们都瞠着眼不说话。我不知道他们是不听见呢还是不懂，不愿意说呢还是无话可谈。

我于是跌上前去，去问那些正在乱跌的人们。其中的一个道：

“这就是罚智识的，因为智识是罪恶，赃物……。我们还算是轻的呢。你在阳间的时候，怎么不昏一点？……”他气喘吁吁的断续的说。

“现在昏起来罢。”

“迟了。”

“我听得人说，西医有使人昏睡的药，去请他注射去，好么？”

“不成，我正因为知道医药，所以在这里跌，连针也没有了。”

“那么……有专给人打吗啡针的，听说多是没智识的人……我寻他们去。”

在这谈话时，我们本已滑跌了几百交了。我一失望，便更不留神，忽然将头撞在白豆稀薄的地面上。地面很硬，跌势又重，我于是胡里胡涂的发了昏……

阿！自由！我忽而在平野上了，后面是那城，前面望得见公寓。我仍然胡里胡涂的走，一面想：我的妻和儿子，一定已经上京了，他们正围着我的死尸哭呢。我于是扑向我的躯壳去，便直坐起来，他们吓跑了，后来竭力说明，他们才了然，都高兴得大叫道：你还阳了，呵呀！我的老天爷哪……

我这样胡里胡涂的想时，忽然活过来了……

没有我的妻和儿子在身边，只有一个灯在桌上，我觉得自己睡在公寓里。间壁的一位学生已经从戏园回来，正哼着“先帝爷唉唉唉”哩，可见时候是不早了。

这还阳还得太冷静，简直不像还阳，我想，莫非先前也并没有死么？

倘若并没死，那么，朱朗翁也就并没有做阎罗王。

解决这问题，用智识究竟还怕是罪恶，我们还是用感情来决一决罢。

十月二十三日。

事实胜于雄辩

西哲说：事实胜于雄辩。我当初很以为然，现在才知道在我们中国，是不适用的。

去年我在青云阁的一个铺子里买过一双鞋，今年破了，又到原铺子去照样的买一双。

一个胖伙计，拿出一双鞋来，那鞋头又尖又浅了。

我将一只旧式的和一只新式的都排在柜上，说道：

“这不一样……”

“一样，没有错。”

“这……”

“一样，你瞧！”

我于是买了尖头鞋走了。

我顺便有一句话奉告我们中国的某爱国大家，您说，攻击本国的缺点，是拾某国人的唾余的，试在中国上，加上我们二字，看看通不通。

现在我敬谨加上了，看过了，然而通的。

您瞧！

十一月四日。

一九二二年

估《学衡》

我在二月四日的《晨报副刊》上看见式芬先生的杂感，很诧异天下竟有这样拘迂的老先生，竟不知世故到这地步，还来同《学衡》诸公谈学理。夫所谓《学衡》者，据我看来，实不过聚在“聚宝之门”左近的几个假古董所放的假毫光；虽然自称为“衡”，而本身的称星尚且未曾钉好，更何论于他所衡的轻重的是非。所以，决用不着较准，只要估一估就明白了。

《弁言》说：“籀绎之作必趋雅音以崇文”，“籀绎”如此，述作可知。夫文者，即使不能“载道”，却也应该“达意”，而不幸诸公虽然张皇国学，笔下却未免欠亨，不能自了，何以“衡”人。这实在是一个大缺点。看罢，诸公怎么说——

《弁言》云：“杂志迩例弁以宣言”，按宣言即布告，而弁者，周人戴在头上的瓜皮小帽一般的帽子，明明是顶上的东西，所以“弁言”就是序，异于“杂志迩例”的宣言，并为一谈，太汗漫了。《评提倡新文化者》文中说：“或操笔以待。每一新书出版。必为之序。以尽其领袖后进之责。顾亭林曰。人之患在好为人序。其此之谓乎。故语彼等以学问之标准与良知。犹语商贾以道德。娼妓以贞操也。”原来做一篇序“以尽其领袖后进之责”，便有这样的大罪案。然而诸公又何以也“突而弁兮”的“言”了起来呢？照前文推论，那便是我的质问，却正是“语商贾以道德。娼妓以贞操也”了。

《中国提倡社会主义之商榷》中说：“凡理想学说之发生。皆有其历史上之背影。决非悬空虚构。造乌托之邦。作无病之呻者也。”查“英吉之利”的摩耳，并未做 Pia of Uto，虽曰之乎者也，欲罢不能，但别寻古典，也非难事，又何必当中加楦呢。于古未闻“睹史之陀”，在今不去“宁古之塔”，奇句如此，真可谓“有病之呻”了。

《国学摭谭》中说：“虽三皇寥廓而无极。五帝搢绅先生难言之。”人而能“寥廓”，已属奇闻，而第二句尤为费解，不知是三皇之事，五帝和搢绅先生皆难言之，抑是五帝之事，搢绅先生也难言之呢？推度情理，当从后说，然而太史公所谓“搢绅先生难言之”者，乃指“百家言黄帝”而并不指五帝，所以翻开《史记》，便是赫然的一篇《五帝本纪》，又何尝“难言之”。难道太史公在汉朝，竟应该算是下等社会中人么？

《记白鹿洞谈虎》中说：“诸父老能健谈。谈多称虎。当其摹示抉噬之状。闻者鲜不色变。退而记之。亦资诙噱之类也。”姑不论其“能”“健”“谈”“称”，床上安床，“抉噬之状”，终于未记，而“变色”的事，但“资诙噱”，也可谓太远于事情。倘使但“资诙噱”，则先前的闻而色变者，简直是呆子了。记又云：“伥者。新鬼而膏虎牙者也。”刚做新鬼，便“膏虎牙”，实在可悯。那么，虎不但食人，而且也食鬼了。这是古来未知的新发见。

《渔丈人行》的起首道："楚王无道杀伍奢。覆巢之下无完家。"这"无完家"虽比"无完卵"新奇，但未免颇有语病。假如"家"就是鸟巢，那便犯了复，而且"之下"二字没有着落，倘说是人家，则掉下来的鸟巢未免太沉重了。除了大鹏金翅鸟（出《说岳全传》），断没有这样的大巢，能够压破彼等的房子。倘说是因为押韵，不得不然，那我敢说：这是"挂脚韵"。押韵至于如此，则翻开《诗韵合璧》的"六麻"来，写道"无完蛇""无完瓜""无完叉"，都无所不可的。

还有《浙江采集植物游记》，连题目都不通了。采集有所务，并非漫游，所以古人作记，务与游不并举，地与游才相连。匡庐峨眉，山也，则曰纪游，采硫访碑，务也，则曰日记。虽说采集时候，也兼游览，但这应该包举在主要的事务里，一列举便不"古"了。例如这记中也说起吃饭睡觉的事，而题目不可作《浙江采集植物游食眠记》。

以上不过随手拾来的事，毛举起来，更要费笔费墨费时费力，犯不上，中止了。因此诸公的说理，便没有指正的必要，文且未亨，理将安托，穷乡僻壤的中学生的成绩，恐怕也不至于此的了。

总之，诸公掊击新文化而张皇旧学问，倘不自相矛盾，倒也不失其为一种主张。可惜的是于旧学并无门径，并主张也还不配。倘使字句未通的人也算是国粹的知己，则国粹更要惭惶煞人！"衡"了一顿，仅仅"衡"出了自己的铢两来，于新文化无伤，于国粹也差得远。

我所佩服诸公的只有一点，是这种东西也居然会有发表的勇气。

为“俄国歌剧团”

我不知道，——其实是可以算知道的，然而我偏要这样说，——俄国歌剧团何以要离开他的故乡，却以这美妙的艺术到中国来博一点茶水喝。你们还是回去罢！

我到第一舞台看俄国的歌剧，是四日的夜间，是开演的第二日。

一入门，便使我发生异样的心情了：中央三十多人，旁边一大群兵，但楼上四五等中还有三百多的看客。

有人初到北京的，不久便说：我似乎住在沙漠里了。

是的，沙漠在这里。

没有花，没有诗，没有光，没有热。没有艺术，而且没有趣味，而且至于没有好奇心。

沉重的沙……

我是怎么一个怯弱的人呵。这时我想：倘使我是一个歌人，我的声音怕要销沉了罢。

沙漠在这里。

然而他们舞蹈了，歌唱了，美妙而且诚实的，而且勇猛的。

流动而且歌吟的云……

兵们拍手了，在接吻的时候。兵们又拍手了，又在接吻的时候。

非兵们也有几个拍手了，也在接吻的时候，而一个最响，超出于兵们的。

我是怎么一个褊狭的人呵。这时我想：倘使我是一个歌人，我怕要收藏了我的竖琴，沉默了我的歌声罢。倘不然，我就要唱我的反抗之歌。

而且真的，我唱了我的反抗之歌了！

沙漠在这里，恐怖的……

然而他们舞蹈了，歌唱了，美妙而且诚实的，而且勇猛的。

你们漂流转徙的艺术者，在寂寞里歌舞，怕已经有了归心了罢。你们大约没有复仇的意思，然而一回去，我们也就被复仇了。

比沙漠更可怕的人世在这里。

呜呼！这便是我对于沙漠的反抗之歌，是对于相识以及不相识的同感的朋友的劝诱，也就是为流转在寂寞中间的歌人们的广告。

四月九日。

无 题

私立学校游艺大会的第二日，我也和几个朋友到中央公园去走一回。

我站在门口帖着“昆曲”两字的房外面，前面是墙壁，而一个人用了全力要从我的背后挤上去，挤得我喘不出气。他似乎以为我是一个没有实质的灵魂了，这不能不说他有一点错。

回去要分点心给孩子们，我于是乎到一个制糖公司里去买东西。买的是“黄枚朱古律三文治”。

这是盒子上写着的名字，很有些神秘气味了。然而不的，用英文，不过是 Chocolate apricot sandwich。

我买定了八盒这“黄枚朱古律三文治”，付过钱，将他们装入衣袋里。不幸而我的眼光忽然横溢了，于是看见那公司的伙计正揸开了五个指头，罩住了我所未买的别的一切“黄枚朱古律三文治”。

这明明是给我的一个侮辱！然而，其实，我可不应该以为这是一个侮辱，因为我不能保证他如不罩住，也可以在纷乱中永远不被偷。也不能证明我决不是一个偷儿，也不能自己保证我在过去，现在以至未来决没有偷窃的事。

但我在那时不高兴了，装出虚伪的笑容，拍着这伙计的肩头说：

“不必的，我决不至于多拿一个……”

他说："那里那里……"赶紧掣回手去，于是惭愧了。这很出我意外，——我预料他一定要强辩，——于是我也惭愧了。

这种惭愧，往往成为我的怀疑人类的头上的一滴冷水，这于我是有损的。

夜间独坐在一间屋子里，离开人们至少也有一丈多远了。吃着分剩的"黄枚朱古律三文治"；看几叶托尔斯泰的书，渐渐觉得我的周围，又远远地包着人类的希望。

四月十二日。

“以震其艰深”

上海租界上的“国学家”，以为做白话文的大抵是青年，总该没有看过古董书的，于是乎用了所谓“国学”来吓呼他们。

《时报》上载着一篇署名涵秋的《文字感想》，其中有一段说：

“新学家薄国学为不足道故为钩辀格磔之文以震其艰深也一读之欲呕再读之昏昏睡去矣。”

领教。我先前只以为“钩辀格磔”是古人用他来形容鹧鸪的啼声，并无别的深意思；亏得这《文字感想》，才明白这是怪鹧鸪啼得“艰深”了，以此责备他的。但无论如何，“艰深”却不能令人“欲呕”，闻鹧鸪啼而呕者，世固无之，即以文章论，“粤若稽古”，注释纷纭，“绛即东雍”，圈点不断，这总该可以算是艰深的了，可是也从未听说，有人因此反胃。呕吐的原因决不在乎别人文章的“艰深”，是在乎自己的身体里的，大约因为“国学”积蓄得太多，笔不及写，所以涌出来了罢。

“以震其艰深也”的“震”字，从国学的门外汉看来也不通，但也许是为手民[①]所误的，因为排字印报也是新学，或者也不免要“以震其艰深”。

否则，如此“国学”，虽不艰深，却是恶作，真是“一读之欲呕”，再读之必呕矣。

国学国学，新学家既“薄为不足道”，国学家又道而不能亨，你真要道尽途穷了！

九月二十日。

① 指排字工人。

所谓“国学”

现在暴发的“国学家”之所谓“国学”是什么？

一是商人遗老们翻印了几十部旧书赚钱，二是洋场上的文豪又做了几篇鸳鸯蝴蝶体小说出版。

商人遗老们的印书是书籍的古董化，其置重不在书籍而在古董。遗老有钱，或者也不过聊以自娱罢了，而商人便大吹大擂的借此获利。还有茶商盐贩，本来是不齿于“士类”的，现在也趁着新旧纷扰的时候，借刻书为名，想挨进遗老遗少的“士林”里去。他们所刻的书都无民国年月，辨不出是元版是清版，都是古董性质，至少每本两三元，绵连，锦帙，古色古香，学生们是买不起的。这就是他们之所谓“国学”。

然而巧妙的商人可也决不肯放过学生们的钱的，便用坏纸恶墨别印什么“菁华”，什么“大全”之类来搜括。定价并不大，但和纸墨一比较却是大价了。至于这些“国学”书的校勘，新学家不行，当然是出于上海的所谓“国学家”的了，然而错字叠出，破句连篇（用的并不是新式圈点），简直是拿少年来开玩笑。这是他们之所谓“国学”。

洋场上的往古所谓文豪，“卿卿我我”“蝴蝶鸳鸯”诚然做过一小堆，可是自有洋场以来，从没有人称这些文章（？）为国学，他们自己也并不以“国学家”自命的。现在不知何以，忽而奇想天开，也学了盐贩茶商，要凭空挨进“国学家”队里去了。然而事实很可惨，他们之所谓国学，是“拆白之事各处皆有而以上海一隅为最甚（中略）余于课余之暇不惜浪费笔墨编纂事实作一篇小说以饷阅者想亦阅者所乐闻也”。（原本每句都密圈，今从略，以省排工，阅者谅之。）

“国学”乃如此而已乎？

试去翻一翻历史里的儒林和文苑传罢，可有一个将旧书当古董的鸿儒，可有一个以拆白饷阅者的文士？

倘说，从今年起，这些就是“国学”，那又是“新”例了。你们不是讲“国学”的么？

儿歌的“反动”

一　儿歌

胡怀琛

“月亮！月亮！
还有半个那里去了？”
“被人家偷去了。”
“偷去做甚么？”
“当镜子照。”

二　反动歌

小孩子

天上半个月亮，
我道是“破镜飞上天”，
原来却是被人偷下地了。
有趣呀，有趣呀，成了镜子了！
可是我见过圆的方的长方的八角六角的

菱花式的宝相花[1]式的镜子矣，

没有见过半月形的镜子也。

我于是乎很不有趣也！

谨案小孩子略受新潮，辄敢妄行诘难，人心不古，良足慨然！然拜读原诗，亦存小失，倘能改第二句为“两半个都那里去了”，即成全璧矣。胡先生夙擅改削，当不以鄙言为河汉也。夏历中秋前五日，某生者谨注。

十月九日。

① 又称宝仙花、宝莲花，传统吉祥纹样之一，是吉祥三宝之一，盛行于中国隋唐时期。

“一是之学说”

我从《学灯》上看见驳吴宓君《新文化运动之反应》这一篇文章之后，才去寻《中华新报》来看他的原文。

那是一篇浩浩洋洋的长文，该有一万多字罢，——而且还有作者吴宓君的照相。记者又在论前介绍说，“泾阳吴宓君美国哈佛大学硕士现为国立东南大学西洋文学教授君既精通西方文学得其神髓而国学复涵养甚深近主撰学衡杂志以提倡实学为任时论崇之”。

但这篇大文的内容是很简单的。说大意，就是新文化本也可以提倡的，但提倡者“当思以博大之眼光。宽宏之态度。肆力学术。深窥精研。观其全体。而贯通澈悟。然后平情衡理。执中驭物。造成一是之学说。融合中西之精华。以为一国一时之用。”而可恨“近年有所谓新文化运动者。本其偏激之主张。佐以宣传之良法。……加之喜新盲从者之多”便忽而声势浩大起来。殊不知“物极必反。理有固然。”于是“近顷于新文化运动怀疑而批评之书报渐多”了。这就谓之“新文化运动之反应”。然而“又所谓反应者非反抗之谓……读者幸勿因吾论列于此。而遂疑其为不赞成新文化者”云。

反应的书报一共举了七种，大体上都是“执中驭物”，宣传“正轨”的新文化的。现在我也来绍介一回：一《民心周报》，二《经世报》，三《亚洲学术杂志》，四《史地学报》，五《文哲学报》，六《学衡》，七《湘君》。

此外便是吴君对于这七种书报的“平情衡理”的批评（?）了。例如《民心周报》，“自发刊以至停版。除小说及一二来稿外。全用文言。不用所谓新式标点。即此一端。在新潮方盛之时。亦可谓砥柱中流矣。”至于《湘君》之用白话及标点，却又别有道理，那是“《学衡》本事理之真。故拒斥粗劣白话及英文标点。《湘君》求文艺之美。故兼用通妥白话及新式标点”的。总而言之，主张偏激，连标点也就偏激，那白话自然更不“通妥”了。即如我的白话，离通妥就很远；而我的标点则是“英文标点”。

但最“贯通澈悟”的是拉《经世报》来做“反应”，当《经世报》出版的时候，还没有“万恶孝为先”的谣言，而他们却早已发过许多崇圣的高论，可惜现在从日报变了月刊，实在有些萎缩现象了。至于“其于君臣之伦。另下新解”，“《亚洲学术杂志》议其牵强附会。必以君为帝王”，实在并不错，这才可以算得“新文化之反应”，而吴君又以为“则过矣”，那可是自己“则过矣”了。因为时代的关系，那时的君，当然是帝王而不是大总统。又如民国以前的议论，也因为时代的关系，自然多含革命的精神，《国粹学报》便是其一，而吴君却怪他谈学术而兼涉革命，也就是过于“融合”了时间的先后的原因。

此外还有一个太没见识处，就是遗漏了《长青》，《红》，《快活》，《礼拜六》等近顷风起云涌的书报，这些实在都是“新文化运动的反应”，而且说“通妥白话”的。

十一月三日。

不懂的音译

一

凡有一件事，总是永远缠夹不清的，大约莫过于在我们中国了。

翻外国人的姓名用音译，原是一件极正当，极平常的事，倘不是毫无常识的人们，似乎决不至于还会说费话。然而在上海报（我记不清楚什么报了，总之不是《新申报》便是《时报》上，却又有伏在暗地里掷石子的人来嘲笑了。他说，做新文学家的秘诀，其一是要用些“屠介纳夫”“郭歌里”之类使人不懂的字样的。

凡有旧来音译的名目：靴，狮子，葡萄，萝卜，佛，伊犁等……都毫不为奇的使用，而独独对于几个新译字来作怪；若是明知的，便可笑；倘不，更可怜。

其实是，现在的许多翻译者，比起往古的翻译家来，已经含有加倍的顽固性的了。例如南北朝人译印度的人名：阿难陀，实叉难驼、鸠摩罗什婆……决不肯附会成中国的人名模样，所以我们到了现在，还可以依了他们的译例推出原音来。不料直到光绪末年，在留学生的书报上，说是外国出了一个“柯伯坚”，倘使粗粗一看，大约总不免要疑心他是柯府上的老爷柯仲软的令兄的罢，但幸而还有照相在，可知道并不如此，其实是俄国的 Kro potkin。那书上又有一个“陶斯道”，我已经记不清是 Dostoievski 呢，还是 Tolstoi 了。

这“屠介纳夫”和“郭歌里”，虽然古雅赶不上“柯伯坚”，但于外国人的氏姓上定要加一个《百家姓》里所有的字，却几乎成了现在译界的常习，比起六朝和尚来，已可谓很“安本分”的了。然而竟还有人从暗中来掷石子，装鬼脸，难道真所谓“人心不古”么？

我想，现在的翻译家倒大可以学学“古之和尚”，凡有人名地名，什么音便怎么译，不但用不着白费心思去嵌镶，而且还须去改正。即如“柯柏坚”，现在虽然改译“苦鲁巴金”了，但第一音既然是 K 不是 Ku，我们便该将“苦”改作“克”，因为 K 和 Ku 的分别，在中国字音上是办得到的。

而中国却是更没有注意到，所以去年 Kropotkin 死去的消息传来的时候，上海《时报》便用日俄战争时旅顺败将 Kuropatkin 的照相，把这位无治主义老英雄的面目来顶替了。

十一月四日。

二

自命为“国学家”的对于译音也加以嘲笑，确可以算得一种古今的奇闻；但这不特显示他的昏愚，实在也足以看出他的悲惨。

倘如他的尊意，则怎么办呢？我想，这只有三条计。上策是凡有外国的事物都不谈；中策是凡有外国人都称之为洋鬼子，例如屠介纳夫的《猎人日记》，郭歌里的《巡按使》，都题为

“洋鬼子著”；下策是，只好将外国人名改为王羲之唐伯虎黄三太之类，例如进化论是唐伯虎提倡的，相对论是王羲之发明的，而发见美洲的则为黄三太。

倘不能，则为自命为国学家所不懂的新的音译语，可是要侵入真的国学的地域里来了。

中国有一部《流沙坠简》，印了将有十年了。要谈国学，那才可以算一种研究国学的书。开首有一篇长序，是王国维先生做的，要谈国学，他才可以算一个研究国学的人物。而他的序文中有一段说：“案古简所出为地凡三（中略）其三则和阗东北之尼雅城及马咱托拉拔拉滑史德三地也”。

这些译音，并不比“屠介纳夫”之类更古雅，更易懂。然而何以非用不可呢？就因为有三处地方，是这样的称呼；即使上海的国学家怎样冷笑，他们也仍然还是这样的称呼。当假的国学家正在打牌喝酒，真的国学家正在稳坐高斋读古书的时候，沙士比亚的同乡斯坦因博士却已经在甘肃新疆这些地方的沙碛里，将汉晋简牍掘去了；不但掘去，而且做出书来了。所以真要研究国学，便不能不翻回来；因为真要研究，所以也就不能行我的三策：或绝口不提，或但云“得于华夏”，或改为“获之于春申浦畔”了。

而且不特这一事。此外如真要研究元朝的历史，便不能不懂“屠介纳夫”的国文，因为单用些“鸳鸯”“蝴蝶”这些字样，实在是不够敷衍的。所以中国的国学不发达则已，万一发达起来，则敢请恕我直言，可是断不是洋场上的自命为国学家“所能厕足其间者也”的了。

但我于序文里所谓三处中的“马咱托拉拔拉滑史德”，起初却实在不知道怎样断句，读下去才明白二是“马咱托拉”，三是“拔拉滑史德”。

所以要清清楚楚的讲国学，也仍然须嵌外国字，须用新式的标点的。

十一月六日。

对于批评家的希望

前两三年的书报上，关于文艺的大抵只有几篇创作（姑且这样说）和翻译，于是读者颇有批评家出现的要求，现在批评家已经出现了，而且日见其多了。

以文艺如此幼稚的时候，而批评家还要发掘美点，想扇起文艺的火焰来，那好意实在很可感。即不然，或则叹息现代作品的浅薄，那是望著作家更其深，或则叹息现代作品之没有血泪，那是怕著作界复归于轻佻。虽然似乎微辞过多，其实却是对于文艺的热烈的好意，那也实在是很可感谢的。

独有靠了一两本“西方”的旧批评论，或则捞一点头脑板滞的先生们的唾余，或则仗着中国固有的什么天经地义之类的，也到文坛上来践踏，则我以为委实太滥用了批评的权威。试将粗浅的事来比罢：譬如厨子做菜，有人品评他坏，他固不应该将厨刀铁釜交给批评者，说道你试来做一碗好的看；但他却可以有几条希望，就是望吃菜的没有“嗜痂之癖”①，没有喝醉了酒，没有害着热病，舌苔厚到二三分。

我对于文艺批评家的希望却还要小。我不敢望他们于解剖裁判别人的作品之前，先将自己的精神来解剖裁判一回，看本

① 意思是原指爱吃疮痂的癖性。后形容怪癖的嗜好。出自《南史·刘穆之传》。

身有无浅薄卑劣荒谬之处，因为这事情是颇不容易的。我所希望的不过愿其有一点常识，例如知道裸体画和春画的区别，接吻和性交的区别，尸体解剖和戮尸的区别，出洋留学和“放诸四夷”① 的区别，笋和竹的区别，猫和老虎的区别，老虎和番菜馆的区别……。更进一步，则批评以英美的老先生学说为主，自然是悉听尊便的，但尤希望知道世界上不止英美两国；看不起托尔斯泰，自然也自由的，但尤希望先调查一点他的行实，真看过几本他所做的书。

还有几位批评家，当批评译本的时候，往往诋为不足齿数的劳力，而怪他何不去创作。创作之可尊，想来翻译家该是知道的，然而他竟止于翻译者，一定因为他只能翻译，或者偏爱翻译的缘故。所以批评家若不就事论事，而说些应当去如此如彼，是溢出于事权以外的事，因为这类言语，是商量教训而不是批评。现在还将厨子来比，则吃菜的只要说出品味如何就尽够，若于此之外，又怪他何以不去做裁缝或造房子，那是无论怎样的呆厨子，也难免要说这位客官是痰迷心窍的了。

十一月九日。

① 放逐到边远的地方。

反对“含泪”的批评家

现在对于文艺的批评日见其多了，是好现象；然而批评日见其怪了，是坏现象，愈多反而愈坏。

我看了很觉得不以为然的是胡梦华君对于汪静之君《蕙的风》的批评，尤其觉得非常不以为然的是胡君答复章鸿熙君的信。

一，胡君因为《蕙的风》里有一句“一步一回头瞟我意中人”，便科以和《金瓶梅》一样的罪：这是锻炼周纳的。《金瓶梅》卷首诚然有“意中人”三个字，但不能因为有三个字相同，便说这书和那书是一模样。例如胡君要青年去忏悔，而《金瓶梅》也明明说是一部“改过的书”，若因为这一点意思偶合，而说胡君的主张也等于《金瓶梅》，我实在没有这样的粗心和大胆。我以为中国之所谓道德家的神经，自古以来，未免过敏而又过敏了，看见一句“意中人”，便即想到《金瓶梅》，看见一个“瞟”字，便即穿凿到别的事情上去。然而一切青年的心，却未必都如此不净；倘竟如此不净，则即使“授受不亲”，后来也就会“瞟”，以至于瞟以上的等等事，那时便是一部《礼记》，也即等于《金瓶梅》了，又何有于《蕙的风》？

二，胡君因为诗里有“一个和尚悔出家”的话，便说是诬蔑了普天下和尚，而且大呼释迦牟尼佛：这是近于宗教家而且援引多数来恫吓，失了批评的态度的。其实一个和尚悔出家，并不是怪事，若普天下的和尚没有一个悔出家的，那倒是大怪事。中国岂不是常有酒肉和尚，还俗和尚么？非“悔出家”而何？倘说那些是坏和尚，则那诗里的便是坏和尚之一，又何至诬蔑了普天下的和尚呢？这正如胡君说一本诗集是不道德，并不算诬蔑了普天下的诗人。至于释迦牟尼，可更与文艺界“风马牛”了，据他老先生的教训，则做诗便犯了“绮语戒”，无论道德或不道德，都不免受些孽报，可怕得很的！

三，胡君说汪君的诗比不上歌德和雪利，我以为是对的。但后来又说，“论到人格，歌德一生而十九娶，为世诟病，正无可讳。然而歌德所以垂世不朽者，乃五十岁以后忏悔的歌德，我们也知道么？”这可奇特了。雪利我不知道，若歌德即Goethe，则我敢替他呼几句冤，就是他并没有“一生而十九娶”，并没有“为世诟病”，并没有“五十岁以后忏悔”。而且对于胡君所说的“自‘耳食’之风盛，歌德，雪利之真人格遂不为国人所知，无识者流，更妄相援引，可悲亦复可笑！”这一段话，也要请收回一些去。

我不知道汪君可曾过了五十岁，倘没有，则即使用了胡君的论调来裁判，似乎也还不妨做“一步一回头瞟我意中人”的诗，因为以歌德为例，也还有到“忏悔”的时候。

临末，则我对于胡君的“悲哀的青年，我对于他们只有不可思议的眼泪！”“我还想多写几句，我对于悲哀的青年底不可思议的泪已盈眶了。”这一类话，实在不明白“其意何居”。批评文艺，万不能以眼泪的多少来定是非。文艺界可以收到创作家的眼泪，而沾了批评家的眼泪却是污点。胡君的眼泪的确洒得非其地，非其时，未免万分可惜了。

起稿已完，才看见《青光》上的一段文章，说近人用先生和君，含有尊敬和小觑的差别意见。我在这文章里正用君，但初意却不过贪图少写一个字，并非有什么《春秋》笔法。现在声明于此，却反而多写了许多字了。

十一月十七日。

即小见大

北京大学的反对讲义收费风潮，芒硝火焰似的起来，又芒硝火焰似的消灭了，其间就是开除了一个学生冯省三。

这事很奇特，一回风潮的起灭，竟只关于一个人。倘使诚然如此，则一个人的魄力何其太大，而许多人的魄力又何其太无呢。

现在讲义费已经取消，学生是得胜了，然而并没有听得有谁为那做了这次的牺牲者祝福。

即小见大，我于是竟悟出一件长久不解的事来，就是：三贝子花园里面，有谋刺良弼和袁世凯而死的四烈士坟，其中有三块墓碑，何以直到民国十一年还没有人去刻一个字。

凡有牺牲在祭坛前沥血之后，所留给大家的，实在只有“散胙”这一件事了。

十一月十八日。

一九二四年

望勿“纠正”

汪原放君已经成了古人了，他的标点和校正小说，虽然不免小谬误，但大体是有功于作者和读者的。谁料流弊却无穷，一班效颦的便随手拉一部书，你也标点，我也标点，你也作序，我也作序，他也校改，这也校改，又不肯好好的做，结果只是糟蹋了书。

《花月痕》本不必当作宝贝书，但有人要标点付印，自然是各随各便。这书最初是木刻的，后有排印本；最后是石印，错字很多，现在通行的多是这一种。至于新标点本，则陶乐勤君序云：“本书所取的原本，虽属佳品，可是错误尚多。余虽都加以纠正，然失检之处，势必难免。……”我只有错字很多的石印本，偶然对比了第二十五回中的三四叶，便觉得还是石印本好，因为陶君于石印本的错字多未纠正，而石印本的不错字儿却多纠歪了。

“钗黛直是个子虚乌有，算不得什么。……”

这“直是个”就是“简直是一个”之意，而纠正本却改作“真是个”，便和原意很不相同了。

“秋痕头上包着绉帕……突见痴珠，便含笑低声说道，‘我料得你挨不上十天，其实何苦呢？’

“……痴珠笑道，‘往后再商量罢。’……”

他们俩虽然都沦落，但其时却没有什么大悲哀，所以还都笑。而纠正本却将两个“笑”字都改成“哭”字了。教他们一见就哭，看眼泪似乎太不值钱，况且“含哭”也不成话。

我因此想到一种要求，就是印书本是美事，但若自己于意义不甚了然时，不可便以为是错的，而奋然“加以纠正”，不如“过而存之”，或者倒是并不错。

我因此又起了一个疑问，就是有些人攻击译本小说“看不懂”，但他们看中国人自作的旧小说，当真看得懂么？

一月二十八日。

这一篇短文发表之后，曾记得有一回遇见胡适之先生，谈到汪先生的事，知道他很康健。胡先生还以为我那“成了古人”云云，是说他做过许多工作，已足以表见于世的意思。这实在使我“诚惶诚恐”，因为我本意实不如此，直白地说，就是说已经“死掉了”。可是直到那时候，我才知这先前所听到的竟是一种毫无根据的谣言。现在我在此敬向汪先生谢我的粗疏之罪，并且将旧文的第一句订正，改为：“汪原放君未经成了古人了。”

一九二五年九月二十四日，身热头痛之际，书。

南腔北调集（节选）

题 记

一两年前，上海有一位文学家，现在是好像不在这里了，那时候，却常常拉别人为材料，来写她的所谓“素描”。我也没有被赦免。据说，我极喜欢演说，但讲话的时候是口吃的，至于用语，则是南腔北调。前两点我很惊奇，后一点可是十分佩服了。真的，我不会说绵软的苏白，不会打响亮的京腔，不入调，不入流，实在是南腔北调。而且近几年来，这缺点还有开拓到文字上去的趋势；《语丝》早经停刊，没有了任意说话的地方，打杂的笔墨，是也得给各个编辑者设身处地地想一想的，于是文章也就不能划一不二，可说之处说一点，不能说之处便罢休。即使在电影上，不也有时看得见黑奴怒形于色的时候，一有同是黑奴而手里拿着皮鞭的走过来，便赶紧低下头去么？我也毫不强横。

一俯一仰，居然又到年底，邻近有几家放鞭爆，原来一过夜，就要“天增岁月人增寿”了。静着没事，有意无意的翻出这两年所作的杂文稿子来，排了一下，看看已经足够印成一本，同时记得了那上面所说的“素描”里的话，便名之曰《南腔北调集》，准备和还未成书的将来的《五讲三嘘集》配对。我在私塾里读书时，对过对，这积习至今没有洗干净，题目上有时就玩些什么《偶成》，《漫与》，《作文秘诀》，《捣鬼心传》这回却闹到书名上来了。这是不足为训的。

其次，就自己想：今年印过一本《伪自由书》，如果这也付印，那明年就又有一本了。于是自己觉得笑了一笑。这笑，是有些恶意的，因为我这时想到了梁实秋先生，他在北方一面做教授，一面编副刊，一位喽啰儿就在那副刊上说我和美国的门肯（H. L. Mencken）[①] 相像，因为每年都要出一本书。每年出一本书就会像每年也出一本书的门肯，那么，吃大菜而做教授，真可以等于美国的白璧德了。低能好像是也可以传授似的。但梁教授极不愿意因他而牵连白璧德，是据说小人的造谣；不过门肯却正是和白璧德相反的人，以我比彼，虽出自徒孙之口，骨子里却还是白老夫子的鬼魂在作怪。指头一拨，君子就翻一个筋斗，我觉得我到底也还有手腕和眼睛。

不过这是小事情。举其大者，则一看去年一月八日所写的《"非所计也"》，就好像着了鬼迷，做了恶梦，胡里胡涂，不久就整两年。怪事随时袭来，我们也随时忘却，倘不重温这些杂感，连我自己做过短评的人，也毫不记得了。一年要出一本书，确也可以使学者们摇头的，然而只有这一本，虽然浅薄，却还借此存留一点遗闻逸事，以中国之大，世变之亟，恐怕也未必就算太多了罢。

两年来所作的杂文，除登在《自由谈》上者外，几乎都在这里面；书的序跋，却只选了自以为还有几句可取的几篇。曾经登载这些的刊物，是《十字街头》，《文学月报》，《北斗》，《现代》，《涛声》，《论语》，《申报月刊》，《文学》等，当时是大抵用了别的笔名投稿的；但有一篇没有发表过。

一九三三年十二月三十一日之夜，于上海寓斋记。

---

① 美国文艺批评家，散文作家。

一九三二年

“非所计也”

新年第一回的《申报》（一月七日）用“要电”告诉我们：“闻陈（外交总长印友仁）与芳泽友谊甚深，外交界观察，芳泽回国任日外长，东省交涉可望以陈之私人感情，得一较好之解决云。”

中国的外交界看惯了在中国什么都是“私人感情”，这样的“观察”，原也无足怪的。但从这一个“观察”中，又可以“观察”出“私人感情”在政府里之重要。

然而同日的《申报》上，又用“要电”告诉了我们：“锦州三日失守，连山、绥中续告陷落，日陆战队到山海关在车站悬日旗……”

而同日的《申报》上，又用“要闻”告诉我们“陈友仁对东省问题宣言”云：“……前日已命令张学良固守锦州，积极抵抗，今后仍坚持此旨，决不稍变，即不幸而挫败，非所计也。”

然则“友谊”和“私人感情”，好像也如“国联”① 以及“公理”，“正义”之类一样的无效，“暴日”，似乎不象中国，专讲这些的，这真只得“不幸而挫败，非所计也”了。

也许爱国志士，又要上京请愿了罢。当然，“爱国热忱”，是“殊堪嘉许”的，但第一自然要不“越轨”，第二还是自己想一想，和内政部长、卫戍司令诸大人“友谊”怎样，“私人感情”又怎样。倘不“甚深”，据内政界观察，是不但难“得一较好之解决”，而且——请恕我直言——恐怕仍旧要有人“自行失足落水淹死”的。

所以未去之前，最好是拟一宣言，结末道：“即不幸而‘自行失足落水淹死’非所计也!”然而又要觉悟这说的是真话。

一月八日。

---

① 当时国民党政府对日本的侵略采取不抵抗政策，一味依赖国联，如一九三一年十月十四日国民党第四次代表大会对外宣言中就说：“当事变之初，中国即提请国联处理，期以国际间保障和平机关之制裁，申张正义与公理。”

林克多《苏联闻见录》序

大约总归是十年以前罢，我因为生了病，到一个外国医院去请诊治，在那待诊室里放着的一本德国《星期报》（Die Woche）上，看见了一幅关于俄国十月革命的漫画，画着法官，教师，连医生和看护妇，也都横眉怒目，捏着手枪。这是我最先看见的关于十月革命的讽刺画，但也不过心里想，有这样凶暴么，觉得好笑罢了。后来看了几个西洋人的旅行记，有的说是怎样好，有的又说是怎样坏，这才莫名其妙起来。但到底也是自己断定：这革命恐怕对于穷人有了好处，那么对于阔人就一定是坏的，有些旅行者为穷人设想，所以觉得好，倘若替阔人打算，那自然就都是坏处了。

但后来又看见一幅讽刺画，是英文的，画着用纸版剪成的工厂、学校、育儿院等等，竖在道路的两边，使参观者坐着摩托车，从中间驶过。这是针对着做旅行记述说苏联的好处的作者们而发的，犹言参观的时候，受了他们的欺骗。政治和经济的事，我是外行，但看去年苏联煤油和麦子的输出，竟弄得资本主义文明国的人们那么骇怕的事实，却将我多年的疑团消释了。我想：假装面子的国度和专会杀人的人民，是决不会有这么巨大的生产力的，可见那些讽刺画倒是无耻的欺骗。

不过我们中国人实在有一点小毛病，就是不大爱听别国的好处，尤其是清党之后，提起那日有建设的苏联。一提到罢，不是说你意在宣传，就是说你得了卢布。而且宣传这两个字，在中国实在是被糟蹋得太不成样子了，人们看惯了什么阔人的通电，什么会议的宣言，什么名人的谈话，发表之后，立刻无影无踪，还不如一个屁的臭得长久，于是渐以为凡有讲述远处或将来的优点的文字，都是欺人之谈，所谓宣传，只是一个为了自利，而漫天说谎的雅号。

自然，在目前的中国，这一类的东西是常有的，靠了钦定或官许的力量，到处推销无阻，可是读的人们却不多，因为宣传的事，是必须在现在或到后来有事实来证明的，这才可以叫作宣传。而中国现行的所谓宣传，则不但后来只有证明这“宣传”确凿就是说谎的事实而已，还有一种坏结果，是令人对于凡有记述文字逐渐起了疑心，临末弄得索性不看。即如我自己就受了这影响，报章上说的什么新旧三都[①]的伟观，南北两京[②]的新气，固然只要看见标题就觉得肉麻了，而且连讲外国的游记，也竟至于不大想去翻动它。

但这一年内，也遇到了两部不必用心戒备，居然看完了的书，一是胡愈之先生的《莫斯科印象记》，一就是这《苏联闻见录》。因为我的辨认草字的力量太小的缘故，看下去很费力，但为了想看看这自说“为了吃饭问题，不得不去做工”的工人作者的见闻，到底看下去了。虽然中间遇到好像讲解统计表一般的地方，在我自己，未免觉得枯燥，但好在并不多，到底也看下去了。那原因，就在作者仿佛对朋友谈天似的，不用美丽

① 新旧三都指南京、洛阳和西安。当时国民党政府以南京为首都，一二八战争时，又曾定洛阳为行都，西安为陪都。

② 南北两京，指南京和北京。

的字眼，不用巧妙的做法，平铺直叙，说了下去，作者是平常的人，文章是平常的文章，所见所闻的苏联，是平平常常的地方，那人民，是平平常常的人物，所设施的正是合于人情，生活也不过像了人样，并没有什么希奇古怪。倘要从中猎艳搜奇，自然免不了会失望，然而要知道一些不搽粉墨的真相，却是很好的。

而且由此也可以明白一点世界上的资本主义文明国之定要进攻苏联的原因。工农都像了人样，于资本家和地主是极不利的，所以一定先要歼灭了这工农大众的模范。苏联愈平常，他们就愈害怕。前五六年，北京盛传广东的裸体游行，后来南京、上海又盛传汉口的裸体游行，就是但愿敌方的不平常的证据。据这书里面的记述，苏联实在使他们失望了。为什么呢？因为不但共妻，杀父，裸体游行等类的“不平常的事”，确然没有而已，倒是有了许多极平常的事实，那就是将“宗教、家庭、财产、祖国、礼教……一切神圣不可侵犯”的东西都像粪一般抛掉，而一个簇新的，真正空前的社会制度从地狱底里涌现而出，几万万的群众自已做了支配自己命运的人。这种极平常的事情，是只有“匪徒”才干得出来的。该杀者，“匪徒”也。

但作者的到苏联，已在十月革命后十年，所以只将他们之“能坚苦，耐劳，勇敢与牺牲”告诉我们，而怎样苦斗，才能够得到现在的结果，那些故事，却讲得很少。这自然是别种著作的任务，不能责成作者全都负担起来，但读者是万不可忽略这一点的，否则，就如印度的《譬喻经》所说，要造高楼，而反对在地上立柱，据说是因为他要造的，是离地的高楼一样。

我不加戒备的将这读完了，即因为上文所说的原因。而我相信这书所说的苏联的好处的，也还有一个原因，那就是十来年前，说过苏联怎么不行怎么无望的所谓文明国人，去年已在苏联的煤油和麦子面前发抖。而且我看见确凿的事实：他们是在吸中国的膏血，夺中国的土地，杀中国的人民。他们是大骗子，他们说苏联坏，要进攻苏联，就可见苏联是好的了。这一部书，正也转过来是我的意见的实证。

一九三二年四月二十日，鲁迅于上海闸北寓楼记。

我们不再受骗了

帝国主义是一定要进攻苏联的。苏联愈弄得好，它们愈急于要进攻，因为它们愈要趋于灭亡。

我们被帝国主义及其侍从们真是骗得长久了。十月革命之后，它们总是说苏联怎么穷下去，怎么凶恶，怎么破坏文化。但现在的事实怎样？小麦和煤油的输出，不是使世界吃惊了么？正面之敌的实业党的首领，不是也只判了十年的监禁么？列宁格勒、莫斯科的图书馆和博物馆，不是都没有被炸掉么？文学家如绥拉菲摩维支、法捷耶夫、革拉特珂夫、绥甫林娜、唆罗诃夫等，不是西欧、东亚，无不赞美他们的作品么？关于艺术的事我不大知道，但据乌曼斯基（K. Umansky）说，一九一九年中，在莫斯科的展览会就有二十次，列宁格勒两次（《Neue Kunst in Russland》），则现在的旺盛，更是可想而知了。

然而谣言家是极无耻而且巧妙的，一到事实证明了他的话是撒谎时，他就躲下，另外又来一批。

新近我看见一本小册子，是说美国的财政有复兴的希望的，序上说，苏联的购领物品，必须排成长串，现在也无异于从前，仿佛他很为排成长串的人们抱不平，发慈悲一样。

这一事，我是相信的，因为苏联内是正在建设的途中，外是受着帝国主义的压迫，许多物品，当然不能充足。但我们也听到别国的失业者，排着长串向饥寒进行；中国的人民，在内战，在外侮，在水灾，在榨取的大罗网之下，排着长串而进向死亡去。

然而帝国主义及其奴才们，还来对我们说苏联怎么不好，好像它倒愿意苏联一下子就变成天堂，人们个个享福。现在竟这样子，它失望了，不舒服了。——这真是恶鬼的眼泪。

一睁开眼，就露出恶鬼的本相来的，——它要去惩办了。

它一面去惩办，一面来诳骗。正义、人道、公理之类的话，又要满天飞舞了。但我们记得，欧洲大战时候，飞舞过一回的，骗得我们的许多苦工，到前线去替它们死，接着是在北京的中央公园里竖了一块无耻的，愚不可及的“公理战胜”的牌坊①(但后来又改掉了)。现在怎样？“公理”在那里？这事还不过十六年，我们记得的。

帝国主义和我们，除了它的奴才之外，那一样利害不和我们正相反？我们的痈疽，是它们的宝贝，那么，它们的敌人，当然是我们的朋友了。它们自身正在崩溃下去，无法支持，为挽救自己的末运，便憎恶苏联的向上。谣诼，诅咒，怨恨，无所不至，没有效，终于只得准备动手去打了，一定要灭掉它才睡得着。但我们干什么呢？我们还会再被骗么？

“苏联是无产阶级专政的，智识阶级就要饿死。”——一位有名的记者曾经这样警告我。是的，这倒恐怕要使我也有些睡不着了。但无产阶级专政，不是为了将来的无阶级社会么？只要你不去谋害它，自然成功就早，阶级的消灭也就早，那时就

① 原是东单牌楼北边的克林德牌坊，1918 年德国在第一次世界大战中战败，此牌坊被拆毁。

谁也不会“饿死”了。不消说，排长串是一时难免的，但到底会快起来。

帝国主义的奴才们要去打，自己（!）跟着它的主人去打去就是。我们人民和它们是利害完全相反的。我们反对进攻苏联。我们倒要打倒进攻苏联的恶鬼，无论它说着怎样甜腻的话头，装着怎样公正的面孔。

这才也是我们自己的生路!

五月六日。

论“第三种人”

这三年来，关于文艺上的论争是沉寂的，除了在指挥刀的保护之下，挂着“左翼”的招牌，在马克斯主义里发现了文艺自由论，列宁主义里找到了杀尽共匪说的论客的“理论”之外，几乎没有人能够开口，然而，倘是“为文艺而文艺”的文艺，却还是“自由”的，因为他决没有收了卢布的嫌疑。但在“第三种人”，就是“死抱住文学不放的人”，又不免有一种苦痛的豫感：左翼文坛要说他是“资产阶级的走狗”。

代表了这一种“第三种人”来鸣不平的，是《现代》杂志第三和第六期上的苏汶先生的文章（我在这里先应该声明：我为便利起见，暂且用了“代表”，“第三种人”这些字眼，虽然明知道苏汶先生的“作家之群”，是也如拒绝“或者”，“多少”、“影响”这一类不十分决定的字眼一样，不要固定的名称的，因为名称一固定，也就不自由了）。他以为左翼的批评家，动不动就说作家是“资产阶级的走狗”，甚至于将中立者认为非中立，而一非中立，便有认为“资产阶级的走狗”的可能，号称“左翼作家”者既然“左而不作”，“第三种人”又要作而不敢，于是文坛上便没有东西了。然而文艺据说至少有一部分是超出于阶级斗争之外的，为将来的，就是“第三种人”所抱住的真的，永久的文艺。——但可惜，被左翼理论家弄得不敢作了，因为作家在未作之前，就有了被骂的豫感。

我相信这种预感是会有的，而以“第三种人”自命的作家，也愈加容易有。我也相信作者所说，现在很有懂得理论，而感情难变的作家。然而感情不变，则懂得理论的度数，就不免和感情已变或略变者有些不同，而看法也就因此两样。苏汶先生的看法，由我看来，是并不正确的。

自然，自从有了左翼文坛以来，理论家曾经犯过错误，作家之中，也不但如苏汶先生所说，有“左而不作”的，并且还有由左而右，甚至于化为民族主义文学的小卒，书坊的老板，敌党的探子的，然而这些讨厌左翼文坛了的文学家所遗下的左翼文坛，却依然存在，不但存在，还在发展，克服自己的坏处，向文艺这神圣之地进军。苏汶先生问过：克服了三年，还没有克服好么？回答是：是的，还要克服下去，三十年也说不定。然而一面克服着，一面进军着，不会做待到克服完成，然后行进那样的傻事的。但是，苏汶先生说过“笑话”：左翼作家在从资本家取得稿费；现在我来说一句真话，是左翼作家还在受封建的资本主义的社会的法律的压迫，禁锢，杀戮。所以左翼刊物，全被摧残，现在非常寥寥，即偶有发表，批评作品的也绝少，而偶有批评作品的，也并未动不动便指作家为“资产阶级的走狗”，而且不要“同路人”。左翼作家并不是从天上掉下来的神兵，或国外杀进来的仇敌，他不但要那同走几步的“同路人”，还要招致那站在路旁看看的看客也一同前进。

但现在要问：左翼文坛现在因为受着压迫，不能发表很多的批评，倘一旦有了发表的可能，不至于动不动就指“第三种人”为“资产阶级的走狗”么？我想，倘若左翼批评家没有宣誓不说，又只从坏处着想，那是有这可能的，也可以想得比这还要坏。不过我以为这种预测，实在和想到地球也许有破裂之一日，而先行自杀一样，大可以不必的。

然而苏汶先生的“第三种人”，却据说是为了这未来的恐怖而“搁笔”了。未曾身历，仅仅因为心造的幻影而搁笔，“死抱住文学不放”的作者的拥抱力，又何其弱呢？两个爱人，有因为预防将来的社会上的斥责而不敢拥抱的么？

其实，这“第三种人”的“搁笔”，原因并不在左翼批评的严酷。真实原因的所在，是在做不成这样的“第三种人”，做不成这样的人，也就没有了第三种笔，搁与不搁，还谈不到。

生在有阶级的社会里而要做超阶级的作家，生在战斗的时代而要离开战斗而独立，生在现在而要做给与将来的作品，这样的人，实在也是一个心造的幻影，在现实世界上是没有的。要做这样的人，恰如用自己的手拔着头发，要离开地球一样，他离不开，焦躁着，然而并非因为有人摇了摇头，使他不敢拔了的缘故。

所以虽是“第三种人”，却还是一定超不出阶级的，苏汶先生就先在豫料阶级的批评了，作品里又岂能摆脱阶级的利害；也一定离不开战斗的，苏汶先生就先以“第三种人”之名提出抗争了，虽然“抗争”之名又为作者所不愿受；而且也跳不过现在的，他在创作超阶级的，为将来的作品之前，先就留心于左翼的批判了。

这确是一种苦境。但这苦境，是因为幻影不能成为实有而来的。即使没有左翼文坛作梗，也不会有这“第三种人”，何况作品。但苏汶先生却又心造了一个横暴的左翼文坛的幻影，将“第三种人”的幻影不能出现，以至将来的文艺不能发生的罪孽，都推给它了。

左翼作家诚然是不高超的，连环图画，唱本，然而也不到苏汶先生所断定那样的没出息。左翼也要托尔斯泰、弗罗培尔。但不要“努力去创造一些属于将来（因为他们现在是不要的）的东西”的托尔斯泰和弗罗培尔。他们两个，都是为现在而写的，将来是现在的将来，于现在有意义，才于将来会有意义。尤其是托尔斯泰，他写些小故事给农民看，也不自命为“第三种人”，当时资产阶级的多少攻击，终于不能使他“搁笔”。左翼虽然诚如苏汶先生所说，不至于蠢到不知道“连环图画是产生不出托尔斯泰，产生不出弗罗培尔来”，但却以为可以产出密开朗该罗，达文希那样伟大的画手。而且我相信，从唱本说书里是可以产生托尔斯泰、弗罗培尔的。现在提起密开朗该罗们的画来，谁也没有非议了，但实际上，那不是宗教的宣传画，《旧约》的连环图画么？而且是为了那时的“现在”的。

总括起来说，苏汶先生是主张“第三种人”与其欺骗，与其做冒牌货，倒还不如努力去创作，这是极不错的。

“定要有自信的勇气，才会有工作的勇气！”这尤其是对的。

然而苏汶先生又说，许多大大小小的“第三种人”们，却又因为预感了不祥之兆——左翼理论家的批评而“搁笔”了！

“怎么办呢？”

十月十日。

"连环图画"辩护

我自己曾经有过这样一个小小的经验。有一天，在一处筵席上，我随便的说：用活动电影来教学生，一定比教员的讲义好，将来恐怕要变成这样的。话还没有说完，就埋葬在一陈哄笑里了。

自然，这话里，是埋伏着许多问题的，例如，首先第一，是用的是怎样的电影，倘用美国式的发财结婚故事的影片，那当然不行。但在我自己，却的确另外听过采用影片的细菌学讲义，见过全部照相，只有几句说明的植物学书。所以我深信不但生物学，就是历史地理，也可以这样办。

然而许多人的随便的哄笑，是一枝白粉笔，它能够将粉涂在对手的鼻子上，使他的话好像小丑的打诨。

前几天，我在《现代》上看见苏汶先生的文章，他以中立的文艺论者的立场，将"连环图画"一笔抹杀了。自然，那不过是随便提起的，并非讨论绘画的专门文字，然而在青年艺术学徒的心中，也许是一个重要的问题，所以我再来说几句。

我们看惯了绘画史的插图上，没有"连环图画"，名人的作品的展览会上，不是"罗马夕照"，就是"西湖晚凉"，便以为那是一种下等物事，不足以登"大雅之堂"的。但若走进意大利的教皇宫①——我没有游历意大利的幸福，所走进的自然

① 位于梵蒂冈，宫内保存着欧洲文艺复兴时期许多重要文物和绘画、雕塑等。

只是纸上的教皇宫——去，就能看见凡有伟大的壁画，几乎都是《旧约》，《耶稣传》，《圣者传》的连环图画，艺术史家截取其中的一段，印在书上，题之曰《亚当的创造》，《最后之晚餐》，读者就不觉得这是下等，这在宣传了，然而那原画，却明明是宣传的连环图画。

在东方也一样。印度的阿强陀石窟，经英国人摹印了壁画以后，在艺术史上发光了；中国的《孔子圣迹图》，只要是明版的，也早为收藏家所宝重。这两样，一是佛陀的本生，一是孔子的事迹，明明是连环图画，而且是宣传。

书籍的插画，原意是在装饰书籍，增加读者的兴趣的，但那力量，能补助文字之所不及，所以也是一种宣传画。这种画的幅数极多的时候，即能只靠图像，悟到文字的内容，和文字一分开，也就成了独立的连环图画。最显著的例子是法国的陀莱（Gustave Dore），他是插图版画的名家，最有名的是《神曲》，《失乐园》，《吉诃德先生》，还有《十字军记》的插画，德国都有单印本（前二种在日本也有印本），只靠略解，即可以知道本书的梗概。然而有谁说陀莱不是艺术家呢？

宋人的《唐风图》和《耕织图》，现在还可找到印本和石刻；至于仇英的《飞燕外传图》和《会真记图》，则翻印本就在文明书局发卖的。凡这些，也都是当时和现在的艺术品。

自十九世纪后半以来，版画复兴了，许多作家，往往喜欢刻印一些以几幅画汇成一帖的“连作”（Blattfolge）。这些连作，也有并非一个事件的。现在为青年的艺术学徒计，我想写出几个版画史上已经有了地位的作家和有连续事实的作品在下面：

首先应该举出来的是德国的珂勒惠支（Käthe Kollwitz）夫

人。她除了为霍普德曼的《织匠》（Die Weber）而刻的六幅版画外，还有三种，有题目，无说明——

一、《农民斗争》（Bauernkrieg），金属版七幅；

二、《战争》（Der Krieg），木刻七幅；

三、《无产者》（Proletariat），木刻三幅。

以《士敏土》的版画，为中国所知道的梅斐尔德（Carl Meffert），是一个新进的青年作家，他曾为德译本斐格纳尔的《猎俄皇记》（Die Jagd nach Zaren Von Wera Figner）刻过五幅木版图，又有两种连作——

一、《你的姊妹》（Deine Schwester），木刻七幅，题诗一幅；

二、《养护的门徒》（原名未详），木刻十三幅。

比国有一个麦绥莱勒（Frang Masereel），是欧洲大战时候，像罗曼罗兰一样，因为非战而逃出过外国的。他的作品最多，都是一本书，只有书名，连小题目也没有。现在德国印出了普及版（Bei Kurt Wolff，München），每本三马克半，容易到手了。我所见过的是这几种——

一、《理想》（Die Idee），木刻八十三幅；

二、《我的祷告》（Mein Stundenbuch），木刻一百六十五幅；

三、《没字的故事》（Goeschichte ohne Worte），木刻六十幅；

四、《太阳》（Die Sonne），木刻六十三幅；

五、《工作》（Das Werk），木刻幅数失记；

六、《一个人的受难》（Die Passion eines Menschen），木刻

二十五幅。

美国作家的作品，我曾见过希该尔木刻的《巴黎公社》(The Paris Commune，A Story in Pictures by William Siegel)，是纽约的约翰李特社（John Reed Club）出版的。还有一本石版的格罗沛尔（W. Gropper）所画的书，据赵景深教授说，是《马戏的故事》，另译起来，恐怕要“信而不顺”，只好将原名照抄在下面——

《Alay—Oop》(Life and Love Among the Acrobats.)

英国的作家我不大知道，因为那作品定价贵。但曾经有一本小书，只有十五幅木刻和不到二百字的说明，作者是有名的吉宾斯（Robert Gibbings)，限印五百部，英国绅士是死也不肯重印的，现在恐怕已将绝版，每本要数十元了罢。那书是——

《第七人》(The 7th Man)。

以上，我的意思是总算举出事实，证明了连环图画不但可以成为艺术，并且已经坐在“艺术之宫”的里面了。至于这也和其他的文艺一样，要有好的内容和技术，那是不消说得的。

我并不劝青年的艺术学徒蔑弃大幅的油画或水彩画，但是希望一样看重并且努力于连环图画和书报的插图；自然应该研究欧洲名家的作品，但也更注意于中国旧书上的绣像和画本，以及新的单张的花纸。这些研究和由此而来的创作，自然没有现在的所谓大作家的受着有些人们的照例的叹赏，然而我敢相信：对于这，大众是要看的，大众是感激的！

十月二十五日。

辱骂和恐吓决不是战斗

——致《文学月报》编辑的一封信

起应兄：

前天收到《文学月报》第四期，看了一下。我所觉得不足的，并非因为它不及别种杂志的五花八门，乃是总还不能比先前充实。但这回提出了几位新的作家来，是极好的，作品的好坏我且不论，最近几年的刊物上，倘不是姓名曾经排印过了的作家，就很有不能登载的趋势，这么下去，新的作者要没有发表作品的机会了。现在打破了这局面，虽然不过是一种月刊的一期，但究竟也扫去一些沉闷，所以我以为是一种好事情。但是，我对于芸生先生的一篇诗，却非常失望。

这诗，一目了然，是看了前一期的别德纳衣的讽刺诗而作的。然而我们来比一比罢，别德纳衣的诗虽然自认为“恶毒”，但其中最甚的也不过是笑骂。这诗怎么样？有辱骂，有恐吓，还有无聊的攻击：其实是大可以不必作的。

例如罢，开首就是对于姓的开玩笑。一个作者自取的别名，自然可以窥见他的思想，譬如“铁血”，“病鹃”之类，固不妨由此开一点小玩笑。但姓氏籍贯，却不能决定本人的功罪，因为这是从上代传下来的，不能由他自主。我说这话还在四年之前，当时曾有人评我为“封建余孽”，其实是捧住了这样的题材，欣欣然自以为得计者，倒是十分“封建的”的。不过这种风气，近几年颇少见了，不料现在竟又复活起来，这确不能不说是一个退步。

尤其不堪的是结末的辱骂。现在有些作品，往往并非必要而偏在对话里写上许多骂语去，好像以为非此便不是无产者作品，骂詈愈多，就愈是无产者作品似的。其实好的工农之中，并不随口骂人的多得很，作者不应该将上海流氓的行为，涂在他们身上的。即使有喜欢骂人的无产者，也只是一种坏脾气，作者应该由文艺加以纠正，万不可再来展开，使将来的无阶级社会中，一言不合，便祖宗三代的闹得不可开交。况且既是笔战，就也如别的兵战或拳斗一样，不妨伺隙乘虚，以一击制敌人的死命，如果一味鼓噪，已是《三国志演义》式战法，至于骂一句爹娘，扬长而去，还自以为胜利，那简直是“阿 Q”式的战法了。

接着又是什么“剖西瓜”之类的恐吓，这也是极不对的，我想。无产者的革命，乃是为了自己的解放和消灭阶级，并非因为要杀人，即使是正面的敌人，倘不死于战场，就有大众的裁判，决不是——个诗人所能提笔判定生死的。现在虽然很有什么“杀人放火”的传闻，但这只是一种诬陷。中国的报纸上看不出实话，然而只要一看别国的例子也就可以恍然：德国的无产阶级革命（虽然没有成功），并没有乱杀人；俄国不是连皇帝的宫殿都没有烧掉么？而我们的作者，却将革命的工农用笔涂成一个吓人的鬼脸，由我看来真是卤莽之极了。

自然，中国历来的文坛上，常见的是诬陷，造谣，恐吓，辱骂，翻一翻大部的历史，就往往可以遇见这样的文章，直到现在，还在应用，而且更加厉害。但我想，这一份遗产，还是都让给叭儿狗文艺家去承受罢，我们的作者倘不竭力的抛弃了它，是会和他们成为“一丘之貉”的。

不过我并非主张要对敌人陪笑脸，三鞠躬。我只是说战斗的作者应该注重于“论争”；倘在诗人，则因为情不可遏而愤怒，而笑骂，自然也无不可。但必须止于嘲笑，止于热骂，而且要“喜笑怒骂，皆成文章”，使敌人因此受伤或致死，而自己并无卑劣的行为，观者也不以为污秽，这才是战斗的作者的本领。

刚才想到了以上的一些，便写出寄上，也许于编辑上可供参考，总之，我是极希望此后的《文学月报》上不再有那样的作品的。

专此布达，并问好。

鲁迅。十二月十日。

《自选集》自序

我做小说，是开手于一九一八年，《新青年》上提倡“文学革命”的时候的。这一种运动，现在固然已经成为文学史上的陈迹了，但在那时，却无疑地是一个革命的运动。

我的作品在《新青年》上，步调是和大家大概一致的，所以我想，这些确可以算作那时的“革命文学”。

然而我那时对于“文学革命”，其实并没有怎样的热情。见过辛亥革命，见过二次革命，见过袁世凯称帝，张勋复辟，看来看去，就看得怀疑起来，于是失望，颓唐得很了。民族主义的文学家在今年的一种小报上说，“鲁迅多疑”，是不错的，我正在疑心这批人们也并非真的民族主义文学者，变化正未可限量呢。不过我却又怀疑于自己的失望，因为我所见过的人们，事件，是有限得很的，这想头，就给了我提笔的力量。

“绝望之为虚妄，正与希望相同。”

既不是直接对于“文学革命”的热情，又为什么提笔的呢？想起来，大半倒是为了对于热情者们的同感。这些战士，我想，虽在寂寞中，想头是不错的，也来喊几声助助威罢。首先，就是为此。自然，在这中间，也不免夹杂些将旧社会的病根暴露出来，催人留心，设法加以疗治的希望。但为达到这希望计，是必须与前驱者取同一的步调的，我于是删削些黑暗，装点些欢容，使作品比较的显出若干亮色，那就是后来结集起来的《呐喊》，一共有十四篇。

这些也可以说，是“遵命文学”。不过我所遵奉的，是那时革命的前驱者的命令，也是我自己所愿意遵奉的命令，决不是皇上的圣旨，也不是金元和真的指挥刀。

后来《新青年》的团体散掉了，有的高升，有的退隐，有的前进，我又经验了一回同一战阵中的伙伴还是会这么变化，并且落得一个“作家”的头衔，依然在沙漠中走来走去，不过已经逃不出在散漫的刊物上做文字，叫作随便谈谈。有了小感触，就写些短文，夸大点说，就是散文诗，以后印成一本，谓之《野草》。得到较整齐的材料，则还是做短篇小说，只因为成了游勇，布不成阵了，所以技术虽然比先前好一些，思路也似乎较无拘束，而战斗的意气却冷得不少。新的战友在那里呢？我想这是很不好的。于是集印了这时期的十一篇作品，谓之《彷徨》，愿以后不再这模样。

“路漫漫其修远兮，吾将上下而求索。”

不料这大口竟夸得无影无踪。逃出北京，躲进厦门，只在大楼上写了几则《故事新编》和十篇《朝花夕拾》。前者是神话、传说及史实的演义，后者则只是回忆的记事罢了。

此后就一无所作，“空空如也”。

可以勉强称为创作的，在我至今只有这五种，本可以顷刻读了的，但出版者要我自选一本集。推测起来，恐怕因为这么一办，一者能够节省读者的费用，二则，以为由作者自选，该能比别人格外明白罢。对于第一层，我没有异议；至第二层，我却觉得也很难。因为我向来就没有格外用力或格外偷懒的作品，所以也没有自以为特别高妙，配得上提拔出来的作品。没有法，就将材料，写法，都有些不同，可供读者参考的东西，取出二十二篇来，凑成了一本，但将给读者一种“重压之感”的作品，却特地竭力抽掉了。这是我现在自有我的想头的：

“并不愿将自以为苦的寂寞，再来传染给也如我那年青时候似的正做着好梦的青年。”

然而这又不似做那《呐喊》时候的故意的隐瞒，因为现在我相信，现在和将来的青年是不会有这样的心境的了。

一九三二年十二月十四日，鲁迅于上海寓居记。

“两地书”序言

这一本书，是这样地编起来的——

1932 年 8 月 5 日，我得到霁野，静农，丛芜三个人署名的信，说漱园于 8 月 1 日晨 5 时半，病殁于北平同仁医院了，大家想搜集他的遗文，为他出一本纪念册，问我这里可还藏有他的信札没有。这真使我的心突然紧缩起来。因为，首先，我是希望着他能够痊愈的，虽然明知道他大约未必会好；其次，是我虽然明知道他未必会好，却有时竟没有想到，也许将他的来信统统毁掉了，那些伏在枕上，一字字写出来的信。

我的习惯，对于平常的信，是随复随毁的，但其中如果有些议论，有些故事，也往往留起来。直到近三年，我才大烧毁了两次。

五年前，国民党清党的时候，我在广州，常听到因为捕甲，从甲这里看见乙的信，于是捕乙，又从乙家搜得丙的信，于是连丙也捕去了，都不知道下落。古时候有牵牵连连的“瓜蔓抄”，我是知道的，但总以为这是古时候的事，直到事实给了我教训，我才分明省悟了做今人也和做古人一样难。然而我还是漫不经心，随随便便。待到 1930 年我签名于自由大同盟，浙江省党部呈请中央通缉“堕落文人鲁迅等”的时候，我在弃家出走之前，忽然心血来潮，将朋友给我的信都毁掉了。这并非为了消灭“谋为不轨”的痕迹，不过以为因通信而累及别人，是很无谓的，况且中国的衙门是谁都知道只要一碰着，就有多么的可怕。后来逃过了这一关，搬了寓，而信札又积起来，我又随随便便了，不料1931年1月，柔石被捕，在他的衣袋里搜出有我名字的东西来，因此听说就在找我。自然罗，我只得又弃家出走，但这回是心血潮得更加明白，当然先将所有信札完全烧掉了。

因为有过这样的两回事，所以一得到北平的来信，我就担心，怕大约未必有，但还是翻箱倒箧的寻了一通，果然无踪无影。朋友的信一封也没有，我们自己的信倒寻出来了，这也并非对于自己的东西特别看作宝贝，倒是因为那时时间很有限，而自己的信至多也不过蔓在自身上，因此放下了的。此后这些信又在枪炮的交叉火线下，躺了二三十天，也一点没有损失。其中虽然有些缺少，但恐怕是自己当时没有留心，早经遗失，并不是由于什么官灾兵燹的。

一个人如果一生没有遇到横祸，大家决不另眼相看，但若坐过牢监，到过战场，则即使他是一个万分平凡的人，人们也总看得特别一点。我们对于这些信，也正是这样。先前是一任他垫在箱子底下的，但现在一想起他曾经几乎要打官司，要遭炮火，就觉得他好像有些特别，有些可爱似的了。夏夜多蚊，不能静静的写字，我们便略照年月，将他编了起来，因地而分为3集，统名之曰《两地书》。

这是说：这一本书，在我们自己，一时是有意思的，但对于别人，却并不如此。其中既没有死呀活呀的热情，也没有花呀月呀的佳句；文辞呢，我们都未曾研究过“尺牍精华”或“书信作法”，只是信笔写来，大背文律，活该进“文章病院”的居多。所讲的又不外乎学校风潮，本身情况，饭菜好坏，天气阴晴，而最坏的是我们当日居漫天幕中，幽明莫辨，讲自己的事倒没有什么，但一遇到推测天下大事，就不免胡涂得很，所以凡有欢欣鼓舞之词，从现在看起来，大抵成了梦呓了。如果定要恭维这一本书的特色，那么，我想，恐怕是因为他的平凡罢。这样平凡的东西，别人大概是不会有，即有也未必存留的，而我们不然，这就只好谓之也是一种特色。

然而奇怪的是竟又会有一个书店愿意来印这一本书。要印，印去就是，这倒仍然可以随随便便，不过因此也就要和读者相见了，却使我又得加上两点声明在这里，以免误解。其一，是：我现在是左翼作家联盟中之一人，看近来书籍的广告，大有凡作家一旦向左，则旧作也即飞升，连他孩子时代的啼哭也合于革命文学之概，不过我们的这书是不然的，其中并无革命气息。其二，常听得有人说，书信是最不掩饰，最显真面的文章，但我也并不，我无论给谁写信，最初，总是敷敷衍衍，口是心非的，即在这一本中，遇有较为紧要的地方，到后来也还是往往故意写得含胡些，因为我们所处，是在“当地长官”，邮局，校长……，都可以随意检查信件的国度里。但自然，明白的话，是也不少的。

还有一点，是信中的人名，我将有几个改掉了，用意有好有坏，并不相同。此无他，或则怕别人见于我们的信里，于他有些不便，或则单为自己，省得又是什么“听候开审”之类的麻烦而已。

回想六七年来，环绕我们的风波也可谓不少了，在不断的挣扎中，相助的也有，下石的也有，笑骂诬蔑的也有，但我们紧咬了牙关，却也已经挣扎着生活了六七年。其间，含沙射影者都逐渐自己没入更黑暗的处所去了，而好意的朋友也已有两个不在人间，就是漱园和柔石。我们以这一本书为自己记念，并以感谢好意的朋友，并且留赠我们的孩子，给将来知道我们所经历的真相，其实大致是如此的。

1932 年 12 月 16 日，鲁迅。

祝中俄文字之交

十五年前，被西欧的所谓文明国人看作半开化的俄国，那文学，在世界文坛上，是胜利的；十五年以来，被帝国主义者看作恶魔的苏联，那文学，在世界文坛上，是胜利的。这里的所谓“胜利”，是说：以它的内容和技术的杰出，而得到广大的读者，并且给与了读者许多有益的东西。

它在中国，也没有出于这例子之外。

我们曾在梁启超所办的《时务报》上，看见了《福尔摩斯包探案》的变幻，又在《新小说》上，看见了焦士威奴（Jules Veme）[①] 所做的号称科学小说的《海底旅行》之类的新奇。后来林琴南大译英国哈葛德（H. Rider Haggard）的小说了，我们又看见了伦敦小姐之缠绵和菲洲野蛮之古怪。至于俄国文学，却一点不知道，——但有几位也许自已心里明白，而没有告诉我们的“先觉”先生，自然是例外。不过在别一方面，是已经有了感应的。那时较为革命的青年，谁不知道俄国青年是革命的，暗杀的好手？尤其忘不掉的是苏菲亚，虽然大半也因为她是一位漂亮的姑娘。现在的国货的作品中，还常有“苏菲”一类的名字，那渊源就在此。

那时——十九世纪末——的俄国文学，尤其是陀思妥夫斯基和托尔斯泰的作品，已经很影响了德国文学，但这和中国无

---

① 通译儒勒·凡尔纳，法国小说家。

关，因为那时研究德文的人少得很。最有关系的是英、美帝国主义者，他们一面也翻译了陀思妥夫斯基、都介涅夫、托尔斯泰、契诃夫的选集了，一面也用那做给印度人读的读本来教我们的青年以拉玛和吉利瑟那（Rama and Krishna）的对话，然而因此也携带了阅读那些选集的可能。包探，冒险家，英国姑娘，非洲野蛮的故事，是只能当醉饱之后，在发胀的身体上搔搔痒的，然而我们的一部分的青年却已经觉得压迫，只有痛楚，他要挣扎，用不着痒痒的抚摩，只在寻切实的指示了。

那时就看见了俄国文学。

那时就知道了俄国文学是我们的导师和朋友。因为从那里面，看见了被压迫者的善良的灵魂，的酸辛，的挣扎；还和四十年代的作品一同烧起希望，和六十年代的作品一同感到悲哀。我们岂不知道那时的大俄罗斯帝国也正在侵略中国，然而从文学里明白了一件大事，是世界上有两种人：压迫者和被压迫者！

从现在看来，这是谁都明白，不足道的，但在那时，却是一个大发现，正不亚于古人的发现了火的可以照暗夜，煮东西。

俄国的作品，渐渐的绍介进中国来了，同时也得了一部分读者的共鸣，只是传布开去。零星的译品且不说罢。成为大部的就有《俄国戏曲集》十种和《小说月报》增刊的《俄国文学研究》一大本，还有《被压迫民族文学号》两本，则是由俄国文学的启发，而将范围扩大到一切弱小民族，并且明明点出“被压迫”的字样来了。

于是也遭了文人学士的讨伐，有的主张文学的“崇高”，说描写下等人是鄙俗的勾当，有的比创作为处女，说翻译不过是媒婆，而重译尤令人讨厌。的确，除了《俄国戏曲集》以外，那时所有的俄国作品几乎都是重译的。

但俄国文学只是绍介进来，传布开去。

作家的名字知道得更多了，我们虽然从安特来夫（L. Andreev）的作品里遇到了恐怖，阿尔志跋绥夫（M. Artsybashev）的作品里看见了绝望和荒唐，但也从珂罗连珂（V. Korolenko）学得了宽宏，从戈理基（Maxim Gorky）感受了反抗。读者大众的共鸣和热爱，早不是几个论客的自私的曲说所能掩蔽，这伟力，终于使先前膜拜曼殊斐儿（Katherine Mansfield）的绅士也重译了都介涅夫的《父与子》，排斥“媒婆”的作家也重译着托尔斯泰的《战争与和平》了。

这之间，自然又遭了文人学士和流氓警犬的联军的讨伐。对于绍介者，有的说是为了卢布，有的说是意在投降，有的笑为“破锣”，有的指为共党，而实际上的对于书籍的禁止和没收，还因为是秘密的居多，无从列举。

但俄国文学只是绍介进来，传布开去。

有些人们，也译了《莫索里尼传》，也译了《希特拉传》，但他们绍介不出一册现代意国或德国的白色的大作品，《战后》是不属于希特拉的卐字旗下的，《死的胜利》又只好以“死”自傲。但苏联文学在我们却已有了里培进斯基的《一周间》，革拉特珂夫的《士敏土》，法捷耶夫的《毁灭》，绥拉菲摩微支的《铁流》；此外中篇短篇，还多得很。凡这些，都在御用文人的明枪暗箭之中，大踏步跨到读者大众的怀里去，给一一知道了变革，战斗，建设的辛苦和成功。

但一月以前，对于苏联的“舆论”，刹时都转变了，昨夜的魔鬼，今朝的良朋，许多报章，总要提起几点苏联的好处，有时自然也涉及文艺上："复交"之故也。然而，可祝贺的却并不在这里。自利者一淹在水里面，将要灭顶的时候，只要抓得着，是无论"破锣"破鼓，都会抓住的，他决没有所谓"洁癖"。然而无论他终于灭亡或幸而爬起，始终还是一个自利者。随手来举一个例子罢，上海称为"大报"的《申报》，不是一面甜嘴蜜舌的主张着"组织苏联考察团"（三二年十二月二十八日时评），而一面又将林克多的《苏联闻见录》称为"反动书籍"（同二十七日新闻）么？

可祝贺的，是在中俄的文字之交，开始虽然比中英、中法迟，但在近十年中，两国的绝交也好，复交也好，我们的读者大众却不因此而进退；译本的放任也好，禁压也好，我们的读者也决不因此而盛衰。不但如常，而且扩大；不但虽绝交和禁压还是如常，而且虽绝交和禁压而更加扩大。这可见我们的读者大众，是一向不用自私的"势利眼"来看俄国文学的。我们的读者大众，在朦胧中早知道这伟大肥沃的"黑土"① 里，要生长出什么东西来，而这"黑土"却也确实生长了东西，给我们亲见了：忍受，呻吟，挣扎，反抗，战斗，变革，战斗，建设，战斗，成功。

在现在，英国的萧，法国的罗兰，也都成为苏联的朋友了。这，也是当我们中国和苏联在历来不断的"文字之交"的途中，扩大而与世界结成真的"文字之交"的开始。

这是我们应该祝贺的。

十二月三十日。

---

① 黑土

一九三三年

听说梦

做梦，是自由的，说梦，就不自由。做梦，是做真梦的，说梦，就难免说谎。

大年初一，就得到一本《东方杂志》新年特大号，临末有《新年的梦想》，问的是“梦想中的未来中国”和“个人生活”，答的有一百四十多人。记者的苦心，我是明白的，想必以为言论不自由，不如来说梦，而且与其说所谓真话之假，不如来谈谈梦话之真，我高兴的翻了一下，知道记者先生却大大的失败了。

当我还未得到这本特大号之前，就遇到过一位投稿者，他比我先看见印本，自说他的答案已被资本家删改了，他所说的梦其实并不如此，这可见资本家虽然还没法禁止人们做梦，而说了出来，倘为权力所及，却要干涉的，决不给你自由。这一点，已是记者的大失败。

但我们且不去管这改梦案子，只来看写着的梦境罢，诚如记者所说，来答复的几乎全部是智识分子。首先，是谁也觉得生活不安定，其次，是许多人梦想着将来的好社会，“各尽所能”呀，“大同世界”呀，很有些“越轨”气息了（末三句是我添的，记者并没有说)。

但他后来就有点“痴”起来，他不知从那里拾来了一种学说，将一百多个梦分为两大类，说那些梦想好社会的都是“载道”之梦，是“异端”，正宗的梦应该是“言志”的，硬把“志”弄成一个空洞无物的东西。然而，孔子曰，“盍各言尔志”，而终于赞成曾点者，就因为其“志”合于孔子之“道”的缘故也。

其实是记者的所以为“载道”的梦，那里面少得很。文章是醒着的时候写的，问题又近于“心理测验”，遂致对答者不能不做出各各适宜于目下自己的职业，地位，身分的梦来（已被删改者自然不在此例)，即使看去好像怎样“载道”，但为将来的好社会“宣传”的意思，是没有的。所以，虽然梦“大家有饭吃”者有人，梦“无阶级社会”者有人，梦“大同世界”者有人，而很少有人梦见建设这样社会以前的阶级斗争，白色恐怖，轰炸，虐杀，鼻子里灌辣椒水，电刑……倘不梦见这些，好社会是不会来的，无论怎么写得光明，终究是一个梦，空头的梦，说了出来，也无非教人都进这空头的梦境里面去。

然而要实现这“梦”境的人们是有的，他们不是说，而是做，梦着将来，而致力于达到这一种将来的现在。因为有这事实，这才使许多智识分子不能不说好像“载道”的梦，但其实并非“载道”，乃是给“道”载了一下，倘要简洁，应该说是“道载”的。

为什么会给“道载”呢？曰：为目前和将来的吃饭问题而已。

我们还受着旧思想的束缚，一说到吃，就觉得近乎鄙俗。

但我是毫没有轻视对答者诸公的意思的。《东方杂志》记者在“读后感”里，也曾引佛洛伊特的意见，以为“正宗”的梦，是“表现各人的心底的秘密而不带着社会作用的”。但佛洛伊特以被压抑为梦的根柢——人为什么被压抑的呢？这就和社会制度，习惯之类连结了起来，单是做梦不打紧，一说，一问，一分析，可就不妥当了。记者没有想到这一层，于是就一头撞在资本家的朱笔上。但引“压抑说”来释梦，我想，大家必已经不以为忤了罢。

不过，佛洛伊特恐怕是有几文钱，吃得饱饱的罢，所以没有感到吃饭之难，只注意于性欲。有许多人正和他在同一境遇上，就也轰然的拍起手来。诚然，他也告诉过我们，女儿多爱父亲，儿子多爱母亲，即因为异性的缘故。然而婴孩出生不多久，无论男女，就尖起嘴唇，将头转来转去。莫非它想和异性接吻么？不，谁都知道：是要吃东西！

食欲的根柢，实在比性欲还要深，在目下开口爱人，闭口情书，并不以为肉麻的时候，我们也大可以不必讳言要吃饭。因为是醒着做的梦，所以不免有些不真，因为题目究竟是“梦想”，而且如记者先生所说，我们是“物质的需要远过于精神的追求”了。所以乘着 Censors（也引用佛洛伊特语）的监护好像解除了之际，便公开了一部分。其实也是在“梦中贴标语，喊口号”，不过不是积极的罢了，而且有些也许倒和表面的“标语”正相反。

时代是这么变化，饭碗是这样艰难，想想现在和将来。有些人也只能如此说梦，同是小资产阶级（虽然也有人定我为“封建余孽”或“土著资产阶级”，但我自己姑且定为属于这阶级)，很能够彼此心照，然而也无须秘而不宣的。

至于另有些梦为隐士，梦为渔樵，和本相全不相同的名人，其实也只是预感饭碗之脆，而却想将吃饭范围扩大起来，从朝廷而至园林，由洋场及于山泽，比上面说过的那些志向要大得远，不过这里不来多说了。

一月一日。

论“赴难”和“逃难”

——寄《涛声》编辑的一封信

编辑先生：

我常常看《涛声》，也常常叫“快哉”！但这回见了周木斋先生那篇《骂人与自骂》，其中说北平的大学生“即使不能赴难，最低最低的限度也应不逃难”，而致慨于五四运动时代式锋芒之销尽，却使我如骨鲠在喉，不能不说几句话。因为我是和周先生的主张正相反，以为“倘不能赴难，就应该逃难”，属于“逃难党”的。

周先生在文章的末尾，“疑心是北京改为北平的应验”，我想，一半是对的。那时的北京，还挂着“共和”的假面，学生嚷嚷还不妨事；那时的执政，是昨天上海市十八团体为他开了“上海各界欢迎段公芝老大会”的段祺瑞先生，他虽然是武人，却还没有看过《莫索理尼传》。然而，你瞧，来了呀。有一回，对着请愿的学生毕毕剥剥的开枪了，兵们最爱瞄准的是女学生，这用精神分析学来解释，是说得过去的，尤其是剪发的女学生，这用整顿风俗的学说来解说，也是说得过去的。总之是死了一些“莘莘学子”。然而还可以开追悼会；还可以游行过执政府之门，大叫“打倒段祺瑞”。为什么呢？因为这时又还挂着“共和”的假面。然而，你瞧，又来了呀。现为党国大教授的陈源先生，在《现代评论》上哀悼死掉的学生，说可惜他们为几个卢布送了性命；《语丝》反对了几句，现为党国要人的唐有壬先生在《晶报》上发表一封信，说这些言动是受莫斯科的命令的。这实在已经有了北平气味了。

后来，北伐成功了，北京属于党国，学生们就都到了进研究室的时代，五四式是不对了。为什么呢？因为这是很容易为“反动派”所利用的。为了矫正这种坏脾气，我们的政府、军人、学者、文豪、警察、侦探，实在费了不少的苦心。用诰谕，用刀枪，用书报，用锻炼，用逮捕，用拷问，直到去年请愿之徒，死的都是“自行失足落水”，连追悼会也不开的时候为止，这才显出了新教育的效果。

倘使日本人不再攻榆关，我想，天下是太平了的，“必先安内而后可以攘外”。但可恨的是外患来得太快一点，太繁一点，日本人太不为中国诸公设想之故也，而且也因此引起了周先生的责难。

看周先生的主张，似乎最好是“赴难”。不过，这是难的。倘使早先有了组织，经过训练，前线的军人力战之后，人员缺少了，副司令①下令召集，那自然应该去的。无奈据去年的事实，则连火车也不能白坐，而况平日所学的又是债权论，土耳其文学史，最小公倍数之类。去打日本，一定打不过的。大学生们曾经和中国的兵警打过架，但是“自行失足落水”了，现在中国的兵警尚且不抵抗，大学生能抵抗么？我们虽然也看见过许多慷慨激昂的诗，什么用死尸堵住敌人的炮口呀，用热血

① 这里指的是张学良。他在1930年6月被任命为国民党政府陆海空军副司令。

胶住倭奴的刀枪呀，但是，先生，这是“诗”呵！事实并不这样的，死得比蚂蚁还不如，炮口也堵不住，刀枪也胶不住。孔子曰：“以不教民战，是谓弃之。”我并不全拜服孔老夫子，不过觉得这话是对的，我也正是反对大学生“赴难”的一个。

那么，“不逃难”怎样呢？我也是完全反对。自然，现在是“敌人未到”的，但假使一到，大学生们将赤手空拳，骂贼而死呢，还是躲在屋里，以图幸免呢？我想，还是前一着堂皇些，将来也可以有一本烈士传。不过于大局依然无补，无论是一个或十万个，至多，也只能又向“国联”报告一声罢了。去年十九路军的某某英雄怎样杀敌，大家说得眉飞色舞，因此忘却了全线退出一百里的大事情，可是中国其实还是输了的。而况大学生们连武器也没有。现在中国的新闻上大登“满洲国”的虐政，说是不准私藏军器，但我们大中华民国人民来藏一件护身的东西试试看，也会家破人亡，——先生，这是很容易“为反动派所利用”的呵。

施以狮虎式的教育，他们就能用爪牙，施以牛羊式的教育，他们到万分危急时还会用一对可怜的角。然而我们所施的是什么式的教育呢，连小小的角也不能有，则大难临头，惟有兔子似的逃跑而已。自然，就是逃也不见得安稳，谁都说不出那里是安稳之处来，因为到处繁殖了猎狗，诗曰：“趯趯毚兔，遇犬获之”①，此之谓也，然则三十六计，固仍以“走”为上计耳。

总之，我的意见是：我们不可看得大学生太高，也不可责

---

① 趯趯，跳跃的样子；毚兔，狡兔。出自《诗经·小雅·巧言》。

备他们太重，中国是不能专靠大学生的；大学生逃了之后，却应该想想此后怎样才可以不至于单是逃，脱出诗境，踏上实地去。

但不知先生以为何如？能给在《涛声》上发表，以备一说否？谨听裁择，并请文安。

罗怃顿首。一月二十八夜。

再：顷闻十来天之前，北平有学生五十多人因开会被捕，可见不逃的还有，然而罪名是“借口抗日，意图反动”，又可见虽“敌人未到”，也大以“逃难”为是也。

二十九日补记。

学生和玉佛

一月二十八日《申报》号外载二十七日北平专电曰："故宫古物即起运，北宁、平汉两路已奉令备车，团城白玉佛亦将南运。"

二十九日号外又载二十八日中央社电传教育部电平各大学，略曰："据各报载榆关告紧之际，北平各大学中颇有逃考及提前放假等情，均经调查确实。查大学生为国民中坚份子，讵容妄自惊扰，败坏校规，学校当局迄无呈报，迹近宽纵，亦属非是，仰该校等迅将学生逃考及提前放假情形，详报核办，并将下学期上课日期，并报为要。"

三十日，"堕落文人"周动轩先生见之，有诗叹曰：

寂寞空城在，仓皇古董迁，头儿夸大口，面子靠中坚。
惊扰讵云妄？奔逃只自怜：所嗟非玉佛，不值一文钱。

为了忘却的记念

一

我早已想写一点文字，来记念几个青年的作家。这并非为了别的，只因为两年以来，悲愤总时时来袭击我的心，至今没有停止，我很想借此算是竦身一摇，将悲哀摆脱，给自己轻松一下，照直说，就是我倒要将他们忘却了。

两年前的此时，即一九三一年的二月七日夜或八日晨，是我们的五个青年作家同时遇害的时候。当时上海的报章都不敢载这件事，或者也许是不愿，或不屑载这件事，只在《文艺新闻》上有一点隐约其辞的文章。那第十一期（五月二十五日）里，有一篇林莽先生作的《白莽印象记》，中间说：

“他做了好些诗，又译过匈牙利诗人彼得斐的几首诗，当时的《奔流》的编辑者鲁迅接到了他的投稿，便来信要和他会面，但他却是不愿见名人的人，结果是鲁迅自己跑来找他，竭力鼓励他作文学的工作，但他终于不能坐在亭子间里写，又去跑他的路了。不久，他又一次的被了捕。……”

这里所说的我们的事情其实是不确的。白莽并没有这么高慢，他曾经到过我的寓所来，但也不是因为我要求和他会面；我也没有这么高慢，对于一位素不相识的投稿者，会轻率的写信去叫他。我们相见的原因很平常，那时他所投的是从德文译出的《彼得斐传》，我就发信去讨原文，原文是载在诗集前面的，邮寄不便，他就亲自送来了。看去是一个二十多岁的青年，面貌很端正，颜色是黑黑的，当时的谈话我已经忘却，只记得他自说姓徐，象山人；我问他为什么代你收信的女士是这么一个怪名字（怎么怪法，现在也忘却了），他说她就喜欢起得这么怪，罗曼谛克，自己也有些和她不大对劲了。就只剩了这一点。

夜里，我将译文和原文粗粗的对了一遍，知道除几处误译之外，还有一个故意的曲译。他像是不喜欢"国民诗人"这个字的，都改成"民众诗人"了。第二天又接到他一封来信，说很悔和我相见，他的话多，我的话少，又冷，好像受了一种威压似的。我便写一封回信去解释，说初次相会，说话不多，也是人之常情，并且告诉他不应该由自己的爱憎，将原文改变。因为他的原书留在我这里了，就将我所藏的两本集子送给他，问他可能再译几首诗，以供读者的参看。他果然译了几首，自己拿来了，我们就谈得比第一回多一些。这传和诗，后来就都登在《奔流》第二卷第五本，即最末的一本里。

我们第三次相见，我记得是在一个热天，有人打门了，我去开门时，来的就是白莽，却穿着一件厚棉袍，汗流满面，彼此都不禁失笑。这时他才告诉我他是一个革命者，刚由被捕而释出，衣服和书籍全被没收了，连我送他的那两本；身上的袍子是从朋友那里借来的，没有夹衫，而必须穿长衣，所以只好这么出汗。我想，这大约就是林莽先生说的"又一次的被了捕"的那一次了。

我很欣幸他的得释，就赶紧付给稿费，使他可以买一件夹衫，但一面又很为我的那两本书痛惜：落在捕房的手里，真是明珠投暗了。那两本书，原是极平常的，一本散文，一本诗集，据德文译者说，这是他搜集起来的，虽在匈牙利本国，也还没有这么完全的本子，然而印在《莱克朗氏万有文库》（Reclam’s Uni-versal Bibliothek）中，倘在德国，就随处可得，也值不到一元钱。不过在我是一种宝贝，因为这是三十年前，正当我热爱彼得斐的时候，特地托丸善书店[①]从德国去买来的，那时还恐怕因为书极便宜，店员不肯经手，开口时非常惴惴。后来大抵带在身边，只是情随事迁，已没有翻译的意思了，这回便决计送给这也如我的那时一样，热爱彼得斐的诗的青年，算是给它寻得了一个好着落。所以还郑重其事，托柔石亲自送去的。谁料竟会落在“三道头”[②]之类的手里的呢，这岂不冤枉！

二

我的决不邀投稿者相见，其实也并不完全因为谦虚，其中含着省事的分子也不少。由于历来的经验，我知道青年们，尤其是文学青年们，十之九是感觉很敏，自尊心也很旺盛的，一不小心，极容易得到误解，所以倒是故意回避的时候多。见面尚且怕，更不必说敢有托付了。但那时我在上海，也有一个惟一的不但敢于随便谈笑，而且还敢于托他办点私事的人，那就是送书去给白莽的柔石。

---

① 1869 年首创于东京，是第一家日本株式会社组织，第一家经营西洋书本为主的书店。

② 指旧上海租界里的外国警察头目。

我和柔石最初的相见，不知道是何时，在那里。他仿佛说过，曾在北京听过我的讲义，那么，当在八九年之前了。我也忘记了在上海怎么来往起来，总之，他那时住在景云里，离我的寓所不过四五家门面，不知怎么一来，就来往起来了。大约最初的一回他就告诉我是姓赵，名平复。但他又曾谈起他家乡的豪绅的气焰之盛，说是有一个绅士，以为他的名字好，要给儿子用，叫他不要用这名字了。所以我疑心他的原名是“平福”，平稳而有福，才正中乡绅的意，对于“复”字却未必有这么热心。他的家乡，是台州的宁海，这只要一看他那台州式的硬气就知道，而且颇有点迂，有时会令我忽而想到方孝孺，觉得好像也有些这模样的。

他躲在寓里弄文学，也创作，也翻译，我们往来了许多日，说得投合起来了，于是另外约定了几个同意的青年，设立朝花社。目的是在绍介东欧和北欧的文学，输入外国的版画，因为我们都以为应该来扶植一点刚健质朴的文艺。接着就印《朝花旬刊》，印《近代世界短篇小说集》，印《艺苑朝华》，算都在循着这条线，只有其中的一本《蕗谷虹儿画选》，是为了扫荡上海滩上的“艺术家”，即戳穿叶灵凤这纸老虎而印的。

然而柔石自己没有钱，他借了二百多块钱来做印本。除买纸之外，大部分的稿子和杂务都是归他做，如跑印刷局，制图，校字之类。可是往往不如意，说起来皱着眉头。看他旧作品，都很有悲观的气息，但实际上并不然，他相信人们是好的。我有时谈到人会怎样的骗人，怎样的卖友，怎样的吮血，他就前额亮晶晶的，惊疑地圆睁了近视的眼睛，抗议道，“会这样的么？不至于此罢？……”

不过朝花社不久就倒闭了，我也不想说清其中的原因，总之是柔石的理想的头，先碰了一个大钉子，力气固然白化，此外还得去借一百块钱来付纸账。后来他对于我那“人心惟危”说的怀疑减少了，有时也叹息道，“真会这样的么？……”但是，他仍然相信人们是好的。

他于是一面将自己所应得的朝花社的残书送到明日书店和光华书局去，希望还能够收回几文钱，一面就拼命的译书，准备还借款，这就是卖给商务印书馆的《丹麦短篇小说集》和戈理基作的长篇小说《阿尔泰莫诺夫之事业》。但我想，这些译稿，也许去年已被兵火烧掉了。

他的迂渐渐的改变起来，终于也敢和女性的同乡或朋友一同去走路了，但那距离，却至少总有三四尺的。这方法很不好，有时我在路上遇见他，只要在相距三四尺前后或左右有一个年青漂亮的女人，我便会疑心就是他的朋友。但他和我一同走路的时候，可就走得近了，简直是扶住我，因为怕我被汽车或电车撞死；我这面也为他近视而又要照顾别人担心，大家都苍皇失措的愁一路，所以倘不是万不得已，我是不大和他一同出去的。我实在看得他吃力，因而自己也吃力。

无论从旧道德，从新道德，只要是损己利人的，他就挑选上，自己背起来。

他终于决定地改变了，有一回，曾经明白的告诉我，此后应该转换作品的内容和形式。我说：这怕难罢，譬如使惯了刀的，这回要他要棍，怎么能行呢？他简洁的答道：只要学起来！

他说的并不是空话，真也在从新学起来了，其时他曾经带了一个朋友来访我，那就是冯铿女士。谈了一些天，我对于她终于很隔膜，我疑心她有点罗曼谛克，急于事功；我又疑心柔石的近来要做大部的小说，是发源于她的主张的。但我又疑心我自己，也许是柔石的先前的斩钉截铁的回答，正中了我那其实是偷懒的主张的伤疤，所以不自觉地迁怒到她身上去了。——我其实也并不比我所怕见的神经过敏而自尊的文学青年高明。

她的体质是弱的，也并不美丽。

三

直到左翼作家联盟成立之后，我才知道我所认识的白莽，就是在《拓荒者》上做诗的殷夫。有一次大会时，我便带了一本德译的，一个美国的新闻记者所做的中国游记去送他，这不过以为他可以由此练习德文，另外并无深意。然而他没有来。我只得又托了柔石。

但不久，他们竟一同被捕，我的那一本书，又被没收，落在“三道头”之类的手里了。

四

明日书店要出一种期刊，请柔石去做编辑，他答应了；书店还想印我的译著，托他来问版税的办法，我便将我和北新书局所订的合同，抄了一份交给他，他向衣袋里一塞，匆匆的走了。其时是一九三一年一月十六日的夜间，而不料这一去，竟就是我和他相见的末一回，竟就是我们的永诀。

第二天，他就在一个会场上被捕了，衣袋里还藏着我那印书的合同，听说官厅因此正在找寻我。印书的合同，是明明白白的，但我不愿意到那些不明不白的地方去辩解。记得《说岳全传》里讲过一个高僧，当追捕的差役刚到寺门之前，他就“坐化”了，还留下什么“何立从东来，我向西方走”的偈子。这是奴隶所幻想的脱离苦海的惟一的好方法，“剑侠”盼不到，最自在的惟此而已。我不是高僧，没有涅槃[①]的自由，却还有生之留恋，我于是就逃走。

这一夜，我烧掉了朋友们的旧信札，就和女人抱着孩子走在一个客栈里，不几天，即听得外面纷纷传我被捕，或是被杀了，柔石的消息却很少。有的说，他曾经被巡捕带到明日书店里，问是否是编辑；有的说，他曾经被巡捕带往北新书局去，问是否是柔石，手上上了铐，可见案情是重的。但怎样的案情，却谁也不明白。

他在囚系中，我见过两次他写给同乡的信，第一回是这样的：

“我与三十五位同犯（七个女的）于昨日到龙华。并于昨夜上了镣，开政治犯从未上镣之纪录。此案累及太大，我一时恐难出狱，书店事望兄为我代办之。现亦好，且跟殷夫兄学德文，此事可告周先生；望周先生勿念，我等未受刑。捕房和公安局，几次问周先生地址，但我哪里知道。诸望勿念。祝好！

---

① 意译为“灭”“圆寂”“灭度”“寂灭”“安乐”“解脱”“不生”“无为”等。原指火的熄灭或风的吹散，后成为印度古代宗教的通用术语，指通过宗教修行所达到的最高境界。

赵少雄　　一月二十四日。”

以上正面。

“洋铁饭碗，要二三只
如不能见面，可将东西
望转交赵少雄”

以上背面。

他的心情并未改变，想学德文，更加努力；也仍在记念我，像在马路上行走时候一般。但他信里有些话是错误的，政治犯而上镣，并非从他们开始，但他向来看得官场还太高，以为文明至今，到他们才开始了严酷。其实是不然的。果然，第二封信就很不同，措词非常惨苦，且说冯女士的面目都浮肿了，可惜我没有抄下这封信。其时传说也更加纷繁，说他可以赎出的也有，说他已经解往南京的也有，毫无确信；而用函电来探问我的消息的也多起来，连母亲在北京也急得生病了，我只得一一发信去更正，这样的大约有二十天。

天气愈冷了，我不知道柔石在那里有被褥不？我们是有的。洋铁碗可曾收到了没有？……但忽然得到一个可靠的消息，说柔石和其他二十三人，已于二月七日夜或八日晨，在龙华警备司令部被枪毙了，他的身上中了十弹。

原来如此！……

在一个深夜里，我站在客栈的院子中，周围是堆着的破烂的什物；人们都睡觉了，连我的女人和孩子。我沉重的感到我失掉了很好的朋友，中国失掉了很好的青年，我在悲愤中沉静下去了，然而积习却从沉静中抬起头来，凑成了这样的几句：

“惯于长夜过春时，挈妇将雏鬓有丝。梦里依稀慈母泪，城头变幻大王旗。忍看朋辈成新鬼，怒向刀丛觅小诗。吟罢低眉无写处，月光如水照缁衣。”

但末二句，后来不确了，我终于将这写给了一个日本的歌人。

可是在中国，那时是确无写处的，禁锢得比罐头还严密。我记得柔石在年底曾回故乡，住了好些时，到上海后很受朋友的责备。他悲愤的对我说，他的母亲双眼已经失明了，要他多住几天，他怎么能够就走呢？我知道这失明的母亲的眷眷的心，柔石的拳拳的心。当《北斗》创刊时，我就想写一点关于柔石的文章，然而不能够，只得选了一幅珂勒惠支（Käthe Kollwitz）夫人的木刻，名曰《牺牲》，是一个母亲悲哀地献出她的儿子去的，算是只有我一个人心里知道的柔石的记念。

同时被难的四个青年文学家之中，李伟森我没有会见过，胡也频在上海也只见过一次面，谈了几句天。较熟的要算白莽，即殷夫了，他曾经和我通过信，投过稿，但现在寻起来，一无所得，想必是十七那夜统统烧掉了，那时我还没有知道被捕的也有白莽。然而那本《彼得斐诗集》却在的，翻了一遍，也没有什么，只在一首《Wahlspruch》（格言）的旁边，有钢笔写的四行译文道：

“生命诚宝贵，

爱情价更高；
若为自由故，
二者皆可抛！”

又在第二叶上，写着“徐培根”三个字，我疑心这是他的真姓名。

五

前年的今日，我避在客栈里，他们却是走向刑场了；去年的今日，我在炮声中逃在英租界，他们则早已埋在不知哪里的地下了；今年的今日，我才坐在旧寓里，人们都睡觉了，连我的女人和孩子。我又沉重的感到我失掉了很好的朋友，中国失掉了很好的青年，我在悲愤中沉静下去了，不料积习又从沉静中抬起头来，写下了以上那些字。

要写下去，在中国的现在，还是没有写处的。年青时读向子期《思旧赋》，很怪他为什么只有寥寥的几行，刚开头却又煞了尾。然而，现在我懂得了。

不是年青的为年老的写记念，而在这三十年中，却使我目睹许多青年的血，层层淤积起来，将我埋得不能呼吸，我只能用这样的笔墨，写几句文章，算是从泥土中挖一个小孔，自己延口残喘，这是怎样的世界呢。夜正长，路也正长，我不如忘却，不说的好罢。但我知道，即使不是我，将来总会有记起他们，再说他们的时候的。……

二月七一八日。

谁的矛盾

萧（Ceorge Bernard Shaw）并不在周游世界，是在历览世界上新闻记者们的嘴脸，应世界上新闻记者们的口试，——然而落了第。

他不愿意受欢迎，见新闻记者，却偏要欢迎他，访问他，访问之后，却又都多少讲些俏皮话。

他躲来躲去，却偏要寻来寻去，寻到之后，大做一通文章，却偏要说他自己善于登广告。

他不高兴说话，偏要同他去说话，他不多谈，偏要拉他来多谈，谈得多了，报上又不敢照样登载了，却又怪他多说话。

他说的是真话，偏要说他是在说笑话，对他哈哈的笑，还要怪他自己倒不笑。

他说的是直话，偏要说他是讽刺，对他哈哈的笑，还要怪他自以为聪明。

他本不是讽刺家，偏要说他是讽刺家，而又看不起讽刺家，而又用了无聊的讽刺想来讽刺他一下。

他本不是百科全书，偏要当他百科全书，问长问短，问天问地，听了回答，又鸣不平，好像自己原来比他还明白。

他本是来玩玩的，偏要逼他讲道理，讲了几句，听的又不高兴了，说他是来“宣传赤化”了。

有的看不起他，因为他不是一个马克斯主义文学者，然而倘是马克斯主义文学者，看不起他的人可就不要看他了。

有的看不起他，因为他不去做工人，然而倘若做工人，就不会到上海，看不起他的人可就看不见他了。

有的又看不起他，因为他不是实行的革命者，然而倘是实行者，就会和牛兰一同关在牢监里，看不起他的人可就不愿提他了。

他有钱，他偏讲社会主义，他偏不去做工，他偏来游历，他偏到上海，他偏讲革命，他偏谈苏联，他偏不给人们舒服……

于是乎可恶。

身子长也可恶，年纪大也可恶，须发白也可恶，不受欢迎也可恶，逃避访问也可恶，连和夫人的感情好也可恶。

然而他走了，这一位被人们公认为“矛盾”的萧。

然而我想，还是熬一下子，姑且将这样的萧，当作现在的世界的文豪罢，唠唠叨叨，鬼鬼祟祟，是打不倒文豪的。而且为给大家可以唠叨起见，也还是有他在着的好。

因为矛盾的萧没落时，或萧的矛盾解决时，也便是社会的矛盾解决的时候，那可不是玩意儿也。

二月十九日夜。

看萧和“看萧的人们”记

我是喜欢萧的。这并不是因为看了他的作品或传记，佩服得喜欢起来，仅仅是在什么地方见过一点警句，从什么人听说他往往撕掉绅士们的假面，这就喜欢了他了。还有一层，是因为中国也常有模仿西洋绅士的人物的，而他们却大抵不喜欢萧。被我自己所讨厌的人们所讨厌的人，我有时会觉得他就是好人物。

现在，这萧就要到中国来，但特地搜寻着去看一看的意思倒也并没有。

十六日的午后，内山完造君将改造社的电报给我看，说是去见一见萧怎么样。我就决定说，有这样地要我去见一见，那就见一见罢。

十七日的早晨，萧该已在上海登陆了，但谁也不知道他躲着的处所，这样地过了好半天，好像到底不会看见似的。到了午后，得到蔡先生的信，说萧现就在孙夫人的家里吃午饭，教我赶紧去。

我就跑到孙夫人①的家里去。一走进客厅隔壁的一间小小的屋子里，萧就坐在圆桌的上首，和别的五个人在吃饭。因为早就在什么地方见过照相，听说是世界的名人的，所以便电光

① 即宋庆龄，生于上海，举世闻名的二十世纪的伟大女性。

一般觉得是文豪，而其实是什么标记也没有。但是，雪白的须发，健康的血色，和气的面貌，我想，倘若作为肖像画的模范，倒是很出色的。

午餐像是吃了一半了。是素菜，又简单。白俄的新闻上，曾经猜有无数的侍者，但只有一个厨子在搬菜。

萧吃得并不多，但也许开始的时候，已经狠吃了一通了也难说。到中途，他用起筷子来了，很不顺手，总是夹不住。然而令人佩服的是他竟逐渐巧妙，终于紧紧的夹住了一块什么东西，于是得意的遍看着大家的脸，可是谁也没有看见这成功。

在吃饭时候的萧，我毫不觉得他是讽刺家。谈话也平平常常。例如说：朋友最好，可以久远的往还，父母和兄弟都不是自己自由选择的，所以非离开不可之类。

午餐一完，照了三张相。并排一站，我就觉得自己的矮小了，虽然心里想，假如再年轻三十年，我得来做伸长身体的体操……。

两点光景，笔会（Pen Club）[①] 有欢迎。也趁了摩托车一同去看时，原来是在叫作“世界学院”的大洋房里。走到楼上，早有为文艺的文艺家，民族主义文学家，交际明星，伶界大王等等，大约五十个人在那里了。合起围来，向他质问各色各样的事，好像翻检《大英百科全书》似的。

萧也演说了几句：诸君也是文士，所以这玩艺儿是全都知道的，至于扮演者，则因为是实行的，所以比起自己似的只是写写的人来，还要更明白。此外还有什么可说的呢。总之，今

① 带有国际性的著作家团体1921年在伦敦成立。

天就如看看动物园里的动物一样，现在已经看见了，这就可以了罢。云石。

大家都哄笑了，大约又以为这是讽刺。

也还有一点梅兰芳博士和别的名人的问答，但在这里，略之。

此后是将赠品送给萧的仪式。这是由有着美男子之誉的邵洵美君拿上去的，是泥土做的戏子的脸谱的小模型，收在一个盒子里。还有一种，听说是演戏用的衣裳，但因为是用纸包好了的，所以没有见。萧很高兴的接受了。据张若谷君后来发表出来的文章，则萧还问了几句话，张君也刺了他一下，可惜萧不听见云。但是，我实在也没有听见。

有人问他菜食主义的理由，这时很有了几个来照照相的人，我想，我这烟卷的烟是不行的，便走到外面的屋子去了。

还有面会新闻记者的约束，三点光景便又回到孙夫人的家里来。早有四五十个人在等候了，但放进的却只有一半。首先是木村毅君和四五个文士，新闻记者是中国的六人，英国的一人，白俄一人，此外还有照相师三四个。

在后园的草地上，以萧为中心，记者们排成半圆阵，替代着世界的周游，开了记者的嘴脸展览会。萧又遇到了各色各样的质问，好像翻检《大英百科全书》似的。

萧似乎并不想多话。但不说，记者们是决不干休的，于是终于说起来了，说得一多，这回是记者那面的笔记的分量，就渐渐的减少了下去。

我想，萧并不是真的讽刺家，因为他就会说得那么多。

试验是大约四点半钟完结的，萧好像已经很疲倦，我就和木村君都回到内山书店里去了。

第二天的新闻，却比萧的话还要出色得远远。在同一的时候，同一的地方，听着同一的话，写了出来的记事，却是各不相同的。似乎英文的解释，也会由于听者的耳朵，而变换花样。例如，关于中国的政府罢，英字新闻的萧，说的是中国人应该挑选自己们所佩服的人，作为统治者；日本字新闻的萧，说的是中国政府有好几个；汉字新闻的萧，说的是凡是好政府，总不会得人民的欢心的。

从这一点看起来，萧就并不是讽刺家，而是一面镜。

但是，在新闻上的对于萧的评论，大体是坏的。人们是各各去听自己所喜欢的，有益的讽刺去的，而同时也给听了自己所讨厌的，有损的讽刺。于是就各各用了讽刺来讽刺道，萧不过是一个讽刺家而已。

在讽刺竞赛这一点上，我以为还是萧这一面伟大。

我对于萧，什么都没有问；萧对于我，也什么都没有问。不料木村君却要我写一篇萧的印象记。别人做的印象记，我是常看的，写得仿佛一见便窥见了那人的真心一般，我实在佩服其观察之锐敏。至于自己，却连相书也没有翻阅过，所以即使遇见了名人罢，倘要我滔滔的来说印象，可就穷矣了。

但是，因为是特地从东京到上海来要我写的，我就只得寄一点这样的东西，算是一个对付。

一九三三年二月二十三夜。

（三月二十五日，许霞译自《改造》四月特辑，更由作者校定。）

《萧伯纳在上海》序

现在的所谓“人”，身体外面总得包上一点东西，绸缎，毡布，纱葛都可以。就是穷到做乞丐，至少也得有一条破裤子；就是被称为野蛮人的，小肚前后也多有了一排草叶子。要是在大庭广众之前自己脱去了，或是被人撕去了。这就叫作不成人样子。

虽然不像样，可是还有人要看，站着看的也有，跟着看的也有，绅士淑女们一齐掩住了眼睛，然而从手指缝里偷瞥几眼的也有。总之是要看看别人的赤条条，却小心着自己的整齐的衣裤。

人们的讲话，也大抵包着绸缎以至草叶子的，假如将这撕去了，人们就也爱听，也怕听。因为爱，所以围拢来，因为怕，就特地给它起了一个对于自己们可以减少力量的名目曰“讽刺”，称说这类的话的人曰“讽刺家”。

伯纳·萧一到上海，热闹得比泰戈尔还利害，不必说毕力涅克（Boris Pilniak）和穆杭（Paul Morand）了，我以为原因就在此。

还有一层，是“专制使人们变成冷嘲”，但这是英国的事情，古来只能“道路以目”① 的人们是不敢的。不过时候也到底不同了，就要听洋讽刺家来“幽默”一回，大家哈哈一下子。

还有一层，我在这里不想提。

但先要提防自己的衣裤。于是各人的希望就不同起来了。蹩脚愿意他主张拿拐杖，癞子希望他赞成戴帽子，涂了脂粉的想他讽刺黄脸婆，民族主义文学者要靠他来压服了日本的军队。但结果如何呢？结果只要看唠叨的多，就知道不见得十分圆满了。

萧的伟大可又在这地方。英系报，日系报，白俄系报，虽然造了一些谣言，而终于全都攻击起来，就知道他决不为帝国主义所利用。至于有些中国报，那是无须多说的，因为原是洋大人的跟丁。这跟也跟得长久了，只在“不抵抗”或“战略关系”上，这才走在他们军队的前面。

萧在上海不到一整天，而故事竟有这么多，倘是别的文人，恐怕不见得会这样的。这不是一件小事情，所以这一本书，也确是重要的文献。在前三个部门之中，就将文人、政客、军阀、流氓、叭儿的各式各样的相貌，都在一个平面镜里映出来了。说萧是凹凸镜，我也不以为确凿。

余波流到北平，还给大英国的记者一个教训：他不高兴中国人欢迎他。二十日路透电说北平报章多登关于萧的文章，是“足证华人传统的不感觉苦痛性”。胡适博士尤其超脱，说是不

① 出自《国语·周语》：周厉王暴虐无道，“国人莫敢言，道路以目。”据三国时吴国韦昭注：“不敢发言，以目相眄而已”。

加招待，倒是最高尚的欢迎。

“打是不打，不打是打！”

这真是一面大镜子，真是令人们觉得好像一面大镜子的大镜子，从去照或不愿去照里，都装模作样的显出了藏着的原形。在上海的一部分，虽然用笔和舌的还没有北平的外国记者和中国学者的巧妙，但已经有不少的花样。旧传的脸谱本来也有限，虽有未曾收录的，或后来发表的东西，大致恐怕总在这谱里的了。

一九三三年二月二十八日灯下，鲁迅。

由中国女人的脚，推定中国人之非中庸，又由此推定孔夫子有胃病

——“学匪”派考古学之一

古之儒者不作兴谈女人，但有时总喜欢谈到女人。例如“缠足”罢，从明朝到清朝的带些考据气息的著作中，往往有一篇关于这事起源的迟早的文章。为什么要考究这样下等事呢，现在不说他也罢，总而言之，是可以分为两大派的，一派说起源早，一派说起源迟。说早的一派，看他的语气，是赞成缠足的，事情愈古愈好，所以他一定要考出连孟子的母亲，也是小脚妇人的证据来。说迟的一派却相反，他不大恭维缠足，据说，至早，亦不过起于宋朝的末年。

其实，宋末，也可以算得古的了。不过不缠之足，样子却还要古，学者应该“贵古而贱今”，斥缠足者，爱古也。但也有先怀了反对缠足的成见，假造证据的，例如前明才子杨升庵先生，他甚至于替汉朝人做《杂事秘辛》，来证明那时的脚是“底平趾敛”。

于是又有人将这用作缠足起源之古的材料，说既然“趾敛”，可见是缠的了。但这是自甘于低能之谈，这里不加评论。

照我的意见来说，则以上两大派的话，是都错，也都对的。现在是古董出现的多了，我们不但能看见汉、唐的图画，也可以看到晋、唐古坟里发掘出来的泥人儿。那些东西上所表现的女人的脚上，有圆头履，有方头履，可见是不缠足的。古人比

今人聪明，她决不至于缠小脚而穿大鞋子，里面塞些棉花，使自己走得一步一拐。

但是，汉朝就确已有一种“利屣”①，头是尖尖的，平常大约未必穿罢，舞的时候，却非此不可。不但走着爽利，“潭腿”② 似的踢开去之际，也不至于为裙子所碍，甚至于踢下裙子来。那时太太们固然也未始不舞，但舞的究以倡女为多，所以倡伎就大抵穿着“利屣”，穿得久了，也免不了要“趾敛”的。然而伎女的装束，是闺秀们的大成至圣先师，这在现在还是如此，常穿利屣，即等于现在之穿高跟皮鞋，可以俨然居炎汉③“摩登女郎”之列，于是乎虽是名门淑女，脚尖也就不免尖了起来。先是倡伎尖，后是摩登女郎尖，再后是大家闺秀尖，最后才是“小家碧玉”④ 一齐尖。待到这些“碧玉”们成了祖母时，就入于利屣制度统一脚坛的时代了。

当民国初年，“不佞”观光北京的时候，听人说，北京女人看男人是否漂亮（自按：盖即今之所谓“摩登”也）的时候，是从脚起，上看到头的。所以男人的鞋袜，也得留心，脚样更不消说，当然要弄得齐齐整整，这就是天下之所以有“包脚布”的原因。仓颉造字，我们是知道的，谁造这布的呢，却还没有研究出。但至少是“古已有之”，唐朝张鷟作的《朝野佥载》罢，他说武后朝有一位某男士，将脚裹得窄窄的，人们见了都发笑。可见盛唐之世，就已有了这一种玩意儿，不过还

① 一种舞鞋。
② 拳术的一种，相传由清代山东龙潭寺的和尚创立所以叫潭腿。
③ 即汉代。
④ 古时候常以“小家碧玉”称小康人家的少女。

不是很极端，或者还没有很普及。然而好像终于普及了。由宋至清，绵绵不绝，民元革命以后，革了与否，我不知道，因为我是专攻考“古”学的。

然而奇怪得很，不知道怎的（自按：此处似略失学者态度），女士们之对于脚，尖还不够，并且勒令它“小”起来了，最高模范，还竟至于以三寸为度。这么一来，可以不必兼买利屣和方头履两种，从经济的观点来看，是不算坏的，可是从卫生的观点来看，却未免有些“过火”，换一句话，就是“走了极端”了。

我中华民族虽然常常的自命为爱“中庸”，行“中庸”的人民，其实是颇不免于过激的。譬如对于敌人罢，有时是压服不够，还要“除恶务尽”，杀掉不够，还要“食肉寝皮”。但有时候，却又谦虚到“侵略者要进来，让他们进来。也许他们会杀了十万中国人。不要紧，中国人有的是，我们再有人上去”。这真教人会猜不出是真痴还是假呆。而女人的脚尤其是一个铁证，不小则已，小则必求其三寸，宁可走不成路，摆摆摇摇。慨自辫子肃清以后，缠足本已一同解放的了，老新党的母亲们，鉴于自己在皮鞋里塞棉花之麻烦，一时也确给她的女儿留了天足。然而我们中华民族是究竟有些“极端”的，不多久，老病复发，有些女士们已在别想花样，用一枝细黑柱子将脚跟支起，叫它离开地球。她到底非要她的脚变把戏不可。由过去以测将来，则四朝（假如仍旧有朝代的话）之后，全国女人的脚趾都和小腿成一直线，是可以有八九成把握的。

然则圣人为什么大呼“中庸”呢？曰：这正因为大家并不中庸的缘故。人必有所缺，这才想起他所需。穷教员养不活老婆了。于是觉到女子自食其力说之合理，并且附带地向男女平权论点头；富翁胖到要发哮喘病了，才去打高而富球，从此主张运动的紧要。我们平时，是决不记得自己有一个头，或一个肚子，应该加以优待的，然而一旦头痛肚泻，这才记起了他们，并且大有休息要紧，饮食小心的议论。倘有谁听了这些议论之后，便贸贸然决定这议论者为卫生家，可就失之十丈，差以亿里了。

倒相反，他是不卫生家，议论卫生，正是他向来的不卫生的结果的表现。孔子曰，“不得中行而与之，必也狂狷乎，狂者进取，狷者有所不为也！”以孔子交游之广，事实上没法子只好寻狂狷相与，这便是他在理想上之所以哼着“中庸，中庸”的原因。

以上的推定假使没有错，那么，我们就可以进而推定孔子晚年，是生了胃病的了。“割不正不食”，这是他老先生的古板规矩，但“食不厌精，脍不厌细”的条令却有些稀奇。他并非百万富翁或能收许多版税的文学家，想不至于这么奢侈的，除了只为卫生，意在容易消化之外，别无解法。况且“不撤姜食”，又简直是省不掉暖胃药了。何必如此独厚于胃，念念不忘呢？曰，以其有胃病之故也。

倘说：坐在家里，不大走动的人们很容易生胃病，孔子周游列国，运动王公，该可以不生病证的了。那就是犯了知今而不知古的错误。盖当时花旗白面[1]，尚未输入，土磨麦粉，多含灰沙，所以分量较今面为重；国道尚未修成，泥路甚多凹凸，

---

① 从美国进口来的面粉。

孔子如果肯走，那是不大要紧的，而不幸他偏有一车两马。胃里袋着沉重的面食，坐在车子里走着七高八低的道路，一颠一顿，一掀一坠，胃就被坠得大起来，消化力随之减少，时时作痛；每餐非吃“生姜”不可了。所以那病的名目，该是“胃扩张”；那时候，则是“晚年”，约在周敬王十年以后。

以上的推定，虽然简略，却都是“读书得间”的成功。但若急于近功，妄加猜测，即很容易陷于“多疑”的谬误。例如罢，二月十四日《申报》载南京专电云：“中执委会令各级党部及人民团体制‘忠孝仁爱信义和平’匾额，悬挂礼堂中央，以资启迪。”看了之后，切不可便推定为各要人讥大家为“忘八”①；三月一日《大晚报》载新闻云：“孙总理夫人宋庆龄女士自归国寓沪后，关于政治方面，不闻不问，惟对社会团体之组织非常热心。据本报记者所得报告，前日有人由邮政局致宋女士之索诈信□（自按：原缺）件，业经本市当局派驻邮局检查处检查员查获，当将索诈信截留，转辗呈报市府。”看了之后，也切不可便推定虽为总理夫人宋女士的信件，也常在邮局被当局派员所检查。

盖虽“学匪派考古学”，亦当不离于“学”，而以“考古”为限的。

三月四日夜。

① 封建时代流行的俗语，也即“无耻”的意思。指忘记了概括封建道德要义的“孝、悌、忠、信、礼、义、廉、耻”八个字的最后一个“耻”字。

我怎么做起小说来

我怎么做起小说来？——这来由，已经在《呐喊》的序文上，约略说过了。这里还应该补叙一点的，是当我留心文学的时候，情形和现在很不同：在中国，小说不算文学，做小说的也决不能称为文学家，所以并没有人想在这一条道路上出世。我也并没有要将小说抬进“文苑”里的意思，不过想利用他的力量，来改良社会。

但也不是自己想创作，注重的倒是在绍介，在翻译，而尤其注重于短篇，特别是被压迫的民族中的作者的作品。因为那时正盛行着排满论，有些青年，都引那叫喊和反抗的作者为同调的。所以“小说作法”之类，我一部都没有看过，看短篇小说却不少，小半是自己也爱看，大半则因了搜寻绍介的材料。也看文学史和批评，这是因为想知道作者的为人和思想，以便决定应否绍介给中国。和学问之类，是绝不相干的。

因为所求的作品是叫喊和反抗，势必至于倾向了东欧，因此所看的俄国、波兰以及巴尔干诸小国作家的东西就特别多。也曾热心的搜求印度、埃及的作品，但是得不到。记得当时最爱看的作者，是俄国的果戈理（N. Gogol）和波兰的显克微支（H. Sienkiewitz）。日本的，是夏目漱石和森鸥外。

回国以后，就办学校，再没有看小说的工夫了，这样的有五六年。为什么又开手了呢？——这也已经写在《呐喊》的序文里，不必说了。但我的来做小说，也并非自以为有做小说的才能，只因为那时是住在北京的会馆里的，要做论文罢，没有参考书，要翻译罢，没有底本，就只好做一点小说模样的东西塞责，这就是《狂人日记》。大约所仰仗的全在先前看过的百来篇外国作品和一点医学上的知识，此外的准备，一点也没有。

但是《新青年》的编辑者，却一回一回的来催，催几回，我就做一篇，这里我必得记念陈独秀先生，他是催促我做小说最着力的一个。

自然，做起小说来，总不免自己有些主见的。例如，说到“为什么”做小说罢，我仍抱着十多年前的“启蒙主义”，以为必须是“为人生”，而且要改良这人生。我深恶先前的称小说为“闲书”，而且将“为艺术的艺术”，看作不过是“消闲”的新式的别号。所以我的取材，多采自病态社会的不幸的人们中，意思是在揭出病苦，引起疗救的注意。所以我力避行文的唠叨，只要觉得够将意思传给别人了，就宁可什么陪衬拖带也没有。中国旧戏上，没有背景，新年卖给孩子看的花纸上，只有主要的几个人（但现在的花纸却多有背景了），我深信对于我的目的，这方法是适宜的，所以我不去描写风月，对话也决不说到一大篇。

我做完之后，总要看两遍，自己觉得拗口的，就增删几个字，一定要它读得顺口；没有相宜的白话，宁可引古语，希望总有人会懂，只有自己懂得或连自己也不懂的生造出来的字句，是不大用的。这一节，许多批评家之中，只有一个人看出来了，但他称我为Stylist。

所写的事迹，大抵有一点见过或听到过的缘由，但决不全用这事实，只是采取一端，加以改造，或生发开去，到足以几乎完全发表我的意思为止。人物的模特儿也一样，没有专用过一个人。往往嘴在浙江，脸在北京，衣服在山西，是一个拼凑起来的角色。有人说，我的那一篇是骂谁，某一篇又是骂谁，那是完全胡说的。

不过这样的写法，有一种困难，就是令人难以放下笔。一气写下去，这人物就逐渐活动起来，尽了他的任务。但倘有什么分心的事情来一打岔，放下许久之后再来写，性格也许就变了样，情景也会和先前所豫想的不同起来。例如我做的《不周山》，原意是在描写性的发动和创造，以至衰亡的，而中途去看报章，见了一位道学的批评家攻击情诗的文章，心里很不以为然，于是小说里就有一个小人物跑到女娲的两腿之间来，不但不必有，且将结构的宏大毁坏了。但这些处所，除了自己，大概没有人会觉到的，我们的批评大家成仿吾先生，还说这一篇做得最出色。

我想，如果专用一个人做骨干，就可以没有这弊病的，但自己没有试验过。

忘记是谁说的了，总之是，要极省俭的画出一个人的特点，最好是画他的眼睛。我以为这话是极对的，倘若画了全副的头发，即使细得逼真，也毫无意思，我常在学学这一种方法，可惜学不好。

可省的处所，我决不硬添，做不出的时候，我也决不硬做，但这是因为我那时别有收入，不靠卖文为活的缘故，不能作为通例的。

还有一层，是我每当写作，一律抹杀各种的批评。因为那时中国的创作界固然幼稚，批评界更幼稚，不是举之上天，就是按之入地，倘将这些放在眼里，就要自命不凡，或觉得非自杀不足以谢天下的。批评必须坏处说坏，好处说好，才于作者有益。

但我常看外国的批评文章，因为他于我没有恩怨嫉恨，虽然所评的是别人的作品，却很有可以借镜之处。但自然，我也同时一定留心这批评家的派别。

以上，是十年前的事了，此后并无所作，也没有长进，编辑先生要我做一点这类的文章，怎么能呢。拉杂写来，不过如此而已。

三月五日灯下。

关于女人

国难期间，似乎女人也特别受难些。一些正人君子责备女人爱奢侈，不肯光顾国货。就是跳舞，肉感等等，凡是和女性有关的，都成了罪状。仿佛男人都做了苦行和尚，女人都进了修道院，国难就会得救似的。

其实那不是女人的罪状，正是她的可怜。这社会制度把她挤成了各种各式的奴隶，还要把种种罪名加在她头上。西汉末年，女人的“堕马髻”，“愁眉啼妆”，也说是亡国之兆。其实亡汉的何尝是女人！不过，只要看有人出来唉声叹气的不满意女人的妆束，我们就知道当时统治阶级的情形，大概有些不妙了。

奢侈和淫靡只是一种社会崩溃腐化的现象，决不是原因。私有制度的社会，本来把女人也当做私产，当做商品。一切国家，一切宗教都有许多稀奇古怪的规条，把女人看做一种不吉利的动物，威吓她，使她奴隶般的服从；同时又要她做高等阶级的玩具。正像现在的正人君子，他们骂女人奢侈，板起面孔维持风化，而同时正在偷偷地欣赏着肉感的大腿文化。

阿刺伯的一个古诗人说：“地上的天堂是在圣贤的经书上，马背上，女人的胸脯上。”这句话倒是老实的供状。

自然，各种各式的卖淫总有女人的份。然而买卖是双方的。没有买淫的嫖男，哪里会有卖淫的娼女。所以问题还在买淫的社会根源。这根源存在一天，也就是主动的买者存在一天，那所谓女人的淫靡和奢侈就一天不会消灭。男人是私有主的时候，女人自身也不过是男人的所有品。也许是因此罢，她的爱惜家财的心或者比较的差些，她往往成了“败家精”。何况现在卖淫的机会那么多，家庭里的女人直觉地感觉到自己地位的危险。民国初年我就听说，上海的时髦是从长三幺二[①]传到姨太太之流，从姨太太之流再传到太太、奶奶、小姐。这些“人家人”，多数是不自觉地在和娼妓竞争，——自然，她们就要竭力修饰自己的身体，修饰到拉得住男子的心的一切。这修饰的代价是很贵的，而且一天一天的贵起来。不但是物质上的，而且还有精神上的。

美国一个百万富翁说：“我们不怕共匪（原文无匪字，谨遵功令改译），我们的妻女就要使我们破产，等不及工人来没收。”中国也许是惟恐工人“来得及”，所以高等华人的男女这样赶紧的浪费着，享用着，畅快着，哪里还管得到国货不国货，风化不风化。然而口头上是必须维持风化，提倡节俭的。

四月十一日。

---

① 旧上海根据来历、籍贯、身分的不同把娼妓分为许许多多的种类和等级。书寓是等级最高的，其次是长三，幺二是低等娼妓。

真假堂吉诃德

西洋武士道的没落产生了堂·吉诃德那样的戆大。他其实是个十分老实的书呆子。看他在黑夜里仗着宝剑和风车开仗，的确傻相可掬，觉得可笑可怜。

然而这是真正的吉诃德。中国的江湖派和流氓种子，却会愚弄吉诃德式的老实人，而自己又假装着堂·吉诃德的姿态。《儒林外史》上的几位公子，慕游侠剑仙之为人，结果是被这种假吉诃德骗去了几百两银子，换来了一颗血淋淋的猪头，——那猪算是侠客的“君父之仇”了。

真吉诃德的做傻相是由于自己愚蠢，而假吉诃德是故意做些傻相给别人看，想要剥削别人的愚蠢。

可是中国的老百姓未必都还这么蠢笨，连这点儿手法也看不出来。

中国现在的假吉诃德们，何尝不知道大刀不能救国，他们却偏要舞弄着，每天“杀敌几百几千”的乱嚷，还有人“特制钢刀九十九，去赠送前敌将士”。可是，为着要杀猪起见，又舍不得飞机捐①，于是乎“武器不精良”的宣传，一面作为节

---

① 1933年初，国民党政府决定举办航空救国飞机捐。稍后，组织中华航空救国会，在各地发行航空奖券，进行募捐。

节退却或者“诱敌深入”① 的解释，一面又借此搜括一些杀猪经费。可惜前有慈禧太后，后有袁世凯，——清末的兴复海军捐建设了颐和园。民四的“反日”爱国储金，增加了讨伐当时革命军的军需，——不然的话，还可以说现在发现了一个新发明。

他们何尝不知道“国货运动”振兴不了什么民族工业，国际的财神爷扼住了中国的喉咙，连气也透不出，甚么“国货”都跳不出这些财神的手掌心。然而“国货年”是宣布了，“国货商场”是成立了，像煞有介事的，仿佛抗日救国全靠一些戴着假面具的买办多赚几个钱。这钱还是从猪狗牛马身上剥削来的。不听见“增加生产力”，“劳资合作共赴国难”的呼声么？原本不把小百姓当人看待，然而小百姓做了猪狗牛马还是要负“救国责任”！结果，猪肉供给假吉诃德吃，而猪头还是要斫下来，挂出去，以为“捣乱后方”者戒。

他们何尝不知道什么“中国固有文化”咒不死帝国主义，无论念几千万遍“不仁不义”或者金光明咒，也不会触发日本地震，使它陆沉大海。然而他们故意高喊恢复“民族精神”，仿佛得了什么祖传秘诀。意思其实很明白，是要小百姓埋头治心，多读修身教科书。这固有文化本来毫无疑义：是岳飞式的奉旨不抵抗的忠，是听命国联爷爷的孝，是斫猪头，吃猪肉，而又远庖厨的仁爱，是遵守卖身契约的信义，是“诱敌深入”的和平。而且，“固有文化”之外，又提倡什么“学术救国”，

① 九一八事变后，国民党政府采取了“不抵抗”政策，不断丧失国土，却还在妄说是战略上的“诱敌深入”。

引证西哲菲希德之言等类的居心，又何尝不是如此。

假吉诃德的这些傻相，真教人哭笑不得；你要是把假痴假呆当做真痴真呆，当真认为可笑可怜，那就未免傻到不可救药了。

四月十一日。

《守常全集》题记

我最初看见守常先生的时候，是在独秀先生邀去商量怎样进行《新青年》的集会上，这样就算认识了。不知道他其时是否已是共产主义者。总之，给我的印象是很好的：诚实，谦和，不多说话。《新青年》的同人中，虽然也很有喜欢明争暗斗，扶植自己势力的人，但他一直到后来，绝对的不是。

他的模样是颇难形容的，有些儒雅，有些朴质，也有些凡俗。所以既像文士，也像官吏，又有些像商人。这样的商人，我在南边没有看见过，北京却有的，是旧书店或笺纸店的掌柜。一九二六年三月十八日，段祺瑞们枪击徒手请愿的学生的那一次，他也在群众中，给一个兵抓住了，问他是何等样人。答说是“做买卖的”。兵道：“那么，到这里来干什么？滚你的罢！”一推，他总算逃得了性命。

倘说教员，那时是可以死掉的。

然而到第二年，他终于被张作霖们害死了。

段将军的屠戮，死了四十二人，其中有几个是我的学生，我实在很觉得一点痛楚；张将军的屠戮，死的好像是十多人，手头没有记录，说不清楚了，但我所认识的只有一个守常先生。在厦门知道了这消息之后，椭圆的脸，细细的眼睛和胡子，蓝布袍，黑马褂，就时时出现在我的眼前，其间还隐约看见绞首台。痛楚是也有些的，但比先前淡漠了。这是我历来的偏见：

见同辈之死，总没有像见青年之死的悲伤。

这回听说在北平公然举行了葬式，计算起来，距被害的时候已经七年了。这是极应该的。我不知道他那时被将军们所编排的罪状，——大概总不外乎“危害民国”罢。然而仅在这短短的七年中，事实就铁铸一般的证明了断送民国的四省的并非李大钊，却是杀戮了他的将军！

那么，公然下葬的宽典，该是可以取得的了。然而我在报章上，又看见北平当局的禁止路祭和捕拿送葬者的新闻。我也不知道为什么，但这回恐怕是“妨害治安”了罢。倘其果然，则铁铸一般的反证，实在来得更加神速：看罢，妨害了北平的治安的是日军呢还是人民！

但革命的先驱者的血，现在已经并不希奇了。单就我自己说罢，七年前为了几个人，就发过不少激昂的空论，后来听惯了电刑，枪毙，斩决，暗杀的故事，神经渐渐麻木，毫不吃惊，也无言说了。我想，就是报上所记的“人山人海”去看枭首示众的头颅的人们，恐怕也未必觉得更兴奋于看赛花灯的罢。血是流得太多了。

不过热血之外，守常先生还有遗文在。不幸对于遗文，我却很难讲什么话。因为所执的业，彼此不同，在《新青年》时代，我虽以他为站在同一战线上的伙伴，却并未留心他的文章，譬如骑兵不必注意于造桥，炮兵无须分神于驭马，那时自以为尚非错误。所以现在所能说的，也不过：一、是他的理论，在现在看起来，当然未必精当的；二、是虽然如此，他的遗文却将永住，因为这是先驱者的遗产，革命史上的丰碑。一切死的和活的骗子的一迭迭的集子，不是已在倒塌下来，连商人也

“不顾血本”的只收二三折了么？

以过去和现在的铁铸一般的事实来测将来，洞若观火！

一九三三年五月二十九夜，鲁迅谨记。

这一篇，是T先生要我做的，因为那集子要在和他有关系的G书局出版。我谊不容辞，只得写了这一点，不久，便在《涛声》上登出来。但后来，听说那遗集稿子的有权者另托C书局去印了，至今没有出版，也许是暂时不会出版的罢，我虽然很后悔乱作题记的孟浪，但我仍然要在自己的集子里存留，记此一件公案。

十二月三十一夜，附识。

谈金圣叹

讲起清朝的文字狱来，也有人拉上金圣叹，其实是很不合适的。他的“哭庙”，用近事来比例，和前年《新月》上的引据三民主义以自辩，并无不同，但不特捞不到教授而且至于杀头，则是因为他早被官绅们认为坏货了的缘故。就事论事，倒是冤枉的。

清中叶以后的他的名声，也有些冤枉。他抬起小说传奇来，和《左传》《杜诗》并列，实不过拾了袁宏道辈的唾余；而且经他一批，原作的诚实之处，往往化为笑谈，布局行文，也都被硬拖到八股[①]的作法上。这余荫，就使有一批人，堕入了对于《红楼梦》之类，总在寻求伏线，挑剔破绽的泥塘。

自称得到古本，乱改《西厢》字句的案子且不说罢，单是截去《水浒》的后小半，梦想有一个“嵇叔夜”来杀尽宋江们，也就昏庸得可以。虽说因为痛恨流寇的缘故，但他是究竟近于官绅的，他到底想不到小百姓的对于流寇，只痛恨着一半：不在于“寇”，而在于“流”。

百姓固然怕流寇，也很怕“流官”。记得民元革命以后，我在故乡，不知怎地县知事常常掉换了。每一掉换，农民们便愁苦着相告道：“怎么好呢？又换了一只空肚鸭来了！”他们虽

① 也称制义、制艺、时文、八比文，是明清科举考试的一种文体。八股文章就“四书五经”取题，内容必须用古人的语气，绝对不允许自由发挥，而句子的长短、字的繁简、声调高低等也都要相对成文，字数也有限制。

然至今不知道“欲壑难填”的古训，却很明白“成则为王，败则为贼”的成语，贼者，流着之王，王者，不流之贼也，要说得简单一点，那就是“坐寇”。中国百姓一向自称“蚁民”，现在为便于譬喻起见，姑升为牛罢，铁骑一过，茹毛饮血，蹄骨狼藉，倘可避免，他们自然是总想避免的，但如果肯放任他们自啮野草，苟延残喘，挤出乳来将这些“坐寇”喂得饱饱的，后来能够比较的不复狼吞虎咽，则他们就以为如天之福。所区别的只在“流”与“坐”，却并不在“寇”与“王”。试翻明末的野史，就知道北京民心的不安，在李自成入京的时候，是不及他出京之际的利害的。

宋江据有山寨，虽打家劫舍，而劫富济贫，金圣叹却道应该在童贯、高俅辈的爪牙之前，一个个俯首受缚，他们想不懂。所以《水浒传》纵然成了断尾巴蜻蜓，乡下人却还要看《武松独手擒方腊》这些戏。

不过这还是先前的事，现在似乎又有了新的经验了。听说四川有一只民谣，大略是“贼来如梳，兵来如篦，官来如剃”的意思。汽车飞艇[①]，价值既远过于大轿马车，租界和外国银行，也是海通以来新添的物事，不但剃尽毛发，就是刮尽筋肉，也永远填不满的。正无怪小百姓将“坐寇”之可怕，放在“流寇”之上了。

事实既然教给了这些，仅存的路，就当然使他们想到了自己的力量。

五月三十一日。

---

① 当时对飞机的一种叫法。

又论“第三种人”

戴望舒先生远远的从法国给我们一封通信，叙述着法国A. E. A. R（革命文艺家协会）得了纪德的参加，在三月二十一日召集大会，猛烈的反抗德国法西斯谛的情形，并且绍介了纪德的演说，发表在六月号的《现代》上。法国的文艺家，这样的仗义执言的举动是常有的：较远，则如左拉为德来孚斯打不平，法朗士当左拉改葬时候的讲演；较近，则有罗曼罗兰的反对战争。但这回更使我感到真切的欢欣，因为问题是当前的问题，而我也正是憎恶法西斯谛的一个。不过戴先生在报告这事实的同时，一并指明了中国左翼作家的“愚蒙”和像军阀一般的横暴，我却还想来说几句话。但希望不要误会，以为意在辩解，希图中国也从所谓“第三种人”得到对于德国的被压迫者一般的声援，——并不是的。中国的焚禁书报，封闭书店，囚杀作者，实在还远在德国的白色恐怖以前，而且也得到过世界的革命的文艺家的抗议了。我现在要说的，不过那通信里的必须指出的几点。

那通信叙述过纪德的加入反抗运动之后，说道——

“在法国文坛中，我们可以说纪德是‘第三种人’，……自从他在一八九一年……起，一直到现在为止，他始终是一个忠实于他的艺术的人。然而，忠实于自己的艺术的作者，不一定就是资产阶级的‘帮闲者’，法国的革命作家没有这种愚蒙的见解（或者不如说是精明的策略），因此，在热烈的欢迎之中，纪德便在群众之间发言了。”

这就是说：“忠实于自己的艺术的作者”，就是“第三种人”，而中国的革命作家，却“愚蒙”到指这种人为全是“资产阶级的帮闲者”，现在已经由纪德证实，是“不一定”的了。

这里有两个问题应该解答。

第一，是中国的左翼理论家是否真指“忠实于自己的艺术的作者”为全是“资产阶级的帮闲者”？据我所知道，却并不然。左翼理论家无论如何“愚蒙”，还不至于不明白“为艺术的艺术”在发生时，是对于一种社会的成规的革命，但待到新兴的战斗的艺术出现之际，还拿着这老招牌来明明暗暗阻碍他的发展，那就成为反动，且不只是“资产阶级的帮闲者”了。至于“忠实于自己的艺术的作者”，却并未视同一律。因为不问那一阶级的作家，都有一个“自己”，这“自己”，就都是他本阶级的一分子，忠实于他自己的艺术的人，也就是忠实于他本阶级的作者，在资产阶级如此，在无产阶级也如此。这是极显明粗浅的事实，左翼理论家也不会不明白的。但这位——戴先生用“忠实于自己的艺术”来和“为艺术的艺术”掉了一个包，可真显得左翼理论家的“愚蒙”透顶了。

第二，是纪德是否真是中国所谓的“第三种人”？我没有读过纪德的书，对于作品，没有加以批评的资格。但我相信：创作和演说，形式虽然不同，所含的思想是决不会两样的。我可以引出戴先生所绍介的演说里的两段来——

“有人会对我说：‘在苏联也是这样的。’那是可能的事；但是目的却是完全两样的，而且，为了要建设一个新社会起见，为了把发言权给与那些一向做着受压迫者，一向没有发言权的人们起见，不得已的矫枉过正也是免不掉的事。

“我为什么并怎样会在这里赞同我在那边所反对的事呢？那就是因为我在德国的恐怖政策中，见到了最可叹最可憎的过去底再演，在苏联的社会创设中，我却见到一个未来的无限的允约。”

这说得清清楚楚，虽是同一手段，而他却因目的之不同而分为赞成或反抗。苏联十月革命后，侧重艺术的“绥拉比翁的兄弟们”这团体，也被称为“同路人”，但他们却并没有这么积极。中国关于“第三种人”的文字，今年已经汇印了一本专书，我们可以查一查，凡自称为“第三种人”的言论，可有丝毫近似这样的意见的么？倘其没有，则我敢决定地说，“不可以说纪德是‘第三种人’”。

然而正如我说纪德不像中国的“第三种人”一样，戴望舒先生也觉得中国的左翼作家和法国的大有贤愚之别了。他在参加大会，为德国的左翼艺术家同伸义愤之后，就又想起了中国左翼作家的愚蠢横暴的行为。于是他临末禁不住感慨——

“我不知道我国对于德国法西斯谛的暴行有没有什么表示。正如我们的军阀一样，我们的文艺者也是勇于内战的。在法国的革命作家们和纪德携手的时候，我们的左翼作家想必还在把所谓‘第三种人’当作惟一的敌手吧！”

这里无须解答，因为事实具在：我们这里也曾经有一点表示，但因为和在法国两样，所以情形也不同；刊物上也久不见什么“把所谓‘第三种人’当作惟一的敌手”的文章，不再内战，没有军阀气味了。戴先生的豫料，是落了空的。

然而中国的左翼作家，这就和戴先生意中的法国左翼作家一样贤明了么？我以为并不这样，而且也不应该这样的。如果声音还没有全被削除的时候，对于“第三种人”的讨论，还极有从新提起和展开的必要。戴先生看出了法国革命作家们的隐衷，觉得在这危急时，和“第三种人”携手，也许是“精明的策略”。但我以为单靠“策略”，是没有用的，有真切的见解，才有精明的行为，只要看纪德的讲演，就知道他并不超然于政治之外，决不能贸贸然称之为“第三种人”，加以欢迎，是不必别具隐衷的。不过在中国的所谓“第三种人”，却还复杂得很。

所谓“第三种人”，原意只是说：站在甲乙对立或相斗之外的人。但在实际上，是不能有的。人体有胖和瘦，在理论上，是该能有不胖不瘦的第三种人的，然而事实上却并没有，一加比较，非近于胖，就近于瘦。文艺上的“第三种人”也一样，即使好像不偏不倚罢，其实是总有些偏向的，平时有意的或无意的遮掩起来。而一遇切要的事故，它便会分明的显现。如纪德，他就显出左向来了；别的人，也能从几句话里，分明的显出。所以在这混杂的一群中，有的能和革命前进，共鸣；有的也能乘机将革命中伤，软化，曲解。左翼理论家是有着加以分析的任务的。

如果这就等于“军阀”的内战，那么，左翼理论家就必须更加继续这内战，而将营垒分清，拔去了从背后射来的毒箭！

六月四日。

“蜜蜂”与“蜜”

陈思先生：

看了《涛声》上批评《蜜蜂》的文章后，发生了两个意见，要写出来，听听专家的判定。但我不再来辩论，因为《涛声》并不是打这类官司的地方。

村人火烧蜂群，另有缘故，并非阶级斗争的表现，我想，这是可能的。但蜜蜂是否会于虫媒花有害，或去害风煤花呢，我想，这也是可能的。

昆虫有助于虫媒花的受精，非徒无害，而且有益，就是极简略的生物学上也都这样说，确是不错的。但这是在常态时候的事。假使蜂多花少，情形可就不同了，蜜蜂为了采粉或者救饥，在一花上，可以有数匹甚至十余匹一涌而入，因为争，将花瓣弄伤，因为饿，将花心咬掉，听说日本的果园，就有遭了这种伤害的。它的到风媒花上去。也还是因为饥饿的缘故。这时酿蜜已成次要，它们是吃花粉去了。

所以，我以为倘花的多少，足供蜜蜂的需求，就天下太平，否则，便会“反动”。譬如蚁是养护蚜虫的，但倘将它们关在一处，又不另给食物，蚁就会将蚜虫吃掉；人是吃米或麦的，然而遇着饥馑，便吃草根树皮了。

中国向来也养蜂，何以并无此弊呢？那是极容易回答的：因为少。近来以养蜂为生财之大道，干这事的愈多。然而中国的蜜价，远逊欧、美，与其卖蜜，不如卖蜂。又因报章鼓吹，思养蜂以获利者辈出，故买蜂者也多于买蜜。因这缘故，就使养蜂者的目的，不在于使酿蜜而在于使繁殖了。但种植之业，却并不与之俱进，遂成蜂多花少的现象，闹出上述的乱子来了。

总之，中国倘不设法扩张蜂蜜的用途，及同时开辟果园农场之类，而一味出卖蜂种以图目前之利，养蜂事业是不久就要到了绝路的。此信甚希发表，以冀有心者留意也。专此，顺请著安。

罗忼。六月十一日。

经 验

古人所传授下来的经验，有些实在是极可宝贵的，因为它曾经费去许多牺牲，而留给后人很大的益处。

偶然翻翻《本草纲目》，不禁想起了这一点。这一部书，是很普通的书，但里面却含有丰富的宝藏。自然，捕风捉影的记载，也是在所不免的，然而大部分的药品的功用，却由历久的经验，这才能够知道到这程度，而尤其惊人的是关于毒药的叙述。我们一向喜欢恭维古圣人，以为药物是由一个神农皇帝独自尝出来的，他曾经一天遇到过七十二毒，但都有解法，没有毒死。这种传说，现在不能主宰人心了，人们大抵已经知道一切文物，都是历来的无名氏所逐渐的造成。建筑，烹饪，渔猎，耕种，无不如此；医药也如此。这么一想，这事情可就大起来了：大约古人一有病，最初只好这样尝一点，那样尝一点，吃了毒的就死。吃了不相干的就无效，有的竟吃到了对证的就好起来，于是知道这是对于某一种病痛的药。这样地累积下去。乃有草创的纪录，后来渐成为庞大的书，如《本草纲目》就是。而且这书中的所记，又不独是中国的，还有阿剌伯人的经验，有印度人的经验，则先前所用的牺牲之大，更可想而知了。

然而也有经过许多人经验之后，倒给了后人坏影响的，如俗语说“各人自扫门前雪，莫管他家瓦上霜”的便是其一。救急扶伤，一不小心，向来就很容易被人所诬陷，而还有一种坏经验的结果的歌诀，是“衙门八字开，有理无钱莫进来”，于是人们就只要事不干己，还是远远的站开干净。我想，人们在社会里，当初是并不这样彼此漠不相关的，但因豺狼当道，事实上因此出过许多牺牲，后来就自然的都走到这条道路上去了。所以，在中国，尤其是在都市里，倘使路上有暴病倒地，或翻车摔伤的人，路人围观或甚至于高兴的人尽有，肯伸手来扶助一下的人却是极少的。这便是牺牲所换来的坏处。

总之，经验的所得的结果无论好坏，都要很大的牺牲，虽是小事情，也免不掉要付惊人的代价。例如近来有些看报的人，对于什么宣言，通电，讲演，谈话之类，无论它怎样骈四俪六，崇论宏议，也不去注意了，甚而还至于不但不注意，看了倒不过做做嘻笑的资料。这那里有“始制文字，乃服衣裳”一样重要呢，然而这一点点结果，却是牺牲了一大片地面，和许多人的生命财产换来的。生命，那当然是别人的生命，倘是自己，就得不着这经验了。所以一切经验，是只有活人才能有的。我的决不上别人讥刺我怕死，就去自杀或拼命的当，而必须写出这一点来，就为此。而且这也是小小的经验的结果。

六月十二日。

谚语

粗略的一想，谚语固然好像一时代一国民的意思的结晶，但其实，却不过是一部分的人们的意思。现在就以“各人自扫门前雪，莫管他家瓦上霜”① 来做例子罢，这乃是被压迫者们的格言，教人要奉公，纳税，输捐，安分，不可怠慢，不可不平，尤其是不要管闲事；而压迫者是不算在内的。

专制者的反面就是奴才，有权时无所不为，失势时即奴性十足。孙皓是特等的暴君，但降晋之后，简直像一个帮闲；宋徽宗在位时，不可一世，而被掳后偏会含垢忍辱。做主子时以一切别人为奴才，则有了主子，一定以奴才自命：这是天经地义，无可动摇的。

所以被压制时，信奉着“各人自扫门前雪，莫管他家瓦上霜”的格言的人物，一旦得势，足以凌人的时候，他的行为就截然不同，变为“各人不扫门前雪，却管他家瓦上霜”了。

二十年来，我们常常看见：武将原是练兵打仗的，且不问他这兵是用以安内或攘外，总之他的“门前雪”是治军，然而他偏来干涉教育，主持道德；教育家原是办学的，无论他成绩如何，总之他的“门前雪”是学务，然而他偏去膜拜“活佛”，绍介国医。小百姓随军充伕，童子军沿门募款。头儿胡行于上，

① 比喻各人只管自己的事，不要管别人的事。

蚁民乱碰于下，结果是各人的门前都不成样，各家的瓦上也一团糟。

女人露出了臂膊和小腿，好像竟打动了贤人们的心，我记得曾有许多人絮絮叨叨，主张禁止过，后来也确有明文禁止了。不料到得今年，却又“衣服蔽体已足，何必前拖后曳，消耗布匹，……顾念时艰，后患何堪设想”起来。四川的营山县长于是就令公安局派队一一剪掉行人的长衣的下截。长衣原是累赘的东西，但以为不穿长衣，或剪去下截，即于“时艰”有补，却是一种特别的经济学。《汉书》上有一句云，“口含天宪”①，此之谓也。

某一种人，一定只有这某一种人的思想和眼光，不能越出他本阶级之外。说起来，好像又在提倡什么犯讳的阶级了，然而事实是如此的。谣谚并非全国民的意思，就为了这缘故，古之秀才，自以为无所不晓，于是有“秀才不出门，而知天下事”这自负的漫天大谎，小百姓信以为真，也就渐渐的成了谚语，流行开来。其实是“秀才虽出门，不知天下事”的。秀才只有秀才头脑和秀才眼睛，对于天下事，哪里看得分明，想得清楚。清末，因为想“维新”，常派些“人才”出洋去考察，我们现在看看他们的笔记罢，他们最以为奇的是什么馆里的蜡人能够和活人对面下棋。南海圣人康有为，佼佼者也，他周游十一国，一直到得巴尔干，这才悟出外国之所以常有“弑君”之故来了，曰：因为宫墙太矮的缘故。

六月十三日。

---

① 比喻说话就是法律，可以决定人的生死。出自《后汉书·宦者传论》。

大家降一级试试看

《文学》第一期的《〈图书评论〉所评文学书部分的清算》，是很有趣味，很有意义的一篇账。这《图书评论》不但是“我们惟一的批评杂志”，也是我们的教授和学者们所组成的惟一的联军。然而文学部分中，关于译注本的批评却占了大半，这除掉那《清算》里所指出的各种之外，实在也还有一个切要的原因，就是在我们学术界、文艺界作工的人员，大抵都比他的实力凭空跳高一级。

校对员一面要通晓排版的格式，一面要多认识字，然而看现在的出版物，“己”，与“已”，“戮”与“戳”，“刺”与“刺”，在很多的眼睛里是没有区别的。版式原是排字工人的事情，因为他不管，就压在校对员的肩膀上，如果他再不管，那就成为和大家不相干。作文的人首先也要认识字，但在文章上，往往以“战慓”为“战傈”，以“已竟”为“已经”；“非常顽艳”是因妒杀人的情形；“年已鼎盛”的意思，是说这人已有六十多岁了。至于译注的书，那自然，不是“硬译”，就是误译，为了训斥与指正，竟占去了九本《图书评论》中文学部分的书数的一半，就是一个不可动摇的证明。

这些错误的书的出现，当然大抵是因为看准了社会上的需要，匆匆的来投机，但一面也实在为了胜任的人，不肯自贬声价，来做这用力多而获利少的工作的缘故。否则，这些译注者是只配埋首大学，去谨听教授们的指示的。只因为能够不至于误译的人们洁身远去，出版界上空荡荡了，遂使小兵也来挂着帅印，辱没了翻译的天下。

但是，胜任的译注家哪里去了呢？那不消说，他也跳了一级，做了教授，成为学者了。“世无英雄，遂使竖子成名”，于是只配做学生的胚子，就乘着空虚，托庇变了译注者。而事同一律，只配做个译注者的胚子，却踞着高座，昂然说法了。杜威教授有他的实验主义，白璧德教授有他的人文主义，从他们那里零零碎碎贩运一点回来的就变了中国的呵斥八极的学者，不也是一个不可动摇的证明吗？

要澄清中国的翻译界，最好是大家都降下一级去，虽然那时候是否真是都能胜任愉快，也还是一个没有把握的问题。

七月七日。

沙

近来的读书人，常常叹中国人好像一盘散沙，无法可想，将倒霉的责任，归之于大家。其实这是冤枉了大部分中国人的。小民虽然不学，见事也许不明，但知道关于本身利害时，何尝不会团结。先前有跪香，民变，造反；现在也还有请愿之类。他们的像沙，是被统治者“治”成功的，用文言来说，就是“治绩”。

那么，中国就没有沙么？有是有的，但并非小民，而是大小统治者。

人们又常常说：“升官发财。”其实这两件事是不并列的，其所以要升官，只因为要发财，升官不过是一种发财的门径。所以官僚虽然依靠朝廷，却并不忠于朝廷，吏役虽然依靠衙署，却并不爱护衙署，头领下一个清廉的命令，小喽罗是决不听的，对付的方法有“蒙蔽”。他们都是自私自利的沙，可以肥己时就肥己，而且每一粒都是皇帝，可以称尊处就称尊。有些人译俄皇为“沙皇”，移赠此辈，倒是极确切的尊号。财何从来？是从小民身上刮下来的。小民倘能团结，发财就烦难，那么，当然应该想尽方法，使他们变成散沙才好。以沙皇治小民，于是全中国就成为“一盘散沙”了。

然而沙漠以外，还有团结的人们在，他们“如入无人之境”的走进来了。

这就是沙漠上的大事变。当这时候，古人曾有两句极切贴的比喻，叫作“君子为猿鹤，小人为虫沙”。那些君子们，不是象白鹤的腾空，就如猢狲的上树，“树倒猢狲散”，另外还有树，他们决不会吃苦。剩在地下的，便是小民的蝼蚁和泥沙，要践踏杀戮都可以，他们对沙皇尚且不敌，怎能敌得过沙皇的胜者呢？

然而当这时候，偏又有人摇笔鼓舌，向着小民提出严重的质问道：“国民将何以自处”呢，“问国民将何以善其后”呢？忽然记得了“国民”，别的什么都不说，只又要他们来填亏空，不是等于向着缚了手脚的人，要求他去捕盗么？

但这正是沙皇治绩的后盾，是猿鸣鹤唳的尾声，称尊肥己之余，必然到来的末一着。

七月十二日。

给“文学社”信

编辑先生：

《文学》第二号，伍实先生写的《休士在中国》中，开首有这样的一段——

“……萧翁是名流，自配我们的名流招待，且唯其是名流招待名流，这才使鲁迅先生和梅兰芳博士有千载一时的机会得聚首于一堂。休士呢，不但不是我们的名流心目中的那种名流，且还加上一层肤色上的顾忌！”

是的，见萧的不只我一个，但我见了一回萧，就被大小文豪一直笑骂到现在，最近的就是这回因此就并我和梅兰芳为一谈的名文。然而那时是招待者邀我去的。这回的招待休士，我并未接到通知，时间地址，全不知道，怎么能到？即使邀而不到，也许有别种的原因，当口诛笔伐之前，似乎也须略加考察。现在并未相告，就责我不到，因这不到，就断定我看不起黑种。作者是相信的罢，读者不明事实，大概也可以相信的，但我自己还不相信我竟是这样一个势利卑劣的人！

给我以诬蔑和侮辱，是平常的事；我也并不为奇：惯了。但那是小报，是敌人。略具见识的，一看就明白。而《文学》是挂着冠冕堂皇的招牌的，我又是同人之一，为什么无端虚构事迹，大加奚落，至于到这地步呢？莫非缺一个势利卑劣的老人，也在文学戏台上跳舞一下，以给观众开心，且催呕吐么？

我自信还不至于是这样的脚色，我还能够从此跳下这可怕的戏台。那时就无论怎样诬辱嘲骂，彼此都没有矛盾了。

我看伍实先生其实是化名，他一定也是名流，就是招待休士，非名流也未必能够入座。不过他如果和上海的所谓文坛上的那些狐鼠有别，则当施行人身攻击之际，似乎应该略负一点责任，宣布出和他的本身相关联的姓名，给我看看真实的嘴脸。这无关政局，决无危险，况且我们原曾相识，见面时倒是装作十分客气的也说不定的。

临末，我要求这封信就在《文学》三号上发表。

鲁迅。七月二十九日。

关于翻译

今年是“国货年”，除“美麦”外，有些洋气的都要被打倒了。四川虽然正在奉令剪掉路人的长衫，上海的一位慷慨家却因为讨厌洋服而记得了袍子和马褂。翻译也倒了运，得到一个笼统的头衔是“硬译”和“乱译”。但据我所见，这些“批评家”中，一面要求着“好的翻译”者，却一个也没有的。

创作对于自己人，的确要比翻译切身，易解，然而一不小心，也容易发生“硬作”，“乱作”的毛病，而这毛病，却比翻译要坏得多。我们的文化落后，无可讳言，创作力当然也不及洋鬼子，作品比较薄弱，是势所必至的，而且又不能不时时取法于外国。所以翻译和创作，应该一同提倡，决不可压抑了一面，使创作成为一时的骄子，反因容纵而脆弱起来。我还记得先前有一个排货的年头，国货家贩了外国的牙粉，摇松了两瓶，装作三瓶，贴上商标，算是国货，而购买者却多损失了三分之一；还有一种痱子药水，模样和洋货完全相同，价钱却便宜一半，然而它有一个大缺点，是搽了之后，毫无功效，于是购买者便完全损失了。

注重翻译，以作借镜，其实也就是催进和鼓励着创作。但几年以前，就有了攻击“硬译”的“批评家”，搔下他旧疮疤上的末屑，少得像膏药上的麝香一样，因为少，就自以为是奇珍。而这风气竟传布开来了，许多新起的论者，今年都在开始轻薄着贩来的洋货。比起武人的大买飞机，市民的拼命捐款来，所谓“文人”也者，真是多么昏庸的人物呵。

我要求中国有许多好的翻译家，倘不能，就支持着“硬译”。理由还在中国有许多读者层，有着并不全是骗人的东西，也许总有人会多少吸收一点，比一张空盘较为有益。而且我自己是向来感谢着翻译的，例如关于萧的毁誉和现在正在提起的题材的积极性的问题，在洋货里，是早有了明确的解答的。关于前者，德国的尉特甫格（Karl Wittvogel）在《萧伯纳是丑角》里说过——

“至于说到萧氏是否有意于无产阶级的革命，这并不是一个重要的问题。十八世纪的法国大哲学家们，也并不希望法国的大革命。虽然如此，然而他们都是引导着必至的社会变更的那种精神崩溃的重要势力。”（刘大杰译，《萧伯纳在上海》所载。）

关于后者，则恩格勒在给明那·考茨基（Minna Kautsky，就是现存的考茨基的母亲）的信里，已有极明确的指示，对于现在的中国，也是很有意义的——

“还有，在今日似的条件之下，小说是大抵对于布尔乔亚层的读者的，所以，由我看来，只要正直地叙述出现实的相互关系，毁坏了罩在那上面的作伪的幻影，使布尔乔亚世界的乐观主义动摇，使对于现存秩序的永远的支配起疑，则社会主义的倾向的文学，也就十足地尽了它的使命了——即使作者在这时并未提出什么特定的解决，或者有时连作者站在那一边也不很明白。”（日本上田进原译，《思想》百三十四号所载。）

八月二日。

《一个人的受难》序

“连环图画”这名目，现在已经有些用熟了，无须更改；但其实是应该称为“连续图画”的，因为它并非“如环无端”，而是有起有讫的画本。中国古来的所谓“长卷”，如《长江无尽图卷》，如《归去来辞图卷》，也就是这一类，不过联成一幅罢了。

这种画法的起源真是早得很。埃及石壁所雕名王的功绩，“死书”所画冥中的情形，已就是连环图画。别的民族，古今都有，无须细述了。这于观者很有益，因为一看即可以大概明白当时的若干的情形，不比文辞，非熟习的不能领会。到十九世纪末，西欧的画家，有许多很喜欢作这一类画，立一个题，制成画贴，但并不一定连贯的。用图画来叙事，又比较的后起，所作最多的就是麦绥莱勒。我想，这和电影有极大的因缘，因为一面是用图画来替文字的故事，同时也是用连续来代活动的电影。

麦绥莱勒（Frans Masereel）是反对欧战的一人；据他自己说，以一八九九年七月三十一日生于弗兰兑伦的勃兰勘培克（Blankenberghe in Flandern），幼小时候是很幸福的。闲为玩的多，学的少。求学时代是在干德（Gent），在那里的艺术学院里学了小半年；后来就漫游德、英、瑞士、法国去了，而最爱的是巴黎，称之为“人生的学校”。在瑞士时，常投画稿于日报上，摘发社会的隐病，罗曼罗兰比之于陀密埃（Daumier）和戈耶（Goya）。但所作最多的是木刻的书籍上的插图，和全用图画来表现的故事。他是酷爱巴黎的，所以作品往往浪漫，奇诡，出于人情，因以收得惊异和滑稽的效果。独有这《一个人的受难》（Die Passion eines Menschen）乃是写实之作，和别的图画故事都不同。

这故事二十五幅中，也并无一字的说明。但我们一看就知道：在桌椅之外，一无所有的屋子里，一个女子怀着孕了（一），生产之后，即被别人所斥逐，不过我不知道斥逐她的是雇主，还是她的父亲（二），于是她只好在路上彷徨（三），终于跟了别人；先前的孩子，便进了野孩子之群，在街头捣乱（四）。稍大，去学木匠，但那么重大的工作，幼童是不胜任的（五），到底免不了被人踢出，像打跑一条野狗一样（六）。他为饥饿所逼，就去偷面包（七），而立刻被维持秩序的巡警所捕获（八），关进监牢里去了（九）。罚满释出（十），这回却轮到他在热闹的路上彷徨（十一），但幸而也竟找得了修路的工作（十二）。不过，终日挥着鹤嘴锄，是会觉得疲劳的（十三），这时乘机而入的却是恶友（十四），他受了诱惑，去会妓女（十五），去玩跳舞了（十六）。但归途中又悔恨起来（十七），决计进厂做工，而且一早就看书自习（十八）；在这环境里，这才遇到了真的相爱的同人（十九）。但劳资两方冲突了，他登高呼号，联合了工人，和资本家战斗（二十），于是奸细窥探于前（二十一），兵警弹压于后（二十二），奸细又从中离间，他被捕了（二十三）。在受难的“神之子”耶稣像前，这“人之子”就受着裁判（二十四）；自然是死刑，他站着，等候着兵们的开枪（二十五）!

耶稣说过，富翁想进天国，比骆驼走过针孔还要难。但说这话的人，自己当时却受难（Passion）了。现在是欧、美的一切富翁，几乎都是耶稣的信奉者，而受难的就轮到了穷人。

这就是《一个人的受难》中所叙述的。

一九三三年八月六日，鲁迅记。

祝《涛声》

《涛声》的寿命有这么长，想起来实在有点奇怪的。

大前年和前年，所谓作家也者，还有什么什么会，标榜着什么什么文学，到去年就渺渺茫茫了，今年是大抵化名办小报，卖消息；消息那里有这么多呢，于是造谣言。先前的所谓作家还会联成黑幕小说，现在是联也不会联了，零零碎碎的塞进读者的脑里去，使消息和秘闻之类成为他们的全部大学问。这功绩的褒奖是稿费之外，还有消息奖，“挂羊头卖狗肉”也成了过去的事，现在是在“卖人肉”了。

于是不“卖人肉”的刊物及其作者们，便成为被卖的货色。这也是无足奇的，中国是农业国，而麦子却要向美国定购，独有出卖小孩，只要几百钱一斤，则古文明国中的文艺家，当然只好卖血，尼采说过：“我爱血写的书”呀。

然而《涛声》尚存，这就是我所谓“想起来实在有点奇怪”。

这是一种幸运，也是一个缺点。看现在的景况，凡有敕准或默许其存在的，倒往往会被一部分人们摇头。有人批评过我，说，只要看鲁迅至今还活着，就足见不是一个什么好人。这是真的，自民元革命以至现在，好人真不知道被害死了多少了，不过谁也没有记一篇准账。这事实又教坏了我，因为我知道即使死掉，也不过给他们大卖消息，大造谣言，说我的被杀，其实是为了金钱或女人关系。所以，名列于该杀之林则可，悬梁服毒，是不来的。

《涛声》上常有赤膊打仗，拼死拼活的文章，这脾气和我很相反，并不是幸存的原因。我想，那幸运而且也是缺点之处，是在总喜欢引古证今，带些学究气。中国人虽然自夸“四千余年古国古”，可是十分健忘的，连民族主义文学家，也会认成吉思汗为老祖宗，则不宜与之谈古也可见。上海的市侩们更不需要这些，他们感兴趣的只是今天开奖，邻右争风；眼光远大的也不过要知道名公如何游山，阔人和谁要好之类；高尚的就看什么学界琐闻，文坛消息。总之，是已将生命割得零零碎碎了。

这可以使《涛声》的销路不见得好，然而一面也使《涛声》长寿。文人学士是清高的。他们现在也更加聪明，不再恭维自己的主子，来着痕迹了。他们只是排好暗箭，拿定粪帚，监督着应该俯伏着的奴隶们，看有谁抬起头来的，就射过去，洒过去，结果也许会终于使这人被绑架或被暗杀，由此使民国的国民一律“平等”。《涛声》在销路上的不大出头，也正给它逃了暂时的性命，不过，也还是很难说，因为“不测之威”，也是古来就有的。

我是爱看《涛声》的，并且以为这样也就好。然而看近来，不谈政治呀，仍谈政治呀，似乎更加不大安分起来，则我的那些忠告，对于“乌鸦为记”的刊物，恐怕也不见得有效。

那么，“祝”也还是“白祝”，我也只好看一张，算一张了。昔人诗曰，“丧乱死多门”，信夫！

八月六日。

十一月二十五日的《涛声》上，果然发出《休刊辞》来，开首道："十一月二十日下午，本刊奉令缴还登记证，'民亦劳止，汔可小康。'我们准备休息一些时了。……"这真是康有为所说似的"不幸而吾言中"，岂不奇而不奇也哉。

十二月三十一夜，补记。

鲁迅作品精选

彷徨

鲁迅 著

民主与建设出版社
·北京·

图书在版编目（CIP）数据

鲁迅作品精选．彷徨 / 鲁迅著．— 北京：民主与建设出版社，2023.4（2023.10 重印）
ISBN 978-7-5139-4169-3

Ⅰ．①鲁… Ⅱ．①鲁… Ⅲ．①鲁迅著作—选集②鲁迅小说—小说集 Ⅳ．① I210.2

中国国家版本馆 CIP 数据核字（2023）第 067926 号

鲁迅作品精选．彷徨
LUXUN ZUOPIN JINGXUAN . FANGHUANG

著　　者　鲁　迅
主　　编　王茹茹
责任编辑　韩增标
封面设计　玥婷设计
出版发行　民主与建设出版社有限责任公司
电　　话　（010）59417747　59419778
社　　址　北京市海淀区西三环中路 10 号望海楼 E 座 7 层
邮　　编　100142
印　　刷　三河市天润建兴印务有限公司
版　　次　2023 年 4 月第 1 版
印　　次　2023 年 10 月第 2 次印刷
开　　本　880 毫米 ×1230 毫米　1 / 32
印　　张　6.5
字　　数　130 千字
书　　号　ISBN 978-7-5139-4169-3
定　　价　298.00 元（全 10 册）

目　录

彷　徨

南腔北调集(节选)

彷　徨

祝 福

旧历的年底毕竟最像年底，村镇上不必说，就在天空中也显出将到新年的气象来。灰白色的沉重的晚云中间时时发出闪光，接着一声钝响，是送灶的爆竹；近处燃放的可就更强烈了，震耳的大音还没有息，空气里已经散满了幽微的火药香。我是正在这一夜回到我的故乡鲁镇的。虽说故乡，然而已没有家，所以只得暂寓在鲁四老爷的宅子里。他是我的本家，比我长一辈，应该称之曰“四叔”，是一个讲理学的老监生。他比先前并没有什么大改变，单是老了些，但也还未留胡子，一见面是寒暄，寒暄之后说我“胖了”，说我“胖了”之后即大骂其新党。但我知道，这并非借题在骂我：因为他所骂的还是康有为。但是，谈话是总不投机的了，于是不多久，我便一个人剩在书房里。

第二天我起得很迟，午饭之后，出去看了几个本家和朋友；第三天也照样。他们也都没有什么大改变，单是老了些；家中却一律忙，都在准备着“祝福”。这是鲁镇年终的大典，致敬尽礼，迎接福神，拜求来年一年中的好运气的。杀鸡，宰鹅，买猪肉，用心细细的洗，女人的臂膊都在水里浸得通红，有的还带着绞丝银镯子。煮熟之后，横七竖八的插些筷子在这类东西上，可就称为“福礼”了，五更天陈列起来，并且点上香烛，恭请福神们来享用；拜的却只限于男人，拜完自然仍然是放爆竹。年年如此，家家如此，——只要买得起福礼和爆竹之类的，——今年自然也如此。天色愈阴暗了，下午竟下起雪来，雪花大的有梅花那么大，满天飞舞，夹着烟霭和忙碌的气色，将鲁镇乱成一团糟。我回到四叔的书房里时，瓦楞上已经雪白，房里也映得较光明，极分明的显出壁上挂着的朱拓的大"壽"字，陈抟老祖写的；一边的对联已经脱落，松松的卷了放在长桌上，一边的还在，道是"事理通达心气和平"。我又无聊赖的到窗下的案头去一翻，只见一堆似乎未必完全的《康熙字典》，一部《近思录集注》和一部《四书衬》。无论如何，我明天决计要走了。

况且，一想到昨天遇见祥林嫂的事，也就使我不能安住。那是下午，我到镇的东头访过一个朋友，走出来，就在河边遇见她；而且见她瞪着的眼睛的视线，就知道明明是向我走来的。我这回在鲁镇所见的人们中，改变之大，可以说无过于她的了：五年前的花白的头发，即今已经全白，全不像四十上下的人；脸上瘦削不堪，黄中带黑，而且消尽了先前悲哀的神色，仿佛是木刻似的；只有那眼珠间或一轮，还可以表示她是一个活物。她一手提着竹篮，内中一个破碗，空的；一手拄着一支比她更长的竹竿，下端开了裂：她分明已经纯乎是一个乞丐了。

我就站住，豫备她来讨钱。

"你回来了？"她先这样问。

"是的。"

"这正好。你是识字的，又是出门人，见识得多。我正要问你一件事——"她那没有精采的眼睛忽然发光了。

我万料不到她却说出这样的话来，诧异的站着。

"就是——"她走近两步，放低了声音，极秘密似的切切的说，“一个人死了之后，究竟有没有魂灵的？”

我很悚然，一见她的眼钉着我的，背上也就遭了芒刺一般，比在学校里遇到不及豫防的临时考，教师又偏是站在身旁的时候，惶急得多了。对于魂灵的有无，我自己是向来毫不介意的；但在此刻，怎样回答她好呢？我在极短期的踌躕中，想，这里的人照例相信鬼，然而她，却疑惑了，——或者不如说希望：希望其有，又希望其无……。人何必增添末路的人的苦恼，为她起见，不如说有罢。

“也许有罢，——我想。”我于是吞吞吐吐的说。

“那么，也就有地狱了？”

“阿！地狱？”我很吃惊，只得支梧着，“地狱？——论理，就该也有。——然而也未必，……谁来管这等事……。”

“那么，死掉的一家的人，都能见面的？”

“唉唉，见面不见面呢？……”这时我已知道自己也还是完全一个愚人，什么踌躕，什么计画，都挡不住三句问。我即刻胆怯起来了，便想全翻过先前的话来，“那是，……实在，我说不清……。其实，究竟有没有魂灵，我也说不清。”

我乘她不再紧接的问，迈开步便走，匆匆的逃回四叔的家中，心里很觉得不安逸。自己想，我这答话怕于她有些危险。她大约因为在别人的祝福时候，感到自身的寂寞了，然而会不会含有别的什么意思的呢？——或者是有了什么豫感了？倘有别的意思，又因此发生别的事，则我的答话委实该负若干的责任……。但随后也就自笑，觉得偶尔的事，本没有什么深意义，而我偏要细细推敲，正无怪教育家要说是生着神经病；而况明明说过“说不清”，已经推翻了答话的全局，即使发生什么事，于我也毫无关系了。

“说不清”是一句极有用的话。不更事的勇敢的少年，往往敢于给人解决疑问，选定医生，万一结果不佳，大抵反成了怨府，然而一用这说不清来作结束，便事事逍遥自在了。我在这时，更感到这一句话的必要，即使和讨饭的女人说话，也是万不可省的。

但是我总觉得不安，过了一夜，也仍然时时记忆起来，仿佛怀着什么不祥的豫感；在阴沉的雪天里，在无聊的书房里，这不安愈加强烈了。不如走罢，明天进城去。福兴楼的清燉鱼翅，一元一大盘，价廉物美，现在不知增价了否？往日同游的朋友，虽然已经云散，然而鱼翅是不可不吃的，即使只有我一个……。无论如何，我明天决计要走了。

我因为常见些但愿不如所料，以为未必竟如所料的事，却每每恰如所料的起来，所以很恐怕这事也一律。果然，特别的情形开始了。傍晚，我竟听到有些人聚在内室里谈话，仿佛议论什么事似的，但不一会，说话声也就止了，只有四叔且走而且高声的说。

“不早不迟，偏偏要在这时候，——这就可见是一个谬种！”

我先是诧异，接着是很不安，似乎这话于我有关系。试望门外，谁也没有。好容易待到晚饭前他们的短工来冲茶，我才得了打听消息的机会。

“刚才，四老爷和谁生气呢？”我问。

“还不是和祥林嫂？”那短工简捷的说。

“祥林嫂？怎么了？”我又赶紧的问。

“老了。”

“死了？”我的心突然紧缩，几乎跳起来，脸上大约也变了色。但他始终没有抬头，所以全不觉。我也就镇定了自己，接着问：

“什么时候死的？”

“什么时候？——昨天夜里，或者就是今天罢。——我说不清。”

“怎么死的？”

“怎么死的？——还不是穷死的？”他淡然的回答，仍然没有抬头向我看，出去了。

然而我的惊惶却不过暂时的事，随着就觉得要来的事，已经过去，并不必仰仗我自己的“说不清”和他之所谓“穷死的”的宽慰，心地已经渐渐轻松；不过偶然之间，还似乎有些负疚。晚饭摆出来了，四叔俨然的陪着。我也还想打听些关于祥林嫂的消息，但知道他虽然读过“鬼神者二气之良能也”，而忌讳仍然极多，当临近祝福时候，是万不可提起死亡疾病之类的话的；倘不得已，就该用一种替代的隐语，可惜我又不知道，因此屡次想问，而终于中止了。我从他俨然的脸色上，又忽而疑他正以为我不早不迟，偏要在这时候来打搅他，也是一个谬种，便立刻告诉他明天要离开鲁镇，进城去，趁早放宽了他的心。他也不很留。这样闷闷的吃完了一餐饭。

冬季日短，又是雪天，夜色早已笼罩了全市镇。人们都在灯下匆忙，但窗外很寂静。雪花落在积得厚厚的雪褥上面，听去似乎瑟瑟有声，使人更加感得沉寂。我独坐在发出黄光的菜油灯下，想，这百无聊赖的祥林嫂，被人们弃在尘芥堆①中的，看得厌倦了的陈旧的玩物，先前还将形骸露在尘芥里，从活得

① 指垃圾堆。

有趣的人们看来，恐怕要怪讶她何以还要存在，现在总算被无常打扫得干干净净了。魂灵的有无，我不知道；然而在现世，则无聊生者不生，即使厌见者不见，为人为己，也还都不错。我静听着窗外似乎瑟瑟作响的雪花声，一面想，反而渐渐的舒畅起来。

然而先前所见所闻的她的半生事迹的断片，至此也联成一片了。

她不是鲁镇人。有一年的冬初，四叔家里要换女工，做中人的卫老婆子带她进来了，头上扎着白头绳，乌裙，蓝夹袄，月白背心，年纪大约二十六七，脸色青黄，但两颊却还是红的。卫老婆子叫她祥林嫂，说是自己母家的邻舍，死了当家人，所以出来做工了。四叔皱了皱眉，四婶已经知道了他的意思，是在讨厌她是一个寡妇。但看她模样还周正，手脚都壮大，又只是顺着眼，不开一句口，很像一个安分耐劳的人，便不管四叔的皱眉，将她留下了。试工期内，她整天的做，似乎闲着就无聊，又有力，简直抵得过一个男子，所以第三天就定局，每月工钱五百文。

大家都叫她祥林嫂；没问她姓什么，但中人是卫家山人，既说是邻居，那大概也就姓卫了。她不很爱说话，别人问了才回答，答的也不多。直到十几天之后，这才陆续的知道她家里还有严厉的婆婆；一个小叔子，十多岁，能打柴了；她是春天没了丈夫的；他本来也打柴为生，比她小十岁：大家所知道的就只是这一点。

日子很快的过去了，她的做工却毫没有懈，食物不论，力气是不惜的。人们都说鲁四老爷家里雇着了女工，实在比勤快的男人还勤快。到年底，扫尘，洗地，杀鸡，宰鹅，彻夜的煮福礼，全是一人担当，竟没有添短工。然而她反满足，口角边渐渐的有了笑影，脸上也白胖了。

新年才过，她从河边淘米回来时，忽而失了色，说刚才远远地看见一个男人在对岸徘徊，很像夫家的堂伯，恐怕是正为寻她而来的。四婶很惊疑，打听底细，她又不说。四叔一知道，就皱一皱眉，道：

“这不好。恐怕她是逃出来的。”

她诚然是逃出来的，不多久，这推想就证实了。

此后大约十几天，大家正已渐渐忘却了先前的事，卫老婆子忽而带了一个三十多岁的女人进来了，说那是祥林嫂的婆婆。那女人虽是山里人模样，然而应酬很从容，说话也能干，寒暄之后，就赔罪，说她特来叫她的儿媳回家去，因为开春事务忙，而家中只有老的和小的，人手不够了。

“既是她的婆婆要她回去，那有什么话可说呢。”四叔说。

于是算清了工钱，一共一千七百五十文，她全存在主人家，一文也还没有用，便都交给她的婆婆。那女人又取了衣服，道过谢，出去了。其时已经是正午。

“阿呀，米呢？祥林嫂不是去淘米的么？……”好一会，四婶这才惊叫起来。她大约有些饿，记得午饭了。

于是大家分头寻淘箩。她先到厨下，次到堂前，后到卧房，全不见淘箩的影子。四叔踱出门外，也不见，直到河边，才见平平正正的放在岸上，旁边还有一株菜。

看见的人报告说，河里面上午就泊了一只白篷船，篷是全盖起来的，不知道什么人在里面，但事前也没有人去理会他。待到祥林嫂出来淘米，刚刚要跪下去，那船里便突然跳出两个男人来，像是山里人，一个抱住她，一个帮着，拖进船去了。祥林嫂还哭喊了几声，此后便再没有什么声息，大约给用什么堵住了罢。接着就走上两个女人来，一个不认识，一个就是卫婆子。窥探舱里，不很分明，她像是捆了躺在船板上。

"可恶！然而……。"四叔说。

这一天是四婶自己煮午饭；他们的儿子阿牛烧火。

午饭之后，卫老婆子又来了。

"可恶！"四叔说。

"你是什么意思？亏你还会再来见我们。"四婶洗着碗，一见面就愤愤的说，"你自己荐她来，又合伙劫她去，闹得沸反盈天[①]的，大家看了成个什么样子？你拿我们家里开玩笑么？"

"阿呀阿呀，我真上当。我这回，就是为此特地来说说清楚的。她来求我荐地方，我那里料得到是瞒着她的婆婆的呢。对不起，四老爷，四太太。总是我老发昏不小心，对不起主顾。幸而府上是向来宽洪大量，不肯和小人计较的。这回我一定荐一个好的来折罪……。

"然而……。"四叔说。

于是祥林嫂事件便告终结，不久也就忘却了。

只有四婶，因为后来雇用的女工，大抵非懒即馋，或者馋而且懒，左右不如意，所以也还提起祥林嫂。每当这些时候，她往往自言自语的说，"她现在不知道怎么样了？"意思是希望她再来。但到第二年的新正，她也就绝了望。

新正将尽，卫老婆子来拜年了，已经喝得醉醺醺的，自说

---

① 形容人声喧 闹，乱成一片。出自清代夏敬渠《野叟曝言》

因为回了一趟卫家山的娘家，住下几天，所以来得迟了。她们问答之间，自然就谈到祥林嫂。

“她么？”卫老婆子高兴的说，“现在是交了好运了。她婆婆来抓她回去的时候，是早已许给了贺家墺的贺老六的，所以回家之后不几天，也就装在花轿里抬去了。”

“阿呀，这样的婆婆！……”四婶惊奇的说。

“阿呀，我的太太！你真是大户人家的太太的话。我们山里人，小户人家，这算得什么？她有小叔子，也得娶老婆。不嫁了她，那有这一注钱来做聘礼？她的婆婆倒是精明强干的女人呵，很有打算，所以就将她嫁到里山去。倘许给本村人，财礼就不多；惟独肯嫁进深山野墺里去的女人少，所以她就到手了八十千。现在第二个儿子的媳妇也娶进了，财礼只花了五十，除去办喜事的费用，还剩十多千。吓，你看，这多么好打算？……”

“祥林嫂竟肯依？……”

“这有什么依不依。——闹是谁也总要闹一闹的；只要用绳子一捆，塞在花轿里，抬到男家，捺上花冠，拜堂，关上房门，就完事了。可是祥林嫂真出格，听说那时实在闹得厉害，大家还都说大约因为在念书人家做过事，所以与众不同呢。太太，我们见得多了：回头人出嫁，哭喊的也有，说要寻死觅活的也有，抬到男家闹得拜不成天地的也有，连花烛都砸了的也有。祥林嫂可是异乎寻常，他们说她一路只是嚎，骂，抬到贺家墺，喉咙已经全哑了。拉出轿来，两个男人和她的小叔子使劲的擒住她也还拜不成天地。他们一不小心，一松手，阿呀，阿弥陀佛，她就一头撞在香案角上，头上碰了一个大窟窿，鲜血直流，用了两把香灰，包上两块红布还止不住血呢。直到七手八脚的将她和男人反关在新房里，还是骂，阿呀呀，这真是……。”她摇一摇头，顺下眼睛，不说了。

“后来怎么样呢？”四婶还问。

“听说第二天也没有起来。”她抬起眼来说。

“后来呢？”

“后来？——起来了。她到年底就生了一个孩子，男的，新年就两岁了。我在娘家这几天，就有人到贺家墺去，回来说看见他们娘儿俩，母亲也胖，儿子也胖；上头又没有婆婆；男人所有的是力气，会做活；房子是自家的。——唉唉，她真是交了好运了。”

从此之后，四婶也就不再提起祥林嫂。

但有一年的秋季，大约是得到祥林嫂好运的消息之后的又过了两个新年，她竟又站在四叔家的堂前了。桌上放着一个荸荠式的圆篮，檐下一个小铺盖。她仍然头上扎着白头绳，乌裙，蓝夹袄，月白背心，脸色青黄，只是两颊上已经消失了血色，顺着眼，眼角上带些泪痕，眼光也没有先前那样精神了。而且仍然是卫老婆子领着，显出慈悲模样，絮絮的对四婶说：

“……这实在是叫作‘天有不测风云’，她的男人是坚实人，谁知道年纪青青，就会断送在伤寒上？本来已经好了的，吃了一碗冷饭，复发了。幸亏有儿子；她又能做，打柴摘茶养蚕都来得，本来还可以守着，谁知道那孩子又会给狼衔去的呢？春天快完了，村上倒反来了狼，谁料到？现在她只剩了一个光身了。大伯来收屋，又赶她。她真是走投无路了，只好来求老主人。好在她现在已经再没有什么牵挂，太太家里又凑巧要换人，所以我就领她来。——我想，熟门熟路，比生手实在好得多……。”

“我真傻，真的，”祥林嫂抬起她没有神采的眼睛来，接着说。“我单知道下雪的时候野兽在山墺里没有食吃，会到村里来；我不知道春天也会有。我一清早起来就开了门，拿小篮盛了一篮豆，叫我们的阿毛坐在门槛上剥豆去。他是很听话的，我的话句句听；他出去了。我就在屋后劈柴，淘米，米下了锅，要蒸豆。我叫阿毛，没有应，出去一看，只见豆撒得一地，没有我们的阿毛了。他是不到别家去玩的；各处去一问，果然没有。我急了，央人出去寻。直到下半天，寻来寻去寻到山墺里，看见刺柴上挂着一只他的小鞋。大家都说，糟了，怕是遭了狼了。再进去；他果然躺在草窠里，肚里的五脏已经都给吃空了，手上还紧紧的捏着那只小篮呢。……”她接着但是呜咽，说不出成句的话来。

四婶起初还踌躕，待到听完她自己的话，眼圈就有些红了。她想了一想，便教拿圆篮和铺盖到下房去。卫老婆子仿佛卸了一肩重担似的嘘一口气；祥林嫂比初来时候神气舒畅些，不待指引，自己驯熟的安放了铺盖。她从此又在鲁镇做女工了。

大家仍然叫她祥林嫂。

然而这一回，她的境遇却改变得非常大。上工之后的两三天，主人们就觉得她手脚已没有先前一样灵活，记性也坏得多，死尸似的脸上又整日没有笑影，四婶的口气上，已颇有些不满了。当她初到的时候，四叔虽然照例皱过眉，但鉴于向来雇用女工之难，也就并不大反对，只是暗暗地告诫四婶说，这种人虽然似乎很可怜，但是败坏风俗的，用她帮忙还可以，祭祀时候可用不着她沾手，一切饭菜，只好自己做，否则，不干不净，祖宗是不吃的。

四叔家里最重大的事件是祭祀，祥林嫂先前最忙的时候也就是祭祀，这回她却清闲了。桌子放在堂中央，系上桌帏，她还记得照旧的去分配酒杯和筷子。

“祥林嫂，你放着罢！我来摆。”四婶慌忙的说。

她讪讪的缩了手。又去取烛台。

“祥林嫂，你放着罢！我来拿。”四婶又慌忙的说。

她转了几个圆圈，终于没有事情做，只得疑惑的走开。她在这一天可做的事是不过坐在灶下烧火。

镇上的人们也仍然叫她祥林嫂，但音调和先前很不同；也还和她讲话，但笑容却冷冷的了。她全不理会那些事，只是直着眼睛，和大家讲她自己日夜不忘的故事：

“我真傻，真的，”她说。“我单知道雪天是野兽在深山里没有食吃，会到村里来；我不知道春天也会有。我一大早起来就开了门，拿小篮盛了一篮豆，叫我们的阿毛坐在门槛上剥豆去。他是很听话的孩子，我的话句句听；他就出去了。我就在屋后劈柴，淘米，米下了锅，打算蒸豆。我叫，‘阿毛！’没有应。出去一看，只见豆撒得满地，没有我们的阿毛了。各处去一问，都没有。我急了，央人去寻去。直到下半天，几个人寻到山墺里，看见刺柴上挂着一只他的小鞋。大家都说，完了，怕是遭了狼了。再进去；果然，他躺在草窠里，肚里的五脏已经都给吃空了，可怜他手里还紧紧的捏着那只小篮呢。……”她于是淌下眼泪来，声音也呜咽了。

这故事倒颇有效，男人听到这里，往往敛起笑容，没趣的走了开去；女人们却不独宽恕了她似的，脸上立刻改换了鄙薄的神气，还要陪出许多眼泪来。有些老女人没有在街头听到她的话，便特意寻来，要听她这一段悲惨的故事。直到她说到呜咽，她们也就一齐流下那停在眼角上的眼泪，叹息一番，满足的去了，一面还纷纷的评论着。

她就只是反复的向人说她悲惨的故事，常常引住了三五个人来听她。但不久，大家也都听得纯熟了，便是最慈悲的念佛的老太太们，眼里也再不见有一点泪的痕迹。后来全镇的人们几乎都能背诵她的话，一听到就烦厌得头痛。

“我真傻，真的，”她开首说。

“是的，你是单知道雪天野兽在深山里没有食吃，才会到村里来的。”他们立即打断她的话，走开去了。

她张着口怔怔的站着，直着眼睛看他们，接着也就走了，似乎自己也觉得没趣。但她还妄想，希图从别的事，如小篮，豆，别人的孩子上，引出她的阿毛的故事来。倘一看见两三岁的小孩子，她就说：

“唉唉，我们的阿毛如果还在，也就有这么大了。……”

孩子看见她的眼光就吃惊，牵着母亲的衣襟催她走。于是又只剩下她一个，终于没趣的也走了。后来大家又都知道了她的脾气，只要有孩子在眼前，便似笑非笑的先问她，道：

“祥林嫂，你们的阿毛如果还在，不是也就有这么大了么？”

她未必知道她的悲哀经大家咀嚼赏鉴了许多天，早已成为渣滓，只值得烦厌和唾弃；但从人们的笑影上，也仿佛觉得这又冷又尖，自己再没有开口的必要了。她单是一瞥他们，并不回答一句话。

鲁镇永远是过新年，腊月二十以后就忙起来了。四叔家里这回须雇男短工，还是忙不过来，另叫柳妈做帮手，杀鸡，宰鹅；然而柳妈是善女人，吃素，不杀生的，只肯洗器皿。祥林嫂除烧火之外，没有别的事，却闲着了，坐着只看柳妈洗器皿。

微雪点点的下来了。

“唉唉，我真傻，”祥林嫂看了天空，叹息着，独语似的说。

“祥林嫂，你又来了。”柳妈不耐烦的看着她的脸，说。“我问你：你额角上的伤疤，不就是那时撞坏的么？”

“唔唔。”她含胡的回答。

“我问你：你那时怎么后来竟依了呢？”

“我么？……”

“你呀。我想：这总是你自己愿意了，不然……”

“阿阿，你不知道他力气多么大呀。”

“我不信。我不信你这么大的力气，真会拗他不过。你后来一定是自己肯了，倒推说他力气大。”

“阿阿，你……你倒自己试试看。”她笑了。

柳妈的打皱的脸也笑起来，使她蹙缩得像一个核桃；干枯的小眼睛一看祥林嫂的额角，又钉住她的眼。祥林嫂似乎很局促了，立刻敛了笑容，旋转眼光，自去看雪花。

“祥林嫂，你实在不合算。”柳妈诡秘的说。“再一强，或者索性撞一个死，就好了。现在呢，你和你的第二个男人过活不到两年，倒落了一件大罪名。你想，你将来到阴司去，那两个死鬼的男人还要争，你给了谁好呢？阎罗大王只好把你锯开来，分给他们。我想，这真是……。”

她脸上就显出恐怖的神色来，这是在山村里所未曾知道的。

“我想，你不如及早抵当。你到土地庙里去捐一条门槛，当作你的替身，给千人踏，万人跨，赎了这一世的罪名，免得死了去受苦。”

她当时并不回答什么话，但大约非常苦闷了，第二天早上起来的时候，两眼上便都围着大黑圈。早饭之后，她便到镇的西头的土地庙里去求捐门槛。庙祝起初执意不允许，直到她急得流泪，才勉强答应了。价目是大钱十二千。

她久已不和人们交口，因为阿毛的故事是早被大家厌弃了的；但自从和柳妈谈了天，似乎又即传扬开去，许多人都发生了新趣味，又来逗她说话了。至于题目，那自然是换了一个新样，专在她额上的伤疤。

“祥林嫂，我问你：你那时怎么竟肯了？”一个说。

“唉，可惜，白撞了这一下。”一个看着她的疤，应和道。

她大约从他们的笑容和声调上，也知道是在嘲笑她，所以总是瞪着眼睛，不说一句话，后来连头也不回了。她整日紧闭了嘴唇，头上带着大家以为耻辱的记号的那伤痕，默默的跑街，扫地，洗菜，淘米。快够一年，她才从四婶手里支取了历来积存的工钱，换算了十二元鹰洋，请假到镇的西头去。但不到一顿饭时候，她便回来，神气很舒畅，眼光也分外有神，高兴似的对四婶说，自己已经在土地庙捐了门槛了。

冬至的祭祖时节，她做得更出力，看四婶装好祭品，和阿牛将桌子抬到堂屋中央，她便坦然的去拿酒杯和筷子。

“你放着罢，祥林嫂！”四婶慌忙大声说。

她像是受了炮烙似的缩手，脸色同时变作灰黑，也不再去取烛台，只是失神的站着。直到四叔上香的时候，教她走开，她才走开。这一回她的变化非常大，第二天，不但眼睛窈陷下去，连精神也更不济了。而且很胆怯，不独怕暗夜，怕黑影，即使看见人，虽是自己的主人，也总惴惴的，有如在白天出穴游行的小鼠；否则呆坐着，直是一个木偶人。不半年，头发也花白起来了，记性尤其坏，甚而至于常常忘却了去淘米。

“祥林嫂怎么这样了？倒不如那时不留她。”四婶有时当面就这样说，似乎是警告她。

然而她总如此，全不见有伶俐起来的希望。他们于是想打发她走了，教她回到卫老婆子那里去。但当我还在鲁镇的时候，不过单是这样说；看现在的情状，可见后来终于实行了。然而她是从四叔家出去就成了乞丐的呢，还是先到卫老婆子家然后再成乞丐的呢？那我可不知道。

我给那些因为在近旁而极响的爆竹声惊醒，看见豆一般大的黄色的灯火光，接着又听得毕毕剥剥的鞭炮，是四叔家正在“祝福”了；知道已是五更将近时候。我在蒙胧中，又隐约听到远处的爆竹声联绵不断，似乎合成一天音响的浓云，夹着团团飞舞的雪花，拥抱了全市镇。我在这繁响的拥抱中，也懒散而且舒适，从白天以至初夜的疑虑，全给祝福的空气一扫而空了，只觉得天地圣众歆享了牲醴①和香烟，都醉醺醺的在空中蹒跚，豫备给鲁镇的人们以无限的幸福。

一九二四年二月七日。

① 指祭祀用的牲口和甜酒。

在酒楼上

我从北地向东南旅行，绕道访了我的家乡，就到S城。这城离我的故乡不过三十里，坐了小船，小半天可到，我曾在这里的学校里当过一年的教员。深冬雪后，风景凄清，懒散和怀旧的心绪联结起来，我竟暂寓在S城的洛思旅馆里了；这旅馆是先前所没有的。城圈本不大，寻访了几个以为可以会见的旧同事，一个也不在，早不知散到那里去了；经过学校的门口，也改换了名称和模样，于我很生疏。不到两个时辰，我的意兴早已索然，颇悔此来为多事了。

我所住的旅馆是租房不卖饭的，饭菜必须另外叫来，但又无味，入口如嚼泥土。窗外只有渍痕斑驳的墙壁，帖着枯死的莓苔；上面是铅色的天，白皑皑的绝无精采，而且微雪又飞舞起来了。我午餐本没有饱，又没有可以消遣的事情，便很自然的想到先前有一家很熟识的小酒楼，叫一石居的，算来离旅馆并不远。我于是立即锁了房门，出街向那酒楼去。其实也无非想姑且逃避客中的无聊，并不专为买醉。一石居是在的，狭小阴湿的店面和破旧的招牌都依旧；但从掌柜以至堂倌却已没有一个熟人，我在这一石居中也完全成了生客。然而我终于跨上那走熟的屋角的扶梯去了，由此径到小楼上。上面也依然是五张小板桌；独有原是木棂的后窗却换嵌了玻璃。

"一斤绍酒。——菜？十个油豆腐，辣酱要多！"

我一面说给跟我上来的堂倌听，一面向后窗走，就在靠窗的一张桌旁坐下了。楼上“空空如也”，任我拣得最好的座位：可以眺望楼下的废园。这园大概是不属于酒家的，我先前也曾眺望过许多回，有时也在雪天里。但现在从惯于北方的眼睛看来，却很值得惊异了：几株老梅竟斗雪开着满树的繁花，仿佛毫不以深冬为意；倒塌的亭子边还有一株山茶树，从暗绿的密叶里显出十几朵红花来，赫赫的在雪中明得如火，愤怒而且傲慢，如蔑视游人的甘心于远行。我这时又忽地想到这里积雪的滋润，著物不去，晶莹有光，不比朔雪的粉一般干，大风一吹，便飞得满空如烟雾。……

“客人，酒。……”

堂倌懒懒的说着，放下杯，筷，酒壶和碗碟；酒到了。我转脸向了板桌，排好器具，斟出酒来。觉得北方固不是我的旧乡，但南来又只能算一个客子，无论那边的干雪怎样纷飞，这里的柔雪又怎样的依恋，于我都没有什么关系了。我略带些哀愁，然而很舒服的呷一口酒。酒味很纯正；油豆腐也煮得十分好；可惜辣酱太淡薄。本来S城人是不懂得吃辣的。

大概是因为正在下午的缘故罢，这虽说是酒楼，却毫无酒楼气，我已经喝下三杯酒去了，而我以外还是四张空板桌。我看着废园，渐渐的感到孤独，但又不愿有别的酒客上来。偶然听得楼梯上脚步响，便不由的有些懊恼，待到看见是堂倌，才又安心了，这样的又喝了两杯酒。

我想，这回定是酒客了，因为听得那脚步声比堂倌的要缓得多。约略料他走完了楼梯的时候，我便害怕似的抬头去看这无干的同伴，同时也就吃惊的站起来。我竟不料在这里意外的遇见朋友了，——假如他现在还许我称他为朋友。那上来的分明是我的旧同窗，也是做教员时代的旧同事，面貌虽然颇有些改变，但一见也就认识，独有行动却变得格外迂缓，很不像当年敏捷精悍的吕纬甫了。

“阿，——纬甫，是你么？我万想不到会在这里遇见你。”

“阿阿，是你？我也万想不到……”

我就邀他同坐，但他似乎略略踌躕之后，方才坐下来。我起先很以为奇，接着便有些悲伤，而且不快了。细看他相貌，也还是乱蓬蓬的须发；苍白的长方脸，然而衰瘦了。精神很沉静，或者却是颓唐；又浓又黑的眉毛底下的眼睛也失了精采，但当他缓缓的四顾的时候，却对废园忽地闪出我在学校时代常常看见的射人的光来。

“我们，”我高兴的，然而颇不自然的说，“我们这一别，怕有十年了罢。我早知道你在济南，可是实在懒得太难，终于没有写一封信。……”

“彼此都一样。可是现在我在太原了，已经两年多，和我的母亲。我回来接她的时候，知道你早搬走了，搬得很干净。”

“你在太原做什么呢？”我问。

“教书，在一个同乡的家里。”

“这以前呢？”

“这以前么？”他从衣袋里掏出一支烟卷来，点了火衔在嘴里，看着喷出的烟雾，沉思似的说，“无非做了些无聊的事情，等于什么也没有做。”

他也问我别后的景况；我一面告诉他一个大概，一面叫堂倌先取杯筷来，使他先喝着我的酒，然后再去添二斤。其间还点菜，我们先前原是毫不客气的，但此刻却推让起来了，终于说不清那一样是谁点的，就从堂倌的口头报告上指定了四样菜：茴香豆，冻肉，油豆腐，青鱼干。

“我一回来，就想到我可笑。”他一手擎着烟卷，一只手扶着酒杯，似笑非笑的向我说。“我在少年时，看见蜂子或蝇子停在一个地方，给什么来一吓，即刻飞去了，但是飞了一个小圈子，便又回来停在原地点，便以为这实在很可笑，也可怜。可不料现在我自己也飞回来了，不过绕了一点小圈子。又不料你也回来了。你不能飞得更远些么？”

“这难说，大约也不外乎绕点小圈子罢。”我也似笑非笑的说。“但是你为什么飞回来的呢？”

“也还是为了无聊的事。”他一口喝干了一杯酒，吸几口烟，眼睛略为张大了。“无聊的。——但是我们就谈谈罢。”

堂倌搬上新添的酒菜来，排满了一桌，楼上又添了烟气和油豆腐的热气，仿佛热闹起来了；楼外的雪也越加纷纷的下。

“你也许本来知道，”他接着说，“我曾经有一个小兄弟，是三岁上死掉的，就葬在这乡下。我连他的模样都记不清楚了，但听母亲说，是一个很可爱念的孩子，和我也很相投，至今她提起来还似乎要下泪。今年春天，一个堂兄就来了一封信，说他的坟边已经渐渐的浸了水，不久怕要陷入河里去了，须得赶紧去设法。母亲一知道就很着急，几乎几夜睡不着，——她又自己能看信的。然而我能有什么法子呢？没有钱，没有工夫：当时什么法也没有。

“一直挨到现在，趁着年假的闲空，我才得回南给他来迁葬。”他又喝干一杯酒，看着窗外，说，“这在那边那里能如此呢？积雪里会有花，雪地下会下冻。就在前天，我在城里买了一口小棺材，——因为我豫料那地下的应该早已朽烂了，——带着棉絮和被褥，雇了四个土工，下乡迁葬去。我当时忽而很高兴，愿意掘一回坟，愿意一见我那曾经和我很亲睦的小兄弟的骨殖：这些事我生平都没有经历过。到得坟地，果然，河水只是咬进来，离坟已不到二尺远。可怜的坟，两年没有培土，也平下去了。我站在雪中，决然的指着他对土工说，‘掘开来！’我实在是一个庸人，我这时觉得我的声音有些希奇，这命令也是一个在我一生中最为伟大的命令。但土工们却毫不骇怪，就动手掘下去了。待到掘着圹穴，我便过去看，果然，棺木已经快要烂尽了，只剩下一堆木丝和小木片。我的心颤动着，自去拨开这些，很小心的，要看一看我的小兄弟。然而出乎意外！被褥，衣服，骨骼，什么也没有。我想，这些都消尽了，向来听说最难烂的是头发，也许还有罢。我便伏下去，在该是枕头所在的泥土里仔仔细细的看，也没有。踪影全无！”

我忽而看见他眼圈微红了，但立即知道是有了酒意。他总不很吃菜，单是把酒不停的喝，早喝了一斤多，神情和举动都活泼起来，渐近于先前所见的吕纬甫了。我叫堂倌再添二斤酒，然后回转身，也拿着酒杯，正对面默默的听着。

“其实，这本已可以不必再迁，只要平了土，卖掉棺材，就此完事了的。我去卖棺材虽然有些离奇，但只要价钱极便宜，原铺子就许要，至少总可以捞回几文酒钱来。但我不这样，我仍然铺好被褥，用棉花裹了些他先前身体所在的地方的泥土，包起来，装在新棺材里，运到我父亲埋着的坟地上，在他坟旁埋掉了。因为外面用砖墩，昨天又忙了我大半天：监工。但这样总算完结了一件事，足够去骗骗我的母亲，使她安心些。——阿阿，你这样的看我，你怪我何以和先前太不相同了么？是的，我也还记得我们同到城隍庙里去拔掉神像的胡子的时候，连日议论些改革中国的方法以至于打起来的时候。但我现在就是这样了，敷敷衍衍，模模胡胡。我有时自己也想到，倘若先前的朋友看见我，怕会不认我做朋友了。——然而我现在就是这样。”

他又掏出一支烟卷来，衔在嘴里，点了火。

“看你的神情，你似乎还有些期望我，——我现在自然麻木得多了，但是有些事也还看得出。这使我很感激，然而也使我很不安：怕我终于辜负了至今还对我怀着好意的老朋友。……”他忽而停住了，吸几口烟，才又慢慢的说，“正在今天，刚在我到这一石居来之前，也就做了一件无聊事，然而也是我自己愿意做的。我先前的东边的邻居叫长富，是一个船户。他有一个女儿叫阿顺，你那时到我家里来，也许见过的，但你一定没有留心，因为那时她还小。后来她也长得并不好看，不过是平常的瘦瘦的瓜子脸，黄脸皮；独有眼睛非常大，睫毛也很长，眼白又青得如夜的晴天，而且是北方的无风的晴天，这里的就没有那么明净了。她很能干，十多岁没了母亲，招呼两个小弟妹都靠她；又得服侍父亲，事事都周到；也经济，家计倒渐渐的稳当起来了。邻居几乎没有一个不夸奖她，连长富也时常说些感激的话。这一次我动身回来的时候，我的母亲又记得她了，老年人记性真长久。她说她曾经知道顺姑因为看见谁的头上戴着红的剪绒花，自己也想有一朵，弄不到，哭了，哭了小半夜，就挨了她父亲的一顿打，后来眼眶还红肿了两三天。这种剪绒花是外省的东西，S城里尚且买不出，她那里想得到手呢？趁我这一次回南的便，便叫我买两朵去送她。

“我对于这差使倒并不以为烦厌，反而很喜欢；为阿顺，我实在还有些愿意出力的意思的。前年，我回来接我母亲的时候，有一天，长富正在家，不知怎的我和他闲谈起来了。他便要请我吃点心，荞麦粉，并且告诉我所加的是白糖。你想，家里能有白糖的船户，可见决不是一个穷船户了，所以他也吃得很阔绰。我被劝不过，答应了，但要求只要用小碗。他也很识世故，便嘱咐阿顺说，“他们文人，是不会吃东西的。你就用小碗，多加糖！”然而等到调好端来的时候，仍然使我吃一吓，是一大碗，足够我吃一天。但是和长富吃的一碗比起来，我的也确乎算小碗。我生平没有吃过荞麦粉，这回一尝，实在不可口，却是非常甜。我漫然的吃了几口，就想不吃了，然而无意中，忽然间看见阿顺远远的站在屋角里，就使我立刻消失了放下碗筷的勇气。我看她的神情，是害怕而且希望，大约怕自己调得不好，愿我们吃得有味。我知道如果剩下大半碗来，一定要使她很失望，而且很抱歉。我于是同时决心，放开喉咙灌下去了，几乎吃得和长富一样快。我由此才知道硬吃的苦痛，我只记得还做孩子时候的吃尽一碗拌着驱除蛔虫药粉的沙糖才有这样难。然而我毫不抱怨，因为她过来收拾空碗时候的忍着的得意的笑容，已尽够赔偿我的苦痛而有余了。所以我这一夜虽然饱胀得睡不稳，又做了一大串恶梦，也还是祝赞她一生幸福，愿世界为她变好。然而这些意思也不过是我的那些旧日的梦的痕迹，即刻就自笑，接着也就忘却了。

“我先前并不知道她曾经为了一朵剪绒花挨打，但因为母亲一说起，便也记得了荞麦粉的事，意外的勤快起来了。我先在太原城里搜求了一遍，都没有；一直到济南……”

窗外沙沙的一阵声响，许多积雪从被他压弯了的一枝山茶树上滑下去了，树枝笔挺的伸直，更显出乌油油的肥叶和血红的花来。天空的铅色来得更浓；小鸟雀啾唧的叫着，大概黄昏将近，地面又全罩了雪，寻不出什么食粮，都赶早回巢来休息了。

“一直到了济南，”他向窗外看了一回，转身喝干一杯酒，又吸几口烟，接着说。“我才买到剪绒花。我也不知道使她挨打的是不是这一种，总之是绒做的罢了。我也不知道她喜欢深色还是浅色，就买了一朵大红的，一朵粉红的，都带到这里来。

“就是今天午后，我一吃完饭，便去看长富，我为此特地耽搁了一天。他的家倒还在，只是看去很有些晦气色了，但这恐怕不过是我自己的感觉。他的儿子和第二个女儿——阿昭，都站在门口，大了。阿昭长得全不像她姊姊，简直像一个鬼，但是看见我走向她家，便飞奔的逃进屋里去。我就问那小子，知道长富不在家。‘你的大姊呢？’他立刻瞪起眼睛，连声问我寻她什么事，而且恶狠狠的似乎就要扑过来，咬我。我支吾着退走了，我现在是敷敷衍衍……

“你不知道，我可是比先前更怕去访人了。因为我已经深知道自己之讨厌，连自己也讨厌，又何必明知故犯的去使人暗暗地不快呢？然而这回的差使是不能不办妥的，所以想了一想，终于回到就在斜对门的柴店里。店主的母亲，老发奶奶，倒也还在，而且也还认识我，居然将我邀进店里坐去了。我们寒暄几句之后，我就说明了回到S城和寻长富的缘故。不料她叹息说：

“‘惜顺姑没有福气戴这剪绒花了。’

“她于是详细的告诉我，说是‘大约从去年春天以来，她就见得黄瘦，后来忽而常常下泪了，问她缘故又不说；有时还整夜的哭，哭得长富也忍不住生气，骂她年纪大了，发了疯。可是一到秋初，起先不过小伤风，终于躺倒了，从此就起不来。直到咽气的前几天，才肯对长富说，她早就像她母亲一样，不时的吐红和流夜汗。但是瞒着，怕他因此要担心。有一夜，她的伯伯长庚又来硬借钱，——这是常有的事，——她不给，长庚就冷笑着说：你不要骄气，你的男人比我还不如！她从此就发了愁，又怕羞，不好问，只好哭。长富赶紧将她的男人怎样的挣气的话说给她听，那里还来得及？况且她也不信，反而说：好在我已经这样，什么也不要紧了。'

"她还说，'如果她的男人真比长庚不如，那就真可怕呵！比不上一个偷鸡贼，那是什么东西呢？然而他来送殓的时候，我是亲眼看见他的，衣服很干净，人也体面；还眼泪汪汪的说，自己撑了半世小船，苦熬苦省的积起钱来聘了一个女人，偏偏又死掉了。可见他实在是一个好人，长庚说的全是诳话。只可惜顺姑竟会相信那样的贼骨头的话，白送了性命。——但这也不能去怪谁，只能怪顺姑自己没有这一份好福气。'

"那倒也罢，我的事情又完了。但是带在身边的两朵剪绒花怎么办呢？好，我就托她送了阿昭。这阿昭一见我就飞跑，大约将我当作一只狼或是什么，我实在不愿意去送她。——但是我也就送她了，对母亲只要说阿顺见了喜欢的不得就是。这些无聊的事算什么？只要模模胡胡。模模胡胡的过了新年，仍旧教我的'子曰诗云'去。"

"你教的是'子曰诗云'么？"我觉得奇异，便问。

"自然。你还以为教的是ABCD么？我先是两个学生，一个读《诗经》，一个读《孟子》。新近又添了一个，女的，读《女儿经》。连算学也不教，不是我不教，他们不要教。"

"我实在料不到你倒去教这类的书，……"

"他们的老子要他们读这些；我是别人，无乎不可的。这些无聊的事算什么？只要随随便便，……"

他满脸已经通红，似乎很有些醉，但眼光却又消沉下去了。

我微微的叹息，一时没有话可说。楼梯上一阵乱响，拥上几个酒客来：当头的是矮子，拥肿的圆脸；第二个是长的，在脸上很惹眼的显出一个红鼻子；此后还有人，一叠连的走得小楼都发抖。我转眼去看吕纬甫，他也正转眼来看我，我就叫堂倌算酒账。

“你借此还可以支持生活么？”我一面准备走，一面问。

“是的。——我每月有二十元，也不大能够敷衍。”

“那么，你以后豫备怎么办呢？”

“以后？——我不知道。你看我们那时豫想的事可有一件如意？我现在什么也不知道，连明天怎样也不知道，连后一分……”

堂倌送上账来，交给我；他也不像初到时候的谦虚了，只向我看了一眼，便吸烟，听凭我付了账。

我们一同走出店门，他所住的旅馆和我的方向正相反，就在门口分别了。我独自向着自己的旅馆走，寒风和雪片扑在脸上，倒觉得很爽快。见天色已是黄昏，和屋宇和街道都织在密雪的纯白而不定的罗网里。

一九二四年二月一六日。

幸福的家庭

——拟许钦文

“……做不做全由自己的便；那作品，像太阳的光一样，从无量的光源中涌出来，不像石火，用铁和石敲出来，这才是真艺术。那作者，也才是真的艺术家。——而我，……这算是什么？……”他想到这里，忽然从床上跳起来了。以先他早已想过，须得捞几文稿费维持生活了；投稿的地方，先定为幸福月报社，因为润笔似乎比较的丰。但作品就须有范围，否则，恐怕要不收的。范围就范围，……现在的青年的脑里的大问题是？……大概很不少，或者有许多是恋爱，婚姻，家庭之类罢。……是的，他们确有许多人烦闷着，正在讨论这些事。那么，就来做家庭。然而怎么做做呢？……否则，恐怕要不收的，何必说些背时的话，然而……。他跳下卧床之后，四五步就走到书桌面前，坐下去，抽出一张绿格纸，毫不迟疑，但又自暴自弃似的写下一行题目道：《幸福的家庭》。

他的笔立刻停滞了；他仰了头，两眼瞪着房顶，正在安排那安置这“幸福的家庭”的地方。他想：“北京？不行，死气沉沉，连空气也是死的。假如在这家庭的周围筑一道高墙，难道空气也就隔断了么？简直不行！江苏浙江天天防要开仗；福建更无须说。四川，广东？都正在打。山东河南之类？——阿阿，要绑票[①]的，倘使绑去一个，那就成为不幸的家庭了。上

① 歹徒把人劫走，强迫被绑者的家属等出钱去赎。

海天津的租界上房租贵；……假如在外国，笑话。云南贵州不知道怎样，但交通也太不便……。”他想来想去，想不出好地方，便要假定为A了，但又想，“现有不少的人是反对用西洋字母来代人地名的，说是要减少读者的兴味。我这回的投稿，似乎也不如不用，安全些。那么，在那里好呢？——湖南也打仗；大连仍然房租贵；察哈尔，吉林，黑龙江罢，——听说有马贼，也不行！……”他又想来想去，又想不出好地方，于是终于决心，假定这“幸福的家庭”所在的地方叫作A。

“总之，这幸福的家庭一定须在A，无可磋商。家庭中自然是两夫妇，就是主人和主妇，自由结婚的。他们订有四十多条条约，非常详细，所以非常平等，十分自由。而且受过高等教育，优美高尚……。东洋留学生已经不通行，——那么，假定为西洋留学生罢。主人始终穿洋服，硬领始终雪白；主妇是前头的头发始终烫得蓬蓬松松像一个麻雀窠，牙齿是始终雪白的露着，但衣服却是中国装，……”

“不行不行，那不行！二十五斤！”

他听得窗外一个男人的声音，不由的回过头去看，窗幔垂着，日光照着，明得眩目，他的眼睛昏花了；接着是小木片撒在地上的声响。“不相干”，他又回过头来想，“什么‘二十五斤’？——他们是优美高尚，很爱文艺的。但因为都从小生长在幸福里，所以不爱俄国的小说……。俄国小说多描写下等人，实在和这样的家庭也不合。‘二十五斤’？不管他。那么，他们看看什么书呢？——裴伦的诗？吉支的？不行，都不稳当。——哦，有了，他们都爱看《理想之良人》。我虽然没有见过这部书，但既然连大学教授也那么称赞他，想来他们也一定都爱看，你也看，我也看，——他们一人一本，这家庭里一共有两本，……”他觉得胃里有点空虚了，放下笔，用两只手支着头，教自己的头像地球仪似的在两个柱子间挂着。

“……他们两人正在用午餐，”他想，“桌上铺了雪白的布；厨子送上菜来，——中国菜。什么‘二十五斤’？不管他。为什么倒是中国菜？西洋人说，中国菜最进步，最好吃，最合于卫生：所以他们采用中国菜。送来的是第一碗，但这第一碗是什么呢？……”

“劈柴，……”

他吃惊的回过头去看，靠左肩，便立着他自己家里的主妇，两只阴凄凄的眼睛恰恰钉住他的脸。

“什么？”他以为她来搅扰了他的创作，颇有些愤怒了。

“劈柴，都用完了，今天买了些。前一回还是十斤两吊四，今天就要两吊六。我想给他两吊五，好不好？”

“好好，就是两吊五。”

“称得太吃亏了。他一定只肯算二十四斤半；我想就算他二十三斤半，好不好？”

“好好，就算他二十三斤半。”

“那么，五五二十五，三五一十五，……”

“唔唔，五五二十五，三五一十五，……”他也说不下去了，停了一会，忽而奋然的抓起笔来，就在写着一行“幸福的家庭”的绿格纸上起算草，起了好久，这才仰起头来说道：

“五吊八！”

“那是，我这里不够了，还差八九个……。”

他抽开书桌的抽屉，一把抓起所有的铜元，不下二三十，放在她摊开的手掌上，看她出了房，才又回过头来向书桌。他觉得头里面很胀满，似乎桠桠叉叉的全被木柴填满了，五五二十五，脑皮质上还印着许多散乱的亚剌伯数目字。他很深的吸一口气，又用力的呼出，仿佛要借此赶出脑里的劈柴，五五二十五和亚剌伯数字来。果然，吁气之后，心地也就轻松不少了，于是仍复恍恍忽忽的想——

“什么菜？菜倒不妨奇特点。滑溜里脊，虾子海参，实在太凡庸。我偏要说他们吃的是‘龙虎斗’。但‘龙虎斗’又是什么呢？有人说是蛇和猫，是广东的贵重菜，非大宴会不吃的。但我在江苏饭馆的菜单上就见过这名目，江苏人似乎不吃蛇和猫，恐怕就如谁所说，是蛙和鳝鱼了。现在假定这主人和主妇为那里人呢？——不管他。总而言之，无论那里人吃一碗蛇和猫或者蛙和鳝鱼，于幸福的家庭是决不会有损伤的。总之这第一碗一定是‘龙虎斗’，无可磋商。

“于是一碗‘龙虎斗’摆在桌子中央了，他们两人同时捏起筷子，指着碗沿，笑迷迷的你看我，我看你……。

“‘My dear，Please.’

“‘Please you eat first，my dear.’

“‘Oh no，Please you!’

“于是他们同时伸下筷子去，同时夹出一块蛇肉来，——不不，蛇肉究竟太奇怪，还不如说是鳝鱼罢。那么，这碗‘龙虎斗’是蛙和鳝鱼所做的了。他们同时夹出一块鳝鱼来，一样大小，五五二十五，三五……不管他，同时放进嘴里去，……”他不能自制的只想回过头去看，因为他觉得背后很热闹，有人来来往往的走了两三回。但他还熬着，乱嘈嘈的接着想，“这似乎有点肉麻，那有这样的家庭？唉唉，我的思路怎么会这样乱，这好题目怕是做不完篇的了。——或者不必定用留学生，就在国内受了高等教育的也可以。他们都是大学毕业的，高尚优美，高尚……。男的是文学家；女的也是文学家，或者文学崇拜家。或者女的是诗人；男的是诗人崇拜者，女性尊重者。或者……”他终于忍耐不住，回过头去了。

就在他背后的书架的旁边，已经出现了一座白菜堆，下层三株，中层两株，顶上一株，向他叠成一个很大的A字。

“唉唉！”他吃惊的叹息，同时觉得脸上骤然发热了，脊梁上还有许多针轻轻的刺着。“吁……。”他很长的嘘一口气，先斥退了脊梁上的针，仍然想，“幸福的家庭的房子要宽绰。有一间堆积房，白菜之类都到那边去。主人的书房另一间，靠壁满排着书架，那旁边自然决没有什么白菜堆；架上满是中国书，外国书，《理想之良人》自然也在内——一共有两部。卧室又一间；黄铜床，或者质朴点，第一监狱工场做的榆木床也就够，床底下很干净，……”他当即一瞥自己的床下，劈柴已经用完了，只有一条稻草绳，却还死蛇似的懒懒的躺着。

“二十三斤半，……”他觉得劈柴就要向床下“川流不息”的进来，头里面又有些桠桠叉叉了，便急忙起立，走向门口去想关门。但两手刚触着门，却又觉得未免太暴躁了，就歇了手，只放下那积着许多灰尘的门幕。他一面想，这既无闭关自守之操切，也没有开放门户之不安：是很合于“中庸之道”的。

“……所以主人的书房门永远是关起来的。”他走回来，坐下，想，“有事要商量先敲门，得了许可才能进来，这办法实在对。现在假如主人坐在自己的书房里，主妇来谈文艺了，也就先敲门。——这可以放心，她必不至于捧着白菜的。

“‘Come in，please，my dear.’

“然而主人没有工夫谈文艺的时候怎么办呢？那么，不理她，听她站在外面老是剥剥的敲？这大约不行罢。或者《理想之良人》里面都写着，——那恐怕确是一部好小说，我如果有了稿费，也得去买他一部来看看……。”

拍！

他腰骨笔直了，因为他根据经验，知道这一声“拍”是主妇的手掌打在他们的三岁的女儿的头上的声音。

“幸福的家庭，……”他听到孩子的呜咽了，但还是腰骨笔直的想，“孩子是生得迟的，生得迟。或者不如没有，两个人干干净净。——或者不如住在客店里，什么都包给他们，一个人干干……”他听得呜咽声高了起来，也就站了起来，钻过门幕，想着，“马克思在儿女的啼哭声中还会做《资本论》，所以他是伟人，……”走出外间，开了风门，闻得一阵煤油气。孩子就躺倒在门的右边，脸向着地，一见他，便“哇”的哭出来了。

“阿阿，好好，莫哭莫哭，我的好孩子。”他弯下腰去抱她。

他抱了她回转身，看见门左边还站着主妇，也是腰骨笔直，然而两手插腰，怒气冲冲的似乎豫备开始练体操。

“连你也来欺侮我！不会帮忙，只会捣乱，——连油灯也要翻了他。晚上点什么？……”

“阿阿，好好，莫哭莫哭，”他把那些发抖的声音放在脑后，抱她进房，摩着她的头，说，“我的好孩子。”于是放下她，拖开椅子，坐下去，使她站在两膝的中间，擎起手来道，“莫哭了呵，好孩子。爹爹做‘猫洗脸’给你看。”他同时伸长颈子，伸出舌头，远远的对着手掌舔了两舔，就用这手掌向了自己的脸上画圆圈。

“呵呵呵，花儿。”她就笑起来了。

“是的是的，花儿。”他又连画上几个圆圈，这才歇了手，只见她还是笑迷迷的挂着眼泪对他看。他忽而觉得，她那可爱的天真的脸，正像五年前的她的母亲，通红的嘴唇尤其像，不过缩小了轮廓。那时也是晴朗的冬天，她听得他说决计反抗一切阻碍，为她牺牲的时候，也就这样笑迷迷的挂着眼泪对他看。他惘然的坐着，仿佛有些醉了。

"阿阿，可爱的嘴唇……"他想。

门幕忽然挂起，劈柴运进来了。

他也忽然惊醒，一定睛，只见孩子还是挂着眼泪，而且张开了通红的嘴唇对他看。"嘴唇……"他向旁边一瞥，劈柴正在进来，"……恐怕将来也就是五五二十五，九九八十一！……而且两只眼睛阴凄凄的……。"他想着，随即粗暴的抓起那写着一行题目和一堆算草的绿格纸来，揉了几揉，又展开来给她拭去了眼泪和鼻涕。"好孩子，自己玩去罢。"他一面推开她，说；一面就将纸团用力的掷在纸篓里。

但他又立刻觉得对于孩子有些抱歉了，重复回头，目送着她独自茕茕的出去；耳朵里听得木片声。他想要定一定神，便又回转头，闭了眼睛，息了杂念，平心静气的坐着。他看见眼前浮出一朵扁圆的乌花，橙黄心，从左眼的左角漂到右，消失了；接着一朵明绿花，墨绿色的心；接着一座六株的白菜堆，屹然的向他叠成一个很大的A字。

一九二四年二月一八日。

肥 皂

四铭太太正在斜日光中背着北窗和她八岁的女儿秀儿糊纸锭，忽听得又重又缓的布鞋底声响，知道四铭进来了，并不去看他，只是糊纸锭。但那布鞋底声却愈响愈逼近，觉得终于停在她的身边了，于是不免转过眼去看，只见四铭就在她面前耸肩曲背的狠命掏着布马褂底下的袍子的大襟后面的口袋。

他好容易曲曲折折的汇出手来，手里就有一个小小的长方包，葵绿色的，一径递给四铭太太。她刚接到手，就闻到一阵似橄榄非橄榄的说不清的香味，还看见葵绿色的纸包上有一个金光灿烂的印子和许多细簇簇的花纹。秀儿即刻跳过来要抢着看，四太太赶忙推开她。

“上了街？……”她一面看，一面问。

“唔唔。”他看着她手里的纸包，说。

于是这葵绿色的纸包被打开了，里面还有一层很薄的纸，也是葵绿色，揭开薄纸，才露出那东西的本身来，光滑坚致，也是葵绿色，上面还有细簇簇的花纹，而薄纸原来却是米色的，似橄榄非橄榄的说不清的香味也来得更浓了。

“唉唉，这实在是好肥皂。”她捧孩子似的将那葵绿色的东西送到鼻子下面去，嗅着说。

“唔唔，你以后就用这个……。”

她看见他嘴里这么说，眼光却射在她的脖子上，便觉得颧骨以下的脸上似乎有些热。她有时自己偶然摸到脖子上，尤其是耳朵后，指面上总感着些粗糙，本来早就知道是积年的老泥，但向来倒也并不很介意。现在在他的注视之下，对着这葵绿异香的洋肥皂，可不禁脸上有些发热了，而且这热又不绝的蔓延开去，即刻一径到耳根。她于是就决定晚饭后要用这肥皂来拼命的洗一洗。

“有些地方，本来单用皂荚子是洗不干净的。”她自对自的说。

“妈，这给我！”秀儿伸手来抢葵绿纸；在外面玩耍的小女儿招儿也跑到了。四铭太太赶忙推开她们，裹好薄纸，又照旧包上葵绿纸，欠过身去搁在洗脸台上最高的一层格子上，看一看，翻身仍然糊纸锭。

“学程！”四铭记起了一件事似的，忽而拖长了声音叫，就在她对面的一把高背椅子上坐下了。

“学程！”她也帮着叫。

她停下糊纸锭，侧耳一听，什么响应也没有，又见他仰着头焦急的等着，不禁很有些抱歉了，便尽力提高了喉咙，尖利的叫：

“絟儿呀！”

这一叫确乎有效，就听到皮鞋声橐橐的近来，不一会，絟儿已站在她面前了，只穿短衣，肥胖的圆脸上亮晶晶的流着油汗。

“你在做什么？怎么爹叫也不听见？”她谴责的说。

“我刚在练八卦拳……。”他立即转身向了四铭，笔挺的站着，看着他，意思是问他什么事。

“学程，我就要问你：‘恶毒妇’是什么？”

“‘恶毒妇’？……那是，‘很凶的女人’罢？……”

“胡说，胡闹！”四铭忽而怒得可观。“我是‘女人’么？”

学程吓得倒退了两步，站得更挺了。他虽然有时觉得他走路很像上台的老生，却从没有将他当作女人看待，他知道自己答的很错了。

“‘恶毒妇’是‘很凶的女人’，我倒不懂，得来请教你？——这不是中国话，是鬼子话，我对你说。这是什么意思，你懂么？”

“我，……我不懂。”学程更加局促起来。

“吓，我白花钱送你进学堂，连这一点也不懂。亏煞你的学堂还夸什么‘口耳并重’，倒教得什么也没有。说这鬼话的人至多不过十四五岁，比你还小些呢，已经叽叽咕咕的能说了，你却连意思也说不出，还有这脸说‘我不懂’！——现在就给我去查出来！”

学程在喉咙底里答应了一声“是”，恭恭敬敬的退出去了。

“这真叫作不成样子，”过了一会，四铭又慷慨的说，“现在的学生是。其实，在光绪年间，我就是最提倡开学堂的，可万料不到学堂的流弊竟至于如此之大：什么解放咧，自由咧，没有实学，只会胡闹。学程呢，为他化了的钱也不少了，都白化。好容易给他进了中西折中的学堂，英文又专是‘口耳并重’的，你以为这该好了罢，哼，可是读了一年，连‘恶毒妇’也不懂，大约仍然是念死书。吓，什么学堂，造就了些什么？我简直说：应该统统关掉！”

“对咧，真不如统统关掉的好。”四太太糊着纸锭，同情的说。

“秀儿她们也不必进什么学堂了。‘女孩子，念什么书？’九公公先前这样说，反对女学的时候，我还攻击他呢；可是现在看起来，究竟是老年人的话对。你想，女人一阵一阵的在街上走，已经很不雅观的了，她们却还要剪头发。我最恨的就是那些剪了头发的女学生，我简直说，军人土匪倒还情有可原，搅乱天下的就是她们，应该很严的办一办……。”

“对咧，男人都像了和尚还不够，女人又来学尼姑了。”

“学程！”

学程正捧着一本小而且厚的金边书快步进来，便呈给四铭，指着一处说：

“这倒有点像。这个……。”

四铭接来看时，知道是字典，但文字非常小，又是横行的。他眉头一皱，擎向窗口，细着眼睛，就学程所指的一行念过去：

“‘第十八世纪创立之共济讲社之称’。——唔，不对。——这声音是怎么念的？”他指着前面的“鬼子”字，问。

“恶特拂罗斯（Oddfellows）。”

“不对，不对，不是这个。”四铭又忽而愤怒起来了。“我对你说：那是一句坏话，骂人的话，骂我这样的人的。懂了么？查去！”

学程看了他几眼，没有动。

“这是什么闷胡卢，没头没脑的？你也先得说说清，教他好用心的查去。”她看见学程为难，觉得可怜，便排解而且不满似的说。

“就是我在大街上广润祥买肥皂的时候，”四铭呼出了一口气，向她转过脸去，说，“店里又有三个学生在那里买东西。我呢，从他们看起来，自然也怕太噜苏一点了罢。我一气看了六七样，都要四角多，没有买；看一角一块的，又太坏，没有什么香。我想，不如中通的好，便挑定了那绿的一块，两角四分。伙计本来是势利鬼，眼睛生在额角上的，早就撅着狗嘴的了；可恨那学生这坏小子又都挤眉弄眼的说着鬼话笑。后来，我要打开来看一看才付钱：洋纸包着，怎么断得定货色的好坏呢。谁知道那势利鬼不但不依，还蛮不讲理，说了许多可恶的废话；坏小子们又附和着说笑。那一句是顶小的一个说的，而且眼睛看着我，他们就都笑起来了：可见一定是一句坏话。”他于是转脸对着学程道，“你只要在‘坏话类’里去查去！”

学程在喉咙底里答应了一声“是”，恭恭敬敬的退去了。

“他们还嚷什么‘新文化新文化’，‘化’到这样了，还不够？”他两眼钉着屋梁，尽自说下去。“学生也没有道德，社会上也没有道德，再不想点法子来挽救，中国这才真个要亡了。——你想，那多么可叹？……”

“什么？”她随口的问，并不惊奇。

“孝女。”他转眼对着她，郑重的说，“就在大街上，有两个讨饭的。一个是姑娘，看去该有十八九岁了。——其实这样的年纪，讨饭是很不相宜的了，可是她还讨饭。——和一个六七十岁的老的，白头发，眼睛是瞎的，坐在布店的檐下求乞。大家多说她是孝女，那老的是祖母。她只要讨得一点什么，便都献给祖母吃，自己情愿饿肚皮。可是这样的孝女，有人肯布施么？”他射出眼光来钉住她，似乎要试验她的识见。

她不答话，也只将眼光钉住他，似乎倒是专等他来说明。

“哼，没有。”他终于自己回答说，“我看了好半天，只见一个人给了一文小钱；其余的围了一大圈，倒反去打趣。还有两个光棍，竟肆无忌惮的说：‘阿发，你不要看得这货色脏。你只要去买两块肥皂来，咯支咯支遍身洗一洗，好得很哩！’哪，你想，这成什么话？”

“哼，”她低下头去了，久之，才又懒懒的问，“你给了钱么？”

“我么？——没有。一两个钱，是不好意思拿出去的。她不是平常的讨饭，总得……。”

“嗡。”她不等说完话，便慢慢地站起来，走到厨下去。昏黄只显得浓密，已经是晚饭时候了。

四铭也站起身，走出院子去。天色比屋子里还明亮，学程就在墙角落上练习八卦拳：这是他的“庭训”，利用昼夜之交的时间的经济法，学程奉行了将近大半年了。他赞许似的微微点一点头，便反背着两手在空院子里来回的踱方步。不多久，那惟一的盆景万年青的阔叶又已消失在昏暗中，破絮一般的白云间闪出星点，黑夜就从此开头。四铭当这时候，便也不由的感奋起来，仿佛就要大有所为，与周围的坏学生以及恶社会宣战。他意气渐渐勇猛，脚步愈跨愈大，布鞋底声也愈走愈响，吓得早已睡在笼子里的母鸡和小鸡也都唧唧足足的叫起来了。

堂前有了灯光，就是号召晚餐的烽火，合家的人们便都齐集在中央的桌子周围。灯在下横；上首是四铭一人居中，也是学程一般肥胖的圆脸，但多两撇细胡子，在菜汤的热气里，独据一面，很像庙里的财神。左横是四太太带着招儿；右横是学程和秀儿一列。碗筷声雨点似的响，虽然大家不言语，也就是很热闹的晚餐。

招儿带翻了饭碗了，菜汤流得小半桌。四铭尽量的睁大了细眼睛瞪着看得她要哭，这才收回眼光，伸筷自去夹那早先看中了的一个菜心去。可是菜心已经不见了，他左右一瞥，就发现学程刚刚夹着塞进他张得很大的嘴里去，他于是只好无聊的吃了一筷黄菜叶。

“学程，”他看着他的脸说，“那一句查出了没有？”

“那一句？——那还没有。”

“哼，你看，也没有学问，也不懂道理，单知道吃！学学那个孝女罢，做了乞丐，还是一味孝顺祖母，自己情愿饿肚子。但是你们这些学生那里知道这些，肆无忌惮，将来只好像那光棍……。”

“想倒想着了一个，但不知可是。——我想，他们说的也许是‘阿尔特肤尔’①。”

“哦哦，是的！就是这个！他们说的就是这样一个声音：‘恶毒夫咧’。这是什么意思？你也就是他们这一党：你知道的。”

“意思，——意思我不很明白。”

“胡说！瞒我。你们都是坏种！”

“‘天不打吃饭人’，你今天怎么尽闹脾气，连吃饭时候也是打鸡骂狗的。他们小孩子们知道什么。”四太太忽而说。

“什么？”四铭正想发话，但一回头，看见她陷下的两颊已经鼓起，而且很变了颜色，三角形的眼里也发着可怕的光，便赶紧改口说，“我也没有闹什么脾气，我不过教学程应该懂事些。”

“他那里懂得你心里的事呢。”她可是更气忿了。“他如果能懂事，早就点了灯笼火把，寻了那孝女来了。好在你已经给她买好了一块肥皂在这里，只要再去买一块……”

“胡说，那话是那光棍说的。”

“不见得。只要再去买一块，给她咯支咯支的遍身洗一洗，供起来，天下也就太平了。”

---

① 英语 Oldfool 的音译，意思是“老傻瓜”。

“什么话？那有什么相干？我因为记起了你没有肥皂……”

“怎么不相干？你是特诚买给孝女的，你咯支咯支的去洗去。我不配，我不要，我也不要沾孝女的光。”

“这真是什么话？你们女人……”四铭支吾着，脸上也像学程练了八卦拳之后似的流出油汗来，但大约大半也因为吃了太热的饭。

“我们女人怎么样？我们女人，比你们男人好得多。你们男人不是骂十八九岁的女学生，就是称赞十八九岁的女讨饭：都不是什么好心思。‘咯支咯支’，简直是不要脸！”

“我不是已经说过了？那是一个光棍……”

“四翁！”外面的暗中忽然起了极响的叫喊。

“道翁么？我就来！”四铭知道那是高声有名的何道统，便遇赦似的，也高兴的大声说，“学程，你快点灯照何老伯到书房去！”

学程点了烛，引着道统走进西边的厢房里，后面还跟着卜薇园。

“失迎失迎，对不起。”四铭还嚼着饭，出来拱一拱手，说。“就在舍间用便饭，何如？……”

“已经偏过了。”薇园迎上去，也拱一拱手，说。“我们连夜赶来，就为了那移风文社的第十八届征文题目，明天不是‘逢七’么？”

“哦！今天十六？”四铭恍然的说。

“你看，多么胡涂！”道统大嚷道。

“那么，就得连夜送到报馆去，要他明天一准登出来。”

“文题我已经拟下了。你看怎样，用得用不得？”道统说着，就从手巾包里挖出一张纸条来交给他。

四铭踱到烛台面前，展开纸条，一字一字的读下去：

“恭拟全国人民合词吁请贵大总统特颁明令专重圣经崇祀孟母以挽颓风而存国粹文’——好极好极。可是字数太多了罢？”

“不要紧的！”道统大声说，“我算过了，还无须乎多加广告费。但是诗题呢？”

“诗题么？”四铭忽而恭敬之状可掬了，“我倒有一个在这里：孝女行。那是实事，应该表彰表彰她。我今天在大街上……”

“哦哦，那不行。”薇园连忙摇手，打断他的话，“那是我也看见的。她大概是‘外路人’，我不懂她的话，她也不懂我的话，不知道她究竟是那里人。大家倒都说她是孝女，然而我问她可能做诗，她摇摇头。要是能做诗，那就好了。”

“然而忠孝是大节，不会做诗也可以将就……。”

“那倒不然，而孰知不然！”薇园摊开手掌，向四铭连摇带推的奔过去，力争说，“要会做诗，然后有趣。”

“我们，”四铭推开他，“就用这个题目，加上说明，登报去。一来可以表彰表彰她，二来可以借此针砭社会。现在的社会还成个什么样子，我从旁考察了好半天，竟不见有什么人给一个钱，这岂不是全无心肝……”

“阿呀，四翁！”薇园又奔过来，“你简直是在‘对着和尚骂贼秃’了。我就没有给钱，我那时恰恰身边没有带着。”

“不要多心，薇翁。”四铭又推开他，“你自然在外，又作别论。你听我讲下去：她们面前围了一大群人，毫无敬意，只是打趣。还有两个光棍，那是更其肆无忌惮了，有一个简直说，‘阿发，你去买两块肥皂来，咯支咯支遍身洗一洗，好得很哩。’你想，这……”

“哈哈哈！两块肥皂！”道统的响亮的笑声突然发作了，震得人耳朵嗡嗡的叫。“你买，哈哈，哈哈！”

“道翁，道翁，你不要这么嚷。”四铭吃了一惊，慌张的说。

“咯支咯支，哈哈！”

“道翁！”四铭沉下脸来了，“我们讲正经事，你怎么只胡闹，闹得人头昏。你听，我们就用这两个题目，即刻送到报馆去，要他明天一准登出来。这事只好偏劳你们两位了。”

“可以可以，那自然。”薇园极口应承说。

“呵呵，洗一洗，咯支……唏唏……”

“道翁！！！”四铭愤愤的叫。

道统给这一喝，不笑了。他们拟好了说明，薇园誊在信笺上，就和道统跑往报馆去。四铭拿着烛台，送出门口，回到堂屋的外面，心里就有些不安逸，但略一踌躕①，也终于跨进门槛去了。他一进门，迎头就看见中央的方桌中间放着那肥皂的葵绿色的小小的长方包，包中央的金印子在灯光下明晃晃的发闪，周围还有细小的花纹。

秀儿和招儿都蹲在桌子下横的地上玩；学程坐在右横查字典。最后在离灯最远的阴影里的高背椅子上发见了四太太，灯光照处，见她死板板的脸上并不显出什么喜怒，眼睛也并不看着什么东西。

“咯支咯支，不要脸不要脸……”

四铭微微的听得秀儿在他背后说，回头看时，什么动作也

---

① 同“踌躇”，犹豫不决的意思。

没有了，只有招儿还用了她两只小手的指头在自己脸上抓。

他觉得存身不住，便熄了烛，踱出院子去。他来回的踱，一不小心，母鸡和小鸡又唧唧足足的叫了起来，他立即放轻脚步，并且走远些。经过许多时，堂屋里的灯移到卧室里去了。他看见一地月光，仿佛满铺了无缝的白纱，玉盘似的月亮现在白云间，看不出一点缺。

他很有些悲伤，似乎也像孝女一样，成了“无告之民”，孤苦零丁了。他这一夜睡得非常晚。

但到第二天的早晨，肥皂就被录用了。这日他比平日起得迟，看见她已经伏在洗脸台上擦脖子，肥皂的泡沫就如大螃蟹嘴上的水泡一般，高高的堆在两个耳朵后，比起先前用皂荚时候的只有一层极薄的白沫来，那高低真有霄壤之别了。从此之后，四太太的身上便总带着些似橄榄非橄榄的说不清的香味；几乎小半年，这才忽而换了样，凡有闻到的都说那可似乎是檀香。

一九二四年三月二十二日。

长明灯

春阴的下午，吉光屯惟一的茶馆子里的空气又有些紧张了，人们的耳朵里，仿佛还留着一种微细沉实的声息——

“熄掉他罢！”

但当然并不是全屯的人们都如此。这屯上的居民是不大出行的，动一动就须查黄历，看那上面是否写着“不宜出行”；倘没有写，出去也须先走喜神方，迎吉利。不拘禁忌地坐在茶馆里的不过几个以豁达自居的青年人，但在蛰居人的意中却以为个个都是败家子。

现在也无非就是这茶馆里的空气有些紧张。

“还是这样么？”三角脸的拿起茶碗，问。

“听说，还是这样，”方头说，“还是尽说‘熄掉他熄掉他’。眼光也越加发闪了。见鬼！这是我们屯上的一个大害，你不要看得微细。我们倒应该想个法子来除掉他！”

“除掉他，算什么一回事。他不过是一个……。什么东西！造庙的时候，他的祖宗就捐过钱，现在他却要来吹熄长明灯。这不是不肖子孙？我们上县去，送他忤逆！”阔亭捏了拳头，在桌上一击，慷慨地说。一只斜盖着的茶碗盖子也噫的一声，翻了身。

“不成。要送忤逆，须是他的父母，母舅……”方头说。

“可惜他只有一个伯父……”阔亭立刻颓唐了。

“阔亭！”方头突然叫道，“你昨天的牌风可好？”.

阔亭睁着眼看了他一会，没有便答；胖脸的庄七光已经放开喉咙嚷起来了——

“吹熄了灯，我们的吉光屯还成什么吉光屯，不就完了么？老年人不都说么：这灯还是梁武帝点起的，一直传下来，没有熄过；连长毛造反的时候也没有熄过……。你看，啧，那火光不是绿莹莹的么？外路人经过这里的都要看一看，都称赞……。啧，多么好……。他现在这么胡闹，什么意思？……”

“他不是发了疯么？你还没有知道？”方头带些藐视的神气说。

“哼，你聪明！”庄七光的脸上就走了油。

“我想：还不如用老法子骗他一骗，”灰五婶，本店的主人兼工人，本来是旁听着的，看见形势有些离了她专注的本题了，便赶忙来岔开纷争，拉到正经事上去。

“什么老法子？”庄七光诧异地问。

“他不是先就发过一回疯么，和现在一模一样。那时他的父亲还在，骗了他一骗，就治好了。”

“怎么骗？我怎么不知道？”庄七光更其诧异地问。

“你怎么会知道？那时你们都还是小把戏呢，单知道喝奶拉矢。便是我，那时也不这样。你看我那时的一双手呵，真是粉嫩粉嫩……”

“你现在也还是粉嫩粉嫩……”方头说。

“放你妈的屁！”灰五婶怒目地笑了起来，“莫胡说了。我们讲正经话。他那时也还年青哩；他的老子也就有些疯的。听说：有一天他的祖父带他进社庙去，教他拜社老爷，瘟将军，王灵官老爷，他就害怕了，硬不拜，跑了出来，从此便有些怪。后来就像现在一样，一见人总和他们商量吹熄正殿上的长明灯。

他说熄了便再不会有蝗虫和病痛，真是像一件天大的正事似的。大约那是邪祟附了体，怕见正路神道了。要是我们，会怕见社老爷么？你们的茶不冷了么？对一点热水罢。好，他后来就自己闯进去，要去吹。他的老子反太疼爱他，不肯将他锁起来。呵，后来不是全屯动了公愤，和他老子去吵闹了么？可是，没有办法，——幸亏我家的死鬼①那时还在，给想了一个法：将长明灯用厚棉被一围，漆漆黑黑地，领他去看，说是已经吹熄了。”

“唉唉，这真亏他想得出。”三角脸吐一口气，说，不胜感服之至似的。

“费什么这样的手脚，”阔亭愤愤地说，“这样的东西，打死了就完了，吓！”

“那怎么行？”她吃惊地看着他，连忙摇手道，“那怎么行！他的祖父不是捏过印靶子②的么了？”

阔亭们立刻面面相觑，觉得除了“死鬼”的妙法以外，也委实无法可想了。

“后来就好了的！”她又用手背抹去一些嘴角上的白沫，更快地说，“后来全好了的！他从此也就不再走进庙门去，也不再提起什么来，许多年。不知道怎么这回看了赛会之后不多几天，又疯了起来了。哦，同先前一模一样。午后他就走过这里，一定又上庙里去了。你们和四爷商量商量去，还是再骗他一骗好。那灯不是梁五弟点起来的么？不是说，那灯一灭，这里就要变海，我们就都要变泥鳅么？你们快去和四爷商量商量罢，

---

① 该屯的粗女人有时以此称自己的亡夫。——作者原注。

② 做过实缺官的意思。——作者原注。

要不……"

"我们还是先到庙前去看一看，"方头说着，便轩昂地出了门。

阔亭和庄七光也跟着出去了。三角脸走得最后，将到门口，回过头来说道——

"这回就记了我的账！入他……。"

灰五婶答应着，走到东墙下拾起一块木炭来，就在墙上画有一个小三角形和一串短短的细线的下面，划添了两条线。

他们望见社庙的时候，果然一并看到了几个人：一个正是他，两个是闲看的，三个是孩子。

但庙门却紧紧地关着。

"好！庙门还关着。"阔亭高兴地说。

他们一走近，孩子们似乎也都胆壮，围近去了。本来对了庙门立着的他，也转过脸来对他们看。

他也还如平常一样，黄的方脸和蓝布破大衫，只在浓眉底下的大而且长的眼睛中，略带些异样的光闪，看人就许多工夫不眨眼，并且总含着悲愤疑惧的神情。短的头发上粘着两片稻草叶，那该是孩子暗暗地从背后给他放上去的，因为他们向他头上一看之后，就都缩了颈子，笑着将舌头很快地一伸。

他们站定了，各人都互看着别个的脸。

"你干什么？"但三角脸终于走上一步，诘问了。

"我叫老黑开门，"他低声，温和地说，"就因为那一盏灯必须吹熄。你看，三头六臂的蓝脸，三只眼睛，长帽，半个的头，牛头和猪牙齿，都应该吹熄……吹熄。吹熄，我们就不会有蝗虫，不会有猪嘴瘟……。"

“唏唏，胡闹！”阔亭轻蔑地笑了出来，“你吹熄了灯，蝗虫会还要多，你就要生猪嘴瘟！”

“唏唏！”庄七光也陪着笑。

一个赤膊孩子擎起他玩弄着的苇子，对他瞄准着，将樱桃似的小口一张，道：

“吧！”

“你还是回去罢！倘不，你的伯伯会打断你的骨头！灯么，我替你吹。你过几天来看就知道。”阔亭大声说。

他两眼更发出闪闪的光来，钉一般看定阔亭的眼，使阔亭的眼光赶紧辟易了。

“你吹？”他嘲笑似的微笑，但接着就坚定地说，“不能！不要你们。我自己去熄，此刻去熄！”

阔亭便立刻颓唐得酒醒之后似的无力；方头却已站上去了，慢慢地说道：

“你是一向懂事的，这一回可是太胡涂了。让我来开导你罢，你也许能够明白。就是吹熄了灯，那些东西不是还在么？不要这么傻头傻脑了，还是回去！睡觉去！”

“我知道的，熄了也还在。”他忽又现出阴鸷的笑容，但是立即收敛了，沉实地说道，“然而我只能姑且这么办。我先来这么办，容易些。我就要吹熄他，自己熄！”他说着，一面就转过身去竭力地推庙门。

“喂！”阔亭生气了，“你不是这里的人么？你一定要我们大家变泥鳅么？回去！你推不开的，你没有法子开的！吹不熄的！还是回去好！”

“我不回去！我要吹熄他！”

“不成！你没法开！”

"……"

"你没法开!"

"那么，就用别的法子来。"他转脸向他们一瞥，沉静地说。

"哼，看你有什么别的法。"

"……"

"看你有什么别的法!"

"我放火。"

"什么?"阔亭疑心自己没有听清楚。

"我放火!"

沉默像一声清磬[①]，摇曳着尾声，周围的活物都在其中凝结了。但不一会，就有几个人交头接耳，不一会，又都退了开去；两三人又在略远的地方站住了。庙后门的墙外就有庄七光的声音喊道：

"老黑呀，不对了！你庙门要关得紧！老黑呀，你听清了么？关得紧！我们去想了法子就来!"

但他似乎并不留心别的事，只闪烁着狂热的眼光，在地上，在空中，在人身上，迅速地搜查，仿佛想要寻火种。

方头和阔亭在几家的大门里穿梭一般出入了一通之后，吉光屯全局顿然扰动了。许多人们的耳朵里，心里，都有了一个可怕的声音："放火!"但自然还有多少更深的蛰居人的耳朵里心里是全没有。然而全屯的空气也就紧张起来，凡有感得这紧张的人们，都很不安，仿佛自己就要变成泥鳅，天下从此毁灭。

---

① 清脆悠扬的磬声。

他们自然也隐约知道毁灭的不过是吉光屯，但也觉得吉光屯似乎就是天下。

这事件的中枢，不久就凑在四爷的客厅上了。坐在首座上的是年高德韶的郭老娃，脸上已经皱得如风干的香橙，还要用手捋着下颏上的白胡须，似乎想将他们拔下。

“上半天，”他放松了胡子，慢慢地说，“西头，老富的中风，他的儿子，就说是：因为，社神不安，之故。这样一来，将来，万一有，什么，鸡犬不宁，的事，就难免要到，府上……是的，都要来到府上，麻烦。”

“是么，”四爷也捋着上唇的花白的鲇鱼须，却悠悠然，仿佛全不在意模样，说，“这也是他父亲的报应呵。他自己在世的时候，不就是不相信菩萨么？我那时就和他不合，可是一点也奈何他不得。现在，叫我还有什么法？”

“我想，只有，一个。是的，有一个。明天，捆上城去，给他在那个，那个城隍庙里，搁一夜，是的，搁一夜，赶一赶，邪祟。”

阔亭和方头以守护全屯的劳绩，不但第一次走进这一个不易瞻仰的客厅，并且还坐在老娃之下和四爷之上，而且还有茶喝。他们跟着老娃进来，报告之后，就只是喝茶，喝干之后，也不开口，但此时阔亭忽然发表意见了：

“这办法太慢！他们两个还管着呢。最要紧的是马上怎么办。如果真是烧将起来……”

郭老娃吓了一跳，下巴有些发抖。

“如果真是烧将起来……”方头抢着说。

“那么，”阔亭大声道，“就糟了！”

一个黄头发的女孩子又来冲上茶。阔亭便不再说话，立即拿起茶来喝。浑身一抖，放下了，伸出舌尖来舐了一舐上嘴唇，揭去碗盖嘘嘘地吹着。

“真是拖累煞人！”四爷将手在桌上轻轻一拍，“这种子孙，真该死呵！唉！”

“的确，该死的。”阔亭抬起头来了，“去年，连各庄就打死一个：这种子孙。大家一口咬定，说是同时同刻，大家一齐动手，分不出打第一下的是谁，后来什么事也没有。”

“那又是一回事。”方头说，“这回，他们管着呢。我们得赶紧想法子。我想……”

老娃和四爷都肃然地看着他的脸。

“我想：倒不如姑且将他关起来。”

“那倒也是一个妥当的办法。”四爷微微地点一点头。

“妥当！”阔亭说。

“那倒，确是，一个妥当的，办法。”老娃说，“我们，现在，就将他，拖到府上来。府上，就赶快，收拾出，一间屋子来。还，准备着，锁。”

“屋子？”四爷仰了脸，想了一会，说，“舍间可是没有这样的闲房。他也说不定什么时候才会好……”

“就用，他，自己的……”老娃说。

“我家的六顺，”四爷忽然严肃而且悲哀地说，声音也有些发抖了，“秋天就要娶亲……。你看，他年纪这么大了，单知道发疯，不肯成家立业。舍弟也做了一世人，虽然也不大安分，可是香火总归是绝不得的……。”

“那自然！”三个人异口同音地说。

“六顺生了儿子，我想第二个就可以过继给他。但是，——别人的儿子，可以白要的么？”

“那不能!”三个人异口同音地说。

“这一间破屋，和我是不相干；六顺也不在乎此。可是，将亲生的孩子白白给人，做母亲的怕不能就这么松爽罢?”

“那自然!”三个人异口同音地说。

四爷沉默了。三个人交互看着别人的脸。

“我是天天盼望他好起来，”四爷在暂时静穆之后，这才缓缓地说，“可是他总不好。也不是不好，是他自己不要好。无法可想，就照这一位所说似的关起来，免得害人，出他父亲的丑，也许倒反好，倒是对得起他的父亲……。”

“那自然，”阔亭感动的说，“可是，房子……”

“庙里就没有闲房，……”四爷慢腾腾地问道。

“有!”阔亭恍然道，“有！进大门的西边那一间就空着，又只有一个小方窗，粗木直栅的，决计挖不开。好极了!”

老娃和方头也顿然都显了欢喜的神色；阔亭吐一口气，尖着嘴唇就喝茶。

未到黄昏时分，天下已经泰平，或者竟是全都忘却了，人们的脸上不特已不紧张，并且早褪尽了先前的喜悦的痕迹。在庙前，人们的足迹自然比平日多，但不久也就稀少了。只因为关了几天门，孩子们不能进去玩，便觉得这一天在院子里格外玩得有趣，吃过了晚饭，还有几个跑到庙里去游戏，猜谜。

“你猜，”一个最大的说，“我再说一遍：

白篷船，红划楫，

摇到对岸歇一歇，

点心吃一些，

戏文唱一出。”

“那是什么呢？‘红划楫’的。”一个女孩说。

“我说出来罢，那是……”

“慢一慢。”生癞头疮的说，“我猜着了：航船。”

“航船。”赤膊的也道。

“哈，航船？”最大的道，“航船是摇橹的。他会唱戏文么？你们猜不着。我说出来罢……”

“慢一慢。”癞头疮还说。

“哼，你猜不着。我说出来罢，那是：鹅。”

“鹅！”女孩笑着说，“红划楫的。”

“怎么又是白篷船呢？”赤膊的问。

“我放火！”

孩子们都吃惊，立时记起他来，一齐注视西厢房，又看见一只手扳着木栅，一只手撕着木皮，其间有两只眼睛闪闪地发亮。

沉默只一瞬间，癞头疮忽而发一声喊，拔步就跑；其余的也都笑着嚷着跑出去了。赤膊的还将苇子向后一指，从喘吁吁的樱桃似的小嘴唇里吐出清脆的一声道：

“吧！”

从此完全静寂了，暮色下来，绿莹莹的长明灯更其分明地照出神殿，神龛，而且照到院子，照到木栅里的昏暗。

孩子们跑出庙外也就立定，牵着手，慢慢地向自己的家走去，都笑吟吟地，合唱着随口编派的歌——

“白篷船，对岸歇一歇。

此刻熄，自己熄。

戏文唱一出。

我放火！哈哈哈！

火火火，点心吃一些。

戏文唱一出。”

……………

………

…

一九二五年三月一日。

示 众

首善之区的西城的一条马路上，这时候什么扰攘也没有。火焰焰的太阳虽然还未直照，但路上的沙土仿佛已是闪烁地生光；酷热满和在空气里面，到处发挥着盛夏的威力。许多狗都拖出舌头来，连树上的乌老鸦也张着嘴喘气，——但是，自然也有例外的。远处隐隐有两个铜盏相击的声音，使人忆起酸梅汤，依稀感到凉意，可是那懒懒的单调的金属音的间作，却使那寂静更其深远了。

只有脚步声，车夫默默地前奔，似乎想赶紧逃出头上的烈日。

“热的包子咧！刚出屉的……。”

十一二岁的胖孩子，细着眼睛，歪了嘴在路旁的店门前叫喊。声音已经嘶嗄了，还带些睡意，如给夏天的长日催眠。他旁边的破旧桌子上，就有二三十个馒头包子，毫无热气，冷冷地坐着。

“荷阿！馒头包子咧，热的……。”

像用力掷在墙上而反拨过来的皮球一般，他忽然飞在马路的那边了。在电杆旁，和他对面，正向着马路，其时也站定了两个人：一个是淡黄制服的挂刀的面黄肌瘦的巡警，手里牵着绳头，绳的那头就拴在别一个穿蓝布大衫上罩白背心的男人的臂膊上。这男人戴一顶新草帽，帽檐四面下垂，遮住了眼睛的一带。但胖孩子身体矮，仰起脸来看时，却正撞见这人的眼睛了。那眼睛也似乎正在看他的脑壳。他连忙顺下眼，去看白背心，只见背心上一行一行地写着些大大小小的什么字。

刹时间，也就围满了大半圈的看客。待到增加了秃头的老头子之后，空缺已经不多，而立刻又被一个赤膊的红鼻子胖大汉补满了。这胖子过于横阔，占了两人的地位，所以续到的便只能屈在第二层，从前面的两个脖子之间伸进脑袋去。

秃头站在白背心的略略正对面，弯了腰，去研究背心上的文字，终于读起来——“嗡，都，哼，八，而，……”

胖孩子却看见那白背心正研究着这发亮的秃头，他也便跟着去研究，就只见满头光油油的，耳朵左近还有一片灰白色的头发，此外也不见得有怎样新奇。但是后面的一个抱着孩子的老妈子却想乘机挤进来了；秃头怕失了位置，连忙站直，文字虽然还未读完，然而无可奈何，只得另看白背心的脸：草帽檐下半个鼻子，一张嘴，尖下巴。

又像用了力掷在墙上而反拨过来的皮球一般，一个小学生飞奔上来，一手按住了自己头上的雪白的小布帽，向人丛中直钻进去。但他钻到第三——也许是第四——层，竟遇见一件不可动摇的伟大的东西了，抬头看时，蓝裤腰上面有一座赤条条的很阔的背脊，背脊上还有汗正在流下来。他知道无可措手，只得顺着裤腰右行，幸而在尽头发见了一条空处，透着光明。他刚刚低头要钻的时候，只听得一声“什么”，那裤腰以下的屁股向右一歪，空处立刻闭塞，光明也同时不见了。

但不多久，小学生却从巡警的刀旁边钻出来了。他诧异地四顾：外面围着一圈人，上首是穿白背心的，那对面是一个赤膊的胖小孩，胖小孩后面是一个赤膊的红鼻子胖大汉。他这时隐约悟出先前的伟大的障碍物的本体了，便惊奇而且佩服似的只望着红鼻子。胖小孩本是注视着小学生的脸的，于是也不禁依了他的眼光，回转头去了，在那里是一个很胖的奶子，奶头四近有几枝很长的毫毛。

“他，犯了什么事啦？……”

大家都愕然看时，是一个工人似的粗人，正在低声下气地请教那秃头老头子。

秃头不作声，单是睁起了眼睛看定他。他被看得顺下眼光去，过一会再看时，秃头还是睁起了眼睛看定他，而且别的人也似乎都睁了眼睛看定他。他于是仿佛自己就犯了罪似的局促起来，终至于慢慢退后，溜出去了。一个挟洋伞的长子就来补了缺；秃头也旋转脸去再看白背心。

长子弯了腰，要从垂下的草帽檐下去赏识白背心的脸，但不知道为什么忽又站直了。于是他背后的人们又须竭力伸长了脖子；有一个瘦子竟至于连嘴都张得很大，像一条死鲈鱼。

巡警，突然间，将脚一提，大家又愕然，赶紧都看他的脚；然而他又放稳了，于是又看白背心。长子忽又弯了腰，还要从垂下的草帽檐下去窥测，但即刻也就立直，擎起一只手来拼命搔头皮。

秃头不高兴了，因为他先觉得背后有些不太平，接着耳朵边就有唧咕唧咕的声响。他双眉一锁，回头看时，紧挨他右边，有一只黑手拿着半个大馒头正在塞进一个猫脸的人的嘴里去。他也就不说什么，自去看白背心的新草帽了。

忽然，就有暴雷似的一击，连横阔的胖大汉也不免向前一跄踉。同时，从他肩膊上伸出一只胖得不相上下的臂膊来，展开五指，拍的一声正打在胖孩子的脸颊上。

“好快活！你妈的……”同时，胖大汉后面就有一个弥勒佛似的更圆的胖脸这么说。

胖孩子也跄踉了四五步，但是没有倒，一手按着脸颊，旋转身，就想从胖大汉的腿旁的空隙间钻出去。胖大汉赶忙站稳，并且将屁股一歪，塞住了空隙，恨恨地问道：

“什么?”

胖孩子就像小鼠子落在捕机里似的，仓皇了一会，忽然向小学生那一面奔去，推开他，冲出去了。小学生也返身跟出去了。

“吓，这孩子……。”总有五六个人都这样说。

待到重归平静，胖大汉再看白背心的脸的时候，却见白背心正在仰面看他的胸脯；他慌忙低头也看自己的胸脯时，只见两乳之间的洼下的坑里有一片汗，他于是用手掌拂去了这些汗。

然而形势似乎总不甚太平了。抱着小孩的老妈子因为在骚扰时四顾，没有留意，头上梳着的喜鹊尾巴似的“苏州俏”①便碰了站在旁边的车夫的鼻梁。车夫一推，却正推在孩子上；孩子就扭转身去，向着圈外，嚷着要回去了。老妈子先也略略一跟跄，但便即站定，旋转孩子来使他正对白背心，一手指点着，说道：

“阿，阿，看呀！多么好看哪！……”

空隙间忽而探进一个戴硬草帽的学生模样的头来，将一粒瓜子之类似的东西放在嘴里，下颚向上一磕，咬开，退出去了。这地方就补上了一个满头油汗而粘着灰土的椭圆脸。

挟洋伞的长子也已经生气，斜下了一边的肩膊，皱眉疾视着肩后的死鲈鱼。大约从这么大的大嘴里呼出来的热气，原也

---

① 旧时代妇女所梳的一种发型样式，先流行于苏州一带，所以这样叫。

不易招架的，而况又在盛夏。秃头正仰视那电杆上钉着的红牌上的四个白字，仿佛很觉得有趣。胖大汉和巡警都斜了眼研究着老妈子的钩刀般的鞋尖。

“好!”

什么地方忽有几个人同声喝采。都知道该有什么事情起来了，一切头便全数回转去。连巡警和他牵着的犯人也都有些摇动了。

“刚出屉的包子咧！荷阿，热的……。”

路对面是胖孩子歪着头，磕睡似的长呼；路上是车夫们默默地前奔，似乎想赶紧逃出头上的烈日。大家都几乎失望了，幸而放出眼光去四处搜索，终于在相距十多家的路上，发见了一辆洋车停放着，一个车夫正在爬起来。

圆阵立刻散开，都错错落落地走过去。胖大汉走不到一半，就歇在路边的槐树下；长子比秃头和椭圆脸走得快，接近了。车上的坐客依然坐着，车夫已经完全爬起，但还在摩自己的膝髁。周围有五六个人笑嘻嘻地看他们。

“成么?”车夫要来拉车时，坐客便问。

他只点点头，拉了车就走；大家就惘惘然目送他。起先还知道那一辆是曾经跌倒的车，后来被别的车一混，知不清了。

马路上就很清闲，有几只狗伸出了舌头喘气；胖大汉就在槐阴下看那很快地一起一落的狗肚皮。

老妈子抱了孩子从屋檐阴下蹩过去了。胖孩子歪着头，挤细了眼睛，拖长声音，磕睡地叫喊——

“热的包子咧！荷阿！……刚出屉的……。”

一九二五年三月十八日。

高老夫子

这一天，从早晨到午后，他的工夫全费在照镜，看《中国历史教科书》和查《袁了凡纲鉴》里；真所谓“人生识字忧患始”，顿觉得对于世事很有些不平之意了。而且这不平之意，是他从来没有经验过的。

首先就想到往常的父母实在太不将儿女放在心里。他还在孩子的时候，最喜欢爬上桑树去偷桑椹吃，但他们全不管，有一回竟跌下树来磕破了头，又不给好好地医治，至今左边的眉棱上还带着一个永不消灭的尖劈形的瘢痕。他现在虽然格外留长头发，左右分开，又斜梳下来，可以勉强遮住了，但究竟还看见尖劈的尖，也算得一个缺点，万一给女学生发见，大概是免不了要看不起的。他放下镜子，怨愤地吁一口气。

其次，是《中国历史教科书》的编纂者竟太不为教员设想。他的书虽然和《了凡纲鉴》也有些相合，但大段又很不相同，若即若离，令人不知道讲起来应该怎样拉在一处。但待到他瞥着那夹在教科书里的一张纸条，却又怨起中途辞职的历史教员来了，因为那纸条上写的是：

“从第八章《东晋之兴亡》起。”

如果那人不将三国的事情讲完，他的豫备就决不至于这么困苦。他最熟悉的就是三国，例如桃园三结义，孔明借箭，三气周瑜，黄忠定军山斩夏侯渊以及其他种种，满肚子都是，一学期也许讲不完。到唐朝，则有秦琼卖马之类，便又较为擅长了，谁料偏偏是东晋。他又怨愤地吁一口气，再拉过《了凡纲鉴》来。

“哙，你怎么外面看看还不够，又要钻到里面去看了？”

一只手同时从他背后弯过来，一拨他的下巴。但他并不动，因为从声音和举动上，便知道是暗暗躄躄进来的打牌的老朋友黄三。他虽然是他的老朋友，一礼拜以前还一同打牌，看戏，喝酒，跟女人，但自从他在《大中日报》上发表了《论中华国民皆有整理国史之义务》这一篇脍炙人口的名文，接着又得了贤良女学校的聘书之后，就觉得这黄三一无所长，总有些下等相了。所以他并不回头，板着脸正正经经地回答道：

“不要胡说！我正在豫备功课……。”

“你不是亲口对老钵说的么：你要谋一个教员做，去看看女学生？”

“你不要相信老钵的狗屁！”

黄三就在他桌旁坐下，向桌面上一瞥，立刻在一面镜子和一堆乱书之间，发见了一个翻开着的大红纸的帖子。他一把抓来，瞪着眼睛一字一字地看下去：

今敦请

尔础高老夫子为本校历史教员每周授课四

小时每小时敬送修金大洋三角正按时

间计算　此约

贤良女学校校长何万淑贞敛衽谨订

中华民国十三年夏历菊月吉旦①　　　立

---

① 即夏历九月初一。

"'尔础高老夫子？'谁呢？你么？你改了名字了么？"黄三一看完，就性急地问。

但高老夫子只是高傲地一笑；他的确改了名字了。然而黄三只会打牌，到现在还没有留心新学问，新艺术。他既不知道有一个俄国大文豪高尔基，又怎么说得通这改名的深远的意义呢？所以他只是高傲地一笑，并不答复他。

"喂喂，老杆，你不要闹这些无聊的玩意儿了！"黄三放下聘书，说，"我们这里有了一个男学堂，风气已经闹得够坏了；他们还要开什么女学堂，将来真不知道要闹成什么样子才罢。你何苦也去闹，犯不上……。"

"这也不见得。况且何太太一定要请我，辞不掉……。"因为黄三毁谤了学校，又看手表上已经两点半，离上课时间只有半点了，所以他有些气忿，又很露出焦躁的神情。

"好！这且不谈。"黄三是乖觉的，即刻转帆，说，"我们说正经事罢：今天晚上我们有一个局面。毛家屯毛资甫的大儿子在这里了，来请阳宅先生看坟地去的，手头现带着二百番。我们已经约定，晚上凑一桌，一个我，一个老钵，一个就是你。你一定来罢，万不要误事。我们三个人扫光他！"

老杆——高老夫子——沉吟了，但是不开口。

"你一定来，一定！我还得和老钵去接洽一回。地方还是在我的家里。那傻小子是'初出茅庐'，我们准可以扫光他！你将那一副竹纹清楚一点的交给我罢！"

高老夫子慢慢地站起来，到床头取了马将牌盒，交给他；一看手表，两点四十分了。他想：黄三虽然能干，但明知道我已经做了教员，还来当面毁谤学堂，又打搅别人的豫备功课，究竟不应该。他于是冷淡地说道：

“晚上再商量罢。我要上课去了。”

他一面说，一面恨恨地向《了凡纲鉴》看了一眼，拿起教科书，装在新皮包里，又很小心地戴上新帽子，便和黄三出了门。他一出门，就放开脚步，像木匠牵着的钻子似的，肩膀一扇一扇地直走，不多久，黄三便连他的影子也望不见了。

高老夫子一跑到贤良女学校，即将新印的名片交给一个驼背的老门房。不一忽，就听到一声“请”，他于是跟着驼背走，转过两个弯，已到教员豫备室了，也算是客厅。何校长不在校；迎接他的是花白胡子的教务长，大名鼎鼎的万瑶圃，别号“玉皇香案吏”的，新近正将他自己和女仙赠答的诗《仙坛酬唱集》陆续登在《大中日报》上。

“阿呀！础翁！久仰久仰！……”万瑶圃连连拱手，并将膝关节和腿关节接连弯了五六弯，仿佛想要蹲下去似的。

“阿呀！瑶翁！久仰久仰！……”础翁夹着皮包照样地做，并且说。

他们于是坐下；一个似死非死的校役便端上两杯白开水来。高老夫子看看对面的挂钟，还只两点四十分，和他的手表要差半点。

“阿呀！础翁的大作，是的，那个……。是的，那——‘中国国粹义务论’，真真要言不烦，百读不厌！实在是少年人们的座右铭，座右铭座右铭！兄弟也颇喜欢文学，可是，玩玩而已，怎么比得上础翁。”他重行拱一拱手，低声说，“我们的盛德乩坛天天请仙，兄弟也常常去唱和。础翁也可以光降光降罢。那乩仙，就是蕊珠仙子，从她的语气上看来，似乎是一位谪降红尘的花神。她最爱和名人唱和，也很赞成新党。像础翁这样的学者，她一定大加青眼的。哈哈哈哈！”

但高老夫子却不很能发表什么崇论宏议，因为他的豫备——东晋之兴亡——本没有十分足，此刻又并不足的几分也有些忘却了。他烦躁愁苦着；从繁乱的心绪中，又涌出许多断片的思想来：上堂的姿势应该威严；额角的瘢痕总该遮住；教科书要读得慢；看学生要大方。但同时还模模胡胡听得瑶圃说着话：

"……赐了一个荸荠……。'醉倚青鸾上碧霄'，多么超脱……那邓孝翁叩求了五回，这才赐了一首五绝……'红袖拂天河，莫道……'蕊珠仙子说……础翁还是第一回……这就是本校的植物园！"

"哦哦！"尔础忽然看见他举手一指，这才从乱头思想中惊觉，依着指头看去，窗外一小片空地，地上有四五株树，正对面是三间小平房。

"这就是讲堂。"瑶圃并不移动他的手指，但是说。

"哦哦！"

"学生是很驯良的。她们除听讲之外，就专心缝纫……。"

"哦哦！"尔础实在颇有些窘急了，他希望他不再说话，好给自己聚精会神，赶紧想一想"东晋之兴亡"。

"可惜内中也有几个想学学做诗，那可是不行的。维新固然可以，但做诗究竟不是大家闺秀所宜。蕊珠仙子也不很赞成女学，以为淆乱两仪[1]，非天曹所喜。兄弟还很同她讨论过几回……。"

尔础忽然跳了起来，他听到铃声了。

"不，不。请坐！那是退班铃。"

---

① 指阴阳、男女。

“瑶翁公事很忙罢，可以不必客气……。”

“不，不！不忙，不忙！兄弟以为振兴女学是顺应世界的潮流，但一不得当，即易流于偏，所以天曹不喜，也许不过是防微杜渐的意思。只要办理得人，不偏不倚，合乎中庸，一以国粹为归宿，那是决无流弊的。础翁，你想，可对？这是蕊珠仙子也以为‘不无可采’的话。哈哈哈哈！”

校役又送上两杯白开水来；但是铃声又响了。

瑶圃便请尔础喝了两口白开水，这才慢慢地站起来，引导他穿过植物园，走进讲堂去。

他心头跳着，笔挺地站在讲台旁边，只看见半屋子都是蓬蓬松松的头发。瑶圃从大襟袋里掏出一张信笺，展开之后，一面看，一面对学生们说道

“这位就是高老师，高尔础高老师，是有名的学者，那一篇有名的《论中华国民皆有整理国史之义务》，是谁都知道的。《大中日报》上还说过，高老师是：骤慕俄国文豪高君尔基之为人，因改字尔础，以示景仰之意，斯人之出，诚吾中华文坛之幸也！现在经何校长再三敦请，竟惠然肯来，到这里来教历史了……”

高老师忽而觉得很寂然，原来瑶翁已经不见，只有自己站在讲台旁边了。他只得跨上讲台去，行了礼，定一定神，又记起了态度应该威严的成算，便慢慢地翻开书本，来开讲“东晋之兴亡”。

“嘻嘻！”似乎有谁在那里窃笑了。

高老夫子脸上登时一热，忙看书本，和他的话并不错，上面印着的的确是：“东晋之偏安”。书脑①的对面，也还是半屋

① 书本的装订位置。

子蓬蓬松松的头发，不见有别的动静。他猜想这是自己的疑心，其实谁也没有笑；于是又定一定神，看住书本，慢慢地讲下去。当初，是自己的耳朵也听到自己的嘴说些什么的，可是逐渐胡涂起来，竟至于不再知道说什么，待到发挥“石勒之雄图”的时候，便只听得吃吃地窃笑的声音了。

他不禁向讲台下一看，情形和原先已经很不同：半屋子都是眼睛，还有许多小巧的等边三角形，三角形中都生着两个鼻孔，这些连成一气，宛然是流动而深邃的海，闪烁地汪洋地正冲着他的眼光。但当他瞥见时，却又骤然一闪，变了半屋子蓬蓬松松的头发了。

他也连忙收回眼光，再不敢离开教科书，不得已时，就抬起眼来看看屋顶。屋顶是白而转黄的洋灰，中央还起了一道正圆形的棱线；可是这圆圈又生动了，忽然扩大，忽然收小，使他的眼睛有些昏花。他豫料倘将眼光下移，就不免又要遇见可怕的眼睛和鼻孔联合的海，只好再回到书本上，这时已经是“淝水之战”，苻坚快要骇得“草木皆兵”了。

他总疑心有许多人暗暗地发笑，但还是熬着讲，明明已经讲了大半天，而铃声还没有响，看手表是不行的，怕学生要小觑；可是讲了一会，又到“拓跋氏之勃兴”了，接着就是“六国兴亡表”，他本以为今天未必讲到，没有豫备的。

他自己觉得讲义忽而中止了。

“今天是第一天，就是这样罢……”他惶惑了一会之后，才断续地说，一面点一点头，跨下讲台去，也便出了教室的门。

“嘻嘻嘻！”

他似乎听到背后有许多人笑，又仿佛看见这笑声就从那深邃的鼻孔的海里出来。他便惘惘然，跨进植物园，向着对面的教员豫备室大踏步走。

他大吃一惊，至于连《中国历史教科书》也失手落在地上了，因为脑壳上突然遭了什么东西的一击。他倒退两步，定睛看时，一枝夭斜的树枝横在他面前，已被他的头撞得树叶都微微发抖。他赶紧弯腰去拾书本，书旁边竖着一块木牌，上面写道：

桑
桑 科

他似乎听到背后有许多人笑，又仿佛看见这笑声就从那深邃的鼻孔的海里出来。于是也就不好意思去抚摩头上已经疼痛起来的皮肤，只一心跑进教员豫备室里去。

那里面，两个装着白开水的杯子依然，却不见了似死非死的校役，瑶翁也踪影全无了。一切都黯淡，只有他的新皮包和新帽子在黯淡中发亮。看壁上的挂钟，还只有三点四十分。

高老夫子回到自家的房里许久之后，有时全身还骤然一热；又无端的愤怒；终于觉得学堂确也要闹坏风气，不如停闭的好，尤其是女学堂，——有什么意思呢，喜欢虚荣罢了！

“嘻嘻！”

他还听到隐隐约约的笑声。这使他更加愤怒，也使他辞职的决心更加坚固了。晚上就写信给何校长，只要说自己患了足疾。但是，倘来挽留，又怎么办呢？——也不去。女学堂真不知道要闹到什么样子，自己又何苦去和她们为伍呢？犯不上的。他想。

他于是决绝地将《了凡纲鉴》搬开；镜子推在一旁；聘书也合上了。正要坐下，又觉得那聘书实在红得可恨，便抓过来和《中国历史教科书》一同塞入抽屉里。

一切大概已经打叠停当，桌上只剩下一面镜子，眼界清净得多了。然而还不舒适，仿佛欠缺了半个魂灵，但他当即省悟，戴上红结子的秋帽，径向黄三的家里去了。

“来了，尔础高老夫子！”老钵大声说。

“狗屁！”他眉头一皱，在老钵的头顶上打了一下，说。

“教过了罢？怎么样，可有几个出色的？”黄三热心地问。

“我没有再教下去的意思。女学堂真不知道要闹成什么样子。我辈正经人，确乎犯不上酱在一起……。”

毛家的大儿子进来了，胖到像一个汤圆。

“阿呀！久仰久仰！……”满屋子的手都拱起来，膝关节和腿关节接二连三地屈折，仿佛就要蹲了下去似的。

“这一位就是先前说过的高干亭兄。”老钵指着高老夫子，向毛家的大儿子说。

“哦哦！久仰久仰！……”毛家的大儿子便特别向他连连拱手，并且点头。

这屋子的左边早放好一顶斜摆的方桌，黄三一面招呼客人，一面和一个小鸦头布置着座位和筹马。不多久，每一个桌角上都点起一枝细瘦的洋烛来，他们四人便入座了。

万籁无声。只有打出来的骨牌拍在紫檀桌面上的声音，在初夜的寂静中清彻地作响。

高老夫子的牌风并不坏，但他总还抱着什么不平。他本来是什么都容易忘记的，惟独这一回，却总以为世风有些可虑；虽然面前的筹马渐渐增加了，也还不很能够使他舒适，使他乐观。但时移俗易，世风也终究觉得好了起来；不过其时很晚，已经在打完第二圈，他快要凑成“清一色”的时候了。

一九二五年五月一日。

孤独者

一

我和魏连殳相识一场，回想起来倒也别致，竟是以送殓始，以送殓终。

那时我在 S 城，就时时听到人们提起他的名字，都说他很有些古怪：所学的是动物学，却到中学堂去做历史教员；对人总是爱理不理的，却常喜欢管别人的闲事；常说家庭应该破坏，一领薪水却一定立即寄给他的祖母，一日也不拖延。此外还有许多零碎的话柄：总之，在 S 城里也算是一个给人当作谈助的人。有一年的秋天，我在寒石山的一个亲戚家里闲住；他们就姓魏，是连殳的本家。但他们却更不明白他，仿佛将他当作一个外国人看待，说是“同我们都异样的”。

这也不足为奇，中国的兴学虽说已经二十年了，寒石山却连小学也没有。全山村中，只有连殳是出外游学的学生，所以从村人看来，他确是一个异类；但也很妒羡，说他挣得许多钱。

到秋末，山村中痢疾流行了；我也自危，就想回到城中去。那时听说连殳的祖母就染了病，因为是老年，所以很沉重；山中又没有一个医生。所谓他的家属者，其实就只有一个这祖母，雇一名女工简单地过活；他幼小失了父母，就由这祖母抚养成人的。听说她先前也曾经吃过许多苦，现在可是安乐了。但因为他没有家小，家中究竟非常寂寞，这大概也就是大家所谓异样之一端罢。

寒石山离城是旱道一百里，水道七十里，专使人叫连殳去，往返至少就得四天。山村僻陋，这些事便算大家都要打听的大新闻，第二天便轰传她病势已经极重，专差也出发了；可是到四更天竟咽了气，最后的话，是："为什么不肯给我会一会连殳的呢？……"

族长，近房，他的祖母的母家的亲丁，闲人，聚集了一屋子，豫计连殳的到来，应该已是入殓的时候了。寿材寿衣早已做成，都无须筹画；他们的第一大问题是在怎样对付这"承重孙"，因为逆料他关于一切丧葬仪式，是一定要改变新花样的。聚议之后，大概商定了三大条件，要他必行。一是穿白，二是跪拜，三是请和尚道士做法事。总而言之是：全都照旧。

他们既经议妥，便约定在连殳到家的那一天，一同聚在厅前，排成阵势，互相策应，并力作一回极严厉的谈判。村人们都咽着唾沫，新奇地听候消息；他们知道连殳是"吃洋教"的"新党"，向来就不讲什么道理，两面的争斗，大约总要开始的，或者还会酿成一种出人意外的奇观。

传说连殳的到家是下午，一进门，向他祖母的灵前只是弯了一弯腰。族长们便立刻照豫定计画进行，将他叫到大厅上，先说过一大篇冒头，然后引入本题，而且大家此唱彼和，七嘴八舌，使他得不到辩驳的机会。但终于话都说完了，沉默充满了全厅，人们全数悚然地紧看着他的嘴。只见连殳神色也不动，简单地回答道：

"都可以的。"

这又很出于他们的意外，大家的心的重担都放下了，但又似乎反加重，觉得太“异样”，倒很有些可虑似的。打听新闻的村人们也很失望，口口相传道，“奇怪！他说‘都可以’哩！我们看去罢！”都可以就是照旧，本来是无足观了，但他们也还要看，黄昏之后，便欣欣然聚满了一堂前。

我也是去看的一个，先送了一份香烛；待到走到他家，已见连殳在给死者穿衣服了。原来他是一个短小瘦削的人，长方脸，蓬松的头发和浓黑的须眉占了一脸的小半，只见两眼在黑气里发光。那穿衣也穿得真好，井井有条，仿佛是一个大殓的专家，使旁观者不觉叹服。寒石山老例，当这些时候，无论如何，母家的亲丁是总要挑剔的；他却只是默默地，遇见怎么挑剔便怎么改，神色也不动。站在我前面的一个花白头发的老太太，便发出羡慕感叹的声音。

其次是拜；其次是哭，凡女人们都念念有词。其次入棺；其次又是拜；又是哭，直到钉好了棺盖。沉静了一瞬间，大家忽而扰动了，很有惊异和不满的形势。我也不由的突然觉到：连殳就始终没有落过一滴泪，只坐在草荐上，两眼在黑气里闪闪地发光。

大殓便在这惊异和不满的空气里面完毕。大家都怏怏地，似乎想走散，但连殳却还坐在草荐上沉思。忽然，他流下泪来了，接着就失声，立刻又变成长嚎，像一匹受伤的狼，当深夜在旷野中嗥叫，惨伤里夹杂着愤怒和悲哀。这模样，是老例上所没有的，先前也未曾豫防到，大家都手足无措了，迟疑了一会，就有几个人上前去劝止他，愈去愈多，终于挤成一大堆。但他却只是兀坐着号咷，铁塔似的动也不动。

大家又只得无趣地散开；他哭着，哭着，约有半点钟，这才突然停了下来，也不向吊客招呼，径自往家里走。接着就有前去窥探的人来报告：他走进他祖母的房里，躺在床上，而且，似乎就睡熟了。

隔了两日，是我要动身回城的前一天，便听到村人都遭了魔似的发议论。说连殳要将所有的器具大半烧给他祖母，余下的便分赠生时侍奉，死时送终的女工，并且连房屋也要无期地借给她居住了。亲戚本家都说到舌敝唇焦，也终于阻当不住。

恐怕大半也还是因为好奇心，我归途中经过他家的门口，便又顺便去吊慰。他穿了毛边的白衣出见，神色也还是那样，冷冷的。我很劝慰了一番；他却除了唯唯诺诺之外，只回答了一句话，是：

"多谢你的好意。"

二

我们第三次相见就在这年的冬初，S 城的一个书铺子里，大家同时点了一点头，总算是认识了。但使我们接近起来的，是在这年底我失了职业之后。从此，我便常常访问连殳去。一则，自然是因为无聊赖；二则，因为听人说，他倒很亲近失意的人的。虽然素性这么冷。但是世事升沉无定，失意人也不会长是失意人，所以他也就很少长久的朋友。这传说果然不虚，我一投名片，他便接见了。两间连通的客厅，并无什么陈设，不过是桌椅之外，排列些书架，大家虽说他是一个可怕的"新党"，架上却不很有新书。他已经知道我失了职业；但套话一说就完，主客便只好默默地相对，逐渐沉闷起来。我只见他很快地吸完一支烟，烟蒂要烧着手指了，才抛在地面上。

"吸烟罢。"他伸手取第二支烟时，忽然说。

我便也取了一支，吸着，讲些关于教书和书籍的，但也还觉得沉闷。我正想走时，门外一阵喧嚷和脚步声，四个男女孩子闯进来了。大的八九岁，小的四五岁，手脸和衣服都很脏，而且丑得可以。但是连殳的眼里却即刻发出欢喜的光来了，连忙站起，向客厅间壁的房里走，一面说道：

“大良，二良，都来！你们昨天要的口琴，我已经买来了。”

孩子们便跟着一齐拥进去，立刻又各人吹着一个口琴一拥而出，一出客厅门，不知怎的便打将起来。有一个哭了。

“一人一个，都一样的。不要争呵！”他还跟在后面嘱咐。

“这么多的一群孩子都是谁呢？”我问。

“是房主人的。他们都没有母亲，只有一个祖母。”

“房东只一个人么？”

“是的。他的妻子大概死了三四年了罢，没有续娶。——否则，便要不肯将余屋租给我似的单身人。”他说着，冷冷地微笑了。

我很想问他何以至今还是单身，但因为不很熟，终于不好开口。

只要和连殳一熟识，是很可以谈谈的。他议论非常多，而且往往颇奇警。使人不耐的倒是他的有些来客，大抵是读过《沉沦》的罢，时常自命为“不幸的青年”或是“零余者”，螃蟹一般懒散而骄傲地堆在大椅子上，一面唉声叹气，一面皱着眉头吸烟。还有那房主的孩子们，总是互相争吵，打翻碗碟，硬讨点心，乱得人头昏。但连殳一见他们，却再不像平时那样的冷冷的了，看得比自己的性命还宝贵。听说有一回，三良发了红斑痧，竟急得他脸上的黑气愈见其黑了；不料那病是轻的，于是后来便被孩子们的祖母传作笑柄。

“孩子总是好的。他们全是天真……。”他似乎也觉得我有些不耐烦了，有一天特地乘机对我说。

“那也不尽然。”我只是随便回答他。

“不。大人的坏脾气，在孩子们是没有的。后来的坏，如你平日所攻击的坏，那是环境教坏的。原来却并不坏，天真……。我以为中国的可以希望，只在这一点。”

“不。如果孩子中没有坏根苗，大起来怎么会有坏花果？譬如一粒种子，正因为内中本含有枝叶花果的胚，长大时才能够发出这些东西来。何尝是无端……。”我因为闲着无事，便也如大人先生们一下野，就要吃素谈禅一样，正在看佛经。佛理自然是并不懂得的，但竟也不自检点，一味任意地说。

然而连殳气忿了，只看了我一眼，不再开口。我也猜不出他是无话可说呢，还是不屑辩。但见他又显出许久不见的冷冷的态度来，默默地连吸了两支烟；待到他再取第三支时，我便只好逃走了。

这仇恨是历了三月之久才消释的。原因大概是一半因为忘却，一半则他自己竟也被“天真”的孩子所仇视了，于是觉得我对于孩子的冒渎的话倒也情有可原。但这不过是我的推测。其时是在我的寓里的酒后，他似乎微露悲哀模样，半仰着头道：

“想起来真觉得有些奇怪。我到你这里来时，街上看见一个很小的小孩，拿了一片芦叶指着我道：杀！他还不很能走路……。”

“这是环境教坏的。”

我即刻很后悔我的话。但他却似乎并不介意，只竭力地喝酒，其间又竭力地吸烟。

“我倒忘了，还没有问你，”我便用别的话来支梧，“你是不大访问人的，怎么今天有这兴致来走走呢？我们相识有一年多了，你到我这里来却还是第一回。”

“我正要告诉你呢：你这几天切莫到我寓里来看我了。我的寓里正有很讨厌的一大一小在那里，都不像人！”

“一大一小？这是谁呢？”我有些诧异。

“是我的堂兄和他的小儿子。哈哈，儿子正如老子一般。”

“是上城来看你，带便玩玩的罢？”

“不。说是来和我商量，就要将这孩子过继给我的。”

“呵！过继给你？”我不禁惊叫了，“你不是还没有娶亲么？”

“他们知道我不娶的了。但这都没有什么关系。他们其实是要过继给我那一间寒石山的破屋子。我此外一无所有，你是知道的；钱一到手就花完。只有这一间破屋子。他们父子的一生的事业是在逐出那一个借住着的老女工。”

他那词气的冷峭，实在又使我悚然。但我还慰解他说：

“我看你的本家也还不至于此。他们不过思想略旧一点罢了。譬如，你那年大哭的时候，他们就都热心地围着使劲来劝你……”。

“我父亲死去之后，因为夺我屋子，要我在笔据上画花押，我大哭着的时候，他们也是这样热心地围着使劲来劝我……。”他两眼向上凝视，仿佛要在空中寻出那时的情景来。

“总而言之：关键就全在你没有孩子。你究竟为什么老不结婚的呢？”我忽而寻到了转舵的话，也是久已想问的话，觉得这时是最好的机会了。

他诧异地看着我，过了一会，眼光便移到他自己的膝髁上去了，于是就吸烟，没有回答。

三

但是，虽在这一种百无聊赖的境地中，也还不给连殳安住。渐渐地，小报上有匿名人来攻击他，学界上也常有关于他的流言，可是这已经并非先前似的单是话柄，大概是于他有损的了。我知道这是他近来喜欢发表文章的结果，倒也并不介意。S 城人最不愿意有人发些没有顾忌的议论，一有，一定要暗暗地来叮他，这是向来如此的，连殳自己也知道。但到春天，忽然听说他已被校长辞退了。这却使我觉得有些兀突；其实，这也是向来如此的，不过因为我希望着自己认识的人能够幸免，所以就以为兀突罢了——S 城人倒并非这一回特别恶。

其时我正忙着自己的生计，一面又在接洽本年秋天到山阳去当教员的事，竟没有工夫去访问他。待到有些余暇的时候，离他被辞退那时大约快有三个月了，可是还没有发生访问连殳的意思。有一天，我路过大街，偶然在旧书摊前停留，却不禁使我觉到震悚，因为在那里陈列着的一部汲古阁初印本《史记索隐》，正是连殳的书。他喜欢书，但不是藏书家，这种本子，在他是算作贵重的善本，非万不得已，不肯轻易变卖的。难道他失业刚才两三月，就一贫至此么？虽然他向来一有钱即随手散去，没有什么贮蓄。于是我便决意访问连殳去，顺便在街上买了一瓶烧酒，两包花生米，两个熏鱼头。

他的房门关闭着，叫了两声，不见答应。我疑心他睡着了，更加大声地叫，并且伸手拍着房门。

“出去了罢!”大良们的祖母，那三角眼的胖女人，从对面的窗口探出她花白的头来了，也大声说，不耐烦似的。

“那里去了呢？”我问。

“那里去了？谁知道呢？——他能到那里去呢，你等着就是，一会儿总会回来的。”

我便推开门走进他的客厅去。真是“一日不见，如隔三秋”，满眼是凄凉和空空洞洞，不但器具所余无几了，连书籍也只剩了在S城决没有人会要的几本洋装书。屋中间的圆桌还在，先前曾经常常围绕着忧郁慷慨的青年，怀才不遇的奇士和腌臜吵闹的孩子们的，现在却见得很闲静，只在面上蒙着一层薄薄的灰尘。我就在桌上放了酒瓶和纸包，拖过一把椅子来，靠桌旁对着房门坐下。

的确不过是“一会儿”，房门一开，一个人悄悄地阴影似的进来了，正是连殳。也许是傍晚之故罢，看去仿佛比先前黑，但神情却还是那样。

“阿！你在这里？来得多久了？”他似乎有些喜欢。

“并没有多久。”我说，“你到那里去了？”

“并没有到那里去，不过随便走走。”

他也拖过椅子来。在桌旁坐下；我们便开始喝烧酒，一面谈些关于他的失业的事。但他却不愿意多谈这些；他以为这是意料中的事，也是自己时常遇到的事，无足怪，而且无可谈的。他照例只是一意喝烧酒，并且依然发些关于社会和历史的议论。不知怎地我此时看见空空的书架，也记起汲古阁初印本的《史记索隐》，忽而感到一种淡漠的孤寂和悲哀。

“你的客厅这么荒凉……。近来客人不多了么？”

“没有了。他们以为我心境不佳，来也无意味。心境不佳，实在是可以给人们不舒服的。冬天的公园，就没有人去……。”

他连喝两口酒，默默地想着，突然，仰起脸来看着我问道，“你在图谋的职业也还是毫无把握罢？……”

我虽然明知他已经有些酒意，但也不禁愤然，正想发话，只见他侧耳一听，便抓起一把花生米，出去了。门外是大良们笑嚷的声音。

但他一出去，孩子们的声音便寂然，而且似乎都走了。他还追上去，说些话，却不听得有回答。他也就阴影似的悄悄地回来，仍将一把花生米放在纸包里。

“连我的东西也不要吃了。”他低声，嘲笑似的说。

“连殳，”我很觉得悲凉，却强装着微笑，说，“我以为你太自寻苦恼了。你看得人间太坏……。”

他冷冷的笑了一笑。

“我的话还没有完哩。你对于我们，偶而来访问你的我们，也以为因为闲着无事，所以来你这里，将你当作消遣的资料的罢？”

“并不。但有时也这样想。或者寻些谈资。”

“那你可错误了。人们其实并不这样。你实在亲手造了独头茧，将自己裹在里面了。你应该将世间看得光明些。”我叹惜着说。

“也许如此罢。但是，你说：那丝是怎么来的？——自然，世上也尽有这样的人，譬如，我的祖母就是。我虽然没有分得她的血液，却也许会继承她的运命。然而这也没有什么要紧，我早已豫先一起哭过了……。”

我即刻记起他祖母大殓时候的情景来，如在眼前一样。

“我总不解你那时的大哭……。”于是鹘突地问了。

“我的祖母入殓的时候罢？是的，你不解的。”他一面点灯，一面冷静地说，“你的和我交往，我想，还正因为那时的哭哩。你不知道，这祖母，是我父亲的继母；他的生母，他三岁时候就死去了。”他想着，默默地喝酒，吃完了一个熏鱼头。

“那些往事，我原是不知道的。只是我从小时候就觉得不可解。那时我的父亲还在，家景也还好，正月间一定要悬挂祖像，盛大地供养起来。看着这许多盛装的画像，在我那时似乎是不可多得的眼福。但那时，抱着我的一个女工总指了一幅像说：‘这是你自己的祖母。拜拜罢，保佑你生龙活虎似的大得快。’我真不懂得我明明有着一个祖母，怎么又会有什么‘自己的祖母’来。可是我爱这‘自己的祖母’，她不比家里的祖母一般老；她年青，好看，穿着描金的红衣服，戴着珠冠，和我母亲的像差不多。我看她时，她的眼睛也注视我，而且口角上渐渐增多了笑影：我知道她一定也是极其爱我的。

“然而我也爱那家里的，终日坐在窗下慢慢地做针线的祖母。虽然无论我怎样高兴地在她面前玩笑，叫她，也不能引她欢笑，常使我觉得冷冷地，和别人的祖母们有些不同。但我还爱她。可是到后来，我逐渐疏远她了；这也并非因为年纪大了，已经知道她不是我父亲的生母的缘故，倒是看久了终日终年的做针线；机器似的，自然免不了要发烦。但她却还是先前一样，做针线，管理我，也爱护我，虽然少见笑容，却也不加呵斥。直到我父亲去世，还是这样；后来呢，我们几乎全靠她做针线过活了，自然更这样，直到我进学堂……。”

灯火销沉下去了，煤油已经将涸，他便站起，从书架下摸出一个小小的洋铁壶来添煤油。

“只这一月里，煤油已经涨价两次了……。”他旋好了灯头，慢慢地说。“生活要日见其困难起来。——她后来还是这样，直到我毕业，有了事做，生活比先前安定些；恐怕还直到她生病，实在打熬不住了，只得躺下的时候罢……。

“她的晚年，据我想，是总算不很辛苦的，享寿也不小了，正无须我来下泪。况且哭的人不是多着么？连先前竭力欺凌她的人们也哭，至少是脸上很惨然。哈哈！……可是我那时不知怎地，将她的一生缩在眼前了，亲手造成孤独，又放在嘴里去咀嚼的人的一生。而且觉得这样的人还很多哩。这些人们，就使我要痛哭，但大半也还是因为我那时太过于感情用事……。

“你现在对于我的意见，就是我先前对于她的意见。然而我的那时的意见，其实也不对的。便是我自己，从略知世事起，就的确逐渐和她疏远起来了……。”

他沉默了，指间夹着烟卷，低了头，想着。灯火在微微地发抖。

“呵，人要使死后没有一个人为他哭，是不容易的事呵。”他自言自语似的说；略略一停，便仰起脸来向我道，“想来你也无法可想。我也还得赶紧寻点事情做……。”

“你再没有可托的朋友了么？”我这时正是无法可想，连自己。

“那倒大概还有几个的，可是他们的境遇都和我差不多……。”

我辞别连殳出门的时候，圆月已经升在中天了，是极静的夜。

四

山阳的教育事业的状况很不佳。我到校两月，得不到一文薪水，只得连烟卷也节省起来。但是学校里的人们，虽是月薪十五六元的小职员，也没有一个不是乐天知命的，仗着逐渐打熬成功的铜筋铁骨，面黄肌瘦地从早办公一直到夜，其间看见名位较高的人物，还得恭恭敬敬地站起，实在都是不必“衣食足而知礼节”的人民。我每看见这情状，不知怎的总记起连殳临别托付我的话来。他那时生计更其不堪了，窘相时时显露，看去似乎已没有往时的深沉，知道我就要动身，深夜来访，迟疑了许久，才吞吞吐吐地说道：

“不知道那边可有法子想？——便是钞写，一月二三十块钱的也可以的。我……。”

我很诧异了，还不料他竟肯这样的迁就，一时说不出话来。

“我……，我还得活几天……。”

“那边去看一看，一定竭力去设法罢。”

这是我当日一口承当的答话，后来常常自己听见，眼前也同时浮出连殳的相貌，而且吞吞吐吐地说道“我还得活几天”。到这些时，我便设法向各处推荐一番；但有什么效验呢，事少人多，结果是别人给我几句抱歉的话，我就给他几句抱歉的信。到一学期将完的时候，那情形就更加坏了起来。那地方的几个绅士所办的《学理周报》上，竟开始攻击我了，自然是决不指名的，但措辞很巧妙，使人一见就觉得我是在挑剔学潮，连推荐连殳的事，也算是呼朋引类。

我只好一动不动，除上课之外，便关起门来躲着，有时连烟卷的烟钻出窗隙去，也怕犯了挑剔学潮的嫌疑。连殳的事，自然更是无从说起了。这样地一直到深冬。

下了一天雪，到夜还没有止，屋外一切静极，静到要听出静的声音来。我在小小的灯火光中，闭目枯坐，如见雪花片片飘坠，来增补这一望无际的雪堆；故乡也准备过年了，人们忙得很；我自己还是一个儿童，在后园的平坦处和一伙小朋友塑雪罗汉。雪罗汉的眼睛是用两块小炭嵌出来的，颜色很黑，这一闪动，便变了连殳的眼睛。

“我还得活几天！”仍是这样的声音。

“为什么呢？”我无端地这样问，立刻连自己也觉得可笑了。

这可笑的问题使我清醒，坐直了身子，点起一支烟卷来；推窗一望，雪果然下得更大了。听得有人叩门；不一会，一个人走进来，但是听熟的客寓杂役的脚步。他推开我的房门，交给我一封六寸多长的信，字迹很潦草，然而一瞥便认出“魏缄”两个字，是连殳寄来的。

这是从我离开S城以后他给我的第一封信。我知道他疏懒，本不以杳无消息为奇，但有时也颇怨他不给一点消息。待到接了这信，可又无端地觉得奇怪了，慌忙拆开来，里面也用了一样潦草的字体，写着这样的话：

申飞……。

我称你什么呢？我空着。你自己愿意称什么，你自己添上去罢。我都可以的。

别后共得三信，没有复。这原因很简单：我连买邮票的钱也没有。

你或者愿意知道些我的消息，现在简直告诉你罢：我失败了。先前，我自以为是失败者，现在知道那并不，现在才真是失败者了。先前，还有人愿意我活几天，我自己也还想活几天的时候，活不下去；现在，大可以无须了，然而要活下去……。

然而就活下去么？

愿意我活几天的，自己就活不下去。这人已被敌人诱杀了。谁杀的呢？谁也不知道。

人生的变化多么迅速呵！这半年来，我几乎求乞了，实际，也可以算得已经求乞。然而我还有所为，我愿意为此求乞，为此冻馁，为此寂寞，为此辛苦。但灭亡是不愿意的。你看，有一个愿意我活几天的，那力量就这么大。然而现在是没有了，连这一个也没有了。同时，我自己也觉得不配活下去；别人呢？也不配的。同时，我自己又觉得偏要为不愿意我活下去的人们而活下去；好在愿意我好好地活下去的已经没有了，再没有谁痛心。使这样的人痛心，我是不愿意的。然而现在是没有了，连这一个也没有了。快活极了，舒服极了；我已经躬行我先前所憎恶，所反对的一切，拒斥我先前所崇仰，所主张的一切了。我已经真的失败，——然而我胜利了。

你以为我发了疯么？你以为我成了英雄或伟人了么？不，不的。这事情很简单：我近来已经做了杜师长的顾问，每月的薪水就有现洋八十元了。

申飞……。

你将以我为什么东西呢，你自己定就是，我都可以的。

你大约还记得我旧时的客厅罢，我们在城中初见和将别时候的客厅。现在我还用着这客厅。这里有新的宾客，新的馈赠，新的颂扬，新的钻营，新的磕头和打拱，新的打牌和猜拳，新的冷眼和恶心，新的失眠和吐血……。

你前信说你教书很不如意。你愿意也做顾问么？可以告诉我，我给你办。其实是做门房也不妨，一样地有新的宾客和新的馈赠，新的颂扬……。

我这里下大雪了。你那里怎样？现在已是深夜，吐了两口血，使我清醒起来。记得你竟从秋天以来陆续给了我三封信，这是怎样的可以惊异的事呵。我必须寄给你一点消息，你或者不至于倒抽一口冷气罢。

此后，我大约不再写信的了，我这习惯是你早已知道的。何时回来呢？倘早，当能相见。——但我想，我们大概究竟不是一路的；那么，请你忘记我罢。我从我的真心感谢你先前常替我筹划生计。但是现在忘记我罢；我现在已经"好"了。

连殳。　十二月十四日。

这虽然并不使我"倒抽一口冷气"，但草草一看之后，又细看了一遍，却总有些不舒服，而同时可又夹杂些快意和高兴；又想，他的生计总算已经不成问题，我的担子也可以放下了，虽然在我这一面始终不过是无法可想。忽而又想写一封信回答他，但又觉得没有话说，于是这意思也立即消失了。

我的确渐渐地在忘却他。在我的记忆中，他的面貌也不再时常出现。但得信之后不到十天，S城的学理七日报社忽然接续着邮寄他们的《学理七日报》来了。我是不大看这些东西的，不过既经寄到，也就随手翻翻。这却使我记起连殳来，因为里面常有关于他的诗文，如《雪夜谒连殳先生》，《连殳顾问高斋雅集》等等；有一回，《学理闲谭》里还津津地叙述他先前所被传为笑柄的事，称作"逸闻"，言外大有"且夫非常之人，必能行非常之事"的意思。

不知怎地虽然因此记起，但他的面貌却总是逐渐模胡；然而又似乎和我日加密切起来，往往无端感到一种连自己也莫明其妙的不安和极轻微的震颤。幸而到了秋季，这《学理七日报》就不寄来了；山阳的《学理周刊》上却又按期登起一篇长论文：《流言即事实论》。里面还说，关于某君们的流言，已在公正士绅间盛传了。这是专指几个人的，有我在内；我只好极小心，照例连吸烟卷的烟也谨防飞散。小心是一种忙的苦痛，因此会百事俱废，自然也无暇记得连殳。总之：我其实已经将他忘却了。

但我也终于敷衍不到暑假，五月底，便离开了山阳。

五

从山阳到历城，又到太谷，一总转了大半年，终于寻不出什么事情做，我便又决计回 S 城去了。到时是春初的下午，天气欲雨不雨，一切都罩在灰色中；旧寓里还有空房，仍然住下。在道上，就想起连殳的了，到后，便决定晚饭后去看他。我提着两包闻喜名产的煮饼，走了许多潮湿的路，让道给许多拦路高卧的狗，这才总算到了连殳的门前。里面仿佛特别明亮似的。我想，一做顾问，连寓里也格外光亮起来了，不觉在暗中一笑。但仰面一看，门旁却白白的，分明帖着一张斜角纸。我又想，大良们的祖母死了罢；同时也跨进门，一直向里面走。

微光所照的院子里，放着一具棺材，旁边站一个穿军衣的兵或是马弁①，还有一个和他谈话的，看时却是大良的祖母；另外还闲站着几个短衣的粗人。我的心即刻跳起来了。她也转

① 旧时军官的护兵。

过脸来凝视我。

“阿呀！您回来了？何不早几天……”她忽而大叫起来。

“谁……谁没有了？”我其实是已经大概知道的了，但还是问。

“魏大人，前天没有的。”

我四顾，客厅里暗沉沉的，大约只有一盏灯；正屋里却挂着白的孝帏，几个孩子聚在屋外，就是大良二良们。

“他停在那里，”大良的祖母走向前，指着说，“魏大人恭喜之后，我把正屋也租给他了；他现在就停在那里。”

孝帏上没有别的，前面是一张条桌，一张方桌；方桌上摆着十来碗饭菜。我刚跨进门，当面忽然现出两个穿白长衫的来拦住了，瞪了死鱼似的眼睛，从中发出惊疑的光来，钉住了我的脸。我慌忙说明我和连殳的关系，大良的祖母也来从旁证实，他们的手和眼光这才逐渐弛缓下去，默许我近前去鞠躬。

我一鞠躬，地下忽然有人呜呜的哭起来了，定神看时，一个十多岁的孩子伏在草荐上，也是白衣服，头发剪得很光的头上还络着一大绺苎麻丝。

我和他们寒暄后，知道一个是连殳的从堂兄弟，要算最亲的了；一个是远房侄子。我请求看一看故人，他们却竭力拦阻，说是“不敢当”的。然而终于被我说服了，将孝帏揭起。

这回我会见了死的连殳。但是奇怪！他虽然穿一套皱的短衫裤，大襟上还有血迹，脸上也瘦削得不堪，然而面目却还是先前那样的面目，宁静地闭着嘴，合着眼，睡着似的，几乎要使我伸手到他鼻子前面，去试探他可是其实还在呼吸着。

一切是死一般静，死的人和活的人。我退开了，他的从堂兄弟却又来周旋，说“舍弟”正在年富力强，前程无限的时候，竟遽尔“作古”了，这不但是“衰宗”不幸，也太使朋友伤心。言外颇有替连殳道歉之意；这样地能说，在山乡中人是少有的。但此后也就沉默了，一切是死一般静，死的人和活的人。

我觉得很无聊，怎样的悲哀倒没有，便退到院子里，和大良们的祖母闲谈起来。知道入殓的时候是临近了，只待寿衣送到；钉棺材钉时，“子午卯酉”四生肖是必须躲避的。她谈得高兴了，说话滔滔地泉流似的涌出，说到他的病状，说到他生时的情景，也带些关于他的批评。

“你可知道魏大人自从交运之后，人就和先前两样了，脸也抬高起来，气昂昂的。对人也不再先前那么迂。你知道，他先前不是像一个哑子，见我是叫老太太的么？后来就叫‘老家伙’。唉唉，真是有趣。人送他仙居术①，他自己是不吃的，就摔在院子里，——就是这地方，——叫道，‘老家伙，你吃去罢。’他交运之后，人来人往，我把正屋也让给他住了，自己便搬在这厢房里。他也真是一走红运，就与众不同，我们就常常这样说笑。要是你早来一个月，还赶得上看这里的热闹，三日两头的猜拳行令，说的说，笑的笑，唱的唱，做诗的做诗，打牌的打牌……。

“他先前怕孩子们比孩子们见老子还怕，总是低声下气的。近来可也两样了，能说能闹，我们的大良们也很喜欢和他玩，一有空，便都到他的屋里去。他也用种种方法逗着玩；要他买东西，他就要孩子装一声狗叫，或者磕一个响头。哈哈，真是过得热闹。前两月二良要他买鞋，还磕了三个响头哩，哪，现在还穿着，没有破呢。”

① 药用植物白术。

一个穿白长衫的人出来了，她就住了口。我打听连殳的病症，她却不大清楚，只说大约是早已瘦了下去的罢，可是谁也没理会，因为他总是高高兴兴的。到一个多月前，这才听到他吐过几回血，但似乎也没有看医生；后来躺倒了；死去的前三天，就哑了喉咙，说不出一句话。十三大人从寒石山路远迢迢地上城来，问他可有存款，他一声也不响。十三大人疑心他装出来的，也有人说有些生痨病死的人是要说不出话来的，谁知道呢……。

"可是魏大人的脾气也太古怪，"她忽然低声说，"他就不肯积蓄一点，水似的化钱。十三大人还疑心我们得了什么好处。有什么屁好处呢？他就冤里冤枉胡里胡涂地化掉了。譬如买东西，今天买进，明天又卖出，弄破，真不知道是怎么一回事。待到死了下来，什么也没有，都糟掉了。要不然，今天也不至于这样地冷静……。

"他就是胡闹，不想办一点正经事。我是想到过的，也劝过他。这么年纪了，应该成家；照现在的样子，结一门亲很容易；如果没有门当户对的，先买几个姨太太也可以：人是总应该像个样子的。可是他一听到就笑起来，说道，'老家伙，你还是总替别人惦记着这等事么？'你看，他近来就浮而不实，不把人的好话当好话听。要是早听了我的话，现在何至于独自冷清清地在阴间摸索，至少，也可以听到几声亲人的哭声……。"

一个店伙背了衣服来了。三个亲人便检出里衣，走进帏后去。不多久，孝帏揭起了，里衣已经换好，接着是加外衣。这很出我意外，一条土黄的军裤穿上了，嵌着很宽的红条，其次穿上去的是军衣，金闪闪的肩章，也不知道是什么品级，那里来的品级。到入棺，是连殳很不妥帖地躺着，脚边放一双黄皮鞋，腰边放一柄纸糊的指挥刀，骨瘦如柴的灰黑的脸旁，是一顶金边的军帽。

三个亲人扶着棺沿哭了一场，止哭拭泪；头上络麻线的孩子退出去了，三良也避去，大约都是属“子午卯酉”之一的。

粗人扛起棺盖来，我走近去最后看一看永别的连殳。

他在不妥帖的衣冠中，安静地躺着，合了眼，闭着嘴，口角间仿佛含着冰冷的微笑，冷笑着这可笑的死尸。

敲钉的声音一响，哭声也同时迸出来。这哭声使我不能听完，只好退到院子里；顺脚一走，不觉出了大门了。潮湿的路极其分明，仰看太空，浓云已经散去，挂着一轮圆月，散出冷静的光辉。

我快步走着，仿佛要从一种沉重的东西中冲出，但是不能够。耳朵中有什么挣扎着，久之，久之，终于挣扎出来了，隐约像是长嗥，像一匹受伤的狼，当深夜在旷野中嗥叫，惨伤里夹杂着愤怒和悲哀。

我的心地就轻松起来，坦然地在潮湿的石路上走，月光底下。

一九二五年十月十七日毕。

伤 逝

——涓生的手记

如果我能够，我要写下我的悔恨和悲哀，为子君，为自己。

会馆里的被遗忘在偏僻里的破屋是这样地寂静和空虚。时光过得真快，我爱子君，仗着她逃出这寂静和空虚，已经满一年了。事情又这么不凑巧，我重来时，偏偏空着的又只有这一间屋。依然是这样的破窗，这样的窗外的半枯的槐树和老紫藤，这样的窗前的方桌，这样的败壁，这样的靠壁的板床。深夜中独自躺在床上，就如我未曾和子君同居以前一般，过去一年中的时光全被消灭，全未有过，我并没有曾经从这破屋子搬出，在吉兆胡同创立了满怀希望的小小的家庭。

不但如此。在一年之前，这寂静和空虚是并不这样的，常常含着期待；期待子君的到来。在久待的焦躁中，一听到皮鞋的高低尖触着砖路的清响，是怎样地使我骤然生动起来呵！于是就看见带着笑涡的苍白的圆脸，苍白的瘦的臂膊，布的有条纹的衫子，玄色的裙。她又带了窗外的半枯的槐树的新叶来，使我看见，还有挂在铁似的老干上的一房一房的紫白的藤花。

然而现在呢，只有寂静和空虚依旧，子君却决不再来了，而且永远，永远地！……

子君不在我这破屋里时，我什么也看不见。在百无聊赖中，随手抓过一本书来，科学也好，文学也好，横竖什么都一样；看下去，看下去，忽而自己觉得，已经翻了十多页了，但是毫不记得书上所说的事。只是耳朵却分外地灵，仿佛听到大门外一切往来的履声，从中便有子君的，而且橐橐地逐渐临近，——但是，往往又逐渐渺茫，终于消失在别的步声的杂沓中了。我憎恶那不像子君鞋声的穿布底鞋的长班的儿子，我憎恶那太像子君鞋声的常常穿着新皮鞋的邻院的搽雪花膏的小东西！

莫非她翻了车么？莫非她被电车撞伤了么？……

我便要取了帽子去看她，然而她的胞叔就曾经当面骂过我。

蓦然，她的鞋声近来了，一步响于一步，迎出去时，却已经走过紫藤棚下，脸上带着微笑的酒涡。她在她叔子的家里大约并未受气；我的心宁帖了，默默地相视片时之后，破屋里便渐渐充满了我的语声，谈家庭专制，谈打破旧习惯，谈男女平等，谈伊孛生，谈泰戈尔，谈雪莱……。她总是微笑点头，两眼里弥漫着稚气的好奇的光泽。壁上就钉着一张铜板的雪莱半身像，是从杂志上裁下来的，是他的最美的一张像。当我指给她看时，她却只草草一看，便低了头，似乎不好意思了。这些地方，子君就大概还未脱尽旧思想的束缚，——我后来也想，倒不如换一张雪莱淹死在海里的记念像或是伊孛生的罢；但也终于没有换；现在是连这一张也不知那里去了。

"我是我自己的，他们谁也没有干涉我的权利！"

这是我们交际了半年，又谈起她在这里的胞叔和在家的父亲时，她默想了一会之后，分明地，坚决地，沉静地说了出来的话。其时是我已经说尽了我的意见，我的身世，我的缺点，很少隐瞒；她也完全了解的了。这几句话很震动了我的灵魂，此后许多天还在耳中发响，而且说不出的狂喜，知道中国女性，并不如厌世家所说那样的无法可施，在不远的将来，便要看见辉煌的曙色的。

送她出门，照例是相离十多步远；照例是那鲇鱼须的老东西的脸又紧帖在脏的窗玻璃上了，连鼻尖都挤成一个小平面；到外院，照例又是明晃晃的玻璃窗里的那小东西的脸，加厚的雪花膏。她目不邪视地骄傲地走了，没有看见；我骄傲地回来。

"我是我自己的，他们谁也没有干涉我的权利！"这彻底的思想就在她的脑里，比我还透澈，坚强得多。半瓶雪花膏和鼻尖的小平面，于她能算什么东西呢？

我已经记不清那时怎样地将我的纯真热烈的爱表示给她。岂但现在，那时的事后便已模胡，夜间回想，早只剩了一些断片了；同居以后一两月，便连这些断片也化作无可追踪的梦影。我只记得那时以前的十几天，曾经很仔细地研究过表示的态度，排列过措辞的先后，以及倘或遭了拒绝以后的情形。可是临时似乎都无用，在慌张中，身不由己地竟用了在电影上见过的方法了。后来一想到，就使我很愧恧，但在记忆上却偏只有这一点永远留遗，至今还如暗室的孤灯一般，照见我含泪握着她的手，一条腿跪了下去……。

不但我自己的，便是子君的言语举动，我那时就没有看得分明；仅知道她已经允许我了。但也还仿佛记得她脸色变成青白，后来又渐渐转作绯红，——没有见过，也没有再见的绯红；孩子似的眼里射出悲喜，但是夹着惊疑的光，虽然力避我的视线，张皇地似乎要破窗飞去。然而我知道她已经允许我了，没有知道她怎样说或是没有说。

她却是什么都记得：我的言辞，竟至于读熟了的一般，能够滔滔背诵；我的举动，就如有一张我所看不见的影片挂在眼下，叙述得如生，很细微，自然连那使我不愿再想的浅薄的电影的一闪。夜阑人静，是相对温习的时候了，我常是被质问，被考验，并且被命复述当时的言语，然而常须由她补足，由她纠正，像一个丁等的学生。

这温习后来也渐渐稀疏起来。但我只要看见她两眼注视空中，出神似的凝想着，于是神色越加柔和，笑窝也深下去，便知道她又在自修旧课了，只是我很怕她看到我那可笑的电影的一闪。但我又知道，她一定要看见，而且也非看不可的。

然而她并不觉得可笑。即使我自己以为可笑，甚而至于可鄙的，她也毫不以为可笑。这事我知道得很清楚，因为她爱我，是这样地热烈，这样地纯真。

去年的暮春是最为幸福，也是最为忙碌的时光。我的心平静下去了，但又有别一部分和身体一同忙碌起来。我们这时才在路上同行，也到过几回公园，最多的是寻住所。我觉得在路上时时遇到探索，讥笑，猥亵和轻蔑的眼光，一不小心，便使我的全身有些瑟缩，只得即刻提起我的骄傲和反抗来支持。她却是大无畏的，对于这些全不关心，只是镇静地缓缓前行，坦然如入无人之境。

寻住所实在不是容易事，大半是被托辞拒绝，小半是我们以为不相宜。起先我们选择得很苛酷，——也非苛酷，因为看去大抵不像是我们的安身之所；后来，便只要他们能相容了。看了二十多处，这才得到可以暂且敷衍的处所，是吉兆胡同一所小屋里的两间南屋；主人是一个小官，然而倒是明白人，自住着正屋和厢房。他只有夫人和一个不到周岁的女孩子，雇一个乡下的女工，只要孩子不啼哭，是极其安闲幽静的。

我们的家具很简单，但已经用去了我的筹来的款子的大半；子君还卖掉了她惟一的金戒指和耳环。我拦阻她，还是定要卖，我也就不再坚持下去了；我知道不给她加入一点股份去，她是住不舒服的。

和她的叔子，她早经闹开，至于使他气愤到不再认她做侄女；我也陆续和几个自以为忠告，其实是替我胆怯，或者竟是嫉妒的朋友绝了交。然而这倒很清静。每日办公散后，虽然已近黄昏，车夫又一定走得这样慢，但究竟还有二人相对的时候。我们先是沉默的相视，接着是放怀而亲密的交谈，后来又是沉默。大家低头沉思着，却并未想着什么事。我也渐渐清醒地读遍了她的身体，她的灵魂，不过三星期，我似乎于她已经更加了解，揭去许多先前以为了解而现在看来却是隔膜，即所谓真的隔膜了。

子君也逐日活泼起来。但她并不爱花，我在庙会时买来的两盆小草花，四天不浇，枯死在壁角了；我又没有照顾一切的闲暇。然而她爱动物，也许是从官太太那里传染的罢，不一月，我们的眷属便骤然加得很多，四只小油鸡，在小院子里和房主人的十多只在一同走。但她们却认识鸡的相貌，各知道那一只是自家的。还有一只花白的叭儿狗，从庙会买来，记得似乎原有名字，子君却给他另起了一个，叫作阿随。我就叫它阿随，但我不喜欢这名字。

这是真的，爱情必须时时更新，生长，创造。我和子君说起这，她也领会地点点头。

唉唉，那是怎样的宁静而幸福的夜呵！

安宁和幸福是要凝固的，永久是这样的安宁和幸福。我们在会馆里时，还偶有议论的冲突和意思的误会，自从到吉兆胡同以来，连这一点也没有了；我们只在灯下对坐的怀旧谭中，回味那时冲突以后的和解的重生一般的乐趣。

子君竟胖了起来，脸色也红活了；可惜的是忙。管了家务便连谈天的工夫也没有。何况读书和散步。我们常说，我们总还得雇一个女工。

这就使我也一样地不快活，傍晚回来，常见她包藏着不快活的颜色，尤其使我不乐的是她要装作勉强的笑容。幸而探听出来了，也还是和那小官太太的暗斗，导火线便是两家的小油鸡。但又何必硬不告诉我呢？人总该有一个独立的家庭。这样的处所，是不能居住的。

我的路也铸定了，每星期中的六天，是由家到局，又由局到家。在局里便坐在办公桌前钞，钞，钞些公文和信件；在家里是和她相对或帮她生白炉子，煮饭，蒸馒头。我的学会了煮饭，就在这时候。

但我的食品却比在会馆里时好得多了。做菜虽不是子君的特长，然而她于此却倾注着全力；对于她的日夜的操心，使我也不能不一同操心，来算作分甘共苦。况且她又这样地终日汗流满面，短发都粘在脑额上；两只手又只是这样地粗糙起来。

况且还要饲阿随，饲油鸡，……都是非她不可的工作。

我曾经忠告她：我不吃，倒也罢了；却万不可这样地操劳。她只看了我一眼，不开口，神色却似乎有点凄然；我也只好不开口。然而她还是这样地操劳。

我所豫期的打击果然到来。双十节的前一晚，我呆坐着，她在洗碗。听到打门声，我去开门时，是局里的信差，交给我一张油印的纸条。我就有些料到了，到灯下去一看，果然，印着的就是：

奉

局长谕史涓生着毋庸到局办事

秘书处启　　十月九号

这在会馆里时，我就早已料到了；那雪花膏便是局长的儿子的赌友，一定要去添些谣言，设法报告的。到现在才发生效验，已经要算是很晚的了。其实这在我不能算是一个打击，因为我早就决定，可以给别人去钞写，或者教读，或者虽然费力，也还可以译点书，况且《自由之友》的总编辑便是见过几次的熟人，两月前还通过信。但我的心却跳跃着。那么一个无畏的子君也变了色，尤其使我痛心；她近来似乎也较为怯弱了。

"那算什么。哼，我们干新的。我们……。"她说。

她的话没有说完；不知怎地，那声音在我听去却只是浮浮的；灯光也觉得格外黯淡。人们真是可笑的动物，一点极微末的小事情，便会受着很深的影响。我们先是默默地相视，逐渐商量起来，终于决定将现有的钱竭力节省，一面登"小广告"去寻求钞写和教读，一面写信给《自由之友》的总编辑，说明我目下的遭遇，请他收用我的译本，给我帮一点艰辛时候的忙。

"说做，就做罢！来开一条新的路！"

我立刻转身向了书案，推开盛香油的瓶子和醋碟，子君便送过那黯淡的灯来。我先拟广告；其次是选定可译的书，迁移以来未曾翻阅过，每本的头上都满漫着灰尘了；最后才写信。

我很费踌躇，不知道怎样措辞好，当停笔凝思的时候，转眼去一瞥她的脸，在昏暗的灯光下，又很见得凄然。我真不料这样微细的小事情，竟会给坚决的，无畏的子君以这么显著的变化。她近来实在变得很怯弱了，但也并不是今夜才开始的。我的心因此更缭乱，忽然有安宁的生活的影像——会馆里的破屋的寂静，在眼前一闪，刚刚想定睛凝视，却又看见了昏暗的灯光。

许久之后，信也写成了，是一封颇长的信；很觉得疲劳，仿佛近来自己也较为怯弱了。于是我们决定，广告和发信，就在明日一同实行。大家不约而同地伸直了腰肢，在无言中，似乎又都感到彼此的坚忍崛强的精神，还看见从新萌芽起来的将来的希望。

外来的打击其实倒是振作了我们的新精神。局里的生活，原如鸟贩子手里的禽鸟一般，仅有一点小米维系残生，决不会肥胖；日子一久，只落得麻痹了翅子，即使放出笼外，早已不能奋飞。现在总算脱出这牢笼了，我从此要在新的开阔的天空中翱翔，趁我还未忘却了我的翅子的扇动。

小广告是一时自然不会发生效力的；但译书也不是容易事，先前看过，以为已经懂得的，一动手，却疑难百出了，进行得很慢。然而我决计努力地做，一本半新的字典，不到半月，边上便有了一大片乌黑的指痕，这就证明着我的工作的切实。《自由之友》的总编辑曾经说过，他的刊物是决不会埋没好稿子的。

可惜的是我没有一间静室，子君又没有先前那么幽静，善于体贴了，屋子里总是散乱着碗碟，弥漫着煤烟，使人不能安心做事，但是这自然还只能怨我自己无力置一间书斋。然而又加以阿随，加以油鸡们。加以油鸡们又大起来了，更容易成为两家争吵的引线。

加以每日的“川流不息”的吃饭；子君的功业，仿佛就完全建立在这吃饭中。吃了筹钱，筹来吃饭，还要喂阿随，饲油鸡；她似乎将先前所知道的全都忘掉了，也不想到我的构思就常常为了这催促吃饭而打断。即使在坐中给看一点怒色，她总是不改变，仍然毫无感触似的大嚼起来。

使她明白了我的做工不能受规定的吃饭的束缚，就费去五星期。她明白之后，大约很不高兴罢，可是没有说。我的工作果然从此较为迅速地进行，不久就共译了五万言，只要润色一回，便可以和做好的两篇小品，一同寄给《自由之友》去。只是吃饭却依然给我苦恼。菜冷，是无妨的，然而竟不够；有时连饭也不够，虽然我因为终日坐在家里用脑，饭量已经比先前要减少得多。这是先去喂了阿随了，有时还并那近来连自己也轻易不吃的羊肉。她说，阿随实在瘦得太可怜，房东太太还因此嗤笑我们了，她受不住这样的奚落。

于是吃我残饭的便只有油鸡们。这是我积久才看出来的，但同时也如赫胥黎的论定“人类在宇宙间的位置”一般，自觉了我在这里的位置：不过是叭儿狗和油鸡之间。

后来，经多次的抗争和催逼，油鸡们也逐渐成为肴馔，我们和阿随都享用了十多日的鲜肥；可是其实都很瘦，因为他们早已每日只能得到几粒高粱了。从此便清静得多。只有子君很颓唐，似乎常觉得凄苦和无聊，至于不大愿意开口。我想，人是多么容易改变呵！

但是阿随也将留不住了。我们已经不能再希望从什么地方会有来信，子君也早没有一点食物可以引它打拱或直立起来。

冬季又逼近得这么快，火炉就要成为很大的问题；它的食量，在我们其实早是一个极易觉得的很重的负担。于是连它也留不住了。

倘使插了草标到庙市去出卖，也许能得几文钱罢，然而我们都不能，也不愿这样做。终于是用包袱蒙着头，由我带到西郊去放掉了，还要追上来，便推在一个并不很深的土坑里。

我一回寓，觉得又清净得多多了；但子君的凄惨的神色，却使我很吃惊。那是没有见过的神色，自然是为阿随。但又何至于此呢？我还没有说起推在土坑里的事。

到夜间，在她的凄惨的神色中，加上冰冷的分子了。

“奇怪。——子君，你怎么今天这样儿了？”我忍不住问。

“什么？”她连看也不看我。

“你的脸色……。”

“没有什么，——什么也没有。”

我终于从她言动上看出，她大概已经认定我是一个忍心的人。其实，我一个人，是容易生活的，虽然因为骄傲，向来不与世交来往，迁居以后，也疏远了所有旧识的人，然而只要能远走高飞，生路还宽广得很。现在忍受着这生活压迫的苦痛，大半倒是为她，便是放掉阿随，也何尝不如此。但子君的识见却似乎只是浅薄起来，竟至于连这一点也想不到了。

我拣了一个机会，将这些道理暗示她；她领会似的点头。然而看她后来的情形，她是没有懂，或者是并不相信的。

天气的冷和神情的冷，逼迫我不能在家庭中安身。但是，往那里去呢？大道上，公园里，虽然没有冰冷的神情，冷风究竟也刺得人皮肤欲裂。我终于在通俗图书馆里觅得了我的天堂。

那里无须买票；阅书室里又装着两个铁火炉。纵使不过是烧着不死不活的煤的火炉，但单是看见装着它，精神上也就总觉得有些温暖。书却无可看：旧的陈腐，新的是几乎没有的。

好在我到那里去也并非为看书。另外时常还有几个人，多则十余人，都是单薄衣裳，正如我，各人看各人的书，作为取暖的口实。这于我尤为合式。道路上容易遇见熟人，得到轻蔑的一瞥，但此地却决无那样的横祸，因为他们是永远围在别的铁炉旁，或者靠在自家的白炉边的。

那里虽然没有书给我看，却还有安闲容得我想。待到孤身枯坐，回忆从前，这才觉得大半年来，只为了爱，——盲目的爱，——而将别的人生的要义全盘疏忽了。第一，便是生活。人必生活着，爱才有所附丽。世界上并非没有为了奋斗者而开的活路；我也还未忘却翅子的扇动，虽然比先前已经颓唐得多……。

屋子和读者渐渐消失了，我看见怒涛中的渔夫，战壕中的兵士，摩托车①中的贵人，洋场上的投机家，深山密林中的豪杰，讲台上的教授，昏夜的运动者和深夜的偷儿……。子君，——不在近旁。她的勇气都失掉了，只为着阿随悲愤，为着做饭出神；然而奇怪的是倒也并不怎样瘦损……。

冷了起来，火炉里的不死不活的几片硬煤，也终于烧尽了，已是闭馆的时候。又须回到吉兆胡同，领略冰冷的颜色去了。近来也间或遇到温暖的神情，但这却反而增加我的苦痛。记得有一夜，子君的眼里忽而又发出久已不见的稚气的光来，笑着和我谈到还在会馆时候的情形，时时又很带些恐怖的神色。我

① 当时对小汽车的一种叫法。

知道我近来的超过她的冷漠，已经引起她的忧疑来，只得也勉力谈笑，想给她一点慰藉。然而我的笑貌一上脸，我的话一出口，却即刻变为空虚，这空虚又即刻发生反响，回向我的耳目里，给我一个难堪的恶毒的冷嘲。

子君似乎也觉得的，从此便失掉了她往常的麻木似的镇静，虽然竭力掩饰，总还是时时露出忧疑的神色来，但对我却温和得多了。

我要明告她，但我还没有敢，当决心要说的时候，看见她孩子一般的眼色，就使我只得暂且改作勉强的欢容。但是这又即刻来冷嘲我，并使我失却那冷漠的镇静。

她从此又开始了往事的温习和新的考验，逼我做出许多虚伪的温存的答案来，将温存示给她，虚伪的草稿便写在自己的心上。我的心渐被这些草稿填满了，常觉得难于呼吸。我在苦恼中常常想，说真实自然须有极大的勇气的；假如没有这勇气，而苟安于虚伪，那也便是不能开辟新的生路的人。不独不是这个，连这人也未尝有！

子君有怨色，在早晨，极冷的早晨，这是从未见过的，但也许是从我看来的怨色。我那时冷冷地气愤和暗笑了；她所磨炼的思想和豁达无畏的言论，到底也还是一个空虚，而对于这空虚却并未自觉。她早已什么书也不看，已不知道人的生活的第一着是求生，向着这求生的道路，是必须携手同行，或奋身孤往的了，倘使只知道搥着一个人的衣角，那便是虽战士也难于战斗，只得一同灭亡。

我觉得新的希望就只在我们的分离；她应该决然舍去，——我也突然想到她的死，然而立刻自责，忏悔了。幸而是早晨，时间正多，我可以说我的真实。我们的新的道路的开辟，便在这一遭。

我和她闲谈，故意地引起我们的往事，提到文艺，于是涉及外国的文人，文人的作品：《诺拉》，《海的女人》。称扬诺拉的果决……。也还是去年在会馆的破屋里讲过的那些话，但现在已经变成空虚，从我的嘴传入自己的耳中，时时疑心有一个隐形的坏孩子，在背后恶意地刻毒地学舌。

她还是点头答应着倾听，后来沉默了。我也就断续地说完了我的话，连余音都消失在虚空中了。

"是的。"她又沉默了一会，说，"但是，……涓生，我觉得你近来很两样了。可是的？你，——你老实告诉我。"

我觉得这似乎给了我当头一击，但也立即定了神，说出我的意见和主张来：新的路的开辟，新的生活的再造，为的是免得一同灭亡。

临末，我用了十分的决心，加上这几句话：

"……况且你已经可以无须顾虑，勇往直前了。你要我老实说；是的，人是不该虚伪的。我老实说罢：因为，因为我已经不爱你了！但这于你倒好得多，因为你更可以毫无挂念地做事……。"

我同时豫期着大的变故的到来，然而只有沉默。她脸色陡然变成灰黄，死了似的；瞬间便又苏生，眼里也发了稚气的闪闪的光泽。这眼光射向四处，正如孩子在饥渴中寻求着慈爱的母亲，但只在空中寻求，恐怖地回避着我的眼。

我不能看下去了，幸而是早晨，我冒着寒风径奔通俗图书馆。

在那里看见《自由之友》，我的小品文都登出了。这使我一惊，仿佛得了一点生气。我想，生活的路还很多，——但是，现在这样也还是不行的。

我开始去访问久已不相闻问的熟人，但这也不过一两次；他们的屋子自然是暖和的，我在骨髓中却觉得寒冽。夜间，便蜷伏在比冰还冷的冷屋中。

冰的针刺着我的灵魂，使我永远苦于麻木的疼痛。生活的路还很多，我也还没有忘却翅子的扇动，我想。——我突然想到她的死，然而立刻自责，忏悔了。

在通俗图书馆里往往瞥见一闪的光明，新的生路横在前面。她勇猛地觉悟了，毅然走出这冰冷的家，而且，——毫无怨恨的神色。我便轻如行云，漂浮空际，上有蔚蓝的天，下是深山大海，广厦高楼，战场，摩托车，洋场，公馆，晴明的闹市，黑暗的夜……。

而且，真的，我豫感得这新生面便要来到了。

我们总算度过了极难忍受的冬天，这北京的冬天；就如蜻蜓落在恶作剧的坏孩子的手里一般，被系着细线，尽情玩弄，虐待，虽然幸而没有送掉性命，结果也还是躺在地上，只争着一个迟早之间。

写给《自由之友》的总编辑已经有三封信，这才得到回信，信封里只有两张书券：两角的和三角的。我却单是催，就用了九分的邮票，一天的饥饿，又都白挨给于己一无所得的空虚了。

然而觉得要来的事，却终于来到了。

这是冬春之交的事，风已没有这么冷，我也更久地在外面徘徊；待到回家，大概已经昏黑。就在这样一个昏黑的晚上，我照常没精打采地回来，一看见寓所的门，也照常更加丧气，使脚步放得更缓。但终于走进自己的屋子里了，没有灯火；摸火柴点起来时，是异样的寂寞和空虚！

正在错愕中，官太太便到窗外来叫我出去。

"今天子君的父亲来到这里，将她接回去了。"她很简单地说。

这似乎又不是意料中的事，我便如脑后受了一击，无言地站着。

"她去了么？"过了些时，我只问出这样一句话。

"她去了。"

"她，——她可说什么？"

"没说什么。单是托我见你回来时告诉你，说她去了。"

我不信；但是屋子里是异样的寂寞和空虚。我遍看各处，寻觅子君；只见几件破旧而黯淡的家具，都显得极其清疏，在证明着它们毫无隐匿一人一物的能力。我转念寻信或她留下的字迹，也没有；只是盐和干辣椒，面粉，半株白菜，却聚集在一处了，旁边还有几十枚铜元。这是我们两人生活材料的全副，现在她就郑重地将这留给我一个人，在不言中，教我借此去维持较久的生活。

我似乎被周围所排挤，奔到院子中间，有昏黑在我的周围；正屋的纸窗上映出明亮的灯光，他们正在逗着孩子玩笑。我的心也沉静下来，觉得在沉重的迫压中，渐渐隐约地现出脱走的路径；深山大泽，洋场，电灯下的盛筵，壕沟，最黑最黑的深夜，利刃的一击，毫无声响的脚步……。

心地有些轻松，舒展了，想到旅费，并且嘘一口气。

躺着，在合着的眼前经过的豫想的前途，不到半夜已经现尽；暗中忽然仿佛看见一堆食物，这之后，便浮出一个子君的灰黄的脸来，睁了孩子气的眼睛。恳托似的看着我。我一定神，什么也没有了。

但我的心却又觉得沉重。我为什么偏不忍耐几天，要这样急急地告诉她真话的呢？现在她知道，她以后所有的只是她父亲——儿女的债主——的烈日一般的严威和旁人的赛过冰霜的冷眼。此外便是虚空。负着虚空的重担，在严威和冷眼中走着所谓人生的路，这是怎么可怕的事呵！而况这路的尽头，又不过是——连墓碑也没有的坟墓。

我不应该将真实说给子君，我们相爱过，我应该永久奉献她我的说谎。如果真实可以宝贵，这在子君就不该是一个沉重的空虚。谎语当然也是一个空虚，然而临末，至多也不过这样地沉重。

我以为将真实说给子君，她便可以毫无顾虑，坚决地毅然前行，一如我们将要同居时那样。但这恐怕是我错误了。她当时的勇敢和无畏是因为爱。

我没有负着虚伪的重担的勇气，却将真实的重担卸给她了。她爱我之后，就要负了这重担，在严威和冷眼中走着所谓人生的路。

我想到她的死……。我看见我是一个卑怯者，应该被摈于强有力的人们，无论是真实者，虚伪者。然而她却自始至终，还希望我维持较久的生活……。

我要离开吉兆胡同，在这里是异样的空虚和寂寞。我想，只要离开这里，子君便如还在我的身边；至少，也如还在城中，有一天，将要出乎意表地访我，像住在会馆时候似的。

然而一切请托和书信，都是一无反响；我不得已，只好访问一个久不问候的世交去了。他是我伯父的幼年的同窗，以正经出名的拔贡，寓京很久，交游也广阔的。

大概因为衣服的破旧罢，一登门便很遭门房的白眼。好容易才相见，也还相识，但是很冷落。我们的往事，他全都知道了。

“自然，你也不能在这里了，”他听了我托他在别处觅事之后，冷冷地说，“但那里去呢？很难。——你那，什么呢，你的朋友罢，子君，你可知道，她死了。”

我惊得没有话。

“真的？”我终于不自觉地问。

“哈哈。自然真的。我家的王升的家，就和她家同村。”

“但是，——不知道是怎么死的？”

“谁知道呢。总之是死了就是了。”

我已经忘却了怎样辞别他，回到自己的寓所。我知道他是不说谎话的；子君总不会再来的了，像去年那样。她虽是想在严威和冷眼中负着虚空的重担来走所谓人生的路，也已经不能。她的命运，已经决定她在我所给与的真实——无爱的人间死灭了！

自然，我不能在这里了；但是，“那里去呢？”

四围是广大的空虚，还有死的寂静。死于无爱的人们的眼前的黑暗，我仿佛一一看见，还听得一切苦闷和绝望的挣扎的声音。

我还期待着新的东西到来，无名的，意外的。但一天一天，无非是死的寂静。

我比先前已经不大出门，只坐卧在广大的空虚里，一任这死的寂静侵蚀着我的灵魂。死的寂静有时也自己战栗，自己退藏，于是在这绝续之交，便闪出无名的，意外的，新的期待。

一天是阴沉的上午，太阳还不能从云里面挣扎出来，连空气都疲乏着。耳中听到细碎的步声和咻咻的鼻息，使我睁开眼。大致一看，屋子里还是空虚；但偶然看到地面，却盘旋着一匹小小的动物，瘦弱的，半死的，满身灰土的……。

我一细看，我的心就一停，接着便直跳起来。

那是阿随。它回来了。

我的离开吉兆胡同，也不单是为了房主人们和他家女工的冷眼，大半就为着这阿随。但是，“那里去呢？”新的生路自然还很多，我约略知道，也间或依稀看见，觉得就在我面前，然而我还没有知道跨进那里去的第一步的方法。

经过许多回的思量和比较，也还只有会馆是还能相容的地方。依然是这样的破屋，这样的板床，这样的半枯的槐树和紫藤，但那时使我希望，欢欣，爱，生活的，却全都逝去了。只有一个虚空，我用真实去换来的虚空存在。

新的生路还很多，我必须跨进去，因为我还活着。但我还不知道怎样跨出那第一步。有时，仿佛看见那生路就像一条灰白的长蛇，自己蜿蜒地向我奔来，我等着，等着，看看临近，但忽然便消失在黑暗里了。

初春的夜，还是那么长。长久的枯坐中记起上午在街头所见的葬式，前面是纸人纸马，后面是唱歌一般的哭声。我现在已经知道他们的聪明了，这是多么轻松简截的事。

然而子君的葬式却又在我的眼前，是独自负着虚空的重担，在灰白的长路上前行，而又即刻消失在周围的严威和冷眼里了。

我愿意真有所谓鬼魂，真有所谓地狱，那么，即使在孽风怒吼之中，我也将寻觅子君，当面说出我的悔恨和悲哀，祈求她的饶恕；否则，地狱的毒焰将围绕我，猛烈地烧尽我的悔恨和悲哀。

我将在孽风和毒焰中拥抱子君，乞她宽容，或者使她快意……。

但是，这却更虚空于新的生路；现在所有的只是初春的夜，竟还是那么长。我活着，我总得向着新的生路跨出去，那第一步，——却不过是写下我的悔恨和悲哀，为子君，为自己。

我仍然只有唱歌一般的哭声，给子君送葬，葬在遗忘中。

我要遗忘；我为自己，并且要不再想到这用了遗忘给子君送葬。

我要向着新的生路跨进第一步去，我要将真实深深地藏在心的创伤中，默默地前行，用遗忘和说谎做我的前导……。

一九二五年十月二十一日毕。

弟 兄

公益局一向无公可办，几个办事员在办公室里照例的谈家务。秦益堂捧着水烟筒咳得喘不过气来，大家也只得住口。久之，他抬起紫涨着的脸来了，还是气喘吁吁的，说：

“到昨天，他们又打起架来了，从堂屋一直打到门口。我怎么喝也喝不住。”他生着几根花白胡子的嘴唇还抖着。“老三说，老五折在公债票上的钱是不能开公账的，应该自己赔出来……。”

“你看，还是为钱，”张沛君就慷慨地从破的躺椅上站起来，两眼在深眼眶里慈爱地闪烁。“我真不解自家的弟兄何必这样斤斤计较，岂不是横竖都一样？……”

“像你们的弟兄，那里有呢。”益堂说。

“我们就是不计较，彼此都一样。我们就将钱财两字不放在心上。这么一来，什么事也没有了。有谁家闹着要分的，我总是将我们的情形告诉他，劝他们不要计较。益翁也只要对令郎开导开导……。”

“那—里……。”益堂摇头说。

“这大概也怕不成。”汪月生说，于是恭敬地看着沛君的眼，“像你们的弟兄，实在是少有的；我没有遇见过。你们简直是谁也没有一点自私自利的心思，这就不容易……。”

“他们一直从堂屋打到大门口……。”益堂说。

“令弟仍然是忙？……”月生问。

“还是一礼拜十八点钟功课，外加九十三本作文，简直忙不过来。这几天可是请假了，身热，大概是受了一点寒……。”

“我看这倒该小心些，”月生郑重地说，“今天的报上就说，现在时症流行……。”

“什么时症呢？”沛君吃惊了，赶忙地问。

“那我可说不清了。记得是什么热罢。”

沛君迈开步就奔向阅报室去。

“真是少有的，”月生目送他飞奔出去之后，向着秦益堂赞叹着。“他们两个人就像一个人。要是所有的弟兄都这样，家里那里还会闹乱子。我就学不来……。”

“说是折在公债票上的钱不能开公账……。”益堂将纸煤子插在纸煤管子里，恨恨地说。

办公室中暂时的寂静，不久就被沛君的步声和叫听差的声音震破了。他仿佛已经有什么大难临头似的，说话有些口吃了，声音也发着抖。他叫听差打电话给普悌思普大夫，请他即刻到同兴公寓张沛君那里去看病。

月生便知道他很着急，因为向来知道他虽然相信西医，而进款不多，平时也节省，现在却请的是这里第一个有名而价贵的医生。于是迎了出去，只见他脸色青青的站在外面听听差打电话。

“怎么了？”

“报上说……说流行的是猩……猩红热。我我午后来局的时，靖甫就是满脸通红……。已经出门了么？请……请他们打电话找，请他即刻来，同兴公寓，同兴公寓……。”

他听听差打完电话，便奔进办公室，取了帽子。汪月生也代为着急，跟了进去。

“局长来时，请给我请假，说家里有病人，看医生……。”他胡乱点着头，说。

“你去就是。局长也未必来。”月生说。

但是他似乎没有听到，已经奔出去了。

他到路上，已不再较量车价如平时一般，一看见一个稍微壮大，似乎能走的车夫，问过价钱，便一脚跨上车去，道，“好。只要给我快走！”

公寓却如平时一般，很平安，寂静；一个小伙计仍旧坐在门外拉胡琴。他走进他兄弟的卧室，觉得心跳得更利害，因为他脸上似乎见得更通红了，而且发喘。他伸手去一摸他的头，又热得炙手。

“不知道是什么病？不要紧罢？”靖甫问，眼里发出忧疑的光，显系他自己也觉得不寻常了。

“不要紧的，……伤风罢了。”他支梧着回答说。

他平时是专爱破除迷信的，但此时却觉得靖甫的样子和说话都有些不祥，仿佛病人自己就有了什么豫感。这思想更使他不安，立即走出，轻轻地叫了伙计，使他打电话去问医院：可曾找到了普大夫？

“就是啦，就是啦。还没有找到。”伙计在电话口边说。

沛君不但坐不稳，这时连立也不稳了；但他在焦急中，却忽而碰着了一条生路：也许并不是猩红热。然而普大夫没有找到，……同寓的白问山虽然是中医，或者于病名倒还能断定的，但是他曾经对他说过好几回攻击中医的话：况且追请普大夫的电话，他也许已经听到了……。

然而他终于去请白问山。

白问山却毫不介意，立刻戴起玳瑁边墨晶眼镜，同到靖甫的房里来。他诊过脉，在脸上端详一回，又翻开衣服看了胸部，便从从容容地告辞。沛君跟在后面，一直到他的房里。

他请沛君坐下，却是不开口。

"问山兄，舍弟究竟是……？"他忍不住发问了。

"红斑痧。你看他已经'见点'了。"

"那么，不是猩红热？"沛君有些高兴起来。

"他们西医叫猩红热，我们中医叫红斑痧。"

这立刻使他手脚觉得发冷。

"可以医么？"他愁苦地问。

"可以。不过这也要看你们府上的家运。"

他已经胡涂得连自己也不知道怎样竟请白问山开了药方，从他房里走出；但当经过电话机旁的时候，却又记起普大夫来了。他仍然去问医院，答说已经找到了，可是很忙，怕去得晚，须待明天早晨也说不定的。然而他还叮嘱他要今天一定到。

他走进房去点起灯来看，靖甫的脸更觉得通红了，的确还现出更红的点子，眼睑也浮肿起来。他坐着，却似乎所坐的是针毡；在夜的渐就寂静中，在他的翘望中，每一辆汽车的汽笛的呼啸声更使他听得分明，有时竟无端疑为普大夫的汽车，跳起来去迎接。但是他还未走到门口，那汽车却早经驶过去了；惘然地回身，经过院落时，见皓月已经西升，邻家的一株古槐，便投影地上，森森然更来加浓了他阴郁的心地。

突然一声乌鸦叫。这是他平日常常听到的；那古槐上就有三四个乌鸦窠。但他现在却吓得几乎站住了，心惊肉跳地轻轻地走进靖甫的房里时，见他闭了眼躺着，满脸仿佛都见得浮肿；但没有睡，大概是听到脚步声了，忽然张开眼来，那两道眼光在灯光中异样地凄怆地发闪。

“信么？”靖甫问。

“不，不。是我。”他吃惊，有些失措，吃吃地说，“是我。我想还是去请一个西医来，好得快一点。他还没有来……。”

靖甫不答话，合了眼。他坐在窗前的书桌旁边，一切都静寂，只听得病人的急促的呼吸声，和闹钟的札札地作响。忽而远远地有汽车的汽笛发响了，使他的心立刻紧张起来，听它渐近，渐近，大概正到门口，要停下了罢，可是立刻听出，驶过去了。这样的许多回，他知道了汽笛声的各样：有如吹哨子的，有如击鼓的，有如放屁的，有如狗叫的，有如鸭叫的，有如牛吼的，有如母鸡惊啼的，有如呜咽的……。他忽而怨愤自己：为什么早不留心，知道，那普大夫的汽笛是怎样的声音的呢？

对面的寓客还没有回来，照例是看戏，或是打茶围[①]去了。但夜却已经很深了，连汽车也逐渐地减少。强烈的银白色的月光，照得纸窗发白。

他在等待的厌倦里，身心的紧张慢慢地弛缓下来了，至于不再去留心那些汽笛。但凌乱的思绪，却又乘机而起；他仿佛知道靖甫生的一定是猩红热，而且是不可救的。那么，家计怎么支持呢，靠自己一个？虽然住在小城里，可是百物也昂贵起来了……。自己的三个孩子，他的两个，养活尚且难，还能进学校去读书么？只给一两个读书呢，那自然是自己的康儿最聪明，——然而大家一定要批评，说是薄待了兄弟的孩子……。

后事怎么办呢，连买棺木的款子也不够，怎么能够运回家，只好暂时寄顿在义庄里……。

---

① 旧时邀约朋友到青楼品茶、饮酒，并由妓女作陪，侃天说地等。

忽然远远地有一阵脚步声进来，立刻使他跳起来了，走出房去，却知道是对面的寓客。

“先帝爷，在白帝城……。”

他一听到这低微高兴的吟声，便失望，愤怒，几乎要奔上去叱骂他。但他接着又看见伙计提着风雨灯，灯光中照出后面跟着的皮鞋，上面的微明里是一个高大的人，白脸孔，黑的络腮胡子。这正是普悌思。

他像是得了宝贝一般，飞跑上去，将他领入病人的房中。两人都站在床面前，他擎了洋灯，照着。

“先生，他发烧……。”沛君喘着说。

“什么时候，起的？”普悌思两手插在裤侧的袋子里，凝视着病人的脸，慢慢地问。

“前天。不，大……大大前天。”

普大夫不作声，略略按一按脉，又叫沛君擎高了洋灯，照着他在病人的脸上端详一回；又叫揭去被卧，解开衣服来给他看。看过之后，就伸出手指在肚子上去一摩。

“Measles……”普悌思低声自言自语似的说。

“疹子么？”他惊喜得声音也似乎发抖了。

“疹子。”

“就是疹子？……”

“疹子。”

“你原来没有出过疹子？……”

他高兴地刚在问靖甫时，普大夫已经走向书桌那边去了，于是也只得跟过去。只见他将一只脚踏在椅子上，拉过桌上的一张信笺，从衣袋里掏出一段很短的铅笔，就桌上飕飕地写了几个难以看清的字，这就是药方。

“怕药房已经关了罢？”沛君接了方，问。

“明天不要紧。明天吃。”

“明天再看？……。”

“不要再看了。酸的，辣的，太咸的，不要吃。热退了之后，拿小便，送到我的，医院里来，查一查，就是了。装在，干净的，玻璃瓶里；外面，写上名字。”

普大夫且说且走，一面接了一张五元的钞票塞入衣袋里，一径出去了。他送出去，看他上了车，开动了，然后转身，刚进店门，只听得背后 gö gö 的两声，他才知道普悌思的汽车的叫声原来是牛吼似的。但现在是知道也没有什么用了，他想。

房子里连灯光也显得愉悦；沛君仿佛万事都已做讫，周围都很平安，心里倒是空空洞洞的模样。他将钱和药方交给跟着进来的伙计，叫他明天一早到美亚药房去买药，因为这药房是普大夫指定的，说惟独这一家的药品最可靠。

“东城的美亚药房！一定得到那里去。记住：美亚药房！”他跟在出去的伙计后面，说。

院子里满是月色，白得如银；“在白帝城”的邻人已经睡觉了，一切都很幽静。只有桌上的闹钟愉快而平匀地札札地作响；虽然听到病人的呼吸，却是很调和。他坐下不多久，忽又高兴起来。

“你原来这么大了，竟还没有出过疹子？”他遇到了什么奇迹似的，惊奇地问。

“……”

“你自己是不会记得的。须得问母亲才知道。”

“……”

“母亲又不在这里，竟没有出过疹子。哈哈哈！”

沛君在床上醒来时，朝阳已从纸窗上射入，刺着他朦胧的眼睛。但他却不能即刻动弹，只觉得四肢无力，而且背上冷冰冰的还有许多汗，而且看见床前站着一个满脸流血的孩子，自己正要去打她。

但这景象一刹那间便消失了，他还是独自睡在自己的房里，没有一个别的人。他解下枕衣来拭去胸前和背上的冷汗，穿好衣服，走向靖甫的房里去时，只见"在白帝城"的邻人正在院子里漱口，可见时候已经很不早了。

靖甫也醒着了，眼睁睁地躺在床上。

"今天怎样？"他立刻问。

"好些……。"

"药还没有来么？"

"没有。"

他便在书桌旁坐下，正对着眠床；看靖甫的脸，已没有昨天那样通红了。但自己的头却还觉得昏昏的，梦的断片，也同时闪闪烁烁地浮出：

——靖甫也正是这样地躺着，但却是一个死尸。他忙着收殓，独自背了一口棺材，从大门外一径背到堂屋里去。地方仿佛是在家里，看见许多熟识的人们在旁边交口赞颂……。

——他命令康儿和两个弟妹进学校去了；却还有两个孩子哭嚷着要跟去。他已经被哭嚷的声音缠得发烦，但同时也觉得自己有了最高的威权和极大的力。他看见自己的手掌比平常大了三四倍，铁铸似的，向荷生的脸上一掌批过去……。

他因为这些梦迹的袭击，怕得想站起来，走出房外去，但终于没有动。也想将这些梦迹压下，忘却，但这些却像搅在水里的鹅毛一般，转了几个圈，终于非浮上来不可：

——荷生满脸是血，哭着进来了。他跳在神堂上……。那孩子后面还跟着一群相识和不相识的人。他知道他们是都来攻击他的……。

——“我决不至于昧了良心。你们不要受孩子的诳话的骗……。”他听得自己这样说。

——荷生就在他身边，他又举起了手掌……。

他忽而清醒了，觉得很疲劳，背上似乎还有些冷。靖甫静静地躺在对面，呼吸虽然急促，却是很调匀。桌上的闹钟似乎更用了大声札札地作响。

他旋转身子去，对了书桌，只见蒙着一层尘，再转脸去看纸窗，挂着的日历上，写着两个漆黑的隶书：廿七。

伙计送药进来了，还拿着一包书。

“什么？”靖甫睁开了眼睛，问。

“药。”他也从惝恍中觉醒，回答说。

“不，那一包。”

“先不管它。吃药罢。”他给靖甫服了药，这才拿起那包书来看，道，“索士寄来的。一定是你向他去借的那一本：《Sesame and Lilies》。”

靖甫伸手要过书去，但只将书面一看，书脊上的金字一摩，便放在枕边，默默地合上眼睛了。过了一会，高兴地低声说——

“等我好起来，译一点寄到文化书馆去卖几个钱，不知道他们可要……。”

这一天，沛君到公益局比平日迟得多，将要下午了；办公室里已经充满了秦益堂的水烟的烟雾。汪月生远远地望见，便迎出来。

“嚄！来了。令弟全愈了罢？我想，这是不要紧的，时症年年有，没有什么要紧。我和益翁正惦记着呢；都说：怎么还不见来？现在来了，好了！但是，你看，你脸上的气色，多少……。是的，和昨天多少两样。”

沛君也仿佛觉得这办公室和同事都和昨天有些两样，生疏了。虽然一切也还是他曾经看惯的东西：断了的衣钩，缺口的唾壶，杂乱而尘封的案卷，折足的破躺椅，坐在躺椅上捧着水烟筒咳嗽而且摇头叹气的秦益堂……。

“他们也还是一直从堂屋打到大门口……。”

“所以呀，”月生一面回答他，“我说你该将沛兄的事讲给他们，教他们学学他。要不然，真要把你老头儿气死了……。”

“老三说，老五折在公债票上的钱是不能算公用的，应该……应该……。”益堂咳得弯下腰去了。

“真是‘人心不同’……。”月生说着，便转脸向了沛君，“那么，令弟没有什么？”

“没有什么。医生说是疹子。”

“疹子？是呵，现在外面孩子们正闹着疹子。我的同院住着的三个孩子也都出了疹子了。那是毫不要紧的。但你看，你昨天竟急得那么样，叫旁人看了也不能不感动，这真所谓‘兄弟怡怡’。”

“昨天局长到局了没有？”

“还是‘杳如黄鹤’。你去簿子上补画上一个‘到’就是了。”

“说是应该自己赔。”益堂自言自语地说。“这公债票也真害人，我是一点也莫名其妙。你一沾手就上当。到昨天，到晚上，也还是从堂屋一直打到大门口。老三多两个孩子上学，老五也说他多用了公众的钱，气不过……。"

"这真是愈加闹不清了！"月生失望似的说。"所以看见你们弟兄，沛君，我真是'五体投地'。是的，我敢说，这决不是当面恭维的话。"

沛君不开口，望见听差的送进一件公文来，便迎上去接在手里。月生也跟过去，就在他手里看着，念道：

"'公民郝上善等呈：东郊倒毙无名男尸一具请饬分局速行拨棺抬埋以资卫生而重公益由。'我来办。你还是早点回去罢，你一定惦记着令弟的病。你们真是'鹡鸰在原'……。""不！"他不放手，"我来办。"

月生也就不再去抢着办了。沛君便十分安心似的沉静地走到自己的桌前，看着呈文，一面伸手去揭开了绿锈斑斓的墨盒盖。

一九二五年十一月三日。

离　婚

“阿阿，木叔！新年恭喜，发财发财！”

“你好，八三！恭喜恭喜！……”

“唉唉，恭喜！爱姑也在这里……”

“阿阿，木公公！……”

庄木三和他的女儿——爱姑——刚从木莲桥头跨下航船去，船里面就有许多声音一齐嗡的叫了起来，其中还有几个人捏着拳头打拱；同时，船旁的坐板也空出四人的座位来了。庄木三一面招呼，一面就坐，将长烟管倚在船边；爱姑便坐在他左边，将两只钩刀样的脚正对着八三摆成一个“八”字。

“木公公上城去？”一个蟹壳脸的问。

“不上城，”木公公有些颓唐似的，但因为紫糖色脸上原有许多皱纹，所以倒也看不出什么大变化，“就是到庞庄去走一遭。”

合船都沉默了，只是看他们。

“也还是为了爱姑的事么？”好一会，八三质问了。

“还是为她。……这真是烦死我了，已经闹了整三年，打过多少回架，说过多少回和，总是不落局……。”

“这回还是到慰老爷家里去？……”

“还是到他家。他给他们说和也不止一两回了，我都不依。这倒没有什么。这回是他家新年会亲，连城里的七大人也在……。”

“七大人？”八三的眼睛睁大了。“他老人家也出来说话了么？……那是……。其实呢，去年我们将他们的灶都拆掉了，总算已经出了一口恶气。况且爱姑回到那边去，其实呢，也没有什么味儿……。”他于是顺下眼睛去。

“我倒并不贪图回到那边去，八三哥！”爱姑愤愤地昂起头，说，“我是赌气。你想，‘小畜生’姘上了小寡妇，就不要我，事情有这么容易的？‘老畜生’只知道帮儿子，也不要我，好容易呀！七大人怎样？难道和知县大老爷换帖，就不说人话了么？他不能像慰老爷似的不通，只说是‘走散好走散好’。我倒要对他说说我这几年的艰难，且看七大人说谁不错！”

八三被说服了，再开不得口。

只有潺潺的船头激水声；船里很静寂。庄木三伸手去摸烟管，装上烟。

斜对面，挨八三坐着的一个胖子便从肚兜里掏出一柄打火刀，打着火绒，给他按在烟斗上。

“对对。”木三点头说。

“我们虽然是初会，木叔的名字却是早已知道的。”胖子恭敬地说。“是的，这里沿海三六十八村，谁不知道？施家的儿子姘上了寡妇，我们也早知道。去年木叔带了六位儿子去拆平了他家的灶，谁不说应该？……你老人家是高门大户都走得进的，脚步开阔，怕他们甚的！……”

“你这位阿叔真通气，”爱姑高兴地说，“我虽然不认识你这位阿叔是谁。”

“我叫汪得贵。”胖子连忙说。

“要撇掉我，是不行的。七大人也好，八大人也好。我总要闹得他们家败人亡！慰老爷不是劝过我四回么？连爹也看得赔贴的钱有点头昏眼热了……。”

“你这妈的！”木三低声说。

“可是我听说去年年底施家送给慰老爷一桌酒席哩，八公公。”蟹壳脸道。

“那不碍事。”汪得贵说，“酒席能塞得人发昏么？酒席如果能塞得人发昏，送大菜又怎样？他们知书识理的人是专替人家讲公道话的，譬如，一个人受众人欺侮，他们就出来讲公道话，倒不在乎有没有酒喝。去年年底我们敝村的荣大爷从北京回来，他见过大场面的，不像我们乡下人一样。他就说，那边的第一个人物要算光太太，又硬……。”

“汪家汇头的客人上岸哩！”船家大声叫着，船已经要停下来。

“有我有我！”胖子立刻一把取了烟管，从中舱一跳，随着前进的船走在岸上了。

“对对！”他还向船里面的人点头，说。

船便在新的静寂中继续前进；水声又很听得出了，潺潺的。八三开始打磕睡了，渐渐地向对面的钩刀式的脚张开了嘴。前舱中的两个老女人也低声哼起佛号来，她们撷着念珠，又都看爱姑，而且互视，努嘴，点头。

爱姑瞪着眼看定篷顶，大半正在悬想将来怎样闹得他们家败人亡；“老畜生”，“小畜生”，全都走投无路。慰老爷她是不放在眼里的，见过两回，不过一个团头团脑的矮子：这种人本村里就很多，无非脸色比他紫黑些。

庄木三的烟早已吸到底，火逼得斗底里的烟油吱吱地叫了，还吸着。他知道一过汪家汇头，就到庞庄；而且那村口的魁星阁也确乎已经望得见。庞庄，他到过许多回，不足道的，以及慰老爷。他还记得女儿的哭回来，他的亲家和女婿的可恶，后来给他们怎样地吃亏。想到这里，过去的情景便在眼前展开，一到惩治他亲家这一局，他向来是要冷冷地微笑的，但这回却不，不知怎的忽而横梗着一个胖胖的七大人，将他脑里的局面挤得摆不整齐了。

船在继续的寂静中继续前进；独有念佛声却宏大起来；此外一切，都似乎陪着木叔和爱姑一同浸在沉思里。

“木叔，你老上岸罢，庞庄到了。”

木三他们被船家的声音警觉时，面前已是魁星阁了。

他跳上岸，爱姑跟着，经过魁星阁下，向着慰老爷家走。朝南走过三十家门面，再转一个弯，就到了，早望见门口一列地泊着四只乌篷船。

他们跨进黑油大门时，便被邀进门房去；大门后已经坐满着两桌船夫和长年。爱姑不敢看他们，只是溜了一眼，倒也并不见有“老畜生”和“小畜生”的踪迹。

当工人搬出年糕汤来时，爱姑不由得越加局促不安起来了，连自己也不明白为什么。“难道和知县大老爷换帖，就不说人话么？”她想。“知书识理的人是讲公道话的。我要细细地对七大人说一说，从十五岁嫁过去做媳妇的时候起……。”

她喝完年糕汤；知道时机将到。果然，不一会，她已经跟着一个长年，和她父亲经过大厅，又一弯，跨进客厅的门槛去了。

客厅里有许多东西，她不及细看；还有许多客，只见红青缎子马褂发闪。在这些中间第一眼就看见一个人，这一定是七大人了。虽然也是团头团脑，却比慰老爷们魁梧得多；大的圆脸上长着两条细眼和漆黑的细胡须；头顶是秃的，可是那脑壳和脸都很红润，油光光地发亮。爱姑很觉得稀奇，但也立刻自己解释明白了：那一定是擦着猪油的。

“这就是‘屁塞’，就是古人大殓的时候塞在屁股眼里的。”七大人正拿着一条烂石似的东西，说着，又在自己的鼻子旁擦了两擦，接着道，“可惜是‘新坑’。倒也可以买得，至迟是汉。你看，这一点是‘水银浸’……。”

“水银浸”周围即刻聚集了几个头，一个自然是慰老爷；还有几位少爷们，因为被威光压得像瘪臭虫了，爱姑先前竟没有见。

她不懂后一段话；无意，而且也不敢去研究什么“水银浸”，便偷空向四处一看望，只见她后面，紧挨着门旁的墙壁，正站着“老畜生”和“小畜生”。虽然只一瞥，但较之半年前偶然看见的时候，分明都见得苍老了。

接着大家就都从“水银浸”周围散开；慰老爷接过“屁塞”，坐下，用指头摩挲着，转脸向庄木三说话。

“就是你们两个么？”

“是的。”

“你的儿子一个也没有来？”

“他们没有工夫。”

“本来新年正月又何必来劳动你们。但是，还是只为那件事，……我想，你们也闹得够了。不是已经有两年多了么？我想，冤仇是宜解不宜结的。爱姑既然丈夫不对，公婆不喜欢……。也还是照先前说过那样：走散的好。我没有这么大面子，说不通。七大人是最爱讲公道话的，你们也知道。现在七大人的意思也这样：和我一样。可是七大人说，两面都认点晦气罢，叫施家再添十块钱：九十元！”

“……”

“九十元！你就是打官司打到皇帝伯伯跟前，也没有这么便宜。这话只有我们的七大人肯说。”

七大人睁起细眼，看着庄木三，点点头。

爱姑觉得事情有些危急了，她很怪平时沿海的居民对他都有几分惧怕的自己的父亲，为什么在这里竟说不出话。她以为这是大可不必的；她自从听到七大人的一段议论之后，虽不很懂，但不知怎的总觉得他其实是和蔼近人，并不如先前自己所揣想那样的可怕。

“七大人是知书识理，顶明白的；”她勇敢起来了。“不像我们乡下人。我是有冤无处诉；倒正要找七大人讲讲。自从我嫁过去，真是低头进，低头出，一礼不缺。他们就是专和我作对，一个个都像个‘气杀钟馗’。那年的黄鼠狼咬死了那匹大公鸡，那里是我没有关好吗？那是那只杀头癞皮狗偷吃糠拌饭，拱开了鸡橱门。那‘小畜生’不分青红皂白，就夹脸一嘴巴……。”

七大人对她看了一眼。

“我知道那是有缘故的。这也逃不出七大人的明鉴；知书识理的人什么都知道。他就是着了那滥婊子的迷，要赶我出去。我是三茶六礼①定来的，花轿抬来的呵！那么容易吗？……我一定要给他们一个颜色看，就是打官司也不要紧。县里不行，还有府里呢……。”

“那些事是七大人都知道的。”慰老爷仰起脸来说。“爱姑，你要是不转头，没有什么便宜的。你就总是这模样。你看你的

① 即明媒正娶的意思。

爹多少明白；你和你的弟兄都不像他。打官司打到府里，难道官府就不会问问七大人么？那时候是，‘公事公办’，那是，……你简直……。”

“那我就拚出一条命，大家家败人亡。”

“那倒并不是拚命的事，”七大人这才慢慢地说了。“年纪青青。一个人总要和气些：‘和气生财’。对不对？我一添就是十块，那简直已经是‘天外道理’了。要不然，公婆说‘走’！就得走。莫说府里，就是上海北京，就是外洋，都这样。你要不信，他就是刚从北京洋学堂里回来的，自己问他去。”于是转脸向着一个尖下巴的少爷道，“对不对？”

“的的确确。”尖下巴少爷赶忙挺直了身子，必恭必敬地低声说。

爱姑觉得自己是完全孤立了；爹不说话，弟兄不敢来，慰老爷是原本帮他们的，七大人又不可靠，连尖下巴少爷也低声下气地像一个瘪臭虫，还打“顺风锣”。但她在胡里胡涂的脑中，还仿佛决定要作一回最后的奋斗。

“怎么连七大人……。”她满眼发了惊疑和失望的光。“是的……。我知道，我们粗人，什么也不知道。就怨我爹连人情世故都不知道，老发昏了。就专凭他们‘老畜生’‘小畜生’摆布；他们会报丧似的急急忙忙钻狗洞，巴结人……。”

“七大人看看，”默默地站在她后面的‘小畜生’忽然说话了。“她在大人面前还是这样。那在家里是，简直闹得六畜不安。叫我爹是‘老畜生’，叫我是口口声声‘小畜生’，‘逃生子’。”

"那个'娘滥十十万人生'的叫你'逃生子'[①]?"爱姑回转脸去大声说，便又向着七大人道，"我还有话要当大众面前说说哩。他那里有好声好气呵，开口'贱胎'，闭口'娘杀'。自从结识了那婊子，连我的祖宗都入起来了。七大人，你给我批评批评，这……。"

她打了一个寒噤，连忙住口，因为她看见七大人忽然两眼向上一翻，圆脸一仰，细长胡子围着的嘴里同时发出一种高大摇曳的声音来了。

"来~~兮!"七大人说。

她觉得心脏一停，接着便突突地乱跳，似乎大势已去，局面都变了；仿佛失足掉在水里一般，但又知道这实在是自己错。

立刻进来一个蓝袍子黑背心的男人，对七大人站定，垂手挺腰，像一根木棍。

全客厅里是"鸦雀无声"。七大人将嘴一动，但谁也听不清说什么。然而那男人，却已经听到了，而且这命令的力量仿佛又已钻进了他的骨髓里，将身子牵了两牵，"毛骨耸然"似的；一面答应道：

"是。"他倒退了几步，才翻身走出去。

爱姑知道意外的事情就要到来，那事情是万料不到，也防不了的。她这时才又知道七大人实在威严，先前都是自己的误解，所以太放肆，太粗卤了。她非常后悔，不由得自己说——

"我本来是专听七大人吩咐……。"

全客厅里是"鸦雀无声"。她的话虽然微细得如丝，慰老爷

① 私生儿。——作者原注。

却像听到霹雳似的了；他跳了起来。

“对呀，七大人也真公平；爱姑也真明白！”他夸赞着，便向庄木三，“老木，那你自然是没有什么说的了，她自己已经答应。我想你红绿帖是一定已经带来了的，我通知过你，那么，大家都拿出来……。”

爱姑见她爹便伸手到肚兜里去掏东西；木棍似的那男人也进来了，将小乌龟模样的一个漆黑的扁的小东西递给七大人。爱姑怕事情有变故，连忙去看庄木三，见他已经在茶几上打开一个蓝布包裹，取出洋钱来。

七大人也将小乌龟头拔下，从那身子里面倒一点东西在掌心上；木棍似的男人便接了那扁东西去。七大人随即用那一只手的一个指头蘸着掌心，向自己的鼻孔里塞了两塞，鼻孔和人中立刻黄焦焦了。他皱着鼻子，似乎要打喷嚏。

庄木三正在数洋钱。慰老爷从那没有数过的一叠里取出一点来，交还了“老畜生”；又将两份红绿帖子互换了地方，推给两面，嘴里说道：

“你们都收好。老木，你要点清数目呀。这不是好当玩意儿的，银钱事情……。”

“呃啾”的一声响，爱姑明知道是七大人打喷嚏了，但不由得转过眼去看。只见七大人张着嘴，仍旧在那里皱鼻子，一只手的两个指头却撮着一件东西，就是那“古人大殓的时候塞在屁股眼里的”，在鼻子旁边摩擦着。

好容易，庄木三点清了洋钱；两方面各将红绿帖子①收起，大家的腰骨都似乎直得多，原先收紧着的脸相也宽懈下来，全

① 古时候男女双方订婚时两家交换的帖子。

客厅顿然见得一团和气了。

“好！事情是圆功了。”慰老爷看见他们两面都显出告别的神气，便吐一口气，说。“那么，嗡，再没有什么别的了。恭喜大吉，总算解了一个结。你们要走了么？不要走，在我们家里喝了新年喜酒去：这是难得的。”

“我们不喝了。存着，明年再来喝罢。”爱姑说。

“谢谢慰老爷。我们不喝了。我们还有事情……。”庄木三，“老畜生”和“小畜生”，都说着，恭恭敬敬地退出去。

“唔？怎么？不喝一点去么？”慰老爷还注视着走在最后的爱姑，说。

“是的，不喝了。谢谢慰老爷。”

一九二五年十一月六日。

南腔北调集（节选）

沙

近来的读书人，常常叹中国人好像一盘散沙，无法可想，将倒霉的责任，归之于大家。其实这是冤枉了大部分中国人的。小民虽然不学，见事也许不明，但知道关于本身利害时，何尝不会团结。先前有跪香①，民变，造反；现在也还有请愿之类。他们的像沙，是被统治者“治”成功的，用文言来说，就是“治绩”。

那么，中国就没有沙么？有是有的，但并非小民，而是大小统治者。

人们又常常说：“升官发财。”其实这两件事是不并列的，其所以要升官，只因为要发财，升官不过是一种发财的门径。所以官僚虽然依靠朝廷，却并不忠于朝廷，吏役虽然依靠衙署，却并不爱护衙署，头领下一个清廉的命令，小喽罗是决不听的，对付的方法有“蒙蔽”。他们都是自私自利的沙，可以肥己时就肥己，而且每一粒都是皇帝，可以称尊处就称尊。有些人译俄皇为“沙皇”，移赠此辈，倒是极确切的尊号。财何从来？是从小民身上刮下来的。小民倘能团结，发财就烦难，那么，当然应该想尽方法，使他们变成散沙才好。以沙皇治小民，于是全中国就成为“一盘散沙”了。

然而沙漠以外，还有团结的人们在，他们“如入无人之

---

① 古时候请愿者手捧着香炷跪在衙门前提要求。

境”的走进来了。

这就是沙漠上的大事变。当这时候，古人曾有两句极切贴的比喻，叫作“君子为猿鹤，小人为虫沙”。那些君子们，不是象白鹤的腾空，就如猢狲的上树，“树倒猢狲散”，另外还有树，他们决不会吃苦。剩在地下的，便是小民的蝼蚁和泥沙，要践踏杀戮都可以，他们对沙皇尚且不敌，怎能敌得过沙皇的胜者呢？

然而当这时候，偏又有人摇笔鼓舌，向着小民提出严重的质问道：“国民将何以自处”呢，“问国民将何以善其后”呢？忽然记得了“国民”，别的什么都不说，只又要他们来填亏空，不是等于向着缚了手脚的人，要求他去捕盗么？

但这正是沙皇治绩的后盾，是猿鸣鹤唳的尾声，称尊肥己之余，必然到来的末一着。

七月十二日。

给“文学社”信

编辑先生：

《文学》第二号，伍实先生写的《休士在中国》中，开首有这样的一段——

“……萧翁是名流，自配我们的名流招待，且唯其是名流招待名流，这才使鲁迅先生和梅兰芳博士有千载一时的机会得聚首于一堂。休士呢，不但不是我们的名流心目中的那种名流，且还加上一层肤色上的顾忌！”

是的，见萧的不只我一个，但我见了一回萧，就被大小文豪一直笑骂到现在，最近的就是这回因此就并我和梅兰芳为一谈的名文。然而那时是招待者邀我去的。这回的招待休士，我并未接到通知，时间地址，全不知道，怎么能到？即使邀而不到，也许有别种的原因，当口诛笔伐之前，似乎也须略加考察。现在并未相告，就责我不到，因这不到，就断定我看不起黑种。作者是相信的罢，读者不明事实，大概也可以相信的，但我自己还不相信我竟是这样一个势利卑劣的人！

给我以诬蔑和侮辱，是平常的事；我也并不为奇：惯了。但那是小报，是敌人。略具见识的，一看就明白。而《文学》是挂着冠冕堂皇的招牌的，我又是同人之一，为什么无端虚构事迹，大加奚落，至于到这地步呢？莫非缺一个势利卑劣的老人，也在文学戏台上跳舞一下，以给观众开心，且催呕吐么？我自信还不至于是这样的脚色，我还能够从此跳下这可怕的戏台。那时就无论怎样诬辱嘲骂，彼此都没有矛盾了。

我看伍实先生其实是化名，他一定也是名流，就是招待休士，非名流也未必能够入座。不过他如果和上海的所谓文坛上的那些狐鼠有别，则当施行人身攻击之际，似乎应该略负一点责任，宣布出和他的本身相关联的姓名，给我看看真实的嘴脸。这无关政局，决无危险，况且我们原曾相识，见面时倒是装作十分客气的也说不定的。

临末，我要求这封信就在《文学》三号上发表。

鲁迅。七月二十九日。

关于翻译

今年是“国货年”，除“美麦”外，有些洋气的都要被打倒了。四川虽然正在奉令剪掉路人的长衫，上海的一位慷慨家却因为讨厌洋服而记得了袍子和马褂。翻译也倒了运，得到一个笼统的头衔是“硬译”和“乱译”。但据我所见，这些“批评家”中，一面要求着“好的翻译”者，却一个也没有的。

创作对于自己人，的确要比翻译切身，易解，然而一不小心，也容易发生“硬作”，“乱作”的毛病，而这毛病，却比翻译要坏得多。我们的文化落后，无可讳言，创作力当然也不及洋鬼子，作品比较薄弱，是势所必至的，而且又不能不时时取法于外国。所以翻译和创作，应该一同提倡，决不可压抑了一面，使创作成为一时的骄子，反因容纵而脆弱起来。我还记得先前有一个排货的年头，国货家贩了外国的牙粉，摇松了两瓶，装作三瓶，贴上商标，算是国货，而购买者却多损失了三分之一；还有一种痱子药水，模样和洋货完全相同，价钱却便宜一半，然而它有一个大缺点，是搽了之后，毫无功效，于是购买者便完全损失了。

注重翻译，以作借镜，其实也就是催进和鼓励着创作。但几年以前，就有了攻击“硬译”的“批评家”，搔下他旧疮疤上的末屑，少得像膏药上的麝香一样，因为少，就自以为是奇珍。而这风气竟传布开来了，许多新起的论者，今年都在开始轻薄着贩来的洋货。比起武人的大买飞机，市民的拼命捐款来，所谓“文人”也者，真是多么昏庸的人物呵。

我要求中国有许多好的翻译家，倘不能，就支持着“硬译”。理由还在中国有许多读者层，有着并不全是骗人的东西，也许总有人会多少吸收一点，比一张空盘较为有益。而且我自己是向来感谢着翻译的，例如关于萧的毁誉和现在正在提起的题材的积极性的问题，在洋货里，是早有了明确的解答的。关于前者，德国的尉特甫格（Karl Wittvogel）在《萧伯纳是丑角》里说过——

“至于说到萧氏是否有意于无产阶级的革命，这并不是一个重要的问题。十八世纪的法国大哲学家们，也并不希望法国的大革命。虽然如此，然而他们都是引导着必至的社会变更的那种精神崩溃的重要势力。”（刘大杰译，《萧伯纳在上海》所载。）

关于后者，则恩格勒在给明那·考茨基（Minna Kautsky，就是现存的考茨基的母亲）的信里，已有极明确的指示，对于现在的中国，也是很有意义的——

“还有，在今日似的条件之下，小说是大抵对于布尔乔亚层的读者的，所以，由我看来，只要正直地叙述出现实的相互关系，毁坏了罩在那上面的作伪的幻影，使布尔乔亚世界的乐观主义动摇，使对于现存秩序的永远的支配起疑，则社会主义的倾向的文学，也就十足地尽了它的使命了——即使作者在这时并未提出什么特定的解决，或者有时连作者站在那一边也不很明白。”（日本上田进原译，《思想》百三十四号所载。）

八月二日。

《一个人的受难》序

“连环图画”这名目，现在已经有些用熟了，无须更改；但其实是应该称为“连续图画”的，因为它并非“如环无端”，而是有起有讫的画本。中国古来的所谓“长卷”，如《长江无尽图卷》，如《归去来辞图卷》，也就是这一类，不过联成一幅罢了。

这种画法的起源真是早得很。埃及石壁所雕名王的功绩，“死书”所画冥中的情形，已就是连环图画。别的民族，古今都有，无须细述了。这于观者很有益，因为一看即可以大概明白当时的若干的情形，不比文辞，非熟习的不能领会。到十九世纪末，西欧的画家，有许多很喜欢作这一类画，立一个题，制成画贴，但并不一定连贯的。用图画来叙事，又比较的后起，所作最多的就是麦绥莱勒。我想，这和电影有极大的因缘，因为一面是用图画来替文字的故事，同时也是用连续来代活动的电影。

麦绥莱勒（Frans Masereel）是反对欧战的一人；据他自己说，以一八九九年七月三十一日生于弗兰兑伦的勃兰勘培克（Blankenberghe in Flandern），幼小时候是很幸福的。闲为玩的多，学的少。求学时代是在干德（Gent），在那里的艺术学院里学了小半年；后来就漫游德、英、瑞士、法国去了，而最爱的是巴黎，称之为“人生的学校”。在瑞士时，常投画稿于日报上，摘发社会的隐病，罗曼罗兰比之于陀密埃（Daumier）和戈耶（Goya）。但所作最多的是木刻的书籍上的插图，和全用图画来表现的故事。他是酷爱巴黎的，所以作品往往浪漫，奇诡，出于人情，因以收得惊异和滑稽的效果。独有这《一个人的受难》（Die Passion eines Menschen）乃是写实之作，和别的图画故事都不同。

这故事二十五幅中，也并无一字的说明。但我们一看就知道：在桌椅之外，一无所有的屋子里，一个女子怀着孕了（一），生产之后，即被别人所斥逐，不过我不知道斥逐她的是雇主，还是她的父亲（二），于是她只好在路上彷徨（三），终于跟了别人；先前的孩子，便进了野孩子之群，在街头捣乱（四）。稍大，去学木匠，但那么重大的工作，幼童是不胜任的（五），到底免不了被人踢出，像打跑一条野狗一样（六）。他为饥饿所逼，就去偷面包（七），而立刻被维持秩序的巡警所捕获（八），关进监牢里去了（九）。罚满释出（十），这回却轮到他在热闹的路上彷徨（十一），但幸而也竟找得了修路的工作（十二）。不过，终日挥着鹤嘴锄，是会觉得疲劳的（十三），这时乘机而入的却是恶友（十四），他受了诱惑，去会妓女（十五），去玩跳舞了（十六）。但归途中又悔恨起来（十七），决计进厂做工，而且一早就看书自习（十八）；在这环境里，这才遇到了真的相爱的同人（十九）。但劳资两方冲突了，他登高呼号，联合了工人，和资本家战斗（二十），于是奸细窥探于前（二十一），兵警弹压于后（二十二），奸细又从中离间，他被捕了（二十三）。在受难的“神之子”耶稣像前，这“人之子”就受着裁判（二十四）；自然是死刑，他站着，等候着兵们的开枪（二十五）！

耶稣说过，富翁想进天国，比骆驼走过针孔还要难。但说这话的人，自己当时却受难（Passion）了。现在是欧、美的一切富翁，几乎都是耶稣的信奉者，而受难的就轮到了穷人。

这就是《一个人的受难》中所叙述的。

一九三三年八月六日，鲁迅记。

祝《涛声》

《涛声》的寿命有这么长，想起来实在有点奇怪的。

大前年和前年，所谓作家也者，还有什么什么会，标榜着什么什么文学，到去年就渺渺茫茫了，今年是大抵化名办小报，卖消息；消息那里有这么多呢，于是造谣言。先前的所谓作家还会联成黑幕小说，现在是联也不会联了，零零碎碎的塞进读者的脑里去，使消息和秘闻之类成为他们的全部大学问。这功绩的褒奖是稿费之外，还有消息奖，“挂羊头卖狗肉”也成了过去的事，现在是在“卖人肉”了。

于是不“卖人肉”的刊物及其作者们，便成为被卖的货色。这也是无足奇的，中国是农业国，而麦子却要向美国定购，独有出卖小孩，只要几百钱一斤，则古文明国中的文艺家，当然只好卖血，尼采说过：“我爱血写的书”呀。

然而《涛声》尚存，这就是我所谓“想起来实在有点奇怪”。

这是一种幸运，也是一个缺点。看现在的景况，凡有敕准或默许其存在的，倒往往会被一部分人们摇头。有人批评过我，说，只要看鲁迅至今还活着，就足见不是一个什么好人。这是真的，自民元革命以至现在，好人真不知道被害死了多少了，不过谁也没有记一篇准账。这事实又教坏了我，因为我知道即使死掉，也不过给他们大卖消息，大造谣言，说我的被杀，其实是为了金钱或女人关系。所以，名列于该杀之林则可，悬梁服毒，是不来的。

《涛声》上常有赤膊打仗，拼死拼活的文章，这脾气和我很相反，并不是幸存的原因。我想，那幸运而且也是缺点之处，是在总喜欢引古证今，带些学究气。中国人虽然自夸"四千余年古国古"，可是十分健忘的，连民族主义文学家，也会认成吉思汗为老祖宗，则不宜与之谈古也可见。上海的市侩们更不需要这些，他们感兴趣的只是今天开奖，邻右争风；眼光远大的也不过要知道名公如何游山，阔人和谁要好之类；高尚的就看什么学界琐闻，文坛消息。总之，是已将生命割得零零碎碎了。

这可以使《涛声》的销路不见得好，然而一面也使《涛声》长寿。文人学士是清高的。他们现在也更加聪明，不再恭维自己的主子，来着痕迹了。他们只是排好暗箭，拿定粪帚，监督着应该俯伏着的奴隶们，看有谁抬起头来的，就射过去，洒过去，结果也许会终于使这人被绑架或被暗杀，由此使民国的国民一律"平等"。《涛声》在销路上的不大出头，也正给它逃了暂时的性命，不过，也还是很难说，因为"不测之威"，也是古来就有的。

我是爱看《涛声》的，并且以为这样也就好。然而看近来，不谈政治呀，仍谈政治呀，似乎更加不大安分起来，则我的那些忠告，对于"乌鸦为记"的刊物，恐怕也不见得有效。

那么，"祝"也还是"白祝"，我也只好看一张，算一张了。昔人诗曰，"丧乱死多门"，信夫！

八月六日。

十一月二十五日的《涛声》上，果然发出《休刊辞》来，开首道："十一月二十日下午，本刊奉令缴还登记证，'民亦劳止，汔可小康。'我们准备休息一些时了。……"这真是康有为所说似的"不幸而吾言中"，岂不奇而不奇也哉。

十二月三十一夜，补记。

上海的少女

在上海生活，穿时髦衣服的比土气的便宜。如果一身旧衣服，公共电车的车掌会不照你的话停车，公园看守会格外认真的检查入门券，大宅子或大客寓的门丁会不许你走正门。所以，有些人宁可居斗室，喂臭虫，一条洋服裤子却每晚必须压在枕头下，使两面裤腿上的折痕天天有棱角。

然而更便宜的是时髦的女人。这在商店里最看得出：挑选不完，决断不下，店员也还是很能忍耐的。不过时间太长，就须有一种必要的条件，是带着一点风骚，能受几句调笑。否则，也会终于引出普通的白眼来。

惯在上海生活了的女性，早已分明地自觉着这种自己所具的光荣，同时也明白着这种光荣中所含的危险。所以凡有时髦女子所表现的神气，是在招摇，也在固守，在罗致，也在抵御，像一切异性的亲人，也像一切异性的敌人，她在喜欢，也正在恼怒。这神气也传染了未成年的少女，我们有时会看见她们在店铺里购买东西，侧着头，佯嗔薄怒，如临大敌。自然，店员们是能像对于成年的女性一样，加以调笑的，而她也早明白着这调笑的意义。总之：她们大抵早熟了。

然而我们在日报上，确也常常看见诱拐女孩，甚而至于凌辱少女的新闻。

不但是《西游记》里的魔王，吃人的时候必须童男和童女而已，在人类中的富户豪家。也一向以童女为侍奉，纵欲，鸣高，寻仙，采补的材料，恰如食品的餍足①了普通的肥甘，就想乳猪芽茶一样。现在这现象并且已经见于商人和工人里面了，但这乃是人们的生活不能顺遂的结果，应该以饥民的掘食草根树皮为比例，和富户豪家的纵恣的变态是不可同日而语的。

但是，要而言之，中国是连少女也进了险境了。

这险境，更使她们早熟起来，精神已是成人，肢体却还是孩子。俄国的作家梭罗古勃曾经写过这一种类型的少女，说是还是小孩子，而眼睛却已经长大了。然而我们中国的作家是另有一种称赞的写法的：所谓“娇小玲珑”者就是。

（八月十二日。）

① 即满足。

上海的儿童

上海越界筑路的北四川路一带，因为打仗，去年冷落了大半年，今年依然热闹了，店铺从法租界搬回，电影院早经开始，公园左近也常见携手同行的爱侣，这是去年夏天所没有的。

倘若走进住家的弄堂里去，就看见便溺器，吃食担，苍蝇成群的在飞，孩子成队的在闹，有剧烈的捣乱，有发达的骂詈，真是一个乱烘烘的小世界。但一到大路上，映进眼帘来的却只是轩昂活泼地玩着走着的外国孩子，中国的儿童几乎看不见了。但也并非没有，只因为衣裤郎当，精神萎靡，被别人压得像影子一样。不能醒目了。

中国中流的家庭，教孩子大抵只有两种法。其一，是任其跋扈，一点也不管，骂人固可，打人亦无不可，在门内或门前是暴主，是霸王，但到外面，便如失了网的蜘蛛一般，立刻毫无能力。其二，是终日给以冷遇或呵斥，甚而至于打扑，使他畏葸退缩，仿佛一个奴才，一个傀儡，然而父母却美其名曰"听话"，自以为是教育的成功，待到放他到外面来，则如暂出樊笼的小禽，他决不会飞鸣，也不会跳跃。

现在总算中国也有印给儿童看的画本了，其中的主角自然是儿童，然而画中人物，大抵倘不是带着横暴冥顽的气味，甚而至于流氓模样的，过度的恶作剧的顽童，就是钩头耸背，低眉顺眼，一副死板板的脸相的所谓"好孩子"。这虽然由于画家本领的欠缺，但也是取儿童为范本的，而从此又以作供给儿童仿效的范本。我们试一看别国的儿童画罢。英国沉着，德国粗豪，俄国雄厚，法国漂亮，日本聪明，都没有一点中国似的衰惫的气象。观民风是不但可以由诗文，也可以由图画，而且可以由不为人们所重的儿童画的。

顽劣，钝滞，都足以使人没落，灭亡。童年的情形，便是将来的命运。我们的新人物，讲恋爱，讲小家庭，讲自立，讲享乐了，但很少有人为儿女提出家庭教育的问题，学校教育的问题，社会改革的问题。先前的人，只知道“为儿孙作马牛”，固然是错误的，但只顾现在，不想将来，“任儿孙作马牛”，却不能不说是一个更大的错误。

八月十二日。

“论语一年”

——借此又谈萧伯纳

说是《论语》办到一年了，语堂先生命令我做文章。这实在好像出了“学而一章”的题目，叫我做一篇白话八股一样。没办法，我只好做开去。

老实说罢，他所提倡的东西，我是常常反对的。先前，是对于“费厄泼赖”①，现在呢，就是“幽默”。我不爱“幽默”，并且以为这是只有爱开圆桌会议的国民才闹得出来的玩意儿，在中国，却连意译也办不到。我们有唐伯虎，有徐文长；还有最有名的金圣叹，“杀头，至痛也，而圣叹以无意得之，大奇！”虽然不知道这是真话，是笑话；是事实，还是谣言。但总之：一来，是声明了圣叹并非反抗的叛徒；二来，是将屠户的凶残，使大家化为一笑，收场大吉。我们只有这样的东西，和“幽默”是并无什么瓜葛的。

况且作者姓氏一大篇，动手者寥寥无几，乃是中国的古礼。在这种礼制之下，要每月说出两本“幽默”来，倒未免有些“幽默”的气息。这气息令人悲观，加以不爱，就使我不大热心于《论语》了。

然而，《萧的专号》是好的。

---

① 英语 fair play 的音译，意思是光明正大的进行比赛，不会采用不正当的手段。

它发表了别处不肯发表的文章，揭穿了别处故意颠倒的谈话，至今还使名士不平，小官怀恨，连吃饭睡觉的时候都会记得起来。憎恶之久，憎恶者之多，就是效力之大的证据。

莎士比亚虽然是“剧圣”，我们不大有人提起他。五四时代绍介了一个易卜生，名声倒还好，今年绍介了一个萧，可就糟了。至今还有人肚子在发胀。

为了他笑嘻嘻，辨不出是冷笑，是恶笑，是嘻笑么？并不是的。为了他笑中有刺，刺着了别人的病痛么？也不全是的。列维它夫说得很分明：就因为易卜生是伟大的疑问号（?），而萧是伟大的感叹号（!）的缘故。

他们的看客，不消说，是绅士淑女们居多。绅士淑女们是顶爱面子的人种。易卜生虽然使他们登场，虽然也揭发一点隐蔽，但并不加上结论，却从容的说道“想一想罢，这到底是些什么呢?”绅士淑女们的尊严，确也有一些动摇了，但究竟还留着摇摇摆摆的退走，回家去想的余裕，也就保存了面子。至于回家之后，想了也未，想得怎样，那就不成什么问题，所以他被绍介进中国来，四平八稳，反对的比赞成的少。萧可不这样了，他使他们登场，撕掉了假面具，阔衣装，终于拉住耳朵，指给大家道，“看哪，这是蛆虫!”连磋商的工夫，掩饰的法子也不给人有一点。这时候，能笑的就只有并无他所指摘的病痛的下等人了。在这一点上，萧是和下等人相近的。而也就和上等人相远。

这怎么办呢？仍然有一定的古法在。就是：大家沸沸扬扬的嚷起来，说他有钱，说他装假，说他“名流”，说他“狡猾”，至少是和自己们差不多，或者还要坏。自己是生活在小茅厕里的，他却从大茅厕里爬出，也是一只蛆虫，绍介者胡涂，称赞的可恶。然而，我想，假使萧也是一只蛆虫，却还是一只伟大的蛆虫，正如可以同有许多感叹号，而惟独他是“伟大的感叹号”一样。譬如有一堆蛆虫在这里罢，一律即即足足，自以为是绅士淑女，文人学士，名宦高人，互相点头，雍容揖让，天下太平，那就是全体没有什么高下，都是平常的蛆虫。但是，如果有一只蓦地跳了出来，大喝一声道：“这些其实都是蛆虫！”那么，——自然，它也是从茅厕里爬出来的，然而我们非认它为特别的伟大的蛆虫则不可。

蛆虫也有大小，有好坏的。

生物在进化，被达尔文揭发了，使我们知道了我们的远祖和猴子是亲戚。然而那时的绅士们的方法，和现在是一模一样的：他们大家倒叫达尔文为猴子的子孙。罗广廷博士在广东中山大学的“生物自然发生”的实验尚未成功，我们姑且承认人类是猴子的亲戚罢，虽然并不十分体面。但这同是猴子的亲戚中，达尔文又不能不说是伟大的了。那理由很简单而且平常，就因为他以猴子亲戚的家世，却并不忌讳，指出了人们是猴子的亲戚来。

猴子的亲戚也有大小，有好坏的。

但达尔文善于研究，却不善于骂人，所以被绅士们嘲笑了小半世。给他来斗争的是自称为“达尔文的咬狗”的赫胥黎，他以渊博的学识，警辟的文章，东冲西突，攻陷了自以为亚当和夏娃的子孙们的最后的堡垒。现在是指人为狗，变成摩登了。也算是一句恶骂。但是，便是狗罢，也不能一例而论的，有的食肉，有的拉橇，有的为军队探敌，有的帮警署捉人，有的在张园赛跑，有的跟化子要饭。将给阔人开心的吧儿和在雪地里救人的猛犬一比较，何如？如赫胥黎，就是一匹有功人世的好狗。

狗也有大小，有好坏的。

但要明白，首先就要辨别。“幽默处俏皮与正经之间”（语堂语）。不知俏皮与正经之辨，怎么会知道这“之间”？我们虽挂孔子的门徒招牌，却是庄生①的私淑弟子。“彼亦一是非，此亦一是非”，是与非不想辨；“不知周之梦为蝴蝶欤，蝴蝶之梦为周欤？”梦与觉也分不清。生活要混沌。如果凿起七窍来呢？庄子曰：“七日而混沌死。”

这如何容得感叹号？

而且也容不得笑。私塾的先生，一向就不许孩子愤怒，悲哀，也不许高兴。皇帝不肯笑，奴隶是不准笑的。他们会笑，就怕他们也会哭，会怒，会闹起来。更何况坐着有版税可抽，而一年之中，竟“只闻其骚音怨音以及刻薄刁毒之音”呢？

这可见“幽默”在中国是不会有的。

这也可见我对于《论语》的悲观，正非神经过敏。有版税的尚且如此，还能希望那些炸弹满空，河水漫野之处的人们来说“幽默”么？恐怕连“骚音怨音”也不会有，“盛世元音”自然更其谈不到。将来圆桌会议上也许有人列席，然而是客人，主宾之间，用不着“幽默”。甘地一回一回的不肯吃饭，而主人所办的报章上，已有说应该给他鞭子的了。

这可见在印度也没有“幽默”。

最猛烈的鞭挞了那主人们的是萧伯纳，而我们中国的有些绅士淑女们可又憎恶他了，这真是伯纳“以无意得之，大奇！”然而也正是办起《孝经》来的好文字；“此士大夫之孝也。”

---

① 即庄子。

《中庸》，《大学》都已新出，《孝经》是一定就要出来的；不过另外还要有《左传》。在这样的年头，《论语》那里会办得好；二十五本，已经要算是“不亦乐乎”的了。

八月二十三日。

小品文的危机

仿佛记得一两月之前，曾在一种日报上见到记载着一个人的死去的文章，说他是收集“小摆设”的名人，临末还有依稀的感喟，以为此人一死，“小摆设”的收集者在中国怕要绝迹了。

但可惜我那时不很留心，竟忘记了那日报和那收集家的名字。

现在的新的青年恐怕也大抵不知道什么是“小摆设”了。但如果他出身旧家，先前曾有玩弄翰墨的人，则只要不很破落，未将觉得没用的东西卖给旧货担，就也许还能在尘封的废物之中，寻出一个小小的镜屏，玲珑剔透的石块，竹根刻成的人像，古玉雕出的动物，锈得发绿的铜铸的三脚癞虾蟆：这就是所谓“小摆设”。先前，它们陈列在书房里的时候，是各有其雅号的，譬如那三脚癞虾蟆，应该称为“蟾蜍砚滴”之类，最末的收集家一定都知道，现在呢，可要和它的光荣一同消失了。

那些物品，自然决不是穷人的东西，但也不是达官富翁家的陈设，他们所要的，是珠玉扎成的盆景，五彩绘画的磁瓶。那只是所谓士大夫的“清玩”。在外，至少必须有几十亩膏腴的田地，在家，必须有几间幽雅的书斋；就是流寓上海，也一定得生活较为安闲，在客栈里有一间长包的房子，书桌一顶，烟榻一张，瘾足心闲，摩挲①赏鉴。然而这境地，现在却已经被世界的险恶的潮流冲得七颠八倒，像狂涛中的小船似的了。

然而就是在所谓“太平盛世”罢，这“小摆设”原也不是什么重要的物品。在方寸的象牙版上刻一篇《兰亭序》，至今还有“艺术品”之称，但倘将这挂在万里长城的墙头，或供在云冈的丈八佛像的足下，它就渺小得看不见了，即使热心者竭力指点，也不过令观者生一种滑稽之感。何况在风沙扑面，狼虎成群的时候，谁还有这许多闲工夫，来赏玩琥珀扇坠，翡翠戒指呢。他们即使要悦目，所要的也是耸立于风沙中的大建筑，要坚固而伟大，不必怎样精；即使要满意，所要的也是匕首和投枪，要锋利而切实，用不着什么雅。

美术上的“小摆设”的要求，这幻梦是已经破掉了，那日报上的文章的作者。就直觉的地知道。然而对于文学上的“小摆设”——“小品文”的要求，却正在越加旺盛起来，要求者以为可以靠着低诉或微吟，将粗犷的人心，磨得渐渐的平滑。这就是想别人一心看着《六朝文絜》，而忘记了自己是抱在黄河决口之后，淹得仅仅露出水面的树梢头。

但这时却只用得着挣扎和战斗。

而小品文的生存，也只仗着挣扎和战斗的。晋朝的清言，早和它的朝代一同消歇了。唐末诗风衰落，而小品放了光辉。但罗隐的《谗书》，几乎全部是抗争和愤激之谈；皮日休和陆龟蒙自以为隐士，别人也称之为隐士，而看他们在《皮子文薮》和《笠泽丛书》中的小品文，并没有忘记天下，正是一塌糊涂的泥塘里的光彩和锋芒。明末的小品虽然比较的颓放，却

① 用手轻轻按着并慢慢地移动。

并非全是吟风弄月，其中有不平，有讽刺，有攻击，有破坏。这种作风，也触着了满洲君臣的心病，费去许多助虐的武将的刀锋，帮闲的文臣的笔锋，直到乾隆年间，这才压制下去了。以后呢，就来了“小摆设”。

“小摆设”当然不会有大发展。到五四运动的时候，才又来了一个展开，散文小品的成功，几乎在小说戏曲和诗歌之上。这之中，自然含着挣扎和战斗，但因为常常取法于英国的随笔（Essay），所以也带一点幽默和雍容；写法也有漂亮和缜密的。这是为了对于旧文学的示威，在表示旧文学之自以为特长者，白话文学也并非做不到。以后的路，本来明明是更分明的挣扎和战斗，因为这原是萌芽于“文学革命”以至“思想革命”的。但现在的趋势，却在特别提倡那和旧文章相合之点，雍容，漂亮，缜密，就是要它成为“小摆设”，供雅人的摩挲[①]，并且想青年摩挲了这“小摆设”，由粗暴而变为风雅了。

然而现在已经更没有书桌；鸦片虽然已经公卖，烟具是禁止的，吸起来还是十分不容易。想在战地或灾区里的人们来鉴赏罢——谁都知道是更奇怪的幻梦。这种小品，上海虽正在盛行，茶话酒谈，遍满小报的摊子上，但其实是正如烟花女子，已经不能在弄堂里拉扯她的生意，只好涂脂抹粉，在夜里到马路上来了。

小品文就这样的走到了危机。但我所谓危机，也如医学上的所谓“极期”（Krisis）一般，是生死的分歧，能一直得到死亡，也能由此至于恢复。麻醉性的作品，是将与麻醉者和被麻醉者同归于尽的。生存的小品文，必须是匕首，是投枪，能和

---

① 用手抚摸，也有摸索之意。

读者一同杀出一条生存的血路的东西；但自然，它也能给人愉快和休息，然而这并不是“小摆设”，更不是抚慰和麻痹，它给人的愉快和休息是休养，是劳作和战斗之前的准备。

八月二十七日。

九一八

阴天，晌午大风雨。看晚报，已有纪念这纪念日的文章，用风雨作材料了。明天的日报上，必更有千篇一律的作品。空言不如事实，且看看那些记事罢——

戴季陶讲如何救国

（中央社）

南京十八日——国府十八日晨举行纪念周，到林森、戴季陶、陈绍宽、朱家骅、吕超、魏怀暨国府职员等四百余人，林主席领导行礼，继戴讲“如何救国”，略谓本日系九一八两周年纪念，吾人于沉痛之余，应想法达到救国目的，救国之道甚多，如道德救国，教育救国，实业救国等，最近又有所谓航空运动及节约运动，前者之动机在于国防与交通上建设，此后吾人应从根本上设法增强国力，不应只知向外国购买飞机，至于节约运动须一面消极的节省消费，一面积极的将金钱用于生产方面。在此国家危急之秋，吾人应该各就自己的职务上尽力量，根据总理的一贯政策，来做整个三民主义的实施。

吴敬恒讲纪念意义

(中央社)

南京十八日——中央十八日晨八时举行九一八二周年纪念大会，到中委汪兆铭、陈果夫、邵元冲、陈公博、朱培德、贺耀祖、王棋等暨中央工作人员共六百余人，汪主席，由吴敬恒演讲以精诚团结充实国力，为纪念九一八之意义，阐扬甚多，并指正爱国之道，词甚警惕，至九时始散。

汉口静默停止娱乐

(日联社)

汉口十八日——汉口九一八纪念日华街各户均揭半旗，省市两党部上午十时举行纪念会，各戏院酒馆等一律停业，上午十一时全市人民默祷五分钟。

广州禁止民众游行

(路透社)

广州十八日——各公署与公共团体今晨均举行九一八国耻纪念，中山纪念堂晨间行纪念礼，演说者均抨击日本对华之侵略，全城汽笛均大鸣，以警告民众，且有飞机于行礼时散发传单，惟民众大游行，为当局所禁，未能实现。

东京纪念祭及犬马

（日联社）

东京十八日——东京本日举行九一八纪念日，下午一时在日比谷公会堂举行阵亡军人遗族慰安会，筑地本愿寺举行军马军犬军鸽等之慰灵祭，在乡军人于下午六时开大会，靖国神社举行阵亡军人追悼会。

但在上海怎样呢？先看租界——

雨丝风片倍觉消沉

今日之全市，既因雨丝风片之侵袭，愁云惨雾之笼罩，更显黯淡之象，但驾车遍游全市，则殊难得见九一八特殊点缀，似较诸去年今日，稍觉消沉，但此非中国民众之已渐趋于麻木，或者为中国民众已觉悟于过去标语口号之不足恃，只有埋头苦做之一道乎？所以今日之南市闸北以及租界区域，情形异常平安，道途之间，除警务当局多派警探在冲要之区，严密戒备外，简直无甚可以纪述者。

以上是见于《大美晚报》的，很为中国人祝福。至华界情状，却须看《大晚报》的记载了——

今日九一八

华界戒备

公安局据密报防反动

今日为“九一八”，日本侵占东北国难二周年纪念，市公安局长文鸿恩，昨据密报，有反动分子，拟借国难纪念为由秘密召集无知工人，乘机开会，企图煽惑捣乱秩序等语，文局长核报后，即训令各区所队，仍照去年“九一八”实施特别戒备办法，除通告该局各科处于今晨十时许，在局长办公厅前召集全体职员，及警察总队第三中队警士，举行“九一八”国难纪念，同时并行纪念周外，并饬督察长李光曾派全体督察员，男女检查员，分赴中华路，民国路，方浜路，南阳桥，唐家湾，斜桥等处，会同各区所警士，在各要隘街衢，及华租界接壤之处，自上午八时至十一时半，中午十一时半至三时，下午三时至六时半，分三班轮流检查行人。南市大吉路公共体育场，沪西曹家渡三角场，闸北谭子湾等处，均派大批巡逻警士，禁止集会游行。制造局路之西，徐家汇区域内主要街道，尤宜特别注意，如遇发生事故，不能制止者，即向丽园路报告市保安处第二团长处置，凡工厂林立处所，加派双岗驻守，红色车巡队，沿城环行驶巡，形势非常壮严。该局侦缉队长卢英，饬侦缉领班陈光炎，陈才福，唐炳祥，夏品山，各率侦缉员，分头密赴曹家渡，白利南路，胶州路及南市公共体育场等处，严密暗探反动分子行动，以资防范，而遏乱萌。公共租界暨法租界两警务处，亦派中西探员出发搜查，以防反动云。

“红色车”是囚车，中国人可坐，然而从中国人看来，却觉得“形势非常壮严”云。记得前两天（十六日）出版的《生活》所载的《两年的教训》里，有一段说——

“第二，我们明白谁是友谁是仇了。希特勒在德国民族社会党大会中说：‘德国的仇敌，不在国外，而在国内。’北平整委会主席黄郛说：‘和共抗日之说，实为谬论；剿共和外方为救时救党上策。’我们却要说‘民族的仇敌，不仅是帝国主义，而是出卖民族利益的帝国主义走狗们。’民族反帝的真正障碍在那里，还有比这过去两年的事实指示得更明白吗?”

现在再来一个切实的注脚：分明的铁证还有上海华界的“红色车”！是一天里的大教训！

年年的这样的情状，都被时光所埋没了，今夜作此，算是纪念文，倘中国人而终不至被害尽杀绝，则以贻我们的后来者。

是夜，记。

偶成

九月二十日的《申报》上，有一则嘉善地方的新闻，摘录起来，就是——

“本县大窑乡沈和声与子林生，被著匪石塘小弟绑架而去，勒索三万元。沈姓家以中人之产，迁延未决。讵料该帮股匪乃将沈和声父子及苏境方面绑来肉票，在丁棚北，北荡滩地方，大施酷刑。法以布条遍贴背上，另用生漆涂敷，俟其稍干，将布之一端，连皮揭起，则痛彻心肺，哀号呼救，惨不忍闻。时为该处居民目睹，恻然心伤，尽将惨状报告沈姓，速即往赎，否则恐无生还，帮匪手段之酷，洵属骇闻①。”

“酷刑”的记载，在各地方的报纸上是时时可以看到的，但我们只在看见时觉得“酷”，不久就忘记了，而实在也真是记不胜记。然而酷刑的方法，却决不是突然就会发明，一定都有它的师承或祖传，例如这石塘小弟所采用的，便是一个古法，见于士大夫未必肯看，而下等人却大抵知道的《说岳全传》一名《精忠传》上，是秦桧要岳飞自认“汉奸”，逼供之际所用的方法，但使用的材料，却是麻条和鱼鳔。我以为生漆之说，是未必的确的，因为这东西很不容易干燥。

“酷刑”的发明和改良者，倒是虎吏和暴君，这是他们惟

① 实在是惊人的新闻。

一的事业，而且也有工夫来考究，这是所以威民，也所以除奸的，然而老子说得好，“为之斗斛以量之，则并与斗斛而窃之，……”有被刑的资格的也就来玩一个“剪窃”①。张献忠的剥人皮，不是一种骇闻么？但他之前已有一个剥了“逆臣”景清的皮的永乐皇帝在。

奴隶们受惯了“酷刑”的教育，他只知道对人应该用酷刑。

但是，对于酷刑的效果的意见，主人和奴隶们是不一样的。主人及其帮闲们，多是智识者，他能推测，知道酷刑施之于敌对，能够给与怎样的痛苦，所以他会精心结撰，进步起来。奴才们却一定是愚人，他不能“推已及人”，更不能推想一下，就“感同身受”。只要他有权，会采用成法自然也难说，然而他的主意，是没有智识者所测度的那么惨厉的。绥拉菲摩维支在《铁流》里，写农民杀掉了一个贵人的小女儿，那母亲哭得很凄惨，他却诧异道，哭什么呢，我们死掉多少小孩子，一点也没哭过。他不是残酷，他一向不知道人命会这么宝贵，他觉得奇怪了。

奴隶们受惯了猪狗的待遇，他只知道人们无异于猪狗。

用奴隶或半奴隶的幸福者，向来只怕“奴隶造反”，真是无怪的。

要防“奴隶造反”，就更加用“酷刑”，而“酷刑”却因此更到了末路。在现代，枪毙是早已不足为奇了。枭首陈尸，也只能博得民众暂时的鉴赏，而抢劫，绑架，作乱的还是不减少，并且连绑匪也对于别人用起酷刑来了。酷的教育，使人们见酷

① 指剽窃。

而不再觉其酷，例如无端杀死几个民众，先前是大家就会嚷起来的，现在却只如见了日常茶饭事。人民真被治得好像厚皮的，没有感觉的癞象一样了，但正因为成了癞皮，所以又会踏着残酷前进，这也是虎吏和暴君所不及料，而即使料及，也还是毫无办法的。

九月二十日。

漫与

地质学上的古生代的秋天，我们不大明白了，至于现在，却总是相差无几。假使前年是肃杀的秋天，今年就成了凄凉的秋天，那么，地球的年龄，怕比天文学家所豫测的最短的数目还要短得多多罢。但人事却转变得真快，在这转变中的人，尤其是诗人，就感到了不同的秋。将这感觉，用悲壮的，或凄惋的句子，传给一切平常人，使彼此可以应付过去，而天地间也常有新诗存在。

前年实在好像是一个悲壮的秋天，市民捐钱，青年拼命，笳鼓的声音也从诗人的笔下涌出，仿佛真要“投笔从戎”似的。然而诗人的感觉是锐敏的，他未始不知道国民的赤手空拳，所以只好赞美大家的殉难，因此在悲壮里面，便埋伏着一点空虚。我所记得的，是邵冠华先生的《醒起来罢同胞》（《民国日报》所载）里的一段——

“同胞，醒起来罢，
踢开了弱者的心，
踢开了弱者的脑，
看，看，看，
看同胞们的血喷出来了，
看同胞们的肉割开来了，
看同胞们的尸体挂起来了。”

鼓鼙之声要在前线，当进军的时候，是“作气”的，但尚且要“再而衰，三而竭”，倘在并无进军的准备的处所，那就完全是“散气”的灵丹了，倒使别人的紧张的心情，由此转成弛缓。所以我曾比之于“嚎丧”，是送死的妙诀，是丧礼的收场，从此使生人又可以在别一境界中，安心乐意的活下去。历来的文章中，化“敌”为“皇”，称“逆”为“我朝”，这样的悲壮的文章就是其间的“蝴蝶铰”①，但自然，作手是不必同出于一人的。然而从诗人看来，据说这些话乃是一种“狂吠”。

不过事实真也比评论更其不留情面，仅在这短短的两年中，昔之义军，已名“匪徒”，而有些“抗日英雄”，却早已侨寓姑苏了，而且连捐款也发生了问题。九一八的纪念日，则华界但有囚车随着武装巡捕梭巡，这囚车并非“意图”拘禁敌人或汉奸，而是专为“意图乘机捣乱”的“反动分子”所豫设的宝座。天气也真是阴惨，狂风骤雨，报上说是“飓风”，是天地在为中国饮泣，然而在天地之间——人间，这一日却“平安”的过去了。

于是就成了虽然有些惨淡，却很“平安”的秋天，正是一个丧家届了除服之期的景象。但这景象，却又与诗人非常适合的，我在《醒起来罢同胞》的同一作家的《秋的黄昏》（九月二十五日《时事新报》所载）里，听到了幽咽而舒服的声调——

“我到了秋天便会伤感；到了秋天的黄昏，便会流泪，我已很感觉到我的伤感是受着秋风的波动而兴奋地展开，同时自

① 这里指连接物的意思。

己又像会发现自己的环境是最适合于秋天，细细地抚摩着秋天在自然里发出的音波，我知道我的命运使我成为秋天的人。……”

钉梢，现在中国所流行的，是无赖子对于摩登女郎，和侦探对于革命青年的钉梢，而对于文人学士们，却还很少见。假使追蹑几月或几年试试罢，就会看见许多怎样的情随事迁，到底头头是道的诗人。

一个活人，当然是总想活下去的，就是真正老牌的奴隶，也还在打熬着要活下去。然而自己明知道是奴隶，打熬着，并且不平着，挣扎着，一面“意图”挣脱以至实行挣脱的，即使暂时失败，还是套上了镣铐罢，他却不过是单单的奴隶。如果从奴隶生活中寻出“美”来，赞叹，抚摩，陶醉，那可简直是万劫不复的奴才了，他使自己和别人永远安住于这生活。就因为奴群中有这一点差别，所以使社会有平安和不安的差别，而在文学上，就分明的显现了麻醉的和战斗的不同。

九月二十七日。

世故三昧

人世间真是难处的地方，说一个人“不通世故”，固然不是好话，但说他“深于世故”也不是好话。“世故”似乎也像“革命之不可不革，而亦不可太革”一样，不可不通，而亦不可太通的。

然而据我的经验，得到“深于世故”的恶谥者，却还是因为“不通世故”的缘故。

现在我假设以这样的话，来劝导青年人——

“如果你遇见社会上有不平事，万不可挺身而出，讲公道话，否则，事情倒会移到你头上来，甚至于会被指作反动分子的。如果你遇见有人被冤枉，被诬陷的，即使明知道他是好人，也万不可挺身而出，去给他解释或分辩，否则，你就会被人说是他的亲戚，或得了他的贿赂；倘使那是女人，就要被疑为她的情人的；如果他较有名，那便是党羽。例如我自己罢，给一个毫不相干的女士做了一篇信札集的序，人们就说她是我的小姨；绍介一点科学的文艺理论，人们就说得了苏联的卢布。亲戚和金钱，在目下的中国，关系也真是大，事实给与了教训，人们看惯了，以为人人都脱不了这关系，原也无足深怪的。

“然而，有些人其实也并不真相信，只是说着玩玩，有趣有趣的。即使有人为了谣言，弄得凌迟碎剐，像明末的郑鄤那样了，和自己也并不相干，总不如有趣的紧要。这时你如果去辨正，那就是使大家扫兴，结果还是你自己倒霉。我也有一个经验。那是十多年前，我在教育部里做‘官僚’，常听得同事说，某女学校的学生，是可以叫出来嫖的，连机关的地址门牌，也说得明明白白。有一回我偶然走过这条街，一个人对于坏事情，是记性好一点的，我记起来了，便留心着那门牌，但这一号，却是一块小空地，有一口大井，一间很破烂的小屋，是几个山东人住着卖水的地方，决计做不了别用。待到他们又在谈着这事的时候，我便说出我的所见来，而不料大家竟笑容尽敛，不欢而散了，此后不和我谈天者两三月。我事后才悟到打断了他们的兴致，是不应该的。

“所以，你最好是莫问是非曲直，一味附和着大家；但更好是不开口；而在更好之上的是连脸上也不显出心里的是非的模样来……”

这是处世法的精义，只要黄河不流到脚下，炸弹不落在身边，可以保管一世没有挫折的。但我恐怕青年人未必以我的话为然；便是中年，老年人，也许要以为我是在教坏了他们的子弟。呜呼，那么，一片苦心，竟是白费了。

然而倘说中国现在正如唐、虞盛世，却又未免是“世故”之谈。耳闻目睹的不算，单是看看报章，也就可以知道社会上有多少不平，人们有多少冤抑。但对于这些事，除了有时或有同业，同乡，同族的人们来说几句呼吁的话之外，利害无关的人的义愤的声音，我们是很少听到的。这很分明，是大家不开口；或者以为和自己不相干；或者连“以为和自己不相干”的意思也全没有。“世故”深到不自觉其“深于世故”，这才真是“深于世故”的了。这是中国处世法的精义中的精义。

而且，对于看了我的劝导青年人的话。心以为非的人物，我还有一下反攻在这里。他是以我为狡猾的。但是，我的话里，一面固然显示着我的狡猾。而且无能，但一面也显示着社会的黑暗。他单责个人，正是最稳妥的办法，倘使兼责社会，可就得站出去战斗了。责人的“深于世故”而避开了“世”不谈，这是更“深于世故”的玩艺，倘若自己不觉得，那就更深更深了，离三昧境盖不远矣。

不过凡事一说，即落言筌①，不再能得三昧。说“世故三昧”者，即非“世故三昧”。三昧真谛，在行而不言；我现在一说“行而不言”，却又失了真谛，离三昧境盖益远矣。

一切善知识，心知其意可也，唵！

十月十三日。

① 指在言词上留下的迹象。

谣言世家

双十佳节，有一位文学家大名汤增敭先生的，在《时事新报》上给我们讲光复时候的杭州的故事。他说那时杭州杀掉许多驻防的旗人，辨别的方法，是因为旗人叫“九”为“钩”的，所以要他说“九百九十九”，一露马脚，刀就砍下去了。

这固然是颇武勇，也颇有趣的。但是，可惜是谣言。

中国人里，杭州人是比较的文弱的人。当钱大王治世的时候，人民被刮得衣裤全无，只用一片瓦掩着下部，然而还要追捐，除被打得麑一般叫之外，并无贰话。不过这出于宋人的笔记，是谣言也说不定的。但宋、明的末代皇帝，带着没落的阔人，和暮气一同滔滔的逃到杭州来，却是事实，苟延残喘，要大家有刚决的气魄，难不难。到现在，西子湖边还多是摇摇摆摆的雅人；连流氓也少有浙东似的“白刀子进，红刀子出”的打架。自然，倘有军阀做着后盾，那是也会格外的撒泼的，不过当时实在并无敢于杀人的风气，也没有乐于杀人的人们，我们只要看举了老成持重的汤蛰仙先生做都督，就可以知道是不会流血的了。

不过战事是有的。革命军围住旗营，开枪打进去，里面也有时打出来。然而围得并不紧，我有一个熟人，白天在外面逛，晚上却自进旗营睡觉去了。

虽然如此，驻防军也终于被击溃，旗人降服了，房屋被充公是有的，却并没有杀戮。口粮当然取消，各人自寻生计，开初倒还好，后来就遭灾。

怎么会遭灾的呢？就是发生了谣言。

杭州的旗人一向优游于西子湖边，秀气所钟，是聪明的，他们知道没有了粮，只好做生意，于是卖糕的也有，卖小菜的也有。杭州人是客气的，并不歧视，生意也还不坏。然而祖传的谣言起来了，说是旗人所卖的东西，里面都藏着毒药。这一下子就使汉人避之惟恐不远，但倒是怕旗人来毒自己，并不是自己想去害旗人。结果是他们所卖的糕饼小菜，毫无生意，只得在路边出卖那些不能下毒的家具。家具一完，途穷路绝，就一败涂地了。这是杭州驻防旗人的收场。

笑里可以有刀，自称酷爱和平的人民，也会有杀人不见血的武器，那就是造谣言。但一面害人，一面也害己，弄得彼此懵懵懂懂。古时候无须提起了，即在近五十年来，甲午战败，就说是李鸿章害的，因为他儿子是日本的驸马，骂了他小半世；庚子拳变，又说洋鬼子是挖眼睛的，因为造药水，就乱杀了一大通。下毒学说起于辛亥光复之际的杭州，而复活于近来排日的时候。我还记得每有一回谣言，就总有谁被诬为下毒的奸细。给谁平白打死了。

谣言世家的子弟，是以谣言杀人，也以谣言被杀的。

至于用数目来辨别汉、满之法，我在杭州倒听说是出于湖北的荆州的，就是要他们数一二三四，数到“六”字，读作上声，便杀却。但杭州离荆州太远了，这还是一种谣言也难说。

我有时也不大能够分清那句是谣言，那句是真话了。

十月十三日。

关于妇女解放

孔子曰："唯女子与小人为难养也，近之则不逊，远之则怨。"女子与小人归在一类里，但不知道是否也包括了他的母亲。后来的道学先生们，对于母亲，表面上总算是敬重的了，然而虽然如此，中国的为母的女性，还受着自己儿子以外的一切男性的轻蔑。

辛亥革命后，为了参政权，有名的沈佩贞女士曾经一脚踢倒过议院门口的守卫。不过我很疑心那是他自己跌倒的。假使我们男人去踢罢，他一定会还踢你几脚。这是做女子便宜的地方。还有，现在有些太太们，可以和阔男人并肩而立，在码头或会场上照一个照相；或者当汽船飞机开始行动之前，到前面去敲碎一个酒瓶（这或者非小姐不可也说不定，我不知道那详细）了，也还是做女子的便宜的地方。此外，又新有了各样的职业，除女工，为的是她们工钱低，又听话，因此为厂主所乐用的不算外，别的就大抵只因为是女子，所以一面虽然被称为"花瓶"，一面也常有"一切招待，全用女子"的光荣的广告。男子倘要这么突然的飞黄腾达，单靠原来的男性是不行的，他至少非变狗不可。

这是五四运动后，提倡了妇女解放以来的成绩。不过我们还常常听到职业妇女的痛苦的呻吟，评论家的对于新式女子的讥笑。她们从闺阁走出，到了社会上，其实是又成为给大家开玩笑，发议论的新资料了。

这是因为她们虽然到了社会上，还是靠着别人的“养”；要别人“养”，就得听人的唠叨，甚而至于侮辱。我们看看孔夫子的唠叨，就知道他是为了要“养”而“难”，“近之”“远之”都不十分妥帖的缘故。这也是现在的男子汉大丈夫的一般的叹息。也是女子的一般的苦痛。在没有消灭“养”和“被养”的界限以前，这叹息和苦痛是永远不会消灭的。

这并未改革的社会里，一切单独的新花样，都不过一块招牌，实际上和先前并无两样。拿一匹小鸟关在笼中，或给站在竿子上，地位好象改变了，其实还只是一样的在给别人做玩意，一饮一啄，都听命于别人。俗语说：“受人一饭，听人使唤”，就是这。所以一切女子，倘不得到和男子同等的经济权，我以为所有好名目，就都是空话。自然，在生理和心理上，男女是有差别的；即在同性中，彼此也都不免有些差别，然而地位却应该同等。必须地位同等之后，才会有真的女人和男人，才会消失了叹息和苦痛。

在真的解放之前，是战斗。但我并非说，女人应该和男人一样的拿枪，或者只给自己的孩子吸一只奶，而使男子去负担那一半。我只以为应该不自苟安于目前暂时的位置，而不断的为解放思想、经济等等而战斗。解放了社会，也就解放了自己。但自然，单为了现存的惟妇女所独有的桎梏而斗争，也还是必要的。

我没有研究过妇女问题，倘使必须我说几句，就只有这一点空话。

十月二十一日。

火

普洛美修斯偷火给人类，总算是犯了天条，贬入地狱。但是，钻木取火的燧人氏却似乎没有犯窃盗罪，没有破坏神圣的私有财产——那时候，树木还是无主的公物。然而燧人氏也被忘却了，到如今只见中国人供火神菩萨，不见供燧人氏的。

火神菩萨只管放火，不管点灯。凡是火着就有他的份。因此，大家把他供养起来，希望他少作恶。然而如果他不作恶，他还受得着供养么，你想？

点灯太平凡了。从古至今，没有听到过点灯出名的名人，虽然人类从燧人氏那里学会了点火已经有五六千年的时间。放火就不然，秦始皇放了一把火——烧了书没有烧人；项羽入关又放了一把火——烧的是阿房宫不是民房（？——待考）。……罗马的一个什么皇帝却放火烧百姓了；中世纪正教的僧侣就会把异教徒当柴火烧，间或还灌上油。这些都是一世之雄。现代的希特拉就是活证人。如何能不供养起来。何况现今是进化时代，火神菩萨也代代跨灶①的。

譬如说罢，没有电灯的地方，小百姓不顾什么国货年，人人都要买点洋货的煤油，晚上就点起来：那么幽黯的黄澄澄的光线映在纸窗上，多不大方！不准，不准这么点灯！你们如果要光明的话，非得禁止这样“浪费”煤油不可。煤油应当扛到

① 马奔走时，后蹄印反在前蹄印之前，所以用来喻儿子胜过父亲。

田地里去，灌进喷筒，呼啦呼啦的喷起来……一场大火，几十里路的延烧过去，稻禾，树木，房舍——尤其是草棚——一会儿都变成飞灰了。还不够，就有燃烧弹，硫磺弹，从飞机上面扔下来，像上海一二八的大火似的，够烧几天几晚。那才是伟大的光明呵。

火神菩萨的威风是这样的。可是说起来，他又不承认：火神菩萨据说原是保佑小民的，至于火灾，却要怪小民自不小心，或是为非作歹，纵火抢掠。

谁知道呢？历代放火的名人总是这样说，却未必总有人信。

我们只看见点灯是平凡的，放火是雄壮的，所以点灯就被禁止，放火就受供养。你不见海京伯马戏团么：宰了耕牛喂老虎，原是这年头的“时代精神”。

十一月二日。

论翻印木刻

麦绥莱勒的连环图画四种出版并不久，日报上已有了种种的批评，这是向来的美术书出版后未能遇到的盛况，可见读书界对于这书，是十分注意的。但议论的要点，和去年已不同：去年还是连环图画是否可算美术的问题，现在却已经到了看懂这些图画的难易了。

出版界的进行可没有评论界的快。其实，麦绥莱勒的木刻的翻印，是还在证明连环图画确可以成为艺术这一点的。现在的社会上，有种种读者层，出版物自然也就有种种，这四种是供给智识者层的图画。然而为什么有许多地方很难懂得呢？我以为是由于经历之不同。同是中国人，倘使曾经见过飞机救国或“下蛋”，则在图上看见这东西，即刻就懂，但若历来未尝躬逢这些盛典的人，恐怕只能看作风筝或蜻蜓罢了。

有一种自称“中国文艺年鉴社”，而实是匿名者们所编的《中国文艺年鉴》在它的所谓“鸟瞰”中，曾经说我所发表的《连环图画辩护》虽将连环图画的艺术价值告诉了苏汶先生，但“无意中却把要是德国板画那类艺术作品搬到中国来，是否能为一般大众所理解，即是否还成其为大众艺术的问题忽略了过去，而且这种解答是对大众化的正题没有直接意义的”。这真是倘不是能编《中国文艺年鉴》的选家，就不至于说出口来的聪明话，因为我本也“不”在讨论将“德国板画搬到中国来，是否为一般大众所理解”；所辩护的只是连环图画可以成为艺术，使青年艺术学徒不被曲说所迷，敢于创作，并且逐渐产生大众化的作品而已。假使我真如那编者所希望，“有意的”来说德国板画是否就是中国的大众艺术，这可至少也得归入“低能”一类里去了。

但是，假使一定要问：“要是德国板画那类艺术作品搬到中国来，是否能为一般大众所理解”呢？那么，我也可以回答：假使不是立方派①，未来派等等的古怪作品，大概该能够理解一点。所理解的可以比看一本《中国文艺年鉴》多，也不至于比看一本《西湖十景》少。风俗习惯，彼此不同，有些当然是莫明其妙的，但这是人物，这是屋宇，这是树木，却能够懂得，到过上海的，也就懂得画里的电灯，电车，工厂。尤其合式的是所画的是故事，易于讲通，易于记得。古之雅人，曾谓妇人俗子，看画必问这是什么故事，大可笑。中国的雅俗之分就在此：雅人往往说不出他以为好的画的内容来，俗人却非问内容不可。从这一点看，连环图画是宜于俗人的，但我在《连环图画辩护》中，已经证明了它是艺术，伤害了雅人的高超了。

然而，虽然只对于智识者，我以为绍介了麦绥莱勒的作品也还是不够的。同是木刻，也有刻法之不同，有思想之不同，有加字的，有无字的，总得翻印好几种，才可以窥见现代外国连环图画的大概。而翻印木刻画，也较易近真，有益于观者。我常常想，最不幸的是在中国的青年艺术学徒了，学外国文学可看原书，学西洋画却总看不到原画。自然，翻板是有的，但是，将一大幅壁画缩成明信片那么大，怎能看出真相？大小是

---

① 即立体派，二十世纪初形成于法国的一种资产阶级艺术流派。

很有关系的，假使我们将象缩小如猪，老虎缩小如鼠，怎么还会令人觉得原先那种气魄呢。木刻却小品居多，所以翻刻起来，还不至于大相远。

但这还仅就绍介给一般智识者的读者层而言，倘为艺术学徒设想，锌板的翻印也还不够。太细的线，锌板上是容易消失的，即使是粗线，也能因强水浸蚀的久暂而不同，少浸太粗，久浸就太细，中国还很少制板适得其宜的名工。要认真，就只好来用玻璃板，我翻印的《士敏土之图》二百五十本，在中国便是首先的试验。施蛰存先生在《大晚报》附刊的《火炬》上说；“说不定他是像鲁迅先生印珂罗版本木刻图一样的是私人精印本，属于罕见书之列”，就是在讥笑这一件事。我还亲自听到过一位青年在这“罕见书”边说，写着只印二百五十部，是骗人的，一定印的很多，印多报少，不过想抬高那书价。

他们自己没有做过“私人精印本”的可笑事，这些笑骂是都无足怪的。我只因为想供给艺术学徒以较可靠的木刻翻本，就用原画来制玻璃版，但制这版，是每制一回只能印三百幅的，多印即须另制，假如每制一幅则只印一张或多至三百张，制印费都是三元，印三百以上到六百张即需六元，九百张九元，外加纸张费。倘在大书局，大官厅，即使印一万二千本原也容易办，然而我不过一个“私人”；并非繁销书，而竟来“精印”，那当然不免为财力所限，只好单印一板了。但幸而还好，印本已经将完，可知还有人看见；至于为一般的读者，则早已用锌板复制，插在译本《士敏土》里面了，然而编辑兼批评家却不屑道。

人不严肃起来，连指导青年也可以当作开玩笑，但仅印十来幅图，认真地想过几回的人却也有的，不过自己不多说。我这回写了出来，是在向青年艺术学徒说明珂罗板一板只印三百部，是制板上普通的事，并非故意要造“罕见书”，并且希望有更多好事的“私人”，不为不负责任的话所欺，大家都来制造“精印本”。

十一月六日。

《木刻创作法》序

地不问东西，凡木刻的图版，向来是画管画，刻管刻，印管印的。中国用得最早，而照例也久经衰退；清光绪中，英人傅兰雅氏编印《格致汇编》，插图就已非中国刻工所能刻，精细的必需由英国运了图版来。那就是所谓“木口木刻”，也即“复制木刻”，和用在编给印度人读的英文书，后来也就移给中国人读的英文书上的插画，是同类的。那时我还是一个儿童，见了这些图，便震惊于它的精工活泼，当作宝贝看。到近几年，才知道西洋还有一种由画家一手造成的版画，也就是原画，倘用木版，便叫作“创作木刻”，是艺术家直接的创作品，毫不假手于刻者和印者的。现在我们所要绍介的，便是这一种。

为什么要绍介呢？据我个人的私见，第一是因为好玩。说到玩，自然好像有些不正经，但我们钞书写字太久了，谁也不免要息息眼，平常是看一会窗外的天。假如有一幅挂在墙壁上的画，那岂不是更其好？倘有得到名画的力量的人物，自然是无须乎此的，否则，一张什么复制缩小的东西，实在远不如原版的木刻，既不失真，又省耗费。自然，也许有人要指为“要以‘今雅’立国”的，但比起“古雅”来，不是已有“古”“今”之别了么？

第二，是因为简便。现在的金价很贵了，一个青年艺术学徒想画一幅画，画布颜料，就得化一大批钱；画成了，倘使没法展览，就只好请自已看。木刻是无需多花钱的，只用几把刀在木头上划来划去——这也许未免说得太容易了——就如印人的刻印一样，可以成为创作，作者也由此得到创作的欢喜。印了出来，就能将同样的作品，分给别人，使许多人一样的受到创作的欢喜。总之，是比别种作法的作品，普遍性大得远了。

第三，是因为有用。这和“好玩”似乎有些冲突，但其实也不尽然的，要看所玩的是什么。打马将恐怕是终于没有出息的了；用火药做花炮玩，推广起来却就可以造枪炮。大炮，总算是实用不过的罢，而安特莱夫一有钱，却将它装在自己的庭园里当玩艺。木刻原是小富家儿艺术，然而一用在刊物的装饰，文学或科学书的插画上，也就成了大家的东西，是用不着多说的。

这实在是正合于现代中国的一种艺术。

但是至今没有一本讲说木刻的书，这才是第一本。虽然稍简略，却已经给了读者一个大意。由此发展下去，路是广大得很。题材会丰富起来的，技艺也会精炼起来的，采取新法，加以中国旧日之所长，还有开出一条新的路径来的希望。那时作者各将自己的本领和心得，贡献出来，中国的木刻界就会发生光焰。这书虽然因此要成为不过一粒星星之火，但也够有历史上的意义了。

一九三三年十一月九日，鲁迅记。

作文秘诀

现在竟还有人写信来问我作文的秘诀。

我们常常听到：拳师教徒弟是留一手的，怕他学全了就要打死自己，好让他称雄。在实际上，这样的事情也并非全没有，逢蒙杀羿就是一个前例。逢蒙远了，而这种古气是没有消尽的，还加上了后来的“状元瘾”，科举虽然久废，至今总还要争“惟一”，争“最先”。遇到有“状元瘾”的人们，做教师就危险，拳棒教完，往往免不了被打倒，而这位新拳师来教徒弟时，却以他的先生和自己为前车之鉴，就一定留一手，甚而至于三四手，于是拳术也就“一代不如一代”了。

还有，做医生的有秘方，做厨子的有秘法，开点心铺子的有秘传，为了保全自家的衣食，听说这还只授儿妇，不教女儿，以免流传到别人家里去。“秘”是中国非常普遍的东西，连关于国家大事的会议，也总是“内容非常秘密”，大家不知道。但是，作文却好像偏偏并无秘诀，假使有，每个作家一定是传给子孙的了，然而祖传的作家很少见。自然，作家的孩子们，从小看惯书籍纸笔，眼格也许比较的可以大一点罢，不过不见得就会做。目下的刊物上，虽然常见什么“父子作家”“夫妇作家”的名称，仿佛真能从遗嘱或情书中，密授一些什么秘诀一样，其实乃是肉麻当有趣，妄将做官的关系，用到作文上去了。

那么，作文真就毫无秘诀么？却也并不。我曾经讲过几句做古文的秘诀，是要通篇都有来历，而非古人的成文；也就是通篇是自己做的，而又全非自己所做，个人其实并没有说什么；也就是“事出有因”，而又“查无实据”。到这样，便“庶几乎免于大过也矣”了。简而言之，实不过要做得“今天天气，哈哈哈……”而已。

这是说内容。至于修辞，也有一点秘诀：一要朦胧，二要难懂。那方法，是：缩短句子，多用难字。譬如罢，作文论秦朝事，写一句“秦始皇乃始烧书”，是不算好文章的，必须翻译一下，使它不容易一目了然才好。这时就用得着《尔雅》、《文选》了，其实是只要不给别人知道，查查《康熙字典》也不妨的。动手来改，成为“始皇始焚书”，就有些“古”起来。到得改成“政俶燔典”，那就简直有了班、马①气，虽然跟着也令人不大看得懂。但是这样的做成一篇以至一部，是可以被称为“学者”的，我想了半天，只做得一句，所以只配在杂志上投稿。

我们的古之文学大师，就常常玩着这一手。班固先生的“紫色蛙声，余分闰位”，就将四句长句，缩成八字的；杨雄先生的“蠢迪检柙”，就将“动由规矩”这四个平常字，翻成难字的。《绿野仙踪》记塾师咏“花”，有句云：“媳钗俏矣儿书废，哥罐闻焉嫂棒伤。”自说意思，是儿妇折花为钗，虽然俏丽，但恐儿子因而废读；下联较费解，是他的哥哥折了花来，没有花瓶，就插在瓦罐里，以嗅花香，他嫂嫂为防微杜渐起见，竟用棒子连花和罐一起打坏了。这算是对于冬烘先生的嘲笑。然而他的作法，其实是和扬、班并无不合的，错只在他不用古

① 指班固、司马迁。

典而用新典。这一个所谓“错”，就使《文选》之类在遗老遗少们的心眼里保住了威灵。

做得朦胧，这便是所谓“好”么？答曰：也不尽然，其实是不过掩了丑。但是，“知耻近乎勇”，掩了丑，也就仿佛近乎好了，摩登女郎披下头发，中年妇人罩上面纱，就都是朦胧术。人类学家解释衣服的起源有三说：一说是因为男女知道了性的羞耻心，用这来遮羞；一说却以为倒是用这来刺激；还有一种是说因为老弱男女，身体衰瘦，露着不好看，盖上一些东西，借此掩掩丑的。从修辞学的立场上看起来，我赞成后一说。现在还常有骈四俪六，典丽堂皇的祭文、挽联、宣言、通电，我们倘去查字典，翻类书，剥去它外面的装饰，翻成白话文，试看那剩下的是怎样的东西呵！？

不懂当然也好的。好在那里呢？即好在“不懂”中。但所虑的是好到令人不能说好丑，所以还不如做得它“难懂”：有一点懂，而下一番苦功之后，所懂的也比较的多起来。我们是向来很有崇拜“难”的脾气的，每餐吃三碗饭，谁也不以为奇，有人海餐要吃十八碗，就郑重其事的写在笔记上；用手穿针没有人看，用脚穿针就可以搭帐篷卖钱；一幅画片，平淡无奇，装在匣子里，挖一个洞，化为西洋镜，人们就张着嘴热心的要看了。况且同是一事，费了苦功而达到的，也比并不费力而达到的的可贵。譬如到什么庙里去烧香罢，到山上的，比到平地上的可贵；三步一拜才到庙里的庙，和坐了轿子一径抬到的庙，即使同是这庙，在到达者的心里的可贵的程度是大有高下的。作文之贵乎难懂，就是要使读者三步一拜，这才能够达到一点目的的妙法。

写到这里，成了所讲的不但只是做古文的秘诀，而且是做骗人的古文的秘诀了。但我想，做白话文也没有什么大两样，因为它也可以夹些僻字，加上朦胧或难懂，来施展那变戏法的障眼的手巾的。倘要反一调，就是“白描”。

“白描”却并没有秘诀。如果要说有，也不过是和障眼法反一调：有真意，去粉饰，少做作，勿卖弄而已。

十一月十日。

捣鬼心传

中国人又很有些喜欢奇形怪状，鬼鬼祟祟的脾气，爱看古树发光比大麦开花的多，其实大麦开花他向来也没有看见过。于是怪胎畸形，就成为报章的好资料，替代了生物学的常识的位置了。最近在广告上所见的，有像所谓两头蛇似的两头四手的胎儿，还有从小肚上生出一只脚来的三脚汉子。固然，人有怪胎，也有畸形，然而造化的本领是有限的，他无论怎么怪，怎么畸，总有一个限制：孪儿可以连背，连腹，连臀，连胁，或竟骈头，却不会将头生在屁股上；形可以骈拇，枝指，缺肢，多乳，却不会两脚之外添出一只脚来，好像“买两送一”的买卖。天实在不及人之能捣鬼。

但是，人的捣鬼，虽胜于天，而实际上本领也有限。因为捣鬼精义，在切忌发挥，亦即必须含蓄。盖一加发挥，能使所捣之鬼分明，同时也生限制，故不如含蓄之深远，而影响却又因而模糊了。“有一利必有一弊”，我之所谓“有限”者以此。

清朝人的笔记里，常说罗两峰的《鬼趣图》，真写得鬼气拂拂；后来那图由文明书局印出来了，却不过一个奇瘦，一个矮胖，一个臃肿的模样，并不见得怎样的出奇，还不如只看笔记有趣。小说上的描摹鬼相，虽然竭力，也都不足以惊人，我觉得最可怕的还是晋人所记的脸无五官，浑沦如鸡蛋的山中厉鬼。因为五官不过是五官，纵使苦心经营，要它凶恶，总也逃不出五官的范围，现在使它浑沦得莫名其妙，读者也就怕得莫名其妙了。然而其“弊”也，是印象的模糊。不过较之写些“青面獠牙”，“口鼻流血”的笨伯，自然聪明得远。

中华民国人的宣布罪状大抵是十条，然而结果大抵是无效。古来尽多坏人，十条不过如此，想引人的注意以至活动是决不会的。骆宾王作《讨武曌檄》，那“入宫见嫉，蛾眉不肯让人，掩袖工谗，狐媚偏能惑主”这几句，恐怕是很费点心机的了。但相传武后看到这里，不过微微一笑。是的，如此而已，又怎么样呢？声罪致讨的明文，那力量往往远不如交头接耳的密语，因为一是分明，一是莫测的。我想假使当时骆宾王站在大众之前，只是攒眉摇头，连称“坏极坏极”，却不说出其所谓坏的实例，恐怕那效力会在文章之上的罢。“狂飚文豪”高长虹攻击我时，说道劣迹多端，倘一发表，便即身败名裂，而终于并不发表，是深得捣鬼正脉的；但也竟无大效者，则与广泛俱来的“模糊”之弊为之也。

明白了这两例，便知道治国平天下之法，在告诉大家以有法，而不可明白切实的说出何法来。因为一说出，即有言，一有言，便可与行相对照，所以不如示之以不测。不测的威棱①使人萎伤，不测的妙法使人希望——饥荒时生病，打仗时做诗，虽若与治国平天下不相干，但在莫明其妙中，却能令人疑为跟着自有治国平天下的妙法在——然而其“弊”也，却还是照例的也能在模糊中疑心到所谓妙法，其实不过是毫无方法而已。

捣鬼有术，也有效，然而有限，所以以此成大事者，古来无有。

十一月二十二日。

---

① 威力或威势的意思。

家庭为中国之基本

中国的自己能酿酒，比自己来种鸦片早，但我们现在只听说许多人躺着吞云吐雾，却很少见有人像外国水兵似的满街发酒疯。唐、宋的踢球，久已失传，一般的娱乐是躲在家里彻夜叉麻雀。从这两点看起来。我们在从露天下渐渐的躲进家里去，是无疑的。古之上海文人，已尝慨乎言之，曾出一联，索人属对，道："三鸟害人鸦雀鸽"，"鸽"是彩票，雅号奖券，那时却称为"白鸽票"的。但我不知道后来有人对出了没有。

不过我们也并非满足于现状，是身处斗室之中，神驰宇宙之外，抽鸦片者享乐着幻境，叉麻雀者心仪于好牌。檐下放起爆竹，是在将月亮从天狗嘴里救出；剑仙坐在书斋里，哼的一声，一道白光，千万里外的敌人可被杀掉了，不过飞剑还是回家，钻进原先的鼻孔去，因为下次还要用。这叫做千变万化，不离其宗。所以学校是从家庭里拉出子弟来，教成社会人才的地方，而一闹到不可开交的时候，还是"交家长严加管束"云。

"骨肉归于土，命也；若夫魂气，则无不之也，无不之也！"一个人变了鬼，该可以随便一点了罢，而活人仍要烧一所纸房子，请他住进去，阔气的还有打牌桌，鸦片盘。成仙，这变化是很大的，但是刘太太偏舍不得老家，定要运动到"拔宅飞升"，连鸡犬都带了上去而后已，好依然的管家务，饲狗，喂鸡。

我们的古今人，对于现状，实在也愿意有变化，承认其变化的，变鬼无法，成仙更佳，然而对于老家，却总是死也不肯放。我想，火药只做爆竹，指南针只看坟山，恐怕那原因就在此。

现在是火药蜕化为轰炸弹，烧夷弹，装在飞机上面了，我们却只能坐在家里等他落下来。自然，坐飞机的人是颇有了的，但他那里是远征呢，他为的是可以快点回到家里去。

家是我们的生处，也是我们的死所。

十二月十六日。

《总退却》序

中国久已称小说之类为“闲书”，这在五十年前为止，是大概真实的，整日价辛苦做活的人，就没有工夫看小说。所以凡看小说的，他就得有余暇，既有余暇，可见是不必怎样辛苦做活的了，成仿吾先生曾经断之曰：“有闲，即是有钱！”者以此。诚然，用经济学的眼光看起来，在现制度之下，“闲暇”恐怕也确是一种“富”。但是，穷人们也爱小说，他们不识字，就到茶馆里去听“说书”，百来回的大部书，也要每天一点一点的听下去。不过比起整天做活的人们来，他们也还是较有闲暇的。要不然，又那有工夫上茶馆，那有闲钱做茶钱呢？

小说之在欧美，先前又何尝不这样。后来生活艰难起来了，为了维持，就缺少余暇，不再能那么悠悠忽忽。只是偶然也还想借书来休息一下精神，而又耐不住唠叨不已，破费工夫，于是就使短篇小说交了桃花运。这一种洋文坛上的趋势，也跟着古人之所谓“欧风美雨”，冲进中国来，所以“文学革命”以后，所产生的小说，几乎以短篇为限。但作者的才力不能构成巨制，自然也是一个很大的原因。

而且书中的主角也变换了。古之小说，主角是勇将策士，侠盗赃官，妖怪神仙，佳人才子，后来则有妓女嫖客，无赖奴才之流。“五四”以后的短篇里却大抵是新的智识者登了场，因为他们是首先觉到了在“欧风美雨”中的飘摇的，然而总还不脱古之英雄和才子气。现在可又不同了，大家都已感到飘摇，不再要听一个特别的人的运命。某英雄在柏林拊髀看天，某天才在泰山捶胸泣血，还有谁会转过脸去呢？他们要知道，感觉得更广大，更深邃了。

这一本集子就是这一时代的出产品，显示着分明的蜕变，人物并非英雄，风光也不旖旎，然而将中国的眼睛点出来了。我以为作者的写工厂，不及她的写农村，但也许因为我先前较熟于农村，否则，是作者较熟于农村的缘故罢。

一九三三年十二月二十五夜，鲁迅记。

答杨邨人先生公开信的公开信

《文化列车》破格的开到我的书桌上面，是十二月十日开车的第三期，托福使我知道了近来有这样一种杂志，并且使我看见了杨邨人先生给我的公开信，还要求着答复。对于这一种公开信，本没有一定给以答复的必要的，因为它既是公开，那目的其实是在给大家看，对我个人倒还在其次。但是，我如果要回答也可以，不过目的也还是在给大家看，要不然，不是只要直接寄给个人就完了么？因为这缘故，所以我在回答之前，应该先将原信重抄在下面——

鲁迅先生：

读了李儵先生（不知道是不是李又燃先生，抑或曹聚仁先生的笔名）的《读伪自由书》一文，近末一段说：

“读着鲁迅《伪自由书》，便想到鲁迅先生的人。那天，见鲁迅先生吃饭，咀嚼时牵动着筋肉，连胸肋骨也拉拉动的，鲁迅先生是老了！我当时不禁一股酸味上心头。记得从前看到父亲的老态时有过这样的情绪，现在看了鲁迅先生的老态又重温了一次。这都是使司马懿之流，快活的事，何况旁边早变心了魏延。”（这末一句照原文十个字抄，一字无错，确是妙文！）

不禁令人起了两个感想：一个是我们敬爱的鲁迅先生老了，一个是我们敬爱的鲁迅先生为什么是诸葛亮？先生的“旁边”那里来的“早变心了魏延”？无产阶级大众何时变成了阿斗？

第一个感想使我惶恐万分！我们敬爱的鲁迅先生老了，这是多么令人惊心动魄的事！记得《呐喊》在北京最初出版的时候（大概总在十年前），我拜读之后，景仰不置，曾为文介绍颂扬，揭登于张东荪先生编的《学灯》，在当时我的敬爱先生甚于敬爱创造社四君子。其后一九二八年《语丝》上先生为文讥诮我们，虽然两方论战绝无感情，可是论战是一回事，私心敬爱依然如昔。一九三〇年秋先生五十寿辰的庆祝会上，我是参加庆祝的一个，而且很亲切地和先生一起谈天，私心很觉荣幸。左联有一次大会在一个日本同志家里开着，我又和先生见面，十分快乐。可是今年我脱离共产党以后，在左右夹攻的当儿，《艺术新闻》与《出版消息》都登载着先生要"嘘"我的消息，说是书名定为：《兆平五讲与上海三嘘》，将对我"用嘘的方式加以袭击"，而且将我与梁实秋、张若谷同列，这自然是引起我的反感，所以才有《新儒林外史第一回》之作。但在《新儒林外史第一回》里头只说先生出阵交战用的是大刀一词加以反攻的讽刺而已。其中引文的情绪与态度都是敬爱先生的。文中的意义却是以为先生对我加以"嘘"的袭击未免看错了敌人吧了。到了拜读大著《两地书》以后为文介绍，笔下也十分恭敬并没半点谩骂的字句，可是先生于《我的种痘》一文里头却有所误会似地顺笔对我放了两三枝冷箭儿，特别地说是有人攻击先生的老，在我呢，并没有觉得先生老了，而且那篇文章也没有攻击先生的老，先生自已认为是老了吧了。伯纳萧的年纪比先生还大，伯纳萧的鬓毛比先生还白如丝吧，伯纳萧且不是老了，先生怎么这样就以为老了呢？我是从来没感觉到先生老了的，我只感觉到先生有如青年而且希望先生永久年青。然而，读了李儵先生的文章，我惶恐，我惊讶，原来先生真的老了。李儵先生因为看了先生老了而“不禁一股酸味上心头”有如看他的令尊的老态的时候有过的情绪，我虽然也时常想念着我那年老的父亲，但并没有如人家攻击我那样地想做一个“孝子”，不过是天性所在有时未免兴感而想念着吧了，所以我看了李儵先生的文章并没有联想到我的父亲上面去。然而先生老了，我是惶恐与惊讶。我惶恐与惊讶的是，我们敬爱的文坛前辈老了，他将因为生理上的缘故而要停止他的工作了！在这敬爱的心理与观念上，我将今年来对先生的反感打个粉碎，竭诚地请先生训诲。可是希望先生以严肃的态度出之，如“嘘”，如放冷箭儿等却请慎重，以令对方心服。

第二个感想使我……因为那是李儵先生的事，这里不愿有扰清听。

假如这信是先生觉得直答复的价值的话，就请寄到这里《文化列车》的编者将它发表，否则希望先生为文给我一个严正的批判也可以。发表的地方我想随处都欢迎的。

专此并竭诚地恭敬地问了一声安好并祝康健。

杨邨人谨启。一九三三，一二，三。

末了附带声明一句，我作这信是出诸至诚，并非因为鬼儿子骂我和先生打笔墨官司变成小鬼以后向先生求和以……“大鬼”的意思。邨人又及。

以下算是我的回信。因为是信的形式，所以开头照例是——

邨人先生：

先生给我的信是没有答复的价值的。我并不希望先生“心服”，先生也无须我批判，因为近二年来的文字，已经将自己的形象画得十分分明了。自然，我决不会相信“鬼儿子”们的胡说，但我也不相信先生。

这并非说先生的话是一样的叭儿狗式的狺狺；恐怕先生是自以为永久诚实的罢，不过因为急促的变化，苦心的躲闪，弄得左支右绌，不能自圆其说，终于变成废话了，所以在听者的心中，也就失去了重量。例如先生的这封信，倘使略有自知之明，其实是不必写的。

先生首先问我“为什么是诸葛亮？”这就问得稀奇。李儵先生我曾经见过面，并非曹聚仁先生，至于是否李又燃先生，我无从确说，因为又燃先生我是没有豫先见过的。我“为什么是诸葛亮”呢？别人的议论，我不能，也不必代为答复，要不然，我得整天的做答案了。也有人说我是“人群的蟊贼”的。“为什么？”——我都由它去。但据我所知道，魏延变心，是在诸葛亮死后，我还活着，诸葛亮的头衔是不能加到我这里来的，所以“无产阶级大众何时变成了阿斗？”的问题也就落了空。那些废话，如果还记得《三国志演义》或吴稚晖先生的话，是不至于说出来的，书本子上及别人，并未说过人民是阿斗。现在请放心罢。但先生站在“小资产阶级文学革命”的旗下，还是什么“无产阶级大众”，自己的眼睛看见了这些字，不觉得可羞或可笑么？不要再提这些字，怎么样呢？

其次是先生“惊心动魄”于我的老，可又“惊心动魄”得很稀奇。我没有修炼仙丹，自然的规则，一定要使我老下去，丝毫也不足为奇的，请先生还是镇静一点的好。而且我后来还要死呢，这也是自然的规则，预先声明，请千万不要“惊心动魄”，否则，逐渐就要神经衰弱，愈加满口废话了。我即使老，即使死，却决不会将地球带进棺材里去，它还年青，它还存在，希望正在将来，目前也还可以插先生的旗子。这一节我敢保证，也请放心工作罢。

于是就要说到“三嘘”问题了。这事情是有的，但和新闻上所载的有些两样。那时是在一个饭店里，大家闲谈，谈到有几个人的文章，我确曾说：这些都只要以一嘘了之，不值得反驳。这几个人们中，先生也在内。我的意思是：先生在那冠冕堂皇的“自白”里，明明的告白了农民的纯厚，小资产阶级的智识者的动摇和自私，却又要来竖起小资产阶级革命文学的旗，就自己打着自己的嘴。不过也并未说出，走散了就算完结了。但不知道是辗转传开去的呢，还是当时就有新闻记者在座，不久就张大其辞的在报上登了出来，并请读者猜测。近五六年来，关于我的记载多极了，无论为毁为誉，是假是真，我都置之不理，因为我没有聘定律师，常登广告的巨款，也没有遍看各种刊物的工夫。况且新闻记者为要哄动读者，会弄些夸张的手段，是大家知道的，甚至于还全盘捏造。例如先生还在做“革命文学家”的时候，用了“小记者”的笔名，在一种报上说我领到了南京中央党部的文学奖金，大开筵宴，祝孩子的周年，不料引起了郁达夫先生对于亡儿的记忆，悲哀了起来。这真说得栩栩如生，连出世不过一年的婴儿，也和我一同被喷满了血污。然而这事实的全出于创作，我知道，达夫先生知道，记者兼作者的您杨邨人先生当然也不会不知道的。

当时我一声不响。为什么呢？革命者为达目的，可用任何手段的话，我是以为不错的，所以即使因为我罪孽深重，革命文学的第一步，必须拿我来开刀，我也敢于咬着牙关忍受。杀不掉，我就退进野草里，自己舐尽了伤口的血痕，决不烦别人傅药。但是，人非圣人，为了麻烦而激动起来的时候也有的，我诚然讥诮过先生“们”，这些文章，后来都收在《三闲集》中，一点也不删去，然而和先生“们”的造谣言和攻击文字的数量来比一比罢，不是不到十分之一么？不但此也，在讲演里，我有时也曾嘲笑叶灵凤先生或先生，先生们以“前卫”之名，雄赳赳出阵的时候，我是祭旗的牺牲，则战不数合便从火线上爬了开去之际，我以为实在也难以禁绝我的一笑。无论在阶级的立场上，在个人的立场上，我都有一笑的权利的。然而我从未傲然的假借什么“良心”或“无产阶级大众”之名，来凌压敌手，我接着一定声明：这是因为我和他有些个人的私怨的。先生，这还不够退让么？

但为了不能使我负责的新闻记事，竟引起先生的“反感”来了，然而仍蒙破格的优待，在《新儒林外史》里，还赏我拿一柄大刀。在礼仪上，我是应该致谢的，但在实际上，却也如大张筵宴一样，我并无大刀，只有一枝笔，名曰“金不换”。这也并不是在广告不收卢布的意思，是我从小用惯，每枝五分的便宜笔。我确曾用这笔碰着了先生，不过也只如运用古典一样，信手拈来，涉笔成趣而已，并不特别含有报复的恶意。但先生却又给我挂上“三枝冷箭”了。这可不能怪先生的，因为这只是陈源教授的余唾。然而，即使算是我在报复罢，由上面所说的原因，我也还不至于走进“以怨报德”的队伍里面去。

至于所谓《北平五讲与上海三嘘》，其实是至今没有写，听说北平有一本《五讲》出版，那可并不是我做的，我也没有见过那一本书。不过既然闹了风潮，将来索性写一点也难说，如果写起来，我想名为《五讲三嘘集》，但后一半也未必正是报上所说的三位。先生似乎羞与梁实秋、张若谷两位先生为伍，我看是排起来倒也并不怎样辱没了先生，只是张若谷先生比较的差一点，浅陋得很，连做一“嘘”的材料也不够，我大概要另换一位的。

对于先生，照我此刻的意见，写起来恐怕也不会怎么坏。我以为先生虽是革命场中的一位小贩，却并不是奸商。我所谓奸商者，一种是国共合作时代的阔人，那时颂苏联，赞共产，无所不至，一到清党时候，就用共产青年，共产嫌疑青年的血来洗自己的手，依然是阔人，时势变了，而不变其阔；一种是革命的骁将，杀土豪，倒劣绅，激烈得很，一有蹉跌，便称为“弃邪归正”，骂“土匪”，杀同人，也激烈得很，主义改了，而仍不失其骁。先生呢，据“自白”，革命与否以亲之苦乐为转移，有些投机气味是无疑的，但并没有反过来做大批的买卖，仅在竭力要化为“第三种人”，来过比革命党较好的生活。既从革命阵线上退回来，为辩护自己，做稳“第三种人”起见，总得有一点零星的忏悔，对于统治者，其实是颇有些益处的，但竟还至于遇到“左右夹攻的当儿”者，恐怕那一方面，还嫌先生门面太小的缘故罢，这和银行雇员的看不起小钱店伙计是一样的。先生虽然觉得抱屈，但不信“第三种人”的存在不独是左翼，却因先生的经验而证明了，这也是一种很大的功德。

平心而论，先生是不算失败的，虽然自己觉得被“夹攻”，但现在只要没有马上杀人之权的人，有谁不遭人攻击。生活当然是辛苦的罢，不过比起被杀戮，被囚禁的人们来，真有天渊之别；文章也随处能够发表，较之被封锁，压迫，禁止的作者，也自由自在得远了。和阔人骁将比，那当然还差得很远，这就因为先生并不是奸商的缘故。这是先生的苦处，也是先生的好处。

话已经说得太多了，就此完结。总之，我还是和先前一样。决不肯造谣说谎，特别攻击先生，但从此改变另一种态度，却也不见得，本人的“反感”或“恭敬”，我是毫不打算的。请先生也不要因为我的“将因为生理上的缘故而要停止工作”而原谅我，为幸。

专此奉答，并请著安。

鲁迅。一九三三，一二，二八。

鲁迅作品精选

呐喊

鲁迅 著

民主与建设出版社

·北京·

图书在版编目（CIP）数据

鲁迅作品精选 . 呐喊 / 鲁迅著 . — 北京 : 民主与建设出版社 , 2023.4（2023.10 重印）
ISBN 978-7-5139-4169-3

Ⅰ . ①鲁… Ⅱ . ①鲁… Ⅲ . ①鲁迅著作—选集②鲁迅小说—小说集 Ⅳ . ① I210.2

中国国家版本馆 CIP 数据核字（2023）第 067920 号

鲁迅作品精选 . 呐喊
LUXUN ZUOPIN JINGXUAN . NAHAN

著　　者	鲁　迅
主　　编	王茹茹
责任编辑	韩增标
封面设计	玥婷设计
出版发行	民主与建设出版社有限责任公司
电　　话	（010）59417747　59419778
社　　址	北京市海淀区西三环中路 10 号望海楼 E 座 7 层
邮　　编	100142
印　　刷	三河市天润建兴印务有限公司
版　　次	2023 年 4 月第 1 版
印　　次	2023 年 10 月第 2 次印刷
开　　本	880 毫米 ×1230 毫米　1 / 32
印　　张	6.5
字　　数	130 千字
书　　号	ISBN 978-7-5139-4169-3
定　　价	298.00 元（全 10 册）

注：如有印、装质量问题，请与出版社联系。

目　录

呐　喊

伪自由书(节选)

呐　喊

自　序

我在年青时候也曾经做过许多梦，后来大半忘却了，但自己也并不以为可惜。所谓回忆者，虽说可以使人欢欣，有时也不免使人寂寞，使精神的丝缕还牵着已逝的寂寞的时光，又有什么意味呢，而我偏苦于不能全忘却，这不能全忘的一部分，到现在便成了《呐喊》的来由。

我有四年多，曾经常常，——几乎是每天，出入于质铺和药店里，年纪可是忘却了，总之是药店的柜台正和我一样高，质铺的是比我高一倍，我从一倍高的柜台外送上衣服或首饰去，在侮蔑里接了钱，再到一样高的柜台上给我久病的父亲去买药。回家之后，又须忙别的事了，因为开方的医生是最有名的，以此所用的药引也奇特：冬天的芦根，经霜三年的甘蔗，蟋蟀要原对的，结子的平地木，……多不是容易办到的东西。然而我的父亲终于日重一日的亡故了。

有谁从小康人家而坠入困顿的么，我以为在这途路中，大概可以看见世人的真面目；我要到 N 进 K 学堂去了，仿佛是想走异路，逃异地，去寻求别样的人们。我的母亲没有法，办了八元的川资，说是由我的自便；然而伊哭了，这正是情理中的事，因为那时读书应试是正路，所谓学洋务，社会上便以为是一种走投无路的人，只得将灵魂卖给鬼子，要加倍的奚落而且排斥的，而况伊又看不见自己的儿子了。然而我也顾不得这些事，终于到N去进了K学堂了，在这学堂里，我才知道世上还有所谓格致，算学①，地理，历史，绘图和体操。生理学并不教，但我们却看到些木版的《全体新论》和《化学卫生论》之类了。我还记得先前的医生的议论和方药，和现在所知道的比较起来，便渐渐的悟得中医不过是一种有意的或无意的骗子，同时又很起了对于被骗的病人和他的家族的同情；而且从译出的历史上，又知道了日本维新是大半发端于西方医学的事实。

因为这些幼稚的知识，后来便使我的学籍列在日本一个乡间的医学专门学校里了。我的梦很美满，预备卒业回来，救治像我父亲似的被误的病人的疾苦，战争时候便去当军医，一面又促进了国人对于维新的信仰。我已不知道教授微生物学的方法，现在又有了怎样的进步了，总之那时是用了电影，来显示微生物的形状的，因此有时讲义的一段落已完，而时间还没有到，教师便映些风景或时事的画片给学生看，以用去这多余的光阴。其时正当日俄战争的时候，关于战事的画片自然也就比较的多了，我在这一个讲堂中，便须常常随喜我那同学们的拍手和喝采。有一回，我竟在画片上忽然会见我久违的许多中国人了，一个绑在中间，许多站在左右，一样是强壮的体格，而显出麻木的神情。据解说，被绑着的是替俄国做了军事上的侦探，正要被日军砍下头颅来示众，而围着的便是来赏鉴这示众的盛举的人们。

这一学年没有完毕，我已经到了东京了，因为从那一回以后，我便觉得医学并非一件紧要事，凡是愚弱的国民，即使体

① 即现在的数学。

格如何健全，如何茁壮，也只能做毫无意义的示众的材料和看客，病死多少是不必以为不幸的。所以我们的第一要著，是在改变他们的精神，而善于改变精神的是，我那时以为当然要推文艺，于是想提倡文艺运动了。在东京的留学生很有学法政理化以至警察工业的，但没有人治文学和美术；可是在冷淡的空气中，也幸而寻到几个同志了，此外又邀集了必须的几个人，商量之后，第一步当然是出杂志，名目是取"新的生命"的意思，因为我们那时大抵带些复古的倾向，所以只谓之《新生》。

《新生》的出版之期接近了，但最先就隐去了若干担当文字的人，接着又逃走了资本，结果只剩下不名一钱的三个人。创始时候既已背时，失败时候当然无可告语，而其后却连这三个人也都为各自的运命所驱策，不能在一处纵谈将来的好梦了，这就是我们的并未产生的《新生》的结局。

我感到未尝经验的无聊，是自此以后的事。我当初是不知其所以然的；后来想，凡有一人的主张，得了赞和，是促其前进的，得了反对，是促其奋斗的，独有叫喊于生人中，而生人并无反应，既非赞同，也无反对，如置身毫无边际的荒原，无可措手的了，这是怎样的悲哀呵，我于是以我所感到者为寂寞。

这寂寞又一天一天的长大起来，如大毒蛇，缠住了我的灵魂了。

然而我虽然自有无端的悲哀，却也并不愤懑[1]，因为这经验使我反省，看见自己了：就是我决不是一个振臂一呼应者云集的英雄。

---

① 意思是气愤；抑郁不平。出自司马迁《报任少卿书》。

只是我自己的寂寞是不可不驱除的，因为这于我太痛苦。我于是用了种种法，来麻醉自己的灵魂，使我沉入于国民中，使我回到古代去，后来也亲历或旁观过几样更寂寞更悲哀的事，都为我所不愿追怀，甘心使他们和我的脑一同消灭在泥土里的，但我的麻醉法却也似乎已经奏了功，再没有青年时候的慷慨激昂的意思了。

S会馆里有三间屋，相传是往昔曾在院子里的槐树上缢死过一个女人的，现在槐树已经高不可攀了，而这屋还没有人住；许多年，我便寓在这屋里钞古碑。客中少有人来，古碑中也遇不到什么问题和主义，而我的生命却居然暗暗的消去了，这也就是我惟一的愿望。夏夜，蚊子多了，便摇着蒲扇坐在槐树下，从密叶缝里看那一点一点的青天，晚出的槐蚕又每每冰冷的落在头颈上。

那时偶或来谈的是一个老朋友金心异，将手提的大皮夹放在破桌上，脱下长衫，对面坐下了，因为怕狗，似乎心房还在怦怦的跳动。

“你钞了这些有什么用？”有一夜，他翻着我那古碑的钞本，发了研究的质问了。

“没有什么用。”

“那么，你钞他是什么意思呢？”

“没有什么意思。”

“我想，你可以做点文章……”

我懂得他的意思了，他们正办《新青年》，然而那时仿佛不特没有人来赞同，并且也还没有人来反对，我想，他们许是感到寂寞了，但是说：

“假如一间铁屋子，是绝无窗户而万难破毁的，里面有许多熟睡的人们，不久都要闷死了，然而是从昏睡入死灭，并不感到就死的悲哀。现在你大嚷起来，惊起了较为清醒的几个人，使这不幸的少数者来受无可挽救的临终的苦楚，你倒以为对得起他们么？”

“然而几个人既然起来，你不能说决没有毁坏这铁屋的希望。”

是的。我虽然自有我的确信，然而说到希望，却是不能抹杀的，因为希望是在于将来，决不能以我之必无的证明，来折服了他之所谓可有，于是我终于答应他也做文章了，这便是最初的一篇《狂人日记》。从此以后，便一发而不可收，每写些小说模样的文章，以敷衍朋友们的嘱托，积久就有了十余篇。

在我自己，本以为现在是已经并非一个切迫而不能已于言的人了，但或者也还未能忘怀于当日自己的寂寞的悲哀罢，所以有时候仍不免呐喊几声，聊以慰藉那在寂寞里奔驰的猛士，使他不惮于前驱。至于我的喊声是勇猛或是悲哀，是可憎或是可笑，那倒是不暇顾及的；但既然是呐喊，则当然须听将令的了，所以我往往不恤用了曲笔，在《药》的瑜儿的坟上平空添上一个花环，在《明天》里也不叙单四嫂子竟没有做到看见儿子的梦，因为那时的主将是不主张消极的，至于自己，却也并不愿将自以为苦的寂寞，再来传染给也如我那年青时候似的正做着好梦的青年。

这样说来，我的小说和艺术的距离之远，也就可想而知了，然而到今日还能蒙着小说的名，甚而至于且有成集的机会，无论如何总不能不说是一件侥幸的事，但侥幸虽使我不安于心，而悬揣人间暂时还有读者，则究竟也仍然是高兴的。

所以我竟将我的短篇小说结集起来，而且付印了，又因为上面所说的缘由，便称之为《呐喊》。

一九二二年十二月三日，鲁迅记于北京。

狂人日记

某君昆仲，今隐其名，皆余昔日在中学校时良友；分隔多年，消息渐阙。日前偶闻其一大病；适归故乡，迂道往访，则仅晤一人，言病者其弟也。劳君远道来视，然已早愈，赴某地候补①矣。因大笑，出示日记二册，谓可见当日病状，不妨献诸旧友。持归阅一过，知所患盖"迫害狂"之类。语颇错杂无伦次，又多荒唐之言；亦不著月日，惟墨色字体不一，知非一时所书。间亦有略具联络者，今撮录一篇，以供医家研究，记中语误，一字不易；惟人名虽皆村人，不为世间所知，无关大体，然亦悉易去。至于书名，则本人愈后所题，不复改也。七年四月二日识。

一

今天晚上，很好的月光。

我不见他，已是三十多年；今天见了，精神分外爽快。才知道以前的三十多年，全是发昏；然而须十分小心。不然，那赵家的狗，何以看我两眼呢？

我怕得有理。

---

① 清代官制，对选定未经补实缺的官员到某处听任，叫"候补"

二

今天全没月光，我知道不妙。早上小心出门，赵贵翁的眼色便怪：似乎怕我，似乎想害我。还有七八个人，交头接耳的议论我，又怕我看见。一路上的人，都是如此。其中最凶的一个人，张着嘴，对我笑了一笑；我便从头直冷到脚跟，晓得他们布置，都已妥当了。

我可不怕，仍旧走我的路。前面一伙小孩子，也在那里议论我；眼色也同赵贵翁一样，脸色也都铁青。我想我同小孩子有什么仇，他也这样。忍不住大声说，“你告诉我！”他们可就跑了。

我想：我同赵贵翁有什么仇，同路上的人又有什么仇；只有廿年以前，把古久先生的陈年流水簿子①，踹了一脚，古久先生很不高兴。赵贵翁虽然不认识他，一定也听到风声，代抱不平；约定路上的人，同我作冤对。但是小孩子呢？那时候，他们还没有出世，何以今天也睁着怪眼睛，似乎怕我，似乎想害我。这真教我怕，教我纳罕而且伤心。

我明白了，这是他们娘老子教的！

---

① 这里用来比喻我国封建主义统治的长久历史。

三

晚上总是睡不着。凡事须得研究，才会明白。

他们——也有给知县打枷过的，也有给绅士掌过嘴的，也有衙役占了他妻子的，也有老子娘被债主逼死的；他们那时候的脸色，全没有昨天这么怕，也没有这么凶。

最奇怪的是昨天街上的那个女人，打他儿子，嘴里说道，“老子呀！我要咬你几口才出气！”他眼睛却看着我。我出了一惊，遮掩不住；那青面獠牙的一伙人，便都哄笑起来。陈老五赶上前，硬把我拖回家中了。

拖我回家，家里的人都装作不认识我；他们的眼色，也全同别人一样。进了书房，便反扣上门，宛然是关了一只鸡鸭。这一件事，越教我猜不出底细。

前几天，狼子村的佃户来告荒，对我大哥说，他们村里的一个大恶人，给大家打死了；几个人便挖出他的心肝来，用油煎炒了吃，可以壮壮胆子。我插了一句嘴，佃户和大哥便都看我几眼。今天才晓得他们的眼光，全同外面的那伙人一模一样。

想起来，我从顶上直冷到脚跟。

他们会吃人，就未必不会吃我。

你看那女人“咬你几口”的话，和一伙青面獠牙人的笑，和前天佃户的话，明明是暗号。我看出他话中全是毒，笑中全是刀。他们的牙齿，全是白厉厉的排着，这就是吃人的家伙。

照我自己想，虽然不是恶人，自从踹了古家的簿子，可就难说了。他们似乎别有心思，我全猜不出。况且他们一翻脸，便说人是恶人。我还记得大哥教我做论，无论怎样好人，翻他几句，他便打上几个圈；原谅坏人几句，他便说“翻天妙手，与众不同”。我那里猜得到他们的心思，究竟怎样；况且是要吃的时候。

凡事总须研究，才会明白。古来时常吃人，我也还记得，可是不甚清楚。我翻开历史一查，这历史没有年代，歪歪斜斜的每叶上都写着“仁义道德”几个字。我横竖睡不着，仔细看了半夜，才从字缝里看出字来，满本都写着两个字是“吃人”！

书上写着这许多字，佃户说了这许多话，却都笑吟吟的睁着怪眼睛看我。

我也是人，他们想要吃我了！

四

早上，我静坐了一会。陈老五送进饭来，一碗菜，一碗蒸鱼；这鱼的眼睛，白而且硬，张着嘴，同那一伙想吃人的人一样。吃了几筷，滑溜溜的不知是鱼是人，便把他兜肚连肠的吐出。

我说：“老五，对大哥说，我闷得慌，想到园里走走。”老五不答应，走了；停一会，可就来开了门。

我也不动，研究他们如何摆布我；知道他们一定不肯放松。果然！我大哥引了一个老头子，慢慢走来；他满眼凶光，怕我看出，只是低头向着地，从眼镜横边暗暗看我。大哥说，“今天你仿佛很好。”我说“是的。”大哥说，“今天请何先生来，给你诊一诊。”我说，“可以！”其实我岂不知道这老头子是刽子手扮的！无非借了看脉这名目，揣一揣肥瘠：因这功劳，也分一片肉吃。我也不怕；虽然不吃人，胆子却比他们还壮。伸出两个拳头，看他如何下手。老头子坐着，闭了眼睛，摸了好一会，呆了好一会；便张开他鬼眼睛说，“不要乱想。静静的养几天，就好了。”

不要乱想，静静的养！养肥了，他们是自然可以多吃；我有什么好处，怎么会“好了”？他们这群人，又想吃人，又是鬼鬼祟祟，想法子遮掩，不敢直捷下手，真要令我笑死。我忍不住，便放声大笑起来，十分快活。自己晓得这笑声里面，有的是义勇和正气。老头子和大哥，都失了色，被我这勇气正气镇压住了。

但是我有勇气，他们便越想吃我，沾光一点这勇气。老头子跨出门，走不多远，便低声对大哥说道，“赶紧吃罢！”大哥点点头。原来也有你！这一件大发现，虽似意外，也在意中：合伙吃我的人，便是我的哥哥！

吃人的是我哥哥！

我是吃人的人的兄弟！

我自己被人吃了，可仍然是吃人的人的兄弟！

五

这几天是退一步想：假使那老头子不是刽子手扮的，真是医生，也仍然是吃人的人。他们的祖师李时珍做的“本草[①]什

① 指《本草纲目》，明代医学家李时珍（1518—1593）的药物学著作。

么”上，明明写着人肉可以煎吃；他还能说自己不吃人么？

至于我家大哥，也毫不冤枉他。他对我讲书的时候，亲口说过可以“易子而食”①；又一回偶然议论起一个不好的人，他便说不但该杀，还当“食肉寝皮”。我那时年纪还小，心跳了好半天。前天狼子村佃户来说吃心肝的事，他也毫不奇怪，不住的点头。可见心思是同从前一样狠。既然可以“易子而食”，便什么都易得，什么人都吃得。我从前单听他讲道理，也胡涂过去；现在晓得他讲道理的时候，不但唇边还抹着人油，而且心里满装着吃人的意思。

六

黑漆漆的，不知是日是夜。赵家的狗又叫起来了。

狮子似的凶心，兔子的怯弱，狐狸的狡猾，……

七

我晓得他们的方法，直捷杀了，是不肯的，而且也不敢，怕有祸祟。所以他们大家连络，布满了罗网，逼我自戕。试看前几天街上男女的样子，和这几天我大哥的作为，便足可悟出八九分了。最好是解下腰带，挂在梁上，自己紧紧勒死；他们没有杀人的罪名，又偿了心愿，自然都欢天喜地的发出一种呜

---

① 语见《左传》宣公十五年，是宋将华元对楚将子反叙说宋国都城被楚军围困时的惨状：敝邑易子而食，析骸而爨。

呜咽咽的笑声。否则惊吓忧愁死了，虽则略瘦，也还可以首肯几下。

他们是只会吃死肉的！——记得什么书上说，有一种东西，叫“海乙那”[①] 的，眼光和样子都很难看；时常吃死肉，连极大的骨头，都细细嚼烂，咽下肚子去，想起来也教人害怕。“海乙那”是狼的亲眷，狼是狗的本家。前天赵家的狗，看我几眼，可见他也同谋，早已接洽。老头子眼看着地，岂能瞒得我过。

最可怜的是我的大哥，他也是人，何以毫不害怕；而且合伙吃我呢？还是历来惯了，不以为非呢？还是丧了良心，明知故犯呢？

我诅咒吃人的人，先从他起头；要劝转吃人的人，也先从他下手。

八

其实这种道理，到了现在，他们也该早已懂得，……

忽然来了一个人；年纪不过二十左右，相貌是不很看得清楚，满面笑容，对了我点头，他的笑也不像真笑。我便问他，“吃人的事，对么？”他仍然笑着说，“不是荒年，怎么会吃人。”我立刻就晓得，他也是一伙，喜欢吃人的；便自勇气百倍，偏要问他。

“对么？”

---

① 英语 hyena 的音译，即鬣狗。

“这等事问他什么。你真会……说笑话。……今天天气很好。”

天气是好，月色也很亮了。可是我要问你，“对么？”

他不以为然了。含含胡胡的答道，“不……”

“不对？他们何以竟吃？！”

“没有的事……”

“没有的事？狼子村现吃；还有书上都写着，通红斩新！”

他便变了脸，铁一般青。睁着眼说，“有许有的，这是从来如此……”

“从来如此，便对么？”

“我不同你讲这些道理；总之你不该说，你说便是你错！”

我直跳起来，张开眼，这人便不见了。全身出了一大片汗。他的年纪，比我大哥小得远，居然也是一伙；这一定是他娘老子先教的。还怕已经教给他儿子了；所以连小孩子，也都恶狠狠的看我。

九

自己想吃人，又怕被别人吃了，都用着疑心极深的眼光，面面相觑。……

去了这心思，放心做事走路吃饭睡觉，何等舒服。这只是一条门槛，一个关头。他们可是父子兄弟夫妇朋友师生仇敌和各不相识的人，都结成一伙，互相劝勉，互相牵掣，死也不肯跨过这一步。

十

大清早，去寻我大哥；他立在堂门外看天，我便走到他背后，拦住门，格外沉静，格外和气的对他说，

“大哥，我有话告诉你。”

“你说就是，”他赶紧回过脸来，点点头。

“我只有几句话，可是说不出来。大哥，大约当初野蛮的人，都吃过一点人。后来因为心思不同，有的不吃人了，一味要好，便变了人，变了真的人。有的却还吃，——也同虫子一样，有的变了鱼鸟猴子，一直变到人。有的不要好，至今还是虫子。这吃人的人比不吃人的人，何等惭愧。怕比虫子的惭愧猴子，还差得很远很远。

“易牙[1]蒸了他儿子，给桀纣吃，还是一直从前的事。谁晓得从盘古开辟天地以后，一直吃到易牙的儿子；从易牙的儿子，一直吃到徐锡林[2]；从徐锡林，又一直吃到狼子村捉住的人。去年城里杀了犯人，还有一个生痨病的人，用馒头蘸血舐。

“他们要吃我，你一个人，原也无法可想；然而又何必去入伙。吃人的人，什么事做不出；他们会吃我，也会吃你，一伙里面，也会自吃。但只要转一步，只要立刻改了，也就人人太平。虽然从来如此，我们今天也可以格外要好，说是不能！

---

① 人名。又称狄牙、雍巫。春秋时齐桓公宠臣，长于调味，善逢迎，传说曾烹其子为羹以献桓公。这里说的易牙蒸了他儿子，给桀纣吃，也是狂人语颇错杂无伦次的表现。

② 字伯荪，浙江绍兴人，清末革命团体光复会的重要成员。

大哥，我相信你能说，前天佃户要减租，你说过不能。”

当初，他还只是冷笑，随后眼光便凶狠起来，一到说破他们的隐情，那就满脸都变成青色了。大门外立着一伙人，赵贵翁和他的狗，也在里面，都探头探脑的挨进来。有的是看不出面貌，似乎用布蒙着；有的是仍旧青面獠牙，抿着嘴笑。我认识他们是一伙，都是吃人的人。可是也晓得他们心思很不一样，一种是以为从来如此，应该吃的；一种是知道不该吃，可是仍然要吃，又怕别人说破他，所以听了我的话，越发气愤不过，可是抿着嘴冷笑。

这时候，大哥也忽然显出凶相，高声喝道，

“都出去！疯子有什么好看！”

这时候，我又懂得一件他们的巧妙了。他们岂但不肯改，而且早已布置；预备下一个疯子的名目罩上我。将来吃了，不但太平无事，怕还会有人见情。佃户说的大家吃了一个恶人，正是这方法。这是他们的老谱！

陈老五也气愤愤的直走进来。如何按得住我的口，我偏要对这伙人说，

“你们可以改了，从真心改起！要晓得将来容不得吃人的人，活在世上。

“你们要不改，自己也会吃尽。即使生得多，也会给真的人除灭了，同猎人打完狼子一样！——同虫子一样！”

那一伙人，都被陈老五赶走了。大哥也不知那里去了。陈老五劝我回屋子里去。屋里面全是黑沉沉的。横梁和椽子都在头上发抖；抖了一会，就大起来，堆在我身上。

万分沉重，动弹不得；他的意思是要我死。我晓得他的沉

重是假的，便挣扎出来，出了一身汗。可是偏要说，

“你们立刻改了，从真心改起！你们要晓得将来是容不得吃人的人，……”

十一

太阳也不出，门也不开，日日是两顿饭。

我捏起筷子，便想起我大哥；晓得妹子死掉的缘故，也全在他。那时我妹子才五岁，可爱可怜的样子，还在眼前。母亲哭个不住，他却劝母亲不要哭；大约因为自己吃了，哭起来不免有点过意不去。如果还能过意不去，……

妹子是被大哥吃了，母亲知道没有，我可不得而知。

母亲想也知道；不过哭的时候，却并没有说明，大约也以为应当的了。记得我四五岁时，坐在堂前乘凉，大哥说爷娘生病，做儿子的须割下一片肉来，煮熟了请他吃，才算好人；母亲也没有说不行。一片吃得，整个的自然也吃得。但是那天的哭法，现在想起来，实在还教人伤心，这真是奇极的事！

十二

不能想了。

四千年来时时吃人的地方，今天才明白，我也在其中混了多年；大哥正管着家务，妹子恰恰死了，他未必不和在饭菜里，暗暗给我们吃。

我未必无意之中，不吃了我妹子的几片肉，现在也轮到我自己，……

有了四千年吃人履历的我，当初虽然不知道，现在明白，难见真的人！

十三

没有吃过人的孩子，或者还有？

救救孩子……

一九一八年四月。

孔乙己

鲁镇的酒店的格局，是和别处不同的：都是当街一个曲尺形的大柜台，柜里面预备着热水，可以随时温酒。做工的人，傍午傍晚散了工，每每花四文铜钱，买一碗酒，——这是二十多年前的事，现在每碗要涨到十文，——靠柜外站着，热热的喝了休息；倘肯多花一文，便可以买一碟盐煮笋，或者茴香豆，做下酒物了，如果出到十几文，那就能买一样荤菜，但这些顾客，多是短衣帮，大抵没有这样阔绰。只有穿长衫的，才踱进店面隔壁的房子里，要酒要菜，慢慢地坐喝。

我从十二岁起，便在镇口的咸亨酒店里当伙计，掌柜说，样子太傻，怕侍候不了长衫主顾，就在外面做点事罢。外面的短衣主顾，虽然容易说话，但唠唠叨叨缠夹不清的也很不少。他们往往要亲眼看着黄酒从坛子里舀出，看过壶子底里有水没有，又亲看将壶子放在热水里，然后放心：在这严重监督之下，羼水也很为难。所以过了几天，掌柜又说我干不了这事。幸亏荐头的情面大，辞退不得，便改为专管温酒的一种无聊职务了。

我从此便整天的站在柜台里，专管我的职务。虽然没有什么失职，但总觉有些单调，有些无聊。掌柜是一副凶脸孔，主顾也没有好声气，教人活泼不得；只有孔乙己到店，才可以笑几声，所以至今还记得。

孔乙己是站着喝酒而穿长衫的唯一的人。他身材很高大；

青白脸色，皱纹间时常夹些伤痕；一部乱蓬蓬的花白的胡子。穿的虽然是长衫，可是又脏又破，似乎十多年没有补，也没有洗。他对人说话，总是满口之乎者也，教人半懂不懂的。因为他姓孔，别人便从描红纸①上的“上大人孔乙己”这半懂不懂的话里，替他取下一个绰号，叫作孔乙己。孔乙己一到店，所有喝酒的人便都看着他笑，有的叫道，“孔乙己，你脸上又添上新伤疤了！”他不回答，对柜里说，“温两碗酒，要一碟茴香豆。”便排出九文大钱。他们又故意的高声嚷道，“你一定又偷了人家的东西了！”孔乙己睁大眼睛说，“你怎么这样凭空污人清白……”“什么清白？我前天亲眼见你偷了何家的书，吊着打。”孔乙己便涨红了脸，额上的青筋条条绽出，争辩道，“窃书不能算偷……窃书！……读书人的事，能算偷么？”接连便是难懂的话，什么“君子固穷”，什么“者乎”之类，引得众人都哄笑起来：店内外充满了快活的空气。

听人家背地里谈论，孔乙己原来也读过书，但终于没有进学②，又不会营生；于是愈过愈穷，弄到将要讨饭了。幸而写得一笔好字，便替人家钞钞书，换一碗饭吃。可惜他又有一样坏脾气，便是好喝懒做。坐不到几天，便连人和书籍纸张笔砚，一齐失踪。如是几次，叫他钞书的人也没有了。孔乙己没有法，便免不了偶然做些偷窃的事。但他在我们店里，品行却比别人都好，就是从不拖欠；虽然间或没有现钱，暂时记在粉板上，但不出一月，定然还清，从粉板上拭去了孔乙己的名字。

---

① 供儿童摹写毛笔字用的字帖，上面印有红色楷字。

② 科举时，童生应岁试，录取入府县学肄业，称进学。进学的童生称秀才。

孔乙己喝过半碗酒，涨红的脸色渐渐复了原，旁人便又问道，“孔乙己，你当真认识字么？”孔乙己看着问他的人，显出不屑置辩的神气。他们便接着说道，“你怎的连半个秀才也捞不到呢？”孔乙己立刻显出颓唐不安模样，脸上笼上了一层灰色，嘴里说些话；这回可是全是之乎者也之类，一些不懂了。在这时候，众人也都哄笑起来：店内外充满了快活的空气。

在这些时候，我可以附和着笑，掌柜是决不责备的。而且掌柜见了孔乙己，也每每这样问他，引人发笑。孔乙己自己知道不能和他们谈天，便只好向孩子说话。有一回对我说道，“你读过书么？”我略略点一点头。他说，“读过书，……我便考你一考。茴香豆的茴字，怎样写的？”我想，讨饭一样的人，也配考我么？便回过脸去，不再理会。孔乙己等了许久，很恳切的说道，“不能写罢？……我教给你，记着！这些字应该记着。将来做掌柜的时候，写账要用。”我暗想我和掌柜的等级还很远呢，而且我们掌柜也从不将茴香豆上账；又好笑，又不耐烦，懒懒的答他道，“谁要你教，不是草头底下一个来回的回字么？”孔乙己显出极高兴的样子，将两个指头的长指甲敲着柜台，点头说，“对呀对呀！……回字有四样写法，你知道么？”我愈不耐烦了，努着嘴走远。孔乙己刚用指甲蘸了酒，想在柜上写字，见我毫不热心，便又叹一口气，显出极惋惜的样子。

有几回，邻舍孩子听得笑声，也赶热闹，围住了孔乙己。他便给他们茴香豆吃，一人一颗。孩子吃完豆，仍然不散，眼睛都望着碟子。孔乙己着了慌，伸开五指将碟子罩住，弯腰下去说道，“不多了，我已经不多了。”直起身又看一看豆，自己摇头说，“不多不多！多乎哉？不多也。”于是这一群孩子都在笑声里走散了。

孔乙己是这样的使人快活，可是没有他，别人也便这么过。

有一天，大约是中秋前的两三天，掌柜正在慢慢的结账，取下粉板，忽然说，“孔乙己长久没有来了。还欠十九个钱呢！”我才也觉得他的确长久没有来了。一个喝酒的人说道，“他怎么会来？……他打折了腿了。”掌柜说，“哦！”“他总仍旧是偷。这一回，是自己发昏，竟偷到丁举人家里去了。他家的东西，偷得的么？”“后来怎么样？”“怎么样？先写服辩[①]，后来是打，打了大半夜，再打折了腿。”“后来呢？”“后来打折了腿了。”“打折了怎样呢？”“怎样？……谁晓得？许是死了。”掌柜也不再问，仍然慢慢的算他的账。

中秋过后，秋风是一天凉比一天，看看将近初冬；我整天的靠着火，也须穿上棉袄了。一天的下半天，没有一个顾客，我正合了眼坐着。忽然间听得一个声音，“温一碗酒。”这声音虽然极低，却很耳熟。看时又全没有人。站起来向外一望。那孔乙己便在柜台下对了门槛坐着。他脸上黑而且瘦，已经不成样子；穿一件破夹袄，盘着两腿，下面垫一个蒲包，用草绳在肩上挂住；见了我，又说道，“温一碗酒。”掌柜也伸出头去，一面说，“孔乙己么？你还欠十九个钱呢！”孔乙己很颓唐的仰面答道，“这……下回还清罢。这一回是现钱，酒要好。”掌柜仍然同平常一样，笑着对他说，“孔乙己，你又偷了东西了！”但他这回却不十分分辩，单说了一句“不要取笑！”“取笑？要

---

① 即认罪书。

是不偷，怎么会打断腿?”孔乙己低声说道，　“跌断，跌，跌……”他的眼色，很像恳求掌柜，不要再提。此时已经聚集了几个人，便和掌柜都笑了。我温了酒，端出去，放在门槛上。他从破衣袋里摸出四文大钱，放在我手里，见他满手是泥，原来他便用这手走来的。不一会，他喝完酒，便又在旁人的说笑声中，坐着用这手慢慢走去了。

自此以后，又长久没有看见孔乙己。到了年关，掌柜取下粉板说，“孔乙己还欠十九个钱呢!”到第二年的端午，又说“孔乙己还欠十九个钱呢!”到中秋可是没有说，再到年关也没有看见他。

我到现在终于没有见——大约孔乙己的确死了。

一九一九年三月。

药

一

秋天的后半夜，月亮下去了，太阳还没有出，只剩下一片乌蓝的天；除了夜游的东西，什么都睡着。华老栓忽然坐起身，擦着火柴，点上遍身油腻的灯盏，茶馆的两间屋子里，便弥满了青白的光。

“小栓的爹，你就去么？”是一个老女人的声音。里边的小屋子里，也发出一阵咳嗽。

“唔。”老栓一面听，一面应，一面扣上衣服；伸手过去说，“你给我罢。”

华大妈在枕头底下掏了半天，掏出一包洋钱，交给老栓，老栓接了，抖抖的装入衣袋，又在外面按了两下；便点上灯笼，吹熄灯盏，走向里屋子去了。那屋子里面，正在窸窸窣窣的响，接着便是一通咳嗽。老栓候他平静下去，才低低的叫道，“小栓……你不要起来。……店么？你娘会安排的。”

老栓听得儿子不再说话，料他安心睡了；便出了门，走到街上。街上黑沉沉的一无所有，只有一条灰白的路，看得分明。灯光照着他的两脚，一前一后的走。有时也遇到几只狗，可是一只也没有叫。天气比屋子里冷得多了；老栓倒觉爽快，仿佛一旦变了少年，得了神通，有给人生命的本领似的，跨步格外高远。而且路也愈走愈分明，天也愈走愈亮了。

老栓正在专心走路，忽然吃了一惊，远远里看见一条丁字街，明明白白横着。他便退了几步，寻到一家关着门的铺子，蹩进檐下，靠门立住了。好一会，身上觉得有些发冷。

“哼，老头子。”

“倒高兴……。”

老栓又吃一惊，睁眼看时，几个人从他面前过去了。一个还回头看他，样子不甚分明，但很像久饿的人见了食物一般，眼里闪出一种攫取的光。老栓看看灯笼，已经熄了，按一按衣袋，硬硬的还在。仰起头两面一望，只见许多古怪的人，三三两两，鬼似的在那里徘徊；定睛再看，却也看不出什么别的奇怪。

没有多久，又见几个兵，在那边走动；衣服前后的一个大白圆圈，远地里也看得清楚，走过面前的，并且看出号衣上暗红色的镶边。——一阵脚步声响，一眨眼，已经拥过了一大簇人。那三三两两的人，也忽然合作一堆，潮一般向前赶；将到丁字街口，便突然立住，簇成一个半圆。

老栓也向那边看，却只见一堆人的后背；颈项都伸得很长，仿佛许多鸭，被无形的手捏住了的，向上提着。静了一会，似乎有点声音，便又动摇起来，轰的一声，都向后退；一直散到老栓立着的地方，几乎将他挤倒了。

“喂！一手交钱，一手交货！”一个浑身黑色的人，站在老栓面前，眼光正像两把刀，刺得老栓缩小了一半。那人一只大手，向他摊着；一只手却撮着一个鲜红的馒头，那红的还是一点一点的往下滴。

老栓慌忙摸出洋钱，抖抖的想交给他，却又不敢去接他的东西。那人便焦急起来，嚷道，“怕什么？怎的不拿！”老栓还踌躇着；黑的人便抢过灯笼，一把扯下纸罩，裹了馒头，塞与老栓；一手抓过洋钱，捏一捏，转身去了。嘴里哼着说，“这老东西……。”

“这给谁治病的呀？”老栓也似乎听得有人问他，但他并不答应；他的精神，现在只在一个包上，仿佛抱着一个十世单传的婴儿，别的事情，都已置之度外了。他现在要将这包里的新的生命，移植到他家里，收获许多幸福。太阳也出来了；在他面前，显出一条大道，直到他家中，后面也照见丁字街头破匾上“古□亭口”这四个黯淡的金字。

二

老栓走到家，店面早经收拾干净，一排一排的茶桌，滑溜溜的发光。但是没有客人；只有小栓坐在里排的桌前吃饭，大粒的汗，从额上滚下，夹袄也帖住了脊心，两块肩胛骨高高凸出，印成一个阳文的“八”字。老栓见这样子，不免皱一皱展开的眉心。他的女人，从灶下急急走出，睁着眼睛，嘴唇有些发抖。

“得了么？”

“得了。”

两个人一齐走进灶下；商量了一会；华大妈便出去了，不多时，拿着一片老荷叶回来，摊在桌上。老栓也打开灯笼罩，用荷叶重新包了那红的馒头。小栓也吃完饭，他的母亲慌忙说：

“小栓——你坐着，不要到这里来。”

一面整顿了灶火，老栓便把一个碧绿的包，一个红红白白的破灯笼，一同塞在灶里，一阵红黑的火焰过去时，店屋里散满了一种奇怪的香味。

“好香！你们吃什么点心呀？”这是驼背五少爷到了。这人每天总在茶馆里过日，来得最早，去得最迟，此时恰恰蹩到临街的壁角的桌边，便坐下问话，然而没有人答应他。“炒米粥么？”仍然没有人应。老栓匆匆走出，给他泡上茶。

“小栓进来罢！”华大妈叫小栓进了里面的屋子，中间放好一条凳，小栓坐了。他的母亲端过一碟乌黑的圆东西，轻轻说：

“吃下去罢，——病便好了。”

小栓撮起这黑东西，看了一会，似乎拿着自己的性命一般，心里说不出的奇怪。十分小心的拗开了，焦皮里面窜出一道白气，白气散了，是两半个白面的馒头。——不多工夫，已经全在肚里了，却全忘了什么味；面前只剩下一张空盘。他的旁边，一面立着他的父亲，一面立着他的母亲，两人的眼光，都仿佛要在他身里注进什么又要取出什么似的；便禁不住心跳起来，按着胸膛，又是一阵咳嗽。

“睡一会罢，——便好了。”

小栓依他母亲的话，咳着睡了。华大妈候他喘气平静，才轻轻的给他盖上了满幅补钉的夹被。

三

店里坐着许多人，老栓也忙了，提着大铜壶，一趟一趟的给客人冲茶；两个眼眶，都围着一圈黑线。

“老栓，你有些不舒服么？——你生病么？”一个花白胡子的人说。

“没有。”

“没有——我想笑嘻嘻的，原也不像……”花白胡子便取消了自己的话。

“老栓只是忙。要是他的儿子……”驼背五少爷话还未完，突然闯进了一个满脸横肉的人，披一件玄色布衫，散着纽扣，用很宽的玄色腰带，胡乱捆在腰间。刚进门，便对老栓嚷道：

“吃了么？好了么？老栓，就是运气了你！你运气，要不是我信息灵……。”

老栓一手提了茶壶，一手恭恭敬敬的垂着；笑嘻嘻的听。满座的人，也都恭恭敬敬的听。华大妈也黑着眼眶，笑嘻嘻的送出茶碗茶叶来，加上一个橄榄，老栓便去冲了水。

“这是包好！这是与众不同的。你想，趁热的拿来，趁热吃下。”横肉的人只是嚷。

“真的呢，要没有康大叔照顾，怎么会这样……”华大妈也很感激的谢他。

“包好，包好！这样的趁热吃下。这样的人血馒头，什么痨病都包好！”

华大妈听到“痨病”这两个字，变了一点脸色，似乎有些不高兴；但又立刻堆上笑，搭赸着走开了。这康大叔却没有觉察，仍然提高了喉咙只是嚷，嚷得里面睡着的小栓也合伙咳嗽起来。

“原来你家小栓碰到了这样的好运气了。这病自然一定全好；怪不得老栓整天的笑着呢。”花白胡子一面说，一面走到康大叔面前，低声下气的问道，“康大叔——听说今天结果的一个犯人，便是夏家的孩子，那是谁的孩子？究竟是什么事？”

“谁的？不就是夏四奶奶的儿子么？那个小家伙！”康大叔见众人都耸起耳朵听他，便格外高兴，横肉块块饱绽，越发大声说，“这小东西不要命，不要就是了。我可是这一回一点没有得到好处；连剥下来的衣服，都给管牢的红眼睛阿义拿去了。——第一要算我们栓叔运气；第二是夏三爷赏了二十五两雪白的银子，独自落腰包，一文不花。”

小栓慢慢的从小屋子走出，两手按了胸口，不住的咳嗽；走到灶下，盛出一碗冷饭，泡上热水，坐下便吃。华大妈跟着他走，轻轻的问道，“小栓，你好些么？——你仍旧只是肚饿？……”

“包好，包好！”康大叔瞥了小栓一眼，仍然回过脸，对众人说，“夏三爷真是乖角儿，要是他不先告官，连他满门抄斩。现在怎样？银子！——这小东西也真不成东西！关在牢里，还要劝牢头造反。”

“阿呀，那还了得。”坐在后排的一个二十多岁的人，很现出气愤模样。

“你要晓得红眼睛阿义是去盘盘底细的，他却和他攀谈了。他说，这大清的天下是我们大家的。你想：这是人话么？红眼睛原知道他家里只有一个老娘，可是没有料到他竟会那么穷，榨不出一点油水，已经气破肚皮了。他还要老虎头上搔痒，便给他两个嘴巴！”

“义哥是一手好拳棒，这两下，一定够他受用了。”壁角的驼背忽然高兴起来。

“他这贱骨头打不怕，还要说可怜可怜哩。”

花白胡子的人说，“打了这种东西，有什么可怜呢？”

康大叔显出看他不上的样子，冷笑着说，“你没有听清我的话；看他神气，是说阿义可怜哩！”

听着的人的眼光，忽然有些板滞；话也停顿了。小栓已经吃完饭，吃得满身流汗，头上都冒出蒸气来。

“阿义可怜——疯话，简直是发了疯了。”花白胡子恍然大悟似的说。

“发了疯了。”二十多岁的人也恍然大悟的说。

店里的坐客，便又现出活气，谈笑起来。小栓也趁着热闹，拚命咳嗽；康大叔走上前，拍他肩膀说：

“包好！小栓——你不要这么咳。包好！”

“疯了。”驼背五少爷点着头说。

四

西关外靠着城根的地面，本是一块官地；中间歪歪斜斜一条细路，是贪走便道的人，用鞋底造成的，但却成了自然的界限。路的左边，都埋着死刑和瘐毙的人，右边是穷人的丛冢。两面都已埋到层层叠叠，宛然阔人家里祝寿时候的馒头。

这一年的清明，分外寒冷；杨柳才吐出半粒米大的新芽。天明未久，华大妈已在右边的一坐新坟前面，排出四碟菜，一碗饭，哭了一场。化过纸，呆呆的坐在地上；仿佛等候什么似的，但自己也说不出等候什么。微风起来，吹动他短发，确乎比去年白得多了。

小路上又来了一个女人，也是半白头发，褴褛的衣裙；提一个破旧的朱漆圆篮，外挂一串纸锭，三步一歇的走。忽然见华大妈坐在地上看他，便有些踌躇，惨白的脸上，现出些羞愧的颜色；但终于硬着头皮，走到左边的一座坟前，放下了篮子。

那坟与小栓的坟，一字儿排着，中间只隔一条小路。华大妈看他排好四碟菜，一碗饭，立着哭了一通，化过纸锭；心里暗暗地想，“这坟里的也是儿子了。”那老女人徘徊观望了一回，忽然手脚有些发抖，跄跄踉踉退下几步，瞪着眼只是发怔。

华大妈见这样子，生怕他伤心到快要发狂了；便忍不住立起身，跨过小路，低声对他说，“你这位老奶奶不要伤心了，——我们还是回去罢。”

那人点一点头，眼睛仍然向上瞪着；也低声吃吃的说道，“你看，——看这是什么呢？”

华大妈跟了他指头看去，眼光便到了前面的坟，这坟上草根还没有全合，露出一块一块的黄土，煞是难看。再往上仔细看时，却不觉也吃一惊；——分明有一圈红白的花，围着那尖圆的坟顶。

他们的眼睛都已老花多年了，但望这红白的花，却还能明白看见。花也不很多，圆圆的排成一个圈，不很精神，倒也整齐。华大妈忙看他儿子和别人的坟，却只有不怕冷的几点青白小花，零星开着；便觉得心里忽然感到一种不足和空虚，不愿意根究。那老女人又走近几步，细看了一遍，自言自语的说，“这没有根，不像自己开的。——这地方有谁来呢？孩子不会来玩；——亲戚本家早不来了。——这是怎么一回事呢？”他想了又想，忽又流下泪来，大声说道：

“瑜儿，他们都冤枉了你，你还是忘不了，伤心不过，今天特意显点灵，要我知道么？”他四面一看，只见一只乌鸦，站在一株没有叶的树上，便接着说，“我知道了。——瑜儿，可怜他们坑了你，他们将来总有报应，天都知道；你闭了眼睛就是了。——你如果真在这里，听到我的话，——便教这乌鸦飞上你的坟顶，给我看罢。”

微风早经停息了；枯草支支直立，有如铜丝。一丝发抖的声音，在空气中愈颤愈细，细到没有，周围便都是死一般静。两人站在枯草丛里，仰面看那乌鸦；那乌鸦也在笔直的树枝间，缩着头，铁铸一般站着。

许多的工夫过去了；上坟的人渐渐增多，几个老的小的，在土坟间出没。

华大妈不知怎的，似乎卸下了一挑重担，便想到要走；一面劝着说，“我们还是回去罢。”

那老女人叹一口气，无精打采的收起饭菜；又迟疑了一刻，终于慢慢地走了。嘴里自言自语的说，“这是怎么一回事呢？……”

他们走不上二三十步远，忽听得背后“哑——”的一声大叫；两个人都竦然的回过头，只见那乌鸦张开两翅，一挫身，直向着远处的天空，箭也似的飞去了。

一九一九年四月。

明　天

“没有声音，小东西怎了？”

红鼻子老拱手里擎了一碗黄酒，说着，向间壁努一努嘴。蓝皮阿五便放下酒碗，在他脊梁上用死劲的打了一掌，含含糊糊嚷道：

“你……你，你又在想心思……”

原来鲁镇是僻静地方，还有些古风，不上一更，大家便都关门睡觉。深更半夜没有睡的只有两家：一家是咸亨酒店，几个酒肉朋友围着柜台，吃喝得正高兴；一家便是间壁的单四嫂子，她自从前年守了寡，便须专靠着自己的一双手纺出棉纱来，养活她自己和她三岁的儿子，所以睡的也迟。

这几天，确凿没有纺纱的声音了。但夜深没有睡的既然只有两家，这单四嫂子家有声音，便自然只有老拱们听到，没有声音，也只有老拱们听到。

老拱挨了打，仿佛很舒服似的喝了一大口酒，呜呜的唱起小曲来。

这时候，单四嫂子正抱着他的宝儿，坐在床沿上，纺车静静的立在地上。黑沉沉的灯光，照着宝儿的脸，绯红里带一点青。单四嫂子心里计算：神签也求过了，愿心也许过了，单方也吃过了，要是还不见效，怎么好？那只有去诊何小仙了。但宝儿也许是日轻夜重，到了明天，太阳一出，热也会退，气喘也会平的，这实在是病人常有的事。

单四嫂子是一个粗笨女人，不明白这“但”字的可怕：许多坏事固然幸亏有了它才变好，许多好事却也因为有了它都弄糟。夏天夜短，老拱们呜呜的唱完了不多时，东方已经发白。不一会，窗缝里透进了银白色的曙光。

单四嫂子等候天明，却不像别人这样容易，觉得非常之慢，宝儿的一呼吸，几乎长过一年。现在居然明亮了，天的明亮，压倒了灯光——看见宝儿的鼻翼，已经一放一收的扇动。

单四嫂子知道不妙，暗暗叫一声“阿呀!”心里计算，怎么好？只有去诊何小仙这一条路了。他虽然是粗笨女人，心里却有决断，便站起身，从木柜子里掏出每天节省下来的十三个小银元和一百八十铜钱，都装在衣袋里，锁上门，抱着宝儿直向何家奔过去。

天气还早，何家已经坐着四个病人了。他摸出四角银元，买了号签，第五个便轮到宝儿。何小仙伸开两个指头按脉，指甲足有四寸多长，单四嫂子暗地纳罕，心里计算：宝儿该有活命了。但总免不了着急，忍不住要问，便局局促促的说：

“先生，我家的宝儿什么病呀？”

“他中焦塞着。”

“不妨事么？他……”

“先去吃两帖。”

“他喘不过气来，鼻翅子都扇着呢。”

“这是火克金……”

何小仙说了半句话，便闭上眼睛；单四嫂子也不好意思再问。在何小仙对面坐着的一个三十多岁的人，此时已经开好一张药方，指着纸角上的几个字说道：

“这第一味保婴活命丸，须是贾家济世老店才有！”

单四嫂子接过药方，一面走，一面想。他虽是粗笨女人，却知道何家与济世老店与自己的家，正是一个三角点；自然是买了药回去便宜了。于是又径向济世老店奔过去。店伙也翘了长指甲慢慢的看方，慢慢的包药。单四嫂子抱了宝儿等着；宝儿忽然擎起小手来，用力拔她散乱着的一绺头发，这是从来没有的举动，单四嫂子怕得发怔。

太阳早出了。单四嫂子抱了孩子，带着药包，越走觉得越重；孩子又不住的挣扎，路也觉得越长。没奈何坐在路旁一家公馆的门槛上，休息了一会，衣服渐渐的冰着肌肤，才知道自己出了一身汗；宝儿却仿佛睡着了。她再起来慢慢地走，仍然支撑不得，耳朵边忽然听得人说：

“单四嫂子，我替你抱勃罗！”似乎是蓝皮阿五的声音。

他抬头看时，正是蓝皮阿五，睡眼朦胧的跟着他走。

单四嫂子在这时候，虽然很希望降下一员天将，助他一臂之力，却不愿是阿五。但阿五有点侠气，无论如何，总是偏要帮忙，所以推让了一会，终于得了许可了。他便伸开臂膊，从单四嫂子的乳房和孩子中间，直伸下去，抱去了孩子。单四嫂子便觉乳房上发了一条热，刹时间直热到脸上和耳根。

他们两人离开了二尺五寸多地，一同走着。阿五说些话，单四嫂子却大半没有答。走了不多时候，阿五又将孩子还给他，说是昨天与朋友约定的吃饭时候到了，单四嫂子便接了孩子。幸而不远便是家，早看见对门的王九妈在街边坐着，远远地说话：

“单四嫂子，孩子怎了？看过先生了么？”

“看是看了。王九妈，你有年纪，见的多，不如请你老法眼看一看，怎样……”

“唔……”

“怎样……？”

“唔……”王九妈端详了一番，把头点了两点，摇了两摇。

宝儿吃下药，已经是午后了。单四嫂子留心看他神情，似乎仿佛平稳了不少，到得下午，忽然睁开眼叫一声“妈！”又仍然合上眼，像是睡去了。他睡了一刻，额上鼻尖都沁出一粒一粒的汗珠，单四嫂子轻轻一摸，胶水般粘着手，慌忙去摸胸口，便禁不住呜咽起来。

宝儿的呼吸从平稳变到没有，单四嫂子的声音也就从呜咽变成号啕。这时聚集了几堆人：门内是王九妈、蓝皮阿五之类，门外是咸亨的掌柜和红鼻子老拱之类。王九妈便发命令，烧了一串纸钱，又将两条板凳和五件衣服作抵，替单四嫂子借了两块洋钱，给帮忙的人备饭。

第一个问题是棺木。单四嫂子还有一副银耳环和一支裹金的银簪，都交给了咸亨的掌柜，托他作一个保，半现半赊的买一具棺木。蓝皮阿五也伸出手来，很愿意自告奋勇。王九妈却不许他，只准他明天抬棺材的差使，阿五骂了一声“老畜生”，怏怏的努了嘴站着。掌柜便自去了，晚上回来，说棺木须得现做，后半夜才成功。

掌柜回来的时候，帮忙的人早吃过饭，因为鲁镇还有些古风，所以不上一更，便都回家睡觉了。只有阿五还靠着咸亨的柜台喝酒，老拱也呜呜的唱。

这时候，单四嫂子坐在床沿上哭着，宝儿在床上躺着，纺车，静静的在地上立着。许多工夫，单四嫂子的眼泪宣告完结了，眼睛张得很大，看看四面的情形，觉得奇怪：所有的都是不会有的事。他心里计算：不过是梦罢了，这些事都是梦。明天醒过来，自己好好的睡在床上，宝儿也好好的睡在自己身边。他也醒过来，叫一声“妈”，生龙活虎似的跳去玩了。

老拱的歌声早经寂静，咸亨也熄了灯。单四嫂子张着眼，总不信所有的事。鸡也叫了，东方渐渐发白，窗缝里透进了银白色的曙光。

银白的曙光又渐渐显出绯红，太阳光接着照到屋脊。单四嫂子张着眼，呆呆坐着；听得打门声音，才吃了一吓，跑出去开门。门外一个不认识的人，背了一件东西，后面站着王九妈。

哦，他们背了棺材来了。

下半天，棺木才合上盖：因为单四嫂子哭一回，看一回，总不肯死心塌地的盖上；幸亏王九妈等得不耐烦，气愤愤的跑上前，一把拖开她，才七手八脚的盖上了。

但单四嫂子待他的宝儿，实在已经尽了心，再没有什么缺陷。昨天烧过一串纸钱，上午又烧了四十九卷《大悲咒》；收敛的时候，给他穿上顶新的衣裳，平日喜欢的玩意儿——一个泥人，两个小木碗，两个玻璃瓶，都放在枕头旁边。后来王九妈掐着指头仔细推敲，也终于想不出一些什么缺陷。

这一日里，蓝皮阿五简直整天没有到，咸亨掌柜便替单四嫂子雇了两名脚夫，每名二百一十个大钱，抬棺木到义冢地上安放。王九妈又帮他煮了饭，凡是动过手开过口的人都吃了饭。

太阳渐渐显出要落山的颜色，吃过饭的人也不觉都显出要回家的颜色——于是他们终于都回了家。

单四嫂子很觉得头眩，歇息了一会，倒居然有点平稳了。但她接连着便觉得很异样：遇到了平生没有遇到过的事，不像会有的事，然而的确出现了。她越想越奇，又感到一件异样的事：这屋子忽然太静了。

她站起身，点上灯火，屋子越显得静。她昏昏的走去关上门，回来坐在床沿上，纺车静静的立在地上。她定一定神，四面一看，更觉得坐立不得，屋子不但太静，而且也太大了，东西也太空了。太大的屋子四面包围着她，太空的东西四面压着她，叫她喘气不得。

她现在知道他的宝儿确乎死了，不愿意见这屋子，吹熄了灯，躺着。她一面哭，一面想：想那时候，自己纺着棉纱，宝儿坐在身边吃茴香豆，瞪着一双小黑眼睛想了一刻，便说："妈——爹卖馄饨，我大了也卖馄饨，卖许多许多钱，我都给你。"那时候，真是连纺出的棉纱，也仿佛寸寸都有意思，寸寸都活着。但现在怎么了？现在的事，单四嫂子却实在没有想到什么。我早经说过：她是粗笨女人。她能想出什么呢？她单觉得这屋子太静，太大，太空罢了。

但单四嫂子虽然粗笨，却知道还魂是不能有的事，她的宝儿也的确不能再见了，叹一口气，自言自语的说："宝儿，你该还在这里，你给我梦里见见罢。"于是合上眼，想赶快睡去，会她的宝儿，苦苦的呼吸通过了静和大和空虚，自己听得明白。

单四嫂子终于朦朦胧胧的走入睡乡，全屋子都很静。这时红鼻子老拱的小曲，也早经唱完，跄跄踉踉出了咸亨，却又提尖了喉咙，唱道：

“我的冤家呀——可怜你——孤零零的……”

蓝皮阿五便伸手揪住了老拱的肩头，两个人七歪八斜的笑着挤着走去。

单四嫂子早睡着了，老拱们也走了，咸亨也关上门了。这时的鲁镇，便完全落在寂静里。只有那暗夜为想变成明天，却仍在这寂静里奔波；另有几条狗，也躲在暗地里呜呜的叫。

一九二〇年六月。

一件小事

我从乡下跑到京城里，一转眼已经六年了。其间耳闻目睹的所谓国家大事，算起来也很不少，但在我心里，都不留什么痕迹，倘要我寻出这些事的影响来说，便只是增长了我的坏脾气——老实说，便是教我一天比一天的看不起人。

但有一件小事，却于我有意义，将我从坏脾气里拖开，使我至今忘记不得。

这是民国六年的冬天，大北风刮得正猛，我因为生计关系，不得不一早在路上走。一路几乎遇不见人，好容易才雇定了一辆人力车，教他拉到S门去。不一会，北风小了，路上浮尘早已刮净，剩下一条洁白的大道来，车夫也跑得更快。刚近S门，忽而车把上带着一个人，慢慢地倒了。

跌倒的是一个女人，花白头发，衣服都很破烂。伊从马路边上突然向车前横截过来；车夫已经让开道，但伊的破棉背心没有上扣，微风吹着，向外展开，所以终于兜着车把。幸而车夫早有点停步，否则伊定要栽一个大斤斗，跌到头破血出了。

伊伏在地上，车夫便也立住脚。我料定这老女人并没有伤，又没有别人看见，便很怪她多事，要自己惹出是非，也误了我的路。

我便对他说，“没有什么的。走你的罢！”

车夫毫不理会——或者并没有听到，却放下车子，扶那老女人慢慢起来，搀着臂膊立定，问伊说：

“你怎么啦？”

“我摔坏了。”

我想，我眼见你慢慢倒地，怎么会摔坏呢，装腔作势罢了，这真可憎恶。车夫多事，也正是自讨苦吃，现在你自己想法去。

车夫听了这老女人的话，却毫不踌躇[①]，仍然搀着伊的臂膊，便一步一步的向前走。我有些诧异，忙看前面，是一所巡警分驻所，大风之后，外面也不见人，这车夫扶着那老女人，便正是向那大门走去。

我这时突然感到一种异样的感觉，觉得他满身灰尘的后影，刹时高大了，而且愈走愈大，须仰视才见。而且他对于我，渐渐的又几乎变成一种威压，甚而至于要榨出皮袍下面藏着的“小”来。

我的活力这时大约有些凝滞了，坐着没有动，也没有想，直到看见分驻所里走出一个巡警，才下了车。

巡警走近我说：“你自己雇车罢，他不能拉你了。”

我没有思索的从外套袋里抓出一大把铜元，交给巡警，说：“请你给他……”

风全住了，路上还很静。我走着，一面想，几乎怕敢想到我自己。以前的事姑且搁起，这一大把铜元又是什么意思？奖他么？我还能裁判车夫么？我不能回答自己。

这事到了现在，还是时时记起，我因此也时时熬了苦痛，努力的要想到我自己。几年来的文治武力，在我早如幼小时候

---

① 指犹豫不决，拿不定主意。

所读过的“子曰诗云”一般，背不上半句了。独有这一件小事，却总是浮在我眼前，有时反更分明，教我惭愧，催我自新，并且增长我的勇气和希望。

一九二〇年七月。

头发的故事

星期日的早晨，我揭去一张隔夜的日历，向着新的那一张上看了又看的说：

"啊，十月十日，今天原来正是双十节。这里却一点没有记载！"

我的一位前辈先生N，正走到我的寓里来谈闲天，一听这话，便很不高兴的对我说：

"他们对！他们不记得，你怎样他；你记得，又怎样呢！"

这位N先生本来脾气有点乖张，时常生些无谓的气，说些不通世故的话。当这时候，我大抵任他自言自语，不赞一辞；他独自发完议论，也就算了。

他说：

"我最佩服北京双十节的情形。早晨，警察到门，吩咐道'挂旗。''是，挂旗！'各家大半懒洋洋的踱出一个国民来，撅起一块斑驳陆离的洋布。这样一直到夜，收了旗关门；几家偶然忘却的，便挂到第二天的上午。

"他们忘却了纪念，纪念也忘却了他们！

"我也是忘却了纪念的一个人。倘使纪念起来，那第一个双十节的前后的事，便都上我的心头，使我坐立不稳了。

"多少故人的脸，都浮在我眼前。几个少年辛苦奔走了十多年，暗地里一颗弹丸要了他的性命；几个少年一击不中，在监牢里身受一个多月的苦刑；几个少年怀着远志，忽然踪影全无，连尸首也不知那里去了。

“他们都在社会的冷笑恶骂迫害倾陷里过了一生；现在他们的坟墓也早在忘却里渐渐平塌下去了。

“我不堪纪念这些事。

“我们还是记起一点得意的事来谈谈罢。”

N忽然现出笑容，伸手在自己头上一摸，高声说：

“我最得意的是自从第一个双十节以后，我在路上走，不再被人笑骂了。

“老兄，你可知道头发是我们中国人的宝贝和冤家，古今来多少人在这上头吃些毫无价值的苦呵！

“我们的很古的古人，对于头发似乎也还看轻。据刑法看来，最要紧的自然是脑袋，所以大辟是上刑；次要便是生殖器了，所以宫刑和幽闭也是一件吓人的罚；至于髡，那是微乎其微了；然而推想起来，正不知道曾有多少人们因为光着头皮便被社会践踏了一生世。

“我们讲革命的时候，大谈什么扬州十日，嘉定屠城，其实也不过一种手段；老实说，那时中国人的反抗，何尝因为亡国，只是因为拖辫子。

“顽民杀尽了，遗老都寿终了，辫子早留定了，洪、杨又闹起来了。我的祖母曾对我说，那时做百姓才难哩，全留着头发的被官兵杀，还是辫子的便被长毛杀！

“我不知道有多少中国人只因为这不痛不痒的头发而吃苦，受难，灭亡。”

N两眼望着屋梁，似乎想些事，仍然说：

“谁知道头发的苦轮到我了。

“我出去留学，便剪掉了辫子，这并没有别的奥妙，只为他太不便当罢了。不料有几位辫子盘在头顶上的同学们便很厌恶我，监督也大怒，说要停了我的官费，送回中国去。

“不几天，这位监督却自己被人剪去辫子逃走了。去剪的人们里面，一个便是做《革命军》的邹容，这人也因此不能再留学，回到上海来，后来死在西牢里。你也早已忘却了罢？

“过了几年，我的家景大不如前了，非谋点事做便要受饿，只得也回到中国来。我一到上海，便买定一条假辫子，那时是二元的市价，带着回家。我的母亲倒也不说什么，然而旁人一见面，便都首先研究这辫子，待到知道是假，就一声冷笑，将我拟为杀头的罪名；有一位本家，还预备去告官，但后来因为恐怕革命党的造反或者要成功，这才中止了。

“我想，假的不如真的直截爽快，我便索性废了假辫子，穿着西装在街上走。

“一路走去，一路便是笑骂的声音，有的还跟在后面骂：‘这冒失鬼！’‘假洋鬼子！’

“我于是不穿洋服了，改了大衫，他们骂得更利害。

“在这日暮途穷的时候，我的手里才添出一支手杖来，拚命的打了几回，他们渐渐的不骂了。只是走到没有打过的生地方还是骂。

“这件事很使我悲哀，至今还时时记得哩。我在留学的时候，曾经看见日报上登载一个游历南洋和中国的本多博士的事；这位博士是不懂中国和马来语的，人问他，你不懂话，怎么走路呢？他拿起手杖来说，这便是他们的话，他们都懂！我因此气愤了好几天，谁知道我竟不知不觉的自己也做了，而且那些人都懂了。……

“宣统初年，我在本地的中学校做监学①，同事是避之唯恐不远，官僚是防之唯恐不严，我终日如坐在冰窖子里，如站在刑场旁边，其实并非别的，只因为缺少了一条辫子！

“有一日，几个学生忽然走到我的房里来，说，‘先生，我们要剪辫子了。’我说，‘不行！’‘有辫子好呢，没有辫子好呢？’‘没有辫子好……’‘你怎么说不行呢？’‘犯不上，你们还是不剪上算，等一等罢。’他们不说什么，撅着嘴唇走出房去，然而终于剪掉了。

“呵！不得了了，人言啧啧了；我却只装作不知道，一任他们光着头皮，和许多辫子一齐上讲堂。

“然而这剪辫病传染了。第三天，师范学堂的学生忽然也剪下了六条辫子，晚上便开除了六个学生。这六个人，留校不能，回家不得，一直挨到第一个双十节之后又一个多月，才消去了犯罪的火烙印。

“我呢？也一样，只是元年冬天到北京，还被人骂过几次，后来骂我的人也被警察剪去了辫子，我就不再被人辱骂了，但我没有到乡间去。”

N 显出非常得意模样，忽而又沉下脸来：

“现在你们这些理想家，又在那里嚷什么女子剪发了，又要造出许多毫无所得而痛苦的人！

“现在不是已经有剪掉头发的女人，因此考不进学校去，

① 清末时期学校里负责管理学生的职员，一般也兼任教学工作。

或者被学校除了名么？

“改革么，武器在哪里？工读么，工厂在哪里？

“仍然留起，嫁给人家做媳妇去：忘却了一切还是幸福，倘使伊记着些平等自由的话便要苦痛一生世！

“我要借了阿尔志跋绥夫的话问你们：你们将黄金时代的出现预约给这些人们的子孙了，但有什么给这些人们自己呢？

“啊，造物的皮鞭没有到中国的脊梁上时，中国便永远是这一样的中国，决不肯自己改变一支毫毛！

“你们的嘴里既然并无毒牙，何以偏要在额上贴起‘蝮蛇’两个大字，引乞丐来打杀？……”

N愈说愈离奇了，但一见到我不很愿听的神情，便立刻闭了口，站起来取帽子。

我说，“回去么？”

他答道，“是的，天要下雨了。”

我默默的送他到门口。

他戴上帽子说：

“再见！请你恕我打搅，好在明天便不是双十节，我们统可以忘却了。”

一九二〇年十月。

风 波

临河的土场上，太阳渐渐的收了他通黄的光线了。场边靠河的乌桕树叶，干巴巴的才喘过气来，几个花脚蚊子在下面哼着飞舞。面河的农家的烟突里，逐渐减少了炊烟，女人孩子们都在自己门口的土场上泼些水，放下小桌子和矮凳；人知道，这已经是晚饭时候了。

老人、男人坐在矮凳上，摇着大芭蕉扇闲谈，孩子飞也似的跑，或者蹲在乌桕树下赌玩石子。女人端出乌黑的蒸干菜和松花黄的米饭，热蓬蓬冒烟。河里驶过文人的酒船，文豪见了，大发诗兴，说："无思无虑，这真是田家乐呵！"

但文豪的话有些不合事实，就因为他们没有听到九斤老太的话。这时候，九斤老太正在大怒，拿破芭蕉扇敲着凳脚说：

"我活到七十九岁了，活够了，不愿意眼见这些败家相，还是死的好。立刻就要吃饭了，还吃炒豆子，吃穷了一家子！"

伊的曾孙女儿六斤捏着一把豆，正从对面跑来，见这情形，便直奔河边，藏在乌桕树后，伸出双丫角的小头，大声说："这老不死的！"

九斤老太虽然高寿，耳朵却还不很聋，但也没有听到孩子的话，仍旧自己说："这真是一代不如一代！"

这村庄的习惯有点特别，女人生下孩子，多喜欢用秤称了轻重，便用斤数当作小名。九斤老太自从庆祝了五十大寿以后，便渐渐的变了不平家，常说伊年青的时候，天气没有现在这般热，豆子也没有现在这般硬；总之现在的时世是不对了。何况六斤比伊的曾祖，少了三斤，比伊父亲七斤，又少了一斤，这真是一条颠扑不破的实例。所以伊又用劲说："这真是一代不如一代！"

伊的儿媳七斤嫂子正捧着饭篮走到桌边，便将饭篮在桌上一摔，愤愤的说："你老人家又这么说了。六斤生下来的时候，不是六斤五两么？你家的秤又是私秤，加重称，十八两秤；用了准十六，我们的六斤该有七斤多哩。我想便是太公和公公，也不见得正是九斤八斤十足，用的秤也许是十四两……"

"一代不如一代！"

七斤嫂还没有答话，忽然看见七斤从小巷口转出，便移了方向，对他嚷道，"你这死尸怎么这时候才回来，死到那里去了！不管人家等着你开饭！"

七斤虽然住在农村，却早有些飞黄腾达的意思。从他的祖父到他，三代不捏锄头柄了；他也照例的帮人撑着航船，每日一回，早晨从鲁镇进城，傍晚又回到鲁镇，因此很知道些时事：例如什么地方，雷公劈死了蜈蚣精；什么地方，闺女生了一个夜叉之类。他在村人里面，的确已经是一名出场人物了。但夏天吃饭不点灯，却还守着农家习惯，所以回家太迟，是该骂的。

七斤一手捏着象牙嘴白铜斗六尺多长的湘妃竹烟管，低着头，慢慢地走来，坐在矮凳上。六斤也趁势溜出，坐在他身边，叫他爹爹。七斤没有应。

"一代不如一代！"九斤老太说。

七斤慢慢地抬起头来，叹一口气说：“皇帝坐了龙庭了。”

七斤嫂呆了一刻，忽而恍然大悟的道：“这可好了，这不是又要皇恩大赦了么！”

七斤又叹一口气，说：“我没有辫子。”

“皇帝要辫子么？”

“皇帝要辫子。”

“你怎么知道呢？”七斤嫂有些着急，赶忙的问。

“咸亨酒店里的人，都说要的。”

七斤嫂这时从直觉上觉得事情似乎有些不妙了，因为咸亨酒店是消息灵通的所在。伊一转眼瞥见七斤的光头，便忍不住动怒，怪他恨他怨他；忽然又绝望起来，装好一碗饭，搡在七斤的面前道：“还是赶快吃你的饭罢！哭丧着脸，就会长出辫子来么？”

太阳收尽了他最末的光线了，水面暗暗地回复过凉气来；土场上一片碗筷声响，人人的脊梁上又都吐出汗粒。七斤嫂吃完三碗饭，偶然抬起头，心坎里便禁不住突突地发跳。伊透过乌桕叶，看见又矮又胖的赵七爷正从独木桥上走来，而且穿着宝蓝色竹布的长衫。

赵七爷是邻村茂源酒店的主人，又是这三十里方圆以内的唯一的出色人物兼学问家；因为有学问，所以又有些遗老的臭味。他有十多本金圣叹批评的《三国志》，时常坐着一个字一个字的读；他不但能说出五虎将姓名，甚而至于还知道黄忠表字汉升和马超表字孟起。革命以后，他便将辫子盘在顶上，像道士一般；常常叹息说，倘若赵子龙在世，天下便不会乱到这地步了。七斤嫂眼睛好，早望见今天的赵七爷已经不是道士，却变成光滑头皮，乌黑发顶；伊便知道这一定是皇帝坐了龙庭，而且一定须有辫子，而且七斤一定是非常危险。因为赵七爷的这件竹布长衫，轻易是不常穿的，三年以来，只穿过两次；一次是和他怄气的麻子阿四病了的时候，一次是曾经砸烂他酒店的鲁大爷死了的时候；现在是第三次了，这一定又是于他有庆，于他的仇家有殃了。

七斤嫂记得，两年前七斤喝醉了酒，曾经骂过赵七爷是"贱胎"，所以这时便立刻直觉到七斤的危险，心坎里突突地发起跳来。

赵七爷一路走来，坐着吃饭的人都站起身，拿筷子点着自己的饭碗说："七爷，请在我们这里用饭！"七爷也一路点头，说道"请请"，却一径走到七斤家的桌旁。七斤们连忙招呼，七爷也微笑着说"请请"，一面细细的研究他们的饭菜。

"好香的干菜——听到了风声了么？"赵七爷站在七斤的后面七斤嫂的对面说。

"皇帝坐了龙庭了。"七斤说。

七斤嫂看着七爷的脸，竭力陪笑道："皇帝已经坐了龙庭，几时皇恩大赦呢？"

"皇恩大赦？大赦是慢慢的总要大赦罢。"七爷说到这里，声色忽然严厉起来，"但是你家七斤的辫子呢，辫子？这倒是要紧的事。你们知道，长毛时候，留发不留头，留头不留发……"

七斤和他的女人没有读过书，不很懂得这古典的奥妙，但觉得有学问的七爷这么说，事情自然非常重大，无可挽回，便仿佛受了死刑宣告似的，耳朵里嗡的一声，再也说不出一句话。

“一代不如一代——”九斤老太正在不平，趁这机会，便对赵七爷说，“现在的长毛，只是剪人家的辫子，僧不僧，道不道的。从前的长毛，这样的么？我活到七十九岁了，活够了。从前的长毛是——整匹的红缎子裹头，拖下去，拖下去，一直拖到脚跟；王爷是黄缎子，拖下去，黄缎子；红缎子，黄缎子——我活够了，七十九岁了。”

七斤嫂站起身，自言自语的说：“这怎么好呢？这样的一班老小，都靠他养活的人……”

赵七爷摇头道：“那也没法。没有辫子，该当何罪，书上都一条一条明明白白写着的。不管他家里有些什么人。”

七斤嫂听到书上写着，可真是完全绝望了；自己急得没法，便忽然又恨到七斤。伊用筷子指着他的鼻尖说：“这死尸自作自受！造反的时候，我本来说，不要撑船了，不要上城了。他偏要，死进城去，滚进城去，进城便被人剪去了辫子。从前是绢光乌黑的辫子，现在弄得僧不僧道不道的。这囚徒自作自受，带累了我们又怎么说呢？这活死尸的囚徒……”

村人看见赵七爷到村，都赶紧吃完饭，聚在七斤家饭桌的周围，七斤自己知道是出场人物，被女人当大众这样辱骂，很不雅观，便只得抬起头，慢慢地说道：

“你今天说现成话，那时你……”

“你这活死尸的囚徒……”

看客中间，八一嫂是心肠最好的人，抱着伊的两周岁的遗腹子，正在七斤嫂身边看热闹；这时过意不去，连忙解劝说：“七斤嫂，算了罢。人不是神仙，谁知道未来事呢？便是七斤嫂，那时不也说，没有辫子倒也没有什么丑么？况且衙门里的大老爷也还没有告示……”

七斤嫂没有听完，两个耳朵早通红了；便将筷子转过向来，指着八一嫂的鼻子，说：“啊呀，这是什么话呵！八一嫂，我自己看来倒还是一个人，会说出这样昏诞胡涂话么？那时我是，整整哭了三天，谁都看见；连六斤这小鬼也都哭……”六斤刚吃完一大碗饭，拿了空碗，伸手去嚷着要添。七斤嫂正没好气，便用筷子在伊的双丫角中间，直扎下去，大喝道：“谁要你来多嘴！你这偷汉的小寡妇！”

扑的一声，六斤手里的空碗落在地上了，恰巧又碰着一块砖角，立刻破成一个很大的缺口。七斤直跳起来，捡起破碗，合上了检查一回，也喝道：“入娘的！”一巴掌打倒了六斤。六斤躺着哭，九斤老太拉了伊的手，连说着“一代不如一代”，一同走了。

八一嫂也发怒，大声说，“七斤嫂，你‘恨棒打人’……”

赵七爷本来是笑着旁观的；但自从八一嫂说了“衙门里的大老爷没有告示”这话以后，却有些生气了。这时他已经绕出桌旁，接着说：“‘恨棒打人’，算什么呢。大兵是就要到的。你可知道，这回保驾的是张大帅，张大帅就是燕人张翼德的后代，他一支丈八蛇矛，就有万夫不当之勇，谁能抵挡他，”他两手同时捏起空拳，仿佛握着无形的蛇矛模样，向八一嫂抢进几步道，“你能抵挡他么！”

八一嫂正气得抱着孩子发抖，忽然见赵七爷满脸油汗，瞪着眼，准对伊冲过来，便十分害怕，不敢说完话，回身走了。赵七爷也跟着走去，众人一面怪八一嫂多事，一面让开路，几个剪过辫子重新留起的便赶快躲在人丛后面，怕他看见。赵七爷也不细心察访，通过人丛，忽然转入乌桕树后，说道："你能抵挡他么！"跨上独木桥，扬长去了。

村人们呆呆站着，心里计算，都觉得自己确乎抵不住张翼德，因此也决定七斤便要没有性命。七斤既然犯了皇法，想起他往常对人谈论城中的新闻的时候，就不该含着长烟管显出那般骄傲模样，所以对于七斤的犯法，也觉得有些畅快。他们也仿佛想发些议论，却又觉得没有什么议论可发。嗡嗡的一阵乱嚷，蚊子都撞过赤膊身子，闯到乌桕树下去做市；他们也就慢慢地走散回家，关上门去睡觉。七斤嫂咕哝着，也收了家伙和桌子矮凳回家，关上门睡觉了。

七斤将破碗拿回家里，坐在门槛上吸烟；但非常忧愁，忘却了吸咽，象牙嘴六尺多长湘妃竹烟管的白铜斗里的火光，渐渐发黑了。他心里但觉得事情似乎十分危急，也想想些方法，想些计画，但总是非常模糊，贯穿不得："辫子呢辫子？丈八蛇矛。一代不如一代！皇帝坐龙庭。破的碗须得上城去钉好。谁能抵挡他？书上一条一条写着。入娘的！"

第二日清晨，七斤依旧从鲁镇撑航船进城，傍晚回到鲁镇，又拿着六尺多长的湘妃竹烟管和一个饭碗回村。他在晚饭席上，对九斤老太说，这碗是在城内钉合的，因为缺口大，所以要十六个铜钉，三文一个，一总用了四十八文小钱。

九斤老太很不高兴的说，"一代不如一代，我是活够了。三文钱一个钉；从前的钉，这样的么？从前的钉是……我活了七十九岁了——"

此后七斤虽然是照例日日进城，但家景总有些黯淡，村人大抵回避着，不再来听他从城内得来的新闻。七斤嫂也没有好声气，还时常叫他“囚徒”。

过了十多日，七斤从城内回家，看见他的女人非常高兴，问他说：“你在城里可听到些什么？”

“没有听到些什么。”

“皇帝坐了龙庭没有呢？”

“他们没有说。”

“咸亨酒店里也没有人说么？”

“也没人说。”

“我想皇帝一定是不坐龙庭了。我今天走过赵七爷的店前，看见他又坐着念书了，辫子又盘在顶上了，也没有穿长衫。”

“……”

“你想，不坐龙庭了罢？”

“我想，不坐了罢。”

现在的七斤，是七斤嫂和村人又都早给他相当的尊敬，相当的待遇了。到夏天，他们仍旧在自家门口的土场上吃饭；大家见了，都笑嘻嘻的招呼。九斤老太早已做过八十大寿，仍然不平而且康健。六斤的双丫角，已经变成一支大辫子了；伊虽然新近裹脚，却还能帮同七斤嫂做事，捧着十八个铜钉的饭碗，在土场上一瘸一拐的往来。

一九二〇年十月。

故 乡

我冒了严寒，回到相隔二千余里，别了二十余年的故乡去。

时候既然是深冬，渐近故乡时，天气又阴晦了；冷风吹进船舱中，呜呜的响，从篷隙向外一望，苍黄的天底下，远近横着几个萧索的荒村，没有一些活气。我的心禁不住悲凉起来了。

阿！这不是我二十年来时时记得的故乡？

我所记得的故乡全不如此。我的故乡好得多了。但要我记起他的美丽，说出他的佳处来，却又没有影像，没有言辞了。仿佛也就如此。于是我自己解释说：故乡本也如此，——虽然没有进步，也未必有如我所感的悲凉，这只是我自己心情的改变罢了，因为我这次回乡，本没有什么好心绪。

我这次是专为了别他而来的。我们多年聚族而居的老屋，已经公同卖给别姓了，交屋的期限，只在本年，所以必须赶在正月初一以前，永别了熟识的老屋，而且远离了熟识的故乡，搬家到我在谋食的异地去。

第二日清早晨我到了我家的门口了。瓦楞上许多枯草的断茎当风抖着，正在说明这老屋难免易主的原因。几房的本家大约已经搬走了，所以很寂静。我到了自家的房外，我的母亲早已迎着出来了，接着便飞出了八岁的侄儿宏儿。

我的母亲很高兴，但也藏着许多凄凉的神情，教我坐下，歇息，喝茶，且不谈搬家的事。宏儿没有见过我，远远的对面站着只是看。

但我们终于谈到搬家的事。我说外间的寓所已经租定了，又买了几件家具，此外须将家里所有的木器卖去，再去增添。母亲也说好，而且行李也略已齐集，木器不便搬运的，也小半卖去了，只是收不起钱来。

"你休息一两天，去拜望亲戚本家一回，我们便可以走了。"母亲说。

"是的。"

"还有闰土，他每到我家来时，总问起你，很想见你一回面。我已经将你到家的大约日期通知他，他也许就要来了。"

这时候，我的脑里忽然闪出一幅神异的图画来：深蓝的天空中挂着一轮金黄的圆月，下面是海边的沙地，都种着一望无际的碧绿的西瓜，其间有一个十一二岁的少年，项带银圈，手捏一柄钢叉，向一匹猹尽力的刺去，那猹[1]却将身一扭，反从他的胯下逃走了。

这少年便是闰土。我认识他时，也不过十多岁，离现在将有三十年了；那时我的父亲还在世，家景也好，我正是一个少爷。那一年，我家是一件大祭祀的值年。这祭祀，说是三十多年才能轮到一回，所以很郑重；正月里供祖像，供品很多，祭器很讲究，拜的人也很多，祭器也很要防偷去。我家只有一个忙月（我们这里给人做工的分三种：整年给一定人家做工的叫长年；按日给人做工的叫短工；自己也种地，只在过年过节以及收租时候来给一定的人家做工的称忙月），忙不过来，他便

① 一种獾类野兽。

对父亲说，可以叫他的儿子闰土来管祭器的。

我的父亲允许了；我也很高兴，因为我早听到闰土这名字，而且知道他和我仿佛年纪，闰月生的，五行缺土，所以他的父亲叫他闰土。他是能装弶[1]捉小鸟雀的。

我于是日日盼望新年，新年到，闰土也就到了。好容易到了年末，有一日，母亲告诉我，闰土来了，我便飞跑的去看。他正在厨房里，紫色的圆脸，头戴一顶小毡帽，颈上套一个明晃晃的银项圈，这可见他的父亲十分爱他，怕他死去，所以在神佛面前许下愿心，用圈子将他套住了。他见人很怕羞，只是不怕我，没有旁人的时候，便和我说话，于是不到半日，我们便熟识了。

我们那时候不知道谈些什么，只记得闰土很高兴，说是上城之后，见了许多没有见过的东西。

第二日，我便要他捕鸟。他说：

“这不能。须大雪下了才好。我们沙地上，下了雪，我扫出一块空地来，用短棒支起一个大竹匾，撒下秕谷，看鸟雀来吃时，我远远地将缚在棒上的绳子只一拉，那鸟雀就罩在竹匾下了。什么都有：稻鸡，角鸡，鹁鸪，蓝背……”

我于是又很盼望下雪。

闰土又对我说：

“现在太冷，你夏天到我们这里来。我们日里到海边检贝壳去，红的绿的都有，鬼见怕也有，观音手也有，晚上我和爹管西瓜去，你也去。”

---

① 安装捕鸟的陷阱。

“管贼么？”

“不是。走路的人口渴了摘一个瓜吃，我们这里是不算偷的。要管的是獾猪，刺猬，猹。月亮地下，你听，啦啦的响了，猹在咬瓜了。你便捏了胡叉，轻轻地走去……”

我那时并不知道这所谓猹的是怎么一件东西——便是现在也没有知道——只是无端的觉得状如小狗而很凶猛。

“他不咬人么？”

“有胡叉呢。走到了，看见猹了，你便刺。这畜生很伶俐，倒向你奔来，反从胯下窜了。他的皮毛是油一般的滑……”

我素不知道天下有这许多新鲜事：海边有如许五色的贝壳；西瓜有这样危险的经历，我先前单知道他在水果店里出卖罢了。

“我们沙地里，潮汛要来的时候，就有许多跳鱼儿只是跳，都有青蛙似的两个脚……”

阿！闰土的心里有无穷无尽的希奇的事，都是我往常的朋友所不知道的。他们不知道一些事，闰土在海边时，他们都和我一样只看见院子里高墙上的四角的天空。

可惜正月过去了，闰土须回家里去，我急得大哭，他也躲到厨房里，哭着不肯出门，但终于被他父亲带走了。他后来还托他的父亲带给我一包贝壳和几支很好看的鸟毛，我也曾送他一两次东西，但从此没有再见面。

现在我的母亲提起了他，我这儿时的记忆，忽而全都闪电似的苏生过来，似乎看到了我的美丽的故乡了。我应声说：

“这好极！他，——怎样？……”

“他？……他景况也很不如意……”母亲说着，便向房外看，“这些人又来了。说是买木器，顺手也就随便拿走的，我得去看看。”

母亲站起身，出去了。门外有几个女人的声音，我便招宏儿走近面前，和他闲话：问他可会写字，可愿意出门。

“我们坐火车去么？”

“我们坐火车去。”

“船呢？”

“先坐船，……”

“哈！这模样了！胡子这么长了！”一种尖利的怪声突然大叫起来。

我吃了一吓，赶忙抬起头，却见一个凸颧骨，薄嘴唇，五十岁上下的女人站在我面前，两手搭在髀间，没有系裙，张着两脚，正像一个画图仪器里细脚伶仃的圆规。

我愕然了。

“不认识了么？我还抱过你咧！”

我愈加愕然了。幸而我的母亲也就进来，从旁说：

“他多年出门，统忘却了。你该记得罢，”便向着我说，“这是斜对门的杨二嫂，……开豆腐店的。”

哦，我记得了。我孩子时候，在斜对门的豆腐店里确乎终日坐着一个杨二嫂，人都叫伊“豆腐西施”。但是擦着白粉，颧骨没有这么高，嘴唇也没有这么薄。而且终日坐着，我也从没有见过这圆规式的姿势。那时人说：因为伊，这豆腐店的买卖非常好。但这大约因为年龄的关系，我却并未蒙着一毫感化，所以竟完全忘却了。然而圆规很不平，显出鄙夷的神色，仿佛嗤笑法国人不知道拿破仑，美国人不知道华盛顿似的，冷笑说：

“忘了？这真是贵人眼高……”

“那有这事……我……”我惶恐着，站起来说。

“那么，我对你说。迅哥儿，你阔了，搬动又笨重，你还要什么这些破烂木器，让我拿去罢。我们小户人家，用得着。”

“我并没有阔哩。我须卖了这些，再去……”

“阿呀呀，你放了道台了，还说不阔，你现在有三房姨太太；出门便是八抬的大轿，还说不阔？吓，什么都瞒不过我。”

我知道无话可说了，便闭了口，默默的站着。

“阿呀阿呀，真是愈有钱，便愈是一毫不肯放松，愈是一毫不肯放松，便愈有钱……”圆规一面愤愤的回转身，一面絮絮的说，慢慢向外走，顺便将我母亲的一副手套塞在裤腰里，出去了。

此后又有近处的本家和亲戚来访问我。我一面应酬，偷空便收拾些行李，这样的过了三四天。

一日是天气很冷的午后，我吃过午饭，坐着喝茶，觉得外面有人进来了，便回头去看。我看时，不由的非常出惊，慌忙站起身，迎着走去。

这来的便是闰土。虽然我一见便知道是闰土，但又不是我这记忆上的闰土了。他身材增加了一倍；先前的紫色的圆脸，已经变作灰黄，而且加上了很深的皱纹，眼睛也像他父亲一样，周围都肿得通红，这我知道，在海边种地的人，终日吹着海风，大抵是这样的。他头上是一顶破毡帽，身上只一件极薄的棉衣，浑身瑟索着；手里提着一个纸包和一支长烟管，那手也不是我所记得的红活圆实的手，却又粗又笨而且开裂，像是松树皮了。

我这时很兴奋，但不知道怎么说才好，只是说：

“阿！闰土哥，——你来了？……”

我接着便有许多话，想要连珠一般涌出：角鸡，跳鱼儿，贝壳，猹，……但又总觉得被什么挡着似的。单在脑里面回旋，吐不出口外去。

他站住了，脸上现出欢喜和凄凉的神情；动着嘴唇，却没有作声。他的态度终于恭敬起来了，分明的叫道：

“老爷！……”

我似乎打了一个寒噤；我就知道，我们之间已经隔了一层可悲的厚障壁了，我也说不出话。

他回过头去说，“水生，给老爷磕头。”便拖出躲在背后的孩子来，这正是一个三十年前的闰土，只是黄瘦些，颈子上没有银圈罢了。“这是第五个孩子，没有见过世面，躲躲闪闪……”

母亲和宏儿下楼来了，他们大约也听到了声音。

“老太太。信是早收到了。我实在喜欢的了不得，知道老爷回来……”闰土说。

“阿，你怎的这样客气起来。你们先前不是哥弟称呼么？还是照旧：迅哥儿。”母亲高兴的说。

“阿呀，老太太真是……这成什么规矩。那时是孩子，不懂事……”闰土说着，又叫水生上来打拱，那孩子却害羞，紧紧的只贴在他背后。

“他就是水生？第五个？都是生人，怕生也难怪的；还是宏儿和他去走走。”母亲说。

宏儿听得这话，便来招水生，水生却松松爽爽同他一路出去了。母亲叫闰土坐，他迟疑了一回，终于就了坐，将长烟管靠在桌旁，递过纸包来，说：

“冬天没有什么东西了。这一点干青豆倒是自家晒在那里的，请老爷……”

我问问他的景况。他只是摇头。

“非常难。第六个孩子也会帮忙了，却总是吃不够……又不太平……什么地方都要钱，没有定规……收成又坏。种出东西来，挑去卖，总要捐几回钱，折了本；不去卖，又只能烂掉……”

他只是摇头；脸上虽然刻着许多皱纹，却全然不动，仿佛石像一般。他大约只是觉得苦，却又形容不出，沉默了片时，便拿起烟管来默默的吸烟了。

母亲问他，知道他的家里事务忙，明天便得回去；又没有吃过午饭，便叫他自己到厨下炒饭吃去。

他出去了；母亲和我都叹息他的景况：多子，饥荒，苛税，兵匪，官，绅，都苦得他像一个木偶人了。母亲对我说，凡是不必搬走的东西，尽可以送他，可以听他自己去拣择。

下午，他拣好了几件东西：两条长桌，四个椅子，一副香炉和烛台，一杆抬秤。他又要所有的草灰（我们这里煮饭是烧稻草的，那灰，可以做沙地的肥料），待我们启程的时候，他用船来载去。

夜间，我们又谈些闲天，都是无关紧要的话；第二天早晨，他就领了水生回去了。

又过了九日，是我们启程的日期。闰土早晨便到了，水生没有同来，却只带着一个五岁的女儿管船只。我们终日很忙碌，再没有谈天的工夫。来客也不少，有送行的，有拿东西的，有送行兼拿东西的。待到傍晚我们上船的时候，这老屋里的所有破旧大小粗细东西，已经一扫而空了。

我们的船向前走，两岸的青山在黄昏中，都装成了深黛颜色，连着退向船后梢去。

宏儿和我靠着船窗，同看外面模糊的风景，他忽然问道：

“大伯，我们什么时候回来？”

“回来？你怎么还没有走就想回来了。”

“可是，水生约我到他家玩去咧……”他睁着大的黑眼睛，痴痴的想。

我和母亲也都有些惘然，于是又提起闰土来。母亲说：那豆腐西施的杨二嫂，自从我家收拾行李以来，本是每日必到的，前天伊在灰堆里，掏出十多个碗碟来，议论之后，便定说是闰土埋着的，他可以在运灰的时候，一齐搬回家里去；杨二嫂发见了这件事，自己很以为功，便拿了那狗气杀（这是我们这里养鸡的器具，木盘上面有着栅栏，内盛食料，鸡可以伸进颈子去啄，狗却不能，只能看着气死），飞也似的跑了，亏伊装着这么高底的小脚，竟跑得这样快。

老屋离我愈远了；故乡的山水也都渐渐远离了我，但我却并不感到怎样的留恋。我只觉得我四面有看不见的高墙，将我隔成孤身，使我非常气闷；那西瓜地上的银项圈的小英雄的影像，我本来十分清楚，现在却忽地模糊了，又使我非常的悲哀。

母亲和宏儿都睡着了。

我躺着，听船底潺潺的水声，知道我在走我的路。我想：我竟与闰土隔绝到这地步了，但我们的后辈还是一气，宏儿不是正在想念水生么。我希望他们不再像我，又大家隔膜起来……然而我又不愿意他们因为要一气，都如我的辛苦展转而生活，也不愿意他们都如闰土的辛苦麻木而生活，也不愿意都如别人的辛苦恣睢而生活。他们应该有新的生活，为我们所未经生活过的。

我想到希望，忽然害怕起来了。闰土要香炉和烛台的时候，我还暗地里笑他，以为他总是崇拜偶像，什么时候都不忘却。现在我所谓希望，不也是我自己手制的偶像么？只是他的愿望切近，我的愿望茫远罢了。

我在朦胧中，眼前展开一片海边碧绿的沙地来，上面深蓝的天空中挂着一轮金黄的圆月。我想：希望是本无所谓有，无所谓无的。这正如地上的路，其实地上本没有路；走的人多了，也便成了路。

一九二一年一月。

阿Q正传

第一章 序

我要给阿Q做正传，已经不止一两年了。但一面要做，一面又往回想，这足见我不是一个“立言”① 的人，因为从来不朽之笔，须传不朽之人，于是人以文传，文以人传——究竟谁靠谁传，渐渐的不甚了然起来，而终于归结到传阿Q，仿佛思想里有鬼似的。

然而要做这一篇速朽的文章，才下笔，便感到万分的困难了。第一是文章的名目。孔子曰：“名不正则言不顺。”这原是应该极注意的。传的名目很繁多：列传，自传，内传，外传，别传，家传，小传……而可惜都不合。“列传”么，这一篇并非和许多阔人排在“正史”② 里；“自传”么，我又并非就是阿Q。说是“外传”，“内传”在那里呢？倘用“内传”，阿Q又决不是神仙。“别传”呢，阿Q实在未曾有大总统上谕宣付国史馆立“本传”——虽说英国正史上并无“博徒列传”，而文

① 古人提出的“三不朽”（立德、立功、立言）之一。

② 封建时代正史一般由官府主持编写，用正规体例写作的史书，具有政府权威性。主要指《史记》《汉书》等以帝王本纪为纲的纪传体史书。正史通常由下一个朝代修订。1921年北洋军阀政府又增《新元史》，合称二十五史。

豪迭更司[①]也做过《博徒别传》这一部书，但文豪则可，在我辈却不可的。其次是“家传”，则我既不知与阿 Q 是否同宗，也未曾受他子孙的拜托；或“小传”，则阿 Q 又更无别的“大传”了。总而言之，这一篇也便是“本传”，但从我的文章着想，因为文体卑下，是“引车卖浆者流”所用的话，[②] 所以不敢僭称，便从不入三教九流[③]的小说家所谓“闲话休题言归正传”这一句套话里，取出“正传”两个字来，作为名目，即使与古人所撰《书法正传》的“正传”字面上很相混，也顾不得了。

第二，立传的通例，开首大抵该是“某，字某，某地人也”，而我并不知道阿 Q 姓什么。有一回，他似乎是姓赵，但第二日便模糊了。那是赵太爷的儿子进了秀才的时候，锣声镗镗的报到村里来，阿 Q 正喝了两碗黄酒，便手舞足蹈的说，这于他也很光采，因为他和赵太爷原来是本家，细细的排起来他还比秀才长三辈呢。其时几个旁听人倒也肃然的有些起敬了。那知道第二天，地保便叫阿 Q 到赵太爷家里去；太爷一见，满脸溅朱，喝道：

“阿 Q，你这浑小子！你说我是你的本家么？”

---

① 通译狄更斯，英国小说家。生于小官吏家庭。少时家贫，12 岁被迫独立生活，当过鞋油作坊学徒。15 岁时在律师事务所当缮写员，后任新闻记者，开始发表特写。著有《大卫·科波菲尔》、《双城记》等。

② 指白话文。一九三一年三月三日作者给日本山上正义的校释中说：“‘引车卖浆’，即拉车卖豆腐浆之谓，系指蔡元培氏之父。那时，蔡元培氏为北京大学校长，亦系主张白话者之一，故亦受到攻击之矢。”

③ 三教，指儒教、佛教、道教；九流，即九家，在《七略》分别指：儒家、道家、墨家、法家、名家、杂家、农家、纵横家、阴阳家。九流十家，是九流以外加上小说家。

阿Q不开口。

赵太爷愈看愈生气了，抢进几步说："你敢胡说！我怎么会有你这样的本家，你姓赵么？"

阿Q不开口，想往后退了；赵太爷跳过去，给了他一个嘴巴。

"你怎么会姓赵！——你那里配姓赵！"

阿Q并没有抗辩他确凿姓赵，只用手摸着左颊，和地保退出去了；外面又被地保训斥了一番，谢了地保二百文酒钱。知道的人都说阿Q太荒唐，自己去招打；他大约未必姓赵，即使真姓赵，有赵太爷在这里，也不该如此胡说的。此后便再没有人提起他的氏族来，所以我终于不知道阿Q究竟什么姓。

第三，我又不知道阿Q的名字是怎么写的。他活着的时候，人都叫他阿Quei，死了以后，便没有一个人再叫阿Quei了，那里还会有"著之竹帛"的事。若论"著之竹帛"，这篇文章要算第一次，所以先遇着了这第一个难关。我曾经仔细想：阿Quei，阿桂还是阿贵呢？倘使他号叫月亭，或者在八月间做过生日，那一定是阿桂了。而他既没有号——也许有号，只是没有人知道他，——又未尝散过生日征文的帖子：写作阿桂，是武断的。又倘若他有一位老兄或令弟叫阿富，那一定是阿贵了；而他又只是一个人：写作阿贵，也没有佐证的。其余音Quei的偏僻字样，更加凑不上了。先前，我也曾问过赵太爷的儿子茂才[①]先生，谁料博雅如此公，竟也茫然，但据结论说，

---

① 茂才：即秀才。东汉时，因为避光武帝刘秀的名讳，改秀才为茂才；后来有时也有沿用作秀才的别称。

是因为陈独秀办了《新青年》提倡洋字，所以国粹沦亡，无可查考了。我的最后的手段，只有托一个同乡去查阿Q犯事的案卷，八个月之后才有回信，说案卷里并无与阿Quei的声音相近的人。我虽不知道是真没有，还是没有查，然而也再没有别的方法了。生怕注音字母还未通行，只好用了"洋字"，照英国流行的拼法写他为阿Quei，略作阿Q。这近于盲从《新青年》，自己也很抱歉，但茂才公尚且不知，我还有什么好办法呢。

第四，是阿Q的籍贯了。倘他姓赵，则据现在好称郡望的老例，可以照《郡名百家姓》[①] 上的注解，说是"陇西天水人也"，但可惜这姓是不甚可靠的，因此籍贯也就有些决不定。他虽然多住未庄，然而也常常宿在别处，不能说是未庄人，即使说是"未庄人也"，也仍然有乖史法的。

我所聊以自慰的，是还有一个"阿"字非常正确，绝无附会假借的缺点，颇可以就正于通人。至于其余，却都非浅学所能穿凿，只希望有"历史癖与考据癖"的胡适之先生的门人们，将来或者能够寻出许多新端绪来，但是我这《阿Q正传》到那时却又怕早经消灭了。

以上可以算是序。

---

① 《百家姓》是古代蒙学读物之一，宋初人编纂。为便于诵读，将姓氏连缀为四言韵语。《郡名百家姓》则在每一姓上都附注郡（古代地方区域的名称）名，表示某姓望族曾居古代某地，如赵为"陇西天水"、钱为"徐州彭城"之类。

第二章　优胜记略

阿Q不独是姓名籍贯有些渺茫，连他先前的“行状”① 也渺茫。因为未庄的人们之于阿Q，只要他帮忙，只拿他玩笑，从来没有留心他的“行状”的。而阿Q自己也不说，独有和别人口角的时候，间或瞪着眼睛道：

“我们先前——比你阔得多啦？你算是什么东西！”

阿Q没有家，住在未庄的土谷祠里；也没有固定的职业，只给人家做短工，割麦便割麦，舂米便舂米，撑船便撑船。工作略长久时，他也或住在临时主人的家里，但一完就走了。所以，人们忙碌的时候，也还记起阿Q来，然而记起的是做工，并不是“行状”；一闲空，连阿Q都早忘却，更不必说“行状”了。只是有一回，有一个老头子颂扬说：“阿Q真能做！”这时阿Q赤着膊，懒洋洋的瘦伶仃的正在他面前，别人也摸不着这话是真心还是讥笑，然而阿Q很喜欢。

阿Q又很自尊，所有未庄的居民，全不在他眼睛里，甚而至于对于两位“文童”② 也有以为不值一笑的神情。夫文童者，将来恐怕要变秀才者也；赵太爷、钱太爷大受居民的尊敬，除有钱之外，就因为都是文童的爹爹，而阿Q在精神上独不表格外的崇奉，他想：我的儿子会阔得多啦！加以进了几回城，阿Q自然更自负，然而他又很鄙薄城里人，譬如用三尺长三寸宽

---

① 这里泛指经历。

② 指科举时代习举业而尚未考取秀才的人。

的木板做成的凳子，未庄叫“长凳”，他也叫“长凳”，城里人却叫“条凳”，他想：这是错的，可笑！油煎大头鱼，未庄都加上半寸长的葱叶，城里却加上切细的葱丝，他想：这也是错的，可笑！然而未庄人真是不见世面的可笑的乡下人呵，他们没有见过城里的煎鱼！

阿Q“先前阔”，见识高，而且“真能做”，本来几乎是一个“完人”了，但可惜他体质上还有一些缺点。最恼人的是在他头皮上，颇有几处不知起于何时的癞疮疤。这虽然也在他身上，而看阿Q的意思，倒也似乎以为不足贵的，因为他讳说“癞”以及一切近于“赖”的音，后来推而广之，“光”也讳，“亮”也讳，再后来，连“灯”“烛”都讳了。一犯讳，不问有心与无心，阿Q便全疤通红的发起怒来，估量了对手，口讷的他便骂，气力小的他便打；然而不知怎么一回事，总还是阿Q吃亏的时候多。于是他渐渐的变换了方针，大抵改为怒目而视了。

谁知道阿Q采用怒目主义之后，未庄的闲人们便愈喜欢玩笑他。一见面，他们便假作吃惊的说：

“哙，亮起来了。”

阿Q照例的发了怒，他怒目而视了。

“原来有保险灯在这里！”他们并不怕。

阿Q没有法，只得另外想出报复的话来：

“你还不配……”这时候，又仿佛在他头上的是一种高尚的光荣的癞头疮，并非平常的癞头疮了；但上文说过，阿Q是有见识的，他立刻知道和“犯忌”有点抵触，便不再往底下说。

闲人还不完，只撩他，于是终而至于打。阿Q在形式上打败了，被人揪住黄辫子，在壁上碰了四五个响头，闲人这才心满意足的得胜的走了，阿Q站了一刻，心里想，“我总算被儿子打了，现在的世界真不像样……”于是也心满意足的得胜的走了。

阿Q想在心里的，后来每每说出口来，所以凡有和阿Q玩笑的人们，几乎全知道他有这一种精神上的胜利法，此后每逢揪住他黄辫子的时候，人就先一着对他说：

“阿Q，这不是儿子打老子，是人打畜生。自己说：人打畜生！”

阿Q两只手都捏住了自己的辫根，歪着头，说道：

“打虫豸，好不好？我是虫豸——还不放么？”

但虽然是虫豸，闲人也并不放，仍旧在就近什么地方给他碰了五六个响头，这才心满意足的得胜的走了，他以为阿Q这回可遭了瘟。然而不到十秒钟，阿Q也心满意足的得胜的走了，他觉得他是第一个能够自轻自贱的人，除了“自轻自贱”不算外，余下的就是“第一个”。状元不也是“第一个”么？“你算是什么东西”呢!?

阿Q以如是等等妙法克服怨敌之后，便愉快的跑到酒店里喝几碗酒，又和别人调笑一通，口角一通，又得了胜，愉快的回到土谷祠，放倒头睡着了。假使有钱，他便去押牌宝①，一堆人蹲在地面上，阿Q即汗流满面的夹在这中间，声音他

---

① 赌博的一种。赌局中为主的人叫“桩家”；下文的“青龙”“天门”“穿堂”等都是押牌宝的用语，指押赌注的位置；“四百”、“一百五十”是押赌注的钱数。

最响：

“青龙四百！”

“咳—开—啦！”桩家揭开盒子盖，也是汗流满面的唱。“天门啦—角回啦—！人和穿堂空在那里啦！阿Q的铜钱拿过来—！”

“穿堂一百——一百五十！”

阿Q的钱便在这样的歌吟之下，渐渐的输入别个汗流满面的人物的腰间。他终于只好挤出堆外，站在后面看，替别人着急，一直到散场，然后恋恋的回到土谷祠，第二天，肿着眼睛去工作。

但真所谓“塞翁失马安知非福”① 罢，阿Q不幸而赢了一回，他倒几乎失败了。

这是未庄赛神的晚上。这晚上照例有一台戏，戏台左近，也照例有许多的赌摊。做戏的锣鼓，在阿Q耳朵里仿佛在十里之外；他只听得桩家的歌唱了。他赢而又赢。铜钱变成角洋，角洋变成大洋，大洋又成了叠。他兴高采烈得非常：

“天门两块！”

他不知道谁和谁为什么打起架来了。骂声，打声，脚步声，昏头昏脑的一大阵，他才爬起来，赌摊不见了，人们也不见了，身上有几处很似乎有些痛，似乎也挨了几拳几脚似的，几个人诧异的对他看。他如有所失的走进土谷祠，定一定神，知道他

① 出自《淮南子·人间训》。比喻一时虽然受到损失，也许反而因此能得到好处。也指坏事在一定条件下可变为好事。

的一堆洋钱不见了。赶赛会的赌摊多不是本村人，还到那里去寻根柢呢？

很白很亮的一堆洋钱！而且是他的——现在不见了！说是算被儿子拿去了罢，总还是忽忽不乐；说自己是虫豸罢，也还是忽忽不乐：他这回才有些感到失败的苦痛了。

但他立刻转败为胜了。他擎起右手，用力的在自己脸上连打了两个嘴巴，热剌剌的有些痛；打完之后，便心平气和起来，似乎打的是自己，被打的是别一个自己，不久也就仿佛是自己打了别个一般，——虽然还有些热剌剌，——心满意足的得胜的躺下了。

他睡着了。

第三章 续优胜记略

然而阿Q虽然常优胜，却直待蒙赵太爷打他嘴巴之后，这才出了名。

他付过地保二百文酒钱，忿忿的躺下了，后来想："现在的世界太不成话，儿子打老子……"于是忽而想到赵太爷的威风，而现在是他的儿子了，便自己也渐渐的得意起来，爬起身，唱着《小孤孀上坟》到酒店去。这时候，他又觉得赵太爷高人一等了。

说也奇怪，从此之后，果然大家也仿佛格外尊敬他。这在阿Q，或者以为因为他是赵太爷的父亲，而其实也不然。未庄通例，倘如阿七打阿八，或者李四打张三，向来本不算一件事，必须与一位名人如赵太爷者相关，这才载上他们的口碑。一上口碑，则打的既有名，被打的也就托庇有了名。至于错在阿Q，那自然是不必说。所以者何？就因为赵太爷是不会错的。但他既然错，为什么大家又仿佛格外尊敬他呢？这可难解，穿凿起来说，或者因为阿Q说是赵太爷的本家，虽然挨了打，大家也还怕有些真，总不如尊敬一些稳当。否则，也如孔庙里的太牢①一般，虽然与猪羊一样，同是畜生，但既经圣人下箸，先儒们便不敢妄动了。

阿Q此后倒得意了许多年。

有一年的春天，他醉醺醺的在街上走，在墙根的日光下，看见王胡在那里赤着膊捉虱子，他忽然觉得身上也痒起来了。这王胡，又癞又胡，别人都叫他王癞胡，阿Q却删去了一个癞字，然而非常渺视他。阿Q的意思，以为癞是不足为奇的，只有这一部络腮胡子，实在太新奇，令人看不上眼。他于是并排坐下去了，倘是别的闲人们，阿Q本不敢大意坐下去。但这王胡旁边，他有什么怕呢？老实说：他肯坐下去，简直还是抬举他。

阿Q也脱下破夹袄来，翻检了一回，不知道因为新洗呢还是因为粗心，许多工夫，只捉到三四个。他看那王胡，却是一个又一个，两个又三个，只放在嘴里毕毕剥剥的响。

阿Q最初是失望，后来却不平了：看不上眼的王胡尚且那么多，自己倒反这样少，这是怎样的大失体统的事呵！他很想寻一两个大的，然而竟没有，好容易才捉到一个中的，恨恨的塞在厚嘴唇里，狠命一咬，劈的一声，又不及王胡响。

① 按古代祭祀礼，原指牛、羊、豕三牲，但后来单称牛为太牢。

他癞疮疤块块通红了，将衣服摔在地上，吐一口唾沫，说：

“这毛虫！”

“癞皮狗，你骂谁？”王胡轻蔑的抬起眼来说。

阿Q近来虽然比较的受人尊敬，自己也更高傲些，但和那些打惯的闲人们见面还胆怯，独有这回却非常武勇了。这样满脸胡子的东西，也敢出言无状么？

“谁认便骂谁！”他站起来，两手叉在腰间说。

“你的骨头痒了么？”王胡也站起来，披上衣服说。

阿Q以为他要逃了，抢进去就是一拳。这拳头还未达到身上，已经被他抓住了，只一拉，阿Q跄跄踉踉的跌进去，立刻又被王胡扭住了辫子，要拉到墙上照例去碰头。

“‘君子动口不动手’！”阿Q歪着头说。

王胡似乎不是君子，并不理会，一连给他碰了五下，又用力的一推，至于阿Q跌出六尺多远，这才满足的去了。

在阿Q的记忆上，这大约要算是生平第一件的屈辱，因为王胡以络腮胡子的缺点，向来只被他奚落，从没有奚落他，更不必说动手了。而他现在竟动手，很意外，难道真如市上所说，皇帝已经停了考，不要秀才和举人了，因此赵家减了威风。因此他们也便小觑了他么？

阿Q无可适从的站着。

远远的走来了一个人，他的对头又到了。这也是阿Q最厌恶的一个人，就是钱太爷的大儿子。他先前跑上城里去进洋学堂，不知怎么又跑到东洋去了，半年之后他回到家里来，腿也直了，辫子也不见了，他的母亲大哭了十几场，他的老婆跳了三回井。后来，他的母亲到处说：“这辫子是被坏人灌醉了酒剪去的。本来可以做大官，现在只好等留长再说了。”然而阿Q不肯信，偏称他“假洋鬼子”，也叫作“里通外国的人”，一见他，一定在肚子里暗暗的咒骂。

阿Q尤其“深恶而痛绝之”的，是他的一条假辫子。辫子而至于假，就是没有了做人的资格；他的老婆不跳第四回井，也不是好女人。

这“假洋鬼子”近来了。

“秃儿。驴……”阿Q历来本只在肚子里骂，没有出过声，这回因为正气忿，因为要报仇，便不由的轻轻的说出来了。

不料这秃儿却拿着一支黄漆的棍子——就是阿Q所谓哭丧棒——大踏步走了过来。阿Q在这刹那，便知道大约要打了，赶紧抽紧筋骨，耸了肩膀等候着，果然，拍的一声，似乎确凿打在自己头上了。

“我说他！”阿Q指着近旁的一个孩子，分辩说。

拍！拍拍！

在阿Q的记忆上，这大约要算是生平第二件的屈辱。幸而拍拍的响了之后，于他倒似乎完结了一件事，反而觉得轻松些，而且“忘却”这一件祖传的宝贝也发生了效力，他慢慢的走，将到酒店门口，早已有些高兴了。

但对面走来了静修庵里的小尼姑。阿Q便在平时，看见伊也一定要唾骂，而况在屈辱之后呢？他于是发生了回忆，又发生了敌忾了。

“我不知道我今天为什么这样晦气，原来就因为见了你！”他想。

他迎上去，大声的吐一口唾沫：

"咳，呸！"

小尼姑全不睬，低了头只是走。阿Q走近伊身旁，突然伸出手去摩着伊新剃的头皮，呆笑着，说：

"秃儿！快回去，和尚等着你……"

"你怎么动手动脚……"尼姑满脸通红的说，一面赶快走。

酒店里的人大笑了。阿Q看见自己的勋业得了赏识，便愈加兴高采烈起来：

"和尚动得，我动不得？"他扭住伊的面颊。

酒店里的人大笑了。阿Q更得意，而且为满足那些赏鉴家起见，再用力的一拧，才放手。

他这一战，早忘却了王胡，也忘却了假洋鬼子，似乎对于今天的一切"晦气"都报了仇；而且奇怪，又仿佛全身比拍拍的响了之后更轻松，飘飘然的似乎要飞去了。

"这断子绝孙的阿Q！"远远地听得小尼姑的带哭的声音。

"哈哈哈！"阿Q十分得意的笑。

"哈哈哈！"酒店里的人也九分得意的笑。

第四章　恋爱的悲剧

有人说：有些胜利者，愿意敌手如虎，如鹰，他才感得胜利的欢喜；假使如羊，如小鸡，他便反觉得胜利的无聊。又有些胜利者，当克服一切之后，看见死的死了，降的降了，"臣诚惶诚恐死罪死罪"，他于是没有了敌人，没有了对手，没有了朋友，只有自己在上，一个，孤另另，凄凉，寂寞，便反而感到了胜利的悲哀。然而我们的阿Q却没有这样乏，他是永远得意的：这或者也是中国精神文明冠于全球的一个证据了。

看哪，他飘飘然的似乎要飞去了！

然而这一次的胜利，却又使他有些异样。他飘飘然的飞了大半天，飘进土谷祠，照例应该躺下便打鼾。谁知道这一晚，他很不容易合眼，他觉得自己的大拇指和第二指有点古怪：“仿佛比平常滑腻些。不知道是小尼姑的脸上有一点滑腻的东西粘在他指上，还是他的指头在小尼姑脸上磨得滑腻了？……”

“断子绝孙的阿Q！”

阿Q的耳朵里又听到这句话。他想：不错，应该有一个女人，断子绝孙便没有人供一碗饭，……应该有一个女人。夫“不孝有三无后为大”，而“若敖之鬼馁而”①，也是一件人生的大哀，所以他那思想，其实是样样合于圣经贤传的，只可惜后来有些“不能收其放心”了。

“女人，女人！……”他想。

“……和尚动得……女人，女人！……女人！”他又想。

我们不能知道这晚上阿Q在什么时候才打鼾。但大约他从此总觉得指头有些滑腻，所以他从此总有些飘飘然；“女……”他想。

即此一端，我们便可以知道女人是害人的东西。

中国的男人，本来大半都可以做圣贤，可惜全被女人毁掉了。商是妲己闹亡的；周是褒姒弄坏的；秦……虽然史无明文，我们也假定他因为女人，大约未必十分错；而董卓可是的确给貂蝉害死了。

---

① 意思是若敖氏以后没有子孙供饭，鬼魂都要挨饿了。而，语尾助词。

阿Q本来也是正人，我们虽然不知道他曾蒙什么明师指授过，但他对于“男女之大防”却历来非常严；也很有排斥异端——如小尼姑及假洋鬼子之类——的正气。他的学说是：凡尼姑，一定与和尚私通，一个女人在外面走，一定想引诱野男人；一男一女在那里讲话，一定要有勾当了。为惩治他们起见，所以他往往怒目而视，或者大声说几句“诛心”① 话，或者在冷僻处，便从后面掷一块小石头。

谁知道他将到“而立”之年，竟被小尼姑害得飘飘然了。这飘飘然的精神，在礼教上是不应该有的，——所以女人真可恶，假使小尼姑的脸上不滑腻，阿Q便不至于被蛊；又假使小尼姑的脸上盖一层布，阿Q便也不至于被蛊了，——他五六年前，曾在戏台下的人丛中拧过一个女人的大腿，但因为隔一层裤，所以此后并不飘飘然，——而小尼姑并不然，这也足见异端之可恶。

“女……”阿Q想。

他对于以为“一定想引诱野男人”的女人，时常留心着，然而伊并不对他笑。他对于和他讲话的女人，也时常留心听，然而伊又并不提起关于什么勾当的话来。哦，这也是女人可恶之一节：伊们全都要装“假正经”的。

这一天，阿Q在赵太爷家里舂了一天米，吃过晚饭，便坐在厨房里吸旱烟。倘在别家，吃过晚饭本可以回去的了，但赵府上晚饭早，虽说定例不准掌灯，一吃完便睡觉，然而偶然也

---

① 出自《后汉书·霍〔言胥〕传》：“《春秋》之义，原情定过，赦事诛意。”诛心、诛意，指不问实际情形如何而主观地推究别人的居心。

有一些例外：其一，是赵大爷未进秀才的时候，准其点灯读文章；其二，便是阿Q来做短工的时候，准其点灯舂米。因为这一条例外，所以阿Q在动手舂米之前，还坐在厨房里吸旱烟。

吴妈，是赵太爷家里惟一的女仆，洗完了碗碟，也就在长凳上坐下了，而且和阿Q谈闲天：

“太太两天没有吃饭哩，因为老爷要买一个小的……”

“女人……吴妈……这小孤孀……”阿Q想。

“我们的少奶奶是八月里要生孩子了……”

“女人……”阿Q想。

阿Q放下烟管，站了起来。

“我们的少奶奶……”吴妈还唠叨说。

“我和你困觉，我和你困觉!”阿Q忽然抢上去，对伊跪下了。

一刹时中很寂然。

“阿呀!”吴妈楞了一息，突然发抖，大叫着往外跑，且跑且嚷，似乎后来带哭了。

阿Q对了墙壁跪着也发楞，于是两手扶着空板凳，慢慢的站起来，仿佛觉得有些糟。他这时确也有些忐忑了，慌张的将烟管插在裤带上，就想去舂米。蓬的一声，头上着了很粗的一下，他急忙回转身去，那秀才便拿了一枝大竹杠站在他面前。

“你反了，……你这……”

大竹杠又向他劈下来了。阿Q两手去抱头，拍的正打在指节上，这可很有一些痛。他冲出厨房门，仿佛背上又着了一下似的。

“忘八蛋!”秀才在后面用了官话这样骂。

阿Q奔入舂米场，一个人站着。还觉得指头痛，还记得“忘八蛋”，因为这话是未庄的乡下人从来不用，专是见过官府的阔人用的，所以格外怕，而印象也格外深。但这时，他那“女……”的思想却也没有了。而且打骂之后，似乎一件事也已经收束，倒反觉得一无挂碍似的，便动手去舂米。舂了一会，他热起来了，又歇了手脱衣服。

脱下衣服的时候，他听得外面很热闹，阿Q生平本来最爱看热闹，便即寻声走出去了。寻声渐渐的寻到赵太爷的内院里，虽然在昏黄中，却辨得出许多人，赵府一家连两日不吃饭的太太也在内，还有间壁的邹七嫂，真正本家的赵白眼，赵司晨。

少奶奶正拖着吴妈走出下房来，一面说：

“你到外面来，……不要躲在自己房里想……”

“谁不知道你正经，……短见是万万寻不得的。”邹七嫂也从旁说。

吴妈只是哭，夹些话，却不甚听得分明。

阿Q想：“哼，有趣，这小孤孀不知道闹着什么玩意儿了？”他想打听，走近赵司晨的身边。这时他猛然间看见赵大爷向他奔来，而且手里捏着一枝大竹杠。他看见这一枝大竹杠，便猛然间悟到自己曾经被打，和这一场热闹似乎有点相关。他翻身便走，想逃回舂米场，不图这枝竹杠阻了他的去路，于是他又翻身便走，自然而然的走出后门，不多工夫，已在土谷祠内了。

阿Q坐了一会，皮肤有些起粟，他觉得冷了，因为虽在春季，而夜间颇有余寒，尚不宜于赤膊，他也记得布衫留在赵家，但倘若去取，又深怕秀才的竹杠。然而地保进来了。

“阿Q，你的妈妈的！你连赵家的用人都调戏起来，简直是造反。害得我晚上没有觉睡，你的妈妈的！……”

如是云云的教训了一通，阿Q自然没有话。临末，因为在晚上，应该送地保加倍酒钱四百文，阿Q正没有现钱，便用一顶毡帽做抵押，并且订定了五条件：

一　明天用红烛——要一斤重的——一对，香一封，到赵府上去赔罪。

二　赵府上请道士祓除缢鬼，费用由阿Q负担。

三　阿Q从此不准踏进赵府的门槛。

四　吴妈此后倘有不测，惟阿Q是问。

五　阿Q不准再去索取工钱和布衫。

阿Q自然都答应了，可惜没有钱。幸而已经春天，棉被可以无用，便质了二千大钱，履行条约。赤膊磕头之后，居然还剩几文，他也不再赎毡帽，统统喝了酒了。但赵家也并不烧香点烛，因为太太拜佛的时候可以用，留着了。那破布衫是大半做了少奶奶八月间生下来的孩子的衬尿布，那小半破烂的便都做了吴妈的鞋底。

第五章　生计问题

阿Q礼毕之后，仍旧回到土谷祠，太阳下去了，渐渐觉得世上有些古怪。他仔细一想，终于省悟过来：其原因盖在自己的赤膊。他记得破夹袄还在，便披在身上，躺倒了，待张开眼睛，原来太阳又已经照在西墙上头了。他坐起身，一面说道：“妈妈的……”

他起来之后，也仍旧在街上逛，虽然不比赤膊之有切肤之痛，却又渐渐的觉得世上有些古怪了。仿佛从这一天起，未庄的女人们忽然都怕了羞，伊们一见阿Q走来，便个个躲进门里去。甚而至于将近五十岁的邹七嫂，也跟着别人乱钻，而且将十一岁的女儿都叫进去了。阿Q很以为奇，而且想："这些东西忽然都学起小姐模样来了。这娼妇们……"

但他更觉得世上有些古怪，却是许多日以后的事。其一酒店不肯赊欠了；其二，管土谷祠的老头子说些废话，似乎叫他走；其三，他虽然记不清多少日，但确乎有许多日，没有一个人来叫他做短工。酒店不赊，熬着也罢了；老头子催他走，噜苏一通也就算了；只是没有人来叫他做短工，却使阿Q肚子饿：这委实是一件非常"妈妈的"的事情。

阿Q忍不下去了，他只好到老主顾的家里去探问，——但独不许踏进赵府的门槛，——然而情形也异样：一定走出一个男人来，现了十分烦厌的相貌，像回复乞丐一般的摇手道：

"没有没有！你出去！"

阿Q愈觉得希奇了。他想，这些人家向来少不了要帮忙，不至于现在忽然都无事，这总该有些蹊跷在里面了。他留心打听，才知道他们有事都去叫小Don[①]。这小D，是一个穷小子，又瘦又乏，在阿Q的眼睛里，位置是在王胡之下的，谁料这小子竟谋了他的饭碗去。所以阿Q这一气，更与平常不同，当气愤愤的走着的时候，忽然将手一扬，唱道：

---

① 即小同。鲁迅在《且介亭杂文·寄〈戏〉周刊编者信》中说："他叫'小同'，大起来，和阿Q一样。"

“我手执钢鞭将你打！……”

几天之后，他竟在钱府的照壁前遇见了小 D。“仇人相见分外眼明”，阿 Q 便迎上去，小 D 也站住了。

“畜生！”阿 Q 怒目而视的说，嘴角上飞出唾沫来。

“我是虫豸，好么？……”小 D 说。

这谦逊反使阿 Q 更加愤怒起来，但他手里没有钢鞭，于是只得扑上去，伸手去拔小 D 的辫子。小 D 一手护住了自己的辫根，一手也来拔阿 Q 的辫子，阿 Q 便也将空着的一只手护住了自己的辫根。从先前的阿 Q 看来，小 D 本来是不足齿数的，但他近来挨了饿，又瘦又乏已经不下于小 D，所以便成了势均力敌的现象，四只手拔着两颗头，都弯了腰，在钱家粉墙上映出一个蓝色的虹形，至于半点钟之久了。

“好了，好了！”看的人们说，大约是解劝的。

“好，好！”看的人们说，不知道是解劝，是颂扬，还是煽动。

然而他们都不听。阿 Q 进三步，小 D 便退三步，都站着；小 D 进三步，阿 Q 便退三步，又都站着。大约半点钟，——未庄少有自鸣钟，所以很难说，或者二十分，——他们的头发里便都冒烟，额上便都流汗，阿 Q 的手放松了，在同一瞬间，小 D 的手也正放松了，同时直起，同时退开，都挤出人丛去。

“记着罢，妈妈的……”阿 Q 回过头去说。

“妈妈的，记着罢……”小 D 也回过头来说。

这一场“龙虎斗”[①] 似乎并无胜败，也不知道看的人可满足，都没有发什么议论，而阿 Q 却仍然没有人来叫他做短工。

有一日很温和，微风拂拂的颇有些夏意了，阿 Q 却觉得寒冷起来，但这还可担当，第一倒是肚子饿。棉被，毡帽，布衫早已没有了，其次就卖了棉袄；现在有裤子，却万不可脱的；有破夹袄，又除了送人做鞋底之外，决定卖不出钱。他早想在路上拾得一注钱，但至今还没有见；他想在自己的破屋里忽然寻到一注钱，慌张的四顾，但屋内是空虚而且了然。于是他决计出门求食去了。

他在路上走着要“求食”，看见熟识的酒店，看见熟识的馒头，但他都走过了，不但没有暂停，而且并不想要。他所求的不是这类东西了；他求的是什么东西，他自己不知道。

未庄本不是大村镇，不多时便走尽了。村外多是水田，满眼是新秧的嫩绿，夹着几个圆形的活动的黑点，便是耕田的农夫。阿 Q 并不赏鉴这田家乐，却只是走，因为他直觉的知道这与他的“求食”之道是很辽远的。但他终于走到静修庵的墙外了。

庵周围也是水田，粉墙突出在新绿里，后面的低土墙里是菜园。阿 Q 迟疑了一会，四面一看，并没有人。他便爬上这矮墙去，扯着何首乌藤，但泥土仍然簌簌的掉，阿 Q 的脚也索索的抖；终于攀着桑树枝，跳到里面了。里面真是郁郁葱葱，但似乎并没有黄酒馒头，以及此外可吃的之类。靠西墙是竹丛，

---

① 绍兴日地方戏，演的是宋太祖赵匡胤和呼延赞交战的故事。此处指势均力敌的争斗。

下面许多笋，只可惜都是并未煮熟的，还有油菜早经结子，芥菜已将开花，小白菜也很老了。

阿Q仿佛文童落第似的觉得很冤屈，他慢慢走近园门去，忽而非常惊喜了，这分明是一畦老萝卜。他于是蹲下便拔，而门口突然伸出一个很圆的头来，又即缩回去了，这分明是小尼姑。小尼姑之流是阿Q本来视若草芥的，但世事须“退一步想”，所以他便赶紧拔起四个萝卜，拧下青叶，兜在大襟里。然而老尼姑已经出来了！

“阿弥陀佛，阿Q，你怎么跳进园里来偷萝卜！……阿呀，罪过呵，阿唷，阿弥陀佛！……”

“我什么时候跳进你的园里来偷萝卜？”阿Q且看且走的说。

“现在……这不是？”老尼姑指着他的衣兜。

“这是你的，你能叫得他答应么？你……”

阿Q没有说完话，拔步便跑；追来的是一匹很肥大的黑狗。这本来在前门的，不知怎的到后园来了。黑狗哼而且追，已经要咬着阿Q的腿，幸而从衣兜里落下一个萝卜来，那狗给一吓，略略一停，阿Q已经爬上桑树，跨到土墙，连人和萝卜都滚出墙外面了。只剩着黑狗还在对着桑树嗥，老尼姑念着佛。

阿Q怕尼姑又放出黑狗来，拾起萝卜便走，沿路又检了几块小石头，但黑狗却并不再出现。阿Q于是抛了石块，一面走一面吃，而且想道，这里也没有什么东西寻，不如进城去……

待三个萝卜吃完时，他已经打定了进城的主意了。

第六章　从中兴到末路

在未庄再看见阿Q出现的时候，是刚过了这年的中秋。人们都惊异，说是阿Q回来了，于是又回上去想道，他先前那里去了呢？阿Q前几回的上城，大抵早就兴高采烈的对人说，但这一次却并不，所以也没有一个人留心到。他或者也曾告诉过管土谷祠的老头子，然而未庄老例，只有赵太爷、钱太爷和秀才大爷上城才算一件事。假洋鬼子尚且不足数，何况是阿Q：因此老头子也就不替他宣传，而未庄的社会上也就无从知道了。

但阿Q这回的回来，却与先前大不同，确乎很值得惊异。天色将黑，他睡眼朦胧的在酒店门前出现了，他走近柜台，从腰间伸出手来，满把是银的和铜的，在柜上一扔说："现钱！打酒来！"穿的是新夹袄，看去腰间还挂着一个大搭连，沉钿钿的将裤带坠成了很弯很弯的弧线。未庄老例，看见略有些醒目的人物，是与其慢也宁敬的，现在虽然明知道是阿Q，但因为和破夹袄的阿Q有些两样了，古人云，"士别三日便当刮目相待"①，所以堂倌，掌柜，酒客，路人，便自然显出一种疑而且敬的形态来。掌柜既先之以点头，又继之以谈话：

"嚄，阿Q，你回来了！"

"回来了。"

"发财发财，你是——在……"

---

① 出自《三国志·吴书·吕蒙传》裴松之注："士别三日，即更刮目相待。"刮目，拭目的意思。

“上城去了！”

这一件新闻，第二天便传遍了全未庄。人人都愿意知道现钱和新夹袄的阿Q的中兴史，所以在酒店里，茶馆里，庙檐下，便渐渐的探听出来了。这结果，是阿Q得了新敬畏。

据阿Q说，他是在举人老爷家里帮忙，这一节，听的人都肃然了。这老爷本姓白，但因为合城里只有他一个举人，所以不必再冠姓，说起举人来就是他。这也不独在未庄是如此，便是一百里方圆之内也都如此，人们几乎多以为他的姓名就叫举人老爷的了。在这人的府上帮忙，那当然是可敬的。但据阿Q又说，他却不高兴再帮忙了，因为这举人老爷实在太“妈妈的”了。这一节，听的人都叹息而且快意，因为阿Q本不配在举人老爷家里帮忙，而不帮忙是可惜的。

据阿Q说，他的回来，似乎也由于不满意城里人，这就在他们将长凳称为条凳，而且煎鱼用葱丝，加以最近观察所得的缺点，是女人的走路也扭得不很好。然而也偶有大可佩服的地方，即如未庄的乡下人不过打三十二张的竹牌①，只有假洋鬼子能够叉“麻酱”，城里却连小乌龟子都叉得精熟的。什么假洋鬼子，只要放在城里的十几岁的小乌龟子的手里，也就立刻是“小鬼见阎王”。这一节，听的人都赧然了。

“你们可看见过杀头么？”阿Q说，“咳，好看。杀革命党。唉，好看好看，……”他摇摇头，将唾沫飞在正对面的赵司晨的脸上。这一节，听的人都凛然了。但阿Q又四面一看，忽然扬起右手，照着伸长脖子听得出神的王胡的后项窝上直劈下

① 一种赌具。即牙牌或骨牌，用象牙或兽骨所制，简陋的就用竹子制成。

去道：

“嚓！”

王胡惊得一跳，同时电光石火似的赶快缩了头，而听的人又都悚然而且欣然了。从此王胡瘟头瘟脑的许多日，并且再不敢走近阿 Q 的身边；别的人也一样。

阿 Q 这时在未庄人眼睛里的地位，虽不敢说超过赵太爷，但谓之差不多，大约也就没有什么语病的了。

然而不多久，这阿 Q 的大名忽又传遍了未庄的闺中。虽然未庄只有钱，赵两姓是大屋，此外十之九都是浅闺，但闺中究竟是闺中，所以也算得一件神异。女人们见面时一定说，邹七嫂在阿 Q 那里买了一条蓝绸裙，旧固然是旧的，但只化了九角钱。还有赵白眼的母亲——一说是赵司晨的母亲，待考，——也买了一件孩子穿的大红洋纱衫，七成新，只用三百大钱九二串。于是伊们都眼巴巴的想见阿 Q，缺绸裙的想问他买绸裙，要洋纱衫的想问他买洋纱衫，不但见了不逃避，有时阿 Q 已经走过了，也还要追上去叫住他，问道：

“阿 Q，你还有绸裙么？没有？纱衫也要的，有罢？”

后来这终于从浅闺传进深闺里去了，因为邹七嫂得意之余，将伊的绸裙请赵太太去鉴赏，赵太太又告诉了赵太爷而且着实恭维了一番。赵太爷便在晚饭桌上，和秀才大爷讨论，以为阿 Q 实在有些古怪，我们门窗应该小心些；但他的东西，不知道可还有什么可买，也许有点好东西罢。加以赵太太也正想买一件价廉物美的皮背心。于是家族决议，便托邹七嫂即刻去寻阿 Q，而且为此新辟了第三种的例外：这晚上也姑且特准点油灯。

油灯干了不少了，阿 Q 还不到。赵府的全眷都很焦急，打着呵欠，或恨阿Q太飘忽，或怨邹七嫂不上紧。赵太太还怕他因为春天的条件不敢来，而赵太爷以为不足虑；因为这是"我"去叫他的。果然，到底赵太爷有见识，阿Q终于跟着邹七嫂进来了。

"他只说没有没有，我说你自己当面说去，他还要说，我说……"邹七嫂气喘吁吁的走着说。

"太爷！"阿Q似笑非笑的叫了一声，在檐下站住了。

"阿Q，听说你在外面发财。"赵太爷踱开去，眼睛打量着他的全身，一面说。"那很好，那很好的。这个，……听说你有些旧东西，……可以都拿来看一看，……这也并不是别的，因为我倒要……"

"我对邹七嫂说过了。都完了。"

"完了？"赵太爷不觉失声的说，"那里会完得这样快呢？"

"那是朋友的，本来不多。他们买了些，……"

"总该还有一点罢。"

"现在，只剩了一张门幕了。"

"就拿门幕来看看罢。"赵太太慌忙说。

"那么，明天拿来就是，"赵太爷却不甚热心了。"阿Q，你以后有什么东西的时候，你尽先送来给我们看，……"

"价钱决不会比别家出得少！"秀才说。秀才娘子忙一瞥阿Q的脸，看他感动了没有。

"我要一件皮背心。"赵太太说。

阿Q虽然答应着，却懒洋洋的出去了，也不知道他是否放在心上。这使赵太爷很失望，气忿而且担心，至于停止了打呵欠。秀才对于阿Q的态度也很不平，于是说，这忘八蛋要提防，或者竟不如吩咐地保，不许他住在未庄。但赵太爷以为不然，说这也怕要结怨，况且做这路生意的大概是“老鹰不吃窝下食”，本村倒不必担心的；只要自己夜里警醒点就是了。秀才听了这“庭训”[①]，非常之以为然，便即刻撤消了驱逐阿Q的提议，而且叮嘱邹七嫂，请伊万不要向人提起这一段话。

但第二日，邹七嫂便将那蓝裙去染了皂，又将阿Q可疑之点传扬出去了，可是确没有提起秀才要驱逐他这一节。然而这已经于阿Q很不利。最先，地保寻上门了，取了他的门幕去，阿Q说是赵太太要看的，而地保也不还，并且要议定每月的孝敬钱。其次，是村人对于他的敬畏忽而变相了，虽然还不敢来放肆，却很有远避的神情，而这神情和先前的防他来“嚓”的时候又不同，颇混着“敬而远之”的分子了。

只有一班闲人们却还要寻根究底的去探阿Q的底细。阿Q也并不讳饰，傲然的说出他的经验来。从此他们才知道，他不过是一个小脚色，不但不能上墙，并且不能进洞，只站在洞外接东西。有一夜，他刚才接到一个包，正手再进去，不一会，只听得里面大嚷起来，他便赶紧跑，连夜爬出城，逃回未庄来了，从此不敢再去做。然而这故事却于阿Q更不利，村人对于阿Q的“敬而远之”者，本因为怕结怨，谁料他不过是一个不敢再偷的偷儿呢？这实在是“斯亦不足畏也矣”[②]。

---

① 后世一般称父亲的教训为“庭训”或“过庭之训”。

② 出自《论语·子罕》。意思是此人不足以成大事！

第七章　革　命

宣统三年九月十四日[①]——即阿Q将搭连卖给赵白眼的这一天——三更四点，有一只大乌篷船到了赵府上的河埠头。这船从黑魆魆中荡来，乡下人睡得熟，都没有知道；出去时将近黎明，却很有几个看见的了。据探头探脑的调查来的结果，知道那竟是举人老爷的船！

那船便将大不安载给了未庄，不到正午，全村的人心就很摇动。船的使命，赵家本来是很秘密的，但茶坊酒肆里却都说，革命党要进城，举人老爷到我们乡下来逃难了。惟有邹七嫂不以为然，说那不过是几口破衣箱，举人老爷想来寄存的，却已被赵太爷回复转去。其实举人老爷和赵秀才素不相能，在理本不能有"共患难"的情谊，况且邹七嫂又和赵家是邻居，见闻较为切近，所以大概该是伊对的。

然而谣言很旺盛，说举人老爷虽然似乎没有亲到，却有一封长信，和赵家排了"转折亲"。赵太爷肚里一轮，觉得于他总不会有坏处，便将箱子留下了，现就塞在太太的床底下。至于革命党，有的说是便在这一夜进了城，个个白盔白甲：穿着崇正皇帝的素[②]。

阿Q的耳朵里，本来早听到过革命党这一句话，今年又亲

---

① 这一天是公元1911年11月4日，辛亥革命武昌起义后的第25天。

② 崇正，作品中人物对崇祯的讹称。崇祯是明思宗（朱由检）的年号。明亡于清，后来有些农民起义的部队，常用"反清复明"的口号来反对清朝统治，因此直到清末还有人认为革命军起义是替崇祯皇帝报仇。

眼见过杀掉革命党。但他有一种不知从那里来的意见，以为革命党便是造反，造反便是与他为难，所以一向是“深恶而痛绝之”的。殊不料这却使百里闻名的举人老爷有这样怕，于是他未免也有些“神往”了，况且未庄的一群鸟男女的慌张的神情，也使阿Q更快意。

“革命也好罢，”阿Q想，“革这伙‘妈妈的’命，太可恶！太可恨！……便是我，也要投降革命党了。”

阿Q近来用度窘，大约略略有些不平；加以午间喝了两碗空肚酒，愈加醉得快，一面想一面走，便又飘飘然起来。不知怎样一来，忽而似乎革命党便是自己，未庄人却都是他的俘虏了。他得意之余，禁不住大声的嚷道：

“造反了！造反了！”

未庄人都用了惊惧的眼光对他看。这一种可怜的眼光，是阿Q从来没有见过的，一见之下，又使他舒服得如六月里喝了雪水。他更加高兴的走而且喊道：

“好，……我要什么就要什么，我欢喜谁就是谁。

得得，锵锵！

悔不该，酒醉错斩了郑贤弟，

悔不该，呀呀呀……

得得，锵锵，得，锵令锵！

我手执钢鞭将你打……”

赵府上的两位男人和两个真本家，也正站在大门口论革命，阿Q没有见，昂了头直唱过去。

“得得，……”

“老Q，”赵太爷怯怯的迎着低声的叫。

“锵锵，”阿Q料不到他的名字会和“老”字联结起来，以为是一句别的话，与己无干，只是唱。“得，锵，锵令锵，锵！”

“老Q。”

“悔不该……”

“阿Q！”秀才只得直呼其名了。

阿Q这才站住，歪着头问道：“什么？”

“老Q，……现在……”赵太爷却又没有话，“现在……发财么？”

“发财？自然。要什么就是什么……”

“阿……Q哥，像我们这样穷朋友是不要紧的……”赵白眼惴惴的说，似乎想探革命党的口风。

“穷朋友？你总比我有钱。”阿Q说着自去了。

大家都怃然，没有话，赵太爷父子回家，晚上商量到点灯。赵白眼回家，便从腰间扯下搭连来，交给他女人藏在箱底里。

阿Q飘飘然的飞了一通，回到土谷祠，酒已经醒透了。这晚上，管祠的老头子也意外的和气，请他喝茶；阿Q便向他要了两个饼，吃完之后，又要了一支点过的四两烛和一个树烛台，点起来，独自躺在自己的小屋里。他说不出的新鲜而且高兴，烛火像元夜似的闪闪的跳，他的思想也迸跳起来了：

“造反？有趣，……来了一阵白盔白甲的革命党，都拿着板刀，钢鞭，炸弹，洋炮，三尖两刃刀，钩镰枪，走过土谷祠，叫道：‘阿Q！同去同去！’于是一同去。

“这时未庄的一伙鸟男女才好笑哩，跪下叫道，‘阿Q，饶命！’谁听他！第一个该死的是小D和赵太爷，还有秀才，还有假洋鬼子，……留几条么？王胡本来还可留，但也不要了。

“东西，……直走进去打开箱子来：元宝，洋钱，洋纱衫，……秀才娘子的一张宁式床先搬到土谷祠，此外便摆了钱家的桌椅，——或者也就用赵家的罢。自己是不动手的了，叫小D来搬，要搬得快，搬得不快打嘴巴。

“赵司晨的妹子真丑。邹七嫂的女儿过几年再说。假洋鬼子的老婆会和没有辫子的男人睡觉，吓，不是好东西！秀才的老婆是眼胞上有疤的。……吴妈长久不见了，不知道在那里，——可惜脚太大。”

阿Q没有想得十分停当，已经发了鼾声，四两烛还只点去了小半寸，红焰焰的光照着他张开的嘴。

“荷荷！”阿Q忽而大叫起来，抬了头仓皇的四顾。待到看见四两烛，却又倒头睡去了。

第二天他起得很迟，走出街上看时，样样都照旧。他也仍然肚饿，他想着，想不起什么来；但他忽而似乎有了主意了，慢慢的跨开步，有意无意的走到静修庵。

庵和春天时节一样静，白的墙壁和漆黑的门。他想了一想，前去打门，一只狗在里面叫。他急急拾了几块断砖，再上去较为用力的打，打到黑门上生出许多麻点的时候，才听得有人来开门。

阿Q连忙捏好砖头，摆开马步，准备和黑狗来开战。但庵门只开了一条缝，并无黑狗从中冲出，望进去只有一个老尼姑。

“你又来什么事？”伊大吃一惊的说。

“革命了……你知道？……”阿Q说得很含胡。

“革命革命，革过一革的，……你们要革得我们怎么样呢？”老尼姑两眼通红的说。

“什么？……”阿Q诧异了。

“你不知道，他们已经来革过了！”

“谁？……”阿Q更其诧异了。

“那秀才和洋鬼子！”

阿Q很出意外，不由的一错愕，老尼姑见他失了锐气，便飞速的关了门，阿Q再推时，牢不可开，再打时，没有回答了。

那还是上午的事。赵秀才消息灵，一知道革命党已在夜间进城，便将辫子盘在顶上，一早去拜访那历来也不相能的钱洋鬼子。这是“咸与维新”的时候了，所以他们便谈得很投机，立刻成了情投意合的同志，也相约去革命。他们想而又想，才想出静修庵里有一块“皇帝万岁万万岁”的龙牌，是应该赶紧革掉的，于是又立刻同到庵里去革命。因为老尼姑来阻挡，说了三句话，他们便将伊当作满政府，在头上很给了不少的棍子和栗凿。尼姑待他们走后，定了神来检点，龙牌固然已经碎在地上了，而且又不见了观音娘娘坐前的一个宣德炉。

这事阿Q后来才知道。他颇悔自己睡着，但也深怪他们不来招呼他。他又退一步想道：

“难道他们还没有知道我已经投降了革命党么？”

第八章　不准革命

未庄的人心日见其安静了。据传来的消息，知道革命党虽然进了城，倒还没有什么大异样。知县大老爷还是原官，不过改称了什么，而且举人老爷也做了什么——这些名目，未庄人都说不明白——官，带兵的也还是先前的老把总[1]。只有一件可怕的事是另有几个不好的革命党夹在里面捣乱，第二天便动手剪辫子，听说那邻村的航船七斤便着了道儿，弄得不像人样子了。但这却还不算大恐怖，因为未庄人本来少上城，即使偶有想进城的，也就立刻变了计，碰不着这危险。阿 Q 本也想进城去寻他的老朋友，一得这消息，也只得作罢了。

但未庄也不能说是无改革。几天之后，将辫子盘在顶上的逐渐增加起来了，早经说过，最先自然是茂才公，其次便是赵司晨和赵白眼，后来是阿 Q。倘在夏天，大家将辫子盘在头顶上或者打一个结，本不算什么稀奇事，但现在是暮秋，所以这“秋行夏令”的情形，在盘辫家不能不说是万分的英断，而在未庄也不能说无关于改革了。

赵司晨脑后空荡荡的走来，看见的人大嚷说，

“嚄，革命党来了！”

阿 Q 听到了很羡慕。他虽然早知道秀才盘辫的大新闻，但总没有想到自己可以照样做，现在看见赵司晨也如此，才有了学样的意思，定下实行的决心。他用一支竹筷将辫子盘在头顶上，迟疑多时，这才放胆的走去。

他在街上走，人也看他，然而不说什么话，阿 Q 当初很不快，后来便很不平。他近来很容易闹脾气了；其实他的生活，倒也并不比造反之前反艰难，人见他也客气，店铺也不说要现钱。而阿 Q 总觉得自己太失意；既然革了命，不应该只是这样

---

① 清代职位较低的一种的武官。

的。况且有一回看见小D，愈使他气破肚皮了。

小D也将辫子盘在头顶上了，而且也居然用一支竹筷。阿Q万料不到他也敢这样做，自己也决不准他这样做！小D是什么东西呢？他很想即刻揪住他，拗断他的竹筷，放下他的辫子，并且批他几个嘴巴，聊且惩罚他忘了生辰八字，也敢来做革命党的罪。但他终于饶放了，单是怒目而视的吐一口唾沫道"呸！"

这几日里，进城去的只有一个假洋鬼子。赵秀才本也想靠着寄存箱子的渊源，亲身去拜访举人老爷的，但因为有剪辫的危险，所以也就中止了。他写了一封"黄伞格"[1]的信，托假洋鬼子带上城，而且托他给自己绍介绍介，去进自由党。假洋鬼子回来时，向秀才讨还了四块洋钱，秀才便有一块银桃子挂在大襟上了；未庄人都惊服，说这是柿油党的顶子，抵得一个翰林[2]，赵太爷因此也骤然大阔，远过于他儿子初进秀才的时候，所以目空一切，见了阿Q，也就很有些不放在眼里了。

阿Q正在不平，又时时刻刻感着冷落，一听得这银桃子的传说，他立即悟出自己之所以冷落的原因了：要革命，单说投降，是不行的；盘上辫子，也不行的；第一着仍然要和革命党去结识。他生平所知道的革命党只有两个，城里的一个早已"嚓"的杀掉了，现在只剩了一个假洋鬼子。他除却赶紧去和假洋鬼子商量之外，再没有别的道路了。

钱府的大门正开着，阿Q便怯怯的躄进去，他一到里面，

① 一种写信格式。这样的信可以表示出对于对方的恭敬。

② 明、清时代凡进士选入翰林院供职者通称翰林，担任编修国史、起草文件等工作，是一种名望较高的文职官衔。

很吃了惊，只见假洋鬼子正站在院子的中央，一身乌黑的大约是洋衣，身上也挂着一块银桃子，手里是阿Q曾经领教过的棍子，已经留到一尺多长的辫子都拆开了披在肩背上，蓬头散发的像一个刘海仙。对面挺直的站着赵白眼和三个闲人，正在必恭必敬的听说话。

阿Q轻轻的走进了，站在赵白眼的背后，心里想招呼，却不知道怎么说才好：叫他假洋鬼子固然是不行的了，洋人也不妥，革命党也不妥，或者就应该叫洋先生了罢。

洋先生却没有见他，因为白着眼睛讲得正起劲：

"我是性急的，所以我们见面，我总是说：洪哥！我们动手罢！他却总说道NO！——这是洋话，你们不懂的。否则早已成功了，然而这正是他做事小心的地方。他再三再四的请我上湖北，我还没有肯。谁愿意在这小县城里做事情。……"

"唔，……这个……"阿Q候他略停，终于用十二分的勇气开口了，但不知道因为什么，又并不叫他洋先生。

听着说话的四个人都吃惊的回顾他。洋先生也才看见：

"什么？"

"我……"

"出去！"

"我要投……"

"滚出去！"洋先生扬起哭丧棒来了。

赵白眼和闲人们便都吆喝道："先生叫你滚出去，你还不听么！"

阿Q将手向头上一遮，不自觉的逃出门外；洋先生倒也没有追。他快跑了六十多步，这才慢慢的走，于是心里便涌起了忧愁：洋先生不准他革命，他再没有别的路；从此决不能望有白盔白甲的人来叫他，他所有的抱负，志向，希望，前程；全被一笔勾销了。至于闲人们传扬开去，给小 D，王胡等辈笑话，倒是还在其次的事。

他似乎从来没有经验过这样的无聊。他对于自己的盘辫子，仿佛也觉得无意味，要侮蔑：为报仇起见，很想立刻放下辫子来，但也没有竟放。他游到夜间，赊了两碗酒，喝下肚去，渐渐的高兴起来了，思想里才又出现白盔白甲的碎片。

有一天，他照例的混到夜深，待酒店要关门，才踱回土谷祠去。

拍，吧——！

他忽而听得一种异样的声音，又不是爆竹。阿 Q 本来是爱看热闹，爱管闲事的，便在暗中直寻过去。似乎前面有些脚步声；他正听，猛然间一个人从对面逃来了。阿 Q 一看见，便赶紧翻身跟着逃。那人转弯，阿 Q 也转弯，既转弯，那人站住了，阿 Q 也站住。他看后面并无什么，看那人便是小 D。

“什么？”阿 Q 不平起来了。

“赵……赵家遭抢了！”小 D 气喘吁吁的说。

阿 Q 的心怦怦的跳了。小 D 说了便走；阿 Q 却逃而又停的两三回，但他究竟是做过“这路生意”的人，格外胆大，于是躄出路角，仔细的听，似乎有些嚷嚷，又仔细的看，似乎许多白盔白甲的人，络绎的将箱子抬出了，器具抬出了，秀才娘子的宁式床也抬出了，但是不分明，他还想上前，两只脚却没有动。

这一夜没有月，未庄在黑暗里很寂静，寂静到像羲皇[1]时候一般太平。阿Q站着看到自己发烦，也似乎还是先前一样，在那里来来往往的搬，箱子抬出了，器具抬出了，秀才娘子的宁式床也抬出了，……抬得他自己有些不信他的眼睛了。但他决计不再上前，却回到自己的祠里去了。

土谷祠里更漆黑；他关好大门，摸进自己的屋子里。他躺了好一会，这才定了神，而且发出关于自己的思想来：白盔白甲的人明明到了，并不来打招呼，搬了许多好东西，又没有自己的份，——这全是假洋鬼子可恶，不准我造反，否则，这次何至于没有我的份呢？阿Q越想越气，终于禁不住满心痛恨起来，毒毒的点一点头："不准我造反，只准你造反？妈妈的假洋鬼子，——好，你造反！造反是杀头的罪名呵，我总要告一状，看你抓进县里去杀头，——满门抄斩，——嚓！嚓！"

第九章 大团圆

赵家遭抢之后，未庄人大抵很快意而且恐慌，阿Q也很快意而且恐慌。但四天之后，阿Q在半夜里忽被抓进县城里去了。那时恰是暗夜，一队兵，一队团丁，一队警察，五个侦探，悄悄地到了未庄，乘昏暗围住土谷祠，正对门架好机关枪。然而阿Q不冲出。许多时没有动静，把总焦急起来了，悬了二十千的赏，才有两个团丁冒了险，踰垣进去，里应外合，一拥而入，将阿Q抓出来；直待擒出祠外面的机关枪左近，他才有些

① 指伏羲。传说中我国上古时期的王。

清醒了。

到进城，已经是正午，阿Q见自己被搀进一所破衙门，转了五六个弯，便推在一间小屋里。他刚刚一跄踉，那用整株的木料做成的栅栏门便跟着他的脚跟阖上了，其余的三面都是墙壁，仔细看时，屋角上还有两个人。

阿Q虽然有些忐忑，却并不很苦闷，因为他那土谷祠里的卧室，也并没有比这间屋子更高明。那两个也仿佛是乡下人，渐渐和他兜搭起来了，一个说是举人老爷要追他祖父欠下来的陈租，一个不知道为了什么事。他们问阿Q，阿Q爽利的答道："因为我想造反。"

他下半天便又被抓出栅栏门去了，到得大堂，上面坐着一个满头剃得精光的老头子。阿Q疑心他是和尚，但看见下面站着一排兵，两旁又站着十几个长衫人物，也有满头剃得精光像这老头子的，也有将一尺来长的头发披在背后像那假洋鬼子的，都是一脸横肉，怒目而视的看他；他便知道这人一定有些来历，膝关节立刻自然而然的宽松，便跪了下去了。

"站着说！不要跪！"长衫人物都吆喝说。

阿Q虽然似乎懂得，但总觉得站不住，身不由己的蹲了下去，而且终于趁势改为跪下了。

"奴隶性！……"长衫人物又鄙夷似的说，但也没有叫他起来。

"你从实招来罢，免得吃苦。我早都知道了。招了可以放你。"那光头的老头子看定了阿Q的脸，沉静的清楚的说。

"招罢！"长衫人物也大声说。

"我本来要……来投……"阿Q胡里胡涂的想了一通，这才断断续续的说。

“那么，为什么不来的呢?”老头子和气的问。

“假洋鬼子不准我!”

“胡说!此刻说，也迟了。现在你的同党在那里?”

“什么?……”

“那一晚打劫赵家的一伙人。”

“他们没有来叫我。他们自己搬走了。”阿Q提起来便愤愤。

“走到那里去了呢?说出来便放你了。”老头子更和气了。

“我不知道，……他们没有来叫我……”

然而老头子使了一个眼色，阿Q便又被抓进栅栏门里了。他第二次抓出栅栏门，是第二天的上午。

大堂的情形都照旧。上面仍然坐着光头的老头子，阿Q也仍然下了跪。

老头子和气的问道，“你还有什么话说么?”

阿Q一想，没有话，便回答说，“没有。”

于是一个长衫人物拿了一张纸，并一支笔送到阿Q的面前，要将笔塞在他手里。阿Q这时很吃惊，几乎“魂飞魄散”了：因为他的手和笔相关，这回是初次。他正不知怎样拿；那人却又指着一处地方教他画花押。

“我……我……不认得字。”阿Q一把抓住了笔，惶恐而且惭愧的说。

“那么，便宜你，画一个圆圈!”

阿Q要画圆圈了，那手捏着笔却只是抖。于是那人替他将纸铺在地上，阿Q伏下去，使尽了平生的力画圆圈。他生怕被人笑话，立志要画得圆，但这可恶的笔不但很沉重，并且不听话，刚刚一抖一抖的几乎要合缝，却又向外一耸，画成瓜子模样了。

阿 Q 正羞愧自己画得不圆，那人却不计较，早已掣了纸笔去，许多人又将他第二次抓进栅栏门。

他第二次进了栅栏，倒也并不十分懊恼。他以为人生天地之间，大约本来有时要抓进抓出，有时要在纸上画圆圈的，惟有圈而不圆，却是他"行状"上的一个污点。但不多时也就释然了，他想：孙子才画得很圆的圆圈呢。于是他睡着了。

然而这一夜，举人老爷反而不能睡：他和把总呕了气了。举人老爷主张第一要追赃，把总主张第一要示众。把总近来很不将举人老爷放在眼里了，拍案打凳的说道，"惩一儆百！你看，我做革命党还不上二十天，抢案就是十几件，全不破案，我的面子在那里？破了案，你又来迂。不成！这是我管的！"举人老爷窘急了，然而还坚持，说是倘若不追赃，他便立刻辞了帮办民政的职务。而把总却道，"请便罢！"于是举人老爷在这一夜竟没有睡，但幸而第二天倒也没有辞。

阿 Q 第三次抓出栅栏门的时候，便是举人老爷睡不着的那一夜的明天的上午了。他到了大堂，上面还坐着照例的光头老头子；阿 Q 也照例的下了跪。

老头子很和气的问道："你还有什么话么？"

阿 Q 一想，没有话，便回答说，"没有。"

许多长衫和短衫人物，忽然给他穿上一件洋布的白背心，上面有些黑字。阿 Q 很气苦；因为这很像是带孝，而带孝是晦气的。然而同时他的两手反缚了，同时又被一直抓出衙门外去了。

阿Q被抬上了一辆没有篷的车，几个短衣人物也和他同坐在一处。这车立刻走动了，前面是一班背着洋炮的兵们和团丁，两旁是许多张着嘴的看客，后面怎样，阿Q没有见。但他突然觉到了：这岂不是去杀头么？他一急，两眼发黑，耳朵里嗡的一声，似乎发昏了。然而他又没有全发昏，有时虽然着急，有时却也泰然；他意思之间，似乎觉得人生天地间，大约本来有时也未免要杀头的。

他还认得路，于是有些诧异了：怎么不向着法场走呢？他不知道这是在游街，在示众。但即使知道也一样，他不过以为人生天地间，大约本来有时也未免要游街要示众罢了。

他省悟了，这是绕到法场去的路，这一定是“嚓”的去杀头。他惘惘的向左右看，全跟着蚂蚁似的人，而在无意中，却在路旁的人丛中发见了一个吴妈。很久违，伊原来在城里做工了。阿Q忽然很羞愧自己没志气；竟没有唱几句戏。他的思想仿佛旋风似的在脑里一回旋：《小孤孀上坟》欠堂皇，《龙虎斗》里的“悔不该……”也太乏，还是“手执钢鞭将你打”罢。他同时想将手一扬，才记得这两手原来都捆着，于是“手执钢鞭”也不唱了。

“过了二十年又是一个……”阿Q在百忙中，“无师自通”的说出半句从来不说的话。

“好！”从人丛里，便发出豺狼的嗥叫一般的声音来。

车子不住的前行，阿Q在喝采声中，轮转眼睛去看吴妈，似乎伊一向并没有见他，却只是出神的看着兵们背上的洋炮。

阿Q于是再看那些喝采的人们。

这刹那中，他的思想又仿佛旋风似的在脑里一回旋了。四年之前，他曾在山脚下遇见一只饿狼，永是不近不远的跟定他，要吃他的肉。他那时吓得几乎要死，幸而手里有一柄斫柴刀，才得仗这壮了胆，支持到未庄；可是永远记得那狼眼睛，又凶又怯，闪闪的像两颗鬼火，似乎远远的来穿透了他的皮肉。而这回他又看见从来没有见过的更可怕的眼睛了，又钝又锋利，不但已经咀嚼了他的话，并且还要咀嚼他皮肉内外的东西，永是不远不近的跟他走。

这些眼睛们似乎连成一气，已经在那里咬他的灵魂。

"救命，……"

然而阿 Q 没有说。他早就两眼发黑，耳朵里嗡的一声，觉得全身仿佛微尘似的迸散了。

至于当时的影响，最大的倒反在举人老爷，因为终于没有追赃，他全家都号咷了。其次是赵府，非特秀才因为上城去报官，被不好的革命党剪了辫子，而且又破费了二十千的赏钱，所以全家也号咷了。从这一天以来，他们便渐渐的都发生了遗老的气味。

至于舆论，在未庄是无异议，自然都说阿 Q 坏，被枪毙便是他的坏的证据；不坏又何至于被枪毙呢？而城里的舆论却不佳，他们多半不满足，以为枪毙并无杀头这般好看；而且那是怎样的一个可笑的死囚呵，游了那么久的街，竟没有唱一句戏：他们白跟一趟了。

一九二一年十二月。

端午节

方玄绰近来爱说“差不多”这一句话，几乎成了“口头禅”似的；而且不但说，的确也盘据在他脑里了。他最初说的是“都一样”，后来大约觉得欠稳当了，便改为“差不多”，一直使用到现在。

他自从发现了这一句平凡的警句以后，虽然引起了不少的新感慨，同时却也得到许多新慰安。譬如看见老辈威压青年，在先是要愤愤的，但现在却就转念道，将来这少年有了儿孙时，大抵也要摆这架子的罢，便再没有什么不平了。又如看见兵士打车夫，在先也要愤愤的，但现在也就转念道，倘使这车夫当了兵，这兵拉了车，大抵也就这么打，便再也不放在心上了。他这样想着的时候，有时也疑心是因为自己没有和恶社会奋斗的勇气，所以瞒心昧己的故意造出来的一条逃路，很近乎于“无是非之心”，远不如改正了好。然而这意见，总反而在他脑里生长起来。

他将这“差不多说”最初公表的时候是在北京首善学校的讲堂上，其时大概是提起关于历史上的事情来，于是说到“古今人不相远”，说到各色人等的“性相近”，终于牵扯到学生和官僚身上，大发其议论道：

“现在社会上时髦的都通行骂官僚，而学生骂得尤利害。

然而官僚并不是天生的特别种族，就是平民变就的。现在学生出身的官僚就不少，和老官僚有什么两样呢？‘易地则皆然’，思想、言论、举动、风采都没有什么大区别……便是学生团体新办的许多事业，不是也已经难免出弊病，大半烟消火灭了么？差不多的。但中国将来之可虑就在此。”

散坐在讲堂里的二十多个听讲者，有的怅然了，或者是以为这话对；有的勃然了，大约是以为侮辱了神圣的青年；有几个却对他微笑了，大约以为这是他替自己的辩解：因为方玄绰就是兼做官僚的。

而其实却是都错误。这不过是他的一种新不平；虽说不平，又只是他的一种安分的空论。他自己虽然不知道是因为懒，还是因为无用，总之觉得是一个不肯运动，十分安分守己的人。总长冤他有神经病，只要地位还不至于动摇，他决不开一开口；教员的薪水欠到大半年了，只要别有官俸支持，他也决不开一开口。不但不开口，当教员联合索薪的时候，他还暗地里以为欠斟酌，太嚷嚷；直到听得同僚过分的奚落他们了，这才略有些小感慨，后来一转念，这或者因为自己正缺钱，而别的官并不兼做教员的缘故罢，于是也就释然了。

他虽然也缺钱，但从没有加入教员的团体内，大家议决罢课，可是不去上课了。政府说“上了课才给钱”，他才略恨他们的类乎用果子要猴子；一个大教育家说道“教员一手挟书包一手要钱不高尚”，他才对于他的太太正式的发牢骚了。

“喂，怎么只有两盘？”听了“不高尚说”这一日的晚餐时候，他看着菜蔬说。

他们是没有受过新教育的，太太并无学名或雅号，所以也就没有什么称呼了，照老例虽然也可以叫“太太”，但他又不愿意太守旧，于是就发明了一个“喂”字。太太对他却连“喂”字也没有，只要脸向着他说话，依据习惯法，他就知道这话是对他而发的。

“可是上月领来的一成半都完了……昨天的米，也还是好容易才赊来的呢。”伊站在桌旁，脸对着他说。

“你看，还说教书的要薪水是卑鄙哩。这种东西似乎连人要吃饭，饭要米做，米要钱买这一点粗浅事情都不知道……”

“对啦。没有钱怎么买米，没有米怎么煮……”

他两颊都鼓起来了，仿佛气恼这答案正和他的议论“差不多”，近乎随声附和模样；接着便将头转向别一面去了，依据习惯法，这是宣告讨论中止的表示。

待到凄风冷雨这一天，教员们因为向政府去索欠薪，在新华门前烂泥里被国军打得头破血出之后，倒居然也发了一点薪水。方玄绰不费一举手之劳的领了钱，酌还些旧债，却还缺一大笔款，这是因为官俸也颇有些拖欠了。当是时，便是廉吏清官们也渐以为薪水之不可不索，而况兼做教员的方玄绰，自然更表同情于学界起来，所以大家主张继续罢课的时候，他虽然仍未到场，事后却尤其心悦诚服的确守了公共的决议。

然而政府竟又付钱，学校也就开课了。但在前几天，却有学生总会上一个呈文给政府，说：“教员倘若不上课，便不要付欠薪。”这虽然并无效，而方玄绰却忽而记起前回政府所说的“上了课才给钱”的话来，“差不多”这一个影子在他眼前又一幌，而且并不消灭，于是他便在在讲堂上公表了。

准此，可见如果将“差不多说”锻炼罗织起来，自然也可以判作一种挟带私心的不平，但总不能说是专为自己做官的辩解。只是每到这些时，他又常常喜欢拉上中国将来的命运之类的问题，一不小心，便连自己也以为是一个忧国的志士：人们是每苦于没有“自知之明”的。

但是“差不多”的事实又发生了，政府当初虽只不理那些招人头痛的教员，后来竟不理到无关痛痒的官吏，欠而又欠，终于逼得先前鄙薄教员要钱的好官，也很有几员化为索薪大会里的骁将了。唯有几种日报上却很发了些鄙薄讥笑他们的文字。方玄绰也毫不为奇，毫不介意，因为他根据了他的“差不多说”，知道这是新闻记者还未缺少润笔的缘故，万一政府或是阔人停了津贴，他们多半也要开大会的。

他既已表同情于教员的索薪，自然也赞成同寮的索俸，然而他仍然安坐在衙门中，照例的并不一同去讨债。至于有人疑心他孤高，那可也不过是一种误解罢了。他自己说，他是自从出世以来，只有人向他来要债，他从没有向人去讨过债，所以这一端是“非其所长”。而且他最不敢见手握经济之权的人物，这种人待到失了权势之后，捧着一本《大乘起信论》讲佛学的时候，固然也很是“蔼然可亲”的了，但还在宝座上时，却总是一副阎王脸，将别人都当奴才看，自以为手操着你们这些穷小子们的生杀之权。他因此不敢见，也不愿见他们。这种脾气，虽然有时连自己也觉得是孤高，但往往同时也疑心这其实是没本领。

大家左索右索，总算一节一节的挨过去了，但比起先前来，方玄绰究竟是万分的拮据，所以使用的小厮和交易的店家不消说，便是方太太对于他也渐渐的缺了敬意，只要看伊近来不很附和，而且常常提出独创的意见，有些唐突的举动，也就可以了然了。到了阴历五月初四的午前，他一回来，伊便将一叠账单塞在他的鼻子跟前，这也是往常所没有的。

“一总总得一百八十块钱才够开消……发了么?”伊并不对着他看的说。

“哼，我明天不做官了。钱的支票是领来的了，可是索薪大会的代表不发放，先说是没有同去的人都不发，后来又说是要到他们跟前去亲领。他们今天单捏着支票，就变了阎王脸了，我实在怕看见……我钱也不要了，官也不做了，这样无限量的卑屈……”

方太太见了这少见的义愤，倒有些愕然了，但也就沉静下来。

“我想，还不如去亲领罢，这算什么呢。”伊看着他的脸说。

“我不去！这是官俸，不是赏钱，照例应该由会计科送来的。”

“可是不送来又怎么好呢……哦，昨夜忘记说了，孩子们说那学费，学校里已经催过好几次了，说是倘若再不缴……”

“胡说！做老子的办事教书都不给钱，儿子去念几句书倒要钱?”

伊觉得他已经不很顾忌道理，似乎就要将自己当作校长来出气，犯不上，便不再言语了。

两个默默的吃了午饭。他想了一会，又懊恼的出去了。

照旧例，近年是每逢节根或年关的前一天，他一定须在夜里的十二点钟才回家，一面走，一面掏着怀中，一面大声的叫道："喂，领来了！"于是递给伊一叠簇新的中交票，脸上很有些得意的形色。谁知道初四这一天却破了例，他不到七点钟便回家来。方太太很惊疑，以为他竟已辞了职了，但暗暗地察看他脸上，却也并不见有什么格外倒运的神情。

"怎么了？这样早……"伊看定了他说。

"发不及了，领不出了，银行已经关了门，得等初八。"

"亲领？"伊惴惴的问。

"亲领这一层，倒也已经取消了，听说仍旧由会计科分送。可是银行今天已经关了门，休息三天，得等到初八的上午。"他坐下，眼睛看着地面了，喝过一口茶，才又慢慢的开口说："幸而衙门里也没有什么问题了，大约到初八就准有钱……向不相干的亲戚朋友去借钱，实在是一件烦难事。我午后硬着头皮去寻金永生，谈了一会，他先恭维我不去索薪，不肯亲领，非常之清高，一个人正应该这样做；待到知道我想要向他通融五十元，就像我在他嘴里塞了一大把盐似的，凡有脸上可以打皱的地方都打起皱来，说房租怎样的收不起，买卖怎样的赔本，在同事面前亲身领款，也不算什么的，即刻将我支使出来了。"

"这样紧急的节根，谁还肯借出钱去呢。"方太太却只淡淡的说，并没有什么慨然。

方玄绰低下头来了，觉得这也无怪其然的，况且自己和金永生本来很疏远，他接着就记起去年年关的事来，那时有一个同乡来借十块钱，他其实明明已经收到了衙门的领款凭单的了，因为恐怕这人将来未必会还钱，便装了一副为难的神色，说道衙门里既然领不到俸钱，学校里又不发薪水，实在"爱莫能助"，将他空手送走了。他虽然自己并不看见装了怎样的脸，但此时却觉得很局促，嘴唇微微一动，又摇一摇头。

然而不多久，他忽而恍然大悟似的发命令了：叫小厮即刻上街去赊一瓶莲花白。他知道店家希图明天多还账，大抵是不敢不赊的，假如不赊，则明天分文不还，正是他们应得的惩罚。

莲花白竟赊来了，他喝了两杯，青白色的脸上泛了红，吃完饭，又颇有些高兴了，他点上一枝大号哈德门香烟，从桌上抓起一本《尝试集》来，躺在床上就要看。

"那么，明天怎么对付店家呢？"方太太追上去，站在床面前，看着他的脸说。

"店家？叫他们初八的下半天来。"

"我可不能这么说。他们不相信，不答应的。"

"有什么不相信。他们可以问去，全衙门里什么人也没有领到，都得初八！"他戟着第二个指头在帐子里的空中画了一个半圆，方太太跟着指头也看了一个半圆，只见这手便去翻开了《尝试集》。

方太太见他强横到出乎情理之外了，也暂时开不得口。

"我想，这模样是闹不下去的，将来总得想点法，做点什么别的事……"伊终于寻到了别的路，说。

"什么法呢？我'文不像誊录生，武不像救火兵'，别的做什么？"

"你不是给上海的书铺子做过文章么？"

"上海的书铺子？买稿要一个一个的算字，空格不算数。你看我做在那里的白话诗去，空白有多少，怕只值三百大钱一本罢。收版权税又半年六月没消息，'远水救不得近火'，谁耐烦。"

“那么，给这里的报馆里……”

“给报馆里？便在这里很大的报馆里，我靠着一个学生在那里做编辑的大情面，一千字也就是这几个钱，即使一早饭做到夜，能够养活你们么？况且我肚子里也没有这许多文章。”

“那么，过了节怎么办呢？”

“过了节么？仍旧做官……明天店家来要钱，你只要说初八的下午。”

他又要看《尝试集》了。方太太怕失了机会，连忙吞吞吐吐的说：

“我想，过了节，到了初八，我们……倒不如去买一张彩票……”

“胡说！会说出这样无教育的……”

这时候，他忽而又记起被金永生支使出来以后的事了。那时他惘惘的走过稻香村，看见店门口竖着许多斗大的字的广告道“头彩几万元”，仿佛记得心里也一动，或者也许放慢了脚步的罢，但似乎因为舍不得皮夹里仅存的六角钱，所以竟也毅然决然的走远了。他脸色一变，方太太料想他是在恼着伊的无教育，便赶紧退开，没有说完话。方玄绰也没有说完话，将腰一伸，咿咿呜呜的就念《尝试集》。

一九二二年六月。

白 光

陈士成看过县考的榜，回到家里的时候，已经是下午了。他去得本很早，一见榜，便先在这上面寻陈字。陈字也不少，似乎也都争先恐后的跳进他眼睛里来，然而接着的却全不是士成这两个字。他于是重新再在十二张榜的圆图①里细细地搜寻，看的人全已散尽了，而陈士成在榜上终于没有见，单站在试院的照壁的面前。

凉风虽然拂拂的吹动他斑白的短发，初冬的太阳却还是很温和的来晒他。但他似乎被太阳晒得头晕了，脸色越加变成灰白，从劳乏的红肿的两眼里，发出古怪的闪光。这时他其实早已不看到什么墙上的榜文了，只见有许多乌黑的圆圈，在眼前泛泛的游走。

隽了秀才，上省去乡试，一径联捷上去，……绅士们既然千方百计的来攀亲，人们又都像看见神明似的敬畏，深悔先前的轻薄，发昏，……赶走了租住在自己破宅门里的杂姓——那是不劳说赶，自己就搬的，——屋宇全新了，门口是旗竿和扁额……要清高可以做京官，否则不如谋外放。……他平日安排停当的前程，这时候又像受潮的糖塔一般，刹时倒塌，只剩下一堆碎片了。他不自觉的旋转了觉得涣散了的身躯，惘惘的走向归家的路。

① 科举时代县考初试公布的名榜，也叫图榜。

他刚到自己的房门口，七个学童便一齐放开喉咙，吱的念起书来。他大吃一惊，耳朵边似乎敲了一声磬，只见七个头拖了小辫子在眼前晃，幌得满房，黑圈子也夹着跳舞。他坐下了，他们送上晚课来，脸上都显出小觑他的神色。

"回去罢。"他迟疑了片时，这才悲惨的说。

他们胡乱的包了书包，挟着，一溜烟跑走了。

陈士成还看见许多小头夹着黑圆圈在眼前跳舞，有时杂乱，有时也排成异样的阵图，然而渐渐的减少，模糊了。

"这回又完了！"

他大吃一惊，直跳起来，分明就在耳朵边的话，回过头去却并没有什么人，仿佛又听得嗡的敲了一声磬，自己的嘴也说道：

"这回又完了！"

他忽而举起一只手来，屈指计数着想，十一，十三回，连今年是十六回，竟没有一个考官懂得文章，有眼无珠，也是可怜的事，便不由嘻嘻的失了笑。然而他愤然了，蓦地从书包布底下抽出誊真的制艺和试帖①来，拿着往外走，刚近房门，却看见满眼都明亮，连一群鸡也正在笑他，便禁不住心头突突的狂跳，只好缩回里面了。

他又就了坐，眼光格外的闪烁；他目睹着许多东西，然而很模糊，——是倒塌了的糖塔一般的前程躺在他面前，这前程又只是广大起来，阻住了他的一切路。

别家的炊烟早消歇了，碗筷也洗过了，而陈士成还不去做

---

① 古时候科举考试规定的公式化的诗文。

饭。寓在这里的杂姓是知道老例的，凡遇到县考的年头，看见发榜后的这样的眼光，不如及早关了门，不要多管事。最先就绝了人声，接着是陆续的熄了灯火，独有月亮，却缓缓的出现在寒夜的空中。

空中青碧到如一片海，略有些浮云，仿佛有谁将粉笔洗在笔洗里似的摇曳。月亮对着陈士成注下寒冷的光波来，当初也不过像是一面新磨的铁镜罢了，而这镜却诡秘的照透了陈士成的全身，就在他身上映出铁的月亮的影。

他还在房外的院子里徘徊，眼里颇清净了，四近也寂静。但这寂静忽又无端的纷扰起来，他耳边又确凿听到急促的低声说：

“左弯右弯……”

他耸然了，倾耳听时，那声音却又提高的复述道：

“右弯！”

他记得了。这院子，是他家还未如此凋零的时候，一到夏天的夜间，夜夜和他的祖母在此纳凉的院子。那时他不过十岁有零的孩子，躺在竹榻上，祖母便坐在榻旁边，讲给他有趣的故事听。伊说是曾经听得伊的祖母说，陈氏的祖宗是巨富的，这屋子便是祖基，祖宗埋着无数的银子，有福气的子孙一定会得到的罢，然而至今还没有现。至于处所，那是藏在一个谜语的中间：

“左弯右弯，前走后走，量金量银不论斗。”

对于这谜语，陈士成便在平时，本也常常暗地里加以揣测的，可惜大抵刚以为可通。却又立刻觉得不合了。有一回，他确有把握，知道这是在租给唐家的房底下的了，然而总没有前去发掘的勇气；过了几时，可又觉得太不相像了。至于他自己房子里的几个掘过的旧痕迹，那却全是先前几回下第以后的发了怔忡的举动，后来自己一看到，也还感到惭愧而且羞人。

但今天铁的光罩住了陈士成，又软软的来劝他了，他或者偶一迟疑，便给他正经的证明，又加上阴森的催逼，使他不得不又向自己的房里转过眼光去。

白光如一柄白团扇，摇摇摆摆的闪起在他房里了。

“也终于在这里！”

他说着，狮子似的赶快走进那房里去，但跨进里面的时候，便不见了白光的影踪，只有莽苍苍的一间旧房，和几个破书桌都没在昏暗里。他爽然的站着，慢慢的再定睛，然而白光却分明的又起来了，这回更广大，比硫黄火更白净，比朝雾更霏微，而且便在靠东墙的一张书桌下。

陈士成狮子似的奔到门后边，伸手去摸锄头，撞着一条黑影。他不知怎的有些怕了，张惶的点了灯，看锄头无非倚着。他移开桌子，用锄头一气掘起四块大方砖，蹲身一看，照例是黄澄澄的细沙，揎了袖爬开细沙，便露出下面的黑土来。他极小心的，幽静的，一锄一锄往下掘，然而深夜究竟太寂静了，尖铁触土的声音，总是钝重的不肯瞒人的发响。

土坑深到二尺多了，并不见有瓮口，陈士成正心焦，一声脆响，颇震得手腕痛，锄头碰着什么坚硬的东西了；他急忙抛下锄头，摸索着看时，一块大方砖在下面。他的心抖得很利害，聚精会神的挖起那方砖来，下面也满是先前一样的黑土，爬松了许多土，下面似乎还无穷。但忽而又触着坚硬的小东西了，圆的，大约是一个锈铜钱；此外也还有几片破碎的磁片。

陈士成心里仿佛觉得空虚了，浑身流汗，急躁的只爬搔；

这其间，心在空中一抖动，又触着一种古怪的小东西了，这似乎约略有些马掌形的，但触手很松脆。他又聚精会神的挖起那东西来，谨慎的撮着，就灯光下仔细的看时，那东西斑斑剥剥的像是烂骨头，上面还带着一排零落不全的牙齿。他已经悟到这许是下巴骨了，而那下巴骨也便在他手里索索的动弹起来，而且笑吟吟的显出笑影，终于听得他开口道：

"这回又完了！"

他栗然的发了大冷，同时也放了手，下巴骨轻飘飘的回到坑底里不多久，他也就逃到院子里了。他偷看房里面，灯火如此辉煌，下巴骨如此嘲笑，异乎寻常的怕人，便再不敢向那边看。他躲在远处的檐下的阴影里，觉得较为平安了，但在这平安中，忽而耳朵边又听得窃窃的低声说：

"这里没有……到山里去……"

陈士成似乎记得白天在街上也曾听得有人说这种话，他不待再听完，已经恍然大悟了。他突然仰面向天，月亮已向西高峰这方面隐去，远想离城三十五里的西高峰正在眼前，朝笏①一般黑魆魆的挺立着，周围便放出浩大闪烁的白光来。

而且这白光又远远的就在前面了。

"是的，到山里去！"

他决定的想，惨然的奔出去了。几回的开门声之后，门里面便再不闻一些声息。灯光结了大灯花照着空屋和坑洞，毕毕剥剥的炸了几声之后，便渐渐的缩小以至于无有，那是残油已

① 古代君臣朝会时所执狭长板子，也称手板，用玉、象牙或竹片制成，用以指画和记事。

经烧尽了。

“开城门来……”

含着大希望的恐怖的悲声，游丝似的在西关门前的黎明中，战战兢兢的叫喊。

第二天的日中，有人在离西门十五里的万流湖里看见一个浮尸，当即传扬开去，终于传到地保的耳朵里了，便叫乡下人捞将上来。那是一个男尸，五十多岁，“身中面白无须”，浑身也没有什么衣裤。或者说这就是陈士成。但邻居懒得去看，也并无尸亲认领，于是经县委员相验之后，便由地保抬埋了。至于死因，那当然是没有问题的，剥取死尸的衣服本来是常有的事，够不上疑心到谋害去；而且仵作也证明是生前的落水，因为他确凿曾在水底里挣命，所以十个指甲里都满嵌着河底泥。

一九二二年六月。

兔和猫

住在我们后进院子里的三太太，在夏间买了一对白兔，是给伊的孩子们看的。

这一对白兔，似乎离娘并不久，虽然是异类，也可以看出他们的天真烂熳来。但也竖直了小小的通红的长耳朵，动着鼻子，眼睛里颇现些惊疑的神色，大约究竟觉得人地生疏，没有在老家时候的安心了。这种东西，倘到庙会日期自己出去买，每个至多不过两吊钱，而三太太却花了一元，因为是叫小使上店买来的。

孩子们自然大得意了，嚷着围住了看；大人也都围着看；还有一匹小狗名叫 S 的也跑来，闯过去一嗅，打了一个喷嚏，退了几步。二太太吆喝道："S，听着，不准你咬他！"于是在他头上打了一掌，S 便退开了，从此并不咬。

这一对兔总是关在后窗后面的小院子里的时候多，听说是因为太喜欢撕壁纸，也常常啃木器脚。这小院子里有一株野桑树，桑子落地，他们最爱吃，便连喂他们的菠菜也不吃了。乌鸦、喜鹊想要下来时，他们便躬着身子用后脚在地上使劲的一弹，"砉"的一声直跳上来，像飞起了一团雪，鸦鹊吓得赶紧走，这样的几回，再也不敢近来了。三太太说，鸦鹊倒不打紧，至多也不过抢吃一点食料，可恶的是一匹大黑猫，常在矮墙上恶狠狠的看，这却要防的，幸而 S 和猫是对头，或者还不至于有什么罢。

孩子们时时捉他们来玩耍；他们很和气，竖起耳朵，动着鼻子，驯良的站在小手的圈子里，但一有空，却也就溜开去了。他们夜里的卧榻是一个小木箱，里面铺些稻草，就在后窗的房檐下。

这样的几个月之后，他们忽而自己掘土了，掘得非常快，前脚一抓，后脚一踢，不到半天，已经掘成一个深洞。大家都奇怪，后来仔细看时，原来一个的肚子比别一个的大得多了，他们第二天便将干草和树叶衔进洞里去，忙了大半天。

大家都高兴，说又有小兔可看了；三太太便对孩子们下了戒严令，从此不许再去捉。我的母亲也很喜欢他们家族的繁荣，还说待生下来的离了乳，也要去讨两匹来养在自己的窗外面。

他们从此便住在自造的洞府里，有时也出来吃些食，后来不见了，可不知道他们是预先运粮存在里面呢还是竟不吃。过了十多天，三太太对我说，那两匹又出来了，大约小兔是生下来又都死掉了，因为雌的一匹的奶非常多，却并不见有进去哺养孩子的形迹。伊言语之间颇气愤，然而也没有法。

有一天，太阳很温暖，也没有风，树叶都不动，我忽听得许多人在那里笑，寻声看时，却见许多人都靠着三太太的后窗看。原来有一个小兔，在院子里跳跃了。这比他的父母买来的时候还小得远，但也已经能用后脚一弹地，迸跳起来了。孩子们争着告诉我说，还看见一个小兔到洞口来探一探头，但是即刻缩回去了，那该是他的弟弟罢。

那小的也捡些草叶吃，然而大的似乎不许他，往往夹口的抢去了，而自己并不吃。孩子们笑得响，那小的终于吃惊了，便跳着钻进洞里去；大的也跟到洞门口，用前脚推着他的孩子的脊梁，推进之后，又爬开泥土来封了洞。

从此小院子里更热闹，窗口也时时有人窥探了。

然而竟又全不见了那小的和大的。这时是连日的阴天，三太太又虑到遭了那大黑猫的毒手的事去。我说不然，那是天气冷，当然都躲着，太阳一出，一定出来的。

太阳出来了，他们却都不见。于是大家就忘却了。

唯有三太太是常在那里喂他们菠菜的，所以常想到。伊有一回走进窗后的小院子去，忽然在墙角上发现了一个别的洞，再看旧洞口，却依稀的还见有许多爪痕。这爪痕倘说是大兔的，爪该不会有这样大，伊又疑心到那常在墙上的大黑猫去了，伊于是也就不能不定下发掘的决心了。伊终于出来取了锄子，一路掘下去，虽然疑心，却也希望着意外的见了小白兔的，但是待到底，却只见一堆烂草夹些兔毛，怕还是临蓐时候所铺的罢，此外是冷清清的，全没有什么雪白的小兔的踪迹，以及他那只一探头未出洞外的弟弟了。

气愤和失望和凄凉，使伊不能不再掘那墙角上的新洞了。一动手，那大的两匹便先窜出洞外面。伊以为他们搬了家了，很高兴，然而仍然掘，待见底，那里面也铺着草叶和兔毛，而上面却睡着七个很小的兔，遍身肉红色，细看时，眼睛全都没有开。

一切都明白了，三太太先前的预料果不错，伊为预防危险起见，便将七个小的都装在木箱中，搬进自己的房里，又将大的也捺进箱里面，勒令伊去哺乳。

三太太从此不但深恨黑猫，而且颇不以大兔为然了。据说当初那两个被害之先，死掉的该还有，因为他们生一回，决不至于只两个，但为了哺乳不匀，不能争食的就先死了。这大概也不错的，现在七个之中，就有两个很瘦弱。所以三太太一有闲空，便捉住母兔，将小兔一个一个轮流的摆在肚子上来喝奶，不准有多少。

母亲对我说，那样麻烦的养兔法，伊历来连听也未曾听到过，恐怕是可以收入《无双谱》的。

白兔的家族更繁荣；大家也又都高兴了。

但自此之后，我总觉得凄凉。夜半在灯下坐着想，那两条小性命，竟是人不知鬼不觉的早在不知什么时候丧失了，生物史上不着一些痕迹，并S也不叫一声。我于是记起旧事来，先前我住在会馆里，清早起身，只见大槐树下一片散乱的鸽子毛，这明明是膏于鹰吻的了，上午长班[①]来一打扫，便什么都不见，谁知道曾有个生命断送在这里呢？我又曾路过西四牌楼，看见一匹小狗被马车轧得快死，待回来时，什么也不见了，搬掉了罢，过往行人憧憧的走着，谁知道曾有一个生命断送在这里呢？夏夜，窗外面，常听到苍蝇的悠长的吱吱的叫声，这一定是给蝇虎咬住了，然而我向来无所容心于其间，而别人并且不听到……

假使造物也可以责备，那么，我以为他实在将生命造得太滥，毁得太滥了。

"嗥"的一声，又是两条猫在窗外打起架来。

"迅儿！你又在那里打猫了？"

"不，他们自己咬。他那里会给我打呢。"

我的母亲是素来很不以我的虐待猫为然的，现在大约疑心

---

① 古时候官员的随身仆人，也用以称一般的"听差"。

我要替小兔抱不平，下什么辣手，便起来探问了，而我在全家的口碑上，却的确算一个猫敌。我曾经害过猫，平时也常打猫，尤其是在它们配合的时候。但我之所以打的原因并非因为它们配合，是因为它们嚷，嚷到使我睡不着，我以为配合是不必这样大嚷而特嚷的。

况且黑猫害了小兔，我更是“师出有名”的了。我觉得母亲。实在太修善，于是不由的就说出模棱的近乎不以为然的答话来。

造物太胡闹，我不能不反抗他了，虽然也许是帮他的倒忙……

那黑猫是不能久在矮墙上高视阔步的了，我决定的想，于是又不由的一瞥那藏在书箱里的一瓶青酸钾①。

一九二二年十月。

① 即氰酸钾，一种剧毒的化学品。

鸭的喜剧

俄国的盲诗人爱罗先珂君带了他那六弦琴到北京之后不多久，便向我诉苦说：

“寂寞呀，寂寞呀，在沙漠上似的寂寞呀！”

这应该是真实的，但在我却未曾感得；我住得久了，“入芝兰之室，久而不闻其香”，只以为很是嚷嚷罢了。然而我之所谓嚷嚷，或者也就是他之所谓寂寞罢。

我可是觉得在北京仿佛没有春和秋。老于北京的人说，地气北转了，这里在先是没有这么和暖。只是我总以为没有春和秋；冬末和夏初衔接起来，夏才去，冬又开始了。

一日就是这冬末夏初的时候，而且是夜间，我偶而得了闲暇，去访问爱罗先珂君。他一向寓在仲密君的家里；这时一家的人都睡了觉了，天下很安静。他独自靠在自己的卧榻上，很高的眉棱在金黄色的长发之间微蹙①了，是在想他旧游之地的缅甸，缅甸的夏夜。

“这样的夜间”，他说，“在缅甸是遍地是音乐。房里，草间，树上，都是昆虫吟叫，各种声音，成为合奏，很神奇。其间时时夹着蛇鸣：‘嘶嘶！’可是也与虫声相和协……”他沉思了，似乎想要追想起那时的情景来。

---

① 形容眉毛微微弯曲皱眉的意思。

我开不得口。这样奇妙的音乐，我在北京确乎未曾听到过，所以即使如何爱国，也辩护不得，因为他虽然目无所见，耳朵是没有聋的。

“北京却连蛙鸣也没有……”他又叹息说。

“蛙鸣是有的！”这叹息，却使我勇猛起来了，于是抗议说，“到夏天，大雨之后，你便能听到许多虾蟆叫，那是都在沟里面的，因为北京到处都有沟。”

“哦……”

过了几天，我的话居然证实了，因为爱罗先珂君已经买到了十几个蝌蚪子。他买来便放在他窗外的院子中央的小池里。那池的长有三尺，宽有二尺，是仲密[①]所掘，以种荷花的荷池。从这荷池里，虽然从来没有见过养出半朵荷花来，然而养虾蟆却实在是一个极合式的处所。

蝌蚪成群结队的在水里面游泳；爱罗先珂君也常常踱来访他们。有时候，孩子告诉他说：“爱罗先珂先生，它们生了脚了。”他便高兴的微笑道：“哦！”

然而养成池沼的音乐家却只是爱罗先珂君的一件事。他是向来主张自食其力的，常说女人可以畜牧，男人就应该种田。所以遇到很熟的友人，他便要劝诱他就在院子里种白菜；也屡次对仲密夫人劝告，劝伊养蜂，养鸡，养猪，养牛，养骆驼。后来仲密家里果然有了许多小鸡，满院飞跑，啄完了铺地锦的

① 周作人笔名，鲁迅（周树人）之弟，周建人之兄。中国现代著名散文家、文学理论家、评论家、诗人。

嫩叶，大约也许就是这劝告的结果了。

从此卖小鸡的乡下人也时常来，来一回便买几只，因为小鸡是容易积食，发痧，很难得长寿的；而且有一匹还成了爱罗先珂君在北京所作唯一的小说《小鸡的悲剧》里的主人公。有一天的上午，那乡下人竟意外的带了小鸭来了，“咻咻”的叫着；但是仲密夫人说不要。爱罗先珂君也跑出来，他们就放一个在他两手里，而小鸭便在他两手里“咻咻”的叫。他以为这也很可爱，于是又不能不买了，一共买了四个，每个八十文。

小鸭也诚然是可爱，遍身松花黄，放在地上，便蹒跚的走，互相招呼，总是在一处。大家都说好，明天去买泥鳅来喂它们罢。爱罗先珂君说：“这钱也可以归我出的。”

他于是教书去了；大家也走散。不一会，仲密夫人拿冷饭来喂他们时，在远处已听得泼水的声音，跑到一看，原来那四个小鸭都在荷池里洗澡了，而且还翻筋斗，吃东西呢，等到拦他们上了岸，全池已经是浑水，过了半天，澄清了，只见泥里露出几条细藕来；而且再也寻不出一个已经生了脚的蝌蚪了。

“伊和希珂先，没有了，虾蟆的儿子。”傍晚时候，孩子们一见他回来，最小的一个便赶紧说。

“唔，虾蟆？”

仲密夫人也出来了，报告了小鸭吃完蝌蚪的故事。

“唉，唉……”他说。

待到小鸭褪了黄毛，爱罗先珂君却忽而渴念着他的“俄罗斯母亲”了，便匆匆的向赤塔去。

待到四处蛙鸣的时候，小鸭也已经长成，两个白的，两个花的，而且不复“咻咻”的叫，都是“鸭鸭”的叫了。荷花池也早已容不下它们盘桓了，幸而仲密的住家的地势是很低的，夏雨一降，院子里满积了水，他们便欣欣然，游水，钻水，拍翅子，“鸭鸭”的叫。

现在又从夏末交了冬初，而爱罗先珂君还是绝无消息，不知道究竟在那里了。

只有四个鸭，却还在沙漠上“鸭鸭”的叫。

一九二二年十月。

社　戏

我在倒数上去的二十年中，只看过两回中国戏，前十年是绝不看，因为没有看戏的意思和机会，那两回全在后十年，然而都没有看出什么来就走了。

第一回是民国元年我初到北京的时候，当时一个朋友对我说，北京戏最好，你不去见见世面么？我想，看戏是有味的，而况在北京呢。于是都兴致勃勃的跑到什么园，戏文已经开场了，在外面也早听到“咚咚”地响。我们挨进门，几个红的绿的在我的眼前一闪烁，便又看见戏台下满是许多头，再定神四面看，却见中间也还有几个空座，挤过去要坐时，又有人对我发议论，我因为耳朵已经喤喤的响着了，用了心，才听到他是说“有人，不行！”

我们退到后面，一个辫子很光的却来领我们到了侧面，指出一个地位来。这所谓地位者，原来是一条长凳，然而他那坐板比我的上腿要狭到四分之三，他的脚比我的下腿要长过三分之二。我先是没有爬上去的勇气，接着便联想到私刑拷打的刑具，不由的毛骨悚然的走出了。

走了许多路，忽听得我的朋友的声音道，“究竟怎的？”我回过脸去，原来他也被我带出来了。他很诧异的说：“怎么总是走，不答应？”我说：“朋友，对不起，我耳朵只在咚咚喤喤的响，并没有听到你的话。”

后来我每一想到，便很以为奇怪，似乎这戏太不好，否则便是我近来在戏台下不适于生存了。

第二回忘记了那一年，总之是募集湖北水灾捐而谭叫天还没有死。捐法是两元钱买一张戏票，可以到第一舞台去看戏，扮演的多是名角，其一就是小叫天。我买了一张票，本是对于劝募人聊以塞责的，然而似乎又有好事家乘机对我说了些叫天不可不看的大法要了。我于是忘了前几年的咚咚喤喤之灾，竟到第一舞台去了，但大约一半也因为重价购来的宝票，总得使用了才舒服。我打听得叫天出台是迟的，而第一舞台却是新式构造，用不着争座位，便放了心，延宕到九点钟才出去，谁料照例，人都满了，连立足也难，我只得挤在远处的人丛中看一个老旦在台上唱。那老旦嘴边插着两个点火的纸捻子，旁边有一个鬼卒，我费尽思量，才疑心他或者是目连①的母亲，因为后来又出来了一个和尚。然而我又不知道那名角是谁，就去问挤小在我的左边的一位胖绅士。他很看不起似的斜瞥了我一眼，说道："龚云甫！"我深愧浅陋而且粗疏，脸上一热，同时脑里也制出了决不再问的定章，于是看小旦唱，看花旦唱，看老生唱，看不知什么角色唱，看一大班人乱打，看两三个人互打，从九点多到十点，从十点到十一点，从十一点到十一点半，从十一点半到十二点——然而叫天竟还没有来。

我向来没有这样忍耐的等候过什么事物，而况这身边的胖绅士的吁吁的喘气，这台上的咚咚喤喤的敲打，红红绿绿的晃荡，加之以十二点，忽而使我省悟到在这里不适于生存了。我

① 为佛陀十大弟子之一。

同时便机械的拧转身子，用力往外只一挤，觉得背后便已满满的，大约那弹性的胖绅士早在我的空处胖开了他的右半身了。我后无回路，自然挤而又挤，终于出了大门。街上除了专等看客的车辆之外，几乎没有什么行人了，大门口却还有十几个人昂着头看戏目，别有一堆人站着并不看什么，我想，他们大概是看散戏之后出来的女人们的，而叫天却还没有来……

然而夜气很清爽，真所谓"沁人心脾"，我在北京遇着这样的好空气，仿佛这是第一遭了。

这一夜，就是我对于中国戏告了别的一夜，此后再没有想到他，即使偶而经过戏园，我们也漠不相关，精神上早已一在天之南一在地之北了。

但是前几天，我忽在无意之中看到一本日本文的书，可惜忘记了书名和著者，总之是关于中国戏的。其中有一篇，大意仿佛说，中国戏是大敲，大叫，大跳，使看客头昏脑眩，很不适于剧场，但若在野外散漫的所在，远远的看起来，也自有他的风致。我当时觉着这正是说了在我意中而未曾想到的话，因为我确记得在野外看过很好的好戏，到北京以后的连进两回戏园去，也许还是受了那时的影响哩。可惜我不知道怎么一来，竟将书名忘却了。

至于我看那好戏的时候，却实在已经是"远哉遥遥"的了，其时恐怕我还不过十一二岁。我们鲁镇的习惯，本来是凡有出嫁的女儿，倘自己还未当家，夏间便大抵回到母家去消夏。那时我的祖母虽然还康健，但母亲也已分担了些家务。所以夏期便不能多日的归省了，只得在扫墓完毕之后，抽空去住几天，这时我便每年跟了我的母亲住在外祖母的家里。那地方叫平桥村，是一个离海边不远，极偏僻的、临河的小村庄；住户不满三十家，都种田，打鱼，只有一家很小的杂货店。但在我是乐土：因为我在这里不但得到优待，又可以免念“秩秩斯干幽幽南山”① 了。

和我一同玩的是许多小朋友，因为有了远客，他们也都从父母那里得了减少工作的许可，伴我来游戏，在小村里，一家的客，几乎也就是公共的。我们年纪都相仿，但论起行辈来，却至少是叔子，有几个还是太公，因为他们合村都同姓，是本家。然而我们是朋友，即使偶而吵闹起来，打了太公，一村的老老小小，也决没有一个会想出“犯上”这两个字来，而他们也百分之九十九不识字。

我们每天的事情大概是掘蚯蚓，掘来穿在铜丝做的小钩上，伏在河沿上去钓虾。虾是水世界里的呆子，决不惮用了自己的两个钳捧着钩尖送到嘴里去的，所以不半天便可以钓到一大碗。这虾照例是归我吃的。其次便是一同去放牛，但或者因为高等动物了的缘故罢，黄牛、水牛都欺生，敢于欺侮我，因此我也总不敢走近身，只好远远地跟着，站着。这时候，小朋友们便不再原谅我会读“秩秩斯干”，却全都嘲笑起来了。

至于我在那里所第一盼望的，却在到赵庄去看戏。赵庄是离平桥村五里的较大的村庄；平桥村太小，自己演不起戏，每年总付给赵庄多少钱，算作合做的。当时我并不想到他们为什么年年要演戏。现在想，那或者是春赛，是社戏②了。

---

① 是《诗经·小雅·斯干》的首句。大意为：“涧水清清流不停，南山深幽多清静”。

② 旧时某些地区农村中迎神赛会时演出的戏。

就在我十一二岁时候的这一年，这日期也看看等到了。不料这一年真可惜，在早上就叫不到船。平桥村只有一只早出晚归的航船是大船，决没有留用的道理。其余的都是小船，不合用；央人到邻村去问，也没有，早都给别人定下了。外祖母很气恼，怪家里的人不早定，絮叨起来。母亲便宽慰伊，说我们鲁镇的戏比小村里的好得多，一定看几回，今天就算了。只有我急得要哭，母亲却竭力的嘱咐我，说万不能装模装样，怕又招外祖母生气，又不准和别人一同去，说是怕外祖母要担心。

总之，是完了。到下午，我的朋友都去了，戏已经开场了，我似乎听到锣鼓的声音，而且知道他们在戏台下买豆浆喝。

这一天我不钓虾，东西也少吃。母亲很为难，没有法子想。到晚饭时候，外祖母也终于觉察了，并且说我应当不高兴，他们太怠慢，是待客的礼数里从来所没有的。吃饭之后，看过戏的少年们也都聚拢来了，高高兴兴的来讲戏。只有我不开口；他们都叹息而且表同情。忽然间，一个最聪明的双喜大悟似的提议了，他说："大船？八叔的航船不是回来了么？"十几个别的少年也大悟，立刻撺掇起来，说可以坐了这航船和我一同去。我高兴了。然而外祖母又怕都是孩子们，不可靠；母亲又说是若叫大人一同去，他们白天全有工作，要他熬夜，是不合情理的。在这迟疑之中，双喜可又看出底细来了，便又大声的说道，"我写包票！船又大；迅哥儿向来不乱跑；我们又都是识水性的！"

诚然！这十多个少年，委实没有一个不会凫水的，而且两三个还是弄潮的好手。

外祖母和母亲也相信，便不再驳回，都微笑了。我们立刻一哄的出了门。

我的很重的心忽而轻松了，身体也似乎舒展到说不出的大。一出门，便望见月下的平桥内泊着一只白篷的航船，大家跳下船，双喜拔前篙，阿发拔后篙，年幼的都陪我坐在舱中，较大的聚在船尾。母亲送出来吩咐“要小心”的时候，我们已经点开船，在桥石上一磕，退后几尺，即又上前出了桥。于是架起两支橹，一支两人，一里一换，有说笑的，有嚷的，夹着潺潺的船头激水的声音，在左右都是碧绿的豆麦田地的河流中，飞一般径向赵庄前进了。

两岸的豆麦和河底的水草所发散出来的清香，夹杂在水气中扑面的吹来；月色便朦胧在这水气里。淡黑的起伏的连山，仿佛是踊跃的铁的兽脊似的，都远远地向船尾跑去了，但我却还以为船慢。他们换了四回手，渐望见依稀的赵庄，而且似乎听到歌吹了，还有几点火，料想便是戏台，但或者也许是渔火。

那声音大概是横笛，宛转，悠扬，使我的心也沉静，然而又自失起来，觉得要和它弥散在含着豆麦蕴藻之香的夜气里。

那火接近了，果然是渔火；我才记得先前望见的也不是赵庄。那是正对船头的一丛松柏林，我去年也曾经去游玩过，还看见破的石马倒在地下，一个石羊蹲在草里呢。过了那林，船便弯进了叉港，于是赵庄便真在眼前了。

最惹眼的是屹立在庄外临河的空地上的一座戏台，模胡在远处的月夜中，和空间几乎分不出界限，我疑心画上见过的仙境，就在这里出现了。这时船走得更快，不多时，在台上显出人物来，红红绿绿的动，近台的河里一望乌黑的是看戏的人家的船篷。

“近台没有什么空了，我们远远的看吧。”阿发说。

这时船慢了，不久就到，果然近不得台旁，大家只能下了篙，比那正对戏台的神棚还要远。其实我们这白篷的航船，本也不愿意和乌篷的船在一处，而况并没有空地呢……

在停船的匆忙中，看见台上有一个黑的长胡子的背上插着四张旗，捏着长枪，和一群赤膊的人正打仗。双喜说，那就是有名的铁头老生，能连翻八十四个筋斗，他日里亲自数过的。

我们便都挤在船头上看打仗，但那铁头老生却又并不翻筋斗，只有几个赤膊的人翻，翻了一阵，都进去了，接着走出一个小旦来，咿咿呀呀的唱，双喜说：“晚上看客少，铁头老生也懈了，谁肯显本领给白地看呢？”我相信这话对，因为其时台下已经不很有人，乡下人为了明天的工作，熬不得夜，早都睡觉去了，疏疏朗朗的站着的不过是几十个本村和邻村的闲汉，乌篷船里的那些土财主的家眷固然在，然而他们也不在乎看戏，多半是专到戏台下来吃糕饼、水果和瓜子的。所以简直可以算白地。

然而我的意思却也并不在乎看翻筋斗。我最愿意看的是一个人蒙了白布，两手在头上捧着一支棒似的蛇头的蛇精，其次是套了黄布衣跳老虎。但是等了许多时都不见，小旦虽然进去了，立刻又出来了一个很老的小生。我有些疲倦了，托桂生买豆浆去。他去了一刻，回来说：“没有。卖豆浆的聋子也回去了。日里倒有，我还喝了两碗呢。现在去舀一瓢水来给你喝罢。”

我不喝水，支撑着仍然看，也说不出见了些什么，只觉得戏子的脸都渐渐的有些稀奇了，那五官渐不明显，似乎融成一片的再没有什么高低。年纪小的几个多打呵欠了，大的也各管自己谈话。忽而一个红衫的小丑被绑在台柱子上，给一个花白胡子的用马鞭打起来了，大家才又振作精神的笑着看。在这一夜里，我以为这实在要算是最好的一折。

然而老旦终于出台了。老旦本来是我所最怕的东西，尤其是怕他坐下了唱。这时候，看见大家也都很扫兴，才知道他们的意见是和我一致的。那老旦当初还只是踱来踱去的唱，后来竟在中间的一把交椅上坐下了。我很担心；双喜他们却就破口喃喃的骂。我忍耐的等着，许多工夫，只见那老旦将手一抬，我以为就要站起来了。不料他却又慢慢的放下在原地方，仍旧唱。全船里几个人不住的吁气，其余的也打起呵欠来。双喜终于熬不住了，说道，怕他会唱到天明还不完，还是我们走的好罢。大家立刻都赞成，和开船时候一样踊跃，三四人径奔船尾，拔了篙，点退几丈，回转船头，架起橹，骂着老旦，又向那松柏林前进了。

月还没有落，仿佛看戏也并不很久似的，而一离赵庄，月光又显得格外的皎洁。回望戏台在灯火光中，却又如初来未到时候一般，又缥缈得像一座仙山楼阁，满被红霞罩着了，吹得耳边来的又是横笛，很悠扬；我疑心老旦已经进去了，但也不好意思说再回去看。

不多久，松柏林早在船后了，船行也并不慢，但周围的黑暗只是浓，可知已经到了深夜。他们一面议论着戏子，或骂，或笑，一面加紧的摇船。这一次船头的激水声更其响亮了，那航船，就像一条大白鱼背着一群孩子在浪花里蹿，连夜渔的几个老渔父，也停了艇子看着喝采起来。

离平桥村还有一里模样。船行却慢了，摇船的都说很疲乏，因为太用力，而且许久没有东西吃。这回想出来的是桂生，说是罗汉豆正旺相，柴火又现成，我们可以偷一点来煮吃的。大家都赞成，立刻近岸停了船；岸上的田里，乌油油的便都是结实的罗汉豆①。

“阿阿，阿发，这边是你家的，这边是老六一家的，我们偷那一边的呢？”双喜先跳下去了，在岸上说。

我们也都跳上岸。阿发一面跳，一面说道：“且慢，让我来看一看罢。”他于是往来的摸了一回，直起身来说道：“偷我们的罢，我们的大得多呢。”一声答应，大家便散开在阿发家的豆田里，各摘了一大捧，抛入船舱中。双喜以为再多偷，倘给阿发的娘知道是要哭骂的，于是各人便到六一公公的田里又各偷了一大捧。

我们中间几个年长的仍然慢慢的摇着船，几个到后舱去生火，年幼的和我都剥豆。不久豆熟了，便任凭航船浮在水面上，都围起来用手撮着吃。吃完豆，又开船，一面洗器具，豆荚豆壳全抛在河水里，什么痕迹也没有了。双喜所虑的是用了八公公船上的盐和柴，这老头子很细心，一定要知道，会骂的。然而大家议论之后，归结是不怕。他如果骂，我们便要他归还去年在岸边拾去的一枝枯柏树，而且当面叫他“八癞子”。

“都回来了！那里会错。我原说过写包票的！”双喜在船头上忽而大声的说。

我向船头一望，前面已经是平桥，桥脚上站着一个人，却

---

① 即蚕豆。

是我的母亲，双喜便是对伊说着话。我走出前舱去，船也就进了平桥了，停了船，我们纷纷都上岸。母亲颇有些生气，说是过了三更了，怎么回来得这样迟，但也就高兴了，笑着邀大家去吃炒米。

大家都说已经吃了点心，又渴睡，不如及早睡的好，各自回去了。

第二天，我向午才起来，并没有听到什么关系八公公盐柴事件的纠葛，下午仍然去钓虾。

“双喜，你们这班小鬼，昨天偷了我的豆了罢？又不肯好好的摘，踏坏了不少。”我抬头看时，是六一公公棹着小船，卖了豆回来了，船肚里还有剩下的一堆豆。

“是的。我们请客。我们当初还不要你的呢。你看，你把我的虾吓跑了！”双喜说。

六一公公看见我，便停了楫，笑道：“请客？这是应该的。”于是对我说，“迅哥儿，昨天的戏可好么？”

我点一点头，说道：“好。”

“豆可中吃呢？”

我又点一点头，说道，“很好。”

不料六一公公竟非常感激起来，将大拇指一翘，得意的说道：“这真是大市镇里出来的读过书的人才识货！我的豆种是粒粒挑选过的，乡下人不识好歹，还说我的豆比不上别人的呢。我今天也要送些给我们的姑奶奶尝尝去……”他于是打着楫子过去了。

待到母亲叫我回去吃晚饭的时候，桌上便有一大碗煮熟的罗汉豆，就是六一公公送给母亲和我吃的。听说他还对母亲极口夸奖我，说“小小年纪便有见识，将来一定要中状元。姑奶奶，你的福气是可以写包票的了。”但我吃了豆，却并没有昨夜的豆那么好。

真的，一直到现在，我实在再没有吃到那夜似的好豆，也不再看到那夜似的好戏了。

一九二二年十月。

伪自由书（节选）

前 记

这一本小书里的，是从本年一月底起至五月中旬为止的寄给《申报》上的《自由谈》的杂感。

我到上海以后，日报是看的，却从来没有投过稿，也没有想到过，并且也没有注意过日报的文艺栏，所以也不知道《申报》在什么时候开始有了《自由谈》，《自由谈》里是怎样的文字。大约是去年的年底罢，偶然遇见郁达夫先生，他告诉我说，《自由谈》的编辑新换了黎烈文先生了，但他才从法国回来，人地生疏，怕一时集不起稿子，要我去投几回稿。我就漫应之曰：那是可以的。

对于达夫先生的嘱咐，我是常常“漫应之曰：那是可以的”的。直白的说罢，我一向很回避创造社①里的人物。这也不只因为历来特别的攻击我，甚而至于施行人身攻击的缘故，大半倒在他们的一副“创造”脸。虽然他们之中，后来有的化为隐士，有的化为富翁，有的化为实践的革命者，有的也化为奸细，而在“创造”这一面大纛之下的时候，却总是神气十足，好像连出汗打嚏，也全是“创造”似的。我和达夫先生见面得最早，脸上也看不出那么一种创造气，所以相遇之际，就随便谈谈；对于文学的意见，我们恐怕是不能一致的罢，然而

① 创造社：新文学运动中著名的文学团体。

所谈的大抵是空话。但这样的就熟识了，我有时要求他写一篇文章，他一定如约寄来，则他希望我做一点东西，我当然应该漫应曰可以。但应而至于“漫”，我已经懒散得多了。

但从此我就看看《自由谈》，不过仍然没有投稿。不久，听到了一个传闻，说《自由谈》的编辑者为了忙于事务，连他夫人的临蓐也不暇照管，送在医院里，她独自死掉了。几天之后，我偶然在《自由谈》里看见一篇文章，其中说的是每日使婴儿看看遗照，给他知道曾有这样一个孕育了他的母亲。我立刻省悟了这就是黎烈文先生的作品，拿起笔，想做一篇反对的文章，因为我向来的意见，是以为倘有慈母，或是幸福，然若生而失母，却也并非完全的不幸，他也许倒成为更加勇猛，更无挂碍的男儿的。但是也没有竟做，改为给《自由谈》的投稿了，这就是这本书里的第一篇《崇实》；又因为我旧日的笔名有时不能通用，便改题了“何家干”，有时也用“干”或“丁萌”。

这些短评，有的由于个人的感触，有的则出于时事的刺戟，但意思都极平常，说话也往往很晦涩，我知道《自由谈》并非同人杂志，“自由”更当然不过是一句反话，我决不想在这上面去驰骋的。我之所以投稿，一是为了朋友的交情，一则在给寂寞者以呐喊，也还是由于自己的老脾气。然而我的坏处，是在论时事不留面子，砭锢弊常取类型，而后者尤与时宜不合。盖写类型者，于坏处，恰如病理学上的图，假如是疮疽，则这图便是一切某疮某疽的标本，或和某甲的疮有些相像，或和某乙的疽有点相同。而见者不察，以为所画的只是他某甲的疮，无端侮辱，于是就必欲制你画者的死命了。例如我先前的论叭儿狗，原也泛无实指，都是自觉其有叭儿性的人们自来承认的。这要制死命的方法，是不论文章的是非，而先问作者是那一个；也就是别的不管，只要向作者施行人身攻击了。自然，其中也并不全是含愤的病人，有的倒是代打不平的侠客。总之，这种战术，是陈源教授的“鲁迅即教育部佥事周树人”开其端，事隔十年，大家早经忘却了，这回是王平陵先生告发于前，周木斋先生揭露于后，都是做着关于作者本身的文章，或则牵连而至于左翼文学者。此外为我所看见的还有好几篇，也都附在我的本文之后，以见上海有些所谓文学家的笔战，是怎样的东西，和我的短评本身，有什么关系。但另有几篇，是因为我的感想由此而起，特地并存以便读者的参考的。

我的投稿，平均每月八九篇，但到五月初，竟接连的不能发表了，我想，这是因为其时讳言时事而我的文字却常不免涉及时事的缘故。这禁止的是官方检查员，还是报馆总编辑呢，我不知道，也无须知道。现在便将那些都归在这一本里，其实是我所指摘，现在都已由事实来证明的了，我那时不过说得略早几天而已。是为序。

一九三三年七月十九夜，于上海寓庐，鲁迅记。

观 斗

我们中国人总喜欢说自己爱和平，但其实，是爱斗争的，爱看别的东西斗争，也爱看自己们斗争。

最普通的是斗鸡，斗蟋蟀，南方有斗黄头鸟，斗画眉鸟，北方有斗鹌鹑，一群闲人们围着呆看，还因此赌输赢。古时候有斗鱼，现在变把戏的会使跳蚤打架。看今年的《东方杂志》，才知道金华又有斗牛，不过和西班牙却两样的，西班牙是人和牛斗，我们是使牛和牛斗。

任他们斗争着，自己不与斗，只是看。

军阀们只管自己斗争着，人民不与闻，只是看。

然而军阀们也不是自己亲身在斗争，是使兵士们相斗争，所以频年恶战，而头儿个个终于是好好的，忽而误会消释了，忽而杯酒言欢了，忽而共同御侮①了，忽而立誓报国了，忽而……。不消说，忽而自然不免又打起来了。

然而人民一任他们玩把戏，只是看。

但我们的斗士，只有对于外敌却是两样的：近的，是“不抵抗”，远的，是“负弩前驱”云。

“不抵抗”在字面上已经说得明明白白。“负弩前驱”② 呢，

---

① 意思是谓抵御外侮。

② 谓背负弓箭，开路先行。古代迎接贵宾之礼。

弩机的制造法早已失传了，必须待考古学家研究出来，制造起来，然后能够负，然后能够前驱。

还是留着国产的兵士和现买的军火，自己斗争下去罢。中国的人口多得很，暂时总有一些孑遗[①]在看着的。但自然，倘要这样，则对于外敌，就一定非“爱和平”不可。

一九三三年一月二十四日。

① 遭受兵灾等大变故多数人死亡后遗留下的少数人。

逃的辩护

古时候，做女人大晦气，一举一动，都是错的，这个也骂，那个也骂。现在这晦气落在学生头上了，进也挨骂，退也挨骂。

我们还记得，自前年冬天以来，学生是怎么闹的，有的要南来，有的要北上，南来北上，都不给开车。待到到得首都，顿首请愿，却不料"为反动派所利用"，许多头都恰巧"碰"在刺刀和枪柄上，有的竟"自行失足落水"而死了。

验尸之后，报告书上说道，"身上五色"。我实在不懂。

谁发一句质问，谁提一句抗议呢？有些人还笑骂他们。

还要开除，还要告诉家长，还要劝进研究室。一年以来，好了，总算安静了。但不料榆关[①]失了守，上海还远，北平却不行了，因为连研究室也有了危险。住在上海的人们想必记得的，去年二月的暨南大学，劳动大学，同济大学……，研究室里还坐得住么？北平的大学生是知道的，并且有记性，这回不再用头来"碰"刺刀和枪柄了，也不再想"自行失足落水"，弄得"身上五色"了，却发明了一种新方法，是：大家走散，各自回家。

这正是这几年来的教育显了成效。

然而又有人来骂了。童子军还在烈士们的挽联上，说他们

① 即山海关。

“遗臭万年”。

但我们想一想罢：不是连语言历史研究所里的没有性命的古董都在搬家了么？不是学生都不能每人有一架自备的飞机么？能用本国的刺刀和枪柄“碰”得瘟头瘟脑，躲进研究室里去的，倒能并不瘟头瘟脑，不被外国的飞机大炮，炸出研究室外去么？

阿弥陀佛！

一九三三年一月二十四日。

崇 实

事实常没有字面这么好看。

例如这《自由谈》，其实是不自由的，现在叫作《自由谈》，总算我们是这么自由地在这里谈着。

又例如这回北平的迁移古物和不准大学生逃难，发令的有道理，批评的也有道理，不过这都是些字面，并不是精髓。

倘说，因为古物古得很，有一无二，所以是宝贝，应该赶快搬走的罢。这诚然也说得通的。但我们也没有两个北平，而且那地方也比一切现存的古物还要古。禹是一条虫，那时的话我们且不谈罢，至于商周时代，这地方却确是已经有了的。为什么倒撇下不管，单搬古物呢？说一句老实话，那就是并非因为古物的“古”，倒是为了它在失掉北平之后，还可以随身带着，随时卖出铜钱来。

大学生虽然是“中坚分子”，然而没有市价，假使欧美的市场上值到五百美金一名口，也一定会装了箱子，用专车和古物一同运出北平，在租界上外国银行的保险柜子里藏起来的。

但大学生却多而新，惜哉！

费话不如少说，只剥崔颢《黄鹤楼》诗以吊之，曰——

阔人已骑文化去，此地空余文化城。
文化一去不复返，古城千载冷清清。
专车队队前门站，晦气重重大学生。
日薄榆关何处抗，烟花场上没人惊。

一九三三年一月三十一日。

电的利弊

日本幕府时代，曾大杀基督教徒，刑罚很凶，但不准发表，世无知者。到近几年，乃出版当时的文献不少。曾见《切利支丹殉教记》，其中记有拷问教徒的情形，或牵到温泉旁边，用热汤浇身；或周围生火，慢慢的烤炙，这本是“火刑”，但主管者却将火移远，改死刑为虐杀了。

中国还有更残酷的。唐人说部中曾有记载，一县官拷问犯人，四周用火遥焙，口渴，就给他喝酱醋，这是比日本更进一步的办法。现在官厅拷问嫌疑犯，有用辣椒煎汁灌入鼻孔去的，似乎就是唐朝遗下的方法，或则是古今英雄，所见略同。曾见一个囚在反省院里的青年的信，说先前身受此刑，苦痛不堪，辣汁流入肺脏及心，已成不治之症，即释放亦不免于死云云。此人是陆军学生，不明内脏构造，其实倒挂灌鼻，可以由气管流入肺中，引起致死之病，却不能进入心中，大约当时因在苦楚中，知觉瞀乱①，遂疑为已到心脏了。

但现在之所谓文明人所造的刑具，残酷又超出于此种方法万万。上海有电刑，一上，即遍身痛楚欲裂，遂昏去，少顷又醒，则又受刑。闻曾有连受七八次者，即幸而免死，亦从此牙齿皆摇动，神经亦变钝，不能复原。前年纪念爱迪生，许多人

① 意思是昏乱；精神错乱。

赞颂电报电话之有利于人，却没有想到同是一电，而有人得到这样的大害，福人用电气疗病，美容，而被压迫者却以此受苦，丧命也。

外国用火药制造子弹御敌，中国却用它做爆竹敬神；外国用罗盘针航海，中国却用它看风水；外国用鸦片医病，中国却拿来当饭吃。同一种东西，而中外用法之不同有如此，盖不但电气而已。

一九三三年一月三十一日。

航空救国三愿

现在各色的人们大喊着各种的救国，好像大家突然爱国了似的。其实不然，本来就是这样，在这样地救国的，不过现在喊了出来罢了。

所以银行家说贮蓄救国，卖稿子的说文学救国，画画儿的说艺术救国，爱跳舞的说寓救国于娱乐之中，还有，据烟草公司说，则就是吸吸马占山将军牌香烟，也未始非救国之一道云。

这各种救国，是像先前原已实行过来一样，此后也要实行下去的，决不至于五分钟。

只有航空救国较为别致，是应该刮目相看的，那将来也很难豫测，原因是在主张的人们自己大概不是飞行家。

那么，我们不妨预先说出一点愿望来。

看过去年此时的上海报的人们恐怕还记得，苏州不是有一队飞机来打仗的么？后来别的都在中途“迷失”了，只剩下领队的洋烈士的那一架，双拳不敌四手，终于给日本飞机打落，累得他母亲从美洲路远迢迢的跑来，痛哭一场，带几个花圈而去。听说广州也有一队出发的，闺秀们还将诗词绣在小衫上，赠战士以壮行色。然而，可惜得很，好像至今还没有到。

所以我们应该在防空队成立之前，陈明两种愿望——

一，路要认清；

二，飞得快些。

还有更要紧的一层，是我们正由“不抵抗”以至“长期抵抗”而入于“心理抵抗”的时候，实际上恐怕一时未必和外国打仗，那时战士技痒了，而又苦于英雄无用武之地，不知道会不会炸弹倒落到手无寸铁的人民头上来的？

所以还得战战兢兢的陈明一种愿望，是——

三，莫杀人民！

一九三三年二月三日。

不通两种

人们每当批评文章的时候，凡是国文教员式的人，大概是着眼于“通”或“不通，”《中学生》杂志上还为此设立了病院。然而做中国文其实是很不容易“通”的，高手如太史公司马迁，倘将他的文章推敲起来，无论从文字，文法，修辞的任何一种立场去看，都可以发见“不通”的处所。

不过现在不说这些；要说的只是在笼统的一句“不通”之中，还可由原因而分为几种。大概的说，就是：有作者本来还没有通的，也有本可以通，而因了种种关系，不敢通，或不愿通的。

例如去年十月三十一日《大晚报》的记载“江都清赋风潮”，在《乡民二度兴波作浪》这一个巧妙的题目之下，述陈友亮之死云：

“陈友亮见官方军警中，有携手枪之刘金发，竟欲夺刘之手枪，当被子弹出膛，饮弹而毙，警察队亦开空枪一排，乡民始后退。……”

“军警”上面不必加上“官方”二字之类的费话，这里也且不说。最古怪的是子弹竟被写得好像活物，会自己飞出膛来似的。但因此而累得下文的“亦”字不通了。必须将上文改作“当被击毙”，才妥。倘要保存上文，则将末两句改为“警察队空枪亦一齐发声，乡民始后退”，这才铢两悉称，和军警都毫无关系，——虽然文理总未免有点希奇。

现在，这样的希奇文章，常常在刊物上出现。不过其实也并非作者的不通，大抵倒是恐怕“不准通”，因而先就“不敢通”了的缘故。头等聪明人不谈这些，就成了“为艺术的艺术”家；次等聪明人竭力用种种法，来粉饰这不通，就成了“民族主义文学”者，但两者是都属于自己“不愿通”，即“不肯通”这一类里的。

二月三日

【因此引起的通论】：

“最通的”文艺

王平陵

鲁迅先生最近常常用何家干的笔名，在黎烈文主编的《申报》的《自由谈》，发表不到五百字长的短文。好久不看见他老先生的文了，那种富于幽默性的讽刺的味儿，在中国的作家之林，当然还没有人能超过鲁迅先生。

不过，听说现在的鲁迅先生已跑到十字街头，站在革命的队伍里去了。那么，像他这种有闲阶级的幽默的作风，严格言之，实在不革命。我以为也应该转变一下才是！譬如：鲁迅先生不喜欢第三种人，讨厌民族主义的文艺，他尽可痛快地直说，何必装腔做势，吞吞吐吐，打这么许多湾儿。在他最近所处的环境，自然是除了那些恭颂苏联德政的献词以外，便没有更通的文艺的。他认为第三种人不谈这些，是比较最聪明的人；民族主义文艺者故意找出理由来文饰自己的不通，是比较次聪明的人。其言可谓尽深刻恶毒之能事。不过，现在最通的文艺，是不是仅有那些对苏联当局摇尾求媚的献词，不免还是疑问。如果先生们真是为着解放劳苦大众而呐喊，犹可说也；假使，仅仅是为着个人的出路，故意制造一块容易招摇的金字商标，以资号召而已。那么，我就看不出先生们的苦心孤行，比到被你们所不齿的第三种人，以及民族主义文艺者，究竟是高多少。

其实，先生们个人的生活，由我看来，并不比到被你们痛骂的小资作家更穷苦些。当然，鲁迅先生是例外，大多数的所谓革命的作家，听说，常常在上海的大跳舞场，拉斐花园里，可以遇见他们伴着娇美的爱侣，一面喝香槟，一面吃朱古力，兴高采烈地跳着狐步舞，倦舞意懒，乘着雪亮的汽车，奔赴预定的香巢，度他们真个消魂的生活。明天起来，写工人呵！斗争呵！之类的东西，拿去向书贾们所办的刊物换取稿费，到晚下，照样是生活在红绿的灯光下，沉醉着，欢唱着，热爱着。像这种优裕的生活，我不懂先生们还要叫什么苦，喊什么冤，你们的猫哭耗子的仁慈，是不是能博得劳苦大众的同情，也许，在先生们自己都不免是绝大的疑问吧！

如果中国人不能从文化的本身上做一点基础的工夫，就这样大家空喊一阵口号，糊闹一阵，我想，把世界上无论那种最新颖最时髦的东西拿到中国来，都是毫无用处。我们承认现在的苏俄，确实是有了他相当的成功，但，这不是偶然。他们从前所遗留下来的一部分文化的遗产，是多么丰富，我们回溯到十月革命以前的俄国文学，音乐，美术，哲学，科学，那一件不是已经到达国际文化的水准。他们有了这些充实的根基，才能产生现在这些学有根蒂的领袖。我们仅仅渴慕人家的成功而不知道努力文化的根本的建树，再等十年百年，乃至千年万年，中国还是这样，也许比现在更坏。

不错，中国的文化运动，也已有二十年的历史了。但是，在这二十年中，在文化上究竟收获到什么。欧美的名著，在中国是否能有一册比较可靠的译本，文艺上的各种派别，各种主义，我们是否都拿得出一种代表作，其他如科学上的发明，思想上的创造，是否能有一种值得我们记忆。唉！中国的文化低落到这步田地，还谈得到什么呢！

要是中国的文艺工作者，如不能从今天起，大家立誓做一番基本的工夫，多多地转运一些文艺的粮食，多多地树艺一些文艺的种子，我敢断言：在现代的中国，决不会产生“最通的”文艺的。

二月二十日《武汉日报》的《文艺周刊》。

【通论的拆通】：

官话而已

家　干

这位王平陵先生我不知道是真名还是笔名？但看他投稿的地方，立论的腔调，就明白是属于“官方”的。一提起笔，就向上司下属，控告了两个人，真是十足的官家派势。

说话弯曲不得，也是十足的官话。植物被压在石头底下，只好弯曲的生长，这时俨然自傲的是石头。什么“听说”，什么“如果”，说得好不自在。听了谁说？如果不“如果”呢？“对苏联当局摇尾求媚的献词”是那些篇？“倦舞意懒，乘着雪亮的汽车，奔赴预定的香巢”的“所谓革命作家”是那些人呀？是的，曾经有人当开学之际，命大学生全体起立，向着鲍罗廷一鞠躬，拜得他莫名其妙；也曾经有人做过《孙中山与列宁》，说得他们俩真好像没有什么两样；至于聚敛享乐的人们之多，更是社会上大家周知的事实，但可惜那都并不是我们。平陵先生的“听说”和“如果”，都成了无的放矢，含血喷人了。

于是乎还要说到“文化的本身”上。试想就是几个弄弄笔墨的青年，就要遇到监禁，枪毙，失踪的灾殃，我做了六篇“不到五百字”的短评，便立刻招来了“听说”和“如果”的官话，叫作“先生们”，大有一网打尽之概。则做“基本的工夫”者，现在舍官许的“第三种人”和“民族主义文艺者”之外还能靠谁呢？“唉！”

然而他们是做不出来的。现在只有我的“装腔作势，吞吞吐吐”的文章，倒正是这社会的产物。而平陵先生又责为“不革命”，好像他乃是真正老牌革命党，这可真是奇怪了。——但真正老牌的官话也正是这样的。

七月十九日。

赌咒

“天诛地灭，男盗女娼”——是中国人赌咒的经典，几乎像诗云子曰一样。现在的宣誓，“誓杀敌，誓死抵抗，誓……”似乎不用这种成语了。

但是，赌咒的实质还是一样，总之是信不得。他明知道天不见得来诛他，地也不见得来灭他，现在连人参都“科学化地”含起电气来了，难道“天地”还不科学化么！至于男盗和女娼，那是非但无害，而且有益：男盗——可以多刮几层地皮，女娼——可以多弄几个“裙带官儿”的位置。

我的老朋友说：你这个“盗”和“娼”的解释都不是古义。我回答说——你知道现在是什么时代！现在是盗也摩登[①]，娼也摩登，所以赌咒也摩登，变成宣誓了。

一九三三年二月九日。

---

① 拥有“现代”，“时髦”，“时尚”的意思。

战略关系

首都《救国日报》上有句名言：

“浸使为战略关系，须暂时放弃北平，以便引敌深入……应严厉责成张学良，以武力制止反对运动，虽流血亦所不辞。”（见《上海日报》二月九日转载。）

虽流血亦所不辞！勇敢哉战略大家也！

血的确流过不少，正在流的更不少，将要流的还不知道有多多少少。这都是反对运动者的血。为着什么？为着战略关系。

战略家[①]在去年上海打仗的时候，曾经说：“为战略关系，退守第二道防线，”这样就退兵；过了两天又说，为战略关系，“如日军不向我军射击，则我军不得开枪，着士兵一体遵照”，这样就停战。此后，“第二道防线”消失，上海和议开始，谈判，签字，完结。那时候，大概为着战略关系也曾经见过血；这是军机大事，小民不得而知——至于亲自流过血的虽然知道，他们又已经没有了舌头。究竟那时候的敌人为什么没有“被诱深入”？

现在我们知道了：那次敌人所以没有“被诱深入”者，决

① 这里指国民党军事当局。

不是当时战略家的手段太不高明，也不是完全由于反对运动者的血流得“太少”，而另外还有个原因：原来英国从中调停——暗地里和日本有了谅解，说是日本呀，你们的军队暂时退出上海，我们英国更进一步来帮你的忙，使满洲国不至于被国联否认，——这就是现在国联的什么什么草案，什么什么委员的态度。这其实是说，你不要在这里深入，——这里是有赃大家分，——你先到北方去深入再说。深入还是要深入，不过地点暂时不同。

因此，“诱敌深入北平”的战略目前就需要了。流血自然又要多流几次。

其实，现在一切准备停当，行都①、陪都②色色俱全，文化古物，和大学生，也已经各自乔迁。无论是黄面孔、白面孔、新大陆、旧大陆的敌人，无论这些敌人要深入到什么地方，都请深入罢。至于怕有什么反对运动，那我们的战略家：“虽流血亦所不辞！”放心，放心。

二月九日。

① 在必要时政府暂时迁驻的地方。

② 在首都以外另建的都城。

【备考】:

奇文共赏

周敬侪

大人先生们把"故宫古物"看得和命（当然不是小百姓的命）一般坚决南迁，无非因为"古物"价值不止"连城"，并且容易搬动，容易变钱的原故，这也值得你们大惊小怪，冷嘲热讽！我正这样想着的时候，居然从首都一家报纸上见到赞成"古物南迁"的社论；并且建议"武力制止反对"，"流血在所不辞"，请求政府"保持威信"，"贯彻政策！"这样的宏词高论，我实在不忍使它湮没无闻，因特不辞辛苦，抄录出来，献给大众：

"……北平各团体之反对古物南迁，为有害北平将来之繁荣，此种自私自利完全蔑视国家利益之理由，北平各团体竟敢说出，吾人殊服其厚颜无耻，彼等只为北平之繁荣，必须以数千年古物冒全被敌人劫夺而去之大危险，所见未免太小，使政府为战略关系，须暂时放弃北平，以便引敌深入，聚而歼之，则古物必被敌人劫夺而去，试问将来北平之繁荣何由维持，故不如先行迁移，俟打倒日本，北平安如泰山后，再行迁回，北平各团体自私自利，固可恶可耻，其无远虑，亦可怜也，其反对迁移之又一理由，则谓政府应先顾全土地，此言似是而实非，盖放弃一部分土地供敌人一时之占领，以歼灭敌人，然后再行恢复，古今中外，其例甚多，如一八一二年之役，俄人不但放弃莫斯科，且将莫斯科烧毁，以困拿破仑；欧战时，比利时，塞尔维亚，皆放弃全部领土，供敌人蹂躏，卒将强德击破，盖领土被占，只须不与敌人媾和，签字于割让条约，则敌人固无如该土何，至于故宫古物，若不迁移，设不幸北平被敌人占领，将古物劫夺而去，试问中国将何法以恢复之，行见中国文明结晶，供敌人战利品，可耻孰甚，……最后吾人奉告政府，政府迁移古物之政策，既已决定，则不论遇如何阻碍，应求其贯彻，若一经无见识无远虑之群愚反对，即行中止，政府威信何在，故吾主张严责张学良，使以武力制止反对运动，若不得已，虽流血亦所不辞……”

二月三十日，《申报》《自由谈》。

颂 萧

萧伯纳未到中国之前，《大晚报》希望日本在华北的军事行动会因此而暂行停止，呼之曰“和平老翁”。

萧伯纳既到香港之后，各报由“路透电”译出他对青年们的谈话，题之曰“宣传共产”。

萧伯纳“语路透访员曰，君甚不像华人，萧并以中国报界中人全无一人访之为异，问曰，彼等其幼稚至于未识余乎?”(十一日路透电)

我们其实是老练的，我们很知道香港总督的德政，上海工部局的章程，要人的谁和谁是亲友，谁和谁是仇雠①，谁的太太的生日是那一天，爱吃的是什么。但对于萧——惜哉，就是作品的译本也只有三四种。

所以我们不能识他在欧洲大战以前和以后的思想，也不能深识他游历苏联以后的思想。但只就十四日香港“路透电”所传，在香港大学对学生说的“如汝在二十岁时不为赤色革命家，则在五十岁时将成不可能之僵石，汝欲在二十岁时成一赤色革命家，则汝可得在四十岁时不致落伍之机会”的话，就知道他的伟大。

但我所谓伟大的，并不在他要令人成为赤色革命家，因为

---

① 仇人，冤家对头。

我们有“特别国情”，不必赤色，只要汝今天成为革命家，明天汝就失掉了性命，无从到四十岁。我所谓伟大的，是他竟替我们二十岁的青年，想到了四五十岁的时候，而且并不离开了现在。

阔人们会搬财产进外国银行，坐飞机离开中国地面，或者是想到明天的罢；“政如飘风，民如野鹿”，穷人们可简直连明天也不能想了，况且也不准想，不敢想。

又何况二十年，三十年之后呢？这问题极平常，然而是伟大的。

此之所以为萧伯纳！

二月十五日。

【又招恼了大主笔】：

萧伯纳究竟不凡

《大晚报》社论

“你们批评英国人做事，觉得没有一件事怎样的好，也没有一件事怎样的坏；可是你们总找不出哪一件事给英国人做坏了。他做事多有主义的。他要打你，他提倡爱国主义来；他要抢你，他提出公事公办的主义；他要奴役你，他提出帝国主义大道理；他要欺侮你，他又有英雄主义的大道理；他拥护国王，有忠君爱国的主义，可是他要斫掉国王的头，又有共和主义的道理。他的格言是责任；可是他总不忘记一个国家的责任与利益发生了冲突就要不得了。”

这是萧伯纳老先生在《命运之人》中批评英国人的尖刻

语。我们举这一个例来介绍萧先生，要读者认识大伟人之所以伟大，也自有其秘诀在。这样子的冷箭，充满在萧氏的作品中，令受者难堪，听者痛快，于是萧先生的名言警句，家传户诵，而一代文豪也确定了他的伟大。

借主义，成大名，这是现代学者一时的风尚，萧先生有嘴说英国人，可惜没有眼估量自己。我们知道萧先生是泛平主义的先进，终身拥护这渐进社会主义，他的戏剧，小说，批评，散文中充塞着这种主义的宣传品，萧先生之于社会主义，可说是个彻头彻尾的忠实信徒。然而，我们又知道，萧先生是铢锱必较的积产专家，是反对慈善事业最力的理论家，结果，他坐拥着百万巨资面团团早成了个富家翁。萧先生唱着平均资产的高调，为被压迫的劳工鸣不平，向寄生物性质的资产家冷嘲热讽，因此而赢得全民众的同情，一书出版，大家抢着买，一剧登场，一百多场做下去，不愁没有人看，于是萧先生坐在提倡共产主义的安乐椅里，笑嘻嘻地自鸣得意，借主义以成名，挂羊头卖狗肉的戏法，究竟巧妙无穷。

现在，萧先生功成名就，到我们穷苦的中国来玩玩了。多谢他提携后进的热诚，在香港告诉我们学生道：“二十岁不为赤色革命家，五十岁要成僵石；二十岁做了赤色革命家，四十岁可不致落伍。”原来做赤色革命家的原因，只为自己怕做僵石，怕落伍而已；主义本身的价值如何，本来与个人的前途没有多大关系；我们要在社会里混出头，只求不僵，只求不落伍，这是现代人立身处世的名言，萧先生坦白言之，安得不叫我们五体投地，真不愧“圣之时者也”[①] 的现代孔子了。

然而，萧先生可别小看了这老大的中国，像你老先生这样时髦的学者，我们何尝没有。坐在安乐椅里发着尖刺的冷箭来宣传什么主义的，不须先生指教，戏法已要得十分纯熟了。我想先生知道了，一定要莞尔而笑曰：“我道不孤[②]！”

然而，据我们愚蠢的见解，伟大人格的素质，重要的是个诚字。你信仰什么主义，就该诚挚地力行，不该张大了嘴唱着好听。若说，萧先生和他的同志，真信仰共产主义的，就请他散尽了家产再说话。可是，话也得说回来，萧先生散尽了家产，真穿着无产同志的褴褛装束，坐着三等舱来到中国，又有谁去睬他呢？这样一想：萧先生究竟不凡。

二月十七日。

【也不佩服大主笔】：

前文的案语

乐　雯

这种“不凡”的议论的要点是：（一）尖刻的冷箭，“令受者难堪，听者痛快”，不过是取得“伟大”的秘诀；（二）这秘诀还在于“借主义，成大名，挂羊头，卖狗肉的戏法”；（三）照《大晚报》的意见，似乎应当为着自己的“主义”——高唱“神武的大文”，“张开血盆似的大口”去吃人，

① 出自《孟子·万章下》。圣人中能适应时势发展的人。旧时常用来称颂孔子。
② 有志同道合的人与我为伴。

虽在二十岁就落伍，就变为僵石，亦所不惜；（四）如果萧伯纳不赞成这种“主义”，就不应当坐安乐椅，不应当有家财，赞成了那种主义，当然又当别论。

可惜，这世界的崩溃，偏偏已经到了这步田地：——小资产的知识阶层分化出一些爱光明不肯落伍的人，他们向着革命的道路上开步走。他们利用自己的种种可能，诚恳的赞助革命的前进。他们在以前，也许客观上是资本主义社会关系的拥护者。但是，他们偏要变成资产阶级的“叛徒”。而叛徒常常比敌人更可恶。

卑劣的资产阶级心理，以为给了你“百万家财”，给了你世界的大名，你还要背叛，你还有什么不满意，“实属可恶之至”。这自然是“借主义，成大名”了。对于这种卑劣的市侩，每一件事情一定有一种物质上的荣华富贵的目的。这是道地的“唯物主义”——名利主义。萧伯纳不在这种卑劣心理的意料之中，所以可恶之至。

而《大晚报》还推论到一般的时代风尚，推论到中国也有“坐在安乐椅里发着尖刺的冷箭来宣传什么什么主义的，不须先生指教”。这当然中外相同的道理，不必重新解释了。可惜的是：独有那吃人的“主义”，虽然借用了好久，然而还是不能够“成大名”，呜呼！

至于可恶可怪的萧——他的伟大，却没有因为这些人“受着难堪”，就缩小了些。所以像中国历代的离经叛道的文人似的，活该被皇帝判决“抄没家财”。

《萧伯纳在上海》。

对于战争的祈祷

——读书心得

热河的战争[①]开始了。

三月一日——上海战争的结束的“纪念日”，也快到了。“民族英雄”的肖像[②]一次又一次的印刷着，出卖着；而小兵们的血，伤痕，热烈的心，还要被人糟蹋多少时候？回忆里的炮声和几千里外的炮声，都使得我们带着无可如何的苦笑，去翻开一本无聊的，但是，倒也很有几句“警句”的闲书。这警句是：

“喂，排长，我们到底上那里去哟？”——其中的一个问。

“走吧，我也不晓得。”

“丢那妈，死光就算了，走什么！”

“不要吵，服从命令！”

“丢那妈的命令！”

然而丢那妈归丢那妈，命令还是命令，走也当然还是走，

① 1933年2月，日本侵略军攻陷山海关后，又继进攻热河省。

② 指抗战时期上海市印售的马占山、蒋光鼐等抵抗过日本侵略军的国民党将领的相片。

四点钟的时候，中山路复归于沉寂，风和叶儿沙沙的响，月亮躲在青灰色的云海里，睡着，依旧不管人类的事。

这样，十九路军就向西退去。

（黄震遐：《大上海的毁灭》。）

什么时候“丢那妈”和“命令”不是这样各归各，那就得救了。不然呢？还有“警句”可以回答这个问题：

十九路军打，是告诉我们说，除掉空说以外，还有些事好做！

十九路军胜利，只能增加我们苟且，偷安与骄傲的迷梦！

十九路军死，是警告我们活得可怜，无趣！

十九路军失败，才告诉我们非努力，还是做奴隶的好！

（见同书。）

这是警告我们，非革命，则一切战争，命里注定的必然要失败。现在，主战是人人都会的了——这是一二八的十九路军的经验：打是一定要打的，然而切不可打胜，而打死也不好，不多不少刚刚适宜的办法是失败。“民族英雄”对于战争的祈祷是这样的。而战争又的确是他们在指挥着，这指挥权是不肯让给别人的。战争，禁得起主持的人豫定着打败仗的计画么？好像戏台上的花脸和白脸打仗，谁输谁赢是早就在后台约定了的。呜呼，我们的“民族英雄”！

一九三三年二月二十五日。

从讽刺到幽默

讽刺家，是危险的。

假使他所讽刺的是不识字者，被杀戮者，被囚禁者，被压迫者罢，那很好，正可给读他文章的所谓有教育的智识者嘻嘻一笑，更觉得自己的勇敢和高明。然而现今的讽刺家之所以为讽刺家，却正在讽刺这一流所谓有教育的智识者社会。

因为所讽刺的是这一流社会，其中的各分子便各各觉得好像刺着了自己，就一个个的暗暗的迎出来，又用了他们的讽刺，想来刺死这讽刺者。

最先是说他冷嘲，渐渐的又七嘴八舌的说他谩骂，俏皮话，刻毒，可恶，学匪，绍兴师爷，等等，等等。然而讽刺社会的讽刺，却往往仍然会"悠久得惊人"的，即使捧出了做过和尚的洋人或专办了小报来打击，也还是没有效，这怎不气死人也么哥①呢！

枢纽是在这里：他所讽刺的是社会，社会不变，这讽刺就跟着存在，而你所刺的是他个人，他的讽刺倘存在，你的讽刺就落空了。

所以，要打倒这样的可恶的讽刺家，只好来改变社会。

然而社会讽刺家究竟是危险的，尤其是在有些"文学家"

① 是元、明戏曲中常用的句末语气词，无义。

明明暗暗的成了“王之爪牙”的时代。人们谁高兴做“文字狱”中的主角呢，但倘不死绝，肚子里总还有半口闷气，要借着笑的幌子，哈哈的吐他出来。笑笑既不至于得罪别人，现在的法律上也尚无国民必须哭丧着脸的规定，并非“非法”，盖可断言的。

我想：这便是去年以来，文字上流行了“幽默”的原因，但其中单是“为笑笑而笑笑”的自然也不少。

然而这情形恐怕是过不长久的，“幽默”既非国产，中国人也不是长于“幽默”的人民，而现在又实在是难以幽默的时候。于是虽幽默也就免不了改变样子了，非倾于对社会的讽刺，即堕入传统的“说笑话”和“讨便宜”。

三月二日。

从幽默到正经

“幽默”一倾于讽刺，失了它的本领且不说，最可怕的是有些人又要来“讽刺”，来陷害了，倘若堕于“说笑话”，则寿命是可以较为长远，流年也大致顺利的，但愈堕愈近于国货，终将成为洋式徐文长。当提倡国货声中，广告上已有中国的“自造舶来品”，便是一个证据。

而况我实在恐怕法律上不久也就要有规定国民必须哭丧着脸的明文了。笑笑，原也不能算“非法”的。但不幸东省沦陷，举国骚然，爱国之士竭力搜索失地的原因，结果发见了其一是在青年的爱玩乐，学跳舞。当北海上正在嘻嘻哈哈的溜冰的时候，一个大炸弹抛下来，虽然没有伤人，冰却已经炸了一个大窟窿，不能溜之大吉了。

又不幸而榆关失守，热河吃紧了，有名的文人学士，也就更加吃紧起来，做挽歌的也有，做战歌的也有，讲文德的也有，骂人固然可恶，俏皮也不文明，要大家做正经文章，装正经脸孔，以补“不抵抗主义”之不足。

但人类究竟不能这么沉静，当大敌压境之际，手无寸铁，杀不得敌人，而心里却总是愤怒的，于是他就不免寻求敌人的替代。这时候，笑嘻嘻的可就遭殃了，因为他这时便被叫作：“陈叔宝全无心肝。”所以知机的人，必须也和大家一样哭丧着脸，以免于难。“聪明人不吃眼前亏”，亦古贤之遗教[①]也，然而这时也就“幽默”归天，“正经”统一了剩下的全中国。

明白这一节，我们就知道先前为什么无论贞女与淫女，见人时都得不笑不言；现在为什么送葬的女人，无论悲哀与否，在路上定要放声大叫。

这就是“正经”。说出来么，那就是“刻毒[②]”。

一九三三年三月二日。

① 前人遗留下来的教训、学说、主张、著作等。

② 刻薄狠毒。

王道诗话

“人权论”是从鹦鹉开头的。据说古时候有一只高飞远走的鹦哥儿，偶然又经过自己的山林，看见那里大火，它就用翅膀蘸着些水洒在这山上；人家说它那一点水怎么救得熄这样的大火，它说：“我总算在这里住过的，现在不得不尽点儿心。”（事出《栎园书影》，见胡适《人权论集》序所引。）鹦鹉会救火，人权可以粉饰一下反动的统治。这是不会没有报酬的。胡博士到长沙去演讲一次，何将军就送了五千元程仪。价钱不算小，这“叫做”实验主义①。

但是，这火怎么救，在“人权论”时期（一九二九——三〇年），还不十分明白，五千元一次的零卖价格做出来之后，就不同了。最近（今年二月二十一日）《字林西报》登载胡博士的谈话说：

“任何一个政府都应当有保护自己而镇压那些危害自己的运动的权利，固然，政治犯也和其他罪犯一样，应当得着法律的保障和合法的审判……”

① 胡适信奉杜威的“实验主义”。他认为“实验主义”是科学的产物，用科学的观点看，一切真理都是人定的，因而不可能有绝对真理。同时，世间没有永恒的东西，世间万物都是变化的。

这就清楚得多了！这不是在说“政府权”了么？自然，博士的头脑并不简单，他不至于只说“一只手拿宝剑，一只手拿着经典!”如什么主义之类。他是说还应当拿着法律。

中国的帮忙文人，总有这一套秘诀，说什么王道，仁政。

你看孟夫子多么幽默，他教你离得杀猪的地方远远的，嘴里吃得着肉，心里还保持着不忍人之心，又有了仁义道德的名目。不但骗人，还骗了自己，真所谓心安理得，实惠无穷。

诗曰：

文化班头博士衔，人权抛却说王权。
朝廷自古多屠戮，此理今凭实验传。
人权王道两翻新，为感君恩奏圣明。
虐政何妨援律例，杀人如草不闻声。
先生熟读圣贤书，君子由来道不孤。
千古同心有孟子，也教肉食远庖厨。
能言鹦鹉毒于蛇，滴水微功漫自夸。
好向侯门卖廉耻，五千一掷未为奢。

三月五日。

伸冤

李顿报告书采用了中国人自己发明的“国际合作以开发中国的计划”，这是值得感谢的，——最近南京市各界的电报已经“谨代表京市七十万民众敬致慰念之忱”，称他“不仅为中国好友，且为世界和平及人道正义之保障者”（三月一日南京中央社电）了。

然而李顿也应当感谢中国才好：第一，假使中国没有“国际合作学说”，李顿爵士就很难找着适当的措辞来表示他的意思。岂非共管没有了学理上的根据？第二，李顿爵士自己说的：“南京本可欢迎日本之扶助以拒共产潮流，”他就更应当对于中国当局的这种苦心孤诣表示诚恳的敬意。

但是，李顿爵士最近在巴黎的演说（路透社二月二十日巴黎电），却提出了两个问题，一个是：“中国前途，似系于如何，何时及何人对于如此伟大人力予以国家意识的统一力量，日内瓦乎，莫斯科乎？”还有一个是：“中国现在倾向日内瓦，但若日本坚持其现行政策，而日内瓦失败，则中国纵非所愿，亦将变更其倾向矣。”这两个问题都有点儿侮辱中国的国家人格。国家者政府也。李顿说中国还没有“国家意识的统一力量，”甚至于还会变更其对于日内瓦之倾向！这岂不是不相信中国国家对于国联的忠心，对于日本的苦心？

为着中国国家的尊严和民族的光荣起见，我们要想答复李顿爵士已经好多天了，只是没有相当的文件。这使人苦闷得很。今天突然在报纸上发见了一件宝贝，可以拿来答复李大人：这就是“汉口警部三月一日的布告”。这里可以找着“铁一样的事实”，来反驳李大人的怀疑。

例如这布告（原文见《申报》三月一日汉口专电）说：“在外资下劳力之劳工，如劳资间有未解决之正当问题，应禀请我主管机关代表为交涉或救济，绝对不得直接交涉，违者拿办，或受人利用，故意以此种手段，构成严重事态者，处死刑。”这是说外国资本家遇见“劳资间有未解决之正当问题”，可以直接任意办理，而劳工方面如此这般者……就要处死刑。这样一来，我们中国就只剩得“用国家意识统一了的”劳工了。因为凡是违背这“意识”的，都要请他离开中国的“国家”——到阴间去。李大人难道还能够说中国当局不是“国家意识的统一力量”么？

再则统一这个“统一力量”的，当然是日内瓦，而不是莫斯科。“中国现在倾向日内瓦”，——这是李顿大人自己说的。我们这种倾向十二万分的坚定，例如那布告上也说：“如有奸民流痞受人诱买勾串，或直受驱使，或假托名义，以图破坏秩序安宁，与构成其他不利于我国家社会之重大犯行者，杀无赦。”这是保障“日内瓦倾向”的坚决手段，所谓“虽流血亦所不辞”。而且“日内瓦”是讲世界和平的，因此，中国两年以来都没有抵抗，因为抵抗就要破坏和平；直到一二八，中国也不过装出挡挡炸弹枪炮的姿势；最近的热河事变，中国方面也同样的尽在“缩短阵线”。不但如此，中国方面埋头剿匪，已经宣誓在一两个月内肃清匪共，“暂时”不管热河。这一切都是要证明“日本……见中国南方共产潮流渐起，为之焦虑”是不必的，日本很可以无须亲自出马。中国方面这样辛苦的忍耐的工作着，无非是为着要感动日本，使它悔悟，达到远东永久和平的目的，国际资本可以在这里分工合作。而李顿爵士要还怀疑中国会“变更其倾向”，这就未免太冤枉了。

总之，“处死刑，杀无赦”，是回答李顿爵士的怀疑的历史文件。请放心罢，请扶助罢。

三月七日。

曲的解放

“词的解放”已经有过专号，词里可以骂娘，还可以“打打麻将”。

曲为什么不能解放，也来混账混账？不过，“曲”一解放，自然要“直”，——后台戏搬到前台——未免有失诗人温柔敦厚之旨，至于平仄不调，声律乖谬，还在其次。

《平津会》杂剧

（生上）：连台好戏不寻常：攘外期间安内忙。只恨热汤[①]滚得快，未敲锣鼓已收场。

（唱）：

〔短柱天净纱〕　　热汤混账——逃亡！

装腔抵抗——何妨？

（旦上唱）：　　模仿中央榜样：

——整装西望，

商量奔向咸阳。

（生）：你你你……低声！你看咱们那汤儿呀，他那里无心

① 一语双关，指当时的热河省主席汤玉麟。

串演，我这里有口难分，一出好戏，就此糟糕，好不麻烦人也！

（旦）：那有什么：再来一出“查办”好了。咱们一夫一妇，一正一副，也还够唱的。

（生）：好罢！（唱：）

〔颠倒阳春曲〕

人前指定可憎张，

骂一声，不抵抗！

（旦背人唱）：

百忙里算甚糊涂账？

只不过假装腔，

便骂骂又何妨？

（丑携包里急上）：阿呀呀，哙哙不得了了！

（旦抱丑介）：我儿呀，你这么心慌！你应当在前面多挡这么几挡，让我们好收拾收拾。（唱）：

〔颠倒阳春曲〕

背人搂定可怜汤，

骂一声，枉抵抗。

戏台上露甚慌张相？

只不过理行装，

但等等又何妨？

（丑哭介）：你们倒要理行装！我的行装先就不全了，你瞧。（指包裹介。）

（旦）：我儿快快走扶桑①。

---

① 古时候我国常以“扶桑”指称日本。

（生）：雷厉风行查办忙。

（丑：）如此牺牲还值得，堂堂大汉有风光。（同下。）

三月九日。

文学上的折扣

有一种无聊小报，以登载诬蔑一部分人的小说自鸣得意，连姓名也都给以影射的，忽然对于投稿，说是“如含攻讦个人或团体性质者恕不揭载”了，便不禁想到了一些事——

凡我所遇见的研究中国文学的外国人中，往往不满于中国文章之夸大。这真是虽然研究中国文学，恐怕到死也还不会懂得中国文学的外国人。倘是我们中国人，则只要看过几百篇文章，见过十来个所谓“文学家”的行径，又不是刚刚“从民间来”的老实青年，就决不会上当。因为我们惯熟了，恰如钱店伙计的看见钞票一般，知道什么是通行的，什么是该打折扣的，什么是废票，简直要不得。

譬如说罢，称赞贵相是“两耳垂肩”，这时我们便至少将他打一个对折，觉得比通常也许大一点，可是决不相信他的耳朵像猪猡一样。说愁是“白发三千丈”，这时我们便至少将他打一个二万扣，以为也许有七八尺，但决不相信它会盘在顶上像一个大草囤。这种尺寸，虽然有些模胡，不过总不至于相差太远。反之，我们也能将少的增多，无的化有，例如戏台上走出四个拿刀的瘦伶仃的小戏子，我们就知道这是十万精兵；刊物上登载一篇俨乎其然的像煞有介事的文章，我们就知道字里行间还有看不见的鬼把戏。

又反之，我们并且能将有的化无，例如什么“枕戈待旦”

呀，“卧薪尝胆”呀，“尽忠报国”呀，我们也就即刻会看成白纸，恰如还未定影的照片，遇到了日光一般。

但这些文章，我们有时也还看。苏东坡贬黄州时，无聊之至，有客来，便要他谈鬼。客说没有。东坡道：“你姑且胡说一通罢。”我们的看，也不过这意思。但又可知道社会上有这样的东西，是费去了多少无聊的眼力。人们往往以为打牌，跳舞有害，实则这种文章的害还要大，因为一不小心，就会给它教成后天的低能儿的。

《颂》诗早已拍马，《春秋》已经隐瞒，战国时谈士蜂起，不是以危言耸听，就是以美词动听，于是夸大，装腔，撒谎，层出不穷。现在的文人虽然改著了洋服，而骨髓里却还埋着老祖宗，所以必须取消或折扣，这才显出几分真实。

“文学家”倘不用事实来证明他已经改变了他的夸大，装腔，撒谎……的老脾气，则即使对天立誓，说是从此要十分正经，否则天诛地灭，也还是徒劳的。因为我们也早已看惯了许多家都钉着“假冒王麻子灭门三代”的金漆牌子的了，又何况他连小尾巴也还在摇摇摇呢。

三月十二日。

迎头经

中国现代圣经——迎头经曰："我们……要迎头赶上去，不要向后跟着。"

传曰：追赶总只有向后跟着，普通是无所谓迎头追赶的。然而圣经决不会错，更不会不通，何况这个年头一切都是反常的呢。所以赶上偏偏说迎头，向后跟着，那就说不行！

现在通行的说法是："日军所至，抵抗随之"，至于收复失地与否，那么，当然"既非军事专家，详细计画，不得而知"。不错呀，"日军所至，抵抗随之"，这不是迎头赶上是什么！日军一到，迎头而"赶"：日军到沈阳，迎头赶上北平；日军到闸北，迎头赶上真茹；日军到山海关，迎头赶上塘沽；日军到承德，迎头赶上古北口……以前有过行都洛阳，现在有了陪都西安，将来还有"汉族发源地"昆仑山——西方极乐世界。至于收复失地云云，则虽非军事专家亦得而知焉，于经有之，曰"不要向后跟着"也。证之已往的上海战事，每到日军退守租界的时候，就要"严饬所部切勿越界一步"。这样，所谓迎头赶上和勿向后跟，都是不但见于经典而且证诸实验的真理了。右传之一章。

传又曰：迎头赶和勿后跟，还有第二种的微言大义——报载热河实况曰："义军皆极勇敢，认扰乱及杀戮日军为兴奋之事……唯张作相接收义军之消息发表后，张作相既不亲往抚慰，热汤又停止供给义军汽油，运输中断，义军大都失望，甚至有认替张作相立功为无谓者。""日军既至凌源，其时张作相已不在，吾人闻讯出走，热汤扣车运物已成目击之事实，证以日军从未派飞机至承德轰炸……可知承德实为妥协之放弃。”(张慧冲君在上海东北难民救济会席上所谈。）虽然据张慧冲君所说，“享名最盛之义军领袖，其忠勇之精神，未能悉如吾人之意想”，然而义军的兵士的确是极勇敢的小百姓。正因为这些小百姓不懂得圣经，所以也不知道迎头式的策略。于是小百姓自己，就自然要碰见迎头的抵抗了：热汤放弃承德之后，北平军委分会下令“固守古北口，如义军有欲入口者，即开枪迎击之”。这是说，我的“抵抗”只是随日军之所至，你要换个样子去抵抗，我就抵抗你；何况我的退后是预先约好了的，你既不肯妥协，那就只有“不要你向后跟着”而要把你“迎头赶上”梁山了。右传之二章。

诗云：“惶惶”大军，迎头而奔，“嗤嗤”小民，勿向后跟！赋也。

三月十四日。

这篇文章被检查员所指摘，经过改正，这才能在十九日的报上登出来了。

原文是这样的——

第三段“现在通行的说法”至“当然既”，原文为“民国廿二年春×三月某日，当局谈话曰：‘日军所至，抵抗随之……至收复失地及反攻承德，须视军事进展如何而定，余。’”又“不得而知”下有注云：(《申报》三月十二日第三张)。

第五段“报载热河……”上有“民国廿二年春×三月”九字。

三月十九夜记。

"光明所到……"

中国监狱里的拷打，是公然的秘密。上月里，民权保障同盟曾经提起了这问题。

但外国人办的《字林西报》就揭载了二月十五日的《北京通信》，详述胡适博士曾经亲自看过几个监狱，"很亲爱的"告诉这位记者，说"据他的慎重调查，实在不能得最轻微的证据，……他们很容易和犯人谈话，有一次胡适博士还能够用英国话和他们会谈。监狱的情形，他（胡适博士——干注）说，是不能满意的，但是，虽然他们很自由的（哦，很自由的——干注）诉说待遇的恶劣侮辱，然而关于严刑拷打，他们却连一点儿暗示也没有。……"

我虽然没有随从这回的"慎重调查"的光荣，但在十年以前，是参观过北京的模范监狱的。虽是模范监狱，而访问犯人，谈话却很不"自由"，中隔一窗，彼此相距约三尺，旁边站一狱卒，时间既有限制，谈话也不准用暗号，更何况外国话。

而这回胡适博士却"能够用英国话和他们会谈"，真是特别之极了。莫非中国的监狱竟已经改良到这地步，"自由"到这地步；还是狱卒给"英国话"吓倒了，以为胡适博士是李顿爵士的同乡，很有来历的缘故呢？

幸而我这回看见了《招商局三大案》上的胡适博士的题辞：

“公开检举，是打倒黑暗政治的惟一武器，光明所到，黑暗自消。”（原无新式标点，这是我僭加的——干注。）

我于是大彻大悟。监狱里是不准用外国话和犯人会谈的，但胡适博士一到，就开了特例，因为他能够“公开检举”，他能够和外国人“很亲爱的”谈话，他就是“光明”，所以“光明”所到，“黑暗”就“自消”了。他于是向外国人“公开检举”了民权保障同盟，“黑暗”倒在这一面。

但不知这位“光明”回府以后，监狱里可从此也永远允许别人用“英国话”和犯人会谈否？

如果不准，那就是“光明一去，黑暗又来”了也。

而这位“光明”又因为大学和庚款委员会的事务忙，不能常跑到“黑暗”里面去，在第二次“慎重调查”监狱之前，犯人们恐怕未必有“很自由的”再说“英国话”的幸福了罢。呜呼，光明只跟着“光明”走，监狱里的光明世界真是暂时得很！

但是，这是怨不了谁的，他们千不该万不该是自己犯了“法”。“好人”就决不至于犯“法”。倘有不信，看这“光明”！

三月十五日。

止哭文学

前三年，“民族主义文学”家敲着大锣大鼓的时候，曾经有一篇《黄人之血》说明了最高的愿望是在追随成吉思皇帝的孙子拔都元帅之后，去剿灭“斡罗斯”。斡罗斯者，今之苏俄也。那时就有人指出，说是现在的拔都的大军，就是日本的军马，而在“西征”之前，尚须先将中国征服，给变成从军的奴才。

当自己们被征服时，除了极少数人以外，是很苦痛的。这实例，就如东三省的沦亡，上海的爆击①，凡是活着的人们，毫无悲愤的怕是很少很少罢。但这悲愤，于将来的“西征”是大有妨碍的。于是来了一部《大上海的毁灭》，用数目字告诉读者以中国的武力，决定不如日本，给大家平平心；而且以为活着不如死亡（“十九路军死，是警告我们活得可怜，无趣！”），但胜利又不如败退（“十九路军胜利，只能增加我们苟且，偷安与骄傲的迷梦！”）。总之，战死是好的，但战败尤其好，上海之役，正是中国的完全的成功。

现在第二步开始了。据中央社消息，则日本已有与满洲国签订一种“中华联邦帝国密约”之阴谋。那方案的第一条是：“现在世界只有两种国家，一种系资本主义，英，美，日，意，

① 轰炸的意思。

法，一种系共产主义，苏俄。现在要抵制苏俄，非中日联合起来……不能成功”云（详见三月十九日《申报》）。

要“联合起来”了。这回是中日两国的完全的成功，是从“大上海的毁灭”走到“黄人之血”路上去的第二步。

固然，有些地方正在爆击，上海却自从遭到爆击之后，已经有了一年多，但有些人民不悟“西征”的必然的步法，竟似乎还没有完全忘掉前年的悲愤。这悲愤，和目前的“联合”就大有妨碍的。在这景况中，应运而生的是给人们一点爽利和慰安，好像“辣椒和橄榄”的文学。这也许正是一服苦闷的对症药罢。为什么呢？就因为是“辣椒虽辣，辣不死人，橄榄虽苦，苦中有味”的。明乎此，也就知道苦力为什么吸鸦片。

而且不独无声的苦闷而已，还据说辣椒是连“讨厌的哭声”也可以停止的。王慈先生在《提倡辣椒救国》这一篇名文里告诉我们说：

> ……还有北方人自小在母亲怀里，大哭的时候，倘使母亲拿一只辣茄子给小儿咬，很灵验的可以立止大哭……
>
> 现在的中国，仿佛是一个在大哭时的北方婴孩，倘使要制止他讨厌的哭声，只要多多的给辣茄子他咬。（《大晚报》副刊第十二号）

辣椒可以止小儿的大哭，真是空前绝后的奇闻，倘是真的，中国人可实在是一种与众不同的特别“民族”了。然而也很分明的看见了这种“文学”的企图，是在给人一辣而不死，“制止他讨厌的哭声”，静候着拔都元帅。

不过，这是无效的，远不如哭则“格杀勿论”的灵验。此后要防的是“道路以目”① 了，我们等待着遮眼文学罢。

三月二十日。

【备考】：

提倡辣椒救国

王 慈

记得有一次跟着一位北方朋友上天津点心馆子里去，坐定了以后，堂馆跑过来问道：

“老乡！吃些什么东西?”

“两盘锅贴儿!”那位北方朋友用纯粹的北方口音说。

随着锅贴儿端来的，是一盆辣椒。

我看见那位北方朋友把锅贴和着多量的辣椒津津有味的送进嘴里去，触起了我的好奇心，探险般的把一个锅贴悄悄的蘸上一点儿辣椒，送下肚去，只觉得舌尖顿时麻木得失了知觉，喉间痒辣得怪难受，眼眶里不自主涌着泪水，这时，我大大的感觉到痛苦。

那位北方朋友看见了我这个样子，大笑了起来，接着他告诉我，北方人的善吃辣椒是出于天性，他们是抱着“饭菜可以不要，辣椒不能不吃”的主义的；他们对于辣椒已经是仿佛吸鸦片似的上了瘾！还有北方人自小在母亲怀里，大哭的时候，倘使母亲拿一只辣茄子给小儿咬，很灵验的可以立止大哭……

① 形容人民对残暴统治的憎恨和恐惧。

现在的中国，仿佛是一个大哭时的北方婴孩，倘使要制止他讨厌的哭声，只要多多的给辣茄子他咬。

中国的人们，等于我的那位北方朋友，不吃辣椒是不会兴奋的！

三月二十日，《大晚报》副刊《辣椒与橄榄》。

【硬要用辣椒止哭】：

不要乱咬人

王　慈

当心咬着辣椒

上海近来多了赵大爷赵秀才一批的人，握了尺棒，拚命想找到“阿Q相”的人来出气。还好，这一批文人从有色的近视眼镜里望出来认为“阿Q相”的，偏偏不是真正的阿Q。

不知道是什么来历的何家干，看了我的《提倡辣椒救国》（见本刊十二号），认北方小孩的爱嗜辣椒，为“空前绝后”的“奇闻”。倘使我那位北方朋友告诉我，是吹的牛皮，那末，的确可以说空前。而何家干既不是数千年前的刘伯温，在某报上做文章，却是像在造《推背图》。北方小孩子爱嗜辣椒，若使可以算是“奇闻”，那么吸鸦片的父母，生育出来的婴孩，为什么也有烟瘾呢？

何家干既抓不到可以出气的对象，他在扑了一个空之后，却还要振振有词，说什么：“倘使是真的，中国人可实在是一种与众不同的特别民族了。”

敢问何家干，戴了有色近视眼镜捧读《提倡辣椒救国》的时候，有没有看见“北方”两个字？（何家干既把有这两个字的句子，录在他的谈话里，显然的是看到了。）既已看到了，那末，请问斯德丁是不是可以代表整个的日耳曼？亚伯丁是不是可以代表整个的不列颠群岛？

在这里我真怀疑，何家干的脑筋，怎的是这么简单？会前后矛盾到这个地步！

赵大爷和赵秀才一类的人，想结党来乱咬人。我可以先告诉他们：我和《辣椒与橄榄》的编者是素不相识的，我也从没有写过《黄人之血》，请何家干若使一定要咬我一口，我劝他再架一副可以透视的眼镜，认清了目标再咬。否则咬着了辣椒，哭笑不得的时候，我不能负责。

三月二十八日，《大晚报》副刊《辣椒与橄榄》。

【但到底是不行的】：

这叫作愈出愈奇

家 干

斯德丁实在不可以代表整个的日耳曼的，北方也实在不可以代表全中国。然而北方的孩子不能用辣椒止哭，却是事实，也实在没有法子想。

吸鸦片的父母生育出来的婴孩，也有烟瘾，是的确的。然而嗜辣椒的父母生育出来的婴孩，却没有辣椒瘾，和嗜醋者的孩子，没有醋瘾相同。这也是事实，无论谁都没有法子想。

凡事实，靠发少爷脾气是还是改不过来的。格里莱阿说地球在回旋，教徒要烧死他，他怕死，将主张取消了。但地球仍然在回旋。为什么呢？就因为地球是实在在回旋的缘故。

所以，即使我不反对，倘将辣椒塞在哭着的北方（！）孩子的嘴里，他不但不止，还要哭得更加厉害的。

七月十九日。

“人 话”

记得荷兰的作家望蔼覃（F. Van Eeden）——可惜他去年死掉了——所做的童话《小约翰》里，记着小约翰听两种菌类相争论，从旁批评了一句“你们俩都是有毒的”，菌们便惊喊道：“你是人么？这是人话呵！”

从菌类的立场看起来，的确应该惊喊的。人类因为要吃它们，才首先注意于有毒或无毒，但在菌们自己，这却完全没有关系，完全不成问题。

虽是意在给人科学知识的书籍或文章，为要讲得有趣，也往往太说些“人话”。这毛病，是连法布耳（J. H. Fabre）做的大名鼎鼎的《昆虫记》（Souvenirs Entomologiques），也是在所不免的。随手抄撮的东西不必说了。近来在杂志上偶然看见一篇教青年以生物学上的知识的文章，内有这样的叙述——

> 鸟粪蜘蛛……形体既似鸟粪，又能伏着不动，自己假做鸟粪的样子。
>
> 动物界中，要残食自己亲丈夫的很多，但最有名的，要算前面所说的蜘蛛和现今要说的螳螂了。……

这也未免太说了“人话”。鸟粪蜘蛛只是形体原像鸟粪，性又不大走动罢了，并非它故意装作鸟粪模样，意在欺骗小虫豸。螳螂界中也尚无五伦之说，它在交尾中吃掉雄的，只是肚子饿了，在吃东西，何尝知道这东西就是自己的家主公。但经用“人话”一写，一个就成了阴谋害命的凶犯，一个是谋死亲夫的毒妇了。实则都是冤枉的。

“人话”之中，又有各种的“人话”：有英人话，有华人话。华人话中又有各种：有“高等华人话”，有“下等华人话”。浙西有一个讥笑乡下女人之无知的笑话——

“是大热天的正午，一个农妇做事做得正苦，忽而叹道：‘皇后娘娘真不知道多么快活。这时还不是在床上睡午觉，醒过来的时候，就叫道：太监，拿个柿饼来！’”

然而这并不是“下等华人话”，倒是高等华人意中的“下等华人话”，所以其实是“高等华人话”。在下等华人自己，那时也许未必这么说，即使这么说，也并不以为笑话的。

再说下去，就要引起阶级文学的麻烦来了，“带住”。

现在很有些人做书，格式是写给青年或少年的信。自然，说的一定是“人话”了。但不知道是那一种“人话”？为什么不写给年龄更大的人们？年龄大了就不屑教诲么？还是青年和少年比较的纯厚，容易诓骗呢？

一九三三年三月二十一日。

鲁迅作品精选

故事新编

鲁迅 著

民主与建设出版社

·北京·

图书在版编目（CIP）数据

鲁迅作品精选 . 故事新编 / 鲁迅著 . — 北京 : 民主与建设出版社 , 2023.4（2023.10 重印）
ISBN 978-7-5139-4169-3

Ⅰ . ①鲁… Ⅱ . ①鲁… Ⅲ . ①鲁迅著作－选集②鲁迅小说－小说集 Ⅳ . ① I210.2

中国国家版本馆 CIP 数据核字（2023）第 067909 号

鲁迅作品精选 . 故事新编
LUXUN ZUOPIN JINGXUAN . GUSHIXINBIAN

著　　者	鲁　迅
主　　编	王茹茹
责任编辑	韩增标
封面设计	玥婷设计
出版发行	民主与建设出版社有限责任公司
电　　话	（010）59417747　59419778
社　　址	北京市海淀区西三环中路 10 号望海楼 E 座 7 层
邮　　编	100142
印　　刷	三河市天润建兴印务有限公司
版　　次	2023 年 4 月第 1 版
印　　次	2023 年 10 月第 2 次印刷
开　　本	880 毫米 ×1230 毫米　1 / 32
印　　张	6.5
字　　数	130 千字
书　　号	ISBN 978-7-5139-4169-3
定　　价	298.00 元（全 10 册）

注：如有印、装质量问题，请与出版社联系。

目录

故事新编

准风月谈(节选)

故事新编

序 言

这一本很小的集子，从开手写起到编成，经过的日子却可以算得很长久了：足足有十三年。

第一篇《补天》——原先题作《不周山》——还是一九二二年的冬天写成的。那时的意见，是想从古代和现代都采取题材，来做短篇小说，《不周山》便是取了“女娲炼石补天”的神话，动手试作的第一篇。首先，是很认真的，虽然也不过取了弗罗特说，来解释创造——人和文学的——的缘起。不记得怎么一来，中途停了笔，去看日报了，不幸正看见了谁——现在忘记了名字——的对于汪静之君的《蕙的风》的批评，他说要含泪哀求，请青年不要再写这样的文字。这可怜的阴险使我感到滑稽，当再写小说时，就无论如何，止不住有一个古衣冠的小丈夫，在女娲的两腿之间出现了。这就是从认真陷入了油滑的开端。油滑是创作的大敌，我对于自己很不满。

我决计不再写这样的小说，当编印《呐喊》时，便将它附在卷末，算是一个开始，也就是一个收场。

这时我们的批评家成仿吾先生正在创造社门口的“灵魂的冒险”的旗子底下抡板斧。他以“庸俗”的罪名，几斧砍杀了《呐喊》，只推《不周山》为佳作，——自然也仍有不好的地方。坦白的说罢，这就是使我不但不能心服，而且还轻视了这位勇士的原因。我是不薄“庸俗”，也自甘“庸俗”的；对于历史小说，则以为博考文献，言必有据者，纵使有人讥为“教授小说”，其实是很难组织之作，至于只取一点因由，随意点染，铺成一篇，倒无需怎样的手腕；况且“如鱼饮水，冷暖自知”，用庸俗的话来说，就是“自家有病自家知”罢：《不周山》的后半是很草率的，决不能称为佳作。倘使读者相信了这冒险家的话，一定自误，而我也成了误人，于是当《呐喊》印行第二版时，即将这一篇删除；向这位“魂灵”回敬了当头一棒——我的集子里，只剩着“庸俗”在跋扈了。

直到一九二六年的秋天，一个人住在厦门的石屋里，对着大海，翻着古书，四近无生人气，心里空空洞洞。而北京的未名社[1]，却不绝的来信，催促杂志的文章。这时我不愿意想到目前；于是回忆在心里出土了，写了十篇《朝花夕拾》；并且仍旧拾取古代的传说之类，预备足成八则《故事新编》。但刚写了《奔月》和《铸剑》——发表的那时题为《眉间尺》，——我便奔向广州，这事就又完全搁起了。后来虽然偶尔得到一点题材，作一段速写，却一向不加整理。

现在才总算编成了一本书。其中也还是速写居多，不足称为“文学概论”之所谓小说。叙事有时也有一点旧书上的根据，有时却不过信口开河。而且因为自己的对于古人，不及对于今人的诚敬，所以仍不免时有油滑之处。过了十三年，依然并无长进，看起来真也是“无非《不周山》之流”；不过并没有将古人写得更死，却也许暂时还有存在的余地的罢。

一九三五年十二月二十六日，鲁迅。

---

① 文学团体，1925 年成立于北京，主要成员有鲁迅、韦素园、曹靖华、李霁野、台静农、韦丛芜等。

补天

一

女娲①忽然醒来了。

伊②似乎是从梦中惊醒的，然而已经记不清做了什么梦；只是很懊恼，觉得有什么不足，又觉得有什么太多了。煽动的和风，暖暾的将伊的气力吹得弥漫在宇宙里。

伊揉一揉自己的眼睛。

粉红的天空中，曲曲折折的漂着许多条石绿色的浮云，星便在那后面忽明忽灭的䀹眼。天边的血红的云彩里有一个光芒四射的太阳，如流动的金球包在荒古的熔岩中；那一边，却是一个生铁一般的冷而且白的月亮。然而伊并不理会谁是下去，和谁是上来。

地上都嫩绿了，便是不很换叶的松柏也显得格外的娇嫩。桃红和青白色的斗大的杂花，在眼前还分明，到远处可就成为斑斓的烟霭③了。

“唉唉，我从来没有这样的无聊过！”伊想着，猛然间站立起来了，擎上那非常圆满而精力洋溢的臂膊，向天打一个欠伸，

① 我国上古神话中的创世女神。
② 女性第三人称代名词。
③ 意思是云雾；云气。

天空便突然失了色，化为神异的肉红，暂时再也辨不出伊所在的处所。

伊在这肉红色的天地间走到海边，全身的曲线都消融在淡玫瑰似的光海里，直到身中央才浓成一段纯白。波涛都惊异，起伏得很有秩序了，然而浪花溅在伊身上。这纯白的影子在海水里动摇，仿佛全体都正在四面八方的迸散。但伊自己并没有见，只是不由的跪下一足，伸手掬起带水的软泥来，同时又揉捏几回，便有一个和自己差不多的小东西在两手里。

"阿，阿！"伊固然以为是自己做的，但也疑心这东西就白薯似的原在泥土里，禁不住很诧异了。

然而这诧异使伊喜欢，以未曾有的勇往和愉快继续着伊的事业，呼吸吹嘘着，汗混和着……

"Nga！nga！"那些小东西可是叫起来了。

"阿，阿！"伊又吃了惊，觉得全身的毛孔中无不有什么东西飞散，于是地上便罩满了乳白色的烟云，伊才定了神，那些小东西也住了口。

"Akon，Agon！"有些东西向伊说。

"阿阿，可爱的宝贝。"伊看定他们，伸出带着泥土的手指去拨他肥白的脸。

"Uvu，Ahaha！"他们笑了。这是伊第一回在天地间看见的笑，于是自己也第一回笑得合不上嘴唇来。

伊一面抚弄他们，一面还是做，被做的都在伊的身边打圈，但他们渐渐的走得远，说得多了，伊也渐渐的懂不得，只觉得耳朵边满是嘈杂的嚷，嚷得颇有些头昏。

伊在长久的欢喜中，早已带着疲乏了。几乎吹完了呼吸，流完了汗，而况又头昏，两眼便蒙胧起来，两颊也渐渐的发了热，自己觉得无所谓了，而且不耐烦。然而伊还是照旧的不歇手，不自觉的只是做。

终于，腰腿的酸痛逼得伊站立起来，倚在一座较为光滑的高山上，仰面一看，满天是鱼鳞样的白云，下面则是黑压压的浓绿。伊自己也不知道怎样，总觉得左右不如意了，便焦躁的伸出手去，信手一拉，拔起一株从山上长到天边的紫藤，一房一房的刚开着大不可言的紫花，伊一挥，那藤便横搭在地面上，遍地散满了半紫半白的花瓣。

伊接着一摆手，紫藤便在泥和水里一翻身，同时也溅出拌着水的泥土来，待到落在地上，就成了许多伊先前做过了一般的小东西，只是大半呆头呆脑，獐头鼠目的有些讨厌。然而伊不暇理会这等事了，单是有趣而且烦躁，夹着恶作剧的将手只是抡，愈抡愈飞速了，那藤便拖泥带水的在地上滚，像一条给沸水烫伤了的赤练蛇。泥点也就暴雨似的从藤身上飞溅开来，还在空中便成了哇哇地啼哭的小东西，爬来爬去的撒得满地。

伊近于失神了，更其抡，但是不独腰腿痛，连两条臂膊也都乏了力，伊于是不由的蹲下身子去，将头靠着高山，头发漆黑的搭在山顶上，喘息一回之后，叹一口气，两眼就合上了。紫藤从伊的手里落了下来，也困顿不堪似的懒洋洋的躺在地面上。

二

轰!!!

在这天崩地塌价的声音中，女娲猛然醒来，同时也就向东南方直溜下去了。伊伸了脚想踏住，然而什么也踹不到，连忙一舒臂揪住了山峰，这才没有再向下滑的形势。

但伊又觉得水和沙石都从背后向伊头上和身边滚泼过去了，略一回头，便灌了一口和两耳朵的水，伊赶紧低了头，又只见地面不住的动摇。幸而这动摇也似乎平静下去了，伊向后一移，坐稳了身子，这才挪出手来拭去额角上和眼睛边的水，细看是怎样的情形。

情形很不清楚，遍地是瀑布般的流水；大概是海里罢，有几处更站起很尖的波浪来。伊只得呆呆的等着。

可是终于大平静了，大波不过高如从前的山，像是陆地的处所便露出棱棱的石骨。伊正向海上看，只见几座山奔流过来，一面又在波浪堆里打旋子。伊恐怕那些山碰了自己的脚，便伸手将他们撮住，望那山坳里，还伏着许多未曾见过的东西。

伊将手一缩，拉近山来仔细的看，只见那些东西旁边的地上吐得很狼藉，似乎是金玉的粉末，又夹杂些嚼碎的松柏叶和鱼肉。他们也慢慢的陆续抬起头来了，女娲圆睁了眼睛，好容易才省悟到这便是自己先前所做的小东西，只是怪模怪样的已经都用什么包了身子，有几个还在脸的下半截长着雪白的毛毛了，虽然被海水粘得像一片尖尖的白杨叶。

“阿，阿！”伊诧异而且害怕的叫，皮肤上都起粟，就像触着一支毛刺虫。

“上真①救命……”一个脸的下半截长着白毛的昂了头，一面呕吐，一面断断续续的说，“救命……臣等……是学仙的。

① 真仙的意思。

谁料坏劫到来，天地分崩了。……现在幸而……遇到上真，……请救蚁命，……并赐仙……仙药……”他于是将头一起一落的做出异样的举动。

伊都茫然，只得又说，“什么？”

他们中的许多也都开口了，一样的是一面呕吐，一面“上真上真”的只是嚷，接着又都做出异样的举动。伊被他们闹得心烦，颇后悔这一拉，竟至于惹了莫名其妙的祸。伊无法可想的向四处看，便看见有一队巨鳌[①]正在海面上游玩，伊不由的喜出望外了，立刻将那些山都搁在他们的脊梁上，嘱咐道，“给我驼到平稳点的地方去罢！”巨鳌们似乎点一点头，成群结队的驼远了。可是先前拉得过于猛，以致从山上摔下一个脸有白毛的来，此时赶不上，又不会凫水，便伏在海边自己打嘴巴。这倒使女娲觉得可怜了，然而也不管，因为伊实在也没有工夫来管这些事。

伊嘘一口气，心地较为轻松了，再转过眼光来看自己的身边，流水已经退得不少，处处也露出广阔的土石，石缝里又嵌着许多东西，有的是直挺挺的了，有的却还在动。伊瞥见有一个正在白着眼睛呆看伊；那是遍身多用铁片包起来的，脸上的神情似乎很失望而且害怕。

“那是怎么一回事呢？”伊顺便的问。

“呜呼，天降丧。”那一个便凄凉可怜的说，“颛顼不道，抗我后，我后躬行天讨，战于郊，天不祐德，我师反走，……”

“什么？”伊向来没有听过这类话，非常诧异了。

---

① 巨大的海龟。

“我师反走，我后爰以厥首触不周之山，折天柱，绝地维，我后亦殂落。呜呼，是实惟……”

“够了够了，我不懂你的意思。”伊转过脸去了，却又看见一个高兴而且骄傲的脸，也多用铁片包了全身的。

“那是怎么一回事呢？”伊到此时才知道这些小东西竟会变这么花样不同的脸，所以也想问出别样的可懂的答话来。

“人心不古，康回实有豕心，觑天位，我后躬行天讨，战于郊，天实祐德，我师攻战无敌，殛康回于不周之山。”

“什么？”伊大约仍然没有懂。

“人心不古，……”

“够了够了，又是这一套！”伊气得从两颊立刻红到耳根，火速背转头，另外去寻觅，好容易才看见一个不包铁片的东西，身子精光，带着伤痕还在流血，只是腰间却也围着一块破布片。他正从别一个直挺挺的东西的腰间解下那破布来，慌忙系上自己的腰，但神色倒也很平淡。

伊料想他和包铁片的那些是别一种，应该可以探出一些头绪了，便问道：

“那是怎么一回事呢？”

“那是怎么一回事呵。”他略一抬头，说。

“那刚才闹出来的是？……”

“那刚才闹出来的么？”

“是打仗罢？”伊没有法，只好自己来猜测了。

“打仗罢？”然而他也问。

女娲倒抽了一口冷气，同时也仰了脸去看天。天上一条大裂纹，非常深，也非常阔。伊站起来，用指甲去一弹，一点不清脆，竟和破碗的声音相差无几了。伊皱着眉心，向四面察看一番，又想了一会，便拧去头发里的水，分开了搭在左右肩膀上，打起精神来向各处拔芦柴：伊已经打定了“修补起来再说”的主意了。

伊从此日日夜夜堆芦柴，柴堆高多少，伊也就瘦多少，因为情形不比先前，——仰面是歪斜开裂的天，低头是龌龊破烂的地，毫没有一些可以赏心悦目的东西了。

芦柴堆到裂口，伊才去寻青石头。当初本想用和天一色的纯青石的，然而地上没有这么多，大山又舍不得用，有时到热闹处所去寻些零碎，看见的又冷笑，痛骂，或者抢回去，甚而至于还咬伊的手。伊于是只好搀些白石，再不够，便凑上些红黄的和灰黑的，后来总算将就的填满了裂口，止要一点火，一熔化，事情便完成，然而伊也累得眼花耳响，支持不住了。

“唉唉，我从来没有这样的无聊过。”伊坐在一座山顶上，两手捧着头，上气不接下气的说。

这时昆仑山上的古森林的大火还没有熄，西边的天际都通红。伊向西一瞟，决计从那里拿过一株带火的大树来点芦柴积，正要伸手，又觉得脚趾上有什么东西刺着了。

伊顺下眼去看，照例是先前所做的小东西，然而更异样了，累累坠坠的用什么布似的东西挂了一身，腰间又格外挂上十几条布，头上也罩着些不知什么，顶上是一块乌黑的小小的长方板，手里拿着一片物件，刺伊脚趾的便是这东西。

那顶着长方板的却偏站在女娲的两腿之间向上看，见伊一顺眼，便仓皇的将那小片递上来了。伊接过来看时，是一条很光滑的青竹片，上面还有两行黑色的细点，比槲树叶上的黑斑小得多。伊倒也很佩服这手段的细巧。

“这是什么？”伊还不免于好奇，又忍不住要问了。

顶长方板的便指着竹片，背诵如流的说道，“裸裎淫佚，失德蔑礼败度，禽兽行。国有常刑，惟禁！”

女娲对那小方板瞪了一眼，倒暗笑自己问得太悖了，伊本已知道和这类东西扳谈，照例是说不通的，于是不再开口，随手将竹片搁在那头顶上面的方板上，回手便从火树林里抽出一株烧着的大树来，要向芦柴堆上去点火。

忽而听到呜呜咽咽的声音了，可也是闻所未闻的玩艺，伊姑且向下再一瞟，却见方板底下的小眼睛里含着两粒比芥子还小的眼泪。因为这和伊先前听惯的“nga nga”的哭声大不同了，所以竟不知道这也是一种哭。

伊就去点上火，而且不止一地方。

火势并不旺，那芦柴是没有干透的，但居然也烘烘的响，很久很久，终于伸出无数火焰的舌头来，一伸一缩的向上舔，又很久，便合成火焰的重台花①，又成了火焰的柱，赫赫的压倒了昆仑山上的红光。大风忽地起来，火柱旋转着发吼，青的和杂色的石块都一色通红了，饴糖似的流布在裂缝中间，像一条不灭的闪电。

风和火势卷得伊的头发都四散而且旋转，汗水如瀑布一般奔流，大光焰烘托了伊的身躯，使宇宙间现出最后的肉红色。

火柱逐渐上升了，只留下一堆芦柴灰。伊待到天上一色青碧的时候，才伸手去一摸，指面上却觉得还很有些参差。

---

① 复瓣的花。

“养回了力气，再来罢。……”伊自己想。

伊于是弯腰去捧芦灰了，一捧一捧的填在地上的大水里，芦灰还未冷透，蒸得水澌澌的沸涌，灰水泼满了伊的周身。大风又不肯停，夹着灰扑来，使伊成了灰土的颜色。

“吁！……”伊吐出最后的呼吸来。

天边的血红的云彩里有一个光芒四射的太阳，如流动的金球包在荒古的熔岩中；那一边，却是一个生铁一般的冷而且白的月亮。但不知道谁是下去和谁是上来。这时候，伊的以自己用尽了自己一切的躯壳，便在这中间躺倒，而且不再呼吸了。

上下四方是死灭以上的寂静。

三

有一日，天气很寒冷，却听到一点喧嚣，那是禁军终于杀到了，因为他们等候着望不见火光和烟尘的时候，所以到得迟。他们左边一柄黄斧头，右边一柄黑斧头，后面一柄极大极古的大纛，躲躲闪闪的攻到女娲死尸的旁边，却并不见有什么动静。他们就在死尸的肚皮上扎了寨，因为这一处最膏腴，他们检选这些事是很伶俐的。然而他们却突然变了口风，说惟有他们是女娲的嫡派，同时也就改换了大纛旗上的科斗字，写道“女娲氏之肠”。

落在海岸上的老道士也传了无数代了。他临死的时候，才将仙山被巨鳌背到海上这一件要闻传授徒弟，徒弟又传给徒孙，后来一个方士想讨好，竟去奏闻了秦始皇，秦始皇便教方士去寻去。

方士寻不到仙山，秦始皇终于死掉了；汉武帝又教寻，也一样的没有影。

大约巨鳌们是并没有懂得女娲的话的，那时不过偶而凑巧的点了点头。模模胡胡的背了一程之后，大家便走散去睡觉，仙山也就跟着沉下了，所以直到现在，总没有人看见半座神仙山，至多也不外乎发现了若干野蛮岛。

一九二二年十一月作。

奔 月

一

聪明的牲口确乎知道人意，刚刚望见宅门，那马便立刻放缓脚步了，并且和它背上的主人同时垂了头，一步一顿，像捣米一样。

暮霭笼罩了大宅，邻屋上都腾起浓黑的炊烟，已经是晚饭时候。家将们听得马蹄声，早已迎了出来，都在宅门外垂着手直挺挺地站着。羿①在垃圾堆边懒懒地下了马，家将们便接过缰绳和鞭子去。他刚要跨进大门，低头看看挂在腰间的满壶的簇新的箭和网里的三匹乌老鸦和一匹射碎了的小麻雀，心里就非常踌躕。但到底硬着头皮，大踏步走进去了；箭在壶里豁朗豁朗地响着。

刚到内院，他便见嫦娥在圆窗里探了一探头。他知道她眼睛快，一定早瞧见那几匹乌鸦的了，不觉一吓，脚步登时也一停，——但只得往里走。使女们都迎出来，给他卸了弓箭，解下网兜。他仿佛觉得她们都在苦笑。

① 一般指后羿。后羿，又称“夷羿”、“羿”，“后”是夏代君主尊号，夏代有穷氏首领。夏后仲康死后，其子相继位。不久，羿驱逐了相，自己当了君主，是为夏时代第六任君主，后被家臣寒浞所杀。

“太太……。”他擦过手脸，走进内房去，一面叫。

嫦娥正在看着圆窗外的暮天，慢慢回过头来，似理不理的向他看了一眼，没有答应。

这种情形，羿倒久已习惯的了，至少已有一年多。他仍旧走近去，坐在对面的铺着脱毛的旧豹皮的木榻上，搔着头皮，支支梧梧地说——

“今天的运气仍旧不见佳，还是只有乌鸦……。”

“哼！”嫦娥将柳眉一扬，忽然站起来，风似的往外走，嘴里咕噜着，“又是乌鸦的炸酱面，又是乌鸦的炸酱面！你去问问去，谁家是一年到头只吃乌鸦肉的炸酱面的？我真不知道是走了什么运，竟嫁到这里来，整年的就吃乌鸦的炸酱面！”

“太太，”羿赶紧也站起，跟在后面，低声说，“不过今天倒还好，另外还射了一匹麻雀，可以给你做菜的。女辛！”他大声地叫使女，“你把那一匹麻雀拿过来请太太看！”

野味已经拿到厨房里去了，女辛便跑去挑出来，两手捧着，送在嫦娥的眼前。

“哼！”她瞥了一眼，慢慢地伸手一捏，不高兴地说，“一团糟！不是全都粉碎了么？肉在那里？”

“是的，”羿很惶恐，“射碎的。我的弓太强，箭头太大了。”

“你不能用小一点的箭头的么？”

“我没有小的。自从我射封豕长蛇……。”

“这是封豕长蛇么？”她说着，一面回转头去对着女辛道，“放一碗汤罢！”便又退回房里去了。

只有羿呆呆地留在堂屋里，靠壁坐下，听着厨房里柴草爆炸的声音。他回忆当年的封豕是多么大，远远望去就像一坐小土冈，如果那时不去射杀它，留到现在，足可以吃半年，又何用天天愁饭菜，还有长蛇，也可以做羹喝……。

女乙来点灯了，对面墙上挂着的彤弓，彤矢①，卢弓，卢矢，弩机，长剑，短剑，便都在昏暗的灯光中出现。羿看了一眼，就低了头，叹一口气，只见女辛搬进夜饭来，放在中间的案上，左边是五大碗白面；右边两大碗，一碗汤；中央是一大碗乌鸦肉做的炸酱。

羿吃着炸酱面，自己觉得确也不好吃；偷眼去看嫦娥，她炸酱是看也不看，只用汤泡了面，吃了半碗，又放下了。他觉得她脸上仿佛比往常黄瘦些，生怕她生了病。

到二更时，她似乎和气一些了，默坐在床沿上喝水。羿就坐在旁边的木榻上，手摩着脱毛的旧豹皮。

"唉，"他和蔼地说，"这西山的文豹，还是我们结婚以前射得的，那时多么好看，全体黄金光。"他于是回想当年的食物，熊是只吃四个掌，驼留峰，其余的就都赏给使女和家将们。后来大动物射完了，就吃野猪，兔，山鸡；射法又高强，要多少有多少。"唉，"他不觉叹息，"我的箭法真太巧妙了，竟射得遍地精光。那时谁料到只剩下乌鸦做菜……。"

"哼。"嫦娥微微一笑。

"今天总还要算运气的，"羿也高兴起来，"居然猎到一只麻雀。这是远绕了三十里路才找到的。"

"你不能走得更远一点的么?!"

---

① 红色的弓和矢。

“对。太太。我也这样想。明天我想起得早些。倘若你醒得早，那就叫醒我。我准备再远走五十里，看看可有些獐子、兔子。……但是，怕也难。当我射封豕长蛇的时候，野兽是那么多。你还该记得罢，丈母的门前就常有黑熊走过，叫我去射了好几回……。”

“是么?”嫦娥似乎不大记得。

“谁料到现在竟至于精光的呢。想起来，真不知道将来怎么过日子。我呢，倒不要紧，只要将那道士送给我的金丹吃下去，就会飞升。但是我第一先得替你打算，……所以我决计明天再走得远一点……。”

“哼。”嫦娥已经喝完水，慢慢躺下，合上眼睛了。

残膏的灯火照着残妆，粉有些褪了，眼圈显得微黄，眉毛的黛色也仿佛两边不一样。但嘴唇依然红得如火；虽然并不笑，颊上也还有浅浅的酒窝。

“唉唉，这样的人，我就整年地只给她吃乌鸦的炸酱面……。”羿想着，觉得惭愧，两颊连耳根都热起来。

二

过了一夜就是第二天。

羿忽然睁开眼睛，只见一道阳光斜射在西壁上，知道时候不早了；看看嫦娥，兀自摊开了四肢沉睡着。他悄悄地披上衣服，爬下豹皮榻，躄出堂前，一面洗脸，一面叫女庚去吩咐王升备马。

他因为事情忙，是早就废止了朝食的；女乙将五个炊饼，五株葱和一包辣酱都放在网兜里，并弓箭一齐替他系在腰间。他将腰带紧了一紧，轻轻地跨出堂外面，一面告诉那正从对面进来的女庚道——

“我今天打算到远地方去寻食物去，回来也许晚一些。看太太醒后，用过早点心，有些高兴的时候，你便去禀告，说晚饭请她等一等，对不起得很。记得么？你说：对不起得很。”

他快步出门，跨上马，将站班的家将们扔在脑后，不一会便跑出村庄了。前面是天天走熟的高粱田，他毫不注意，早知道什么也没有的。加上两鞭，一径飞奔前去，一气就跑了六十里上下，望见前面有一簇很茂盛的树林，马也喘气不迭，浑身流汗，自然慢下去了。大约又走了十多里，这才接近树林，然而满眼是胡蜂、粉蝶、蚂蚁、蚱蜢，那里有一点禽兽的踪迹。他望见这一块新地方时，本以为至少总可以有一两匹狐儿兔儿的，现在才知道又是梦想。他只得绕出树林，看那后面却又是碧绿的高粱田，远处散点着几间小小的土屋。风和日暖，鸦雀无声。

“倒楣！”他尽量地大叫了一声，出出闷气。

但再前行了十多步，他即刻心花怒放了，远远地望见一间土屋外面的平地上，的确停着一匹飞禽，一步一啄，像是很大的鸽子。他慌忙拈弓搭箭，引满弦，将手一放，那箭便流星般出去了。

这是无须迟疑的，向来有发必中；他只要策马跟着箭路飞跑前去，便可以拾得猎物。谁知道他将要临近，却已有一个老婆子捧着带箭的大鸽子，大声嚷着，正对着他的马头抢过来。

“你是谁哪？怎么把我家的顶好的黑母鸡射死了？你的手

怎的有这么闲哪？……”

羿的心不觉跳了一跳，赶紧勒住马。

“阿呀！鸡么？我只道是一只鹁鸪。”他惶恐地说。

“瞎了你的眼睛！看你也有四十多岁了罢。”

“是的。老太太。我去年就有四十五岁了。”

“你真是枉长白大！连母鸡也不认识，会当作鹁鸪！你究竟是谁哪？”

“我就是夷羿。”他说着，看看自己所射的箭，是正贯了母鸡的心，当然死了，末后的两个字便说得不大响亮；一面从马上跨下来。

“夷羿？……谁呢？我不知道。”她看着他的脸，说。

“有些人是一听就知道的。尧爷的时候，我曾经射死过几匹野猪，几条蛇……。”

“哈哈，骗子！那是逢蒙[①]老爷和别人合伙射死的。也许有你在内罢；但你倒说是你自己了，好不识羞！”

“阿阿，老太太。逢蒙那人，不过近几年时常到我那里来走走，我并没有和他合伙，全不相干的。”

“说诳。近来常有人说，我一月就听到四五回。”

“那也好。我们且谈正经事罢。这鸡怎么办呢？”

“赔。这是我家最好的母鸡，天天生蛋。你得赔我两柄锄头，三个纺锤。”

“老太太，你瞧我这模样，是不耕不织的，那里来的锄头和纺锤。我身边又没有钱，只有五个炊饼，倒是白面做的，就

① 后羿的徒弟，他是五帝帝尧时期一个善于射箭但品行不端的小人。

拿来赔了你的鸡，还添上五株葱和一包甜辣酱。你以为怎样？……”他一只手去网兜里掏炊饼，伸出那一只手去取鸡。

老婆子看见白面的炊饼，倒有些愿意了，但是定要十五个。磋商的结果，好容易才定为十个，约好至迟明天正午送到，就用那射鸡的箭作抵押。羿这时才放了心，将死鸡塞进网兜里，跨上鞍鞒，回马就走，虽然肚饿，心里却很喜欢，他们不喝鸡汤实在已经有一年多了。

他绕出树林时，还是下午，于是赶紧加鞭向家里走；但是马力乏了，刚到走惯的高粱田近旁，已是黄昏时候。只见对面远处有人影子一闪，接着就有一枝箭忽地向他飞来。

羿并不勒住马，任它跑着，一面却也拈弓搭箭，只一发，只听得铮的一声，箭尖正触着箭尖，在空中发出几点火花，两枝箭便向上挤成一个“人”字，又翻身落在地上了。第一箭刚刚相触，两面立刻又来了第二箭，还是铮的一声，相触在半空中。那样地射了九箭，羿的箭都用尽了；但他这时已经看清逢蒙得意地站在对面，却还有一枝箭搭在弦上正在瞄准他的咽喉。

“哈哈，我以为他早到海边摸鱼去了，原来还在这些地方干这些勾当，怪不得那老婆子有那些话……。”羿想。

那时快，对面是弓如满月，箭似流星。飕的一声，径向羿的咽喉飞过来。也许是瞄准差了一点了，却正中了他的嘴；一个筋斗，他带箭掉下马去了，马也就站住。

逢蒙见羿已死，便慢慢地蹩过来，微笑着去看他的死脸，当作喝一杯胜利的白干。

刚在定睛看时，只见羿张开眼，忽然直坐起来。

“你真是白来了一百多回。”他吐出箭，笑着说，“难道连我的‘啮镞法’都没有知道么？这怎么行。你闹这些小玩艺儿是不行的，偷去的拳头打不死本人，要自己练练才好。”

“即以其人之道，反诸其人之身……。”胜者低声说。

“哈哈哈！”他一面大笑，一面站了起来，“又是引经据典。但这些话你只可以哄哄老婆子，本人面前捣什么鬼？俺向来就只是打猎，没有弄过你似的剪径的玩艺儿……。”他说着，又看看网兜里的母鸡，倒并没有压坏，便跨上马，径自走了。

“……你打了丧钟！……”远远地还送来叫骂。

“真不料有这样没出息。青青年纪，倒学会了诅咒，怪不得那老婆子会那么相信他。”羿想着，不觉在马上绝望地摇了摇头。

三

还没有走完高粱田，天色已经昏黑；蓝的空中现出明星来，长庚在西方格外灿烂。马只能认着白色的田塍走，而且早已精疲力竭，自然走得更慢了。幸而月亮却在天际渐渐吐出银白的清辉。

“讨厌！”羿听到自己的肚子里骨碌骨碌地响了一阵，便在马上焦躁了起来。“偏是谋生忙，便偏是多碰到些无聊事，白费工夫！”他将两腿在马肚子上一磕，催它快走，但马却只将后半身一扭，照旧地慢腾腾。

“嫦娥一定生气了，你看今天多么晚。”他想。“说不定要装怎样的脸给我看哩。但幸而有这一只小母鸡，可以引她高兴。我只要说：太太，这是我来回跑了二百里路才找来的。不，不好，这话似乎太逞能。”

他望见人家的灯火已在前面，一高兴便不再想下去了。马也不待鞭策，自然飞奔。圆的雪白的月亮照着前途，凉风吹脸，真是比大猎回来时还有趣。

马自然而然地停在垃圾堆边；羿一看，仿佛觉得异样，不知怎地似乎家里乱毵毵。迎出来的也只有一个赵福。

“怎的？王升呢？”他奇怪地问。

“王升到姚家找太太去了。”

“什么？太太到姚家去了么？”羿还呆坐在马上，问。

“喳……。”他一面答应着，一面去接马缰和马鞭。

羿这才爬下马来，跨进门，想了一想，又回过头去问道——

“不是等不迭了，自己上饭馆去了么？”

“喳。三个饭馆，小的都去问过了，没有在。”

羿低了头，想着，往里面走，三个使女都惶惑地聚在堂前。他便很诧异，大声的问道——

“你们都在家么？姚家，太太一个人不是向来不去的么？”

她们不回答，只看看他的脸，便来给他解下弓袋和箭壶和装着小母鸡的网兜。羿忽然心惊肉跳起来，觉得嫦娥是因为气忿寻了短见了，便叫女庚去叫赵富来，要他到后园的池里树上去看一遍。但他一跨进房，便知道这推测是不确的了：房里也很乱，衣箱是开着，向床里一看，首先就看出失少了首饰箱。他这时正如头上淋了一盆冷水，金珠自然不算什么，然而那道士送给他的仙药，也就放在这首饰箱里的。

羿转了两个圆圈，才看见王升站在门外面。

“回老爷，”王升说，“太太没有到姚家去；他们今天也不打牌。”

羿看了他一眼，不开口。王升就退出去了。

“老爷叫？……”赵富上来，问。

羿将头一摇，又用手一挥，叫他也退出去。

羿又在房里转了几个圈子，走到堂前，坐下，仰头看着对面壁上的彤弓，彤矢，卢弓，卢矢，弩机，长剑，短剑，想了些时，才问那呆立在下面的使女们道——

“太太是什么时候不见的？”

“掌灯时候就不看见了，”女乙说，“可是谁也没见她走出去。”

“你们可见太太吃了那箱里的药没有？”

“那倒没有见。但她下午要我倒水喝是有的。”

羿急得站了起来，他似乎觉得，自己一个人被留在地上了。

“你们看见有什么向天上飞升的么？”他问。

“哦！”女辛想了一想，大悟似的说，“我点了灯出去的时候，的确看见一个黑影向这边飞去的，但我那时万想不到是太太……。”于是她的脸色苍白了。

“一定是了！”羿在膝上一拍，即刻站起，走出屋外去，回头问着女辛道，“那边？”

女辛用手一指，他跟着看去时，只见那边是一轮雪白的圆月，挂在空中，其中还隐约现出楼台，树木；当他还是孩子时候祖母讲给他听的月宫中的美景，他依稀记得起来了。他对着浮游在碧海里似的月亮，觉得自己的身子非常沉重。

他忽然愤怒了。从愤怒里又发了杀机，圆睁着眼睛，大声向使女们叱咤道——

“拿我的射日弓来！和三枝箭！”

女乙和女庚从堂屋中央取下那强大的弓，拂去尘埃，并三枝长箭都交在他手里。

他一手拈弓，一手捏着三枝箭，都搭上去，拉了一个满弓，正对着月亮。身子是岩石一般挺立着，眼光直射，闪闪如岩下电，须发开张飘动，像黑色火，这一瞬息，使人仿佛想见他当年射日的雄姿。

飕的一声，——只一声，已经连发了三枝箭，刚发便搭，一搭又发，眼睛不及看清那手法，耳朵也不及分别那声音。本来对面是虽然受了三枝箭，应该都聚在一处的，因为箭箭相衔，不差丝发。但他为必中起见，这时却将手微微一动，使箭到时分成三点，有三个伤。

使女们发一声喊，大家都看见月亮只一抖，以为要掉下来了，——但却还是安然地悬着，发出和悦的更大的光辉，似乎毫无伤损。

“呔！”羿仰天大喝一声，看了片刻；然而月亮不理他。他前进三步，月亮便退了三步；他退三步，月亮却又照数前进了。

他们都默着，各人看各人的脸。

羿懒懒地将射日弓靠在堂门上，走进屋里去。使女们也一齐跟着他。

“唉，”羿坐下，叹一口气，“那么，你们的太太就永远一个人快乐了。她竟忍心撇了我独自飞升？莫非看得我老起来了？但她上月还说：并不算老，若以老人自居，是思想的堕落。”

“这一定不是的。”女乙说，“有人说老爷还是一个战士。”

“有时看去简直好像艺术家。”女辛说。

“放屁！——不过乌老鸦的炸酱面确也不好吃，难怪她忍不住……。”

“那豹皮褥子脱毛的地方，我去剪一点靠墙的脚上的皮来补一补罢，怪不好看的。”女辛就往房里走。

“且慢，”羿说着，想了一想，“那倒不忙。我实在饿极了，还是赶快去做一盘辣子鸡，烙五斤饼来，给我吃了好睡觉。明天再去找那道士要一服仙药，吃了追上去罢。女庚，你去吩咐王升，叫他量四升白豆喂马！”

一九二六年十二月作。

理 水

一

这时候是“汤汤洪水方割，浩浩怀山襄陵”；舜[1]爷的百姓，倒并不都挤在露出水面的山顶上，有的捆在树顶，有的坐着木排，有些木排上还搭有小小的板棚，从岸上看起来，很富于诗趣。

远地里的消息，是从木排上传过来的。大家终于知道鲧大人因为治了九整年的水，什么效验也没有，上头龙心震怒，把他充军到羽山去了，接任的好像就是他的儿子文命少爷，乳名叫作阿禹。

灾荒得久了，大学早已解散，连幼稚园也没有地方开，所以百姓们都有些混混沌沌。只在文化山上，还聚集着许多学者，他们的食粮，是都从奇肱国用飞车运来的，因此不怕缺乏，因此也能够研究学问。然而他们里面，大抵是反对禹[2]的，或者简直不相信世界上真有这个禹。

每月一次，照例的半空中要簌簌的发响，愈响愈厉害，飞

① 传说中中国古代帝王。号有虞氏，史称虞舜。舜传位夏禹。

② 我国古代的治水英雄，夏朝的建立者。

车看得清楚了，车上插一张旗，画着一个黄圆圈在发毫光。离地五尺，就挂下几只篮子来，别人可不知道里面装的是什么，只听得上下在讲话：

“古貌林[①]!”

“好杜有图[②]!”

“古鲁几哩……”

“O. K!”

飞车向奇肱国疾飞而去，天空中不再留下微声，学者们也静悄悄，这是大家在吃饭。独有山周围的水波，撞着石头，不住的澎湃的在发响。午觉醒来，精神百倍，于是学说也就压倒了涛声了。

“禹来治水，一定不成功，如果他是鲧的儿子的话，”一个拿拄杖的学者说。“我曾经搜集了许多王公大臣和豪富人家的家谱，很下过一番研究工夫，得到一个结论：阔人的子孙都是阔人，坏人的子孙都是坏人——这就叫作‘遗传’。所以，鲧不成功，他的儿子禹一定也不会成功，因为愚人是生不出聪明人来的!”

“O. K!”一个不拿拄杖的学者说。

“不过您要想想咱们的太上皇，”别一个不拿拄杖的学者道。

“他先前虽然有些‘顽’，现在可是改好了。倘是愚人，就永远不会改好……”

“O. K!”

① 英语 Good morning 的音译，意为“早安”。

② 英语 How do you do 的音译，意为“你好”。

“这这些些都是费话，”又一个学者吃吃的说，立刻把鼻尖胀得通红。“你们是受了谣言的骗的。其实并没有所谓禹，‘禹’是一条虫，虫虫会治水的吗？我看鲧也没有的，‘鲧’是一条鱼，鱼鱼会治水水水的吗？”他说到这里，把两脚一蹬，显得非常用劲。

“不过鲧却的确是有的，七年以前，我还亲眼看见他到昆仑山脚下去赏梅花的。”

“那么，他的名字弄错了，他大概不叫‘鲧’，他的名字应该叫‘人’！至于禹，那可一定是一条虫，我有许多证据，可以证明他的乌有，叫大家来公评……”

于是他勇猛的站了起来，摸出削刀，刮去了五株大松树皮，用吃剩的面包末屑和水研成浆，调了炭粉，在树身上用很小的蝌蚪文写上抹杀阿禹的考据，足足化掉了三九廿七天工夫。但是凡有要看的人，得拿出十片嫩榆叶，如果住在木排上，就改给一贝壳鲜水苔。

横竖到处都是水，猎也不能打，地也不能种，只要还活着，所有的是闲工夫，来看的人倒也很不少。松树下挨挤了三天，到处都发出叹息的声音，有的是服佩，有的是疲劳。但到第四天的正午，一个乡下人终于说话了，这时那学者正在吃炒面。

“人里面，是有叫作阿禹的，”乡下人说。“况且‘禹’也不是虫，这是我们乡下人的简笔字，老爷们都写作‘禺’，是大猴子……”

“人有叫作大大猴子的吗？……”学者跳起来了，连忙咽下没有嚼烂的一口面，鼻子红到发紫，吆喝道。

“有的呀，连叫阿狗，阿猫的也有。”

“鸟头先生，您不要和他去辩论了，”拿拄杖的学者放下面包，拦在中间，说。“乡下人都是愚人。拿你的家谱来，”他又转向乡下人，大声道，“我一定会发现你的上代都是愚人……”

“我就从来没有过家谱……”

“呸，使我的研究不能精密，就是你们这些东西可恶！”

“不过这这也用不着家谱，我的学说是不会错的。”鸟头先生更加愤愤的说。“先前，许多学者都写信来赞成我的学说，那些信我都带在这里……”

“不不，那可应该查家谱……”

“但是我竟没有家谱，”那“愚人”说。“现在又是这么的人荒马乱，交通不方便，要等您的朋友们来信赞成，当作证据，真也比螺蛳壳里做道场还难。证据就在眼前：您叫鸟头先生，莫非真的是一个鸟儿的头，并不是人吗？”

“哼！”鸟头先生气忿到连耳轮都发紫了。“你竟这样的侮辱我！说我不是人！我要和你到皋陶大人那里去法律解决！如果我真的不是人，我情愿大辟——就是杀头呀，你懂了没有？要不然，你是应该反坐的。你等着罢，不要动，等我吃完了炒面。”

“先生，”乡下人麻木而平静的回答道，“您是学者，总该知道现在已是午后，别人也要肚子饿的。可恨的是愚人的肚子却和聪明人的一样：也要饿。真是对不起得很，我要捞青苔去了，等您上了呈子之后，我再来投案罢。”于是他跳上木排，拿起网兜，捞着水草，泛泛的远开去了。看客也渐渐的走散，鸟头先生就红着耳轮和鼻尖从新吃炒面，拿拄杖的学者在摇头。

然而“禹”究竟是一条虫，还是一个人呢，却仍然是一个大疑问。

二

禹也真好像是一条虫。

大半年过去了，奇肱国的飞车已经来过八回，读过松树身上的文字的木排居民，十个里面有九个生了脚气病，治水的新官却还没有消息。直到第十回飞车来过之后，这才传来了新闻，说禹是确有这么一个人的，正是鲧的儿子，也确是简放[①]了水利大臣，三年之前，已从冀州启节，不久就要到这里了。

大家略有一点兴奋，但又很淡漠，不大相信，因为这一类不甚可靠的传闻，是谁都听得耳朵起茧了的。

然而这一回却又像消息很可靠，十多天之后，几乎谁都说大臣的确要到了，因为有人出去捞浮草，亲眼看见过官船；他还指着头上一块乌青的疙瘩，说是为了回避得太慢一点了，吃了一下官兵的飞石：这就是大臣确已到来的证据。这人从此就很有名，也很忙碌，大家都争先恐后的来看他头上的疙瘩，几乎把木排踏沉；后来还经学者们召了他去，细心研究，决定了他的疙瘩确是真疙瘩，于是使鸟头先生也不能再执成见，只好把考据学让给别人，自己另去搜集民间的曲子了。

一大阵独木大舟的到来，是在头上打出疙瘩的大约二十多天之后，每只船上，有二十名官兵打桨，三十名官兵持矛，前后都是旗帜；刚靠山顶，绅士们和学者们已在岸上列队恭迎，过了大半天，这才从最大的船里，有两位中年的胖胖的大员出

① 选择放出。清代谓经铨叙派任道府以上外官。

现，约略二十个穿虎皮的武士簇拥着，和迎接的人们一同到最高巅的石屋里去了。

大家在水陆两面，探头探脑的悉心打听，才明白原来那两位只是考察的专员，却并非禹自己。

大员坐在石屋的中央，吃过面包，就开始考察。

“灾情倒并不算重，粮食也还可敷衍，”一位学者们的代表，苗民言语学专家说。“面包是每月会从半空中掉下来的；鱼也不缺，虽然未免有些泥土气，可是很肥，大人。至于那些下民，他们有的是榆叶和海苔，他们‘饱食终日，无所用心’，——就是并不劳心，原只要吃这些就够。我们也尝过了，味道倒并不坏，特别得很……”

“况且，”别一位研究《神农本草》的学者抢着说，“榆叶里面是含有维他命 W 的；海苔里有碘质，可医瘰疬病，两样都极合于卫生。”

“O. K!”又一个学者说。大员们瞪了他一眼。

“饮料呢，”那《神农本草》学者接下去道，“他们要多少有多少，一万代也喝不完。可惜含一点黄土，饮用之前，应该蒸馏一下的。敝人指导过许多次了，然而他们冥顽不灵，绝对的不肯照办，于是弄出数不清的病人来……”

“就是洪水，也还不是他们弄出来的吗？”一位五绺长须，身穿酱色长袍的绅士又抢着说。“水还没来的时候，他们懒着不肯填，洪水来了的时候，他们又懒着不肯戽……”

“是之谓失其性灵，”坐在后一排，八字胡子的伏羲朝小品文学家笑道。“吾尝登帕米尔之原，天风浩然，梅花开矣，白云飞矣，金价涨矣，耗子眠矣，见一少年，口衔雪茄，面有蚩尤氏之雾……哈哈哈！没有法子……”

“O. K!”

这样的谈了小半天。大员们都十分用心的听着，临末是叫他们合拟一个公呈，最好还有一种条陈，沥述着善后的方法。

于是大员们下船去了。第二天，说是因为路上劳顿，不办公，也不见客；第三天是学者们公请在最高峰上赏偃盖古松，下半天又同往山背后钓黄鳝，一直玩到黄昏。第四天，说是因为考察劳顿了，不办公，也不见客；第五天的午后，就传见下民的代表。

下民的代表，是四天以前就在开始推举的，然而谁也不肯去，说是一向没有见过官。于是大多数就推定了头有疙瘩的那一个，以为他曾有见过官的经验。已经平复下去的疙瘩，这时忽然针刺似的痛起来了，他就哭着一口咬定：做代表，毋宁死！大家把他围起来，连日连夜的责以大义，说他不顾公益，是利己的个人主义者，将为华夏所不容；激烈点的，还至于捏起拳头，伸在他的鼻子跟前，要他负这回的水灾的责任。他渴睡得要命，心想与其逼死在木排上，还不如冒险去做公益的牺牲，便下了绝大的决心，到第四天，答应了。

大家就都称赞他，但几个勇士，却又有些妒忌。

就是这第五天的早晨，大家一早就把他拖起来，站在岸上听呼唤。果然，大员们呼唤了。他两腿立刻发抖，然而又立刻下了绝大的决心，决心之后，就又打了两个大呵欠，肿着眼眶，自己觉得好像脚不点地，浮在空中似的走到官船上去了。

奇怪得很，持矛的官兵，虎皮的武士，都没有打骂他，一直放进了中舱。舱里铺着熊皮、豹皮，还挂着几副弩箭，摆着许多瓶罐，弄得他眼花缭乱。定神一看，才看见在上面，就是自己的对面，坐着两位胖大的官员。什么相貌，他不敢看清楚。

“你是百姓的代表吗？”大员中的一个问道。

“他们叫我上来的。”他眼睛看着铺在舱底上的豹皮的艾叶一般的花纹，回答说。

“你们怎么样？”

“……”他不懂意思，没有答。

“你们过得还好么？”

“托大人的鸿福，还好……”他又想了一想，低低的说道，“敷敷衍衍……混混……”

“吃的呢？”

“有，叶子呀，水苔呀……”

“都还吃得来吗？”

“吃得来的。我们是什么都弄惯了的，吃得来的。只有些小畜生还要嚷，人心在坏下去哩，妈的，我们就揍他。”

大人们笑起来了，有一个对别一个说道：“这家伙倒老实。”

这家伙一听到称赞，非常高兴，胆子也大了，滔滔的讲述道：

“我们总有法子想。比如水苔，顶好是做滑溜翡翠汤，榆叶就做一品当朝羹。剥树皮不可剥光，要留下一道，那么，明年春天树枝梢还是长叶子，有收成。如果托大人的福，钓到了黄鳝……”

然而大人好像不大爱听了，有一位也接连打了两个大呵欠，打断他的讲演道：“你们还是合具一个公呈来罢，最好是还带一个贡献善后方法的条陈。"

"我们可是谁也不会写……" 他惴惴的说。

"你们不识字吗？这真叫作不求上进！没有法子，把你们吃的东西拣一份来就是！"

他又恐惧又高兴的退了出来，摸一摸疙瘩疤，立刻把大人的吩咐传给岸上，树上和排上的居民，并且大声叮嘱道："这是送到上头去的呵！要做得干净，细致，体面呀！……"

所有居民就同时忙碌起来，洗叶子，切树皮，捞青苔，乱作一团。他自己是锯木版，来做进呈的盒子。有两片磨得特别光，连夜跑到山顶上请学者去写字，一片是做盒子盖的，求写"寿山福海"，一片是给自己的木排上做扁额，以志荣幸的，求写"老实堂"。但学者却只肯写了"寿山福海"的一块。

三

当两位大员回到京都的时候，别的考察员也大抵陆续回来了，只有禹还在外。他们在家里休息了几天，水利局的同事们就在局里大排筵宴，替他们接风，份子分福、禄、寿三种，最少也得出五十枚大贝壳[1]。这一天真是车水马龙，不到黄昏时候，主客就全都到齐了，院子里却已经点起庭燎来，鼎中的牛肉香，一直透到门外虎贲[2]的鼻子跟前，大家就一齐咽口水。酒过三巡，大员们就讲了一些水乡沿途的风景，芦花似雪，泥

① 上古时期用贝壳为货币。

② 意思是勇士。

水如金，黄鳝膏腴，青苔滑溜……等等。微醺之后，才取出大家采集了来的民食来，都装着细巧的木匣子，盖上写着文字，有的是伏羲八卦体，有的是仓颉鬼哭体，大家就先来赏鉴这些字，争论得几乎打架之后，才决定以写着“国泰民安”的一块为第一，因为不但文字质朴难识，有上古淳厚之风，而且立言也很得体，可以宣付史馆的。

评定了中国特有的艺术之后，文化问题总算告一段落，于是来考察盒子的内容了：大家一致称赞着饼样的精巧。然而大约酒也喝得太多了，便议论纷纷：有的咬一口松皮饼，极口叹赏它的清香，说自己明天就要挂冠归隐，去享这样的清福；咬了柏叶糕的，却道质粗味苦，伤了他的舌头，要这样与下民共患难，可见为君难，为臣亦不易。有几个又扑上去，想抢下他们咬过的糕饼来，说不久就要开展览会募捐，这些都得去陈列，咬得太多是很不雅观的。

局外面也起了一阵喧嚷。一群乞丐似的大汉，面目黧黑，衣服破旧，竟冲坏了断绝交通的界线，闯到局里来了。卫兵们大喝一声，连忙左右交叉了明晃晃的戈，挡住他们的去路。

“什么？——看明白！”当头是一条瘦长的莽汉，粗手粗脚的，怔了一下，大声说。

卫兵们在昏黄中定睛一看，就恭恭敬敬的立正，举戈，放他们进去了，只拦住了气喘吁吁的从后面追来的一个身穿深蓝土布袍子，手抱孩子的妇女。

“怎么？你们不认识我了吗？”她用拳头揩着额上的汗，诧异的问。

“禹太太，我们怎会不认识您家呢？”

“那么，为什么不放我进去的？”

“禹太太，这个年头儿，不大好，从今年起，要端风俗而正人心，男女有别了。现在那一个衙门里也不放娘儿们进去，不但这里，不但您。这是上头的命令，怪不着我们的。”

禹太太呆了一会，就把双眉一扬，一面回转身，一面嚷叫道：

“这杀千刀的！奔什么丧！走过自家的门口，看也不进来看一下，就奔你的丧！做官做官，做官有什么好处，仔细像你的老子，做到充军，还掉在池子里变大忘八[①]！这没良心的杀千刀！……”

这时候，局里的大厅上也早发生了扰乱。大家一望见一群莽汉们奔来，纷纷都想躲避，但看不见耀眼的兵器，就又硬着头皮，定睛去看。奔来的也临近了，头一个虽然面貌黑瘦，但从神情上，也就认识他正是禹；其余的自然是他的随员。

这一吓，把大家的酒意都吓退了，沙沙的一阵衣裳声，立刻都退在下面。禹便一径跨到席上，在上面坐下，大约是大模大样，或者生了鹤膝风[②]罢，并不屈膝而坐，却伸开了两脚，把大脚底对着大员们，又不穿袜子，满脚底都是栗子一般的老茧。随员们就分坐在他的左右。

“大人是今天回京的？”一位大胆的属员，膝行而前了一点，恭敬的问。

“你们坐近一点来！”禹不答他的询问，只对大家说。“查的怎么样？”

---

① 乌龟的俗称。

② 中医指结核性关节炎。

大员们一面膝行而前，一面面面相觑，列坐在残筵的下面，看见咬过的松皮饼和啃光的牛骨头。非常不自在——却又不敢叫膳夫来收去。

“禀大人，”一位大员终于说。“倒还像个样子——印象甚佳。松皮水草，出产不少；饮料呢，那可丰富得很。百姓都很老实，他们是过惯了的。禀大人，他们都是以善于吃苦，驰名世界的人们。”

“卑职可是已经拟好了募捐的计划，”又一位大员说。“准备开一个奇异食品展览会，另请女隗小姐来做时装表演。只卖票，并且声明会里不再募捐，那么，来看的可以多一点。”

“这很好。”禹说着，向他弯一弯腰。

“不过第一要紧的是赶快派一批大木筏去，把学者们接上高原来。”第三位大员说，“一面派人去通知奇肱国，使他们知道我们的尊崇文化，接济也只要每月送到这边来就好。学者们有一个公呈在这里，说的倒也很有意思，他们以为文化是一国的命脉，学者是文化的灵魂，只要文化存在，华夏也就存在，别的一切，倒还在其次……”

“他们以为华夏的人口太多了，”第一位大员道，“减少一些倒也是致太平之道。况且那些不过是愚民，那喜怒哀乐，也决没有智者所推想的那么精微的。知人论事，第一要凭主观。例如莎士比亚……”

“放他妈的屁！”禹心里想，但嘴上却大声的说道：“我经过查考，知道先前的方法：‘湮’，确是错误了。以后应该用‘导’！不知道诸位的意见怎么样？”

静得好像坟山；大员们的脸上也显出死色，许多人还觉得自己生了病，明天恐怕要请病假了。

“这是蚩尤的法子！”一个勇敢的青年官员悄悄的愤激着。

“卑职的愚见，窃以为大人是似乎应该收回成命的。”一位白须白发的大员，这时觉得天下兴亡，系在他的嘴上了，便把心一横，置死生于度外，坚决的抗议道：“湮是老大人的成法。‘三年无改于父之道，可谓孝矣。’——老大人升天还不到三年。”

禹一声也不响。

“况且老大人化过多少心力呢。借了上帝的息壤[①]，来湮洪水，虽然触了上帝的恼怒，洪水的深度可也浅了一点了。这似乎还是照例的治下去。”另一位花白须发的大员说，他是禹的母舅的干儿子。

禹一声也不响。

“我看大人还不如‘干父之蛊’，”一位胖大官员看得禹不作声，以为他就要折服了，便带些轻薄的大声说，不过脸上还流出着一层油汗。“照着家法，挽回家声。大人大约未必知道人们在怎么讲说老大人罢……”

“要而言之，‘湮’是世界上已有定评的好法子，”白须发的老官恐怕胖子闹出岔子来，就抢着说道。“别的种种，所谓‘摩登’者也，昔者蚩尤氏就坏在这一点上。”

禹微微一笑：“我知道的。有人说我的爸爸变了黄熊，也有人说他变了三足鳖，也有人说我在求名，图利。说就是了。我要说的是我查了山泽的情形，征了百姓的意见，已经看透实

① 古代传说中一种能自己生长，永不耗减的土壤。

情，打定主意，无论如何，非‘导’不可！这些同事，也都和我同意的。”

他举手向两旁一指。白须发的，花须发的，小白脸的，胖而流着油汗的，胖而不流油汗的官员们，跟着他的指头看过去，只见一排黑瘦的乞丐似的东西，不动，不言，不笑，像铁铸的一样。

四

禹爷走后，时光也过得真快，不知不觉间，京师的景况日见其繁盛了。首先是阔人们有些穿了茧绸袍，后来就看见大水果铺里买着橘子和柚子，大绸缎店里挂着华丝葛；富翁的筵席上有了好酱油，清溦鱼翅，凉拌海参；再后来他们竟有熊皮褥子狐皮褂，那太太也戴上赤金耳环银手镯了。

只要站在大门口，也总有什么新鲜的物事看：今天来一车竹箭，明天来一批松板，有时抬过了做假山的怪石，有时提过了做鱼生的鲜鱼；有时是一大群一尺二寸长的大乌龟，都缩了头装着竹笼，载在车子上，拉向皇城那面去。

“妈妈，你瞧呀，好大的乌龟！”孩子们一看见，就嚷起来，跑上去，围住了车子。

“小鬼，快滚开！这是万岁爷的宝贝，当心杀头！”

然而关于禹爷的新闻，也和珍宝的入京一同多起来了。百姓的檐前，路旁的树下，大家都在谈他的故事；最多的是他怎样夜里化为黄熊，用嘴和爪子，一拱一拱的疏通了九河；以及怎样请了天兵天将，捉住兴风作浪的妖怪无支祁，镇在龟山的脚下。皇上舜爷的事情，可是谁也不再提起了，至多，也不过谈谈丹朱①太子的没出息。

禹要回京的消息，原已传布得很久了，每天总有一群人站在关口，看可有他的仪仗的到来。并没有。然而消息却愈传愈紧，也好像愈真。一个半阴半晴的上午，他终于在百姓们的万头攒动之间，进了冀州的帝都了。前面并没有仪仗，不过一大批乞丐似的随员。临末是一个粗手粗脚的大汉，黑脸黄须，腿弯微曲，双手捧着一片乌黑的尖顶的大石头——舜爷所赐的“玄圭”，连声说道“借光，借光，让一让，让一让”，从人丛中挤进皇宫里去了。

百姓们就在宫门外欢呼，议论，声音正好像浙水的涛声②一样。

舜爷坐在龙位上，原已有了年纪，不免觉得疲劳，这时又似乎有些惊骇。禹一到，就连忙客气的站起来，行过礼，皋陶先生应酬了几句，舜才说道：

“你也讲几句好话我听呀。”

“哼，我有什么说呢？”禹简截的回答道。“我就是想，每天孳孳！”

“什么叫作‘孳孳’？”皋陶问。

“洪水滔天，”禹说，“浩浩怀山襄陵，下民都浸在水里。我走旱路坐车，走水路坐船，走泥路坐橇，走山路坐轿。到一座山，砍一通树，和益俩给大家有饭吃，有肉吃。放田水入川，放川水入海，和稷俩给大家有难得的东西吃。东西不够，就调有

---

① 上古时代人物，尧的儿子。

② 即钱塘江在涨潮时涛声很大。

余，补不足。搬家。大家这才静下来了，各地方成了个样子。”

“对啦对啦，这些话可真好！”皋陶称赞道。

“唉！”禹说。“做皇帝要小心，安静。对天有良心，天才会仍旧给你好处！”

舜爷叹一口气，就托他管理国家大事，有意见当面讲，不要背后说坏话。看见禹都答应了，又叹一口气，道：“莫像丹朱的不听话，只喜欢游荡，旱地上要撑船，在家里又捣乱，弄得过不了日子，这我可真看的不顺眼！”

“我讨过老婆，四天就走，”禹回答说。“生了阿启，也不当他儿子看。所以能够治了水，分作五圈，简直有五千里，计十二州，直到海边，立了五个头领，都很好。只是有苗可不行，你得留心点！”

“我的天下，真是全仗的你的功劳弄好的！”舜爷也称赞道。

于是皋陶也和舜爷一同肃然起敬，低了头；退朝之后，他就赶紧下一道特别的命令，叫百姓都要学禹的行为，倘不然，立刻就算是犯了罪。

这使商家首先起了大恐慌。但幸而禹爷自从回京以后，态度也改变一点了：吃喝不考究，但做起祭祀和法事来，是阔绰的；衣服很随便，但上朝和拜客时候的穿著，是要漂亮的。所以市面仍旧不很受影响，不多久，商人们就又说禹爷的行为真该学，皋爷的新法令也很不错；终于太平到连百兽都会跳舞，凤凰也飞来凑热闹了。

（一九三五年十一月作）

采薇

一

这半年来，不知怎的连养老堂里也不大平静了，一部分的老头子，也都交头接耳，跑进跑出的很起劲。只有伯夷最不留心闲事，秋凉到了，他又老的很怕冷，就整天的坐在阶沿上晒太阳，纵使听到匆忙的脚步声，也决不抬起头来看。

"大哥！"

一听声音自然就知道是叔齐。伯夷是向来最讲礼让的，便在抬头之前，先站起身，把手一摆，意思是请兄弟在阶沿上坐下。

"大哥，时局好像不大好！"叔齐一面并排坐下去，一面气喘吁吁的说，声音有些发抖。

"怎么了呀？"伯夷这才转过脸去看，只见叔齐的原是苍白的脸色，好像更加苍白了。

"您听到过从商王①那里，逃来两个瞎子的事了罢。"

"唔，前几天，散宜生好像提起过。我没有留心。"

"我今天去拜访过了。一个是太师疵，一个是少师强，还

---

① 指商纣，是商代最末的一个帝王。

带来许多乐器。听说前几时还开过一个展览会，参观者都‘啧啧称美’，——不过好像这边就要动兵了。”

“为了乐器动兵，是不合先王之道的。”伯夷慢吞吞的说。

“也不单为了乐器。您不早听到过商王无道，砍早上渡河不怕水冷的人的脚骨，看看他的骨髓，挖出比干王爷的心来，看它可有七窍吗？先前还是传闻，瞎子一到，可就证实了。况且还切切实实的证明了商王的变乱旧章。变乱旧章，原是应该征伐的。不过我想，以下犯上，究竟也不合先王之道……”

“近来的烙饼，一天一天的小下去了，看来确也像要出事情，”伯夷想了一想，说。

“但我看你还是少出门，少说话，仍旧每天练你的太极拳的好！”

“是……”叔齐是很悌的，应了半声。

“你想想看，”伯夷知道他心里其实并不服气，便接着说。“我们是客人，因为西伯肯养老，呆在这里的。烙饼小下去了，固然不该说什么，就是事情闹起来了，也不该说什么的。”

“那么，我们可就成了为养老而养老了。”

“最好是少说话。我也没有力气来听这些事。”

伯夷咳了起来，叔齐也不再开口。咳嗽一止，万籁寂然，秋末的夕阳，照着两部白胡子，都在闪闪的发亮。

二

然而这不平静，却总是滋长起来，烙饼不但小下去，粉也粗起来了。养老堂的人们更加交头接耳，外面只听得车马行走声，叔齐更加喜欢出门，虽然回来也不说什么话，但那不安的神色，却惹得伯夷也很难闲适了：他似乎觉得这碗平稳饭快要吃不稳。

十一月下旬，叔齐照例一早起了床，要练太极拳，但他走到院子里，听了一听，却开开堂门，跑出去了。约摸有烙十张饼的时候，这才气急败坏的跑回来，鼻子冻得通红，嘴里一阵一阵的喷着白蒸气。

“大哥！你起来！出兵了！”他恭敬的垂手站在伯夷的床前，大声说，声音有些比平常粗。

伯夷怕冷，很不愿意这么早就起身，但他是非常友爱的，看见兄弟着急，只好把牙齿一咬，坐了起来，披上皮袍，在被窝里慢吞吞的穿裤子。

“我刚要练拳，”叔齐等着，一面说。“却听得外面有人马走动，连忙跑到大路上去看时——果然，来了。首先是一乘白彩的大轿，总该有八十一人抬着罢，里面一座木主，写的是‘大周文王之灵位’；后面跟的都是兵。我想：这一定是要去伐纣了。现在的周王是孝子，他要做大事，一定是把文王抬在前面的。看了一会，我就跑回来，不料我们养老堂的墙外就贴着告示……”

伯夷的衣服穿好了，弟兄俩走出屋子，就觉得一阵冷气，赶紧缩紧了身子。伯夷向来不大走动，一出大门，很看得有些新鲜。不几步，叔齐就伸手向墙上一指，可真的帖着一张大告示：

“照得今殷王纣，乃用其妇人之言，自绝于天，毁坏其三正，离逷其王父母弟。乃断弃其先祖之乐；乃为淫声，用变乱正声，恰说妇人。故今予发，维共行天罚。勉哉夫子，不可再，不可三！此示。”

两人看完之后，都不作声，径向大路走去。只见路边都挤满了民众，站得水泄不通。两人在后面说一声“借光”，民众回头一看，见是两位白须老者，便照文王敬老的上谕，赶忙闪开，让他们走到前面。这时打头的木主早已望不见了，走过去的都是一排一排的甲士，约有烙三百五十二张大饼的工夫，这才见别有许多兵丁，肩着九旒云罕旗，仿佛五色云一样。接着又是甲士，后面一大队骑着高头大马的文武官员，簇拥着一位王爷，紫糖色脸，络腮胡子，左捏黄斧头，右拿白牛尾，威风凛凛：这正是“恭行天罚”的周王发。①

大路两旁的民众，个个肃然起敬，没有人动一下，没有人响一声。在百静中，不提防叔齐却拖着伯夷直扑上去，钻过几个马头，拉住了周王的马嚼子，直着脖子嚷起来道：

“老子死了不葬，倒来动兵，说得上‘孝’吗？臣子想要杀主子，说得上‘仁’吗？……”

开初，是路旁的民众，驾前的武将，都吓得呆了；连周王手里的白牛尾巴也歪了过去。但叔齐刚说了四句话，却就听得一片哗啷声响，有好几把大刀从他们的头上砍下来。

“且住！”

谁都知道这是姜太公的声音，岂敢不听，便连忙停了刀，看着这也是白须白发，然而胖得圆圆的脸。

“义士呢。放他们去罢！”

---

① 文王之子，周武王姬发。

武将们立刻把刀收回，插在腰带上。一面是走上四个甲士来，恭敬的向伯夷和叔齐立正，举手，之后就两个挟一个，开正步向路旁走过去。民众们也赶紧让开道，放他们走到自己的背后去。

到得背后，甲士们便又恭敬的立正，放了手，用力在他们俩的脊梁上一推。两人只叫得一声“阿呀”，跄跄踉踉的颠了周尺一丈路远近，这才扑通的倒在地面上。叔齐还好，用手支着，只印了一脸泥；伯夷究竟比较的有了年纪，脑袋又恰巧磕在石头上，便晕过去了。

三

大军过去之后，什么也不再望得见，大家便换了方向，把躺着的伯夷和坐着的叔齐围起来。有几个是认识他们的，当场告诉人们，说这原是辽西的孤竹君的两位世子，因为让位，这才一同逃到这里，进了先生所设的养老堂。这报告引得众人连声赞叹，几个人便蹲下身子，歪着头去看叔齐的脸，几个人回家去烧姜汤，几个人去通知养老堂，叫他们快抬门板来接了。

大约过了烙好一百零三四张大饼的工夫，现状并无变化，看客也渐渐的走散；又好久，才有两个老头子抬着一扇门板，一拐一拐的走来，板上面还铺着一层稻草：这还是文王定下来的敬老的老规矩。板在地上一放，空咙一声，震得伯夷突然张开了眼睛：他苏醒了。叔齐惊喜的发一声喊，帮那两个人一同轻轻的把伯夷扛上门板，抬向养老堂里去；自己是在旁边跟定，扶住了挂着门板的麻绳。

走了六七十步路，听得远远地有人在叫喊：

“您哪！等一下！姜汤来哩！”望去是一位年青的太太，手里端着一个瓦罐子，向这面跑来了，大约怕姜汤泼出罢，她跑得不很快。

大家只得停住，等候她的到来。叔齐谢了她的好意。她看见伯夷已经自己醒来了。似乎，很有些失望，但想了一想，就劝他仍旧喝下去，可以暖暖胃。然而伯夷怕辣，一定不肯喝。

“这怎么办好呢？还是八年陈的老姜熬的呀。别人家还拿不出这样的东西来呢。我们的家里又没有爱吃辣的人……”她显然有点不高兴。

叔齐只得接了瓦罐，做好做歹的硬劝伯夷喝了一口半，余下的还很多，便说自己也正有胃气痛，统统喝掉了。眼圈通红的，恭敬的夸赞了姜汤的力量，谢了那太太的好意之后，这才解决了这一场大纠纷。

他们回到养老堂里，倒也并没有什么余病，到第三天，伯夷就能够起床了，虽然前额上肿着一大块——然而胃口坏。

官民们都不肯给他们超然，时时送来些搅扰他们的消息，或者是官报，或者是新闻。十二月底，就听说大军已经渡了盟津，诸侯无一不到。不久也送了武王的《太誓》的钞本来。这是特别钞给养老堂看的，怕他们眼睛花，每个字都写得有核桃一般大。不过伯夷还是懒得看，只听叔齐朗诵了一遍，别的倒也并没有什么，但是“自弃其先祖肆祀不答，昏弃其家国……”这几句，断章取义，却好像很伤了自己的心。

传说也不少：有的说，周师到了牧野，和纣王的兵大战，杀得他们尸横遍野，血流成河，连木棍也浮起来，仿佛水上的草梗一样；有的却道纣王的兵虽然有七十万，其实并没有战，一望见姜太公带着大军前来，便回转身，反替武王开路了。

这两种传说，固然略有些不同，但打了胜仗，却似乎确实的。此后又时时听到运来了鹿台的宝贝，巨桥的白米，就更加证明了得胜的确实。伤兵也陆陆续续的回来了，又好像还是打过大仗似的。凡是能够勉强走动的伤兵，大抵在茶馆、酒店、理发铺，以及人家的檐前或门口闲坐，讲述战争的故事，无论那里，总有一群人眉飞色舞的在听他。春天到了，露天下也不再觉得怎么凉，往往到夜里还讲得很起劲。

伯夷和叔齐都消化不良，每顿总是吃不完应得的烙饼；睡觉还照先前一样，天一暗就上床，然而总是睡不着。伯夷只在翻来复去，叔齐听了，又烦躁，又心酸，这时候，他常是重行起来，穿好衣服，到院子里去走走，或者练一套太极拳。

有一夜，是有星无月的夜。大家都睡得静静的了，门口却还有人在谈天。叔齐是向来不偷听人家谈话的，这一回可不知怎的，竟停了脚步，同时也侧着耳朵。

“妈的纣王，一败，就奔上鹿台去了，”说话的大约是回来的伤兵。“妈的，他堆好宝贝，自己坐在中央，就点起火来。”

“阿唷，这可多么可惜呀！”这分明是管门人的声音。

“不慌！只烧死了自己，宝贝可没有烧哩。咱们大王就带着诸侯，进了商国。他们的百姓都在郊外迎接，大王叫大人们招呼他们道：‘纳福呀！’他们就都磕头。一直进去，但见门上都贴着两个大字道：‘顺民。’大王的车子一径走向鹿台，找到纣王自寻短见的处所，射了三箭……”

“为什么呀？怕他没有死吗？”别一人问道。

“谁知道呢。可是射了三箭，又拔出轻剑来，一砍，这才拿了黄斧头，嚓！砍下他的脑袋来，挂在大白旗上。”

叔齐吃了一惊。

“之后就去找纣王的两个小老婆。哼，早已统统吊死了。大王就又射了三箭，拔出剑来，一砍，这才拿了黑斧头，割下她们的脑袋，挂在小白旗上。这么一来……”

“那两个姨太太真的漂亮吗？”管门人打断了他的话。

“知不清。旗杆子高，看的人又多，我那时金创还很疼，没有挤近去看。”

“他们说那一个叫作妲己[①]的是狐狸精，只有两只脚变不成人样，便用布条子裹起来：真的？”

“谁知道呢。我也没有看见她的脚。可是那边的娘儿们却真有许多把脚弄得好像猪蹄子的。”

叔齐是正经人，一听到他们从皇帝的头，谈到女人的脚上去了，便双眉一皱，连忙掩住耳朵，返身跑进房里去。伯夷也还没有睡着，轻轻的问道：

“你又去练拳了么？”

叔齐不回答，慢慢的走过去，坐在伯夷的床沿上，弯下腰，告诉了他刚才听来的一些话。这之后，两人都沉默了许多时，终于是叔齐很困难的叹一口气，悄悄的说道：

“不料竟全改了文王的规矩……你瞧罢，不但不孝，也不仁……这样看来，这里的饭是吃不得了。”

“那么，怎么好呢？”伯夷问。

① 商纣的妃子。

“我看还是走……”

于是两人商量了几句，就决定明天一早离开这养老堂，不再吃周家的大饼；东西是什么也不带。兄弟俩一同走到华山去，吃些野果和树叶来送自己的残年。况且“天道无亲，常与善人”，或者竟会有苍术和茯苓之类也说不定。

打定主意之后，心地倒十分轻松了。叔齐重复解衣躺下，不多久，就听到伯夷讲梦话；自己也觉得很有兴致，而且仿佛闻到茯苓的清香，接着也就在这茯苓的清香中，沉沉睡去了。

四

第二天，兄弟俩都比平常醒得早，梳洗完毕，毫不带什么东西，其实也并无东西可带，只有一件老羊皮长袍舍不得，仍旧穿在身上，拿了拄杖，和留下的烙饼，推称散步，一径走出养老堂的大门；心里想，从此要长别了，便似乎还不免有些留恋似的，回过头来看了几眼。

街道上行人还不多；所遇见的不过是睡眼惺忪的女人，在井边打水。将近郊外，太阳已经高升，走路的也多起来了，虽然大抵昂着头，得意洋洋的，但一看见他们，却还是照例的让路。树木也多起来了，不知名的落叶树上，已经吐着新芽，一望好像灰绿的轻烟，其间夹着松柏，在蒙胧中仍然显得很苍翠。

满眼是阔大，自由，好看，伯夷和叔齐觉得仿佛年青起来，脚步轻松，心里也很舒畅了。

到第二天的午后，迎面遇见了几条岔路，他们决不定走那一条路近，便检了一个对面走来的老头子，很和气的去问他。

“阿呀，可惜，”那老头子说。“您要是早一点，跟先前过去的那队马跑就好了。现在可只得先走这条路。前面岔路还多，再问罢。”

叔齐就记得了正午时分，他们的确遇见过几个废兵，赶着一大批老马、瘦马、跛脚马、癞皮马，从背后冲上来，几乎把他们踏死，这时就趁便问那老人，这些马是赶去做什么的。

“您还不知道吗？”那人答道。“我们大王已经‘恭行天罚’，用不着再来兴师动众，所以把马放到华山脚下去的。这就是‘归马于华山之阳’呀，您懂了没有？我们还在‘放牛于桃林之野’哩！吓，这回可真是大家要吃太平饭了。”

然而这竟是兜头一桶冷水，使两个人同时打了一个寒噤，但仍然不动声色，谢过老人，向着他所指示的路前行。无奈这“归马于华山之阳”，竟踏坏了他们的梦境，使两个人的心里，从此都有些七上八下起来。

心里忐忑，嘴里不说，仍是走，到得傍晚，临近了一座并不很高的黄土冈，上面有一些树林，几间土屋，他们便在途中议定，到这里去借宿。

离土冈脚还有十几步，林子里便窜出五个彪形大汉来，头包白布，身穿破衣，为首的拿一把大刀，另外四个都是木棍。一到冈下，便一字排开，拦住去路，一同恭敬的点头，大声吆喝道：

“老先生，您好哇！”

他们俩都吓得倒退了几步，伯夷竟发起抖来。还是叔齐能干，索性走上前，问他们是什么人，有什么事。

“小人就是华山大王小穷奇，”那拿刀的说，“带了兄弟们在这里，要请您老赏一点买路钱！”

“我们那里有钱呢，大王。”叔齐很客气的说。“我们是从养老堂里出来的。”

“阿呀！”小穷奇吃了一惊，立刻肃然起敬，“那么，您两位一定是‘天下之大老也’了。小人们也遵先王遗教，非常敬老，所以要请您老留下一点纪念品……”他看见叔齐没有回答，便将大刀一挥，提高了声音道：“如果您老还要谦让，那可小人们只好恭行天搜，瞻仰一下您老的贵体了！”

伯夷、叔齐立刻擎起了两只手；一个拿木棍的就来解开他们的皮袍、棉袄、小衫，细细搜检了一遍。

“两个穷光蛋，真的什么也没有！”他满脸显出失望的颜色，转过头去，对小穷奇说。

小穷奇看出了伯夷在发抖，便上前去，恭敬的拍拍他肩膀，说道：

“老先生，请您不要怕。海派会‘剥猪猡’，我们是文明人，不干这玩意儿的。什么纪念品也没有，只好算我们自己晦气。现在您只要滚您的蛋就是了！”

伯夷没有话好回答，连衣服也来不及穿好，和叔齐迈开大步，眼看着地，向前便跑。这时五个人都已经站在旁边，让出路来了。看见他们在面前走过，便恭敬的垂下双手，同声问道：

“您走了？您不喝茶了么？”

“不喝了，不喝了……”伯夷和叔齐且走且说，一面不住的点着头。

五

“归马于华山之阳”和华山大王小穷奇，都使两位义士对华山害怕，于是从新商量，转身向北，讨着饭，晓行夜宿，终于到了首阳山。

这确是一座好山。既不高，又不深，没有大树林，不愁虎狼，也不必防强盗：是理想的幽栖之所。两人到山脚下一看，只见新叶嫩碧，土地金黄，野草里开着些红红白白的小花，真是连看看也赏心悦目。他们就满心高兴，用拄杖点着山径，一步一步的挨上去，找到上面突出一片石头，好像岩洞的处所，坐了下来，一面擦着汗，一面喘着气。

这时候，太阳已经西沉，倦鸟归林，啾啾唧唧的叫着，没有上山时候那么清静了，但他们倒觉得也还新鲜，有趣。在铺好羊皮袍，准备就睡之前，叔齐取出两个大饭团，和伯夷吃了一饱。这是沿路讨来的残饭，因为两人曾经议定，“不食周粟”，只好进了首阳山之后开始实行，所以当晚把它吃完，从明天起，就要坚守主义，绝不通融了。

他们一早就被乌老鸦闹醒，后来重又睡去，醒来却已是上午时分。伯夷说腰痛腿酸，简直站不起，叔齐只得独自去走走，看可有可吃的东西。他走了一些时，竟发现这山的不高不深，没有虎狼盗贼，固然是其所长，然而因此也有了缺点：下面就是首阳村，所以不但常有砍柴的老人或女人，并且有进来玩耍的孩子，可吃的野果子之类，一颗也找不出，大约早被他们摘去了。

他自然就想到茯苓。但山上虽然有松树，却不是古松，都好像根上未必有茯苓；即使有，自己也不带锄头，没有法子想。接着又想到苍术，然而他只见过苍术的根，毫不知道那叶子的形状，又不能把满山的草都拔起来看一看，即使苍术生在眼前，也不能认识。心里一暴躁，满脸发热，就乱抓了一通头皮。

但是他立刻平静了，似乎有了主意，接着就走到松树旁边，摘了一衣兜的松针，又往溪边寻了两块石头，砸下松针外面的青皮，洗过，又细细的砸得好像面饼，另寻一片很薄的石片，拿着回到石洞去了。

“三弟，有什么捞儿[①]没有？我是肚子饿的咕噜咕噜响了好半天了。”伯夷一望见他，就问。

“大哥，什么也没有。试试这玩意儿罢。”

他就近拾了两块石头，支起石片来，放上松针面，聚些枯枝，在下面生了火。实在是许多工夫，才听得湿的松针面有些吱吱作响，可也发出一点清香，引得他们俩咽口水。叔齐高兴得微笑起来了，这是姜太公做八十五岁生日的时候，他去拜寿，在寿筵上听来的方法。

发香之后，就发泡，眼见它渐渐的干下去，正是一块糕。叔齐用皮袍袖子裹着手，把石片笑嘻嘻的端到伯夷的面前。伯夷一面吹，一面拗，终于拗下一角来，连忙塞进嘴里去。

他愈嚼，就愈皱眉，直着脖子咽了几咽，倒哇的一声吐出来了，诉苦似的看着叔齐道：

“苦……粗……”

---

① 北方的方言，本意指物质的收益。这里指可以吃的东西。

这时候，叔齐真好像落在深潭里，什么希望也没有了。抖抖的也拗了一角，咀嚼起来，可真也毫没有可吃的样子：苦……粗……

叔齐一下子失了锐气，坐倒了，垂了头。然而还在想，挣扎的想，仿佛是在爬出一个深潭去。爬着爬着，只向前。终于似乎自己变了孩子，还是孤竹君的世子，坐在保姆的膝上了。这保姆是乡下人，在和他讲故事：黄帝打蚩尤，大禹捉无支祁，还有乡下人荒年吃薇菜。

他又记得了自己问过薇菜的样子，而且山上正见过这东西。他忽然觉得有了气力，立刻站起身，跨进草丛，一路寻过去。

果然，这东西倒不算少，走不到一里路，就摘了半衣兜。

他还是在溪水里洗了一洗，这才拿回来；还是用那烙过松针面的石片，来烤薇菜。叶子变成暗绿，熟了。但这回再不敢先去敬他的大哥了，撮起一株来，放在自己的嘴里，闭着眼睛，只是嚼。

“怎么样？”伯夷焦急的问。

“鲜的！”

两人就笑嘻嘻的来尝烤薇菜；伯夷多吃了两撮，因为他是大哥。

他们从此天天采薇菜。先前是叔齐一个人去采，伯夷煮；后来伯夷觉得身体健壮了一些，也出去采了。做法也多起来：薇汤、薇羹、薇酱、清炖薇、原汤焖薇芽、生晒嫩薇叶。……

然而近地的薇菜，却渐渐的采完，虽然留着根，一时也很难生长，每天非走远路不可了。搬了几回家，后来还是一样的结果。而且新住处也逐渐的难找了起来，因为既要薇菜多，又要溪水近，这样的便当之处，在首阳山上实在也不可多得的。叔齐怕伯夷年纪太大了，一不小心会中风，便竭力劝他安坐在家里，仍旧单是担任煮，让自己独自去采薇。

伯夷逊让了一番之后，倒也应允了，从此就较为安闲自在，然而首阳山上是有人迹的，他没事做，脾气又有些改变，从沉默成了多话，便不免和孩子去搭讪，和樵夫去扳谈。也许是因为一时高兴，或者有人叫他老乞丐的缘故罢，他竟说出了他们俩原是辽西的孤竹君的儿子，他老大，那一个是老三。父亲在日原是说要传位给老三的，一到死后，老三却一定向他让。他遵父命，省得麻烦，逃走了。不料老三也逃走了。两人在路上遇见，便一同来找西伯——文王，进了养老堂。又不料现在的周王竟“以臣弑君”起来，所以只好不食周粟，逃上首阳山，吃野菜活命……等到叔齐知道，怪他多嘴的时候，已经传播开去，没法挽救了。但也不敢怎么埋怨他；只在心里想：父亲不肯把位传给他，可也不能不说很有些眼力。

叔齐的预料也并不错。这结果坏得很，不但村里时常讲到他们的事，也常有特地上山来看他们的人。有的当他们名人，有的当他们怪物，有的当他们古董。甚至于跟着看怎样采，围着看怎样吃，指手画脚，问长问短，令人头昏。而且对付还须谦虚，倘使略不小心，皱一皱眉，就难免有人说是“发脾气”。

不过舆论还是好的方面多。后来连小姐、太太，也有几个人来看了，回家去都摇头，说是“不好看”，上了一个大当。

终于还引动了首阳村的第一等高人小丙君。他原是妲己的舅公的干女婿，做着祭酒，因为知道天命有归，便带着五十车行李和八百个奴婢，来投明主了。可惜已在会师盟津的前几天，兵马事忙，来不及好好的安插，便留下他四十车货物和七百五十个奴婢，另外给予两顷首阳山下的肥田，叫他在村里研究八卦学。他也喜欢弄文学，村中都是文盲，不懂得文学概论，气闷已久，便叫家丁打轿，找那两个老头子，谈谈文学去了；尤其是诗歌，因为他也是诗人，已经做好一本诗集子。

然而谈过之后，他一上轿就摇头，回了家，竟至于很有些气愤。他以为那两个家伙是谈不来诗歌的。第一、是穷；谋生之不暇，怎么做得出好诗？第二、是“有所为”，失了诗的“敦厚”；第三、是有议论，失了诗的“温柔”。尤其可议的是他们的品格，通体都是矛盾。于是他大义凛然的斩钉截铁的说道：

“‘普天之下，莫非王土’，难道他们在吃的薇，不是我们圣上的吗！”

这时候，伯夷和叔齐也在一天一天的瘦下去了。这并非为了忙于应酬，因为参观者倒在逐渐的减少。所苦的是薇菜也已经逐渐的减少，每天要找一捧，总得费许多力，走许多路。

然而祸不单行。掉在井里面的时候，上面偏又来了一块大石头。

有一天，他们俩正在吃烤薇菜，不容易找，所以这午餐已在下午了。忽然走来了一个二十来岁的女人，先前是没有见过的，看她模样，好像是阔人家里的婢女。

“您吃饭吗？”她问。

叔齐仰起脸来，连忙陪笑，点点头。

“这是什么玩意儿呀？”她又问。

“薇。”伯夷说。

“怎么吃着这样的玩意儿的呀?”

“因为我们是不食厨粟。……”

伯夷刚刚说出口，叔齐赶紧使一个眼色，但那女人好像聪明得很，已经懂得了。她冷笑了一下，于是大义凛然的斩钉截铁的说道：“‘普天之下，莫非王土’，你们在吃的薇，难道不是我们圣上的吗!”

伯夷和叔齐听得清清楚楚，到了末一句，就好像一个大霹雳，震得他们发昏；待到清醒过来，那鸦头已经不见了。薇，自然是不吃，也吃不下去了，而且连看看也害羞，连要去搬开它，也抬不起手来，觉得仿佛有好几百斤重。

六

樵夫偶然发现了伯夷和叔齐都缩做一团，死在山背后的石洞里，是大约这之后的二十天。并没有烂，虽然因为瘦，但也可见死的并不久；老羊皮袍却没有垫着，不知道弄到那里去了。这消息一传到村子里，又哄动了一大批来看的人，来来往往，一直闹到夜。结果是有几个多事的人，就地用黄土把他们埋起来，还商量立一块石碑，刻上几个字，给后来好做古迹。

然而合村里没有人能写字，只好去求小丙君。

然而小丙君不肯写。

“他们不配我来写，”他说。“都是昏蛋。跑到养老堂里来，倒也罢了，可又不肯超然；跑到首阳山里来，倒也罢了，可是还要做诗；做诗倒也罢了，可是还要发感慨，不肯安分守己，‘为艺术而艺术’。你瞧，这样的诗，可是有永久性的：

‘上那西山呀采它的薇菜，
强盗来代强盗呀不知道这的不对。
神农、虞、夏一下子过去了，我又那里去呢？
唉唉死罢，命里注定的晦气！’

“你瞧，这是什么话？温柔敦厚的才是诗。他们的东西，却不但‘怨’，简直‘骂’了。没有花，只有刺，尚且不可，何况只有骂。即使放开文学不谈，他们撇下祖业，也不是什么孝子，到这里又讥讪朝政，更不像一个良民……我不写！……”

文盲们不大懂得他的议论，但看见声势汹汹，知道一定是反对的意思，也只好作罢了。伯夷和叔齐的丧事，就这样的算是告了一段落。

然而夏夜纳凉的时候，有时还谈起他们的事情来。有人说是老死的，有人说是病死的，有人说是给抢羊皮袍子的强盗杀死的。后来又有人说其实恐怕是故意饿死的，因为他从小丙君府上的鸦头阿金姐那里听来：这之前的十多天，她曾经上山去奚落他们了几句，傻瓜总是脾气大，大约就生气了，绝了食撒赖，可是撒赖只落得一个自己死。

于是许多人就非常佩服阿金姐，说她很聪明，但也有些人怪她太刻薄。

阿金姐却并不以为伯夷、叔齐的死掉，是和她有关系的。自然，她上山去开了几句玩笑，是事实，不过这仅仅是玩笑。那两个傻瓜发脾气，因此不吃薇菜了，也是事实，不过并没有死，倒招来了很大的运气。

“老天爷的心肠是顶好的，”她说。“他看见他们的撒赖，快要饿死了，就吩咐母鹿，用它的奶去喂他们。您瞧，这不是顶好的福气吗？用不着种地，用不着砍柴，只要坐着，就天天有鹿奶自己送到你嘴里来。可是贱骨头不识抬举，那老三，他叫什么呀，得步进步。喝鹿奶还不够了。他喝着鹿奶，心里想，‘这鹿有这么胖，杀它来吃，味道一定是不坏的。’一面就慢慢的伸开臂膊，要去拿石片。可不知道鹿是通灵的东西，它已经知道了人的心思，立刻一溜烟逃走了。老天爷也讨厌他们的贪嘴，叫母鹿从此不要去。您瞧，他们还不只好饿死吗？那里是为了我的话，倒是为了自己的贪心，贪嘴呵！……”

听到这故事的人们，临末都深深的叹一口气，不知怎的，连自己的肩膀也觉得轻松不少了。即使有时还会想起伯夷、叔齐来，但恍恍忽忽，好像看见他们蹲在石壁下，正在张开白胡子的大口，拼命的吃鹿肉。

（一九三五年十二月作）

铸剑

一

眉间尺刚和他的母亲睡下，老鼠便出来咬锅盖，使他听得发烦。他轻轻地叱了几声，最初还有些效验，后来是简直不理他了，格支格支地径自咬。他又不敢大声赶，怕惊醒了白天做得劳乏，晚上一躺就睡着了的母亲。

许多时光之后，平静了；他也想睡去。忽然，扑通一声，惊得他又睁开眼。同时听到沙沙地响，是爪子抓着瓦器的声音。

"好！该死！"他想着，心里非常高兴，一面就轻轻地坐起来。

他跨下床，借着月光走向门背后，摸到钻火家伙，点上松明，向水瓮一照。果然，一匹很大的老鼠落在那里面了；但是，存水已经不多，爬不出来，只沿着水瓮内壁，抓着，团团地转圈子。

"活该！"他一想到夜夜咬家具，闹得他不能安稳睡觉的便是它们，很觉得畅快。他将松明插在土墙的小孔里，赏玩着；然而那圆睁的小眼睛，又使他发生了憎恨，伸手抽出一根芦柴，将它直按到水底去。过了一会，才放手，那老鼠也随着浮了上来，还是抓着瓮壁转圈子。只是抓劲已经没有先前似的有力，眼睛也淹在水里面，单露出一点尖尖的通红的小鼻子，咻咻地急促地喘气。

他近来很有点不大喜欢红鼻子的人。但这回见了这尖尖的小红鼻子，却忽然觉得它可怜了，就又用那芦柴，伸到它的肚下去。老鼠抓着，歇了一回力，便沿着芦干爬了上来。待到他看见全身，——湿淋淋的黑毛，大的肚子，蚯蚓似的尾巴，——便又觉得可恨可憎得很，慌忙将芦柴一抖，扑通一声，老鼠又落在水瓮里，他接着就用芦柴在它头上捣了几下，叫它赶快沉下去。

换了六回松明之后，那老鼠已经不能动弹，不过沉浮在水中间，有时还向水面微微一跳。眉间尺又觉得很可怜，随即折断芦柴，好容易将它夹了出来，放在地面上。老鼠先是丝毫不动，后来才有一点呼吸；又许多时，四只脚运动了，一翻身，似乎要站起来逃走。这使眉间尺大吃一惊，不觉提起左脚，一脚踏下去。只听得吱的一声，他蹲下去仔细看时，只见口角上微有鲜血，大概是死掉了。

他又觉得很可怜，仿佛自己作了大恶似的，非常难受。他蹲着，呆看着，站不起来。

“尺儿，你在做什么？”他的母亲已经醒来了，在床上问。

“老鼠……。”他慌忙站起，回转身去，却只答了两个字。

“是的，老鼠。这我知道。可是你在做什么？杀它呢，还是在救它？”

他没有回答。松明烧尽了；他默默地立在暗中，渐看见月光的皎洁。

“唉！”他的母亲叹息说，“一交子时[1]，你就是十六岁了，

---

① 从夜里十一点到次晨一点称为子时。

性情还是那样，不冷不热地，一点也不变。看来，你的父亲的仇是没有人报的了。”

他看见他的母亲坐在灰白色的月影中，仿佛身体都在颤动；低微的声音里，含着无限的悲哀，使他冷得毛骨悚然，而一转眼间，又觉得热血在全身中忽然腾沸。

“父亲的仇？父亲有什么仇呢？”他前进几步，惊急地问。

“有的。还要你去报。我早想告诉你的了；只因为你太小，没有说。现在你已经成人了，却还是那样的性情。这教我怎么办呢？你似的性情，能行大事的么？”

“能。说罢，母亲。我要改过……。”

“自然。我也只得说。你必须改过……。那么，走过来罢。”

他走过去；他的母亲端坐在床上，在暗白的月影里，两眼发出闪闪的光芒。

“听哪！”她严肃地说，“你的父亲原是一个铸剑的名工，天下第一。他的工具，我早已都卖掉了来救了穷了，你已经看不见一点遗迹；但他是一个世上无二的铸剑的名工。二十年前，王妃生下了一块铁，听说是抱了一回铁柱之后受孕的，是一块纯青透明的铁。大王知道是异宝，便决计用来铸一把剑，想用它保国，用它杀敌，用它防身。不幸你的父亲那时偏偏入了选，便将铁捧回家里来，日日夜夜地锻炼，费了整三年的精神，炼成两把剑。

“当最末次开炉的那一日，是怎样地骇人的景象呵！哗拉拉地腾上一道白气的时候，地面也觉得动摇。那白气到天半便变成白云，罩住了这处所，渐渐现出绯红颜色，映得一切都如桃花。我家的漆黑的炉子里，是躺着通红的两把剑。你父亲用井华水[①]慢慢地滴下去，那剑嘶嘶地吼着，慢慢转成青色了。这样地七日七夜，就看不见了剑，仔细看时，却还在炉底里，纯青的，透明的，正像两条冰。

“大欢喜的光采，便从你父亲的眼睛里四射出来；他取起剑，拂拭着，拂拭着。然而悲惨的皱纹，却也从他的眉头和嘴角出现了。他将那两把剑分装在两个匣子里。

“‘你只要看这几天的景象，就明白无论是谁，都知道剑已炼就的了。’他悄悄地对我说。‘一到明天，我必须去献给大王。但献剑的一天，也就是我命尽的日子。怕我们从此要长别了。’

“‘你……。’我很骇异，猜不透他的意思，不知怎么说的好。我只是这样地说：‘你这回有了这么大的功劳……。’

“‘唉！你怎么知道呢！’他说。‘大王是向来善于猜疑，又极残忍的。这回我给他炼成了世间无二的剑，他一定要杀掉我，免得我再去给别人炼剑，来和他匹敌，或者超过他。’

“我掉泪了。

“‘你不要悲哀。这是无法逃避的。眼泪决不能洗掉运命。我可是早已有准备在这里了！’他的眼里忽然发出电火似的光芒，将一个剑匣放在我膝上。‘这是雄剑。’他说。‘你收着。明天，我只将这雌剑献给大王去。倘若我一去竟不回来了呢，那是我一定不再在人间了。你不是怀孕已经五六个月了么？不要悲哀；待生了孩子，好好地抚养。一到成人之后，你便交给他这雄剑，教他砍在大王的颈子上，给我报仇！’”

① 清早第一次汲取的井水。

“那天父亲回来了没有呢?”眉间尺赶紧问。

“没有回来!”她冷静地说。“我四处打听，也杳无消息。后来听得人说，第一个用血来饲你父亲自己炼成的斜的人，就是他自己——你的父亲。还怕他鬼魂作怪，将他的身首分埋在前门和后苑了!”

眉间尺忽然全身都如烧着猛火，自己觉得每一枝毛发上都仿佛闪出火星来。他的双拳，在暗中捏得格格地作响。

他的母亲站起了，揭去床头的木板，下床点了松明，到门背后取过一把锄，交给眉间尺道:“掘下去!”

眉间尺心跳着，但很沉静的一锄一锄轻轻地掘下去。掘出来的都是黄土，约到五尺多深，土色有些不同了，似乎是烂掉的材木。

“看罢!要小心!”他的母亲说。

眉间尺伏在掘开的洞穴旁边，伸手下去，谨慎小心地撮开烂树，待到指尖一冷，有如触着冷雪的时候，那纯青透明的剑也出现了。他看清了剑靶，捏着，提了出来。

窗外的星月和屋里的松明似乎都骤然失了光辉，惟有青光充塞宇内。那剑便溶在这青光中，看去好像一无所有。眉间尺凝神细视，这才仿佛看见长五尺余，却并不见得怎样锋利，剑口反而有些浑圆，正如一片韭叶。

“你从此要改变你的优柔的性情，用这剑报仇去!”他的母亲说。

“我已经改变了我的优柔的性情，要用这剑报仇去!”

“但愿如此。你穿了青衣，背上这剑，衣剑一色，谁也看不分明的。衣服我已经做在这里，明天就上你的路去罢。不要记念我!”她向床后的破衣箱一指，说。

眉间尺取出新衣，试去一穿，长短正很合式。他便重行叠好，裹了剑，放在枕边，沉静地躺下。他觉得自己已经改变了优柔的性情；他决心要并无心事一般，倒头便睡，清晨醒来，毫不改变常态，从容地去寻他不共戴天的仇雠。

但他醒着。他翻来复去，总想坐起来。他听到他母亲的失望的轻轻的长叹。他听到最初的鸡鸣；他知道已交子时，自己是上了十六岁了。

二

当眉间尺肿着眼眶，头也不回的跨出门外，穿着青衣，背着青剑，迈开大步，径奔城中的时候，东方还没有露出阳光。杉树林的每一片叶尖，都挂着露珠，其中隐藏着夜气。但是，待到走到树林的那一头，露珠里却闪出各样的光辉，渐渐幻成晓色了。远望前面，便依稀看见灰黑色的城墙和雉堞[①]。

和挑葱卖菜的一同混入城里，街市上已经很热闹。男人们一排一排的呆站着；女人们也时时从门里探出头来。她们大半也肿着眼眶；蓬着头；黄黄的脸，连脂粉也不及涂抹。

眉间尺豫觉到将有巨变降临，他们便都是焦躁而忍耐地等候着这巨变的。

他径自向前走；一个孩子突然跑过来，几乎碰着他背上的剑尖，使他吓出了一身汗。转出北方，离王宫不远，人们就挤得密密层层，都伸着脖子。人丛中还有女人和孩子哭嚷的声音，他怕

① 又称齿墙、垛墙、战墙，是有锯齿状垛墙的城墙。

那看不见的雄剑伤了人，不敢挤进去；然而人们却又在背后拥上来。他只得宛转地退避；面前只看见人们的背脊和伸长的脖子。

忽然，前面的人们都陆续跪倒了；远远地有两匹马并着跑过来。此后是拿着木棍、戈、刀、弓、弩、旌旗的武人，走得满路黄尘滚滚。又来了一辆四匹马拉的大车，上面坐着一队人，有的打钟击鼓，有的嘴上吹着不知道叫什么名目的劳什子。此后又是车，里面的人都穿画衣，不是老头子，便是矮胖子，个个满脸油汗。接着又是一队拿刀、枪、剑、戟的骑士。跪着的人们便都伏下去了。这时眉间尺正看见一辆黄盖的大车驰来，正中坐着一个画衣的胖子，花白胡子，小脑袋；腰间还依稀看见佩着和他背上一样的青剑。

他不觉全身一冷，但立刻又灼热起来，像是猛火焚烧着。他一面伸手向肩头捏住剑柄，一面提起脚，便从伏着的人们的脖子的空处跨出去。

但他只走得五六步，就跌了一个倒栽葱，因为有人突然捏住了他的一只脚。这一跌又正压在一个干瘪脸的少年身上；他正怕剑尖伤了他，吃惊地起来看的时候，肋下就挨了很重的两拳。他也不暇计较，再望路上，不但黄盖车已经走过，连拥护的骑士也过去了一大阵了。

路旁的一切人们也都爬起来。干瘪脸的少年却还扭住了眉间尺的衣领，不肯放手，说被他压坏了贵重的丹田①，必须保险，倘若不到八十岁便死掉了，就得抵命。闲人们又即刻围上来，呆看着，但谁也不开口；后来有人从旁笑骂了几句，却全

① 通常称人身脐下三寸的地方为丹田

是附和干瘪脸少年的。眉间尺遇到了这样的敌人，真是怒不得，笑不得，只觉得无聊，却又脱身不得。这样地经过了煮熟一锅小米的时光，眉间尺早已焦躁得浑身发火，看的人却仍不见减，还是津津有味似的。

前面的人圈子动摇了，挤进一个黑色的人来，黑须黑眼睛，瘦得如铁。他并不言语，只向眉间尺冷冷地一笑，一面举手轻轻地一拨干瘪脸少年的下巴，并且看定了他的脸。那少年也向他看了一会，不觉慢慢地松了手，溜走了；那人也就溜走了；看的人们也都无聊地走散。只有几个人还来问眉间尺的年纪，住址，家里可有姊姊。眉间尺都不理他们。

他向南走着；心里想，城市中这么热闹，容易误伤，还不如在南门外等候他回来，给父亲报仇罢，那地方是地旷人稀，实在很便于施展。这时满城都议论着国王的游山，仪仗，威严，自己得见国王的荣耀，以及俯伏得有怎么低，应该采作国民的模范等等，很像蜜蜂的排衙。直至将近南门，这才渐渐地冷静。

他走出城外，坐在一株大桑树下，取出两个馒头来充了饥；吃着的时候忽然记起母亲来，不觉眼鼻一酸，然而此后倒也没有什么。周围是一步一步地静下去了，他至于很分明地听到自己的呼吸。

天色愈暗，他也愈不安，尽目力望着前方，毫不见有国王回来的影子。上城卖菜的村人，一个个挑着空担出城回家去了。

人迹绝了许久之后，忽然从城里闪出那一个黑色的人来。

“走罢，眉间尺！国王在捉你了！”他说，声音好像鸱鸮。

眉间尺浑身一颤，中了魔似的，立即跟着他走；后来是飞奔。他站定了喘息许多时，才明白已经到了杉树林边。后面远处有银白的条纹，是月亮已从那边出现；前面却仅有两点磷火一般的那黑色人的眼光。

“你怎么认识我？……”他极其惶骇地问。

“哈哈！我一向认识你。”那人的声音说。“我知道你背着雄剑，要给你的父亲报仇，我也知道你报不成。岂但报不成；今天已经有人告密，你的仇人早从东门还宫，下令捕拿你了。”

眉间尺不觉伤心起来。

“唉唉，母亲的叹息是无怪的。”他低声说。

“但她只知道一半。她不知道我要给你报仇。”

“你么？你肯给我报仇么，义士？”

“阿，你不要用这称呼来冤枉我。”

“那么，你同情于我们孤儿寡妇？……”

“唉，孩子，你再不要提这些受了污辱的名称。”他严冷地说，“仗义，同情，那些东西，先前曾经干净过，现在却都成了放鬼债的资本。我的心里全没有你所谓的那些。我只不过要给你报仇！”

“好。但你怎么给我报仇呢？”

“只要你给我两件东西。”两粒磷火下的声音说。“那两件么？你听着：一是你的剑，二是你的头！”

眉间尺虽然觉得奇怪，有些狐疑，却并不吃惊。他一时开不得口。

“你不要疑心我将骗取你的性命和宝贝。”暗中的声音又严冷地说。“这事全由你。你信我，我便去；你不信，我便住。”

“但你为什么给我去报仇的呢？你认识我的父亲么？”

“我一向认识你的父亲，也如一向认识你一样。但我要报仇，却并不为此。聪明的孩子，告诉你罢。你还不知道么，我怎么地善于报仇。你的就是我的；他也就是我。我的魂灵上是有这么多的，人我所加的伤，我已经憎恶了我自己！”

暗中的声音刚刚停止，眉间尺便举手向肩头抽取青色的剑，顺手从后项窝向前一削，头颅坠在地面的青苔上，一面将剑交给黑色人。

“呵呵！”他一手接剑，一手捏着头发，提起眉间尺的头来，对着那热的死掉的嘴唇，接吻两次，并且冷冷地尖利地笑。

笑声即刻散布在杉树林中，深处随着有一群磷火似的眼光闪动，倏忽临近，听到咻咻的饿狼的喘息。第一口撕尽了眉间尺的青衣，第二口便身体全都不见了，血痕也顷刻舔尽，只微微听得咀嚼骨头的声音。

最先头的一匹大狼就向黑色人扑过来。他用青剑一挥，狼头便坠在地面的青苔上，别的狼们第一口撕尽了它的皮，第二口便身体全都不见了，血痕也顷刻舔尽，只微微听得咀嚼骨头的声音。

他已经掣起地上的青衣，包了眉间尺的头，和青剑都背在背脊上，回转身，在暗中向王城扬长地走去。

狼们站定了，耸着肩，伸出舌头，咻咻地喘着，放着绿的眼光看他扬长地走。

他在暗中向王城扬长地走去，发出尖利的声音唱着歌：

哈哈爱兮爱乎爱乎！
爱青剑兮一个仇人自屠。
夥颐连翩兮多少一夫。

一夫爱青剑兮呜呼不孤。
头换头兮两个仇人自屠。
一夫则无兮爱乎呜呼！
爱乎呜呼兮呜呼阿呼，
阿呼呜呼兮呜呼呜呼！

三

游山并不能使国王觉得有趣；加上了路上将有刺客的密报，更使他扫兴而还。那夜他很生气，说是连第九个妃子的头发，也没有昨天那样的黑得好看了。幸而她撒娇坐在他的御膝上，特别扭了七十多回，这才使龙眉之间的皱纹渐渐地舒展。

午后，国王一起身，就又有些不高兴，待到用过午膳，简直现出怒容来。

“唉唉！无聊！”他打一个大呵欠之后，高声说。

上自王后，下至弄臣，看见这情形，都不觉手足无措。白须老臣的讲道，矮胖侏儒的打诨，王是早已听厌的了；近来便是走索、绿竿、抛丸、倒立、吞刀、吐火等等奇妙的把戏，也都看得毫无意味。他常常要发怒；一发怒，便按着青剑，总想寻点小错处，杀掉几个人。

偷空在宫外闲游的两个小宦官，刚刚回来，一看见宫里面大家的愁苦的情形，便知道又是照例的祸事临头了，一个吓得面如土色；一个却像是大有把握一般，不慌不忙，跑到国王的面前，俯伏着，说道：

“奴才刚才访得一个异人，很有异术，可以给大王解闷，因此特来奏闻。”

“什么?!”王说。他的话是一向很短的。

“那是一个黑瘦的，乞丐似的男子。穿一身青衣，背着一个圆圆的青包裹；嘴里唱着胡诌的歌。人问他。他说善于玩把戏，空前绝后，举世无双，人们从来就没有看见过；一见之后，便即解烦释闷，天下太平。但大家要他玩，他却又不肯。说是第一须有一条金龙，第二须有一个金鼎。……”

“金龙?我是的。金鼎?我有。”

“奴才也正是这样想。……”

“传进来!”

话声未绝，四个武士便跟着那小宦官疾趋而出。上自王后，下至弄臣，个个喜形于色。他们都愿意这把戏玩得解愁释闷，天下太平；即使玩不成，这回也有了那乞丐似的黑瘦男子来受祸，他们只要能挨到传了进来的时候就好了。

并不要许多工夫，就望见六个人向金阶趋进。先头是宦官，后面是四个武士，中间夹着一个黑色人。待到近来时，那人的衣服却是青的，须、眉、头发都黑；瘦得颧骨、眼圈骨、眉棱骨都高高地突出来。他恭敬地跪着俯伏下去时，果然看见背上有一个圆圆的小包袱，青色布，上面还画上一些暗红色的花纹。

“奏来!”王暴躁地说。他见他家伙简单，以为他未必会玩什么好把戏。

“臣名叫宴之敖者；生长汶汶乡。少无职业；晚遇明师，教臣把戏，是一个孩子的头。这把戏一个人玩不起来，必须在金龙之前，摆一个金鼎，注满清水，用兽炭[①]煎熬。于是放下

① 做成兽形的炭。亦泛指炭或炭火。

孩子的头去，一到水沸，这头便随波上下，跳舞百端，且发妙音，欢喜歌唱。这歌舞为一人所见，便解愁释闷，为万民所见，便天下太平。”

“玩来！”王大声命令说。

并不要许多工夫，一个煮牛的大金鼎便摆在殿外，注满水，下面堆了兽炭，点起火来。那黑色人站在旁边，见炭火一红，便解下包袱，打开，两手捧出孩子的头来，高高举起。那头是秀眉长眼，皓齿红唇；脸带笑容；头发蓬松，正如青烟一阵。黑色人捧着向四面转了一圈，便伸手擎到鼎上，动着嘴唇说了几句不知什么话，随即将手一松，只听得扑通一声，坠入水中去了。水花同时溅起，足有五尺多高，此后是一切平静。

许多工夫，还无动静。国王首先暴躁起来，接着是王后和妃子、大臣、宦官们也都有些焦急，矮胖的侏儒们则已经开始冷笑了。王一见他们的冷笑，便觉自己受愚，回顾武士，想命令他们就将那欺君的莠民掷入牛鼎里去煮杀。

但同时就听得水沸声；炭火也正旺，映着那黑色人变成红黑，如铁的烧到微红。王刚又回过脸来，他也已经伸起两手向天，眼光向着无物，舞蹈着，忽地发出尖利的声音唱起歌来：

哈哈爱兮爱乎爱乎！
爱兮血兮兮谁乎独无。
民萌冥行兮一夫壶卢。
彼用百头颅，千头颅兮用万头颅！
我用一头颅兮而无万夫。
爱一头颅兮血乎呜呼！

血乎呜呼兮呜呼阿呼，
阿呼呜呼兮呜呼呜呼！

随着歌声，水就从鼎口涌起，上尖下广，像一座小山，但自水尖至鼎底，不住地回旋运动。那头即随水上上下下，转着圈子，一面又滴溜溜自己翻筋斗，人们还可以隐约看见他玩得高兴的笑容。过了些时，突然变了逆水的游泳，打旋子夹着穿梭，激得水花向四面飞溅，满庭洒下一阵热雨来。一个侏儒忽然叫了一声，用手摸着自己的鼻子。他不幸被热水烫了一下，又不耐痛，终于免不得出声叫苦了。

黑色人的歌声才停，那头也就在水中央停住，面向王殿，颜色转成端庄。这样的有十余瞬息之久，才慢慢地上下抖动；从抖动加速而为起伏的游泳，但不很快，态度很雍容。绕着水边一高一低地游了三匝，忽然睁大眼睛，漆黑的眼珠显得格外精采，同时也开口唱起歌来：

王泽流兮浩洋洋；
克服怨敌，怨敌克服兮，赫兮强！
宇宙有穷止兮万寿无疆。
幸我来也兮青其光！
青其光兮永不相忘。
异处异处兮堂哉皇！
堂哉皇哉兮嗳嗳唷，
嗟来归来，嗟来陪来兮青其光！

头忽然升到水的尖端停住；翻了几个筋斗之后，上下升降起来，眼珠向着左右瞥视，十分秀媚，嘴里仍然唱着歌：

阿呼呜呼兮呜呼呜呼，
爱乎呜呼兮呜呼阿呼！
血一头颅兮爱乎呜呼。
我用一头颅兮而无万夫！
彼用百头颅，千头颅……

唱到这里，是沉下去的时候，但不再浮上来了；歌词也不能辨别。涌起的水，也随着歌声的微弱，渐渐低落，像退潮一般，终至到鼎口以下，在远处什么也看不见。

“怎了？”等了一会，王不耐烦地问。

“大王，”那黑色人半跪着说。“他正在鼎底里作最神奇的团圆舞，不临近是看不见的。臣也没有法术使他上来，因为作团圆舞必须在鼎底里。”

王站起身，跨下金阶，冒着炎热立在鼎边，探头去看。只见水平如镜，那头仰面躺在水中间，两眼正看着他的脸。待到王的眼光射到他脸上时，他便嫣然一笑。这一笑使王觉得似曾相识，却又一时记不起是谁来。刚在惊疑，黑色人已经掣出了背着的青色的剑，只一挥，闪电般从后项窝直劈下去，扑通一声，王的头就落在鼎里了。

仇人相见，本来格外眼明，况且是相逢狭路。王头刚到水面，眉间尺的头便迎上来，狠命在他耳轮上咬了一口。鼎水即刻沸涌，澎湃有声；两头即在水中死战。约有二十回合，王头受了五个伤，眉间尺的头上却有七处。王又狡猾，总是设法绕到他的敌人的后面去。眉间尺偶一疏忽，终于被他咬住了后项窝，无法转身。这一回王的头可是咬定不放了，他只是连连蚕食进去；连鼎外面也仿佛听到孩子的失声叫痛的声音。

上自王后，下至弄臣，骇得凝结着的神色也应声活动起来，似乎感到暗无天日的悲哀，皮肤上都一粒一粒地起粟；然而又夹着秘密的欢喜，瞪了眼，像是等候着什么似的。

黑色人也仿佛有些惊慌，但是面不改色。他从从容容地伸开那捏着看不见的青剑的臂膊，如一段枯枝；伸长颈子，如在细看鼎底。臂膊忽然一弯，青剑便蓦地从他后面劈下，剑到头落，坠入鼎中，淜的一声，雪白的水花向着空中同时四射。

他的头一入水，即刻直奔王头，一口咬住了王的鼻子，几乎要咬下来。王忍不住叫一声“阿唷”，将嘴一张，眉间尺的头就乘机挣脱了，一转脸倒将王的下巴下死劲咬住。他们不但都不放，还用全力上下一撕，撕得王头再也合不上嘴。于是他们就如饿鸡啄米一般，一顿乱咬，咬得王头眼歪鼻塌，满脸鳞伤。先前还会在鼎里面四处乱滚，后来只能躺着呻吟，到底是一声不响，只有出气，没有进气了。

黑色人和眉间尺的头也慢慢地住了嘴，离开王头，沿鼎壁游了一匝，看他可是装死还是真死。待到知道了王头确已断气，便四目相视，微微一笑，随即合上眼睛，仰面向天，沉到水底里去了。

四

烟消火灭；水波不兴。特别的寂静倒使殿上殿下的人们警醒。他们中的一个首先叫了一声，大家也立刻迭连惊叫起来；一个迈开腿向金鼎走去，大家便争先恐后地拥上去了。有挤在后面的，只能从人脖子的空隙间向里面窥探。

热气还炙得人脸上发烧。鼎里的水却一平如镜，上面浮着一层油，照出许多人脸孔：王后、王妃、武士、老臣、侏儒、太监。……

“阿呀，天哪！咱们大王的头还在里面哪，唉唉唉！”第六个妃子忽然发狂似的哭嚷起来。

上自王后，下至弄臣，也都恍然大悟，仓皇散开，急得手足无措，各自转了四五个圈子。一个最有谋略的老臣独又上前，伸手向鼎边一摸，然而浑身一抖，立刻缩了回来，伸出两个指头，放在口边吹个不住。

大家定了定神，便在殿门外商议打捞办法。约略费去了煮熟三锅小米的工夫，总算得到一种结果，是：到大厨房去调集了铁丝勺子，命武士协力捞起来。

器具不久就调集了，铁丝勺、漏勺、金盘、擦桌布，都放在鼎旁边。武士们便揎起衣袖，有用铁丝勺的，有用漏勺的，一齐恭行打捞。有勺子相触的声音，有勺子刮着金鼎的声音；水是随着勺子的搅动而旋绕着。好一会，一个武士的脸色忽而很端庄了，极小心地两手慢慢举起了勺子，水滴从勺孔中珠子一般漏下，勺里面便显出雪白的头骨来。大家惊叫了一声；他便将头骨倒在金盘里。

“阿呀！我的大王呀！”王后、妃子、老臣，以至太监之类，都放声哭起来。但不久就陆续停止了，因为武士又捞起了一个同样的头骨。

他们泪眼模胡地四顾，只见武士们满脸油汗，还在打捞。此后捞出来的是一团糟的白头发和黑头发；还有几勺很短的东西，似乎是白胡须和黑胡须。此后又是一个头骨。此后是三枝簪。

直到鼎里面只剩下清汤，才始住手；将捞出的物件分盛了三金盘：一盘头骨，一盘须发，一盘簪。

“咱们大王只有一个头。那一个是咱们大王的呢？”第九个妃子焦急地问。

“是呵……。”老臣们都面面相觑。

“如果皮肉没有煮烂，那就容易辨别了。”一个侏儒跪着说。

大家只得平心静气，去细看那头骨，但是黑白大小，都差不多，连那孩子的头，也无从分辨。王后说王的右额上有一个疤，是做太子时候跌伤的，怕骨上也有痕迹。果然，侏儒在一个头骨上发现了；大家正在欢喜的时候，另外的一个侏儒却又在较黄的头骨的右额上看出相仿的瘢痕来。

“我有法子。”第三个王妃得意地说，“咱们大王的龙准是很高的。”

太监们即刻动手研究鼻准骨，有一个确也似乎比较地高，但究竟相差无几；最可惜的是右额上却并无跌伤的瘢痕。

“况且，”老臣们向太监说，“大王的后枕骨是这么尖的么？”

“奴才们向来就没有留心看过大王的后枕骨……。”

王后和妃子们也各自回想起来，有的说是尖的，有的说是平的。叫梳头太监来问的时候，却一句话也不说。

当夜便开了一个王公大臣会议，想决定那一个是王的头，但结果还同白天一样。并且连须发也发生了问题。白的自然是王的，然而因为花白，所以黑的也很难处置。讨论了小半夜，只将几根红色的胡子选出；接着因为第九个王妃抗议，说她确曾看见王有几根通黄的胡子，现在怎么能知道决没有一根红的呢。于是也只好重行归并，作为疑案了。

到后半夜，还是毫无结果。大家却居然一面打呵欠，一面继续讨论，直到第二次鸡鸣，这才决定了一个最慎重妥善的办法，是：只能将三个头骨都和王的身体放在金棺里落葬。

七天之后是落葬的日期，合城很热闹。城里的人民，远处的人民，都奔来瞻仰国王的"大出丧"。天一亮，道上已经挤满了男男女女；中间还夹着许多祭桌。待到上午，清道的骑士才缓辔而来。又过了不少工夫，才看见仪仗，什么旌旗、木棍、戈戟、弓弩、黄钺之类；此后是四辆鼓吹车。再后面是黄盖随着路的不平而起伏着，并且渐渐近来了，于是现出灵车，上载金棺，棺里面藏着三个头和一个身体。

百姓都跪下去，祭桌便一列一列地在人丛中出现。几个义民很忠愤，咽着泪，怕那两个大逆不道的逆贼的魂灵，此时也和王一同享受祭礼，然而也无法可施。

此后是王后和许多王妃的车。百姓看她们，她们也看百姓，但哭着。此后是大臣、太监、侏儒等辈，都装着哀戚的颜色。只是百姓已经不看他们，连行列也挤得乱七八糟，不成样子了。

（一九二六年十月作）

出 关

老子毫无动静的坐着，好像一段呆木头。

“先生，孔丘又来了！”他的学生庚桑楚①，不耐烦似的走进来，轻轻的说。

“请……”

“先生，您好吗？”孔子极恭敬的行着礼，一面说。

“我总是这样子，”老子答道。“您怎么样？所有这里的藏书，都看过了罢？”

“都看过了。不过……”孔子很有些焦躁模样，这是他从来所没有的。“我研究《诗》《书》《礼》《乐》《易》《春秋》六经，自以为很长久了，够熟透了。去拜见了七十二位主子，谁也不采用。人可真是难得说明白呵。还是‘道’的难以说明白呢？”

“你还算运气的哩，”老子说，“没有遇着能干的主子。六经这玩艺儿，只是先王的陈迹呀。那里是弄出迹来的东西呢？你的话，可是和迹一样的。迹是鞋子踏成的，但迹难道就是鞋子吗？”停了一会，又接着说道：“白鹇们只要瞧着，眼珠子动也不动，然而自然有孕；虫呢，雄的在上风叫，雌的在下风应，自然有孕；类是一身上兼具雌雄的，所以自然有孕。性，是不

① 老子的弟子。

能改的；命，是不能换的；时，是不能留的；道，是不能塞的。只要得了道，什么都行，可是如果失掉了，那就什么都不行。”

孔子好像受了当头一棒，亡魂失魄的坐着，恰如一段呆木头。

大约过了八分钟，他深深的倒抽了一口气，就起身要告辞，一面照例很客气的致谢着老子的教训。

老子也并不挽留他，站起来扶着拄杖，一直送他到图书馆的大门外。孔子就要上车了，他才留声机似的说道：

“您走了？您不喝点儿茶去吗？……”

孔子答应着“是是”，上了车，拱着两只手极恭敬的靠在横板上；冉有把鞭子在空中一挥，嘴里喊一声“都”，车子就走动了。待到车子离开了大门十几步，老子才回进自己的屋里去。

“先生今天好像很高兴，”庚桑楚看老子坐定了，才站在旁边，垂着手，说：“话说的很不少……”

“你说的对。”老子微微的叹一口气，有些颓唐似的回答道。“我的话真也说的太多了。”他又仿佛突然记起一件事情来，“哦，孔丘送我的一只雁鹅，不是晒了腊鹅了吗？你蒸蒸吃去罢。我横竖没有牙齿，咬不动。”

庚桑楚出去了。老子就又静下来，合了眼。图书馆里很寂静。只听得竹竿子碰着屋檐响，这是庚桑楚在取挂在檐下的腊鹅。

一过就是三个月。老子仍旧毫无动静的坐着，好像一段呆木头。

“先生，孔丘来了哩！”他的学生庚桑楚，诧异似的走进来，轻轻的说。“他不是长久没来了吗？这回的来，不知道是怎的？……”

“请……”老子照例只说了这一个字。

“先生，您好吗？”孔子极恭敬的行着礼，一面说。

“我总是这样子，”老子答道。“长久不看见了，一定是躲在寓里用功罢？”

“那里那里，”孔子谦虚的说。“没有出门，在想着。想通了一点：鸦鹊亲嘴；鱼儿涂口水；细腰蜂儿化别个；怀了弟弟，做哥哥的就哭。我自己久不投在变化里了，这怎么能够变化别人呢！……”

“对对！”老子道。“您想通了！”

大家都从此没有话，好像两段呆木头。

大约过了八分钟，孔子这才深深的呼出了一口气，就起身要告辞，一面照例很客气的致谢着老子的教训。

老子也并不挽留他。站起来扶着拄杖，一直送他到图书馆的大门外。孔子就要上车了，他才留声机似的说道：

“您走了？您不喝点儿茶去吗？……”

孔子答应着“是是”，上了车，拱着两只手极恭敬的靠在横板上；冉有把鞭子在空中一挥，嘴里喊一声“都”，车子就走动了。待到车子离开了大门十几步，老子才回进自己的屋里去。

“先生今天好像不大高兴，”庚桑楚看老子坐定了，才站在旁边，垂着手，说：“话说的很少……”

“你说的对。”老子微微的叹一口气，有些颓唐的回答道。“可是你不知道：我看我应该走了。”

“这为什么呢?”庚桑楚大吃一惊，好像遇着了晴天的霹雳。

“孔丘已经懂得了我的意思。他知道能够明白他的底细的，只有我，一定放心不下。我不走，是不大方便的……”

“那么，不正是同道了吗?还走什么呢?”

“不，”老子摆一摆手，“我们还是道不同。譬如同是一双鞋子罢，我的是走流沙，他的是上朝廷的。”

“但您究竟是他的先生呵!”

“你在我这里学了这许多年，还是这么老实，”老子笑了起来，“这真是性不能改，命不能换了。你要知道孔丘和你不同：他以后就不再来，也再不叫我先生，只叫我老头子，背地里还要玩花样了呀。”

“我真想不到。但先生的看人是不会错的……”

“不，开头也常常看错。”

“那么，”庚桑楚想了一想，“我们就和他干一下……”

老子又笑了起来，向庚桑楚张开嘴：

“你看：我牙齿还有吗?”他问。

“没有了。”庚桑楚回答说。

“舌头还在吗?”

“在的。”

“懂了没有?”

“先生的意思是说：硬的早掉，软的却在吗?”

“你说的对。我看你也还不如收拾收拾，回家看看你的老婆去罢。但先给我的那匹青牛刷一下，鞍鞯晒一下。我明天一早就要骑的。”

老子到了函谷关，没有直走通到关口的大道，却把青牛一勒，转入岔路，在城根下慢慢的绕着。他想爬城。城墙倒并不高，只要站在牛背上，将身一耸，是勉强爬得上的；但是青牛留在城里，却没法搬出城外去。倘要搬，得用起重机，无奈这时鲁般和墨翟还都没有出世，老子自己也想不到会有这玩意。总而言之：他用尽哲学的脑筋，只是一个没有法。

然而他更料不到当他弯进岔路的时候，已经给探子望见，立刻去报告了关官。所以绕不到七八丈路，一群人马就从后面追来了。那个探子跃马当先，其次是关官，就是关尹喜，还带着四个巡警和两个签子手①。

“站住！”几个人大叫着。

老子连忙勒住青牛，自己是一动也不动，好像一段呆木头。

“啊呀！”关官一冲上前，看见了老子的脸，就惊叫了一声，即刻滚鞍下马，打着拱，说道：“我道是谁，原来是老聃馆长。这真是万想不到的。”

老子也赶紧爬下牛背来，细着眼睛，看了那人一看，含含胡胡的说：“我记性坏……”

“自然，自然，先生是忘记了的。我是关尹喜，先前因为上图书馆去查《税收精义》，曾经拜访过先生……”

这时签子手便翻了一通青牛上的鞍鞯，又用签子刺一个洞，伸进指头去掏了一下，一声不响，橛着嘴走开了。

“先生在城圈边溜溜？”关尹喜问。

“不，我想出去，换换新鲜空气……”

---

① 意思是旧时关卡上的检查员。

“那很好！那好极了！现在谁都讲卫生，卫生是顶要紧的。不过机会难得，我们要请先生到关上去住几天，听听先生的教训……”

老子还没有回答，四个巡警就一拥上前，把他扛在牛背上，签子手用签子在牛屁股上刺了一下，牛把尾巴一卷，就放开脚步，一同向关口跑去了。

到得关上，立刻开了大厅来招待他。这大厅就是城楼的中一间，临窗一望，只见外面全是黄土的平原，愈远愈低；天色苍苍，真是好空气。这雄关就高踞峻坂之上，门外左右全是土坡，中间一条车道，好像在峭壁之间。实在是只要一丸泥就可以封住的。

大家喝过开水，再吃饽饽。让老子休息一会之后，关尹喜就提议要他讲学了。老子早知道这是免不掉的，就满口答应。于是轰轰了一阵，屋里逐渐坐满了听讲的人们。同来的八人之外，还有四个巡警，两个签子手，五个探子，一个书记，账房和厨房。有几个还带着笔、刀、木札，预备抄讲义。

老子像一段呆木头似的坐在中央，沉默了一会，这才咳嗽几声，白胡子里面的嘴唇在动起来了。大家即刻屏住呼吸，侧着耳朵听。只听得他慢慢的说道：

“道可道，非常道；名可名，非常名。无名，天地之始；有名，万物之母。……”

大家彼此面面相觑，没有抄。

“故常无欲以观其妙，”老子接着说，“常有欲以观其窍。此两者，同出而异名。同，谓之玄，玄之又玄，众妙之门……”

大家显出苦脸来了，有些人还似乎手足失措。一个签子手打了一个大呵欠，书记先生竟打起磕睡来，哗啷一声，刀、笔、木札，都从手里落在席子上面了。

老子仿佛并没有觉得，但仿佛又有些觉得似的，因为他从此讲得详细了一点。然而他没有牙齿，发音不清，打着陕西腔，夹上湖南音，“哩”“呢”不分，又爱说什么“咂”：大家还是听不懂。可是时间加长了，来听他讲学的人，倒格外的受苦。

为面子起见，人们只好熬着，但后来总不免七倒八歪斜，各人想着自己的事，待到讲到“圣人之道，为而不争”，住了口了，还是谁也不动弹。老子等了一会，就加上一句道：

“咂，完了！”

大家这才如大梦初醒，虽然因为坐得太久，两腿都麻木了，一时站不起身，但心里又惊又喜，恰如遇到大赦的一样。

于是老子也被送到厢房里，请他去休息。他喝过几口白开水，就毫无动静的坐着，好像一段呆木头。

人们却还在外面纷纷议论。过不多久，就有四个代表进来见老子，大意是说他的话讲的太快了，加上国语不大纯粹，所以谁也不能笔记。没有记录，可惜非常，所以要请他补发些讲义。

“来笃话啥西，俺实直头听弗懂！”[1] 账房说。

“还是耐自家写子出来末哉。写子出来末，总算弗白嚼蛆一场哉啘。阿是？”[2] 书记先生道。

老子也不十分听得懂，但看见别的两个把笔、刀、木札，

① 你在说些什么，我简直听不懂！

② 这句话是苏州的方言，意思是：还是你写出来吧。写了出来，总算不会白白地瞎说一场。是吧？

都摆在自己的面前了，就料是一定要他编讲义。他知道这是免不掉的，于是满口答应；不过今天太晚了，要明天才开手。

代表们认这结果为满意，退出去了。

第二天早晨，天气有些阴沉沉，老子觉得心里不舒适，不过仍须编讲义，因为他急于要出关，而出关，却须把讲义交卷。他看一眼面前的一大堆木札，似乎觉得更加不舒适了。

然而他还是不动声色，静静的坐下去，写起来。回忆着昨天的话，想一想，写一句。那时眼镜还没有发明，他的老花眼睛细得好像一条线，很费力；除去喝白开水和吃饽饽的时间，写了整整一天半，也不过五千个大字。

“为了出关，我看这也敷衍得过去了。”他想。

于是取了绳子，穿起木札来，计两串，扶着拄杖，到关尹喜的公事房里去交稿，并且声明他立刻要走的意思。

关尹喜非常高兴，非常感谢，又非常惋惜，坚留他多住一些时，但看见留不住，便换了一副悲哀的脸相，答应了，命令巡警给青牛加鞍。一面自己亲手从架子上挑出一包盐，一包胡麻，十五个饽饽来，装在一个充公的白布口袋里送给老子做路上的粮食。并且声明：这是因为他是老作家，所以非常优待，假如他年纪青，饽饽就只能有十个了。

老子再三称谢，收了口袋，和大家走下城楼，到得关口，还要牵着青牛走路；关尹喜竭力劝他上牛，逊让一番之后，终于也骑上去了。作过别，拨转牛头，便向峻坂的大路上慢慢的走去。

不多久，牛就放开了脚步。大家在关口目送着，去了两三丈远，还辨得出白发、黄袍、青牛、白口袋，接着就尘头逐步而起，罩着人和牛，一律变成灰色，再一会，已只有黄尘滚滚，什么也看不见了。

大家回到关上，好像卸下了一副担子，伸一伸腰，又好像得了什么货色似的，咂一咂嘴，好些人跟着关尹喜走进公事房里去。

“这就是稿子？”账房先生提起一串木札来，翻着，说。“字倒写得还干净。我看到市上去卖起来，一定会有人要的。”

书记先生也凑上去，看着第一片，念道：

“‘道可道，非常道’……哼，还是这些老套。真教人听得头痛，讨厌……”

“医头痛最好是打打盹。”账房放下了木札，说。

“哈哈哈！……我真只好打盹了。老实说，我是猜他要讲自己的恋爱故事，这才去听的。要是早知道他不过这么胡说八道，我就压根儿不去坐这么大半天受罪……”

“这可只能怪您自己看错了人，”关尹喜笑道。“他那里会有恋爱故事呢？他压根儿就没有过恋爱。”

“您怎么知道？”书记诧异的问。

“这也只能怪您自己打了磕睡，没有听到他说‘无为而无不为’。这家伙真是‘心高于天，命薄如纸’，想‘无不为’，就只好‘无为’。一有所爱，就不能无不爱，那里还能恋爱，敢恋爱？您看看您自己就是：现在只要看见一个大姑娘，不论好丑，就眼睛甜腻腻的都像是你自己的老婆。将来娶了太太，恐怕就要像我们的账房先生一样，规矩一些了。”

窗外起了一阵风，大家都觉得有些冷。

“这老头子究竟是到那里去，去干什么的？”书记先生趁势岔开了关尹喜的话。

“自说是上流沙去的，”关尹喜冷冷的说。“看他走得到。外面不但没有盐、面，连水也难得。肚子饿起来，我看是后来还要回到我们这里来的。”

“那么，我们再叫他著书。”账房先生高兴了起来。“不过饽饽真也太费。那时候，我们只要说宗旨已经改为提拔新作家，两串稿子，给他五个饽饽也足够了。”

“那可不见得行。要发牢骚，闹脾气的。”

“饿过了肚子，还要闹脾气？”

“我倒怕这种东西，没有人要看。”书记摇着手，说。“连五个饽饽的本钱也捞不回。譬如罢，倘使他的话是对的，那么，我们的头儿就得放下关官不做，这才是无不做，是一个了不起的大人……”

“那倒不要紧，”账房先生说，“总有人看的。交卸了的关官和还没有做关官的隐士，不是多得很吗？……”

窗外起了一阵风，括上黄尘来，遮得半天暗。这时关尹喜向门外一看，只见还站着许多巡警和探子，在呆听他们的闲谈。

“呆站在这里干什么？”他吆喝道。“黄昏了，不正是私贩子爬城偷税的时候了吗？巡逻去！”

门外的人们，一溜烟跑下去了。屋里的人们，也不再说什么话，账房和书记都走出去了。关尹喜才用袍袖子把案上的灰尘拂了一拂，提起两串木札来，放在堆着充公的盐、胡麻、布、大豆、饽饽等类的架子上。

（一九三五年十二月作）

非 攻

一

子夏的徒弟公孙高来找墨子，已经好几回了，总是不在家，见不着。大约是第四或者第五回罢，这才恰巧在门口遇见，因为公孙高刚一到，墨子也适值回家来。他们一同走进屋子里。

公孙高辞让了一通之后，眼睛看着席子的破洞，和气的问道：

“先生是主张非战的？”

“不错！”墨子说。

“那么，君子就不斗么？”

“是的！”墨子说。

“猪狗尚且要斗，何况人……”

“唉唉，你们儒者，说话称着尧舜，做事却要学猪狗，可怜，可怜！”墨子说着，站了起来，匆匆的跑到厨下去了，一面说：“你不懂我的意思……”

他穿过厨下，到得后门外的井边，绞着辘轳，汲起半瓶井水来，捧着吸了十多口，于是放下瓦瓶，抹一抹嘴，忽然望着园角上叫了起来道：

“阿廉！你怎么回来了？”

阿廉也已经看见，正在跑过来，一到面前，就规规矩矩的站定，垂着手，叫一声“先生”，于是略有些气愤似的接着说：

“我不干了。他们言行不一致。说定给我一千盆粟米的，却只给了我五百盆。我只得走了。”

“如果给你一千多盆，你走么？”

“不。”阿廉答。

“那么，就并非因为他们言行不一致，倒是因为少了呀！”墨子一面说，一面又跑进厨房里，叫道：

“耕柱子！给我和起玉米粉来！”

耕柱子恰恰从堂屋里走到，是一个很精神的青年。

“先生，是做十多天的干粮罢？”他问。

“对咧。”墨子说。“公孙高走了罢？”

“走了，”耕柱子笑道。“他很生气，说我们兼爱无父，像禽兽一样。”

墨子也笑了一笑。

“先生到楚国去？”

“是的。你也知道了？”墨子让耕柱子用水和着玉米粉，自己却取火石和艾绒打了火，点起枯枝来沸水，眼睛看火焰，慢慢的说道：“我们的老乡公输般，他总是倚恃着自己的一点小聪明，兴风作浪的。造了钩拒，教楚王和越人打仗还不够，这回是又想出了什么云梯，要耸恿楚王攻宋去了。宋是小国，怎禁得这么一攻。我去按他一下罢。”

他看得耕柱子已经把窝窝头上了蒸笼，便回到自己的房里，在壁厨里摸出一把盐渍藜菜干，一柄破铜刀，另外找了一张破包袱，等耕柱子端进蒸熟的窝窝头来，就一起打成一个包裹。

衣服却不打点，也不带洗脸的手巾，只把皮带紧了一紧，走到堂下，穿好草鞋，背上包裹，头也不回的走了。从包裹里，还一阵一阵的冒着热蒸气。

“先生什么时候回来呢？”耕柱子在后面叫喊道。

“总得二十来天罢，”墨子答道，只是走。

二

墨子走进宋国的国界的时候，草鞋带已经断了三四回，觉得脚底上很发热，停下来一看，鞋底也磨成了大窟窿，脚上有些地方起茧，有些地方起泡了。他毫不在意，仍然走；沿路看看情形，人口倒很不少，然而历来的水灾和兵灾的痕迹，却到处存留，没有人民的变换得飞快。走了三天，看不见一所大屋，看不见一颗大树，看不见一个活泼的人，看不见一片肥沃的田地，就这样的到了都城。

城墙也很破旧，但有几处添了新石头；护城沟边看见烂泥堆，像是有人淘掘过，但只见有几个闲人坐在沟沿上似乎钓着鱼。

“他们大约也听到消息了，”墨子想。细看那些钓鱼人，却没有自己的学生在里面。

他决计穿城而过，于是走近北关，顺着中央的一条街，一径向南走。城里面也很萧条，但也很平静；店铺都贴着减价的条子，然而并不见买主，可是店里也并无怎样的货色；街道上满积着又细又粘的黄尘。

“这模样了，还要来攻它！”墨子想。

他在大街上前行，除看见了贫弱而外，也没有什么异样。楚国要来进攻的消息，是也许已经听到了的，然而大家被攻得习惯了，自认是活该受攻的了，竟并不觉得特别，况且谁都只剩了一条性命，无衣无食，所以也没有什么人想搬家。待到望见南关的城楼了，这才看见街角上聚着十多个人，好像在听一个人讲故事。

当墨子走得临近时，只见那人的手在空中一挥，大叫道：

“我们给他们看看宋国的民气！我们都去死！”

墨子知道，这是自己的学生曹公子的声音。

然而他并不挤进去招呼他，匆匆的出了南关，只赶自己的路。又走了一天和大半夜，歇下来，在一个农家的檐下睡到黎明，起来仍复走。草鞋已经碎成一片一片，穿不住了，包袱里还有窝窝头，不能用，便只好撕下一块布裳来，包了脚。

不过布片薄，不平的村路梗着他的脚底，走起来就更艰难。到得下午，他坐在一株小小的槐树下，打开包裹来吃午餐，也算是歇歇脚。远远的望见一个大汉，推着很重的小车，向这边走过来了。到得临近，那人就歇下车子，走到墨子面前，叫了一声“先生”，一面撩起衣角来揩脸上的汗，喘着气。

“这是沙么？”墨子认识他是自己的学生管黔敖，便问。

“是的，防云梯的。”

“别的准备怎么样？”

“也已经募集了一些麻、灰、铁。不过难得很：有的不肯，肯的没有。还是讲空话的多……”

“昨天在城里听见曹公子在讲演，又在玩一股什么‘气’，嚷什么‘死’了。你去告诉他：不要弄玄虚；死并不坏，也很难，但要死得于民有利！”

“和他很难说，”管黔敖怅怅的答道。“他在这里做了两年官，不大愿意和我们说话了……”

“禽滑厘呢？”

“他可是很忙。刚刚试验过连弩；现在恐怕在西关外看地势，所以遇不着先生。先生是到楚国去找公输般[①]的罢？”

“不错，”墨子说，“不过他听不听我，还是料不定的。你们仍然准备着，不要只望着口舌的成功。”

管黔敖点点头，看墨子上了路，目送了一会，便推着小车，吱吱嘎嘎的进城去了。

三

楚国的郢城[②]可是不比宋国：街道宽阔，房屋也整齐，大店铺里陈列着许多好东西，雪白的麻布，通红的辣椒，斑斓的鹿皮，肥大的莲子。走路的人，虽然身体比北方短小些，却都活泼精悍，衣服也很干净，墨子在这里一比，旧衣破裳，布包着两只脚，真好像一个老牌的乞丐了。

再向中央走是一大块广场，摆着许多摊子，拥挤着许多人，这是闹市，也是十字路交叉之处。墨子便找着一个好像士人的老头子，打听公输般的寓所，可惜言语不通，缠不明白，正在手掌心上写字给他看，只听得轰的一声，大家都唱了起来，原来是有名的赛湘灵已经开始在唱她的《下里巴人》，所以引得

---

① 或称公输班。春秋时鲁国人。曾发明创造若干奇巧的器械，古书中多称他为“巧人”。

② 楚国的都城，在今湖北江陵县境。

全国中许多人，同声应和了。不一会，连那老士人也在嘴里发出哼哼声，墨子知道他决不会再来看他手心上的字，便只写了半个“公”字，拔步再往远处跑。然而到处都在唱，无隙可乘，许多工夫，大约是那边已经唱完了，这才逐渐显得安静。他找到一家木匠店，去探问公输般的住址。

“那位山东老，造钩拒[①]的公输先生么？”店主是一个黄脸黑须的胖子，果然很知道。“并不远。你回转去，走过十字街，从右手第二条小道上朝东向南，再往北转角，第三家就是他。”

墨子在手心上写着字，请他看了有无听错之后，这才牢牢的记在心里，谢过主人，迈开大步，径奔他所指点的处所。果然也不错的：第三家的大门上，钉着一块雕镂极工的楠木牌，上刻六个大篆道：“鲁国公输般寓”。

墨子拍着红铜的兽环[②]，当当的敲了几下，不料开门出来的却是一个横眉怒目的门丁。他一看见，便大声的喝道：

“先生不见客！你们同乡来告帮[③]的太多了！”

墨子刚看了他一眼，他已经关了门，再敲时，就什么声息也没有。然而这目光的一射，却使那门丁安静不下来，他总觉得有些不舒服，只得进去禀他的主人。公输般正捏着曲尺，在量云梯的模型。

“先生，又有一个你的同乡来告帮了，……这人可是有些古怪……”门丁轻轻的说。

“他姓什么？”

---

① 战国时期公输班发明的舟战工具。

② 大门上的铜环。

③ 在古时候，向有关系的人乞求钱财物品上的帮助，叫告帮。

“那可还没有问……”门丁惶恐着。

“什么样子的?”

“像一个乞丐。三十来岁。高个子,乌墨的脸……”

“阿呀!那一定是墨翟了!”

公输般吃了一惊,大叫起来,放下云梯的模型和曲尺,跑到阶下去。门丁也吃了一惊,赶紧跑在他前面,开了门。墨子和公输般,便在院子里见了面。

“果然是你。”公输般高兴的说,一面让他进到堂屋去。“你一向好么?还是忙?”

“是的。总是这样……”

“可是先生这么远来,有什么见教呢?”

“北方有人侮辱了我,”墨子很沉静的说。“想托你去杀掉他……”

公输般不高兴了。

“我送你十块钱!”墨子又接着说。

这一句话,主人可真是忍不住发怒了;他沉了脸,冷冷的回答道:

“我是义不杀人的!”

“那好极了!”墨子很感动的直起身来,拜了两拜,又很沉静的说道:“可是我有几句话。我在北方,听说你造了云梯,要去攻宋。宋有什么罪过呢?楚国有余的是地,缺少的是民。杀缺少的来争有余的,不能说是智;宋没有罪,却要攻他,不能说是仁;知道着,却不争,不能说是忠;争了,而不得,不能说是强;义不杀少,然而杀多,不能说是知类。先生以为怎样?……”

“那是……”公输般想着，“先生说得很对的。”

“那么，不可以歇手了么？”

“这可不成，”公输般怅怅的说。“我已经对王说过了。”

“那么，带我见王去就是。”

“好的。不过时候不早了，还是吃了饭去罢。”

然而墨子不肯听，欠着身子，总想站起来，他是向来坐不住的。公输般知道拗不过，便答应立刻引他去见王；一面到自己的房里，拿出一套衣裳和鞋子来，诚恳的说道：

“不过这要请先生换一下。因为这里是和俺家乡不同，什么都讲阔绰的。还是换一换便当……”

“可以可以，”墨子也诚恳的说。“我其实也并非爱穿破衣服的……只因为实在没有工夫换……”

四

楚王早知道墨翟是北方的圣贤，一经公输般绍介，立刻接见了，用不着费力。

墨子穿着太短的衣裳，高脚鹭鸶似的，跟公输般走到便殿里，向楚王行过礼，从从容容的开口道：

“现在有一个人，不要轿车，却想偷邻家的破车子；不要锦绣，却想偷邻家的短毡袄；不要米肉，却想偷邻家的糠屑饭：这是怎样的人呢？”

“那一定是生了偷摸病了。”楚王率直的说。

“楚的地面，”墨子道，“方五千里，宋的却只方五百里，这就像轿车的和破车子；楚有云梦，满是犀、兕、麋、鹿，江汉里的鱼、鳖、鼋、鼍之多，那里都赛不过，宋却是所谓连雉、兔、鲫鱼也没有的，这就像米肉的和糠屑饭；楚有长松、文梓、楠木、豫章，宋却没有大树，这就像锦绣的和短毡袄。所以据臣看来，王吏的攻宋，和这是同类的。”

“确也不错！”楚王点头说。“不过公输般已经给我在造云梯，总得去攻的了。”

“不过成败也还是说不定的。”墨子道。“只要有木片，现在就可以试一试。”

楚王是一位爱好新奇的王，非常高兴，便教侍臣赶快去拿木片来。墨子却解下自己的皮带，弯作弧形，向着公输子，算是城；把几十片木片分作两份，一份留下，一份交与公输子，便是攻和守的器具。

于是他们俩各各拿着木片，像下棋一般，开始斗起来了，攻的木片一进，守的就一架，这边一退，那边就一招。不过楚王和侍臣，却一点也看不懂。

只见这样的一进一退，一共有九回，大约是攻守各换了九种的花样。这之后，公输般歇手了。墨子就把皮带的弧形改向了自己，好像这回是由他来进攻。也还是一进一退的支架着，然而到第三回，墨子的木片就进了皮带的弧线里面了。

楚王和侍臣虽然莫明其妙，但看见公输般首先放下木片，脸上露出扫兴的神色，就知道他攻守两面，全都失败了。

楚王也觉得有些扫兴。

“我知道怎么赢你的，”停了一会，公输般讪讪的说。“但是我不说。”

“我也知道你怎么赢我的，”墨子却镇静的说。“但是我不说。”

“你们说的是些什么呀？”楚王惊讶着问道。

“公输子的意思，”墨子旋转身去，回答道，“不过想杀掉我，以为杀掉我，宋就没有人守，可以攻了。然而我的学生禽滑厘等三百人，已经拿了我的守御的器械，在宋城上，等候着楚国来的敌人。就是杀掉我，也还是攻不下的！”

“真好法子！”楚王感动的说。“那么，我也就不去攻宋罢。”

五

墨子说停了攻宋之后，原想即刻回往鲁国的，但因为应该换还公输般借他的衣裳，就只好再到他的寓里去。时候已是下午，主客都很觉得肚子饿，主人自然坚留他吃午饭——或者已经是夜饭，还劝他宿一宵。

“走是总得今天就走的，”墨子说。“明年再来，拿我的书来请楚王看一看。”

“你还不是讲些行义么？”公输般道。“劳形苦心，扶危济急，是贱人的东西，大人们不取的。他可是君王呀，老乡！”

“那倒也不。丝、麻、米、谷，都是贱人做出来的东西，大人们就都要。何况行义呢。”

“那可也是的，”公输般高兴的说。“我没有见你的时候，想取宋；一见你，即使白送我宋国，如果不义，我也不要了……”

“那可是我真送了你宋国了。”墨子也高兴的说。“你如果一味行义，我还要送你天下哩！”

当主客谈笑之间，午餐也摆好了，有鱼，有肉，有酒。墨子不喝酒，也不吃鱼，只吃了一点肉。公输般独自喝着酒，看见客人不大动刀匕，过意不去，只好劝他吃辣椒：

“请呀请呀！”他指着辣椒酱和大饼，恳切的说，“你尝尝，这还不坏。大葱可不及我们那里的肥……”

公输般喝过几杯酒，更加高兴了起来。

“我舟战有钩拒，你的义也有钩拒么？”他问道。

“我这义的钩拒，比你那舟战的钩拒好。”墨子坚决的回答说。“我用爱来钩，用恭来拒。不用爱钩，是不相亲的，不用恭拒，是要油滑的，不相亲而又油滑，马上就离散。所以互相爱，互相恭，就等于互相利。现在你用钩去钩人，人也用钩钩你，你用拒去拒人，人也用拒来拒你，互相钩，互相拒，也就等于互相害了。所以我这义的钩拒，比你那舟战的钩拒好。”

“但是，老乡，你一行义，可真几乎把我的饭碗敲碎了！”公输般碰了一个钉子之后，改口说，但也大约很有了一些酒意：他其实是不会喝酒的。

“但也比敲碎宋国的所有饭碗好。”

“可是我以后只好做玩具了。老乡，你等一等，我请你看一点玩意儿。”

他说着就跳起来，跑进后房去，好像是在翻箱子。不一会，又出来了，手里拿着一只木头和竹片做成的喜鹊，交给墨子，口里说道：

“只要一开，可以飞三天。这倒还可以说是极巧的。”

“可是还不及木匠的做车轮，”墨子看了一看，就放在席子上，说。“他削三寸的木头，就可以载重五十石。有利于人的，就是巧，就是好，不利于人的，就是拙，也就是坏的。”

“哦，我忘记了，”公输般又碰了一个钉子，这才醒过来。“早该知道这正是你的话。”

“所以你还是一味的行义，”墨子看着他的眼睛，诚恳的说，“不但巧，连天下也是你的了。真是打扰了你大半天。我们明年再见罢。”

墨子说着，便取了小包裹，向主人告辞；公输般知道他是留不住的，只得放他走。送他出了大门之后，回进屋里来，想了一想，便将云梯的模型和木鹊都塞在后房的箱子里。

墨子在归途上，是走得较慢了，一则力乏，二则脚痛，三则干粮已经吃完，难免觉得肚子饿，四则事情已经办妥，不像来时的匆忙。然而比来时更晦气：一进宋国界，就被搜检了两回；走近都城，又遇到募捐救国队，募去了破包袱；到得南关外，又遭着大雨，到城门下想避避雨，被两个执戈的巡兵赶开了，淋得一身湿，从此鼻子塞了十多天。

（一九三四年八月作）

起 死

（一大片荒地。处处有些土冈，最高的不过六七尺。没有树木。遍地都是杂乱的蓬草；草间有一条人马踏成的路径。离路不远，有一个水溜。远处望见房屋。）

庄子——（黑瘦面皮，花白的络腮胡子，道冠①，布袍，拿着马鞭，上。）

出门没有水喝，一下子就觉得口渴。口渴可不是玩意儿呀，真不如化为蝴蝶。可是这里也没有花儿呀，……哦！海子②在这里了，运气，运气！（他跑到水溜旁边，拨开浮萍，用手掬起水来，喝了十几口。）唔，好了。慢慢的上路。（走着，向四处看，）阿呀！一个髑髅。这是怎的？（用马鞭在蓬草间拨了一拨，敲着，说：）

您是贪生怕死，倒行逆施，成了这样的呢？（橐橐。）

还是失掉地盘，吃着板刀，成了这样的呢？（橐橐。）

还是闹得一榻胡涂，对不起父母妻子，成了这样的呢？（橐橐。）您不知道自杀是弱者的行为吗？（橐橐橐！）

还是您没有饭吃，没有衣穿，成了这样的呢？（橐

① 道士帽。

② 即湖泊。

橐。）还是年纪老了，活该死掉，成了这样的呢？（橐橐。）还是……唉，这倒是我糊涂，好像在做戏了。那里会回答。好在离楚国已经不远，用不着忙，还是请司命大神①复他的形，生他的肉，和他谈谈闲天，再给他重回家乡，骨肉团聚罢。（放下马鞭，朝着东方，拱两手向天，提高了喉咙，大叫起来：）

至心朝礼②，司命大天尊！……

（一阵阴风，许多蓬头的，秃头的，瘦的，胖的，男的，女的，老的，少的鬼魂出现。）

鬼魂——庄周，你这胡涂虫！花白了胡子，还是想不通。死了没有四季，也没有主人公。天地就是春秋，做皇帝也没有这么轻松。还是莫管闲事罢，快到楚国去干你自家的运动。……

庄子——你们才是胡涂鬼，死了也还是想不通。要知道活就是死，死就是活呀，奴才也就是主人公。我是达性命之源的，可不受你们小鬼的运动。

鬼魂——那么，就给你当场出丑……

庄子——楚王的圣旨在我头上，更不怕你们小鬼的起哄！（又拱两手向天，提高了喉咙，大叫起来：）

至心朝礼，司命大天尊！

天地玄黄，宇宙洪荒。日月盈昃，辰宿列张。

赵钱孙李，周吴郑王。冯秦褚卫，姜沈韩杨。

① 古时候主管人的生死寿命的神。

② 诚心诚意地朝拜礼敬。

太上老君急急如律令！敕！敕！敕！

（一阵清风，司命大神道冠布袍，黑瘦面皮，花白的络腮胡子，手执马鞭，在东方的朦胧中出现。鬼魂全都隐去。）

司命——庄周，你找我，又要闹什么玩意儿了？喝够了水，不安分起来了吗？

庄子——臣是见楚王去的，路经此地，看见一个空髑髅，却还存着头样子。该有父母妻子的罢，死在这里了，真是呜呼哀哉，可怜得很。所以恳请大神复他的形，还他的肉，给他活转来，好回家乡去。

司命——哈哈！这也不是真心话，你是肚子还没饱就找闲事做。认真不像认真，玩耍又不像玩耍。还是走你的路罢，不要和我来打岔。要知道“死生有命，”我也碍难随便安排。

庄子——大神错矣。其实那里有什么死生。我庄周曾经做梦变了蝴蝶，是一只飘飘荡荡的蝴蝶，醒来成了庄周，是一个忙忙碌碌的庄周。究竟是庄周做梦变了蝴蝶呢，还是蝴蝶做梦变了庄周呢，可是到现在还没有弄明白。这样看来，又安知道这髑髅不是现在正活着，所谓活了转来之后，倒是死掉了呢？请大神随随便便，通融一点罢。做人要圆滑，做神也不必迂腐的。

司命——（微笑，）你也还是能说不能行，是人而非神……那么，也好，给你试试罢。

（司命用马鞭向蓬中一指。同时消失了。所指的地方，发出一道火光，跳起一个汉子来。）

汉子——（大约三十岁左右，体格高大，紫色脸，像是乡下人，全身赤条条的一丝不挂。用拳头揉了一通眼睛之后，定一定神，看见了庄子，）

庄子——哙？（微笑着走近去，看定他，）你是怎么的？

汉子——唉唉，睡着了。你是怎么的？（向两边看，叫了起来，）阿呀，我的包裹和伞子呢？

（向自己的身上看，）阿呀呀，我的衣服呢？（蹲了下去。）

庄子——你静一静，不要着慌罢。你是刚刚活过来的。你的东西，我看是早已烂掉，或者给人拾去了。

汉子——你说什么？

庄子——我且问你：你姓甚名谁，那里人？

汉子——我是杨家庄的杨大呀。学名叫必恭。

庄子——那么，你到这里是来干什么的呢？

汉子——探亲去的呀。不提防在这里睡着了。（着急起来，）我的衣服呢？我的包和伞子呢？

庄子——你静一静，不要着慌罢——我且问你：你是什么时候的人？

汉子——（诧异，）什么？……什么叫作"什么时候的人"？……我的衣服呢？……

庄子——啧啧，你这人真是胡涂得要死的角儿——专管自己的衣服，真是一个彻底的利己主义者。你这，"人"尚且没有弄明白，那里谈得到你的衣服呢？所以我首先要问你：你是什么时候的人？唉唉，你不懂。……那么，（想了一想，）我且问你：你先前活着的时候，村子里出了什么故事？

汉子——故事吗？有的。昨天，阿二嫂就和七太婆吵嘴。

庄子——还欠大！

汉子——还欠大？……那么，杨小三旌表了孝子……

庄子——旌表了孝子，确也是一件大事情……不过还是很难查考……（想了一想，）再没有什么更大的事情，使大家因此闹了起来的了吗？

汉子——闹了起来？……（想着，）哦，有有！那还是三四个月前头，因为孩子们的魂灵，要摄去垫鹿台脚[①]了，真吓得大家鸡飞狗走，赶忙做起符袋来，给孩子们带上……

庄子——（出惊，）鹿台？什么时候的鹿台？

汉子——就是三四个月前头动工的鹿台。

庄子——那么，你是纣王的时候死的？这真了不得，你已经死了五百多年了。

汉子——(有点发怒，）先生，我和你还是初会，不要开玩笑罢。我不过在这儿睡了一忽，什么死了五百多年。我是有正经事，探亲去的。快还我的衣服、包裹和伞子。我没有陪你玩笑的工夫。

庄子——慢慢的，慢慢的，且让我来研究一下。你是怎么睡着的呀？

汉子——怎么睡着的吗？（想着，）我早上走到这地方，好像头顶上轰的一声，眼前一黑，就睡着了。

① 古时候迷信传说，大建筑物要摄取孩子们的魂灵来奠基，才能建成。

庄子——疼吗？

汉子——好像没有疼。

庄子——哦……（想了一想，）哦……我明白了。一定是你在商朝的纣王的时候，独个儿走到这地方，却遇着了断路强盗，从背后给你一闷棍，把你打死，什么都抢走了。现在我们是周朝，已经隔了五百多年，还那里去寻衣服。你懂了没有？

汉子——（瞪了眼睛，看着庄子，）我一点也不懂。先生，你还是不要胡闹，还我衣服、包裹和伞子罢。我是有正经事，探亲去的，没有陪你玩笑的工夫！

庄子——你这人真是不明道理……

汉子——谁不明道理？我不见了东西，当场捉住了你，不问你要，问谁要？（站起来）。

庄子——（着急，）你再听我讲：你原是一个髑髅，是我看得可怜，请司命大神给你活转来的。你想想看：你死了这许多年，那里还有衣服呢！我现在并不要你的谢礼，你且坐下，和我讲讲纣王那时候……

汉子——胡说！这话，就是三岁小孩子也不会相信的。我可是三十三岁了！（走开来，）你……

庄子——我可真有这本领。你该知道漆园的庄周的罢。

汉子——我不知道。就是你真有这本领，又值什么鸟？你把我弄得精赤条条的，活转来又有什么用？叫我怎么去探亲？包裹也没有了……（有些要哭，跑开来拉住了庄子的袖子，）我不相信你的胡说。这里只有你，我当然问你要！我扭你见保甲去！

庄子——慢慢的，慢慢的，我的衣服旧了，很脆，拉不得。你且听我几句话：你先不要专想衣服罢，衣服是可有可无的，也许是有衣服对，也许是没有衣服对。鸟有羽，兽有毛，然而王瓜、茄子赤条条。此所谓“彼亦一是非，此亦一是非”，你固然不能说没有衣服对，然而你又怎么能说有衣服对呢？……

汉子——（发怒，）放你妈的屁！不还我的东西，我先揍死你！（一手捏了拳头，举起来，一手去揪庄子。）

庄子——（窘急，招架着，）你敢动粗！放手！要不然，我就请司命大神来还你一个死！

汉子——（冷笑着退开，）好，你还我一个死罢。要不然，我就要你还我的衣服、伞子和包裹，里面是五十二个圆钱，斤半白糖，二斤南枣……

庄子——（严正地，）你不反悔？

汉子——小舅子才反悔！

庄子——（决绝地，）那就是了。既然这么糊涂，还是送你还原罢。（转脸朝着东方，拱两手向天，提高了喉咙，大叫起来：）

至心朝礼，司命大天尊！

天地玄黄，宇宙洪荒。日月盈昃，辰宿列张。

赵钱孙李，周吴郑王。冯秦褚卫，姜沈韩杨。

太上老君急急如律令！敕！敕！敕！

（毫无影响，好一会。）

天地玄黄！

太上老君！敕！敕！敕！……敕！

（毫无影响，好一会。）

（庄子向周围四顾，慢慢的垂下手来。）

汉子——死了没有呀？

庄子——（颓唐地，）不知怎的，这回可不灵……

汉子——（扑上前，）那么，不要再胡说了。赔我的衣服！

庄子——（退后，）你敢动手？这不懂哲理的野蛮！

汉子——（揪住他，）你这贼骨头！你这强盗军师！我先剥你的道袍，拿你的马，赔我……（庄子一面支撑着，一面赶紧从道袍的袖子里摸出警笛来，狂吹了三声。汉子愕然，放慢了动作。不多久，从远处跑来一个巡士。）

巡士——（且跑且喊，）带住他！不要放！（他跑近来，是一个鲁国大汉，身材高大，制服、制帽，手执警棍，面赤无须。）带住他！这舅子！……

汉子——（又揪紧了庄子，）带住他！这舅子！……

（巡士跑到，抓住庄子的衣领，一手举起警棍来。汉子放手，微弯了身子，两手掩着小肚。）

庄子——（托住警棍，歪着头，）这算什么？

巡士——这算什么？哼！你自己还不明白？

庄子——（愤怒，）怎么叫了你来，你倒来抓我？

巡士——什么？

庄子——我吹了警笛……

巡士——你抢了人家的衣服，还自己吹警笛，这昏蛋！

庄子——我是过路的，见他死在这里，救了他，他倒缠住我，说我拿了他的东西了。你看看我的样子，可是抢人东西的？

巡士——（收回警棍，）“知人知面不知心”，谁知道。到局里去罢。

庄子——那可不成。我得赶路，见楚王去。

巡士——（吃惊，松手，细看了庄子的脸，）那么，您是漆……

庄子——（高兴起来，）不错！我正是漆园吏庄周。您怎么知道的？

巡士——咱们的局长这几天就常常提起您老，说您老要上楚国发财去了，也许从这里经过的。敝局长也是一位隐士，带便兼办一点差使，很爱读您老的文章，读《齐物论》，什么“方生方死，方死方生，方可方不可，方不可方可”，真写得有劲，真是上流的文章，真好！您老还是到敝局里去歇歇罢。

（汉子吃惊，退进蓬草丛中，蹲下去。）

庄子——今天已经不早，我要赶路，不能耽搁了。还是回来的时候，再去拜访贵局长罢。（庄子且说且走，爬在马上，正想加鞭，那汉子突然跳出草丛，跑上去拉住了马嚼子。巡士也追上去，拉住汉子的臂膊。）

庄子——你还缠什么？

汉子——你走了，我什么也没有，叫我怎么办？（看着巡士，）您瞧，巡士先生……

巡士——（搔着耳朵背后，）这模样，可真难办……但是，先生……我看起来（看着庄子，）还是您老富裕一点，赏他一件衣服，给他遮遮羞……

庄子——那自然可以的，衣服本来并非我有。不过我这回要去见楚王，不穿袍子，不行，脱了小衫，光穿一件袍子，也不行……

巡士——对啦，这实在少不得。（向汉子，）放手！

汉子——我要去探亲……

巡士——胡说！再麻烦，看我带你到局里去！（举起警棍，）滚开！（汉子退走，巡士追着，一直到乱蓬里。）

庄子——再见再见。

巡士——再见再见。您老走好哪！（庄子在马上打了一鞭，走动了。巡士反背着手，看他渐跑渐远，没入尘头中，这才慢慢的回转身，向原来的路上踱去。）（汉子突然从草丛中跳出来，拉住巡士的衣角。）

巡士——干吗？

汉子——我怎么办呢？

巡士——这我怎么知道。

汉子——我要去探亲……

巡士——你探去就是了。

汉子——我没有衣服呀。

巡士——没有衣服就不能探亲吗？

汉子——你放走了他。现在你又想溜走了，我只好找你想法子。不问你，问谁呢？你瞧，这叫我怎么活下去！

巡士——可是我告诉你：自杀是弱者的行为呀！

汉子——那么，你给我想法子！

巡士——（摆脱着衣角，）我没有法子想！

汉子——（缒住巡士的袖子，）那么，你带我到局里去！

巡士——（摆脱着袖子，）这怎么成。赤条条的，街上怎么走。

放手！

汉子——那么，你借我一条裤子！

巡士——我只有这一条裤子，借给了你，自己不成样子了。（竭力的摆脱着，）不要胡闹！放手！

汉子——（揪住巡士的颈子）我一定要跟你去！

巡士——（窘急，）不成！

汉子——那么，我不放你走！

巡士——你要怎么样呢？

汉子——我要你带我到局里去！

巡士——这真是……带你去做什么用呢？不要捣乱了。放手！要不然……（竭力的挣扎。）

汉子——（揪得更紧，）要不然，我不能探亲，也不能做人了。二斤南枣，斤半白糖……你放走了他，我和你拼命……

巡士——（挣扎着，）不要捣乱了！放走！要不然……要不然……（说着，一面摸出警笛，狂吹起来。）

（一九三五年十二月作）

准风月谈（节选）

前 记

自从中华民国建国二十有二年五月二十五日《自由谈》的编者刊出了“吁请海内文豪，从兹多谈风月”的启事以来，很使老牌风月文豪摇头晃脑的高兴了一大阵，讲冷话的也有，说俏皮话的也有，连只会做“文探”的叭儿们也翘起了它尊贵的尾巴。但有趣的是谈风云的人，风月也谈得，谈风月就谈风月罢，虽然仍旧不能正如尊意。

想从一个题目限制了作家，其实是不能够的。假如出一个“学而时习之”的试题，叫遗少和车夫来做八股，那做法就决定不一样。自然，车夫做的文章可以说是不通，是胡说，但这不通或胡说，就打破了遗少们的一统天下。古话里也有过：柳下惠看见糖水，说“可以养老”，盗跖见了，却道可以粘门闩。他们是弟兄，所见的又是同一的东西，想到的用法却有这么天差地远。“月白风清，如此良夜何？”好的，风雅之至，举手赞成。但同是涉及风月的“月黑杀人夜，风高放火天”呢，这不明明是一联古诗么？

我的谈风月也终于谈出了乱子来，不过也并非为了主张“杀人放火”。其实，以为“多谈风月”，就是“莫谈国事”的意思，是误解的。“漫谈国事”倒并不要紧，只是要“漫”，发出去的箭石，不要正中了有些人物的鼻梁，因为这是他的武器，也是他的幌子。

从六月起的投稿，我就用种种的笔名了，一面固然为了省事，一面也省得有人骂读者们不管文字，只看作者的署名。然而这么一来，却又使一些看文字不用视觉，专靠嗅觉的“文学家”疑神疑鬼，而他们的嗅觉又没有和全体一同进化，至于看见一个新的作家的名字，就疑心是我的化名，对我鸣鸣不已，有时简直连读者都被他们闹得莫名其妙了。现在就将当时所用的笔名，仍旧留在每篇之下，算是负着应负的责任。

还有一点和先前的编法不同的，是将刊登时被删改的文字大概补上去了，而且旁加黑点，以清眉目。这删改，是出于编辑或总编辑，还是出于官派的检查员的呢，现在已经无从辨别，但推想起来，改点句子，去些讳忌，文章却还能连接的处所，大约是出于编辑的，而胡乱删削，不管文气的接不接，语意的完不完的，便是钦定的文章。

日本的刊物，也有禁忌，但被删之处，是留着空白，或加虚线，使读者能够知道的。中国的检查官却不许留空白，必须接起来，于是读者就看不见检查删削的痕迹，一切含糊和恍忽之点，都归在作者身上了。这一种办法，是比日本大有进步的，我现在提出来，以存中国文网史上极有价值的故实。

去年的整半年中，随时写一点，居然在不知不觉中又成一本了，当然，这不过是一些拉杂的文章，为“文学家”所不屑道。然而这样的文字，现在却也并不多，而且“拾荒”的人们，也还能从中检出东西来，我因此相信这书的暂时的生存，并且作为集印的缘故。

一九三四年三月十日，于上海记。

夜颂

游光

爱夜的人，也不但是孤独者，有闲者，不能战斗者，怕光明者。

人的言行，在白天和在深夜，在日下和在灯前，常常显得两样。夜是造化所织的幽玄的天衣，普覆一切人，使他们温暖，安心，不知不觉的自己渐渐脱去人造的面具和衣裳，赤条条地裹在这无边际的黑絮似的大块里。

虽然是夜，但也有明暗。有微明，有昏暗，有伸手不见掌，有漆黑一团糟。爱夜的人要有听夜的耳朵和看夜的眼睛，自在暗中，看一切暗。君子们从电灯下走入暗室中，伸开了他的懒腰；爱侣们从月光下走进树荫里，突变了他的眼色。夜的降临，抹杀了一切文人学士们当光天化日之下，写在耀眼的白纸上的超然，混然，恍然，勃然，粲然的文章，只剩下乞怜，讨好，撒谎，骗人，吹牛，捣鬼的夜气，形成一个灿烂的金色的光圈，像见于佛画上面似的，笼罩在学识不凡的头脑上。

爱夜的人于是领受了夜所给与的光明。

高跟鞋的摩登女郎在马路边的电光灯下，阁阁的走得很起劲，但鼻尖也闪烁着一点油汗，在证明她是初学的时髦，假如长在明晃晃的照耀中，将使她碰着“没落”的命运。一大排关着的店铺的昏暗助她一臂之力，使她放缓开足的马力，吐一口气，这时才觉得沁人心脾的夜里的拂拂的凉风。

爱夜的人和摩登女郎，于是同时领受了夜所给与的恩惠。

一夜已尽，人们又小心翼翼的起来，出来了；便是夫妇们，面目和五六点钟之前也何其两样。从此就是热闹，喧嚣。而高墙后面，大厦中间，深闺里，黑狱里，客室里，秘密机关里，却依然弥漫着惊人的真的大黑暗。

现在的光天化日，熙来攘往，就是这黑暗的装饰，是人肉酱缸上的金盖，是鬼脸上的雪花膏。只有夜还算是诚实的。我爱夜，在夜间作《夜颂》。

（六月八日。）

推

丰之余

两三月前，报上好像登过一条新闻，说有一个卖报的孩子，踏上电车的踏脚去取报钱，误踹住了一个下来的客人的衣角，那人大怒，用力一推，孩子跌入车下，电车又刚刚走动，一时停不住，把孩子碾死了。

推倒孩子的人，却早已不知所往。但衣角会被踹住，可见穿的是长衫，即使不是“高等华人”，总该是属于上等的。

我们在上海路上走，时常会遇见两种横冲直撞，对于对面或前面的行人，决不稍让的人物。一种是不用两手，却只将直直的长脚，如入无人之境似的踏过来，倘不让开，他就会踏在你的肚子或肩膀上。这是洋大人，都是“高等”的，没有华人那样上下的区别。一种就是弯上他两条臂膊，手掌向外，像蝎子的两个钳一样，一路推过去，不管被推的人是跌在泥塘或火坑里。这就是我们的同胞，然而“上等”的，他坐电车，要坐二等所改的三等车，他看报，要看专登黑幕的小报，他坐着看得咽唾沫，但一走动，又是推。

上车，进门，买票，寄信，他推；出门，下车，避祸，逃难，他又推。推得女人孩子都踉踉跄跄，跌倒了，他就从活人上踏过，跌死了，他就从死尸上踏过，走出外面，用舌头舔舔自己的厚嘴唇，什么也不觉得。旧历端午，在一家戏场里，因为一句失火的谣言，就又是推，把十多个力量未足的少年踏死了。死尸摆在空地上，据说去看的又有万余人，人山人海，又是推。

推了的结果，是嘻开嘴巴，说道："阿唷，好白相来希呀！"①

住在上海，想不遇到推与踏，是不能的，而且这推与踏也还要廓大开去。要推倒一切下等华人中的幼弱者，要踏倒一切下等华人。这时就只剩了高等华人颂祝着——

"阿唷，真好白相来希呀。为保全文化起见，是虽然牺牲任何物质，也不应该顾惜的——这些物质有什么重要性呢！"

（六月八日。）

① 上海话，"哎哟，好玩得很"的意思。

二丑艺术

丰之余

浙东的有一处的戏班中，有一种脚色叫作“二花脸”，译得雅一点，那么，“二丑”就是。他和小丑的不同，是不扮横行无忌的花花公子，也不扮一味仗势的宰相家丁，他所扮演的是保护公子的拳师，或是趋奉公子的清客。总之：身分比小丑高，而性格却比小丑坏。

义仆是老生扮的，先以谏诤，终以殉主；恶仆是小丑扮的，只会作恶，到底灭亡。而二丑的本领却不同，他有点上等人模样，也懂些琴棋书画，也来得行令猜谜，但倚靠的是权门，凌蔑的是百姓，有谁被压迫了，他就来冷笑几声，畅快一下，有谁被陷害了，他又去吓唬一下，吆喝几声。不过他的态度又并不常常如此的，大抵一面又回过脸来，向台下的看客指出他公子的缺点，摇着头装起鬼脸道：你看这家伙，这回可要倒楣哩！

这最末的一手，是二丑的特色。因为他没有义仆的愚笨，也没有恶仆的简单，他是智识阶级。他明知道自己所靠的是冰山，一定不能长久，他将来还要到别家帮闲，所以当受着豢养，分着余炎的时候，也得装着和这贵公子并非一伙。

二丑们编出来的戏本上，当然没有这一种脚色的，他那里肯；小丑，即花花公子们编出来的戏本，也不会有，因为他们只看见一面，想不到的。这二花脸，乃是小百姓看透了这一种人，提出精华来，制定了的脚色。

世间只要有权门，一定有恶势力，有恶势力，就一定有二花脸，而且有二花脸艺术。我们只要取一种刊物，看他一个星期，就会发现他忽而怨恨春天，忽而颂扬战争，忽而译萧伯纳演说，忽而讲婚姻问题；但其间一定有时要慷慨激昂的表示对于国事的不满：这就是用出末一手来了。

这最末的一手，一面也在遮掩他并不是帮闲，然而小百姓是明白的，早已使他的类型在戏台上出现了。

（六月十五日。）

偶成

苇索

善于治国平天下的人物，真能随处看出治国平天下的方法来，四川正有人以为长衣消耗布匹，派队剪除；上海又有名公要来整顿茶馆了，据说整顿之处，大略有三：一是注意卫生，二是制定时间，三是施行教育。

第一条当然是很好的；第二条，虽然上馆下馆，一一摇铃，好像学校里的上课，未免有些麻烦，但为了要喝茶，没有法，也不算坏。

最不容易是第三条。“愚民”的到茶馆来，是打听新闻，闲谈心曲之外，也来听听《包公案》一类东西的，时代已远，真伪难明，那边妄言，这边妄听，所以他坐得下去。现在倘若改为“某公案”，就恐怕不相信，不要听；专讲敌人的秘史，黑幕罢，这边之所谓敌人，未必就是他们的敌人，所以也难免听得不大起劲，结果是茶馆主人遭殃，生意清淡了。

前清光绪初年，我乡有一班戏班，叫作“群玉班”，然而名实不符，戏做得非常坏，竟弄得没有人要看了。乡民的本领并不亚于大文豪，曾给他编过一支歌：

“台上群玉班，
台下都走散。

连忙关庙门，
两边墙壁都爬塌（平声），
连忙扯得牢，
只剩下一担馄饨担。”

看客的取舍，是没法强制的，他若不要看，连拖也无益。即如有几种刊物，有钱有势，本可以风行天下的了，然而不但看客有限，连投稿也寥寥，总要隔两月才出一本。讽刺已是前世纪的老人的梦呓，非讽刺的好文艺，好像也将是后世纪的青年的出产了。

（六月十五日。）

谈蝙蝠

游 光

人们对于夜里出来的动物，总不免有些讨厌他，大约因为他偏不睡觉，和自己的习惯不同，而且在昏夜的沉睡或“微行”中，怕他会窥见什么秘密罢。

蝙蝠虽然也是夜飞的动物，但在中国的名誉却还算好的。这也并非因为他吞食蚊虻，于人们有益，大半倒在他的名目，和“福”字同音。以这么一副尊容而能写入画图，实在就靠着名字起得好。还有，是中国人本来愿意自己能飞的，也设想过别的东西都能飞。道士要羽化，皇帝想飞升，有情的愿作比翼鸟儿，受苦的恨不得插翅飞去。想到老虎添翼，便毛骨耸然，然而青蚨飞来，则眉眼莞尔。至于墨子的飞鸢终于失传，飞机非募款到外国去购买不可，则是因为太重了精神文明的缘故，势所必至，理有固然，毫不足怪的。但虽然不能够做，却能够想，所以见了老鼠似的东西生着翅子，倒也并不诧异，有名的文人还要收为诗料，诌出什么“黄昏到寺蝙蝠飞”那样的佳句来。

西洋人可就没有这么高情雅量，他们不喜欢蝙蝠。推源祸始，我想，恐怕是应该归罪于伊索的。他的寓言里，说过鸟兽各开大会，蝙蝠到兽类里去，因为他有翅子，兽类不收，到鸟类里去，又因为他是四足，鸟类不纳，弄得他毫无立场，于是大家就讨厌这作为骑墙的象征的蝙蝠了。

中国近来拾一点洋古典，有时也奚落起蝙蝠来。但这种寓言，出于伊索，是可喜的，因为他的时代，动物学还幼稚得很。现在可不同了，鲸鱼属于什么类，蝙蝠属于什么类，就是小学生也都知道得清清楚楚。倘若还拾一些希腊古典，来作正经话讲，那就只足表示他的知识，还和伊索时候，各开大会的两类绅士淑女们相同。

大学教授梁实秋先生以为橡皮鞋是草鞋和皮鞋之间的东西，那知识也相仿，假使他生在希腊，位置是说不定会在伊索之下的，现在真可惜得很，生得太晚一点了。

（六月十六日。）

“抄靶子”

旅 隼

中国究竟是文明最古的地方，也是素重人道的国度，对于人，是一向非常重视的。至于偶有凌辱诛戮，那是因为这些东西并不是人的缘故。皇帝所诛者，“逆”也，官军所剿者，“匪”也，刽子手所杀者，“犯”也，满洲人“入主中夏”，不久也就染了这样的淳风，雍正皇帝要除掉他的弟兄，就先行御赐改称为“阿其那”与“塞思黑”，我不懂满洲话，译不明白，大约是“猪”和“狗”罢。黄巢造反，以人为粮，但若说他吃人，是不对的，他所吃的物事，叫作“两脚羊”。

时候是二十世纪，地方是上海，虽然骨子里永是“素重人道”，但表面上当然会有些不同的。对于中国的有一部分并不是“人”的生物，洋大人如何赐谥，我不得而知，我仅知道洋大人的下属们所给与的名目。

假如你常在租界的路上走，有时总会遇见几个穿制服的同胞和一位异胞（也往往没有这一位），用手抢指住你，搜查全身和所拿的物件。倘是白种，是不会指住的；黄种呢，如果被指的说是日本人，就放下手枪，请他走过去；独有文明最古的黄帝子孙，可就“则不得免焉”了。这在香港，叫作“搜身”，倒也还不算很失了体统，然而上海则竟谓之“抄靶子”。

抄者，搜也，靶子是该用枪打的东西，我从前年九月以来，才知道这名目的的确。四万万靶子，都排在文明最古的地方，私心在侥幸的只是还没有被打着。洋大人的下属，实在给他的同胞们定了绝好的名称了。

然而我们这些“靶子”们，自己互相推举起来的时候却还要客气些。我不是“老上海”，不知道上海滩上先前的相骂，彼此是怎样赐谥的了。但看看记载，还不过是“曲辫子”、“阿木林”。“寿头码子”虽然已经是“猪”的隐语，然而究竟还是隐语，含有宁“雅”而不“达”的高谊。若夫现在，则只要被他认为对于他不大恭顺，他便圆睁了绽着红筋的两眼，挤尖喉咙，和口角的白沫同时喷出两个字来道：猪猡！

（六月十六日。）

"吃白相饭"

旅 隼

要将上海的所谓"白相"，改作普通话，只好是"玩耍"；至于"吃白相饭"，那恐怕还是用文言译作"不务正业，游荡为生"，对于外乡人可以比较的明白些。

游荡可以为生，是很奇怪的。然而在上海问一个男人，或向一个女人问她的丈夫的职业的时候，有时会遇到极直截的回答道："吃白相饭的。"

听的也并不觉得奇怪，如同听到了说"教书"，"做工"一样。倘说是"没有什么职业"，他倒会有些不放心了。

"吃白相饭"在上海是这么一种光明正大的职业。

我们在上海的报章上所看见的，几乎常是这些人物的功绩；没有他们，本埠新闻是决不会热闹的。但功绩虽多，归纳起来也不过是三段，只因为未必全用在一件事情上，所以看起来好像五花八门了。

第一段是欺骗。见贪人就用利诱，见孤愤的就装同情，见倒霉的则装慷慨，但见慷慨的却又会装悲苦，结果是席卷了对手的东西。

第二段是威压。如果欺骗无效，或者被人看穿了，就脸孔一翻，化为威吓，或者说人无礼，或者诬人不端，或者赖人欠钱，或者并不说什么缘故，而这也谓之"讲道理"，结果还是席卷了对手的东西。

第三段是溜走。用了上面的一段或兼用了两段而成功了，就一溜烟走掉，再也寻不出踪迹来。失败了，也是一溜烟走掉，再也寻不出踪迹来。事情闹得大一点，则离开本埠，避过了风头再出现。

有这样的职业，明明白白，然而人们是不以为奇的。

“白相”可以吃饭，劳动的自然就要饿肚，明明白白，然而人们也不以为奇。

但“吃白相饭”朋友倒自有其可敬的地方，因为他还直直落落的告诉人们说，“吃白相饭的！”

（六月二十六日。）

华德保粹优劣论

孺 牛

希特拉先生不许德国境内有别的党，连屈服了的国权党也难以幸存，这似乎颇感动了我们的有些英雄们已在称赞其“大刀阔斧”。但其实这不过是他老先生及其之流的一面。别一面，他们是也很细针密缕的。有歌为证：

跳蚤做了大官了，
带着一伙各处走。
皇后宫嫔都害怕，
谁也不敢来动手。
即使咬得发了痒罢，
要挤烂它也怎么能够。
嗳哈哈，嗳哈哈，哈哈，嗳哈哈！

这是大家知道的世界名曲《跳蚤歌》的一节，可是在德国已被禁止了。当然，这决不是为了尊敬跳蚤，乃是因为它讽刺大官；但也不是为了讽刺是“前世纪的老人的呓语”，却是为着这歌曲是“非德意志的”。华德大小英雄们，总不免偶有隔膜之处。

中华也是诞生细针密缕人物的所在，有时真能够想得入微，例如今年北平社会局呈请市政府查禁女人养雄犬文云：

> “……查雌女雄犬相处，非仅有碍健康，更易发生无耻秽闻，揆之我国礼义之邦，亦为习俗所不许，谨特通令严禁，除门犬猎犬外，凡妇女带养之雄犬，斩之无赦，以为取缔。”

两国的立脚点，是都在“国粹”的，但中华的气魄却较为宏大，因为德国不过大家不能唱那一出歌而已，而中华则不但“雌女”难以蓄犬，连“雄犬”也将砍头。这影响于叭儿狗，是很大的。由保存自己的本能，和应时势之需要，它必将变成“门犬猎犬”模样。

（六月二十六日。）

华德焚书异同论

孺 牛

德国的希特拉先生们一烧书，中国和日本的论者们都比之于秦始皇。然而秦始皇实在冤枉得很，他的吃亏是在二世而亡，一班帮闲们都替新主子去讲他的坏话了。

不错，秦始皇烧过书，烧书是为了统一思想。但他没有烧掉农书和医书；他收罗许多别国的“客卿”，并不专重“秦的思想”，倒是博采各种的思想的。秦人重小儿；始皇之母，赵女也，赵重妇人，所以我们从“剧秦”的遗文中，也看不见轻贱女人的痕迹。

希特拉先生们却不同了，他所烧的首先是“非德国思想”的书，没有容纳客卿的魄力；其次是关于性的书，这就是毁灭以科学来研究性道德的解放，结果必将使妇人和小儿沉沦在往古的地位，见不到光明。而可比于秦始皇的车同轨，书同文……之类的大事业，他们一点也做不到。

阿拉伯人攻陷亚历山德府的时候，就烧掉了那里的图书馆，那理论是：如果那些书籍所讲的道理，和《可兰经》相同，则已有《可兰经》，无须留了；倘使不同，则是异端，不该留了。这才是希特拉先生们的嫡派祖师——虽然阿拉伯人也是“非德国的”——和秦的烧书，是不能比较的。

但是结果往往和英雄们的豫算不同。始皇想皇帝传至万世，而偏偏二世而亡，赦免了农书和医书，而秦以前的这一类书，现在却偏偏一部也不剩。希特拉先生一上台，烧书，打犹太人，不可一世，连这里的黄脸干儿们，也听得兴高彩烈。向被压迫者大加嘲笑，对讽刺文字放出讽刺的冷箭来——到底还明白的冷冷的讯问道：你们究竟要自由不要？不自由，毋宁死。现在你们为什么不去拼死呢？

这回是不必二世，只有半年，希特拉先生的门徒们在奥国一被禁止，连党徽也改成三色玫瑰了，最有趣的是因为不准叫口号，大家就以手遮嘴，用了“掩口式”。

这真是一个大讽刺。刺的是谁，不问也罢，但可见讽刺也还不是“梦呓”，质之黄脸干儿们，不知以为何如？

（六月二十八日。）

我谈“堕民”

越 客

六月二十九日的《自由谈》里，唐弢先生曾经讲到浙东的堕民，并且据《堕民猥谈》之说，以为是宋将焦光瓒的部属，因为降金，为时人所不齿，至明太祖，乃榜其门曰“丐户”，此后他们遂在悲苦和被人轻蔑的环境下过着日子。

我生于绍兴，堕民是幼小时候所常见的人，也从父老的口头，听到过同样的他们所以成为堕民的缘起。但后来我怀疑了。因为我想，明太祖对于元朝，尚且不肯放肆，他是决不会来管隔一朝代的降金的宋将的；况且看他们的职业，分明还有“教坊”或“乐户”的余痕，所以他们的祖先，倒是明初的反抗洪武和永乐皇帝的忠臣义士也说不定。还有一层，是好人的子孙会吃苦，卖国者的子孙却未必变成堕民的，举出最近便的例子来，则岳飞的后裔还在杭州看守岳王坟，可是过着很穷苦悲惨的生活，然而秦桧，严嵩……的后人呢？……

不过我现在并不想翻这样的陈年账。我只要说，在绍兴的堕民，是一种已经解放了的奴才，这解放就在雍正年间罢，也说不定。所以他们是已经都有别的职业的了，自然是贱业。男人们是收旧货，卖鸡毛，捉青蛙，做戏；女的则每逢过年过节，到她所认为主人的家里去道喜，有庆吊事情就帮忙，在这里还留着奴才的皮毛，但事毕便走，而且有颇多的犒赏，就可见是曾经解放过的了。

每一家堕民所走的主人家是有一定的，不能随便走；婆婆死了，就使儿媳妇去，传给后代，恰如遗产的一般；必须非常贫穷，将走动的权利卖给了别人，这才和旧主人断绝了关系。假使你无端叫她不要来了，那就是等于给与她重大的侮辱。我还记得民国革命之后，我的母亲曾对一个堕民的女人说，“以后我们都一样了，你们可以不要来了”。不料她却勃然变色，愤愤的回答道：“你说的是什么话？……我们是千年万代，要走下去的！”

就是为了一点点犒赏，不但安于做奴才，而且还要做更广泛的奴才，还得出钱去买做奴才的权利，这是堕民以外的自由人所万想不到的罢。

（七月三日。）

序的解放

桃　椎

一个人做一部书，“藏之名山，传之其人”，是封建时代的事，早已过去了。现在是二十世纪过了三十三年，地方是上海的租界上，做买办立刻享荣华，当文学家怎不马上要名利，于是乎有术存焉。

那术，是自己先决定自己是文学家，并且有点儿遗产或津贴。接着就自开书店，自办杂志，自登文章，自做广告，自报消息，自想花样……然而不成，诗的解放，先已有人，词的解放，只好骗鸟，于是乎“序的解放”起矣。

夫序，原是古已有之，有别人做的，也有自己做的。但这未免太迂，不合于“新时代”的“文学家”的胃口。因为自序难于吹牛，而别人来做，也不见得定规拍马，那自然只好解放解放，即自己替别人来给自己的东西作序，术语曰“摘录来信”，真说得好像锦上添花。“好评一束”还须附在后头，代序却一开卷就看见一大番颂扬，仿佛名角一登场，满场就大喝一声采，何等有趣。倘是戏子，就得先买许多留声机，自己将“好”叫进去，待到上台时候，一面一齐开起来。

可是这样的玩意儿给人戳穿了又怎么办呢？也有术的。立刻装出“可怜”相，说自己既无党派，也不借主义，又没有帮口，“向来不敢狂妄”，毫没有“座谈”时候的摇头摆尾的得意忘形的气味儿了，倒好像别人乃是反动派，杀人放火主义，青帮红帮，来欺侮了这位文弱而有天才的公子哥儿似的。

更有效的是说，他的被攻击，实乃因为“能力薄弱，无法满足朋友们之要求”。我们倘不知道这位“文学家”的性别，就会疑心到有许多有党派或帮口的人们，向他屡次的借钱，或向她使劲的求婚或什么，“无法满足”，遂受了冤枉的报复的。

但我希望我的话仍然无损于“新时代”的“文学家”，也“摘”出一条“好评”来，作为“代跋”罢：

“‘藏之名山，传之其人’，早已过去了。二十世纪，有术存焉，词的解放，解放解放，锦上添花，何等有趣？可是别人乃是反动派，来欺侮这位文弱而有天才的公子，实乃因为‘能力薄弱，无法满足朋友们的要求’，遂受了冤枉的报复的，无损于‘新时代’的‘文学家’也。”

（七月五日。）

别一个窃火者

丁 萌

火的来源，希腊人以为是普罗米修斯①从天上偷来的，因此触了大神宙斯之怒，将他锁在高山上，命一只大鹰天天来啄他的肉。

非洲的土人瓦仰安提族也已经用火，但并不是由希腊人传授给他们的。他们另有一个窃火者。

这窃火者，人们不能知道他的姓名，或者早被忘却了。他从天上偷了火来，传给瓦仰安提族的祖先，因此触丁大神大拉斯之怒，这一段，是和希腊古传相像的。但大拉斯的办法却两样了，并不是锁他在山巅，却秘密的将他锁在暗黑的地窖子里，不给一个人知道。派来的也不是大鹰，而是蚊子，跳蚤，臭虫，一面吸他的血，一面使他皮肤肿起来。这时还有蝇子们，是最善于寻觅创伤的脚色，嗡嗡的叫，拼命的吸吮，一面又拉许多蝇粪在他的皮肤上，来证明他是怎样地一个不干净的东西。

然而瓦仰安提族的人们，并不知道这一个故事。他们单知道火乃酋长的祖先所发明，给酋长作烧死异端和烧掉房屋之

---

① 希腊神话中造福人类的神。相传他从主神宙斯那里偷了火种给予人类，受到宙斯的惩罚。

用的。

幸而现在交通发达了，非洲的蝇子也有些飞到中国来，我从它们的嗡嗡营营声中，听出了这一点点。

（七月八日。）

智识过剩

虞 明

世界因为生产过剩，所以闹经济恐慌。虽然同时有三千万以上的工人挨饿，但是粮食过剩仍旧是“客观现实”，否则美国不会赊借麦粉给我们，我们也不会“丰收成灾”。

然而智识也会过剩的，智识过剩，恐慌就更大了。据说中国现行教育在乡间提倡愈甚，则农村之破产愈速。这大概是智识的丰收成灾了。美国因为棉花贱，所以在铲棉田了。中国却应当铲智识。这是西洋传来的妙法。

西洋人是能干的。五六年前，德国就嚷着大学生太多了，一些政治家和教育家，大声疾呼的劝告青年不要进大学。现在德国是不但劝告，而且实行铲除智识了：例如放火烧毁一些书籍，叫作家把自己的文稿吞进肚子去，还有，就是把一群群的大学生关在营房里做苦工，这叫作“解决失业问题”。中国不是也嚷着文法科的大学生过剩吗？其实何止文法科。就是中学生也太多了。要用“严厉的”会考制度，像铁扫帚似的——刷，刷，刷，把大多数的智识青年刷回“民间”去。

智识过剩何以会闹恐慌？中国不是百分之八九十的人还不识字吗？然而智识过剩始终是“客观现实”，而由此而来的恐慌，也是“客观现实”。智识太多了，不是心活，就是心软。心活就会胡思乱想，心软就不肯下辣手。结果，不是自己不镇静，就是妨害别人的镇静。于是灾祸就来了。所以智识非铲除不可。

然而单是铲除还是不够的。必须予以适合实用之教育，第一，是命理学——要乐天知命，命虽然苦，但还是应当乐。第二，是识相学——要“识相点”，知道点近代武器的利害。至少，这两种适合实用的学问是要赶快提倡的。提倡的方法很简单：——古代一个哲学家反驳唯心论，他说，你要是怀疑这碗麦饭的物质是否存在，那最好请你吃下去，看饱不饱。现在譬如说罢，要叫人懂得电学，最好是使他触电，看痛不痛；要叫人知道飞机等类的效用，最好是在他头上驾起飞机，掷下炸弹，看死不死……

有了这样的实用教育，智识就不过剩了。亚门！

（七月十二日。）

诗和预言

虞 明

预言总是诗，而诗人大半是预言家。然而预言不过诗而已，诗却往往比预言还灵。

例如辛亥革命的时候，忽然发现了：

“手执钢刀九十九，杀尽胡儿方罢手。”

这几句《推背图》里的预言，就不过是“诗”罢了。那时候，何尝只有九十九把钢刀？还是洋枪大炮来得利害：该着洋枪大炮的后来毕竟占了上风，而只有钢刀的却吃了大亏。况且当时的“胡儿”，不但并未“杀尽”，而且还受了优待，以至于现在还有“伪”溥仪出风头的日子。所以当作预言看，这几句歌诀其实并没有应验。——死板的照着这类预言去干，往往要碰壁，好比前些时候，有人特别打了九十九把钢刀，去送给前线的战士，结果，只不过在古北口等处流流血，给人证明国难的不可抗性。——倒不如把这种预言歌诀当做“诗”看，还可以“以意逆志，自谓得之”。

至于诗里面，却的确有着极深刻的预言。我们要找预言，与其读《推背图》，不如读诗人的诗集。也许这个年头又是应当发现什么的时候了罢，居然找着了这么几句：

“此辈封狼从瘈狗，生平猎人如猎兽，
万人一怒不可回，会看太白悬其首。”

汪精卫著《双照楼诗词稿》：译嚣俄之《共和二年之战士》

这怎么叫人不“拍案叫绝”呢？这里“封狼从瘈狗”，自己明明是畜生，却偏偏把人当做畜生看待：畜生打猎，而人反而被猎！“万人”的愤怒的确是不可挽回的了。嚣俄这诗，是说的一七九三年（法国第一共和二年）的帝制党，他没有料到一百四十年之后还会有这样的应验。

汪先生译这几首诗的时候，不见得会想到二三十年之后中国已经是白话的世界。现在，懂得这种文言诗的人越发少了，这很可惜。然而预言的妙处，正在似懂非懂之间，叫人在事情完全应验之后，方才“恍然大悟”。这所谓“天机不可泄露也”。

（七月二十日。）

“推”的余谈

丰之余

看过了《第三种人的“推”》，使我有所感：的确，现在“推”的工作已经加紧，范围也扩大了。三十年前，我也常坐长江轮船的统舱，却也还没有这样的“推”得起劲。

那时候，船票自然是要买的，但无所谓“买铺位”，买的时候也有，然而是另外一回事。假如你怕占不到铺位，一早带着行李下船去罢，统舱里全是空铺，只有三五个人们。但要将行李搁下空铺去，可就窒碍难行了，这里一条扁担，那里一束绳子，这边一卷破席，那边一件背心，人们中就跑出一个人来说，这位置是他所占有的。但其时可以开会议，崇和平，买他下来，最高的价值大抵是八角。假如你是一位战斗的英雄，可就容易对付了，只要一声不响，坐在左近，待到铜锣一响，轮船将开，这些地盘主义者便抓了扁担破席之类，一溜烟都逃到岸上去，抛下了买剩的空铺，一任你悠悠然搁上行李，打开睡觉了。倘或人浮于铺，没法容纳，我们就睡在铺旁，船尾，“第三种人”是不来“推”你的。只有歇在房舱门外的人们，当账房查票时却须到统舱里去避一避。

至于没有买票的人物，那是要被“推”无疑的。手续是没收物品之后，吊在桅杆或什么柱子上，作要打之状，但据我的目击，真打的时候是极少的，这样的到了最近的码头，便把他

“推”上去。据茶房说，也可以“推”入货舱，运回他下船的原处，但他们不想这么做，因为“推”上最近的码头，他究竟走了一个码头，一个一个的“推”过去，虽然吃些苦，后来也就到了目的地了。

古之“第三种人”，好像比现在的仁善一些似的。

生活的压迫，令人烦冤，糊涂中看不清冤家，便以为家人路人，在阻碍了他的路，于是乎“推”。这不但是保存自己，而且是憎恶别人了，这类人物一阔气，出来的时候是要“清道”的。

我并非眷恋过去，不过说，现在“推”的工作已经加紧，范围也扩大了罢了。但愿未来的阔人，不至于把我“推”上“反动”的码头去——则幸甚矣。

（七月二十四日。）

查旧账

旅 隼

这几天，听涛社出了一本《肉食者言》，是现在的在朝者，先前

还是在野时候的言论，给大家“听具言而观其行”，知道先后有怎样的不同。那同社出版的周刊《涛声》里，也常有同一意思的文字。

这是查旧账，翻开账簿，打起算盘，给一个结算，问一问前后不符，是怎么的，确也是一种切实分明，最令人腾挪不得的办法。然而这办法之在现在，可未免太“古道”了。

古人是怕查这种旧账的，蜀的韦庄穷困时，做过一篇慷慨激昂文字较为通俗的《秦妇吟》，真弄得大家传诵，待到他显达之后，却不但不肯编入集中，连人家的钞本也想设法消灭了。当时不知道成绩如何，但看清朝末年，又从敦煌的山洞中掘出了这诗的钞本，就可见是白用心机了的，然而那苦心却也还可以想见。

不过这是古之名人。常人就不同了，他要抹杀旧账，必须砍下脑袋，再行投胎。斩犯绑赴法场的时候，大叫道，“过了二十年，又是一条好汉！”为了另起炉灶，从新做人，非经过二十年不可，真是麻烦得很。

不过这是古今之常人。今之名人就又不同了，他要抹杀旧

帐，从新做人，比起常人的方法来，迟速真有邮信和电报之别。不怕迂缓一点的，就出一回洋，造一个寺，生一场病，游几天山；要快，则开一次会，念一卷经，演说一通，宣言一下，或者睡一夜觉，做一首诗也可以；要更快，那就自打两个嘴巴，淌几滴眼泪，也照样能够另变一人，和“以前之我”绝无关系。净坛将军摇身一变，化为鲫鱼，在女妖们的大腿间钻来钻去，作者或自以为写得出神入化，但从现在看起来，是连新奇气息也没有的。

如果这样变法，还觉得麻烦，那就白一白眼，反问道：“这是我的账？”如果还嫌麻烦，那就眼也不白，问也不问，而现在所流行的却大抵是后一法。

“古道”怎么能再行于今之世呢？竟还有人主张读经，真不知是什么意思？然而过了一夜，说不定会主张大家去当兵的，所以我现在经也没有买，恐怕明天兵也未必当。

（七月二十五日。）

晨凉漫记

孺　牛

关于张献忠的传说，中国各处都有，可见是大家都很以他为奇特的，我先前也便是很以他为奇特的人们中的一个。

儿时见过一本书，叫作《无双谱》，是清初人之作，取历史上极特别无二的人物，各画一像，一面题些诗，但坏人好像是没有的。因此我后来想到可以择历来极其特别，而其实是代表着中国人性质之一种的人物，作一部中国的“人史”，如英国嘉勒尔的《英雄及英雄崇拜》，美国亚懋生的《伟人论》那样。惟须好坏俱有，有啮雪苦节的苏武，舍身求法的玄奘，有“鞠躬尽瘁，死而后已”的孔明，但也有呆信古法，“死而后已”的王莽，有半当真半取笑的变法的王安石；张献忠当然也在内。但现在是毫没有动笔的意思了。

《蜀碧》一类的书，记张献忠杀人的事颇详细，但也颇散漫，令人看去仿佛他是像“为艺术而艺术”的一样，专在“为杀人而杀人”了。他其实是别有目的的。他开初并不很杀人，他何尝不想做皇帝。后来知道李自成进了北京，接着是清兵入关，自己只剩了没落这一条路，于是就开手杀，杀……他分明的感到，天下已没有自己的东西，现在是在毁坏别人的东西了，这和有些末代的风雅皇帝，在死前烧掉了祖宗或自己所搜集的书籍古董宝贝之类的心情，完全一样。他还有兵，而没有古董之类，所以就杀，杀，杀人，杀……

但他还要维持兵，这实在不过是维持杀。他杀得没有平民了，就派许多较为心腹的人到兵们中间去，设法窃听，偶有怨言，即跃出执之，戮其全家（他的兵像是有家眷的，也许就是掳来的妇女）。以杀治兵，用兵来杀，自己是完了，但要这样的达到一同灭亡的末路。我们对于别人的或公共的东西，不是也不很爱惜的么？

所以张献忠的举动，一看虽然似乎古怪，其实是极平常的。古怪的倒是那些被杀的人们，怎么会总是束手伸颈的等他杀，一定要清朝的肃王来射死他，这才作为奴才而得救，而还说这是前定，就是所谓“吹箫不用竹，一箭贯当胸”。但我想，这预言诗是后人造出来的，我们不知道那时的人们真是怎么想。

（七月二十八日。）

中国的奇想

游　光

外国人不知道中国，常说中国人是专重实际的。其实并不，我们中国人是最有奇想的人民。

无论古今，谁都知道，一个男人有许多女人，一味纵欲，后来是不但天天喝三鞭酒①也无效，简直非“寿（?）终正寝”不可的。可是我们古人有一个大奇想，是靠了“御女”，反可以成仙，例子是彭祖有多少女人而活到几百岁。这方法和炼金术一同流行过，古代书目上还剩着各种的书名。不过实际上大约还是到底不行罢，现在似乎再没有什么人们相信了，这对于喜欢渔色的英雄，真是不幸得很。

然而还有一种小奇想。那就是哼的一声，鼻孔里放出一道白光，无论路的远近，将仇人或敌人杀掉。白光可又回来了，摸不着是谁杀的，既然杀了人，又没有麻烦，多么舒适自在。这种本领，前年还有人想上武当山去寻求，直到去年，这才用大刀队来替代了这奇想的位置。现在是连大刀队的名声也寂寞了。对于爱国的英雄，也是十分不幸的。

然而我们新近又有了一个大奇想。那是一面救国，一面又可以发财，虽然各种彩票，近似赌博，而发财也不过是“希

① 用三种动物的雄性生殖器泡制的强身药酒。

望”。不过这两种已经关联起来了却是真的。固然，世界上也有靠聚赌抽头来维持的摩那科王国，但就常理说，则赌博大概是小、则败家，大则亡国；救国呢，却总不免有一点牺牲，至少，和发财之路总是相差很远的。然而发现了一致之点的是我们现在的中国，虽然还在试验的途中。

然而又还有一种小奇想。这回不用一道白光了，要用几回启事，几封匿名的信件，几篇化名的文章，使仇头落地，而血点一些也不会溅着自己的洋房和洋服。并且映带之下，使自己成名获利。这也还在试验的途中，不知道结果怎么样，但翻翻现成的文艺史，看不见半个这样的人物，那恐怕也还是枉用心机的。

狂赌救国，纵欲成仙，袖手杀敌，造谣头田，倘有人要编续《龙文鞭影》的，我以为不妨添上这四句。

（八月四日。）

豪语的折扣

苇 索

豪语的折扣其实也就是文学上的折扣，凡作者的自述，往往须打一个扣头，连自白其可怜和无用也还是并非“不二价”的，更何况豪语。

仙才李太白的善作豪语，可以不必说了；连留长了指甲，骨瘦如柴的鬼才李长吉，也说“见买若耶溪水剑，明朝归去事猿公”起来，简直是毫不自量，想学刺客了。这应该折成零，证据是他到底并没有去。南宋时候，国步艰难，陆放翁自然也是慷慨党中的一个，他有一回说：“老子犹堪绝大漠，诸君何至泣新亭。”他其实是去不得的，也应该折成零。——但我手头无书，引诗或有错误，也先打一个折扣在这里。

其实，这故作豪语的脾气，正不独文人为然，常人或市侩，也非常发达。市上甲乙打架，输的大抵说：“我认得你的！”这是说，他将如伍子胥一般，誓必复仇的意思。不过总是不来的居多，倘是智识分子呢，也许另用一些阴谋，但在粗人，往往这就是斗争的结局，说的是有口无心，听的也不以为意，久成为打架收场的一种仪式了。

旧小说家也早已看穿了这局面，他写暗娼和别人相争，照例攻击过别人的偷汉之后，就自序道：“老娘是指头上站得人，臂膊上跑得马……”底下怎样呢？他任别人去打折扣。他知道别人是决不那么糊涂，会十足相信的，但仍得这么说，恰如卖假药的，包纸上一定印着“存心欺世，雷殛火焚”一样，成为一种仪式了。

但因时势的不同，也有立刻自打折扣的。例如在广告上，我们有时会看见自说“我是坐不改名，行不改姓的人”，真要蓦地发生一种好像见了《七侠五义》中人物一般的敬意，但接着就是“纵令有时用其他笔名，但所发表文章，均自负责”，却身子一扭，土行孙似的不见了。予岂好“用其他笔名”哉？予不得已也。上海原是中国的一部分，当然受着孔子的教化的。便是商家，柜内的“不二价”的金字招牌也时时和屋外“大廉价”的大旗互相辉映，不过他总有一个缘故：不是提倡国货，就是纪念开张。

所以，自打折扣，也还是没有打足的，凡“老上海”，必须再打它一下。

（八月四日。）

踢

丰之余

两月以前，曾经说过“推”，这回却又来了“踢”。

本月九日《申报》载六自晚间，有漆匠刘明山，杨阿坤，顾洪生三人在法租界黄浦滩太古码头纳凉，适另有数人在左近聚赌，由巡逻警察上前驱逐，而刘顾两人，竟被俄捕①弄到水里去，刘明山竟淹死了。由俄捕说，自然是“自行失足落水”的。但据顾洪生供，却道：“我与刘，杨三人，同至太古码头乘凉，刘坐铁凳下地板上，……我立在旁边，……俄捕来先踢刘一脚，刘已立起要避开，又被踢一脚，以致跌入浦中，我要拉救，已经不及，乃转身拉住俄捕，亦被用手一推，我亦跌下浦中，经人救起的。”推事②问：“为什么要踢他？”答曰：“不知。”

“推”还要抬一抬手，对付下等人是犯不着如此费事的，于是乎有“踢”。而上海也真有“踢”的专家，有印度巡捕，有安南巡捕，现在还添了白俄巡捕，他们将沙皇时代对犹太人的手段，到我们这里来施展了。我们也真是善于“忍辱负重”的人民，只要不“落浦”，就大抵用一句滑稽化的话道：“吃厂

① 旧时代帝国主义者在上海公共租界内雇佣白俄充当的警察。

② 清代末年、北洋军阀和国民党统治时期各级法院中审理案件的官吏。

了一只外国火腿”，一笑了之。

苗民大败之后，都往山里跑，这是我们的先帝轩辕氏赶他的。南宋败残之余，就往海边跑，这据说也是我们的先帝成吉思汗赶他的，赶到临了，就是陆秀夫背着小皇帝，跳进海里去。我们中国人，原是古来就要“自行失足落水”的。

有些慷慨家说，世界上只有水和空气给与穷人。此说其实是不确的，穷人在实际上，那里能够得到和大家一样的水和空气。即使在码头上乘乘凉，也会无端被“踢”，送掉性命的：落浦。要救朋友，或拉住凶手罢，“也被用手一推”：也落浦。

时代在进步，轮船飞机，随处皆是，假使南宋末代皇帝而生在今日，是决不至于落海的了，他可以跑到外国去，而小百姓以“落浦”代之。

这理由虽然简单，却也复杂，故漆匠顾洪生曰：“不知。”

（八月十日。）

“中国文坛的悲观”

旅 隼

文雅书生中也真有特别善于下泪的人物，说是因为近来中国文坛的混乱，好像军阀割据，便不禁“呜呼”起来了，但尤其痛心诬陷。

其实是作文“藏之名山”的时代一去，而有一个“坛”，便不免有斗争，甚而至于谩骂，诬陷的。明末太远，不必提了；清朝的章实斋和袁子才，李莼客和赵扬叔，就如水火之不可调和；再近些，则有《民报》和《新民丛报》之争，《新青年》派和某某派之争，也都非常猛烈。当初又何尝不使局外人摇头叹气呢，然而胜负一明，时代渐远，战血为雨露洗得干干净净，后人便以为先前的文坛是太平了。在外国也一样，我们现在大抵只知道嚣俄[①]和霍普德曼是卓卓的文人，但当时他们的剧本开演的时候，就在戏场里捉人，打架，较详的文学史上，还载着打架之类的图。

所以，无论中外古今，文坛上是总归有些混乱，使文雅书生看得要“悲观”的。但也总归有许多所谓文人和文章也者一定灭亡，只有配存在者终于存在，以证明文坛也总归还是干净的处所。增加混乱的倒是有些悲观论者，不施考察，不加批判，

---

① 通译雨果。

但用“彼亦一是非，此亦一是非”的论调，将一切作者，诋为“一丘之貉”。这样子，扰乱是永远不会收场的。然而世间却并不都这样，一定会有明明白白的是非之别，我们试想一想，林琴南攻击文学革命的小说，为时并不久，现在那里去了？

只有近来的诬陷，倒像是颇为出色的花样，但其实也并不比古时候更利害，证据是清初大兴文字之狱的遗闻。况且闹这样玩意的，其实并不完全是文人，十中之九，乃是挂了招牌，而无货色，只好化为黑店，出卖人肉馒头的小盗；即使其中偶然有曾经弄过笔墨的人，然而这时却正是露出原形，在告白他自己的没落，文坛决不因此混乱，倒是反而越加清楚，越加分明起来了。

历史决不倒退，文坛是无须悲观的。悲观的由来，是在置身事外不辨是非，而偏要关心于文坛，或者竟是自己坐在没落的营盘里。

（八月十日。）

秋夜纪游

游　光

秋已经来了，炎热也不比夏天小，当电灯替代了太阳的时候，我还是在马路上漫游。

危险？危险令人紧张，紧张令人觉到自己生命的力。在危险中漫游，是很好的。

租界也还有悠闲的处所，是住宅区。但中等华人的窟穴却是炎热的，吃食担，胡琴，麻将，留声机，垃圾桶，光着的身子和腿。相宜的是高等华人或无等洋人住处的门外，宽大的马路，碧绿的树，淡色的窗幔，凉风，月光，然而也有狗子叫。

我生长在农村中，爱听狗子叫，深夜远吠，闻之神怡，古人之所谓"犬声如豹"者就是。倘或偶经生疏的村外，一声狂嗥，巨獒跃出，也给人一种紧张，如临战斗，非常有趣的。

但可惜在这里听到的是吧儿狗。它躲躲闪闪，叫得很脆：汪汪！

我不爱听这一种叫。

我一面漫步，一面发出冷笑，因为我明白了使它闭口的方法，是只要去和它主子的管门人说几句话，或者抛给它一根肉骨头。这两件我还能的，但是我不做。

它常常要汪汪。

我不爱听这一种叫。

我一面漫步，一面发出恶笑了，因为我手里拿着一粒石子，恶笑刚敛，就举手一掷，正中了它的鼻梁。

呜的一声，它不见了。我漫步着，漫步着，在少有的寂寞里。

秋已经来了，我还是漫步着。叫呢，也还是有的，然而更加躲躲闪闪了，声音也和先前不同，距离也隔得远了，连鼻子都看不见。

我不再冷笑，不再恶笑了，我漫步着，一面舒服的听着它那很脆的声音。

（八月十四日）

“揩油”

苇　索

“揩油”，是说明着奴才的品行全部的。

这不是“取回扣”或“取佣钱”，因为这是一种秘密；但也不是偷窃，因为在原则上，所取的实在是微乎其微。因此也不能说是“分肥”；至多，或者可以谓之“舞弊”罢。然而这又是光明正大的“舞弊”；因为所取的是豪家、富翁、阔人、洋商的东西，而且所取又不过一点点，恰如从油水汪洋的处所，揩了一下，于人无损，于揩者却有益的，并且也不失为损富济贫的正道。设法向妇女调笑几句，或乘机摸一下，也谓之“揩油”，这虽然不及对于金钱的名正言顺，但无大损于被揩者则一也。

表现得最分明的是电车上的卖票人。纯熟之后，他一面留心着可揩的客人，一面留心着突来的查票，眼光都练得像老鼠和老鹰的混合物一样。付钱而不给票，客人本该索取的，然而很难索取，也很少见有人索取，因为他所揩的是洋商的油，同是中国人，当然有帮忙的义务，一索取就变成帮助洋商了。这时候，不但卖票人要报你憎恶的眼光，连同车的客人也往往不免显出以为你不识时务的脸色。

然而彼一时，此一时，如果三等客中有时偶缺一个铜元，你却只好在目的地以前下车，这时他就不肯通融，变成洋商的忠仆了。

在上海，如果同巡捕，门丁，西崽之类闲谈起来，他们大抵是憎恶洋鬼子的，他们多是爱国主义者。然而他们也像洋鬼子一样，看不起中国人，棍棒和拳头和轻蔑的眼光，专注在中国人的身上。

“揩油”的生活有福了。这手段将更加展开，这品格将变成高尚，这行为将认为正当，这将算是国民的本领，和对于帝国主义的复仇。打开天窗说亮话，其实，所谓“高等华人”也者，也何尝逃得出这模子。

但是，也如“吃白相饭”朋友那样，卖票人是还有他的道德的。倘被查票人查出他收钱而不给票来了，他就默然认罚，决不说没有收过钱，将罪案推到客人身上去。

（八月十四日。）

我们怎样教育儿童的?

旅　隼

看见了讲到《孔乙己》，就想起中国一向怎样教育儿童来。

现在自然是各式各样的教科书，但在村塾①里也还有《三字经》和《百家姓》。清朝末年，有些人读的是“天子重英豪，文章教尔曹，万般皆下品，惟有读书高”的《神童诗》，夸着“读书人”的光荣；有些人读的是“混沌初开，乾坤始奠，轻清者上浮而为天，重浊者下凝而为地”的《幼学琼林》，教着做古文的滥调。再上去我可不知道了，但听说，唐末宋初用过《太公家教》，久已失传，后来才从敦煌石窟中发现，而在汉朝，是读《急就篇》之类的。

就是所谓“教科书”，在近三十年中，真不知变化了多少。忽而这么说，忽而那么说，今天是这样的宗旨，明天又是那样的主张，不加“教育”则已，一加“教育”，就从学校里造成了许多矛盾冲突的人，而且因为旧的社会关系，一面也还是“混沌初开，乾坤始奠”的老古董。

中国要作家，要“文豪”，但也要真正的学究。倘有人作一部历史，将中国历来教育儿童的方法，用书，作一个明确的记录，给人明白我们的古人以至我们，是怎样的被熏陶下来的，

---

① 指乡村的私塾。

则其功德，当不在禹（虽然他也许不过是一条虫）下。

《自由谈》的投稿者，常有博古通今的人，我以为对于这工作，是很有胜任者在的。不知亦有有意于此者乎？现在提出这问题，盖亦知易行难，遂只得空口说白话，而望垦辟于健者也。

（八月十四日。）

为翻译辩护

洛 文

今年是围剿翻译的年头。

或曰“硬译”，或曰“乱译”，或曰“听说现在有许多翻译家……翻开第一行就译，对于原作的理解，更无从谈起”，所以令人看得“不知所云”。

这种现象，在翻译界确是不少的，那病根就在“抢先”。中国人原是喜欢“抢先”的人民。上落电车，买火车票，寄挂号信，都愿意是一到便是第一个。翻译者当然也逃不出这例子的。而书店和读者，实在也没有容纳同一原本的两种译本的雅量和物力，只要已有一种译稿，别一译本就没有书店肯接收出版了。据说是已经有了，怕再没有人要买。

举一个例在这里；现在已经成了古典的达尔文的《物种由来》，日本有两种翻译本，先出的一种颇多错误，后出的一本是好的。中国只有一种马君武博士的翻译，而他所根据的却是日本的坏译本，实有另译的必要。然而那里还会有书店肯出版呢？除非译者同时是富翁，他来自己印。不过如果是富翁，他就去打算盘，再也不来弄什么翻译了。

还有一层，是中国的流行，实在也过去得太快，一种学问或文艺介绍进中国来，多则一年，少则半年，大抵就烟消火灭。靠翻译为生的翻译家，如果精心作意，推敲起来，则到他脱稿时，社会上早已无人过问。中国大嚷过托尔斯泰，屠格纳夫，后来又大嚷过辛克莱，但他们的选集却一部也没有。去年虽然还有以郭沫若先生的盛名，幸而出版的《战争与和平》，但恐怕仍不足以挽回读书和出版界的惰气，势必至于读者也厌倦，译者也厌倦，出版者也厌倦，归根结蒂是不会完结的。

翻译的不行，大半的责任固然该在翻译家，但读书界和出版界，尤其是批评家也应该分负若干的责任。要救治这颓运，必须有正确的批评，指出坏的，奖励好的，倘没有，则较好的也可以。然而这怎么能呢；指摘坏翻译，对于无拳无勇的译者是不要紧的，倘若触犯了别有来历的人，他就会给你带上一顶红帽子，简直要你的性命。这现象，就使批评家也不得不含糊了。

此外，现在最普通的对于翻译的不满，是说看了几十行也还是不能懂。但这是应该加以区别的。倘是康德的《纯粹理性批判》那样的书，则即使德国人来看原文，他如果并非一个专家，也还是一时不能看懂。自然，“翻开第一行就译”的译者，是太不负责任了，然而漫无区别，要无论什么译本都翻开第一行就懂的读者，却也未免太不负责任了。

（八月十四日。）

爬和撞

荀　继

从前梁实秋教授曾经说过：穷人总是要爬，往上爬，爬到富翁的地位。不但穷人，奴隶也是要爬的，有了爬得上的机会，连奴隶也会觉得自己是神仙，天下自然太平了。

虽然爬得上的很少，然而个个以为这正是他自己。这样自然都安分的去耕田，种地，拣大粪或是坐冷板凳，克勤克俭，背着苦恼的命运，和自然奋斗着，拼命的爬，爬，爬。可是爬的人那么多，而路只有一条，十分拥挤。老实的照着章程规规矩矩的爬，大都是爬不上去的。聪明人就会推，把别人推开，推倒，踏在脚底下，踹着他们的肩膀和头顶，爬上去了。大多数人却还只是爬，认定自己的冤家并不在上面，而只在旁边——是那些一同在爬的人。他们大都忍耐着一切，两脚两手都着地，一步步的挨上去又挤下来，挤下来又挨上去，没有休止的。

然而爬的人太多，爬得上的太少，失望也会渐渐的侵蚀善良的人心，至少，也会发生跪着的革命。于是爬之外，又发明了撞。

这是明知道你太辛苦了，想从地上站起来，所以在你的背后猛然的叫一声：撞罢。一个个发麻的腿还在抖着，就撞过去。这比爬要轻松得多，手也不必用力，膝盖也不必移动，只要横着身子，晃一晃，就撞过去。撞得好就是五十万元大洋，妻，财，子，禄都有了。撞不好，至多不过跌一交，倒在地下。那又算得什么呢，——他原本是伏在地上的，他仍旧可以爬。何况有些人不过撞着玩罢了，根本就不怕跌交的。

爬是自古有之。例如从童生到状元，从小瘪三到康白度①。撞却似乎是近代的发明。要考据起来，恐怕只有古时候“小姐抛绣球”有点像给人撞的办法。小姐的彩球将要抛下来的时候，——一个个想吃天鹅肉的男子汉仰着头，张着嘴，馋涎拖得几尺长……可惜，古人究竟呆笨，没有要这些男子汉拿出几个本钱来，否则，也一定可以收着几万万的。

爬得上的机会越少，愿意撞的人就越多，那些早已爬在上面的人们，就天天替你们制造撞的机会，叫你们化些小本钱，而豫约着你们名利双收的神仙生活。所以撞得好的机会，虽然比爬得上的还要少得多，而大家都愿意来试试的。这样，爬了来撞，撞不着再爬……鞠躬尽瘁，死而后已。

（八月十六日。）

---

① 英语 Comprador 的音译，即买办。

各种捐班

洛 文

清朝的中叶，要做官可以捐，叫作“捐班”的便是这一伙。财主少爷吃得油头光脸，忽而忙了几天，头上就有一粒水晶顶，有时还加上一枝蓝翎，满口官话，说是“今天天气好”了。

到得民国，官总算说是没有了捐班，然而捐班之途，实际上倒是开展了起来。连“学士文人”也可以由此弄得到顶戴。开宗明义第一章，自然是要有钱。只要有钱，就什么都容易办了。譬如，要捐学者罢，那就收买一批古董，结识几个清客，并且雇几个工人，拓出古董上面的花纹和文字，用玻璃板印成一部书，名之曰“什么集古录”或“什么考古录”。李富孙做过一部《金石学录》，是专载研究金石的人们的，然而这倒成了“作俑”，使清客们可以一续再续，并且推而广之，连收藏古董，贩卖古董的少爷和商人，也都一榻括子①的收进去了。这就叫作“金石家”。

捐做“文学家”也用不着什么新花样。只要开一只书店，拉几个作家。雇一些帮闲，出一种小报，“今天天气好”是也须会说的，就写了出来，印了上去，交给报贩，不消一年半载，

① 上海话，统统、全盘的意思。

包管成功。但是，古董的花纹和文字的拓片是不能用的了，应该代以电影明星和摩登女子的照片，因为这才是新时代的美术。“爱美”的人物在中国还多得很，而“文学家”或“艺术家”也就这样的起来了。

捐官可以希望刮地皮，但捐学者文人也不会折本。印刷品固然可以卖现钱，古董将来也会有洋鬼子肯出大价的。

这又叫作“名利双收”。不过先要能“投资”，所以平常人做不到，要不然，文人学士也就不大值钱了。

而现在还值钱，所以也还会有人忙着做人名辞典，造文艺史，出作家论，编自传。我想，倘作历史的著作，是应该像将文人分为罗曼派，古典派一样，另外分出一种“捐班”派来的，历史要“真”，招些忌恨也只好硬挺，是不是？

（八月二十四日。）

四库全书珍本

丰之余

现在除兵争、政争等类之外，还有一种倘非闲人，就不大注意的影印《四库全书》中的“珍本”之争。官商要照原式，及早印成，学界却以为库本有删改，有错误，如果有别本可得，就应该用别的“善本”来替代。

但是，学界的主张，是不会通过的，结果总非依照《钦定四库全书》不可。这理由很分明，就因为要赶快。四省不见，九岛出脱，不说也罢，单是黄河的出轨举动，也就令人觉得岌岌乎不可终日，要做生意就得赶快。况且“钦定”二字，至今也还有一点威光，“御医”“贡缎”，就是与众不同的意思。便是早已共和了的法国，拿破仑的藏书在拍卖场上还是比平民的藏书值钱；欧洲的有些著名的“支那学者”，讲中国就会引用《钦定图书集成》，这是中国的考据家所不肯玩的玩艺。但是，也可见印了“钦定”过的“珍本”，在外国，生意总可以比“善本”好一些。

即使在中国，恐怕生意也还是“珍本”好。因为这可以做摆饰，而“善本”却不过能合于实用。能买这样的书的，决非穷措大也可想，则买去之后，必将供在客厅上也亦可知。这类的买主，会买一个商周的古鼎，摆起来；不得已时，也许买一个假古鼎，摆起来；但他决不肯买一个沙锅或铁镬，摆在紫檀桌子上。因为他的目的是在“珍”而并不在“善”，更不在是否能合于实用的。

明末人好名，刻古书也是一种风气，然而往往自己看不懂，以为错字，随手乱改。不改尚可，一改，可就反而改错了，所以使后来的考据家为之摇头叹气，说是“明人好刻古书而古书亡”。这回的《四库全书》中的“珍本”是影印的，决无改错的弊病，然而那原本就有无意的错字，有故意的删改，并且因为新本的流布，更能使善本湮没下去，将来的认真的读者如果偶尔得到这样的本子，恐怕总免不了要有摇头叹气第二回。

然而结果总非依照《钦定四库全书》不可。因为“将来”的事，和现在的官商是不相干了。

（八月二十四日。）

新秋杂识

旅 隼

门外的有限的一方泥地上，有两队蚂蚁在打仗。童话作家爱罗先珂的名字，现在是已经从读者的记忆上渐渐淡下去了，此时我却记起了他的一种奇异的忧愁。他在北京时，曾经认真的告诉我说：我害怕，不知道将来会不会有人发明一种方法，只要怎么一来，就能使人们都成为打仗的机器的。

其实是这方法早经发明了，不过较为烦难，不能“怎么一来”就完事。我们只要看外国为儿童而作的书籍、玩具，常常以指教武器为大宗，就知道这正是制造打仗机器的设备。制造是必须从天真烂漫的孩子们入手的。

不但人们，连昆虫也知道。蚂蚁中有一种武士蚁，自己不造窠，不求食，一生的事业，是专在攻击别种蚂蚁，掠取幼虫，使成奴隶，给它服役的。但奇怪的是它决不掠取成虫，因为已经难施教化。它所掠取的一定只限于幼虫和蛹，使在盗窟里长大，毫不记得先前，永远是愚忠的奴隶，不但服役，每当武士蚁出去劫掠的时候，它还跟在一起，帮着搬运那些被侵略的同族的幼虫和蛹去了。

但在人类，却不能这么简单的造成一律。这就是人之所以为“万物之灵”。

然而制造者也决不放手。孩子长大，不但失掉天真，还变得呆头呆脑，是我们时时看见的。经济的雕敝，使出版界不肯印行大部的学术文艺书籍，不是教科书，便是儿童书，黄河决口似的向孩子们滚过去。但那里面讲的是什么呢？要将我们的孩子们造成什么东西呢？却还没有看见战斗的批评家论及，似乎已经不大有人注意将来了。

反战会议的消息不很在日报上看到，可见打仗也还是中国人的嗜好，给它一个冷淡，正是违反了我们的嗜好的证明。自然，仗是要打的，跟着武士蚁去搬运败者的幼虫，也还不失为一种为奴的胜利。但是，人究竟是“万物之灵”，这样那里能就够。仗自然是要打的，要打掉制造打仗机器的蚁冢，打掉毒害小儿的药饵，打掉陷没将来的阴谋：这才是人的战士的任务。

（八月二十八日。）

帮闲法发隐

桃 椎

吉开迦尔是丹麦的忧郁的人，他的作品，总是带着悲愤。不过其中也有很有趣味的，我看见了这样的几句——

“戏场里失了火。丑角站在戏台前，来通知了看客。大家以为这是丑角的笑话，喝采了。丑角又通知说是火灾。但大家越加哄笑，喝采了。我想，人世是要完结在当作笑话的开心的人们的大家欢迎之中的罢。”

不过我的所以觉得有趣的，并不专在本文，是在由此想到了帮闲们的伎俩。帮闲，在忙的时候就是帮忙，倘若主子忙于行凶作恶，那自然也就是帮凶。但他的帮法，是在血案中而没有血迹，也没有血腥气的。

譬如罢，有一件事，是要紧的，大家原也觉得要紧，他就以丑角身份而出现了，将这件事变为滑稽，或者特别张扬了不关紧要之点，将人们的注意拉开去，这就是所谓“打诨”。如果是杀人，他就来讲当场的情形，侦探的努力；死的是女人呢，那就更好了，名之曰“艳尸”，或介绍她的日记。如果是暗杀，他就来讲死者的生前的故事，恋爱呀，遗闻呀……人们的热情原不是永不弛缓的，但加上些冷水，或者美其名曰清茶，自然就冷得更加迅速了，而这位打诨的脚色，却变成了文学者。

假如有一个人，认真的在告警，于凶手当然是有害的，只要大家还没有僵死。但这时他就又以丑角身份而出现了，仍用打诨，从旁装着鬼脸，使告警者在大家的眼里也化为丑角。使他的警告在大家的耳边都化为笑话。耸肩装穷，以表现对方之阔，卑躬叹气，以暗示对方之傲；使大家心里想：这告警者原来都是虚伪的。幸而帮闲们还多是男人，否则它简直会说告警者曾经怎样调戏它，当众罗列淫辞，然后作自杀以明耻之状也说不定，周围捣着鬼，无论如何严肃的说法也要减少力量的，而不利于凶手的事情却就在这疑心和笑声中完结了。它呢？这回它倒是道德家。

当没有这样的事件时，那就七日一报，十日一谈，收罗废料，装进读者的脑子里去，看过一年半载，就满脑都是某阔人如何摸牌，某明星如何打嚏的典故。开心是自然也开心的。但是，人世却也要完结在这些欢迎开心的开心的人们之中的罢。

（八月二十八日。）

登龙术拾遗

苇 索

章克标先生做过一部《文坛登龙术》，因为是预约的，而自己总是悠悠忽忽，竟失去了拜诵的幸运，只在《论语》上见过广告，解题和后记。但是，这真不知是那里来的“烟士披里纯”①，解题的开头第一段，就有了绝妙的名文——

“登龙是可以当作乘龙解的，于是登龙术便成了乘龙的技术，那是和骑马驾车相类似的东西了。但平常乘龙就是女婿的意思，文坛似非女性，也不致于会要招女婿，那么这样解释似乎也有引起别人误会的危险。……”

确实，查看广告上的目录，并没有“做女婿”这一门，然而这却不能不说是“智者千虑”的一失，似乎该有一点增补才好，因为文坛虽然“不致于会要招女婿”，但女婿却是会要上文坛的。

术曰：要登文坛，须阔太太，遗产必需，官司莫怕。穷小子想爬上文坛去，有时虽然会侥幸，终究是很费力气的；做些随笔或茶话之类，或者也能够捞几文钱，但究竟随人俯仰。最好是有富岳家，有阔太太，用赔嫁钱，作文学资本，笑骂随他笑骂，恶作我自印之。“作品”一出，头衔自来，赘婿虽能被

---

① 英语 Inspiration 的音译，意为灵感。

妇家所轻，但一登文坛，即声价十倍，太太也就高兴，不至于自打麻将，连眼梢也一动不动了，这就是“交相为用”。但其为文人也，又必须是唯美派，试看王尔德遗照，盘花钮扣，镶牙手杖，何等漂亮，人见犹怜，而况令阃。可惜他的太太不行，以至滥交顽童，穷死异国，假如有钱，何至于此。所以倘欲登龙，也要乘龙，“书中自有黄金屋”，早成古话，现在是“金中自有文学家”当令了。

但也可以从文坛上去做女婿。其术是时时留心，寻一个家里有些钱，而自己能写几句“阿呀呀，我悲哀呀”的女士，做文章登报，尊之为“女诗人”。待到看得她有了“知己之感”，就照电影上那样的屈一膝跪下，说道“我的生命呵，阿呀呀，我悲哀呀！”——则由登龙而乘龙，又由乘龙而更登龙，十分美满。然而富女诗人未必一定爱穷男文士，所以要有把握也很难，这一法，在这里只算是《登龙术拾遗》的附录，请勿轻用为幸。

（八月二十八日。）

由聋而哑

洛　文

医生告诉我们：有许多哑子，是并非喉舌不能说话的，只因为从小就耳朵聋，听不见大人的言语，无可师法，就以为谁也不过张着口呜呜哑哑，他自然也只好呜呜哑哑了。所以勃兰兑斯叹丹麦文学的衰微时，曾经说：文学的创作，几乎完全死灭了。人间的或社会的无论怎样的问题，都不能提起感兴，或则除在新闻和杂志之外，绝不能惹起一点论争。我们看不见强烈的独创的创作。加以对于获得外国的精神生活的事，现在几乎绝对的不加顾及。于是精神上的“聋”，那结果，就也招致了“哑”来。(《十九，世纪文学的主潮》第一卷自序)

这几句话，也可以移来批评中国的文艺界，这现象，并不能全归罪于压迫者的压迫，五四运动时代的启蒙运动者和以后的反对者，都应该分负责任的。前者急于事功，竟没有译出什么有价值的书籍来，后者则故意迁怒，至骂翻译者为媒婆，有些青年更推波助澜，有一时期，还至于连人地名下注一原文，以便读者参考时，也就诋之曰“炫学”。

今竟何如？三开间店面的书铺，四马路上还不算少，但那里面满架是薄薄的小本子，倘要寻一部巨册，真如披沙拣金之难。自然，生得又高又胖并不就是伟人，做得多而且繁也决不就是名著，而况还有“剪贴”。但是，小小的一本“什么ABC”① 里，却也决不能包罗一切学术文艺的。一道浊流，固然不如一杯清水的干净而澄明，但蒸溜了浊流的一部分，却就有许多杯净水在。

因为多年买空卖空的结果，文界就荒凉了，文章的形式虽然比较的整齐起来，但战斗的精神却较前有退无进。文人虽因捐班或互捧，很快的成名，但为了出力的吹，壳子大了，里面反显得更加空洞，于是误认这空虚为寂寞，像煞有介事的说给读者们；其甚者还至于摆出他心的腐烂来，算是一种内面的宝贝。散文，在文苑中算是成功的，但试看今年的选本，便是前三名，也即令人有“貂不足，狗尾续”② 之感。用秕谷来养青年，是决不会壮大的，将来的成就，且要更渺小，那模样，可看尼采所描写的“末人”。

但绍介国外思潮，翻译世界名作，凡是运输精神的粮食的航路，现在几乎都被聋哑的制造者们堵塞了，连洋人走狗，富户赘郎，也会来哼哼的冷笑一下。他们要掩住青年的耳朵，使之由聋而哑，枯涸渺小，成为“末人”，非弄到大家只能看富家儿和小瘪三所卖的春宫，不肯罢手。甘为泥土的作者和译者的奋斗，是已经到了万不可缓的时候了，这就是竭力运输些切实的精神的粮食，放在青年们的周围，一面将那些聋哑的制造者送回黑洞和朱门里面去。

（八月二十九日。）

① 当时上海世界书局出版过一套“ABC 丛书”，内收各方面的入门书多种。

② 比喻拿不好的东西补接在好的东西后面，前后两部分非常不相称。

新秋杂识（二）

旅　隼

八月三十日的夜里，远远近近，都突然劈劈拍拍起来，一时来不及细想，以为“抵抗”又开头了，不久就明白了那是放爆竹，这才定了心。接着又想：大约又是什么节气了罢？……待到第二天看报纸，才知道原来昨夜是月蚀，那些劈劈拍拍，就是我们的同胞、异胞（我们虽然大家自称为黄帝子孙，但蚩尤的子孙想必也未尝死绝，所以谓之“异胞”）在示威，要将月亮从天狗嘴里救出。

再前几天，夜里也很热闹。街头巷尾，处处摆着桌子，上面有面食、西瓜；西瓜上面叮着苍蝇、青虫、蚊子之类，还有一桌和尚，口中念念有词：“回猪猡普米呀昇！佛呀昇！佛！！”这是在放焰口，施饿鬼。到了盂兰盆节了，饿鬼和非饿鬼，都从阴间跑出，来看上海这大世面，善男信女们就在这时尽地主之谊，托和尚“昇呀佛”的弹出几粒白米去，请它们都饱饱的吃一通。

我是一个俗人，向来不大注意什么天上和阴间的，但每当这些时候，却也不能不感到我们的还在人间的同胞们和异胞们的思虑之高超和妥帖。别的不必说，就在这不到两整年中，大则四省，小则九岛，都已变了旗色了，不久还有八岛。不但救不胜救，即使想要救罢，一开口，说不定自己就危险（这两句，印后成了“于势也有所未能”)。所以最妥当是救月亮，那怕爆竹放得震天价响，天狗决不至于来咬，月亮里的酋长（假如有酋长的话）也不会出来禁止。目为反动的。救人也一样，兵灾，旱灾，蝗灾，水灾……灾民们不计其数，幸而暂免于灾殃的小民，又怎么能有一个救法？那自然远不如救魂灵，事省功多，和大人先生的打醮①造塔同其功德。这就是所谓“人无远虑，必有近忧”；而“君子务其大者远者”，亦此之谓也。

而况“庖人虽不治庖，尸祝不越尊俎而代之”，也是古圣贤的明训，国事有治国者在，小民是用不着吵闹的。不过历来的圣帝明王，可又并不卑视小民，倒给与了更高超的自由和权利，就是听你专门去救宇宙和魂灵。这是太平的根基，从古至今，相沿不废，将来想必也不至先便废。记得那是去年的事了，沪战初停，日兵渐渐的走上兵船和退进营房里面去，有一夜也是这么劈劈拍拍起来。时候还在“长期抵抗”中，日本人又不明白我们的国粹，以为又是第几路军前来收复失地了，立刻放哨，出兵……乱烘烘的闹了一通，才知道我们是在救月亮，他们是在见鬼。“哦哦！成程（Naruhodo=原来如此）!”惊叹和佩服之余，于是恢复了平和的原状。今年呢，连哨也没有放，大约是已被中国的精神文明感化了。

现在的侵略者和压制者，还有像古代的暴君一样，竟连奴才们的发昏和做梦也不准的么？……

（八月三十一日。）

① 旧时僧道设坛念经做法事。

男人的进化

虞 明

说禽兽交合是恋爱未免有点亵渎。但是，禽兽也有性生活，那是不能否认的。它们在春情发动期，雌的和雄的碰在一起，难免“卿卿我我”的来一阵。固然，雌的有时候也会装腔做势，逃几步又回头看，还要叫几声，直到实行“同居之爱”为止。禽兽的种类虽然多，它们的“恋爱”方式虽然复杂，可是有一件事是没有疑问的：就是雄的不见得有什么特权。

人为万物之灵，首先就是男人的本领大。最初原是马马虎虎的，可是因为“知有母不知有父”① 的缘故，娘儿们曾经“统治”过一个时期，那时的祖老太太大概比后来的族长还要威风。后来不知怎的，女人就倒了霉：项颈上，手上，脚上，全都锁上了链条，扣上了圈儿，环儿，——虽则过了几千年这些圈儿环儿大都已经变成了金的银的，镶上了珍珠宝钻，然而这些项圈，镯子，戒指等等，到现在还是女奴的象征。既然女人成了奴隶，那就男人不必征求他的同意再去“爱”她了。古代部落之间的战争，结果俘虏会变成奴隶，女俘虏就会被强奸。那时候，大概春情发动期早就“取消”了，随时随地男主人都可以强奸女俘虏，女奴隶。现代强盗恶棍之流的不把女人当人，其实是大有酋长式武士道的遗风的。

① 原始社会时期在杂婚制下产生的现象。

但是，强奸的本领虽然已经是人比禽兽“进化”的一步，究竟还只是半开化。你想，女的哭哭啼啼，扭手扭脚，能有多大兴趣？自从金钱这宝贝出现之后，男人的进化就真的了不得了。天下的一切都可以买卖，性欲自然并非例外。男人化几个臭钱，就可以得到他在女人身上所要得到的东西。而且他可以给她说：我并非强奸你，这是你自愿的，你愿意拿几个钱，你就得如此这般，百依百顺，咱们是公平交易！蹂躏了她，还要她说一声“谢谢你，大少”。这是禽兽干得来的么？所以嫖妓是男人进化的颇高的阶段了。

同时，父母之命媒妁之言的旧式婚姻，却要比嫖妓更高明。这制度之下，男人得到永久的终身的活财产，当新妇被人放到新郎的床上的时候，她只有义务，她连讲价钱的自由也没有，何况恋爱。不管你爱不爱，在周公孔圣人的名义之下，你得从一而终，你得守贞操。男人可以随时使用她，而她却要遵守圣贤的礼教，即使“只在心里动了恶念，也要算犯奸淫”的。如果雄狗对雌狗用起这样巧妙而严厉的手段来，雌的一定要急得“跳墙”。然而人却只会跳井，当节妇，贞女，烈女去。礼教婚姻的进化意义，也就可想而知了。

至于男人会用“最科学的”学说，使得女人虽无礼教，也能心甘情愿地从一而终，而且深信性欲是“兽欲”，不应当作为恋爱的基本条件；因此发明“科学的贞操”，——那当然是文明进化的顶点了。

呜呼，人——男人——之所以异于禽兽者！

自注：这篇文章是卫道的文章。

（九月三日。）

同意和解释

虞　明

上司的行动不必征求下属的同意，这是天经地义。但是，有时候上司会对下属解释。

新进的世界闻人说："原人时代就有威权，例如人对动物，一定强迫它们服从人的意志，而使它们抛弃自由生活，不必征求动物的同意。"这话说得透彻。不然，我们那里有牛肉吃，有马骑呢？人对人也是这样。

日本耶教会主教最近宣言日本是圣经上说的天使："上帝要用日本征服向来屠杀犹太人的白人……以武力解放犹太人，实现《旧约》上的预言。"这也显然不征求白人的同意的，正和屠杀犹太人的白人并未征求过犹太人的同意一样。日本的大人老爷在中国制造"国难"，也没有征求中国人民的同意。——至于有些地方的绅董，却去征求日本大人的同意，请他们来维持地方治安，那却又当别论。总之，要自由自在的吃牛肉，骑马等等，就必须宣布自己是上司，别人是下属；或是把人比做动物，或是把自己作为天使。

但是，这里最要紧的还是"武力"，并非理论。不论是社会学或是基督教的理论，都不能够产生什么威权。原人对于动物的威权，是产生于弓箭等类的发明的。至于理论，那不过是随后想出来的解释。这种解释的作用，在于制造自己威权的宗教上，哲学上，科学上，世界潮流上的根据，使得奴隶和牛马恍然大悟这世界的公律，而抛弃一切翻案的梦想。

当上司对于下属解释的时候，你做下属的切不可误解这是在征求你的同意，因为即使你绝对的不同意，他还是干他的。他自有他的梦想，只要金银财宝和飞机大炮的力量还在他手里，他的梦想就会实现；而你的梦想却终于只是梦想，——万一实现了，他还说你抄袭他的动物主义的老文章呢。

据说现在的世界潮流，正是庞大权力的政府的出现，这是十九世纪人士所梦想不到的。意大利和德意志不用说了；就是英国的国民政府，“它的实权也完全属于保守党一党”。“美国新总统所取得的措置经济复兴的权力，比战争和戒严时期还要大得多”。大家做动物，使上司不必征求什么同意，这正是世界的潮流。懿欤盛哉，这样的好榜样，那能不学？

不过，我这种解释还有点美中不足：中国自己的秦始皇帝焚书坑儒，中国自己的韩退之等说：“民不出米粟麻丝以事其上则诛。”这原是国货，何苦违背着民族主义，引用外国的学说和事实——长他人威风，灭自己志气呢？

（九月三日。）

文床秋梦

游　光

春梦是颠颠倒倒的。“夏夜梦”呢？看沙士比亚的剧本，也还是颠颠倒倒。中国的秋梦，照例却应该“肃杀”，民国以前的死囚，就都是“秋后处决”的，这是顺天时。天教人这么着，人就不能不这么着。所谓“文人”当然也不至于例外，吃得饱饱的睡在床上，食物不能消化完，就做梦；而现在又是秋天，天就教他的梦威严起来了。

二卷三十一期（八月十二日出版）的《涛声》上，有一封自名为“林丁”先生的给编者的信，其中有一段说——

“……之争，孰是孰非，殊非外人所能详道。然而彼此摧残，则在傍观人看来，却不能不承是整个文坛的不幸。……我以为各人均应先打屁股百下以儆效尤，余事可一概不提。……”

前两天，还有某小报上的不署名的社谈，它对于早些日子余、赵的剪窃问题之争，也非常气愤——

“……假使我一朝大权在握，我一定把这般东西捉了来，判他们罚作苦工，读书十年；中国文坛，或尚有干净之一日。”

张献忠自己要没落了，他的行动就不问“孰是孰非”，只是杀。清朝的官员，对于原被两造，不问青红皂白，各打屁股一百或五十的事，确也偶尔会有的，这是因为满洲还想要奴才，供搜刮，就是“林丁”先生的旧梦。某小报上的无名子先生可还要比较的文明，至少，它是已经知道了上海工部局“判罚”下等华人的方法的了。

但第一个问题是在怎样才能够“一朝大权在握”？文弱书生死样活气，怎么做得到权臣？先前，还可以希望招驸马，一下子就飞黄腾达，现在皇帝没有了，即使满脸涂着雪花膏，也永远遇不到公主的青睐；至多，只可以希图做一个富家的姑爷而已。而捐官的办法，又早经取消，对于“大权”，还是只能像狐狸的遇着高处的葡萄一样，仰着白鼻子看看。文坛的完整和干净，恐怕实在也到底很渺茫。

五四时候，曾经在出版界上发现了“文丐”，接着又发现了“文氓”，但这种威风凛凛的人物，却是我今年秋天在上海新发现的，无以名之，姑且称为“文官”罢。看文学史，文坛是常会有完整而干净的时候的，但谁曾见过这文坛的澄清，会和这类的“文官”们有丝毫关系的呢。

不过，梦是总可以做的，好在没有什么关系，而写出来也有趣。请安息罢，候补的少大人们！

（九月五日。）

电影的教训

孺 牛

当我在家乡的村子里看中国旧戏的时候，是还未被教育成“读书人”的时候，小朋友大抵是农民。爱看的是翻筋斗，跳老虎，一把烟焰，现出一个妖精来：对于剧情，似乎都不大和我们有关系。大面和老生的争城夺地，小生和正旦的离合悲欢，全是他们的事，捏锄头柄人家的孩子，自己知道是决不会登坛拜将，或上京赴考的。但还记得有一出给了感动的戏，好像是叫作《斩木诚》。一个大官蒙了不白之冤，非被杀不可了，他家里有一个老家丁，面貌非常相像，便代他去“伏法”。那悲壮的动作和歌声，真打动了看客的心，使他们发现了自己的好模范。因为我的家乡的农人，农忙一过，有些是给大户去帮忙的。为要做得像，临刑时候，主母照例的必须去“抱头大哭”，然而被他踢开了，虽在此时，名分也得严守，这是忠仆，义士，好人。

但到我在上海看电影的时候，却早是成为“下等华人”的了，看楼上坐着白人和阔人，楼下排着中等和下等的“华胄”，银幕上现出白色兵们打仗，白色老爷发财，白色小姐结婚，白色英雄探险，令看客佩服，羡慕，恐怖，自己觉得做不到。但当白色英雄探险非洲时，却常有黑色的忠仆来给他开路，服役，拼命，替死，使主子安然的回家；待到他豫备第二次探险时，忠仆不可再得，便又记起了死者，脸色一沉，银幕上就现出一个他记忆上的黑色的面貌。黄脸的看客也大抵在微光中把脸色一沉：他们被感动了。

幸而国产电影也在挣扎起来。耸身一跳，上了高墙，举手一扬，掷出飞剑，不过这也和十九路军一同退出上海，现在是正在准备开映屠格纳夫的《春潮》和茅盾的《春蚕》了。当然，这是进步的。但这时候，却先来了一部竭力宣传的《瑶山艳史》。

这部片子，主题是“开化瑶民”，机键是“招驸马①”，令人记起《四郎探母》以及《双阳公主追狄》这些戏本来。中国的精神文明主宰全世界的伟论，近来不大听到了，要想去开化，自然只好退到苗瑶之类的里面去，而要成这种大事业，却首先须“结亲”，黄帝子孙，也和黑人一样，不能和欧亚大国的公主结亲，所以精神文明就无法传播。这是大家可以由此明白的。

（九月七日。）

① 公主配偶的专称。

关于翻译（上）

洛 文

因为我的一篇短文，引出了穆木天先生的《从〈为翻译辩护〉谈到楼译〈二十世纪之欧洲文学〉》（九日《自由谈》所载），这在我，是很以为荣幸的，并且觉得凡所指摘，也恐怕都是实在的错误。但从那作者的案语里，我却又想起一个随便讲讲，也许并不是毫无意义的问题来了。那是这样的一段——

> “在一百九十九页，有‘在这种小说之中，最近由学术院（译者：当系指著者所属的俄国共产主义学院）所选的鲁易倍尔德兰的不朽的诸作，为最优秀’。在我以为此地所谓‘Academie’者，当指法国翰林院。苏联虽称学艺发达之邦，但不会为帝国主义作家作选集罢？我不知为什么楼先生那样地滥下注解？”

究竟是那一国的 Academia 呢？我不知道。自然，看作法国的翰林院，是万分近理的，但我们也不能决定苏联的大学院就“不会为帝国主义作家作选集”。倘在十年以前是决定不会的，这不但为物力所限，也为了要保护革命的婴儿，不能将滋养的，无益的，有害的食品都漫无区别的乱放在他前面。现在却可以了，婴儿已经长大，而且强壮，聪明起来。即使将鸦片或吗啡给他看，也没有什么大危险，但不消说，一面也必须有先觉者指示，说吸了就会上瘾，而上瘾之后，就成一个废物，或者还是社会上的害虫。

在事实上，我曾经见过苏联的 Academia 新译新印的阿拉伯的《一千一夜》，意大利的《十日谈》，还有西班牙的《吉诃德先生》，英国的《鲁滨孙漂流记》；在报章上，则记载过在为托尔斯泰印选集，为歌德编全集——更完全的全集。倍尔德兰不但是加特力教①的宣传者，而且是王朝主义的代言人，但比起十九世纪初德意志布尔乔亚的文豪歌德来，那作品也不至于更加有害。所以我想，苏联来给他出一本选集，实在是很可能的。不过在这些书籍之前，想来一定有详序，加以仔细的分析和正确的批评。

凡作者，和读者因缘愈远的，那作品就于读者愈无害。古典的，反动的，观念形态已经很不相同的作品，大抵即不能打动新的青年的心（但自然也要有正确的指示），倒反可以从中学学描写的本领，作者的努力。恰如大块的砒霜，欣赏之余，所得的是知道它杀人的力量和结晶的模样：药物学和矿物学上的知识了。可怕的倒在用有限的砒霜，和在食物中间，使青年不知不觉的吞下去。例如似是而非的所谓“革命文学”，故作激烈的所谓“唯物史观的批评”，就是这一类。这倒是应该防备的。

我是主张青年也可以看看“帝国主义者”的作品的，这就是古语的所谓“知己知彼”。青年为了要看虎狼，赤手空拳的

① 加特力为拉丁文 Catholica 的音译。即天主教。

跑到深山里去固然是呆子，但因为虎狼可怕，连用铁栅围起来了的动物园里也不敢去，却也不能不说是一位可笑的愚人。有害的文学的铁栅是什么呢？批评家就是。

（九月十一日。）

补记：这一篇没有能够刊出。九月十五日。

关于翻译（下）

洛 文

但我在那《为翻译辩护》中，所希望于批评家的，实在有三点：一，指出坏的；二，奖励好的；三，倘没有，则较好的也可以。而穆木天先生所实做的是第一句。以后呢，可能有别的批评家来做其次的文章，想起来真是一个大疑问。

所以我要再来补充几句：倘连较好的也没有，则指出坏的译本之后，并且指明其中的那些地方还可以于读者有益处。

此后的译作界，恐怕是还要退步下去的。姑不论民穷财尽，即看地面和人口，四省是给日本拿去了，一大块在水淹，一大块在旱，一大块在打仗，只要略略一想，就知道读者是减少了许许多了。因为销路的少，出版界就要更投机，欺骗，而拿笔的人也因此只好更投机，欺骗。即有不愿意欺骗的人，为生计所压迫，也总不免比较的粗制滥造，增出些先前所没有的缺点来。走过租界的住宅区邻近的马路，三间门面的水果店，晶莹的玻璃窗里是鲜红的苹果，通黄的香蕉，还有不知名的热带的果物。但略站一下就知道：这地方，中国人是很少进去的，买不起。我们大抵只好到同胞摆的水果摊上去，花几文钱买一个烂苹果。

苹果一烂，比别的水果更不好吃，但是也有人买的，不过我们另外还有一种相反的脾气：首饰要"足赤"，人物要"完人"。一有缺点，有时就全部都不要了。爱人身上生几个疮，固然不至于就请律师离婚，但对于作者，作品，译品，却总归比较的严紧，萧伯纳坐了大船，不好；巴比塞不算第一个作家，也不好；译者是“大学教授，下职官员”，更不好。好的又不出来，怎么办呢？我想，还是请批评家用吃烂苹果的方法，来救一救急罢。

我们先前的批评法，是说，这苹果有烂疤了，要不得，一下子抛掉。然而买者的金钱有限，岂不是大冤枉，而况此后还要穷下去。所以，此后似乎最好还是添几句，倘不是穿心烂，就说：这苹果有着烂疤了，然而这几处没有烂，还可以吃得。这么一办，译品的好坏是明白了，而读者的损失也可以小一点。

但这一类的批评，在中国还不大有，即以《自由谈》所登的批评为例，对于《二十世纪之欧洲文学》，就是专指烂疤的；记得先前有一篇批评邹韬奋先生所编的《高尔基》的短文，除掉指出几个缺点之外，也没有别的话。前者我没有看过，说不出另外可有什么可取的地方，但后者却曾经翻过一遍，觉得除批评者所指摘的缺点之外，另有许多记载作者的勇敢的奋斗，胥吏的卑劣的阴谋，是很有益于青年作家的，但也因为有了烂疤，就被抛在筐子外面了。

所以，我又希望刻苦的批评家来做剜烂苹果的工作，这正如“拾荒”一样，是很辛苦的，但也必要，而且大家有益的。

（九月十一日。）

新秋杂识（三）

旅 隼

“秋来了！”

秋真是来了，晴的白天还好，夜里穿着洋布衫就觉得凉飕飕。报章上满是关于“秋”的大小文章：迎秋，悲秋，哀秋，责秋……等等。为了趋时，也想这么的做一点，然而总是做不出。我想，就是想要“悲秋”之类，恐怕也要福气的，实在令人羡慕得很。

记得幼小时，有父母爱护着我的时候，最有趣的是生点小毛病，大病却生不得，既痛苦，又危险的。生了小病，懒懒的躺在床上，有些悲凉，又有些娇气，小苦而微甜，实在好像秋的诗境。呜呼哀哉，自从流落江湖以来，灵感卷逃，连小病也不生了。偶然看看文学家的名文，说是秋花为之惨容，大海为之沉默云云，只是愈加感到自己的麻木。我就从来没有见过秋花为了我在悲哀，忽然变了颜色；只要有风，大海是总在呼啸的，不管我爱闹还是爱静。

冰莹女士的佳作告诉我们：“晨是学科学的，但在这一刹那，完全忘掉了他的志趣，存在他脑海中的只有一个尽量地享受自然美景的目的。……”这也是一种福气。科学我学的很浅，只读过一本生物学教科书，但是，它那些教训，花是植物的生殖机关呀，虫鸣鸟啭，是在求偶呀之类，就完全忘不掉了。

昨夜闲逛荒场，听到蟋蟀在野菊花下鸣叫，觉得好像是美景，诗兴勃发，就做了两句新诗——

野菊的生殖下面，
蟋蟀在吊膀子。

写出来一看，虽然比粗人们所唱的俚歌要高雅一些，而对于新诗人的由“烟士披离纯”而来的诗，还是“相形见绌”。写得太科学，太真实，就不雅了，如果改作旧诗，也许不至于这样。生殖机关，用严又陵先生译法，可以谓之“性官”；“吊膀子”呢，我自己就不懂那语源，但据老于上海者说，这是因西洋人的男女挽臂同行而来的，引申为诱惑或追求异性的意思。吊者，挂也，亦即相挟持。那么，我的诗就译出来了——

野菊性官下，
鸣蛩在悬肘。

虽然很有些费解，但似乎也雅得多，也就是好得多。人们不懂，所以雅，也就是所以好，现在也还是一个做文豪的秘诀呀。质之“新诗人”邵洵美先生之流，不知以为何如？

（九月十四日。）

礼

苇 索

看报，是有益的，虽然有时也沉闷。例如罢，中国是世界上国耻纪念最多的国家，到这一天，报上照例得有几块记载，几篇文章。但这事真也闹得太重叠，太长久了，就很容易千篇一律，这一回可用，下一回也可用，去年用过了，明年也许还可用，只要没有新事情。即使有了，成文恐怕也仍然可以用，因为反正总只能说这几句话。所以倘不是健忘的人，就会觉得沉闷，看不出新的启示来。

然而我还是看。今天偶然看见北京追悼抗日英雄邓文的记事，首先是报告，其次是演讲，最末，是“礼成，奏乐散会”。

我于是得了新的启示：凡纪念，《礼》而已矣。

中国原是“礼义之邦”，关于礼的书，就有三大部，连在外国也译出了，我真特别佩服《仪礼》的翻译者。事君，现在可以不谈了；事亲，当然要尽孝，但殁后的办法，则已归入祭礼中，各有仪，就是现在的拜忌日，做阴寿之类。新的忌日添出来，旧的忌日就淡一点，“新鬼大，故鬼小”也。我们的纪念日也是对于旧的几个比较的不起劲，而新的几个之归于淡漠，则只好以俟将来，和人家的拜忌辰是一样的。有人说，中国的国家以家族为基础，真是有识见。

中国又原是“礼让为国”的，既有礼，就必能让，而愈能让，礼也就愈繁了。总之，这一节不说也罢。

古时候，或以黄老治天下，或以孝治天下。现在呢，恐怕是入于以礼治天下的时期了，明乎此，就知道责备民众的对于纪念日的淡漠是错的，“礼”曰：“礼不下庶人”；舍不得物质上的什么东西也是错的，孔子不云乎，“赐也尔爱其羊，我爱其礼！”

“非礼勿视，非礼勿听，非礼勿言，非礼勿动”，静静的等着别人的“多行不义，必自毙”，礼也。

（九月二十日。）

鲁迅作品精选

朝花夕拾

鲁迅 著

民主与建设出版社
·北京·

图书在版编目（CIP）数据

鲁迅作品精选 . 朝花夕拾 / 鲁迅著 . — 北京 : 民主与建设出版社 , 2023.4（2023.10 重印）
ISBN 978-7-5139-4169-3

Ⅰ . ①鲁… Ⅱ . ①鲁… Ⅲ . ①鲁迅著作—选集②鲁迅散文—散文集 Ⅳ . ① I210.2

中国国家版本馆 CIP 数据核字（2023）第 067904 号

鲁迅作品精选 . 朝花夕拾
LUXUN ZUOPIN JINGXUAN . ZHAOHUA XISHI

著　　者	鲁　迅
主　　编	王茹茹
责任编辑	韩增标
封面设计	玥婷设计
出版发行	民主与建设出版社有限责任公司
电　　话	（010）59417747　59419778
社　　址	北京市海淀区西三环中路 10 号望海楼 E 座 7 层
邮　　编	100142
印　　刷	三河市天润建兴印务有限公司
版　　次	2023 年 4 月第 1 版
印　　次	2023 年 10 月第 2 次印刷
开　　本	880 毫米 ×1230 毫米　1 / 32
印　　张	6.5
字　　数	130 千字
书　　号	ISBN 978-7-5139-4169-3
定　　价	298.00 元（全 10 册）

注：如有印、装质量问题，请与出版社联系。

目　录

朝花夕拾

三闲集(节选)

一九二七年

一九二八年

一九二九年

朝花夕拾

小 引

我常想在纷扰中寻出一点闲静来，然而委实不容易。目前是这么离奇，心里是这么芜杂。一个人做到只剩了回忆的时候，生涯大概总要算是无聊了罢，但有时竟会连回忆也没有。中国的做文章有轨范①，世事也仍然是螺旋。前几天我离开中山大学的时候，便想起四个月以前的离开厦门大学；听到飞机在头上鸣叫，竟记得了一年前在北京城上日日旋绕的飞机。我那时还做了一篇短文，叫做《一觉》。现在是，连这“一觉”也没有了。

广州的天气热得真早，夕阳从西窗射入，逼得人只能勉强穿一件单衣。书桌上的一盆“水横枝”，是我先前没有见过的：就是一段树，只要浸在水中，枝叶便青葱得可爱。看看绿叶，编编旧稿，总算也在做一点事。做着这等事，真是虽生之日，犹死之年，很可以驱除炎热的。

前天，已将《野草》编定了；这回便轮到陆续载在《莽原》上的《旧事重提》，我还替他改了一个名称：《朝花夕拾》。带露折花，色香自然要好得多，但是我不能够。便是现在心目中的离奇和芜杂，我也还不能使他即刻幻化，转成离奇或芜杂的文章。或者，他日仰看流云时，会在我的眼前一闪烁罢。

我有一时，曾经屡次忆起儿时在故乡所吃的蔬果：菱角，

① 行动所遵循的标准。

罗汉豆，茭白，香瓜。凡这些，都是极其鲜美可口的；都曾是使我思乡的蛊惑。后来，我在久别之后尝到了，也不过如此；惟独在记忆上，还有旧来的意味留存。他们也许要哄骗我一生，使我时时反顾。

这十篇就是从记忆中抄出来的，与实际容或有些不同，然而我现在只记得是这样。文体大概很杂乱，因为是或作或辍，经了九个月之多。环境也不一：前两篇写于北京寓所的东壁下；中三篇是流离中所作，地方是医院和木匠房；后五篇却在厦门大学的图书馆的楼上，已经是被学者们挤出集团之后了。

一九二七年五月一日，鲁迅于广州白云楼记。

狗·猫·鼠

从去年起，仿佛听得有人说我是仇猫的。那根据自然是在我的那一篇《兔和猫》；这是自画招供，当然无话可说，——但倒也毫不介意。一到今年，我可很有点担心了。我是常不免于弄弄笔墨的，写了下来，印了出去，对于有些人似乎总是搔着痒处的时候少，碰着痛处的时候多。万一不谨，甚而至于得罪了名人或名教授，或者更甚而至于得罪了“负有指导青年责任的前辈”之流，可就危险已极。为什么呢？因为这些大脚色是“不好惹”的。怎地“不好惹”呢？就是怕要浑身发热之后，做一封信登在报纸上，广告道：“看啊！狗不是仇猫的么？鲁迅先生却自己承认是仇猫的，而他还说要打‘落水狗’！”这“逻辑”的奥义，即在用我的话，来证明我倒是狗，于是而凡有言说，全都根本推翻，即使我说二二得四，三三见九，也没有一字不错。这些既然都错，则绅士口头的二二得七，三三见千等等，自然就不错了。

我于是就间或留心着查考它们成仇的“动机”。这也并非敢妄学现下的学者以动机来褒贬作品的那些时髦，不过想给自己预先洗刷洗刷。据我想，这在动物心理学家，是用不着费什么力气的，可惜我没有这学问。后来，在覃哈特博士（Dr. O. Dähnhardt）的《自然史底国民童话》里，总算发见了那原因了。据说，是这么一回事：动物们因为要商议要事，开了一个会议，鸟，鱼，兽都齐集了，单是缺了象。大会议定，派伙计去迎接它，拈到了当这差使的阄的就是狗。“我怎么找到那象呢？我没有见过它，也和它不认识。”它问。“那容易，”大众说，“它是驼背的。”狗去了，遇见一匹猫，立刻弓起脊梁来，它便招待，同行，将弓着脊梁的猫介绍给大家道：“象在这里！”但是大家都嗤笑它了。从此以后，狗和猫便成了仇家。

日耳曼人走出森林虽然还不很久，学术文艺却已经很可观，便是书籍的装潢，玩具的工致，也无不令人心爱。独有这一篇童话却实在不漂亮；结怨也结得没有意思。猫的弓起脊梁，并不是希图冒充，故意摆架子的，其咎却在狗的自己没眼力。然而原因也总可以算作一个原因。我的仇猫，是和这大大两样的。

其实人禽之辨，本不必这样严。在动物界，虽然并不如古人所幻想的那样舒适自由，可是噜苏做作的事总比人间少。它们适性任情，对就对，错就错，不说一句分辩话。虫蛆也许是不干净的，但它们并没有自鸣清高；鸷禽猛兽以较弱的动物为饵，不妨说是凶残的罢，但它们从来就没有竖过“公理”“正义”的旗子，使牺牲者直到被吃的时候为止，还是一味佩服赞叹它们。人呢，能直立了，自然是一大进步；能说话了，自然又是一大进步；能写字作文了，自然又是一大进步。然而也就堕落，因为那时也开始了说空话。说空话尚无不可，甚至于连自己也不知道说着违心之论，则对于只能嗥叫的动物，实在免不得“颜厚有忸怩”。假使真有一位一视同仁的造物主[1]，高高在上，那么，对于人类的这些小聪明，也许倒以为多事，正如我们在万生园[2]里，看见猴子翻筋斗，母象请安，虽然往往破

---

① 创造万物的神。
② 北京动物园的前称。

颜一笑，但同时也觉得不舒服，甚至于感到悲哀，以为这些多余的聪明，倒不如没有的好罢。然而，既经为人，便也只好“党同伐异”，学着人们的说话，随俗来谈一谈，——辩一辩了。

现在说起我仇猫的原因来，自己觉得是理由充足，而且光明正大的。一，它的性情就和别的猛兽不同，凡捕食雀鼠，总不肯一口咬死，定要尽情玩弄，放走，又捉住，捉住，又放走，直待自己玩厌了，这才吃下去，颇与人们的幸灾乐祸，慢慢地折磨弱者的坏脾气相同。二，它不是和狮虎同族的么？可是有这么一副媚态！但这也许是限于天分之故罢，假使它的身材比现在大十倍，那就真不知道它所取的是怎么一种态度。然而，这些口实，仿佛又是现在提起笔来的时候添出来的，虽然也像是当时涌上心来的理由。要说得可靠一点，或者倒不如说不过因为它们配合时候的嗥叫，手续竟有这么繁重，闹得别人心烦，尤其是夜间要看书，睡觉的时候。当这些时候，我便要用长竹竿去攻击它们。狗们在大道上配合时，常有闲汉拿了木棍痛打；我曾见大勃吕该尔（P. Bruegel. d. Ä）的一张铜版画Allegorie der Wollust上，也画着这回事，可见这样的举动，是中外古今一致的。自从那执拗的奥国学者弗罗特（S. Freud）提倡了精神分析说——psychoanalysis，听说章士钊先生是译作“心解”的，虽然简古，可是实在难解得很——以来，我们的名人名教授也颇有隐隐约约，检来应用的了，这些事便不免又要归宿到性欲上去。打狗的事我不管，至于我的打猫，却只因为它们嚷嚷，此外并无恶意，我自信我的嫉妒心还没有这么博大，当现下“动辄获咎”之秋，这是不可不预先声明的。例如人们当配合之前，也很有些手续，新的是写情书，少则一束，多则一捆；旧的是什么“问名”“纳采”，磕头作揖，去年海昌蒋氏在北京举行婚礼，拜来拜去，就十足拜了三天，还印有一本红面子的《婚礼节文》，《序论》里大发议论道：“平心论之，既名为礼，当必繁重。专图简易，何用礼为？……然则世之有志于礼者，可以兴矣！不可退居于礼所不下之庶人矣！”然而我毫不生气，这是因为无须我到场；因此也可见我的仇猫，理由实在简简单单，只为了它们在我的耳朵边尽嚷的缘故。人们的各种礼式，局外人可以不见不闻，我就满不管，但如果当我正要看书或睡觉的时候，有人来勒令朗诵情书，奉陪作揖，那是为自卫起见，还要用长竹竿来抵御的。还有，平素不大交往的人，忽而寄给我一个红帖子，上面印着“为舍妹出阁”，“小儿完姻”，“敬请观礼”或“阖第光临”这些含有“阴险的暗示”的句子，使我不花钱便总觉得有些过意不去的，我也不十分高兴。

但是，这都是近时的话。再一回忆，我的仇猫却远在能够说出这些理由之前，也许是还在十岁上下的时候了。至今还分明记得，那原因是极其简单的：只因为它吃老鼠，——吃了我饲养着的可爱的小小的隐鼠①。

听说西洋是不很喜欢黑猫的，不知道可确；但 Edgar Allan Poe 的小说里的黑猫，却实在有点骇人。日本的猫善于成精，传说中的“猫婆”②，那食人的惨酷确是更可怕。中国古时候虽然曾有“猫鬼”，近来却很少听到猫的兴妖作怪，似乎古法已经失传，老实起来了。只是我在童年，总觉得它有点妖气，没

① 是鼠类中最小的一种，体形约一个大拇指大。

② 日本传说中的一个妖怪。

有什么好感。那是一个我的幼时的夏夜，我躺在一株大桂树下的小板桌上乘凉，祖母摇着芭蕉扇坐在桌旁，给我猜谜，讲故事。忽然，桂树上沙沙地有趾爪的爬搔声，一对闪闪的眼睛在暗中随声而下，使我吃惊，也将祖母讲着的话打断，另讲猫的故事了——

“你知道么？猫是老虎的先生。”她说。“小孩子怎么会知道呢，猫是老虎的师父。老虎本来是什么也不会的，就投到猫的门下来。猫就教给它扑的方法，捉的方法，吃的方法，像自己的捉老鼠一样。这些教完了；老虎想，本领都学到了，谁也比不过它了，只有老师的猫还比自己强，要是杀掉猫，自己便是最强的脚色了。它打定主意，就上前去扑猫。猫是早知道它的来意的，一跳，便上了树，老虎却只能眼睁睁地在树下蹲着。它还没有将一切本领传授完，还没有教给它上树。”

这是侥幸的，我想，幸而老虎很性急，否则从桂树上就会爬下一匹老虎来。然而究竟很怕人，我要进屋子里睡觉去了。夜色更加黯然；桂叶瑟瑟地作响，微风也吹动了，想来草席定已微凉，躺着也不至于烦得翻来复去了。

几百年的老屋中的豆油灯的微光下，是老鼠跳梁的世界，飘忽地走着，吱吱地叫着，那态度往往比“名人名教授”还轩昂。猫是饲养着的，然而吃饭不管事。祖母她们虽然常恨鼠子们啮破了箱柜，偷吃了东西，我却以为这也算不得什么大罪，也和我不相干，况且这类坏事大概是大个子的老鼠做的，决不能诬陷到我所爱的小鼠身上去。这类小鼠大抵在地上走动，只有拇指那么大，也不很畏惧人，我们那里叫它“隐鼠”，与专住在屋上的伟大者是两种。我的床前就贴着两张花纸，一是“八戒招赘”，满纸长嘴大耳，我以为不甚雅观；别的一张“老鼠成亲”却可爱，自新郎新妇以至傧相，宾客，执事，没有一个不是尖腮细腿，像煞读书人的，但穿的都是红衫绿裤。我想，能举办这样大仪式的，一定只有我所喜欢的那些隐鼠。现在是粗俗了，在路上遇见人类的迎娶仪式，也不过当作性交的广告看，不甚留心；但那时的想看“老鼠成亲”的仪式，却极其神往，即使像海昌蒋氏似的连拜三夜，怕也未必会看得心烦。正月十四的夜，是我不肯轻易便睡，等候它们的仪仗从床下出来的夜。然而仍然只看见几个光着身子的隐鼠在地面游行，不像正在办着喜事。直到我熬不住了，怏怏睡去，一睁眼却已经天明，到了灯节了。也许鼠族的婚仪，不但不分请帖，来收罗贺礼，虽是真的“观礼”，也绝对不欢迎的罢，我想，这是它们向来的习惯，无法抗议的。

老鼠的大敌其实并不是猫。春后，你听到它“咋！咋咋咋咋！”地叫着，大家称为“老鼠数铜钱”的，便知道它的可怕的屠伯已经光降了。这声音是表现绝望的惊恐的，虽然遇见猫，还不至于这样叫。猫自然也可怕，但老鼠只要窜进一个小洞去，它也就奈何不得，逃命的机会还很多。独有那可怕的屠伯——蛇，身体是细长的，圆径和鼠子差不多，凡鼠子能到的地方，它也能到，追逐的时间也格外长，而且万难幸免，当“数钱”的时候，大概是已经没有第二步办法的了。

有一回，我就听得一间空屋里有着这种“数钱”的声音，推门进去，一条蛇伏在横梁上，看地上，躺着一匹隐鼠，口角流血，但两胁还是一起一落的。取来给躺在一个纸盒子里，大半天，竟醒过来了，渐渐地能够饮食，行走，到第二日，似乎就复了原，但是不逃走。放在地上，也时时跑到人面前来，而且缘腿而上，一直爬到膝髁。给放在饭桌上，便检吃些菜渣，舐舐碗沿；放在我的书桌上，则从容地游行，看见砚台便舐吃了研着的墨汁。这使我非常惊喜了。我听父亲说过的，中国有一种墨猴，只有拇指一般大，全身的毛是漆黑而且发亮的。它睡在笔筒里，一听到磨墨，便跳出来，等着，等到人写完字，套上笔，就舐尽了砚上的余墨，仍旧跳进笔筒里去了。我就极愿意有这样的一个墨猴，可是得不到；问那里有，那里买的呢，谁也不知道。"慰情聊胜无"，这隐鼠总可以算是我的墨猴了罢，虽然它舐吃墨汁，并不一定肯等到我写完字。

现在已经记不分明，这样地大约有一两月；有一天，我忽然感到寂寞了，真所谓"若有所失"。我的隐鼠，是常在眼前游行的，或桌上，或地上。而这一日却大半天没有见，大家吃午饭了，也不见它走出来，平时，是一定出现的。我再等着，再等它一半天，然而仍然没有见。

长妈妈，一个一向带领着我的女工，也许是以为我等得太苦了罢，轻轻地来告诉我一句话。这即刻使我愤怒而且悲哀，决心和猫们为敌。她说：隐鼠是昨天晚上被猫吃去了！

当我失掉了所爱的，心中有着空虚时，我要充填以报仇的恶念！

我的报仇，就从家里饲养着的一匹花猫起手，逐渐推广，至于凡所遇见的诸猫。最先不过是追赶，袭击；后来却愈加巧妙了，能飞石击中它们的头，或诱入空屋里面，打得它垂头丧气。这作战继续得颇长久，此后似乎猫都不来近我了。但对于它们纵使怎样战胜，大约也算不得一个英雄；况且中国毕生和猫打仗的人也未必多，所以一切韬略，战绩，还是全都省略了罢。

但许多天之后，也许是已经经过了大半年，我竟偶然得到一个意外的消息：那隐鼠其实并非被猫所害，倒是它缘着长妈妈的腿要爬上去，被她一脚踏死了。

这确是先前所没有料想到的。现在我已经记不清当时是怎样一个感想，但和猫的感情却终于没有融和；到了北京，还因为它伤害了兔的儿女们，便旧隙夹新嫌，使出更辣的辣手。“仇猫”的话柄，也从此传扬开来。然而在现在，这些早已是过去的事了，我已经改变态度，对猫颇为客气，倘其万不得已，则赶走而已，决不打伤它们，更何况杀害。这是我近几年的进步。经验既多，一旦大悟，知道猫的偷鱼肉，拖小鸡，深夜大叫，人们自然十之九是憎恶的，而这憎恶是在猫身上。假如我出而为人们驱除这憎恶，打伤或杀害了它，它便立刻变为可怜，那憎恶倒移在我身上了。所以，目下的办法，是凡遇猫们捣乱，至于有人讨厌时，我便站出去，在门口大声叱曰：“嘘！滚！”小小平静，即回书房，这样，就长保着御侮保家的资格。其实这方法，中国的官兵就常在实做的，他们总不肯扫清土匪或扑灭敌人，因为这么一来，就要不被重视，甚至于因失其用处而被裁汰。我想，如果能将这方法推广应用，我大概也总可望成为所谓“指导青年”的“前辈”的罢，但现下也还未决心实践，正在研究而且推敲。

一九二六年二月二十一日。

阿长与《山海经》

长妈妈，已经说过，是一个一向带领着我的女工，说得阔气一点，就是我的保姆。我的母亲和许多别的人都这样称呼她，似乎略带些客气的意思。只有祖母叫她阿长。我平时叫她“阿妈”，连“长”字也不带；但到憎恶她的时候，——例如知道了谋死我那隐鼠的却是她的时候，就叫她阿长。

我们那里没有姓长的；她生得黄胖而矮，“长”也不是形容词。又不是她的名字，记得她自己说过，她的名字是叫作什么姑娘的。什么姑娘，我现在已经忘却了，总之不是长姑娘；也终于不知道她姓什么。记得她也曾告诉过我这个名称的来历：先前的先前，我家有一个女工，身材生得很高大，这就是真阿长。后来她回去了，我那什么姑娘才来补她的缺，然而大家因为叫惯了，没有再改口，于是她从此也就成为长妈妈了。

虽然背地里说人长短不是好事情，但倘使要我说句真心话，我可只得说：我实在不大佩服她。最讨厌的是常喜欢切切察察，向人们低声絮说些什么事。还竖起第二个手指，在空中上下摇动，或者点着对手或自己的鼻尖。我的家里一有些小风波，不知怎的我总疑心和这“切切察察”① 有些关系。又不许我走动，拔一株草，翻一块石头，就说我顽皮，要告诉我的母亲去了。一到夏天，睡觉时她又伸开两脚两手，在床中间摆成一个

---

① 形容说话非常唠叨。

“大”字，挤得我没有余地翻身，久睡在一角的席子上，又已经烤得那么热。推她呢，不动；叫她呢，也不闻。

“长妈妈生得那么胖，一定很怕热罢？晚上的睡相，怕不见得很好罢？……”

母亲听到我多回诉苦之后，曾经这样地问过她。我也知道这意思是要她多给我一些空席。她不开口。但到夜里，我热得醒来的时候，却仍然看见满床摆着一个“大”字，一条臂膊还搁在我的颈子上。我想，这实在是无法可想了。

但是她懂得许多规矩；这些规矩，也大概是我所不耐烦的。一年中最高兴的时节，自然要数除夕了。辞岁之后，从长辈得到压岁钱，红纸包着，放在枕边，只要过一宵，便可以随意使用。睡在枕上，看着红包，想到明天买来的小鼓，刀枪，泥人，糖菩萨……。然而她进来，又将一个福橘放在床头了。

“哥儿，你牢牢记住！”她极其郑重地说。“明天是正月初一，清早一睁开眼睛，第一句话就得对我说：‘阿妈，恭喜恭喜！’记得么？你要记着，这是一年的运气的事情。不许说别的话！说过之后，还得吃一点福橘。”她又拿起那橘子来在我的眼前摇了两摇，“那么，一年到头，顺顺流流……。”

梦里也记得元旦的，第二天醒得特别早，一醒，就要坐起来。她却立刻伸出臂膊，一把将我按住。我惊异地看她时，只见她惶急地看着我。

她又有所要求似的，摇着我的肩。我忽而记得了——

“阿妈，恭喜……。”

“恭喜恭喜！大家恭喜！真聪明！恭喜恭喜！”她于是十分喜欢似的，笑将起来，同时将一点冰冷的东西，塞在我的嘴里。我大吃一惊之后，也就忽而记得，这就是所谓福橘，元旦辟头的磨难，总算已经受完，可以下床玩耍去了。

她教给我的道理还很多，例如说人死了，不该说死掉，必须说“老掉了”；死了人，生了孩子的屋子里，不应该走进去；饭粒落在地上，必须拣起来，最好是吃下去；晒裤子用的竹竿底下，是万不可钻过去的……。此外，现在大抵忘却了，只有元旦的古怪仪式记得最清楚。总之：都是些烦琐之至，至今想起来还觉得非常麻烦的事情。

然而我有一时也对她发生过空前的敬意。她常常对我讲“长毛”。她之所谓“长毛”者，不但洪秀全军，似乎连后来一切土匪强盗都在内，但除却革命党，因为那时还没有。她说得长毛非常可怕，他们的话就听不懂。她说先前长毛进城的时候，我家全都逃到海边去了，只留一个门房和年老的煮饭老妈子看家。后来长毛果然进门来了，那老妈子便叫他们“大王”，——据说对长毛就应该这样叫，——诉说自己的饥饿。长毛笑道：“那么，这东西就给你吃了罢！”将一个圆圆的东西掷了过来，还带着一条小辫子，正是那门房的头。煮饭老妈子从此就骇破了胆，后来一提起，还是立刻面如土色，自己轻轻地拍着胸脯道：“阿呀，骇死我了，骇死我了……。”

我那时似乎倒并不怕，因为我觉得这些事和我毫不相干的，我不是一个门房。但她大概也即觉到了，说道：“像你似的小孩子，长毛也要掳的，掳去做小长毛。还有好看的姑娘，也要掳。”

“那么，你是不要紧的。”我以为她一定最安全了，既不做门房，又不是小孩子，也生得不好看，况且颈子上还有许多灸疮疤。

“那里的话?!”她严肃地说。“我们就没有用么?我们也要被掳去。城外有兵来攻的时候，长毛就叫我们脱下裤子，一排一排地站在城墙上，外面的大炮就放不出来；再要放，就炸了！”

这实在是出于我意想之外的，不能不惊异。我一向只以为她满肚子是麻烦的礼节罢了，却不料她还有这样伟大的神力。从此对于她就有了特别的敬意，似乎实在深不可测；夜间的伸开手脚，占领全床，那当然是情有可原的了，倒应该我退让。

这种敬意，虽然也逐渐淡薄起来，但完全消失，大概是在知道她谋害了我的隐鼠之后。那时就极严重地诘问①，而且当面叫她阿长。我想我又不真做小长毛，不去攻城，也不放炮，更不怕炮炸，我惧惮她什么呢！

但当我哀悼隐鼠，给它复仇的时候，一面又在渴慕着绘图的《山海经》了。这渴慕是从一个远房的叔祖惹起来的。他是一个胖胖的，和蔼的老人，爱种一点花木，如珠兰、茉莉之类，还有极其少见的，据说从北边带回去的马缨花。他的太太却正相反，什么也莫名其妙，曾将晒衣服的竹竿搁在珠兰的枝条上，枝折了，还要愤愤地咒骂道：“死尸！”这老人是个寂寞者，因为无人可谈，就很爱和孩子们往来，有时简直称我们为“小友”。在我们聚族而居的宅子里，只有他书多，而且特别。制艺和试帖诗，自然也是有的；但我却只在他的书斋里，看见过陆玑的《毛诗草木鸟兽虫鱼疏》，还有许多名目很生的书籍。我那时最爱看的是《花镜》，上面有许多图。他说给我听，曾经有过一部绘图的《山海经》，画着人面的兽，九头的蛇，三脚的鸟，生着翅膀的人，没有头而以两乳当作眼睛的

① 责问。

怪物，……可惜现在不知道放在那里了。

我很愿意看看这样的图画，但不好意思力逼他去寻找，他是很疏懒的。问别人呢，谁也不肯真实地回答我。压岁钱还有几百文，买罢，又没有好机会。有书买的大街离我家远得很，我一年中只能在正月间去玩一趟，那时候，两家书店都紧紧地关着门。

玩的时候倒是没有什么的，但一坐下，我就记得绘图的《山海经》。

大概是太过于念念不忘了，连阿长也来问《山海经》是怎么一回事。这是我向来没有和她说过的，我知道她并非学者，说了也无益；但既然来问；也就都对她说了。

过了十多天，或者一个月罢，我还很记得，是她告假回家以后的四五天，她穿着新的蓝布衫回来了，一见面，就将一包书递给我，高兴地说道：

“哥儿，有画儿的‘三哼经’，我给你买来了！”

我似乎遇着了一个霹雳，全体都震悚起来；赶紧去接过来，打开纸包，是四本小小的书，略略一翻，人面的兽，九头的蛇，……果然都在内。

这又使我发生新的敬意了，别人不肯做，或不能做的事，她却能够做成功。她确有伟大的神力。谋害隐鼠的怨恨，从此完全消灭了。

这四本书，乃是我最初得到，最为心爱的宝书。

书的模样，到现在还在眼前。可是从还在眼前的模样来说，却是一部刻印都十分粗拙的本子。纸张很黄；图像也很坏，甚至于几乎全用直线凑合，连动物的眼睛也都是长方形的。但那是我最为心爱的宝书，看起来，确是人面的兽；九头的蛇；一脚的牛；袋子似的帝江；没有头而“以乳为目，以脐为口”，还要“执干戚而舞”的刑天。

此后我就更其搜集绘图的书，于是有了石印的《尔雅音图》和《毛诗品物图考》，又有了《点石斋丛画》和《诗画舫》。《山海经》也另买了一部石印的，每卷都有图赞，绿色的画，字是红的，比那木刻的精致得多了。这一部直到前年还在，是缩印的郝懿行疏。木刻的却已经记不清是什么时候失掉了。

我的保姆，长妈妈即阿长，辞了这人世，大概也有了三十年了罢。我终于不知道她的姓名，她的经历；仅知道有一个过继的儿子，她大约是青年守寡的孤孀。

仁厚黑暗的地母呵，愿在你怀里永安她的魂灵！

三月十日。

《二十四孝图》

我总要上下四方寻求，得到一种最黑，最黑，最黑的咒文，先来诅咒一切反对白话，妨害白话者。即使人死了真有灵魂，因这最恶的心，应该堕入地狱，也将决不改悔，总要先来诅咒一切反对白话，妨害白话者。

自从所谓“文学革命”以来，供给孩子的书籍，和欧，美，日本的一比较，虽然很可怜，但总算有图有说，只要能读下去，就可以懂得的了。可是一班别有心肠的人们，便竭力来阻遏它，要使孩子的世界中，没有一丝乐趣。北京现在常用“马虎子”这一句话来恐吓孩子们。或者说，那就是《开河记》上所载的，给隋炀帝开河，蒸死小儿的麻叔谋；正确地写起来，须是“麻胡子”。那么，这麻叔谋乃是胡人了。但无论他是甚么人，他的吃小孩究竟也还有限，不过尽他的一生。妨害白话者的流毒却甚于洪水猛兽，非常广大，也非常长久，能使全中国化成一个麻胡，凡有孩子都死在他肚子里。

只要对于白话来加以谋害者，都应该灭亡！

这些话，绅士们自然难免要掩住耳朵的，因为就是所谓“跳到半天空，骂得体无完肤，——还不肯罢休。”而且文士们一定也要骂，以为大悖于“文格”，亦即大损于“人格”。岂不是“言者心声也”么？“文”和“人”当然是相关的，虽然人间世本来千奇百怪，教授们中也有“不尊敬”作者的人格而不能“不说他的小说好”的特别种族。但这些我都不管，因为我幸而还没有爬上“象牙之塔”去，正无须怎样小心。倘若无意中竟已撞上了，那就即刻跌下来罢。然而在跌下来的中途，当还未到地之前，还要说一遍：——

只要对于白话来加以谋害者，都应该灭亡！

每看见小学生欢天喜地地看着一本粗拙的《儿童世界》之类，另想到别国的儿童用书的精美，自然要觉得中国儿童的可怜。但回忆起我和我的同窗小友的童年，却不能不以为他幸福，给我们的永逝的韶光一个悲哀的吊唁。我们那时有什么可看呢，只要略有图画的本子，就要被塾师，就是当时的“引导青年的前辈”禁止，呵斥，甚而至于打手心。我的小同学因为专读“人之初性本善”读得要枯燥而死了，只好偷偷地翻开第一叶，看那题着“文星高照”四个字的恶鬼一般的魁星像，来满足他幼稚的爱美的天性。昨天看这个，今天也看这个，然而他们的眼睛里还闪出苏醒和欢喜的光辉来。

在书塾以外，禁令可比较的宽了，但这是说自己的事，各人大概不一样。我能在大众面前，冠冕堂皇地阅看的，是《文昌帝君阴骘文图说》和《玉历钞传》，都画着冥冥之中赏善罚恶的故事，雷公电母站在云中，牛头马面布满地下，不但“跳到半天空”是触犯天条的，即使半语不合，一念偶差，也都得受相当的报应。这所报的也并非“睚眦之怨”，因为那地方是鬼神为君，“公理”作宰，请酒下跪，全都无功，简直是无法可想。在中国的天地间，不但做人，便是做鬼，也艰难极了。然而究竟很有比阳间更好的处所：无所谓“绅士”，也没有“流言”。

阴间，倘要稳妥，是颂扬不得的。尤其是常常好弄笔墨的人，在现在的中国，流言的治下，而又大谈“言行一致”的时候。前车可鉴，听说阿尔志跋绥夫曾答一个少女的质问说，“惟有在人生的事实这本身中寻出欢喜者，可以活下去。倘若在那里什么也不见，他们其实倒不如死。”于是乎有一个叫作密哈罗夫的，寄信嘲骂他道，“……所以我完全诚实地劝你自杀来祸福你自己的生命，因为这第一是合于逻辑，第二是你的言语和行为不至于背驰。”

其实这论法就是谋杀，他就这样地在他的人生中寻出欢喜来。阿尔志跋绥夫只发了一大通牢骚，没有自杀。密哈罗夫先生后来不知道怎样，这一个欢喜失掉了，或者另外又寻到了“什么”了罢。诚然，“这些时候，勇敢，是安稳的；情热，是毫无危险的。”

然而，对于阴间，我终于已经颂扬过了，无法追改；虽有“言行不符”之嫌，但确没有受过阎王或小鬼的半文津贴，则差可以自解。总而言之，还是仍然写下去罢：——

我所看的那些阴间的图画，都是家藏的老书，并非我所专有。我所收得的最先的画图本子，是一位长辈的赠品：《二十四孝图》。这虽然不过薄薄的一本书，但是下图上说，鬼少人多，又为我一人所独有，使我高兴极了。那里面的故事，似乎是谁都知道的；便是不识字的人，例如阿长，也只要一看图画便能够滔滔地讲出这一段的事迹。但是，我于高兴之余，接着就是扫兴，因为我请人讲完了二十四个故事之后，才知道“孝”有如此之难，对于先前痴心妄想，想做孝子的计划，完全绝望了。

“人之初，性本善”么？这并非现在要加研究的问题。但我还依稀记得，我幼小时候实未尝蓄意忤逆①，对于父母，倒是极愿意孝顺的。不过年幼无知，只用了私见来解释“孝顺”的做法，以为无非是“听话”，“从命”，以及长大之后，给年老的父母好好地吃饭罢了。自从得了这一本孝子的教科书以后，才知道并不然，而且还要难到几十几百倍。其中自然也有可以勉力仿效的，如“子路负米”，“黄香扇枕”之类。“陆绩怀橘”也并不难，只要有阔人请我吃饭。“鲁迅先生作宾客而怀橘乎?”我便跪答云，“吾母性之所爱，欲归以遗母。”阔人大佩服，于是孝子就做稳了，也非常省事。“哭竹生笋”就可疑，怕我的精诚未必会这样感动天地。但是哭不出笋来，还不过抛脸而已，一到“卧冰求鲤”，可就有性命之虞了。我乡的天气是温和的，严冬中，水面也只结一层薄冰，即使孩子的重量怎样小，躺上去，也一定哗喇一声，冰破落水，鲤鱼还不及游过来。自然，必须不顾性命，这才孝感神明，会有出乎意料之外的奇迹，但那时我还小，实在不明白这些。

其中最使我不解，甚至于发生反感的，是“老莱娱亲”和“郭巨埋儿”两件事。

我至今还记得，一个躺在父母跟前的老头子，一个抱在母亲手上的小孩子，是怎样地使我发生不同的感想呵。他们一手都拿着“摇咕咚”。这玩意儿确是可爱的，北京称为小鼓，盖即鼗②也，朱熹曰，“鼗，小鼓，两旁有耳；持其柄而摇之，则旁耳还自击”，咕咚咕咚地响起来。然而这东西是不该拿在老莱子手里的，他应该扶一枝拐杖。现在这模样，简直是装佯，

---

① 指不孝顺、叛逆之意。出自汉陆贾《新语·辨惑》。

② 俗称“拨浪鼓”。

侮辱了孩子。我没有再看第二回，一到这一叶，便急速地翻过去了。

那时的《二十四孝图》，早已不知去向了，目下所有的只是一本日本小田海僊所画的本子，叙老莱子事云，“行年七十，言不称老，常著五色斑斓之衣，为婴儿戏于亲侧。又常取水上堂，诈跌仆地，作婴儿啼，以娱亲意。”大约旧本也差不多，而招我反感的便是“诈跌”。无论忤逆，无论孝顺，小孩子多不愿意“诈”作，听故事也不喜欢是谣言，这是凡有稍稍留心儿童心理的都知道的。

然而在较古的书上一查，却还不至于如此虚伪。师觉授《孝子传》云，“老莱子……常著斑斓之衣，为亲取饮，上堂脚跌，恐伤父母之心，僵仆为婴儿啼。”（《太平御览》四百十三引）较之今说，似稍近于人情。不知怎地，后之君子却一定要改得他“诈”起来，心里才能舒服。邓伯道弃子救侄，想来也不过“弃”而已矣，昏妄人也必须说他将儿子捆在树上，使他追不上来才肯歇手。正如将“肉麻当作有趣”一般，以不情为伦纪，诬蔑了古人，教坏了后人。老莱子即是一例，道学先生以为他白璧无瑕时，他却已在孩子的心中死掉了。

至于玩着“摇咕咚”的郭巨的儿子，却实在值得同情。他被抱在他母亲的臂膊上，高高兴兴地笑着；他的父亲却正在掘窟窿，要将他埋掉了。说明云，“汉郭巨家贫，有子三岁，母尝减食与之。巨谓妻曰，贫乏不能供母，子又分母之食。盍埋此子？”但是刘向《孝子传》所说，却又有些不同：巨家是富的，他都给了两弟；孩子是才生的，并没有到三岁。结末又大略相像了，“及掘坑二尺，得黄金一釜，上云：天赐郭巨，官不得取，民不得夺！”

我最初实在替这孩子捏一把汗，待到掘出黄金一釜，这才觉得轻松。然而我已经不但自己不敢再想做孝子，并且怕我父亲去做孝子了。家景正在坏下去，常听到父母愁柴米；祖母又老了，倘使我的父亲竟学了郭巨，那么，该埋的不正是我么？如果一丝不走样，也掘出一釜黄金来，那自然是如天之福，但是，那时我虽然年纪小，似乎也明白天下未必有这样的巧事。

现在想起来，实在很觉得傻气。这是因为现在已经知道了这些老玩意，本来谁也不实行。整饬伦纪①的文电是常有的，却很少见绅士赤条条地躺在冰上面，将军跳下汽车去负米。何况现在早长大了，看过几部古书，买过几本新书，什么《太平御览》咧，《古孝子传》咧，《人口问题》咧，《节制生育》咧，《二十世纪是儿童的世界》咧，可以抵抗被埋的理由多得很。不过彼一时，此一时，彼时我委实有点害怕：掘好深坑，不见黄金，连"摇咕咚"一同埋下去，盖上土，踏得实实的，又有什么法子可想呢。我想，事情虽然未必实现，但我从此总怕听到我的父母愁穷，怕看见我的白发的祖母，总觉得她是和我不两立，至少，也是一个和我的生命有些妨碍的人。后来这印象日见其淡了，但总有一些留遗，一直到她去世——这大概是送给《二十四孝图》的儒者所万料不到的罢。

五月十日。

① 即伦常、纲纪。

五猖会

孩子们所盼望的，过年过节之外，大概要数迎神赛会的时候了。但我家的所在很偏僻，待到赛会的行列经过时，一定已在下午，仪仗之类，也减而又减，所剩的极其寥寥。往往伸着颈子等候多时，却只见十几个人抬着一个金脸或蓝脸红脸的神像匆匆地跑过去。于是，完了。

我常存着这样的一个希望：这一次所见的赛会，比前一次繁盛些。可是结果总是一个“差不多”；也总是只留下一个纪念品，就是当神像还未抬过之前，化一文钱买下的，用一点烂泥，一点颜色纸，一枝竹篓和两三枝鸡毛所做的，吹起来会发出一种刺耳的声音的哨子，叫作“吹都都”的，吡吡地吹它两三天。

现在看看《陶庵梦忆》，觉得那时的赛会，真是豪奢极了，虽然明人的文章，怕难免有些夸大。因为祷雨而迎龙王，现在也还有的，但办法却已经很简单，不过是十多人盘旋着一条龙，以及村童们扮些海鬼。那时却还要扮故事，而且实在奇拔得可观。他记扮《水浒传》中人物云：“……于是分头四出，寻黑矮汉，寻梢长大汉，寻头陀，寻胖大和尚，寻茁壮妇人，寻姣长妇人，寻青面，寻歪头，寻赤须，寻美髯，寻黑大汉，寻赤脸长须。大索城中；无，则之郭，之村，之山僻，之邻府州县。

用重价聘之，得三十六人，梁山泊好汉，个个呵活，臻臻至至[1]，人马称娖[2]而行。……”这样的白描的活古人，谁能不动一看的雅兴呢？可惜这种盛举，早已和明社[3]一同消灭了。

赛会虽然不像现在上海的旗袍，北京的谈国事，为当局所禁止，然而妇孺们是不许看的，读书人即所谓士子，也大抵不肯赶去看。只有游手好闲的闲人，这才跑到庙前或衙门前去看热闹；我关于赛会的知识，多半是从他们的叙述上得来的，并非考据家所贵重的“眼学”。然而记得有一回，也亲见过较盛的赛会。开首是一个孩子骑马先来，称为“塘报”；过了许久，“高照”到了，长竹竿揭起一条很长的旗，一个汗流浃背的胖大汉用两手托着；他高兴的时候，就肯将竿头放在头顶或牙齿上，甚而至于鼻尖。其次是所谓“高跷”，“抬阁”、“马头”了；还有扮犯人的，红衣枷锁，内中也有孩子。我那时觉得这些都是有光荣的事业，与闻其事的即全是大有运气的人，——大概羡慕他们的出风头罢。我想，我为什么不生一场重病，使我的母亲也好到庙里去许下一个“扮犯人”的心愿的呢？……然而我到现在终于没有和赛会发生关系过。

要到东关看五猖会去了。这是我儿时所罕逢的一件盛事。因为那会是全县中最盛的会，东关又是离我家很远的地方，出城还有六十多里水路，在那里有两座特别的庙。一是梅姑庙，就是《聊斋志异》所记，室女守节，死后成神，却篡取别人的丈夫的；现在神座上确塑着一对少年男女，眉开眼笑，殊与

---

① 齐整、完备的意思。

② 是指行列齐整貌。

③ 古时候时用作国家的代称。

“礼教”有妨。其一便是五猖庙了，名目就奇特。据有考据癖的人说：这就是五通神。然而也并无确据。神像是五个男人，也不见有什么猖獗之状；后面列坐着五位太太，却并不“分坐”，远不及北京戏园里界限之谨严。其实呢，这也是殊与“礼教”有妨的，——但他们既然是五猖，便也无法可想，而且自然也就“又作别论”了。

因为东关离城远，大清早大家就起来。昨夜预定好的三道明瓦窗的大船，已经泊在河埠头，船椅，饭菜，茶炊，点心盒子，都在陆续搬下去了。我笑着跳着，催他们要搬得快。忽然，工人的脸色很谨肃了，我知道有些蹊跷，四面一看，父亲就站在我背后。

“去拿你的书来。”他慢慢地说。

这所谓“书”，是指我开蒙①时候所读的《鉴略》，因为我再没有第二本了。我们那里上学的岁数是多拣单数的，所以这使我记住我其时是七岁。

我忐忑着，拿了书来了。他使我同坐在堂中央的桌子前，教我一句一句地读下去。我担着心，一句一句地读下去。

两句一行，大约读了二三十行罢，他说：——

“给我读熟。背不出，就不准去看会。”

他说完，便站起来，走进房里去了。

我似乎从头上浇了一盆冷水。但是，有什么法子呢？自然是读着，读着，强记着，——而且要背出来。

粤自盘古，生于太荒，

首出御世，肇开混茫。

---

① 孩子刚开始读书。

就是这样的书，我现在只记得前四句，别的都忘却了；那时所强记的二三十行，自然也一齐忘却在里面了。记得那时听人说，读《鉴略》比读《千字文》，《百家姓》有用得多，因为可以知道从古到今的大概。知道从古到今的大概，那当然是很好的，然而我一字也不懂。“粤自盘古”就是“粤自盘古”，读下去，记住它，“粤自盘古”呵！“生于太荒”呵！……

应用的物件已经搬完，家中由忙乱转成静肃了。朝阳照着西墙，天气很清朗。母亲，工人，长妈妈即阿长，都无法营救，只默默地静候着我读熟，而且背出来。在百静中，我似乎头里要伸出许多铁钳，将什么“生于太荒”之流夹住；也听到自己急急诵读的声音发着抖，仿佛深秋的蟋蟀，在夜中鸣叫似的。

他们都等候着；太阳也升得更高了。

我忽然似乎已经很有把握，便即站了起来，拿书走进父亲的书房，一气背将下去，梦似的就背完了。

“不错。去罢。”父亲点着头，说。

大家同时活动起来，脸上都露出笑容，向河埠走去。工人将我高高地抱起，仿佛在祝贺我的成功一般，快步走在最前头。

我却并没有他们那么高兴。开船以后，水路中的风景，盒子里的点心，以及到了东关的五猖会的热闹，对于我似乎都没有什么大意思。

直到现在，别的完全忘却，不留一点痕迹了，只有背诵《鉴略》这一段，却还分明如昨日事。

我至今一想起，还诧异我的父亲何以要在那时候叫我来背书。

五月二十五日。

无常

迎神赛会这一天出巡的神，如果是掌握生杀之权的，——不，这生杀之权四个字不大妥，凡是神，在中国仿佛都有些随意杀人的权柄似的，倒不如说是职掌人民的生死大事的罢，就如城隍和东岳大帝之类，那么，他的卤簿①中间就另有一群特别的脚色：鬼卒，鬼王，还有活无常。

这些鬼物们，大概都是由粗人和乡下人扮演的。鬼卒和鬼王是红红绿绿的衣裳，赤着脚；蓝脸，上面又画些鱼鳞，也许是龙鳞或别的什么鳞罢，我不大清楚。鬼卒拿着钢叉，叉环振得琅琅地响，鬼王拿的是一块小小的虎头牌。据传说，鬼王是只用一只脚走路的；但他究竟是乡下人，虽然脸上已经画上些鱼鳞或者别的什么鳞，却仍然只得用了两只脚走路。所以看客对于他们不很敬畏，也不大留心，除了念佛老妪和她的孙子们为面面圆到起见，也照例给他们一个“不胜屏营待命之至”的仪节。

至于我们——我相信：我和许多人——所最愿意看的，却在活无常。他不但活泼而诙谐，单是那浑身雪白这一点，在红红绿绿中就有“鹤立鸡群”之概。只要望见一顶白纸的高帽子和他手里的破芭蕉扇的影子，大家就都有些紧张，而且高兴起来了。

---

① 古代帝王驾出时扈从的仪仗队。

人民之于鬼物，惟独与他最为稔熟，也最为亲密，平时也常常可以遇见他。譬如城隍庙或东岳庙中，大殿后面就有一间暗室，叫作“阴司间”，在才可辨色的昏暗中，塑着各种鬼：吊死鬼，跌死鬼，虎伤鬼，科场鬼，……而一进门口所看见的长而白的东西就是他。我虽然也曾瞻仰过一回这“阴司间”，但那时胆子小，没有看明白。听说他一手还拿着铁索，因为他是勾摄生魂的使者。相传樊江东岳庙的“阴司间”的构造，本来是极其特别的：门口是一块活板，人一进门，踏着活板的这一端，塑在那一端的他便扑过来，铁索正套在你脖子上。后来吓死了一个人，钉实了，所以在我幼小的时候，这就已不能动。

倘使要看个分明，那么，《玉历钞传》上就画着他的像，不过《玉历钞传》也有繁简不同的本子的，倘是繁本，就一定有。身上穿的是斩衰凶服，腰间束的是草绳，脚穿草鞋，项挂纸锭；手上是破芭蕉扇，铁索，算盘；肩膀是耸起来，头发却披下来；眉眼的外梢都向下，像一个“八”字。头上一顶长方帽，下大顶小，按比例一算，该有二尺来高罢；在正面，就是遗老遗少们所戴瓜皮小帽的缀一粒珠子或一块宝石的地方，直写着四个字道：“一见有喜”。有一种本子上，却写的是“你也来了”。这四个字，是有时也见于包公殿的扁额上的，至于他的帽上是何人所写，他自己还是阎罗王，我可没有研究出。

《玉历钞传》上还有一种和活无常相对的鬼物，装束也相仿，叫作“死有分”。这在迎神时候也有的，但名称却讹作死无常了，黑脸，黑衣，谁也不爱看。在“阴司间”里也有的，胸口靠着墙壁，阴森森地站着；那才真真是“碰壁”。凡有进去烧香的人们，必须摩一摩他的脊梁，据说可以摆脱了晦气；我小时也曾摩过这脊梁来，然而晦气似乎终于没有脱，——也许那时不摩，现在的晦气还要重罢，这一节也还是没有研究出。

我也没有研究过小乘佛教的经典，但据耳食之谈，则在印度的佛经里，焰摩天是有的，牛首阿旁也有的，都在地狱里做主任。至于勾摄生魂的使者的这无常先生，却似乎于古无征，耳所习闻的只有什么“人生无常”之类的话。大概这意思传到中国之后，人们便将他具象化了。这实在是我们中国人的创作。

然而人们一见他，为什么就都有些紧张，而且高兴起来呢？

凡有一处地方，如果出了文士学者或名流，他将笔头一扭，就很容易变成“模范县”。我的故乡，在汉末虽曾经虞仲翔先生揄扬①过，但是那究竟太早了，后来到底免不了产生所谓“绍兴师爷”，不过也并非男女老小全是“绍兴师爷”，别的“下等人”也不少。这些“下等人”，要他们发什么“我们现在走的是一条狭窄险阻的小路，左面是一个广漠无际的泥潭，右面也是一片广漠无际的浮砂，前面是遥遥茫茫荫在薄雾的里面的目的地”那样热昏似的妙语，是办不到的，可是在无意中，看得往这“荫在薄雾的里面的目的地”的道路很明白：求婚，结婚，养孩子，死亡。但这自然是专就我的故乡而言，若是“模范县”里的人民，那当然又作别论。他们——敝同乡“下等人”——的许多，活着，苦着，被流言，被反噬，因了积久的经验，知道阳间维持“公理”的只有一个会，而且这会的本身就是“遥遥茫茫”，于是乎势不得不发生对于阴间的神往。人是大抵自以为衔些冤抑的；活的“正人君子”们只能骗鸟，若问愚民，他就可以不假思索地回答你：公正的裁判是在阴间！

想到生的乐趣，生固然可以留恋；但想到生的苦趣，无常

① 表扬、赞扬的意思。

也不一定是恶客。无论贵贱，无论贫富，其时都是“一双空手见阎王”，有冤的得伸，有罪的就得罚。然而虽说是“下等人”，也何尝没有反省？自己做了一世人，又怎么样呢？未曾“跳到半天空”么？没有“放冷箭”么？无常的手里就拿着大算盘，你摆尽臭架子也无益。对付别人要滴水不羼的公理，对自己总还不如虽在阴司里也还能够寻到一点私情。然而那又究竟是阴间，阎罗天子，牛首阿旁，还有中国人自己想出来的马面，都是并不兼差，真正主持公理的脚色，虽然他们并没有在报上发表过什么大文章。当还未做鬼之前，有时先不欺心的人们，遥想着将来，就又不能不想在整块的公理中，来寻一点情面的末屑，这时候，我们的活无常先生便见得可亲爱了，利中取大，害中取小，我们的古哲墨翟先生谓之“小取”云。

在庙里泥塑的，在书上墨印的模样上，是看不出他那可爱来的。最好是去看戏。但看普通的戏也不行，必须看“大戏”或者“目连戏”。目连戏的热闹，张岱在《陶庵梦忆》上也曾夸张过，说是要连演两三天。在我幼小时候可已经不然了，也如大戏一样，始于黄昏，到次日的天明便完结。这都是敬神禳灾的演剧，全本里一定有一个恶人，次日的将近天明便是这恶人的收场的时候，“恶贯满盈”，阎王出票来勾摄了，于是乎这活的活无常便在戏台上出现。

我还记得自己坐在这一种戏台下的船上的情形，看客的心情和普通是两样的。平常愈夜深愈懒散，这时却愈起劲。他所戴的纸糊的高帽子，本来是挂在台角上的，这时预先拿进去了；一种特别乐器，也准备使劲地吹。这乐器好像喇叭，细而长，可有七八尺，大约是鬼物所爱听的罢，和鬼无关的时候就不用；吹起来，Nhatu，nhatu，nhatututuu 地响，所以我们叫它“目连嗐头”。

在许多人期待着恶人的没落的凝望中，他出来了，服饰比画上还简单，不拿铁索，也不带算盘，就是雪白的一条莽汉，粉面朱唇，眉黑如漆，蹙着，不知道是在笑还是在哭。但他一出台就须打一百零八个嚏，同时也放一百零八个屁，这才自述他的履历。可惜我记不清楚了，其中有一段大概是这样：

“…………

大王出了牌票，叫我去拿隔壁的癞子。

问了起来呢，原来是我堂房的阿侄。

生的是什么病？伤寒，还带痢疾。

看的是什么郎中？下方桥的陈念义 la 儿子。

开的是怎样的药方？附子，肉桂，外加牛膝。

第一煎吃下去，冷汗发出；

第二煎吃下去，两脚笔直。

我道 nga 阿嫂哭得悲伤，暂放他还阳半刻。

大王道我是得钱买放，就将我捆打四十！”

这叙述里的“子”字都读作入声。陈念义是越中的名医，俞仲华曾将他写入《荡寇志》里，拟为神仙；可是一到他的令郎，似乎便不大高明了。la 者“的”也；“儿”读若“倪”，倒是古音罢；nga 者，“我的”或“我们的”之意也。

他口里的阎罗天子仿佛也不大高明，竟会误解他的人格，——不，鬼格。但连“还阳半刻”都知道，究竟还不失其“聪明正直之谓神”。不过这惩罚，却给了我们的活无常以不可磨灭的冤苦的印象，一提起，就使他更加蹙紧双眉，捏定破芭蕉扇，脸向着地，鸭子浮水似的跳舞起来了。

Nhatu，nhatu，nhatu—nhatu—nhatututuu！目连嗐头也冤苦

不堪似的吹着。

他因此决定了：

“难是弗放者个！

那怕你，铜墙铁壁！

那怕你，皇亲国戚！

…………”

“难”者，“今”也；“者个”者“的了”之意，词之决也。“虽有忮心，不怨飘瓦”，他现在毫不留情了，然而这是受了阎罗老子的督责之故，不得已也。一切鬼众中，就是他有点人情；我们不变鬼则已，如果要变鬼，自然就只有他可以比较的相亲近。

我至今还确凿记得，在故乡时候，和“下等人”一同，常常这样高兴地正视过这鬼而人，理而情，可怖而可爱的无常；而且欣赏他脸上的哭或笑，口头的硬语与谐谈……。

迎神时候的无常，可和演剧上的又有些不同了。他只有动作，没有言语，跟定了一个捧着一盘饭菜的小丑似的脚色走，他要去吃；他却不给他。另外还加添了两名脚色，就是“正人君子”之所谓“老婆儿女”。凡“下等人”，都有一种通病：常喜欢以己之所欲，施之于人。虽是对于鬼，也不肯给他孤寂，凡有鬼神，大概总要给他们一对一对地配起来。无常也不在例外。所以，一个是漂亮的女人，只是很有些村妇样，大家都称她无常嫂；这样看来，无常是和我们平辈的，无怪他不摆教授先生的架子。一个是小孩子，小高帽，小白衣；虽然小，两肩却已经耸起了，眉目的外梢也向下。这分明是无常少爷了，大家却叫他阿领，对于他似乎都不很表敬意；猜起来，仿佛是无常嫂的前夫之子似的。但不知何以相貌又和无常有这么像？吁！

鬼神之事，难言之矣，只得姑且置之弗论。至于无常何以没有亲儿女，到今年可很容易解释了：鬼神能前知，他怕儿女一多，爱说闲话的就要旁敲侧击地锻成他拿卢布，所以不但研究，还早已实行了“节育”了。

这捧着饭菜的一幕，就是“送无常”。因为他是勾魂使者，所以民间凡有一个人死掉之后，就得用酒饭恭送他。至于不给他吃，那是赛会时候的开玩笑，实际上并不然。但是，和无常开玩笑，是大家都有此意的，因为他爽直，爱发议论，有人情，——要寻真实的朋友，倒还是他妥当。

有人说，他是生人走阴，就是原是人，梦中却入冥去当差的，所以很有些人情。我还记得住在离我家不远的小屋子里的一个男人，便自称是“走无常”，门外常常燃着香烛。但我看他脸上的鬼气反而多。莫非入冥做了鬼，倒会增加人气的么？吁！鬼神之事，难言之矣，这也只得姑且置之弗论了。

六月二十三日。

从百草园到三味书屋

我家的后面有一个很大的园，相传叫作百草园。现在是早已并屋子一起卖给朱文公的子孙了，连那最末次的相见也已经隔了七八年，其中似乎确凿只有一些野草；但那时却是我的乐园。

不必说碧绿的菜畦，光滑的石井栏，高大的皂荚树，紫红的桑椹；也不必说鸣蝉在树叶里长吟，肥胖的黄蜂伏在菜花上，轻捷的叫天子（云雀）忽然从草间直窜向云霄里去了。单是周围的短短的泥墙根一带，就有无限趣味。油蛉在这里低唱，蟋蟀们在这里弹琴。翻开断砖来，有时会遇见蜈蚣；还有班蝥，倘若用手指按住它的脊梁，便会拍的一声，从后窍喷出一阵烟雾。何首乌藤和木莲藤缠络着，木莲有莲房一般的果实，何首乌有拥肿的根。有人说，何首乌根是有像人形的，吃了便可以成仙，我于是常常拔它起来，牵连不断地拔起来，也曾因此弄坏了泥墙，却从来没有见过有一块根像人样。如果不怕刺，还可以摘到覆盆子，像小珊瑚珠攒成的小球，又酸又甜，色味都比桑椹要好得远。

长的草里是不去的，因为相传这园里有一条很大的赤练蛇。

长妈妈曾经讲给我一个故事听：先前，有一个读书人住在古庙里用功，晚间，在院子里纳凉的时候，突然听到有人在叫他。答应着，四面看时，却见一个美女的脸露在墙头上，向他一笑，隐去了。他很高兴；但竟给那走来夜谈的老和尚识破了机关。说他脸上有些妖气，一定遇见“美女蛇”了；这是人首蛇身的怪物，能唤人名，倘一答应，夜间便要来吃这人的肉的。他自然吓得要死，而那老和尚却道无妨，给他一个小盒子，说只要放在枕边，便可高枕而卧。他虽然照样办，却总是睡不着，——当然睡不着的。到半夜，果然来了，沙沙沙！门外像是风雨声，他正抖作一团时，却听得豁的一声，一道金光从枕边飞出，外面便什么声音也没有了，那金光也就飞回来，敛在盒子里。后来呢？后来，老和尚说，这是飞蜈蚣，它能吸蛇的脑髓，美女蛇就被它治死了。

结末的教训是：所以倘有陌生的声音叫你的名字，你万不可答应他。

这故事很使我觉得做人之险，夏夜乘凉，往往有些担心，不敢去看墙上，而且极想得到一盒老和尚那样的飞蜈蚣。走到百草园的草丛旁边时，也常常这样想。但直到现在，总还是没有得到，但也没有遇见过赤练蛇和美女蛇。叫我名字的陌生声音自然是常有的，然而都不是美女蛇。

冬天的百草园比较的无味；雪一下，可就两样了。拍雪人（将自己的全形印在雪上）和塑雪罗汉需要人们鉴赏，这是荒园，人迹罕至，所以不相宜，只好来捕鸟。薄薄的雪，是不行的；总须积雪盖了地面一两天，鸟雀们久已无处觅食的时候才好。扫开一块雪，露出地面，用一枝短棒支起一面大的竹筛来，下面撒些秕谷，棒上系一条长绳，人远远地牵着，看鸟雀下来啄食，走到竹筛底下的时候，将绳子一拉，便罩住了。但所得的是麻雀居多，也有白颊的“张飞鸟”，性子很躁，养不过夜的。

这是闰土的父亲所传授的方法，我却不大能用。明明见它们进去了，拉了绳，跑去一看，却什么都没有，费了半天力，捉住的不过三四只。闰土的父亲是小半天便能捕获几十只，装在叉袋里叫着撞着的。我曾经问他得失的缘由，他只静静地笑道：你太性急，来不及等它走到中间去。

我不知道为什么家里的人要将我送进书塾里去了，而且还是全城中称为最严厉的书塾。也许是因为拔何首乌毁了泥墙罢，也许是因为将砖头抛到间壁的梁家去了罢，也许是因为站在石井栏上跳了下来罢，……都无从知道。总而言之：我将不能常到百草园了。Ade，我的蟋蟀们！Ade，我的覆盆子们和木莲们！

出门向东，不上半里，走过一道石桥，便是我的先生的家了。从一扇黑油的竹门进去，第三间是书房。中间挂着一块扁道：三味书屋；扁下面是一幅画，画着一只很肥大的梅花鹿伏在古树下。没有孔子牌位，我们便对着那扁和鹿行礼。第一次算是拜孔子，第二次算是拜先生。

第二次行礼时，先生便和蔼地在一旁答礼。他是一个高而瘦的老人，须发都花白了，还戴着大眼镜。我对他很恭敬，因为我早听到，他是本城中极方正①，质朴，博学的人。

不知从那里听来的，东方朔也很渊博，他认识一种虫，名曰“怪哉”，冤气所化，用酒一浇，就消释了。我很想详细地知道这故事，但阿长是不知道的，因为她毕竟不渊博。现在得到机会了，可以问先生。

“先生，‘怪哉’这虫，是怎么一回事？……”我上了生书，将要退下来的时候，赶忙问。

---

① 这里是正直的意思。

“不知道！”他似乎很不高兴，脸上还有怒色了。

我才知道做学生是不应该问这些事的，只要读书，因为他是渊博的宿儒，决不至于不知道，所谓不知道者，乃是不愿意说。年纪比我大的人，往往如此，我遇见过好几回了。

我就只读书，正午习字，晚上对课①。先生最初这几天对我很严厉，后来却好起来了，不过给我读的书渐渐加多，对课也渐渐地加上字去，从三言到五言，终于到七言。

三味书屋后面也有一个园，虽然小，但在那里也可以爬上花坛去折腊梅花，在地上或桂花树上寻蝉蜕。最好的工作是捉了苍蝇喂蚂蚁，静悄悄地没有声音。然而同窗们到园里的太多，太久，可就不行了，先生在书房里便大叫起来：

“人都到那里去了？”

人们便一个一个陆续走回去；一同回去，也不行的。他有一条戒尺，但是不常用，也有罚跪的规则，但也不常用，普通总不过瞪几眼，大声道：

“读书！”

于是大家放开喉咙读一阵书，真是人声鼎沸。有念“仁远乎哉我欲仁斯仁至矣”的，有念“笑人齿缺曰狗窦大开”的，有念“上九潜龙勿用”的，有念“厥土下上上错厥贡苞茅橘柚”的……。先生自己也念书。后来，我们的声音便低下去，静下去了，只有他还大声朗读着：

“铁如意，指挥倜傥，一座皆惊呢……；金叵罗，颠倒淋漓噫，千杯未醉嗬……。”

我疑心这是极好的文章，因为读到这里，他总是微笑起来，

---

① 即对“对子”。

而且将头仰起，摇着，向后面拗过去，拗过去。

先生读书入神的时候，于我们是很相宜的。有几个便用纸糊的盔甲套在指甲上做戏。我是画画儿，用一种叫作“荆川纸”的，蒙在小说的绣像上一个个描下来，像习字时候的影写一样。读的书多起来，画的画也多起来；书没有读成，画的成绩却不少了，最成片段的是《荡寇志》和《西游记》的绣像，都有一大本。后来，因为要钱用，卖给一个有钱的同窗了。他的父亲是开锡箔店的；听说现在自己已经做了店主，而且快要升到绅士的地位了。这东西早已没有了罢。

九月十八日。

父亲的病

大约十多年前罢，S 城中曾经盛传过一个名医的故事：

他出诊原来是一元四角，特拔十元，深夜加倍，出城又加倍。有一夜，一家城外人家的闺女生急病，来请他了，因为他其时已经阔得不耐烦，便非一百元不去。他们只得都依他。待去时，却只是草草地一看，说道"不要紧的"，开一张方，拿了一百元就走。那病家似乎很有钱，第二天又来请了。他一到门，只见主人笑面承迎，道，"昨晚服了先生的药，好得多了，所以再请你来复诊一回。"仍旧引到房里，老妈子便将病人的手拉出帐外来。他一按，冷冰冰的，也没有脉，于是点点头道，"唔，这病我明白了。"从从容容走到桌前，取了药方纸，提笔写道：——

"凭票付英洋壹百元正。"下面是署名，画押。

"先生，这病看来很不轻了，用药怕还得重一点罢。"主人在背后说。

"可以，"他说。于是另开了一张方：

"凭票付英洋贰百元正。"下面仍是署名，画押。

这样，主人就收了药方，很客气地送他出来了。

我曾经和这名医周旋过两整年，因为他隔日一回，来诊我的父亲的病。那时虽然已经很有名，但还不至于阔得这样不耐烦；可是诊金却已经是一元四角。现在的都市上，诊金一次十元并不算奇，可是那时是一元四角已是巨款，很不容易张罗的了；又何况是隔日一次。他大概的确有些特别，据舆论说，用药就与众不同。我不知道药品，所觉得的，就是“药引”的难得，新方一换，就得忙一大场。先买药，再寻药引。“生姜”两片，竹叶十片去尖，他是不用的了。起码是芦根，须到河边去掘；一到经霜三年的甘蔗，便至少也得搜寻两三天。可是说也奇怪，大约后来总没有购求不到的。

据舆论说，神妙就在这地方。先前有一个病人，百药无效；待到遇见了什么叶天士先生，只在旧方上加了一味药引：梧桐叶。只一服，便霍然而愈了[①]。“医者，意也。”其时是秋天，而梧桐先知秋气。其先百药不投，今以秋气动之，以气感气，所以……。我虽然并不了然，但也十分佩服，知道凡有灵药，一定是很不容易得到的，求仙的人，甚至于还要拼了性命，跑进深山里去采呢。

这样有两年，渐渐地熟识，几乎是朋友了。父亲的水肿是逐日利害，将要不能起床；我对于经霜三年的甘蔗之流也逐渐失了信仰，采办药引似乎再没有先前一般踊跃了。正在这时候，他有一天来诊，问过病状，便极其诚恳地说：——

“我所有的学问，都用尽了。这里还有一位陈莲河先生，本领比我高。我荐他来看一看，我可以写一封信。可是，病是不要紧的，不过经他的手，可以格外好得快……。”

这一天似乎大家都有些不欢，仍然由我恭敬地送他上轿。进来时，看见父亲的脸色很异样，和大家谈论，大意是说自己的病大概没有希望的了；他因为看了两年，毫无效验，脸又太熟了，未免有些难以为情，所以等到危急时候，便荐一个生手自代，和自己完全脱了干系。但另外有什么法子呢？本城的名

---

① 疾病快速消除痊愈了。

医，除他之外，实在也只有一个陈莲河了。明天就请陈莲河。

陈莲河的诊金也是一元四角。但前回的名医的脸是圆而胖的，他却长而胖了：这一点颇不同。还有用药也不同。前回的名医是一个人还可以办的，这一回却是一个人有些办不妥帖了，因为他一张药方上，总兼有一种特别的丸散和一种奇特的药引。

芦根和经霜三年的甘蔗，他就从来没有用过。最平常的是"蟋蟀一对"，旁注小字道："要原配，即本在一窠中者。"似乎昆虫也要贞节，续弦或再醮，连做药资格也丧失了。但这差使在我并不为难，走进百草园，十对也容易得，将它们用线一缚，活活地掷入沸汤中完事。然而还有"平地木①十株"呢，这可谁也不知道是什么东西了，问药店，问乡下人，问卖草药的，问老年人，问读书人，问木匠，都只是摇摇头，临末才记起了那远房的叔祖，爱种一点花木的老人，跑去一问，他果然知道，是生在山中树下的一种小树，能结红子如小珊瑚珠的，普通都称为"老弗大"。

"踏破铁鞋无觅处，得来全不费工夫。"药引寻到了，然而还有一种特别的丸药：败鼓皮丸。这"败鼓皮丸"就是用打破的旧鼓皮做成；水肿一名鼓胀，一用打破的鼓皮自然就可以克伏他。清朝的刚毅因为憎恨"洋鬼子"，预备打他们，练了些兵称作"虎神营"，取虎能食羊，神能伏鬼的意思，也就是这道理。可惜这一种神药，全城中只有一家出售的，离我家就有五里，但这却不像平地木那样，必须暗中摸索了，陈莲河先生开方之后，就恳切详细地给我们说明。

"我有一种丹，"有一回陈莲河先生说，"点在舌上，我想

① 南方地区的民间草药。

一定可以见效。因为舌乃心之灵苗……。价钱也并不贵，只要两块钱一盒……。”

我父亲沉思了一会，摇摇头。

“我这样用药还会不大见效，”有一回陈莲河先生又说，“我想，可以请人看一看，可有什么冤愆①……。医能医病，不能医命，对不对？自然，这也许是前世的事……。”

我的父亲沉思了一会，摇摇头。

凡国手，都能够起死回生的，我们走过医生的门前，常可以看见这样的扁额。现在是让步一点了，连医生自己也说道：“西医长于外科，中医长于内科。”但是S城那时不但没有西医，并且谁也还没有想到天下有所谓西医，因此无论什么，都只能由轩辕岐伯的嫡派门徒包办。轩辕时候是巫医不分的，所以直到现在，他的门徒就还见鬼，而且觉得“舌乃心之灵苗”。这就是中国人的“命”，连名医也无从医治的。

不肯用灵丹点在舌头上，又想不出“冤愆”来，自然，单吃了一百多天的“败鼓皮丸”有什么用呢？依然打不破水肿，父亲终于躺在床上喘气了。还请一回陈莲河先生，这回是特拔，大洋十元。他仍旧泰然的开了一张方，但已停止败鼓皮丸不用，药引也不很神妙了，所以只消半天，药就煎好，灌下去，却从口角上回了出来。

从此我便不再和陈莲河先生周旋，只在街上有时看见他坐在三名轿夫的快轿里飞一般抬过；听说他现在还康健，一面行医，一面还做中医什么学报，正在和只长于外科的西医奋斗哩。

中西的思想确乎有一点不同。听说中国的孝子们，一到将

① 意思是冤仇罪过。

要“罪孽深重祸延父母”的时候，就买几斤人参，煎汤灌下去，希望父母多喘几天气，即使半天也好。我的一位教医学的先生却教给我医生的职务道：可医的应该给他医治，不可医的应该给他死得没有痛苦。——但这先生自然是西医。

父亲的喘气颇长久，连我也听得很吃力，然而谁也不能帮助他。我有时竟至于电光一闪似的想道：“还是快一点喘完了罢。……”立刻觉得这思想就不该，就是犯了罪；但同时又觉得这思想实在是正当的，我很爱我的父亲。便是现在，也还是这样想。

早晨，住在一门里的衍太太进来了。她是一个精通礼节的妇人，说我们不应该空等着。于是给他换衣服；又将纸锭和一种什么《高王经》烧成灰，用纸包了给他捏在拳头里……。

“叫呀，你父亲要断气了。快叫呀！”衍太太说。

“父亲！父亲！”我就叫起来。

“大声！他听不见。还不快叫?!”

“父亲！父亲!!”

他已经平静下去的脸，忽然紧张了，将眼微微一睁，仿佛有一些苦痛。

“叫呀！快叫呀！”她催促说。

“父亲!!”

“什么呢？……不要嚷。……不……。”他低低地说，又较急地喘着气，好一会，这才复了原状，平静下去了。“父亲!!”我还叫他，一直到他咽了气。

我现在还听到那时的自己的这声音，每听到时，就觉得这却是我对于父亲的最大的错处。

（十月七日。）

琐 记

衍太太现在是早经做了祖母，也许竟做了曾祖母了；那时却还年青，只有一个儿子比我大三四岁。她对自己的儿子虽然狠，对别家的孩子却好的，无论闹出什么乱子来，也决不去告诉各人的父母，因此我们就最愿意在她家里或她家的四近玩。

举一个例说罢，冬天，水缸里结了薄冰的时候，我们大清早起一看见，便吃冰。有一回给沈四太太看到了，大声说道："莫吃呀，要肚子疼的呢!"这声音又给我母亲听到了，跑出来我们都挨了一顿骂，并且有大半天不准玩。我们推论祸首，认定是沈四太太，于是提起她就不用尊称了，给她另外起了一个绰号，叫作"肚子疼"。

衍太太却决不如此。假如她看见我们吃冰，一定和蔼地笑着说，"好，再吃一块。我记着，看谁吃的多。"

但我对于她也有不满足的地方。一回是很早的时候了，我还很小，偶然走进她家去，她正在和她的男人看书。我走近去，她便将书塞在我的眼前道，"你看，你知道这是什么?"我看那书上画着房屋，有两个人光着身子仿佛在打架，但又不很像。正迟疑间，他们便大笑起来了。这使我很不高兴，似乎受了一个极大的侮辱，不到那里去大约有十多天。一回是我已经十多岁了，和几个孩子比赛打旋子，看谁旋得多。她就从旁计着数，说道，"好，八十二个了！再旋一个，八十三！好，八十四！……"但正在旋着的阿祥，忽然跌倒了，阿祥的婶母也恰恰走进来。她便接着说道，“你看，不是跌了么？不听我的话。我叫你不要旋，不要旋……。”

虽然如此，孩子们总还喜欢到她那里去。假如头上碰得肿了一大块的时候，去寻母亲去罢，好的是骂一通，再给擦一点药；坏的是没有药擦，还添几个栗凿[1]和一通骂。衍太太却决不埋怨，立刻给你用烧酒调了水粉，搽在疙瘩上，说这不但止痛，将来还没有瘢痕。

父亲故去之后，我也还常到她家里去，不过已不是和孩子们玩耍了，却是和衍太太或她的男人谈闲天。我其时觉得很有许多东西要买，看的和吃的，只是没有钱。有一天谈到这里，她便说道，“母亲的钱，你拿来用就是了，还不就是你的么？”我说母亲没有钱，她就说可以拿首饰去变卖；我说没有首饰，她却道，“也许你没有留心。到大厨的抽屉里，角角落落去寻去，总可以寻出一点珠子这类东西……。”

这些话我听去似乎很异样，便又不到她那里去了，但有时又真想去打开大厨，细细地寻一寻。大约此后不到一月，就听到一种流言，说我已经偷了家里的东西去变卖了，这实在使我觉得有如掉在冷水里。流言的来源，我是明白的，倘是现在，只要有地方发表，我总要骂出流言家的狐狸尾巴来，但那时太年青，一遇流言，便连自己也仿佛觉得真是犯了罪，怕遇见人们的眼睛，怕受到母亲的爱抚。

好。那么，走罢！

但是，那里去呢？S 城人的脸早经看熟，如此而已，连心肝也似乎有些了然。总得寻别一类人们去，去寻为 S 城人所诟

---

① 指用食指和中指的骨节敲打别人的头部。

病的人们，无论其为畜生或魔鬼。那时为全城所笑骂的是一个开得不久的学校，叫作中西学堂，汉文之外，又教些洋文和算学。然而已经成为众矢之的了；熟读圣贤书的秀才们，还集了“四书”① 的句子，做一篇八股来嘲诮它，这名文便即传遍了全城，人人当作有趣的话柄。我只记得那“起讲”的开头是：

“徐子以告夷子曰：吾闻用夏变夷者，未闻变于夷者也。今也不然：鴂舌之音，闻其声，皆雅言也。……”

以后可忘却了，大概也和现今的国粹保存大家的议论差不多。但我对于这中西学堂，却也不满足，因为那里面只教汉文、算学、英文和法文。功课较为别致的，还有杭州的求是书院，然而学费贵。

无须学费的学校在南京，自然只好往南京去。第一个进去的学校，目下不知道称为什么了，光复以后，似乎有一时称为雷电学堂，很像《封神榜》上“太极阵”、“混元阵”一类的名目。总之，一进仪凤门②，便可以看见它那二十丈高的桅杆和不知多高的烟通。功课也简单，一星期中，几乎四整天是英文：“It is a cat.”“Is it a rat?”一整天是读汉文：“君子曰，颍考叔可谓纯孝也已矣，爱其母，施及庄公。”一整天是做汉文：《知己知彼百战百胜论》，《颍考叔论》，《云从龙风从虎论》，《咬得菜根则百事可做论》。

初进去当然只能做三班生，卧室里是一桌一凳一床，床板只有两块。头二班学生就不同了，二桌二凳或三凳一床，床板多至三块。不但上讲堂时挟着一堆厚而且大的洋书，气昂昂地

① 即儒家经典《大学》《中庸》《论语》《孟子》。
② 南京明城墙十三座明代京城城门之一，又称兴中门。

走着，决非只有一本“泼赖妈”和四本《左传》的三班生所敢正视；便是空着手，也一定将肘弯撑开，像一只螃蟹，低一班的在后面总不能走出他之前。这一种螃蟹式的名公巨卿，现在都阔别得很久了，前四五年，竟在教育部的破脚躺椅上，发见了这姿势，然而这位老爷却并非雷电学堂出身的，可见螃蟹态度，在中国也颇普遍。

可爱的是桅杆。但并非如“东邻”的“支那通”所说，因为它“挺然翘然”，又是什么的象征。乃是因为它高，乌鸦喜鹊，都只能停在它的半途的木盘上。人如果爬到顶，便可以近看狮子山，远眺莫愁湖，——但究竟是否真可以眺得那么远，我现在可委实有点记不清楚了。而且不危险，下面张着网，即使跌下来，也不过如一条小鱼落在网子里；况且自从张网以后，听说也还没有人曾经跌下来。

原先还有一个池，给学生学游泳的，这里面却淹死了两个年幼的学生。当我进去时，早填平了，不但填平，上面还造了一所小小的关帝庙。庙旁是一座焚化字纸的砖炉，炉口上方横写着四个大字道：“敬惜字纸”。只可惜那两个淹死鬼失了池子，难讨替[①]代，总在左近徘徊，虽然已有“伏魔大帝关圣帝君”镇压着。办学的人大概是好心肠的，所以每年七月十五，总请一群和尚到雨天操场来放焰口，一个红鼻而胖的大和尚戴上毗卢帽[②]，捏诀，念咒：“回资罗，普弥耶吽！唵耶吽！唵！耶！吽!!!”

---

① 即找替死鬼。旧时迷信，谓含冤负屈凶死者的鬼魂，沉沦苦海，为求超生，往往诱使他人上吊、投河，以求自代，叫作“讨替身”。

② 亦称“毗罗帽”。亦称“昆卢帽”。放焰口时主座和尚所戴的一种绣有毗卢佛像的帽子。亦泛称僧帽。

我的前辈同学被关圣帝君镇压了一整年，就只在这时候得到一点好处，——虽然我并不深知是怎样的好处。所以当这些时，我每每想：做学生总得自己小心些。

总觉得不大合适，可是无法形容出这不合适来。现在是发见了大致相近的字眼了，“乌烟瘴气”，庶几乎其可也。只得走开。近来是单是走开也就不容易，“正人君子”者流会说你骂人骂到了聘书，或者是发“名士”脾气，给你几句正经的俏皮话。不过那时还不打紧，学生所得的津贴，第一年不过二两银子，最初三个月的试习期内是零用五百文。于是毫无问题，去考矿路学堂去了，也许是矿路学堂，已经有些记不真，文凭又不在手头，更无从查考。试验并不难，录取的。

这回不是 It is a cat 了，是 Der Mann，Die Weib，Das Kind. 汉文仍旧是“颖考叔可谓纯孝也已矣”，但外加《小学集注》。论文题目也小有不同，譬如《工欲善其事必先利其器论》，是先前没有做过的。

此外还有所谓格致、地学、金石学、……都非常新鲜。但是还得声明：后两项，就是现在之所谓地质学和矿物学，并非讲舆地和钟鼎碑版的。只是画铁轨横断面图却有些麻烦，平行线尤其讨厌。但第二年的总办是一个新党，他坐在马车上的时候大抵看着《时务报》，考汉文也自己出题目，和教员出的很不同。有一次是《华盛顿论》，汉文教员反而惴惴地来问我们道：“华盛顿是什么东西呀？……”

看新书的风气便流行起来，我也知道了中国有一部书叫《天演论》。星期日跑到城南去买了来，白纸石印的一厚本，价五百文正。翻开一看，是写得很好的字，开首便道：

“赫胥黎独处一室之中，在英伦之南，背山而面野，槛外诸境，历历如在机下。乃悬想二千年前，当罗马大将恺彻未到时，此间有何景物？计惟有天造草昧……”

哦！原来世界上竟还有一个赫胥黎坐在书房里那么想，而且想得那么新鲜？一口气读下去，“物竞”“天择”也出来了，苏格拉第、柏拉图也出来了，斯多噶也出来了。学堂里又设立了一个阅报处，《时务报》不待言，还有《译学汇编》，那书面上的张廉卿一流的四个字，就蓝得很可爱。

“你这孩子有点不对了，拿这篇文章去看去，抄下来去看去。”一位本家的老辈严肃地对我说，而且递过一张报纸来。接来看时，“臣许应骙跪奏……”，那文章现在是一句也不记得了，总之是参康有为变法的；也不记得可曾抄了没有。

仍然自己不觉得有什么“不对”，一有闲空，就照例地吃侉饼、花生米、辣椒，看《天演论》。

但我们也曾经有过一个很不平安的时期。那是第二年，听说学校就要裁撤了。这也无怪，这学堂的设立，原是因为两江总督（大约是刘坤一罢）听到青龙山的煤矿出息好，所以开手的。待到开学时，煤矿那面却已将原先的技师辞退，换了一个不甚了然的人了。理由是：一、先前的技师薪水太贵；二、他们觉得开煤矿并不难。于是不到一年，就连煤在那里也不甚了然起来，终于是所得的煤，只能供烧那两架抽水机之用，就是抽了水掘煤，掘出煤来抽水，结一笔出入两清的账。既然开矿无利，矿路学堂自然也就无须乎开了，但是不知怎的，却又并不裁撤。到第三年我们下矿洞去看的时候，情形实在颇凄凉，抽水机当然还在转动，矿洞里积水却有半尺深，上面也点滴而下，几个矿工便在这里面鬼一般工作着。

毕业，自然大家都盼望的，但一到毕业，却又有些爽然若失。爬了几次桅，不消说不配做半个水兵；听了几年讲，下了几回矿洞，就能掘出金、银、铜、铁、锡来么？实在连自己也茫无把握，没有做《工欲善其事必先利其器论》的那么容易。爬上天空二十丈和钻下地面二十丈，结果还是一无所能，学问是“上穷碧落下黄泉，两处茫茫皆不见”了。所余的还只有一条路：到外国去。

留学的事，官僚也许可了，派定五名到日本去。其中的一个因为祖母哭得死去活来，不去了，只剩了四个。日本是同中国很两样的，我们应该如何准备呢？有一个前辈同学在，比我们早一年毕业，曾经游历过日本，应该知道些情形。跑去请教之后，他郑重地说：——

“日本的袜是万不能穿的，要多带些中国袜。我看纸票也不好，你们带去的钱不如都换了他们的现银。”

四个人都说遵命。别人不知其详，我是将钱都在上海换了日本的银元，还带了十双中国袜——白袜。

后来呢？后来，要穿制服和皮鞋，中国袜完全无用；一元的银圆日本早已废置不用了，又赔钱换了半元的银圆和纸票。

十月八日。

藤野先生

东京也无非是这样。上野的樱花烂熳的时节，望去确也像绯红的轻云，但花下也缺不了成群结队的“清国留学生”的速成班，头顶上盘着大辫子，顶得学生制帽的顶上高高耸起，形成一座富士山。也有解散辫子，盘得平的，除下帽来，油光可鉴，宛如小姑娘的发髻一般，还要将脖子扭几扭。实在标致极了。

中国留学生会馆的门房里有几本书买，有时还值得去一转；倘在上午，里面的几间洋房里倒也还可以坐坐的。但到傍晚，有一间的地板便常不免要咚咚咚地响得震天，兼以满房烟尘斗乱；问问精通时事的人，答道，“那是在学跳舞。”

到别的地方去看看，如何呢？

我就往仙台的医学专门学校去。从东京出发，不久便到一处驿站，写道：日暮里。不知怎地，我到现在还记得这名目。其次却只记得水户了，这是明的遗民朱舜水先生客死的地方。仙台是一个市镇，并不大；冬天冷得利害；还没有中国的学生。

大概是物以希为贵罢。北京的白菜运往浙江，便用红头绳系住菜根，倒挂在水果店头，尊为“胶菜”；福建野生着的芦荟，一到北京就请进温室，且美其名曰“龙舌兰”。我到仙台也颇受了这样的优待，不但学校不收学费，几个职员还为我的食宿操心。我先是住在监狱旁边一个客店里的，初冬已经颇冷，蚊子却还多，后来用被盖了全身，用衣服包了头脸，只留两个鼻孔出气。在这呼吸不息的地方，蚊子竟无从插嘴，居然睡安稳了。饭食也不坏。但一位先生却以为这客店也包办囚人的饭食，我住在那里不相宜，几次三番，几次三番地说。我虽然觉得客店兼办囚人的饭食和我不相干，然而好意难却，也只得别寻相宜的住处了。于是搬到别一家，离监狱也很远，可惜每天总要喝难以下咽的芋梗汤。

从此就看见许多陌生的先生，听到许多新鲜的讲义。解剖学是两个教授分任的。最初是骨学。其时进来的是一个黑瘦的先生，八字须，戴着眼镜，挟着一叠大大小小的书。一将书放在讲台上，便用了缓慢而很有顿挫的声调，向学生介绍自己道：

“我就是叫作藤野严九郎的……。”

后面有几个人笑起来了。他接着便讲述解剖学在日本发达的历史，那些大大小小的书，便是从最初到现今关于这一门学问的著作。起初有几本是线装的；还有翻刻中国译本的。他们的翻译和研究新的医学，并不比中国早。

那坐在后面发笑的是上学年不及格的留级学生，在校已经一年，掌故颇为熟悉的了。他们便给新生讲演每个教授的历史。这藤野先生，据说是穿衣服太模胡了，有时竟会忘记带领结；冬天是一件旧外套，寒颤颤的，有一回上火车去，致使管车的疑心他是扒手，叫车里的客人大家小心些。

他们的话大概是真的，我就亲见他有一次上讲堂没有带领结。

过了一星期，大约是星期六，他使助手来叫我了。到得研究室，见他坐在人骨和许多单独的头骨中间，——他其时正在研究着头骨，后来有一篇论文在本校的杂志上发表出来。

“我的讲义，你能抄下来么？”他问。

“可以抄一点。”

“拿来我看！”

我交出所抄的讲义去，他收下了，第二三天便还我，并且说，此后每一星期要送给他看一回。我拿下来打开看时，很吃了一惊，同时也感到一种不安和感激。原来我的讲义已经从头到末，都用红笔添改过了，不但增加了许多脱漏的地方，连文法的错误，也都一一订正。这样一直继续到教完了他所担任的功课：骨学、血管学、神经学。

可惜我那时太不用功，有时也很任性。还记得有一回藤野先生将我叫到他的研究室里去，翻出我那讲义上的一个图来，是下臂的血管，指着，向我和蔼的说道：

“你看，你将这条血管移了一点位置了。——自然，这样一移，的确比较的好看些，然而解剖图不是美术，实物是那么样的，我们没法改换它。现在我给你改好了，以后你要全照着黑板上那样的画。”

但是我还不服气，口头答应着，心里却想道：

“图还是我画的不错；至于实在的情形，我心里自然记得的。”

学年试验完毕之后，我便到东京玩了一夏天，秋初再回学校，成绩早已发表了，同学一百余人之中，我在中间，不过是没有落第。这回藤野先生所担任的功课，是解剖实习和局部解剖学。

解剖实习了大概一星期，他又叫我去了，很高兴地，仍用了极有抑扬的声调对我说道：

“我因为听说中国人是很敬重鬼的，所以很担心，怕你不肯解剖尸体。现在总算放心了，没有这回事。”

但他也偶有使我很为难的时候。他听说中国的女人是裹脚的，但不知道详细，所以要问我怎么裹法，足骨变成怎样的畸形，还叹息道，“总要看一看才知道。究竟是怎么一回事呢？”

有一天，本级的学生会干事到我寓里来了，要借我的讲义看。我检出来交给他们，却只翻检了一通，并没有带走。但他们一走，邮差就送到一封很厚的信，拆开看时，第一句是：

“你改悔罢！”。

这是《新约》上的句子罢，但经托尔斯泰新近引用过的。其时正值日俄战争，托老先生便写了一封给俄国和日本的皇帝的信，开首便是这一句。日本报纸上很斥责他的不逊，爱国青年也愤然，然而暗地里却早受了他的影响了。其次的话，大略是说上年解剖学试验的题目，是藤野先生在讲义上做了记号，我预先知道的，所以能有这样的成绩。末尾是匿名。

我这才回忆到前几天的一件事：因为要开同级会，干事便在黑板上写广告，末一句是“请全数到会勿漏为要”，而且在“漏”字旁边加了一个圈。我当时虽然觉到圈得可笑，但是毫不介意，这回才悟出那字也在讥刺我了，犹言我得了教员漏泄出来的题目。

我便将这事告知了藤野先生；有几个和我熟识的同学也很不平，一同去诘责干事托辞检查的无礼，并且要求他们将检查的结果，发表出来。终于这流言消灭了，干事却又竭力运动，要收回那一封匿名信去。结末是我便将这托尔斯泰式的信退还了他们。

中国是弱国，所以中国人当然是低能儿，分数在六十分以上，便不是自己的能力了：也无怪他们疑惑。但我接着便有参观枪毙中国人的命运了。第二年添教霉菌学，细菌的形状是全用电影来显示的，一段落已完而还没有到下课的时候，便影几片时事的片子，自然都是日本战胜俄国的情形。但偏有中国人夹在里边：给俄国人做侦探，被日本军捕获，要枪毙了，围着看的也是一群中国人；在讲堂里的还有一个我。

“万岁！”他们都拍掌欢呼起来。

这种欢呼，是每看一片都有的，但在我，这一声却特别听得刺耳。此后回到中国来，我看见那些闲看枪毙犯人的人们，他们也何尝不酒醉似的喝采，——呜呼，无法可想！但在那时那地，我的意见却变化了。

到第二学年的终结，我便去寻藤野先生，告诉他我将不学医学，并且离开这仙台。他的脸色仿佛有些悲哀，似乎想说话，但竟没有说。

“我想去学生物学，先生教给我的学问，也还有用的。”其实我并没有决意要学生物学，因为看得他有些凄然，便说了一个慰安他的谎话。

“为医学而教的解剖学之类，怕于生物学也没有什么大帮助。”他叹息说。

将走的前几天，他叫我到他家里去，交给我一张照相，后面写着两个字道：“惜别”，还说希望将我的也送他。但我这时适值没有照相了；他便叮嘱我将来照了寄给他，并且时时通信告诉他此后的状况。

我离开仙台之后，就多年没有照过相，又因为状况也无聊，说起来无非使他失望，便连信也怕敢写了。经过的年月一多，话更无从说起，所以虽然有时想写信，却又难以下笔，这样的一直到现在，竟没有寄过一封信和一张照片。从他那一面看起来，是一去之后，杳无消息了。

但不知怎地，我总还时时记起他，在我所认为我师的之中，他是最使我感激，给我鼓励的一个。有时我常常想：他的对于我的热心的希望，不倦的教诲，小而言之，是为中国，就是希望中国有新的医学；大而言之，是为学术，就是希望新的医学传到中国去。他的性格，在我的眼里和心里是伟大的，虽然他的姓名并不为许多人所知道。

他所改正的讲义，我曾经订成三厚本，收藏着的，将作为永久的纪念。不幸七年前迁居的时候，中途毁坏了一口书箱，失去半箱书，恰巧这讲义也遗失在内了。责成运送局去找寻，寂无回信。只有他的照相至今还挂在我北京寓居的东墙上，书桌对面。每当夜间疲倦，正想偷懒时，仰面在灯光中瞥见他黑瘦的面貌，似乎正要说出抑扬顿挫的话来，便使我忽又良心发现，而且增加勇气了，于是点上一枝烟，再继续写些为“正人君子”之流所深恶痛疾的文字。

十月十二日。

范爱农

在东京的客店里，我们大抵一起来就看报。学生所看的多是《朝日新闻》和《读卖新闻》，专爱打听社会上琐事的就看《二六新闻》。一天早晨，辟头就看见一条从中国来的电报，大概是：——

“安徽巡抚恩铭被 Jo Shiki Rin 刺杀，刺客就擒。”

大家一怔之后，便容光焕发地互相告语，并且研究这刺客是谁，汉字是怎样三个字。但只要是绍兴人，又不专看教科书的，却早已明白了。这是徐锡麟，他留学回国之后，在做安徽候补道，办着巡警事务，正合于刺杀巡抚的地位。

大家接着就预测他将被极刑，家族将被连累。不久，秋瑾姑娘在绍兴被杀的消息也传来了，徐锡麟是被挖了心，给恩铭的亲兵炒食净尽。人心很愤怒。有几个人便秘密地开一个会，筹集川资；这时用得着日本浪人了，撕乌贼鱼下酒，慷慨一通之后，他便登程去接徐伯荪的家属去。

照例还有一个同乡会，吊烈士，骂满洲；此后便有人主张打电报到北京，痛斥满政府的无人道。会众即刻分成两派：一派要发电，一派不要发。我是主张发电的，但当我说出之后，即有一种钝滞的声音跟着起来：——

“杀的杀掉了，死的死掉了，还发什么屁电报呢。”

这是一个高大身材，长头发，眼球白多黑少的人，看人总像在渺视。他蹲在席子上，我发言大抵就反对；我早觉得奇怪，注意着他的了，到这时才打听别人：说这话的是谁呢，有那么冷？认识的人告诉我说：他叫范爱农，是徐伯荪的学生。

我非常愤怒了，觉得他简直不是人，自己的先生被杀了，连打一个电报还害怕，于是便坚执地主张要发电，同他争起来。结果是主张发电的居多数，他屈服了。其次要推出人来拟电稿。

“何必推举呢？自然是主张发电的人罗～～～～～。”他说。

我觉得他的话又在针对我，无理倒也并非无理的。但我便主张这一篇悲壮的文章必须深知烈士生平的人做，因为他比别人关系更密切，心里更悲愤，做出来就一定更动人。于是又争起来。结果是他不做，我也不做，不知谁承认做去了；其次是大家走散，只留下一个拟稿的和一两个干事，等候做好之后去拍发。

从此我总觉得这范爱农离奇，而且很可恶。天下可恶的人，当初以为是满人，这时才知道还在其次；第一倒是范爱农。中国不革命则已，要革命，首先就必须将范爱农除去。

然而这意见后来似乎逐渐淡薄，到底忘却了，我们从此也没有再见面。直到革命的前一年，我在故乡做教员，大概是春末时候罢，忽然在熟人的客座上看见了一个人，互相熟视了不过两三秒钟，我们便同时说：

“哦哦，你是范爱农！”

“哦哦，你是鲁迅！”

不知怎地我们便都笑了起来，是互相的嘲笑和悲哀。他眼睛还是那样，然而奇怪，只这几年，头上却有了白发了，但也许本来就有，我先前没有留心到。他穿着很旧的布马褂，破布鞋，显得很寒素。谈起自己的经历来，他说他后来没有了学费，不能再留学，便回来了。回到故乡之后，又受着轻蔑，排斥，迫害，几乎无地可容。现在是躲在乡下，教着几个小学生糊口。

但因为有时觉得很气闷，所以也趁了航船进城来。

他又告诉我现在爱喝酒，于是我们便喝酒。从此他每一进城，必定来访我，非常相熟了。我们醉后常谈些愚不可及的疯话，连母亲偶然听到了也发笑。一天我忽而记起在东京开同乡会时的旧事，便问他：

“那一天你专门反对我，而且故意似的，究竟是什么缘故呢？”

“你还不知道？我一向就讨厌你的，——不但我，我们。”

“你那时之前，早知道我是谁么？”

“怎么不知道。我们到横滨，来接的不就是子英和你么？你看不起我们，摇摇头，你自己还记得么？”

我略略一想，记得的，虽然是七八年前的事。那时是子英来约我的，说到横滨去接新来留学的同乡。汽船一到，看见一大堆，大概一共有十多人，一上岸便将行李放到税关上去候查检，关吏在衣箱中翻来翻去，忽然翻出一双绣花的弓鞋来，便放下公事，拿着仔细地看。我很不满，心里想，这些鸟男人，怎么带这东西来呢。自己不注意，那时也许就摇了摇头。检验完毕，在客店小坐之后，即须上火车。不料这一群读书人又在客车上让起坐位来了，甲要乙坐在这位上，乙要丙去坐，揖让①未终，火车已开，车身一摇，即刻跌倒了三四个。我那时也很不满，暗地里想：连火车上的坐位，他们也要分出尊卑来……。自己不注意，也许又摇了摇头。然而那群雍容揖让的人物中就有范爱农，却直到这一天才想到。岂但他呢，说起来也惭愧，这一群里，还有后来在安徽战死的陈伯平烈士，被害的

---

① 作揖和谦让。

马宗汉烈士；被囚在黑狱里，到革命后才见天日而身上永带着匪刑的伤痕的也还有一两人。而我都茫无所知。摇着头将他们一并运上东京了。徐伯荪虽然和他们同船来，却不在这车上，因为他在神户就和他的夫人坐车走了陆路了。

我想我那时摇头大约有两回，他们看见的不知道是那一回。让坐时喧闹，检查时幽静，一定是在税关上的那一回了，试问爱农，果然是的。

“我真不懂你们带这东西做什么？是谁的？”

“还不是我们师母的？”他瞪着他多白的眼。

“到东京就要假装大脚，又何必带这东西呢？”

“谁知道呢？你问她去。”

到冬初，我们的景况更拮据[①]了，然而还喝酒，讲笑话。忽然是武昌起义，接着是绍兴光复。第二天爱农就上城来，戴着农夫常用的毡帽，那笑容是从来没有见过的。

“老迅，我们今天不喝酒了。我要去看看光复的绍兴。我们同去。”

我们便到街上去走了一通，满眼是白旗。然而貌虽如此，内骨子是依旧的，因为还是几个旧乡绅所组织的军政府，什么铁路股东是行政司长，钱店掌柜是军械司长……。这军政府也到底不长久，几个少年一嚷，王金发带兵从杭州进来了，但即使不嚷或者也会来。他进来以后，也就被许多闲汉和新进的革命党所包围，大做王都督。在衙门里的人物，穿布衣来的，不上十天也大概换上皮袍子了，天气还并不冷。

我被摆在师范学校校长的饭碗旁边，王都督给了我校款二

① 缺少钱财，生活境况窘迫。

百元。爱农做监学，还是那件布袍子，但不大喝酒了，也很少有工夫谈闲天。他办事，兼教书，实在勤快得可以。

“情形还是不行，王金发他们。”一个去年听过我的讲义的少年来访问我，慷慨地说，“我们要办一种报来监督他们。不过发起人要借用先生的名字。还有一个是子英先生，一个是德清先生。为社会，我们知道你决不推却的。”

我答应他了。两天后便看见出报的传单，发起人诚然是三个。五天后便见报，开首便骂军政府和那里面的人员；此后是骂都督，都督的亲戚、同乡、姨太太……。

这样地骂了十多天，就有一种消息传到我的家里来，说都督因为你们诈取了他的钱，还骂他，要派人用手枪来打死你们了。

别人倒还不打紧，第一个着急的是我的母亲，叮嘱我不要再出去。但我还是照常走，并且说明，王金发是不来打死我们的，他虽然绿林大学出身，而杀人却不很轻易。况且我拿的是校款，这一点他还能明白的，不过说说罢了。

果然没有来杀。写信去要经费，又取了二百元。但仿佛有些怒意，同时传令道：再来要，没有了！

不过爱农得到了一种新消息，却使我很为难。原来所谓“诈取”者，并非指学校经费而言，是指另有送给报馆的一笔款。报纸上骂了几天之后，王金发便叫人送去了五百元。于是乎我们的少年们便开起会议来，第一个问题是：收不收？决议曰：收。第二个问题是：收了之后骂不骂？决议曰：骂。理由是：收钱之后，他是股东；股东不好，自然要骂。

我即刻到报馆去问这事的真假。都是真的。略说了几句不该收他钱的话，一个名为会计的便不高兴了，质问我道：

“报馆为什么不收股本？”

“这不是股本……。”

“不是股本是什么？”

我就不再说下去了，这一点世故是早已知道的，倘我再说出连累我们的话来，他就会面斥我太爱惜不值钱的生命，不肯为社会牺牲，或者明天在报上就可以看见我怎样怕死发抖的记载。

然而事情很凑巧，季茀写信来催我往南京了。爱农也很赞成，但颇凄凉，说：

“这里又是那样，住不得。你快去罢……。”

我懂得他无声的话，决计往南京。先到都督府去辞职，自然照准，派来了一个拖鼻涕的接收员，我交出账目和余款一角又两铜元，不是校长了。后任是孔教会会长傅力臣。

报馆案是我到南京后两三个星期了结的，被一群兵们捣毁。子英在乡下，没有事；德清适值在城里，大腿上被刺了一尖刀。他大怒了。自然，这是很有些痛的，怪他不得。他大怒之后，脱下衣服，照了一张照片，以显示一寸来宽的刀伤，并且做一篇文章叙述情形，向各处分送，宣传军政府的横暴。我想，这种照片现在是大约未必还有人收藏着了，尺寸太小，刀伤缩小到几乎等于无，如果不加说明，看见的人一定以为是带些疯气的风流人物的裸体照片，倘遇见孙传芳大帅，还怕要被禁止的。

我从南京移到北京的时候，爱农的学监也被孔教会会长的校长设法去掉了。他又成了革命前的爱农。我想为他在北京寻一点小事做，这是他非常希望的，然而没有机会。他后来便到一个熟人的家里去寄食，也时时给我信，景况愈困穷，言辞也愈凄苦。终于又非走出这熟人的家不可，便在各处飘浮。不久，忽然从同乡那里得到一个消息，说他已经掉在水里，淹死了。

我疑心他是自杀。因为他是浮水的好手，不容易淹死的。

夜间独坐在会馆里，十分悲凉，又疑心这消息并不确，但无端又觉得这是极其可靠的，虽然并无证据。一点法子都没有。只做了四首诗，后来曾在一种日报上发表，现在是将要忘记完了。只记得一首里的六句，起首四句是："把酒论天下，先生小酒人，大圜犹酩酊，微醉合沉沦。"中间忘掉两句，末了是"旧朋云散尽，余亦等轻尘。"

后来我回故乡去，才知道一些较为详细的事。爱农先是什么事也没得做，因为大家讨厌他。他很困难，但还喝酒，是朋友请他的。他已经很少和人们来往，常见的只剩下几个后来认识的较为年青的人了，然而他们似乎也不愿意多听他的牢骚，以为不如讲笑话有趣。

"也许明天就收到一个电报，拆开来一看，是鲁迅来叫我的。"他时常这样说。

一天，几个新的朋友约他坐船去看戏，回来已过夜半，又是大风雨，他醉着，却偏要到船舷上去小解。大家劝阻他，也不听，自己说是不会掉下去的。但他掉下去了，虽然能浮水，却从此不起来。

第二天打捞尸体，是在菱荡里找到的，直立着。

我至今不明白他究竟是失足还是自杀。

他死后一无所有，遗下一个幼女和他的夫人。有几个人想集一点钱作他女孩将来的学费的基金，因为一经提议，即有族人来争这笔款的保管权，——其实还没有这笔款，大家觉得无聊，便无形消散了。

现在不知他惟一的女儿景况如何？倘在上学，中校已该毕业了罢。

十一月十八日。

后 记

我在第三篇讲《二十四孝》的开头，说北京恐吓小孩的“马虎子”应作“麻胡子”，是指麻叔谋，而且以他为胡人。现在知道是错了，“胡”应作“祜”，是叔谋之名，见唐人李济翁做的《资暇集》卷下，题云《非麻胡》。原文如次：——

俗怖婴儿曰：麻胡来！不知其源者，以为多髯之神而验刺者，非也。隋将军麻祜，性酷虐，炀帝令开汴河，威棱既盛，至稚童望风而畏，互相恐吓曰：麻祜来！稚童语不正，转祜为胡。只如宪宗朝泾将郝玭，蕃中皆畏惮，其国婴儿啼者，以玭怖之则止。又，武宗朝，闾阎孩孺相胁云：薛尹来！咸类此也。况《魏志》载张文远辽来之明证乎？（原注：麻祜庙在睢阳。鄜方节度李丕即其后。丕为重建碑。）

原来我的识见，就正和唐朝的“不知其源者”相同，贻讥于千载之前，真是咎有应得，只好苦笑。但又不知麻祜庙碑或碑文，现今尚在睢阳或存于方志中否？倘在，我们当可以看见和小说《开河记》所载相反的他的功业。

因为想寻几张插画，常维钧兄给我在北京搜集了许多材料，有几种是为我所未曾见过的。如光绪己卯（1879）肃州胡文炳作的《二百册孝图》——原书有注云：“册读如习。”我真不解他何以不直称四十，而必须如此麻烦——即其一。我所反对的“郭巨埋儿”，他于我还未出世的前几年，已经删去了。序有云：

“……坊间所刻《二十四孝》，善矣。然其中郭巨埋儿一事，揆之天理人情，殊不可以训。……炳窃不自量，妄为编辑。凡矫枉过正而刻意求名者，概从割爱；惟择其事之不诡于正，而人人可为者，类为六门。……”

这位肃州胡老先生的勇决，委实令我佩服了。但这种意见，恐怕是怀抱者不乏其人，而且由来已久的，不过大抵不敢毅然删改，笔之于书。如同治十一年（1872）刻的《百孝图》，前有纪常郑绩序，就说：

……况迩来世风日下，沿习浇漓，不知孝出天性自然，反以孝作另成一事。且择古人投炉埋儿为忍心害理，指割股抽肠为损亲遗体。殊未审孝只在乎心，不在乎迹。尽孝无定形，行孝无定事。古之孝者非在今所宜，今之孝者难泥古之事。因此时此地不同，而其人其事各异，求其所以尽孝之心则一也。子夏曰：事父母能竭其力。故孔门问孝，所答何尝有同然乎？……

则同治年间就有人以埋儿等事为“忍心害理”，灼然可知。至于这一位“纪常郑绩”先生的意思，我却还是不大懂，或者像是说：这些事现在可以不必学，但也不必说他错。

这部《百孝图》的起源有点特别，是因为见了“粤东颜子”的《百美新咏》而作的。人重色而已重孝，卫道之盛心可谓至矣。虽然是“会稽俞葆真兰浦编辑”，与不佞有同乡之谊，——但我还只得老实说：不大高明。例如木兰从军的出典，他注云：“隋史。”这样名目的书，现今是没有的；倘是《隋书》，那里面又没有木兰从军的事。

而中华民国九年（1920），上海的书店却偏偏将它用石印翻印了，书名的前后各添了两个字：《男女百孝图全传》。第一叶上还有一行小字道：家庭教育的好模范。又加了一篇“吴下大错王鼎谨识”的序，开首先发同治年间“纪常郑绩”先生一流的感慨：

概自欧化东渐，海内承学之士，嚣嚣然侈谈自由平等之说，致道德日就沦胥，人心日益浇漓，寡廉鲜耻，无所不为，侥幸行险，人思幸进，求所谓砥砺廉隅，束身自爱者，世不多睹焉。……起观斯世之忍心害理，几全如陈叔宝之无心肝。长此滔滔，伊何底止？……

其实陈叔宝模胡到好象“全无心肝”，或者有之，若拉他来配“忍心害理”，却未免有些冤枉。这是有几个人以评“郭巨埋儿”和“李娥投炉”的事的。

至于人心，有几点确也似乎正在浇漓起来。自从《男女之秘密》、《男女交合新论》出现后，上海就很有些书名喜欢用“男女”二字冠首。现在是连“以正人心而厚风俗”的《百孝图》上也加上了。这大概为因不满于《百美新咏》而教孝的“会稽俞葆真兰浦”先生所不及料的罢。

从说“百行之先”的孝而忽然拉到“男女”上去，仿佛也近乎不庄重，——浇漓。但我总还想趁便说几句，——自然竭力来减省。

我们中国人即使对于“百行之先”，我敢说，也未必就不想到男女上去的。太平无事，闲人很多，偶有“杀身成仁舍生取义”的，本人也许忙得不暇检点，而活着的旁观者总会加以绵密的研究。曹娥的投江觅父，淹死后抱父尸出，是载在正史，很有许多人知道的。但这一个“抱”字却发生过问题。

我幼小时候，在故乡曾经听到老年人这样讲：

“……死了的曹娥，和她父亲的尸体，最初是面对面抱着浮上来的。然而过往行人看见的都发笑了，说：哈哈！这么一个年青姑娘抱着这么一个老头子！于是那两个死尸又沉下去了；停了一刻又浮起来，这回是背对背的负着。”

好！在礼义之邦里，连一个年幼——呜呼，“娥年十四”而已——的死孝女要和死父亲一同浮出，也有这么艰难！

我检查《百孝图》和《二百册孝图》，画师都很聪明，所画的是曹娥还未跳入江中，只在江干啼哭。但吴友如画的《女二十四孝图》（1892）却正是两尸一同浮出的这一幕，而且也正画作“背对背”，如第一图的上方。我想，他大约也知道我所听到的那故事的。还有《后二十四孝图说》，也是吴友如画，也有曹娥，则画作正在投江的情状，如第一图下。

就我现今所见的教孝的图说而言，古今颇有许多遇盗，遇虎，遇火，遇风的孝子，那应付的方法，十之九是“哭”和“拜”。中国的哭和拜，什么时候才完呢？

至于画法，我以为最简古的倒要算日本的小田海仙本，这本子早已印入《点石斋丛画》里，变成国货，很容易入手的了。吴友如画的最细巧，也最能引动人。但他于历史画其实是不大相宜的；他久居上海的租界里，耳濡目染，最擅长的倒在作“恶鸨虐妓”，“流氓拆梢”① 一类的时事画，那真是勃勃有生气，令人在纸上看出上海的洋场来。但影响殊不佳，近来许多小说和儿童读物的插画中，往往将一切女性画成妓女样，一切孩童都画得像一个小流氓，大半就因为太看了他的画本的缘故。

---

① 上海的方言，指流氓的敲诈行为。

而孝子的事迹也比较地更难画，因为总是惨苦的多。譬如“郭巨埋儿”，无论如何总难以画到引得孩子眉飞色舞，自愿躺到坑里去。还有“尝粪心忧”，也不容易引人入胜。还有老莱子的“戏彩娱亲”，题诗上虽说“喜色满庭帏”，而图画上却绝少有有趣的家庭的气息。

我现在选取了三种不同的标本，合成第二图。上方的是《百孝图》中的一部分，“陈村何云梯”画的，画的是“取水上堂诈跌卧地作婴儿啼”这一段。也带出“双亲开口笑”来。中间的一小块是我从“直北李锡彤”画的《二十四孝图诗合刊》上描下来的，画的是“著五色斑斓之衣为婴儿戏于亲侧”这一段；手里捏着“摇咕咚”，就是“婴儿戏”这三个字的点题。但大约李先生觉得一个高大的老头子玩这样的把戏究竟不像样，将他的身子竭力收缩，画成一个有胡子的小孩子了。然而仍然无趣。至于线的错误和缺少，那是不能怪作者的，也不能埋怨我，只能去骂刻工。查这刻工当前清同治十二年（1873）时，是在“山东省布政司街南首路西鸿文堂刻字处”。下方的是“民国壬戌”（1922）慎独山房刻本，无画人姓名，但是双料画法，一面“诈跌卧地”，一面“为婴儿戏”，将两件事合起来，而将“斑斓之衣”忘却了。吴友如画的一本，也合两事为一，也忘了斑斓之衣，只是老莱子比较的胖一些，且绾着双丫髻，——不过还是无趣味。

人说，讽刺和冷嘲只隔一张纸，我以为有趣和肉麻也一样。孩子对父母撒娇可以看得有趣，若是成人，便未免有些不顺眼。放达的夫妻在人面前的互相爱怜的态度，有时略一跨出有趣的界线，也容易变为肉麻。老莱子的作态的图，正无怪谁也画不好。像这些图画上似的家庭里，我是一天也住不舒服的，你看这样一位七十岁的老太爷整年假惺惺地玩着一个“摇咕咚”。

汉朝人在宫殿和墓前的石室里，多喜欢绘画或雕刻古来的帝王、孔子弟子、列士、列女、孝子之类的图。宫殿当然一椽不存了；石室却偶然还有，而最完全的是山东嘉祥县的武氏石室。我仿佛记得那上面就刻着老莱子的故事。但现在手头既没有拓本，也没有《金石萃编》，不能查考了；否则，将现时的和约一千八百年前的图画比较起来，也是一种颇有趣味的事。

关于老莱子的，《百孝图》上还有这样的一段：

……莱子又有弄雏娱亲之事：尝弄雏于双亲之侧，欲亲之喜。(原注：《高士传》。)

谁做的《高士传》呢？嵇康的，还是皇甫谧的？也还是手头没有书，无从查考。只在新近因为白得了一个月的薪水，这才发狠买来的《太平御览》上查了一通，到底查不着，倘不是我粗心，那就是出于别的唐宋人的类书里的了。但这也没有什么大关系。我所觉得特别的，是文中的那“雏”字。

我想，这“雏”未必一定是小禽鸟。孩子们喜欢弄来玩耍的，用泥和绸或布做成的人形，日本也叫 Hina，写作“雏”。他们那里往往存留中国的古语；而老莱子在父母面前弄孩子的玩具，也比弄小禽鸟更自然。所以英语的 Doll，即我们现在称为“洋囡囡”或“泥人儿”，而文字上只好写作“傀儡”的，说不定古人就称“雏”，后来中绝，便只残存于日本了。但这不过是我一时的臆测，此外也并无什么坚实的凭证。

这弄雏的事，似乎也还没有人画过图。

我所搜集的另一批，是内有“无常”的画像的书籍。一曰《玉历钞传警世》(或无下二字)，一曰《玉历至宝钞》(或作编)。其实是两种都差不多的。关于搜集的事，我首先仍要感谢常维钧兄，他寄给我北京龙光斋本，又鉴光斋本；天津思过斋本，又石印局本；南京李光明庄本。其次是章矛尘兄，给我杭州玛瑙经房本，绍兴许广记本，最近石印本。又其次是我自己，得到广州宝经阁本，又翰元楼本。

这些《玉历》，有繁简两种，是和我的前言相符的。但我调查了一切无常的画像之后，却恐慌起来了。因为书上的“活无常”是花袍、纱帽、背后插刀；而拿算盘，戴高帽子的却是“死有分”！虽然面貌有凶恶和和善之别，脚下有草鞋和布（？）鞋之殊，也不过画工偶然的随便，而最关紧要的题字，则全体一致，曰：“死有分”。呜呼，这明明是专在和我为难。

然而我还不能心服。一者因为这些书都不是我幼小时候所见的那一部，二者因为我还确信我的记忆并没有错。不过撕下一叶来做插画的企图，却被无声无臭地打得粉碎了。只得选取标本各一——南京本的死有分和广州本的活无常——之外，还自己动手，添画一个我所记得的目连戏或迎神赛会中的“活无常”来塞责，如第三图上方。好在我并非画家，虽然太不高明，读者也许不至于嗔责罢。先前想不到后来，曾经对于吴友如先生辈颇说过几句蹊跷话，不料曾几何时，即须自己出丑了，现在就预先辩解几句在这里存案。但是，如果无效，那也只好直抄徐（印世昌）大总统的哲学：听其自然。

还有不能心服的事，是我觉得虽是宣传《玉历》的诸公，于阴间的事情其实也不大了然。例如一个人初死时的情状，那图像就分成两派。一派是只来一位手执钢叉的鬼卒，叫作“勾魂使者”，此外什么都没有；一派是一个马面，两个无常——阳无常和阴无常——而并非活无常和死有分。倘说，那两个就是活无常和死有分罢，则和单个的画像又不一致。阳无常何尝是花袍纱帽？只有阴无常却和单画的死有分颇相像的，但也放下算盘拿了扇。这还可以说大约因为其时是夏天，然而怎么又长了那么长的络腮胡子了呢？难道夏天时疫多，他竟忙得连修刮的工夫都没有了么？这图的来源是天津思过斋的本子，合并声明；还有北京和广州本上的，也相差无几。

从南京的李光明庄刻本上取来的，而题字则正相反了：天津本指为阴无常者，它却道是阳无常。但和我的主张是一致的。那么，倘有一个素衣高帽的东西，不问他胡子之有无，北京人、天津人、广州人只管去称为阴无常或死有分，我和南京人则叫他活无常，各随自己的便罢。“名者，实之宾也”，不关什么紧要的。

不过我还要添上一点，是绍兴许广记刻本中的一部分，上面并无题字，不知宣传者于意云何。我幼小时常常走过许广记的门前，也闲看他们刻图画，是专爱用弧线和直线，不大肯作曲线的，所以无常先生的真相，在这里也难以判然。只是他身边另有一个小高帽，却还能分明看出，为别的本子上所无。这就是我所说过的在赛会时候出现的阿领。他连办公时间也带着儿子（?）走，我想，大概是在叫他跟随学习，预备长大之后，可以“无改于父之道”的。

除勾摄人魂外，十殿阎罗王中第四殿五官王的案桌旁边，也什九站着一个高帽脚色。1 取自天津的思过斋本，模样颇漂亮；2 是南京本，舌头拖出来了，不知何故；3 是广州的宝经阁本，扇子破了；4 是北京龙光斋本，无扇，下巴之下一条黑，我看不透它是胡子还是舌头；5 是天津石印局本，也颇漂亮，然而站到第七殿泰山王的公案桌边去了：这是很特别的。

又，老虎噬人的图上，也一定画有一个高帽的脚色，拿着纸扇子暗地里在指挥。不知道这也就是无常呢，还是所谓“伥鬼”[①]？但我乡戏文上的伥鬼都不戴高帽子。

研究这一类三魂渺渺，七魄茫茫，“死无对证”的学问，是很新颖，也极占便宜的。假使征集材料，开始讨论，将各种往来的信件都编印起来，恐怕也可以出三四本颇厚的书，并且因此升为“学者”。但是，“活无常学者”，名称不大冠冕，我不想干下去了，只在这里下一个武断：——

《玉历》式的思想是很粗浅的：“活无常”和“死有分”，合起来是人生的象征。人将死时，本只须死有分来到。因为他一到，这时候，也就可见“活无常”。

但民间又有一种自称“走阴”或“阴差”的，是生人暂时入冥，帮办公事的脚色。因为他帮同勾魂摄魄，大家也就称之为“无常”；又以其本是生魂也，则别之曰“阳”，但从此便和“活无常”隐然相混了。题为“阳无常”的，是平常人的普通装束，足见明明是阴差，他的职务只在领鬼卒进门，所以站在阶下。

既有了生魂入冥的“阳无常”，便以“阴无常”来称职务相似而并非生魂的死有分了。

做目连戏和迎神赛会虽说是祷祈，同时也等于娱乐，扮演出来的应该是阴差，而普通状态太无趣，——无所谓扮演，——不如奇特些好，于是就将“那一个无常”的衣装给他穿上了；——自然原也没有知道得清楚。然而从此也更传讹下

① 出自于明代《蹶廛笔记》、清代《聊斋志异》所记载的故事。指的是被老虎吃掉而变成老虎的仆役的鬼魂，品行卑劣，常引诱人使其被老虎吃掉，所谓“为虎作伥”也。

去。所以南京人和我之所谓活无常，是阴差而穿着死有分的衣冠，顶着真的活无常的名号，大背经典，荒谬得很的。不知海内博雅君子，以为何如?

我本来并不准备做什么后记，只想寻几张旧画像来做插图，不料目的不达，便变成一面比较，剪贴，一面乱发议论了。那一点本文或作或辍地几乎做了一年，这一点后记也或作或辍地几乎做了两个月。天热如此，汗流浃背，是亦不可以已乎：爰为结。

一九二七年七月十一日，写完于广州东堤寓楼之西窗下。

三闲集（节选）

序　言

我的第四本杂感《而已集》的出版，算起来已在四年之前了。去年春天，就有朋友催促我编集此后的杂感。看看近几年的出版界，创作和翻译，或大题目的长论文，是还不能说它寥落的，但短短的批评，纵意而谈，就是所谓“杂感”者，却确乎很少见。我一时也说不出这所以然的原因。

但粗粗一想，恐怕这“杂感”两个字，就使志趣高超的作者厌恶，避之惟恐不远了。有些人们，每当意在奚落我的时候，就往往称我为“杂感家”，以显出在高等文人的眼中的鄙视，便是一个证据。还有，我想，有名的作家虽然未必不改换姓名，写过这一类文字，但或者不过图报私怨，再提恐或玷其令名，或者别有深心，揭穿反有妨于战斗，因此就大抵任其消灭了。

“杂感”之于我，有些人固然看作“死症”，我自己确也因此很吃过一点苦，但编集是还想编集的。只因为翻阅刊物，剪帖成书，也是一件颇觉麻烦的事，因此拖延了大半年，终于没有动过手。一月二十八日之夜，上海打起仗来了，越打越凶，终于使我们只好单身出走，书报留在火线下，一任它烧得精光，我也可以靠这“火的洗礼”之灵，洗掉了“不满于现状”的“杂感家”这一个恶谥。殊不料三月底重回旧寓，书报却丝毫也没有损，于是就东翻西觅，开手编辑起来了，好像大病新愈的人，偏比平时更要照照自己的瘦削的脸，摩摩枯皱的皮肤似的。

我先编集一九二八至二九年的文学，篇数少得很，但除了五六回在北平、上海的讲演，原就没有记录外，别的也仿佛并无散失。我记得起来了，这两年正是我极少写稿，没处投稿的时期。我是在二七年被血吓得目瞪口呆，离开广东的，那些吞吞吐吐，没有胆子直说的话，都载在《而已集》里。但我到了上海，却遇见文豪们的笔尖的围剿了，创造社，太阳社，“正人君子”们的新月社中人，都说我不好，连并不标榜文派的现在多升为作家或教授的先生们，那时的文字里，也得时常暗暗地奚落我几句，以表示他们的高明。我当初还不过是“有闲即是有钱”，“封建余孽”或“没落者”，后来竟被判为主张杀青年的棒喝主义者了。这时候，有一个从广东自云避祸逃来，而寄住在我的寓里的廖君，也终于忿忿的对我说道：“我的朋友都看不起我，不和我来往了，说我和这样的人住在一处。”

那时候，我是成了“这样的人”的。自己编着的《语丝》，实乃无权，不单是有所顾忌（详见卷末《我和〈语丝〉的始终》），至于别处，则我的文章一向是被“挤”才有的，而目下正在“剿”，我投进去干什么呢。所以只写了很少的一点东西。

现在我将那时所做的文字的错的和至今还有可取之处的，都收纳在这一本里。至于对手的文字呢，《鲁迅论》和《中国文艺论战》中虽然也有一些，但那都是峨冠博带的礼堂上的阳面的大文，并不足以窥见全体，我想另外搜集也是“杂感”一流的作品，编成一本，谓之《围剿集》。如果和我的这一本对比起来，不但可以增加读者的趣味，也更能明白别一面的，即阴面的战法的五花八门。这些方法一时恐怕不会失传，去年的“左翼作家都为了卢布”说，就是老谱里面的一着。自问和文艺有些关系的青年，仿照固然可以不必，但也不妨知道知道的。

其实呢，我自己省察，无论在小说中，在短评中，并无主张将青年来“杀，杀，杀”的痕迹，也没有怀着这样的心思。我一向是相信进化论的，总以为将来必胜于过去，青年必胜于老人，对于青年，我敬重之不暇，往往给我十刀，我只还他一箭。然而后来我明白我倒是错了。这并非唯物史观的理论或革命文艺的作品蛊惑我的，我在广东，就目睹了同是青年，而分成两大阵营，或则投书告密，或则助官捕人的事实！我的思路因此轰毁，后来便时常用了怀疑的眼光去看青年，不再无条件的敬畏了。然而此后也还为初初上阵的青年们呐喊几声，不过也没有什么大帮助。

这集子里所有的，大概是两年中所作的全部，只有书籍的序引，却只将觉得还有几句话可供参考之作，选录了几篇，当翻检书报时，一九二七年所写而没有编在《而已集》里的东西，也忽然发见了一点，我想，大约《夜记》是因为原想另成一书，讲演和通信是因为浅薄或不关紧要，所以那时不收在内的。

但现在又将这编在前面，作为《而已集》的补遗了。我另有了一样想头，以为只要看一篇讲演和通信中所引的文章，便足可明白那时香港的面目。我去讲演，一共两回，第一天是《老调子已经唱完》，现在寻不到底稿了，第二天便是这《无声的中国》，粗浅平庸到这地步，而竟至于惊为“邪说”，禁止在报上登载的。是这样的香港。但现在是这样的香港几乎要遍中国了。

我有一件事要感谢创造社的，是他们“挤”我看了几种科学底文艺论，明白了先前的文学史家们说了一大堆，还是纠缠不清的疑问。并且因此译了一本蒲力汗诺夫的《艺术论》，以救正我——还因我而及于别人——的只信进化论的偏颇。但是，我将编《中国小说史略》时所集的材料，印为《小说旧闻钞》，以省青年的检查之力，而成仿吾以无产阶级之名，指为“有闲”，而且“有闲”还至于有三个，却是至今还不能完全忘却的。我以为无产阶级是不会有这样锻炼周纳法的，他们没有学过“刀笔”。编成而名之曰《三闲集》，尚以射仿吾也。

一九三二年四月二十四日之夜，编讫并记。

一九二七年

无声的中国

——二月十六日在香港青年会讲

以我这样没有什么可听的无聊的讲演，又在这样大雨的时候，竟还有这许多来听的诸君，我首先应当声明我的郑重的感谢。

我现在所讲的题目是：《无声的中国》。

现在，浙江、陕西，都在打仗，那里的人民哭着呢还是笑着呢，我们不知道。香港似乎很太平，住在这里的中国人，舒服呢还是不很舒服呢，别人也不知道。

发表自己的思想、感情给大家知道的是要用文章的，然而拿文章来达意，现在一般的中国人还做不到。这也怪不得我们；因为那文字，先就是我们的祖先留传给我们的可怕的遗产。人们费了多年的工夫，还是难于运用。因为难，许多人便不理它了，甚至于连自己的姓也写不清是张还是章，或者简直不会写，或者说道：Chang。虽然能说话，而只有几个人听到，远处的人们便不知道，结果也等于无声。又因为难，有些人便当作宝贝，像玩把戏似的，之乎者也，只有几个人懂，——其实是不知道可真懂，而大多数的人们却不懂得，结果也等于无声。

文明人和野蛮人的分别，其一，是文明人有文字，能够把他们的思想，感情，藉此传给大众，传给将来。中国虽然有文字，现在却已经和大家不相干，用的是难懂的古文，讲的是陈旧的古意思，所有的声音，都是过去的，都就是只等于零的。所以，大家不能互相了解，正像一大盘散沙。

将文章当作古董，以不能使人认识，使人懂得为好，也许是有趣的事罢。但是，结果怎样呢？是我们已经不能将我们想说的话说出来。我们受了损害，受了侮辱，总是不能说出些应说的话。拿最近的事情来说，如中、日战争，拳匪事件，民元革命这些大事件，一直到现在，我们可有一部像样的著作？民国以来，也还是谁也不作声。反而在外国，倒常有说起中国的，但那都不是中国人自己的声音，是别人的声音。

这不能说话的毛病，在明朝是还没有这样厉害的；他们还比较地能够说些要说的话。待到满洲人以异族侵入中国，讲历史的，尤其是讲宋末的事情的人被杀害了，讲时事的自然也被杀害了。所以，到乾隆年间，人民大家便更不敢用文章来说话了。所谓读书人，便只好躲起来读经，校刊古书，做些古时的文章，和当时毫无关系的文章。有些新意，也还是不行的；不是学韩，便是学苏。韩愈、苏轼他们，用他们自己的文章来说当时要说的话，那当然可以的，我们却并非唐、宋时人，怎么做和我们毫无关系的时候的文章呢。即使做得像，也是唐、宋时代的声音，韩愈、苏轼的声音，而不是我们现代的声音。然而直到现在，中国人却还要着这样的旧戏法。人是有的，没有声音，寂寞得很。——人会没有声音的么？没有，可以说：是死了。倘要说得客气一点，那就是：已经哑了。

要恢复这多年无声的中国，是不容易的，正如命令一个死掉的人道：“你活过来！”我虽然并不懂得宗教，但我以为正如想出现一个宗教上之所谓“奇迹”一样。

首先来尝试这工作的是“五四运动”前一年，胡适之先生所提倡的“文学革命”。“革命”这两个字，在这里不知道可害怕，有些地方是一听到就害怕的。但这和文学两字连起来的“革命”，却没有法国革命的“革命”那么可怕，不过是革新，改换一个字，就很平和了，我们就称为“文学革新”罢，中国文字上，这样的花样是很多的。那大意也并不可怕，不过说：我们不必再去费尽心机，学说古代的死人的话，要说现代的活人的话；不要将文章看作古董，要做容易懂得的白话的文章。然而，单是文学革新是不够的，因为腐败思想，能用古文做，也能用白话做。所以后来就有人提倡思想革新。思想革新的结果，是发生社会革新运动。这运动一发生，自然一面就发生反动，于是便酿成战斗……。

但是，在中国，刚刚提起文学革新，就有反动了。不过白话文却渐渐风行起来，不大受阻碍。这是怎么一回事呢？就因为当时又有钱玄同先生提倡废止汉字，用罗马字母来替代。这本也不过是一种文字革新，很平常的，但被不喜欢改革的中国人听见，就大不得了了，于是便放过了比较的平和的文学革命，而竭力来骂钱玄同。白话乘了这一个机会，居然减去了许多敌人，反而没有阻碍，能够流行了。

中国人的性情是总喜欢调和，折中的。譬如你说，这屋子太暗，须在这里开一个窗，大家一定不允许的。但如果你主张拆掉屋顶，他们就会来调和，愿意开窗了，没有更激烈的主张，他们总连平和的改革也不肯行。那时白话文之得以通行，就因为有废掉中国字而用罗马字母的议论的缘故。

其实，文言和白话的优劣的讨论，本该早已过去了，但中国是总不肯早早解决的，到现在还有许多无谓的议论。例如，有的说：古文各省人都能懂，白话就各处不同，反而不能互相了解了。殊不知这只要教育普及和交通发达就好，那时就人人都能懂较为易解的白话文；至于古文，何尝各省人都能懂，便是一省里，也没有许多人懂得的。有的说：如果都用白话文，人们便不能看古书，中国的文化就灭亡了。其实呢，现在的人们大可以不必看古书，即使古书里真有好东西，也可以用白话来译出的，用不着那么心惊胆战。他们又有人说，外国尚且译中国书，足见其好，我们自己倒不看么？殊不知埃及的古书，外国人也译，非洲黑人的神话，外国人也译，他们别有用意，即使译出，也算不了怎样光荣的事的。

近来还有一种说法，是思想革新紧要，文字改革倒在其次，所以不如用浅显的文言来作新思想的文章，可以少招一重反对。这话似乎也有理。然而我们知道，连他长指甲都不肯剪去的人，是决不肯剪去他的辫子的。

因为我们说着古代的话，说着大家不明白，不听见的话，已经弄得像一盘散沙，痛痒不相关了。我们要活过来，首先就须由青年们不再说孔子、孟子和韩愈、柳宗元们的话。时代不同，情形也两样，孔子时代的香港不这样，孔子口调的《香港论》是无从做起的，“吁嗟阔哉香港也”，不过是笑话。

我们要说现代的，自己的话；用活着的白话，将自己的思想，感情直白地说出来。但是，这也要受前辈先生非笑的。他们说白话文卑鄙，没有价值；他们说年青人作品幼稚，贻笑大方。我们中国能做文言的有多少呢，其余的都只能说白话，难道这许多中国人，就都是卑鄙，没有价值的么？至于幼稚，尤其没有什么可羞，正如孩子对于老人，毫没有什么可羞一样。

幼稚是会生长，会成熟的，只不要衰老，腐败，就好。倘说待到纯熟了才可以动手，那是虽是村妇也不至于这样蠢。她的孩子学走路，即使跌倒了，她决不至于叫孩子从此躺在床上，待到学会了走法再下地面来的。

青年们先可以将中国变成一个有声的中国。大胆地说话，勇敢地进行，忘掉了一切利害，推开了古人，将自己的真心的话发表出来。——真，自然是不容易的，譬如态度，就不容易真，讲演时候就不是我的真态度，因为我对朋友，孩子说话时候的态度是不这样的。——但总可以说些较真的话，发些较真的声音。只有真的声音，才能感动中国的人和世界的人；必须有了真的声音，才能和世界的人同在世界上生活。

我们试想现在没有声音的民族是那几种民族。我们可听到埃及人的声音？可听到安南、朝鲜的声音？印度除了泰戈尔，别的声音可还有？

我们此后实在只有两条路：一是抱着古文而死掉，一是舍掉古文而生存。

怎么写

——夜记之一

写什么是一个问题，怎么写又是一个问题。

今年不大写东西，而写给《莽原》的尤其少。我自己明白这原因。说起来是极可笑的，就因为它纸张好。有时有一点杂感，仔细一看，觉得没有什么大意思，不要去填黑了那么洁白的纸张，便废然而止了。好的又没有。我的头里是如此地荒芜，浅陋，空虚。

可谈的问题自然多得很，自宇宙以至社会国家，高超的还有文明，文艺。古来许多人谈过了，将来要谈的人也将无穷无尽。但我都不会谈。记得还是去年躲在厦门岛上的时候，因为太讨人厌了，终于得到"敬鬼神而远之"式的待遇，被供在图书馆楼上的一间屋子里。白天还有馆员，钉书匠，阅书的学生，夜九时后，一切星散，一所很大的洋楼里，除我以外，没有别人。我沉静下去了。寂静浓到如酒，令人微醺。望后窗外骨立的乱山中许多白点是丛冢；一粒深黄色火，是南普陀寺的琉璃灯。前面则海天微茫，黑絮一般的夜色简直似乎要扑到心坎里。我靠了石栏远眺，听得自己的心音，四远还仿佛有无量悲哀，苦恼，零落，死灭，都杂入这寂静中，使它变成药酒，加色，加味，加香。这时，我曾经想要写，但是不能写，无从写。这也就是我所谓"当我沉默着的时候，我觉得充实，我将开口，同时感到空虚。"

莫非这就是一点“世界苦恼”么？我有时想。然而大约又不是的，这不过是淡淡的哀愁，中间还带些愉快。我想接近它，但我愈想，它却愈渺茫了，几乎就要发见仅只我独自倚着石栏，此外一无所有。必须待到我忘了努力，才又感到淡淡的哀愁。

那结果却大抵不很高明。腿上钢针似的一刺，我便不假思索地用手掌向痛处直拍下去，同时只知道蚊子在咬我。什么哀愁，什么夜色，都飞到九霄云外去了，连靠过的石栏也不再放在心里。而且这还是现在的话，那时呢，回想起来，是连不将石栏放在心里的事也没有想到的。仍是不假思索地走进房里去，坐在一把惟一的半躺椅——躺不直的藤椅子——上，抚摩着蚊喙的伤，直到它由痛转痒，渐渐肿成一个小疙瘩。我也就从抚摩转成搔，掐，直到它由痒转痛，比较地能够打熬。

此后的结果就更不高明了，往往是坐在电灯下吃柚子。

虽然不过是蚊子的一叮，总是本身上的事来得切实。能不写自然更快活，倘非写不可，我想，也只能写一些这类小事情，而还万不能写得正如那一天所身受的显明深切。而况千叮万叮，而况一刀一枪，那是写不出来的。

尼采爱看血写的书。但我想，血写的文章，怕未必有罢。文章总是墨写的，血写的倒不过是血迹，它比文章自然更惊心动魄，更直截分明，然而容易变色，容易消磨。这一点，就要任凭文学逞能，恰如冢中的白骨，往古来今，总要以它的永久来傲视少女颊上的轻红似的。

能不写自然更快活，倘非写不可，我想，就是随便写写罢，横竖也只能如此。这些都应该和时光一同消逝，假使会比血迹永远鲜活，也只足证明文人是侥幸者，是乖角儿。但真的血写的书，当然不在此例。

当我这样想的时候，便觉得“写什么”倒也不成什么问题了。

“怎样写”的问题，我是一向未曾想到的。初知道世界上有着这么一个问题，还不过两星期之前。那时偶然上街，偶然走进丁卜书店去，偶然看见一叠《这样做》，便买取了一本。这是一种期刊，封面上画着一个骑马的少年兵士。我一向有一种偏见，凡书面上画着这样的兵士和手捏铁锄的农工的刊物，是不大去涉略的，因为我总疑心它是宣传品。发抒自己的意见，结果弄成带些宣传气味了的伊孛生等辈的作品，我看了倒并不发烦。但对于先有了“宣传”两个大字的题目，然后发出议论来的文艺作品，却总有些格格不入，那不能直吞下去的模样，就和雒诵教训文学的时候相同。但这《这样做》却又有些特别，因为我还记得日报上曾经说过，是和我有关系的。也是凡事切己，则格外关心的一例罢，我便再不怕书面上的骑马的英雄，将它买来了。回来后一检查剪存的旧报，还在的，日子是三月七日，可惜没有注明报纸的名目，但不是《民国日报》，便是《国民新闻》，因为我那时所看的只有这两种。下面抄一点报上的话：——

“自鲁迅先生南来后，一扫广州文学之寂寞，先后创办者有《做什么》，《这样做》两刊物。闻《这样做》为革命文学社定期出版物之一，内容注重革命文艺及本党主义之宣传。……”

开首的两句话有些含混，说我都与闻其事的也可以，说因我“南来”了而别人创办的也通。但我是全不知情。当初将日报剪存，大概是想调查一下的，后来却又忘却，搁下了。现在还记得《做什么》出版后，曾经送给我五本。我觉得这团体是共产青年主持的，因为其中有“坚如”，“三石”等署名，该是毕磊，通信处也是他。他还曾将十来本《少年先锋》送给我，而这刊物里面则分明是共产青年所作的东西。果然，毕磊君大约确是共产党，于四月十八日从中山大学被捕。据我的推测，他一定早已不在这世上了，这看去很是瘦小精干的湖南的青年。

《这样做》却在两星期以前才见面，已经出到七八期合册了。第六期没有，或者说被禁止，或者说未刊，莫衷一是，我便买了一本七八合册和第五期。看日报的记事便知道，这该是和《做什么》反对，或对立的。我拿回来，倒看上去，通讯栏里就这样说："在一般 CP 气焰盛张之时，……而你们一觉悟起来，马上退出 CP，不只是光退出便了事，尤其值得 CP 气死的，就是破天荒的接二连三的退出共产党登报声明。……"那么，确是如此了。

这里又即刻出了一个问题。为什么这么大相反对的两种刊物，都因我"南来"而"先后创办"呢？这在我自己，是容易解答的：因为我新来而且灰色。但要讲起来，怕又有些话长，现在姑且保留，待有相当的机会时再说罢。

这回且说我看《这样做》。看过通讯，懒得倒翻上去了，于是看目录。忽而看见一个题目道：《郁达夫先生休矣》，便又起了好奇心，立刻看文章。这还是切己的琐事总比世界的哀愁关心的老例，达夫先生是我所认识的，怎么要他"休矣"了呢？急于要知道。假使说的是张龙、赵虎，或是我素昧平生的伟人，老实说罢，我决不会如此留心。

原来是达夫先生在《洪水》上有一篇《在方向转换的途中》，说这一二次的革命是阶级斗争的理论的实现，而记者则以为是民族革命的理论的实现。大约还有英雄主义不适宜于今日等类的话罢，所以便被认为"中伤"和"挑拨离间"，非

“休矣”不可了。

我在电灯下回想，达夫先生我见过好几面，谈过好几回，只觉他稳健和平，不至于得罪于人，更何况得罪于国。怎么一下子就这么流于“偏激”了？我倒要看看《洪水》。

这期刊，听说在广西是被禁止的了，广东倒还有。我得到的是第三卷第二十九至三十二期。照例的坏脾气，从三十二期倒看上去，不久便翻到第一篇《日记文学》，也是达夫先生做的，于是便不再去寻《在方向转换的途中》，变成看谈文学了。我这种模模胡胡的看法，自己也明知道是不对的，但《怎么写》的问题，却就出在那里面。

作者的意思，大略是说凡文学家的作品，多少总带点自叙传的色彩的，若以第三人称来写出，则时常有误成第一人称的地方。而且叙述这第三人称的主人公的心理状态过于详细时，读者会疑心这别人的心思，作者何以会晓得得这样精细？于是那一种幻灭之感，就使文学的真实性消失了。所以散文作品中最便当的体裁，是日记体，其次是书简体。

这诚然也值得讨论的。但我想，体裁似乎不关重要。上文的第一缺点，是读者的粗心。但只要知道作品大抵是作者借别人以叙自己，或以自己推测别人的东西，便不至于感到幻灭，即使有时不合事实，然而还是真实。其真实，正与用第三人称时或误用第一人称时毫无不同。倘有读者只执滞于体裁，只求没有破绽，那就以看新闻记事为宜，对于文艺，活该幻灭。而其幻灭也不足惜，因为这不是真的幻灭，正如查不出大观园的遗迹，而不满于《红楼梦》者相同。倘作者如此牺牲了抒写的自由，即使极小部分，也无异于削足适履的。

第二种缺陷，在中国也已经是颇古的问题，纪晓岚攻击蒲留仙的《聊斋志异》，就在这一点。两人密语，决不肯泄，又不为第三人所闻，作者何从知之？所以他的《阅微草堂笔记》，竭力只写事状，而避去心思和密语。但有时又落了自设的陷阱，于是只得以《春秋左氏传》的“浑良夫梦中之噪”来解嘲。他的支绌的原因，是在要使读者信一切所写为事实，靠事实来取得真实性，所以一与事实相左，那真实性也随即灭亡。如果他先意识到这一切是创作，即是他个人的造作，便自然没有一切挂碍了。

一般的幻灭的悲哀，我以为不在假，而在以假为真。记得年幼时，很喜欢看变戏法，猢狲骑羊，石子变白鸽，最末是将一个孩子刺死，盖上被单，一个江北口音的人向观众装出撒钱模样道：Huazaa！Huazaa！大概是谁都知道，孩子并没有死，喷出来的是装在刀柄里的苏木汁，Huazaa一够，他便会跳起来的。但还是出神地看着，明明意识着这是戏法，而全心沉浸在这戏法中。万一变戏法的定要做得真实，买了小棺材，装进孩子去，哭着抬走，倒反索然无味了。这时候，连戏法的真实也消失了。

我宁看《红楼梦》，却不愿看新出的《林黛玉日记》，它一页能够使我不舒服小半天。《板桥家书》我也不喜欢看，不如读他的《道情》。我所不喜欢的是他题了家书两个字。那么，为什么刻了出来给许多人看的呢？不免有些装腔。幻灭之来，多不在假中见真，而在真中见假。日记体，书简体，写起来也许便当得多罢，但也极容易起幻灭之感；而一起则大抵很厉害，因为它起先模样装得真。

《越缦堂日记》近来已极风行了，我看了却总觉得他每次要留给我一点很不舒服的东西。为什么呢？一是钞上谕。大概是受了何焯的故事的影响的，他提防有一天要蒙“御览”。二是许多墨涂。写了尚且涂去，该有许多不写的罢？三是早给人家看、钞，自以为一部著作了。我觉得从中看不见李慈铭的心，却时时看到一些做作，仿佛受了欺骗。翻翻一部小说，虽是很荒唐，浅陋，不合理，倒从来不起这样的感觉的。

听说后来胡适之先生也在做日记，并且给人传观了。照文学进化的理论讲起来，一定该好得多。我希望他提前陆续的印出。

但我想，散文的体裁，其实是大可以随便的，有破绽也不妨。做作的写信和日记，恐怕也还不免有破绽，而一有破绽，便破灭到不可收拾了。与其防破绽，不如忘破绽。

在钟楼上

——夜记之二

也还是我在厦门的时候，柏生从广州来，告诉我说，爱而君也在那里了。大概是来寻求新的生命的罢，曾经写了一封长信给K委员，说明自己的过去和将来的志望。

“你知道有一个叫爱而的么？他写了一封长信给我，我没有看完。其实，这种文学家的样子，写长信，就是反革命的！”有一天，K委员对柏生说。

又有一天，柏生又告诉了爱而，爱而跳起来道：

“怎么？……怎么说我是反革命的呢？”

厦门还正是和暖的深秋，野石榴开在山中，黄的花——不知道叫什么名字——开在楼下。我在用花刚石墙包围着的楼屋里听到这小小的故事，K委员的眉头打结的正经的脸，爱而的活泼中带着沉闷的年青的脸，便一齐在眼前出现，又仿佛如见当K委员的眉头打结的面前，爱而跳了起来，——我不禁从窗隙间望着远天失笑了。

但同时也记起了苏俄曾经有名的诗人，《十二个》的作者勃洛克的话来：

“共产党不妨碍做诗，但于觉得自己是大作家的事却有妨碍。大作家者，是感觉自己一切创作的核心，在自己里面保持着规律的。”

共产党和诗，革命和长信，真有这样地不相容么？我想。

以上是那时的我想。这时我又想，在这里有插入几句声明的必要：

我不过说是变革和文艺之不相容，并非在暗示那时的广州政府是共产政府或委员是共产党。这些事我一点不知道。只有若干已经“正法”的人们，至今不听见有人鸣冤或冤鬼诉苦，想来一定是真的共产党罢。至于有一些，则一时虽然从一方面得了这样的谥号，但后来两方相见，杯酒言欢，就明白先前都是误解，其实是本来可以合作的。

必要已毕，于是放心回到本题。却说爱而君不久也给了我一封信，通知我已经有了工作了。信不甚长，大约还有被冤为“反革命”的余痛罢。但又发出牢骚来：一，给他坐在饭锅旁边，无聊得很；二，有一回正在按风琴，一个漠不相识的女郎来送给他一包点心，就弄得他神经过敏，以为北方女子太死板而南方女子太活泼，不禁“感慨系之矣”了。

关于第一点，我在秋蚊围攻中所写的回信中置之不答。夫面前无饭锅而觉得无聊，觉得苦痛，人之常情也，现在已见饭锅，还要无聊，则明明是发了革命热。老实说，远地方在革命，不相识的人们在革命，我是的确有点高兴听的，然而——没有法子，索性老实说罢，——如果我的身边革起命来，或者我所熟识的人去革命，我就没有这么高兴听。有人说我应该拼命去革命，我自然不敢不以为然，但如叫我静静地坐下，调给我一杯罐头牛奶喝，我往往更感激。但是，倘说，你就死心塌地地从饭锅里装饭吃罢，那是不像样的；然而叫他离开饭锅去拼命，却又说不出口，因为爱而是我的极熟的熟人。于是只好袭用仙传的古法，装聋作哑，置之不问不闻之列。只对于第二点加以猛烈的教诫，大致是说他“死板”和“活泼”既然都不赞成，即等于主张女性应该不死不活，那是万分不对的。

约略一个多月之后，我抱着和爱而一类的梦，到了广州，在饭锅旁边坐下时，他早已不在那里了，也许竟并没有接到我的信。

我住的是中山大学中最中央而最高的处所，通称“大钟楼”。一月之后，听得一个戴瓜皮小帽的秘书说，才知道这是最优待的住所，非“主任”之流是不准住的。但后来我一搬出，又听说就给一位办事员住进去了，莫明其妙。不过当我住在那里的时候，总还是非主任之流即不准住的地方，所以直到知道办事员搬进去了的那一天为止，我总是常常又感激，又惭愧。

然而这优待室却并非容易居住的所在，至少的缺点，是不很能够睡觉的。一到夜间，便有十多匹——也许二十来匹罢，我不能知道确数——老鼠出现，驰骋文坛，什么都不管。只要可吃的，它就吃，并且能开盒子盖，广州中山大学里非主任之流即不准住的楼上的老鼠，仿佛也特别聪明似的，我在别地方未曾遇到过。到清晨呢，就有“工友”们大声唱歌，——我所不懂的歌。

白天来访的本省的青年，却大抵怀着非常的好意的。有几个热心于改革的，还希望我对于广州的缺点加以激烈的攻击。这热诚很使我感动，但我终于说是还未熟悉本地的情形，而且已经革命，觉得无甚可以攻击之处，轻轻地推却了。那当然要使他们很失望的，过了几天，尸一君就在《新时代》上说：——

“……我们中几个很不以他这句话为然，我们以为我们还有许多可骂的地方，我们正想骂骂自己，难道鲁迅先生竟看不出我们的缺点么？……”

其实呢，我的话一半是真的。我何尝不想了解广州，批评广州呢，无奈慨自被供在大钟楼上以来，工友以我为教授，学生以我为先生，广州人以我为“外江佬”孤孑特立，无从考查。而最大的阻碍则是言语。直到我离开广州的时候止，我所知道的言语，除一二三四……等数目外，只有一句凡有外江佬几乎无不因为特别而记住的 Hanbaran（统统）和一句凡有学习异地言语者几乎无不最容易学得而记住的骂人话 Tiu－na－ma 而已。

这两句有时也有用。那是我已经搬在白云路寓屋里的时候了，有一天，巡警捉住了一个窃取电灯的偷儿，那管屋的陈公便跟着一面骂，一面打。骂了一大套，而我从中只听懂了这两句。然而似乎已经全懂得，心里想：“他所说的，大约是因为屋外的电灯几乎 Hanbaran 被他偷去，所以要 Tiu－na－ma 了。”于是就仿佛解决了一件大问题似的，即刻安心归坐，自去再编我的《唐宋传奇集》。

但究竟不知道是否真如此。私自推测是无妨的，倘若据以论广州，却未免太卤莽罢。

但虽只这两句，我却发见了吾师太炎先生的错处了。记得先生在日本给我们讲文字学时，曾说《山海经》上“其州在尾上”的“州”是女性生殖器。这古语至今还留存在广东，读若 Tiu。故 Tiuhei 二字，当写作“州戏”，名词在前，动词在后的。我不记得他后来可曾将此说记在《新方言》里，但由今观之，则“州”乃动词，非名词也。

至于我说无甚可以攻击之处的话，那可的确是虚言。其实是，那时我于广州无爱憎，因而也就无欣戚，无褒贬。我抱着梦幻而来，一遇实际，便被从梦境放逐了，不过剩下些索漠。我觉得广州究竟是中国的一部分，虽然奇异的花果，特别的语言，可以淆乱游子的耳目，但实际是和我所走过的别处都差不多的。倘说中国是一幅画出的不类人间的图，则各省的图样实无不同，差异的只在所用的颜色。黄河以北的几省，是黄色和灰色画的，江、浙是淡墨和淡绿，厦门是淡红和灰色，广州是深绿和深红。我那时觉得似乎其实未曾游行，所以也没有特别的骂詈之辞，要专一倾注在素馨和香蕉上。——但这也许是后来的回忆的感觉，那时其实是还没有如此分明的。

到后来，却有些改变了，往往斗胆说几句坏话。然而有什么用呢？在一处演讲时，我说广州的人民并无力量，所以这里可以做“革命的策源地”，也可以做反革命的策源地……当译成广东话时，我觉得这几句话似乎被删掉了。给一处做文章时，我说青天白日旗插远去，信徒一定加多。但有如大乘佛教一般，待到居士也算佛子的时候，往往戒律荡然，不知道是佛教的弘通，还是佛教的败坏？……然而终于没有印出，不知所往了……。

广东的花果，在“外江佬”的眼里，自然依然是奇特的。我所最爱吃的是“杨桃”，滑而脆，酸而甜，做成罐头的，完全失却了本味。汕头的一种较大，却是“三廉”，不中吃了。我常常宣传杨桃的功德，吃的人大抵赞同，这是我这一年中最卓著的成绩。

在钟楼上的第二月，即戴了“教务主任”的纸冠的时候，是忙碌的时期。学校大事，盖无过于补考与开课也，与别的一切学校同。于是点头开会，排时间表，发通知书，秘藏题目，分配卷子，……于是又开会，讨论，计分，发榜。工友规矩，下午五点以后是不做工的，于是一个事务员请门房帮忙，连夜贴一丈多长的榜。但到第二天的早晨，就被撕掉了，于是又写榜。于是辩论：分数多寡的辩论；及格与否的辩论；教员有无私心的辩论；优待革命青年，优待的程度，我说已优，他说未优的辩论；补救落第，我说权不在我，他说在我，我说无法，他说有法的辩论；试题的难易，我说不难，他说太难的辩论；还有因为有族人在台湾，自己也可以算作台湾人，取得优待"被压迫民族"的特权与否的辩论；还有人本无名，所以无所谓冒名顶替的玄学底辩论……。这样地一天一天的过去，而每夜是十多匹——或二十匹——老鼠的驰骋，早上是三位工友的响亮的歌声。

现在想起那时的辩论来，人是多么和有限的生命开着玩笑呵。然而那时却并无怨尤，只有一事觉得颇为变得特别：对于收到的长信渐渐有些仇视了。

这种长信，本是常常收到的，一向并不为奇。但这时竟渐嫌其长，如果看见一张，还未说出本意，便觉得烦厌。有时见熟人在旁，就托付他，请他看后告诉我信中的主旨。

"不错。'写长信，就是反革命的！'"我一面想。

我当时是否也如K委员似的眉头打结呢，未曾照镜，不得而知。仅记得即刻也自觉到我的开会和辩论的生涯，似乎难以称为"在革命"，为自便计，将前判加以修正了：——

"不。'反革命'太重，应该说是'不革命'的。然而还太重。其实是，——写长信，不过是吃得太闲空罢了。"

有人说，文化之兴，须有余裕，据我在钟楼上的经验，大致是真的罢。闲人所造的文化，自然只适宜于闲人，近来有些人磨拳擦掌，大鸣不平，正是毫不足怪，——其实，便是这钟楼，也何尝不造得蹊跷。但是，四万万男女同胞，侨胞，异胞之中，有的是“饱食终日，无所用心”，有的是“群居终日，言不及义”。怎不造出相当的文艺来呢？只说文艺，范围小，容易些。那结论只好是这样：有余裕，未必能创作；而要创作是必须有余裕的。故“花呀月呀”，不出于啼饥号寒者之口，而“一手奠定中国的文坛”，亦为苦工猪仔所不敢望也。

我以为这一说于我倒是很好的，我已经自觉到自己久已不动笔，但这事却应该归罪于匆忙。

大约就在这时候，《新时代》上又发表了一篇《鲁迅先生往那里躲》，宋云彬先生做的。文中有这样的对于我的警告：——

“他到了中大，不但不曾恢复他‘呐喊’的勇气，并且似乎在说‘在北方时受着种种迫压，种种刺激，到这里来没有压迫和刺激，也就无话可说了’。噫嘻！异哉！鲁迅先生竟跑出了现社会，躲向牛角尖里去了。旧社会死去的苦痛，新社会生出的苦痛，多多少放在他眼前，他竟熟视无睹！他把人生的镜子藏起来了，他把自己回复到过去时代去了。噫嘻！异哉！鲁迅先生躲避了。”

而编辑者还很客气，用案语声明着这是对于我的好意的希望和怂恿？并非恶意的笑骂的文章。这是我很明白的，记得看见时颇为感动。因此也曾想如上文所说的那样，写一点东西，声明我虽不呐喊，却正在辩论和开会，有时一天只吃一顿饭，有时只吃一条鱼，也还未失掉了勇气。“在钟楼上”就是豫定的题目。然而一则还是因为辩论和开会，二则因为篇首引有拉狄克的两句话，另外又引起了我许多杂乱的感想，很想说出，终于反而搁下了。那两句话是：——

“在一个最大的社会改变的时代，文学家不能做旁观者！”

但拉狄克的话，是为了叶遂宁和梭波里的自杀而发的。他那一篇《无家可归的艺术家》译载在一种期刊上时，曾经使我发生过暂时的思索。我因此知道凡有革命以前的幻想或理想的革命诗人，很可有碰死在自己所讴歌希望的现实上的运命；而现实的革命倘不粉碎了这类诗人的幻想或理想，则这革命也还是布告上的空谈。但叶遂宁和梭波里是未可厚非的，他们先后给自己唱了挽歌，他们有真实。他们以自己的沉没，证明着革命的前行。他们到底并不是旁观者。

但我初到广州的时候，有时确也感到一点小康。前几年在北方，常常看见迫压党人，看见捕杀青年，到那里可都看不见了。后来才悟到这不过是“奉旨革命”的现象，然而在梦中时是委实有些舒服的。假使我早做了《在钟楼上》，文字也许不如此。无奈已经到了现在，又经过目睹“打倒反革命”的事实，纯然的那时的心情，实在无从追蹑了。现在就只好是这样罢。

辞顾颉刚教授令“候审”（并来信）

来　信

鲁迅先生：

顷发一挂号信，以未悉先生住址，由中山大学转奉，嗣恐先生未能接到，特探得尊寓所在，另钞一分奉览。

敬请大安。

颉刚敬上。十六，七，廿四日。

钞件

鲁迅先生：

颉刚不知以何事开罪于先生，使先生对于颉刚竟作如此强烈之攻击，未即承教，良用耿耿。前日见汉口《中央日报副刊》上，先生及谢玉生先生通信，始悉先生等所以反对颉刚者，盖欲伸党国大义，而颉刚所作之罪恶直为天地所不容，无任惶骇。诚恐此中是非，非笔墨口舌所可明了，拟于九月中回粤后提起诉讼，听候法律解决。如颉刚确有反革命之事实，虽受死刑，亦所甘心，否则先生等自当负发言之责任。务请先生及谢先生暂勿离粤，以俟开审，不胜感盼。

敬请大安，谢先生处并候。

中华民国十六年七月廿四日

回　信

颉刚先生：

来函谨悉，甚至于吓得绝倒矣。先生在杭盖已闻仆于八月中须离广州之讯，于是顿生妙计，命以难题。如命，则仆尚须提空囊赁屋买米，作穷打算，恭候偏何来迟，提起诉讼。不如命，则先生可指我为畏罪而逃也；而况加以照例之一传十，十传百乎哉？但我意早决，八月中仍当行，九月已在沪。江、浙俱属党国所治，法律当与粤不异，且先生尚未启行，无须特别函挽听审，良不如请即就近在浙起诉，尔时仆必到杭，以负应负之责。倘其典书卖裤，居此生活费綦昂之广州，以俟月余后或将提起之诉讼，天下那易有如此十足笨伯哉！《中央日报副刊》未见；谢君处恕不代达，此种小傀儡，可不做则不做而已，无他秘计也。此复，顺请著安！

鲁迅。

匪笔三篇

今之“正人君子”，论事有时喜欢讲“动机”。案动机，我自己知道，绍介这三篇文章是未免有些有伤忠厚的。旅资将尽，非逐食不可了，许多人已知道我将于八月中走出广州。七月末就收到了一封所谓“学者”的信，说我的文字得罪了他，“拟于九月中回粤后提起诉讼，听候法律解决”。且叫我“暂勿离粤，以俟开审”。命令被告枵腹恭候于异地，以俟自己雍容布置，慢慢开审，真是霸道得可观。第二天偶在报纸上看见飞天虎寄亚妙信，有“提防剑仔[①]”的话，不知怎地忽而欣然独笑，还想到别的两篇东西，要执绍介之劳了。这种拉扯牵连，若即若离的思想，自己也觉得近乎刻薄，——但是，由它去罢，好在“开审”时总会结账的。

在我的估计上，这类文章的价值却并不在文人学者的名文之下。先前也曾收集，得了五六篇，后来只在北京的《平民周刊》上发表过一篇模范监狱里的一个囚人的自序，其余的呢，我跑出北京以后，不知怎样了，现在却还想搜集。要夸大地说起来，则此类文章，于学术上也未始无用；我记得 lombroso 所做的一本书——大约是《天才与狂人》，请读者恕我手头无书，不能指实——后面，就附有许多疯子的作品。然而这种金字招牌，我辈却无须挂起来。

---

① 广州话匕首的意思。

这回姑且将现成的三篇介绍，都是从香港《循环日报》上采取的。以其都不是韵文，所以取阮氏《文笔对》之说，名之曰：笔。倘有好事之徒，寄我材料，无任欢迎。但此后拟不限有韵无韵，并且廓大范围，并收土匪，骗子，犯人，疯子等等的创作。但经文人润色，或拟作赝作者不收。

其实，古如陈涉帛书，米巫题字，近如义和团传单，同善社[①]乩笔，也都是这一流。我想，凡见于古书的，也都可以抄出来编为一集，和现在的来比照，看思想手段，有什么不同。

来件想托北新书局代收，当择尤发表，——但这是我倘不忙于“以俟开审”或下了牢监的话。否则，自己的文章也就是材料，不必旁搜博采了。

闲话休题，言归正传：——

一 撕票布告

潘 平

广州佛山缸瓦栏维新码头发现烂艇一艘，有水浸淹其中，用蓑衣覆盖男子尸身一具，露出手足，旁有粗碗一只，白旗一面，书明云云。由六区水警，将该尸艇移泊西医院附近。验得该尸颈旁有一枪孔，直贯其鼻，显系生前轰毙。查死者年约三十岁，乃穿短线衫裤，剪平头装者。

南海紫洞潘平布告。

为布告事：昨四月念六日，在禄步共掳得乡人十余名，困

① 民国时期最大的封建迷信道门组织。

留月余，并望赎音。兹提出禄步笋洞沙乡，姓许名进洪一名，枪毙示众，以儆其余。四方君子，特字周知，切勿视财如命！此布。

（据七月十三日《循环报》。）

二　致信女某书

金吊桶

广西梧州洞天酒店相命家金吊桶，原名黄卓生，新会人，日前有行骗陈社恩、黄心、黄作梁夫妇银钱单据，为警备司令部将其捕获，又搜获一封固之信，内空白信笺一张，以火烘之，发现字迹如下：——

今日民国十六年五月二十九日，吕纯阳先师下降，查明汝信女系广西人。汝今生为人，心善清洁，今天上玉皇赐横财四千五百两银过你，汝信享福养儿育女。但此财分作八回中足，今年七月尾只中白鸽票七百五十元左右。老来结局有个子，第三位有官星发达，有官太做。但汝终身要派大三房妾伴，不能坐正位。今生条命极好。汝前世犯了白虎五鬼天狗星，若想得横财旺子，要用六元六毫交与金吊桶先生代汝解除，方得平安无事。若不信解除，汝条命得来十分无夫福无子福，有子死子，有夫死夫。但见字要求先生共汝解去此凶星为要可也。汝想得财得子者，为夫福者，有夫权者，要求先生共汝行礼，交合阴阳一二回，方可平安。如有不顺从先生者，汝条命冇好处，无安乐也。……

（据七月二十六日《循环报》。）

三 诘妙嫦书

飞天虎

香港永乐街如意茶楼女招待妙嫦，年仅双十，寓永吉街三十号二楼。七月二十九日晚十一时许，散工之后，偕同女侍三数人归家，道经大道中永吉街口，遇大汉三四人，要截于途，诘妙嫦曰：汝其为妙玲乎？嫦不敢答，闪避而行。讵大汉不使去，逞凶殴之，凡两拳，且曰：汝虽不语，固认识汝之面目者也！嫦被殴，大哭不已，归家后，以为大汉等所殴者为妙玲，故尚自怨无辜被辱，不料翌早复接恐吓信一通，按址由邮局投至，遂知昨晚之被殴，确为寻己，乃将事密报侦探，并告以所疑之人，务使就捕雪恨云。

亚妙女招待看！启者：久在如意茶楼，用诸多好言，殴辱我兄弟，及用滚水来陆之兄弟，灵端相劝，置之不理，与续大发雌雄，反口相齿，亦所谓恶不甚言矣。昨晚在此二人殴打已捶，亦非介意，不过小小之用，刻下限你一星期内答复，妥讲此事，若有无答复，早夜出入，提防剑仔，决列对待，及难保性命之虞，勿怪书不在先，至于死地之险也。诸多未及，难解了言，顺候，此询危险。七月初一晚，卅六友飞天虎谨。

（据八月一日《循环报》。）

某笔两篇

昨天又得幸逢了两种奇特的广告，仍敢执绍介之劳。标点是我所加的，以醒眉目。该称什么笔呢，想了两天两夜，没有好结果。姑且称为《某笔》，以俟博雅君子教正。

这回的“动机”比较地近于纯正，除希望“有目共赏”外，似乎并不含有其他的副作用了。但又发生了一种妄想。记得前清时，曾有一种专选各种报上较好的论说的，叫作《选报》。现在如有好事之徒，也还可以办这一类的刊物。每省须有访员数人，专收该地报上奇特的社论，记事，文艺，广告等等，汇刊成册，公之于世。则其显示各种“社会相”也，一定比游记之类要深切得多。不知 CF 男士以为何如？一九二七年九月二十二日午饭之前。

其　一

熊仲卿　榜名文蔚。历任民国县长、所长、处长、局长、厅长、通儒、显宦，兼作良医，尤擅女科。住本港跑马地黄泥涌道门牌五十五号一楼中医熊寓，每日下午应诊及出诊。电话总局五二七零。

（右一则见九月二十一日香港《循环日报》。）

谨案：以吾所闻，向来或称世医，以其数代为医也；或称儒医，以其曾做八股也；或称官医，以其亦为官家所雇也；或称御医，以其曾经走进（?）太医院[①]也。若夫“县长、所长、处长、局长、厅长、通儒、显宦”，而又“兼作良医”，则诚旷古未有者矣。而五“长”做全，尤为难得云。

其 二

征求父母广告 余现已授中等教育有年，品行端正，纯无嗜好。因不幸父母相继逝世，余独取家资，来学广州。自思自觉单身儿子，有非常之寂寞。于是自愿甘心为人儿子。并自愿倾家产而从四方人事而无儿子者。有相当之家庭，且欲儿子者，请来函报告（家庭状况经济地位若何），并写明通讯地址。俟我回复，方接洽面商。阅报诸君而能介绍我好事成功者，应以百金敬酬。不成功者，当有谢谢。申一〇六

通讯处 广东省立第一中学校余希成具。

（右一则见同日广州《民国日报》。）

谨案：我辈生当浇漓之世，于“征求伴侣”等类广告，早经司空见惯，不以为奇。昔读茅泮林所辑《古孝子传》，见有三男皆无母，乃共迎养一不相干之老妪，当作母亲一事，颇以为奇。然那时孝廉方正[②]，可以做官，故尚能疑为别有作用也。

① 古时候宫廷医疗机构。

② 清代特诏举行的制科之一。

而此广告则挟家资以求亲，悬百金而待荐，雒诵之余，乌能不欣人心之复返于淳古，表而出之，以为留心世道者告，而为打爹骂娘者劝哉？特未知阅报诸君，可知广州有欲儿子者否？要知道倘为介绍，即使好事不成，亦有“谢谢”者也。

述香港恭祝圣诞

记者先生：

文宣王大成至圣先师孔夫子圣诞，香港恭祝，向称极盛。盖北方仅得东邻鼓吹，此地则有港督督率，实事求是，教导有方。侨胞亦知崇拜本国至圣，保存东方文明，故能发扬光大，盛极一时也。今年圣诞，尤为热闹，文人雅士，则在陶园雅集，即席挥毫，表示国粹。各学校皆行祝圣礼，往往欢迎各界参观，夜间或演新剧，或演电影，以助圣兴。超然学校每年祝圣，例有新式对联，贴于门口，而今年所制，尤为高超。今敬谨录呈，乞昭示内地，以愧意欲打倒帝国主义者：——

乾　男校门联

本鲁史，作《春秋》，罪齐田恒，地义天经，打倒贼子乱臣，免得赤化宣传，讨父仇孝，共产公妻，破坏纲常伦纪。

堕三都，出藏甲，诛少正卯，风行雷厉，铲除贪官悍吏，训练青年德育，修身齐家，爱亲敬长，挽回世道人心。

坤　女校门联

母凭子贵，妻藉夫荣，方今祝圣诚心，正宜遵懔三从，岂可开口自由，埋口自由，一味误会自由，趋附潮流成水性。

男禀乾刚，女占坤顺，此际尊孔主义，切勿反违四德，动说有乜所谓，冇乜所谓，至则不知所谓，随同社会出风头。

埋犹言合，乜犹言何，冇犹言无，盖女子小人，不知雅训，故用俗字耳。舆论之类，琳琅尤多，今仅将载于《循环日报》

者录出一篇，以见大概：——

孔诞祝圣言感

佩　蘅

金风送爽。凉露惊秋。转瞬而孔诞时期届矣。迩来圣教衰落。邪说嚣张。礼孔之举。惟港中人士。犹相沿奉行。至若内地。大多数不甚注意。盖自新学说出。而旧道德日即于沦亡。自新人物出。而古圣贤胥归于淘汰。一般学子。崇持列宁马克斯种种谬说，不惜举二千年来炳若日星之圣教。摧陷而廓清之。其诋人也。不曰腐化即曰老朽。实则若曹少不更事。卤莽灭裂。不惜假新学说以便其私图。而古人之大义微言。俨如肉中刺。眼中钉。必欲拔除之而后快。孔子且在于打倒之列。更何有孔诞之可言。呜呼。长此以往。势不至等人道于禽兽不止。何幸此海隅之地。古风未泯，经教犹存。当此祝圣时期。济济跄跄一时称盛耶。虽然。吾人祝圣。特为此形式上之纪念耳。尤当注重孔教之精神。孔教重伦理。重实行。所谓齐家治国平天下。由近及远。由内及外。皆有轨道之可循。天不变道亦不变。自有碻凿之理由在。虽暴民嚣张。摧残圣教。然浮云之翳。何伤日月之明。吾人当蒙泉剥果之余。伤今思古。首当发挥大义。羽翼微言。子舆氏谓能言距杨墨者。圣人之徒。生今之世。群言淆乱。异说争鸣。众口铄金。积非成是。与圣教为难者。向只杨墨。就贵词而辟之。为吾道作干城。树中流之砥柱。若乎张皇耳目。涂饰仪文。以敷衍为心。作例行之举。则非吾所望于祝圣诸公也。感而书之如此。

香港孔圣会则于是日在太平戏院日夜演大尧天班。其广告云：——

祝大成之圣节，乐奏钧天，彰正教于人群，欢腾大地。

我国数千年来，崇奉孔教，诚以圣道足以维持风化，挽救人心者也。本会定期本月廿七日演大尧天班。是《加官大送子》、《游龙戏凤》。夜通宵先演《六国大封相》及《风流皇后》新剧。查《风流皇后》一剧，情节新奇，结构巧妙。惟此剧非演通宵，不能结局，故是晚经港政府给发数特别执照。演至通宵。……预日沽票处在荷李活道中华书院孔圣会办事所。

丁卯年八月廿四日，香港孔圣会谨启。

《风流皇后》之名，虽欠雅驯，然“子见南子”，《论语》不讳，惟此“海隅之地，古风未泯”者，能知此意耳。余如各种电影，亦复美不胜收，新戏院则演《济公传四集》，预告者尚有《齐天大圣大闹天宫》，新世界有《武松杀嫂》，全系国粹，足以发扬国光。皇后戏院之《假面新娘》虽出邻邦，然观其广告云：“孔子有言，‘始吾于人也，听其言而信其行，今吾于人也，听其言而观其行，于予与改是。’请君今日来看《假面新娘》，以证孔子之言。然后知圣人一言而为天下法，所以不愧称为万世师表也。”则固亦有裨圣教者耳。

嗟夫！乘桴浮海，曾闻至圣之微言，崇正辟邪，幸有大英之德政。爱国劬古之士，当亦必额手遥庆，恨不得受一廛而为氓也。专此布达，即颂辑祺。

圣诞后一日，华约瑟谨启。

吊与贺

《语丝》在北京被禁之后，一个相识者寄给我一块剪下的报章，是十一月八日的北京《民国晚报》的《华灯》栏，内容是这样的：

吊丧文

孔伯尼

顷闻友云："《语丝》已停"，其果然欤？查《语丝》问世，三年于斯，素无余润，常经风波。以久特闻，迄未少衰焉。方期益臻坚壮，岂意中道而崩？"闲话"失慎，"随感"伤风欤？抑有他故耶？岂明老人再不兴风作浪，叛徒首领无从发令施威；忠臣孝子，或可少申余愤；义士仁人，大宜下井投石。"语丝派"已亡，众怒少息，"拥旗党"[①] 犹在，五色何忧？从此狂澜平静，邪说歼绝。有关风化，良匪浅鲜！则《语丝》之停也，岂不懿欤？所惜者余孽未尽，祸根犹存，复萌故态，诚堪预防！自宜除恶务尽，何容姑息养奸？兴仁义师，招抚并用；设文字狱，赏罚分明。打倒异端，惩办祸首；以安民心，而属众望。岂惟功垂不朽；曷止德及黎庶？抑亦国旗为荣耶？效《狂飙》

① 指国家主义派。

之往例，草《语丝》之哀辞，当仁不让，舍我其谁？朝野君子，乞勿忽之。

未废标点，已禁语体之秋，阳历晦日，杏坛上。

先前没有想到，这回却记得起来了。去年我在厦门岛上时，也有一个朋友剪寄我一片报章，是北京的《每日评论》，日子是“丙寅年十二月二十……”，阳历的日子被剪掉了。内容是这一篇：——

挽狂飙

燕　生

不料我刚作了《读狂飙》一文之后，《狂飙》疾终于上海正寝的讣闻随着就送到了。本来《狂飙》的不会长命百岁，是我们早已料到的，但它夭折的这样快，却确乎“出人意表之外”。尤其是当这与“思想界的权威者”正在宣战的时候，而突然得到如此的结果，多心的人也许会猜疑到权威者的反攻战略上面，“这话当然不确”，“不过”自由批评家所走不到的光华书局，“思想界的权威”也许竟能走得到了，于是乎《狂飙》乃停，于是乎《狂飙》乃不得不停。

但当今之世，权威亦多矣，《狂飙》所得罪者不知是南方之强欤？北方之强欤？抑……欤？

思想家究竟不如武人爽快，《狂飙》虽停，而长虹终于能安然走到北京，这个，我们倒要向长虹道贺。

呜呼！回想非宗教大同盟轰轰烈烈之际，则有五教授慨然署名于拥护思想自由之宣言，曾几何时，而自由批评已成为反动者惟一之口号矣。自由乎！自由乎！其随线装书以入于毛厕坑中乎！嘻嘻！咄咄！

《语丝》本来并非选定了几个人，加以恭维或攻击或诅咒之后，便将作者和刊物的荣枯存灭，都推在这几个人的身上的出版物。但这回的禁终于燕京北寝的讣闻，却“也许”不“会猜疑到权威者的反攻战略上面”去了罢。诚然，我亦觉得“思想家究竟不如武人爽快”也！

但是，这个，我倒要向燕生和五色国旗道贺。

十二月四日，于上海正寝。

一九二八年

“醉眼”中的朦胧

旧历和新历的今年似乎于上海的文艺家们特别有着刺激力，接连的两个新正一过，期刊便纷纷而出了。他们大抵将全力用尽在伟大或尊严的名目上，不惜将内容压杀。连产生了不止一年的刊物，也显出拼命的挣扎和突变来。作者呢，有几个是初见的名字，有许多却还是看熟的，虽然有时觉得有些生疏，但那是因为停笔了一年半载的缘故。他们先前在做什么，为什么今年一齐动笔了？说起来怕话长。要而言之，就因为先前可以不动笔，现在却只好来动笔，仍如旧日的无聊的文人，文人的无聊一模一样。这是有意识或无意识地，大家都有些自觉的，所以总要向读者声明“将来”：不是“出国”，“进研究室”，便是“取得民众”。功业不在目前，一旦回国，出室，得民之后，那可是非同小可了。自然，倘有远识的人，小心的人，怕事的人，投机的人，最好是此刻豫致“革命的敬礼”。一到将来，就要“悔之晚矣”了。

然而各种刊物，无论措辞怎样不同，都有一个共通之点，就是：有些朦胧。这朦胧的发祥地，由我看来——虽然是冯乃超的所谓“醉眼陶然”——，也还在那有人爱，也有人憎的官僚和军阀。和他们已有瓜葛，或想有瓜葛的，笔下便往往笑迷迷，向大家表示和气，然而有远见，梦中又害怕铁锤和镰刀，因此也不敢分明恭维现在的主子，于是在这里留着一点朦胧。和他们瓜葛已断，或则并无瓜葛，走向大众去的，本可以毫无顾忌地说话了，但笔下即使雄纠纠，对大家显英雄，会忘却了他们的指挥刀的傻子是究竟不多的，这里也就留着一点朦胧。于是想要朦胧而终于透漏色彩的，想显色彩而终于不免朦胧的，便都在同地同时出现了。

其实朦胧也不关怎样紧要。便在最革命的国度里，文艺方面也何尝不带些朦胧。然而革命者决不怕批判自己，他知道得很清楚，他们敢于明言。惟有中国特别，知道跟着人称托尔斯泰为“卑污的说教人”了，而对于中国“目前的情状”，却只觉得在“事实上，社会各方面亦正受着乌云密布的势力的支配”，连他的“剥去政府的暴力，裁判行政的喜剧的假面”的勇气的几分之一也没有；知道人道主义不彻底了，但当“杀人如草不闻声”① 的时候，连人道主义式的抗争也没有。剥去和抗争，也不过是“咬文嚼字”，并非“直接行动”。我并不希望做文章的人去直接行动，我知道做文章的人是大概只能做文章的。

可惜略迟了一点，创造社前年招股本，去年请律师，今年才揭起“革命文学”的旗子，复活的批评家成仿吾总算离开守护“艺术之宫”的职掌，要去“获得大众”，并且给革命文学家“保障最后的胜利”了。这飞跃也可以说是必然的。弄文艺的人们大抵敏感，时时也感到，而且防着自己的没落，如漂浮在大海

① 出自明代沈明臣作《铙歌十章·凯歌》：“狭巷短兵相接处，杀人如草不闻声。”原是歌颂战功的。这里指国民党反动派杀害共产党人和革命群众的罪行。

里一般，拼命向各处抓攫。二十世纪以来的表现主义，踏踏主义，什么什么主义的此兴彼衰，便是这透露的消息。现在则已是大时代，动摇的时代，转换的时代，中国以外，阶级的对立大抵已经十分锐利化，农工大众日日显得着重，倘要将自己从没落救出，当然应该向他们去了。何况“呜呼！小资产阶级原有两个灵魂。……”虽然也可以向资产阶级去，但也能够向无产阶级去的呢。

这类事情，中国还在萌芽，所以见得新奇，须做《从文学革命到革命文学》那样的大题目，但在工业发达，贫富悬隔的国度里，却已是平常的事情。或者因为看准了将来的天下，是劳动者的天下，跑过去了；或者因为倘帮强者，宁帮弱者，跑过去了；或者两样都有，错综地作用着，跑过去了。也可以说，或者因为恐怖，或者因为良心。成仿吾教人克服小资产阶级根性，拉“大众”来作“给与”和“维持”的材料，文章完了，却正留下一个不小的问题：——

倘若难于“保障最后的胜利”，你去不去呢？

这实在还不如在成仿吾的祝贺之下，也从今年产生的《文化批判》上的李初梨的文章，索性主张无产阶级文学，但无须无产者自己来写；无论出身是什么阶级，无论所处是什么环境，只要“以无产阶级的意识，产生出来的一种的斗争的文学”就是，直截爽快得多了。但他一看见“以趣味为中心”的可恶的“语丝派”的人名就不免曲折，仍旧“要问甘人君，鲁迅是第几阶级的人？”

我的阶级已由成仿吾判定：“他们所矜持的是‘闲暇，闲暇，第三个闲暇’；他们是代表着有闲的资产阶级，或者睡在鼓里的小资产阶级。……如果北京的乌烟瘴气不用十万两无烟火药炸开的时候，他们也许永远这样过活的罢。”

我们的批判者才将创造社的功业写出，加以“否定的否定”，要去“获得大众”的时候，便已梦想“十万两无烟火药”，并且似乎要将我挤进“资产阶级”去（因为“有闲就是有钱”云），我倒颇也觉得危险了。后来看见李初梨说：“我以为一个作家，不管他是第一、第二、……第百、第千阶级的人，他都可以参加无产阶级文学运动；不过我们先要审察他们的动机。……”这才有些放心，但可虑的是对于我仍然要问阶级。“有闲便是有钱”；倘使无钱，该是第四阶级，可以“参加无产阶级文学运动”了罢，但我知道那时又要问“动机”。总之，最要紧是“获得无产阶级的阶级意识”，——这回可不能只是“获得大众”便算完事了。横竖缠不清，最好还是让李初梨去“由艺术的武器到武器的艺术”，让成仿吾去坐在半租界里积蓄“十万两无烟火药”，我自己是照旧讲“趣味”。

那成仿吾的“闲暇，闲暇，第三个闲暇”的切齿之声，在我是觉得有趣的。因为我记得曾有人批评我的小说，说是“第一个是冷静，第二个是冷静，第三个还是冷静”，“冷静”并不算好批判，但不知怎地竟像一板斧劈着了这位革命的批评家的记忆中枢似的，从此“闲暇”也有三个了。倘有四个，连《小说旧闻钞》也不写，或者只有两个，见得比较地忙，也许可以不至于被“奥伏赫变”①（“除掉”的意思，Aufheben 的创造派的译音，但我不解何以要译得这么难写，在第四阶级，一定比照描一个原文难）罢，所可惜的是偏偏是三个。但先前所定的不“努力表现自己”之罪，大约总该也和成仿吾的“否定的否

① 德语的音译，现在通译成“扬弃”。

定”，一同勾消了。

创造派“为革命而文学”，所以仍旧要文学，文学是现在最紧要的一点，因为将“由艺术的武器，到武器的艺术”，一到“武器的艺术”的时候，便正如“由批判的武器，到用武器的批判”的时候一般，世界上有先例，“徘徊者变成同意者，反对者变成徘徊者”了。

但即刻又有一点不小的问题：为什么不就到“武器的艺术”呢？

这也很像“有产者差来的苏秦的游说”。但当现在“无产者未曾从有产者意识解放以前”，这问题是总须起来的，不尽是资产阶级的退兵或反攻的毒计。因为这极彻底而勇猛的主张，同时即含有可疑的萌芽了。那解答只好是这样：——

因为那边正有“武器的艺术”，所以这边只能“艺术的武器”。

这艺术的武器，实在不过是不得已，是从无抵抗的幻影脱出，坠入纸战斗的新梦里去了。但革命的艺术家，也只能以此维持自己的勇气，他只能这样。倘他牺牲了他的艺术，去使理论成为事实，就要怕不成其为革命的艺术家。因此必然的应该坐在无产阶级的阵营中，等待“武器的铁和火”出现。这出现之际，同时拿出“武器的艺术”来。倘那时铁和火的革命者已有一个“闲暇”，能静听他们自叙的功勋，那也就成为一样的战士了。最后的胜利。然而文艺是还是批判不清的，因为社会有许多层，有先进国的史实在；要取目前的例，则《文化批判》已经拖住 UptonSinclair，《创造月刊》也背了 Viguy 在“开步走”了。

倘使那时不说“不革命便是反革命”，革命的迟滞是语丝派之所为，给人家扫地也还可以得到半块面包吃，我便将于八时间工作之暇，坐在黑房里，续钞我的《小说旧闻钞》，有几国的文艺也还是要谈的，因为我喜欢。所怕的只是成仿吾们真像符拉特弥尔·伊力支一般，居然"获得大众"；那么，他们大约更要飞跃又飞跃，连我也会升到贵族或皇帝阶级里，至少也总得充军到北极圈内去了译著的书都禁止，自然不待言。

不远总有一个大时代要到来。现在创造派的革命文学家和无产阶级作家虽然不得已而玩着"艺术的武器"，而有着"武器的艺术"的非革命武学家也玩起这玩意儿来了，有几种笑迷迷的期刊便是这。他们自己也不大相信手里的"武器的艺术"了罢。那么，这一种最高的艺术——"武器的艺术"现在究竟落在谁的手里了呢？只要寻得到，便知道中国的最近的将来。

（二月二十三日，上海。）

看司徒乔君的画

我知道司徒乔君的姓名还在四五年前，那时是在北京，知道他不管功课，不寻导师，以他自己的力，终日在画古庙，土山、破屋，穷人，乞丐……。

这些自然应该最会打动南来的游子的心。在黄埃漫天的人间，一切都成土色，人于是和天然争斗，深红和绀碧的栋宇，白石的栏干，金的佛像，肥厚的棉袄，紫糖色脸，深而多的脸上的皱纹……。凡这些，都在表示人们对于天然并不降服，还在争斗。

在北京的展览会里，我已经见过作者表示了中国人的这样的对于天然的倔强的魂灵。我曾经得到他的一幅“四个警察和一个女人”。现在还记得一幅“耶稣基督”，有一个女性的口，在他荆冠上接吻。

这回在上海相见，我便提出质问：——

“那女性是谁?”

“天使”，他回答说。

这回答不能使我满足。

因为这回我发见了作者对于北方的景物——人们和天然苦斗而成的景物——又加以争斗，他有时将他自己所固有的明丽，照破黄埃。至少，是使我觉得有“欢喜”（Jov）的萌芽，如胁下的矛伤，尽管流血，而荆冠上却有天使——照他自己所说——的嘴唇。无论如何，这是胜利。

后来所作的爽朗的江、浙风景，热烈的广东风景，倒是作者的本色。和北方风景相对照，可以知道他挥写之际，盖谂熟而高兴，如逢久别的故人。但我却爱看黄埃，因为由此可见这抱着明丽之心的作者，怎样为人和天然的苦斗的古战场所惊，而自己也参加了战斗。

中国全土必须沟通。倘将来不至于割据，则青年的背着历史而竭力拂去黄埃的中国彩色，我想，首先是这样的。

（一九二八年三月十四日夜，于上海。）

在上海的鲁迅启事

大约一个多月以前，从开明书店转到M女士的一封信，其中有云：——“自一月十日在杭州孤山别后，多久没有见面了。前蒙允时常通讯及指导……。”

我便写了一封回信，说明我不到杭州，已将十年，决不能在孤山和人作别，所以她所看见的，是另一人。两礼拜前，蒙M女士和两位曾经听过我的讲义的同学见访，三面证明，知道在孤山者，确是别一“鲁迅”。但M女士又给我看题在曼殊师坟旁的四句诗：——

“我来君寂居，唤醒谁氏魂？

飘萍山林迹，待到它年随公去。

鲁迅游杭　吊老友曼殊句　一，一〇，十七年。”

我于是写信去打听寓杭的H君，前天得到回信，说确有人见过这样的一个人，就在城外教书，自说姓周，曾做一本《彷徨》，销了八万部，但自己不满意，不远将有更好的东西发表云石。

中国另有一个本姓周或不姓周，而要姓周，也名鲁迅，我是毫没法子的。但看他自叙，有大半和我一样，却有些使我为难。那首诗的不大高明，不必说了，而硬替人向曼殊说“待到它年随公去”，也未免太专制。“去”呢，自然总有一天要“去”的，然而去“随”曼殊，却连我自己也梦里都没有想到过。但这还是小事情，尤其不敢当的，倒是什么对别人豫约

“指导”之类……。

我自到上海以来，虽有几种报上说我“要开书店”，或“游了杭州”。其实我是书店也没有开，杭州也没有去，不过仍旧躲在楼上译一点书。因为我不会拉车，也没有学制无烟火药，所以只好这样用笔来混饭吃。因为这样在混饭吃，于是忽被推为“前驱”，忽被挤为“落伍”，那还可以说是自作自受，管他娘的去。但若再有一个“鲁迅”，替我说教，代我题诗，而结果还要我一个人来担负，那可真不能“有闲，有闲，第三个有闲”，连译书的工夫也要没有了。

所以这回再登一个启事。要声明的是：我之外，今年至少另外还有一个叫“鲁迅”的在，但那些个“鲁迅”的言动，和我也曾印过一本《彷徨》而没有销到八万本的鲁迅无干。

三月二十七日，在上海。

文艺与革命（并冬芬来信）

来 信

鲁迅先生：

在《新闻报》的《学海》栏内，读到你底一篇《文学和政治的歧途》的讲演，解释文学者和政治者之背离不合，其原因在政治者以得到目前的安宁为满足，这满足，在感觉锐敏的文学者看去，一样是胡涂不彻底，表示失望。终于遭政治家之忌，潦倒一生，站不住脚。我觉得这是世界各国成为定例的事实。最近又在《语丝》上读到《民众主义和天才》和你底《“醉眼”中的朦胧》两篇文字，确实提醒了此刻现在做着似是而非的平凡主义和革命文学的迷梦的人们之朦胧不少，至少在我是这样。

我相信文艺思潮无论变到怎样，而艺术本身有无限的价值等级存在，这是不得否认的。这是说，文艺之流，从最初的什么主义到现在的什么主义，所写着的内容，如何不同，而要有精刻熟练的才技，造成一篇优美无媲的文艺作品，终是一样。一条长江，上流和下流所呈现的形相，虽然不同，而长江还是一条长江。我们看它那下流的广大深缓，足以灌田亩，驶巨舶，便忘记了给它形成这广大深缓的来源，已觉糊涂到透顶。若再断章取义，说：此刻现在，我们所要的是长江的下流，因为可以利用，增加我们的财富，上流的长江可以不要，有着简直无用。这是完全以经济价值去评断长江本身整个的价值了。这种评断，出于着眼在经济价值的商人之口，不足为怪；出于着眼在艺术价值的文艺家之口，未免昏乱至于无可救药了。因为拿艺术价值去评断长江之上流，未始没有意义，或竟比之下流较为自然奇伟，也未可知。

真与美是构成一件成功的艺术品的两大要素。而构成这真与美至于最高等级，便是造成一件艺术品，使它含有最高级的艺术价值，那便非赖最高级的天才不可了。如果这个论断可以否认，那末我们为什么称颂荷马、但丁、沙士比亚和歌德呢？我们为什么不能创造和他们同等的文艺作品呢，我们也有观察现象的眼，有运用文思的脑，有握管伸纸的手？

在现在，离开人生说艺术，固然有躲在象牙塔①里忘记时代之嫌；而离开艺术说人生，那便是政治家和社会运动家的本相，他们无须谈艺术了。由此说，热心革命的人，尽可投入革命的群众里去，冲锋也好，做后方的工作也好，何必拿文艺作那既稳当又革命的勾当？

我觉得许多提倡革命文学的所谓革命文艺家，也许是把表现人生这句话误解了。他们也许以为十九世纪以来的文艺，所表现的都是现实的人生，在那里面，含有显著的时代精神。文艺家自惊醒了所谓"象牙之塔"的梦以后，都应该跟着时代环境奔走；离开时代而创造文艺，便是独善主义或贵族主义的文艺了。他们看到易卜生之伟大，看到陀斯妥以夫斯基的深刻，尤其看到俄国革命时期内的作家叶遂宁和戈理基们的热切动人；便以为现在此后的文艺家都须拿当时的生活现象来诅咒，刻划，

① 富有想象力人的内心五彩斑斓又虚幻的小宇宙。

予社会以改造革命的机会，使文艺变为民众的和革命的文艺。生在所谓“世纪末”的现代社会里面的人，除非是神经麻木了的，未始不会感到苦闷和悲哀。文艺家终比一般人感觉锐敏一点。摆在他们眼前的既是这么一个社会，蕴在他们心中的当有怎么一种情绪呢！他们有表现或刻划的才技，他们便要如实地写了出来，便无意地成为这时代的社会的呼声了。然而他们还是忠于自己，忠于自己的艺术，忠于自己的情知。易卜生被称颂为改革社会的先驱，陀思妥以夫斯基被称为人道主义的极致者，还须赖他们自己特有的精妙的才技，经几个真知灼见的批评者为之阐扬而后可。然而，真能懂得他们的艺术的，究竟还是少数。至于叶遂宁是碰死在自己的希望碑上不必说了，戈理基呢，听人说，已有点灰色了。这且不说。便是以艺术本身而论，他何尝不崇尚真切精到的才技？我曾看到他的一首讥笑那不切实的诗人的诗。况且我们以艺术价值去衡量他的作品，是否他已是了不得的作家了，究竟还是疑问呵。

实在说，文艺家是不会抛弃社会的，他们是站在民众里面的。有一位否认有条件的文艺批评者，对于泰奴（Taine）[①] 的时间条件，认为不确，其理由是：文艺家是看前五十年。我想，看前五十年的文艺家，还是站在那时候，以那时候的生活环境做地盘而出发，所以他毕竟是那时候的民众之一员，而能在朦胧平安中看出残缺和破败。他们便以熟练的才技，写出这种残缺和破败，于艺术上达到高级的价值为止，在他们自己的能力范围之内。在创造时，他们也许只顾到艺术的精细微妙，并没想到如何

① 现通译为泰纳，法国 19 世纪杰出的文学批评家、历史学家、艺术史家、文艺理论家、美学家。

激动民众，予民众以强烈的刺激，使他们血脉偾张，而从事于革命。

我们如果承认艺术有独立的无限的价值，艺术家有完成艺术本身最终目的之必要，那末我们便不能而且不应该撇开艺术价值去指摘艺术家的态度，这和拿艺术家的现实行为去评断他的艺术作品者一样可笑。波特来耳的诗并不因他的狂放而稍减其价值。浅薄者许要咒他为人群的蛇蝎，却不知道他底厌弃人生，正是他的渴慕人生之反一面的表白。我们平常讥刺一个人，还须观察到他的深处，否则便见得浮薄可鄙。至于拿了自己的似是而非的标准，既没有看到他的深处，又抛弃了衡量艺术价值的尺度，便无的放矢地攻刺一个忠于艺术的人，真的糊涂呢还是别有用意！这不过使我们觉到此刻现在的中国文艺界真不值一谈，因为以批评成名而又是创造自许的所谓文艺家者，还是这样地崇奉功利主义呵！

我——自然不是什么文艺家——喜欢读些高级的文艺作品，颇多古旧的东西，很有人说这是迷旧的时代摈弃者。他们告诉我，现在是民众文艺当世了，崭新的专为第四阶级玩味的文艺当世了。我为之愕然者久之，便问他们：民众文艺怎样写法？文艺家用什么手段，使民众都能玩味？现在民众文艺已产生了若干部？革了命之后的民众能够赏识所谓民众文艺者已有几分之几？莫非现在有许多新《三字经》，或新《神童诗》出版了么？我真不知民众化的文艺如何化法，化在内容呢，那我们本有表现民众生活的文艺了的；化在技艺上吧，那末一首国民革命歌尽够充数了，你听："国民革命成功……齐欢唱……"多么宏壮而明白呵！我们为什么还要别的文艺？他们不能明确地回答，而我也糊涂到而今。此刻现在，才从《民众主义与天才》一文里得了答案，是：

“无论民众艺术如何地主张艺术的普遍性或平等性，但艺术作品无论如何自有无限的价值等差，这个事实是不可否认的。所谓普遍性啦，平等性啦这一类话，意思不外乎是说艺术的内容是关于广众的民间生活或关于人生的普遍事象，而有这种内容的艺术，始可以供给一般民众的玩味。艺术备有像这种意味的普遍性和平等性不待说是不可以否认的，然而艺术作品既有无限的价值等级存在以上，那些比较高级的艺术品，好，就可以说多少能够供给一般民众的玩味，若要说一切人都能够一样的精细，一样的深刻，一样的微妙——换句话说，绝对平等的来玩味它，那无论如何是不得有的事实。”

记得有人说过这样的话：最先进的思想只有站在最高层的先进的少数人能够了解，等到这种思想透入群众里去的时候，已经不是先进的思想了。这些话，是告诉我们芸芸众生，到底有一大部分感觉不敏的。世界上有这样的不平等，除了诅咒造物的不公，我们还能怨谁呢？这是事实。如果不是事实，人类的演进史，可以一笔抹杀，而革命也不能发生了。世界文化的推进，全赖少数先觉之冲锋陷阵，如果各个人的聪明才智，都是相等，文化也早就发达到极致了，世界也就大同丁，所谓“螺旋式进行”一句话，还不是等于废话？艺术是文化的一部，文化有进退，艺术自不能除外。民众化的艺术，以艺术本身有无限的价值等差来说，简直不能成立。自然，藉文艺以革命这梦呓[1]，也终究是一种梦呓罢了！

以上是我的意思，未知先生以为如何？

---

① 即说梦话。

一九二八，三，二五，冬芬。

回信

冬芬先生：

我不是批评家，因此也不是艺术家，因为现在要做一个什么家，总非自己或熟人兼做批评不可，没有一伙，是不行的，至少，在现在的上海滩上。因为并非艺术家，所以并不以为艺术特别崇高，正如自己不卖膏药，便不来打拳赞药一样。我以为这不过是一种社会现象，是时代的人生记录，人类如果进步，则无论他所写的是外表，是内心，总要陈旧，以至灭亡的。不过近来的批评家，似乎很怕这两个字，只想在文学上成仙。

各种主义的名称的勃兴，也是必然的现象。世界上时时有革命，自然会有革命文学。世界上的民众很有些觉醒了，虽然有许多在受难，但也有多少占权，那自然也会有民众文学——说得彻底一点，则第四阶级文学。

中国的批评界怎样的趋势，我却不大了然，也不很注意。就耳目所及，只觉得各专家所用的尺度非常多，有英国、美国尺，有德国尺，有俄国尺，有日本尺，自然又有中国尺，或者兼用各种尺。有的说要真正，有的说要斗争，有的说要超时代，有的躲在人背后说几句短短的冷话。还有，是自己摆着文艺批评家的架子，而憎恶别人的鼓吹了创作。倘无创作，将批评什么呢，这是我最所不能懂得他的心肠的。

别的此刻不谈。现在所号称革命文学家者，是斗争和所谓超时代。超时代其实就是逃避，倘自己没有正视现实的勇气，又要挂革命的招牌，便自觉地或不自觉地必然地要走入那一条路的。身在现世怎么离去？这是和说自己用手提着耳朵就可以离开地球者一样地欺人。社会停滞着，文艺决不能独自飞跃，若在这停滞的社会里居然滋长了，那倒是为这社会所容，已经离开革命，其结果，不过多卖几本刊物，或在大商店的刊物上挣得揭载稿子的机会罢了。

斗争呢，我倒以为是对的。人被压迫了，为什么不斗争？正人君子者流深怕这一着，于是大骂"偏激"之可恶，以为人人应该相爱，现在被一班坏东西教坏了，他们饱人大约是爱饿人的，但饿人却不爱饱人，黄巢时候，人相食，饿人尚且不爱饿人，这实在无须斗争文学作怪。我是不相信文艺的旋乾转坤的力量的，但倘有人要在别方面应用他，我以为也可以。譬如"宣传"就是。

美国的辛克来儿说：一切文艺是宣传。我们的革命的文学者曾经当作宝贝，用大字印出过；而严肃的批评家又说他是"浅薄的社会主义者"。但我——也浅薄——相信辛克来儿的话。一切文艺，是宣传，只要你一给人看。即使个人主义的作品，一写出，就有宣传的可能，除非你不作文，不开口。那么，用于革命，作为工具的一种，自然也可以的。

但我以为当先求内容的充实和技巧的上达，不必忙于挂招牌。"稻香村"，"陆稿荐"，已经不能打动人心了，"皇太后鞋店"的顾客，我看见也并不比"皇后鞋店"里的多。一说"技巧"，革命文学家是又要讨厌的。但我以为一切文艺固是宣传，而一切宣传却并非全是文艺，这正如一切花皆有色（我将白也算作色），而凡颜色未必都是花一样。革命之所以于口号、标语、布告、电报、教科书……之外，要用文艺者，就因为它是文艺。

但中国之所谓革命文学，似乎又作别论。招牌是挂了，却只在吹嘘同伙的文章，而对于目前的暴力和黑暗不敢正视。作品虽然也有些发表了，但往往是拙劣到连报章记事都不如；或则将剧本的动作辞句都推到演员的“昨日的文学家”身上去。那么，剩下来的思想的内容一定是很革命底了罢？我给你看两句冯乃超的剧本的结末的警句：——

“野雉：我再不怕黑暗了。

偷儿：我们反抗去！”

四月四日。鲁迅。

扁

中国文艺界上可怕的现象，是在尽先输入名词，而并不绍介这名词的函义。

于是各各以意为之。看见作品上多讲自己，便称之为表现主义；多讲别人，是写实主义；见女郎小腿肚作诗，是浪漫主义；见女郎小腿肚不准作诗，是古典主义；天上掉下一颗头，头上站着一头牛，爱呀，海中央的青霹雳呀……是未来主义……等等。

还要由此生出议论来。这个主义好，那个主义坏……等等。

乡间一向有一个笑谈：两位近视眼要比眼力，无可质证，便约定到关帝庙去看这一天新挂的扁额。他们都先从漆匠探得字句。但因为探来的详略不同，只知道大字的那一个便不服，争执起来了，说看见小字的人是说谎的。又无可质证，只好一同探问一个过路的人。那人望了一望，回答道："什么也没有。扁还没有挂哩。"

我想，在文艺批评上要比眼力，也总得先有那块扁额挂起来才行。空空洞洞的争，实在只有两面自己心里明白。

（四月十日。）

路

又记起了 Gogol 做的《巡按使》的故事：——

中国也译出过的。一个乡间忽然纷传皇帝使者要来私访了，官员们都很恐怖，在客栈里寻到一个疑似的人，便硬拉来奉承了一通。等到奉承十足之后，那人跑了，而听说使者真到了，全台演了一个哑口无言剧收场。

上海的文界今年是恭迎无产阶级文学使者，沸沸扬扬，说是要来了。问问黄包车夫，车夫说并未派遣。这车夫的本阶级意识形态不行，早被别阶级弄歪曲了罢。另外有人把握着，但不一定是工人。于是只好在大屋子里寻，在客店里寻，在洋人家里寻，在书铺子里寻，在咖啡馆里寻……。

文艺家的眼光要超时代，所以到否虽不可知，也须先行拥篲清道，或者伛偻奉迎。于是做人便难起来，口头不说“无产”便是“非革命”，还好；“非革命”即是“反革命”，可就险了。这真要没有出路。

现在的人间也还是“大王好见，小鬼难当”[①] 的处所，出路是有的。何以无呢？只因多鬼祟，他们将一切路都要糟蹋了。这些都不要，才是出路。自己坦坦白白，声明了因为没法子，只好暂在炮屁股上挂一挂招牌，倒也是出路的萌芽。

“地火在地下运行，奔突；熔岩一旦喷出，将烧尽一切野

① 指头目见面好说话，喽啰们难缠。

草，以及乔木，于是并且无可朽腐。”

“但我坦然，欣然。我将大笑，我将歌唱。”（《野草》序）

还只说说，而革命文学家似乎不敢看见了，如果因此觉得没有了出路，那可实在是很可怜，令我也有些不忍再动笔了。

（四月十日。）

头

三月二十五日的《申报》上有一篇梁实秋教授的《关于卢骚》，以为引辛克来儿的话来攻击白璧德，是“借刀杀人”，“不一定是好方法”。至于他之攻击卢骚，理由之二，则在“卢骚个人不道德的行为，已然成为一般浪漫文人行为之标类的代表，对于卢骚的道德的攻击，可以说即是给一般浪漫的人的行为的攻击。……”

那么，这虽然并非“借刀杀人”，却成了“借头示众”了。假使他没有成为“一般浪漫文人行为之标类的代表”，就不至于路远迢迢，将他的头挂给中国人看。一般浪漫文人，总算害了遥拜的祖师，给了他一个死后也不安静。他现在所受的罚，是因为影响罪，不是本罪了，可叹也夫！

以上的话不大“谨饬”[①]，因为梁教授不过要笔伐，并未说须挂卢骚的头，说到挂头，是我看了今天《申报》上载湖南共产党郭亮“伏诛”[②] 后，将他的头挂来挂去，“遍历长、岳”，偶然拉扯上去的。可惜湖南当局，竟没有写了列宁（或者溯而上之，到马克斯；或者更溯而上之，到黑格尔等等）的道德上的罪状，一同张贴，以正其影响之罪也。湖南似乎太缺少批评家。

---

① 意思是谨敕，谨慎小心；同“谨慎”。

② 指犯罪者被法律惩罚，处以死刑。

记得《三国志演义》记袁术（?）死后，后人有诗叹道："长揖横刀出，将军盖代雄，头颅行万里，失计杀田丰。"当三个有闲之暇，也活剥一首来吊卢骚：——

"脱帽怀铅出，先生盖代穷，头颅行万里，失计造儿童。"

（四月十日。）

通 信（并Y的回信）

来 信

鲁迅先生：

精神和肉体，已被困到这般地步——怕无以复加，也不能形容——的我，不得不撑了病体向“你老”作最后的呼声了！——不，或者说求救，甚而是警告！

好在你自已也极明白：你是在给别人安排酒筵，“泡制醉虾”的一个人。我，就是其间被制的一个！

我，本来是个小资产阶级里的骄子，温乡里的香花。有吃有着，尽可安闲地过活。只要梦想着的“方帽子”到手了也就满足，委实一无他求。

《呐喊》出版了，《语丝》发行了（可怜《新青年》时代，我尚看不懂呢），《说胡须》，《论照相之类》一篇篇连续地戟刺着我的神经。当时自已虽是青年中之尤青者，然而因此就感到同伴们的浅薄和盲目。“革命！革命！”的叫卖在马路上呐喊得洋溢，随了所谓革命的势力，也奔腾澎湃了。我，确竟被其吸引。当然也因我嫌弃青年的浅薄，且想在自己生命上找一条出路。那知竟又被我认识了人类的欺诈，虚伪，阴险……的本性！果然，不久，军阀和政客们弃了身上的蒙皮，而显出本来的狰狞面目！我呢，也随了所谓“清党”之声而把我一颗沸腾着的热烈的心清去。当时想："素以敦厚诚朴"的第四阶级，和那些"遁世之士"[①]的"居士"们，或许尚足为友吧？——唉，真的，"令弟"岂明先生说得是："中国虽然有阶级，可是思想是相同的，都是升官发财"，而且我几疑置身在纪元前的社会里了，那种愚蠢比鹿豕还要愚蠢的言动（或者国粹家正以为这是国粹呢！），真不禁令我茫然——茫然于叫我究竟怎么办呢？

利，莫利于失望之矢。我失望，失望之矢贯穿了我的心，于是乎吐血。转辗床上不能动已几个月！

不错，没有希望之人应该死，然而我没有勇气，而且自己还年青，仅仅廿一岁。还有爱人。不死，则精神和肉体，都在痛苦中挨生活，差不多每秒钟。爱人亦被生活所压迫着。我自己，薄薄的遗产已被"革命"革去了。所以非但不能相慰，相对亦徒唏嘘！

不识不知幸福了，我因之痛苦。然而施这毒药者是先生，我实完全被先生所"泡制"。先生，我既已被引至此，索性请你指示我所应走的最终的道路。不然，则请你麻痹了我的神经，因为不识不知是幸福的，好在你是习医，想必不难"还我头来！"我将效梁遇春先生（？）之言而大呼。

末了，更劝告你的："你老"现在可以歇歇了，再不必为军阀们赶制适口的鲜味，保全几个像我这样的青年。倘为生活问题所驱策，则可以多做些"拥护"和"打倒"的文章，以你先生之文名，正不愁富贵之不及，"委员"，"主任"，如操左券也。快呀，请指示我！莫要"为德不卒"[②]！

---

① 意为独自隐居，避开俗世的人

② 出自《史记·淮阴侯列传》。是指没有把好事做到底。

或《北新》，或《语丝》上答覆均可。能免，莫把此信刊出，免笑。

原谅我写得草率，因病中，乏极！

一个被你毒害的青年Y。枕上书。三月十三日。

回信

Y先生：

我当答复之前，先要向你告罪，因为我不能如你的所嘱，不将来信发表。来信的意思，是要我公开答复的，那么，倘将原信藏下，则我的一切所说，便变成“无题诗N百韵”，令人莫名其妙了。况且我的意见，以为这也不足耻笑。自然，中国很有为革命而死掉的人，也很有虽然吃苦，仍在革命的人，但也有虽然革命，而在享福的人……。革命而尚不死，当然不能算革命到底，殊无以对死者，但一切活着的人，该能原谅的罢，彼此都不过是靠侥幸，或靠狡滑，巧妙。他们只要用镜子略略一照，大概就可以收起那一副英雄嘴脸来的。

我在先前，本来也还无须卖文糊口的，拿笔的开始，是在应朋友的要求。不过大约心里原也藏着一点不平，因此动起笔来，每不免露些愤言激语，近于鼓动青年的样子。段祺瑞执政之际，虽颇有人造了谣言，但我敢说，我们所做的那些东西，决不沾别国的半个卢布，阔人的一文津贴，或者书铺的一点稿费。我也不想充“文学家”，所以也从不连络一班同伙的批评家叫好。几本小说销到上万，是我想也没有想到的。

至于希望中国有改革，有变动之心，那的确是有一点的。

虽然有人指定我为没有出路——哈哈，出路，中状元么——的作者，“毒笔”的文人，但我自信并未抹杀一切。我总以为下等人胜于上等人，青年胜于老头子，所以从前并未将我的笔尖的血，洒到他们身上去。我也知道一有利害关系的时候，他们往往也就和上等人老头子差不多了，然而这是在这样的社会组织之下，势所必至的事。对于他们，攻击的人又正多，我何必再来助人下石呢，所以我所揭发的黑暗是只有一方面的，本意实在并不在欺蒙阅读的青年。

以上是我尚在北京，就是成仿吾所谓“蒙在鼓里”做小资产阶级时候的事。但还是因为行文不慎，饭碗敲破了，并且非走不可了，所以不待“无烟火药”来轰，使辗转跑到了“革命策源地”。住了两月，我就骇然，原来往日所闻，全是谣言，这地方，却正是军人和商人所主宰的国土。于是接着是清党，详细的事实，报章上是不大见的，只有些风闻。我正有些神经过敏，于是觉得正像是“聚而歼旃”，很不免哀痛。虽然明知道这是“浅薄的人道主义”，不时髦已经有两三年了，但因为小资产阶级根性未除，于心总是戚戚。那时我就想到我恐怕也是安排筵宴的一个人，就在答有恒先生的信中，表白了几句。

先前的我的言论，的确失败了，这还是因为我料事之不明。那原因，大约就在多年“坐在玻璃窗下，醉眼朦胧看人生”的缘故。然而那么风云变幻的事，恐怕世界上是不多有的，我没有料到，未曾描写，可见我还不很有“毒笔”。但是，那时的情形，却连在十字街头，在民间，在官间，前看五十年的超时代的革命文学家也似乎没有看到，所以毫不先行“理论斗争”。否则，该可以救出许多人的罢。我在这里引出革命文学家来，并非要在事后讥笑他们的愚昧，不过是说，我的看不到后来的变幻，乃是我还欠刻毒，因此便发生错误，并非我和什么人协商，或自己要做什么，立意来欺人。

但立意怎样，于事实是无干的。我疑心吃苦的人们中，或不免有看了我的文章，受了刺戟，于是挺身出而革命的青年，所以实在很苦痛。但这也因为我天生的不是革命家的缘故，倘是革命巨子，看这一点牺牲，是不算一回事的。第一是自己活着，能永远做指导，因为没有指导，革命便不成功了。你看革命文学家，就都在上海租界左近，一有风吹草动，就有洋鬼子造成的铁丝网，将反革命文学的华界隔离，于是从那里面掷出无烟火药——约十万两——来，轰然一声，一切有闲阶级便都“奥伏赫变”① 了。

那些革命文学家，大抵是今年发生的，有一大串。虽然还在互相标榜，或互相排斥，我也分不清是“革命已经成功”的文学家呢，还是“革命尚未成功”的文学家。不过似乎说是因为有了我的一本《呐喊》或《野草》，或我们印了《语丝》，所以革命还未成功，或青年懒于革命了。这口吻却大家大略一致的。这是今年革命文学界的舆论。对于这些舆论，我虽然又好气又好笑，但也颇有些高兴。因为虽然得了延误革命的罪状，而一面却免去诱杀青年的内疚了。那么，一切死者，伤者，吃苦者，都和我无关。先前真是擅负责任。我先前是立意要不讲演，不教书，不发议论，使我的名字从社会上死去，算是我的赎罪的，今年倒心里轻松了，又有些想活动。不料得了你的信，却又使我的心沉重起来。

---

① 德语 aufheben 的音译。指新事物对旧事物的既抛弃又保留、既克服又继承的关系。

但我已经没有去年那么沉重。近大半年来，征之舆论，按之经验，知道革命与否，还在其人，不在文章的。你说我毒害了你了，但这里的批评家，却明明说我的文字是“非革命”的。假使文学足以移人，则他们看了我的文章，应该不想做革命文学了，现在他们已经看了我的文章，断定是“非革命”，而仍不灰心，要做革命文学者，可见文字于人，实在没有什么影响，——只可惜是同时打破了革命文学的牌坊。不过先生和我素昧平生，想来决不至于诬栽我，所以我再从别一面来想一想。第一、我以为你胆子太大了，别的革命文学家，因为我描写黑暗，便吓得屁滚尿流，以为没有出路了，所以他们一定要讲最后的胜利，付多少钱终得多少利，像人寿保险公司一般。而你并不计较这些，偏要向黑暗进攻，这是吃苦的原因之一。既然太大胆，那么，第二、就是太认真。革命是也有种种的。你的遗产被革去了，但也有将遗产革来的，但也有连性命都革去的，也有只革到薪水，革到稿费，而倒捐了革命家的头衔的。这些英雄，自然是认真的，但若较原先更有损了，则我以为其病根就在“太”。第三、是你还以为前途太光明，所以一碰钉子，便大失望，如果先前不期必胜，则即使失败，苦痛恐怕会小得多罢。

那么，我没有罪戾么？有的，现在正有许多正人君子和革命文学家，用明枪暗箭，在办我革命及不革命之罪，将来我所受的伤的总计，我就划一部分赔偿你的尊“头”。

这里添一点考据：“还我头来”这话，据《三国志演义》，是关云长夫子说的，似乎并非梁遇春先生。

以上其实都是空话，一到先生个人问题的阵营，倒是十分难于动手了，这决不是什么“前进呀，杀呀，青年呵”那样英气勃勃的文字所能解决的。真话呢，我也不想公开，因为现在还是言行不大一致的好。但来信没有住址，无法答复，只得在这里说几句。第一、要谋生，谋生之道，则不择手段。且住，现在很有些没分晓汉，以为“问目的不问手段”是共产党的口诀，这是大错的。人们这样的很多，不过他们不肯说出口。苏俄的学艺教育人民委员卢那卡尔斯基所作的《被解放的吉诃德先生》里，将这手段使一个公爵使用，可见也是贵族的东西，堂皇冠冕。第二、要爱护爱人。这据舆论，是大背革命之道的。但不要紧，你只要做几篇革命文字，主张革命青年不该讲恋爱就好了。只是假如有一个有权者或什么敌前来问罪的时候，这也许仍要算一条罪状，你会后悔轻信了我的话。因此，我得先行声明：等到前来问罪的时候，倘没有这一节，他们就会找别一条的，盖天下的事。往往决计问罪在先，而搜集罪状（普通是十条）在后也。

先生，我将这样的话写出，可以略蔽我的过错了罢。因为只这一点，我便可以又受许多伤。先是革命文学家就要哭骂道：“虚无主义者呀，你这坏东西呀！”呜呼，一不谨慎，又在新英雄的鼻子上抹了一点粉了。趁便先辩几句罢：无须大惊小怪，这不过不择手段的手段，还不是主义哩。即使是主义，我敢写出，肯写出，还不算坏东西。等到我坏起来，就一定将这些宝贝放在肚子里，手头集许多钱，住在安全地带，而主张别人必须做牺牲。

先生，我也劝你暂时玩玩罢，随便弄一点糊口之计，不过我并不希望你永久“没落”，有能改革之处，还是随时可以顺手改革的，无论大小。我也一定遵命，不但“歇歇”，而且玩玩。但这也并非因为你的警告，实在是原有此意的了。我要更加讲趣味，寻闲暇，即使偶然涉及什么，那是文字上的疏忽，若论“动机”或“良心”，却也许并不这样的。

纸完了，回信也即此为止。并且顺颂

痊安，又祝

令爱人不挨饿。

鲁迅。四月十日。

太平歌诀

四月六日的《申报》上有这样的一段记事：——

南京市近日忽发现一种无稽谣传，谓总理墓行将工竣，石匠有摄收幼童灵魂，以合龙口之举。市民以讹传讹，自相惊扰，因而家家幼童，左肩各悬红布一方，上书歌诀四句，藉避危险。其歌诀约有三种：（一）人来叫我魂，自叫自当承。叫人叫不着，自己顶石坟。（二）石叫石和尚，自叫自承当。急早回家转，免去顶坟坛。（三）你造中山墓，与我何相干？一叫魂不去，再叫自承当。(后略)

这三首中的无论那一首，虽只寥寥二十字，但将市民的见解：对于革命政府的关系，对于革命者的感情，都已经写得淋漓尽致。虽有善于暴露社会黑暗面的文学家，恐怕也难有做到这么简明深切的了。“叫人叫不着，自己顶石坟。”则竟包括了许多革命者的传记和一部中国革命的历史。

看看有些人们的文字，似乎硬要说现在是“黎明之前”。然而市民是这样的市民，黎明也好，黄昏也好，革命者们总不能不背着这一伙市民进行。鸡肋，弃之不甘，食之无味，就要这样地牵缠下去。五十一百年后能否就有出路，是毫无把握的。

近来的革命文学家往往特别畏惧黑暗，掩藏黑暗，但市民却毫不客气，自己表现了。那小巧的机灵和这厚重的麻木相撞，便使革命文学家不敢正视社会现象，变成婆婆妈妈，欢迎喜鹊，憎厌枭鸣，只检一点吉祥之兆来陶醉自己，于是就算超出了时代。

恭喜的英雄，你前去罢，被遗弃了的现实的现代，在后面恭送你的行旌。

但其实还是同在。你不过闭了眼睛。不过眼睛一闭，“顶石坟”却可以不至于了，这就是你的“最后的胜利”。

（四月十日。）

铲共大观

仍是四月六日的《申报》上，又有一段《长沙通信》，叙湘省破获共产党省委会。“处死刑者三十余人，黄花节斩决八名”。其中有几处文笔做得极好，抄一点在下面：——

……是日执行之后，因马（淑纯，十六岁；志纯，十四岁）傅（凤君，二十四岁）三犯，系属女性，全城男女往观者，终日人山人海，拥挤不通。加以共魁郭亮之首级，又悬之司门口示众，往观者更众。司门口八角亭一带，交通为之断绝。计南门一带民众，则看郭亮首级后，又赴教育会看女尸。北门一带民众，则在教育会看女尸后，又往司门口看郭首级。全城扰攘，铲共空气，为之骤张；直至晚间，观者始不似日间之拥挤。

抄完之后，觉得颇不妥。因为我就想发一点议论，然而立刻又想到恐怕一面有人疑心我在冷嘲（有人说，我是只喜欢冷嘲的），一面又有人责罚我传播黑暗，因此咒我灭亡，自己带着一切黑暗到地底里去。但我熬不住，——别的议论就少发一点罢，单从“为艺术的艺术”说起来，你看这不过一百五六十字的文章，就多么有力。我一读，便仿佛看见司门口挂着一颗头，教育会前列着三具不连头的女尸。而且至少是赤膊的，——但这也许我猜得不对，是我自己太黑暗之故。而许多“民众”，一批是由北往南，一批是由南往北，挤着，嚷着……。再添一点蛇足，是脸上都表现着或者正在神往，或者已经满足的神情。在我所见的“革命文学”或“写实文学”中，还没有遇到过这么强有力的文学。批评家罗喀绥夫斯奇说的罢：“安特列夫竭力要我们恐怖，我们却并不怕；契诃夫不这样，我们倒恐怖了。”这百余字实在抵得上小说一大堆，何况又是事实。

且住。再说下去，恐怕有些英雄们又要责我散布黑暗，阻碍革命了。一理是也有一理的，现在易犯嫌疑，忠实同志被误解为共党，或关或释的，报上向来常见。万一不幸，沉冤莫白，那真是……。倘使常常提起这些来，也许未免会短壮士之气。但是，革命被头挂退的事是很少有的，革命的完结，大概只由于投机者的潜入。也就是内里蛀空。这并非指赤化，任何主义的革命都如此。但不是正因为黑暗，正因为没有出路，所以要革命的么？倘必须前面贴着“光明”和“出路”的包票，这才雄赳赳地去革命，那就不但不是革命者，简直连投机家都不如了。虽是投机，成败之数也不能预卜的。

我临末还要揭出一点黑暗，是我们中国现在（现在！不是超时代的）的民众，其实还不很管什么党，只要看“头”和“女尸”。只要有，无论谁的都有人看，拳匪之乱，清末党狱①，民二，去年和今年，在这短短的二十年中，我已经目睹或耳闻了好几次了。

（四月十日。）

① 指清政府对革命党人的迫害。

我的态度气量和年纪

英勇的刊物是层出不穷，“文艺的分野”上的确热闹起来了。日报广告上的《战线》这名目就惹人注意，一看便知道其中都是战士。承蒙一个朋友寄给我三本，才得看见了一点枪烟，并且明白弱水做的《谈中国现在的文学界》里的有一粒弹子，是瞄准着我的。为什么呢？因为先是《“醉眼”中的朦胧》做错了。据说错处有三：一是态度，二是气量，三是年纪。复述易于失真，还是将这粒子弹移置在下面罢：——

“鲁迅那篇，不敬得很，态度太不兴了。我们从他先后的论战上看来，不能不说他的量气太窄了。最先（据所知）他和西滢战，继和长虹战，我们一方面觉得正直是在他这面，一方面又觉得辞锋太有点尖酸刻薄，现在又和创造社战，辞锋仍是尖酸，正直却不一定落在他这面。是的，仿吾和初梨两人对他的批评是可以有反驳的地方，但这应庄严出之，因为他们所走的方向不能算不对，冷嘲热刺，只有对于冥顽不灵者为必要，因为是不可理喻。对于热烈猛进的绝对不合用这种态度。他那种态度，虽然在他自己亦许觉得骂得痛快，但那种口吻，适足表出‘老头子’的确不行吧了。好吧，这事本该是没有勉强的必要和可能，让各人走各人的路去好了。我们不禁想起了五四时的林琴南先生了！”

这一段虽然并不涉及是非，只在态度，量气，口吻上，断定这“老头子的确不行”，从此又自然而然地抹杀我那篇文字，但粗粗一看，却很像第三者从旁的批评。从我看来，“尖酸刻薄”之处也不少，作者大概是青年，不会有“老头子”气的，这恐怕因为我“冥顽不灵”，不得已而用之的罢，或者便是自己不觉得。不过我要指摘，这位隐姓埋名的弱水先生，其实是创造社那一面的。我并非说，这些战士，大概是创造社里常见他的脚踪，或在艺术大学①里兼有一只饭碗，不过指明他们是相同的气类。因此，所谓《战线》，也仍不过是创造社的战线。所以我和西滢、长虹战，他虽然看见正直，却一声不响，今和创造社战，便只看见尖酸，忽然显战士身而出现了。其实所断定的先两回的我的“正直”，也还是死了已经两千多年了的老头子老聃②先师的“将欲取之必先与之”的战略，我并不感服这类的公评。陈西滢也知道这种战法的，他因为要打倒我的短评，便称赞我的小说，以见他之公正。

即使真以为先两回是正直在我这面的罢，也还是因为这位弱水先生是不和他们同系、同社、同派、同流……。从他们那一面看来，事情可就两样了。我“和西滢战”了以后，现代系的唐有壬曾说《语丝》的言论，是受了墨斯科的命令；“和长虹战”了以后，狂飙派的常燕生曾说《狂飙》的停版，也许因为我的阴谋。但除了我们两方以外，恐怕不大有人注意或记得了罢。事不干己，是很容易滑过去的。

---

① 即上海艺术大学，周勤豪创办的专教绘画的学校，1925 年 6 月创立。由设在小西门外黄家阙路的上海艺术师范大学与设在蒲柏路（今太仓路）的东方艺术专门学校合并而成。

② 老子，姓李名耳，字聃，一字伯阳，或曰谥伯阳，生卒年不详 。中国古代思想家、哲学家、文学家和史学家，道家学派创始人和主要代表人物，与庄子并称“老庄”。

这次对于创造社，是的，“不敬得很”，未免有些不“庄严”；即使在我以为是直道而行，他们也仍可认为“尖酸刻薄”。于是“论战”便变成“态度战”，“量气战”，“年龄战”了。但成仿吾辈的对我的“态度”，战士们虽然不屑留心到，在我本身是明白的。我有兄弟，自以为算不得就是我“不可理喻”，而这位批评家于《呐喊》出版时，即加以讥刺道：

“这回由令弟编了出来，真是好看得多了。”这传统直到五年之后，再见于冯乃超的论文，说是“无聊赖地跟他弟弟说几句人道主义的美丽的说话”。我的主张如何且不论，即使相同，何以说话相同便是“无聊赖地”？莫非一有“弟弟”，就必须反对，一个讲革命，一个即该讲保皇，一个学地理，一个就得学天文么？还有，我合印一年的杂感为《华盖集》，另印先前所钞的小说史料为《小说旧闻钞》，是并不相干的。这位成仿吾先生却加以编排道：“我们的鲁迅先生坐在华盖之下正在抄他的《小说旧闻》。”这使李初梨很高兴，今年又抄在《文化批判》里，还乐得不可开交道，“他（成仿吾）这段文章，比‘趣味文学’还更有趣些。”但是还不够，他们因为我生在绍兴，绍兴出酒，便说“醉眼陶然”；因为我年纪比他们大了，便说“老生”，还要加注道：“若许我用文学的表现。”而这一个“老”的错处，还给《战线》上的弱水先生作为“的确不行”的根源。我自信对于创造社，还不至于用了他们的籍贯、家族、年纪，来作奚落的资料，不过今年偶然做了一篇文章，其中第一次指摘了他们文字里的矛盾和笑话而已。但是“态度”问题来了，“量气”问题也来了，连战士也以为尖酸刻薄。莫非必须我学革命文学家所指为“卑污”的托尔斯泰，毫无抵抗，或者上一呈文：“小资产阶级或有产阶级臣鲁迅诚惶诚恐谨呈革命的‘印贴利更追亚’老爷麾下，”这才不至于“的确不行”么？

至于我是“老头子”，却的确是我的不行。“和长虹战”的时候，他也曾指出我这一条大错处，此外还嘲笑我的生病。而且也是真的，我的确生过病，这回弱水这一位“小头子”对于这一节没有话说，可见有些青年究竟还怀着纯朴的心，很是厚道的。所以他将“冷嘲热刺”的用途，也瓜分开来，给“热烈猛进的”制定了优待条件。可惜我生得太早，已经不属于那一类，不能享受同等待遇了。但幸而我年青时没有真上战线去，受过创伤，倘使身上有了残疾，那就又添一件话柄，现在真不知道要受多少奚落哩。这是“不革命”的好处，应该感谢自己的。

其实这回的不行，还只是我不行，无关年纪的。托尔斯泰、克罗颇特庚、马克斯，虽然言行有“卑污”与否之分，但毕竟都苦斗了一生，我看看他们的照相，全有大胡子。因为我一个而抹杀一切“老头子”，大约是不算公允的。然而中国呢，自然不免又有些特别，不行的多。少年尚且老成，老年当然成老。林琴南先生是确乎应该想起来的，他后来真是暮年景象，因为反对白话，不能论战，便从横道儿来做一篇影射小说，使一个武人痛打改革者，——说得“美丽”一点，就是神往于“武器的文艺”了。旧的和新的，往往有极其相同之点——如：个人主义者和社会主义者往往都反对资产阶级，保守者和改革者往往都主张为人生的艺术，都讳言黑暗，棒喝主义者和共产主义者都厌恶人道主义等——林琴南先生的事也正是一个证明。至于所以不行之故，其关键就全在他生得更早，不知道这一阶级将被“奥服赫变”，及早变计，于是归根结蒂，分明现出 Fascist，本相了。但我以为

“老头子”如此，是不足虑的，他总比青年先死。林琴南先生就早已死去了。可怕的是将为将来柱石的青年，还像他的东拉西扯。

又来说话，量气又太小了，再说下去，就要更小，“正直”岂但“不一定”在这一面呢，还要一定不在这一面。而且所说的又都是自己的事，并非“大贫”的民众……。但是，即使所讲的只是个人的事，有些人固然只看见个人，有些人却也看见背景或环境。例如《鲁迅在广东》这一本书，今年战士们忽以为编者和被编者希图不朽，于是看得“烦躁”，也给了一点对于“冥顽不灵”的冷嘲。我却以为这太偏于唯心论了，无所谓不朽，不朽又干吗，这是现代人大抵知道的。所以会有这一本书，其实不过是要黑字印在白纸上，订成一本，作商品出售罢了。无论是怎样泡制法，所谓“鲁迅”也者，往往不过是充当了一种的材料。这种方法，便是“所走的方向不能算不对”的创造社也在所不免的。托罗兹基虽然已经“没落”，但他曾说，不含利害关系的文章，当在将来另一制度的社会里。我以为他这话却还是对的。

（四月十日。）

革命咖啡店

革命咖啡店的革命底广告式文字，昨天在报章上看到了，仗着第四个“有闲”，先抄一段在下面：——

“……但是读者们，我却发现了这样一家我们所理想的乐园，我一共去了两次，我在那里遇见了我们今日文艺界上的名人，龚冰庐、鲁迅、郁达夫等。并且认识了孟超、潘汉年、叶灵凤等，他们有的在那里高谈着他们的主张，有的在那里默默沉思，我在那里领会到不少教益呢。……”

遥想洋楼高耸，前临阔街，门口是晶光闪灼的玻璃招牌，楼上是“我们今日文艺界上的名人”，. 或则高谈，或则沉思，面前是一大杯热气蒸腾的无产阶级咖啡，远处是许许多多“龌龊的农工大众”，他们喝着，想着，谈着，指导着，获得着，那是，倒也实在是“理想的乐园”。

何况既喝咖啡，又领“教益”呢？上海滩上，一举两得的买卖本来多。大如弄几本杂志，便算革命；小如买多少钱书籍，即赠送真丝光袜或请吃冰淇淋——虽然我至今还猜不透那些惠顾的人们，究竟是意在看书呢，还是要穿丝光袜。至于咖啡店，先前只听说不过可以兼看舞女、使女，“以饱眼福”罢了。谁料这回竟是“名人”，给人“教益”，还演“高谈”，“沉思”种种好玩的把戏，那简直是现实的乐园了。

但我又有几句声明——

就是：这样的咖啡店里，我没有上去过，那一位作者所“遇见”的，又是别一人。因为：一、我是不喝咖啡的，我总觉得这是洋大人所喝的东西（但这也许是我的“时代错误”），不喜欢，还是绿茶好。二、我要抄“小说旧闻”之类，无暇享受这样乐园的清福。三、这样的乐园，我是不敢上去的，革命文学家，要年青貌美，齿白唇红，如潘汉年、叶灵凤辈，这才是天生的文豪，乐园的材料；如我者，在《战线》上就宣布过一条“满口黄牙”的罪状，到那里去高谈，岂不亵渎了“无产阶级文学”么？还有四、则即使我要上去，也怕走不到，至多，只能在店后门远处彷徨彷徨，嗅嗅咖啡渣的气息罢了。你看这里面不很有些在前线的文豪么，我却是“落伍者”，决不会坐在一屋子里的。

以上都是真话。叶灵凤革命艺术家曾经画过我的像，说是躲在酒坛的后面。这事的然否我不谈。现在所要声明的，只是这乐园中我没有去，也不想去，并非躲在咖啡杯后面在骗人。

杭州另外有一个鲁迅时，我登了一篇启事，“革命文学家”就挖苦了。但现在仍要自己出手来做一回，一者因为我不是咖啡，不愿意在革命店里做装点；二是我没有创造社那么阔，有一点事就一个律师，两个律师。

（四月十日。）

文坛的掌故（并徐匀来信）

来 信

编者先生：

由最近一个上海的朋友告诉我，“沪上的文艺界，近来为着革命文学的问题，闹得十分嚣。”有趣极了！这问题，在去年中秋前后，成都的文艺界，同样也剧烈的争论过。但闹得并不“嚣”，战区也不见扩大，便结束。大约除了成都，别处是很少知道有这一回事的。

现在让我来简约地说一说。

这争论的起原，已经过了长时期的酝酿。双方的主体——赞成革命文学的，是国民日报社。——怀疑他们所谓革命文学的，是九五日报社。最先还仅是暗中的鼎峙；接着因了国民政府在长江一带逐渐发展，成都的革命文学家，便投机似的成立了革命文艺研究社，来竭力鼓吹无产阶级的文学。而凑巧有个署名张拾遗君的《谈谈革命文学》一篇论文在那时出现。于是挑起了一班革命文学家的怒，两面的战争，便开始攻击。

至于两方面的战略：革命文学者以为一切都应该革命，要革命才有进步，才顺潮流。不革命便是封建社会的余孽，帝国主义的爪牙。同样和创造社是以唯物史观为根据的。——可是又无他们的彻底，而把“文学革命”与“革命文学”并为一谈。——反对者承认“革命文学”和“平民文学”，“贵族文学”同为文学上一种名词，与文学革命无关，而怀疑其像煞有介事的神圣不可侵犯。且文学不应如此狭义；何况革命的题材，未必多。即有，隔靴搔痒的写来，也未必好。是近乎有些“为艺术而艺术”的说法。加入这战团的，革命文学方面，多为“清一色”的会员；而反对系，则半属不相识的朋友。

这一场混战的结果，是由革命文艺研究社不欲延长战线，自愿休兵。但何故休兵，局外人是不能猜测的。

关于那次的文件，因“文献不足”，只好从略。

上海这次想必一定很可观。据我的朋友抄来的目录看，已颇有洋洋乎之概！可惜重庆方面，还没有看这些刊物的眼福！

这信只算预备将来“文坛的掌故”起见，并无挑拨，拥护任何方面的意思。

废话已说得不少，就此打住，敬祝

撰安！

徐匀。十七年七月八日，于重庆。

回　信

徐匀先生：

多谢你写寄“文坛的掌故”的美意。

从年月推算起来，四川的“革命文学”，似乎还是去年出版的一本《革命文学论集》（书名大概如此，记不确切了，是丁丁编的）的余波。上海今年的“革命文学”，不妨说是又一幕。至于“嚣”与不“嚣”，那是要凭耳闻者的听觉的锐钝而定了。

我在“革命文学”战场上，是“落伍者”，所以中心和前面的情状，不得而知，但向他们屁股那面望过去，则有成仿吾司令的《创造月刊》，《文化批判》，《流沙》，蒋光X（恕我还不知道现在已经改了那一字）拜帅的《太阳》，王独清领头的《我们》，青年革命艺术家叶灵凤独唱的《戈壁》；也是青年革命艺术家潘汉年编撰的《现代小说》和《战线》；再加一个真是“跟在弟弟背后说漂亮话”的潘梓年的速成的《洪荒》。但前几天看见K君对日本人的谈话（见《战旗》七月号），才知道潘、叶之流的“革命文学”是不算在内的。

含混地只讲“革命文学”，当然不能彻底，所以今年在上海所挂出来的招牌却确是无产阶级文学，至于是否以唯物史观为根据，则因为我是外行，不得而知。但一讲无产阶级文学，便不免归结到斗争文学，一讲斗争，便只能说是最高的政治斗争的一翼。这在俄国，是正当的，因为正是劳农专政；在日本也还不打紧，因为究竟还有一点微微的出版自由，居然也还说可以组织劳动政党。中国则不然，所以两月前就变了相，不但改名“新文艺”，并且根据了资产社会的法律，请律师大登其广告，来吓唬别人了。

向“革命的智识阶级”叫打倒旧东西，又拉旧东西来保护自己，要有革命者的名声，却不肯吃一点革命者往往难免的辛苦，于是不但笑啼俱伪，并且左右不同，连叶灵凤所抄袭来的“阴阳脸”，也还不足以淋漓尽致地为他们自己写照，我以为这是很可惜，也觉得颇寂寞的。

但这是就大局而言，倘说个人，却也有已经得到好结果的。例如成仿吾，做了一篇《“开步走”和“打发他们去”》，又改换姓名（石厚生）做了一点“珰鲁迅”之后，据日本的无产文艺月刊《战旗》七月号所载，他就又走在修善寺温泉的近旁(可不知洗了澡没有)，并且在那边被尊为“可尊敬的普罗塔利亚特作家”，“从支那的劳动者农民所选出的他们的艺术家”了。

鲁迅。八月十日。

文学的阶级性（并恺良来信）

来　信

鲁迅先生：

侍桁先生译林癸未夫著的《文学上之个人性与阶级性》，本来这是一篇绝好的文章，但可惜篇末涉及唯物史观的问题，理论未免是勉强一点，也许是著者的误解唯物史观。他说：

“以这种理由若推论下去，有产者的个人性与无产者的个人性，‘全个’是不相同的了。就是说不承认有产者与无产者之间有共同的人性。再换一句话说，有产者与无产者只是有阶级性，而全然缺少个人性的。”

这是什么话！唯物史观的理论，岂是这样简单的。它的理论并不否认个人性，因此，也不否认思想、道德、感情、艺术。但以性格、思想、道德、感情、艺术，都是受支配于经济的。林氏的文章是着意于个人性，我们就以个人性而论。譬如农村经济宗法社会里拿妻子为男子的财产，但是文化进步到今日的社会，就承认妻子有相当的人格。这个观念，当然是有产者和无产者所共同的。虽然是共同，却并非天赋的，仍然逃不了经济的支配。有产者和无产者物质生活上受经济的影响而有差等，个人性同样地受经济的影响而却是共同的。并不是有产者和无产者人性的共同而就是不受经济制度的影响了。

林氏以此而可以驳唯物史观，那么，何以不拿“人是同样的是圆顶方趾，要吃饭，要睡觉，是有产者和无产者所共同的”而来驳唯物史观，爽快得多了。

最后，我须声明：我是个资本主义制度下的职工。因为是职工，所以学识的谫陋是谁都可以肯定的。这文中自然有不少不能达意和不妥之处。但我希望有更了解马克斯学说的人来为唯物史观打一打仗。

因为避学者嫌疑起见，以信底形式而写给鲁迅先生。能否发表，是编者的特权了。

恺良于上海，一九二八年七月二十八日。

回　信

恺良先生：

我对于唯物史观是门外汉，不能说什么。但就林氏的那一段文字而论，他将话两次一换，便成为“只有”和“全然缺少”，却似乎决定得太快一点了。大概以弄文学而又讲唯物史观的人，能从基本的书籍上一一钩剔出来的，恐怕不很多，常常是看几本别人的提要就算。而这种提要，又因作者的学识意思而不同，有些作者，意在使阶级意识明了锐利起来，就竭力增强阶级性说，而别一面就也容易招人误解。作为本文根据的林氏别一篇论文，我没有见，不能说他是否因此而走了相反的极端，但中国却有此例，竟会将个性，共同的人性（即林氏之所谓个人性），个人主义即利己主义混为一谈，来加以自以为唯物史观底申斥，倘再有人据此来论唯物史观，那真是糟糕透顶了。

来信的“吃饭睡觉”的比喻，虽然不过是讲笑话，但脱罗兹基曾以对于“死之恐怖”为古今人所共同，来说明文学中有不带阶级性的分子，那方法其实是差不多的。在我自己，是以为若据性格、感情等，都受“支配于经济”（也可以说根据于经济组织或依存于经济组织）之说，则这些就一定都带着阶级性。但是“都带”，而非“只有”。所以不相信有一切超乎阶级，文章如日月的永久的大文豪，也不相信住洋房，喝咖啡，却道“惟我把握住了无产阶级意识，所以我是真的无产者”的革命文学者。

有马克斯学识的人来为唯物史观打仗，在此刻，我是不赞成的。我只希望有切实的人，肯译几部世界上已有定评的关于唯物史观的书——至少，是一部简单浅显的，两部精密的——还要一两本反对的著作。那么，论争起来，可以省说许多话。

鲁迅。八月十日。

一九二九年

《革命军马前卒》和《落伍者》

西湖博览会上要设先烈博物馆了，在征求遗物。这是不可少的盛举，没有先烈，现在还拖着辫子也说不定的，更那能如此自在。

但所征求的，末后又有《落伍者的丑史》，却有些古怪了。仿佛要令人于饮水思源以后，再喝一口脏水，历亲芳烈之余，添嗅一下臭气似的。

而所征求的《落伍者的丑史》的目录中，又有“邹容的事实”，那可更加有些古怪了。如果印本没有错而邹容不是别一人，那么，据我所知道，大概是这样的：——

他在满清时，做了一本《革命军》，鼓吹排满，所以自署曰“革命军马前卒邹容”。后来从日本回国，在上海被捕，死在西牢里了，其时盖在一九〇二年。自然，他所主张的不过是民族革命，未曾想到共和，自然更不知道三民主义，当然也不知道共产主义。但这是大家应该原谅他的，因为他死得太早了，他死了的明年，同盟会才成立。

听说中山先生的自叙上就提起他的，开目录的诸公，何妨于公余之暇，去查一查呢？

后烈实在前进得快，二十五年前的事，就已经茫然了，可谓美史也已。

（二月十七日。）

《近代世界短篇小说集》小引

一时代的纪念碑底的文章，文坛上不常有；即有之，也什九是大部的著作。以一篇短的小说而成为时代精神所居的大宫阙者，是极其少见的。

但至今，在巍峨灿烂的巨大的纪念碑底的文学之旁，短篇小说也依然有着存在的充足的权利。不但巨细高低，相依为命，也譬如身入大伽蓝中，但见全体非常宏丽，眩人眼睛，令观者心神飞越，而细看一雕阑一画础，虽然细小，所得却更为分明，再以此推及全体，感受遂愈加切实，因此那些终于为人所注重了。

在现在的环境中，人们忙于生活，无暇来看长篇，自然也是短篇小说的繁生的很大原因之一。只顷刻间，而仍可藉一斑略知全豹，以一目尽传精神，用数顷刻，遂知种种作风，种种作者，种种所写的人和物和事状，所得也颇不少的。而便捷，易成，取巧……这些原因还在外。

中国于世界所有的大部杰作很少译本，翻译短篇小说的却特别的多者，原因大约也为此。我们——译者的汇印这书，则原因就在此。贪图用力少，绍介多，有些不肯用尽呆气力的坏处，是自问恐怕也在所不免的。但也有一点只要能培一朵花，就不妨做做会朽的腐草的近于不坏的意思。还有，是要将零星的小品，聚在一本里，可以较不容易于散亡。

我们——译者，都是一面学习，一面试做的人，虽于这一点小事，力量也还很不够，选的不当和译的错误，想来是一定不免的。我们愿受读者和批评者的指正。

一九二九年四月二十六日，朝花社同人识。

现今的新文学的概观

——五月二十二日在燕京大学国文学会讲

这一年多，我不很向青年诸君说什么话了，因为革命以来，言论的路很窄小，不是过激，便是反动，于大家都无益处。这一次回到北平，几位旧识的人要我到这里来讲几句，情不可却，只好来讲几句。但因为种种琐事，终于没有想定究竟来讲什么——连题目都没有。

那题目，原是想在车上拟定的，但因为道路坏，汽车颠起来有尺多高，无从想起。我于是偶然感到，外来的东西，单取一件，是不行的，有汽车也须有好道路，一切事总免不掉环境的影响。文学——在中国的所谓新文学，所谓革命文学，也是如此。

中国的文化，便是怎样的爱国者，恐怕也大概不能不承认是有些落后。新的事物，都是从外面侵入的。新的势力来到了，大多数的人们还是莫名其妙。北平还不到这样，譬如上海租界，那情形，外国人是处在中央，那外面，围着一群翻译、包探、巡捕、西崽[①]……之类，是懂得外国话，熟悉租界章程的。这一圈之外，才是许多老百姓。

老百姓一到洋场，永远不会明白真实情形，外国人说Yes"，翻译道，"他在说打一个耳光"，外国人说"No"，翻出

① 旧时对欧美侨民在中国的洋行、餐馆等雇用的中国男仆的轻视称呼。

来却是他说“去枪毙”，倘想要免去这一类无谓的冤苦，首先是在知道得多一点，冲破了这一个圈子。

在文学界也一样，我们知道得太不多，而帮助我们知识的材料也太少。梁实秋有一个白璧德，徐志摩有一个泰戈尔，胡适之有一个杜威，——是的，徐志摩还有一个曼殊斐儿，他到她坟上去哭过，——创造社有革命文学，时行的文学。不过附和的，创作的很有，研究的却不多，直到现在，还是给几个出题目的人们圈了起来。

各种文学，都是应环境而产生的，推崇文艺的人，虽喜欢说文艺足以煽起风波来，但在事实上，却是政治先行，文艺后变。倘以为文艺可以改变环境，那是“唯心”之谈，事实的出现，并不如文学家所豫想。所以巨大的革命，以前的所谓革命文学者还须灭亡，待到革命略有结果，略有喘息的余裕，这才产生新的革命文学者。为什么呢，因为旧社会将近崩坏之际，是常常会有近似带革命性的文学作品出现的，然而其实并非真的革命文学。例如：或者憎恶旧社会，而只是憎恶，更没有对于将来的理想；或者也大呼改造社会，而问他要怎样的社会，却是不能实现的乌托邦；或者自己活得无聊了，便空泛地希望一大转变，来作刺戟，正如饱于饮食的人，想吃些辣椒爽口；更下的是原是旧式人物，但在社会里失败了，却想另挂新招牌，靠新兴势力获得更好的地位。

希望革命的文人，革命一到，反而沉默下去的例子，在中国便曾有过的。即如清末的南社，便是鼓吹革命的文学团体，他们叹汉族的被压制，愤满人的凶横，渴望着“光复旧物”。但民国成立以后，倒寂然无声了。我想，这是因为他们的理想，是在革命以后，“重见汉官威仪”①，峨冠博带。而事实并不这样，所以反而索然无味，不想执笔了。俄国的例子尤为明显，十月革命开初，也曾有许多革命文学家非常惊喜，欢迎这暴风雨的袭来，愿受风雷的试炼。但后来，诗人叶遂宁，小说家索波里自杀了，近来还听说有名的小说家爱伦堡有些反动。这是什么缘故呢？就因为四面袭来的并不是暴风雨，来试炼的也并非风雷，却是老老实实的“革命”。空想被击碎了，人也就活不下去，这倒不如古时候相信死后灵魂上天，坐在上帝旁边吃点心的诗人们福气。因为他们在达到目的之前，已经死掉了。

中国，据说，自然是已经革了命，——政治上也许如此罢，但在文艺上，却并没有改变。有人说，“小资产阶级文学之抬头”了，其实是，小资产阶级文学在那里呢，连“头”也没有，那里说得到“抬”。这照我上面所讲的推论起来，就是文学并不变化和兴旺，所反映的便是并无革命和进步，——虽然革命家听了也许不大喜欢。

至于创造社所提倡的，更彻底的革命文学——无产阶级文学，自然更不过是一个题目。这边也禁，那边也禁的王独清的从上海租界里遥望广州暴动的诗，“Pong Pong Pong”，铅字逐渐大了起来，只在说明他曾为电影的字幕和上海的酱园招牌所感动，有模仿勃洛克的《十二个》之志而无其力和才。郭沫若的《一只手》是很有人推为佳作的，但内容说一个革命者革命之后失了一只手，所余的一只还能和爱人握手的事，却未免“失”得太巧。五体、四肢之中，倘要失去其一，实在还不如一只手；一条腿就不便，头自然更不行了。只准备失去一只手，

① 出自《后汉书·光武帝纪上》。泛指华夏正统的皇室礼仪、典章制度。

是能减少战斗的勇往之气的；我想，革命者所不惜牺牲的，一定不只这一点。《一只手》也还是穷秀才落难，后来终于中状元，谐花烛的老调。

但这些却也正是中国现状的一种反映。新近上海出版的革命文学的一本书的封面上，画着一把钢叉，这是从《苦闷的象征》的书面上取来的，叉的中间的一条尖刺上，又安一个铁锤，这是从苏联的旗子上取来的。然而这样地合了起来，却弄得既不能刺，又不能敲，只能在表明这位作者的庸陋，——也正可以做那些文艺家的徽章。

从这一阶级走到那一阶级去，自然是能有的事，但最好是意识如何，便一一直说，使大众看去，为仇为友，了了分明。不要脑子里存着许多旧的残滓，却故意瞒了起来，演戏似的指着自己的鼻子道，“惟我是无产阶级！”现在的人们既然神经过敏，听到“俄”字便要气绝，连嘴唇也快要不准红了，对于出版物，这也怕，那也怕；而革命文学家又不肯多绍介别国的理论和作品，单是这样的指着自己的鼻子，临了便会像前清的“奉旨申斥”一样，令人莫名其妙的。

对于诸君，“奉旨申斥”大概还须解释几句才会明白罢。这是帝制时代的事。一个官员犯了过失了，便叫他跪在一个什么门外面，皇帝差一个太监来斥骂。这时须得用一点化费，那么，骂几句就完；倘若不用，他便从祖宗一直骂到子孙。这算是皇帝在骂，然而谁能去问皇帝，问他究竟可是要这样地骂呢？去年，据日本的杂志上说，成仿吾是由中国的农工大众选他往德国研究戏曲去了，我们也无从打听，究竟真是这样地选了没有。

所以我想，倘要比较地明白，还只好用我的老话，“多看外国书”，来打破这包围的圈子。这事，于诸君是不甚费力的。关于新兴文学的英文书或英译书，即使不多，然而所有的几本，一定较为切实可靠。多看些别国的理论和作品之后，再来估量中国的新文艺，便可以清楚得多了。更好是绍介到中国来；翻译并不比随便的创作容易，然而于新文学的发展却更有功，于大家更有益。

《皇汉医学》

革命成功之后“国术”、“国技”、“国花”、“国医”闹得乌烟瘴气之时，日本人汤本求真做的《皇汉医学》译本也将乘时出版了。广告上这样说：——

“日医汤本求真氏于明治三十四年卒业金泽医学专门学校后应世多年觉中西医术各有所长短非比较同异舍短取长不可爰发愤学汉医历十八年之久汇集吾国历来诸家医书及彼邦人士研究汉医药心得之作著《皇汉医学》一书引用书目多至一百余种旁求博考洵大观也……”

我们“皇汉”人实在有些怪脾气的：外国人论及我们缺点的不欲闻，说好处就相信，讲科学者不大提，有几个说神见鬼的便绍介。这也正是同例，金泽医学专门学校卒业者何止数千人，做西洋医学的也有十几位了，然而我们偏偏刮目于可入《无双谱》的汤本先生的《皇汉医学》。

小朋友梵儿在日本东京，化了四角钱在地摊上买到一部冈千仞作的《观光纪游》，是明治十七年（一八八四）来游中国的日记。他看过之后，在书头卷尾写了几句牢骚话，寄给我了。来得正好，钞一段在下面：——

“二十三日，梦香、竹孙来访。……梦香盛称多纪氏医书。余曰，‘敝邦西洋医学盛开，无复手多纪氏书者，故贩原板上海书肆，无用陈余之刍狗也。’曰，‘多纪氏书，发仲景氏微旨，他年日人必悔此事。’曰，‘敝邦医术大开，译书续出，十年之后，中人争购敝邦译书，亦不可知。’梦香默然。余因以为合信氏医书（案：盖指《全体新论》），刻于宁波，宁波距此咫尺，而梦香满口称多纪氏，无一语及台信氏者，何故也？……”（卷三《苏杭日记》下二页。）

冈氏于此等处似乎终于不明白。这是“四千余年古国古”的人民的“收买废铜烂铁”脾气，所以文人则“盛称多纪氏”，武人便大买旧炮和废枪，给外国“无用陈余之刍狗”有一条出路。

冈氏距明治维新后不久，还有改革的英气，所以他的日记里常有好意的苦言。革命底批评家或云与其看世纪末的烦琐隐晦没奈何之言，不如上观任何民族开国时文字，证以此事，是颇有一理的。

（七月二十八日。）

《吾国征俄战史之一页》

大家都说要打俄国，或者“愿为前驱”，或者“愿作后盾”，连中国文学所赖以不坠的新月书店，也登广告出卖关于俄国的书籍两种，则举国之同仇敌忾也可知矣。自然，大势如此，执笔者也应当做点应时的东西，庶几不至于落伍。我于是在七月廿六日《新闻报》的《快活林》里，遇见一篇题作《吾国征俄战史之一页》的叙述详细而昏不可当的文章，可惜限于篇幅，只能摘抄：

“……乃尝读史至元成吉思汗。起自蒙古。入主中夏。开国以后。奄有钦察阿速诸部。命速不台征蔑里吉。复引兵绕宽田吉思海。转战至太和岭。洎太宗七年。又命速不台为前驱。随诸王拔都。皇子贵田。皇侄哥等伐西域。十年乃大举征俄。直逼耶烈赞城。而陷莫斯科。太祖长子术赤遂于其地即汗位。可谓破前古未有之纪载矣。夫一代之英主。开创之际。战胜攻取。用其兵威。不难统一区宇。史册所叙。纵极铺张。要不过禹域以内。讫无西至流沙。举朔北辽绝之地而空之。不特惟是。犹复鼓其余勇。进逼欧洲内地。而有欧亚混一之势者。谓非吾国战史上最有光彩最有荣誉之一页得乎……”

那结论是：——

“……质言之。元时之兵锋。不仅足以扼欧亚之吭。而有席卷包举之气象。有足以壮吾国后人之勇气者。固自有在。余故备述之。以告应付时局而固边圉者。”

这只有这作者“清癯”先生是蒙古人，倒还说得过去。否则，成吉思汗“入主中夏”，术赤在墨斯科“即汗位”，那时咱们，中、俄两国的境遇正一样，就是都被蒙古人征服的。为什么中国人现在竟来硬霸“元人”为自己的先人，仿佛满脸光彩似的，去骄傲同受压迫的斯拉夫种的呢？

倘照这样的论法，俄国人就也可以作“吾国征华史之一页”，说他们在元代奄有中国的版图。

倘照这样的论法，则即使俄人此刻“入主中夏”，也就有“欧亚混一之势”，“有足以壮吾国后人”之后人“之勇气者”矣。

嗟乎，赤俄未征，白痴已出，殊“非吾国战史上最有光彩最有荣誉之一页”也！

（七月二十八日。）

叶永蓁作《小小十年》小引

这是一个青年的作者，以一个现代的活的青年为主角，描写他十年中的行动和思想的书。

旧的传统和新的思潮，纷纭于他的一身，爱和憎的纠缠，感情和理智的冲突，缠绵和决撒的迭代，欢欣和绝望的起伏，都逐着这《小小十年》而开展，以形成一部感伤的书，个人的书。但时代是现代，所以从旧家庭所希望的“上进”而渡到革命，从交通不大方便的小县而渡到“革命策源地”的广州，从本身的婚姻不自由而渡到伟大的社会改革——但我没有发见其间的桥梁。

一个革命者，将——而且实在也已经（!）——为大众的幸福斗争，然而独独宽恕首先压迫自己的亲人，将枪口移向四面是敌，但又四不见敌的旧社会；一个革命者，将为人我争解放，然而当失去爱人的时候，却希望她自己负责，并且为了革命之故，不愿自己有一个情敌，——志愿愈大，希望愈高，可以致力之处就愈少，可以自解之处也愈多。——终于，则甚至闪出了惟本身目前的刹那间为惟一的现实一流的阴影。在这里，是屹然站着一个个人主义者，遥望着集团主义的大纛①，但在“重上征途”之前，我没有发见其间的桥梁。

释迦牟尼出世以后，割肉喂鹰，投身饲虎的是小乘，渺渺

① 指古代行军中或重要典礼上的大旗。

茫茫地说教的倒算是大乘，总是发达起来，我想，那机微就在此。

然而这书的生命，却正在这里。他描出了背着传统，又为世界思潮所激荡的一部分的青年的心，逐渐写来，并无遮瞒，也不装点，虽然间或有若干辩解，而这些辩解，却又正是脱去了自己的衣裳。至少，将为现在作一面明镜，为将来留一种记录，是无疑的罢。多少伟大的招牌，去年以来，在文摊上都挂过了，但不到一年，便以变相和无物，自己告发了全盘的欺骗，中国如果还会有文艺，当然先要以这样直说自己所本有的内容的著作，来打退骗局以后的空虚。因为文艺家至少是须有直抒己见的诚心和勇气的，倘不肯吐露本心，就更谈不到什么意识。

我觉得最有意义的是渐向战场的一段，无论意识如何，总之，许多青年，从东江起，而上海，而武汉，而江西，为革命战斗了，其中的一部分，是抱着种种的希望，死在战场上，再看不见上面摆起来的是金交椅呢还是虎皮交椅。种种革命，便都是这样地进行，所以掉弄笔墨的，从实行者看来，究竟还是闲人之业。

这部书的成就，是由于曾经革命而没有死的青年。我想，活着，而又在看小说的人们，当有许多人发生同感。

技术，是未曾矫揉造作的。因为事情是按年叙述的，所以文章也倾泻而下，至使作者在《后记》里，不愿称之为小说，但也自然是小说。我所感到累赘的只是说理之处过于多，校读时删节了一点，倘使反而损伤原作了，那便成了校者的责任。还有好像缺点而其实是优长之处，是语汇的不丰，新文学兴起以来，未忘积习而常用成语如我的和故意作怪而乱用谁也不懂的生语如创造社一流的文字，都使文艺和大众隔离，这部书却加以扫荡了，使读者可以更易于了解，然而从中作梗的还有许多新名词。

通读了这部书，已经在一月之前了，因为不得不写几句，便凭着现在所记得的写了这些字。我不是什么社的内定的“斗争”的“批评家”之一员，只能直说自己所愿意说的话。我极欣幸能绍介这真实的作品于中国，还渴望看见“重上征途”以后之作的新吐的光芒。

一九二九年七月二十八日，于上海，鲁迅记。

书籍和财色

今年在上海所见，专以小孩子为对手的糖担，十有九带了赌博性了，用一个铜元，经一种手续，可有得到一个铜元以上的糖的希望。但专以学生为对手的书店，所给的希望却更其大，更其多——因为那对手是学生的缘故。

书籍用实价，废去“码洋”的陋习，是始于北京的新潮社——北新书局的，后来上海也多仿行，盖那时改革潮流正盛，以为买卖两方面，都是志在改进的人（书店之以介绍文化者自居，至今还时见于广告上），正不必先定虚价，再打折扣，玩些互相欺骗的把戏。然而将麻雀牌送给世界，且以此自豪的人民，对于这样简捷了当，没有意外之利的办法，是终于耐不下去的。于是老病出现了，先是小试其技：送画片。继而打折扣，自九折以至对折，但自然又不是旧法，因为总有一个定期和原因，或者因为学校开学，或者因为本店开张一年半的纪念之类。花色一点的还有赠丝袜，请吃冰淇淋，附送一只锦盒，内藏十件宝贝，价值不资。更加见得切实，然而确是惊人的，是定一年报或买几本书，便有得到“劝学奖金”一百元或“留学经费”二千元的希望。洋场上的“轮盘赌”，付给赢家的钱，最多也不过每一元付了三十六元，真不如买书，那“希望”之大，远甚远甚。

我们的古人有言，“书中自有黄金屋”，现在渐在实现了。但后一句，“书中自有颜如玉”呢？

日报所附送的画报上，不知为了什么缘故而登载的什么“女校高材生”和什么“女士在树下读书”的照相之类，且作别论，则买书一元，赠送裸体画片的勾当，是应该举为带着“颜如玉”气味的一例的了。在医学上，“妇人科”虽然设有专科，但在文艺上，“女作家”分为一类却未免滥用了体质的差别，令人觉得有些特别的。但最露骨的是张竞生博士所开的“美的书店”，曾经对面呆站着两个年青脸白的女店员，给买主可以问她“《第三种水》出了没有？”等类，一举两得，有玉有书。可惜“美的书店”竟遭禁止。张博士也改弦易辙，去译《卢骚忏悔录》，此道遂有中衰之叹了。

书籍的销路如果再消沉下去，我想，最好是用女店员卖女作家的作品及照片，仍然抽彩，给买主又有得到“劝学”，“留学”的款子的希望。

我和《语丝》的始终

同我关系较为长久的，要算《语丝》了。

大约这也是原因之一罢，“正人君子”们的刊物，曾封我为“语丝派主将”，连急进的青年所做的文章，至今还说我是《语丝》的“指导者”。去年，非骂鲁迅便不足以自救其没落的时候，我曾蒙匿名氏寄给我两本中途的《山雨》，打开一看，其中有一篇短文，大意是说我和孙伏园君在北京因被晨报馆所压迫，创办《语丝》，现在自己一做编辑，便在投稿后面乱加按语，曲解原意，压迫别的作者了，孙伏园君却有绝好的议论，所以此后鲁迅应该听命于伏园。这听说是张孟闻先生的大文，虽然署名是另外两个字。看来好像一群人，其实不过一两个，这种事现在是常有的。

自然，“主将”和“指导者”，并不是坏称呼，被晨报馆所压迫，也不能算是耻辱，老人该受青年的教训，更是进步的好现象，还有什么话可说呢？但是，“不虞之誉”，也和“不虞之毁”① 一样地无聊，如果生平未曾带过一兵半卒，而有人拱手颂扬道，“你真像拿破仑呀！”则虽是志在做军阀的未来的英雄，也不会怎样舒服的。我并非“主将”的事，前年早已声辩了——虽然似乎很少效力——这回想要写一点下来的，是我从来没有受过晨报馆的压迫，也并不是和孙伏园先生两个人创办

---

① 出自《孟子·离娄》。不虞，意料不到。

了《语丝》。这的创办，倒要归功于伏园一位的。

那时伏园是《晨报副刊》的编辑，我是由他个人来约，投些稿件的人。

然而我并没有什么稿件，于是就有人传说，我是特约撰述，无论投稿多少，每月总有酬金三四十元的。据我所闻，则晨报馆确有这一种太上作者，但我并非其中之一，不过因为先前的师生——恕我僭妄①，暂用这两个字——关系罢，似乎也颇受优待：一是稿子一去，刊登得快；二是每千字二元至三元的稿费，每月底大抵可以取到；三是短短的杂评，有时也送些稿费来。但这样的好景象并不久长，伏园的椅子颇有不稳之势。因为有一位留学生（不幸我忘掉了他的名姓）新从欧洲回来，和晨报馆有深关系，甚不满意于副刊，决计加以改革，并且为战斗计，已经得了“学者”的指示，在开手看 Anatole France 的小说了。

那时的法兰斯、威尔士、萧，在中国是大有威力，足以吓倒文学青年的名字，正如今年的辛克莱儿一般，所以以那时而论，形势实在是已经非常严重。不过我现在无从确说，从那位留学生开手读法兰斯的小说起到伏园气忿忿地跑到我的寓里来为止的时候，其间相距是几月还是几天。

“我辞职了。可恶！”

这是有一夜，伏园来访，见面后的第一句话。那原是意料中事，不足异的。第二步，我当然要问问辞职的原因，而不料竟和我有了关系。他说，那位留学生乘他外出时，到排字房去将我的稿子抽掉，因此争执起来，弄到非辞职不可了。但我并

① 意思是在旧社会冒用上级的地位和名义，被认为超越本分，妄为。

不气忿，因为那稿子不过是三段打油诗，题作《我的失恋》，是看见当时“阿呀阿唷，我要死了”之类的失恋诗盛行，故意做一首用“由她去罢”收场的东西，开开玩笑的。这诗后来又添了一段，登在《语丝》上，再后来就收在《野草》中。而且所用的又是另一个新鲜的假名，在不肯登载第一次看见姓名的作者的稿子的刊物上，也当然很容易被有权者所放逐的。

但我很抱歉伏园为了我的稿子而辞职，心上似乎压了一块沉重的石头。几天之后，他提议要自办刊物了，我自然答应愿意竭力“呐喊”。至于投稿者，倒全是他独力邀来的，记得是十六人，不过后来也并非都有投稿。于是印了广告，到各处张贴，分散，大约又一星期，一张小小的周刊便在北京——尤其是大学附近——出现了。这便是《语丝》。

那名目的来源，听说，是有几个人，任意取一本书，将书任意翻开，用指头点下去，那被点到的字，便是名称。那时我不在场，不知道所用的是什么书，是一次便得了《语丝》的名，还是点了好几次，而曾将不像名称的废去。但要之，即此已可知这刊物本无所谓一定的目标，统一的战线；那十六个投稿者，意见态度也各不相同，例如顾颉刚教授，投的便是“考古”稿子，不如说，和《语丝》的喜欢涉及现在社会者，倒是相反的。不过有些人们，大约开初是只在敷衍和伏园的交情的罢，所以投了两三回稿，便取“敬而远之”的态度，自然离开。连伏园自己，据我的记忆，自始至今，也只做过三回文字‘，末一回是宣言从此要大为《语丝》撰述，然而宣言之后，却连一个字也不见了。于是《语丝》的固定的投稿者，至多便只剩了五六人，但同时也在不意中显了一种特色，是：任意而谈，无所顾忌，要催促新的产生，对于有害于新的旧物，则竭力加以排击，——但应该产生怎样的“新”，却并无明白的表示，而一到觉得有些危急之际，也还是故意隐约其词。陈源教授痛斥“语丝派”的时候，说我们不敢直骂军阀，而偏和握笔的名人为难，便由于这一点。但是，叱吧儿狗险于叱狗主人，我们其实也知道的，所以隐约其词者，不过要使走狗嗅得，跑去献功时，必须详加说明，比较地费些力气，不能直捷痛快，就得好处而已。

当开办之际，努力确也可惊，那时做事的，伏园之外，我记得还有小峰和川岛，都是乳毛还未褪尽的青年，自跑印刷局，自去校对，自叠报纸，还自己拿到大众聚集之处去兜售，这真是青年对于老人，学生对于先生的教训，令人觉得自己只用一点思索，写几句文章，未免过于安逸，还须竭力学好了。

但自己卖报的成绩，听说并不佳，一纸风行的，还是在几个学校，尤其是北京大学，尤其是第一院（文科）。理科次之。在法科，则不大有人顾问。倘若说，北京大学的法、政、经济科出身诸君中，绝少有《语丝》的影响，恐怕是不会很错的。至于对于《晨报》的影响，我不知道，但似乎也颇受些打击，曾经和伏园来说和，伏园得意之余，忘其所以，曾以胜利者的笑容，笑着对我说道：

“真好，他们竟不料踏在炸药上了！”

这话对别人说是不算什么的。但对我说，却好像浇了一碗冷水，因为我即刻觉得这“炸药”是指我而言，用思索，做文章，都不过使自己为别人的一个小纠葛而粉身碎骨，心里就一面想：

“真糟，我竟不料被埋在地下了！”

我于是乎“彷徨”起来。

谭正璧先生有一句用我的小说的名目，来批评我的作品的经过的极伶俐而省事的话道：“鲁迅始于‘呐喊’而终于‘彷徨’”(大意)，我以为移来叙述我和《语丝》由始以至此时的历史，倒是很确切的。

但我的“彷徨”并不用许多时，因为那时还有一点读过尼采的《Zarathustra》的余波，从我这里只要能挤出——虽然不过是挤出——文章来，就挤了去罢，从我这里只要能做出一点“炸药”来，就拿去做了罢，于是也就决定，还是照旧投稿了——虽然对于意外的被利用，心里也耿耿了好几天。

《语丝》的销路可只是增加起来，原定是撰稿者同时负担印费的，我付了十元之后，就不见再来收取了，因为收支已足相抵，后来并且有了赢余。于是小峰就被尊为“老板”，但这推尊并非美意，其时伏园已另就《京报副刊》编辑之职，川岛还是捣乱小孩，所以几个撰稿者便只好硬住了多眏目夹眼而少开口的小峰，加以荣名，勒令拿出赢余来，每月请一回客。这“将欲取之，必先与之”的方法果然奏效，从此市场中的茶居或饭铺的或一房门外，有时便会看见挂着一块上写《语丝社》的木牌。倘一驻足，也许就可以听到疑古玄同先生的又快又响的谈吐。但我那时是在避开宴会的，所以毫不知道内部的情形。

我和《语丝》的渊源和关系，就不过如此，虽然投稿时多时少。但这样地一直继续到我走出了北京。到那时候，我还不知道实际上是谁的编辑。

到得厦门，我投稿就很少了。一者因为相离已远，不受催促，责任便觉得轻；二者因为人地生疏，学校里所遇到的又大抵是些念佛老妪式口角，不值得费纸墨。倘能做《鲁宾孙教书记》或《蚊虫叮卵孵论》，那也许倒很有趣的，而我又没有这样的“天才”，所以只寄了一点极琐碎的文字。这年底到了广州，投稿也很少。第一原因是和在厦门相同的；第二，先是忙于事务，又看不清那里的情形，后来颇有感慨了，然而我不想在它的敌人的治下去发表。

不愿意在有权者的刀下，颂扬他的威权，并奚落其敌人来取媚，可以说，也是“语丝派”一种几乎共同的态度。所以《语丝》在北京虽然逃过了段祺瑞及其吧儿狗们的撕裂，但终究被“张大元帅”所禁止了，发行的北新书局，且同时遭了封禁，其时是一九二七年。

这一年，小峰有一回到我的上海的寓居，提议《语丝》就要在上海印行，且嘱我担任做编辑。以关系而论，我是不应该推托的。于是担任了。从这时起，我才探问向来的编法。那很简单，就是：凡社员的稿件，编辑者并无取舍之权，来则必用，只有外来的投稿，由编辑者略加选择，必要时且或略有所删除。所以我应做的，不过后一段事，而且社员的稿子，实际上也十之九直寄北新书局，由那里径送印刷局的，等到我看见时，已在印钉成书之后了。所谓“社员”，也并无明确的界限，最初的撰稿者，所余早已无多，中途出现的人，则在中途忽来忽去。因为《语丝》是又有爱登碰壁人物的牢骚的习气的，所以最初出阵，尚无用武之地的人，或本在别一团体，而发生意见，借此反攻的人，也每和《语丝》暂时发生关系，待到功成名遂，当然也就淡漠起来。至于因环境改变，意见分歧而去的，那自然尤为不少。因此所谓“社员”者，便不能有明确的界限。前年的方法，是只要投稿几次，无不刊载，此后便放心发稿，和旧社员一律待遇了。但经旧的社员绍介，直接交到北新书局，刊出之前，为编辑者的眼睛所不能见者，也间或有之。

经我担任了编辑之后，《语丝》的时运就很不济了，受了一回政府的警告，遭了浙江当局的禁止，还招了创造社式“革命文学”家的拚命的围攻。警告的来由，我莫名其妙，有人说是因为一篇戏剧；禁止的缘故也莫名其妙，有人说是因为登载了揭发复旦大学内幕的文字，而那时浙江的党务指导委员老爷却有复旦大学出身的人们。至于创造社派的攻击，那是属于历史底的了，他们在把守“艺术之宫”，还未“革命”的时候，就已经将“语丝派”中的几个人看作眼中钉的，叙事夹在这里太冗长了，且待下一回再说罢。

但《语丝》本身，却确实也在消沉下去。一是对于社会现象的批评几乎绝无，连这一类的投稿也少有，二是所余的几个较久的撰稿者，这时又少了几个了。前者的原因，我以为是在无话可说，或有话而不敢言，警告和禁止，就是一个实证。后者，我恐怕是其咎在我的。举一点例罢，自从我万不得已，选登了一篇极平和的纠正刘半农先生的“林则徐被俘”之误的来信以后，他就不再有片纸只字；江绍原先生绍介了一篇油印的《冯玉祥先生……》来，我不给编入之后，绍原先生也就从此没有投稿了。并且这篇油印文章不久便在也是伏园所办的《贡献》上登出，上有郑重的小序，说明着我托辞不载的事由单。

还有一种显著的变迁是广告的杂乱。看广告的种类，大概是就可以推见这刊物的性质的。例如“正人君子”们所办的《现代评论》上，就会有金城银行的长期广告，南洋华侨学生所办的《秋野》上，就能见“虎标良药”的招牌。虽是打着“革命文学”旗子的小报，只要有那上面的广告大半是花柳药和饮食店，便知道作者和读者，仍然和先前的专讲妓女、戏子的小报的人们同流，现在不过用男作家、女作家来替代了倡优，或捧或骂，算是在文坛上做工夫。《语丝》初办的时候，对于广告的选择是极严的，虽是新书，倘社员以为不是好书，也不给登载。因为是同人杂志，所以撰稿者也可行使这样的职权。听说北新书局之办《北新半月刊》，就因为在《语丝》上不能自由登载广告的缘故。但自从移在上海出版以后，书籍不必说，连医生的诊例也出现了，袜厂的广告也出现了，甚至于立愈遗精药品的广告也出现了。固然，谁也不能保证《语丝》的读者决不遗精，况且遗精也并非恶行，但善后办法，却须向《申报》之类，要稳当，则向《医药学报》的广告上去留心的。我因此得了几封诘责的信件，又就在《语丝》本身上登了一篇投来的反对的文章。

但以前我也曾尽了我的本分。当袜厂出现时，曾经当面质问过小峰，回答是“发广告的人弄错的”；遗精药出现时，是写了一封信，并无答复，但从此以后，广告却也不见了。我想，在小峰，大约还要算是让步的，因为这时对于一部分的作家，早由北新书局致送稿费，不只负发行之责，而《语丝》也因此并非纯粹的同人杂志了。

积了半年的经验之后，我就决计向小峰提议，将《语丝》停刊，没有得到赞成，我便辞去编辑的责任。小峰要我寻一个替代的人，我于是推举了柔石。

但不知为什么，柔石编辑了六个月，第五卷的上半卷一完，也辞职了。

以上是我所遇见的关于《语丝》四年中的琐事。试将前几期和近几期一比较，便知道其间的变化，有怎样的不同，最分明的是几乎不提时事，且多登中篇作品了，这是因为容易充满页数而又可免于遭殃。虽然因为毁坏旧物和戳破新盒子而露出里面所藏的旧物来的一种突击之力，至今尚为旧的和自以为新的人们所憎恶，但这力是属于往昔的了。

（十二月二十二日。）

鲁迅译著书目

一九二一年

《工人绥惠略夫》（俄国 M·阿尔志跋绥夫作中篇小说。商务印书馆印行《文学研究会丛书》之一，后归北新书局，为《未名丛刊》之一，今绝版。）

一九二二年

《一个青年的梦》（日本武者小路实笃作戏曲。商务印书馆印行《文学研究会丛书》之一，后归北新书局，为《未名丛刊》之一，今绝版。）

《爱罗先珂童话集》（商务印书馆印行《文学研究会丛书》之一。）

一九二三年

《桃色的云》（俄国 V·爱罗先珂作童话剧。北新书局印行《未名丛刊》之一。）

《呐喊》（短篇小说集，一九一八至二二年作，共十四篇。

印行所同上。)

《中国小说史略》上册（改订之北京大学文科讲义。印行所同上。)

一九二四年

《苦闷的象征》(日本厨川白村作论文。北新书局印行《未名丛刊》之一。)

《中国小说史略》下册（印行所同上。后合上册为一本。)

一九二五年

《热风》(一九一八至二四年的短评。印行所同上。)

一九二六年

《彷徨》(短篇小说集之二，一九二四至二五年作，共十一篇。印行所同上。)

《华盖集》(短评集之二，皆一九二五年作。印行所同上。)

《华盖集续编》（短评集之三，皆一九二六年作。印行所同上。)

《小说旧闻钞》(辑录旧文，间有考正。印所行同上。)

《出了象牙之塔》(日本厨川白村作随笔，选译。未名社印行《未名丛刊》之一，今归北新书局。)

一九二七年

《坟》(一九〇七至二五年的论文及随笔。未名社印行。今版被抵押，不能印。)

《朝华夕拾》（回忆文十篇。未名社印行《未名新集》之一。今版被抵押，由北新书局另排印行。)

《唐宋传奇集》十卷（辑录并考正。北新书局印行。)

一九二八年

《小约翰》（荷兰 F. 望·蔼覃作长篇童话。未名社印行《未名丛刊》之一。今版被抵押，不能印。)

《野草》(散文小诗。北新书局印行。)

《而已集》(短评集之四，皆一九二七年作。印行所同上。)

《思想山水人物》(日本鹤见祐辅作随笔，选译。印行所同上，今绝版。)

一九二九年

《壁下译丛》(译俄国及日本作家与批评家之论文集。印行所同上。)

《近代美术史潮论》(日本板垣鹰穗作。印行所同上。)

《蕗谷虹儿画选》(并译题词。朝华社印行《艺苑朝华》之一，今绝版。)

《无产阶级文学的理论与实际》（日本片上伸作。大江书店印行《文艺理论小丛书》之一。）

《艺术论》（苏联 A・卢那卡尔斯基作。印行所同上。）

一九三〇年

《艺术论》（俄国 G 蒲力汗诺夫作。光华书局印行《科学的艺术论丛书》之一。）

《文艺与批评》（苏联卢那卡尔斯基作论文及演说。水沫书店印行同丛书之一。）

《文艺政策》（苏联关于文艺的会议录及决议。并同上。）

《十月》（苏联 A・雅各武莱夫作长篇小说。神州国光社收稿为《现代文艺丛书》之一，今尚未印。）

一九三一年

《药用植物》（日本刈米达夫作。商务印书馆收稿，分载《自然界》中。）

《毁灭》（苏联 A・法捷耶夫作长篇小说。三闲书屋印行。）

译著之外，又有所校勘者，为：

唐刘恂《岭表录异》三卷（以唐宋类书所引校《永乐大典》本，并补遗。未印。）

魏中散大夫《嵇康集》十卷（校明丛书堂钞本，并补遗。未印。）

所纂辑者，为：

《古小说钩沉》三十六卷（辑周至隋散逸小说。未印。）

谢承《后汉书辑本》五卷（多于汪文台辑本，未印。）

所编辑者，为：

《莽原》（周刊。北京《京报》附送，后停刊。）

《语丝》（周刊。所编为在北平被禁，移至上海出版后之第四卷至第五卷之半。北新书局印行，后废刊。）

《奔流》（自一卷一册起，至二卷五册停刊。北新书局印行。）

《文艺研究》（季刊。只出第一册。大江书店印行。）

所选定，校字者，为：

《故乡》（许钦文作短篇小说集。北新书局印行《乌合丛书》之一。）

《心的探险》（长虹作杂文集。同上。）

《飘渺的梦》（向培良作短篇小说集。同上。）

《忘川之水》（真吾诗选。北新书局印行。）

所校订，校字者，为：

《苏俄的文艺论战》（苏联褚沙克等论文，附《蒲力汗诺夫与艺术问题》，任国桢译。北新书局印行《未名丛刊》之一。）

《十二个》（苏联A·勃洛克作长诗，胡教译。同上。）

《争自由的波浪》（俄国V·但兼珂等作短篇小说集，董秋芳译。同上。）

《勇敢的约翰》（匈牙利裴多菲·山大作民间故事诗，孙用译。湖风书局印行。）

《夏娃日记》（美国马克·土温作小说，李兰译。湖风书局印行《世界文学名著译丛》之一。）

所校订者，为：

《二月》(柔石作中篇小说。朝华社印行，今绝版。)

《小小十年》(叶永蓁作长篇小说。春潮书局印行。)

《穷人》(俄国F·陀思妥夫斯基作小说，韦丛芜译。未名社印行《未名丛书》之一。)

《黑假面人》(俄国L·安特来夫作戏曲，李霁野译。同上。)

《红笑》(前人作小说，梅川译。商务印书馆印行。)

《小彼得》(匈牙利H·至尔·妙伦作童话，许霞译。朝华社印行，今绝版。)《进化与退化》(周建人所译生物学的论文选集。光华书局印行。)

《浮士德与城》(苏联A·卢那卡尔斯基作戏曲，柔石译。神州国光社印行《现代文艺丛书》之一。)

《静静的顿河》(苏联M·唆罗诃夫作长篇小说，第一卷，贺非译。同上。)

《铁甲列车第一四——六九》(苏联V·伊凡诺夫作小说，侍桁译。同上，未出。)

所印行者，为：

《土敏土之图》(德国C·梅斐尔德木刻十幅。珂罗版印。)

《铁流》(苏联A·绥拉菲摩维支作长篇小说，曹靖华译。)

《铁流之图》(苏联I·毕斯凯莱夫木刻四幅。印刷中，被炸毁。)

我所译著的书，景宋曾经给我开过一个目录，载在《关于鲁迅及其著作》里，但是并不完全的。这回因为开手编集杂感，打开了装着和我有关的书籍的书箱，就顺便另抄了一张书目，如上。

我还要将这附在《三闲集》的末尾。这目的，是为着自己，也有些为着别人。据书目察核起来，我在过去的近十年中，费去的力气实在也并不少，即使校对别人的译著，也真是一个字一个字的看下去，决不肯随便放过，敷衍作者和读者的，并且毫不怀着有所利用的意思。虽说做这些事，原因在于“有闲”，但我那时却每日必须将八小时为生活而出卖，用在译作和校对上的，全是此外的工夫，常常整天没有休息。倒是近四五年没有先前那么起劲了。

但这些陆续用去了的生命，实不只成为徒劳，据有些批评家言，倒都是应该从严发落的罪恶。做了“众矢之的”者，也已经四五年，开首是“作恶”，后来是“受报”了，有几位论客，还几分含讥，几分恐吓，几分快意的这样“忠告”我。然而我自己却并不全是这样想，我以为我至今还是存在，只有将近十年没有创作，而现在还有人称我为“作者”，却是很可笑的。

我想，这缘故，有些在我自己，有些则在于后起的青年的。在我自己的，是我确曾认真译著，并不如攻击我的人们所说的取巧的投机。所出的许多书，功罪姑且弗论，即使全是罪恶罢，但在出版界上，也就是一块不小的斑痕，要“一脚踢开”，必须有较大的腿劲。凭空的攻击，似乎也只能一时收些效验，而最坏的是他们自己又忽而影子似的淡去，消去了。

但是，试再一检我的书目，那些东西的内容也实在穷乏得可以。最致命的，是：创作既因为我缺少伟大的才能，至今没有做过一部长篇；翻译又因为缺少外国语的学力，所以徘徊观望，不敢译一种世上著名的巨制。后来的青年，只要做出相反的一件，便不但打倒，而且立刻会跨过的。但仅仅宣传些在西湖苦吟什么出奇的新诗，在外国创作着百万言的小说之类却不中用。因为言太夸则实难副，志极高而心不专，就永远只能得传扬一个可惊可喜的消息；然而静夜一想，自觉空虚，便又不免焦躁起来，仍然看见我的黑影遮，在前面，好像一块很大的“绊脚石”了。

对于为了远大的目的，并非因个人之利而攻击我者，无论用怎样的方法，我全都没齿无怨言。但对于只想以笔墨问世的青年，我现在却敢据几年的经验，以诚恳的心，进一个苦口的忠告。那就是：不断的（!）努力一些，切勿想以一年半载，几篇文字和几本期刊，便立了空前绝后的大勋业。还有一点，是：不要只用力于抹杀别个，使他和自己一样的空无，而必须跨过那站着的前人，比前人更加高大。初初出阵的时候，幼稚和浅薄都不要紧，然而也须不断的（!）生长起来才好。并不明白文艺的理论而任意做些造谣生事的评论，写几句闲话便要扑灭异己的短评，译几篇童话就想抹杀一切的翻译，归根结蒂，于己于人，还都是“可怜无益费精神”的事，这也就是所谓“聪明误”了。

当我被“进步的青年”们所口诛笔伐的时候，我“还不到五十岁”，现在却真的过了五十岁了，据卢南（E. Renan）说，年纪一大，性情就会苛刻起来。我愿意竭力防止这弱点，因为我又明明白白地知道：世界决不和我同死，希望是在于将来的。但灯下独坐，春夜又倍觉凄清，便在百静中，信笔写了这一番话。

一九三二年四月二十九日：鲁迅于沪北寓楼记。